吕本中詩集箋注

一

〔宋〕吕本中 著
祝尚書 箋注

上海古籍出版社

圖書在版編目(CIP)數據

呂本中詩集箋注 / (宋) 呂本中著;祝尚書箋注.
—上海: 上海古籍出版社, 2021.11
(中國古典文學叢書)
ISBN 978-7-5732-0076-1

Ⅰ. ①呂… Ⅱ. ①呂… ②祝… Ⅲ. ①古典詩歌—詩集—中國—宋代 Ⅳ. ①I222.744

中國版本圖書館 CIP 數據核字(2021)第 224285 號

中國古典文學叢書
呂本中詩集箋注
(全四册)
[宋] 呂本中 著
祝尚書 箋注
上海古籍出版社出版發行
(上海市閔行區號景路 159 弄 A 座 5F 郵政編碼 201101)
(1) 網址: www.guji.com.cn
(2) E-mail: guji1@guji.com.cn
(3) 易文網網址: www.ewen.co
上海展强印刷有限公司印刷
開本 850×1168 1/32 印張 54.375 插頁 21 字數 1,200,000
2021 年 11 月第 1 版 2021 年 11 月第 1 次印刷
印數: 1—1,100
ISBN 978-7-5732-0076-1
I·3583 平裝定價: 218.00 元
如有質量問題,請與承印公司聯繫
電話: 021-66366565

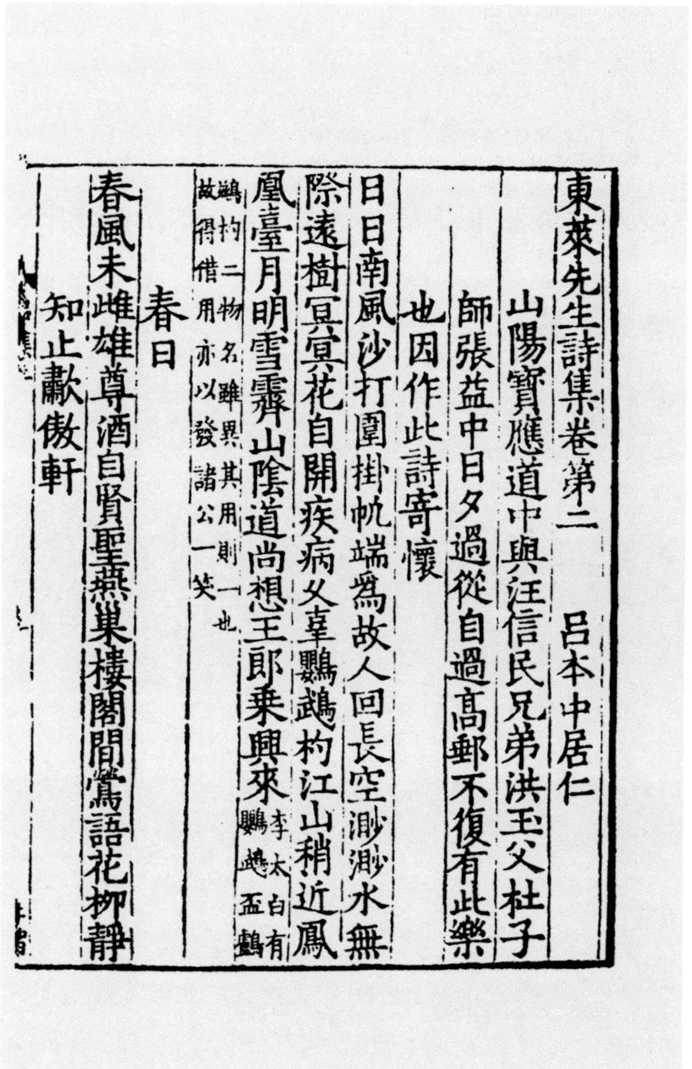
東萊先生詩集卷第二　　呂本中居仁

山陽寶應道中與汪信民兄弟洪玉父杜子師張益中日夕過從自過高郵不復有此樂也因作此詩寄懷

日日南風沙打圍掛帆端爲故人回長空渺瀰水無際遠樹冥冥花自開疾病久辜鸂鶒杓江山稍近鳳凰臺月明雪霽山陰道尚想王郎乘興來李太白有鸚鵡盃鸕鷀杓二物名雖異其用則一也故得借用亦以發諸公一笑

春日

春風未雌雄尊酒自賢聖燕巢樓閣間鶯語花柳靜

知止歗傲軒

《四部叢刊續編》所收宋刊本《東萊先生詩集》書影

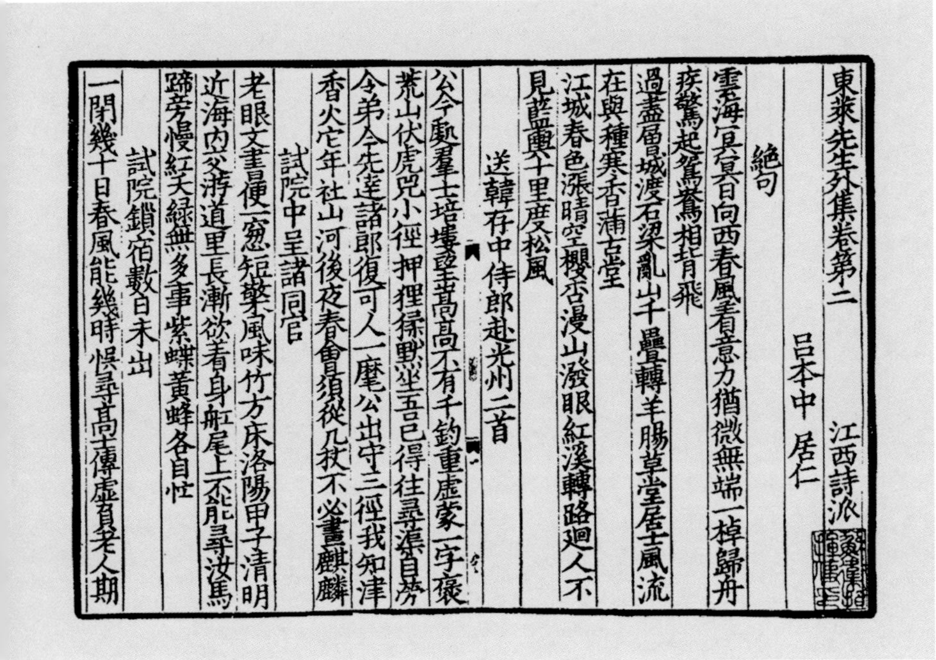
東萊先生外集卷第二　江西詩派

呂本中　居仁

絶句

雲海冥冥日向西春風看意力猶微無端一棹歸舟
疾驚起鴛鴦相背飛

過盡層城渡石梁亂山千疊轉羊腸草堂居士風流
在與種寒香蒲古堂

江城春色漲晴空櫻杏漫山潑眼紅溪轉路迴人不
見藍輿十里度松風

送韓存中侍郎赴光州二首

公今勳羣士培塿望嵩高不有千鈞重虛蒙一字褒
荒山伏虎兒小徑押狸猱野坐吾已得往尋渠自勞

令弟今先達諸郎復可人一麾公出守三徑我知津
香火它年社山河後夜春會須從几杖不必畫麒麟

試院中呈諸同官

老眼文晝便一窗短檠風味竹方床洛陽甲子清明
近海內兵戈滿道里長漸欲着身舡尾上不能尋汝馬
蹄旁慢紅夭綠無多事紫蝶黃蜂各自忙

試院鎖宿數日未出

一閑幾十日春風能幾時悞尋嵩高士傳虛負老人期

宋慶元五年黃汝嘉刻江西詩派本《東萊先生外集》書影

前言

吕本中（一〇八四—一一四五），字居仁，原籍壽州（今安徽壽縣），出生於北宋京城開封。北宋末、南宋初著名詩人，後期江西詩派領袖。祖上吕蒙正、吕夷簡，分别爲太宗、仁宗朝宰相，曾祖吕公著又爲哲宗宰相，家族中爲公卿者不計其數。按人們的合理想象，此人應是享盡榮華富貴、錦衣玉食的公子哥兒，然而事實並非如此。他不幸身逢亂世，曾祖吕公著、祖父吕希哲皆元祐黨人，徽宗崇寧後一路貶官、奪職，本中遂陪父祖度過艱難的謫居歲月，詩中經常出現的是飢餓、病痛。十八歲開始聚學，三十一歲時爲謀衣食，做了幾任縣主簿、州獄掾之類的小官，而更大的災難接踵而至：北方女真族建立的金國攻破東京，北宋滅亡，皇帝徽宗、欽宗父子做了俘虜，從此吕本中與普通百姓一樣，懷着國恨家仇，過着避地流寓的窮困生活，唯以詩歌創作消磨人生，加之身體多病，六十二歲時便客死他鄉，爲後世留下一千二百多首作品。其友人曾幾嘗贈詩道：「吕家三相盛天朝，流澤於今有鳳毛。世業中微誰料理？却收才具入風騷。」可謂是他一生的寫照。

一、吕本中：相家子的蹉跎人生

上面説過，吕本中祖上有着足以令他自豪的歷史。其家族以科舉考試發迹，直到吕公著，雖説不上叱咤風雲，但也名重天下，赫然爲北宋的名門望族。但自王安石變法以來，新舊兩黨鬭争激烈而殘酷。哲宗時，司馬光、吕公著爲相，盡廢「新法」，新黨人物失勢。隨著紹聖元年(一〇九四)哲宗親政，新黨以「紹述」爲名發起反攻，「你方唱罷我登場」，又開始了新一輪惡鬭。這時吕公著雖已過世（公著卒於元祐四年，即一〇八九年），仍被追貶爲建武軍節度副使，其子吕希哲兄弟等一齊貶官，希哲授尚書虞部員外郎分司南京（今河南商丘），和州（今安徽和縣）居住。是年吕本中十四歲，侍祖父居歷陽（即和縣）。元符三年（一一〇〇）哲宗崩，徽宗立，形勢略有好轉，吕希哲起知單州，本中亦隨侍，不久回到京師，方正式讀書。建中靖國元年（一一〇一）冬，希哲出知曹州，本中又隨侍。崇寧元年（一一〇二）七月，蔡京爲相，於是重修舊怨，開始大規模報復元祐黨人和元符上書人，希哲奪職移相州（今河南安陽），徙邢州（今河北邢臺），罷爲宫觀，本中仍隨侍。九月，希哲及其弟希績、希純同入元祐黨籍，並鐫名於元祐姦黨碑。希哲廢居宿州（今屬安徽），子吕好問及孫吕本中隨侍。崇寧五年，因發生「星變」（彗星現），統治者心虛，認爲是遭「天譴」，徽宗下詔毁黨人碑，蔡京罷相，並詔部分黨人敘復注擬。大觀二年（一一〇八），吕希哲出黨籍。是年春，吕好問調真州（今江蘇儀徵）春料船場，於是本中與父親到宿州迎侍祖父至真州就養。至此，吕希哲一家在宿州住了七年，時或「日旰竈薪不屬」（吕祖謙東萊公家傳），吕本中也已二十五歲，伴隨祖父輾轉多地達十二年，可謂備嘗艱辛。在真州，吕家又生活了三年。

徽宗政和四年（一一一四），吕本中開始了人生的第二段旅程：初入官場。是年秋，他被授予曹州濟陰縣（今山東菏澤定陶）主簿。到任後不久，作初抵曹南四首，有句曰：「未辦歸山計，今年學作官。簿書妨好夢，塵土敗餘歡。」次年作首夏二首，曰：「妻子見驅迫，低頭言作官。」（均見東萊先生詩集（以下簡稱詩集）卷七）表明做官並非本意，乃是爲家計所迫，不得已也。開始時，感覺尚不錯，雖然忙到「小便胞略轉」——簿書鞅掌，只得仿行前賢嵇康式的强忍尿意；但優游自娱（同上言志），頗感新鮮。然而時間一長，發現縣主簿是個極苦的差事，在十一月一日步河堤上（詩集卷八）詩中寫道：「簿書糾纏人，欲出不自許。老吏環我前，更作附耳語。脱身上河隄，頗似晝伏鼠。」濟陰任滿後，被授予海陵（今江蘇泰州）獄掾——相當於監獄長，於政和八年八月到任。過了近兩年，約宣和二年（一一二〇）夏秋，母親病逝，作爲長子，必須解官丁憂。這年十月，國家發生了一件大事：建德軍清溪（今屬浙江）人方臘發動聲勢浩大的武裝暴動。宣和三年秋方臘失敗被殺，吕本中作長詩爲賀（聞南寇已平歡快之甚作詩五十韻，詩集卷一〇）。他當然深知此事件爲王朝的統治敲響了喪鐘，但作爲下層官員，又不得不合作，故吕本中除服後便第三次外出做官，授北京大名府（今河北大名縣）帥司幹辦公事，任似未滿便回到京師，除樞密院編修官。如果就這樣平穩地走下去，吕本中也許會如其祖輩一樣，官職不斷升遷，度過雖有風險但也富足、愜意的一生。

不料，仿佛一聲炸雷，將昏憒腐朽的北宋統治集團驚得魂飛魄散——向來紙醉金迷、奢華無度的開封，仿佛一夜間成了殺人場，這就是「靖康之難」。災難始於宋欽宗靖康元年（一一二六）。是年正月、閏十一月，金兵以摧枯拉朽之勢，兩次包圍汴京，趙宋王朝毫無抵抗之力。直如天崩地坼，一切既有的生活軌迹都改變了。第二年（靖康二年）春，太上皇徽宗及繼位不久的欽宗，父子一齊做了金人的俘虜，被押解北上。人們來不及喘息，皇冠便瞬間殞落，豪門大户一下淪爲破家蕩産的難民。過了將近一百七十年太平日子的子民們，猶如掉進了虎口狼窩，横尸遍野，慘不堪言。靖康二年五月初，徽宗第九子康王趙構（高宗）繼位，改元建炎，爲建炎元年（一一二七）。隨後政權南渡，最終抵達杭州，建立起了一個勢單力弱的小朝廷，史稱南宋。是年秋，吕本中攜家小逃離腥風血雨的開封城，一路帶病艱難跋涉，歷三個月之久，方到達宣城（今屬安徽），從此開始了他人生的第三段旅程：避地流亡。

到宣城不久，吕本中得以與知宣州的父親吕好問暫時團聚。但時間不長，第二年（建炎二年）吕好問請祠獲准，中秋時節，本中攜家帶口，侍父南行。這時吕本中四十五歲，吕好問六十五歲。一家漫然不知所往，如本中侄孫吕祖謙東萊公（好問）家傳所説：「虜騎比歲大入，江湖間群盜蠭起。公（吕好問）避地轉徙於筠（州）、於連（州）、於郴（州）、於全（州）、於桂（州），靡有定止。」到達桂州（今廣西桂林）時，吕好問已病入膏肓，於紹興元年（一一三一）七月卒，享年六十八歲。吕本中於是丁憂居喪。紹興三年五月，服除，本中到達永州、柳州，於秋天北上抵臨川（今江西撫州），與釋法一、錢伯言、韓駒等遊，而老友士珪、宗杲二禪師不久也浪迹臨川，遂一起唱和，並收聚親族故舊子弟「共學」，親自指畫教導。

寓居臨川約兩年半後，吕本中一家於紹興五年春抵達福州。紹興六年夏初，因表叔范沖推薦，吕本中被召赴行在。七月，守起居舍人、賜進士出身。八月，授起居舍人兼權中書舍人。九月九日抵嚴州，作嚴州九日坐上贈胡明仲常子正詩（詩集卷一五）。隨即到平江（今江蘇蘇州）晋見高宗（時高宗駐蹕於此），請祠，不許。紹興七年四月，高宗在建康（今江蘇南京），授本中直龍圖閣、知台州。也許這與他的期望差距太大，或者他確實病重難任，因而引疾求去，授主管江州太平觀。離開建康後，本中到達會稽（今浙江紹興）。閏十月，峰回路轉，朝廷授本中試太常少卿，於是繼續入朝作官。紹興八年二月，授試中書舍人。三月，兼侍講、直寶文閣。六月，兼權直學士院。八月，兼史館修撰。由於吕本中是宰相趙鼎力薦的人才，而趙是主戰派，與主和派首領、右丞相秦檜水火不容，於是秦氏深恨之，遂於十月指使侍御史蕭振論罷，提舉江州太平觀。至此，吕本中人生中第四段旅程——入朝做官便戛然而止，好似一場華胥夢，前後相加不過一年半，便以罷官匆匆結束，成了統治集團高層政治鬭争的犧牲品。

吕本中又成了難民，開始第五段、也是最後一段人生旅程。紹興八年十一月他離開杭州，先後寓居桐廬、嚴州。在嚴州居留了約半年，來到衢州、婺州（今浙江金華）。約紹興十年春移居信州（今江西上饒），從此僑居信州廣教寺達六個年頭，於紹興十五年七月（一説六月）逝世，走完了家國破碎、貧病交加的人生旅程，見證了一箇慘痛的時代，享年六十有二，葬信州城北德源山。

二、吕本中的思想：大率在禪、儒之間

由于「前言」體制和篇幅的限制，本文不可能對吕本中一生作全面詳盡的論述，只好選擇一些視角略作闡發。作爲出身官宦世家的讀書人，吕本中既不可能掙脱傳統學術的束縛，也不可能擺脱時代潮流的影響。他雖不是思想家，但自小熏習儒教，又熱衷勃興不久的「道學」（南宋稱理學，近代又稱新儒學）。與當時幾乎所有文人士大夫一樣，尊儒乃是他最基本的思想底色。君君臣臣、父父子子的封建道德規範，忠君愛國情懷，深深融入他的血液。對此我們勿庸多論，只要讀讀他在官箴中的一段話就够了。他寫道：「事君如事親，事長官如事兄，與同僚如家人，待群吏如奴僕，愛百姓如妻子，處官事如家事，然後能盡吾之心。如有毫末不至，皆吾心有所未

盡也。故事親孝，故忠可移於君；事兄弟，故順可移於長；居家理，故事可移於官。豈有二理哉！」如果没有靖康之難，又能踐行其政治理念，呂本中很可能成爲一位優秀的儒官，因此朱熹説：「呂居仁學術雖未純粹，然切切以禮義廉耻爲事，所以亦有助於風俗。」（朱子語類卷一三二）

當然，也與宋代絶大多數文人士大夫一樣，呂本中的思想絶非如此單純，甚至可以説相當複雜，除儒家教條外，他又與佛教的關係很深，當代文化潮流對他的影響，更值得我們關注。

呂本中一生好佛，所謂「佛」，準確地説是禪，他信仰的是禪宗。由於特殊的歷史環境，呂本中一生中有十多年輾轉各地，靖康後又一直過着庵居生活，如他自己所説，形同「住庵僧」（呈折仲古四首其四：「疾病侵凌百不能，只今全是住庵僧。」詩集卷一三）自早年起，他就常到寺廟中參禪拜佛，以打發黨禍中那些窮極無聊的時光。他所理解的禪，其實是宋代官、僧都能接受的儒釋道一體、三教融合的居士禪、文字禪。在仙居縣浄梵院記中，他寫道：

> 佛之爲説，與孔子異乎？不異也。何以知其不異也？以其爲教知之。孔子以知止而後有定，定而後能静，静而後能安，安而後能慮，慮而後能得也。孔子傳之曾子，曾子傳之子思，子思傳之孟子矣。而佛之教由戒生定，由定生慧，蓋與大學之説無異者。孟子以萬物皆備於我，反身而誠，樂莫大焉。而佛之説以天地萬物皆吾心之所見，山河大地皆吾身之所有，正與孟子之説同。吾是以知佛之説與孔子不異也。

儒、釋、道三者相需，缺一不可，「有爲」、「無爲」互爲補充，在宋代早已是老生常談，而吕本中又引入了韓愈「道統論」觀念，將「道統」與禪宗宗統相聯繫，更拉近了三教間的距離。不過，吕本中自幼熱衷的是詩歌，他的氣質、生活決定了他只是個詩人，故對儒、佛、道均采取實用主義態度。尤其是徽宗崇寧以後，隨着統治集團對元祐黨人、「元祐學術」無休止的打擊與迫害，這位熱血青年感到十分鬱悶，他不得不用禪宗思想安頓受傷的靈魂，而無心專注於學術。吕本中一生交往禪僧無數，相與唱酬，相得甚歡，在世味淡薄的感受中，大約只有與世外人交往，才會有親近感、安全感。與其説與禪師們切磋，增益禪家學問，不如説在晨鐘暮鼓中找到了一個寧静的港灣，一副精神鎮定劑。在吕本中詩集中，現存與僧人唱和詩多達數十首，如如璧、浹上人、信上人、愚上人、一上人等等，以及名僧如大慧宗杲、東林士珪、真歇清了等，都是他深與交往的朋友。

那麽，吕本中的禪學修養到底如何？朱熹説：「吕家之學，大率在於禪、儒之間，習典故。」（朱子語類卷一三二）朱熹所説是「吕家」，並非單指吕本中，但吕本中似乎表現得更爲突出。我們不否認本中有較深的禪學功夫，但他始終游移於禪、儒之間，而以他作爲詩人的「職業」愛好和習慣，對「習典故」也許更爲熱衷，這是他在詩歌創作中大量運用佛教典故的原因，也是吕本中詩歌作品的一個顯著特色。

作爲「居士」（他自稱密庵居士）的吕本中，雖在避難時期長期居住寺院，對僧人更了解，關係更融洽，但他思想上並未真心皈依佛門，故他習佛參禪時斷時續，若說是三心二意，恐怕也不寃。他曾自言道：

酒如震澤三春渌，詩似芙蕖五月紅。坐此逃禪天可恕，不應獨許我乘風。（詩集卷一督山伯蕭遠和詩并示舍弟）

柳着河冰雪着船，小桃應誤取春憐。床頭有酒須君醉，又廢蒲團一夜禪。（同上卷二正月末雪中小酌）

自離閩嶺罷參禪，疾病深藏不計年。（同上卷一七慶大悲閣成）

養生漫説終難效，學道無心亦未逢。若問真歸是何處，五更常聽寺樓鍾。（同上卷二〇寄劉彦冲兼寄胡原仲劉致中）

朱熹説呂本中是從禪、儒中「習典故」，此可舉「禪」之一例。約大觀二年（一一〇八），呂本中曾與朋友饒節（這時他已經出家，法名如璧）以詩唱和，由本中首唱，如璧隨即賡和，謝逸、汪革、李祁等一幫詩友「同作並和」（語出宗派圖序），很是熱鬧。呂本中首唱詩題爲寄璧公道友，詩曰：

符離城裏相逢處，酒肉如山放手空。已見神通過鶖子，未應鮮健勝龐公。且尋扇子舊頭角，一任杏花能白紅。破箬笠前江萬里，無人曾識此家風。

詩之第三句「已見神通過鶖子」，源自李商隱題白石蓮花寄楚公：「諸天雁塔幾多層，漫誇鶖子真羅漢。」道源注：「法華經舍利弗，此云鶖子，連母爲名。以其取涅槃一日之價，故不知有上乘，亦非真阿羅漢佛爲授記，乃知真是佛子得佛法分。」按：舍利弗，即舍利弗尊者，佛陀十大弟子之一，以智慧最高著稱。詩第四句「未應鮮健勝龐公」，龐公，指龐蘊居士。五燈會元卷三龐蘊居士：「襄州居士龐蘊者，衡州衡陽縣人也。字道玄，世本儒業，少悟塵勞，志求真諦。唐貞元初，謁石頭，乃問：『不與萬法爲侶者是甚麼人？』頭以手掩其口，豁然有省。後與丹霞爲友。……元和中，北遊襄漢，隨處而居。……有詩偈三百餘篇傳於世。」鮮健，同上書卷三馬祖一禪師法嗣則川和尚：「則川和尚，蜀人也。龐居士相看次，師曰：『還記得見石頭時道理否？』士曰：『猶得阿師重舉在。』師曰：『情知久參事慢。』士曰：『阿師老耄，不啻龐公。』師曰：『二彼同時，又争幾許？』士曰：『龐公鮮健，且勝阿師。』師曰：『不是勝我，祇欠汝箇幞頭。』士拈下幞頭，曰：『恰與師相似。』師大笑而已。」以上兩句，謂如璧之禪學修養不在舍利弗羅漢之下，但身體並不健康。第五句「且尋扇子舊頭角」，典出五燈會元卷三馬祖一禪師法嗣鹽官齊安國師，爲節省篇幅，不再摘引。以上凡四典，一出法華經，三出燈録(爲方便，本書多徵引後來會編之五燈會元)。由此可見，所謂吕本中深於禪學者，其實所好多在獵取禪籍典故，而對禪學思想並無發明。這在他衆多類似詩作中，也有鮮明的呈現。前引朱熹謂吕本中「大率在儒、佛之間，習典故」，可謂一語中的。

三、吕本中的詩歌創作

吕本中既是黨人子孫，又是靖康之難的親歷者和受害者。他大半生居無定所，窮困潦倒，是位典型的流浪詩人。早年雖有拳拳報國之心，却没有鉛刀一割的機會。國難當頭，他以羸病之身轉徙於江南嶺北，憂患深重，積累了十分豐富的人生體驗。他不甘沉淪，於是用筆記録了那個黑暗而悲慘的時代。應該説，在極其惡劣的環境下，他一直在文學創作的園地裏辛勤耕耘着，收穫相當豐碩。如其友人謝邁所説：「居仁相家子，歛退若寒士。學道期日損，哦詩亦能事。」（讀吕居仁詩，竹友集卷一）這種自强不息的精神，足令後人仰慕。

吕本中的詩歌作品，孝宗乾道初由友人沈宗師之子沈度編次刊行爲東萊先生詩集凡二十卷。寧宗慶元間，校官黄汝嘉搜輯逸佚，又編刊外集三卷。他的創作，大致可分三個階段：正集卷一至卷六爲出仕前作；卷七至卷一〇爲出仕後作，包括任濟陰主簿、海陵獄掾、大名帥司幹官、樞密院編修官，直到北宋滅亡；第三階段爲卷一一至卷二〇，作於避地流亡時期（包括短時間入朝爲中書舍人等），直到逝世。外集詩則分布於上述三階段中，可爲補充。這裏對其部分作品（重點在靖康及靖康前後）略論之。

吕本中詩歌大多爲朋友間唱酬贈答，感事抒懷，紀行寫景，隨處流露出對黑暗勢力的憎惡，對入侵者的仇恨，對國家興亡的關切，題材廣泛，内涵豐富，政治態度鮮明。由於元祐黨禍，呂氏家族由鼎盛迅速衰落。作爲家族中的長孫、長子，他不得不陪伴祖父呂希哲、父親呂好問一同咀嚼着屈辱的貶謫生活，這幾乎占據了他整個青年時代。好在年輕人喜歡交友，這期間他結識了饒節、汪革兄弟，臨川二謝，建昌李彭兄弟，以及京師晁氏叔侄兄弟等等，多達數十人，許多成爲金石之交，既是他詩歌創作的良師益友，也是患難與共的精神支柱，從而組成了日後江西詩派的骨幹隊伍，不少人名入江西宗派圖。

童蒙訓卷下載：「崇寧間，饒德操節、黎介然確、汪信民革同寓宿州，論文會課，時時作詩，亦有略詆及時事者。滎陽公（呂希哲）聞之，深不以爲然。時公疾病方愈，爲作麥熟、繅絲等曲，詩歌詠當世，以諷止饒、黎諸公，諸公得詩慚懼，遽詣公謝，且皆和公詩如公之意，自此不復有前作矣。」呂希哲是位道學家，又是位正統的官僚，生怕年輕人思想「出軌」，哪怕「略詆及時事」也不能容許。當然，鑒於崇寧間的黑暗政治，其間也不乏長輩的護犢之情。然而，所謂「如公之意」大約只是幾個年輕人的幌子，在現存呂本中詩歌中，仍有不少「詆及時事」的作品。如擬古其二（詩集卷四）：

寒鷄不能晨，苦雨自朝夕。上爲雲雷巢，下乃龍蜃宅。坐懷陰外天，缺月掛殘魄。少來可喜人，牖户陳玉帛。平生千萬言，略省二三策。牛山所種木，日在斤斧厄。念君十年心，使我雙鬢白。

是詩約作於徽宗大觀間，雖這時黨禍有所緩解，但整個形勢並未根本改變。寒鷄、苦雨、雲雷巢、龍蜃宅，我們不難感悟這些異樣的詩歌意象背後的寓意。「牛山」二句，典出孟子告子上：「孟子曰：牛山之木嘗美矣，以其郊於大國也，斧斤伐之，可以爲美乎？是其日夜之所息，雨露之所潤，非無萌蘖之生焉，牛羊又從而牧之，是以若彼濯濯也。人見其濯濯也，以爲未嘗有材焉。此豈山之性也哉？」趙岐注：「牛山，齊之東南山也。邑外謂之郊。息，長也。濯濯，無草木之貌。牛山木嘗盛美，以在國郊，斧斤、牛羊使之不得有草木耳，非山之性無草木也。」顯然，這是以牛山喻指宋王朝，謂其已遭姦人毁壞，弄得快草木不生。毁壞者爲誰？可不言而喻。十分含蓄的語言，又出自儒門經典，似乎不關「時事」，但明眼人自會體會到詩人對時事的無限憤懣，對國家前途的深深憂慮。又如邵伯路中逢御前綱載末利花甚衆舟行甚急不得細觀也又有小盆榴等皆精妙奇靡之觀因成二絶（詩集卷六）：

花似細薇香似蘭，已宜炎暑又宜寒。心知合伴靈和柳，不許行人子細看。

玉檜盆榴作隊來，異香相趁不相猜。從今閉向深宫裏，莫學江湖自在開。

是詩約作於政和末。詩人已不再用曲筆了，而是「明目張膽」地抨擊昏君奸臣炮製「花石綱」的無耻。由是而論，呂本中早年詩作中「詆及時事」雖非主流，但愛憎分明，在黑暗、恐怖的政治氛圍中，可謂空谷足音。若我們了解詩人常用擬人、比喻等手法和灰暗的意象作掩護，就會發現這類作品數量仍然不少，除上引外，如寄唐充之二十韻（卷六）、兩鶴行（卷七）、惡木（卷一〇）、蛇(同上)等等皆是，表現出詩人非凡的膽魄。

呂本中的詩作，以靖康之難中思想成就最高。對於釀成這場滅頂之災的原因，元祐黨人及其家屬肯定是有「話」要説的。眼看金兵南下，黑雲壓城，呂本中作游西宮有感詩(詩集卷一一)，道：

種種不如意，悠悠無復聽。漫尋村路好，似得片時醒。水隱城坳白，山來樹杪青。晚田收䆉䅋，殘日度笭箵。興入山陰道，詩如壓下亭。荒原子胥廟，千載想儀刑。

䆉䅋、笭箵，乃農民、漁民生産時所用蓑衣、魚筐。只要弄清「西宮」是什麽，是詩的意思就清楚了。所謂西宮即景靈西宮，乃徽宗即位後專爲神宗、哲宗兩位先帝和徽宗母后所建神廟，規模極宏大。是詩作於靖康之難前夕，在如此敏感的時刻，如此「神聖」的地方，呂本中想起了王羲之「每行山陰道上，如鏡中遊」對大好河山的熱愛，以及杜甫「海右此亭古，濟南名士多」對燦爛文化的贊美。江山如此，而國是又如彼，感情極爲複雜。他不禁要問：天下何以至此？這追問勾起的往事太令人不堪，他甚至想到了伍子胥，那位勇於報仇雪恨的古代英雄——如今大難當頭，國賊民蠹應該是清算和懲罰的時候了！

暴風雨終於到來，令宋人如此刻骨銘心：靖康元年，金兵兩次包圍汴京，最初呂本中尚有信心，作京城圍閉之初天氣晴和軍士乘城不以爲難也因成四韵、守城士、聞軍士求戰甚力作詩勉之等詩(詩集卷一一)，以勵士氣。但到次年作丁未二月上旬四首(同上)時，方明白赫赫大宋王朝比他想像的更加腐朽無能，真的「氣數」已盡。請注意「丁未」爲靖康二年。是年二月六日，金人廢徽、欽二帝，另立異姓（張邦昌）爲帝（見三朝北盟會編卷七八）。可以説，此四詩其實就是吕本中唱給已經灰飛煙滅的北宋廟堂的挽歌。不過，吕本中並没有完全絶望，他知道，康王（趙構）這時仍在前綫戰鬬，而將希望寄托在「中興」上。上引四首其一曰：

丞相憂宗及，編氓恐禍延。乾坤正翻覆，河洛倍腥羶。報主悲無術，傷時衹自憐。遥知漢社稷，别有中興年。

北宋滅亡之際，最早提出「中興」口號的，大概就是吕本中了。

在組詩兵亂後自嬉雜詩二十九首（外集卷三）中，吕本中描述了靖康之難中廣大百姓遭受的巨大苦難，如：

廬舍經兵火，頭顱尚在門。風掀灰燼迹，月澀劍鋩魂。鼠穴頻遭斷，燕巢猶半存。看花淚盈眼，寧忍復開尊。

四郊多屬壘，何地可逃生。水水但争渡，城城各點兵。牛亡罷春種，馬奪盡徒行。橐橐經鈔掠，寇來渾不驚。

元方回編瀛奎律髓，從二十九首中選了五首（載卷三二），評論道：「老杜後始有此。」這是中肯的。用血淚凝成驚心動魄的詩句，真實地再現了距今約九百年前發生在中原大地的那次令人毛骨悚然的大血案，亦如杜甫詩，可稱爲「詩史」。紀昀有評曰：「五詩全摹老杜，形模亦略似之，而神采終不及也。」老杜詩固高，但若批評呂本中「全摹」，缺乏「神采」，則是無心無肝的「冷血」。紀昀生活在所謂「乾隆盛世」，他無法理解詩人呂本中，更難認識這組詩歌的歷史價值。

在雜詩二十九首中，呂本中除揭示了金統治者種族滅絕政策的殘暴、貪得無厭和人民遭受的巨大災難外，也揭露了北宋王朝的極度腐朽與荒謬。這裏舉一首就够了。

汾陽六甲士，率衆出中都。欲使親平虜，翻成遠避胡。操戈取金幣，奪馬載妻孥。汝自違天意，何緣保汝軀。

「汾陽六甲士」，「汾陽」指郭京（郭爲山西汾陽人）。或稱其「能施六甲法，可以生擒二將而掃蕩無餘。其法用七千七百七十七人。朝廷深信不疑，命以官，賜金帛數萬，使自募兵，無問技藝能否，但擇其年命合六甲者。所得皆市井游惰，旬日而足」。「金兵圍城危急時，郭京『乃啓宣化門出……引餘衆南遁。是日，金人遂登城』」。其事詳見靖康要録卷一〇、宋史孫傅傳等。在國家生死存亡的緊急關頭，却將守城重任委之於一群騙子、妄人，實在是歷史上僅見的大笑話，千載而下，令人扼腕。可見北宋末的統治集團已經腐朽、墮落到無以復加的地步，若其國之不亡，反倒是怪事。

呂本中的詩歌成就卓著，其思想内容，以上僅略窺一斑，而其藝術成就以及他總結出來的

「活法」詩論，所作江西宗派圖，對中國古代詩學理論的建構與發展，對江西詩派詩人的創作和作品傳播，影響至巨。他還是位道學家，宋元學案卷三六專爲其立紫微學案。這些，本文尚無暇論及。當然，他的作品也存在不少缺點。比如，他一生有許多不幸，在反映外族入侵的鬬爭中無疑是位堅定的愛國者。但作爲統治階級的一員，他未能有些許突破，未能用他的詩思更多地關切和反映民間疾苦，故雖「學杜」，却似乎始終隔了一層。在藝術上，他爲追求語言瘦硬峭拔，時有晦澀枯寂之感，又喜用拗句，缺少閱讀的愉悦感；有些作品疏於打磨，難免粗率；一些詩歌意象顯然重複；等等。但就整體論，這些衹是枝葉，不必深病。

方回在評瀛奎律髓卷一六陳與義道中寒食二首時寫道：「予平生持所見，以老杜爲祖。……宋以後山谷一也，後山二也，簡齋爲三，吕居仁爲四，曾茶山(幾)爲五，其他與茶山伯仲亦有之，此詩之正派也。餘皆傍支别流，得斯文之一體者也。」同上書卷二六陳與義清明詩，方回又評曰：「嗚呼！古今詩人當以老杜、山谷、後山、簡齋四家爲一祖三宗，餘可預配饗者有數焉。」其「一祖三宗」説，後世多詬病之。若以更廣闊的視野觀照過往詩壇，方回的説法的確問題不少，主要在立論太囿於江西宗派立場(如所謂「正派」、「傍支别流」説)，此不論。但他將吕本中推到「一祖三宗」之後第一人，也就是後期江西詩派領袖的位置，是基本符合實際的。

四、吕本中詩集的編刻與整理

吕本中的詩歌作品，疑生前或逝世後不久即有刊本行世。陳造(一一三三——一二〇三)江湖長翁集卷三一題呂居仁詩曰：「始余貧甚，僅得建本熟讀，心終不愜。丙午，主吴門教印，得此本，尋舊書闕三之一，以是知貧而學，政自不易，力能得書，不應遽忘云。」他所説的「建本」（福建書坊刻本），很可能就是晁公武郡齋讀書志（衢本）卷一九著録的「呂居仁集十卷」本，蓋收詩不全，故較後來新編刻的本子（沈本，詳下）少三分之一。此本久已失傳。

陳造所説「丙午，主吴門教印，得此本」，丙午爲孝宗淳熙十三年（一一八六），「此本」當指沈度乾道元年（一一六五）編刻本，呂本中摯友曾幾有序，略曰：

儀真沈公宗師，名卿之子，少卓犖有奇志，方黨禁未解時，不顧流俗，專與元祐故家厚，公尤知之，往來酬唱最多。沈公之子公雅（度），以通家子弟從公游，公稱之甚。乾道初元，幾就養吴郡，時公雅自尚書郎擢守是邦，暇日裒集公詩，略無遺者，次第歲月，爲二十通，鋟板置之郡齋。蓋公之知沈氏父子也深，故公雅編次之也備。

這是呂集在宋代的第二個刻本，顯然較上述建本好得多。此本國内失傳已久，幸日本内閣文庫尚存一部，民國時上海商務印書館已影印入四部叢刊續編。張元濟將此宋本與涵芬樓所藏陳仲魚（鱣）舊鈔本互校後，跋影印本道：「卷十全卷其詩皆與宋本不合。卷六闕東園七絶一首，卷七寄江端本「本」陳鈔誤「太」。子之晁冲之叔用一首脱二十字，「相望有道術，那得厭塵寰。聖治先三輔，皇威極百蠻。」卷八首闕問晁伯宇疾二首、商河村決一首、新霜行題一行詩二韻，「新霜下幽蘭，昔在顧盼間。過時理當爾，敢復致一言。」凡十九行。又將赴海陵出京一首，末闕注文三十五字。」

由此可見，宋乾道本無疑是現存呂本中詩集中最好的本子。

宋代第三個刻本，爲慶元己未（五年，一一九九）校官黄汝嘉增刊江西詩派本。此本陳振孫直齋書録解題卷二〇著録，爲東萊集二十卷、外集三（原誤「二」，據現存本改）卷。此本僅存宋刊殘本，爲東萊先生詩集三卷（卷十八、十九、二十），又外集三卷全。一九一八年（戊午）秋，傅增湘得之於北京帶經堂書坊。一九三六年（丙子），作書後記其版式道：

半葉十行，每行二十字，白口，左右雙闌。版心上方記字數若干，下方記刊工姓名，可辨者有黄鼎、吴仲、余章、弓定、曾茂、高仲諸人名，及傑、遂、興、汝、升、明、延、壽、昌、升、郁、孜、贊、敬、京、卞、霞諸名各一字。詩集於上魚尾下標「東萊集十八」等字，外集標「東萊外一」等字。每卷首行書名下空四格，題「江西詩派」四字。詩集後有乾道二年四月六日贛川曾幾題二葉，題前下注「增刊」二字。外集前有目録四葉，目後題「慶元己未校官黄汝嘉增刊」一行。刻工精整，字仿顔平原體，結構方嚴，而氣息渾厚，似是江西所刻。收藏有「寶勅堂印」、「蘇衛指揮使印」、「葛閬中印」、「東望」諸印記，其人皆不可考矣。

書後又論證黄本即依沈本重刊，其説準確。該校本正集雖殘，但外集完好無損，其珍貴不言而喻。此殘宋本今藏國家圖書館。

呂集明代未聞有刊本。清咸豐九年（一八五九），裔孫呂儁孫刊東萊先生詩集，底本爲從坊肆購得的抄本。傅增湘以黄本與呂儁孫新刻相校，「差訛之處甚夥，小注咸删落無存，三卷之中，補正至一百六十餘字。其尤足詫怪者，則第十全卷與沈本無一首相符，而檢余本核之，正爲外集之首卷。且新刻於此卷缺字空行，彌望盈幅，取校宋刻，幸皆綴完，凡所補正，殆近二百言。羼雜凌亂，至斯而極，殊不可解。余以私意測之，此集（指沈本）年代曠遠，展轉移寫，此卷（卷十）適亡，幸其時外集尚存，無知市估遂移取首卷以彌其闕，不知其作詩歲月與前後卷迥不相接，識者一展卷而疑其罅漏，然非親睹宋刊，又焉能破其作僞之迹耶！」所言極是。黄汝嘉刊本精整，但仍以疏於校勘爲憾，今以外集三卷與沈本相校，有七首詩爲重收。

吕本中詩集，長期以來缺乏整理與研究，近年情況方有所好轉。一九九一年，安徽黄山書社出版沈暉校點本東萊詩詞集，收入安徽古籍叢書，正集二十卷以影印乾道本爲底本，外集三卷以影印慶元本爲底本。一九九八年，全宋詩第二十八册出版，收謝思煒校點吕本中卷，底本同上。二〇一七年，中華書局出版韓酉山吕本中詩集校注，底本亦同。拙著吕本中詩集箋注，底本仍與上述諸本同，即正集用四部叢刊續編影印乾道沈度刻本，外集用北京圖書館出版社二〇〇六年中華再造善本叢書影印慶元黄汝嘉刻本。兩書爲吕集善本的不二選擇。

至於校本，由於底本質量好，除慶元間黄汝嘉所刊江西詩派本東萊先生詩集卷十八、十九、二十凡三卷，以及外集重出詩（以下簡稱「黄本」）較重要外，後代各本的校勘價值不大。計有：

一、影印文淵閣四庫全書本（以下簡稱「四庫本」）。四庫本用馬裕家藏本爲底本，闕漏錯訛極多，加之以時忌大量改換字句，是十足的劣本，但仍有可據、可參處，當是四庫館臣的校理成果（四庫館似亦别無善本，蓋用理校法）。

二、影印殘本永樂大典卷八九五「支」字韵吕居仁集。

三、影印文淵閣四庫全書本兩宋名賢小集紫微集（舊題宋陳思編、元陳世隆補）。

四、清曹庭棟編宋百家詩存紫微集（影印文淵閣四庫全書本）。

五、清鈔本，影印宋集珍本叢刊。

其他相關總集、選本如後村千家詩、瀛奎律髓及李慶甲彙評、明曹學佺編石倉歷代詩選、清陳焯編宋元詩會，以及宋人所纂詩話、筆記、類書等，皆根據需要參校。

本書祇收吕本中詩歌作品，包括正、外兩集及輯佚詩，皆一一爲之箋注。正、外兩集按原編次第不變，統編爲二十三卷，最後三卷爲外集。輯佚詩及斷句附於後，斷句不注釋。吕本中集部書中，近人趙萬里輯紫微詞一卷，唐圭璋全宋詞據以入編，稍有增補，凡二十七首，因其爲詩之别體，本書不收。吕本中有文集若干卷，陸游嘗爲之序，稱乃本中嗣孫吕祖平所輯，不知曾付梓否，久佚。今人所編全宋文輯得佚文二卷，多爲殘篇，有的爲專書（如官箴），本書不收。尤袤遂初堂書目著録吕居仁奏議，不詳卷數，久佚不傳。

本書箋注以考明典實、疏通疑難字句爲主，對詩意略作解讀歸納，供讀者參考，但不過多闡發。原書偶有詩人自注，極爲重要，爲充分利用但又不致重複，兹將其悉數移於箋注之中。除自注外，底本猶有原校，當是沈度作，稱「一作某某」，或「一本作某某」。所用校本不詳，臆測蓋有兩種：一是稿本別有修改，二是前引陳造所謂「建本」。原校可據改底本者，嚴格掌握尺度，擇善而從；兩可或存疑者，録以備考，皆出校説明。所校後代各本，原則亦如是，但如四庫本以清人時忌擅改之字句，毫無保留價值，皆隻字不取。

需要特别説明的是，傳世的兩宋名賢小集，舊題宋陳思編、元陳世隆補，四庫提要已懷疑其僞託編者，但以爲「編詩之人雖出贋託，而所編之詩則非贋託」。但事實上，該書所收並非没有「贋託」，甚至也不全是宋詩。兩宋名賢小集收紫微集四卷，絶大多數取自吕本中詩集，但亦有二十多首不詳來歷，其中唯次韵錢遜叔泛舟虹橋一首，錢遜叔即錢伯言，屢與吕本中唱和，今將其録於輯佚中，餘皆不收。清蔣光煦舊藏鈔本紫微集二十卷（今藏國家圖書館），有二十多首即見於兩宋名賢小集；又三十七首既不見於宋、元文獻，也不見於兩宋名賢小集，雖不完全排除其中有吕詩之可能，但爲慎重起見，本書也一律不收。除上述外，文獻中猶有題吕本中的僞詩多首，實由誤編誤署，因散見於吕集之外，用數據庫檢索便知，故可直接排除，不作考辨。

本書有附録三種：傳記、序跋與著録爲附録一；諸家評論爲附録二；吕本中年譜爲附録三。沈本正集曾幾序稱沈度編書時曾「次第歲月」，即按年、月編次。今考其本，蓋大致如此，然問題很多，又因詩題所注年代（疑出沈度手）不足十條，而詩中原有繫年信息極少，加之時代久遠，所謂「次第歲月」只是編者默認而已，後世讀者對各年起訖已無從辨識，故其「次第」幾與未次第等。筆者於是統合正、外兩集，仔細梳理，以詩人自注、詩題注及詩中相關時間元素爲基礎，再稽考各詩寫作背景，發掘史料文獻記載的詩本事，並適當參酌原編次第，試圖建構起一個以文獻爲基礎，以時間爲經，以繫年作品爲緯的框架，即所謂「年譜」來，以供參考。然此工程浩大，目前只是草創，尚待逐步完善。

本書經數年努力，於二〇一七年七月完成初稿，再用一年時間修訂打磨，編撰附録，至此已多歷年所。蒙上海古籍出版社奚彤雲、杜東嫣女史謬加鼓勵，雖年已「從心所欲」，但「不逾矩」則遥不可及，惟心無旁騖差近之，故聊賈餘勇，勉成此編。責編彭華女士認真負責，審校甚勤，均在此深表謝忱。限於水平，其間疏誤定然不少，敬祈讀者、專家不吝賜教。

祝尚書

二〇一八年九月改定於成都

二〇二一年四月十日校訂畢

呂本中詩集箋注目録

吕本中詩集箋注卷二

呂本中詩集箋注卷三

吕本中詩集箋注卷四

呂本中詩集箋注卷五

呂本中詩集箋注卷六

呂本中詩集箋注卷七

吕本中詩集箋注卷八

呂本中詩集箋注卷九

呂本中詩集箋注卷一〇

呂本中詩集箋注卷一一

吕本中詩集箋注卷一二

吕本中詩集箋注卷一三

吕本中詩集箋注卷一四

吕本中詩集箋注卷一五

吕本中詩集箋注卷一六

呂本中詩集箋注卷一七

吕本中詩集箋注卷一八

吕本中詩集箋注卷一九

呂本中詩集箋注卷二〇

呂本中詩集箋注卷二一

呂本中詩集箋注卷二二

呂本中詩集箋注卷二三

呂本中詩集箋注卷一

暮步至江上〔一〕

客事久輸鸚鵡盃〔二〕，春愁如接鳳凰臺〔三〕。樹陰不礙帆影過，雨氣却隨潮信來〔四〕。山似故人堪對飲〔五〕，花如遺恨不重開。雪籬風榭年年事，辜負風光取次回〔六〕。

〔一〕按宋本呂本中東萊先生詩集（即本書底本）曾幾序，稱該書爲編年排列。本卷後有晚步至江上（「浦口生春緑未酣」）詩，曾季貍艇齋詩話謂十六歲時作，並有摘句。然該詩原有注，稱作於大觀二年（一一〇八），兩説顯然矛盾。疑曾氏所指十六歲作乃此首，而誤摘大觀二年詩；或注「大觀二年」不出呂本中之手，因兩詩標題相近難以分别，遂致詩話、詩集兩相牴牾。别無繫年綫索可考，兹姑依舊。參後大觀二年晚步至江上詩注。

〔二〕「客事」句：輸，此指虧欠。鸚鵡盃，本書卷二山陽寶應道中與汪信民兄弟洪玉父杜子師張益中日夕過從自過高郵不復有此樂也因作此詩寄懷詩自注：「李太白有鸚鵡盃、鸚鵡杓，二物名雖異，其用則一也，故得借用，亦以發諸公一笑也。」按李白襄陽歌：「鸕鷀杓，鸚鵡盃，百年三萬六千日，一日須傾三百盃。」宋楊齊賢集注：「山海經：黄山有鳥，其形如鴞，青羽、赤喙、人舌，能言，名鸚鵡。鏤杯爲之形。今人以海螺如鸚鵡形，作之，亦曰鸚鵡杯。並酒器名也。」此泛指酒杯，代指酒，謂爲客在外，很久未能暢飲。

〔三〕「春愁」句：詩題稱「暮至江上」，江，指長江，鳳凰臺在建康（今江蘇南京）。祝穆方輿勝覽卷一四江東路建康府：「鳳凰臺，故基在保寧寺後。」李白登金陵鳳凰臺：「鳳凰臺上鳳凰遊，鳳去臺空江自流。吴宫花草埋幽徑，晋代衣冠成古丘。三山半落青天外，二水中分白鷺洲。總爲浮雲能蔽日，長安不見使人愁。」楊齊賢集注：「宋元嘉中，王覬見異鳥集於山，時謂鳳凰，遂起臺於山。」此句謂自家遭遇所引發之「春愁」，與李白當年登鳳凰臺相同。

〔四〕「雨氣」句：白居易浪淘沙：「借問江潮與海水，何似君情與妾心？相恨不如潮有信，相思始覺海非深。」又唐崔峒登潤州芙蓉樓：「上古人何在？東流水不歸。往來潮有信，朝暮事成非。」艇齋詩話：「東湖（徐俯）喜吕東萊『樹陰不礙帆影過，雨氣却隨潮信來』。」

〔五〕「山似」句：唐趙嘏下第後歸永樂里自題二首其一：「無地無媒只一身，歸來空拂滿床塵。尊前盡日誰相對？唯有南山似故人。」

〔六〕「雪籬」二句：杜甫將别巫峽贈南卿兄瀼西果園四十畝：「雪籬梅可折，風榭柳微舒。」取次，依次。兩句言冬景春光如此之美，可惜客中未能盡情欣賞，真辜負大自然恩賜。

題張君墨竹 崇寧五年，宿州〔一〕

張卿畫竹今成癖，笑語揮毫不作難。欻見高標起蕭瑟，坐令炎暑變荒寒〔二〕。筆頭似有千年韵〔三〕，胸次猶須萬斛寬〔四〕。歲晚雪霜君記取〔五〕，此君懷抱要重看〔六〕。

〔一〕張君，詩中又尊稱爲張卿，當是張舜民。舜民字芸叟，自號浮休居士，邠州（今陝西彬縣）人。治平二年（一〇六五）進士，累遷至秘書少監。坐元祐黨籍，復集賢殿修撰。原有畫墁集百卷，後散佚。現存永樂大典本畫墁集僅八卷。坐黨籍時，曾因詩句爲轉運判官李蔡所奏，貶監郴州酒税，作郴行録以紀行。畫墁集卷七即郴行録首卷，記赴郴州路過符離時，曾遊劉氏園：「乙酉，率建安進士葉浮遊北郭劉氏園。園多奇石，乃符離土産，有丈餘者。紺潤詭怪，非京師者所擬也。」按：舜民能詩文，又善畫，元夏文彦圖繪寶鑒卷三、陶宗儀書史會要卷六等皆有著録，謂長於山水。今傳文集中有題薛判官秋溪烟竹詩一首，曰：「深墨畫竹竹明白，淡墨畫竹竹帶烟。高堂忽爾開數幅，半隱半見如自然。」知其對墨竹亦有研究，未必山水外不旁涉也。墨竹，以墨所畫之竹。蓋起源於唐末，尤以後蜀時畫家黄筌著名。北宋間文同、蘇軾等亦擅此技。詩題下注：「崇寧五年，宿州。」崇寧五年爲一一〇六年。宋史徽宗紀二：崇寧五年春正月戊戌，「彗出西方，其長竟天。……乙巳，以星變避殿損膳。詔求直言闕政。毁元祐黨人碑。復謫者仕籍，自今言者勿復彈糾。丁未，太白晝見，赦天下，除黨人一切之禁。……庚戌，詔：崇寧以來左降者，各以存殁稍復其官，盡還諸徙者」。宿州，元豐九域志卷五淮南東路：「上，宿州，符離郡，保静軍節度。」原注：「治符離縣。」符離縣，今爲符離鎮，屬安徽宿州市埇橋區。吕祖謙東萊公（好問）家傳：崇寧初，吕本中祖父希哲入元祐黨籍，「廢居宿州。公（吕好問）亦以元祐子弟例不得至京師」。吕本中亦在宿州陪侍其父、祖。由於無論官場、學界吕希哲都影響很大，張舜民政治上又與他們同道，故途經宿州時拜見吕氏一家並作畫，情理皆宜。

〔二〕「欻見」二句：欻，文選顔延年赭白馬賦：「欻聳擢以鴻驚。」李善注引薛綜西京賦注曰：「欻，忽也。」高標，指所畫竹；蕭瑟、荒寒，指畫面景色；炎暑，乃當時節候。杜甫題壁畫馬歌（一作題壁上韋偃畫馬歌）：「韋侯别我有所適，知我憐君畫無敵。戲拈秃筆掃驊騮，欻見騏驎出東壁。一匹齕草一匹嘶。坐看千里當霜蹄。」坐，因。

〔三〕「筆頭」句：筆頭，指筆下。白居易勸酒：「造化筆頭雲雨生。」千年韵，謂韵味極長。

〔四〕「胸次」句：蘇軾謝陳季常惠一揞巾：「夫子胸中萬斛寬，此巾何事小團團。」斛，古代容量單位，十斗（南宋改爲五斗）爲一斛。萬斛，極言容量之大。

〔五〕「歲晚」句：雪霜，謂竹耐寒。説文：「竹，冬生草也。」蘇軾墨君堂記：「世之能寒燠人者，其氣餒亦未至若雪霜風雨之切於肌膚也，而士鮮不以爲欣戚，喪其所守。自植物而言之，四時之變亦大矣，而君獨不顧，雖微與可（文同），天下其孰不賢之？」君，指畫家張舜民。

〔六〕「此君」句：此君，指竹。世説新語任誕：「王子猷（徽之）嘗暫寄人空宅住，便令種竹。或問：『暫住，何煩爾？』王嘯詠良久，直指竹曰：『何可一日無此君？』」重看，重新評價。

陰

涼風森爽遽如許〔一〕，天氣蕭條殊未佳〔二〕。密逕留陰鎖苔竹〔三〕，敗畦藏雨鬭蛙蟆〔四〕。碧雲莫合人千里〔五〕，丹鳳愁看天一涯〔六〕。唯有雙叢庭下菊，殷勤還作去年花〔七〕。

〔一〕「涼風」句：初學記卷一天部風第六：「秋，涼風至。」又曰：「北風曰涼風。」原注：「詩云：『北風其涼。』（按見詩經邶風北風）」杜甫樂遊園歌：「樂遊古園崒森爽，煙綿碧草萋萋長。」仇兆鰲注：「森爽，森疏而爽豁也。」遽如許，忽然如此。蘇軾雷州八首其二：「荔子無幾何，黃柑遽如許。」

〔二〕「天氣」句：蕭條，連綿字。楚辭屈原遠遊：「山蕭條而無獸兮。」王逸注「蕭條」爲「寂寥」。顏真卿寒食帖：「天氣殊未佳，汝定成行否？」

〔三〕「密邇」句：杜甫將别巫峽贈南卿兄瀼西果園四十畝：「苔竹素所好，萍蓬無定居。」仇注引杜臆曰：「苔竹、萍蓬，凑合生新。」元李衎竹譜：「苔竹，寰宇記云：信州貴溪水南流，上源數十里生苔竹。苔痕點暈，狀如瑑玉，榦直可爲杖。」

〔四〕「敗畦」句：畦，田園；敗畦，荒蕪之田園。雨，指水。蛙蟆，青蛙、蛤蟆。杜牧長安雜題長句六首其六：「誰識大君謙讓德，一毫名利鬬蠹蟇。」蠹蟇，同「蛙蟆」。

〔五〕「碧雲」句：莫，「暮」之本字。秦觀謁禹廟：「碧雲暮合稽山暗，紅芰秋開鑑水香。」

〔六〕「丹鳳」句：杜甫送覃二判官：「餞爾白頭日，永懷丹鳳城。」趙彦材注：「丹鳳城，指言長安帝城也。秦穆公女弄玉吹簫，鳳集其城，因號丹鳳城。」此以丹鳳代指北宋都城開封。

〔七〕「殷勤」句：李商隱憶梅：「定定住天涯，依依向物華。寒梅最堪恨，長作去年花。」此以菊代梅。

符離諸賢詩〔一〕

窮居日荒凉，杜門與世絶〔二〕。親故日夜疏，詩書固宜缺。符離雖陋邦，賢士稍羅列。德操青雲器〔三〕，議論輩前哲〔四〕。外貌發英華〔五〕，中心瑩冰雪〔六〕。介然特立士，勁氣剛於鐵〔七〕。攘臂辨是非，孰能逃區別。信民粹而和〔八〕，名利誠難悦。汩没稠人中〔九〕，獨抱雲松節〔一〇〕。偉哉二三子〔一一〕，寔乃邦家傑〔一二〕。我來從之遊，内顧慚疏拙。欣然對三益〔一三〕，放懷歌數闋。已矣不須言，渠當爲君説〔一四〕。

〔一〕符離，縣名，宿州治所，見前題張君墨竹詩注。諸賢，吕本中東萊吕紫微師友雜志（以下簡稱師友雜志）：「崇寧初，予家宿州，汪信民爲州教授，黎確介然初登科，依妻家孫氏居。饒德操亦客孫氏，每從予家游。三人者嘗與予及亡弟揆中由義會課，每旬作雜文一篇，四六表啓一篇，古律詩一篇。旬中會課，不如期者罰錢二百。」

〔二〕「窮居」二句：崇寧元年（一一〇二）三月，籍黨人，凡五十餘人，「並令三省籍記，不得與在京差遣」（皇朝編年綱目備要卷二六）。次年三月乙酉，詔：「黨人子弟毋得至闕下。」尋又詔：「元符末上書進士充三舍生者罷歸。」（宋史紀事本末卷四九蔡京擅國）「以『元祐學術』政事聚徒傳授者，委監司察舉，必罰無赦。」同年六月庚申，徽宗又詔曰：「元符末上書進士，類多詆訕，令州郡遣入新學，依太學自訟齋法，候及一年，能革心自新者許將來應舉，其不變者當屏之遠方。」（宋史徽宗紀一）是年吕希哲以元祐黨人落職，攜子好問、孫本中等寓居符離，「窮居」、「杜門」指此。

〔三〕「德操」句：德操，即饒節（一〇六五—一一二九），字德操，一字次守、進父，臨川（今屬江西撫州）人。數舉進士不第，與陳師道等遊，又從吕希哲問學。爲曾布客，因政見不合，遂出家爲僧，住鄧州香巖寺，法名如璧，自號倚松道人。著倚松老人詩集十四卷，今傳江西詩派本二卷。事迹見嘉泰普燈録卷一二香巖倚松如璧禪師傳。青雲器，謂立志高遠之士。文選顔延年五君詠阮始平：「仲容青雲器，實禀生民秀。」李善注：「青雲，言高遠也。史記太史公曰：夫閭巷之人欲砥行立名者，非附青雲之士，惡能施於後代哉？」又杜甫送顧八分文學適洪吉州：「嚮者玉柯人，誰是青雲器？」

〔四〕「議論」句：輩前哲，謂其立場、觀點與前代哲人（指元祐黨人）相類。

〔五〕「外貌」句：杜甫有事於南郊賦：「英華發外，非因乎龔簾之高。」

〔六〕「中心」句：中心，心中也。瑩冰雪，剔透潔浄如冰雪，謂品德高尚。司馬光和張仲通追賦陪資政侍郎吴公臨虚亭燕集寄呈陜府祖擇之學士：「吴公昔爲守，治行瑩冰雪。」

〔七〕「介然」二句：介然，即黎確，字介然，見上引師友雜志及童蒙訓卷中。特立士，東觀漢記卷一六耿嵩傳：「耿嵩，字文都，鉅鹿人。履清高之節，齔童介然特立，不隨於俗，鄉黨大人莫不敬異之。」剛於鐵，隋魏彦深鷹賦：「身重若金，爪剛如鐵。」

〔八〕「信民」句：信民，即汪革（一〇七一—一一一〇），字信民，一字伯更，亦臨川人。家貧好學，少從饒節、謝逸等遊。紹聖四年（一〇九七）登進士第，歷潭州、宿州教授，改官得宗子博士，不願爲京官，出爲楚州教授。在宿州時，嘗師事吕希哲（見前引師友雜志）。事迹見晁説之汪信民哀辭（景迂生集卷二〇）、周彦約青溪汪先生（革）傳（新安文獻志卷七七）。陳振孫直齋書録解題卷一七著録其青溪集十七卷，同書卷二〇又著録江西詩派本青溪集一卷，皆久已失傳。粹而和，謂信念堅定，爲人隨和。

〔九〕「汩没」句：杜甫贈陳二補闕：「世儒多汩没，夫子獨聲名。」九家集注杜詩注：「汩没，不振之貌。」稠人，即衆人。漢書灌夫傳：「稠人廣衆，薦寵下輩，士亦以此多之。」顔師古注：「稠，多也。下輩，下等之人也。每於人衆之中，故寵薦也。」

〔一〇〕「獨抱」句：雲松，高大入雲之松。論語子罕：「子曰：歲寒，然後知松柏之後彫也。」何晏集解：「大寒之歲，衆木皆死，然後知松柏不彫傷。平歲則衆木亦有不死者，故須歲寒而後别之。喻凡人處治世，亦能自修整，與君子同；在濁世，然後知君子之正不苟容。」

〔一一〕「偉哉」句：二三子，論語述而：「子曰：二三子以我爲隱乎？吾無隱乎爾。」何晏集解引包（咸）曰：「二三子，謂諸弟子。」又左傳僖公二十八年：「既不獲命矣，敢煩大夫謂二三子。」此猶言諸人。

〔一二〕「寔乃」句：詩經小雅南山有臺：「樂只君子，邦家之基。」鄭玄箋「邦家之基」爲「國家之本」。邦家之傑，乃仿其句，謂爲國家傑出之士。唐賈至郭子儀兵馬副元帥制：「高視前古，實邦家之傑，豈獨爲予，社稷之衛。」

〔一三〕「欣然」句：三益，論語季氏：「孔子曰：益者三友，損者三友。友直、友諒、友多聞，益矣。友便辟，友善柔，友便佞，損矣。」

〔一四〕「渠當」句：渠，第三人稱代詞，相當於「他」、「它」或複指「他們」、「它們」，此指所謂「數闋」之歌，即本詩也。

德操充之皆約九月間見過今皆未至扶杖出門悠然有感〔一〕

病着文書懶出門，偶扶藜杖看行雲〔二〕。屋頭日在轉花影，水面風來散縠紋〔三〕。不厭莫城千嶂合〔四〕，稍令明月萬家分〔五〕。小庭留得清秋在，已見霜紅未見君。

〔一〕德操，即饒節，已見前詩注。充之，陳瓘唐充之墓誌銘：「充之姓唐氏，諱廣仁，充之字也。其先幽州（師友雜志稱北京人，同）人。……咸平中，曾祖克勤被詔試武藝，授三班借職，以天雄軍管界巡檢使卒於官，因家焉，遂爲大名内黄人。……中元祐六年（一〇九一）進士第，調乾寧軍司法參軍。……後爲常州録事參軍。……當改官，坐元符末上書，命格不下，調監壽州開順口鹽礬酒稅，未赴，丁母憂。服闋，監蘇州酒稅務。郡守李尚書孝壽治尚峻猛，不任僚屬，充之權幕官，敢與論曲直，蘇人多賴之。後守盛待制章於充之爲姻家，初與充之善，郡人朱氏有勢焰，守所歆慕，衆皆帖帖屈隨，而充之一切自異，著憎慢之迹。守不能堪，衆或怒，置充之于獄，吹毛無實，以酤酒點饒爲罪。充之既廢，貧困不能北歸，居楚之寶應，益以讀書教子爲事。又七年，以疾卒于家，宣和己亥（元年，一一一九）五月丙辰也。」據墓誌銘云，墓誌所據即吕本中所作行狀（已佚）。又據宋會要輯稿職官六八之二一：崇寧元年（一一〇二）九月十四日，詔開具元符三年（一一〇〇）臣僚章疏姓名，唐廣仁在「邪中」。

〔二〕「病着」二句：着，捧也。文書，泛指書籍。藜杖，藜，植物名，莖直立，堅老時可爲杖。後泛指手杖。白居易林下閒步寄皇甫庶子：「扶杖起病初，策馬力未任。既懶出門去，亦無客來尋。」

〔三〕「水面」句：縠紋，喻指水之波紋。縠，極薄之紗。蘇軾和張昌言喜雨：「禁林夜直鳴江瀨，清洛潮回起縠紋。」又黄庭堅次韵李任道晚飲鎖江亭：「忽思鍾陵江十里，白蘋風起縠紋生。」

〔四〕「不厭」句：莫，與「暮」爲古今字。郭祥正孤山：「塵寰千嶂合，月窟一峰孤。」

〔五〕「稍令」句：萬家分，謂讓所有人分享月色。唐李群玉中秋維舟金山看月：「夜深高不動，天下仰頭看。」

遊劉氏園 大觀元年，宿州〔一〕

暖日温風破淺寒〔二〕，短青無數簇幽蘭〔三〕。三年止酒償春意，可忍花梢帶面看〔四〕。

〔一〕大觀爲徽宗年號，大觀元年爲一一〇七年。上年（崇寧五年）正月，因彗星出西方，其長竟天，徽宗以爲乃天譴，於是毁元祐黨人碑，除黨人之禁。秋七月，因日當食而不虧，於是詔改元爲大觀。按「大觀」一詞出周易觀卦，彖詞曰：「大觀在上，順而巽，中正以觀天下。」意欲以不偏不倚（中正）之態度治理國家。參見前題張君墨竹詩注。劉氏園在宿州符離縣城北，多奇石，見前題張君墨竹詩引張舜民畫墁集卷七郴行録。

〔二〕「暖日」句：文選顏延年祭屈原文：「温風怠時，飛霜急節。」李善注：「温風長物，飛霜殺物也。周書曰：『小暑之日，温風至。』」

〔三〕「短青」句：短青，剛萌芽之青草。唐曹鄴三愁詩：「澗草短短青，山月朗朗明。」幽蘭，蘭草原生於高山深谷水澤荒僻幽遠之地，故稱。

〔四〕「可忍」句：面，面具。帶面，此指飲酒，謂酒勁上臉成紅色，猶如戴着面具。檢呂本中别有浣溪沙詞，曰：「暖日温風破淺寒，短青無數簇幽蘭，三年春在病中看。中酒心情渾似夢，探花時候不曾閑。故園芳信隔秦關。」近人唐圭璋先生據趙萬里輯紫微詞編入全宋詞，案曰：「此首謝逸溪堂詞誤收，暖日二句，亦見東萊先生詩集卷一，可證必係呂作。」今再按：宋曾慥編樂府雅詞卷下收是詞於呂本中名下，亦可證溪堂詞之誤。然詞乃詩之增補加工，並不完全相同。

上元〔一〕

步屧荒園日已昏〔二〕，呼兒當逕埽苔痕〔三〕。春愁不作遊人地，細雨殘梅過上元。

〔一〕上元，初學記卷四正月十五日：「史記樂書曰：漢家祀太一，以昏時祠到明。」注：「今人正月望日夜游觀燈，是其遺事。」白孔六帖卷四正月十五：「正月十五日爲上元。」

〔二〕「步屧」句：屧，拖着鞋走。杜甫重過何氏五首其二：「向來幽興極，步屧過東籬。」

〔三〕「呼兒」句：埽苔痕，謂荒園此前無人遊，自己來後方呼侍兒清掃道路。張詠遊桃源觀：「多少尋真舊題處，我來重與拂苔痕。」

柳

含烟帶雨過平橋，嫋嫋千絲復萬條〔一〕。張令當年成底事，風流才似女兒腰〔二〕。

〔一〕「嫋嫋」句：唐賀知章詠柳：「碧玉裝成一樹高，萬條垂下緑絲縧。不知細葉誰裁出，二月春風似剪刀。」

〔二〕「張令」二句：張令，指張緒，嘗爲益州令。南史卷三一張緒傳：「劉悛之爲益州，獻蜀柳數株，枝條甚長，狀若絲縷。時舊宮芳林苑始成，（宋）武帝以植於太昌靈和殿前，常賞玩咨嗟，曰：『此楊柳風流可愛，似張緒當年時。』其見賞愛如此。」底事，何事。杜甫絶句漫興九首之九：「隔户楊柳弱嫋嫋，恰似十五女兒腰。」少女腰細，故以柳條爲喻。

喜雨

天乞幽人一夜凉〔一〕，故教微雨送斜陽。暝陰籠樹山更好〔二〕，爽氣侵人土自香。多病不眠唯藥裹〔三〕，居閑長坐只繩床〔四〕。五年謬作江湖客〔五〕，幾對鱸魚憶故鄉〔六〕。

〔一〕「天乞」句：天乞，向天乞求。幽人，隱居高尚之士，乃自指。周易履卦：「九二，履道坦坦，幽人貞吉。」象曰：「幽人貞吉，中不自亂也。」王弼注：「履道尚謙，不喜處盈，務在致誠，惡夫外飾者也。」嵇詔酒會詩：「酒中念幽人，守故彌終始。」

〔二〕「暝陰」句：籠樹，謂陰如籠，樹罩在陰影中。杜甫送段功曹歸廣州：「峽雲籠樹小，湖日落船明。」

〔三〕「多病」句：藥裹，即藥袋。亦稱裹藥。漢書外戚列傳下孝成趙皇后（飛燕）傳：「（籍）武發篋中，有裹藥二枚。」

〔四〕「居閑」句：繩床，南北朝時由印度傳入之坐具，又稱胡床。其制「高可七寸，方纔一尺，藤繩織内，脚圓且輕」（唐義浄南海寄歸内法傳卷一食坐小床）。後來增加高度，設置靠背，變爲交椅。宋王觀國學林卷四繩床：「繩床者，以繩貫穿爲坐物，即俗謂之交椅之屬是也。」李白草書歌行：「吾師醉後倚繩床，須臾掃盡數千張。」

〔五〕「五年」句：吕本中於崇寧元年（一一〇二）與家人到宿州居住，謂五年，則是詩當作於崇寧五年。

〔六〕「幾對」句：晋書張翰傳：「張翰，字季鷹，吴郡吴人也。……齊王冏辟爲大司馬東曹掾。冏時執權，翰謂同郡顧榮曰：『天下紛紛，禍難未已。夫有四海之名者，求退良難。吾本山林間人，無望於時。子善以明防前，以智慮後。』榮執其手，愴然曰：『吾亦與子采南山蕨，飲三江水耳。』翰因見秋風起，乃思吴中菰菜、蓴羹、鱸魚膾，曰：『人生貴得適志，何能羈宦數千里以要名爵乎！』遂命駕而歸。」

舍東舊有花數百株自去歲大雨道路阻絶不復可尋感歎成詩

無數新花替舊叢，兔葵高卧占春風〔一〕。向來桃李成蹊處〔二〕，今在陂塘渺莽中〔三〕。

〔一〕「兔葵」句：太平御覽卷九九四百卉部一菟葵：「爾雅曰：『莃，菟葵。』郭璞注：『頗似葵而葉小，狀如藜，有毛，汋啖之滑。』廣志曰：『菟葵瀹之可食。』」可入藥。

〔二〕「向來」句：史記李將軍列傳：「諺曰：桃李不言，下自成蹊。」索隱：案姚氏云：「桃李本不能言，但以華實感物，故人不期而往，其下自成蹊徑也。以喻（李）廣雖不能出辭，能有所感，而忠心信物故也。」

〔三〕「今在」句：陂塘，池塘。渺莽，幽微不可見貌。按：是詩作於元祐黨禍中，以兔葵、桃李相對，詠物中當有寓意，蓋言新黨得勢，元祐黨人門生故舊亦遭迫害。

送文潛歸因成一絶奉寄〔一〕

水天空闊片帆開，野岸蕭條送騎回。重到張公泊船處，小亭春在鎖青苔〔二〕。

〔一〕文潛，張耒（一〇五四—一一一四）字，楚州淮陰（今爲江蘇淮安下轄區）人。幼穎異，十三歲能爲文。游學於陳，學官蘇轍愛之，因得從（蘇）軾游，軾亦深知之，稱其文汪洋冲澹，有一倡三歎之聲。弱冠第進士，爲臨淮主簿。歷秘書省正字、著作佐郎、秘書丞、著作郎、史館檢討，居三館八年。擢起居舍人。紹聖初以直龍圖閣知潤州，坐元祐黨籍。崇寧初復坐黨籍，落職，主管明道宫。後又以罪謫黄州。善詩文，爲「蘇門四學士」之一。宋史有傳。

〔二〕「重到」二句：清徐乾學撰資治通鑑後編卷九七：大觀二年（一一〇八）三月戊寅，「門下、中書後省、左右司言：『檢會今年正月一日赦書，元祐黨人懷姦睥睨，報怨不已，公肆詆誣，罪在宗廟者，朕不敢貸。其或情輕法重，例被放棄；或非身自犯，因人得罪；或志匪誣謗，言有近似；或本緣辨理，語涉譏訕；或止因職事，偶涉更改。凡此之類，不據元貶謫罪犯，審量其情分輕重等第，取情理輕者，與落罪籍，甄叙差遣。』今將元編類册内依詳赦文，看詳到孫固等四十五人」。其中有張耒。吕本中紫微詩話：「張丈文潛大觀中歸陳州，至南京，答余書云：『到宋冒雨，時見數花淒寒，重裘附火端坐，略不類季春氣候也。』」據上引，張耒落罪籍由黄州歸陳州途中，當曾到符離見吕希哲父子，是詩即文潛離别後吕本中所寄也。

謝人送牡丹

晚風初染嫩鵝黄〔一〕，小雨仍添百和香〔二〕。折與病夫元不稱〔三〕，玉瓶留待治游郎〔四〕。

〔一〕「晚風」句：鵝黄，杜甫舟前小鵝兒：「鵝兒黄似酒，對酒愛新鵝。」趙彦材注：「鵝兒黄似酒，蓋自公始爲之譬也。東坡詩云『小舟浮鴨緑，大杓瀉鵝黄』，乃用此意。」詩人又用鵝黄形容初春植物之色。王安石南浦：「南浦東岡二月時，物華撩我有新詩。含風鴨緑粼粼起，弄日鵝黄裊裊垂。」此指牡丹植株顔色。而名貴品種花亦有黄色，如歐陽修洛陽牡丹譜所載姚黄、牛家黄、甘草黄等。

〔二〕「小雨」句：百和香，用多種香料配製之香料。舊題班固漢武帝内傳：「至七月七日，乃修除宫掖之内……燔百和之香，張雲錦之帳。」何遜七夕：「月映九微火，風吹百和香。」又杜甫即事：「雷聲忽送千峰雨，花氣渾如百和香。」

〔三〕「折與」句：病夫，作者自稱。元，原校：「一作『渾』。」

〔四〕「玉瓶」句：玉瓶，花瓶之美稱。冶游郎，野游男子，言其輕薄。晉春歌二十首：「冶游步春露，艷覓同心郎。」又李商隱蝶三首之三：「見我佯羞頻照影，不知身屬冶游郎。」

宿州初暑

暑氣侵人始欲愁，簞瓢窮巷不堪憂〔一〕。亂蟬泊雨林塘静〔二〕，密逕吹花草樹幽。春盡茅簷深着燕，日高田水故飛鷗〔三〕。莫欺湫隘無餘地，待借元龍百尺樓〔四〕。

〔一〕「簞瓢」句：論語雍也：「子曰：『賢哉回也！一簞食，一瓢飲，在陋巷，人不堪其憂，回也不改其樂。賢哉回也！』」回，即顔回，字子淵，孔子弟子，孔子盛稱其賢，有德行。此自指生活貧困。

〔二〕「亂蟬」句：泊雨，停在水中。泊，清抄本作「咽」，然其下言「静」，作「咽」非是。

〔三〕「春盡」二句：林之奇拙齋文集卷一記聞上：「吕紫微未二十歲時，有滕王閣詩，其兩句云：『小艇原從天上來，白雲自向盃中落。』前輩作者已服其精當矣，此虞夢符之説也。余記得舊聞諸吕逢吉言，舍人少時有詩云：『春盡茅簷低着燕，日高田水故飛鷗。』蘇黄門見之云：『此人他日當以詩名天下。』」按：二句刻畫初暑時節鄉村一派盎然生機。

〔四〕「待借」句：三國志魏書陳登傳：「許汜與劉備並在荆州牧劉表坐，表與備共論天下人……汜曰：『昔遭亂過下邳，見元龍（按：陳登字）。元龍無客主之意，久不相與語，自上大床卧，使客卧下床。』備曰：『君有國士之名，今天下大亂，帝主失所，望君憂國忘家，有救世之意，而君求田問舍，言無可采，是元龍所諱也，何緣當與君語？如小人，欲卧百尺樓上，卧君於地，何但上下床之間邪！』」按：「莫欺」二句乃憤激語，當有所指，蓋言志在天下。

夏日書事〔一〕

小行畏蛇蝎，端坐困蚊蚋〔二〕。終日方丈間，茫然但昏睡。豈唯供病本〔三〕，兼恐添藥費。小園新雨餘，蔬畦共風味。飽聞膺門柳，清陰妙無對〔四〕。便思携杖往，行歌當遊戲。千秋陶淵明，此意渠亦會〔五〕。

〔一〕夏日，即立夏日。立夏爲中國二十四節氣之第七個節日，表示夏季由此開始。是日太陽到達黄經四十五度，時間約在公曆每年五月五日或六日。

〔二〕「小行」二句：蛇蝎、蚊蚋，蓋喻指齷齪小人。兩句言環境惡劣，須謹言慎行。

〔三〕「豈唯」句：病本，發病之根源。

〔四〕「飽聞」二句，膺，同「應」。膺門柳，門前所植之柳，來客時見柳動開門，故稱。杜甫秦州雜詩二十首之二十：「曬藥能無婦，應門幸有兒。」妙無對，謂柳陰美妙無比。

〔五〕「千秋」二句，宋書陶潛傳：「嘗著五柳先生傳以自況，曰：『先生不知何許人，不詳姓字，宅邊有五柳樹，因以爲號焉。』」兩句自言喜愛柳樹，與千年前的陶淵明意趣相同。

寄吉州若谷叔〔一〕

念我江西老斲輪〔二〕，久無漫鼻與揮斤〔三〕。千金莫買蛾眉笑，留寄溪堂病主人〔四〕。

〔一〕吉州，古廬陵郡，隋開皇十年（五九〇）改爲吉州，治所在今江西吉安市吉州區。若谷，名言問，字若谷，本中叔父。嘗爲洛中縣丞（見趙鼎奉送呂若谷縣丞任蒲東歸五首、縣丞呂若谷置酒巽亭等詩）。建炎以來繫年要録（以下簡稱建炎要録，不再説明）卷四五：紹興元年七月丁酉：「資政殿學士、提舉臨安府洞霄宫呂好問薨於桂州。訃聞，例外賜帛五百，録其弟朝散郎言問通判桂州，官給葬事。」

〔二〕「念我」句：莊子天道：「桓公讀書於堂上。輪扁斲輪於堂下，釋椎鑿而上，問桓公曰：『敢問公之所讀爲何言邪？』公曰：『聖人之言也。』曰：『聖人在乎？』公曰：『已死矣。』曰：『然則君之所讀者，古人之糟粕已夫！』桓公曰：『寡人讀書，輪人安得議乎？有説則可，無説則死。』輪扁曰：『臣也以臣之事觀之。斲輪，徐則甘而不固，疾則苦而不入。不徐不疾，得之於手而應於心，口不能言，有數存焉於其間，臣不能以喻臣之子，臣之子亦不能受之於臣，是以行年七十而老斲輪。古之人與其不可傳也死矣，然則君之所讀者，古人之糟粕已夫！』」此以輪扁喻指其叔，言其爲官經驗已很豐富。

〔三〕「久無」句：莊子徐無鬼：「莊子送葬，過惠子之墓，顧謂從者曰：『郢人堊漫其鼻端若蠅翼，使匠石斲之。匠石運斤成風，聽而斲之，盡堊而鼻不傷，郢人立不失容。宋元君聞之，召匠石曰：「嘗試爲寡人爲之。」匠石曰：「臣則嘗能斲之。雖然，臣之質死久矣。」自夫子之死也，吾無以爲質矣，吾無與言之矣。』」郭象注：「非夫不動之質，忘言之對，則雖至言妙斲而無所用之。」成玄英疏：「郢，楚都也。……郢人，謂泥畫之人也。堊者，白善土也。漫，汙也。莊生送親知之葬，過惠子之墓，緬懷疇昔，仍起斯譬。瞑目恣手，聽聲而斲，運斤之妙，遂成風聲。若蠅翼者，言其神妙也。」句言叔侄關係極融洽，惜乎久不相見。

〔四〕「千金」二句：作者自注：「溪堂，（謝）無逸所居也。是時聞無逸窮甚，而吉州俸稍增，故有此語。」蓋勸其叔勿效紈袴子弟，當固窮守節，自愛自重如謝逸。

寄汪信民　時信民在京師，有宗子博士之除〔一〕

萬里江南雨外船，長腰秔米縮頭鯿〔二〕。廣文繫馬無由去，更有何人贈酒錢〔三〕。

〔一〕汪信民，即汪革，字信民，江西宗派圖所列江西詩人之一，已見前符離諸賢詩注。王應麟玉海卷一一二元祐宗學：「建中靖國元年（一一〇一）四月九日己亥詔：『復置宗學。』」「崇寧元年（一一〇二）十一月十二日，諸宫置大小二學，增置教授二員，立考選法。二十九日，詔諸宫學令宗正寺長貳提舉。四年，改稱某王宫。宗子博士位國子博士上。」原注：「諸宫博士共十三員，立三舍法。」汪革除宗子博士在大觀元年（一一〇七），呂本中時在宿州。

〔二〕「長腰」句：長腰秔米，宋代優質米。縮頭鯿，魚之一種，味美。錦繡萬花谷前集卷三六魚蟹：「楚人云：長腰粳米、縮項鯿魚，美味也。」宋劉弇夜泊建溪豐樂驛前三首之三：「兒曹燈間動喜色，甑有滑白長腰粳。」葛立方韵語陽秋卷一六：「縮項鯿出襄陽，以禁捕，遂以槎斷水，因謂之槎頭縮項鯿。孟浩然云：『魚藏縮項鯿。』老杜云：『謾釣槎頭縮項鯿。』皆言縮項，而東坡乃謂『一鈎歸釣縮頭鯿』。或疑坡爲平側所牽乃爾。殊不知長腰粳米、縮頭鯿魚，楚人語也。」

〔三〕「廣文」二句：杜佑通典卷二七國子監：「廣文館博士一人、助教一人，並以文士爲之。大唐天寶九載（七五〇）置。」此代指汪革所除宗子博士。去，離開。兩句歎友人從此分離，難得在一起暢飲。

同諸子游城東園

昔聞城東園，欲往常不款〔一〕。今來天氣佳，茶甌起衰懶。杖藜出門去，如膜開病眼〔二〕。木葉犯新霜，瓜田帶餘暖。川源疑有無，風雲遞舒卷。不期魚鳥會，偶逐鷗鷺遠〔三〕。淺水亂菰蒲〔四〕，荒亭秀苔蘚。青山近在望，更悟秋意晚。同行二三子，詩語各蕭散〔五〕。不愁罰觴難〔六〕，苦恨白日短。千秋高陽池，令人憶山簡〔七〕。

〔一〕「欲往」句：黄庭堅丙寅十四首效韋蘇州：「少小尚狷介，與人常不款。」常不款，史容注：「後漢光武幸章陵，置酒作樂，宗室諸母因酣悦，相與語曰：『文叔少時謹信，與人不款曲，惟直柔耳，今乃能如此。』」此言不遂意。

〔二〕「如膜」句，開病眼，謂刮膜治好眼病。杜甫謁文公上方：「金篦刮眼膜，價重百車渠。」王洙注引涅槃經：「一目盲人爲治目，故造治目良醫，其時良醫即以金篦刮其眼膜。」所謂膜，蓋即白内障之類。句言此游可享眼福。

〔三〕「不期」二句：不期，不指望。魚鳥會，魚鳥，言其不足輕重，指普通聚會。洪朋廬山：「日暝不知去，魚鳥會留人。」鷗鷺，喻指高遠通達之士。

〔四〕「淺水」句：菰蒲，兩種植物名。菰，俗稱茭白，生於河邊。蒲，草名，葉可作席等用具。此泛指水邊植物。蘇舜欽秋雨：「樓吟凉筆硯，溪夢亂菰蒲。」

〔五〕「詩語」句：蕭散，文選江淹雜體詩三十首殷仲文：「直置忘所宰，蕭散得遺慮。」吕延濟注：「蕭散，空遠也。」

〔六〕「不愁」句：罰觴，指以鬭詩爲戲，輸者罰酒。

〔七〕「千秋」二句：世説新語任誕：「山季倫（引者按：山簡字季倫）爲荆州，時出酣暢。人爲之歌曰：『山公時一醉，徑造高陽池。日暮倒載歸，酩酊無所知。……』高陽池在襄陽。」劉孝標注引襄陽記曰：「漢侍中習郁於峴山南，依范蠡養魚法作池。……山簡每臨此池，未嘗不大醉而還，曰：『此我高陽池也！』襄陽小兒歌之。」

楊道孚墨竹歌〔一〕

君不見渭川之陰卧龍横千秋〔二〕，貌取者誰文湖州〔三〕。十年筆意閉黄壤〔四〕，只今妙手唯楊侯。楊侯畫竹盡真迹，功奪造化令人愁。滿堂迴頭看下筆，擾擾雲烟亂晴日。大叢縱横高入雲，斜風落葉秋紛紛。小叢欹傾病無力，旁水長根走蒼石。門前車馬汗成川，何得陰風動高壁〔五〕。楊侯嘻笑辭未工，此意不與丹青同。粉黛初無一錢費〔六〕，酒炙能使千家空〔七〕。轢材遠寄動盈屋〔八〕，我知子畫無由窮。剡溪寒藤不難致〔九〕，須君放手爲雙叢。須君放手爲雙叢，與我俱隱南山中〔一〇〕。

〔一〕楊道孚，字克一。張耒題道孚墨竹詩曰：「文與可自言：『吾墨竹一派在彭城。』蓋屬眉山公也。而子瞻自言：『吾爲竹，盡得與可之法，獨生意自然遠不逮也。』吾甥楊克一，本不學畫竹，一旦頓解，便有作者風氣，揮洒奮迅，初不經意，森然已成，愜可人意。意其法有未具，而生意超然矣。」紫微詩話：「楊廿三丈道孚克一，吕氏重甥，張公文潛之甥也。少有才思，爲舅所知。」又晁補之贈文潛甥楊克一學文與可畫竹求詩：「與可畫竹時，胸中有成竹。經營似春雨，滋長地中緑。興來雷出土，萬籜起崖谷。君今似與可，神會久已熟。吾觀古管葛，王霸在心曲。遭時見毫髮，便可驚世俗。文章亦技爾，詎可枝葉續。穿楊有先中，未發猿擁木。詞林君張舅，此理妙觀燭。君從問輪扁，何用知聖讀。」著有圖書譜一卷，又名集古印格（元盛熙明法書考卷八）。

〔二〕「君不見」句：卧龍，指渭川之竹，謂其乃蒼龍子孫，故用筆墨傳其形神，即墨竹也。文同寄題閬州開元寺澤師竹軒：「澤師種竹三十年，竹成滿院生緑煙。蒼龍子孫太繁盛，分領眷屬來渭川。……古人亦有愛竹者，豈得似師心意專。我亦平生苦如此，兼解略把筆墨傳。」按：渭川，今陝西渭河流域一帶。史記貨殖列傳：「齊魯千畝桑麻，渭川千畝竹……此其人皆與千户侯等。」文同嘗知興元府（今漢中市）、洋州（今洋縣），皆在今陝西省（見下注），故云。

〔三〕「貌取」句：貌取，取其貌，指繪畫。文湖州，即文同。文同（一〇一八—一〇七九），字與可，梓州永泰（今四川鹽亭東）人，蘇軾表兄。皇祐元年（一〇四九）進士，授邛州軍事判官，調静難軍節度判官。歷通判邛州、漢州，遷知普州。熙寧三年（一〇七〇）召知太常禮院。與新黨不合，出知陵州。歷知興元府、洋州。元豐初以尚書司封員外郎充秘閣校理、知湖州，行至陳州病卒。善畫，以墨竹著名。宋史有傳。

〔四〕「十年」句：十年，當指蘇軾卒後。閉黄壤，指死。黄庭堅送焦浚明：「四君德音閉黄壤，只今壟頭松柏聲。」

〔五〕「大叢」至此六句：描述所畫竹叢形象。竹乃叢生植物，故言大叢、小叢。大叢指竹幹多且高者，小叢則相反。此以大叢、小叢分類，構成上下層次分明之圖境，前者斜風落葉，後者長根蒼石。

〔六〕「粉黛」句：粉黛，繪畫顔料。宋劉道醇宋朝名畫評卷三黄筌引李宗諤黄筌竹贊敘曰：「工丹青、狀花木者，雖一蕊一葉，必五色具焉，而後畫之爲用也。蜀人黄筌則不然，以墨染竹，獨得意於寂寞間，顧彩繪皆長物，鄙而不施。」墨竹不設色，此點「不與丹青同」，勿需購買顏料，故言「初無一錢費」。黛，宋孫紹遠編聲畫集卷五原校：「一作『繪』。」

〔七〕「酒炙」句：炙，肉。謂以酒肉請作墨竹畫者極多，故謂「千家空」。

〔八〕「韈材」句：代指作畫之縑素。宋史文同傳：「同又善畫竹，初不自貴重，四方之人持縑素請者，足相躡於門。同厭之，投縑於地，罵曰：『吾將以爲韈！』好事者傳之以爲口實。」

〔九〕「剡溪」句：剡溪，水名，在今浙江嵊州，即曹娥江上游。藤，製紙原料，此代指剡紙，泛指優質紙。宋高似孫剡録卷七剡藤：「李肇國史補：『白紙之妙者，越之剡藤。』舒元輿有悲剡川古藤文。……吴淑紙賦曰：『金花玉骨，剡藤麻面。』劉禹錫詩：『精彩添隃墨，波瀾起剡藤。』……歐陽公詩：『剡藤瑩滑如玻璃。』……黄太史詩：『蠆尾銀鈎寫珠玉，剡藤蜀繭照松烟。』」同上卷五舒元輿弔剡溪古藤文曰：「剡溪上緜四五百里，多古藤。……溪多紙工，萬斧斬伐無時，擘剥皮肌，以給其業。」

〔一〇〕「須君」二句，爲雙叢，意謂請畫兩叢墨竹，分別爲自己和楊道孚所有，以便在該竹叢中築室隱居。南山，即終南山，秦嶺山峰之一，在今陝西西安市南，唐代著名隱居地。此因渭川之竹而及終南山。須，等待。

謝無逸秦處度諸人皆許省試後見訪冬夜有懷作此詩寄之〔一〕

八年去東都〔二〕，觸事無一好。沉綿淹歲時，憂虞滿懷抱〔三〕。欲歸故里閭，稀復舊耆老〔四〕。悠悠歲欲盡，忽忽身向老。小堂佳有餘，所恨來不早。饑蟲語夜霜，疏星亂衰草。支撐壞壁高，側轉寒木小。詩書久棄置，詞林迹如掃〔五〕。佳人何時來〔六〕，路遠音信少。庭前冬開花，扶杖起千繞。春風回馬首〔七〕，清尊待君倒〔八〕。先期留酒錢，仍須具梨棗〔九〕。

〔一〕謝無逸，即謝逸（一〇六八—一一一二），字無逸，號溪堂，臨川（今江西撫州）人。吕本中謂其嘗因「汪信民獻書滎陽公（吕希哲），致師事之禮，且與予定交」（師友雜志）。舉進士不第，遂不仕。善詩，名在江西宗派圖中。秦處度，名湛，字處度，秦觀子，見山谷内集詩注卷一九晚泊長沙示秦處度（湛）范元實（温）用寄明略和父韵五首任淵注。李處權戲簡秦處度詩曰：「淮海秦夫子，相逢又十年。好詩無漫與，愛酒不虚傳。夜寺雲連榻，秋江月滿船。不知嵇叔夜，何得絶交篇。」省試，即尚書省禮部試。在宋代科舉三級考試中，士子通過州郡發解試後，即赴禮部試。

〔二〕「八年」句：吕本中於崇寧元年（一一〇二）離開東都（開封）到宿州（符離）居住，此言「八年」，當在大觀三年（一一〇九）。

〔三〕「憂虞」句：憂虞，憂患，指家族遭遇黨禍。曹鄴翠孤至渚宫寄座主相公：「骨肉盡單羸，沉憂滿懷抱。」

〔四〕「欲歸」二句：故里，指東都開封。吕氏一支自高祖吕夷簡起，即由故鄉壽州移居開封。耆老，古代六十曰耆，七十曰老。禮記王制：「耆老皆朝于庠。」鄭玄注：「耆老，致仕及鄉中老賢者。」舊耆老，此特指元祐舊臣，謂皆已被貶逐。

〔五〕「詞林」句：詞林，文詞之林，猶今所言文學界。迹如掃，無其迹。謂未嘗參加文酒詩會。杜甫贈李白：「苦乏大藥資，山林迹如掃。」文選孔稚珪北山移文：「或飛柯以折輪，乍低枝而掃迹。」劉良注：「掃去其迹也。」

〔六〕「佳人」句：佳人，美好的人，君子賢人。此指謝逸、秦湛等朋友。黄庭堅次韵定國聞蘇子由卧病績溪：「佳人何時來，爲天啓玉齒。」任淵注「佳人」，引楚辭曰：「聞佳人兮召予。」

〔七〕「春風」句：春風，宋代省試進士在初春，故云。回馬首，掉轉馬行方向，謂到訪前來。韓愈過鴻溝：「誰勸君王迴馬首，真成一擲賭乾坤。」

〔八〕「清尊」句：清尊，酒杯。鄭獬梁卦孫過飲：「好花欲盡速來飲，爲君倒甕傾春醪。」又强至前日以詩贈隨次元韵鄙思不休輒復自和二篇之二：「平湖渌净時招邀，爛熳清尊爲君倒。」

〔九〕「仍須」句：梨棗，泛指水菓等食品，以招待客人。杜甫雨過蘇端：「蘇侯得數過，歡喜每傾倒。也復可憐人，呼兒具梨棗。」

歲晚

野竹新開徑，疏籬自著行。暮寒收雨雪〔一〕，落日散牛羊〔二〕。生事顏公拙〔三〕，才名謝奕狂〔四〕。藥囊無奈汝，春到莫相妨。

〔一〕「暮寒」句：寒，原校：「一作『雲』。」

〔二〕「落日」句：蘇軾戲作種松：「三年出蓬艾，滿山散牛羊。」

〔三〕「生事」句：顏真卿與李太保帖：「拙於生事，舉家食粥，來已數月。今又罄竭，祇益憂煎。輒恃深情，故令投告，惠及少米，實濟艱勤，仍恕干煩也。真卿狀。」

〔四〕「才名」句：晋書謝奕傳：「奕，字無奕，少有名譽。……與桓温善，温辟爲安西司馬，猶推布衣好。在温坐，岸幘笑詠，無異常日。桓温曰：『我方外司馬。』奕每因酒，無復朝廷禮。嘗逼温飲，温走入南康主門避之，主曰：『君若無狂司馬，我何由得相見？』奕遂攜酒就聽事，引温一兵帥共飲，曰：『失一老兵，得一老兵，亦何所怪？』温不之責。」

晚步至江上 大觀二年，真州〔一〕

浦口生春緑未酣〔二〕，南山初見碧巉巖〔三〕。風聲入樹翻歸鳥，月影浮江倒客帆〔四〕。破甑不堪充酒券〔五〕，短蓑真欲换朝衫〔六〕。往來泥雨城南路，可見輕鷗定不凡〔七〕。

〔一〕真州：宋史地理志四：「真州，望，軍事。本上州，乾德三年（九六五）升爲建安軍，至道二年（九九六）以揚州之六合來屬。大中祥符六年（一〇一三）爲真州。大觀元年（一一〇七）升爲望。政和七年（一一一七）賜郡名曰儀真。建炎三年（一一二九）入于金，尋復。……縣二：揚子，六合。」治在今江蘇儀徵真州。江，即長江。艇齋詩話曰：「吕東萊詩『風聲入樹翻歸鳥，月影浮江倒客帆』，此篇年十六時作。作此詩嘗嘔血，自此遂得羸疾終其身，其始作詩如是之苦也。」考吕本中生於神宗元豐七年（一〇八四），十六歲爲哲宗元符二年（一〇九九），顯然牴牾。疑曾氏所指乃本卷卷首暮步至江上詩，而兩題相近，誤摘此詩之句。今姑各依其舊。參卷首詩注。

〔二〕「浦口」句：浦口，江邊渡口。緑未酣，初現緑色，色尚未濃。

〔三〕「南山」句：碧巉巖，山作碧色。文選班固西都賦：「越峻崖，蹶巉巖。」李善注引毛萇詩傳

（按見詩經小雅節南山）曰：「巉巖，石高峻之貌也。」

〔四〕「月影」句：倒客帆，謂月光之下，客船風帆倒映江上。

〔五〕「破甑」句：甑，蒸食炊具，猶今之蒸籠。破甑乃無用之物。蘇軾與周長官李秀才遊徑山二君先以詩見寄次其韻二首其二：「功名一破甑，棄置何用顧。」酒券，賒酒憑據。謂家中別無長物可換酒。劉攽遊凝祥池飲：「薄俸猶能償酒券，老年無事守書窗。」

〔六〕「短蓑」句：蓑，即蓑衣，雨具名。孟郊送淡公十二首之四：「短蓑不怕雨，白鷺相争飛。」又黄庭堅次韵楊明叔見餞十首之八：「照影或可羞，短蓑釣寒瀨。」朝衫，高官上朝時所穿禮服。短蓑、朝衣，二者差距太大，欲互换，猶如破甑换酒，謂決無可能。

〔七〕「可見」句：杜甫船下夔州郭宿雨濕不得上岸别王十二判官：「柔櫓輕鷗外，含情覺汝賢。」趙彦材注：「船櫓在輕鷗之外，忽忽遂行，不得如鷗之游漾，所以含情而覺鷗之勝我也。」此用其意，謂人在泥淖中行走，較鷗鳥輕輕飛過，人不如鷗也。

訪晁進道歸〔一〕

樹陰殘雪半成泥，尚想狂花一尺圍〔二〕。小雨似酥黄草盡〔三〕，澄江如練白鷗飛〔四〕。未辭酒炙爲公費〔五〕，政恐親知見面稀。南市津頭行艓子〔六〕，無人識我醉中歸。

〔一〕晁進道，名損之，字進道，晁端仁子，晁補之從兄弟，嘗爲兖州襲丘縣主簿（考見李朝軍宋代晁氏家族文學研究第十章、張劍晁説之研究第一章世系）。又官無爲（晁補之安公子「柳老荷花」詞題下注：「送進道四弟官無爲。」）

〔二〕「尚想」句：一尺圍，謂積雪似花，其大盈尺。

〔三〕「小雨」句：韓愈早春呈水部張十八員外二首其二：「天街小雨潤如酥，草色遥看近却無。」

〔四〕「澄江」句：謝朓晚登三山望京邑詩：「餘霞散成綺，澄江静如練。」白鷗，白色鷗鳥。此泛指鳥。

〔五〕「未辭」句：謂訪晁進道時，蒙以酒肉款待。費，破費。

〔六〕「南市」句：艓子，杜甫最能行：「富豪有錢駕大舸，貧窮取給行艓子。」修可注：「揚雄方言：大船謂之舸。艓，小舟，言輕如小葉也。」

怨歌行〔一〕

借君手中板〔二〕，爲君歌一辭。辭中宛轉君不曉〔三〕，爲君説盡長相思。輕霜夜度吴城暖，楓葉蘆花秋意晚〔四〕。萬里春隨驛使歸〔五〕，十年夢逐佳人遠〔六〕。當時笑語似兒劇〔七〕，象床玉手無消息〔八〕。古岸風江千里船，咫尺春愁那得憐。君不見信陵門下客，侯嬴不用今頭白〔九〕。

〔一〕怨歌行，樂府古辭名，一作怨詩行。樂府詩集卷四一楚調曲有怨詩行，引古今樂録曰：「怨詩行，歌東阿王『明月照高樓』一篇。王僧虔技録曰：『荀録所載古爲君一篇，今不傳。』琴操曰：『卞和得玉璞以獻楚懷王，王使樂正子治之，曰非玉，刖其右足。平王立，復獻之，又以爲欺，刖其左足。平王死，子立，復獻之，乃抱玉而哭，繼之以血，荆山爲之崩。王使剖之，果有寶，乃封和爲陵陽侯。辭不受，而作怨歌焉。』班婕妤怨詩行序曰：『漢成帝班婕妤失寵，求供養太后於長信宫，乃作怨詩以自傷，託辭於紈扇云。』」

〔二〕「借君」句：手中板，板指拍板，歌唱時敲擊以制節拍。資治通鑑卷二六三唐紀七九昭宗聖穆景文孝皇帝中之下：「全忠與之宴，（崔）胤親執板，爲全忠歌以侑酒。」胡三省注：「板，拍板也。古樂無之。玄宗時，教坊散樂用横笛一、拍板一、腰鼓三，後人因之，歌舞率以板爲節。以木若象凡八片，以韋貫之，兩手各執其外一片而拍之。」東京夢華録卷八述六月二十四日夜五更争燒頭爐香，「自早呈拽百戲」，有「鼓板小唱」，所稱「板」當亦是該物。

〔三〕「辭中」句：按是詩蓋詩人傾訴在高壓政治環境下難以言表之心曲，故稱「宛轉」，亦即「怨」之所在。

〔四〕「楓葉」句：蘇軾出潁口初見淮山是日至壽州：「我行日夜向江海，楓葉蘆花秋興長。」

〔五〕「萬里」句：驛使，古代驛站傳送文書及物品之人。陸凱贈范曄詩，原注引荆州記曰：「陸凱與范曄交善，自江南寄梅花一枝詣長安與曄，兼贈詩曰：『折花逢驛使，寄與隴頭人。江南無所有，聊贈一枝春。』」

〔六〕「十年」句：十年，乃約數。佳人，美人，疑指當朝皇帝即宋徽宗。蓋詩人遭禁「元祐學術」之害甚深，但一直對徽宗抱有幻想，然所得却多失望，猶如逐夢，愈來愈遠。

〔七〕「當時」句：笑語，或指大觀改元所下赦書，其實并未認真執行。兒劇，義同「兒戲」。陳與義印老索鈍庵詩：「出家丈夫事，軒冕本兒劇。」

〔八〕「象床」句：杜甫白絲行：「繅絲須長不須白，越羅蜀錦金粟尺。象床玉手亂殷紅，萬草千花動凝碧。」趙彦材注：「殷紅必是錦、羅之色。下言裁舞衣，以殷紅羅錦爲之。……越羅蜀錦，其積在象床之多，玉手擇取，則殷紅之段相亂矣。」按：玉手，佳人之手，此代指當政者，而以「亂殷紅」喻其亂政。無消息，無赦免黨人之意。

〔九〕「君不見」二句：史記魏公子列傳：「魏公子無忌者，魏昭王少子，而魏安釐王異母弟也。昭王薨，安釐王即位，封公子爲信陵君。……公子爲人仁而下士，士無賢不肖，皆謙而禮交之，不敢以其富貴驕士，士以此方數千里争往歸之，致食客三千人。」「魏有隱士曰侯嬴，年七十，家貧，爲大梁夷門監者。」公子卑恭往請。魏安釐王三十年，秦昭王圍邯鄲，趙請救於魏，魏王使將軍晉鄙將十萬衆救趙，然因畏秦，實持兩端以觀望。公子於是從侯生之計，竊得魏王兵符，矯魏王令奪晋鄙軍，進兵擊秦軍。秦軍解去，遂救邯鄲，存趙。兩句蓋以侯嬴喻指被貶廢之元祐黨人。

雪盡　大觀二年，宿州〔一〕

雪盡寒仍在，園荒春欲歸。晴空落雁小，古木聚鴉稀〔二〕。肺病猶堪酒，囊空合典衣〔三〕。碧雲愁不見，千里故山薇〔四〕。

〔一〕大觀二年，宋百家詩存卷一二作「三年」。詩人蓋是年冬末因事由真州返回宿州。

〔二〕「晴空」二句：瀛奎律髓卷二一收此詩，方回評曰：「三、四佳。」李慶甲彙評引紀昀曰：「亦是習語。『少』、『稀』二字合掌，不得云佳。」又「小」，律髓作「少」。

〔三〕「肺病」二句：典衣，典當衣服。鄭谷故少師從翁隱巖别墅亂後榛蕪感舊愴懷遂有追紀：「立朝鳴珮重，歸宅典衣貧。」彙評録馮舒曰：「五、六太寬。」又録馮班曰：「肺病正宜戒酒。」

〔四〕「千里」句：故山薇，杜甫歸雁二首其一：「繫書無浪語，愁寂故山薇。」史記伯夷列傳：「武王已平殷亂，天下宗周，而伯夷、叔齊耻之，義不食周粟，隱於首陽山，采薇而食之。」司馬貞索隱：「薇，蕨也。」張守節正義引陸璣毛詩草木疏：「薇，山菜也。莖葉皆似小豆，蔓生，其味亦如小豆藿。」

三月一日泊舟宿州城外因縱步至城北遂過天慶觀道士留飲乃歸〔一〕

冰霜連暮春〔二〕，既雨寒愈重。扁舟纜荒亭，淺水咽微凍。今晨稍和柔，始覺芳意動。經旬厭拘束，樂事須一縱。籃輿無俗情〔三〕，鴟夷當賓從〔四〕。千花犯濃雲，紅紫相餞送。未知滕薛長〔五〕，乃若鄒魯閧〔六〕。娉婷北門柳，別淚作淒痛。陵陂少荒蕪，亦未妨耕種。道人喜我來〔七〕，清談破昏夢。彈琴不須絃〔八〕，風林助吟諷。嫩玉擣香秔〔九〕，浮蛆撥春甕〔一〇〕。嘉蔬剪朝露，奇果市新貢〔一一〕。西鄰亦可人，明窗碾雙鳳〔一二〕。人生一飽適，此外更何用。七年城北交，事與朱阮共〔一三〕。長詩不成篇，臨行當三弄〔一四〕。瓊瑤報木桃，爲子末後供〔一五〕。

〔一〕天慶觀，宋史真宗紀二：大中祥符二年（一〇〇九）冬十月甲午，「詔天下置天慶觀」。元陳桱通鑑續編卷五記此事，注曰：「詔以正月三日爲天慶節，命天下立觀，以答神貺。」宿州天慶觀，蓋即是時所建。

〔二〕「冰霜」句：冰，原作「水」，形訛，據四庫本改。

〔三〕「籃輿」句：宋書陶潛傳：「潛有脚疾，使一門生、二兒轝籃輿。」愛日齋叢鈔卷一：「漢淮南王諫伐閩越書曰：『輿轎而隃領。』瓚曰：『今輿車也。江表作竹輿以行是也。』」資治通鑑卷二三八唐紀五四元和五年（八一〇）：「先備籃輿，即日遣之。」胡三省注：「籃輿，即今之轎也。」無俗情，指脱略俗情，以酒爲伴。

〔四〕「鴟夷」句：鴟夷，盛酒器。蘇軾夜飲忠玉有詩次韵答之：「載酒有鴟夷，扣門非啄木。」程縯注引揚雄酒箴：「鴟夷滑稽，腹如大壺。盡日盛酒，人復借沽。常爲國器，此于屬車。」此言帶着酒壺，故戲言其爲「賓從」。

〔五〕「未知」句：左傳隱公十一年：「春，滕侯、薛侯來朝，争長。薛侯曰：『我先封。』滕侯曰：『我周之卜正也。』」杜預注：「薛，魯國薛縣。」

〔六〕「乃若」句：孟子梁惠王下：「鄒與魯鬨。」趙岐注：「鬨，鬭聲也，猶構兵而鬭也。」按：以上兩句，接前二句，以滕、薛争長、鄒與魯相鬭，喻指千花紅紫争奇鬭艷。

〔七〕「道人」句：道人，指天慶觀道士，其人事迹未詳。

〔八〕「彈琴」句：不須絃，謂無絃，唯寄意而已。宋書陶潛傳：「潛不解音聲，而畜素琴一張，無絃，每有酒適，輒撫弄以寄其意。貴賤造之者，有酒輒設。」

〔九〕「嫩玉」句：嫩玉，指米粒。秔，同「粳」，一種帶有粘性、清香可口之稻類。此乃錯綜句式。

〔一〇〕「浮蛆」句：蛆，指酒糟。米經發酵後所剩米渣，浮於酒面，其形如蛆。浮蛆，酒釀，皆代指酒。蘇軾夜飲忠玉有詩次韵答之：「浮蛆灔金盌，翠羽出華屋。」春甕，酒缸。劉攽廣陵會三同舍各以其字爲韵仍邀同賦：「况逢賢主人，白酒撥春甕。」

〔一〕「嘉蔬」二句：嘉蔬，上好之蔬菜。杜甫寄李十四員外布十二韵：「悶能過小徑，自爲摘嘉蔬。」市新貢，買來新近上貢之果品。謂相待之禮隆重。

〔二〕「明窗」句：碾雙鳳，碾，貼也。

〔三〕「事與」句：朱阮共，與朱、阮二人相同。杜甫絶句四首其一：「堂西長笋别開門，塹北行椒却背村。梅熟許同朱老喫，松高擬對阮生論。」自注：「朱、阮，劍外相知。」此喻指天慶觀道士。

〔四〕「臨行」句，三弄，演奏三遍。晋書桓宣傳附桓伊傳：伊字叔夏，「有武幹，標悟簡率。……善音樂，盡一時之妙，爲江左第一。……王徽之赴召京師，泊舟青溪側……便令人謂伊曰：『聞君善吹笛，試爲我一奏。』伊是時已貴顯，素聞徽之名，便下車踞胡床，爲作三調，弄畢，便上車去，客主不交一言」。知所謂「三弄」，即三奏也。唐牟融寫意：「高山流水琴三弄，明月清風酒一樽。」

〔五〕「瓊瑶」二句：詩經國風木瓜：「投我以木桃，報之以瓊瑶。匪報也，永以爲好也。」毛傳：「瓊瑶，美玉。」供，供品。末後供，最後供奉，謙言菲薄。

宿青陽驛〔一〕

燈火客帆盡，人烟村市幽。晚風號古木，高岸束黄流。物色淮山近〔二〕，春光霧雨愁。棲遲舊游地〔三〕，來豁十年憂〔四〕。

〔一〕青陽驛，清一統志卷八二池州府：「青陽驛，在青陽縣境。唐武元衡、宋梅堯臣、孔平仲俱有青陽驛詩。後廢。」梅堯臣過青陽驛使風詩曰：「天應憐逆旅，乞與順風初。不假卒添力，任從帆自疏。」是詩首句即言「客帆」，知所宿之驛，當即池州青陽縣，今屬安徽池州市，縣在長江南岸。作者何事經宿青陽驛，不可考。

〔二〕「物色」句：物色，風物景色。淮山，古淮南國一帶之山，以八公山最著名。八公山，又稱淮山、楚山、淝陵、壽春山等，由大小四十餘座山峰疊嶂而成，在今安徽淮南市至壽縣一帶。

〔三〕「棲遲」句：詩經陳風衡門：「衡門之下，可以棲遲。」毛傳：「棲遲，遊息也。」

〔四〕「來豁」句：豁，排遣。世説新語雅量：「豫章太守顧劭，是雍之子。劭在郡卒，雍盛集僚屬自圍棊。……賓客既散，方歎曰：『已無延陵之高，豈可有喪明之責？』於是豁情散哀，顏色自若。」

游南山歸簡張嘉父博士〔一〕

吾生復何往，樂事亦忽忽〔二〕。寶塔千帆外，春城萬壑中。亂花緣側逕〔三〕，晚照落斜空。坐想西倉老〔四〕，掀髯一笑同〔五〕。

〔一〕南山，方輿勝覽卷四七淮東路招信軍：「第一山，在郡東，一名南山。米元章詩：『莫論衡霍撞星斗，且是東南第一山。』」張嘉父，家世略見宋何薳春渚紀聞卷一丑年世科第。蘇軾送張嘉父長官詩施宿注：「張嘉父，名大亨，吴興人。登元豐八年（一〇八五）第，治春秋學。政和間嘗爲司勳郎。張文潛嘗作南山賦以贈之，其略曰：『南山巖巖兮，其下有人佩玉而握珠。剋意魯叟之古經，不習世儒之臆書。過都梁兮躊躇，奉兩月之周旋。』其所居當是泗之南山，今爲盱眙也。」按：盱眙，縣名，今屬江蘇。

〔二〕「樂事」句：事，原作「身」，據四庫本改。

〔三〕「亂花」句：側逕，曲折小道。陳師道晚望：「稱目有佳思，側徑無好步。」任淵注：「謝靈運詩：『側徑既窈窕。』」逕，原校：「一作『岸』。」

〔四〕「坐想」句：坐，因也。西倉老，即指張嘉父。宋承唐制，各路、州建有東、西倉，以儲糧料。張大亨元豐間爲涇原路轉運判官，嘗押本路夫糧隨軍前往延州（見續資治通鑑長編卷三一七至卷三二〇），故戲稱之爲「西倉老」。

〔五〕「掀髯」句：掀髯，笑時開口張鬚貌。古稱多鬚者爲髯。三國志蜀書關羽傳：「羽美鬚髯，故（諸葛）亮謂之髯。」蘇軾答秦太虚書：「欲與太虚言者無窮，但紙盡耳。展讀至此，想見掀髯一笑也。」

書懷

拄腹文章未補饑〔一〕，積瘕潛塊不堪悲〔二〕。兒曹怪我疏愚甚，不見田光盛壯時〔三〕。

〔一〕「拄腹」句：拄，原作「柱」，據四庫本改。拄腹，撑滿腹内，形容學問、文章極富。蘇軾試院煎茶：「不用撑腸拄腹文字五千卷，但願一甌常及睡足日高時。」

〔二〕「積瘕」句：柳宗元報崔黯秀才論爲文書：「今吾子乃始欽欽思易吾病，不亦惑乎？斯固有潛塊積瘕，中子之内藏，恬而不悟，可憐哉！」潛塊積瘕，宋童宗説注：「病也。」按：此指心病，謂憂愁、怨恨。

〔三〕「不見」句：史記刺客列傳荆軻傳：燕太子丹欲報秦仇，其傅鞠武曰：「……燕有田光先生，其爲人智深而勇沈，可與謀。」太子曰：「願因太傅而得交於田先生，可乎？」鞠武曰：「敬諾。」出見田先生，道太子願圖國事於先生也。田光曰：「敬奉教。」乃造焉。太子逢迎，却行爲導，跪而蔽席。田光坐定，左右無人，太子避席而請曰：「燕、秦不兩立，願先生留意也。」田光曰：「臣聞騏驥盛壯之時，一日而馳千里；至其衰老，駑馬先之。今太子聞光盛壯之時，不知臣精已消亡矣。雖然，光不敢以圖國事，所善荆卿可使也。」

客居書懷奉寄介然若谷才仲兼簡信民〔一〕

客愁如長河，浩蕩去不息〔二〕。未來已相關，千里在咫尺〔三〕。抱疾寄他鄉，終年守岑寂。中虚耗神志，内熱損筋力〔四〕。長虞二豎嬰〔五〕，復有寒餒迫。怪渠甑上煙〔六〕，愧爾囊中帛〔七〕。平生所讀書，已如不相識。坐貽鄉黨笑〔八〕，敢辭塵埃没。舊游今幾時，轉眄忽陳迹〔九〕。死者不復見，墓草春已碧。生者天一涯，未免陳蔡厄〔一〇〕。兒曹乳臭在，瞑目分黑白〔一一〕。雖無未見書〔一二〕，頗多雌黄筆〔一三〕。出言輒周孔，而不辨菽麥〔一四〕。啾啾要酬和，内顧頗牽率〔一五〕。坐令懷抱惡〔一六〕，更覺天宇窄。忽忽十年事，俯仰同戲劇。從來肺腑親〔一七〕，翻手胡與越〔一八〕。獨餘二三子，肝膽猶鐵石。尚怪東郭貧〔一九〕，亦訝懷祖黠〔二〇〕。西軒來何時〔二一〕，簞瓢共飢渴。念君不能已，一飯再三歎〔二二〕。誰能明予心，皎皎霜夜月〔二三〕。

〔一〕介然，即黎確，字介然，吕希哲門人，見本卷前符離諸賢詩注。黎確南渡後歷官右司諫、直龍圖閣、知婺州、右諫議大夫、權吏部尚書，紹興八年（一一三八）卒。惜其人晚節不保，靖康間嘗受張邦昌僞命，死後被追奪官職。見建炎要録卷四七、卷一二二等。若谷，吕本中叔，名言問，見本卷前寄吉州若谷叔詩注。才仲，紫微詩話：「外弟趙才仲，少時詩『夕陽緑澗明』等句精確可喜。才仲少學柳文，曾内相肇、晁丈以道説之，皆以才仲能爲古人之文也。」據吕本中童蒙訓及本書卷四寄外弟趙枏才仲，知才仲名枏，吕希哲長婿趙演子，其妻乃吕本中父好問之姊，故本中稱其爲「伯姑」。按趙演，洛陽（今屬河南）人。考宋史卷二〇三藝文志二著録「趙君錫遺事一卷，趙演撰」，因疑趙演實即趙君錫子（「趙君錫遺事」書名蓋宋史撰者所改，原非直稱名諱，這在宋史藝文志中常見）。若是，則趙演乃真宗朝參知政事趙安仁之後。安仁及其子良規、孫君錫，宋史皆有傳。趙君錫曾入元祐黨籍，爲元祐黨人碑「曾任待制官以上四十九」之第六人。又師友雜志曰：「明年（崇寧元年，一一〇二），外弟趙枏才仲從伯姑華陽君來歸寧，才仲時以文詞成就，曾肇子開稱於滎陽公，以爲能爲古人之文。予見之，因大激發，相與友善。」趙才仲靖康初嘗爲官。靖康要録卷四：靖康元年（一一二六）四月九日，少宰吴敏奏稱奉聖旨依奏置司討論，太宰徐處仁踏逐到吕本中等爲吏房，趙枏等爲户房。同上卷一〇載：靖康元年十二月，趙枏爲幹辦公事、主管文字官。又李綱與秦相公第一書別幅，稱其靖康中被命宣撫河北、河東兩路，辟置官屬，嘗辟趙枏充幹辦公事。信民，即汪革，前已注。

〔二〕「客愁」二句：李煜虞美人：「問君能有幾多愁？恰似一江春水向東流。」

〔三〕「未來」二句：相關、咫尺，皆指愁，言愁無法排解之狀。

〔四〕「中虚」二句：中虚、内熱，皆疾病名。晋皇甫謐鍼灸甲乙經卷七：「鬲中虚，食飲嘔，身熱汗不出。數唾血，下肩背寒熱脱色，目泣出，皆虚也。」黄帝内經素問卷一〇：「三陽俱虚則陰氣勝，陰氣勝則骨寒而痛。寒生於内，故中外皆寒。陽盛則外熱，陰虚則内熱。外内皆熱則喘而渴，故欲冷飲也。」

〔五〕「長虞」句：虞，憂慮。二豎，杜甫贈左僕射鄭國公嚴公武：「炯炯一心在，沉沉二豎嬰。」王洙注：「晋侯疾，求醫于秦，秦伯使醫緩爲之。未至，公夢疾爲二豎子，曰：『彼良醫也，懼傷我，焉逃之？』其一曰：『居肓之上，膏之下，若我何？』醫至，曰：『不可爲也。在肓之上，膏之下，攻之不可，達之不及，藥不至焉。不可爲也。』公曰：『良醫也。』」按：事見左傳成公十年。嬰，纏繞。四庫本作「攖」，義同。

〔六〕「怪渠」句：渠，他。甑，蒸食炊器，甑上煙，謂生火做飯。時常無煙，故有煙反爲怪。

〔七〕「愧爾」句：爾，你。杜甫北征：「那無囊中帛，救汝寒凜慄。」以上二句，稱「怪」、「愧」，謂自家缺食少衣。

〔八〕「坐貽」句：坐貽，造成。原校：「一作『坐憐』。」鄉黨，猶鄉里。史記吴起列傳：「其少時家累千金，游仕不遂，遂破其家，鄉黨笑之。」

〔九〕「轉眄」句：謂轉眼間已成古人。杜甫晚發公安：「出門轉眄已陳迹，藥餌扶吾隨所之。」

〔一〇〕「未免」句：史記孔子世家：「聞孔子在陳、蔡之間，楚使人聘孔子，孔子將往拜禮。陳、蔡大夫謀曰：『孔子賢者，所刺譏皆中諸侯之疾。今者久留陳、蔡之間，諸大夫所設行皆非仲尼之意。今楚大國也，來聘孔子，孔子用於楚，則陳、蔡用事大夫危矣。』於是乃相與發徒役圍孔子於野，不得行，絶糧，從者病，莫能興。」

〔一一〕「兒曹」二句：漢書高帝紀：「漢王問：『魏大將誰也？』對曰：『柏直。』王曰：『是口尚乳臭，不能當韓信。』」顔師古注：「乳臭，言其幼少。」分黑白，謂判斷是非。

〔一二〕「雖無」句：未見書，難見之書。後漢書黄香傳：「肅宗詔香詣東觀，讀所未嘗見書。」

〔一三〕「頗多」句：雌黄，一種礦物顔料，古人書寫時用以塗改。江淹扇上綵畫賦：「雌黄出嶓冢之陰。」後來代指書寫。黄庭堅林爲之送筆戲贈：「文章寄呻吟，講授費頰舌。閒無用心處，雌黄到筆墨。」

〔一四〕「而不」句：論語微子：「子路從而後，遇丈人，以杖荷蓧。子路問曰：『子見夫子乎？』丈人曰：『四體不勤，五穀不分，孰爲夫子？』」按周禮職方氏：「五種：黍、稷、菽、麥、稻。」五種，即五穀也。左傳成公十八年：「周子有兄而無慧，不能辨菽麥。」杜預注：「菽，大豆也。豆麥形殊易别，故以爲癡者之候。」

〔一五〕「啾啾」二句：啾啾，此形容小兒吵嚷聲。要酬和，邀以文字相酬答。牽率，勉强、輕率。

〔一六〕「坐令」句：坐，因。懷抱惡，心中厭煩不快。晉書王羲之傳：「謝安嘗謂羲之曰：『中年以來，傷於哀樂，與親友别，輒作數日惡。』」又蘇軾送文與可出守陵州：「君知遠别懷抱惡，時遺墨君消我愁。」

〔一七〕「從來」句：史記惠景間侯者年表：「及孝惠訖孝景間五十載，追修高祖時遺功臣，及從代來，吳楚之勞，諸侯子弟若肺腑，外國歸義，封者九十有餘。」索隱：「柹府二音。柹，木札也；附，木皮也。以喻人主疏末之親，如木札出於木，樹皮附於樹也。詩云：『如塗塗附。』注云『附，木皮也』。」後漢書鄧禹傳李賢注引漢官儀曰：「下土小國侯以肺腑親，公主子孫奉墳墓於京師，亦隨時朝見，是爲隈諸侯也。」又唐劉憲陪幸五王宅詩：「北斗樞機任，西京肺腑親。」

〔一八〕「翻手」句：胡與越，胡、越一北一南，喻二者背離，不相往來。元稹酬樂天赴江州路上見寄三首其一：「天上參與商，地上胡與越。終天升沈異，滿地網羅設。」此言自黨禍以來，往常沾親帶故者，轉眼間皆成路人。

〔一九〕「尚怪」句：史記滑稽列傳：「東郭先生久待詔公車，貧困饑寒，衣敝履不完，行雪中。履有上無下，足盡踐地，道中人笑之。東郭先生應之曰：『誰能履行雪中，令人視之，其上履也，其履下處乃似人足者乎？』及其拜爲二千石，佩青緺，出宮門，行謝主人，故所以同官待詔者等比祖道於都門外，榮華道路，立名當世，此所謂衣褐懷寶者也。當其貧困時，人莫省視；至其貴也，乃争附之。諺曰：『相馬失之瘦，相士失之貧。』其此之謂邪！」

〔二〇〕「亦訝」句：蘇軾和猶子遲贈孫志舉：「頗念懷祖黠，嗔兒與兵姻。」施注引晉書王述傳：「王述，字懷祖。子坦之，爲桓温長史。温欲爲子求婚於坦之，及還家省父，而述愛坦之，雖長大，猶抱置膝上。坦之因言温意，述大怒，遽排下，曰：『汝竟癡耶！詎可畏温面而以女妻兵也？』」

〔一一〕「西軒」句：西軒，吕本中屋舍名，疑與陶潛東軒相配。陶潛停雲詩曰：「靜寄東軒，春醪獨撫。良朋悠邈，搔首延佇。」又飲酒二十首其八：「嘯傲東軒下，聊復得此生。」

〔一二〕「一飯」句：再三歇，多次停箸。乃化用周公「一沐三握髮，一飯三吐哺，猶恐失天下之士」語義。見韓詩外傳卷三。宋周孚次韻史伯强：「乖離念存没，一飯再三歇。」可參讀。歇，四庫本作「噎」，亦通。黄庭堅寄別陳氏妹：「餞行在半塗，一食三四噎。」句言因思念而飲食不安之狀。

〔一三〕「誰能」二句：屈原九歌東君：「撫余馬兮安驅，夜皎皎兮既明。」

小園

小園常在眼，春事已天涯。雨暗堤前路，苔深林外家。曲池通小徑〔一〕，密樹隱殘花。長愧鄰翁酒，囊空尚可賒〔二〕。

〔一〕「曲池」句：唐郎士元酬王季友題半日村別業兼呈李明府：「門通小逕連芳草，馬飲春泉踏淺沙。」

〔一〕「囊空」句：鄭谷張谷田舍：「自説年來穏，前村酒可賒。」

謁雍道士

雍有古畫甚衆，盡爲郡掾取去。雍游貴人門甚熟〔一〕

紛紛乾没混泥沙〔二〕，暫遣塵言掛齒牙〔三〕。妙畫已歸三語掾〔四〕，壯游空記五侯家〔五〕。古壇背日藏芳草，小樹留春放晚花。能共山翁同活計〔六〕，隔林分聽一池蛙〔七〕。

〔一〕雍道士，其人名字事迹無考。

〔二〕「紛紛」句：乾没，史記酷吏列傳張湯傳：「始爲小吏乾没。」集解引徐廣曰：「隨勢沈浮也。」索隱引如淳曰：「得利爲乾，失利爲没。」混泥沙，杜甫柴門：「我今遠遊子，飄轉混泥沙。」趙彦材注引郭璞江賦：「或混淪乎泥沙。」

〔三〕「暫遣」句：暫，原校：「一作『不』。」塵言，世俗之言。此蓋指雍道士嘗談及本中，或多有褒詞，故云。

〔四〕「妙畫」句：畫，原校：「一作『手』。」三語掾，晋書阮籍傳附阮瞻傳：「瞻字千里，性清虚寡欲，自得於懷。讀書不甚研求，而默識其要。遇理而辯，辭不足而旨有餘。善彈琴。人聞其能，多往求聽，不問貴賤長幼，皆爲彈之。神氣沖和，而不知向人所在。内兄潘岳每令鼓琴，終日達夜，無忤色。由是識者歎其恬淡，不可榮辱矣。舉止灼然，見司徒王戎，戎問曰：『聖人貴名教，老莊明自然，其旨同異？』瞻曰：『將無同。』戎咨嗟良久，即命辟之，時人謂之三語掾。」此指取古畫之郡掾。

〔五〕「壯游」句：五侯，左傳僖公四年：「五侯九伯，女實征之，以夾輔周室。」杜預注：「五等諸侯、九州之伯，皆得征討其罪。」五等諸侯，即公、侯、伯、子、男。韓翃寒食即事：「日暮漢宫傳蠟燭，輕煙散入五侯家。」題注稱「雍游貴人門甚熟」，此即其意。

〔六〕「能共」句：山翁，指雍道士。活計，生計。此指生活方式、愛好。蘇軾李伯時畫其弟亮功舊隱宅圖：「晚歲與君同活計，如雲鵝鴨散平湖。」

〔七〕「隔林」句：南史卷四九孔珪傳：「孔珪，字德璋，會稽山陰人也。……不樂世務，居宅盛營山水，憑几獨酌，傍無雜事。門庭之内，草萊不翦，中有蛙鳴。或問之曰：『欲爲陳蕃乎？』珪笑答曰：『我以此當兩部鼓吹，何必效蕃？』王晏嘗鳴鼓吹候之，聞群蛙鳴，曰：『此殊聒人耳。』珪曰：『我聽鼓吹，殆不及此。』晏甚有慚色。」黄庭堅代書：「已無富貴心，鼓吹一池蛙。」

春日即事二首〔一〕

隱几虚堂俗客稀〔二〕，片心真與道相宜〔三〕。風搖柳帶千絲亂，雨勒花心十日期〔四〕。瘦病纔蘇休强酒〔五〕，良辰雖好少題詩〔六〕。賈生詞賦常流落〔七〕，歸去來兮在幾時〔八〕？

〔一〕春日，即立春日。宋龐元英文昌雜録卷三：「（正月）初十日立春，賜三省官彩勝各有差。」曾幾春日二首其一：「今日知何日，東風破臘來。寒隨邊騎去，春與漢軍回。彩勝參差翦，蔬盤飣餖開。」

〔二〕「隱几」句：莊子齊物論：「南郭子綦隱几而坐，仰天而噓，嗒焉似喪其耦。」成玄英疏「隱」爲「憑」。虚堂，猶言虚室。莊子人間世：「瞻彼闋者，虚室生白，吉祥止止。」郭象注：「夫視有若無，虚室者也。室虚而純白獨生矣。」司馬彪注：「闋，空也。室比喻心，心能空虚，則純白獨生也。」唐李山甫山中依韵答劉書記見贈：「隱几虚室静，閑雲入坐來。」

〔三〕「片心」句：曾慥類説卷一二守庚申詩：「道士程紫霄，有朝士夜會終南太一觀，拉師同守庚申。師作詩曰：『不守庚申亦不疑，此心良與道相宜。玉皇已自知行止，任汝三彭説是非。』」又見宋祝穆編古今事文類聚前集卷三八引芝田録、宋高似孫緯略卷一〇引洛中記異。按：守庚申，道家在庚申日静坐不眠，謂可免「三尸」作祟，稱「守庚申」，見真誥卷一〇、雲笈七籤卷八二庚申部、酉陽雜俎前集卷二玉格等。此承上句，謂堂空客少，心與道真能合而爲一。

〔四〕「雨勒」句：勒，强令。蔡襄望春詞：「霏霏細雨勒梅黄，一望春容十斷腸。」十日期，謂花期短暫。

〔五〕「瘦病」句：强酒，謂已醉而勸人勉强再飲。白居易嘗用「强酒」爲詩題。陳師道次韵蘇公勸酒與詩曰：「五士三不同，煩公以詩訴。强酒古所辭，妙語神其吐。自念每累人，舉扇無我污。」任淵注「强酒古所辭」句引孔叢子曰：「平原君强子高酒，曰：『堯舜千鍾，孔子百觚，古之聖賢，無不能飲也，吾子何辭焉？』子高曰：『聖賢以道德燕人，未聞以飲也。』」謂後山此句，「自解其不飲」。

〔六〕「良辰」句：宋家誠之丹淵集跋：「石林先生（葉夢得）云：東坡倅杭，與可送以詩，有『北客若來休問事，西湖雖好莫吟詩』之句。及詩禍作，世以爲知言。」

〔七〕「賈生」句：史記賈生列傳：「賈生，名誼，雒陽人也。年十八，以能誦詩屬書聞於郡中。」文帝召爲博士，一歲中至大中大夫，「諸律令所更定，及列侯悉就國，其説皆自賈生發之。於是天子議以爲賈生任公卿之位，絳（周勃）、灌（灌嬰）、東陽侯（張相如）、馮敬之屬盡害之」，出爲長沙王太傅。後又爲梁懷王太傅，「懷王騎，墮馬而死，無後，賈生自傷爲傅無狀，哭泣，歲餘亦死」。年三十三。去長沙時，及度湘水，作弔屈原賦；在長沙，又作鵩鳥賦。此句謂賈誼雖善辭賦，卻一生流落不偶。

〔八〕「歸去」句：陶淵明歸去來兮辭，首句即謂「歸去來兮，胡不歸」。此乃作者自問自歎。

病起多情白日遲，强來庭下探花期〔一〕。雪消池館初春後，人倚欄干欲暮時〔二〕。

亂蝶狂蜂俱有意〔三〕，兔葵燕麥自無知〔四〕。池邊垂柳腰肢活〔五〕，折盡長條爲寄誰〔六〕？

〔一〕「强來」句：探花期，觀察、打探花開日期。司空圖力疾山下吴邨看杏花十九首其十七：「行樂溪邊步轉遲，出山漸減探花期。」此所謂花，指梅。

〔二〕「人倚」句：陳與義登岳陽樓二首其一：「登臨吴蜀横分地，徙倚湖山欲暮時。」詩人玉屑卷三引遺珠：「春日即事云：『雪消池館初春後，人倚欄干欲暮時。』此自可入畫。人之情意，物之容態，二句盡之。」

〔三〕「亂蝶」句：釋齊己對菊：「蝶醉蜂狂半折時，冷煙清露壓離披。」

〔四〕「兔葵」句：兔葵，似葵而葉小，狀如黎，有毛，已見前注。燕麥，爾雅：「蘥，雀麥。」郭璞注：「即燕麥也。」邢昺疏：「燕麥，本草云：『生故墟野林下，苗似小麥而弱，實似穬麥而細，在處亦有之是也。』按：詩人對亂蝶狂蜂、兔葵燕麥帶有明顯厭惡情緒，若聯想劉禹錫嘗用「兔葵燕麥」喻其政敵，寓意更明。舊唐書劉禹錫傳：「太和二年（八二八），自和州刺史徵還，拜主客郎中。禹錫銜前事未已，復作遊玄都觀詩，序曰：『予貞元二十一年（八〇五）爲尚書屯田員外郎時，此觀中未有花木。是歲出牧連州，尋貶朗州司馬。居十年，召還京師，人人皆言有道士手植紅桃滿觀，如爍晨霞，遂有詩以志一時之事。旋又出牧，于今十有四年，得爲主客郎中，重遊兹觀，蕩然無復一樹，唯兔葵燕麥動摇於春風，因再題二十八字，以俟後遊。』」

〔五〕「池邊」句：腰肢活，用人之腰肢喻垂柳枝條，謂其隨風擺動。蘇軾用前韵答西掖諸公見和：「春還宮柳腰肢活，雨入御溝鱗甲動。」

〔六〕「折盡」句：折楊柳枝送別，蓋自漢代即有此俗，唐代尤盛。三輔黄圖卷六橋：「霸橋在長安東，跨水作橋，漢人送客至此橋，折柳贈別。」

寄前鎮西楊法曹〔一〕

楊子文章老更新〔二〕，狂吟寡和過陽春〔三〕。雙聲疊韵俱難敵〔四〕，指物程形似有神〔五〕。畫馬已無韓幹肉〔六〕，草書真得伯英筋〔七〕。可憐一首閒居賦，解道連蜷能幾人〔八〕。

〔一〕楊法曹，即楊道孚，字克一，事迹略見本卷前楊道孚墨竹歌詩注。鎮西，即鎮西軍節度。宋史卷八六地理志二：「麟州，下，新秦郡。乾德初移治吴兒堡。五年，升建寧軍節度。端拱初，改鎮西軍節度。……縣一：新秦。」地在今神木市，屬陝西榆林市。蓋楊道孚曾在鎮西軍節度爲官，故稱「前鎮西」。法曹，即法曹參軍。宋代於州、府各置法曹參軍一人，見宋史職官志六。紫微詩話：「元符初，滎陽公（吕希哲）謫居歷陽，（楊）道孚爲州法曹掾。嘗從公出遊，以職事遽歸，遺公詩云（略）。」

〔二〕「楊子」句：老更新，杜甫戲爲六絶其一：「庾信文章老更成。」

〔三〕「狂吟」句：陽春，指陽春白雪，楚國雅樂。宋玉對楚王問：「客有歌於郢中者，其始曰下里巴人，國中屬而和者數千人。其爲陽阿薤露，國中屬而和者數百人。其爲陽春白雪，國中屬而和者不過數十人。引商刻羽，雜以流徵，國中屬而和者不過數人而已。是其曲彌高，其和彌寡。」

〔四〕「雙聲」句：雙聲，疊韵，二字同聲母爲雙聲，同韵母爲疊韵。文心雕龍聲律：「凡聲有飛沈，響有雙疊。雙聲隔字而每舛，疊韵雜句而必睽。沈則響發而斷，飛則聲颺不還。」南史謝莊傳：「王玄謨問莊何者爲雙聲，何者爲疊韵。答曰：『玄護爲雙聲，碻磝爲疊韵。』」誠齋詩話：「或問：『何謂雙聲疊韵？』曰：『「行穿詰曲崎嶇路，又聽鈎輈格磔聲。」上句疊韵，下句雙聲也。』」句謂楊法曹作詩極講究聲律。

〔五〕「指物」句：指物程形，謂極善描摹物象。梁書王筠傳：「王筠，字元禮，一字德柔，琅邪臨沂人。……筠幼警寤，七歲能屬文，年十六爲芍藥賦，甚美。及長，清静好學，與從兄泰齊名。……（沈）約於郊居宅閣齋請筠爲草木十詠，書之壁，皆直寫文辭，不加篇題。約謂人曰：『此詩指物程形，無假題署。』」

〔六〕「畫馬」句：唐張彦遠歷代名畫記卷九：「韓幹，大梁人。王右丞維見其畫，遂推奬之。官至太府寺丞。善寫貌人物，尤工鞍馬。初師曹霸，後自獨擅。杜甫曹霸畫馬歌曰：『弟子韓幹早入室，亦能畫馬窮殊相。幹惟畫肉不畫骨，忍使驊騮氣凋喪。』彥遠以杜甫豈知畫者，徒以幹馬肥大，遂有畫肉之誚。」句謂楊道孚畫技已成熟。

〔七〕「草書」句：晉書衛瓘傳：「瓘學問深博，明習文藝，與尚書郎敦煌索靖俱善草書，時人號爲一臺二妙。漢末張芝亦善草書，論者謂瓘得伯英筋，靖得伯英肉。」

〔八〕「可憐」二句：按潘岳閒居賦中無「連蜷」二字，當是沈約郊居賦之誤記。梁書王筠傳：「(沈)約製郊居賦，構思積時，猶未都畢，乃要筠示其草。筠讀至『雌霓(五激反)連蜷』，約撫掌欣抃，曰：『僕嘗恐人呼爲霓(五鷄反)連蜷。』次至『墜石磓星』及『冰懸埳而帶坻』，筠皆擊節稱贊。約曰：『知音者希，真賞殆絕，所以相要，政在此數句耳。』」按：沈約所以「撫掌欣抃」，蓋因王筠將前一「霓」字讀爲「五激反」，而非「五鷄反」。沈約乃「四聲論」鼓吹者，認爲這樣讀才正確，故引王筠爲知音，而非能解其下連綿字「連蜷」也。

飲酒

人生百歲能幾何〔一〕，顧我把酒胡不歌。窮通大抵夢南柯，我復夢中多蹉跎〔二〕。自古英雄亦何有，往事紛紛不如酒〔三〕。嗟予真得酒中趣〔四〕，幾度尊前揖星斗〔五〕。病起槐陰鸚已老，今日相逢還草草。忽忽數日是行人，且向尊前一傾倒。人生樂事亦難并〔六〕，明月清風況都好〔七〕。

〔一〕「人生」句：莊子盜跖：「人上壽百歲，中壽八十，下壽六十。除病瘐死喪憂患，其中開口而笑者，一月之中不過四五日而已矣。」曹操短歌行：「對酒當歌，人生幾何。」

〔二〕「窮通」二句：唐李公佐南柯太守傳：東平淳于棼落魄縱誕，飲酒爲事。所居宅南有大古槐一株。一日與群豪大飲，歸家卧於堂東廡之下，昏然夢見二紫衣使者跪拜，稱槐安國王遣小臣致命奉邀，淳于棼遂隨二使而去。國王招爲駙馬，拜南柯太守。後夢醒，尋槐下有大穴，根可容一榻，上有積土以爲城郭臺殿之狀，有蟻數斛隱聚其中。中有小臺，其色若丹，二大蟻處之，左右大蟻數十輔之，諸蟻不敢近。「此其王矣，即槐安國都也。」兩句言人生無論窮通，皆若南柯一夢，而自己連夢中也是蹉跎，命運尚不及淳于棼。

〔三〕「自古」二句：李白將進酒：「古來聖賢皆寂寞，唯有飲者留其名。」又韋莊晚春：「萬物不如酒，四時唯愛春。」

〔四〕「嗟予」句：李白月下獨酌四首其二：「但得醉中趣，勿爲醒者傳。」

〔五〕「幾度」句：李白月下獨酌四首其一：「花間一壺酒，獨酌無相親。舉盃邀明月，對影成三人。」

〔六〕「人生樂事」句：司馬光去春與景仁同至河陽謁晦叔館於府之後園既去晦叔名其館曰禮賢夢得作詩以紀其事光雖愧其名亦作詩以繼之：「明日河梁即分手，人生樂事信難全。」

〔七〕「明月」句：蘇軾赤壁賦：「惟江上之清風，與山間之明月。耳得之而爲聲，目遇之而成色。取之無禁，用之不竭。是造物者之無盡藏也，而吾與子之所共適。」

讀史

陳壽謂諸葛，將略非所長〔一〕。私恨寫青史，千古何茫茫。謗議終自破，公論不可當〔二〕。是非倘可定，青蠅果何傷〔三〕。

〔一〕「陳壽」二句：陳壽（二三三—二九七），字承祚。巴西郡安漢縣（今四川南充）人。西晉著名史學家。所撰三國志蜀書諸葛亮傳評曰：「諸葛亮之爲相國也，撫百姓，示儀軌，約官職，從權制，開誠心，布公道。盡忠益時者雖讎必賞，犯法怠慢者雖親必罰，服罪輸情者雖重必釋，游辭巧飾者雖輕必戮……可謂識治之良才，管蕭之亞匹矣。然連年動衆，未能成功，蓋應變將略，非其所長歟。」

〔二〕「私恨」四句：青史，即史書。古代以竹簡記事，故稱史籍爲青史。茫茫，言年代久遠，時移事易，史家議論雖難盡愜人意，然謗議終不能盡掩公論。此番言論，當與元祐黨禍後所撰史書對詩人曾祖呂公著評論有關，蓋言其不公。

〔三〕「青蠅」句：詩經小雅青蠅：「營營青蠅，止于樊。豈弟君子，無信讒言。」毛傳：「興也。營營，往來貌。樊，藩也。」鄭玄箋：「興者，蠅之爲蟲，汙白使黑，汙黑使白，喻佞人變亂善惡也。言止于藩，欲外之令遠物也。」句謂是非終有定論，公道自在人心。

戲呈七十七叔〔一〕

大阮愛我詩〔二〕，謂我能詩矣。我詩來無極，愛之終不已。吾非聖者也，但智慮多耳〔三〕。賜始可言詩，吾智由商起〔四〕。

〔一〕七十七叔，即首句所稱「大阮」。紫微詩話：「劉師川，莘老（劉摯）丞相幼子，力學有文。嘗贈舍弟詩云：『大阮平生予所愛，小阮相逢亦傾蓋。……』余時爲濟陰縣主簿，大阮謂知止也。」按：據陸心源宋詩紀事小傳補正卷三等，知止乃吕欽問字，吕公著孫、吕希績子，蓋排行七十七。嘗監酒税（見陳與義送吕欽問監酒受代歸詩）。吕本中師友雜志曰：「予年十八歲，從滎陽公至京師，始與從叔知止聚學，相期甚遠。」吕本中十八歲，爲徽宗建中靖國元年（一一〇一）。

〔二〕「大阮」句：大阮，用阮籍、阮咸事。史之「大阮」即阮籍，其侄阮咸爲小阮。晉書阮咸傳：「咸字仲容，父熙，武都太守。咸任達不拘，與叔父籍爲竹林之游，當世禮法者譏其所爲。咸與籍居道南，諸阮居道北，北阮富而南阮貧。七月七日，北阮盛曬衣服，皆錦綺粲目，咸以竿掛大布犢鼻於庭，人或怪之，答曰：『未能免俗，聊復爾耳！』」上注引劉師川詩，以知止擬阮籍，本中弟擬阮咸。

〔三〕「吾非」二句：列子仲尼：「商太宰見孔子，曰：『丘聖者歟？』孔子曰：『聖則丘何敢，然則丘博學多識者也。』」荀子儒效：「行法至堅，好修正其所聞，以撟飾其情性，其言多當矣，而未諭也；其行多當矣，而未安也；其知慮多當矣，而未周密也。上則能大其所隆，下則能開道不己若者，如是，則可謂篤厚君子矣。」

〔四〕「賜始」二句：論語八佾：「子夏問曰：『「巧笑倩兮，美目盼兮，素以爲絢兮」，何謂也（何晏集解引馬（融）曰：倩，笑貌；盼，動目貌；絢，文貌。此上二句，在衛風碩人之二章，其下一句逸也）？』子曰：『繪事後素（集解引鄭（玄）曰：繪，畫文也。凡繪畫，先布衆色，然後以素分布其間，以成其文。喻美女雖有倩盼美質，亦須禮以成之）。』曰：『禮後乎（集解引孔（安國）曰：孔子言繪事後素。子夏聞而解，知以素喻禮，故曰禮後乎）？』子曰：『起予者商也，始可與言詩已矣（集解引包（咸）曰：予，我也。孔子言子夏能發明我意，可與共言詩）。』」按：子夏，即卜商。史記仲尼弟子列傳：「卜商，字子夏，少孔子四十四歲。」

偶作

去年芳草又萋萋，休歎王孫猶未歸〔一〕。更見春深送春雁，三三兩兩傍雲飛〔二〕。

〔一〕「去年」二句：楚辭招隱士：「王孫遊兮不歸，春草生兮萋萋。」王逸注：「隱士，避世在山隅也。」洪興祖補注引五臣云：「萋萋，草色。」按：此所謂「王孫」，當指被禁錮放逐之元祐黨人及其子孫，蓋詩人自謂也。

〔二〕「更見」二句：送春雁，蓋喻當時政治上得勢之新黨人物。三三兩兩，乃結伴狀，言其得意也。林逋野梟：「三三兩兩自相隨，擅頸回看艷絶衣。」

謁陶朱公廟〔一〕

悠悠千載五湖心〔二〕，古廟無人鎖緑陰。爲問功成肥遯後，不知何術累千金〔三〕？

〔一〕陶朱公廟，即范蠡廟。史記越王勾踐世家：范蠡事越王勾踐，既苦身戮力，與勾踐深謀二十餘年，竟滅吴，報會稽之耻。勾踐表會稽山以爲范蠡奉邑。然范蠡不受，「浮海出齊，變姓名，自謂鴟夷子皮，耕于海畔，苦身戮力，父子治產。居無幾何，致產數十萬」。同書貨殖列傳：「（范蠡）之陶，爲朱公。朱公以爲陶天下之中，諸侯四通，貨物所交易也。……後年衰老而聽子孫，子孫脩業而息之，遂至巨萬。故言富者皆稱陶朱公。」

〔二〕「悠悠」句：漢袁康越絶書卷一四：「范蠡恐懼，逃于五湖。」五湖，其説不一，一般指太湖。

〔三〕「爲問」二句：肥遯，文選張衡思玄賦：「利肥遯以保名。」舊注：「遯，卦名也。上九曰『肥遯無不利』，謂去而遷也。」後以隱居爲肥遯。史記越王勾踐世家：范蠡變姓名隱於齊，致産數千萬，「齊人聞其賢，以爲相，范蠡喟然歎曰：『居家則致千金，居官則至卿相，此布衣之極也，久受尊名不祥。』乃歸相印，盡散其財，以分與知友鄉黨，而懷其重寶間行以去。止于陶，以爲此天下之中，交易有無之路通，爲生可以致富矣。於是自謂陶朱公，復約要父子耕畜廢居，候時轉物，逐什一之利。居無何，則致貲累巨萬」。詩人對古人牟利之術發問，蓋意指當下也。

睡

終日題詩詩不成，融融午睡夢頻驚〔一〕。覺來心緒都無事，牆外啼鶯一兩聲〔二〕。

〔一〕「融融」句：融融，樂和舒適貌。左傳隱公元年：「（鄭莊）公入而賦：『大隧之中，其樂也融融。』」又杜牧阿房宫賦：「歌臺暖響，春光融融。」

〔二〕「牆外」句：唐王建和門下武相公春曉聞鶯：「侵黑行飛一兩聲，春寒囀小未分明。」

夢

夢入長安道〔一〕，萋萋盡春草。覺來春已去，一片池塘好〔二〕。

〔一〕「夢入」句：長安道，去長安之道路。宋人多以長安喻指北宋京城開封，南宋後又代指臨安（杭州）。

〔二〕「一片」句：南史謝方明傳附子謝惠連傳：「惠連年十歲能屬文，族兄靈運嘉賞之，云：『每有篇章，對惠連輒得佳語。』嘗於永嘉西堂思詩，竟日不就，忽夢見惠連，即得『池塘生春草』，大以爲工。嘗云：『此語有神功，非吾語也。』」

讀陶元亮傳〔一〕

我愛陶彭澤，解言歸去來〔二〕。醉眠猶遣客，却使世人猜〔三〕。

〔一〕宋書陶潛傳：「陶潛，字淵明，或云淵明，字元亮，尋陽柴桑人也。」

〔二〕「解言」句：陶潛歸去來兮辭序曰：「于時風波未静，心憚遠役。彭澤去家百里，公田之利，足以爲酒，故便求之。及少日，眷然有歸歟之情。何則？質性自然，非矯厲所得，飢凍雖切，違己交病。嘗從人事，皆口腹自役。於是悵然慷慨，深媿平生之志。猶望一稔，當斂裳宵逝。尋程氏妹喪于武昌，情在駿奔，自免去職。仲秋至冬，在官八十餘日，因事順心命篇，曰歸去來兮。」世人猜，或嫌其不達時務。

〔三〕「醉眠」二句：宋書陶潛傳：「貴賤造之者，有酒輒設，潛若先醉，便語客『我醉欲眠，卿可去』，其真率如此。」

我愛陶彭澤，不求絃上聲〔一〕。琴中如有趣，曾遣幾人聽〔二〕。

〔一〕「不求」句：宋書陶潛傳：「潛不解音聲，而畜素琴一張，無絃，每有酒適，輒撫弄以寄其意。」

〔二〕「曾遣」句：幾人聽，蓋謂聽者絶少。言其趣乃自我欣賞，非他人所能解也。

寄壁上人〔一〕

出門厭交情〔二〕，袖手看世故〔三〕。紛紛駒過隙〔四〕，忽忽豹隱霧〔五〕。生平喜退縮，未到心已悟〔六〕。尚餘好事人〔七〕，相就討新句。雖非琢肝腎，終自費調護〔八〕。君看雪霜根，豈受桃李妬〔九〕。胥疏老支離〔一〇〕，骯髒舊賓傅〔一一〕。何繇兩行纏〔一二〕，遠泛一大瓠〔一三〕。從君乞妙語，一洗詩酒污〔一四〕。

〔一〕璧上人，即釋如璧，饒節出家後法名，見前符離諸賢詩注。

〔二〕「出門」句：厭交情，不喜交往。孟浩然春情詩：「已厭交情憐枕席，相將遊戲繞池臺。」

〔三〕「袖手」句：袖手，手縮於袖間，形容事不關己貌。韓愈祭柳子厚文：「巧匠旁觀，縮手袖間。」世故，世態，指人情淡薄、世事炎涼之狀。

〔四〕「紛紛」句：莊子知北遊：「人生天地之間，若白駒之過郤，忽然而已。」釋文：「白駒，或云日也。郤，本亦作隙，隙，孔也。」史記崔豹傳：「人生一世間，如白駒過隙耳。」索隱：「莊子云『無異麒驥之馳過隙』，則謂馬也。小顔云：『白駒謂日影也；隙，壁隙也。』以言速疾，若日影過壁隙也。」此句謂舊朋新友紛紛在人生舞臺亮相，瞬間便消失得無影無蹤，其速如同白駒過隙。

〔五〕「忽忽」句：豹隱霧，劉向列女傳卷二陶荅子妻：「妾聞南山有玄豹，霧雨七日而不下食，何也？欲以澤其毛而成文章也，故藏而遠害。」宋陸佃埤雅卷三：「古云：虎豹之駒，未成文已有食牛之氣，及長退毛，然後疏朗煥散，蓋亦養而成之。傳（按指列女傳）曰：文豹隱霧，十日不食，欲以澤其衣毛，成其文彩，殆謂是也。」句謂一撥人失敗隱退，又一撥人崛起重出，有如隱霧之豹出山。以上二句，言北宋末造社會人心之亂相。

〔六〕「生平」二句：喜退縮，詩人自言性情淡泊，不樂進取。未到，未走上社會。悟，謂世事污濁，早已看透。

〔七〕「尚餘」句：好事人，即熱心人，指喜好吕本中詩歌之年輕人。

〔八〕「雖非」句：琢肝腎，韓愈贈崔立之評事：「勸君韜養待徵招，不用雕琢愁肝腎。」又黄庭堅寄晁元忠十首其九：「沉冥驚人句，摹寫詠時禽。無爲愁肝腎，君子要刳心。」調護，此猶言打磨。兩句自言作詩極用功，雖未到雕琢肝腎的程度，但終日構思修潤，十分認真。

〔九〕「君看」二句：雪霜根，指耐寒植物如松、竹、梅等。喻自己守節不移。桃李，常爲逢時邀寵之詩歌意象。妬，忌恨。白居易新栽梅：「莫怕長洲桃李妬，今年好爲使君開。」

〔一〇〕「胥疏」句：莊子山木：「夫豐狐文豹，棲於山林，伏於巖穴，静也；夜行晝居，戒也；雖饑渴隱約，猶且胥疏於江湖之上而求食焉，定也。」莊子集釋引釋文：「胥疏，疏也，言足迹之所未經也。」此指爲人疏略。老支離，莊子人間世：「支離疏者，頤隱於臍，肩高於頂。」司馬彪注：「支離，形體不全貌。疏，其名也。」按：句當指詩人之祖吕希哲，言其隱退不出，又年老多病。

〔一一〕「骯髒」句：李白魯郡堯祠送張十四游河北：「有如張公子，骯髒在風塵。」楊齊賢注：「骯髒，高亢婞直之貌。」賓傅，師傅，一般指帝王之師。此亦當指吕希哲。據宋史本傳，吕希哲嘗爲崇政殿説書，故云。如璧出家前嘗拜在希哲門下問學，因向其述説老師現狀。

〔一二〕「何繇」句：繇，通「由」。行纏，即裹足布。舊唐書音樂志二：「扶南樂，舞二人，朝霞行纏，赤皮鞾。……天竺樂，工人皂絲布頭巾，白練襦，紫綾袴，緋帔。舞二人，辮髮，朝霞袈裟，行纏，碧麻鞋。袈裟，今僧衣是也。」清閻若璩尚書古文疏證卷五上：「古人脱屨則有韈在，脱韈則將跣足矣。謝承會稽先賢傳：『賀劭，爲人美容止，在官府常着韈，希見其足。君臣群而飲酒，悉解其韈，若徒跣謝罪者。』然此何禮焉？曰：脱韈固尚有行縢在。行縢，今俗名裹足是也，六朝人謂之行纏。」此以「行纏」代指行脚僧，即如璧；兩行纏，詩人自謂亦想出家，與如璧爲伴。

〔一三〕「遠泛」句：大瓠，莊子逍遥遊：「惠子謂莊子曰：『魏王貽我大瓠之種，我樹之成，而實五石。以盛水漿，其堅不能自舉也；剖之以爲瓢，則瓠落無所容。非不呺然大也，吾爲其無用而掊之。』」瓠可以爲瓢，故後以大瓠代指船。

〔一四〕「從君」二句：表達向如璧求詩之意。

寄璧公道友〔一〕

符離城裏相逢處，酒肉如山放手空〔二〕。已見神通過鶖子〔三〕，未應鮮健勝龐公〔四〕。且尋扇子舊頭角，一任杏花能白紅〔五〕。破箬笠前江萬里〔六〕，無人曾識此家風。

〔一〕璧公，即釋如璧。吕本中此詩乃原唱，如璧有次韵之作二首（見倚松老人詩集卷二），後被方回一同收入瀛奎律髓（卷四七）。第一首即第一次和，附録於次。次韵答吕居仁：「向來相許濟時功，大似頻婆餉遠空。我已定交木上座，君猶求舊管城公。文章不療百年老，世事能磨（原校：一作「排」）雙頰紅。好貸夜窗三十刻，胡床趺坐究幡風。」方回評如璧詩曰：「此三、四老杜句法，晚唐人不肯下。五、六亦出於老杜，决不肯拈花貼葉，如界畫畫、如甃砌牆也。」如璧和後蓋興猶未盡，又第二次和，作再次前韵，曰：「曾將千古較窮通，芥孔能容幾許空。借問折腰辭五斗，何如折臂取三公？四時但覺風雨過，一飯奚須刀匕紅。要識壞魔三昧力，更培根撥待春風。」方回又評曰：「五、六即是居仁首唱五、六格。」李慶甲彙評引查慎行曰：「二章俱勝原唱。」又李彭亦作寄如璧上人，見日涉園集卷八。

〔二〕「酒肉」句：杜甫醉爲馬墜諸公携酒相看：「酒肉如山又一時，初筵哀絲動豪竹。」趙彦材注謂「酒肉如山」，蓋倣「左傳『有酒如澠，有肉如陵』（按：見左傳昭公十二年）。」放手空，舉手間酒肉已空，言在符離時諸友之豪放快活。陸游立春日：「江花江水每年同，春日春盤放手空。」可參讀。

〔三〕「已見」句：李商隱題白石蓮花寄楚公：「漫誇鶖子真羅漢，不會牛車是上乘。」道源注：「法華經舍利弗，此云鶖子，連母爲名，以其取涅槃一日之價，故不知有上乘，亦非真阿羅漢佛爲授記，乃知真是佛子得佛法分。」按：舍利弗，即舍利弗尊者，佛陀十大弟子之一，以智慧第一著稱。此代指如璧（時尚未出家，俗名饒節），言其極聰慧。

〔四〕「未應」句：龐公，指龐藴居士。五燈會元卷三龐藴居士：「襄州居士龐藴者，衡州衡陽縣人也。字道玄，世本儒業，少悟塵勞，志求真諦。唐貞元初，謁石頭，乃問：『不與萬法爲侶者是甚麽人？』頭以手掩其口，豁然有省。後與丹霞爲友。……元和中，北遊襄漢，隨處而居。……有詩偈三百餘篇傳於世。」鮮健，同上書卷三馬祖一禪師法嗣則川和尚：「則川和尚，蜀人也。龐居士相看次，師曰：『還記得見石頭時道理否？』士曰：『猶得阿師重舉在。』師曰：『情知久參事慢。』士曰：『阿師老耄，不啻龐公。』師曰：『二彼同時，又争幾許？』士曰：『龐公鮮健，且勝阿師。』師曰：『不是勝我，祇欠汝箇幞頭。』士拈下幞頭，曰：『恰與師相似。』師大笑而已。」以上兩句，謂如璧之禪學修養不在舍利弗羅漢之下；又以龐藴居士自喻，謂身體不及他健康。

〔五〕「且尋」二句：五燈會元卷三馬祖一禪師法嗣鹽官齊安國師：「杭州鹽官海昌院齊安國師，海門郡人也。姓李氏。……長，依本郡雲琮禪師落髪受具。……師一日唤侍者曰：『將犀牛扇子來！』者曰：『破也。』師曰：『扇子既破，還我犀牛兒來。』者無對。投子代云：『不辭將出，恐頭角不全。』資福代作圓相，心中書『牛』字。石霜代云：『若還和尚即無也。』保福云：『和尚年尊，别請人好。』」黄庭堅送黄龍曉禪師住觀音頌：「黄龍一卧十五年，攪潭驚起舊頭角。」按：古人用犀牛角製扇。雲琮禪師索犀牛扇子，侍者言已破，禪師謂「還我犀牛兒來」。頭角，指犀牛角。此甚無理，有似説杏花紅、杏花白一般，但禪師們卻由此悟出禪家機鋒。參見碧巖録卷一〇。

〔六〕「破箬笠」句：箬笠，用篾將竹筍皮（筍殼）編結而成之寬邊雨具。又作篛笠，篛，竹之一種。張志和漁父詞：「青篛笠，緑蓑衣，斜風細雨不須歸。」瀛奎律髓卷四七收此原唱，方回總評曰：「江西詩，晚唐家甚惡之，然粗則有之，無一點俗也。晚唐家吟不著，卑而又俗，淺而又陋，無江西之骨之律。且如此詩五、六，晚唐決不夢見。扇子、杏花，物對物也；頭角、白紅，各自爲對，惟陳簡齋（與義）妙得此法。」李慶甲彙評引馮舒曰：「此亦何足爲奇？唐人自不爲此，何其獨夫臭也？」又引馮班評：「此有何妙？」又紀昀評：「方批『然粗則有之，無一點俗也』。粗即是俗。」又評：「方批『且如此詩五、六，晚唐決不夢見。「扇子」、「杏花」，物對物也。「頭角」、「白紅」，各自爲對』。此種故作楂牙，亦是俗處。」又曰：「粗野太甚。」按：馮、紀二人之評，似吹求過甚。

用前韵寄商老〔一〕

先生昔據通玄峰〔二〕，咳唾珠玉家爲空〔三〕。只今江西二三子，可到元和六七公〔四〕。雙鬢共期他日白，千花猶是去年紅〔五〕。須君吸盡西江水〔六〕，不假扶摇萬里風〔七〕。

〔一〕商老，即李彭，字商老，南康建昌（今江西南城）人。李常侄孫，李秉彝子，黄庭堅表侄。嘗爲學官，後灌園於修水之上。善詩，名入江西宗派圖。是詩仍用寄璧公道友韵，李彭亦有酬和，即其日涉園集卷八所收戲次居仁見寄韵（原注：居仁見督參雪竇下禪），附録於次：「長蘆老人半聖號，眉毛不惜爲談空。静委耽禪如縛律，懸知選佛勝封公。影沉寒水雁無意，春入幽園花自紅。欲向池陽參百問，卻慚勾賊亂（一作破）家風。」謝薖亦有次韵詩，題曰余嘗會李商老於海昏識吕居仁於符離今已五六年矣偶見二公倡和詩各次其韵，其次本中韵曰：「維舟濁汴偶相逢，彈鋏歸來四壁空。耕道十年常九潦，謀身一國自三公。似聞諷諭能知白，豈但詩詞要比紅。中國凛然生氣在，故知郎子有家風。」

〔二〕「先生」句：通，原作「道」，原校：「一作『通』。」作「通」是，據改。通玄峰，山峰名，在浙江天台山。五燈會元卷一〇青原下九世清凉益禪師法嗣天台德昭禪師：「師有偈曰：『通玄峰頂，不是人間。心外無法，滿目青山。』法眼聞云：『即此一偈，可起吾宗。』」釋文珦湖寺上方通玄峰頂詩：「峰頂非人世，青山滿目多。」按：德韶（八九一—九七二），浙江處州人，後唐清泰三年（九三六）到天台山，建道場於通玄峰，大興法眼之學。

〔三〕「咳唾」句：咳唾，莊子秋水：「子不見夫唾者乎？噴則大者如珠，小者如霧。」後指言語珍貴。後漢書趙壹傳：「魯生聞此辭，繫而作歌曰：『埶家多所宜，咳唾自成珠。被褐懷金玉，蘭蕙化爲芻。』」此指作詩，言其詩句美好。家爲空，謂因作詩而家貧。

〔四〕「只今」二句：肯定江西詩派詩人，謂其成就可與唐元和詩人相提并論。二三子、六七翁，皆不定數，猶言諸公，蓋就群體論。二三子，見本卷前符離諸賢詩注。六七公，艇齋詩話：「吕東萊詩『可到元和六七公』，『六七公』三字，出（漢書）賈誼傳。韓退之李干墓誌云『以藥敗者六七公』，退之亦本賈誼傳也。」

〔五〕「雙鬢」二句：共，原作「只」。瀛奎律髓卷四七選本中用寄壁上人韵寄范元實趙才仲及從叔知止詩，方回評引是句作「共」，義勝，據改。五燈會元卷一〇青原下八世羅漢琛禪師法嗣金陵清涼院文益禪師：「師一日與李王論道罷，同觀牡丹花。王命作偈，師即賦曰：『擁毳對芳叢，由來趣不同。髮從今日白，花是去年紅。艷冶隨朝露，馨香逐晚風。何須待零落，然後始知空。』王頓悟其意。」兩句蓋言如文益此偈，即非元和詩人所能道。

〔六〕「須君」句：五燈會元卷三南嶽下二世馬祖一禪師法嗣：「（襄州居士龐藴）後參馬祖，問曰：『不與萬法爲侣者，是甚麽人？』祖曰：『待汝一口吸盡西江水，即向汝道。』士於言下頓領玄旨。」按：龐居士所頓領之「玄旨」，蓋指性空，性空則「心量廣大，猶如空虚」，能容下世界一切（詳見六祖惠能壇經般若品）。句言如馬祖、龐居士所探討之佛學奥義，也非元和詩人所能理解。

〔七〕「不假」句：莊子逍遥遊：「窮髮之北，有冥海者，天池也。有魚焉，其廣數千里，未有知其脩者，其名爲鯤。有鳥焉，其名爲鵬，背若泰山，翼若垂天之雲，摶扶摇羊角而上者九萬里，絶雲氣，負青天，然後圖南，且適南冥也。」扶摇，成玄英疏：「旋風也。」原校：「一作『鵬摶』。」句謂此等（李王頓悟之意、龐居士頓領之玄旨），不可能以外力獲取，而只能靠悟性領會。

又寄無逸信民〔一〕

文字撑腸不療窮〔二〕，詩來想見左書空〔三〕。雖非問道覩狂屈〔四〕，猶勝遺書訪子公〔五〕。銀杯久拚浮大白〔六〕，桃花且看舒小紅〔七〕。記取浮盃無剩語〔八〕，它年説似馬牛風〔九〕。

〔一〕無逸，即謝逸，字無逸。信民，即汪信民，名革。二人事迹見前注。未見謝、汪酬和之作，當已佚。

〔二〕「文字」句：撑腸，極言其多。不療窮，不能改變命運。饒節遇里人道及鄉間事作詩寄謝無逸：「雲山何處非投老，文史他年不療窮。」

〔三〕「詩來」句：左，用左手書寫；書空，世説新語黜免：「殷中軍（浩）被廢，在信安，終日恒書空作字。揚州吏民尋義逐之，竊視唯作『咄咄怪事』四字而已。」杜甫清明二首其二：「寂寂繫舟雙下淚，悠悠伏枕左書空。」注引師尹曰：「右臂既偏枯，書空者唯左而已。」

〔四〕「雖非」句：自注：「璧公數譏二子學道不進。」莊子知北遊：「知北遊於玄水之上，登隱弅之丘，而適遭无爲謂焉。知謂无爲謂曰：『予欲有問乎若：何思何慮則知道？何處何服則安道？何從何道則得道？』三問而无爲謂不答也。非不答，不知答也。知不得問，反於白水之南，登狐闋之上，而覩狂屈焉。知以之言也問乎狂屈。狂屈曰：『唉！予知之，將語若。』中欲言而忘其所欲言。知不得問，反於帝宫，見黄帝而問焉。黄帝曰：『无思无慮始知道，无處无服始安道，无從无道始得道。』知問黄帝曰：『我與若知之，彼與彼不知也，其孰是邪？』黄帝曰：『彼无爲謂真是也，狂屈似之；我與汝終不近也。夫知者不言，言者不知，故聖人行不言之教。』」郭象注：「任其自行，斯不言之教也。」釋文引李云：「狂屈，佯張，似人而非也。」郭慶藩案謂「狂屈即僪狂。」李善注引孟康曰：「獝狂，亦惡鬼也。」覩，原作「睹」，誤，據上引改。

〔五〕「猶勝」句：漢書陳萬年傳：萬年病卒。子咸，字子康，以萬年任爲郎。爲南陽太守，以殺伐立威，以此見廢。「薛宣、朱博、翟方進、孔光等仕宦絶在咸後，皆以廉儉先至公卿，而咸滯於郡守。時車騎將軍王音輔政，信用陳湯。咸數賂遺湯，予書曰：『即蒙子公力，得入帝城，死不恨。』後竟徵入爲少府。」顔師古注：「子公，（陳）湯之字。」黄庭堅次韵秦少章晁適道贈答詩：「寧穿東郭履，不遺子公書。」按：以上兩句，問道、遺書，指謝、汪所寄詩。

〔六〕「銀杯」句：銀杯，酒杯之美稱。拚，捨棄；久拚，謂久不飲酒。按瀛奎律髓卷四七用璧上人韵寄范元實趙才仲及從叔知止詩，方回評摘此「銀杯」二句，「拚」作「持」。浮大白，滿飲一大酒杯。

〔七〕「桃花」句：杜甫江雨有懷鄭典設：「寵光蕙葉與多碧，點注桃花舒小紅。」此言酒後臉色紅潤如桃花。

〔八〕「記取」句：無剩語，謂言已盡意，别無他語。五燈會元卷三馬祖一禪師法嗣浮盃和尚：「浮盃和尚，凌行婆來禮拜，師與坐喫茶。婆乃問：『盡力道不得底句分付阿誰？』師曰：『浮盃無剩語。』婆曰：『未到浮盃，不妨疑着。』師曰：『别有長處，不妨拈出。』婆斂手哭曰：『蒼天中更添冤苦。』師無語。婆曰：『語不知偏正，理不識倒邪，爲人即禍生。』」

〔九〕「它年」句：左傳僖公四年：「春，齊侯以諸侯之師侵蔡，蔡潰，遂伐楚。楚子使與師，言曰：『君處北海，寡人處南海，唯是風馬牛不相及也，不虞君之涉吾地也，何故？』」杜預注：「牛馬風逸，蓋末界之微事，故以取喻。」孔穎達疏：「服虔云：風，放也。牝牡相誘，謂之風。尚書稱馬牛其風，此言風馬牛，謂馬牛風逸，牝牡相誘，蓋是末界之微事。言此事不相及，故以取喻不相干也。」

奉答璧公兼簡諸友

江山取别太匆匆，對面難尋一段空。顧我自無黄閤樣〔一〕，如君合是黑頭公〔二〕。

客塵衮衮催前浪〔三〕，俗眼紛紛替舊紅〔四〕。炙日茅簷那接膝，重來肯借一帆風〔五〕？

〔一〕「顧我」句：黄閣，漢衛宏漢官舊儀卷上：「（丞相）聽事閣曰黄閣。」又資治通鑑卷一二七宋紀九太祖文皇帝紀下之下胡三省注：「舊制：三公聽事置黄閣。五代志曰：『三公府三門，當中開黄閣，設内屏。』」無黄閣樣，謂無做丞相、三公的模樣。

〔二〕「如君」句：晋書王珣傳：「珣字元琳，弱冠與陳郡謝玄爲桓温掾，俱爲温所敬重，嘗謂之曰：『謝掾年四十必擁旄杖節，王掾當作黑頭公，皆未易才也。』」按：黑頭公，即黑頭公卿，黑頭，謂年青。黄庭堅題前定録贈李伯牖二首其一：「五賊追奔十二宫，白頭寒士黑頭公。」

〔三〕「客塵」句：客塵，即塵世，謂人生如在塵世做客。維摩詰經問疾品：「菩薩斷除客塵煩惱，而起大悲。」衮衮，同「滚滚」。清鈔本作「滚滚」。

〔四〕「俗眼」句：替舊紅，以花之顔色更替，喻指時事變遷。梅堯臣送楚屯田知扶溝：「折柳贈新翠，種桃思舊紅。」

〔五〕「炙日」二句：炙日茅簷，謂茅簷有如日炙，謂天氣極炎熱，故下句言重來時望帶一帆涼風送爽。接膝，膝相接，關係親密貌。陶潛閑情賦：「願接膝以交言。」又黄庭堅謝曉純送納襪：「剗草曾升馬祖堂，暖窗接膝話還鄉。」

得李去言詩次韻答之〔一〕

歌呼屢回曹相國〔二〕，牋書或似魏司空〔三〕。半生懷抱向餘子〔四〕，千載風流獨此公。未用反身藏白黑，更須着眼辨青紅〔五〕。無人與助求田費，雅稱謝家林下風〔六〕。

〔一〕李去言，據本書卷二寄李岱去言詩，知李岱字去言。紫微詩話：「李岱去言，公擇（李常）尚書猶子，少能文詞……汪信民甚稱之，以爲有過其侄商老（李彭）處。」依原韵及原韵次序和人之詩，稱次韵。李岱原唱已佚。

〔二〕「歌呼」句：曹相國，即曹參。史記曹相國世家：「平陽侯曹參者，沛人也。……相舍後園近吏舍，吏舍日飲歌呼，從吏惡之，無如之何。乃請參遊園中，聞吏醉歌呼，從吏幸相國召按之，乃反取酒張坐飲，亦歌呼，與相應和。」此句謂李岱爲人隨和。

〔三〕「牋書」句：魏司空，指陳琳。牋書，指書檄。三國志魏書王粲傳附陳琳傳：「太祖（曹操）並以（陳）琳、（阮）瑀爲司空軍謀祭酒，管記室。軍國書檄，多琳、瑀所作也。」裴松之注引典略曰：「琳作諸書及檄草成，呈太祖，太祖先苦頭風，是日疾發，卧讀琳所作，翕然而起，曰：『此愈我病。』數加厚賜。」句以陳琳擬李岱，言其工文。

〔四〕「半生」句：懷抱，心思。向餘子，意未悉，或指培育李氏諸兄弟。

〔五〕「未用」二句：白黑、青紅，四種不同顔色。白黑，又作黑白、皂白，或連用爲青紅皂白，指是非曲直。兩句互文見義，謂既要正視現實，黑白分明；更要辨别真假，不能青紅皂白不分。疑李忞對時事態度較曖昧，故隱約以詩勉之。

〔六〕「無人」二句：求田費，買田錢。雅稱，言本來貧窮不堪，却故作高雅，反謂有蕭散之風。晋書王凝之妻謝氏（道蘊）傳：「王凝之妻謝氏，字道蘊，安西將軍奕之女也，聰識有才辯。……同郡張玄妹亦有才質，適於顧氏，玄每稱之，以敵道蘊。有濟尼者，游於二家，或問之，濟尼答曰：『王夫人（謝道蘊）神情散朗，故有林下風氣。顧家婦（張玄妹）清心玉映，自是閨房之秀。』」蘇軾題王逸少帖：「謝家夫人淡丰容，蕭然自有林下風。」

督山伯蕭遠和詩并示舍弟〔一〕

愛閑多病老封戎〔二〕，看子垂天上碧空〔三〕。懶惰未須攀此老〔四〕，典刑政爾賴諸公〔五〕。酒如震澤三春渌〔六〕，詩似芙蕖五月紅〔七〕。坐此逃禪天可恕〔八〕，不應獨許我乘風〔九〕。

〔一〕山伯、蕭遠，按晁説之簡沙頭李山伯詩，山伯當即李山伯。沙頭，地名。資治通鑑卷二六七後梁紀二：「荆南節度使高季昌遣兵屯漢口，絶楚朝貢之路。楚王殷遣其將許德勳將水軍擊之，至沙頭。」胡三省注：「沙頭，即今江陵城南沙頭市。」今爲湖北沙市。山伯疑字號，李彭弟，名未詳。又李彭日涉園集卷八有次韵寄山伯蕭老二弟，蕭老當即李蕭遠。呂本中師友雜志：李祁，字蕭遠，雍丘（今河南杞縣）人。舉進士，官至尚書郎。又能改齋漫録卷一一漢陽春日絶句，稱「尚書郎李祁蕭遠謫漢陽酒税時所作也」，則李蕭遠名祁。又宋史王覿傳附王俊義傳：「俊義與李祁友善，首建正論於宣和間。當是時，諸公卿稍知分别善惡邪正，兩人力也。祁字肅遠，亦知名士，官不顯。」俊義，即王俊乂，義、乂同。李山伯、李蕭遠同爲李彭從弟。舍弟，據宋史呂好問傳，好問有子五人，本中居長，其下有揆中（早卒）、弸中、用中、忱中。

〔二〕「愛閑」句：封戎，莊子應帝王：「列子自以爲未始學而歸，三年不出。爲其妻爨，食豕如食人，於事無與親，彫琢復朴，塊然獨以其形立，紛而封戎，一以是終。」封戎，「戎」一作「哉」，乃傳寫之訛。成玄英疏：「封，守也。雖復涉世紛擾，和光接物，而守於本真，確爾不移。」

〔三〕「看子」句：謂李祁前程遠大。莊子逍遥遊：「窮髮之北有冥海者，天池也。……有鳥焉，其名爲鵬。背若泰山，翼若垂天之雲，摶扶摇羊角而上者九萬里，絶雲氣，負青天，然後圖南。」

〔四〕「懶惰」句：此老，呂本中自指。

〔五〕「典型」句：詩經大雅蕩：「雖無老成人，尚有典刑。」鄭玄箋：「老成人，謂若伊尹、伊陟、臣扈之屬。雖無此臣，猶有常事故法可案用也。」政，通「正」。

〔六〕「酒如」句：震澤，史記夏本紀：「震澤致定。」裴駰集解引孔安國曰：「震澤，吳南太湖名。」「三春淥，謂酒之緑色，猶如太湖春天之水色。方回瀛奎律髓引作「三江緑」（見下注）。「三江」與下句「五月」非的對，作「三春」是。杜甫野望：「射洪春酒寒仍緑，目極傷神誰爲攜。」

〔七〕「詩似」句：南史顔延之傳：「延之嘗問鮑照己與（謝）靈運優劣，照曰：『謝五言如初發芙蓉，自然可愛，君詩若鋪錦列繡，雕繢滿眼。』」

〔八〕「坐此」句：坐，因也。此，指飲酒作詩。逃禪，背離禪戒。杜甫飲中八仙歌：「蘇晋長齋繡佛前，醉中往往愛逃禪。」天可恕，老天亦可原諒，使免於罪。按：此句乃作者自慰。

〔九〕「不應」句：接上「酒如」三句，謂酒既多如太湖水，詩則美似芙蕖（荷花），固不應自己一人乘風前往，意謂諸人當一起飲酒吟詩，即便有逃禪之罪，老天也應原諒。

用寄璧上人韵寄范元實趙才仲及從叔知止兼率山伯同賦〔一〕

故人瓶錫各西東〔二〕，吾道從來冀北空〔三〕。病去漸於文字懶，南來猶覺歲時公〔四〕。江回夜雨千巖黑，霜着高林萬葉紅〔五〕。政好還家君未肯，莫教慚愧北窗風〔六〕。

〔一〕用寄璧上人韻，按呂本中寄如璧韻作詩凡二首，第一首題寄璧公道友，見本卷前；第二首題再用前韻寄璧公，見本書卷二二（外集卷二）。兩詩注已附如璧和詩，可參讀。又按：此詩後，方回評曰：「居仁和此韻凡六首」，「皆脱洒圓活。」方回舉六首韻句曰（按：注者於句後補題，皆見本卷前）：「酒如震澤三江緑，詩似芙蕖五月紅。」（督山伯蕭遠和詩并示舍弟）；「雙鬢共期他日白，千花猶是去年紅。」（用前韻寄商老）；「銀杯久持浮大白，桃花且着舒小紅。」（又寄無逸信民）。以上凡三首。另三首方氏未舉例句，檢詩集當爲：「客塵衮衮催前浪，俗眼紛紛替舊紅。」（奉答璧公兼簡諸友）；「未用反身藏白黑，更須着眼辨青紅。」（得李去言詩次韻答之）；以及本詩（「江回夜雨千巖黑，霜着高林萬葉紅」）。則所稱共六首，乃除前寄璧公道友，以及外集卷二再用前韻寄璧公二首。范元實，即范温，字元實，范祖禹子，呂本中表叔。紫微詩話曰：「表叔范元實既從山谷學詩，要字字有來處。嘗有詩云：『夷甫雌黄須倚閣，君卿唇舌要施行。』」著有潛溪詩眼，今存輯佚本（見郭紹虞宋詩話輯佚卷上）。趙才仲（柟）、呂知止（欽問）、（李）山伯，皆見前注。

〔二〕「故人」句：瓶錫，水瓶、錫杖，乃僧人雲遊時隨身所攜。唐釋齊己贈仰上人：「尋應報休馬，瓶錫向南攜。」此泛指行李，言故人各在一方。

〔三〕「吾道」句：冀北空，謂其道極高，人皆信從之，猶如伯樂盡得冀北之良馬。蘇軾和劉道元見寄：「敢向清時怨不容，直嗟吾道與君東。坐談足使淮南懼，歸去方知冀北空。」程縯注：

「韓愈言：『伯樂一過冀北之野，而馬群遂空』（按：見送温造處士赴河陽軍序）。」瀛奎律髓彙評卷四七評是詩，引紀昀曰：「次句費解。」

〔四〕「南來」句：陸游縱筆：「醉嫌天地迮，老覺歲時公。」可參讀。上引彙評録紀昀曰：「四句『公』字究不妥。」按：詩之次句及此句「公」字，紀昀批評有理，似有湊韵之嫌。

〔五〕「江回」二句：李廌大雨中遊嶽寺：「勢傾海岱千巖黑，力卷江湖萬葉聲。」

〔六〕「莫教」句：自注：「是時范元實游蜀未歸，知止得官潁州，趙才仲在郢久不聞耗。三子皆奇士，故以『北窗風』諷之。」按陶淵明與子儼等疏：「偶愛閒静，開卷有得，便欣然忘食。見樹木交陰，時鳥變聲，亦復歡然有喜。常言：五六月中，北窗下卧，遇凉風暫至，自謂是羲皇上人。」

夜作呈諸公

風江舞暮帆，野樹散歸鳥〔一〕。寒燈上壁角，疏星綴林杪。歸來静無事，猶坐搜默藁〔二〕。放筆有新功〔三〕，無人與傾倒。不知新恨多，但覺舊愁少。石鼎倚殘爐〔四〕，茶煙看清裊。明朝尋酒錢，折簡喚諸老〔五〕。

〔一〕「野樹」句：野，原校：「一作『遠』。」

〔二〕「猶坐」句：默藁，心中默默所擬詩文稿，又稱腹稿。蘇軾袁公濟和劉景文登介亭詩復次韵答之：「袖手獨不言，默藁已在腹。」

〔三〕「放筆」句：新功，新收穫。黄庭堅寄杜家父二首其二：「徑欲題詩嫌浪許，杜郎覓句有新功。」

〔四〕「石鼎」句：石鼎，以石所製之鼎，可用於煎烹。韓愈石鼎聯句：「巧匠斲山骨，刳中事煎烹。（劉師服）直柄未當權，塞口且吞聲。（侯喜）」又蘇軾十月十四日以病在告獨酌：「銅爐燒柏子，石鼎煮山藥。」

〔五〕「折簡」句：古人以竹片作書，稱簡書。折簡，猶言擘牋，裁紙作書之意。蘇軾昨見韓丞相言王定國今日玉堂獨坐有懷其人：「人間有此客，折簡呼不難。」

呂本中詩集箋注卷二

山陽寶應道中與汪信民兄弟洪玉父杜子師張益中日夕過從自過高郵不復有此樂也因作此詩寄懷〔一〕

日日南風沙打圍〔二〕，掛帆端爲故人回〔三〕。長空渺渺水無際，遠樹冥冥花自開。疾病久辜鸜鵒杓，江山稍近鳳凰臺〔四〕。月明雪霽山陰道，尚想王郎乘興來〔五〕。

〔一〕山陽，元豐九域志卷五淮南東路：「楚州，山陽郡，團練。」原注：「後唐順化軍節度。周降防禦。皇朝太平興國四年（九七九）降團練。治山陽縣。」縣五，有山陽、寶應二縣。山陽今爲河南焦作市山陽區，寶應縣今屬江蘇揚州市。汪信民兄弟，汪信民即汪革，已見前注，其弟汪莘。雍正江西通志卷八〇人物志：「汪莘，字叔野，（臨川人），革弟。篤學有志，喜爲歌詩，東萊諸呂、豫章諸洪競稱之。登建炎二年（一一二八）丙科，歷洪州司理。舉清白第一。

所著曰歸愚集。」洪玉父，名炎，字玉父，黄庭堅甥。杜輿，字子師，盱眙（縣名，今屬江蘇）人。張耒跋杜子師字説：「車之所以能載者，以其有輿也。人之所以從君子者，以其有德也，從之衆矣。此名輿、字子師之説也。耒以丙戌歲（崇寧五年，一一〇六）仲冬自黄之潁，過盱眙，少留，子思出子瞻文，始獲見焉。」張益中，名裕，字益中，登紹聖元年（一〇九四）進士第，因元符末上書獲罪，居寶應縣，見呂本中師友雜志。清陸心源元祐黨人傳卷五有傳。宋會要輯稿職官六八之一：崇寧元年（一一〇二）九月十四日，詔開具元符三年（一一〇〇）臣僚章疏姓名，張裕在「邪上」。高郵，今爲縣級市，隸江蘇揚州市。按師友雜志曰：「大觀間，東萊公（呂好問）迎侍（父呂希哲）赴真州船場，過楚州，汪信民爲教授，洪玉父迎其祖母文城君赴官潁州。信民、玉父與予會飲舟中，甚樂。」是詩當作於「日夕過從」中之某次。

〔二〕「日日」句：打圍，黄庭堅夢李白誦竹枝詞三疊：「一聲望帝花片飛，萬里明妃雪打圍。」沙打圍，與雪打圍類似，即旋風捲起雪或沙，形成一低壓氣場。

〔三〕「掛帆」句：掛帆，爲行船掛上風帆，泛指開船。端，此言正也。

〔四〕「疾病」二句：自注：「李太白有鸚鵡盃、鸕鷀杓，二物名雖異，其用則一也。故得借用，亦以發諸公一笑。」鸚鵡杓、鳳凰臺，見本書卷一暮步至江上詩注。

〔五〕「月明」二句：山陰，縣名，今浙江紹興市。世説新語任誕：「王子猷（徽之）居山陰，夜大雪，眠覺，開室命酌酒。四望皎然，因起彷徨，詠左思招隱詩，忽憶戴安道（逵）。時戴在剡，即便夜乘小船就之，經宿方至，造門不前而返。人問其故，王曰：『吾本乘興而行，興盡而返，何必見戴？』」王郎，即王徽之，此代指汪信民等一干朋友。

春日〔一〕

春風未雌雄〔二〕，尊酒自賢聖〔三〕。燕巢樓閣間，鶯語花柳静〔四〕。

〔一〕春日，即立春日。禮記月令孟春之月：「是月也以立春。先立春三日，大史謁之天子曰：『某日立春，盛德在木。』天子乃齊。立春之日，天子親帥三公九卿、諸侯大夫以迎春於東郊。還反，賞公卿諸侯大夫於朝。……是月也，天氣下降，地氣上騰，天地和同，草木萌動。」

〔二〕「春風」句：宋玉風賦稱風有「大王之風」，其風中之，人「清清泠泠，愈病析醒。發明耳目，寧體便人」。大王之風爲「雄風」。又有「庶人之風」，其風中之，人「中心慘怛，生病造熱」。庶人之風爲「雌風」。未雌雄，即風賦楚襄王所云「夫風者，天地之氣，溥暢而至，不擇貴賤高下而加焉」之風。

〔三〕「尊酒」句：三國志魏書徐邈傳：「徐邈，字景山，燕國薊人也。……魏國初建，爲尚書郎。時科禁酒，而邈私飲，至於沉醉。校事趙達問以曹事，邈曰：『中聖人。』達白之太祖，太祖甚怒。渡遼將軍鮮于輔進曰：『平日醉客謂酒清者爲聖人，濁者爲賢人。邈性修慎，偶醉言耳。』竟坐得免刑。」自賢聖，謂酒清者自清，濁者自濁，無所謂賢聖。

〔四〕「燕巢」二句：謂燕巢、鶯語，以及上所述春風、尊酒，一切皆自然而然，充滿禪意。

知止嘯傲軒〔一〕

貪夫九鼎猶不足〔二〕，淵明一軒長有餘〔三〕。人生趣向等天壤，鴟嚇腐鼠猜鵷雛〔四〕。中郎妙處世不識〔五〕，風期自與常人殊。開軒便有千載韵，友葛天氏無懷徒〔六〕。坐看松菊换時節，兔葵桃樹紛榮枯〔七〕。五年却走各南北〔八〕，千里懷想空煩紆。雙魚沉浮久不至〔九〕，三徑寂寞今何如〔一〇〕。文章潦倒付丘壑，疾病蹭蹬思江湖〔一一〕。何時共坐北風裏〔一二〕，煩君小摘園中蔬〔一三〕。

〔一〕知止：即呂知止，名欽問，呂本中從叔，見本書卷一戲呈七十七叔詩注。嘯傲軒，呂知止堂室名，蓋源自陶淵明詩「嘯傲東軒下」（詳下）。

〔二〕「貪夫」句：九鼎，藝文類聚卷九九祥瑞部鼎引孫氏瑞應圖：「禹治水，收天下美銅，以爲九鼎，象九州，王者興則出，衰則去。」後以九鼎爲傳國重器，乃最高權力之象徵。

〔三〕「淵明」句：淵明，即陶潛。陶潛有東軒，其飲酒二十首之七曰：「嘯傲東軒下，聊復得此生。」

〔四〕「鴟嚇」句：莊子秋水：「惠子相梁，莊子往見之。或謂惠子曰：『莊子來，欲代子相。』於是惠子恐，搜於國中三日三夜。莊子往見之，曰：『南方有鳥，其名爲鵷鶵，子知之乎？夫鵷鶵發於南海，而飛於北海，非梧桐不止，非練實不食，非醴泉不飲。於是鴟得腐鼠，鵷鶵過之，仰而視之，曰：「嚇！」今子欲以子之梁國而嚇我耶？』」郭象注：「言物嗜好不同，願各有極。」又曰：「鵷鶵，鸞鳳之屬。嚇，怒拒聲，恐其奪己也。」詩箋云：以口拒人曰嚇。」

〔五〕「中郎」句：中郎，疑是吕知止昵稱。

〔六〕「開軒」二句：軒，指吕知止所建嘯傲軒。葛天氏、無懷氏，傳説中上古帝王名。唐司馬貞史記索隱卷三〇三皇氏：「自人皇已後，有五龍氏、燧人氏、大庭氏……葛天氏、陰康氏、無懷氏，斯蓋三皇已來有天地者之號。」疑軒中有古帝王畫像，以示以古聖人爲友爲徒。

〔七〕「坐看」二句：以松菊與兔葵、桃花相對。在吕本中詩歌意象中，松菊象徵堅貞，而後二者象徵奸邪，參見本書卷一春日即事二首其二注。换時節，謂唯松菊不變，而兔葵、桃花春來則榮，秋冬則枯。

〔八〕「五年」句：吕本中於崇寧元年（一一〇二）隨祖吕希哲、父好問徙居宿州，此言「五年」，當在崇寧五年。

〔九〕「雙魚」句：雙魚，代指書信。樂府古辭飲馬長城窟行：「客從遠方來，遺我雙鯉魚。呼兒烹鯉魚，中有尺素書。」沉浮，謂信未收到。世説新語任誕：「殷洪喬（羡）作豫章郡，臨去，都下人因附百許函書。既至石頭，悉擲水中，因祝曰：『沉者自沉，浮者自浮，殷洪喬不能作致書郵。』」

〔一〇〕「三徑」句：文選陶潛歸去來：「三逕就荒，松菊猶存。」李善注引三輔決録曰：「蔣詡，字元卿，隱於杜陵，舍中三逕，唯羊仲、求仲從之遊，皆挫廉逃名不出。」李周翰注：「昔蔣詡隱居幽深，開三徑，潛亦慕之。言久不歸，已就荒蕪也。」此代指家園。

〔一一〕「疾病」句：蹭蹬，連綿字。文選木華海賦：「或乃蹭蹬窮波，陸死鹽田。」李善注：「蹭蹬，失勢之貌。」思江湖，懷念平民生活。唐儲光羲奉别長史庾公太守徐公應召：「遊子淡何思，江湖將永年。」

〔一二〕「何時」句：陶潛與子儼等疏：「常言：五六月中，北窗下卧，遇凉風暫至，自謂是羲皇上人。」句謂何時一起歸隱，有如陶淵明。

〔一三〕「煩君」句：小摘，采摘少許。杜甫賓至：「自鋤稀菜甲，小摘爲情親。」黄希補注引師尹注：「物雖薄，出於力之所致。」

暑夕乍凉二絶

三旬埃鬱得清風〔一〕，領袖猶翻汗摺紅〔二〕。已是魂清無俗夢，更移凉簟月明中〔三〕。

〔一〕「三旬」句：三旬，一個月。埃鬱，文選顏延之夏夜呈從兄散騎車長沙：「炎天方埃鬱，暑晏闋塵紛。」李善注引（詩經秦風晨風）毛萇詩傳曰：「鬱，積也。」李周翰注：「言正炎熱時，塵氛煩鬱，至晚乃息也。」

〔二〕「領袖」句：領袖，謂衣領、衣袖。汗摺，因流汗使衣服皺褶處留下紅色痕紋。

〔三〕「已是」二句：言乍涼之愜意。韓愈桃源圖：「月明伴宿玉堂空，骨冷魂清無夢寐。」

暮蟬蕭瑟下斜陽，已似茅簷氣味長。團扇未須憂棄置〔一〕，竹奴猶可助清涼〔二〕。

〔一〕「團扇」句：漢班婕妤怨歌行：「新裂齊紈素，鮮潔如霜雪。裁成合歡扇，團團似明月。出入君懷袖，動摇微風發。常恐秋節至，涼飈奪炎熱。棄捐篋笥中，恩情中道絶。」此反其意，謂暑季仍在，尚無棄置之憂。

〔二〕「竹奴」句：黄庭堅有詩題曰趙子充示竹夫人詩蓋涼寢竹器毷臂休膝似非夫人之職予爲名曰竹（一作青）奴并以小詩取之二首，則所謂「竹奴」，乃「涼寢竹器」，又稱「竹夫人」、「青奴」，即用竹篾片編織之涼席。

寄知止二絶

少年樂事未全諳〔一〕，疾病侵凌已不堪。尚喜步兵頻入夢〔二〕，夢中猶復似曹南〔三〕。

〔一〕「少年」句：諳，此指記憶。

〔二〕「尚喜」句：步兵，指阮籍。晋書阮籍傳：「聞步兵厨營人善釀，有貯酒三百斛，乃求爲步兵校尉，遺落世事。」常入夢，以阮籍、阮咸叔侄爲喻，言二人關係密切。

〔三〕「夢中」句：曹南，即曹州，今山東菏澤市。吕本中師友雜志：「建中靖國元年（一一〇一）冬，滎陽公出守曹南。」又宋史吕希哲傳：「徽宗初，召爲秘書少監，或以爲太峻，改光禄少卿。希哲力請外，以直秘閣知曹州。」按李白留别曹南群官之江南詩，王琦注：「唐人謂曹州爲曹南。」據詩意，吕欽問、本中叔侄少年時皆曾在曹州，蓋徽宗初二人同侍吕希哲赴官，一起遊玩，因而情誼甚深。

竹林還往風流絶〔一〕，剡縣交游氣味疏〔二〕。今代高人多惜費，千金未抵一行書〔三〕。

〔一〕「竹林」句：晉書阮咸傳：「咸字仲容，父熙，武都太守。咸任達不拘，與叔父籍爲竹林之游，當世禮法者譏其所爲。」句中呂本中自譬阮咸，謂雖與其叔當年相處甚歡，然已無竹林曠達之風，故言「風流絶」。

〔二〕「剡縣」句：剡縣，今浙江嵊州市。晉書王羲之傳：「嘗與同志宴集於會稽山陰之蘭亭，羲之自爲之序，以申其志。曰：『永和九年，歲在癸丑，暮春之初，會於會稽山陰之蘭亭，修禊事也。群賢畢至，少長咸集。……夫人之相與，俯仰一世，或取諸懷抱，晤言一室之内；或因寄所托，放浪形骸之外。雖趣舍萬殊，静躁不同，當其欣於所遇，暫得於己，怏然自足，不知老之將至。』」因預宴者「趣舍萬殊，静躁不同」，故言「氣味疏」。此言其叔知止爽約未前來看望（見下注），故以預蘭亭宴者「趣舍萬殊」爲説，以表遺憾。

〔三〕「千金」句：自注：「去秋知止與石子殖皆許見過，已而俱不來。」一行書，一封書信。句謂今不如昔，古人視交誼重於千金。

游北李園三絶〔一〕

雨映煙籠萬竹蟠，枯條高下不堪看〔二〕。非干秋後多霜露，自是芙蓉不耐寒〔三〕。

〔一〕北李園，園林名。歐陽文忠公集卷一四八書簡五：「某啓：昨日奉見後，遂之北李園池，見木陰葱翠，節物已移，而原父（劉敞）獨不在，但終席奉思，加以風沙，益可憎爾，輒此奉報。」又朱弁曲洧舊聞卷四：「銀杏出宣、歙，京師始惟北李園地中有之，見於歐、梅唱和詩，今則畿甸處處皆種。」則北李園當在京師開封。按：依詩集編次，是詩當作於大觀二年（一一〇八）。詩言「秋後」，又言「梅梢又作春」，蓋在該年仲冬。據大觀改元赦書，元祐黨禍是時有所弛禁，吕本中作爲黨人孫，當已獲准返回京師舊居（吕氏在開封有「舊第」，見師友雜志），故有北李園之遊。

〔二〕「雨映」二句：謂北李園昔日煙雨濛濛，萬竹盤根錯節，備受遊者賞愛，如今只剩枯枝敗葉。

〔三〕「自是」句：艇齋詩話：「吕東萊詩云：『非關秋後多霜露，自是芙蓉不耐寒。』蓋用寒山、拾得『芙蓉不耐寒』五字。」按：詩中稱萬竹爲「枯條」，芙蓉「不耐寒」，且非干「霜露」，政治寓意明顯。

去馬來舟絶往還，此中情味却相干〔一〕。明年知是明寒食，待約花梢月下看〔二〕。

〔一〕「去馬」二句：謂京師新貴之去馬來舟，彈冠相慶，詩人與之已無關係，唯北李園尚留有太多往事，令人回味。

〔二〕「待約」句：舊時東京寒食節極其熱鬧。孟元老東京夢華録卷七引舊籍，謂寒食節前後各三日，凡假七日，而掃祭先塋等活動「經月不絶，俗有『寒食一月節』之諺」。詩人青少年時代在北李園花前月下的樂事，只能約待明年寒食節重温。

壁間詩字有凝塵〔一〕，庭下梅梢又作春。獨有城南汪教授〔二〕，當時同是看花人。

〔一〕「壁間」句：自注：「壁間有饒德操詩。」

〔二〕「獨有」句：汪教授，指汪革（字信民），是時爲楚州州學教授。按：汪革遊北李園，當在大觀初赴京改官時，參見本書卷一寄汪信民詩注。

游北李園〔一〕

小徑縱横出紫苔〔二〕，緑陰高下綴黄梅。榴花却是多情思，留宿薰風未肯開〔三〕。

〔一〕今存饒節次韵吕居仁共二首其二榴花，殆即大觀初游北李園之作，兹録之：「安石榴花作意開，杖藜聊復爲渠來。何人風味更不淺，屐齒峥嶸付緑苔。」

〔二〕「小徑」句：紫苔，苔之一種，色紫。初學記卷二七苔引廣志曰：「空室無人行則生苔蘚，或青或紫，一名圓蘚，一名緑錢。」

〔三〕「榴花」二句：榴花，即石榴花，紅色。初學記卷二八石榴：「埤蒼曰：『石榴，柰屬也。』博物志曰：『張騫使西域，還，得安石榴、胡桃、蒲桃。』」薰風，吕氏春秋有始：「東南曰薰風。」高誘注：「巽氣所生，一曰清明風。」

寄李ㄓ去言〔一〕

東南之望廬山英〔二〕，李郎落落奇後生。鳳凰麒麟在郊藪〔三〕，芝蘭玉樹生階庭〔四〕。文章初如濫觴水，行見萬里通滄溟〔五〕。汪侯愛君筆不停，謂君詩似秋風清〔六〕。世間兒子甘縮手〔七〕，蘇過趙柟俱抗行〔八〕。少年才氣乃如此，後來定是賢公卿。伊昔先朝文物盛，君家諸父當朝廷〔九〕。外兄復是不世才〔一〇〕，奇祥異瑞相輝映〔一一〕。翻雲覆雨十年後〔一二〕，昏昏醉夢須君醒〔一三〕。我生未壯日向衰〔一四〕，疾病侵凌心已灰。眼中之人不易見，千變百技常追隨〔一五〕。詩書深藏半鼠矢，筆墨高卧封蛛絲〔一六〕。功名已矣付公等〔一七〕，田園肯放吾先歸〔一八〕。

〔一〕李ㄓ，字去言，李常猶子，參見本書卷一得李去言詩次韵答之詩注。

〔二〕「東南」句：望，謂李氏乃東南望族、名門。廬山在今江西九江市，李ㄓ爲建昌（今江西南城）人（見下注），然李常少時在廬山讀書，留有藏書九千餘卷（見蘇軾李氏山房藏書記），頗爲廬山增光添彩，故稱其爲「廬山英」。孔稚珪北山移文：「鍾山之英，草堂之靈。」此仿其語。

〔三〕「鳳凰」句：禮記禮運：「鳳皇、麒麟，皆在郊棷。」陸德明音義：「棷，素口反……本或作藪。」

〔四〕「芝蘭」句：世説新語言語：「謝太傅（安）問諸子侄：『子弟亦何預人事，而正欲使其佳？』諸人莫有言者，車騎（謝玄）答曰：『譬如芝蘭玉樹，欲使其生於階庭耳。』」

〔五〕「文章」二句：孔子家語卷二三恕：「子曰：『……夫江始出於岷山，其源可以濫觴。及其至于江津（按：指江津戍，見水經注江水），不舫舟，不避風，則不可以涉。非唯下流水多邪？』」王肅注：「觴可以盛酒，言其微。」兩句謂李忞文章必將大成。

〔六〕「汪侯」二句：汪侯，指汪革（字信民）。紫微詩話：「（李忞）少能文詞，年十七八時，作詩云：『去國城春桃李花，楓林葉病尚天涯。今年九日風前帽，北客李舟雨後沙。』忘下四句。汪信民甚稱之，以爲有過其侄商老（李彭）處。然商老詩文富贍宏博，非後生容易可到。方臘之亂，去言有詩：『蒼黄避地小兒女，漂泊連床老弟兄。』亦佳句也。」「清」乃詩之一格，汪革稱李忞詩「似秋風清」，評價甚高。

〔七〕「世間」句：太平御覽卷三七〇手引王隱晉書：「愍懷太子名遹，字熙。初，惠帝晚成，世祖遺才人謝玖給惠帝，生愍懷。與諸王子共戲，惠帝來朝，謂諸王子也，執其手。世祖曰：『是汝兒也。』乃縮手。」此言李忞善文章，有他在，其餘人皆縮手不敢作。

〔八〕「蘇過」句：蘇過，蘇軾子，有「小東坡」之稱。趙柟，字才仲，呂本中外弟。抗行，抗衡，不相上下。

〔九〕「君家」句：諸父，指李常。宋史李常傳：「李常，字公擇，南康建昌人。少讀書廬山白石僧舍，既擢第，留所抄書九千卷，名舍曰李氏山房。調江州判官、宣州觀察推官……熙寧初爲秘閣校理。王安石與之善，以爲三司條例檢詳官，改右正言、知諫院。」不附王安石新法，落校理。通判滑州，歲餘復職，知鄂州，徙湖、齊二州。哲宗立，拜御史中丞兼侍讀，加龍圖閣直學士。徙兵部尚書，辭不拜，出知鄧州，徙成都，行次陝暴卒，年六十四。有文集、奏議六十卷，詩傳十卷，元祐會計録三十卷。受知於吕公著，其論議趣舍大略多同。

〔一〇〕「外兄」句：姑之子爲外兄弟。李忞外兄，指黄庭堅。庭堅爲李常外甥，於李忞爲表兄。

〔一一〕「奇祥」句：古以人才輩出爲家族之祥瑞。黄庭堅之甥「三洪一徐」（即洪朋龜父、洪芻駒父、洪炎玉父，徐俯師川），皆當時知名詩人，故言「相輝映」。

〔一二〕「翻雲」句：翻雲覆雨，指元符初至此時（大觀二年）約十年間政治風雲變幻。杜甫貧交行：「翻手作雲覆手雨，紛紛輕薄何須數。君不見管鮑貧時交，此道今人棄如土。」

〔一三〕「昏昏」句：須，却也。史記屈原列傳：「上官大夫短屈原於頃襄王，頃襄王怒而遷之。屈原至於江濱，被髮行吟澤畔，顔色憔悴，形容枯槁。漁父見而問之曰：『子非三閭大夫歟，何故而至此？』屈原曰：『舉世混濁而我獨清，衆人皆醉而我獨醒，是以見放。』」

〔一四〕「我生」句：禮記曲禮上：「人生……三十曰壯，有室。」

〔一五〕「眼中」二句：眼中之人，指李忞；不易見，謂稀有。千變百技，此指政治立場變化莫測，常追隨，言其多。

〔一六〕「詩書」二句：吕本中年未二十即先後遭元祐黨禍及禁「元祐學術」之害，蘇、黄等衆多元祐黨人著作被禁，所謂「深藏」、「高卧」，言學問、文章已荒廢。

〔一七〕「功名」句：張耒歲暮即事寄子由先生：「時命今如此，功名已矣乎！」

〔一八〕「田園」句：陶潛歸去來兮辭：「歸去來兮，田園將蕪胡不歸。」

贈汪莘叔野〔一〕

汪子宦不進，四海漫聲名〔二〕。有弟極磊落〔三〕，氣宇和而清。三冬文史足，十年書劍成〔四〕。出言見瓌穎〔五〕，府庫森五兵〔六〕。於身則已拙，泛如池中萍。輕肥置度外〔七〕，辛苦抱遺經。乃知佳子弟，必由賢父兄。念子初來時，我方疾病嬰。相從四寒暑，所歷不可聽。昏昏醉夢裏，得君時一醒。擁爐共殘火，軟語當盃鐺〔八〕。君亦不我厭，爲我雙眼青〔九〕。勿云軀幹小，氣吞横海鯨〔一〇〕。懸榻念文舉〔一一〕，開逕憶淵明〔一二〕。二子風流遠，感君兄弟情。窮通有時節〔一三〕，此士爾勿輕。

〔一〕汪莘，汪革弟，事迹略見本卷前山陽寶應道中詩注。

〔二〕「汪子」二句：汪子，指汪革，嘗三任學官，卒，年僅四十。汪革爲江西宗派圖所録詩人。進，四庫本作「達」。

〔三〕「有弟」句：弟，指汪莘。磊落，性格灑脱直率。

〔四〕「三冬」二句：漢書東方朔傳：「朔初來，上書曰：『臣朔少失父母，長養兄嫂。年十三學書，三冬文史足用。十五學擊劍，十六學詩書。』」

〔五〕「出言」句：三國志蜀書秦宓傳：「或謂宓曰：『足下欲自比於巢許四皓，何故揚文藻見瓌穎乎？』宓答曰：『僕文不能盡言，言不能盡意，何文藻之有揚乎？』」又文心雕龍才略：「王逸博識有功，而絢采無力；延壽繼志，瓌穎獨標。」則瓌穎指文采。

〔六〕「府庫」句：世説新語賞譽上：「裴令公（楷）……見鍾士季（會），『如觀武庫，但睹矛戟』。（按晉書裴楷傳，二句作「如觀武庫森森，但見矛戟在前」。）」五兵，漢書百官公卿表上：「從軍死事之子孫養羽林，官教以五兵，號曰羽林孤兒。」顏師古注：「五兵，謂弓矢、殳、矛、戈、戟也。」此以兵器之多，喻學養富贍。

〔七〕「輕肥」句：輕肥，車輕馬肥。梁劉孝威蜀道難：「嵎山金碧有光輝，遷亭車馬正輕肥。」此泛指物質享受。置度外，不在計度之中。梁蕭子範東亭極望詩：「從君采蘿葛，寧復想輕肥。」

〔八〕「軟語」句：杜甫贈蜀僧閭邱師兄：「夜闌接軟語，落月如金盆。」蔡夢弼注引華嚴經：菩薩摩訶薩有十種語，一者柔軟語，能使一切衆生得安穩，故維摩經常以軟語，眷屬不離。此當指江西一帶地方語音，言其音調柔和。當盃鐺，鐺，温藥器具。謂其人常在左右，猶如器具不離。

〔九〕「爲我」句：雙眼青，晋書阮籍傳：「籍又能爲青白眼。見禮俗之士，以白眼對之。及嵇喜來弔，籍作白眼，喜不懌而退。喜弟康聞之，乃齎酒挾琴造焉，籍大悦，乃見青眼。」

〔一〇〕「氣吞」句：文選左思吴都賦：「長鯨吞航，修鯢吐浪。」劉淵林注：「航，船之別名。」異物志云：鯨魚長者數十里，小者數十丈。雄曰鯨，雌曰鯢。」唐竇泉述書賦卷下：「思如泉而吐鳳，筆爲海而吞鯨。」此言氣魄極大。

〔一一〕「懸榻」句：後漢書徐穉傳：「陳蕃爲太守，以禮請署功曹，穉不免之，既謁而退。蕃在郡不接賓客，唯穉來特設一榻，去則縣之。」同書孔融傳：「孔融，字文舉，魯國人，孔子二十世孫也。」句以陳蕃自居，以孔融喻汪莘。

〔一二〕「開逕」句：文選陶淵明歸去來兮辭：「三逕就荒，松菊猶存。」李善注引三輔决録曰：「蔣詡，字元卿，隱於杜陵，舍中三逕，唯羊仲、求仲從之遊，皆挫廉逃名不出。」此以陶淵明自譬，謂將開三逕以與汪革、汪莘兄弟遊。

〔一三〕「窮通」句：莊子讓王：「孔子曰：『……君子通於道之謂通，窮於道之謂窮。』」同書秋水：「孔子遊於匡，宋人圍之數匝，而絃歌不輟。子路入見，曰：『何夫子之娱也？』孔子曰：『來！吾語女。我諱窮久矣，而不免，命也；求通久矣，而不得，時也。當堯舜而天下無窮人，非知得也；當桀紂而天下無通人，非知失也。時勢適然……知窮之有命，知通之有時。』」

新　冬〔一〕

西風吹禾黍，落日在陋巷〔二〕。杖藜訪新冬，霜樹眇空曠。人煙村舍西，行旅古原上。晚山晴更好，秀色常在望。居間得真趣，日欲就疏放。豈惟憎俗徒，庶自免嘲謗〔三〕。東鄰酒初熟，清香亂盆盎。徑須騎牆頭，挈榼獻窮狀〔四〕。吾生足羈旅，久病非少壯。銀杯多羽化〔五〕，布帆且無恙〔六〕。雖非陶潛隱〔七〕，不負徐邈暢〔八〕。

〔一〕新冬，當指大觀二年（一一〇八）初冬。

〔二〕「落日」句：杜甫落日：「落日在簾鈎。」

〔三〕「豈惟」二句：謂除從山村秀色中領略真趣外，猶能因疏放遠離「俗徒」，避開政治漩渦，不讓人説三道四，平添麻煩。

〔四〕「徑須」二句：騎墻頭，即頑皮少年獻窮求酒之狀。挈榼，挈，提；榼，盛酒器。

〔五〕「銀杯」句：舊唐書柳公權傳：「公權志耽書學，不能治生，爲勛戚家碑板，問遺歲時鉅萬，多爲主藏豎海鷗、龍安所竊。别貯酒器杯盂一笥，緘縢如故，其器皆亡。訊海鷗，乃曰『不測其亡』。公權哂曰：『銀杯羽化耳。』不復更言。多，原校：「一作『驚』。」

〔六〕「布帆」句：世説新語排調：「顧長康（愷之）作殷荆州（仲堪）佐，請假還東。爾時例不給布颿，顧苦求之，乃得發。至破冢，遭風大敗，作牋與殷云：『地名破冢，真破冢而出。行人安穩，布颿無恙。』」劉孝標注引周祇隆安記曰：「破冢，洲名，在華容縣。」按：颿，同「帆」。以上二句，謂富貴饒財之家未必能守，而窮困潦倒之士往往能化險爲夷，甚至因禍得福。且，原校：「一作『保』。」

〔七〕「雖非」句：陶潛隱，謂陶隱於酒。宋書陶潛傳：陶潛，字淵明，「性嗜酒而家貧，不能恒得。親舊知其如此，或置酒招之，造飲輒盡，期在必醉。既醉而退，曾不吝情去留」。

〔八〕「不負」句：不負，謂飲酒不輸於徐邈。據三國志魏書徐邈傳，魏國初建，爲尚書郎。時科禁酒，而邈私飲，至於沈醉，又稱所飲酒爲「中聖人」，竟坐得免刑。參見本卷前春日詩注。暢，暢快，指不諱言嗜酒。

贈謝無逸〔一〕

君不見城南千樹桃〔二〕，君不見澗底百尺松〔三〕。松生偃蹇卧霜雪，桃李一笑隨春風〔四〕。百年澗底終自若〔五〕，桃花猶得暫時紅。嗚呼志士每如此，衡門高卧不見用〔六〕，心雖無瑕飢欲死〔七〕。

〔一〕謝無逸，即謝逸，字無逸，臨川（今江西撫州）人，前已屢見。

〔二〕「君不見」句：千樹桃，指劉禹錫當年所詠之桃。其元和十一年自朗州承召至京戲贈看花諸君子詩曰：「紫陌紅塵拂面來，無人不道看花回。玄都觀裏桃千樹，盡是劉郎去後栽。」

〔三〕又「君不見」句：百尺松，指左思曾歌詠之松。詠史詩八首其二略曰：「鬱鬱澗底松，離離山上苗。以彼徑寸莖，蔭此百尺條。世冑躡高位，英俊沈下僚。地勢使之然，由來非一朝。」

〔四〕「桃李」句：李商隱嘲桃：「無賴夭桃面，平明露井東。春風爲開了，却擬笑春風。」

〔五〕「百年」句：若，原作「苦」，據四庫本改。自若，處變不驚、隨遇而安貌。

〔六〕「衡門」句：詩經陳風衡門：「衡門之下，可以棲遲。」毛傳：「衡門，横木爲門，言淺陋也。棲遲，遊息也。」

〔七〕「心雖」句：漢書東方朔傳：「朔文辭不遜，高自稱譽，上偉之，令待詔公車。奉禄薄，未得省見。久之，朔紿騶朱儒曰：『上以若曹無益於縣官，耕田力作固不及人，臨衆處官不能治民，從軍擊虜不任兵事，無益於國用，徒索衣食，今欲盡殺若曹。』朱儒大恐，啼泣。朔教曰：『上即過，叩頭請罪。』居有頃，聞上過，朱儒皆號泣頓首，上問何爲？對曰：『東方朔言上欲盡誅臣等。』上知朔多端，召問朔：『何恐朱儒爲？』對曰：『臣朔生亦言，死亦言。朱儒長三尺餘，奉一囊粟，錢二百四十。臣朔長九尺餘，亦奉一囊粟，錢二百四十。朱儒飽欲死，臣朔飢欲死。臣言可用，幸異其禮；不可用，罷之，無令但索長安米。』」按：是詩蓋抨擊宋代科舉制度之荒謬。謝逸才德俱茂，數次參加科考不第，以布衣終於鄉里，故云。

贈張若虛〔一〕

病憶江湖去，書無尺寸功〔二〕。平時窶人子〔三〕，忽是富家翁〔四〕。活計呻吟裏〔五〕，交情夢寐中。獨於張處士，相近數過從。

〔一〕張若虛，事迹不詳。詩稱其爲「處士」，又稱「相近數過從」，蓋呂本中寓居地之近鄰。

〔二〕「書無」句：謂無半點功勞。尺寸，極言其小。左傳昭公三年：「爲司空以書勳。」杜預注：「勳，功也。」史記張湯列傳：「湯乃爲書謝曰：『湯無尺寸功，起刀筆吏，陛下幸致爲三公，無以塞責。』」

〔三〕「平時」二句：漢書霍光傳：「諸儒生多窶人子。」顔師古注：「窶，貧而無禮。音其羽反。」資治通鑑卷二五漢紀引孔潁達曰：「貧，無可爲禮，謂之窶。」

〔四〕「忽是」句：蓋張處士本貧窮，却慨然對呂本中家有所餽贈，仿佛一下成了富翁，故云。

〔五〕「活計」句：活計，生活。謂自己在病痛中過日子。

贈信民〔一〕

五年客符離〔二〕，端坐受貧病。從來疏出門，今乃懶成性。官多豪富郎，分明與時競。取醉不論錢，定無塵生甑〔三〕。豈但相娱樂，頗復自賢聖〔四〕。汪侯雖官居，笑語怯豪横。折腰衆人後〔五〕，瓊林自輝映〔六〕。背後足官府，眼前謬恭敬〔七〕。偷閑過草堂〔八〕，遣興眯眼净〔九〕。雖非醉紅裙，清談却差勝〔一〇〕。秋高數能來，勿厭阻泥濘。

〔一〕信民，即汪革，字信民，前已屢見。

〔二〕「五年」句：吕本中於崇寧元年（一一〇二）侍祖吕希哲貶居宿州（即符離），至此已五年，時當在崇寧五年。

〔三〕「定無」二句：塵生甑，謂爲官清貧。後漢書范冉傳：「桓帝時，以冉爲萊蕪長，遭母憂，不到官。……所止單陋，有時糧粒盡，窮居自若，言貌無改，閭里歌之曰：『甑中生塵范史雲（按：范冉字史雲），釜中生魚范萊蕪。』」

〔四〕「頗復」句：自賢聖，自以爲爲賢爲聖。漢書五行志：「始皇初并六國，反喜以爲瑞，銷天下兵器，作金人十二以象之。遂自賢聖，燔詩書，阬儒士，奢淫暴虐。」按：「官多」至此六句，言「豪富郎」做官之所爲。

〔五〕「折腰」句：折腰，彎腰敬禮狀。言汪革試進士時十分低調。

〔六〕「瓊林」句：瓊林，即瓊林苑，北宋開封園林名。宋會要輯稿選舉二之一：宋太宗太平興國八年（九八三）四月初二日，「賜新及第進士宴於瓊林苑，自是遂爲定制」。汪革於紹聖四年（一〇九七）登進士第（見本書卷一符離諸賢詩注），此即指其事。赴瓊林宴乃新進士之莫大榮耀，故言「輝映」。

〔七〕「背後」二句：汪革登第後爲州學教授，不得不在紛紜官場中履行學官之應酬公事，表面上對上司畢恭畢敬。足官府，謂在官府充員。語本韓愈奉酬虛給事雲夫四兄曲江荷花行見寄並呈上錢七兄閣老張十八助教：「上界真人足官府。」

〔八〕「偷閑」句：草堂，作者自指其住所。

〔九〕「遣興」句：遣興，此指排解鬱悶。眯眼，雙眼微閉作沉思狀。謝逸廣壽寺詩：「塵清不眯眼，境静可冰暑。」此反其義。

〔一〇〕「雖非」二句：醉紅裙，韓愈醉贈張秘書：「不解文字飲，惟能醉紅裙。雖得一餉樂，有如聚飛蚊。」按：唐宋時代，年輕官員往往沉湎於歌樓妓館，此言汪革則不然，不迷聲色，更喜清談。

符離行〔一〕

符離之民難與居，五年坐此如囚拘。比屋生涯但剽劫〔二〕，諸生學問只鄉閭〔三〕。

南鄰經年不相見，北里雖見復粗疏。窄衣小帽走塵土〔四〕，也復生貌施襟裾〔五〕。對此自然憂氣滿，疾病日益何由除。君不見圖經所記又可哀，此州自古無賢才〔六〕。

〔一〕符離，即宿州，治符離縣，在今安徽宿州市埇橋區。行，文選飲馬長城窟行李善注引音義曰：「行，曲也。」

〔二〕「比屋」句：比屋，猶言家家户户。文選左思蜀都賦：「外則軌躅八達，里閈對出，比屋連甍，千廡萬室。」劉良注：「皆言閭閻相次。」生涯，生活。謂剽劫是當地人之謀生手段。

〔三〕「諸生」句：諸生，學校學生。文選王融永明十一年策秀才文五首其四：「今欲專士女於耕桑，習鄉閭以弓騎。」劉良注釋次句曰：「鄉閭之間，習於弓騎以備戰也。」句言符離學生不讀書，而習鄉里之所習，眼界狹小。

〔四〕「窄衣」句：吕本中師友雜志：「崇寧初，衣服皆尚窄袖狹緣，有不如是者，皆取怒於時。故當時章疏有言：『褒衣博帶，尚存元祐之風；矮帽幅巾，猶襲姦臣之體。』蓋東坡喜戴矮帽，當時謂之東坡帽，黄魯直喜戴幅巾，故言猶襲姦臣之體也。韓子蒼大觀間嘗贈予外弟蔡伯世詩云：『禿巾小帽紛紛是，眼明見此褒衣士。』禿巾小帽，皆當時浮薄子所尚。」

〔五〕「也復」句：生貌，打扮使有容貌。韓愈符讀書城南詩：「人不通古今，馬牛而襟裾。」注：「襟裾，衣也。」

〔六〕「君不見」二句：圖經，周禮地官遂人：「遂人掌邦之野，以土地之圖經田野，造縣鄙形體之法。」賈公彦疏：「遂人以土地之圖，據圖以經界其田野。」後代所謂圖經，多指有圖之地方志。按愛日齋叢鈔卷四曰：「呂居仁符離行（見上，此略），人謂即少陵最能行也。少陵詩云：『峽中大夫絶輕死，少在公門多在水。富豪有錢駕大舸，貧窮取給行艓子。小兒學問只論語，大兒結束隨商旅。欹帆側柂入波濤，撇旋稍濆無險阻。朝發白帝暮江陵，頃來目擊信有徵。瞿塘漫天虎鬚怒，歸州長年行最能。此鄉之人氣量窄，誤競南風疏北客。若道士無英俊才，何得山有屈原宅。』呂詩貶之殆甚，少陵猶若隱惜也。張文潛齊安行云：『黄州楚國分三户，葛蔓爲城當樓櫓。江邊市井數十家，城中平田無一步。土岡瘦竹青復黄，引水種稻官街旁。客檣朝集暮四散，夷言啁哳來湖湘。使君麗譙塗堊赭，門狹不能行兩馬。滿城蛙噪亂更聲，谷風穀穀黄犢鳴。最愁三伏熱如甑，北客十人八九病。百年生死向中州，千金莫作齊安遊。』此專刺土風之陋，未及其人。然符離之作，亦流類也。」

探梅呈汪信民

縞帶銀杯欲着塵〔一〕，小園幽樹已含春〔二〕。風流王謝佳公子〔三〕，臭味曹劉入幕賓〔四〕。細朵定無泥土涴〔五〕，暗香猶帶雪霜新〔六〕。剩摩枵腹搜奇句〔七〕，去惱城南得定人〔八〕。

〔一〕「縞帶」句：韓愈詠雪贈張籍：「隨車翻縞帶，逐馬散銀盃。」孫汝聽注引襄二十九年左氏曰：「吴公子札聘于鄭，見子産如舊相識，與之縞帶。」又曰：「縞，白色。」此以縞帶、銀杯喻指雪。瀛奎律髓彙評卷二〇引紀昀曰：「韓詩以『縞帶』、『銀杯』詠雪，乃因車蹤馬迹而肖其形。今竟以『縞帶』、『銀杯』爲雪，謬甚。」

〔二〕「小園」句：幽樹，指梅。雖是寒冬，然梅已欲開，故稱「含春」。

〔三〕「風流」句：王謝，晉代最著名的兩大家族。佳公子，世説新語賞譽下：「大將軍（王敦）語右軍（王羲之）：『汝是我佳子弟，當不減阮主簿（裕）。』」同上書言語：「謝太傅（安）問諸子侄：『子弟亦何預人事，而正欲使其佳？』諸人莫有言者，車騎（謝玄）答曰：『譬如芝蘭玉樹，欲使其生於階庭耳。』」

〔四〕「臭味」句：臭味，氣味，此謂愛好相同。曹劉，曹丕、劉楨。此偏指曹，即魏太子曹丕。入幕賓，指太子文學侍從之臣。三國志魏書王粲傳：「始，文帝爲五官將，及平原侯植，皆好文學。粲與北海徐幹字偉長、廣陵陳琳字孔璋、陳留阮瑀字元瑜、汝南應瑒字德璉、東平劉楨字公幹，並見友善……自一時之儁也。」又見曹丕典論論文，多魯國孔融文舉，連上述，即文學史所謂「建安七子」。上引瀛奎律髓彙評録紀昀批語，稱「三、四（句）雜湊，且不接起二句」。

〔五〕「細朵」句：細朵，指梅花，謂花朵小。泥，原校：「一作『塵』。」涴，污染。上引彙評方回評：

「拈出細朵無涴處，亦新。」

〔六〕「暗香」句：林逋山園小梅：「暗香浮動月黄昏。」又梅花：「宿靄相黏凍雪殘，一枝深映竹叢寒。」

〔七〕「剩摩」句：枵腹，空腹。枵，大木中空貌。洪朋和駒父大雨雹：「吾今一飽良不易，摩挲枵腹聊自慰。」句言汪革探梅作詩。

〔八〕「去惱」句：惱，撩撥。城南，作者自指。詩人一家在真州時居白沙鎮之南。本書卷四同晁季一李天紀過沈宗師北莊因成長韵曰：「三年城南居，不識城北土。」得定，定，大乘佛教「戒、定、慧」三學之一，定謂無念無欲之修養功夫。句實指向汪革索詩。方回評：「末句活動。」

奉懷張公文潛舍人二首〔一〕

顔子置身陋巷〔二〕，屈原放迹江湖。何似我公歸去〔三〕，馬羸不厭長途。

〔一〕張耒，字文潛，事迹詳本書卷一送文潛歸因成一絶奉寄詩注。

〔二〕「顔子」句：顔子，即顔回。「陋巷」事，見本書卷一宿州初暑詩注引論語雍也。

〔三〕「何似」句：宋史張耒傳：「在潁聞蘇軾訃，爲舉哀行服，言者以爲言，遂貶房州别駕，安置於黄五年，得自便，居陳州。」此所謂「歸去」，指自便後由黄州歸陳州。前引送文潛歸作於歸陳州時，是詩蓋後來追懷之什。

腕中有萬斛力〔一〕，胸次乃千頃陂〔二〕。字畫顔行楊草〔三〕，文章韓筆杜詩〔四〕。

〔一〕「腕中」句：腕，手腕。萬斛力，黄庭堅姨母李夫人墨竹二首其一：「深閨浄几試筆墨，白頭腕中百（一作萬）斛力。」此言張耒筆力雄健。宋張表臣張右史文集序：「其文章雄深雅健，纖穠瑰麗，無所不有。」又宋史張耒傳：「有雄才，筆力絶健，於騷詞尤長。」

〔二〕「胸次」句：胸次，謂胸懷。千頃陂，千頃池塘，極言其大。後漢書黄憲傳：「叔度（按：憲字）汪汪若千頃陂，澄之不清，淆之不濁，不可量也。」

〔三〕「字畫」句：顔行，指顔真卿行書。唐韋續墨藪卷一「真行書二十二人」，其中有顔真卿，謂其「如鋒絶劍摧，驚飛逸勢」。又宋朱長文墨池編卷三引續書斷三「神品」三人，第一爲顔真卿，稱「其真行絶妙，所謂『如長空遊絲、蟲網絡壁』者」。楊草，楊當指楊凝式。清佩文齋書畫譜卷三一書家傳十梁楊凝式小傳：「楊凝式，華陰人，有文詞，善筆札。歷仕梁、唐、晉、漢、周，致仕，居洛陽。官至太子太保。」引米芾書史云：「字景度。」又引宣和書譜：「凝式喜作字，尤工顛草，筆跡雄强，與顔真卿行書相上下，自是當時翰墨中豪傑。」

〔四〕「文章」句：韓筆杜詩，謂張耒古文似韓愈，詩歌則繼承杜甫。宋汪藻柯山張文潛集書後：

「公於詩文兼長，雖當時鮮復公比。兩蘇公、諸學士既相繼以歿，公巋然獨存，故詩文傳於世者尤多。若其體製敷腴，音節疏亮，則後之學公者皆莫能仿佛。」又宋史張耒傳：「作詩晚歲亦務平淡，效白居易體，而樂府效張籍。」

答無逸惠書

三年讀書少餘味，燈火可親病爲祟。謝侯好事憐我窮〔一〕，時遣雙魚問鶺鴒〔二〕。交情乃似親骨肉，學行坐越諸公輩。胸中萬卷書屈蟠，少日力戰登詩壇。下帷却掃謝俗子〔三〕，凍吟不管兒號寒〔四〕。只今食粥已數月〔五〕，千慮百憂煩筆端。高才本是棟梁器，苦語終無儒生酸〔六〕。樂章短句又清絶〔七〕，陶寫萬象嘲江山。江南草木不得閑，問君何爲愁肺肝？十年行坐想風采，千里魂夢勞追攀。我無良田歸不得，忍窮氣味君應識。囊貯未了歲寒計，學道空愧琳與璧〔八〕。交親零落半鬼録〔九〕，白日輕去真可惜。終朝撥火煮蘆菔〔一〇〕，南山之南待君喫〔一一〕。

〔一〕「謝侯」句：按謝逸舉進士不第，遂不仕，此稱謝侯，乃習慣用語，以示尊敬。好事，熱心，關心人。

〔二〕「時遣」句：鷦䳪，同「憔悴」，此指憂愁。雙魚，代指書信，見本卷前知止嘯傲軒詩注。

〔三〕「下帷」句：文選應璩與侍郎曹長思書：「才劣仲舒，無下帷之思。」李善注引漢書曰：「董仲舒，廣川人，少治春秋。孝景時爲博士，下帷講習。」此所謂「下帷」非關講習，而指讀書、作詩。又同書江淹恨賦：「至乃敬通見抵，罷歸田里。閉關却掃，塞門不仕。」李善注引司馬彪續漢書曰：「趙壹閉門却掃，非德不交。」呂延濟注：「閉關塞門，却掃家庭，不出求仕。」俗子，庸俗之輩。謝逸與諸友訪黄宗魯宗魯置酒于思猷亭席上分韵賦思猷亭詩各以姓爲韵予得謝字：「我見俗子避百舍，一錢不直灌夫駡。……願言閉關謝俗子，勿與此曹俱日化。」

〔四〕「凍吟」句：凍吟，在饑寒中作詩。韓愈進學解：「冬暖而兒號寒，年登而妻啼饑。」

〔五〕「只今」句：顏真卿與李太保帖：「拙於生事，舉家食粥來已數月，今又罄竭，祇益憂煎。」

〔六〕「苦語」句：蘇軾答范祖禹：「而今太守老且寒，俠氣不洗儒生酸。」酸，迂腐氣。謝逸送董元達：「讀書不作儒生酸，躍馬西入金城關。」

〔七〕「樂章」句：樂章，指謝逸所作詞。陳振孫直齋書録解題卷二一著録謝逸溪堂詞一卷。全宋詞收録六十二首。

〔八〕「學道」句：道，此指佛教。琳與璧，琳即如琳，饒節僕人，出家後法名如琳；璧即饒節，出家後法名如璧。新續高僧傳四集卷六〇宋餘杭靈隱寺沙門釋如璧傳：「嘗令僕守舍，歸，見其占對異常，怪而問之。僕曰：『守舍無所用心，聞鄰寺長老有道價，往請一轉語，忽覺身心泰然，無他也。』德操慨然曰：『爾能是，我乃不能，何哉？』徑往白崖問道，八日而悟。盡發囊橐，與其僕祝髪爲浮圖，德操名如璧，僕名如琳。」按：饒節事迹，詳見本書卷一符離諸賢詩注。

〔九〕「交親」句：鬼録，死人名録。曹丕與吴質書：「撰其遺文，都爲一集，觀其姓名，已爲鬼録。」

〔一〇〕「終朝」句：蘆菔，舊題揚雄方言卷三：「蘴、蕘，蕪菁也。陳楚之郊謂之蘴，魯齊之郊謂之蕘，關之東西謂之蕪菁，趙魏之郊謂之大芥，其小者謂之辛芥，或謂之幽芥，其紫華者謂之蘆菔。」四庫全書館臣案：「蘴，亦作葑，詩邶風『采葑采菲』，毛傳：『葑，須也。』（孔穎達）疏引方言此條。」今按：蘆菔，即蘿蔔。

〔一一〕「南山」句，後漢書法真傳：「法真，字高卿，扶風郿人。……性恬静寡欲，不交人間事。太守請見之，真乃幅巾詣謁，太守曰：『昔魯哀公雖爲不肖，而仲尼稱臣。太守虚薄，欲以功曹相屈，光贊本朝，何如？』真曰：『以明府見待有禮，故敢自同賓末；若欲吏之，真將在北山之北、南山之南矣。』太守矍然，不敢復言。」兩語疑爲當時俗語，謂遠之更遠。

寄知止才仲〔一〕

一門叔父到卿好，中表弟兄惟爾賢。往事關心空自語，新詩好句與誰傳。溪山已近堪投老，文史雖窮莫取憐〔二〕。仲弟墓頭今宿草〔三〕，爲渠先賦補亡篇〔四〕。

〔一〕知止，吕欽問，吕本中叔；才仲，趙柟，本中外弟，已見前注，

〔二〕「文史」句：漢書東方朔傳：「武帝初即位，徵天下舉方正賢良文學材力之士，待以不次之位，四方士多上書言得失自衒鬻者以千數。……朔初來，上書曰：『臣朔少失父母，長養兄嫂。年十三學書，三冬文史足用。……』上偉之，令待詔公車。奉禄薄，未得省見。……朔對曰：『……臣朔飢欲死，臣言可用幸異其禮，不可用罷之，無令但索長安米。』上大笑，因使待詔金馬門，稍得親近」。

〔三〕「仲弟」句：仲弟，指本中弟揆中，字由義，是時亡故蓋已一年。見趙鼎臣昔官會稽故侍講吕公原明丈請以其孫揆中者娶余之長女既受幣矣無何揆中與余女未成婚而俱卒濟陰簿本中則揆中之弟也近於同舍林德祖處見其所與石子植唱和詩子植又余太學之舊僚也故次其韵因寄吕兼以簡石且請德祖同賦詩。按：謂本中爲揆中之弟。蓋誤記。宿草，禮記檀弓上：「曾子曰：『朋友之墓，有宿草而不哭焉。』」鄭玄注：「宿草，謂陳根也。爲師心喪三年，於朋友期可。」孔穎達疏：「『宿草，陳根也』，草經一年則根陳也。朋友相爲哭一期，草根陳乃不哭也。」按：一期，即一年。吕揆中約卒於崇寧三年（一一〇四）春，參見本書附録年譜。

〔四〕「爲渠」句：補亡篇，晉書束晳傳稱其有「補亡詩、文集數十篇行於世」。又孟郊李少府廳吊李元賓遺字：「零落三四字，忽成千萬年。那知冥寞客，不有補亡篇？」原注：「元賓題少府

廳云『宿從叔宅有感』，有其義而無其辭。」此言仲弟已亡故，欲爲搜輯佚作以補亡，先在此詩中述之。

寄張益中〔一〕

五年望張子，兀坐四壁空。今晨千里來，如熱濯清風。笑談不改舊，憐我衰病攻。斯人舊豪氣，頗似陳元龍〔二〕。只今更省事，終歲兩頰紅。何知珊瑚樹，却倚塵埃中〔三〕。晁侯夙所敬，見渠如見公〔四〕。網羅技出脚，遠逐冥冥鴻〔五〕。同會得王郎〔六〕，敲門夜相從。殷勤一盃酒，目送西歸鴻〔七〕。人生少如意〔八〕，此樂難再逢。君家老季鷹，高韵留吴松〔九〕。風流遠孫在〔一〇〕，一櫂何時東。不嫌道里遠，爲我略從容。

〔一〕張益中，名裕，見本卷前山陽寶應道中與汪信民兄弟洪玉父杜子師張益中日夕過從自過高郵不復有此樂也因作此詩寄懷詩注。

〔二〕「斯人」二句：陳元龍（名登）豪氣事，見本書卷一宿州初暑詩注引三國志。

〔三〕「何知」二句：世説新語汰侈：「石崇與王愷争豪。……武帝，愷之甥也，每助愷。嘗以一珊瑚樹，高二尺許賜愷，枝柯扶疏，世罕其比。」劉孝標注引南州異物志曰：「珊瑚生大秦國，有洲在漲海中，距其國七八百里，名珊瑚樹洲。底有盤石，水深二十餘丈，珊瑚生於石上。」按：此以珊瑚喻張益中，謂如此難得之物，朝廷不知愛惜，令其沉淪於社會底層。

〔四〕「晁侯」句：晁氏家族人物衆多，現存諸集未見述及張益中。不詳指何人。

〔五〕「網羅」句：技，同「支」、「撲」。謂一旦撲出羅網振翅而飛，將與鴻鵠比高。李白流夜郎半道承恩放還兼欣尅復之美書懷示息秀才：「弋者何所慕，高飛仰冥鴻。」

〔六〕「同會」句：王郎，與張益中同來拜見吕本中者，蓋一年輕人，不詳。

〔七〕「目送」句：嵇康兄秀才公穆入軍贈詩十九首之十五：「目送歸鴻，手揮五弦。俯仰自得，遊心太玄。」黄庭堅青玉案：「烟中一綫來時路，極目送、歸鴻去。」

〔八〕「人生」句：黄庭堅用明發不寐有懷二人爲韵寄李秉彝德叟：「人生不如意，十事恒八九。」任淵注引晋書羊祜傳：「祜上疏乞伐吴，而議者不同。祜〔歎〕曰：『天下事不如意，恒十居七八。』」

〔九〕「君家」二句：老季鷹，指張翰，見本書卷一喜雨詩注。吴松，江名，太湖最大支流，又名松江、吴江、蘇州河等。張翰爲吴郡人，故云。松，四庫本作「淞」，同。

〔一〇〕「風流」句：蓋張益中自稱張翰乃其遠祖，故此言益中爲遠孫。

元日贈沈宗師四首　大觀三年，真州〔一〕

東家起傳觴〔二〕，西家起相唤。我亦了新詩，成此奇一段。念無毫髮益，但見日月換〔三〕。出門語沈郎，造請吾亦漫〔四〕。

〔一〕元日，當指大觀三年（一一〇九）正月初一。沈宗師，曾幾東萊先生詩集跋：「儀真沈公宗師，名卿之子，少卓犖有奇志。方黨禁未解時，不顧流俗，專與元祐故家厚，公尤知之，往來酬唱最多。」按本書卷三有雨後月夜懷沈宗師承務詩，知沈氏官至承務郎。嘗與釋洪覺範遊，石門文字禪卷四有同敦素沈宗師登鍾山酌一人泉詩。其子公雅乾道初嘗裒集并編刊吕本中詩爲二十卷。大觀三年，爲公元一一〇九年。真州，治在今江蘇儀徵真州鎮，詳見本書卷一晚步至江上詩注。今按：沈宗師，宗師乃其字，名未詳。陳淵默堂集有次韻沈公雅相慶詩，其下原注「度」字，則沈公雅名度，公雅乃其字。陳淵又有上都督張丞相書，稱沈度是其女夫：「沈度乃道源侍講之孫，讀書爲文，頗有祖風」。官至轉運使，嘗在德清（今屬浙江湖州）建宅，范成大於孝宗乾道八年（一一七二）赴桂林路過時曾「往觀之」，見所著驂鸞録。按王安禮撰故朝奉郎權發遣秀州軍州兼管内勸農事輕車都尉借紫沈公墓誌銘曰：「公諱季長，字道原。……父播，贈中大夫。母元氏，封吴興郡太君。其先湖州武康（今屬德清）人也，再世家於杭州錢塘，不知其所以徙至。公皇祖守真州，卒於官，遂家焉，今爲真州揚子人也。」

〔二〕「東家」句：東家，下句「西家」，泛指左鄰右舍。傳觴，傳杯而飲。黄庭堅戲贈南安倅柳朝散：「乘興高帆少相待，淮湖秋月要傳觴。」史容注：「文選南都賦：『僎才齊敏，受爵傳觴。』」

〔三〕「念無」二句：毫，原作「豪」，據四庫本改。無毫髮益，謂慶賀元日只是换歲而已，别無實際意義。

〔四〕「造請」句：漫，不經心貌，謂從俗。吾，四庫本作「我」。

念昔從諸賢，關汪老耆舊〔一〕。是事今則無，斯人亦難又〔二〕。爾來見公子，却立兩公後〔三〕。不倦以終之，可以爲子壽〔四〕。

〔一〕「關汪」句：關，當指關沼。童蒙訓曰：「陳瑩中與關止叔沼、與滎陽公（呂希哲）書問，其言前輩與公之交游必平闕書云『某公某官』，如稱器之則曰『待制劉公』之類。其與己同等，則必斥姓名，示不敢尊也，如曰游酢、謝良佐云。此皆可以爲後生法。」汪，當指汪革（字信民）。疑沈宗師少時嘗與關、汪同學於呂希哲，故此言之。

〔二〕「斯人」句：斯人，這類人。又，再。亦難又，謂難再有其人。韓愈祭郴州李使君文：「念暌離之在期，謂此會之難又。」

〔三〕「爾來」句：爾，代指沈宗師。公子，呂本中自指。兩公，指關、汪。

〔四〕「不倦」二句：揚雄法言學行篇：「學以治之，思以精之，朋友以磨之，名譽以崇之，不倦以終之，可謂好學也已矣。」疑「不倦」句爲當時呂希哲贈沈宗師語，以其可踐之終身，故稱可以爲壽，爲壽，蓋新年賀詞也。

沈郎固可人〔一〕，好善乃天性。迹隨萬事遠，心與一物定〔二〕。蕭然四立壁〔三〕，筆墨自温清〔四〕。更持孟賁勇〔五〕，少折楚士脛〔六〕。

〔一〕「沈郎」句：可人，禮記雜記：「孔子曰：管仲遇盜，取二人焉，上以爲公臣，曰：『其所與遊，辟也，可人也。』」鄭玄注：「言此人可也。」孔穎達疏：「可人也者，謂其人性行是堪可之人也，可任用之。」

〔二〕「心與」句：一物，指禮。禮記文王世子：「行一物而三善皆得者，唯世子而已，其齒於學之謂也。故世子齒於學，國人觀之，曰：『將君我，而與我齒讓，何也？』曰：『有父在則禮然，然而衆知父子之道矣。』其二曰：『將君我，而與我齒讓，何也？』曰：『有君在則禮然，然而衆著於君臣之義也。』其三曰：『將君我，而與我齒讓，何也？』曰：『長長也，然而衆知長幼之節矣。』」鄭玄注：「物，猶事也。」孔穎達正義：「物，猶事也。謂與國人齒讓之一事，而三善者，謂衆知父子、衆知君臣、衆知長幼。」

〔三〕「蕭然」句：蕭然，冷清貌。四立壁，謂四壁徒立，空空如也。册府元龜卷三一〇：「後唐李愚爲中書侍郎、平章事。長興四年（九三三）二月，愚病，明宗令中使宣問。愚所居寢室蕭然四壁，病榻弊氈而已。」

〔四〕「筆墨」句：温清，此指詩文多和氣。禮記曲禮上：「凡爲人子之禮，冬温而夏清。」陸德明音義：「清，七性反，字從冫，冰，冷也。本或作水旁，非也。」

〔五〕「更持」句：漢書東方朔傳：「勇若孟賁。」顔師古注：「孟賁，衛人，古之勇士也。」尸子説云：人謂孟賁生乎？曰勇。貴乎？曰勇。富乎？曰勇。三者人之所難，而皆不足以易勇，故能懾三軍、服猛獸也。」

〔六〕「少折」句：楊萬里曾子論下（誠齋先生文集卷八六）：「昔者楚人有慕烏獲之力而學之，其里之父欲持千鈞之負而適秦者，聞楚人之力而請焉。楚人者欣然而試負之，然肩之而不能勝，勝之而不能步，步之而不能秦，强而趨焉，不十步，而絶筋折脛以死。」脛，原作「輕」，形訛，據上引改。按：誠齋所述，當出自古文獻，待考。

君無綺紈氣〔一〕，我有冰雪容〔二〕。相期五石瓠，共濟萬里風〔三〕。江山秀句在，内子空洞中〔四〕。還身視塵滓〔五〕，當有一日功〔六〕。

〔一〕「君無」句：綺紈氣，富貴人家子弟驕奢之氣。漢書敘傳：「與王、許子弟爲群，在於綺襦紈絝之間，非其好也。」注引晋灼曰：「白綺之襦，冰紈之絝也。」顔師古注：「紈，素也，綺，今細綾也，並貴戚子弟之服。」蓋沈宗師家雖富於財，但無富家子陋習，故有此句。

〔二〕「我有」句：莊子逍遥遊：「藐姑射之山，有神人居焉，肌膚若冰雪，綽約若處子。」杜甫丈人山：「掃除白髮黃精在，君看他時冰雪容。」冰雪，謂容貌修潔，有神人資質。

〔三〕「相期」二句：莊子逍遥遊：「惠子謂莊子曰：『魏王貽我大瓠之種，我樹之成，而實五石。以盛水漿，其堅不能自舉也；剖之以爲瓢，則瓠落無所容。』」萬里風，同上：「鵬之徙於南冥也，水擊三千里，摶扶摇而上者九萬里。」郭象注：「扶摇，風名也。」瓠可以爲瓢，瓢能浮於水，故以大瓠喻指舟船，謂二人可乘舟趁風，遠游世外。

〔四〕「内子」句：内，同「納」，古今字。空洞，一無所有。雲笈七籤卷一六太極真人頌二首其一：「佇駕空洞中，迴盼翳滄流。」按莊子在宥：黄帝「聞廣成子在於空同之山，故往見之」。釋文引司馬彪云：「當北斗下山也。」又引爾雅云：「北戴斗極爲空同。」舊注謂是山名，實乃虚擬，「空洞」、「空同」同，連綿字，與莊子逍遥遊所謂「無何有之鄉」同義。

〔五〕「還身」句：塵滓，污濁地，指人世間。王維爲人祭李舍人文：「行比曾顔，才兼文史。含恣輕肥，仰偃紈綺。惡如涕唾，棄如塵滓。」

〔六〕「當有」句：謂遠離塵世，遊於空洞無何有之鄉，定有成功之日。

梅

南雪看未穩〔一〕，北風吹已殘。才堪十年夢，不稱一生酸〔二〕。日月方回首，風霜與憑欄〔三〕。遲明出謝客，頓覺帽圍寬〔四〕。

〔一〕「南雪」句：看未穩，雪梅尚未看足、看够。元程文海送白敬父赴江西理問：「相看未穩渾疑夢，一笑無何又別離。」可參讀。

〔二〕「才堪」二句：十年夢，指崇寧以來之流離飄泊，如同噩夢。十年，舉成數也。一生酸，謂總對時局懷有希望，其實乃儒生酸腐之見。

〔三〕「日月」二句：謂回首平生，憑欄賞梅，風霜中人與梅何其相似。瀛奎律髓卷二〇收是詩，李慶甲彙評引馮班曰：「腹聯好。」

〔四〕「頓覺」句：帽圍寬，謂人又瘦卻一圍，故寬也。陸游病起詩：「山村病起帽圍寬，春盡江南尚薄寒。」可參讀。上引彙評録紀昀曰：「落句不可解。」又方回評全詩道：「居仁小絶蠟梅（按：見本書卷九）詩云：『學得漢宮粧，偷傅半額黄。不將供俗鼻，愈更覺清香。』早梅（按：見本書卷一一梅）云：『獨自不争春，都無一點塵。忍將冰雪面，所至媚游人。』凡賦梅，盛稱其美，不若以自况而自超於物外可也。」紀昀評：「亦不如此説定。」

苦陰

破臘冬仍在〔一〕，逢正陰更頻〔二〕。寒流未解凍，雪意欲妨春。畏病還疏酒，逃寒懶見人。郊東小桃李，還是一番新〔三〕。

〔一〕「破臘」句：破臘，臘月將盡。杜甫白帝樓：「臘破思端綺，春歸待一金。」又指臘月間花蕊初開。杜甫江梅：「梅蕊臘前破，梅花年後多。」

〔二〕「逢正」句：正，指大觀三年（一一〇九）正月（以下正月所作諸詩，皆在是年，不再注）。杜甫元日示宗武：「處處逢正月，迢迢滯遠方。」

〔三〕「郊東」二句，還，原校：「一作『別』。」按：作「別」字意似更勝。作者多以桃李喻指奸邪，是詩言「一番新」，當另有寓意。

贈浹上人〔一〕

一庵便送淵明老〔二〕，四海共傳摩詰詩〔三〕。本自妨人枕邊夢〔四〕，不能陪汝劍頭炊〔五〕。交遊太半飢寒裏，疾病中分少壯時。西寺木魚東寺鼓〔六〕，三年三見浹闍黎〔七〕。

〔一〕浹上人，俗姓名及行迹未詳。上人，佛寺中最具德智善行之僧人，多用作對僧侶的尊稱。據本卷上元夜招沈宗師不至聞已赴郡會作二絶戲之、浹上座求枯木庵詩戲成兩絶贈之詩，浹上人當是瑯琊（今安徽滁州）人，爲枯木庵上座。

〔二〕「一庵」句：庵，小寺院。此當指枯木庵。淵明，代指浹上人，蓋謂其本爲士人，仕不如意而入佛門。

〔三〕「四海」句：摩詰，即王維，字摩詰，盛唐著名詩人，官至尚書右丞。崇信佛教，晚年居藍田輞川别墅。句言浹上人善詩，且頗有名氣。

〔四〕「本自」句：唐陳陶鷄鳴曲：「鷄聲春曉上林中，一聲驚落蝦蟇宫。二聲唤破枕邊夢，三聲行人煙海紅。」

〔五〕「不能」句：世説新語排調：「桓南郡（玄）與殷荆州（仲堪）語次，因共作了語……次復作危語，桓曰：『矛頭淅米劍頭炊。』殷曰：『百歲老翁攀枯枝。』顧曰：『井上轆轤卧嬰兒。』」「矛頭」句，余嘉錫世説新語箋疏注曰：「言於戰場中造飯，死生呼吸，所以爲危也。」此以劍頭炊代指飲食。黄庭堅次韵奉答南山禪師二頌兼呈琦上人其二：「兩箇泥牛齊著力，矛頭淅米劍頭炊。」以上兩句，謂詩雖好，却耽擱睡眠，又不能當飯吃，故難免飢寒與疾病。

〔六〕「西寺」句：木魚、鼓，佛寺作法事或進餐時所用法器。言西寺、東寺，互文見義。

〔七〕「三年」句：闍黎，梵語，義譯爲軌範師，即僧徒之師，乃高僧之别稱。

正月十二日夜作

春來消息未真傳〔一〕，久負蒲團一味禪〔二〕。燈火侵尋作佳境，冰霜偃蹇過新年〔三〕。江聲誤落三更雨〔四〕，野色遥看萬斛船。咫尺風光不相貸〔五〕，忍令好語到愁邊。

〔一〕「春來」句：所謂「消息」，謂已立春，然天氣仍十分寒冷，故言「未真傳」。又，此所謂「消息」及下文「好語」，疑亦暗指有利於黨人的政治傳言，内容不可考。

〔二〕「久負」句：蒲團，蒲草所編坐具，僧人打坐時常用之。一味禪，純一無雜之最上乘禪，亦即如來清静禪、頓悟禪。五燈會元卷三南嶽下二世馬祖一禪師法嗣廬山歸宗寺智常禪師：「僧辭，師問：『甚麽處去？』曰：『諸方學五味禪去。』師曰：『諸方有五味禪，我這裏祇有一味禪。』曰：『如何是一味禪？』師便打。僧曰：『會也！會也！』師曰：『道！道！』僧擬開口，師又打。」（又見禪宗正脈卷二、禪宗頌古聯珠通集卷一一等）五味禪，五種交雜之如來禪，即外道禪、凡夫禪、小乘禪，一味禪乃大乘禪、最上乘禪。久負，指寒冬未能坐禪。

〔三〕「燈火」二句：侵尋，連綿字，漸進貌。史記孝武本紀：「是歲，天子始巡郡縣，侵尋於泰山矣。」索隱：「侵尋，即浸淫也，故晋灼云『遂往之意也』。小顔（顔師古）云：『侵淫，漸染之義。』蓋尋、淫聲相近，假借用爾。」偃蹇，文選江總雜體詩三十首郭弘農遊仙：「偃蹇尋青雲，隱淪駐精魄。」吕向注：「偃蹇，緣高貌。」

〔四〕「江聲」句：三更，深夜。顔氏家訓書證篇：「或問：『一夜何故五更？更何所訓？』答曰：『漢魏以來，謂爲甲夜、乙夜、丙夜、丁夜、戊夜，又云鼓，一鼓、二鼓、三鼓、四鼓、五鼓，亦云一更、二更、三更、四更、五更，皆以五爲節。西都賦亦云「衛以嚴更之署」。所以爾者，假令正月建寅，斗柄夕則指寅，曉則指午矣。自寅至午，凡歷五辰。冬夏之月，雖復長短參差，然辰間遼闊，盈不至六，縮不至四，進退常在五者之間。更，歷也，經也，故曰五更爾。』」

〔五〕「咫尺」句：咫尺，八寸曰咫。咫尺形容距離短。風光，即首句所稱好消息；不相貸，不相假借，謂少恩。

咸安公主〔一〕

漢朝公主歌黄鵠〔二〕，秦地佳人唱柳枝〔三〕。想見雲車度沙漠〔四〕，一盃重酪酹明妃〔五〕。

〔一〕咸安公主，舊唐書德宗紀下：貞元四年（七八八）冬十月戊子，「迴紇公主將妾媵六十餘人、馬二千匹，來迎咸安公主。命刑部尚書關播送公主歸蕃」。同上關播傳：「貞元四年，迴紇請和親，以咸安公主出降可汗，令播以本官加檢校右僕射、兼御史大夫持節充送咸安公主及册可汗。奉使往來，皆清儉謹慎，蕃人悦之。」按資治通鑑卷二三三述此事，胡三省注：「蓬州咸安郡。公主，上（德宗）女也。」

〔二〕「漢朝」句：漢書西域傳：「（烏孫）使使獻馬，願得尚漢公主，爲昆弟。……漢元封中，遣江都王建女細君爲公主，以妻焉，賜乘輿服御物，爲備官屬、宦官、侍御數百人，贈送甚盛。烏孫昆莫以爲右夫人。……昆莫年老，語言不通，公主悲愁，自爲作歌曰：『吾家嫁我兮天一方，遠託異國兮烏孫王。穹廬爲室兮旃爲牆，以肉爲食兮酪爲漿。居常土思兮心内傷，願爲黄鵠兮歸故鄉。』天子聞而憐之。」

〔三〕「秦地」句：秦地，泛指漢人生活地區。唐劉希夷擣衣篇：「燕山遊子衣裳薄，秦地佳人閨閤寒。」柳枝，歌曲名，即折楊柳，又名楊柳枝。晋書樂志下：「鼓角横吹曲。……胡角者，本以應胡笳之聲，後漸用之横吹。……張博望（騫）入西域，傳其法於西京，惟得摩訶兜勒一曲。李延年因胡曲更造新聲二十八解。……魏晋以來，二十八解不復具存，用者有黄鵠、隴頭、出關、入關、出塞、入塞、折楊柳……十曲。」樂府詩集卷二二横吹曲辭載梁元帝折楊柳，解題引唐書樂志曰：「梁樂府有胡吹歌云：『上馬不捉鞭，反拗楊柳枝。下馬吹横笛，愁殺行客兒。』此歌辭元出北戎，即鼓角横吹曲折楊柳是也。宋書五行志曰：「晋太康末，京洛爲折楊柳之歌，其曲有兵革苦辛之辭。』」句謂漢地女子流行胡曲楊柳枝，乃不祥之兆。

〔四〕「想見」句：雲車，後漢書光武帝紀上：「雲車十餘丈，瞰臨城中。」李賢注：「雲車，即樓車，稱『雲』，言其高也。升之以望敵，猶墨子云『公輸般爲雲梯之械』。」

〔五〕「一盃」句：重酪，漢書匈奴傳：「得漢食物皆去之，以視不如重酪之便美也。」顔師古注：「重，乳汁也。重，音竹用反，字本作湩，其音則同。」酹，以酒灑地以示祭奠。同上書：漢元帝「竟寧元年（前三三），（匈奴）單于復入朝……自言願壻漢氏以自親。元帝以後宮良家子王嬙字昭君賜單于，單于驩喜，上書願保塞上谷以西至敦煌，傳之無窮。」晉避司馬昭諱，改稱昭君爲明君，又稱明妃。

明　妃

秦人彊盛時，百戰無逡巡〔一〕。漢氏失中策〔二〕，清邊烽燧頻〔三〕。丈夫不任事，女子去和親〔四〕。君王爲置酒，單于來奉珍〔五〕。朝辭漢宫月，暮隨邊地塵。鞍馬白沙暮，旃裘黄草春〔六〕。人生在相合，不論胡與秦〔七〕。但取眼前好，莫言長苦辛。君看輕薄兒，何殊胡地人。

〔一〕「百戰」句：後漢書隗囂傳：「亦逡巡於河上。」李賢注：「逡巡，不進也。」

〔二〕「漢氏」句：中策，漢書匈奴傳：「（王）莽將嚴尤諫曰：『臣聞匈奴爲害，所從來久矣，未聞上世有必征之者也。後世三家周、秦、漢征之，然皆未有得上策者也。周得中策，漢得下策，秦無策焉。當周宣王時，獫允内侵，至於涇陽，命將征之，盡境而還。其視戎狄之侵，譬猶蝱蝱之螫，敺之而已，故天下稱明，是爲中策。漢武帝選將練兵，約齎輕糧，深入遠戍，雖有克獲之功，胡輒報之，兵連禍結，三十餘年，中國罷耗，匈奴亦創艾，而天下稱武，是爲下策。秦始皇不忍小耻而輕民力，築長城之固，延袤萬里，轉輸之行，起於負海，疆境既完，中國内竭，以喪社稷，是爲無策。』」

〔三〕「清邊」句：烽燧，漢書賈誼傳：「斥候望烽燧，不得卧。」注引文穎曰：「邊方備胡寇，作高土櫓，櫓上作桔皋，桔皋頭兜零，以薪草置其中，常低之，有寇即火燃，舉之以相告，曰烽；又多積薪，寇至即燃之以望其煙，曰燧。」顔師古注：「晝則燔燧，夜則舉烽。」

〔四〕「丈夫」二句：丈夫，此指漢朝廷文武大臣。不任事，不負責任。漢代和親，起於文帝時。漢書文帝紀曰：後元二年（前一六二）六月，匈奴和親。詔曰：「朕既不明，不能遠德，使方外之國或不寧息。夫四荒之外不安其生，封圻之内勤勞不處，二者之咎，皆自於朕之德薄而不能達遠也。間者累年，匈奴並暴邊境，多殺吏民，邊臣兵吏又不能諭其内志，以重吾不德。夫久結難連兵，中外之國將何以自寧？今朕夙興夜寐，勤勞天下，憂苦萬民，爲之惻怛不安，未嘗一日忘於心，故遣使者冠蓋相望，結徹於道，以諭朕志於單于。今單于反古之道，計社稷之安，便萬民之利，新與朕俱棄細過，偕之大道，結兄弟之義，以全天下元元之民。和親以定，始于今年。」單于，顔師古注：「匈奴天子之號也。」

〔五〕「單于」句：奉珍，文選揚雄羽獵賦：「是以旃裘之王，胡貉之長，移珍來享，抗手稱臣。」李善注引爾雅注曰：「獻珍物曰珍，獻食物曰享。」

〔六〕「旃裘」句：旃裘，氈製衣物，古代北方少數民族所服。

〔七〕「人生」二句：苕溪漁隱叢話後集卷四〇苕溪漁隱曰：「古今詞人作明妃辭曲多矣，意皆一律。惟吕居仁獨不蹈襲。其詩云（略）。」又周密浩然齋雅談卷中：「吕紫微明妃曲：『人生在相合，不論胡與秦。但取眼前好，莫言長苦辛。君看輕薄兒，何殊胡地人。』其意固佳，然不脱王半山（安石）『人生失意無南北』之窠臼也。」周説是。

正月十三日河堤上作

雨着河堤柳着煙，小樓燈火又今年。東風不與行人便〔一〕，留滯長亭十里船〔二〕。

〔一〕「東風」句：杜牧赤壁詩：「東風不與周郎便，銅雀春深鎖二喬。」

〔二〕「留滯」句：長亭，漢書高帝紀上：「（劉邦）及壯，試吏，爲泗上亭長。」顔師古注：「秦法：十里一亭。亭長者，主亭之吏也。亭謂停留行旅宿食之館。」李白菩薩蠻：「何處是歸程，長亭連短亭。」白孔六帖卷九：「『長亭短亭，十里五里。』長亭短亭，言十里一長亭、五里一短亭。」按：吕本中滯留真州，當爲養病（見下詩「卧疾江邊久未回」句）。

昨日晚歸戲成四絶呈子之兼煩轉示進道丈〔一〕

疏燈欲盡漁商市，小雨似開桃李顔。一夜簷聲鳴甕盎〔二〕，無人知我坐蒲團。

〔一〕子之，即江端本。瀛奎律髓卷三二江端友九日詩方回曰：「江鄰幾與梅聖俞多唱和，嘉祐起居舍人。子楙相，生三子：端禮字子和（按：此人事迹，詳見晁説之江子和墓誌銘）；端友字子我；端本字子之，與吕居仁多唱和，入江西派。」又按：端本嘗通判温州，見宋史林靈素傳；紹興初以朝奉大夫主管臨安府洞霄宫，見建炎要録卷四一。著有陳留集一卷，刊入江西詩派詩集，陳振孫直齋書録解題卷二〇著録，稱其爲開封人。進道，即晁損之，字進道，前已注。

〔二〕「一夜」句：嗚甕盎，喻雨聲有如甕、盆敲擊聲。韓愈岳陽樓別竇司直：「餘瀾怒不已，喧聒鳴甕盎。」注：「盎，盆也。」又蘇軾答吕梁仲屯田：「夜聞沙岸鳴甕盎，曉看雪浪浮鵬鵾。」

卧疾江邊久未回〔一〕，懶隨兒輩走塵埃。天公尚有餘情在，肯放梅花自在開〔二〕。

〔一〕「卧疾」句：疾，原校：「一作『病』。」

〔二〕「天公」二句：謂天道對梅不公。蓋以梅喻人，爲自己久病鳴不平。

春愁故故妨人樂〔一〕，舊蘚新苔不暫晴。想見江郎閉船卧〔二〕，滿川風雨報天明。

〔一〕「春愁」句：故故，杜甫月三首之三：「萬里瞿唐峽，春來六上弦。時時開暗室，故故滿青天。」仇兆鰲注：「故故，猶云屢屢。」

〔二〕「想見」句：江郎，指江端本。

晁卿白髮風流在，肯伴香車作夜遨〔一〕。借問典衣充戲責〔二〕，何如沽酒唤吾曹。

〔一〕「晁卿」二句：晁卿，即晁損之。香車，指婦人乘坐之車，故言損之「風流」。

〔二〕「借問」句：戲責，觀戲之費。責，「債」之本字。

上元夜招沈宗師不至聞已赴郡會作二絶戲之〔一〕

燈火滿城公不來〔二〕，爲公雕句洗塵埃〔三〕。春愁不到城西寺，更約梅花緩緩開〔四〕。

〔一〕上元，道家節日名，俗稱元宵，在每年正月十五日。沈宗師，儀真人，參本卷前元日贈沈宗師四首注。郡會，州府所辦元宵燈會。

〔二〕「燈火」句：宋代習俗，上元夜觀燈，有歌舞百戲，極爲熱鬧，可參讀孟元老東京夢華録卷六元宵。各地亦然，唯較東京（開封）規模小、時間短而已。蔡絛鐵圍山叢談卷一：「上元張燈，天下止三日，都邑舊亦然，後都邑獨五夜。」

〔三〕「爲公」句：雕句，指作此詩。因知沈氏已赴郡會，作此詩相贈，故謂爲其「洗塵埃」。公，宋百家詩存作「誰」。

〔四〕「春愁」二句：謂城西佛寺多梅，自己尚未去，故更約沈宗師前往觀賞。

白酒紅燈稱意春〔一〕，知公未免踏黄塵〔二〕。繩床好在休相憶，輪與瑯琊浹上人〔三〕。

〔一〕「白酒」句：白，原校：「一作『渌』。」作「渌」較長。

〔二〕「知公」句：踏黄塵，奔走在外。王安石欲往浄因寄涇州韓持國：「令節想君携緑酒，故情憐我踏黄塵。」

〔三〕「繩床」二句：繩床，又稱胡床，即後來之交椅。詳見本書卷一喜雨詩注。輪與，蓋言浹上人已先來過。瑯琊，元豐九域志卷五淮南東路：「滁州永陽郡，軍事，治清流縣。……清流五鄉，有瑯琊山。」按：滁州古名清流，有清流河，地在今安徽滁州市南譙區、瑯琊區境内。蓋浹上人爲清流人。

浹上座求枯木庵詩戲成兩絶贈之〔一〕

枯木庵中浹道人，百年無影卧輪囷〔二〕。未須特地通身去，放取枝條自在春〔三〕。

〔一〕上座：佛寺中職位最高之僧人，在寺主、維那之上。據淳熙三山志卷三四侯官縣，其縣有枯木庵，然恐非浹上座所居，此所謂枯木庵，當在瑯琊（滁州）。

〔二〕「百年」句：無影，謂枯木庵之枯木，百年來只有枯幹，無樹冠遮蔭擋雨。輪囷，文選鄒陽於獄上書自明：「蟠木根柢，輪囷離奇。」李善注引張晏曰：「柢，下本也。輪囷離奇，委曲盤戾也。」張銑注：「蟠木，曲木也。柢，本也。輪囷離奇，屈盤高下也。」按：此處語意相關，枯木亦代指浹道人，謂其一生静坐，形同枯木。

〔三〕「未須」二句：通身，全身。謂不必將枯木庵之枯木全部除去，枯木尚有枝條，若讓它自由自在地存在，仍能焕發青春。

前身石霜後身浹〔一〕，如印印泥風去塵〔二〕。認得當時侍者意，無人知是密庵人〔三〕。

〔一〕「前身」句：石霜，指石霜慶諸禪師。五燈會元卷五青原下四世道吾智禪師法嗣石霜慶諸禪師：「潭州石霜山慶諸禪師，廬陵新淦陳氏子。依洪井西山紹鑾禪師落髮。……師居石霜山二十年間，學衆有長坐不卧，屹若株杌，天下謂之枯木衆也。唐僖宗聞師道譽，賜紫衣，師牢辭不受。光啓四年（八八八）示疾告寂，葬於院之西北隅，謚普會大師。」此言枯木庵之枯木，蓋即唐代石霜慶諸禪師「枯木衆」的後身，枯木之主爲石霜，而浹上座亦爲後身之一。

〔二〕「如印」句：如印印泥，謂真傳。釋覺範（惠洪）彦舟字序：「大繹持海於浄土爲親聞，如水傳器；鳩摩羅什於真丹爲四依，如印印泥。」

〔三〕「認得」二句：侍者意，五燈會元卷一十五祖迦那提婆尊者：「十五祖迦那提婆尊者，南天竺國人也，姓毗舍羅。初求福業，兼樂辯論。後謁龍樹大士，將及門，龍樹知是智人，先遣侍者以滿鉢水置於座前。尊者覩之，即以一針投之而進，欣然契會。……且曰：『弟子衰老，不能事師，願捨次子，隨師出家。』祖曰：『昔如來記此子，當第二五百年爲大教主。今之相遇，蓋符宿因。』即與剃髮執侍。」此蓋詩人大言，謂自己即如來認可的第二個五百年之大教主。密庵人，原校：「一作『吕居仁』。」據校語，知「密庵人」與吕居仁二者義同，密庵即吕本中真州住宅之號，故其下次韵張生詩自稱「密庵居士」。

正月末雪中小酌

柳着河冰雪着船，小桃應誤取春憐〔一〕。床頭有酒須君醉，又廢蒲團一夜禪〔二〕。

〔一〕「小桃」句：正月末猶冰雪未解，桃花雖開而非其時，故言誤取春憐。

〔二〕「又廢」句：蒲團，蒲草所編坐具。因飲酒至醉，故言浪費了一夜的坐禪工夫。

次韻張生〔一〕

密庵居士渠不識，齒髮則衰心未然。樽下不知公子貴〔二〕，酒中差覺孟生賢〔三〕。已吞舌本三千丈〔四〕，却住人間五百年〔五〕。觸忤風光君莫怪，棒頭無地可逃禪〔六〕。

〔一〕張生，其人未詳。

〔二〕「樽下」句：漢書游俠傳樓護傳：「樓護字君卿，齊人。父世醫也，護少隨父爲醫長安，出入貴戚家。」於是結交王氏五侯，爲上客。王莽專政，封護息鄉侯，列爲九卿。王莽篡位，以舊恩召見護，「成都侯（王）商子邑爲大司空，貴重，商故人皆敬事邑，唯護自安如舊節，邑亦父事之，不敢有闕。時請召賓客，邑居樽下，稱『賤子上壽』。坐者百數，皆離席伏，護獨東鄉正坐，字謂邑曰：『公子貴如何？』」注引蘇林曰：「邑字公子也。」句以樓護喻指不畏權貴。

〔三〕「酒中」句：孟生，指孟嘉。陶潛晋故西征大將軍長史孟府君傳：「君諱嘉，字萬年，江夏鄂人也。」仕爲從事中郎，遷長史。「好酣飲，逾多不亂，至於任懷得意，融然遠寄，傍若無人。（桓）温嘗問君：『酒有何好，而卿嗜之？』君笑而答曰：『明公但不得酒中趣爾。』」傳又曰：「中散大夫桂陽羅含賦之曰：『孟生善酣，不愆其意。』」則當時對孟嘉即有「孟生」之稱。事又見晋書本傳。按：孟嘉爲陶潛外祖父。句以孟嘉好飲酒以自譬，而稱其「賢」。

〔四〕「已吞」句：吞舌本，表示機密絕不外泄。燕丹子卷中：「田光謂荊軻曰：『蓋聞士不爲人所疑。太子送光之時，言此國事（按：指燕太子丹派荊軻刺秦王事，詳見史記刺客列傳荊軻傳），願無泄，此疑光也。是疑而生於世，光所羞也。』向軻吞舌而死。軻遂之燕。」後以吞舌指所言不妄。宋史文同傳：「（文）同曰：『吾聞人不妄語者，舌可過鼻。』即吐其舌，三疊之如餅狀，引之至眉間。」此當兼用佛教故事。佛經稱佛陀有三十二德相，第二十七爲廣長舌相。大智度論卷八：「是時佛出廣長舌，覆面上至髮際。」又法華經卷六如來神力品：「現大力神，出廣長舌，上至梵世。」

〔五〕「却住」句：即用五燈會元卷一十五祖迦那提婆尊者許其未來五百年爲大教主事，已見上淶上座求枯木庵詩戲成兩絕贈之其二詩注引。按：以上二句，謂自己當作後五百年大教主，乃佛門秘事，機關不能外泄。

〔六〕「觸忤」二句：謂自己將成禪宗大教主一語，人多不理解，但在棒喝之下終將醒悟，而皈依密庵之門。按：是詩似次韻戲作。

追成舊作

滿江風月一船霜，無計留君只自狂。燈火隔簾香隔坐，無人知是竹枝娘〔一〕。

〔一〕「無人」句：竹枝娘，唱竹枝詞之歌妓。六一詩話記閩人謝伯初（字景山）詩，有「新詩傳與竹枝娘」句。是詩疑爲補寫送人之作，所送者即竹枝娘，其人其事未詳。

久不得才仲書因成二絶寄之

望大趙書如渴驥〔一〕，憶老汪膠無續弦〔二〕。看遍江南與江北，小屏微雨是斜川〔三〕。

〔一〕「望大趙」句：大趙，即趙棡（字才仲），詩人外弟，前已屢見。如渴驥，如亟欲飲水之馬。晁補之次韻文潛病中作時方求補外：「平生俱豪氣，見酒渴驥奔。」

〔二〕「憶老汪」句：老汪，當即汪革。杜甫病後過王倚飲贈歌：「麟角鳳觜世莫識，煎膠續絃奇自見。」薛夢符注：「右按東方朔十洲記，仙家煮鳳喙麟角合煎作膠，名之續絃膠，一名連金泥。此物能連屬弓弩斷絃，又斷折之金以膠連，使力折擊他處乃斷，續處不復斷也。」此以鳳喙麟角喻汪革，言其奇也；無續弦，謂續絃膠不可再得。

〔三〕「小屏」句：詩人自注：「小屏畫淵明『孟夏草木長』詩。」斜川，地名，在今江西星子縣境。陶淵明有遊斜川詩，其序略曰：「辛丑正月五日，天氣澄和，風物閒美，與二三鄰曲同遊斜川。臨長流，望曾城，魴鯉躍鱗於將夕，水鷗乘和以翻飛」，云云。此言欲知才仲所在，只能在圖畫中求。

病去詩無一點塵，亦知摩詰是前身〔一〕。憐君更似西江水〔二〕，合伴倚松庵裏人〔三〕。

〔一〕「病去」二句：無一點塵，謂全是禪。摩詰，即維摩詰，釋迦牟尼同時人。曾向佛弟子舍利弗、彌勒、文殊師利等講大乘教義。其人爲居士，多病，詩人與之相似，故謂是其前身。

〔二〕「鄰君」句：五燈會元卷三南嶽下二世馬祖一禪師法嗣：「（襄州居士龐藴）後參馬祖，問曰：『不與萬法爲侶者，是甚麼人？』祖曰：『待汝一口吸盡西江水，即向汝道。』士於言下頓領玄旨。」此以西江水喻指禪，謂本無所有，故西江水雖多，也能一口吸盡，而趙才仲有如參問馬祖之龐居士。

〔三〕「合伴」句：倚松庵裏人，指饒節，法名如璧。晚主襄陽天寧寺。「自號倚松道人，意取閒禪師詩曰『閒攜經卷倚松立，試問客從何處來』，故以名庵，又以自號。」（能改齋漫録卷一一饒德操自號倚松道人）嘗作復用韵自詠倚松一首道：「庵外無人誰過前，老松千丈獨參天。……客來問我何時住，笑指松枝數歲年。」自注：「凡木，惟松枝一歲則長一層，歷歷可數。」句言趙才仲雖亦好禪，但尚未徹悟，當與如璧爲伴，方能大進。

晚　晴

斜陽入花柳，渾欲不勝情〔一〕。春事乃如此，病軀安得平〔二〕？尚堪銜宿酒〔三〕，復作快新晴。荒簷足烏鳥，莫厭晚來聲〔四〕。

〔一〕「渾欲」句：渾，張相詩詞曲語辭匯釋卷二：「渾，猶全也，直也。」不勝情，不能控制愛春的感情。杜甫春望：「白頭搔更短，渾欲不勝簪。」

〔二〕「病軀」句：安得，原校：「一作『殊未』。」

〔三〕「尚堪」句：銜，用力斟酒。宿酒，隔夜酒。韓琦己酉中元：「病塞不能銜酒堰。」

〔四〕「荒簷」二句：晚來聲，指赦書。樂府詩集卷四七烏夜啼八曲：「唐書樂志曰：『烏夜啼者，宋臨川王義慶所作也。元嘉十七年（四四〇），徙彭城王義康於豫章。義慶時爲江州，至鎮，相見而哭。文帝聞而怪之，徵還，（宅）〔慶〕大懼，伎妾夜聞烏夜啼聲，扣齋閤云：「明日應有赦。」其年更爲南兖州刺史，因此作歌。』」則謂烏夜啼將有赦書至，乃喜事，故言「莫厭」。

連日與一上人會話密庵清坐附火乃有山居氣息因成一詩奉呈〔一〕

春風吹茅簷，落日半花柳。餘寒盛氣來，佳辰爲誰有〔二〕。公來但默坐，有味皆可口。端如列鼎食，衣被以醇酒〔三〕。煩言不知要，實自費斗藪〔四〕。南泉山下人〔五〕，了不計可否〔六〕。山柴晚復焰，當爲一舉手〔七〕。荒江甚汍寥〔八〕，此味亦長久。不嫌薰病眼，重當爲公取。

〔一〕一上人：綜考吕本中詩集中多首贈詩，一上人當即釋法一。據孫覿長蘆長老一公塔銘、嘉泰普燈録卷一〇、五燈會元卷一八，釋法一（一〇八四—一一五八）字貫道，賜號雪巢，俗姓李氏，開封祥符人。年十七試太學爲諸生，不願爲官，詣長蘆事慈覺頤公爲比丘。頤公没，禮靈巖通照愿公，大觀元年（一一〇七）得度，受具足戒。徙滁州瑯琊。又謁蔣山圓悟克勤，隨之住京師天寧寺。靖康之亂後，到江西疏山事草堂清公。紹興七年（一一三七），受請住泉州延福院，徙住壽山，又住雪竇，徙天台萬壽寺，改淮南長蘆寺，歸萬年觀音别院。圓寂，壽七十五。

〔二〕「佳辰」句：爲誰有，謂既有春風、花柳，然餘寒之盛氣亦可畏，佳辰究竟屬春還是屬冬？

〔三〕「端如」二句：列鼎，言所食極豐美。劉向説苑卷三建本：「子路曰：『……親没之後，南遊於楚，從車百乘，積粟萬鍾，累茵而坐，列鼎而食。願食藜藿、爲親負米之時，不可復得也。』」衣被，謂以酒爲衣被。兩句以五鼎美食喻指言語，以醇酒喻指趣味，謂雖有美食而無酒，猶如話雖多而無味。

〔四〕「煩言」二句：斗藪，一作抖藪、斗擻等，連綿字，指用力抖動。白居易讀鄂公傳：「高卧深居不見人，功名斗藪似灰塵。」此指力氣。兩句謂一上人話雖少，然皆要言，否則白費力氣。

〔五〕「南泉」句：南泉，山名，在今安徽池州市青陽縣。有南泉寺，建於唐貞元年間，唐文宗大和七年（八三三）賜額「南泉承恩寺」。南泉山下人，指普願禪師，乃馬祖一禪師法嗣。五燈會元卷三南泉普願禪師：「池州南泉普願禪師者，鄭州新鄭人也。姓王氏。幼慕空宗。……貞元十一年（七九五），憇錫于池陽，自建禪齋，不下南泉三十餘載。大和初，宣城廉使陸公亘嚮師道風，遂與監軍同請下山，伸弟子之禮，大振玄綱。自此學徒不下數百，言滿諸方，目爲郢匠。」

〔六〕「了不」句：不計可否，指普願禪師。上引五燈會元卷三南泉普願禪師：「師因東西兩堂争猫兒，師遇之，白衆曰：『道得即救取猫兒，道不得即斬却也。』衆無對，師便斬之。趙州自外歸，師舉前語示之，州乃脱履安頭上而出。師曰：『子若在，即救得猫兒也。』」此即所謂「南泉斬貓」公案。在兩堂争貓糾紛中，普願對事件之是非不置可否，而以斬貓平息之；趙州

（從諗）則以「脫履安頭上」作爲表態，其中之禪機意藴，皆讓人解讀不盡。

〔七〕「當爲」句：一舉手，此指添柴禾。韓愈應科目時與人書：「如有力者哀其窮而運轉之，蓋一舉手、一投足之勞也。」

〔八〕「荒江」句：泬寥，楚辭宋玉九辯：「泬寥兮天高而氣清。」王逸注：「泬寥，曠蕩而虚静也。或曰：泬寥，猶蕭條，蕭條者，無雲貌。」

一上人屢言瑯琊南塔之勝予蓋樂之而未能往也〔一〕

二頃良田一畝宫，好山當自屬林公〔二〕。須君留我卓錐地〔三〕，要聽颼飀萬壑風〔四〕。

〔一〕瑯琊：指滁州，已見前注。南塔當在其地，來歷未詳。

〔二〕「好山」句：林公，指東晋名僧支遁道林。世説新語中多次言及，如賞譽：「王長史（仲祖）歎林公：『尋微之功，不減輔嗣（王弼）。』」劉孝標注即引支遁别傳云云。後以「林公」代指高僧。

〔三〕「須君」句：卓錐，形狀尖鋭之物。五燈會元卷九南嶽下四世潙山祐禪師法嗣香巖智閑禪師：「師又成頌曰：『去年貧未是貧，今年貧始是貧。去年貧猶有卓錐之地，今年貧錐也無。』」卓錐地，形容面積極小，蓋指留作將來建塔用。

〔四〕「要聽」句：文選左思吴都賦「颸瀏颼飀」句，張銑注：「風聲也。」

夜坐有懷

西還豈不好，本自乏周旋〔一〕。道有魯一變〔二〕，歲無官九遷〔三〕。疾風驚半夜，惡況極今年。咫尺沙頭路〔四〕，猶堪着釣船。

〔一〕「西還」二句：西還，指回京師開封。乏周旋，缺少活動。

〔二〕「道有」句：論語雍也：「子曰：『齊一變至於魯，魯一變至於道。』」何晏集解引包（咸）曰：「言齊、魯有太公、周公之餘化。太公大賢，周公聖人，今其政教雖衰，若有明君興之，齊可使如魯，魯可使如大道行之時。」

〔三〕「歲無」句：九遷，黄庭堅次韵胡彦明同年羈旅京師寄李子飛三章一章道其困窮二章勸之歸三章言我亦欲歸耳胡李相甥也故有檳榔之句其一：「看除日月坐中銓，一歲應無官九遷。」史容注下句曰：「文選任彦升代范雲謝表云：『雖千秋之一日九遷，荀爽之十旬遠至，方之微臣，未爲速達。』注云：『連千秋自寢園郎論戾太子事，一日超九級，至大鴻臚。』退之上張建封書：『雖日受千金之賜，一歲九遷其官。』」以上兩句，謂時事雖變，但不可速達，只能耐心等待，當指元祐黨人案弛禁事。

〔四〕「咫尺」句：沙頭，疑是白沙之俗稱。白沙鎮爲真州治所，是時詩人居此。着釣船，喻指遠離是非之地，而隱居江湖。

晚春即事

春色不自惜，曉寒摧折之。殘花帶雨去，薄酒信風吹〔一〕。尚有尋行債〔二〕，初無了事癡〔三〕。論詩得奇味，當使阿咸知〔四〕。

〔一〕「薄酒」句：薄酒，漢王充論衡卷一八自然篇：「薄酒酸苦，賓主嚬蹙。」説文曰：「醨，薄酒也。」蘇軾月夜與客飲酒杏花下：「山城薄酒不堪飲，勸君且吸杯中月。」信，張相詩詞曲語辭匯釋卷五：「信，猶知也。」此言聞到酒味，知有春風吹拂。

〔二〕「尚有」句：尋行，「尋行數墨」之略，謂讀書不明義理，只知數行數。景德傳燈録卷二九南朝梁寶誌大乘贊：「口内誦經千卷，體上問經不識。不解佛法圓通，徒勞尋行數墨。」又朱熹易二首其一：「須知三絶韋編者，不是尋行數墨人。」故此所謂「尋行債」，指讀書債，乃謙詞。

〔三〕「初無」句：晉書傅咸傳：「（楊）駿弟濟素與咸善，與咸書曰：『江海之流混混，故能成其深廣也。天下大器，非可稍了，而相觀每事欲了。生子癡，了官事，官事未易了也。了事正作癡，復爲快耳！』」言事事欲了，乃癡心妄想。

〔四〕「論詩」二句：阿咸，原作「阿戎」。資治通鑑卷一四一齊紀七高宗明皇帝下：「集會子弟謂（王）思遠兄思徵曰：『隆昌之末，阿戎勸吾自裁，若從其語，豈有今日！』思遠遽應曰：『如阿戎所見，今猶未晚也。』」胡三省注：「晋宋間人，多謂從弟爲阿戎。至唐猶然，如杜甫於從弟杜位宅守歲詩云『守歲阿戎家』是也」。按：胡仔苕溪漁隱叢話後集卷六引潘惇詩話補闕云：「舊本作『守歲阿咸家』，按杜位，子美侄也，當以阿咸爲是。故東坡有除夜詩『欲唤阿咸來守歲，林鴉櫪馬鬬喧嘩』，正用杜詩。則知今本作『阿戎』誤。」其辨有據，可從，「戎」蓋形訛。吕本中當亦沿誤，據改。阿咸，即阮咸。晋書阮籍傳稱「兄子咸」，有附傳。後世代指侄。則上句「論詩」當指詩人之叔，名未詳，「阿咸」乃詩人自指。

廣陵道中寒食日〔一〕

風雨屬連春事休，碧鱗三尺蕩行舟〔二〕。短牆不見桃花面，付與長江自在流〔三〕。

〔一〕廣陵，元豐九域志卷五淮南東路大都督府揚州廣陵郡淮南節度，治江都縣，地即今江蘇揚州市。按宋史吕好問傳：「崇寧初，治黨事，好問以元祐子弟坐廢。兩監東嶽廟，司揚州儀曹。」詩人行廣陵道中，疑是去揚州省父。

〔二〕「碧鱗」句：碧鱗，喻指波浪。蘇軾淮上早發：「澹月傾雲曉角哀，小風吹水碧鱗開。」蕩，推動。

〔三〕「短墻」二句：謂墻頭桃花已凋落，隨長江水自由自在地流向遠方。李煜浪淘沙令「流水落花春去也」，即此景。

南來消息不真傳，正恐相逢却未然〔一〕。何處青帘足沽酒〔二〕，粥香餳白是今年〔三〕。

〔一〕「南來」二句：南來，謂有消息由京師開封傳來，友人即將前來相會，但又怕是誤傳失真。

〔二〕「何處」句：青帘，古時酒家所掛招徠客人之旗幟。唐鄭谷旅寓洛南村舍：「白鳥窺漁網，青帘認酒家。」又宋林逋山舍小軒有石竹二叢閴然秀發因成二章其二：「青帘有酒不妨賒，素壁無詩未足誇。」

〔三〕「粥香」句：李商隱評事翁寄賜餳粥走筆爲答：「粥香餳白杏花天，省對流鶯坐綺筵。」朱鶴齡注引玉燭寶典：「寒食節，今人悉爲大麥粥，研杏仁爲酪，引餳沃之。」韓愈城南聯句：「稠凝碧浮餳。」注引孫甫曰：「餳，飴也。」又引韓醇注：「方言云乾餹也。」

就甯子儀求酒〔一〕

鼻息咈然君莫驚，飢腸渠自作雷鳴〔二〕。須公一勺羔兒酒〔三〕，伴我夜窗聽雨聲。

〔一〕甯子儀，王銍默記卷中：「李後主手書金字心經一卷……爲金陵守王君玉所得。君玉卒，子孫不能保之，以歸甯鳳子儀家。」知甯子儀名鳳。據本書卷六甲午送甯子儀歸洛詩，知甯鳳爲洛陽人。其人亦爲黨禍受害者。宋會要輯稿職官六八之三：「崇寧元年（一一〇二）九月十四日，詔開具元符三年（一一〇〇）臣僚章疏姓名，甯鳳在「邪下」。

〔二〕「鼻息」二句：鼻息，指鼾聲。咈，象聲詞。柳宗元河間傳：「鼻息咈然，意不能無動，力稍縱，主者幸一遂焉。」兩句謂聽似鼾聲如雷，其實乃飢腸作響。

〔三〕「須公」句：羔兒酒，酒名，又稱羊羔兒酒。宋陳元靚歲時廣記卷四飲羔酒引提要録：「世傳陶穀學士買得党太尉家故妓，遇雪，陶取雪水烹團茶，謂妓曰：『党家應不識此。』妓曰：『彼粗人，安有此景？但能于銷金帳下淺斟低唱，飲羊羔兒酒耳。』陶默然，愧其言。」又蘇軾二月三日點燈會客：「試開雲夢羔兒酒，快瀉錢塘藥玉船。」趙夔注：「即今之羊羔酒也。」句言求酒解飢。

呂本中詩集箋注卷三

廣陵 借韻戲用文潛體〔一〕

往來六十里，各是一江郊〔二〕。柳色團渦岸〔三〕，春風揚子橋〔四〕。好山當斷岸，野鳥度空巢。一任雷塘路，暮天風雨號〔五〕。

〔一〕廣陵，即今揚州，前已注。借韻，五、七言近體詩，如首句入韻而借用可以通押的旁韻，稱爲借韻。宋嚴羽滄浪詩話詩體：「有借韻。」原注：「如押『七之』韻，可借『八微』或『十二齊』韻是也。」郭紹虞校釋：「此當指宋時廣韵或集韵韵目通用之例。」清錢大昕十駕齋養新録卷一六借韻：「五、七言近體第一句借用旁韵，謂之借韻。」文潛體，指張耒詩風格。宋史張耒傳：「從蘇軾游，軾亦深知之，『稱其文汪洋冲澹，有一倡三歎之聲』。」

〔二〕「各是」句：作者由真州到揚州，真州瀕臨長江，揚州則瀕臨淮河，故云「各」也。

〔三〕「柳色」句：團渦，地名。蘇轍言張頡第五狀，稱「曾有團渦巡檢、侍禁范彦臣以陳公塘見有積水，乞引入運河，（張）頡亦未曾施行，遂致諸路各稱闕鹽，共計二百萬餘石，虧損年額不少」。此事又見續資治通鑑長編卷二七四，曰：熙寧九年（一〇七六）四月，「通泰運鹽河艱阻中，團渦巡檢范彦臣乞放陳公塘水入運河」。則團渦設有巡檢。考宋史河渠志六，（熙寧）九年正月壬午劉瑾言：「揚州江都縣古鹽河，高郵縣陳公塘等湖……可興置，欲令逐路轉運司選官覆按。」則團渦巡檢當在揚州江都縣古鹽河畔，具體地址不詳。

〔四〕「春風」句：揚子橋，清一統志卷六七揚州府二揚子橋：「在江都縣南十五里，即揚子津，自古爲江濱津要。」歷史上許多大事，與津渡及橋有關。如資治通鑑卷一七：隋開皇十年（五九〇），楊素帥舟師自揚子津入，擊賊帥朱莫問於京口，破之。又同書卷一八七：唐武德二年（六一九），李子通據海陵圍江都，沈法興遣其子綸救之，綸軍揚子。又，宋建炎初，高宗自瓜洲南渡，金人入揚州，追至揚子橋而還。揚子橋位於今揚州南之揚子橋古鎮，而揚子津、揚子橋則久已消失。

〔五〕「一任」二句：雷塘，資治通鑑卷一九〇唐紀六：武德五年（六二二）八月辛亥，「改葬隋煬帝於揚州雷塘」。胡三省注：「雷塘，漢所謂雷陂也，在今揚州城北平岡上。」雷塘乃煬帝墓地所在，自古詩人多題詠，吕本中則以少勝多，用「風雨號」寄其感慨。

沈宗師甚喜江梅而微貶酴醾因成一絶〔一〕

淡緑衣裳玉作粧，好風凉月自相當〔二〕。沈郎笑汝多情在，不似江梅滿意香。

〔一〕沈宗師，吕本中友人，本書前卷已注。酴醾，花名，屬薔薇科落葉灌木。佩文齋廣群芳譜卷四二：「酴醾，一名獨步春，一名百宜枝杖，一名瓊綬帶，一名雪纓絡，一名沉香蜜友。藤身，灌生，青莖，多刺，一潁三葉如品字形，面光緑，背翠色，多缺刻。花青跗紅萼，及開時變白帶淺碧，大朵千瓣，香微而清。盤作高架，二三月間爛熳可觀。」

〔二〕「好風」句：謂在風好月凉之際，江梅與酴醾各有風采，難分高下。

勸張李二君酒〔一〕

張侯好詩如好色，不敢爲主而爲客。李侯好酒如好詩，心雖甚壯無人知〔二〕。兩侯風味俱不惡，如芙蓉與木芍藥〔三〕。午窗留客看筆快〔四〕，曉枕無人猶睡着。廣袖漸變天寶粧〔五〕，大字不作元和脚〔六〕。世人譏笑乃其分，政是仍叔之子弱〔七〕。病夫坐穩無所求〔八〕，荒簷斷雨鳴春鳩。爐烟未盡消百憂，恨不緩帶從公游。何時清江横小舟，與公一醉荻花秋，卻來密庵參牧牛〔九〕。

〔一〕張、李二君，其名未詳。

〔二〕「張侯」四句：謂張好詩但不能飲，故不敢爲主；李自稱能飲，口氣雖大，但無人知其底細。論語子罕：「子曰：『吾未見好德如好色者也。』」又李彭觀吕居仁詩：「鄙夫好詩如好色，嫣然一笑可傾國。」

〔三〕「兩侯」二句：惡，此言壞、差。芙蓉，花名。楚辭離騷：「集芙蓉以爲裳。」王逸注：「芙蓉，蓮華也。」木芍藥，宋樂史李翰林别集序：「開元中，禁中初重木芍藥，即今牡丹也。」宋吴仁傑離騷草木疏卷三辛夷：「日華子云：芍藥便是芍藥花根，今芍藥花亞於牡丹。又牡丹亦謂之木芍藥。」又蘇軾次韵楊公濟奉議梅花十首其八：「應笑春風木芍藥。」趙次公注：「木芍藥，即牡丹也。」句謂張、李二人如芙蓉與牡丹，皆花中之上品。

〔四〕「午窗」句：看筆快，因兩人皆能詩，故此似指鬭詩，看誰先成。

〔五〕「廣袖」句：天寶粧，白居易上陽白髮人：「小頭鞋履窄衣裳，青黛點眉眉細長。外人不見見應笑，天寶末年時世粧。」徐俯明皇夜游圖（吕子廣藏畫學博士李生所作）：「歌吹開元曲，鉛華天寶粧。苑風翠袖冷，宫露赭袍光。閶闔連閶闔，驊騮從驌驦。千門還欲曉，九陌乍聞香。」其圖今不可見，所謂「天寶粧」細節已不可詳。句謂宋人服飾與天寶時不同，主要區别在由唐時之窄衣漸變爲廣袖。

〔六〕「大字」句：謂較之唐元和間，宋人大字字形亦有變化，即不作「元和脚」。元和脚，劉禹錫酬柳柳州家鷄之贈：「柳家新樣元和脚。」宋童宗説注：「山谷云：取其字製之新。或曰柳公權元和間有書名，元和脚者指公權也。」蘇軾柳氏二外甥求筆迹二首其一：「君家自有元和脚。」程縯注：「柳公權在唐元和間書有名。劉禹錫酬柳宗元詩：『柳家新樣元和脚，且盡薑筆作脚形。

芽斂手徒。』」究竟指柳宗元抑或柳公權，後人説法不一。要之，所謂「元和脚」，蓋指字之末

〔七〕「世人」二句：謂世人譏笑衣粧、字形之變，正是唐、宋之分，亦是兩朝國力强弱之別。政，通「正」。詩經大雅雲漢小序：「仍叔美宣王也。」鄭玄箋：「仍叔，周大夫也。春秋魯桓公五年夏，天王使仍叔之子來聘，烈餘也。」左傳桓公五年：「仍叔之子弱也。」杜預注：「仍叔之子來聘，童子將命無速反之心，久留在魯。」孔穎達疏：「譏其夏至而秋末反也。」

〔八〕「病夫」句：病夫，詩人自稱，言其多病也。

〔九〕「卻來」句：密庵，詩人在真州之居所名，參見本書卷二連日與一上人會話密庵清坐附火乃有山居氣息詩注。牧牛，五燈會元卷三南嶽下二世石鞏慧藏禪師：「一日，在厨作務次，祖問：『作甚麼？』曰：『牧牛。』祖曰：『作麼生牧？』曰：『一回入草去，驀鼻拽將回。』祖曰：『子真牧牛。』師便休。」厨房作務爲牧牛，蓋從中悟其禪機，故參牧牛，謂下厨做飯也。

庵居

鳥語花香變夕陰，稍閑復恐病相尋。正應獨有江山分，素自都無廊廟心〔一〕。堂上老親雙白髮，門前稚子舊青衿〔二〕。兒曹不會庵居意，古澗寒泉疑至今〔三〕。

〔一〕「正應」二句：江山，指歸隱；廊廟，代指朝庭，謂做官。後漢書申屠剛傳：「將軍以布衣爲鄉里所推，廊廟之計既不豫定，動軍發衆又不深料。」李賢注：「廊，殿下屋也；廟，太廟也。國事必先謀於廊廟之所也。」此以廊廟代指朝庭，謂自己只有在野之分，而從來無心出仕。

〔二〕「門前」句：青衿，詩經國風子衿：「青青子衿，悠悠我心。」毛傳：「青衿，青領也，學子之所服。」此以青衿代指其兒子，謂已爲學童。

〔三〕「兒曹」二句：五燈會元卷七青原下五世德山鑒禪師法嗣福州雪峰義存禪師：「師一日在僧堂内燒火，閉却前後門，乃叫曰：『救火！救火！』玄沙將一片柴從窗櫺中抛入，師便開門。問：『古澗寒泉時如何。』師曰：『瞪目不見底。』曰：『飲者如何？』師曰：『不從口入。』僧舉似趙州，州曰：『不從口入，不可從鼻孔裏入？』僧却問：『古澗寒泉時如何？』州曰：『苦。』曰：『飲者如何？』州曰：『死。』師聞得，乃曰：『趙州古佛。』遥望作禮，自此不答話。」同上書卷一四曹洞宗鹿門真禪師法嗣谷隱智静悟空禪師：「問：『古澗寒泉，甚麽人得飲？』師曰：『絶飢渴者。』曰：『絶飢渴者如何得飲？』師曰：『東畎東流，西畎西流。』」按：此蓋以古澗寒泉喻指佛，謂其修習既苦，甚至可能死去，但追求者仍然如飢似渴。謂庵居與此相似，乃愛山愛水之本性使然，猶如愛古澗寒泉，兒輩對此難以理解。

小園即事

千花老無蹤，衆草來可喜。欣然得幽尋，我亦病良已。飛飛兩蝴蝶，不悟塵土裏〔一〕。禽聲甚可人，亦似相汝爾〔二〕。人生貴愜志〔三〕，不必須甚美。三年白沙詩〔四〕，已費千幅紙。問君何所樂，赤手費摩洗〔五〕。短屏看遠山〔六〕，心作千萬里。此豈畫者功，實自一念起〔七〕。君當如是觀，在此不在彼。

〔一〕「飛飛」二句：莊子至樂：「種有幾，得水則爲𢇍，得水土之際則爲鼃蠙之衣，生於陵屯則爲陵舄，陵舄得鬱棲則爲烏足，烏足之根爲蠐螬，其葉爲蝴蝶，蝴蝶胥也化而爲蟲。……萬物皆出於機，皆入於機。」成玄英疏：「鼃蠙之衣，青苔也。」又曰：「陵舄，車前草也。」又曰：「鬱棲，糞壤也。」郭慶藩輯注引太平御覽卷九四八引司馬（彪）云：「烏足，草名，生水邊。蠐螬，蟲也。」又引司馬云：「胡蝶，蛺蝶也。草化爲蟲，蟲化爲草，未始有極。」兩句言自然界一切物類皆互相轉化。蝴蝶爲草所化，故其雖生於塵土裏，猶翩翩而飛，樂在其中。

〔二〕「禽聲」二句：汝爾，亦作爾汝。韓愈聽穎師彈琴：「昵昵兒女語，恩怨相爾汝。」蘇軾將至筠先寄遲适遠三猶子：「逆旅擔夫相汝爾。」趙次公注：「孔融、禰衡爲爾汝交。老杜醉時歌云：『忘形到爾汝。』」按：汝爾或爾汝，彼此親昵、不拘形迹貌。

〔三〕「人生」句：世説新語識鑒：「張季鷹辟齊王東曹掾，在洛見秋風起，因思吴中菰菜羹、鱸魚膾，曰：『人生貴得適意爾，何能羈宦數千里以要名爵？』遂命駕便歸。」

〔四〕「三年」句：白沙，地名，即真州治所。資治通鑑卷二一九唐紀三五：「馮季康奔白沙。」胡三省注：「今真州治所，唐之白沙鎮也，時屬廣陵郡。」按：吕本中於大觀二年（一一〇八）春由宿州徙居真州，言三年白沙，當已是大觀四年。

〔五〕「赤手」句：摩洗，五燈會元卷一三青原下六世白水仁禪師法嗣重雲智暉禪師：「有比丘患白癩，衆惡之，唯師與之摩洗如常。俄有神光異香，既而訝之，遂失所在。遺瘡痂，馨香酷烈，遂聚而塑觀音像以藏之。」此言在真州專心作詩，雖極痛苦，亦樂趣横生，猶如得到智暉禪師爲比丘摩洗白癩。

〔六〕「短屏」句：短屏，指小幅畫卷。

〔七〕「實自」句：一念起，五燈會元卷九南嶽下三世百丈海禪師法嗣溈山靈祐禪師：「師問仰山：『生住異滅，汝作麽生會？』仰曰：『一念起時，不見有生住異滅。』」按：是詩以莊子齊物、禪宗一切衆生皆有佛性之説審視人生，并從中獲得精神解脱。

登舟

夜雨曉猶滴，怒風晴更吹。已無行役念，寧有别離悲〔一〕。舟楫三年路，江山一月期〔二〕。東庵舊還往〔三〕，不廢百篇詩。

〔一〕「已無」二句：行役，指因事出行。飄泊乃詩人之生活常態，無所謂别離，自然也無所謂别離之悲。

〔二〕「舟楫」二句：謂三年來常在船中，而每行需一個月時間。

〔三〕「東庵」句：東庵，不詳所指。舊還往，謂前已去過，此行仍當前往。按：此行似指到南昌參加詩社活動，詳見本書附録年譜引張元幹蘇養直詩帖跋尾六篇。

張禕秀才乞詩〔一〕

白蓮庵中張居士〔二〕，夢斷世間風馬牛〔三〕。風塵表物自無意，神仙中人聊與游〔四〕。澄江似趁北城曉，苦雨不放南山秋〔五〕。君當先行我繼往，勾吴亭東留小舟〔六〕。

〔一〕張禕，元陸友仁研北雜志卷上：「范陽張禕，字子偉，少不婚宦，居京口，得故刁約景純（九九四—一〇七七）之廢圃，結茅齋居焉。啜菽飲水，嘯傲長松修竹之下十有餘年。一日聞江東湖湘山水之勝，杖策獨行，登廬阜，汎彭蠡，絶洞庭，南至衡山，幾年而後返。所過雖兔穴鳥道，人跡所不及，必皆窮搜極覽，以盡其意，隨輒疏録，名之曰山水漫遊記。」當即其人。考李之儀姑溪居士前集卷三四與崇因欽長老曰：「張子偉來，意斯人雅涉叢林，又久在金陵，必能深款妙晤。比叩之，輒云未始相及，固已重嘆潛德不耀，高出流輩。」此與其居白蓮庵、喜與前輩名士往還(見下注)正合。

〔二〕「白蓮庵」句：王安石思北山詩曰：「寄語白蓮庵，迎我青松路。」李璧注引建康志：「宋熙寺西百餘步，有白蓮庵，庵前有白蓮池，乃策禪師退居之所。」建康，今江蘇南京。黄庭堅嘗作白蓮庵頌：「入泥出泥聖功，香光透塵透風。君看根元種性，六窗九竅玲瓏。」又蘇州亦有白蓮庵，見乾隆江南通志卷四四寺觀蘇州府，然據詩末句，此所詠白蓮庵當以在鎮江(京口)者爲是(見下注)。

〔三〕「夢斷」句：謂與世事毫不相干。風馬牛，喻指不相及，參見本書卷一又寄無逸信民詩注。蘇軾送李公擇：「已得其爲人，不待風馬牛。」

〔四〕「風塵」二句：風塵表物，猶今所言社會精英。晋書王戎傳：「有人倫鑒識，常目……王衍神姿高徹，如瑶林瓊樹，自然是風塵表物。」兩句言張褘無意擔負社會責任，故所與遊者多世外之人。按：是詩原有自注曰：「張舊與前輩名士往還甚衆。」則所謂「神仙中人」，蓋即所謂「前輩名士」，多爲已致仕之達官。

〔五〕「澄江」二句：乃錯綜句法。釋惠洪冷齋夜話曰：「老杜云：『紅稻啄殘鸚鵡粒，碧梧栖老鳳凰枝。』……以事不錯綜，則不成文章。若平直叙之，則曰：『鸚鵡啄殘紅稻粒，鳳凰栖老碧梧枝。』以『紅稻』於上，以『鳳凰』於下者，錯綜之也。」(見魏慶之詩人玉屑卷三「錯綜句法」引)此兩句若平直敘之，則應曰：北城似趁澄江曉，南山不放苦雨秋。

〔六〕「勾吴亭」句：勾吴亭，「勾」原作「向」，據瀛奎律髓卷二五改。王安石有臨吴亭詩，李璧注：「『臨』恐是『勾』字。」其説是。勾吴亭在潤州（今江蘇鎮江）。嘉定鎮江志卷一二宫室：「勾吴亭在府治之南三里。陸龜蒙詩『秋來頻上勾吴亭』。其更號通吴驛，不知始於何時。」杜牧潤州二首其一有句曰：「勾吴亭東千里秋，放歌曾作昔年遊。」瀛奎律髓收此詩，李慶甲彙評引馮舒評：「詩之妙豈在拗字？」紀昀評：「此體杜亦偶爲之，不專以此爲高致。」又陸貽典評：「次句不通，餘亦少味。」

效古樂府三首〔一〕

君住長江邊〔二〕，妾上長江去。長江日夜流，相思不相顧。

〔一〕效古樂府，即擬樂府古詞。此三首風格，略似南朝樂府民歌。

〔二〕「君住」句：住，原校：「一作『家』。」是詩蓋直接受李之儀卜算子詞啓發，其曰：「我住長江頭，君住長江尾。日日思君不見君，共飲長江水。」

長江日夜流，妾心終不改。誰謂江頭人，相思不相待〔一〕。

〔一〕「長江」四句：前二句與後二句，一正説，一反駁，相映成趣，乃長江女兒對堅貞愛情之表白。

東家石榴紅，西家石榴紫〔一〕。俱是一種花，同生不同死〔二〕。

〔一〕「東家」二句：舊題周氏洛陽花木記石榴之别（説郛本），所述有「粉紅石榴」。李商隱無題二首其一：「斷無消息石榴紅。」按：紅石榴常見，但紫石榴罕覯。梁任昉述異記卷上：「瀨鄉老子祠有紫石榴。」

〔二〕「俱是」二句：同生不同死，乃禪宗公案。五燈會元卷七雪峰存禪師法嗣保福院從展禪師：「師曰：『如何是雙明亦雙暗？』（羅）山曰：『同生亦同死。』師又禮謝而退。别有僧問師：『同生亦同死時如何？』師曰：『彼此合取狗口。』曰：『和尚收取口喫飯。』其僧却問羅山：『同生亦同死時如何？』山曰：『如牛無角。』曰：『同生不同死時如何？』山曰：『如虎戴角。』」同生同死，同生不同死，成爲禪宗機鋒相酬之難題，猶如「萬仞鐵山横在路」的「牢關」（佛應元頌，見禪宗頌古聯珠通集卷二八）。

讀太真外傳〔一〕

上盡馬嵬路〔二〕，東風吹舊京〔三〕。乾坤已新主〔四〕，草木自秋聲。錦韈千年恨〔五〕，皇輿萬里程。寧知挽船士〔六〕，亦有别離情。

〔一〕太真外傳，遂初堂書目嘗著録，未記作者及卷數。千頃堂書目卷一五著録爲樂史撰。樂史，宋初人。今存説郛本上、下二卷，記唐玄宗、楊貴妃愛情故事。

〔二〕「上盡」句：馬嵬，驛站名，在今陝西興平市西北二十三里。説郛本楊太真外傳卷下：（天寶）十五載（七五六）六月，「潼關失守，上（唐玄宗）幸巴蜀，貴妃從。至馬嵬，右龍武將軍陳玄禮懼兵亂，乃謂軍士曰：『今天下崩離，萬乘震蕩，豈不由楊國忠割剥甿庶，以至於此？若不誅之，何以謝天下！』衆曰：『念之久矣。』會吐蕃和好使在驛門遮國忠訴事，軍士呼曰：『楊國忠與蕃人謀叛！』諸軍乃圍驛四合，殺國忠并男暄等。上乃出驛門，勞六軍，六軍不解圍。上顧左右責其故，高力士對曰：『國忠負罪，諸將討之。貴妃即國忠之妹，猶在陛下左右，群臣能無憂怖？伏乞聖慮裁斷。』……上入行宫，撫妃子出於廳門，至馬道北牆口而别之，使力士賜死。妃泣涕嗚咽，語不勝情，乃曰：『願大家好住，妾誠負國恩，死無恨矣，乞容禮佛。』帝曰：『願妃子善地受生。』力士縊之于佛堂前之梨樹下」。

〔三〕「東風」句：舊京，指長安。楊國忠等被殺，在當時無異爲好消息，故喻之爲「東風」。

〔四〕「乾坤」句：新主，指唐肅宗即位。舊唐書肅宗紀：肅宗文明武德大聖大宣孝皇帝諱亨，玄宗第三子。天寶十五載七月辛酉，「上（肅宗）至靈武。……是月甲子，上即皇帝位於靈武」。改元至德。

〔五〕「錦韈」句：楊太真外傳卷下：「妃之死日，馬嵬媼得錦袎襪一隻，相傳過客一玩百錢，前後獲錢無數，悲夫！」

〔六〕「寧知」句：挽船士，拉船士卒。隋書食貨志：「（隋）煬帝即位……又造龍舟鳳艒，黄龍赤艦，樓船篾舫。募諸水工，謂之殿脚，衣錦行縢，執青絲纜挽船，以幸江都。帝御龍舟，文武官五品已上給樓船，九品已上給黄篾舫，舳艫相接，二百餘里。」此用隋煬帝挽船工之别離，意謂其人亦有妻室兒女，亦有依依别離之情，故李、楊别離不足惜。

簡甯子儀一絶〔一〕

只恐老去被花惱〔二〕，更欲忘憂須酒澆〔三〕。何似山堂病居士，閉門高枕過春朝〔四〕。

〔一〕甯子儀，名鳳，見本書卷二就甯子儀求酒詩注。

〔二〕「只恐」句：杜甫江畔獨步尋花七絶句其一：「江上被花惱不徹，無處告訴只顛狂。走覓南鄰愛酒伴，經旬出飲獨空床。」

〔三〕「更欲」句：曹操短歌行：「何以解憂？唯有杜康。」世説新語任誕：「王孝伯問王大：『阮籍何如司馬相如？』王大曰：『阮籍胸中壘塊，故須酒澆之。』」

〔四〕「何似」句：山堂，蓋甯子儀居所名，並以爲號。

新晴欲上南樓月，柳可藏鴉水蘸牆〔一〕。無限客愁芳草裏，不知風雨阻斜陽。

〔一〕「柳可」句：藏鴉，謂柳枝茂密。孟郊招文士飲：「柳色未藏鴉。」水蘸牆，謂柳枝倚墻垂於水中。

書寄浹上人〔一〕

胸中無一毫事，筆下有千斛力〔二〕。走遍江南江北山，滿堂禪和不相識〔三〕。

〔一〕浹上人，又稱浹上座，見本書卷二浹上座求枯木庵詩注。

〔二〕「筆下」句：千斛力，極言筆力雄健。參見本書卷二奉懷張公文潛舍人二首詩注。

〔三〕「滿堂」句：禪和，又稱禪和子，參禪人，亦指和尚。五燈會元卷二〇臨濟宗南嶽下十五世下梁山師遠禪師：「這公案直須還他透頂徹底漢方能了得，此非止禪和子會不得，而今天下叢林中出世爲人底亦少有會得者。」不相識，謂不了解。

呈愚上人〔一〕

不能歸續侍中貂〔二〕，遂有聲名伴老饒。萬里更行看驟褭〔三〕，一枝才足賦鷦鶊〔四〕。詩囊磈礧君其漫〔五〕，藥裹侵尋我亦聊〔六〕。舉目雲天盡新語，殷勤收寄一牛腰〔七〕。

〔一〕愚上人，宋釋曇秀人天寶鑒引行業記：「愚法師，嘉禾人。棄儒從釋，精苦自勵，凡三十年，加功進行，未嘗一日輒廢。嘗與道潛、則章二師爲友。潛能詩近名，而章與師韜光鏟彩，不求人知，唯務己行。」按釋道潛有宿天竺詩三首，咸淳臨安志卷八〇寺觀引作「參寥子與愚上人宿天竺」。吕本中所交之愚上人，當即愚法師。詩中有「伴老鐃」語，蓋愚上人嘗與鐃節同住鄧州香巖寺。

〔二〕「不能」句：晋書趙王倫傳：倫僭即帝位，「大赦，改元建始。是歲，賢良方正、直言、秀才、孝廉、良將皆不試，計吏及四方使命之在京邑者，太學生年十六以上及在學二十年，皆署吏；郡縣二千石令長赦日在職者，皆封侯；郡綱紀並爲孝廉，縣綱紀爲廉吏。以世子荂爲太子，馥爲侍中、大司農、領護軍、京兆王，虔爲侍中、大將軍領軍、廣平王，詡爲侍中、撫軍將軍、霸城王，孫秀爲侍中、中書監、驃騎將軍、儀同三司，張林等諸黨皆登卿將，並列大封。其餘同謀者咸超階越次，不可勝紀，至於奴卒厮役亦加以爵位。每朝會，貂蟬盈坐，時人爲之諺曰：『貂不足，狗尾續。』」按：貂皮珍而狗尾賤，故以狗尾續貂嘲之。句言愚上人不願到權臣麾下做官，故其棄儒從釋，與鐃節有相似處。

〔三〕「萬里」句：文選張衡東京賦：「何惜騕褭與飛兔。」李善注引吕氏春秋曰：「飛兔、腰褭，古之駿馬。」句言愚上人萬里雲遊，欲結交天下俊傑。

〔四〕「一枝」句：莊子逍遥遊：「鷦鷯巢於深林，不過一枝。」晋書張華傳：「少自修謹，造次必以禮度。勇於赴義，篤於周急，器識弘曠，時人罕能測之。初未知名，著鷦鷯賦以自寄，其詞曰：『……飛不飄揚，翔不翕集。其居易容，其求易給。巢林不過一枝，每食不過數粒……』陳留阮籍見之，歎曰：『王佐之才也！』由是聲名始著。」

〔五〕「詩囊」句：杜甫三川觀水漲二十韵：「枯查卷拔樹，磪磈共充塞。」磪磈，趙彦材注引字書：「磪磈，石也。」黄希補注：「不平也。」按：磈磪、磪磈同，連綿字，石堆積不平貌。此喻指詩作者有不平之氣。君其漫，蘇軾次韵秦觀秀才入京應舉：「我聊爾耳君其漫。」施元之注：「阮咸傳：『未能免俗，聊復爾耳。』唐元結傳：自稱浪士，及有官，人以爲浪者亦漫爲官乎？又曰：『公漫久矣，可以漫爲叟。』」則以浪遊居無定所爲「漫」。

〔六〕「藥裹」句：藥裹，藥袋。侵尋，連綿字，謂漸漸增加。詳本書卷二正月十二日夜作詩注。我亦聊，即「我聊爾耳」，見上注。

〔七〕「舉目」二句：雲天，指雁，古人言雁能傳書。新語，指來書所寄新詩。牛腰，李白醉後贈王歷陽：「書秃千兔毫，詩裁兩牛腰。」王琦注引蘇頌曰：「『詩裁兩牛腰，言其卷大如牛腰也。』此言所寄新詩甚多。

贈浹上人一上人〔一〕

君行南山南，我在北山北〔二〕。不聞浴鵠白，但見染絲黑〔三〕。老境欲垂垂，快意須得得〔四〕。孰知百雉堅〔五〕，而有一日克。浹如澗底松，縱老終不踣〔六〕。一如雲間鶴，不復可羈勒。我如千里風，遇此兩鴻鵠。明珠脱氛翳，曉日破昏塞〔七〕。宿障不盡除，胸次猶筆墨〔八〕。君看説詩口，乃是拔山力〔九〕。冰霜卧偃蹇，歲月飽封殖〔一〇〕。誰能窺藩籬，未易得閫閾〔一一〕。政當歛光芒，不必須緣飾〔一二〕。相從無何鄉〔一三〕，敗衲依破裓〔一四〕。更令好事人，妙語添一則〔一五〕。

〔一〕浹上人，前已屢見。一上人，即釋法一，生平事迹見本書卷二連日與一上人會話密庵清坐附火乃有山居氣息因成一詩奉呈詩注。

〔二〕「君行」二句：謂背道而行，愈行愈遠。見本書卷二答無逸惠書詩注引後漢書法真傳。

〔三〕「不聞」二句：莊子天運：「夫鵠不日浴而白，烏不日黔而黑。黑白之朴，不足以爲辯。」郭象注：「俱自然耳，無所偏尚。」成玄英疏：「浴，洒也。染緇曰黔。黔，黑也。辯者，别其勝負也。夫鵠白烏黑，禀之自然，豈須日日浴染，方得如是！以言物性，其義例然。黑白素樸，各足於分，所遇斯適，故不足於分所以論勝負。亦言：辯，變也，黑白分定，不可變白爲黑也。」

鵠，天鵝。兩句反莊子義，謂各自風塵仆仆，身上只有黑没有白，即陸機爲顧彦先贈婦詩所云「京洛多風塵，素衣化爲緇」之意。

〔四〕「老境」二句：釋貫休陳情獻蜀皇帝：「一缾一鉢垂垂老，千水千山得得來。」當爲其原型，此各省卻句末「老」、「來」二字。按：此乃學黄庭堅句法，其西江月詞首二句曰：「斷送一生唯有，破除萬事無過。」後山詩話：「黄詞云：『斷送一生唯有，破除萬事無過。』蓋韓詩有云『斷送一生唯有酒』、『破除萬事無過酒』，才去一字，遂爲切對，而語益峻。」然語雖峻，其造句之法却近乎游戲。

〔五〕「孰知」句：禮記坊記：「制國……都城不過百雉。」鄭玄注：「雉，度名也。高一丈、長三丈爲雉。百雉爲長三百丈、方五百步。」

〔六〕「浹如」二句：陳師道和黄充實春盡遊南山：「君如澗底松，超拔出天壁。」踣，向前仆倒。

〔七〕「明珠」二句：謂浹、一兩上人有如明珠，曉日，使自己脱去氛翳，破除昏塞。指從其遊頗得禪悟之益。

〔八〕「宿障」二句：宿障，佛教指前世所犯罪孽。凡有三障：煩惱障，包括貪慾、嗔恚、愚痴等之惑；業障，包括五逆、十惡之業；報障，包括地獄、餓鬼、畜生等之苦報，皆障蔽正道，害善心。見涅槃經卷一一。兩句謂自己尚未盡除宿障，故胸中念念不忘者仍是筆墨之事。

〔九〕「乃是」句：史記項羽本紀：「項王乃悲歌忼慨，自爲詩曰：『力拔山兮氣蓋世。』」

〔一〇〕「冰霜」二句：王安石寄蔡氏女子二首其一：「松偃蹇兮獻秀。」封殖，左傳昭公九年：「后稷封殖天下。」杜預注：「后稷修封疆，殖五穀。」兩句言其治詩殖學極勤苦。

〔一一〕「誰能」二句：藩籬，籬笆。黄庭堅竹軒詠雪呈外舅謝師厚并調李彦深：「稍能窺藩籬，亦有固窮節。」閫閾，門檻。按：以上兩句，詩人對其詩學成就頗自負，謂無人能入其門。

〔一二〕「政當」二句：原校：「一作『政當磨其鋒，共掃煩惱賊』。」政，通「正」。

〔一三〕「相從」句：無何鄉，即無何有之鄉。蘇軾九日次定國韵：「會當無何鄉，同作逍遥遊。」施元之注：「莊子逍遥遊：『何不樹之無何有之鄉，廣莫之野，彷徨乎無爲其側。』」

〔一四〕「敗衲」句：衲、褦，皆僧衣。敗衲破褦，代指浹上人、一上人，謂二人志同道合，正可相依相伴，成爲禪史佳話。

〔一五〕「更令」二句：好事人，即熱心人，呂本中自指。妙語，謂此詩。

雨後月夜懷沈宗師承務〔一〕

雨雲攬江色〔二〕，偃蹇破昏睡。千花閉紅紫，妙見一室内〔三〕。披衣行夜永，明月在船背〔四〕。微風過蕭瑟，古柳立蒼翠。倏然一蒲團，堅坐覓詩對〔五〕。我生無南北，所到意輒遂〔六〕。孰知十年游，保此清净退〔七〕。頗念城北人，結友老杉檜〔八〕。漫隨長鋏歸〔九〕，甘作短檠棄〔一〇〕。出門萬里塗，已駕安得稅〔一一〕。何當持被來，把酒相就醉〔一二〕。

〔一〕沈宗師，儀真人，沈度之父，參見本書卷二元日贈沈宗師四首詩注。承務，即承務郎，文散官名，從八品。見宋史職官志九。

〔二〕「雨雲」句：雨雲，將雨之雲。太平御覽卷八雲引西京雜記：「雨雲曰油雲。」原注：「孟子（按見梁惠王上）曰：『油然作雲，霈然下雨。』」李商隱杜工部蜀中離席：「座中醉客延醒客，江上晴雲雜雨雲。」

〔三〕「千花」二句：閉，原校：「一作開。」按：閉紅紫，謂月夜看不見兩岸花草，作「開」誤。妙，深微貌。

〔四〕「明月」句：船背，船之篷。白居易舟中雨夜：「夜雨滴船背，風浪打船頭。」

〔五〕「翛然」二句：翛然，悠然自得貌。一蒲團，詩人自況。覓詩對，謂無事時尋詩爲配對偶句。周必大二老堂詩話下戲舉詩對曰：「乾道七年（一一七一）秋，予爲禮部侍郎，一時長貳每會食，多戲舉詩對。或云『薔薇刺刺花奴手』，刺刺皆仄聲，人每難對。予云：『鴻雁行行鳥跡書。』又云：『「半夏禹餘糧。」借「雨」爲「禹」、「凉」爲「糧」也，宜以何對？』予云：『「長春佛見笑。」蓋藥名及花名也。吏部張津子問侍郎因云『此雅對耳，更有通俗之句……』」所謂覓詩對即此類，既是文字遊戲，亦是基本功訓練。

〔六〕「我生」二句：謂無所謂南北，隨處皆能遂心如意。王安石明妃曲二首其一：「人生失意無南北。」

〔七〕「保此」句：清净退，解官後尋一清净處退隱。黄庭堅拜劉凝之畫像：「誰能四十年，保此清净退。」朱熹有西澗清净退庵詩，原注：「在棲賢西三里。劉凝之舊隱，作亭，取黄太史詩語名之。」詩略曰：「兹遊非昔遊，累解身復閑。保此清净退，當歌不能諼。」原注：「解印後與友生遊集，徘徊久之。」可參讀。

〔八〕「頗念」二句：城北人，指沈宗師。杉檜，兩種木名。杉又稱沙木；檜即圓柏，一名栝。唐方干題澄聖塔院上方：「杉檜老於雲雨間。」此泛指樹木。所友唯老樹，極言其心境、生活之枯寂。

〔九〕「漫隨」句：長鋏，即劍。史記孟嘗君列傳：「馮驩彈其劍而歌曰：『長鋏歸來乎，食無魚。』」沈氏蓋仕不如意而歸隱，故云。

〔一〇〕「甘作」句：韓愈短燈檠歌：「長檠八尺空自長，短檠二尺便且光。……太學儒生東魯客，二十辭家來射策。夜書細字綴言語，兩目眵昏頭雪白。此時提携當案前，看書到曉那能眠。一朝富貴還自恣，長檠高張照珠翠。吁嗟世事無不然，牆角君看短檠棄。」檠，燈架，代指燈。「頗念」至此四句，懷念友人沈宗師，並爲其不遇鳴不平。

〔一一〕「已駕」句：安得税，税，止息。史記李斯列傳：「物極則衰，吾未知所税駕也。」索隱：「税駕，猶解駕，言休息也。」句謂求官之路既已起步，不能因挫折而止息。

〔二〕「何當」二句：謂何時抱被前來飲酒、同宿。黄庭堅次蘇子瞻和李太白潯陽紫極宫感秋詩韵追懷太白子瞻：「往者如可作，抱被來同宿。」

秋夜示李十〔一〕

晴鳩不時鳴，雨鳩不暫歇〔二〕。相去跬步間〔三〕，婁見屐齒折〔四〕。寒泥擁衰草，秋扇罷殘熱。今晨好風景，稍貸屋頭月。清光冷相照，玉艷滿金玦〔五〕。唤客坐前窗，文字相澡雪〔六〕。殷勤傍詩律，未暇了麴蘗〔七〕。瀾翻談經口，邂逅如意鐵〔八〕。我歌君輒書，字字有行列。不須陛柧嚴，但要兵衛設〔九〕。譬如南山石，豕齒當井渫〔一〇〕。真成一戰霸〔一一〕，未可三鼓竭〔一二〕。人生各涇渭〔一三〕，世事亦滕薛〔一四〕。高堂食肉人，兩馬方騠騱〔一五〕。何知緼袍底，猶有不安節〔一六〕。

〔一〕李十，其名及生平事迹不詳。張耒有送李十之陝府詩，不知是否一人。

〔二〕「晴鳩」二句：吴陸璣陸氏詩疏廣要卷下之上釋鳥宛彼鳴鳩：「鶻鳩，灰色，無繡項。陰則屏逐其匹，晴則呼之，語曰『天將雨，鳩逐婦』是也。」故有晴鳩、雨鳩之説。清吴寶芝花木鳥獸集類卷中：「俗説斑鳩似鶉鳩而大。鶉鳩灰色，無繡項，陰則屏逐其匹，晴則呼之，語曰『天將雨，鳩逐婦』是也。斑鳩項有繡文斑然，故曰斑鳩。」劉敞和永叔鳴鳩詩：「晴鳩讙求雌，雨鳩鬧逐婦。」又黄庭堅自巴陵略平江臨湘入通城無日不雨至黄龍奉謁清禪師繼而晚晴邂逅禪客戴道純欸語作長句呈道純：「野水自添田水滿，晴鳩却喚雨鳩歸。」兩句言秋季晴少雨多。

〔三〕「相去」句：跬步，謂相距很近。荀子勸學篇：「故不積蹞步，無以至千里。」唐楊倞注：「半步曰蹞，蹞與跬同。」

〔四〕「屢見」句：屢，同「屨」。屐齒折，屐，有雙齒之木鞋。屐齒折，此指道路極濕滑。王安石游土山示蔡天啓秘校：「妄言屐齒折。」李壁注：「謝玄破苻堅，捷書至，安了無喜色，棊如故。既罷還内，過户限，心喜甚，不覺其屐齒之折。」按：見晉書謝安傳。以上二句，謂與李十頻繁往來。

〔五〕「清光」二句：玦，環形有缺口之佩玉，亦有金製者。左傳閔公二年：「大子帥師，公衣之偏衣，佩之金玦。」杜預注：「以金爲玦。」此以玦喻月亮，謂在月光照耀下，一切都變成玉色，十分美麗。

〔六〕「文字」句：澡雪，洗滌使之潔净。此言二人用文字净化心靈。王勃梓州郪縣靈瑞寺浮圖碑：「可以澡雪精神，清疏視聽。」又黄庭堅趙安時字序：「少莊自澡雪於塵滓之中，蟬蜕於俗學之市，而權輿於君子之方。」

〔七〕「未暇」句：麴蘖，俗稱酒母。此代指酒，言兩人一吟詩、一書寫，未暇飲酒。

〔八〕「瀾翻」二句：談經口，作者自指。邂逅，不期而遇，此即指相遇。如意鐵，即鐵如意，鐵製之如意。如意，梵語呵那律，柄端作五指形，用以搔癢，謂如人之意，故稱。和尚講佛經時亦持之。晉書石苞傳：石崇、王愷爭豪，「武帝每助愷，嘗以珊瑚樹賜之，高二尺許，枝柯扶疏，世所罕比。愷以示崇，崇便以鐵如意擊之，應手而碎」。參見能改齋漫録卷二如意。此作「如意鐵」，乃變其詞序以求新，如饒節次韵呂由義見贈之什兼簡若谷居仁曰「白皙采蘭手，未負如意鐵」。此以鐵如意代指李十，言其人慷慨激昂，令人痛快。晉書王敦傳：「每酒後，輒詠魏武帝樂府歌曰：『老驥伏櫪，志在千里。烈士暮年，壯心不已。』以如意打唾壺爲節，壺邊盡缺。」

〔九〕「不須」二句：陛枑，宋程大昌演繁露卷一行馬：「晉魏以後，官至貴品，其門得施行馬。行馬者，一木横中，兩木互穿，以成四角，施之於門以爲約禁也。周禮謂之陛枑，今官府前叉子是也，音互。」兵衛，警衛。兩句言作詩不必太拘束，但規矩、法度亦不可缺。

〔一〇〕「琢齒」句：井渫，初學記卷七井引風俗通云：「井者，法也，節也，言法制居人令節其飲食無窮竭也。久不渫滌，爲井泥不停污，曰井渫（原注：音泄。易云井渫不食）。」又白孔六帖卷一〇井：「井渫，渫，治也，去汙穢之名。」兩句接上二句，謂書寫格式猶如用石琢齒治井，以防污水流入即可，不必太嚴。

〔一一〕「真成」句：左傳僖公二十七年：「晋侯始入而教其民，二年，欲用之。子犯曰：『民未知義，未安其居。』於是乎出定襄王，入務利民，民懷生矣。將用之，子犯曰：『民未知信，未宣其用。』於是乎伐原以示之信。民易資者，不求豐焉，明徵其辭。公曰：『可矣乎？』子犯曰：『民未知禮，未生其共。』於是乎大蒐以示之禮，作執秩以正其官。民聽不惑，而後用之。出穀戍，釋宋圍，一戰而霸，文之教也。」杜預注：「謂明年戰城濮。」

〔一二〕「未可」句：左傳莊公十年：「春，齊師伐我（按：指魯國）。公（魯莊公）將戰，曹劌請見，其鄉人曰：『肉食者謀之，又何間焉。』劌曰：『肉食者鄙，未能遠謀。』乃入見，問何以戰……公曰：『小大之獄，雖不能察，必以情。』對曰：『忠之屬也，可以一戰，戰則請從。』公與之乘，戰於長勺。公將鼓之，劌曰：『未可。』齊人三鼓，劌曰：『可矣。』齊師敗績，公將馳之，劌曰：『未可。』下視其轍，登軾而望之，曰：『可矣。』遂逐齊師。既克，公問其故，對曰：『夫戰，勇氣也。一鼓作氣，再而衰，三而竭，彼竭我盈，故克之。』」以上兩句，謂我歌、李十書，相互配合，一氣呵成。

〔一三〕「人生」句：涇渭，指涇水、渭水。詩經邶風谷風：「涇以渭濁。」毛傳：「涇渭相入而清濁異。」鄭玄箋：「涇水以有渭，故見渭濁。」此謂人生道路選擇之高低、清濁各不相同。

〔一四〕「世事」句：左傳隱公十一年：「春，滕侯薛侯來朝，争長。薛侯曰：『我先封。』滕侯曰：

『我，周之卜正也。薛，庶姓也，我不可以後之。』公使羽父請於薛侯曰：『君與滕君辱在寡人。周諺有之曰：「山有木，工則度之。賓有禮，主則擇之。」周之宗盟，異姓爲後。寡人若朝于薛，不敢與諸任齒。君若辱貺寡人，則願以滕君爲請。』薛侯許之，乃長滕侯。」句謂世上争名位，亦如滕、薛争長，勢無止息之時。

〔一五〕「高堂」二句：高堂，指長輩。食肉人，七十歲以上老人。孟子梁惠王上：「七十者可以食肉矣。」趙岐注：「七十不食肉不飽。」又春秋公羊傳宣公十五年何休注：「老者得衣帛焉，得食肉焉。」兩馬，韓愈畫記：「(馬有)癢磨樹者，噓者，嗅者，喜相戲者，怒相踶齧者。」踶齧，注：「踶，蹋也。」二句謂兩位七十歲以上老人相處，也會如兩匹老馬，相互争鬭不休。

〔一六〕「何知」二句：緼袍，史記仲尼弟子列傳：「仲由，字子路，卞人也。……子曰：『……衣敝緼袍，與衣狐貉者立而不恥者，其由也與。』『由也升堂矣，未入於室也。』」集解引孔安國曰：「緼，枲著也。」枲，麻之雄株，泛指麻，緼袍泛指粗劣衣服。不安節，不安分。二句謂即便是孔子弟子如仲由，在其緼袍之下，也藏著不安分，何况常人。

中秋日沈宗師約遊城西泥雨不果因成四十字兼寄趙才仲〔一〕

遂阻城西步，兼懷霅上游〔二〕。長風掠歸燕，苦雨應鳴鳩〔三〕。月向誰邊好，寒催社後秋〔四〕。傳杯有新韵，能憶老兄不〔五〕？

〔一〕中秋日，此當指大觀三年（一一〇九）中秋。沈宗師、趙才仲，前已屢見。

〔二〕「兼懷」句：黄庭堅送莫郎中致仕歸湖州并引：「霅上多高士，君今又乞身。」史季温注引寰宇記（按見樂史太平寰宇記卷九四江南東道湖州）云：「苕、霅二溪，屬湖州。霅者，四水激射之聲。蓋四水合爲一溪也，曰苕溪，曰前溪，曰餘不溪，曰霅溪。」蓋趙枏（字才仲）其時在湖州（今屬浙江），故云「兼懷」。

〔三〕「苦雨」句：鳴鳩，謂「天將雨，鳩逐婦」，故鳴也，見上首詩注。

〔四〕「寒催」句：社後秋，社，指秋社。東京夢華録卷八秋社：「八月秋社。各以社糕、社酒相賫送。貴戚、宫院以猪羊肉、腰子、奶房、肚肺、鴨餅、瓜薑之屬，切作棊子片樣，滋味調和，鋪於飯上，謂之社飯，請客供養。人家婦女皆歸外家，晚歸，即外公、姨舅皆以新葫蘆兒、棗兒爲遺，俗云宜良外甥。市學先生預斂諸生錢作社會，以致雇倩祗應、白席歌唱之人歸時，各攜花籃、果實、食物、社糕而散。」陳元靚歲時廣記卷一四謂「立春後五戊爲春社，立秋後五戊爲秋社，如戊日爲立春、立秋，則不算也」。秋社早於中秋，故云。

〔五〕「傳杯」二句：謂中秋日，表弟趙才仲定與朋友輪流飲酒賦詩，是時尚想起老兄否。

桃花菊〔一〕

嫩粉殷勤換淺黄〔二〕，鬱金叢裏見新粧〔三〕。已翻百疊紅衣潤〔四〕，更沐九回沉水湯〔五〕。

〔一〕桃花菊，東京夢華録卷八重陽：「九月重陽，都下賞菊，有數種：其黄白色，蕊若蓮房，曰萬齡菊；粉紅色曰桃花菊……無處無之。」宋劉蒙劉氏菊譜桃花：「桃花粉紅，單葉，中有黄蕊。其色正類桃花，俗以此名，蓋以言其色爾。花之形度雖不甚佳，而開於諸菊未有之前，故人視此菊如木中之梅焉。枝葉最繁密，或有無花者，則一葉之大逾數寸也。」又史正志史氏菊譜桃花菊：「花瓣全如桃花。秋初先開，色有淺深，深秋亦有白者。」

〔二〕「嫩粉」句：嫩粉，指花蕊。上引劉氏菊譜謂桃花菊花中「有黄蕊」，故言「换淺黄」。

〔三〕「鬱金」句：鬱金，香草名，即鬱金香。此以鬱金叢泛指花草。新粧，指桃花菊。

〔四〕「已翻」句：桃花菊爲粉紅色，故以百疊紅衣形容之。

〔五〕「更沐」句：九回，泛指多次。沉水湯，即沉水香所煎之湯。謂桃花菊香氣撲鼻。太平御覽卷九八二沉香引南州異物志曰：「沉水香出日南。欲取，當先斫壞樹着地，積久外皮朽爛，其心至堅者，置水則沉，名沉香。」以上二句述桃花菊之色、香俱佳，猶如美女。

九日晨起〔一〕

漸歇敺蚊手，真成把酒天〔二〕。長河印曉月〔三〕，老木聚荒烟。了了江山夢〔四〕，區區文字緣〔五〕。南階兩三菊，極意作今年。

〔一〕九日，指農曆九月初九日，又稱重陽節。初學記卷四九月九日：「荆楚歲時記曰：『九月九日，士人並藉野飲宴。』西京雜記曰：『漢武帝宫人賈佩蘭九月九日佩茱萸，食餌，飲菊花酒，云令人長壽。』蓋相傳自古，莫知其由。」

〔二〕「漸歇」二句：漸歇，逐漸停止。敺蚊，拍打驅趕蚊蟲。敺，原作「歐」，據宋百家詩存卷一一、四庫本改。把酒天，代指秋天。李商隱九日：「曾共山翁把酒時，霜天白菊繞階墀。」二句謂夏去秋來。

〔三〕「長河」句：陳子昂春夜別友人二首其一：「明月隱高樹，長河没曉天。」

〔四〕「了了」句：了了，清楚明白。李白秋浦歌十七首之十七：「桃波一步地，了了語聲聞。」江山夢，治國平天下之夢。梅堯臣依韵和永叔久在病告近方赴直道懷見寄二章其一：「枕上江山夢猶熟，五更寒雨過簾疏。」

〔五〕「區區」句：區區，形容小。文字緣，以文字所交之朋友緣。以上二句，謂無論爲公爲私，皆無着落，而一年又到九月九日。

王氏郊居〔一〕

江山處處好，落日極登臨。雨續蔬畦潤，風吹柿葉陰。客船頻上下，水鳥故浮沈。尚有南飛雁，丁寧可寄音〔二〕。

〔一〕王氏，不詳何人。

〔二〕「尚有」二句：漢書蘇武傳：武使匈奴，被單于扣留，昭帝即位，向匈奴索求蘇武。常惠教漢使者謂單于，「言天子射上林中，得雁，足有係帛書，言武等在某澤中」，蘇武等因得以歸。雁足有繫帛書，故後世傳雁「可寄音」。

對菊

稚子尋花莫漫狂〔一〕，已知衰疾負重陽。新霜有意留青蕊，更放殘枝十月黄〔二〕。

〔一〕「稚子」句：蘇軾李思訓畫長江絶島圖：「舟中賈客莫漫狂，小姑前年嫁彭郎。」

〔二〕「更放」句：據劉氏菊譜，龍腦、金萬鈴、大金鈴等菊花，皆九月末開，黄色，故此稱「十月黄」。

雨後至江上有懷諸子

落日滿寒雨，長江收夕霏〔一〕。定知聊復爾，敢望不相違〔二〕。野鳥晴相喚〔三〕，殘螢晚自飛。殷勤兩山口〔四〕，好爲放朝暉。

〔一〕「長江」句：謝靈運石壁精舍還湖中作：「林壑斂暝色，雲霞收夕霏。」夕霏，傍晚時之霧氣。

〔二〕「定知」二句：聊復爾，此指與諸子離别。王勃爲人與蜀城父老書其二：「以日月自至，聊復爾耳。」不相違，謂渴望無分離之苦。

〔三〕「野鳥」句：野鳥，指晴鳩之類。鵓鳩「晴則呼之」，見前秋夜示李十詩注。瀛奎律髓卷一七選此詩，李慶甲彙評録查慎行評：「用成語須切貼，三、四不佳。」又引紀昀評：「三、四不佳，後半自好。」

〔四〕「殷勤」句：兩山口，指長江峽谷盡處。謂兩山如開一口，好讓朝暉照進峽中。

登南樓〔一〕

疾風吹沙不成雨，十日狂陰倒殘暑〔二〕。江頭樹木半焦枯，不厭潮頭洗塵土〔三〕。

南樓反照千丈紅，落日却在洪濤中〔四〕。舟父漁子莫惆悵，更借朝來東北風〔五〕。

〔一〕南樓，不詳所在。

〔二〕「疾風」三句：風、沙、無雨、陰，構成一幅可憎的氣象實景，但可喜處在殘暑亦徹底完結。

〔三〕「不厭」句：謂暴雨隨之而來，將塵埃洗滌乾净，令人舒暢。

〔四〕「南樓」二句：謂潮水將陽光反照到南樓，變成紅彤彤的一片，而落日似乎沉没於洪濤之中，極爲壯觀。

〔五〕「舟父」二句：詩人勸慰舟子漁父：不要爲洪水發愁，明早正好借助東北風遠行。

歲晚作

南山雪雲千丈高〔一〕，北山晚田無寸毛〔二〕。富兒巨家飽欲死〔三〕，笑我陋巷長蓬蒿〔四〕。道人坐穩忘作勞〔五〕，百念解縱如垂櫜〔六〕。但當折簡唤我曹，並坐擇蝨煩抑搔〔七〕。筆力可借秋江濤〔八〕，莫學人間膏火熬〔九〕。

〔一〕「南山」句：雪雲，將雪之雲。太平御覽卷八雲引西京雜記：「雪雲曰同雲。」原注：「詩（按見詩經小雅信南山）云：『上天同雲，雨雪雰雰。』同雲謂雲陰竟天，同爲一色。」

〔二〕「北山」句：無寸毛，史記鄭世家：「不忍絶其社稷，錫不毛之地。」集解引何休曰：「墝埆不生五穀，曰不毛。」又漢書西南夷兩粤朝鮮傳：「誅其王侯尤不軌者，即以爲不毛之地，亡用之民，聖王不以勞中國。」顔師古注：「不毛，言不生草木。」蘇軾東坡八首其一：「崎嶇草棘中，欲刮一寸毛。」此以「毛」泛指莊稼，猶言顆粒無收。

〔三〕「富兒」句：漢書東方朔傳：朔對武帝曰：「朱儒飽欲死，臣朔飢欲死。」

〔四〕「笑我」句：蓬蒿，蓬草、蒿草，乃荒蕪無用之雜草。禮記月令：「藜莠蓬蒿並興。」鄭玄注：「生氣亂，惡物茂。」杜甫秋雨歎三首其三：「老夫不出長蓬蒿。」

〔五〕「道人」句：道人，此指朝廷高官。作勞，吕集中屢用之，猶言勞作、勞動。

〔六〕「百念」句：解縱，漢書高帝紀上：「（劉邦）到豐西澤中亭，止飲，夜皆解縱所送徒。」顔師古注：「縱，放也。」此指向上官解釋、推脱。垂櫜，左傳昭公元年：「伍舉知其有備也，請垂櫜而入。」杜預注：「垂櫜，示無弓。」如垂櫜，猶言如無事一般。

〔七〕「但當」二句：折簡，古人用竹片作書信，稱簡書。此泛指作書。唤我曹，招唤與我持相同看法之人。蝨，人畜身上之一種寄生蟲。擇蝨，找出寄生蟲，比喻探求弊害根源。抑搔，禮記内則：「疾痛苛癢，而敬抑搔之。」鄭玄注：「苛，疥也。抑，按；搔，摩也。」兩句言可請我輩一起尋找病根，以便救治。

〔八〕「筆力」句：秋江濤，喻指筆力雄健。句謂由能文者將時弊寫成奏狀。

〔九〕「莫學」句：莊子人間世：「山木自寇也，膏火自煎也。桂可食，故伐之；漆可用，故割之。人皆知有用之用，而莫知無用之用也。」杜甫述古三首其二：「置膏烈火上，哀哀自煎熬。」膏火自煎，喻自相殘害。

弔古塚

荆榛閉莽蒼〔一〕，千歲一孤墳。生則無是叟，死應冥漠君〔二〕。略無他日念，唯有不堪聞〔三〕。想得西陵道，荒臺亦暮雲〔四〕。

〔一〕「荆榛」句：荆榛，泛指灌木叢。莽蒼，莊子逍遥遊：「適莽蒼者，三飡而反，腹猶果然。」成玄英疏：「莽蒼，郊野之色，遥望之不甚分明也。」

〔二〕「生則」二句：無是叟、冥漠君，皆虚擬人名，實指不知名氏。司馬相如子虚賦有「子虚」、「烏有先生」、「無是公」，此即襲其語。藝文類聚卷四〇冢墓載（南朝）宋謝惠連祭古冢文：「東府掘壍一丈，得古冢，上無封域明器之屬，材瓦銅漆有數十種，異形不可盡識。刻木爲人，長三尺許，初開見悉爲人形，以物棖撥之，應手灰滅。水中有甘蔗節及李核瓜瓣，皆浮出，不甚爛壞。世代不可知也，既不知其名字，故假號曰冥漠君云爾。」

〔三〕「略無」二句：謂見古塚之枯寂荒穢，令人莫想身後事，大有不忍聽聞之悲。

〔四〕「想得」二句：西陵道，指曹操墓道。荒臺，即銅雀臺。曹操遺命諸子：「吾死之後，葬於鄴之西岡上，與西門豹祠相近。……吾妾與伎人皆著銅雀臺，臺上施六尺床，下繐帳，朝晡上酒脯粻糒之屬。每月朝十五，輒向帳前作伎。汝等時登臺望吾西陵墓田。」

奉送子之還京師〔一〕

日月老投閑，文字今削迹〔二〕。便然腰十圍〔三〕，欲吐喙三尺〔四〕。頗懷平生友，相就語肝膈〔五〕。諸江好兄弟，夫子眉最白〔六〕。詞林三二公，子實門下客。布帆千里來，許我問賓席〔七〕。階庭出蘭樹〔八〕，户牖照圭璧〔九〕。詩如駕高浪，萬頃隨筆力。寧爲首陽餓〔一〇〕，不作檗奚獲〔一一〕。乃知工語言，要是飽糠覈〔一二〕。茫然李杜壇，未免陳蔡厄〔一三〕。出門觀善陣，歛手避勍敵〔一四〕。澄江摇夜霜，歲晚見沙石〔一五〕。釵頭罥蛛絲，即有梁宋役〔一六〕。士生多艱虞〔一七〕，道遠自古昔。相期逍遥遊，不計天地窄。名聲了三黜，談笑供百謫〔一八〕。别君爲此言，可當繞朝策〔一九〕。

〔一〕子之，江端本字，事迹見本書卷二昨日晚歸戲成四絶呈子之兼煩轉示進道丈詩注。

〔二〕「日月」二句：投閑，置身於閑散。韓愈進學解：「動而得謗，名亦隨之，投閑置散，乃分之宜。」削迹，戰國策卷二東周惠公：「無功則削迹於秦。」宋鮑彪注：「言不得留。」此指封筆不作。

〔三〕「便然」句：便然，猶言便便然，形容肥胖之狀。腰十圍，謂其身材肥胖魁梧。晉書庾峻傳附庾敳傳：「敳字子嵩，長不滿七尺，而腰帶十圍，雅有遠韵。」

〔四〕「欲吐」句：喙，原作「啄」。「吐啄」不詞，據四庫本改。喙，人之口舌。此指舌。宋史文同傳：「（文）同曰：『吾聞人不妄語者，舌可過鼻。』即吐其舌，三疊之如餅狀，引之至眉間。」

〔五〕「相就」句：肝膈，膈，腹腔間膜狀肌肉。語肝膈，謂傾訴肺腑之言。三國志吴書周魴傳：「拳拳輸情，陳露肝膈。」

〔六〕「諸江」二句：江端本有二兄端禮、端友，與吕本中多唱和，名入江西派，見前引昨日晚歸戲成四絶呈子之兼煩轉示進道丈詩注。眉最白，三國志蜀書馬良傳：「馬良，字季常，襄陽宜城人也。兄弟五人，並有才名，鄉里爲之諺曰：『馬氏五常，白眉最良。』良眉中有白毛，故以稱之。」所謂「五常」，蓋指五兄弟之字皆作「常」。

〔七〕「許我」句：間賓席，即間位之賓。宋魏了翁儀禮要義卷一八：「階下位無席，户牖間位則有席。」坐間席以示尊也。

〔八〕「階庭」句：謝玄稱子弟「譬如芝蘭玉樹，欲使其生於庭階耳」，見本書卷二寄李忒去言詩注。

〔九〕「户牖」句：户牖，此指家門，與上句「階庭」同義。圭璧，古代玉製禮器。圭上爲三角形，下端爲方形。璧爲平圓形，正中有孔。照圭璧，謂其人之來，頓使門庭生輝。

〔一〇〕「寧爲」句：史記伯夷列傳：「武王已平殷亂，天下宗周，而伯夷、叔齊耻之，義不食周粟，隱於首陽山，采薇而食之。及餓且死，作歌，其辭曰：『登彼西山兮，采其薇矣。……』遂餓死於首陽山。」

〔一一〕「不作」句：孟子滕文公下：「昔者趙簡子使王良與嬖奚乘，終日而不獲一禽。嬖奚反命曰：『天下之賤工也。』」趙岐注：「趙簡子，晉卿也；王良，善御者也；嬖奚，簡子幸臣也。以不能得一禽，故反命於簡子，謂王良天下鄙賤之工師也。」以上二句，謂江端本氣節極高尚，寧肯餓死，也不作幸臣如嬖奚之流。

〔一二〕「乃知」二句：糠覈，史記陳丞相（平）世家：「其嫂嫉平之不視家生産，曰：『亦食糠覈耳。有叔如此，不如無有。』」裴駰案：「孟康曰：『麥糠中不破者也。』晉灼曰：『覈音紇。京師謂麄屑爲紇頭。』」兩句謂長於創作者，只能饑寒交迫。

〔一三〕「茫然」二句：李杜壇，指詩壇，泛指詩人。陳、蔡厄，指孔子被陳、蔡用事大夫圍於野，不得行，絶糧，見本書卷一客居書懷奉寄介然若谷兼簡信民詩注。

〔一四〕「出門」二句：善陣，漢書刑法志：「善陣者不戰，善戰者不敗，善敗者不亡。」陳、陣，古今字。勍敵，强敵。兩句言江端本從不與人争鬭。

〔一五〕「澄江」二句：謂霜雪過後，一切皆水落石出，真相大白。

〔一六〕「釵頭」二句：釵頭，古代婦女首飾。罥珠絲，罥，捕鳥獸之網，此泛指網。蛛絲，蜘蛛所吐之絲。此蓋民間俗語，謂婦女首飾若有蜘蛛結網，預示丈夫即將歸家。黄庭堅考試局與孫元忠博士竹間對窗夜聞元忠誦書聲調悲壯戲作竹枝歌三章和之其二：「玉釵罥蛛郎馬嘶。」任淵注引老杜詩（見遺悶）：「蛛絲罥鬢長。」此言江端本回家。梁宋役，指到梁宋一帶做官。梁，古國名，今河南開封一帶。宋，亦古國名，建都於商丘（今河南商丘南）。玉釵罥蛛應是郎歸來時，但江端本還京師，乃是要再行役於梁宋。

〔一七〕「士生」句：李彭次陶淵明贈羊長史韵寄李翘叟：「遺民百念冷，中歲多艱虞。」

〔一八〕「名聲」二句：論語微子：「直道而事人，焉往而不三黜。」漢書陳遵傳：「故事：有百適者斥。」顔師古注：「適，讀曰讁。」讁、謫同。此所謂「三黜」、「百謫」，三、百泛指貶謫次數之多。

〔一九〕「别君」二句：左傳文公十三年：「使士會。士會辭曰：『晋人，虎狼也。若背其言，臣死，妻子爲戮，無益於君，不可悔也。』秦伯曰：『若背其言，所不歸爾帑者，有如河！』乃行。繞朝贈之以策，曰：『子無謂秦無人，吾謀適不用也。』」杜預注：「策，馬檛。臨别授之馬檛，並示己所策以展情。繞朝，秦大夫。」李白送羽林陶將軍：「莫道詞人無膽氣，臨行將贈繞朝鞭。」

外弟趙才仲數以書來論詩因作此答之

君才如長刀，大窾當一割〔一〕。正須礱其鋒，却立望容髪〔二〕。平生江海念，不救文字渴〔三〕。茫然攬轡來，六驥仰朝秣〔四〕。病夫百無用，念子故疏闊〔五〕。未能即山林，頗復便裘褐〔六〕。前時少年累，如燭今見跋〔七〕。胸中塵埃去，漸喜詩語活。孰知一杯水，已見千里豁〔八〕。初如彈丸轉〔九〕，忽若秋兔脱〔一〇〕。旁觀不知妙，可愛不可奪。君看擲白盧〔一一〕，乃是中箭筈〔一二〕。不聞鐵甲利，反畏彊弩末〔一三〕。輿薪遵大路，過眼有未察〔一四〕。君能探虎穴，不但須可捋〔一五〕。

〔一〕「君才」二句：大竅，莊子養生主：「方今之時，臣（按：庖丁）以神遇而不以目視，官知止而神欲行，依乎天理，批大郤，導大竅，因其固然。技經肯綮之未嘗，而況大軱乎！」成玄英疏：「竅，空也，骨節空處，就導令殊。」又曰：「肯綮，肉著骨處也。軱，大骨也。夫伎術之妙，遊刃於空，微礙尚未曾經，大骨理當不犯。況養生運智，妙體真空，細惑尚不染心，麄塵豈能累德！」兩句言趙才仲詩藝之妙，已幾於庖丁解牛，唯當一割之試。

〔二〕「正須」二句：礱，磨也。礱其鋒，磨之使刀更鋒利。却立，退縮不前貌。容髮，能容一髮，喻極偪仄。劉向説苑卷九正諫：「墜入深淵，難以復出，其出不出間不容髮。」兩句言可退一步再思考，使詩論更臻精密。

〔三〕「不救」句：文字渴，因作文字而窮，以致饑渴。

〔四〕「茫然」二句：攬轡來，謂寄來書信。六驥，即六馬。古代帝王車駕用六馬。尚書五子之歌：「予臨兆民，懍乎若朽索之馭六馬。」朝秣，牲畜早晨飼料。仰朝秣，荀子勸學：「伯牙鼓琴，而六馬仰秣。」此謂來書所論詩，衆馬賴以爲秣，指從中受益匪淺。

〔五〕「病夫」二句：病夫，作者自謂。疏闊，不細心，欠周到。

〔六〕「未能」二句：即山林，退居山野。便裘褐，兼指飲食，謂便於衣食。按：「平生」至此八句，自言人生蹉跎，生活困頓。

〔七〕「如燭」句：見跋，禮記曲禮上：「燭不見跋。」鄭玄注：「跋，本也，燭盡則去之，嫌若燼多，有厭倦。」本，即燭芯。句謂年已老大，有如燭之將盡。

〔八〕「孰知」二句：千里豁，杜甫鹿頭山：「連山西南斷，俯見千里豁。」王洙注「千里豁」爲「千里豁然」。此言由一杯水可見千里之深。文選左思蜀都賦：「峻岨塍埒長城，豁險吞若巨防。」劉逵注：「豁，深貌也。」

〔九〕「初如」句：南史王筠傳：「謝朓常見語云：『好詩圓美流轉如彈丸。』近見其數首，方知此言爲實。」

〔一〇〕「忽若」句：秋兔脱，史記田單列傳太史公曰：「兵以正合，以奇勝，善之者出奇無窮，奇正還相生，如環之無端。夫始如處女，適人開户，後如脱兔，適不及距，其田單之謂邪？」集解（裴）駰案：「魏武帝曰：『如女示弱，脱兔往疾也。』」索隱：「言克敵之後，卷甲而趨，有如兔之得脱而走疾也。敵不及距者，若脱兔忽過，而敵忘其所距也。」

〔一一〕「君看」句：擲白盧，宋吴曾能改齋漫録卷五八米八采：「楚辭曰：『成梟而牟，呼五白些。』梟二爲珉采；牟者，勝也。欲勝其梟，必呼五白也。其説具樗蒲格及國史補遺、李翺五木經。」同上卷八成梟而牟呼五白：「杜子美今夕行『憑陵大叫呼五白，袒跣不肯成梟盧』，學者謂杜用劉毅、劉裕東府摴蒱事。雖杜用此，然屈原（按：當爲宋玉）招魂已嘗云『成梟而牟，呼五白（些）』。」又張端義貴耳集卷下：「市井呼盧，盧四也。博徒索采曰四紅赤緋，皆一骰色也。俗説唐明皇與貴妃喝采，若成盧，即賜緋之義。楚辭招魂『成梟而牟』，牟，即盧也。」則所謂「擲白盧」，乃指博弈也。

〔一二〕「乃是」句：中箭筈，即中箭。箭，原作「前」，據四庫本改。筈，箭之尾部，即射箭時搭弦之處。亦作「栝」。此接上文，謂博弈時亦須轉如彈丸、走如脱兔，方能中彩。

〔一三〕「反畏」句：彊，原作「疆」，據四庫本改。漢書韓安國傳：「臣聞之：衝風之衰，不能起毛羽；彊弩之末，力不能入魯縞。」顔師古注：「縞，素也，曲阜之地俗善作之，尤爲輕細，故以取喻也。」句謂作詩貴在結句，若結句弱，即如彊弩之末，絶無力氣。按：「胸中」至此十二句，吕本中集中闡述其詩歌「活法」論。

〔一四〕「輿薪」二句：孟子梁惠王上：「明足以察秋毫之末，而不見輿薪，則王許之乎？」輿薪，一車薪。薪，蕘草、柴火也。詩經國風遵大路小序曰：「遵大路，思君子也。」其首章曰：「遵大路兮，摻執子之袪兮。」毛傳：「遵，循；路，道；摻，擥；袪，袂也。」鄭玄箋：「思望君子於道中見之，則欲擎持其袂而留之。」兩句謂自己詩學有如輿薪，不足貴，而趙才仲所論乃大道，只是尚未明白，蓋吕本中謙詞。

〔一五〕「君能」二句：原注：「才仲，佳士也。年十七八時，隨其父演在定州，子開（曾肇）及晁四（晁説之）諸人，比其文柳子厚。」考宋史曾肇傳：「紹聖元年（一〇九四），以端明殿學士知成德軍，改定州。逾年，知成都府。……徽宗立，盡還其官職，知定州、大名府。」則其表揚趙柟文，當在再知定州時，即崇寧初。須，胡須，後多作「鬚」。須可捋，三國志吴書吕蒙傳：「蒙曰：『……不探虎穴，安得虎子？』」又同書朱桓傳裴松之注引吴録曰：「桓奉觴曰：『臣當遠去，願一捋陛下鬚，無所復恨。』（孫）權馮几前席，桓進前捋鬚，曰：『臣今日真可謂捋虎鬚也。』權大笑。」兩句以探虎穴、捋虎鬚爲喻，謂不僅要捋虎鬚，更要探虎穴，蓋指將詩論運用到詩歌創作中，比空談更重要。

過子之泊船舊亭〔一〕

江郎泊船處，草徑不勝秋。客裏終年别，春前萬斛愁〔二〕。山横采菱口，月滿望江樓〔三〕。政可夢春草〔四〕，莫令吟白頭〔五〕。

〔一〕子之，即江端本，字子之，前已屢見。

〔二〕「春前」句：庾信愁賦：「誰知一寸心，乃有萬斛愁。」又陳師道元符三年七月蒙恩復除棣學喜而成詩：「早作千年調，中懷萬斛愁。」

〔三〕「山横」二句：采菱口、望江樓，蓋泊船舊亭附近之地、之樓，未必實有其名。

〔四〕「政可」句：政，通「正」。夢春草，黄庭堅丙寅十四首效韋蘇州其九：「苦思夢春草。」任淵注引南史謝惠連傳：「族兄靈運嘗思詩，竟日不就，忽夢見惠連，即得『池塘生春草』，大以爲工。」

〔五〕「莫令」句：吟白頭，指白頭吟。宋書樂志一：「凡樂章古詞，今之存者並漢世街陌謠謳，江南可采蓮、烏生、十五、白頭吟之屬是也。吴哥雜曲，並出江東，晉、宋以來，稍有增廣。」又樂府詩集卷四一相和歌辭楚調曲引古今樂録曰：「王僧虔技録：楚調曲，有白頭吟行、泰山吟行、梁甫吟行、東武琵琶吟行、怨詩行，其器有笙、笛弄、節、琴、箏、琵琶、瑟七種。」蓋白頭吟行曲調憂傷，故此謂思念江氏兄弟，不如思詩而得「池塘生春草」之句，而不必發感傷之調。

望金陵偶成兩絶

臺城南望入斜陽〔一〕，尚想能詩玉樹郎〔二〕。乘興風流莫相笑〔三〕，眼看直北走雷塘。

〔一〕「臺城」句，臺城，東晋及南朝朝廷禁省及皇宫所在地。元和郡縣志卷二六潤州上元縣：「晋故臺城，在縣東北五里。成帝時蘇峻作亂，焚燒宫室都盡。温嶠以下咸議遷都，惟王導固争不許。咸和六年（三三一），使王彬營造。七年，帝遷於新宫，即此城也。」其遺迹在五代重建金陵時即已湮没。今所謂臺城，位於南京城内北極閣北麓、玄武湖以南，乃明代城垣遺址，非六朝時臺城也。

〔二〕「尚想」句：玉樹郎，此代指南朝陳後主。南史后妃傳下陳後主張貴妃（麗華）：「後主每引賓客對貴妃等游宴，則使諸貴人及女學士與狎客共賦新詩，互相贈答，采其尤豔麗者以爲曲調，被以新聲。選宫女有容色者以千百數，令習而歌之，分部迭進，持以相樂。其曲有玉樹後庭花、臨春樂等，其略云『璧月夜夜滿，瓊樹朝朝新』，大抵所歸，皆美張貴妃、孔貴嬪之容色。」

〔三〕「乘興」二句：風流，指恣情淫樂。雷塘，在今江蘇揚州城北平岡上，隋煬帝被殺後葬此，見本卷首廣陵詩注。按：上句言莫笑陳後主之荒淫無度，金陵城之北更有可笑可悲者在，即隋煬帝。李商隱隋宫：「地下若逢陳後主，豈宜重問後庭花。」

雷塘别有風流坐，可作南舟兩日行〔一〕。江水自流春自好，不知芳草爲誰生〔二〕。

〔一〕「雷塘」二句：風流坐，風流場所，指揚州。兩日行，謂由金陵到揚州時間。隋煬帝之風流，與南朝帝王不同，故曰「別有」。本中父好問是時蓋在揚州爲官，詩人亦時至其地。

〔二〕「不知」句：李之儀雷塘行：「空使後人悲前人，雷塘春草年年緑。」又釋惠洪上巳：「半掩寶書憑几坐，滿庭芳草爲誰生。」

烹茶

水光欲盡瑠璃影〔一〕，玉色初浮翡翠斑〔二〕。便覺麴生風味惡〔三〕，小爐新火對蒲團〔四〕。

〔一〕「水光」句：水光欲盡，謂茶經烹煮後色澤變濃，已快照不出影像。瑠璃，茶烹後之顔色，見下注。王安石送春：「樓觀瑠璃影中見。」

〔二〕「玉色」句：謂茶色碧如翡翠。詩話總龜後集卷三〇引遯齋閒覽：「茶，古不著所出，本草但云出益州。唐以蒙山、顧渚、蘄門者爲上品。……李泌詩云：『旋沫翻成碧玉池，添蘇散出琉璃眼。』遂以碧色爲貴。」

〔三〕「便覺」句：白孔六帖卷一五麴生引唐開元記：「葉法善居玄貞觀，嘗有朝士詣之，解帶淹留，滿座思酒。忽有一美措傲睨直入，稱『麴秀才』，年二十餘，肥白可觀。笑揖諸公，末席伉聲譚論，良久暫起。法善曰：『此子突入，詞辯如此，豈非妖魅爲惑乎？』俟其復至，密以小劍擊之，應手墜于階下，化爲瓶榼，一座驚慴，遽視乃瓶醲醞也。咸笑飲之，其味甚佳，曰：『麴生風味，不可忘也！』」此以「麴生風味」代指酒，謂較之茶，酒味并不美。

〔四〕「小爐」句：新火，蘇軾記夢回文二首其二：「紅焙淺甌新火活，龍團小碾鬬晴窗。」趙堯卿注：「唐汧公嗜茶，能自煎，謂人曰：『茶須緩火炙，活火煎。』」又試院煎茶詩施元之注引因話録：「李約嗜茶，能自煎，謂人曰：『茶須緩火炙，活火煎。活火，謂炭之有焰方熾者。』」蒲團，蒲草所編坐具。對蒲團，謂待茶烹好後，主客對坐而飲。

西樓〔一〕

小院無人日自長，隔簾時有芰荷香。客游未作安居計〔二〕，更借西樓一夜凉〔三〕。

〔一〕西樓，道光重修儀真縣志卷七輿地志：西樓，「在寧江橋南，宋時建」。

〔二〕「客游」句：郭祥正遷居西湖普賢院寄自省上人：「遷居却作安居計。」此反其義。

〔三〕「更借」句：張孝祥偶得四月菊以奉提刑運使其二：「更借西風一夜凉。」可參讀。

寄信上人〔一〕

笑語三年别，舟航千里淮〔二〕。新霜變草木〔三〕，好雨過風霾。萬事不如意〔四〕，一生常好乖〔五〕。何因伴明月，特地入君懷〔六〕。

〔一〕信上人，當即釋普信，號夢庵，勝因静禪師法嗣。嘉泰普燈録卷一四、五燈會元卷一八有傳。曾住廬山東林寺，釋惠洪有信上人自東林來請海印禪師過余湘上以贈之詩。與釋道潛有交往，今存道潛所作用法穎韵寄信上人詩。全宋詩卷一八四五七輯其偈、頌凡十首。

〔二〕「舟航」句：千，原作「十」，據四庫本改。淮，即淮河。

〔三〕「新霜」句：謝靈運登池上樓：「園柳變鳴禽。」

〔四〕「萬事」句：晋書羊祜傳：「祜歎曰：『天下不如意，恒十居七八。』」

〔五〕「一生」句：好乖，乖，乖違，指離别。陶潛答龐參軍詩序：「人事好乖，便當語離。」

〔六〕「何因」二句：鮑照代淮南王：「願逐明月入君懷。」

秦處度與一上人同宿密庵處度爲一畫斷崖枯木〔一〕

小庵無客亦無氊〔二〕，遂有高人借榻眠。一夜西風撼枯柳，不知春在石崖邊〔三〕。

〔一〕秦處度，名湛，字處度，秦觀子，參見本書卷一謝無逸秦處度諸人皆許省試後見訪冬夜有懷作此詩寄之詩注。一上人，見本書卷二連日與一上人會話密庵詩注。密庵，吕本中居所名。

〔二〕「小庵」句：無氊，晋書吴隱之傳：「拜度支尚書、太常，以竹篷爲屏風，坐無氊席。」

〔三〕「一夜」二句：秦湛所作斷崖枯木畫意。

寄謝無逸并汪叔野兄弟〔一〕

老謝風流緑綺琴〔二〕，小汪兄弟亦南金〔三〕。文章已誤半生事，江海略酬他日心。好酒不當愁偪仄〔四〕，舊書差尉病侵尋〔五〕。平生恩義泮宮老〔六〕，斷綆寒泉百尺深〔七〕。

〔一〕謝逸，字無逸，前已屢見。汪叔野，即汪莘，字叔野，汪革弟。見本書卷二贈汪莘叔野詩注。

〔二〕「老謝」句：老謝，即謝逸。文選張載擬四愁詩其四：「我所思兮在營州，欲往從之路阻修……佳人遺我緑綺琴，何以贈之雙南金。」李周翰注：「南金，喻忠義也。」傅玄琴賦序：「司馬相如有緑綺，蔡邕有焦尾，皆名器也。」

〔三〕「小汪」句：兄弟，指汪革（字信民）、汪莘。南金，見上注。又詩經魯頌泮水：「元龜象齒，大賂南金。」毛傳：「南謂荆揚也。」鄭玄箋：「荆揚之州，貢金三品。」孔穎達正義釋南金爲「南方之金」，又謂「金即銅也」。

〔四〕「好酒」句：偪仄，地方狹小擁擠。杜甫偪仄行：「偪仄何偪仄，我居巷南子巷北。」趙彦材注：「偪仄，言巷之隘陋也。」

〔五〕「舊書」句：尉，安慰，後作「慰」。侵尋，漸多貌。

〔六〕「平生」句：泮宮，詩經魯頌泮水小序：「泮水，頌僖公能修泮宮也。」孔穎達正義：「泮宮，學名。」泮宮老，老於學校。汪革嘗三次參加省試，方登進士第。歷潭州、宿州、楚州教授而卒，年僅四十，故云。

〔七〕「斷綆」句：原注：「汪信民没方數月。」綆，繩索。寒泉，此指黄泉。綆斷沉入百尺黄泉，乃痛惜汪信民之死。按：汪革卒於大觀四年（一一一〇）秋，次年（政和元年）二月，謝逸兄弟等爲之營葬，此詩蓋作於是時。

月下

白鷗笑汝不能飲〔一〕，澄江惱人勤作詩。可惜南樓好風月，只無春柳對瓊枝〔二〕。

〔一〕「白鷗」二句：本書卷一訪晁進道歸詩有「澄江如練白鷗飛」句。此所謂「白鷗」、「澄江」，亦指眼前景物，而將其擬人化：似乎白鷗在勸酒，澄江在催詩。汝，原校：「一作『我』。」

〔二〕「只無」句：春柳、瓊枝，假擬歌妓名。謂月下南樓景色如此秀麗，可惜無美人陪伴。

劉穆之〔一〕

金柈一斛貯檳榔〔二〕，戲調兒童走欲狂〔三〕。不謂林間有元亮，念公時在酒中藏〔四〕。

〔一〕宋書劉穆之傳：「劉穆之，字道和，小字道民，東莞莒（今山東莒縣）人，漢齊悼惠王肥後也。世居京口，少好書傳，博覽多通。」高祖（劉裕）委以腹心，歷中軍太尉司馬，加丹陽尹、建威將軍，進前將軍，遷尚書右僕射，轉左僕射。性奢豪，好賓客。以疾卒，年五十八。

〔二〕「金柈」句：柈，同「槃（盤）」。南史劉穆之傳：「穆之少時，家貧誕節，嗜酒食，不修拘檢。好往妻兄家乞食，多見辱，不以爲耻。其妻江嗣女，甚明識，每禁不令往江氏。後有慶會，屬令勿來。穆之猶往，食畢求檳榔，江氏兄弟戲之曰：『檳榔消食，君乃常飢，何忽須此？』妻復截髮市殽饌，爲其兄弟以餉穆之，自此不對穆之梳沐。及穆之爲丹陽尹，將召妻兄弟，妻泣而稽顙以致謝。穆之曰：『本不匿怨，無所致憂。』及至醉飽，穆之乃令厨人以金柈貯檳榔一斛以進之。」按蕭繹金樓子卷六記此事，末曰：「及爲丹陽尹，乃召妻兄弟設盛饌勸酒令醉，言語致歡。座席將畢，令厨人以金柈貯檳榔一斛，曰：『此日以爲口實。』客因此而退。」

〔三〕「戲調」句：戲調，猶言戲弄、報復。兒童，指劉穆之妻兄弟。走欲狂，謂其妻兄弟羞憤難當，即上引金樓子所謂「客因此而退」意。

〔四〕「不謂」二句：林間，指隱居地。元亮，陶潛字。宋書陶潛傳：「陶潛，字淵明，或云淵明，字元亮，尋陽柴桑人也。」念公，公，即指陶淵明。同上又曰：「性嗜酒，而家貧不能恒得。親舊知其如此，或置酒招之，造飲輒盡，期在必醉。既醉而退，曾吝情去留。環堵蕭然，不蔽風日，裋褐穿結，簞瓢屢空，晏如也。」酒中藏，謂安貧樂道，以酒藏名。黄庭堅次韵答叔原會寂照房呈稚川：「苦寒無處避，惟欲酒中藏。」任淵注：「李白詩：『青蓮居士謫仙人，酒肆藏名三十春。』」兩句言劉穆之以富貴而驕，不料同時代猶有不戀名利、隱於酒的陶淵明。

戲贈道浹上人

忽逢邗溝道人浹〔一〕，如見錫山居士秦〔二〕。問着世緣渾忘却，知公不是箇中人〔三〕。

〔一〕「忽逢」句：邗溝，古代運河名。春秋末，吴王夫差築邗城（在今江蘇揚州市），又開運河，連接長江、淮河，稱邗溝。此言道浹爲邗溝道人，蓋以邗溝代指揚州。按晁説之高郵月和尚塔銘曰：「弟子道浹者，奇童也，師稱之曰法器，可與觀聖種性，特不保其生緣幾何年也。無幾何浹卒，師歎曰：『吾亦何生！』政和七年（一一一七）九月十三日，師因疾病告衆曰：『俟鐘聲而去矣。』壽六十一，臘四十三。」又據塔銘，月和尚爲揚州天長銅城（今安徽天長市銅城鎮）人，所居庵在高郵，故稱其爲「邗溝道人」，道人，僧人也。道浹，此作「浹」，蓋因詩句限字數故，然易與呂本中嘗屢贈詩之浹上人混誤。

〔二〕「如見」句：錫山居士秦，當指秦湛。湛乃秦觀子，高郵人，其先世居江南（秦觀送少章弟赴仁和主簿詩：「我宗本江南，爲將門列戟。」所謂「江南」，指五代時李氏所建南唐）。錫山，今江蘇無錫市。秦湛一家似與無錫淵源頗深，觀卒後先葬揚州，後湛遷葬至無錫璨山。謂「如見」，疑道浹與秦湛家族有親緣關係，秦觀淮海集中自稱「邗溝處士」、「邗溝居士」，亦可得知其中消息。

〔三〕「問着」二句：世緣，指其在俗時家世。箇中人，世俗中人。僧人出家後須斷絕世緣，無牽無掛，故云。

喜章仲孚朝奉見過十韻〔一〕

苦語不難好〔二〕，舊交今則無。但能留客坐，已勝折腰趨〔三〕。只有連根煮〔四〕，初非滿眼酤〔五〕。苔痕記拄杖，雪影傍跏趺〔六〕。語道我恨晚，説詩公不迂。丁寧入漢魏，委曲上唐虞〔七〕。歷歷有全體〔八〕，匆匆或半塗。真當置度外，不敢望庭隅〔九〕。

日月换新歲，江山非故吾〔一〇〕。他年佳句在，與畫密庵圖〔一一〕。

〔一〕章仲孚，仲孚疑是其字，名未詳，生平事迹待考。朝奉，即朝奉郎。朝奉郎爲文散官名，正六品上，見宋史卷一六九職官志九。

〔二〕「苦語」句：韓愈荆潭裴均楊憑唱和詩序：「讙愉之辭難工，而窮苦之言易好也。」又歐陽修薛簡肅公文集序：「至於失志之人，窮居隱約，苦心危慮，而極於精思。與其有所感激發憤，惟無所施於世者，皆一寓於文辭，故曰窮者之言易工也。」

〔三〕「但能」二句：折腰趨，宋書陶潛傳：陶潛爲彭澤令，「郡遣督郵至，縣吏白應束帶見之，潛歎曰：『我不能爲五斗米折腰向鄉里小人！』」以上兩句，謂故人章仲孚能來作客，當勝過在官場應酬。

〔四〕「只有」句：連根煮，指野菜。杜荀鶴山中寡婦：「時挑野菜和根煮，旋斫生柴帶葉燒。」

〔五〕「初非」句：滿眼酤，杜甫入奏行：「爲君酤酒滿眼酤，與奴白飯馬青芻。」王洙注：「滿眼酤，謂滿前士卒皆有勞也。甫約賓歸來，不遺寒賤，儻賜光訪，當酤酒宴集，下至車從僕隸皆待以殊禮，蓋所以尊重于賓故也。」蔡夢弼注：「説者謂蜀人酤酒挈以竹筒，竹筒上有穿繩眼，其酤酒者曰滿眼酤，言其滿迫筒眼也。」蔡説近是。以上二句，謂愧無佳肴美酒款待。

〔六〕「苔痕」二句：傍跏趺，謂遇雪時則打坐以避之。跏趺，柳宗元贈江華長老：「一飯不願餘，跏趺便終夕。」潘緯音義：「跏，古牙切，屈足坐也。趺，風無切，足也。佛云：『結跏趺坐。』

義聲論云：『以兩足趺加致兩膝，如龍蟠結。』念誦經云：『全跏趺是如來坐，半跏趺是菩薩坐。』」按：兩句蓋以苔痕、雪影論詩法，故下文言及「説詩」，惜其内涵已不可解。

〔七〕「丁寧」二句：原注：「山谷論作詩法，當自舜、皋陶賡歌及五子之歌以下，皆當精考。故予論詩，必斷自唐虞以下。」

〔八〕「歷歷」句：全體，謂詩歌風格要有整體性，不能以篇甚至以句論，方可自成一家。黄庭堅論作詩文：「後來學詩者，時有妙句，譬如合眼摸象，隨所觸體，得一處，非不即似，要且不是。若開眼，則全體見之，合古人處，不待取證也。」又范温潛溪詩眼：「建安詩辯而不華，質而不俚，……最爲近古也。一變而爲晉宋，再變而爲齊梁。唐諸詩人，高者學陶謝，下者學徐庾，惟老杜、李太白、韓退之早年皆學建安，晚乃各自變成一家耳。如老杜崆峒、小麥熟、人生不相見……皆全體作建安語。」

〔九〕「真當」二句：庭隅，庭堂之一角，此即指庭堂。杜甫倦夜：「竹涼侵卧内，野月滿庭隅。」此句謂在孔子「升堂」、「入室」之爲學層級中，自己没有升堂之望，置之度外可也。

〔一〇〕「江山」二句：謂歲月在變，江山在變，「吾」也在變，今日之我已非昔日之我。言其人在變老，詩亦越發成熟。劉敞寄鄰幾：「昨日非今日，今吾非故吾。」

〔一一〕「他年」二句：謂將來詩稿尚在時，請以其中佳句製爲句圖，即以「密庵」命名。句圖，黄庭堅答王道濟寺丞觀許道寧山水圖：「四時風物入句圖，信知君家有摩詰。」史容注：「楊大年談苑云：『李昉以司空致仕，畜五琴，皆以客爲名，各爲詩一章，畫爲圖，傳於好事者。』句圖，蓋此類也。」今按：談苑所記，尚非典型之句圖，典型句圖乃摘取所最得意之句或聯，然後依其意境畫爲圖。宋江少虞事實類苑卷四〇詩句作圖：「古今人掇取好詩句作圖，此特小巧美麗可喜，一曲之智則能之，故句圖多歌詠風景，形似百物，將以觀雄材遠思不可得也，然雄材遠思人亦自多好句可入句圖。」同書卷三六詩歌賦詠條介紹其所見惠崇自撰句圖，可參讀。

觀甯子儀所蓄維摩寒山拾得唐畫歌〔一〕

君不見寒山子，垢面蓬頭何所似。戲拈拄杖唤拾公，似是同游國清寺〔二〕。又不見維摩老，結習已空無可道〔三〕。床頭誰是散花人，墮地紛紛不須掃〔四〕。嗚呼妙處雖在不得言，尚有丹青傳百年〔五〕。請公着眼落筆前，令我琢句逃幽禪〔六〕。異時净社看白蓮〔七〕，莫忘只今香火緣〔八〕。

〔一〕甯子儀，名鳳，前已注。維摩，佛教早期著名居士，爲在家菩薩。其名又音譯爲維摩羅詰、毗摩羅詰，略稱維摩或維摩詰，意譯爲净名、無垢塵。著有維摩詰所説經，一稱不可思議解脱經、花雨滿天維摩説法等。寒山、拾得，中唐時天台國清寺詩僧，行爲怪異，後人傳説甚多，并將二人作品彙編爲寒山子集三卷。事迹略見宋高僧傳卷一九唐天台封干師傳、嘉定赤城志卷三五釋道。

〔二〕「戲拈」二句：宋高僧傳卷一九唐天台封干師傳：「隱天台始豐縣西七十里，號爲寒、暗二巖，（寒山）每于寒巖幽窟中居之，以爲定止。時來國清寺。有拾得者，寺僧令知食堂，恒時收拾衆僧殘食菜滓，斷巨竹爲筒，投藏于內，若寒山子來，即負而去。……初，閭丘（胤）入寺，訪問寒山，沙門道翹對曰：『此人狂病，本居寒巖間，好吟詞偈，言語不常，或臧或否，終不可知。與寺行者拾得以爲交友，相聚言説，不可詳悉。』寺僧見太守拜之，驚曰：『大官何禮風狂夫耶？』二人連臂，笑傲出寺。」國清寺，在今浙江台州市，始建於隋開皇十八年（五九八），初名天台寺，後取「寺若成，國即清」，改名國清寺。隋代高僧智越在此創立天台宗，爲中國佛教著名寺廟之一。

〔三〕「結習」句：謂維摩詰對文殊師利論「空」。維摩經第五品文殊師利問疾：「爾時，長者維摩詰心念：今文殊師利與大衆俱來。即以神力，空其室內，除去所有及諸侍者，唯置一床，以疾而卧。文殊師利既入其舍，見其室空，無諸所有，獨寢一床。……文殊師利言：『居士此室，何以空無侍者？』維摩詰言：『諸佛國土，亦復皆空。』又問：『以何爲空？』答曰：『以空空。』又問：『空何用空？』答曰：『以無分别空，故空。』又問：『空可分别耶？』答曰：『分别亦空。』」

〔四〕「床頭」二句：維摩經第七品觀衆生：「時維摩詰室有一天女，見諸天人聞所説法，便現其身，即以天華散諸菩薩大弟子上。華至諸菩薩即皆墮落，至大弟子便著不墮。一切弟子神力去華，不能令去。爾時，天問舍利弗：『何故去華？』答曰：『此華不如法，是以去之。』天曰：『勿謂此華爲不如法，所以者何？是華無所分別，仁者自生分別想耳。若於佛法，出家有所分別，爲不如法。若無所分別，是則如法。觀諸菩薩華不著者，已斷一切分別想故。譬如人畏時，非人得其便；如是弟子畏生死故，色聲香味觸得其便也。已離畏者，一切五欲無能爲也；結習未盡，華著身耳，結習盡者華不著也。』」

〔五〕「尚有」句：丹青，指甯子儀所藏維摩及寒山、拾得唐畫，作者不詳。

〔六〕「請公」二句：落筆前，作此詩之前。逃幽禪，謂以文字避世而皈依於禪。韓愈送靈師：「齊民逃賦役，高士著幽禪。」

〔七〕「異時」句：東晉末，釋惠遠法師與劉遺民、雷次宗、宗炳等十八人在廬山東林寺結社念佛，誓願往生西方浄土，又掘池植白蓮，稱白蓮社。所修爲浄土宗，故又稱浄社。事迹詳見晉無名氏撰蓮社高賢傳。

〔八〕「莫忘」句：香火，指供佛敬神時所燃點之香及燈火。香火緣，謂因供奉香火、同爲佛門弟子而結緣。白居易以詩代書酬慕巢尚書見寄：「願爲愚谷煙霞侶，思結空門香火緣。」以上二句，謂他日或將遁迹空門，今日所拜唐畫中三位大師，又不止是香火緣而已。

寄朱時發〔一〕

茭橋脊梁硬如鐵，天下拄杖打不折〔二〕。倒騎佛殿出三門，南頭學來北頭説〔三〕。昔苗未生今作米，更判阿師三尺鞘〔四〕。公但吸盡西江水，莫怕庭前簸箕尾〔五〕。

〔一〕朱時發，李綱朱時發哀辭：「朱章，字時發，洪州分寧（今江西修水）人。少遊太學，頗爲時輩所稱，困躓不第，老以恩調信州上饒簿。其爲人純厚篤實，恂恂如不能言。與朋友交，淡如也，久而益親。……雅志好佛，蔬食惡衣，凡四十年。……罷官至京師，調岳州司儀朝事。……渡江未至儀真三十里，謂僕夫曰：『吾倦欲寢，慎無驚我。』久之不覺，僕夫視之，則已右脇而逝。」

〔二〕「茭橋」二句：拄，原作「柱」，據四庫本改。黄庭堅爲茭橋居士作念念即佛頌：「諸佛心内衆生，心心作佛；衆生心中諸佛，念念證真。君言諸佛無相，山鬼窟裏安葬。即今十二時中，是誰隨波逐浪。」據此，「茭橋」即茭橋居士，乃朱章號。打不折，言脊梁極硬，意志剛强。圓悟杲禪師語録卷七：「一條脊梁硬似鐵，一條白棒掀天地。」

〔三〕「倒騎」二句：五燈會元卷一六雲門宗青原下十世下雪竇顯禪師法嗣越州天衣義懷禪師：「上堂：『須彌頂上，不扣金鐘。畢鉢巖中，無人聚會。山僧倒騎佛殿，諸人反著草鞋。朝遊檀特，暮到羅浮。拄杖針筒，自家收取。』」葉夢得石林詩話稱「禪宗論雲門有三種語」，「其一爲隨波逐浪句，隨物應機，不主故常」，即此類也。南頭學，謂作僧徒；北頭説，謂作僧師。僧師坐北向南而講，故云。

〔四〕「昔苗」二句：苗未生而作米，言無因而有果。黄庭堅見翰林蘇公馬祖龐翁贊戲書：「一口吸盡西江水，磨却馬師三尺觜。」三尺觜，乃阿師所無。觜，亦作「嘴」，同。葉夢得石林詩話稱「禪宗論雲門有三種語」，「其二爲截斷衆流句，謂超出言外，非情識所到」，即此類也。

〔五〕「公但」二句：五燈會元卷三南嶽下二世馬祖一禪師法嗣：「（襄州居士龐蘊）後參馬祖，問曰：『不與萬法爲侶者，是甚麼人？』祖曰：『待汝一口吸盡西江水，即向汝道。』士於言下，頓領玄旨。」所謂「玄旨」，蓋指性空。一切皆空，乃佛教認識論之基礎，而「一口吸盡西江水」，即「空」之喻象。簸箕尾，自注：「簸箕尾事，出小釋迦録。」所謂小釋迦録，當指仰山慧寂通智禪師（其人有「小釋迦」之稱）之語録或燈録，然如五燈會元（卷九）等燈録未見通智言簸箕尾事。按清陳元龍格致鏡原卷九二引興化府志：「魟魚，頭圓秃如燕，其身圓褊如簸箕，尾圓長如牛尾。其尾極毒，能螫人，有中之者連日夜號呼不止。以其首似燕，故又名燕魟魚。以其尾言，故又名牛尾魚。福州人食味重此。」則簸箕尾或即魟魚，喻指毒口傷人。待考。

寄潁昌諸叔〔一〕

身如許縣老聾丞〔二〕，心是江湖版下僧〔三〕。萬事聊憑曲肱夢〔四〕，一尊時近短檠燈〔五〕。舊遊可數終難又，惡況雖多不厭曾〔六〕。尚憶少年情語否，夜窗相對髮鬅鬙〔七〕。

〔一〕潁昌，府名。元豐九域志卷一：「潁昌府許昌郡忠武軍節度，唐許州，皇朝（宋）元豐三年（一〇八〇）升潁昌府，治長社縣。」長社縣，今河南許昌。諸叔，具體所指不詳。

〔二〕「身如」句：漢書黄霸傳：「務在成就全安長吏。許丞老，病聾，督郵白欲逐之，霸曰：『許丞廉吏，雖老，尚能拜起送迎，正頗重聽，何傷？且善助之，毋失賢者意。』」許丞，注引如淳曰：「許縣丞。」許縣，劉備章武元年（二二一）改爲許昌縣。

〔三〕「心是」句：心是，原校：「一作『心似』。」版下，版圖之内，猶言治下。周禮天官小宰：「聽閭里以版圖。」

〔四〕「萬事」句：曲肱夢，論語述而：「子曰：飯疏食，飲水，曲肱而枕之，樂亦在其中矣。」何晏集解引孔（安國）曰：「疏食，菜食。肱，臂也。孔子以此爲樂。」黄庭堅題王仲弓兄弟巽亭：「儻無斲鼻工，聊付曲肱夢。」

〔五〕「一尊」句：一尊，尊，酒杯。黄庭堅次韵幾復和答所寄：「地徧未堪長袖舞，夜寒空對短檠燈。」任淵注：「退之有短〔燈〕檠歌，言書生寒苦之狀也。」按韓愈短燈檠歌曰：「長檠八尺空自長，短檠二尺便且光。黄簾緑幕朱户閉，風露氣入秋堂凉。裁衣寄遠淚眼暗，搔頭頻挑移近床。」近短檠燈，指讀書。

〔六〕「舊遊」二句：謂舊遊如有過世者，永不能再見；而災難雖多，皆已經歷，不煩再來。兩句以副詞「又」、「曾」置於句末，以求造句之新。

〔七〕「夜窗」句：黄庭堅謝答聞善二兄九絶句其一：「更闌罵坐客星散，午過未蘇髮鬅鬙。」髮鬅鬙，任淵注：「切韵曰：『鬅鬙，被髮也，朋、僧二音。』廣燈録：『僧問洞山守初曰：「不昧宗乘，請師舉唱。」師云：「頭鬅鬙，耳卓朔（卓朔，原作「犭易犭忽」，據蘇軾題王靄畫如來出山相贊改）。」』」

謝人送瓊花白沙人謂瓊花爲無雙花戲成兩絶〔一〕

凝塵欲滿讀書窗，忽有瓊花對小缸〔二〕。更喜風流好名字，百金一朵號無雙〔三〕。

〔一〕瓊花，花木名，葉柔軟而瑩澤，花微黄，有香氣。一名玉蕊，然争訟甚多（詳見周必大周文忠公集卷一八四玉蕊辨證）。白沙，即唐之白沙鎮，宋代真州治所，見本卷前注。無雙花，見下注。

〔二〕「忽有」句：對，全芳備祖前集卷五引此詩作「樹」。小缸，指花盆，則作「樹」義勝，「對」疑「樹」之形訛。

〔三〕「更喜」二句：宋王鞏聞見雜録（説郛本）：「揚州后土廟有瓊花一株，宋丞相郊構亭花側，榜曰『無雙』，謂天下無別株也。仁宗慶曆中嘗分植禁中，明春輒枯，遂復載還廟中，鬱茂如故。」

斷腸風味久難尋〔一〕，尚有名花寄此心。折盡長枝已春晚，只宜涼月不宜陰〔二〕。

〔一〕「斷腸」句：斷腸風味，指美女韵味。李白清平調三首之二：「一枝紅豔露凝香，雲雨巫山枉斷腸。借問漢宮誰得似，可憐飛燕倚新粧。」

〔二〕「只宜」句：唐王建唐昌觀玉蕊花詩曰：「一樹瓏鬆玉刻成，飄廊點地色輕輕。女冠夜覓香來處，惟見階前碎月明。」則玉蕊花以月夜觀賞最銷魂，故此言宜月不宜陰，陰，無月光之夜也。

觀甯子儀朝奉山堂諸石三絶〔一〕

箇中真味久難忘，但覺人間萬事忙〔二〕。今日爲公留不得，剩分詩思入山堂。

〔一〕朝奉，即朝奉郎。朝奉郎爲文散官名，正六品上，見宋史卷一六九職官志九。山堂，甯鳳家堂室名，故其人自號山堂居士，見本卷前簡甯子儀二絶詩注。

〔二〕「箇中」二句：箇，表指示，相當於「這」，指甯鳳山堂所儲奇石。萬事忙，五代王嵒杪春寄友人：「何處相逢萬事忙。」又宋釋契嵩南澗傍遊戲呈公濟冲晦：「何必人間萬事忙。」

向人懷抱終何有〔一〕，過眼崢嶸得暫醒〔二〕。更唤秦髯與湔袚〔三〕，爲公題作小南屏〔四〕。

〔一〕「向人」句：向人懷抱，謂向人坦露胸懷。蘇轍癸丑二月重到汝陰寄子瞻二首其一：「傾瀉向人懷抱盡，忠誠爲國始終憂。」又黄庭堅次韻奉酬劉景文河上見寄：「想見哦詩煮春茗，向人懷抱絶關防。」任淵注引晋書劉惔傳曰：「今日作此面向人耶？」終何有，謂諸石雖奇，但終究是石，没有情懷。

〔二〕「過眼」句：過眼崢嶸，崢嶸，高峻貌。此指諸石之狀，過眼之間，令人歎奇稱妙，精神爲之一振。

〔三〕「更唤」句：秦髯，本秦觀渾號，是時秦觀已死，此當指觀子秦湛（字處度），蓋父子皆多髯也。晁補之飲酒二十首同蘇翰林先生次韻追和陶淵明其二〇：「高才更難及，淮海一髯秦。」李彭懷秦處度復用山谷韻：「秦髯昨首長沙路，捨舟來甘餘霜兔。」湔袚，文選劉孝標廣絶交論：「翦拂使其長鳴。」李善注：「湔祓、翦拂，音義同。」按：乃連綿字，謂表彰、宣傳也。秦湛善畫奇石，故有此句。釋祖可書秦處度所作松石詩曰：「憐君作詩自無敵，遊戲詩餘畫成癖。高堂奮袖風雨來，霜榦雲根動秋色。長懷祝融天柱峰，萬年不死之喬松。觀君此畫已無斁，不復望雲支瘦笻。」

〔四〕「爲公」句：小南屏，山名，在杭州。咸淳臨安志卷二三城南諸山：「小南屏山，在廣教院後，怪石玲瓏，亦類屏障。」

知公心似山堂石，誤落人間几案間〔一〕。今日風光已相負〔二〕，看朱成碧未能還〔三〕。

〔一〕「知公」二句：謂甯子儀之心本卓犖不凡如奇石，惜乎落得每日埋頭几案，處理官司文書。

〔二〕「今日」句：相負，謂已辜負山堂奇石風景。

〔三〕「看朱」句：謂令人眼花撩亂。能改齋漫録卷六看朱成碧：「李太白前有樽酒行云：『催絃拂柱與君飲，看朱成碧顔始紅。』按梁王僧孺夜愁示諸賓詩云：『誰知心眼亂，看朱忽成碧。』武則天詩又云：『看朱成碧思紛紛，憔悴支離爲憶君。不信比來長下淚，開箱看取石榴裙。』則天詩也，見郭茂倩樂府〔詩集〕。」明周嬰卮林卷五朱碧：「餘冬序録曰：『古詩「看朱忽成碧」，言醉眼昏花也。李白樂府「看朱成碧顔始紅」用此。』」

十一月五日與才仲弟相别于白沙東門之外悵然久之不能自釋乃知謝安石作惡之語不爲過也因成八詩奉寄可見别後氣味亦可并示京洛間親舊也〔一〕

終年想顔色〔二〕，未有食頃忘。君寧不我念，苦畏冰雪妨〔三〕。斯文百戰罷，閲士如堵牆〔四〕。孰知五湖口〔五〕，一葦可以航〔六〕。

〔一〕才仲，即趙棫，字才仲，吕本中外弟，前已屢見。白沙，真州治所白沙鎮，見前注。晋書謝安傳：「謝安，字安石。」作惡，同上王羲之傳：「謝安嘗謂羲之曰：『中年以來，傷於哀樂，與親友别，輒作數日惡。』羲之曰：『年在桑榆，自然至此。』」作惡，心情怏怏不樂貌。京洛間親舊，京洛，即洛陽，趙棫故鄉。

〔二〕「終年」句：顔色，面貌神色，此代指趙才仲其人。

〔三〕「苦畏」句：冰霜妨，指禁錮元祐黨人及其子弟，使之不能往來。其禁黨人子弟事，如宋史徽宗紀一：崇寧元年（一一〇二）三月乙酉詔：「黨人子弟毋得擅到闕下。」宰輔編年録卷一一：「詔黨人子弟不許以功賞遷改」，「又詔與黨人子弟外路宮觀差遣」。

〔四〕「斯文」二句：百戰，疑趙柟嘗參加科舉考試。禮記射義：「孔子射於矍相之圃，蓋觀者如堵墻。」

〔五〕「孰知」句：史記河渠書：「於吳則通渠三江五湖。」集解引韋昭曰：「五湖，湖名耳，實一湖，今太湖是也，在吳西南。」五湖口，蓋趙才仲是時居吳地。

〔六〕「一葦」句：詩經國風河廣：「誰謂河廣，一葦杭之。」毛傳：「杭，渡也。」鄭玄箋：「誰謂河水廣與，一葦加之，則可以渡之，喻狹也。今我之不渡，直自不往耳，非爲其廣。」吳越春秋卷六：范蠡助勾踐滅吳後，「乃乘扁舟出三江，入五湖，人莫知其所適」。以上兩句，言豈知功名之外，尚有隱居一途，如當年范蠡。

君才不長貧〔一〕，太阿之在匣〔二〕。故知讒慝口，不受龍象踏〔三〕。此道有從來，骯髒端不乏〔四〕。相期甕頭春，夜語重一呷〔五〕。

〔一〕「君才」句：藝文類聚卷八九載東方朔與丞相公孫弘借車馬書曰：「木槿夕死朝榮，士亦不長貧也。」

〔二〕「太阿」句：太阿，古代寶劍名。戰國策韓策一：「龍淵、太阿，皆陸斷馬牛，水擊鵠雁。」在匣，謂暫時藏匿未用。

〔三〕「故知」二句：讒慝，奸邪小人之惡言穢語。龍象，龍與象。水行以龍力爲大，陸行以象力爲大，故佛氏用以喻諸阿羅漢中修行勇猛、能力最强者。續資治通鑑長編卷四八一：元祐八年（一〇九三）二月辛未，「兵部員外郎、崇政殿説書呂希哲爲右司諫。希哲固辭之。蘇軾在邇英，見希哲除命，戲謂希哲曰：『法筵龍象，當觀第一義。』希哲笑而不應。退謂范祖禹曰：『若辭不獲命，當以楊畏爲首。』時畏方在言路，以險詐自任，故希哲云爾」。龍象踏，此謂即便是龍象，也難鎮住奸臣邪惡之口。

〔四〕「骯髒」句：李白魯郡堯祠送張十四游河北：「有如張公子，骯髒在風塵。」楊齊賢注：「骯髒，高亢婞直之貌。」

〔五〕「相期」二句：甕頭春，酒名。岑參喜韓樽相過：「甕頭春酒黄花脂，禄米祇充酤酒資。」黄庭堅明遠庵：「多方挈取甕頭春，大白梨花十分注。」任淵注：「樂天詩：『甕頭正是擥嘗時。』法書要録曰：『山東云缸面，猶河北稱甕頭，謂初熟酒也。』」夜語，猶言對床夜語（「語」或作「雨」），表示兄弟情誼深厚。呷，飲也。

盛欲與子談〔一〕，乃復爲此別。匆匆得餘歡，把酒到耳熱〔二〕。人生不如意〔三〕，肝膽有楚越〔四〕。何知若人胸，中有積立鐵〔五〕。

〔一〕「盛欲」句：盛欲，極想，極願，蓋當地口語。曾幾次折仲古避寇潯州韵：「盛欲徑梅庾，不然傍郴連。」又大熱欲過廣壽寺謁韓子蒼追凉先之以詩：「盛欲扶筇去，還能下榻麽。」

〔二〕「把酒」句：耳熱，耳朵發熱，飲酒過多而情緒亢奮貌。漢書楊惲傳：「家本秦也，能爲秦聲；婦趙女也，雅善鼓瑟。奴婢歌者數人，酒後耳熱，仰天拊缶。」又曹丕與吴質書：「酒酣耳熱，仰而賦詩。」

〔三〕「人生」句：黄庭堅用明發不寐有懷二人爲韵寄李秉彝德叟其二：「人生不如意，十事恒八九。」史容注：「晋羊祜傳：祜上疏乞伐吴，而議者不同。祜曰：『天下事不如意，恒十居七八。』」

〔四〕「肝膽」句：莊子德充符：「仲尼曰：『自其異者視之，肝膽楚越也；自其同者視之，萬物皆一也。』」文選盧諶贈劉琨一首并書：「爰造異論，肝膽楚越。」李善注引高誘淮南子注曰：「肝膽，喻近也；楚越，喻遠也。」此以肝膽喻指胸懷。楚越，以地迥異喻指人心各不相同。李白贈别從甥高五：「肝膽不楚越，山河亦衾裯。」

〔五〕「何知」二句：若人，此人，指趙柟。積立鐵，王應麟困學紀聞卷一八評詩曰：「吕居仁詩『弱水不勝舟，有此積立鐵』，又云『何知若人胸，中有積立鐵』，出老杜鐵堂峽詩『壁色立積鐵』。」按杜甫鐵堂峽詩曰：「山風吹遊子，縹緲乘險絶。硤形藏堂隍，壁色立積鐵。」積立鐵，喻指趙才仲品格如山崖壁立，胸次如鐵塊堆積，無比堅强。

伯姑無恙時〔一〕，令我與子友。周旋以至今，各是遺種叟〔二〕。文字重聲名〔三〕，於身亦何有〔四〕。還書問兩弟〔五〕，是事君識否。

〔一〕「伯姑」句：據呂本中童蒙訓，趙演，字仲長，呂希哲長壻。則其妻乃呂本中父好問之姊，故稱伯姑，生前封華陽君。無恙，指未病、在世，是時其伯姑已過世（故下首稱「先姑」）。

〔二〕「各是」句：遺種，指後人；叟，老者之稱，乃詩人自謂。

〔三〕「文字」句：重，原作「種」，校：「一作『重』。」按上句已有「種」字，此不當重用，據原校改。

〔四〕「於身」句：李白答王十二寒夜獨酌有懷：「與君論心握君手，榮辱於余亦何有。」又白居易隱几贈客：「紫綬與金章，於予亦何有。」謂聲名乃身外物，與己不相干。

〔五〕「還書」句：兩弟，呂本中之趙氏外弟，除才仲外，猶有另兩弟，本書卷九有寄趙十弟、卷一一有寄趙十一弟詩，蓋即其人。

婦如先姑賢〔一〕，兒似乃翁好〔二〕。識君相與心，見我亦傾倒〔三〕。頻年作離情，悟賞到丘嫂〔四〕。卜鄰洛水陽，此語當在早〔五〕。

〔一〕「婦如」句：婦，指趙才仲妻，謂其賢惠如同先姑。先姑，即趙才仲母、本中伯姑華陽君。

〔二〕「兒似」句：兒，指趙才仲之子，謂其美好如同乃翁，乃翁，即趙才仲也。

〔三〕「識君」二句：謂表兄弟二人以心相交，相互推賞，感情極篤。

〔四〕「悟賞」句：丘嫂，漢書楚元王傳：「初，高祖微時，常避事，時時與賓客過其丘嫂食。嫂厭叔與客來，陽爲羹盡，轑釜，客以故去。已而視釜中有羹，繇是怨嫂。及立齊、代王，而伯子獨不得侯。太上皇以爲言，高祖曰：『某非敢忘封之也，爲其母不長者。』七年十月，封其子信爲羹頡侯。」注引應劭曰：「丘，姓也。」孟康曰：「西方謂亡女壻爲丘壻，丘，空也，兄亡空有嫂也。」張晏曰：「丘，大也，長嫂稱也。」晉灼曰：「禮謂大婦爲冢婦。」顔師古注：「史記丘字作巨，丘、巨皆大也。張、晉二説，其義得之。」此以「丘嫂」謙指其妻，謂亦得到表弟嘉賞。

〔五〕「卜鄰」二句：卜地做鄰居。洛水陽，即洛陽，乃才仲故鄉。謂早有卜鄰之約。

低頭拜東野，未厭摘抉窮〔一〕。停軍問縮酒，不計牛馬風〔二〕。胸次脱塵滓，欲與秋水同〔三〕。斯人未遽遠，當在阿堵中〔四〕。

〔一〕「低頭」二句：東野，中唐著名詩人孟郊字。韓愈醉留東野：「低頭拜東野，願得終始如駏蛩。」舊唐書孟郊傳：「孟郊者，少隱於嵩山，稱處士。李翺分司洛中，與之遊，薦於留守鄭餘慶，辟爲賓佐。性孤僻寡合，韓愈一見，以爲忘形之契，常稱其字曰東野，與之唱和於文酒之間。鄭餘慶鎮興元，又奏爲從事，辟書下而卒。餘慶給錢數萬葬送，贍給其妻子者累年。」孟郊歎命詩曰：「三十年來命，唯藏一卦中。題詩還怨易，問易蒙復蒙。本望文字達，今因文字窮。」摘抉，資治通鑑卷三三漢紀二五孝成皇帝下「故欲摘抉以揚我惡」句，胡三省引顔師古注：「剔抉，謂挑發之也。」此指黨禍中吕、趙二家被羅織罪名。未厭，謂不以黨禍致窮而有怨言。

〔二〕「停軍」二句，左傳僖公四年：「春，齊侯以諸侯之師侵蔡，蔡潰，遂伐楚。楚子使與師，言曰：『君處北海，寡人處南海，唯是風馬牛不相及也。』管仲對曰：『……爾貢包茅不入，王祭不共，無以縮酒，寡人是徵。』」杜預注：「包，裹，束也。茅，菁茅也。束茅而灌之以酒，爲縮酒。」縮酒，即漉酒。牛馬風，即風馬牛，孔穎達正義引服虔云：「風，放也。牝牡相誘謂之風，尚書稱馬牛其風。此言風馬牛，謂馬牛風逸，牝牡相誘，蓋是末界之微事，言此事不相及，故以取喻不相干也。」句謂兩家在黨禍中獲罪，有似當年齊侯指責楚子，實乃欲加之罪，何患無辭。牛馬風，謂與罪名毫不相干。

〔三〕「欲與」句：王安石贈僧：「亦欲心如秋水静。」

〔四〕「斯人」二句：斯人，指趙柟。阿堵，晉書顧愷之傳：「（愷之）尤善丹青，圖寫特妙，謝安深重之，以爲有蒼生以來未之有也。愷之每畫人成，或數年不點目睛，人問其故，答曰：『四體妍蚩，本無闕少，於妙處傳神寫照，正在阿堵中。』」阿堵，眼睛也。兩句謂其表弟趙柟胸襟脱塵離俗，有如孟郊，其表現都在人們眼中。

往者汪信民，愛我不自勝。以我如古人，得與子並稱。若士不復有〔一〕，斯言當伏膺。期君極膏沃，更作無盡燈〔二〕。

〔一〕「若士」句：若士，指汪革（字信民），是時已卒，故言「不復有」，見本卷前注。

〔二〕「期君」二句：膏沃，謂身體强壯。無盡燈，蘇軾徐使君分新火：「爲公分作無盡燈，照破千方昏暗鏁。」程縯注：「維摩詰言：無盡燈者，譬如一燈然千百燈，冥者皆明，明終不盡。」

鍛以百鍊剛〔一〕，淬以萬里流〔二〕。閉門待彊敵，忽見天地秋〔三〕。以石投水中，萬歲終不浮〔四〕。堂堂倚松老〔五〕，於今忘百憂。

〔一〕「鍛以」句：劉琨重贈盧諶：「何意百煉剛，化爲繞指柔。」

〔二〕「淬以」句：淬，鍛造時淬火。萬里流，指長江。初學記卷二二刀引李尤金馬書刀銘云：「淬以清流，礪以越砥。」以上二句，表達在黨禍中堅貞不屈之決心。

〔三〕「忽見」句：李白經亂離後天恩流夜郎憶舊遊書懷贈江夏韋太守良宰：「樊山霸氣盡，寥落天地秋。」

〔四〕「以石」二句：晉李康運命論：「張良誦三略之説，以遊於群雄。其言也如以水投石，莫之受也。及其遭漢祖，其言也如以石投水，莫之逆也。」此言終不浮，謂不可動摇。

〔五〕「堂堂」二句：倚松老，即饒節。饒節因反對新法，與曾布政見不合，遂削髮爲僧，故以「堂堂」偉之。兩句謂最多不過如饒節遁入空門，所有世間憂愁煩惱皆一了百了。

吕本中詩集箋注卷四

山水圖歌

君不見南江老龍夜不眠，令我破屋開青天〔一〕。千巖倒壁卷角上，一榻却在洪濤前〔二〕。又不見江頭古木一尺圍，猿猱接手懸高枝〔三〕。雨中寒蘆披靡去，天際風帆先後歸〔四〕。陳生故是可憐人〔五〕，筆雖未到心已親〔六〕。南村北村渴欲死，怪此一室無纖塵〔七〕。鄭虔祁嶽不解奇〔八〕，韓幹畫馬空多肥〔九〕。萬里咫尺君得之，更看湘江雷雨垂〔一〇〕。

〔一〕「君不見」二句：南江，此指畫中之江。謂一進入山水圖畫景，感覺只有青天，而不見屋室，因疑房子已被南江老龍掀去。龍，傳説能降水，故下文言「洪濤」。

〔二〕「一榻」句：榻，坐具，其制狹而低，故坐卧皆可。洪濤，謂畫面上波濤洶涌，展現在坐榻之前，令人心曠神怡。

〔三〕「又不見」二句：亦寫畫景，有江頭古木，而猿猱嬉戲於古木高枝之上。

〔四〕「雨中」三句：所畫乃寒蘆、歸舟。自開首「君不見」至此八句，凡三組畫面：千巖、洪濤；江頭古木、猿猱，以及江上之寒蘆歸舟，景象豐富，動感十足。

〔五〕「陳生」句：陳生，陳姓年青人，其名無考，即山水圖作者。可憐，可愛。

〔六〕「筆雖」句：筆雖未到，謂陳生畫中有留白，雖無圖像，但心能領會，讓人倍感親切。

〔七〕「南村」二句：謂時值大旱，外面塵土飛揚，但因畫中有山有水，故滿屋子清新可人，似無一毫塵埃。

〔八〕「鄭虔」句：唐張彦遠歷代名畫記卷九：「鄭虔，高士也。蘇許公爲宰相，申以忘年之契，薦爲著作郎。開元二十五年（七三三），爲廣文館學士，饑窮轗軻。好琴酒篇詠，工山水。進獻詩篇及書畫，玄宗御筆題曰『鄭虔三絶』。」又唐朱景玄唐朝名畫録：「鄭虔，號廣文，能畫魚水山石，時稱奇妙，人所降歎。」祁嶽，唐畫家名。清康熙間所編佩文齋書畫譜卷四七祁岳：「祁岳，杜甫劉少府新畫山水障歌云：『豈但祁岳與鄭虔。』明皇時人。杜工部集錢謙益箋注云：『朱景玄唐朝名畫録李嗣真畫録云：「空有其名、不見蹤迹二十五人，祁岳在李國恒之下（引者按：唐朝名畫録等載二人，作李國相、祝岳）。」』岑參送祁樂還山東詩：『有時或乘興，畫出江上峰。床頭蒼梧雲，簾下天台松。』瞽者唐仲云：『疑即其人。』『岳』之與『樂』，傳寫之誤也。」據此詩，祁氏應名岳（或作「嶽」，同），而非「樂」。此句批評鄭、祁二人之畫皆寫實，故「不解奇」，不如陳生能虛構。

〔九〕「韓幹」句：唐朝名畫記卷九：「韓幹，大梁人，王右丞維見其畫，遂推獎之。官至太府寺丞。善寫貌人物，尤工鞍馬。初師曹霸，後自獨擅。杜甫曹霸畫馬歌曰：『弟子韓幹早入室，亦能畫馬窮殊相。幹惟畫肉不畫骨，忍使驊騮氣凋喪。』」

〔一〇〕「更看」句：自注：「陳生欲畫湖湘圖。」雷雨垂，謂欲畫之湖湘圖，更可看到雷雨從天而降，則更奇美。杜甫戲韋偃爲雙松圖歌：「白摧朽骨龍虎死，黑入太陰雷雨垂。」

庚寅年正旦郡中客次作〔一〕

曉霜挾霧入寒廳，四坐伊優不暫停〔二〕。剩欲禪房作新歲，念無餘瀝到空瓶〔三〕。詼諧與世聊從俗〔四〕，嘯傲它年可乞靈〔五〕。更爲旁人住俄頃，坐間愁殺兩螟蛉〔六〕。

〔一〕庚寅年：爲徽宗大觀四年（一一一〇）。正旦，正月初一日。郡中客次，當指郡會，宋代各州郡每年元日例皆官辦，由州郡長官主持。

〔二〕「四坐」句：坐，同「座」。伊優，即伊優亞，説話聲。漢書東方朔傳：「（舍人）即妄爲諧語曰：『令壺齟，老柏塗。伊優亞，狋吽牙，何謂也？』朔曰：『……伊優亞者，辭未定也。』」此指你言我語，雜亂無序。

〔三〕「剩欲」二句：禪房，静坐參禪之室。餘瀝，此指所剩之酒。謂本想到禪房求静以慶新年，然那裏却無酒可飲。

〔四〕「詼諧」句：謂聊與客人應付，從俗耳。晉書阮咸傳：「咸與籍居道南，諸阮居道北，北阮富而南阮貧。七月七日，北阮盛曬衣服，皆錦綺粲目，咸以竿掛大布犢鼻於庭，人或怪之，答曰：『未能免俗，聊復爾耳！』」

〔五〕「嘯傲」句：嘯傲，此指隨意談笑。乞靈，左傳哀公二十四年：「寡君欲徼福於周公，願乞靈於臧氏。」杜預注：「以臧氏世勝齊，故欲乞其威靈。」

〔六〕「坐間」句：螟蛉，蟲名。蛉同「蛉」。詩經小雅小宛：「螟蛉有子，蜾蠃負之。」毛傳：「螟蛉，桑蟲也。蜾蠃，蒲盧也。」鄭玄箋：「蒲盧取桑蟲之子負持而去，煦嫗養之，以成其子。」兩螟蛉，指貴客侍從。晉書劉伶傳載酒德頌：「有貴介公子，搢紳處士，聞吾風聲，議其所以。……二豪侍側焉，如蜾蠃之與螟蛉。」因與所謂「旁人」道不相同，故曰「愁殺」。

題李伯時維摩畫像圖〔一〕

老松攙天四無壁，小庵不勞容一室〔二〕。野竹入户芭蕉肥，下有無言病摩詰〔三〕。文殊妙對亦未真，身如浮雲那得親〔四〕。驚倒同行問話人，彼上人者何所云〔五〕。龍眠好事筆有神，不避世間狐兔群。掃渠胸中千斛塵〔六〕，多口阿師聞不聞〔七〕。

〔一〕李伯時，李公麟（一〇四九—一一〇六）字伯時，號龍眠居士，舒州（今安徽舒城）人。中進士第，官至朝奉郎。善畫佛像、山水、人物，皆臻精妙。李廌德隅齋畫品長帶觀音：「龍眠居士李伯時所作。名公麟，登進士第，以文學有名于時。學佛悟道，深得微旨，立朝籍籍有聲。」元湯垕畫鑒：「李伯時，宋畫人物第一，專師吴生，照映前古者也。」

〔二〕「小庵」句：勞，宋孫紹遠編聲畫集卷二作「足」。

〔三〕「下有」句：病摩詰，摩詰，即維摩詰，早期佛教著名居士，著有維摩詰所説經。見本書卷三觀甯子儀所蓄維摩寒山拾得唐畫歌詩注。

〔四〕「文殊」二句：文殊，即文殊師利菩薩，佛教四大菩薩之一。所言「妙對」，當指與維摩詰論及身、心一段。按維摩所説經第五品文殊師利問疾：「文殊師利言：『居士所疾，爲何等相？』維摩詰言：『我病無形，不可見。』又問：『此病身合耶？心合耶？』答曰：『非身合，身相離故；亦非心合，心如幻故。』又問：『地大、水大、火大、風大，於此四大，何大之病？』答曰：『是病非地大，亦不離地大；水、火、風大，亦復如是。而衆生病，從四大起，以其有病，是故我病。』」詩人以爲身如浮雲，不得言「身相離散」。

〔五〕「彼上人」句：上人，指維摩詰，謂其所言欠妥。

〔六〕「掃渠」句：掃渠，原校：「一作『洗盡』。」

〔七〕「多口」句：多口阿師，指多事、多言之人。宋釋圓悟碧岩録卷五：「鉢裏飯，桶裏水，多口阿師難下嘴。」自「龍眠」至此四句，言李公麟之畫有所指斥，類皆有爲而作。李公麟與蘇軾爲友，所謂「多口阿師」，可不言而喻。

遣懷二首

何山不堪隱，何家不可居。古來子華門，亦着荷畚夫〔一〕。荒田脱積雨，未免供晚租〔二〕。今日視昨日，但見有不如。故人勸加飡〔三〕，老親憐嗜書。寧知毛錐子〔四〕，不可一日無〔五〕。

〔一〕「古來」二句：列子卷二黄帝篇：「范氏有子曰子華，善養私名，舉國服之，有寵於晋君，不仕而居三卿之右。……禾生、子伯，范氏之上客，出行，經坰外，宿於田（更）〔叟〕商丘開之舍。中夜，禾生、子伯二人相與言子華之名勢，能使存者亡，亡者存；富者貧，貧者富。商丘開先窘於饑寒，潛於牖北聽之，因假糧荷畚，之子華之門。」兩句謂名勢之大如范子華，門下亦有窮人商丘開。

〔二〕「未免」句：趙蕃重修廣信郡學記：「管早租二十八石四斗二升五合，晚租一百八十二石七斗三升五合，晚園池地四十一貫文，有石刻，文昌余鑄記。」則宋代完租有早租、晚租之别。

〔三〕「故人」句，勸加飡，杜甫垂老別：「此去必不歸，還聞勸加餐。」郭知達集注：「古詩：『努力加飱食。』古辭云：『上言加飱飯。』」

〔四〕「寧知」句：宋孫奕示兒編卷一五雜記：「筆曰毛錐子。」自注引五代史：「弘肇曰：『安朝廷，定禍亂，直須長槍大劍，若毛錐子安足道哉！』」

〔五〕「不可」句：原校：「一作『一日不可無』。」

秋風襲殘暑〔一〕，忽過江上林。旦日扶杖來，不見十畝陰〔二〕。蔬畦甚寂寞，亦受霜雪侵。念此不常好，如我宿昔心〔三〕。濤頭落崩岸，野鳥助謳吟。潛魚着沙底，避網冬更沈〔四〕。

〔一〕「秋風」句：襲，原校：「一作『鏖』。」似是。黄庭堅又和二首其一：「西風鏖殘暑，如用霍去病。」

〔二〕「不見」句：十畝陰，指江上林，言其樹冠蔭蔽甚廣。杜甫憑河十一少府邕覓榿木栽：「飽聞榿木三年大，與致溪邊十畝陰。」不見，謂已被大水毀壞。

〔三〕「念此」二句：宿昔，夜來、早晚，此猶言一直以來。謂心情向來不好，覩此殘破景象，遂更甚焉。

〔四〕「潛魚」二句：詩經小雅鶴鳴：「魚潛在淵，或在于渚。」鄭玄箋：「此言魚之性，寒則逃於淵，溫則見於渚，喻賢者世亂隱，治平則出，在時君也。」此喻百姓只能逃難求生，以躲避官府盤剥。

異時忘言人〔一〕，馬鬣今宿草〔二〕。生平不如意，欲伴寒木槁。遂令藜莧腸〔三〕，更盡組繡巧〔四〕。三年對空案，誦子詩可飽〔五〕。從來文字工，不解顔色好〔六〕。相逢期後身，再訪西院老〔七〕。

〔一〕「異時」句，忘言人，莊子外物：「言者所以在意，得意而忘言。吾安得夫忘言之人而與之言哉？」文選陶淵明雜詩二首其一：「結廬在人境，而無車馬喧。問君何能爾，心遠地自偏。……此中有真意，欲辯已忘言。」李善注引莊子（已見上引，略）又李周翰注：「……此得天性自任者也，而我欲言此真意，吾其自入真意也，故遺忘其言而無言也。」按：據作者自注（見下），是詩爲懷念亡友汪革信民而作，故所謂「忘言人」即指汪革，謂其天性真率，故得意而忘言。

〔二〕「馬鬣」句：禮記檀弓上：「昔者夫子言之曰：『吾見封之若堂者矣，見若坊者矣，見若覆夏屋者矣，見若斧者矣。』馬鬣封之謂也。」鄭玄注：「俗間名。」孔穎達正義：「既言四墳之異，夫子之意，從若斧者焉，以爲刃上難登，狹又易爲功力。子夏既道從若斧形，恐燕人不識，故舉俗稱馬鬣封之謂也，以語燕人馬騣鬣之上，其肉薄，封形似之。」則馬鬣爲墳之形狀。此指汪革之墓。宿草，墳上已生長一年之草，見本書卷二寄知止才仲詩注引禮記檀弓上。此言汪革墳上已長滿荒草。

〔三〕「遂令」句：藜莧，藜即藜草，野菜名；莧，即馬齒莧，亦野菜名。此泛指蔬菜。韓愈崔十六少府攝伊陽以詩及書見投因酬三十韻：「三年國子師，腸肚習藜莧。」藜莧腸，謂飲食極差，腹皆蔬食。黄庭堅再答景叔：「甘泉下澆藜莧腸，令我詩句挾風霜。」

〔四〕「更盡」句：組繡，色采鮮艷之針織物。舊五代史唐書莊宗紀：「梁有龍驤、神威、拱宸等軍，皆武勇之士也，每一人鎧仗費數十萬，裝以組繡，飾以金銀，人望而畏之。」又政和五禮新儀卷首尚書省牒議禮局：「蓋以承平既久，財豐物阜，民庶之家織文組繡，被於牆屋；泥金理玉，施於器用。流競成俗，恬不爲怪。」此喻指詩文，言汪信民雖生活艱苦，但其作品却極富文采。

〔五〕「誦子」句：謂汪信民詩如飲食，讀後令人滿足。陳與義書懷示友十首其七：「偉哉賈生書，開闔有耿光。既珍亦可飽，舉俗不見嘗。」

〔六〕「從來」二句：謂文字欲工，從來不是要讓人看着舒服。顔色，臉色。

〔七〕「再訪」句：西院老，自注：「謂信民也。」兩句言來生再相訪爲友。

符離阻雨〔一〕

東風吹船窗，未曉天復雨。篙師促添纜，卧聽泥滮滮〔二〕。不知城北園，春事今幾許。舊游如宿昔，花柳默可數。鄰里先後來，頗復相勞苦。東家獻牛酒，西家饋鷄黍〔三〕。感渠長久情，愧我無所取。汪侯哦詩處〔四〕，積水敗環堵〔五〕。念此不忍行，不但出入阻。七年此端居〔六〕，畏病如畏虎。故人饒與黎〔七〕，此老可共語。

〔一〕符離，即宿州，詳見本書卷一題張君墨竹詩注。

〔二〕「卧聽」句：滮滮，象聲詞，泥、水相擊聲。

〔三〕「東家」二句：牛酒、鷄黍，泛指酒、肉等食物。東家、西家及牛酒、鷄黍，皆互文見義。

〔四〕「汪侯」句：汪侯，指汪革，嘗官宿州州學教授，見本書卷一寄汪信民詩注。

〔五〕「積水」句：禮記儒行：「儒有一畝之宮，環堵之室。」鄭玄注：「言貧窮屈道，仕爲小官也。……環堵，面一堵也。五版爲堵，五堵爲雉。」

〔六〕「七年」句：吕本中祖父希哲於崇寧元年（一一〇二）秋廢居宿州（符離），至此凡七年，則詩當作於大觀二年（一一〇八）春離宿州到真州就養時，參見本書附録年譜。

〔七〕「故人」句：饒，饒節，即釋如璧。黎，黎確，字介然。二人曾在宿州師事吕希哲，事迹見本書卷一符離諸賢詩注。

伍員祠〔一〕

伍員廟前一丈碑〔二〕，上有野鶴雙來棲。水雲杳杳涼去遠，風雨冥冥秋到遲。江花相趁野花發，舊燕不隨新燕歸。大夫遺恨竟何許，楚越勾吴今是非〔三〕。

〔一〕伍員，楚人，字子胥。其父伍奢爲楚平王太子建太傅，因讒被害，子胥逃往吴國。吴王闔廬以子胥行人，與謀國事。吴伐楚，攻入郢都，伍子胥乃掘楚平王墓，鞭屍三百以報殺父之仇。吴王夫差立，令子胥使齊。太宰嚭與子胥有隙，又被越用重寶收買，遂進讒言，誣子胥欲聯齊反吴。夫差聽信之，使使賜子胥屬鏤之劍，迫其自殺。後九年，吴爲越王勾踐所滅。事迹詳見史記伍子胥列傳。

〔二〕「伍員廟」句：史記伍子胥列傳：伍子胥既誅，「吴人憐之，爲立祠于江上，因命曰胥山」。注引張晏曰：「胥山，在太湖邊，去江不遠百里，故云江上。」伍子胥廟，三國志吴志孫綝傳亦記之。宋范成大吴郡志卷四八考證：「胥山在太湖口上，有伍子胥廟。舟行自此入太湖，故名胥口。或曰吴王既殺子胥，盛以鴟夷，投諸江。史記謂吴人爲立祠於江上，號曰胥山。今自吴故城至胥山四十里之近，殺而投之湖中，容有此理。後世乃以子胥爲濤神，謂浙江之濤（按指錢塘潮），子胥所作。又以杭之吴山爲子胥祠，或亦曰胥山。」

〔三〕「大夫」二句：大夫，指伍員。今是非，猶言若今人論之，當年伍子胥及楚、越、勾吴（吴別稱）之事，是耶？非耶？只能任人評説。

東園〔一〕

垢汗久思出，江山秋更新〔二〕。荒田出龜兆〔三〕，老檜落龍鱗〔四〕。風月猶堪夜，蒲蓮浪作春。籃輿亦乘興〔五〕，實自厭冠巾。

〔一〕東園：在真州之東，北宋皇祐時施正臣等建。歐陽修真州東園記：「真爲州，當東南之水會，故爲江淮兩浙荆湖發運使之治所。龍圖閣直學士施君正臣、侍御史許君子春之爲使也，得監察御史裏行馬君仲塗爲其判官，三人者樂其相得之懽，而因其暇日得州之監軍廢營，以作東園，而日往游焉。」

〔二〕「垢汗」二句：垢汗，汗漬污垢，指夏天，故下句言秋。鄭獬送方元忠：「垢汗黏透衣，留遲固不暇。」汗，宋百家詩存、四庫本、清抄本作「汙」。新，宋百家詩存作「親」。

〔三〕「荒田」句：龜兆，謂因久旱，田中泥土開裂，如同龜兆。古人用龜占卜以定吉凶，其法爲灼龜甲視其裂紋，裂紋稱龜兆。如詩經大雅文王有聲：「考卜維王，宅是鎬京。維龜正之，武王成之。」毛傳：「考猶稽也。宅，居也。稽疑之法，必契灼龜而卜之。武王卜居是鎬京之地，龜則正之，謂得吉兆，武王遂居之，脩三后之德以伐紂，定天下，成龜兆之占功，莫大於此。」

〔四〕「老檜」句：檜，木名，即圓柏，一名栝。龍鱗，指檜樹之皮，因樹已老，其皮開裂，如同龍之鱗甲。王維春日與裴迪過新昌里訪吕逸人不遇：「種松皆老作龍鱗。」

〔五〕「籃輿」二句：籃輿，即後之轎子，見本書卷一三月一日泊舟宿州城外因縱步至城北遂過天慶觀道士留飲乃歸詩注。乘輿，用王徽之雪夜訪戴事，見本書卷二山陽寶應道中與汪信民兄弟洪玉父杜子師張益中日夕過從詩注。句謂坐籃輿亦可如王徽之乘輿出游，只是並非雅興，而是厭惡城裏著冠繫巾的官僚。

寄琦監院〔一〕

往時濟陽晁公子，今日靈巖琦上人〔二〕。千山不礙一月曉，北樹忽見南枝春〔三〕。箇中有味渠不識，底處無情公得親〔四〕。不知碧眼之面壁〔五〕，何如魋顔西入秦〔六〕。

〔一〕琦監院，即詩中所稱琦上人；詩又稱「濟陽晁公子」，則其人當屬晁氏之「東眷」，爲山東濟州（今爲縣，屬濟南市）人。琦上人俗名不詳。監院，僧官名，即監寺、院主。

〔二〕「今日」句：靈巖，真州山名，山上有寺廟。王象之輿地紀勝卷三八真州：「靈巖山，有法義院，在揚子縣西七十里。唐僧神建道場。其山巔高峻，南北有偃月巖，前有鳳凰臺，左有鹿跑泉，可烹茶。有白龍池、萬山亭。」

〔三〕「北樹」句：蘇軾次韻僧潛見贈：「人間底處有南北。」趙夔（堯卿）注：「六祖曰：『人有南北，佛性無南北。』」琦上人占籍濟州，在北，靈巖寺在南，故有北樹、南枝之語。

〔四〕「箇中」二句：箇中，這中間；底處，盡處。有味、無情，謂佛教雖枯寂無情，然味道正在其中，他人難以理解，而琦上人正躬親其中，也樂在其中。

〔五〕「不知」句：碧眼，指菩提達摩。達摩天竺（今印度）人。南北朝時到中國傳播佛教，爲中國禪宗初祖。梁釋皎慧高僧傳謂達摩眼紺青色，稱「碧眼胡僧」。面壁，即坐禪，謂面向墻壁，端坐靜修。景德傳燈録卷三菩提達摩：「寓止於嵩山少林寺，面壁而坐，終日默然，人莫之測，謂之壁觀婆羅門。」其後傳衣鉢於慧可，出禹門，遊化終身。

〔六〕「何如」句：史記蔡澤列傳：「蔡澤者，燕人也。游學干諸侯小大甚衆，不遇。而從唐舉相，曰：『吾聞先生相李兑，曰「百日之内持國秉政」，有之乎？』曰：『有之。』曰：『若臣者何如？』唐舉孰視而笑曰：『先生曷鼻，巨肩，魋顔，蹙齃，膝攣。吾聞聖人不相，殆先生乎？』去之趙，見逐，乃西入秦，秦昭王遂拜爲相，東收周室。」司馬貞索隱：「魋音徒回反。魋顔謂顔貌魋回，若魋梧然也。」以上兩句，謂不知爲僧面壁苦修，與入秦爲相孰愈？詩人殆選擇前者，而鄙視後者。

即事戲答季一〔一〕

斜陽着高柳，環堵半黄昏。小圃三年旱，荒池一尺渾。粗知詩有味，寧使婦無褌〔二〕。不信晁公子，猶招楚些魂〔三〕。

〔一〕季一，即晁貫之，字季一，與載之、沖之爲從兄弟。善文學。元符三年（一一〇〇）進士，仕至監察御史。朱弁風月堂詩話卷下：「晁察院季一，名貫之，清修善吐論。」呂本中與之有深交。

〔二〕「寧使」句：世説新語德行：「（范）宣潔行廉約。韓豫章（伯）遺絹百匹，不受。減五十匹，復不受。如是減半，遂至一匹，既終不受。韓後與范同載，就車中裂二丈與范，云：『人寧可使婦無褌邪？』范笑而受之。」褌，滿襠褲。句言晁貫之因好詩而貧。

〔三〕「不信」二句：自注：「季一詩云：『思與諸公論人物，試憑清議賦招魂。』」按：招魂，宋玉作，載楚辭中。騷辭中除「兮」外，亦以「些」爲語氣詞，故稱「楚些」。關於「些」字，宋人另有一説。朱子語類卷一三九論文上：「『楚些』，沈存中（括）以『些』爲呪語，如今釋子念『娑婆訶』三合聲，而巫人之禱亦有此聲。此却説得好，蓋今人只求之於雅，而不求之於俗，故下一半都曉不得。」

湘竹

小雨催寒入夕曛，湘江風味可憐人〔一〕。斑斑玉淚無時盡〔二〕，裊裊金梢別是春〔三〕。

〔一〕「小雨」二句：夕曛，夕陽。湘江乃長江支流，發源於廣西，流經永州、衡陽、株洲、湘潭、長沙，至岳陽湘陰縣注入長江水系之洞庭湖。可憐人，令人喜愛。

〔二〕「斑斑」句：博物志卷一〇史補：「堯之二女，舜之二妃，曰湘夫人。舜崩，二妃啼，以涕揮竹，竹盡斑。」湘江流域所生竹，稱湘竹，斑竹乃湘竹之一種。

〔三〕「裊裊」句：裊裊，細長柔美狀。金梢，竹稍春天新生葉片爲淡黄色，故稱。金，與上句「玉」相對。唐項斯游爛柯山：「步步出塵氛，溪山别是春。」

有懷宿州城北因作詩寄才仲

宿州古城城北隅，雨罷晴開如畫圖。雜花亂蕊未須道，白杏一枝天下無〔一〕。香風裊裊入短袖，明月蕭蕭隨蹇驢〔二〕。二年不復見此樂，清江萬頃正愁予〔三〕。

〔一〕「白杏」句：太平御覽卷九六八杏引廣志曰：「滎陽有白杏。」宋鄧椿畫繼卷六：「盧章，京畿人，久在畫院，多畫禁中物象，如白杏花、緑蕚梅、白鷴鵡，皆其本也。」

〔二〕「明月」句：蕭蕭，月光疏淡貌。唐趙嘏悼亡二首其二：「明月蕭蕭海上風。」蹇驢，跛驢。

〔三〕「清江」句：據下示沈宗師第二首，所謂「清江」當指長江。愁予，蘇軾和邵同年戲贈賈收秀才三首其三：「莫向洞庭歌楚曲，煙波渺渺正愁予。」程縯注引九歌：「帝子降兮北渚，目渺渺兮愁予。」洪興祖楚辭補注卷二釋「愁予」爲「使我愁」。

示沈宗師

十日兒號不出房，殘梅猶在小瓶香。沈郎喚客煮湯餅〔一〕，政恐匆匆未得嘗。

〔一〕「沈郎」句：沈郎，即沈宗師，儀真人，前已屢見。湯餅，太平御覽卷八六〇餅引語林曰：「何平叔（晏）面絶白，魏文帝疑其着粉。正夏月喚來，與熱湯餅，大汗出，隨以朱衣自拭，色轉皎然。」又引荆楚歲時記曰：「六月伏日，並作湯餅，名爲辟惡。」王維贈吴官：「江鄉鯖鮓不寄來，秦人湯餅那堪許。」按：湯餅，即今之麵條。詳參宋黄朝英靖康緗素雜記卷二湯餅、吴曾能改齋漫録卷一五辨湯餅。

九日狂陰一日晴，落花飛絮作清明〔一〕。與君攜手南樓去，共聽長江月下聲。

〔一〕「落花」句：清明，孟元老東京夢華録卷七：「冬至後一百五日爲大寒食，……寒食第三〔節〕（日），即清明（日）〔節〕矣。」清明節主要内容爲掃墓，祭奠已故親人。落花飛絮，飛絮指柳花。清明時春已深，故云。

夜坐戲成兩絶呈迪吉宗師二友〔一〕

夜窗燈火著新寒，喜見蒲團一味閑〔二〕。縱有好詩人不要，却須還與檻前山〔三〕。

〔一〕迪吉，即吴賀，字迪吉，撫州人，謝逸表弟。見謝逸汪信民載酒令表弟吴迪吉邀予同游南湖詩及黄君墓誌銘、阮閱詩話總龜卷三九等。吴氏嘗與謝逸兄弟、洪朋、釋惠洪等唱和。宗師，即沈宗師。

〔二〕「喜見」句：蒲團，蒲草所編坐具。一味閑，謂一直閑着無事。

〔三〕「却須」句：檻前山，門檻外之山。謂二友不得見，只好寫詩贈與青山。

疏簾欲上梧楸影〔一〕，遠枕微聞盆盎鳴〔二〕。甚欲分身就公宿，只愁塵土變江聲〔三〕。

〔一〕「疏簾」句：疏簾，指窗簾。梧楸，梧桐、楸樹。楸乃落葉喬木名。楚辭宋玉九辯：「奄離披此梧楸。」洪興祖補注：「梧桐、楸梓皆早凋。」此泛指樹木，謂樹影欲上窗簾，天將晚。蘇軾和陶雜詩十一首其二：「散亂梧楸影。」

〔二〕「遠枕」句：盆盎鳴，謂雨聲。本書卷一昨日晚歸戲成四絶呈子之兼煩轉示進道丈「一夜簷聲鳴甕盎」，與此義同。

〔三〕「甚欲」二句：蓋吴、沈二人居於江畔，詩人住塵土飛揚之地已很無奈，若又移至江水喧嘩處，恐難以入睡。

戲成兩絶奉簡章仲孚兼呈宗師〔一〕

日日勃鳩相應鳴〔二〕，年年春草趁愁生。道人不怕冰霜面，又作南舟十日行。

〔一〕章仲孚，事迹未詳。按本書卷三有喜章仲孚朝奉見過十韵詩，知該人官朝奉郎，蓋吕本中詩友。宗師，即沈宗師，前已屢見。

〔二〕「日日」句：勃鳩，鳥名，見本書卷三秋夜示李十詩注。又祝穆古今事文類聚後集卷四五鳩引群書要語曰：「勃鳩，自關而東謂之郎睪，秦、漢之間謂之鷂。」

沈郎愛客如愛酒，章子問詩如問禪〔一〕。肯共寒爐撥殘火，共搜佳句作新年。

〔一〕「章子」句：吕本中喜章仲孚朝奉見過十韵詩，有「説詩公（指章仲孚）不迂」句，知章氏喜論詩。其「問詩如問禪」之細節，已不可詳。

老松

奉君以緑綺琴，報我以雙南金〔一〕。盃中琥珀不須盡〔二〕，聽妾一聲行路吟〔三〕。君看庭前老松樹，上有杳默不斷之清陰〔四〕。牆低未礙髯髮古，歲晚不辭霜雪侵〔五〕。東園桃李自妍好，與君百生同此心〔六〕。

〔一〕「奉君」二句：張載擬四愁詩其四：「我所思兮在營州，欲往從之路阻修。……佳人遺我緑綺琴，何以贈之雙南金。」緑綺琴，琴名。南金，南方之金，皆貴重。參見本書卷三寄謝無逸并汪叔野兄弟詩注。

〔二〕「盃中」句：琥珀，一種酒名，此泛指酒。唐張説城南亭作：「北堂珍重琥珀酒，庭前列肆茱萸席。」又王維登樓歌：「琥珀酒兮彫胡飯，君不御兮日將晚。」

〔三〕「聽妾」句：鮑照擬行路難十八首其一：「願君裁悲且減思，聽我抵節行路吟。不見柏梁銅雀上，寧聞古時清吹音。」行路吟，即行路難。樂府詩集卷七〇雜曲歌辭行路難引樂府解題曰：「行路難，備言世路艱難及離别悲傷之意。」

〔四〕「上有」句：杳默，沉寂無言貌。王安石彼狂：「上古杳默無人聲。」不斷之清陰，指老松樹冠不停生發新枝。

〔五〕「牆低」二句：髯髮，喻指松葉（俗稱松針），代指松樹。唐李群玉移松竹：「龍髯鳳尾亂颼颼，帶霧停風一畝秋。」又蘇軾戲作種松：「揭來齊安野，夾路鬚髯蒼。」論語子罕：「子曰：『歲寒，然後知松柏之後彫也。』」

〔六〕「東園」二句：桃李，喻指年輕美貌之女子。百生，百世，極言長久。按：是詩以老松喻老夫妻，贊其愛情堅貞不渝，蓋有政治寓意。

揚州雍熙寺納涼〔一〕

高樓有餘涼，但見旗脚動〔二〕。鳥語簷角來，仰聽風響弄。江山舊還往，草木老賓從〔三〕。平生一笑適，可得萬鈞重〔四〕。翛然六尺床，更許佳月共。

〔一〕揚州雍熙寺，乾隆江南通志卷四〇輿地志揚州府：「韓忠獻祠在府治雍熙巷，祀宋韓琦。」雍熙寺或在附近。宋代文獻罕見記載，但該寺明中葉猶存，李賢古穰集卷二一有雍熙寺書詩，曰：「維揚逢小春，風葉散空宇。寂寞寄雍熙，悲鄉淚如雨。」

〔二〕「但見」句：謂雍熙寺上所掛旗子下脚擺動，以證上句之「有餘涼」。

〔三〕「江山」二句：謂揚州附近之山水猶如老鄰居，而草木則是它們的賓從，千百年來永遠相伴。

〔四〕「平生」二句：謂人生憂患多，歡愉少，故對快樂、適意要特别珍惜。莊子盜跖：「人上壽百歲，中壽八十，下壽六十。除病瘐死喪憂患，其中開口而笑者，一月之中不過四五日而已矣。」萬鈞，鈞乃古代重量單位，三十斤爲鈞。

訪張鑑秀才兄弟〔一〕

眼看霍霍萬錢食〔二〕，便就匆匆五鼎烹〔三〕。何似張侯五兄弟，閉門相對飽芹羹〔四〕。

〔一〕張鑑兄弟，據詩所言共五人，生平事迹皆不詳。秀才，對讀書人之尊稱。

〔二〕「眼看」句：霍霍，磨刀聲。木蘭辭：「磨刀霍霍向豬羊。」萬錢食，言食材價值極昂貴。李白行路難三首其一：「玉盤珍羞直萬錢。」

〔三〕「便就」句：五鼎烹，漢書主父偃傳：「丈夫生不五鼎食，死則五鼎亨耳。」注引張晏曰：「五鼎食，牛、羊、豕、魚、麋也。諸侯五，卿大夫三。」顔師古注：「五鼎亨之，謂被鑊亨之誅。」亨、烹同。以上二句，謂榮華富貴猶如過眼煙雲，極富極貴到没落敗亡，不過眨眼功夫。

〔四〕「閉門」二句：芹羹，芹，菜名。芹羹，此泛指蔬食。兩句謂與其富貴被誅，不如窮困而平安如張氏兄弟。

邵伯埭路中〔一〕

行前蒲柳後鷗鳥，乃似白沙之舊居〔二〕。忽見雲天有新語，不知風雨對殘書〔三〕。往來河樹幾傾蓋〔四〕，上下江船如貫魚〔五〕。更與河山結香火，夜窗重枉故人車〔六〕。

〔一〕邵伯埭，宋樂史太平寰宇記卷一二三淮南道一揚州廣陵縣：「邵伯埭，有斗門，縣東北四十里。臨合瀆渠，有小渠，闊六步五尺，東去七里入艾陵湖。按晋書，太元十一年（三八六），太傅謝安鎮廣陵，於城東北二十里築壘，名曰新城。城北二十里築堰，名邵伯埭。蓋安新築，即後人追思安德，比於邵伯，因以立名。」元豐九域志卷五淮南東路揚州江都縣：「邵伯堰。按晋書，謝安鎮廣陵新城，築埭於城北。後人思之，因名爲邵伯埭。」按：所謂謝安「比於邵伯」，邵伯即周宣王大臣召虎，史稱召穆公。史記周本紀：周厲王暴虐，國人畔，厲王出奔。「厲王太子静匿召公之家，國人聞之，乃圍之。召公曰：『昔吾驟諫王，王不從，以及此難也。今殺王太子，王其以我爲讎而懟怒乎？夫事君者，險而不讎懟，怨而不怒，况事王乎！』乃以其子代王太子，太子竟得脱。」厲王死，太子静即位，是爲周宣王。詩經大雅江漢小序，謂宣王「命召公平淮夷」。鄭玄箋：「召公，召穆公也。」詩略曰：「江漢之滸，王命召虎。式辟四方，徹我疆土。」故淮河一帶後人追思邵伯，以此也。

〔二〕「乃似」句：白沙，鎮名，宋代爲真州治所。此前呂本中曾侍父居住於此，見本書卷三小園即事詩注。句言邵伯埭與白沙鎮環境相似。

〔三〕「忽見」二句：雲天，指大雁傳書；新語，友人寄來之新詩。愛日齋叢鈔卷三：「陳去非云：『忽有好詩生眼底，安排句法已難尋。』呂居仁云：『忽見雲天有新語，不知風雨對殘書。』静中置心，真與見聞無毫末隔礙，始得此妙。」

〔四〕「往來」句：傾蓋，史記鄒陽列傳：「諺曰：『有白頭如新，傾蓋如故。』」索隱引志林云：「傾蓋者，道行相遇，軿車對語，兩蓋相切，小欹之，故曰傾也。」後漢書朱樂何列傳論曰：「紆衣傾蓋，彈冠結綬之夫，遂隆其好。」李賢注：「傾蓋，謂駐車交蓋也。」句言只顧讀詩，幾欲與河樹相撞。

〔五〕「上下」句：貫魚，文選鮑照出自薊北門行：「魚貫度飛梁。」李善注：「周易曰：『貫魚，以宮人寵，無不利。』王弼曰：『駢頭相次，似貫魚也。』」

〔六〕「更與」二句：結香火，以供奉香火而結緣。此言與揚州河山有緣。枉，謂枉駕，對故人屈駕走訪之敬辭。陶淵明讀山海經其一：「頗迴故人車。」按：所謂「故人」，即指揚州一帶之河山，謂夜窗中皆撲面而來。

寄周司理〔一〕

日月走劻勷〔二〕，舟楫卧煩暑。凉秋在萬里，客子安得語。周侯磊落人，憐我自熬煮〔三〕。殷勤半月留，可得一笑許。别來今幾日，坐此百里阻。清風不時來，曉月仍半吐。卷簾看修竹，忽似對眉宇〔四〕。人生行樂耳〔五〕，舍此皆自苦。終期卜鄰歸，重聽對床雨〔六〕。雖無嗚嗚歌〔七〕，亦有坎坎鼓〔八〕。

〔一〕周司理，其名不詳。司理，職官名。宋史職官志七：「司理、參軍，掌訟獄勘鞫之事。」

〔二〕「日月」句：韓愈唐故檢校尚書左僕射兼御史大夫龍武統軍贈潞州大都督彭城劉公（昌裔）墓碑：「蔡卒幸喪，圍我許郛。新師不牢，劻勷將逋。」集注：「劻勷，急走貌。又遽也。劻，曲羊切；勷，如羊切。」按：劻勷，連綿字。

〔三〕「憐我」句：自熬煮，謂自我料理飲食起居。

〔四〕「卷簾」二句：謂别後看到高高挺立之竹，即如見到周司理，言思念之深。

〔五〕「人生」句：漢書楊惲傳：「其詩曰：『田彼南山，蕪穢不治。種一頃豆，落而爲萁。人生行樂耳，須富貴何時。』」

〔六〕「終期」二句：謂期待以後能做鄰居，再次對床而卧，以聽屋外雨聲。宋王楙野客叢書卷一○夜雨對床：「人多以夜雨對床爲兄弟事用，如東坡與子由詩引此，蓋祖韋蘇州示元真元常詩『寧知風雨夜，復此對床眠』之句也。然韋又有詩贈令狐士曹曰：『秋簷滴滴對床寢，山路迢迢聯騎行。』則是當時對床夜雨不特兄弟爲然，於朋友亦然。」

〔七〕「雖無」句：嗚嗚歌，史記李斯列傳：「夫擊甕叩缶，彈箏搏髀，而歌呼嗚嗚快耳目者，真秦之聲也。」索隱引説文云：「甕，汲缻也，於貢反。缶，瓦器也，秦人鼓之以節樂。」

〔八〕「亦有」句：詩經小雅伐木：「坎坎鼓我，蹲蹲舞我。」朱熹詩集傳：「奏之以鼓，重之以舞，盡其有以樂之也。……道主人之厚也。」坎坎，鼓聲。

山光寺前泊舟值雨〔一〕

輕雷唤小雨，憶在白沙時。緑酒留連醉，紅燈取次詩〔二〕。好風那復有，凉月自相隨。獨上山光寺，清歌無柳枝〔三〕。

〔一〕山光寺，揚州佛寺名。蓋初建於唐代，見舊唐書徐彦傳。資治通鑑卷二五七唐紀七三：「師鐸退屯山光寺。」胡三省注：「山光寺，在廣陵城北。」宋沈遘山光寺一首自注：「寺本隋煬帝故宫。」

〔二〕「緑酒」二句：謂在白沙時曾過着燈紅酒緑、詩酒酬答的安閒生活。

〔三〕「清歌」句：柳枝，歌曲名。白居易楊柳枝二十韵題下自注：「楊柳枝，洛下新聲也。洛之小妓有善歌之者，詞章音韵，聽可動人，故賦之。」又爲歌妓名。白居易別柳枝：「兩枝楊柳小樓中，嫋娜多年伴醉翁。」自注云：「樊、蠻也。二妓者皆以柳枝目之云。」又不能忘情吟序曰：「妓有樊素者，年二十餘，綽綽有歌舞態，善唱楊枝，人多以曲名名之，由是名聞洛下。」此言「清歌無柳枝」，蓋指清唱，無歌妓相隨。

步月有懷

平生最愛花梢月，可與青樓一等看〔一〕。病去老來渾忘却，曉窗晴日上蒲團〔二〕。

〔一〕「平生」二句：花梢月，仿佛掛在花枝上之月。青樓，杜甫清明：「牙檣捩柂青樓遠。」黄希補注：「古樂府劉生詩：『大路起青樓。』又古曲：『青樓臨大道，游俠盡淹留。』……青樓，則所祓禊之處，岸上有之也。」祓禊，此指洗濯休息，故青樓多爲妓女聚居之所。此謂花梢月可與青樓等量齊觀，蓋回憶年青時輕狂之事，雖云病去老來已忘却，但仍令人懷念。

〔二〕「曉窗」句，蒲團，蒲草所編坐具。此所謂「上蒲團」，謂打坐修禪。

楊州留一上人〔一〕

日日東風吹客衣，小園春在掩芳菲。殘花過雨飄零盡，好鳥穿林自在飛。往事虚成采薇瘦〔二〕，故人頻有食言肥〔三〕。知公未厭西行晚，且伴江船緩緩歸〔四〕。

〔一〕揚州，即揚州。宋以後典籍，揚州之「揚」偶或作「楊」，學界以「楊」爲正，「揚」乃「楊」之刊誤。本書兩存之，不再説明。一上人，即釋法一，見本書卷二連日與一上人會話密庵詩注。

〔二〕「往事」句：周武王平殷，天下宗周，而伯夷、叔齊耻之，義不食周粟，隱於首陽山，采薇而食之，見前奉送子之還京師詩注。此所謂「采薇瘦」，指食貧也。

〔三〕「故人」句：左傳哀公二十五年：「公（衛侯）宴於五梧，武伯爲祝。惡郭重，曰：『何肥也？』季孫曰：『請飲彘也！以魯國之密邇仇讐，臣是以不獲從君，克免於大行。又謂重也肥？』公曰：『是食言多矣，能無肥乎？』」杜預注：「以激三桓之數食言。」此以一上人曾多次放話造訪却食言，故以食言而肥誚之。

〔四〕「且伴」句，緩緩歸，蘇軾陌上花三首并引：「游九仙山，聞里中兒歌陌上花，吴越王妃每歲春必歸臨安，王以書遺妃曰：『陌上花開，可緩緩歸矣。』吴人用其語爲歌，含思宛轉，聽之凄然，而其詞鄙野，爲易之云：『陌上花開蝴蝶飛，江山猶是昔人非。遺民幾度垂垂老，遊女長歌緩緩歸。』」此即詩題「留一上人」之意。

送一上人之京師

東風吹雲十日雨，卧聽城頭打衙鼓〔一〕。道人遠自山中來，共坐南窗濯泥土。自然高韵到羲皇〔二〕，豈止微言變齊魯〔三〕。萬牛回首不震掉〔四〕，一葉横江且掀舞〔五〕。未能入水取蛟蜃〔六〕，尚欲投戈代貔虎〔七〕。念公守此非一朝，木病魂瘣無枝條〔八〕。已盡千峰西嶺雪，更夢八月錢塘潮〔九〕。京城塵沙深一尺，是中莫留公履迹〔一〇〕。權門蹲嗒兒女笑〔一一〕，我一思之不能食。片帆無事早歸來，爲公一洗山中石〔一二〕。

〔一〕「卧聽」句：衙皷，舊時官衙以皷聲報時，稱衙皷。白居易自到郡齋僅經旬日方專公務未及宴遊偷閒走筆題二十四韵兼寄常州賈舍人湖州崔郎中仍呈吴中諸客：「警寐鐘傳夜，催衙皷報晨。」皷、鼓同。

〔二〕「自然」句：到羲皇，陶淵明與子儼等疏：「常言：五六月中，北窗下卧，遇凉風暫至，自謂是羲皇上人。」羲皇，指伏羲氏，泛指上古時代。

〔三〕「豈止」句：微言，此指孔子之言，謂其含義深奥。變齊魯，見本書卷二夜坐有懷詩注引論語雍也。

〔四〕「萬牛」句：萬牛回首，形容力量極大。杜甫古柏行：「萬牛回首丘山重。」震掉，震顫、驚恐貌，言其臨事沉着鎮定。

〔五〕「一葉」句：掀舞，隨波濤起伏，狀如舞蹈。蘇軾大風留金山兩日：「龍驤萬斛不敢過，漁艇一葉從掀舞。」按：以上二句，謂一上人極有氣魄和膽略。

〔六〕「未能」句：蛟蜃，蛟，傳説中極兇猛之水生動物。楚辭屈原九歌湘夫人：「蛟何爲兮水裔。」王逸注：「蛟，龍類也。」蜃，大蛤蜊。國語晋語九：「雀入於海爲蛤，雉入於淮爲蜃。」韋昭注：「小曰蛤，大曰蜃。皆介物，蚌類也。」此因蛟而及之。

〔七〕「尚欲」句：貔虎，尚書牧誓：「如虎如貔，如熊如羆，于商郊。」僞孔傳：「貔，執夷，虎屬也。四獸皆猛健，欲使士衆法之，奮擊于牧野。」孔穎達正義引釋獸云：「貔，白狐，其子豰。」又引舍人曰：「貔名白狐，其子名豰。」又引郭璞曰：「一名執夷，虎豹屬。」按：以上兩句，蓋以蛟蜃、貔虎喻當權用事者，謂將與之勢不兩立。

〔八〕「木病」句：磈瘣，宋丁度等修定集韵卷七十八隊：「磈，石貌；瘣，病也。」此以樹木喻指國家，謂已重病在身，亟待醫治。

〔九〕「已盡」二句：西嶺，成都附近山峰名。杜甫絶句四首其三：「窗含西嶺千秋雪，門泊東吴萬里船。」西嶺雪，代指冬天。錢塘潮，每年中秋前後湧入杭州錢塘江之海潮。黄庭堅西禪聽戴道士彈琴：「十二峰前巫峽雨，七八月後錢塘潮。」此以錢塘潮代指秋季。謂年復一年，盼望能懲惡揚善。

〔一〇〕「京城」二句：塵沙，代指惡勢力。深一尺，言多也。莫留履迹，勸戒一上人勿介入京師是非，免得招惹麻煩。

〔一一〕「權門」句：蹲，亦作「噂」；嗒，亦作「踏」、「沓」。詩經小雅十月之交：「噂沓背憎，職競由人。」毛傳：「噂，猶噂噂；沓，猶沓沓。」鄭玄箋：「噂噂、沓沓，相對談語，背則相憎逐，爲此者主由人也。」此指勾心鬭角，表裏不一。兒女笑，謂「權門」嘴臉之醜陋，連小兒女也不竟耻笑。杜甫示從孫濟：「權門多噂沓，且復尋諸孫。」

〔三〕「爲公」句，山中石，指洗石。山海經西山經：「華山之首，曰錢來之山，其上多松，其下多洗石。」郭璞注：「澡洗可以磢體去垢圿。」此句言待一上人從京師回來後，將爲之洗塵接風。宋强至次韵和純甫游寶掌遇雨：「游騎來逢雨，寧全是折磨。山神應洗路，恐惹俗塵多。」又王瑜遊華清留絶句（見宋詩紀事卷二九）：「惟餘一派温湯水，長與行人洗路塵。」

擬古〔一〕

狡兔死三窟〔二〕，老松堅百尋〔三〕。物生各有願，共此分寸陰〔四〕。荒城六月旱，長江三日霖。稻苗不遂死〔五〕，幸無蟊賊侵〔六〕。皇天不私覆〔七〕，一語銷百壬〔八〕。先王典刑在〔九〕，落落傳至今。願以小人腹，而爲君子心〔一〇〕。

〔一〕擬古，摹仿古人詩文體制進行創作。文選擬古詩十二首劉良注：「擬，比也。比古志以明今情。」

〔二〕「狡兔」句：三窟，戰國策齊策四：孟嘗君客馮諼爲孟嘗君收責於薛。事畢返，孟嘗君問「何市而反」?馮諼曰：「臣竊矯君命以責賜諸民，因燒其券，民稱萬歲，乃臣所以爲君市義也。」孟嘗君不悦。期年，齊王謂孟嘗君曰：「寡人不敢以先王之臣爲臣。」孟嘗君就國於薛，未至百里，民扶老攜幼迎君道中。孟嘗君顧謂馮諼：「先生所爲文（按：孟嘗君名文）市義者，乃今日見之。」馮諼曰：「狡兔有三窟，僅得免其死耳。今君有一窟，未得高枕而卧也，請爲君復鑿二窟。」所鑿二窟爲：孟嘗君反國；請先王之祭器，立宗廟於薛。廟成，還報孟嘗君曰：「三窟已就，君姑高枕爲樂矣。」此言狡兔雖有三窟，然亦死於窟中，無一幸免。

〔三〕「老松」句：堅百尋，謂老松生長於一地，從不遷徙，却能活千百年。尋，古代長度單位，八尺爲一尋，一説七尺或六尺爲尋。百尋，極言樹榦之高大。

〔四〕「物生」二句：淮南子原道訓：「聖人不貴尺之璧，而重寸之陰，時難得而易失也。禹之趨時也，履遺而弗取，冠掛而弗顧，非争其先也，而争其得時也。」又晋書陶侃傳：「常語人曰：『大禹聖者，乃惜寸陰，至於衆人，當惜分陰。豈可逸遊荒醉，生無益於時，死無聞於後，是自棄也。』」此所謂「分寸陰」，謂物之生命皆有定限，只能共享有限的光陰。

〔五〕「稻苗」句：禮記月令：仲秋之月，「上無乏用，百事乃遂」。鄭玄注：「遂，成也。」不遂死，此謂旱災時稻苗尚未長成，即乾枯而死。

〔六〕「幸無」句：詩經小雅大田：「去其螟螣，及其蟊賊，無害我田稚。」毛傳：「食心曰螟，食葉曰螣，食根曰蟊，食節曰賊。」鄭玄箋：「此四蟲者，恆害我田中之稚禾，故明君以正己而去之。」

〔七〕「皇天」句：禮記孔子閒居：「孔子曰：『天無私覆，地無私載，日月無私照。奉斯三者，以勞天下，此之謂三無私。』」

〔八〕「一語」句：壬，姦佞。黄庭堅題王黄州墨蹟後：「往時王黄州，謀國極匪躬。朝聞不及夕，百壬避其鋒。」任淵注：「書（皋陶謨）曰：『何畏乎，巧言令色孔壬。』注（僞孔傳）謂甚佞也。」漢書王商傳：「張匡曰：『百姦之路塞。』」

〔九〕「先王」句：此當指宋王朝歷代帝王。典刑，常刑。尚書舜典：「象以典刑。」僞孔傳：「象，法也。法用常刑，用不越法。」孔穎達疏：「詳其罪罰，依法用其常刑，使罪各當刑，不越法。」亦謂舊法。詩經大雅蕩：「雖無老成人，尚有典刑。」鄭玄箋：「猶有常事故法，可案用也。」

〔一〇〕「願以」二句：左傳昭公二十八年：「及饋之畢，願以小人之腹，爲君子之心，屬厭而已。」杜預注：「屬，足也。言小人之腹飽，猶知厭足，君子之心亦宜然。」按：此所謂「君子心」，指民有水旱二災，已生活維艱，不要再添「蝥賊」爲害，當國者應知足，不要太過分。

寒鷄不能晨〔一〕，苦雨自朝夕。上爲雲雷巢〔二〕，下乃龍蜃宅〔三〕。坐懷陰外天，缺月掛殘魄〔四〕。少來可喜人，牖户陳玉帛〔五〕。平生千萬言，略省二三策〔六〕。牛山所種木，日在斤斧厄〔七〕。念君十年心〔八〕，使我雙鬢白。

〔一〕「寒鷄」句：不能晨，鷄不鳴叫報晨，指陰雨已甚。焦氏易林卷四困之既濟：「雄鷄不晨，雌雞具呻。」

〔二〕「上爲」句：上，指天。雲雷，雲師、雷師。楚辭屈原離騷：「吾令豐隆乘雲兮。」王逸注：「豐隆，雲師，一曰雷師。」洪興祖補注：「九歌雲中君注云：『雲神豐隆。』五臣云：『雲神屏翳。』按豐隆或曰雲師，或曰雷師。屏翳，或曰雲師，或曰雨師，或曰風師。歸藏云『豐隆筮雲氣而告之』，則雲師也。」同上書：「雷師告余以未具。」洪氏補注引春秋合誠圖云：「軒轅，主雷雨之神。一曰雷師豐隆也。」巢，及下句「宅」，皆言聚集之所。

〔三〕「下乃」句：下，指地。龍，古代傳説中神物，能興雲作雨。太平御覽卷九二九龍上引春秋元命苞曰：「龍之言萌也，陰中之陽，故言龍舉而雲興。」又引唐書曰：「先天中，玄宗以旱，親往龍首池祈禱，有赤虵自池中而出。有頃，雲霧四布，應時澍雨。」又引抱朴子曰：「山中辰日稱雨師者，龍也。」蜃，即蛤蜊，見前送一上人之京師詩注。按：在呂本中詩歌中，常以嚴寒、陰雨、黄沙等意象隱喻政治氣候，自本詩首句至此，極言陰雨之苦，亦可如是觀。又按：黄汝嘉刊本東萊外集卷三重收此詩，「龍蜃宅」之「蜃」作「窟」。永樂大典卷八九五亦作「窟」。

〔四〕「坐懷」二句：坐，因也。想像在陰雨之外，此時正掛着一彎殘月，與苦雨形成對照。

〔五〕「少來」二句：少來，少小時。牖户，門窗，代指其家。玉帛，泛指朝廷所賜禮器。論語陽貨：「子曰：『禮云禮云，玉帛云乎哉！』」何晏集解引鄭（玄）曰：「玉，圭璋之屬；帛，束帛之屬。」按：此指詩人曾祖呂公著嘗爲宰相事。

〔六〕「略省」二句：省，察也。二三策，孟子盡心下：「孟子曰：盡信書，則不如無書。吾於武成，取二三策而已矣。」此謂在其曾祖所作文字中，若能略取其要，亦足以彌補國家弊政。

〔七〕「牛山」二句：孟子告子上：「孟子曰：牛山之木，嘗美矣，以其郊於大國也，斧斤伐之，可以爲美乎？是其日夜之所息，雨露之所潤，非無萌蘖之生焉，牛羊又從而牧之，是以若彼濯濯也。人見其濯濯也，以爲未嘗有材焉。此豈山之性也哉？」趙岐注：「牛山，齊之東南山也。邑外謂之郊。息，長也。濯濯，無草木之貌。牛山木嘗盛美，以在國郊，斧斤、牛羊使之不得有草木耳，非山之性無草木也。」按：此以牛山喻指宋王朝，謂國體已遭人爲破壞。

〔八〕「念君」句：十年，當指自徽宗即位改元建中靖國元年（一一〇一），至此大觀四年（一一一〇），正十年之久。

潘邠老嘗得詩云滿城風雨近重陽文章之妙至此極矣後托謝無逸綴成無逸詩云病思王子同傾酒愁憶潘郎共賦詩蓋爲此語也王子立之也作此詩未數年而立之邠老墓木已拱無逸窮困江南未有定止感歎之餘輒成二絶〔一〕

漫營新句補殘章〔二〕，寄與烏衣玉樹郎〔三〕。他日無人識佳景，滿城風雨近重陽。

〔一〕釋惠洪冷齋夜話卷四滿城風雨近重陽：「黄州潘大臨工詩，多佳句，然甚貧。東坡、山谷尤喜之。臨川謝無逸以書問有新作否，潘答書曰：『秋來景物，件件是佳句，恨爲俗氛所蔽翳。昨日閒卧，聞攪林風雨聲，欣然起，題其壁曰：「滿城風雨近重陽。」忽催租人至，遂敗意，止此一句奉寄。』聞者笑其迂闊。」按：潘邠老，即潘大臨（一〇六〇—一一〇七），字邠老，黄州（今湖北黄岡）人，嘗與蘇軾、黄庭堅遊。能詩，名入江西宗派圖，著有柯山集二卷（江西詩派本），久佚。事迹詳張耒潘奉議墓誌。謝逸綴成之詩録於次：亡友潘邠老有滿城風雨近重陽之句今去重陽四日而風雨大作遂用邠老之句廣爲三絶句：「滿城風雨近重陽，無奈黄花惱意香。雪浪翻天迷赤壁，令人西望憶潘郎。」「滿城風雨近重陽，不見修文地下郎。想得武昌門外柳，垂垂老葉半青黄。」「滿城風雨近重陽，安得斯人共一觴。欲問小馮今健否，雲中孤雁不成行。」（溪堂集卷四）又按：謝逸從弟謝薖竹友集卷五亦有和詩二首，題稱「無逸兄用此句足成四篇」。今存溪堂集乃永樂大典本，止存三篇，佚其一矣。王子立之，即王直方（一〇六九—一一〇九），字立之，號歸叟，河南密縣（今河南新密）人。善詩，名亦入江西宗派圖，有江西詩派本歸叟集一卷。事迹詳晁説之王立方墓誌銘。按：據吕本中詩題，其作此二絶時潘大臨、王立之二人「墓木已拱」，唯謝逸尚在。潘於大觀元年（一一〇七）卒，王於大觀三年（一一〇九）卒，而謝亦於政和二年（一一一二）辭世，故吕之二絶，只能作於大觀四年至政和元年間。沈度爲吕本中編詩集時，二絶在第四卷，前有庚寅年正旦郡中客次作詩，庚寅年即大觀四年，符合呂詩可能作年之時間區間。

〔二〕「漫營」句：補殘章，即所謂「新句」，指謝逸補潘大臨斷句所作之詩，見上注引。

〔三〕「寄與」句：烏衣，即烏衣巷，在建康（今江蘇南京）。晉南渡後，王、謝家族聚居於此。宋書謝弘微傳：「（謝）混風格高俊，少所交納，唯與族子靈運、瞻、曜、弘微並以文義賞會，嘗共宴處，居在烏衣巷，故謂之烏衣之遊。」宋祝穆方輿勝覽卷一四建康府：「烏衣巷，在秦淮南，去朱雀橋不遠。」玉樹郎，謝玄稱子弟「譬如芝蘭玉樹，欲使其生於庭階耳」，見本書卷二寄李㤑去言詩注。按：烏衣、玉樹郎，代指同遊兄弟，此指謝逸，謂其爲晉代謝氏家族後裔。

好詩政似佳風月，會賞能知已不凡〔一〕。萬里潘郎舊鄉縣，半江斜日落歸帆〔二〕。

〔一〕「好詩」二句：好詩，指潘大臨所作一句詩。會賞能知，指謝逸，謂二人皆傑出。陸游老學庵筆記卷三：「阮裕云：『非但能言人不可得，正索解言人亦不可得。』呂居仁用此意作詩云：『好詩正似佳風月，解賞能知已不凡。』」則「會」作「解」，似更佳。

〔二〕「萬里」二句：舊鄉縣，指潘大臨故鄉黄岡。是時潘氏已過世數年，故有「落日」、「歸帆」之景語。

寄李商老〔一〕

竹不可一日無〔二〕，酒不可飲不醉〔三〕。平生嗜酒愛風竹，此意不許凡兒會。南來經年飽塵垢，袖手甘隨百夫後。文章漫作無功身，只了兒曹補窗竇。黄沙障日江漫流，青山唤我十年舊。憶昔泊船鵝翎口〔四〕，把酒遥爲故人壽。只今身在心已老，千巖想像靈芝秀〔五〕。君家兄弟固不凡，解挽三友勤相就〔六〕。中郎卧病過春晚，昔則酒狂今詩瘦〔七〕。山房大名不墜地〔八〕，諸老風流未宜棄。老檜參天可乞盟，粢食鍘羹乃無味〔九〕。如君高韵千載同，可更托身三數公。丈夫勁挺要長久，百萬叩關一夫守〔一〇〕。胸中江海不須道，此流何必計升斗。眼前勃窣訴二友，聽客所爲公絶口〔一一〕。

〔一〕李商老，李彭字商老，事迹見本書卷一用前韵寄商老詩注。

〔二〕「竹不可」句：晋書王徽之傳：「嘗寄居空宅中，便令種竹。或問其故，徽之但嘯詠，指竹曰：『何可一日無此君邪！』」又蘇軾於潛僧緑筠軒：「可使食無肉，不可使居無竹。無肉令人瘦，無竹令人俗。」

〔三〕「酒不可」句：蘇軾送千乘千能兩侄還鄉：「治生不求富，讀書不求官。譬如飲不醉，陶然有餘歡。」施元之注：「晋〔書〕陶侃傳：『每飲酒有定限，常歡有餘而限已滿。』」此反用其意。

〔四〕「憶昔」句：鵝翎口，在鵝翎。鵝翎又稱鵝翎灣，真州地名，見建炎要録卷四五紹興元年（一一三一）六月甲申條原注引劉光世分析狀，稱邵青「至真州鵝翎灣駐泊，復移揚州，一夕遁去」云云。程俱避寇儀真六絶句其二：「北固山頭竪白旗，西津渡口僕姑飛。將軍笑引三千騎，洗馬鵝翎問道歸。」原注：「是日聞浙西總管提兵自瓜州取道儀真，度長蘆便道趨杭。」

〔五〕「千巖」句：千巖，指李彭故鄉江西南康，謂在想像中，其地秀美如有靈芝。杜甫木皮嶺：「西崖特秀發，焕若靈芝繁。」

〔六〕「君家」二句：三友，指李彭兄弟三人。李彭有二弟：李文若、李彤。李彤嘗官太常博士，（文同龍州助教郭君（友直）墓誌銘：「女二人，長適太常博士李彤，封壽安縣君。」）嘗以黄庭堅伯舅（李秉彝）子之身份，協助洪炎編纂豫章黄先生文集三十卷，而李彤又獨自編成外集十四卷，對被黄庭堅所删之集外詩多有指證，黄𦼮在所編山谷年譜中屢有引録。三友，宋百家詩存卷一二、四庫本「三」字作「二」，二友指李彭二弟，當是。

〔七〕「中郎」二句：中郎，即李文若，字季弓，排行第二（李彭寄文若詩有句曰：「仲氏客淮上。」）。詩瘦，李白戲贈杜甫：「借問别來太瘦生，總爲從前作詩苦。」又杜甫暮登西安寺鐘樓寄裴十迪：「知君苦思緣詩瘦。」李文若、彤蓋亦能詩，作品今已不存。

〔八〕「山房」句：山房，指李常。宋史李常傳：「李常，字公擇，南康建昌人。少讀書廬山白石僧舍，既擢第，留所抄書九千卷，名舍曰『李氏山房』。」

〔九〕「老檜」二句：檜，木栒，即圓柏，一名栝。乞盟，請求加盟。粢食，左傳桓公二年：「粢食不鑿。」杜預注：「黍稷曰粢，不精鑿。」陸德明音義：「粢音咨，稷也；食音嗣，餅也；鑿，子洛反，精米也。」孔穎達疏：「祭祀用穀、黍、稷爲多，故云黍稷曰粢，飯謂之食。傳云『粢食不鑿』，謂以黍稷爲飯，不使細也。」鉶羹，周禮天官亨人：「祭祀共大羹、鉶羹，賓客亦如之。」鄭玄注：「大羹，肉湆。鄭司農（衆）云：『大羹不致五味也，鉶羹，加鹽菜矣。』」賈公彦疏：「云鉶羹者，皆是陪鼎，膷臐膮牛用藿，羊用苦，豕用薇，調以五味，盛之於鉶器，即謂之鉶羹。若盛之於豆，即謂之庶羞。」兩句言寧可野處，也不願做官食禄。

〔一〇〕「百萬」句：文選張載劍閣銘：「一人荷戟，萬夫趑趄。」李善注引陳琳爲曹洪答文帝書曰：「一人揮戟，萬人不得進。」又引廣雅曰：「趑趄，難行也。」又李白蜀道難：「一夫當關，萬夫莫開。」

〔一一〕「眼前」二句：勃窣，文選司馬相如子虚賦：「媻姍勃窣，上乎金隄。」郭璞注引韋昭曰：「媻姍勃窣，匍匐上也。」吕向注：「媻姍勃窣，美人上隄貌。」此指恭敬進言貌。聽客，謂勿聽他人之言。按：自「丈夫挺勁」至此數句，疑有他事不便明説，故詩意含蓄，不可詳悉。

雨中作

咄咄真成夢〔一〕，悠悠復未知。寧爲牛背語，不作劍頭炊〔二〕。雨挾秋聲亂，江含暝色悲。故知無事飲，猶勝頃來詩〔三〕。

〔一〕「咄咄」句：用殷浩被免、終日書空作「咄咄怪事」一事，見本書卷一又寄無逸信民詩注引世說新語黜免。

〔二〕「寧爲」二句：牛背語，童兒牧牛時之閒言碎語，極言拙陋低俗。劍頭炊，謂在戰場中造飯，隨時有生命危險，故指危語，見本書卷二贈浹上人詩注。兩句言詩文中寧作俗語，不作危語。

〔三〕「故知」二句：無事飲，世說新語任誕：「王孝伯（恭）言：『名士不必須奇才，但使常得無事痛飲酒，熟讀離騷，便可稱名士。』」蘇軾次韵周開祖長官見寄：「犀首正緣無事飲。」李厚注：「史記：陳軫見犀首，曰：『公何好飲也？』曰：『無事也。』曰：『吾請令公厭事，可乎？』」又陳師道咸平讀書堂：「復作無事飲，醉卧擁青奴。」任淵注：「退之詩：『幕中無事惟可飲。』蓋用史記犀首事。」頃來，近來也。按：是詩當有感而發，或因人以詩文得禍，故通篇激憤之情溢於言表。

示内〔一〕

貧賤不可忘〔二〕，富貴安足羡。我生未三十，種種厭貧賤。宦情肱九折〔三〕，老味金百鍊〔四〕。稍回功名心，來結香火願〔五〕。平生所知人，久已焚筆硯。是中無真實，不在儒術緣〔六〕。有如退飛鷁，更借逆風便〔七〕。病妻頗癡絶，可與共開宴。小女真吾兒，語學春鳥囀。初非本來有，且作夢中見〔八〕。君看手捉鼻〔九〕，絶勝扇障面〔一〇〕。他年從吾名〔一一〕，同入隱士傳。

〔一〕内，猶言内子。内子，卿大夫嫡妻。左傳僖公二十四年：「（趙姬）以叔隗爲内子，而己下之。」杜預注：「卿之嫡妻爲内子。」後爲妻之通稱。按本書卷二〇晁留臺劉夫人挽詩三首其二有「故家劉與魏，我亦忝姻親」句，自注：「夫人劉姓，魏出也。」晁留臺即晁損之，字進道，嘗管勾北京御史臺。所謂「忝姻親」，不詳爲何種關係，是否吕本中夫人與晁損之夫人均爲劉姓、魏出？待考。

〔二〕「貧賤」句：後漢書宋弘傳：「時（光武）帝姊湖陽公主新寡，帝與共論朝臣，微觀其意。主曰：『宋公威容德器，群臣莫及。』帝曰：『方且圖之。』後弘被引見，帝令主坐屏風後，因謂弘曰：『諺言貴易交，富易妻，人情乎？』弘曰：『臣聞貧賤之交不可忘，糟糠之妻不下堂。』帝顧謂主曰：『事不諧矣。』」

〔三〕「宦情」句：肱九折，肱，手臂。楚辭王逸九章惜誦：「九折臂而成醫兮。」注：「言人九折臂更歷方藥，則成良醫，乃自知其病原。」意同「三折肱」。左傳定公十三年：「三折肱知爲良醫。」九、三言其多，非定數。此言因厭貧賤，故出仕之意尤切，如同經歷過九折肱之人，儼然已成良醫，更覺技癢。

〔四〕「老味」句：文選劉琨重贈盧諶：「何意百鍊剛，化爲繞指柔。」李善注引應劭漢書注曰：「説者以金取堅剛，百鍊不耗。」此自言已如百鍊之金，深諳爲官之道。

〔五〕「稍回」二句：回，掉轉。香火願，指信奉佛教。謂對功名仕進之心稍作收斂，用於禪學修爲。陳師道寄答王直方：「平生功名意，回作香火願。」任淵注引北史（陸法和傳）：陸法和曰：「但於空王佛所與主上有香火因緣。」

〔六〕「是中」二句：是中，指筆硯即文章中。謂當世流行之文皆虚假造作，與儒術無關。

〔七〕「有如」二句：春秋左傳僖公十六年春秋經曰：「六鷁退飛，過宋都。」杜預注：「鷁，水鳥，高飛遇風而退。」左傳曰：「六鷁退飛，過宋都，風也。」杜預注：「六鷁遇迅風而退飛，風高不爲物害，故不記風之異。」此以「逆風」喻指政治時勢，謂不得已只能「退飛」。

〔八〕「初非」二句：謂妻女本來就無所謂「有」，也只是夢幻中所見而已。

〔九〕「君看」句：君，原作「居」，據四庫本改。手捉鼻，世説新語排調：「初，謝安在東山居，布衣，時兄弟已有富貴者，翕集家門，傾動人物。劉夫人戲謂安曰：『大丈夫不當如此乎？』謝乃捉鼻曰：『但恐不免耳！』」余嘉錫世説新語箋疏案：「安意蓋謂己本無心於富貴，故屢辭徵召而不出。但時勢逼人，政恐終不能免耳。安少有鼻疾，語音重濁，所以捉鼻者，欲使其聲輕細以示鄙夷不屑之意也。」本中女之捉鼻，蓋亦是鄙夷富貴之狀。

〔一〇〕「絶勝」句：唐王建宮中調笑詞四首其一：「團扇，團扇，美人病來遮面。」言不願以色事人。

〔一一〕「他年」句：吾名，四庫本作「我居」。

寄外弟趙柟才仲〔一〕

長年更多疾，念爾不能忘。夢去闕山静，書來道里長〔二〕。形骸且憔悴，草木自蒼唐〔三〕。古縣疏還往，微官絶簸揚〔四〕。頗聞能吏事，仍不廢文章。客舍襄江下〔五〕，人家筑水傍〔六〕。婁成千里目〔七〕，虚斷九回腸〔八〕。我老知無用，身閑欲半藏〔九〕。預愁章服裏，仍怯簿書忙〔一〇〕。事業煩詩卷，生涯在藥囊。得非嵇叔懶〔一一〕，寧似次公狂〔一二〕。野檜多鱗甲，寒松半雪霜。高天一雁遠，小徑百年荒。每惜朱絲斷〔一三〕，空懷素錦張〔一四〕。舊交渾潦倒，此語更微茫。欲判五斗米〔一五〕，先尋百本桑〔一六〕。殘羹得共啜，薄酒要同嘗〔一七〕。匣裏出鳴劍〔一八〕，眼中除眯糠〔一九〕。未容窺窔奥〔二〇〕，虚自倚門牆〔二一〕。指點飛鴻路，何人識故鄉〔二二〕。

〔一〕是詩原校曰：「一本自『野檜多鱗甲，寒松半雪霜』下云：『直須守歲晚，莫羨踏春陽。夙受祖師印，得游夫子牆。直言無異理，未學故多方。必若除煩惑，先能起仆僵。君才可辦此，吾説未應亡。匣裏得明鏡，眼中除米糠。高天一雁遠，小徑百年荒。每惜朱絃斷，空懷素錦張。馬難逢伯樂，麟有遇鉏商。却倚摩天刃，兼除治水航。舊交渾潦倒，此語更微茫。欲判五斗米，先尋百本桑。永無南浦送，頻受北風涼。想弟眉宇好，見兄籌策良。殘羹可共啜，薄酒更同嘗。黽勉初無害，衰遲却未妨。時尋二三子，同看億千場。指點征鴻路，無人識故鄉。』」則詩句多一倍有餘。疑後來定稿時經詩人删芟。

〔二〕「夢去」二句：言與外弟或夢中相見，或書信往來，很難會面。

〔三〕「草木」句：蒼唐，楚辭王逸九思傷時：「草木兮蒼唐。」注：「始凋也。」

〔四〕「古縣」二句：古縣，疑指筑陽縣，詳下注。絶簸揚，謂不被重用。詩經小雅大東：「維南有箕，不可以簸揚。」孔穎達疏：「言維此天上，其南則有箕星，不可以簸揚米粟。」李白擬古十二首其六：「北斗不酌酒，南箕空簸揚。」楊齊賢集注：「喻王終不足與有爲，如北斗之空有斗名，而不可以挹酒漿；南箕之空有箕名，而不可以簸揚也。」

〔五〕「客舍」句：襄江，據下句，所謂襄江當即今湖北谷城縣之漢江。

〔六〕「人家」句：帨水，水經注卷二九沔水下：「沔水又南，逕筑陽縣東。」酈道元注：「又南，筑水注之，杜預以爲彭水也。水出梁州新城郡魏昌縣界，縣以黄初中分房陵立。筑水東南流，逕筑陽縣，水中有孤石挺出，其下澄潭，時有見此石根如竹根而黄色，見者多凶，相與號爲承受石，所未詳也。筑水又東，逕筑陽縣故城南，縣，故楚附庸也，秦平鄢郢，立以爲縣，王莽更名之曰宜禾也。……筑水又東流，注于沔，謂之筑口。」今按：筑陽縣，古縣名，在今湖北谷城縣境内，因處於筑水（即今谷城縣南河）之陽而得名。據此，則趙枏當在筑陽縣爲官。

〔七〕「婁成」句：婁，「屢」之古字。唐王之渙登鸛雀樓：「欲窮千里目，更上一層樓。」

〔八〕「虚斷」句：漢書司馬遷傳載上任安書：「是以腸一日而九回。」

〔九〕「身閑」句：李白上雲樂：「陽烏未出谷，顧兔半藏身。」

〔一〇〕「預愁」二句：章服，官服，因官品而有不同圖案，故稱章服。簿書，官司公文。漢書禮樂志：「大臣特以簿書不報期會爲故。」顔師古注：「簿，文簿也。」是時吕本中尚未做官，蓋已有將授官之信息，故稱「預愁」。

〔一一〕「得非」句：嵇叔，即嵇康。晋書嵇康傳：「嵇康，字叔夜，譙國銍人也。……長好老莊，與魏宗室婚，拜中散大夫。常修養性服食之事，彈琴詠詩，自足於懷，以爲神仙稟之自然，非積學所得至。於導養得理，則安期、彭祖之倫可及，乃著養生論。」嵇康與山巨源絶交書：「性復疏懶，筋駑肉緩，頭面常一月十五日不洗，不大悶癢，不能沐也。每常小便，而忍不起，令胞中略轉乃起耳。又縱逸來久，情意傲散，簡與禮相背，懶與慢相成，而爲儕類見寬。」黄庭堅戲書效樂天：「造物生成嵇叔懶。」

〔一二〕「寧似」句：次公，指蓋寬饒。蘇軾贈孫莘老七絶其七：「毋多酌我次公狂。」李厚注：「西漢蓋寬饒字次公，爲司隸。平恩侯許伯入第，丞相已下皆賀。寬饒東鄉特坐，許伯自酌曰：

『蓋君後至。』寬饒曰：『無多酌我，我乃狂酒。』丞相魏其侯笑曰：『次公醒而狂，何必酒也！』」按：見漢書蓋諸葛劉鄭孫毋將何傳。句謂寧願做酒狂如蓋寬饒。

〔一三〕「每惜」句：朱絲斷，杜甫寄岳州賈司馬六丈巴州嚴八使君兩閣老五十韻：「朱絲有斷絃。」趙彥材注：「鮑照詩：『直如朱絲絃。』鍾子期死，伯牙絶絃。公詩句，歎二子無知音而戒之也。」此蓋指世已無知音如嵇康、蓋次公者。

〔一四〕「空懷」句：素錦張，謂自然風光有如畫卷，蓋懷念昔日與外弟出遊也。杜甫渡江：「渚花張素錦，汀草亂青袍。」

〔一五〕「欲判」二句：五斗米，代指縣令。宋書陶潛傳：陶潛爲彭澤令，「郡遣督郵至，縣吏白應束帶見之，潛歎曰：『我不能爲五斗米折腰向鄉里小人！』」

〔一六〕「先尋」句：百本桑，蘇軾戲作種松：「我昔少年日，種松滿東岡。初移一寸根，瑣細如插秧。二年黄茅下，一一攢麥芒。三年出蓬艾，滿山散牛羊。不見十餘年，想作龍蛇長。夜風波浪碎，朝露珠璣香。我欲食其膏，已伐百本桑。」自注：「煮松脂法，用桑柴灰水。」按：松脂，乃修道者所服。以上二句，謂欲典縣，須先備好煮松脂材料，以作罷官退隱計。

〔一七〕「殘羹」二句：殘羹、薄酒，此喻指官况。是時黨禁稍弛，吕本中或已有授官之議（不久官曹州，有詩見後）。趙才仲已官縣令，頗諳個中滋味，故言「共啜」、「同嘗」。

〔一八〕「匣裏」句：鳴劍，後漢書吴蓋陳臧列傳論曰：「臧宫、馬武之徒，撫鳴劍而抵掌，志馳於伊吾之北矣。」李賢注引曹植結交篇曰：「利劍鳴手中。」此以劍喻指權力，謂做官當懲惡揚善。

〔一九〕「眼中」句：眯糠，謂糠入目中，視力模糊。莊子天運：「孔子見老聃而語仁義，老聃曰：『夫播糠眯目，則天地四方易位矣。』」成玄英疏：「夫播糠眯目，目暗故不能辯東西。……是以外物雖微，爲害必巨。」句謂做官須正直，眼中容不得異物。

〔二〇〕「未容」句：突奧，深隱之處。漢書敘傳上載班固答賓戲：「守突奧之熒燭，未卬天庭而覩白日也。」注引應劭曰：「爾雅：東南隅謂之突，西南隅謂之奧。」顏師古注：「突、奧，室中之二隅也。……突音烏了反，其字從穴，夭聲也。」

〔二一〕「虛自」句：倚門牆，揚雄法言吾子篇：「或問：『人有倚孔子之牆，絃鄭衛之聲，誦韓莊之書，則引諸門乎？』曰：『在夷貉則引之，倚門牆則麾之。』」宋吴秘注：「韓非、莊周本俱學於老子者也，今人惟知韓非言法，而不知其本。韓書有解老、喻老二篇，故曰韓莊之書。門謂孔子之門。」以上兩句，謂對做官尚未入門。蓋趙柟來書有「倚門墻」語，故云。

〔二二〕「指點」二句：飛鴻路，大雁群飛方向。雁爲候鳥，秋季南飛，春季歸北。因無人知道故鄉方位，故視大雁飛行以識南北，言其表弟離家太久，亦自嘆背井離鄉之苦。

京師贈大有叔〔一〕

尊酒相逢十載前〔二〕，緑髮紅顔俱少年。尊酒相逢十載後，皮黃肉皺俱白首。叔如鴻鵠但高飛，侄似麕鼯更深走〔三〕。南來行李初一逢〔四〕，長安舊第冰雪中〔五〕。閉門不識故人面，豪氣直欲輕元龍〔六〕。平生爲道不爲食〔七〕，少小所期皆目擊。何時相就過江南，同訪曾游舊泉石。

〔一〕大有，吕大有，名光問，吕希純子，吕本中從叔，見紫微詩話。是時吕本中蓋暫回京師開封。

〔二〕「尊酒」句：是詩作於大觀四年，上推十年，當在徽宗建中靖國元年（一一〇一）。

〔三〕「侄似」句，鮑照蕪城賦：「壇羅虺蜮，階鬪麕鼯。」李善注引劉兆曰：「麇，麞也。麞與麇音義同。鼯，鼯鼠也。」按：麕、麏同。鄭樵爾雅注卷下釋鳥：「鼯鼠，似蝙蝠而大，肉翅，尾長三尺許。背上蒼艾色，脚短爪長，飛且乳，故又名飛生。聲如人呼，食火烟，能從高赴下，不能從下上高。鼯音吾。」俗稱飛鼠，别名夷由。

〔四〕「南來」句：南來，指由京師到宿州。行李，此猶言行人，乃吕本中自指。

〔五〕「長安」句：長安，代指京師開封。吕氏家族遭黨禍，在開封之舊第冷落，故言。

〔六〕「豪氣」句：許汜述見陳登（字元龍），陳登無客主意，久不相與語，自上大床卧，使客卧下床。劉備曰：「如小人，欲卧百尺樓上，卧君於地，何但上下床之間邪！」詳見本書卷一宿州初暑詩注引三國志。此言其豪氣欲輕元龍，蓋譬之劉備也。

〔七〕「平生」句，論語衛靈公：「子曰：『君子謀道不謀食。……君子憂道不憂貧。』」宋邢昺疏：

「人非道不立，故必先謀於道，道高則祿來，故不暇謀於食。」

寄蔡伯世趙才仲〔一〕

我恨不識鹿門公，蔡郎心期千載同〔二〕。不隨吏部曹中板，去赴長蘆寺裏鐘〔三〕。

〔一〕蔡伯世，紫微詩話：「饒德操作僧後，有送別外弟蔡伯世詩云：『要做仲尼真弟子，須參達摩的兒孫。』」則蔡伯世乃呂本中外弟。又呂本中師友雜志曰：「仲姑清源君，嫁蔡氏，長子興宗，字伯世。」則興宗母乃呂希哲次女。呂祖謙東萊公家傳：「（呂好問）女一人，適右朝奉郎蔡興宗。」則蔡興宗又爲呂本中妹夫，乃姑表親。按：蔡氏與呂氏爲世親，萊州膠水（今山東平度）人。興宗父蔡惇，字元道，參政蔡齊侄孫，吏部侍郎蔡延慶子，官至直龍圖閣。紹興初官涪陵，卒。著有祖宗官制舊典三卷（佚）。興宗乃杜詩研究專家，著有重編少陵先生集二十卷及年譜、正異各一卷，已佚。事迹略見陳振孫直齋書録解題卷六、觀石魚記（涪陵石魚文字所見録卷上），參見楊經華蔡興宗籍貫行履小考（載中國典籍與文化二〇〇九年第四期）。趙才仲，亦本中外弟，乃其伯姑之子，前已屢見。

〔二〕「我恨」二句：後漢書龐公傳：「龐公者，南郡襄陽人也。居峴山之南，未嘗入城府，夫妻相敬如賓。荆州刺史劉表數延請，不能屈。……後遂携其妻子登鹿門山，因采藥不反。」李賢注引襄陽記曰：「鹿門山，舊名蘇嶺山，建武中襄陽侯習郁立神祠於山，刻二石鹿夾神道口，俗因謂之鹿門廟，遂以廟名山也。」蔡郎，即蔡興宗，謂其千載之下，心期與龐公相同，亦以離世隱居爲意。

〔三〕「不隨」二句：吏部，官府名。宋史職官志三吏部：「吏部掌文武官吏選試、擬注、資任、遷敍、蔭補、考課之政令，封爵、策勳、賞罰殿最之法。」曹中板，板，手板也。黄庭堅戲簡朱公武劉邦直田子平五首：「不趨吏部曹中版，且鱠高沙湖裏魚。」任淵注：「山谷辭吏部郎之命，故不持手版以趨省曹。」句指蔡伯世不願隨吏部調官，而去長蘆寺參禪。祝穆方輿勝覽卷四五真州：「長蘆寺，元在長蘆鎮，章獻明肅太后少隨父至京師，長老勉之。入京及垂簾聽政，長老已往，后問所需，曰：『長蘆無三門。』后乃以本閤服用器物成之。淳熙十二年（一一八五），徙於滁口山之東。」按：蔡興宗母子皆好佛。韓駒贈蔡伯世詩曰：「君家夫人（指其母清源君）林下風，長齋繡佛鳴金鐘。侍兒百指亦清浄，凌晨梵唄聲摩空。……有美一子天麒麟（指蔡伯世），孟嘉外孫見淵明。掃地焚香坐絃誦，不聞梵唄連歌聲。」

一坐十月長江濱〔一〕，自君之來心轉親〔二〕。還書起居清源君〔三〕，人間紛紛何足云。

〔一〕「一坐」句：長江濱，指真州長蘆寺。

〔二〕「自君」句：謂坐禪十個月後，心已如止水，自蔡氏來後方又唤起親情。陳師道五子相送至湖陵：「自君之來吾却掃。」

〔三〕「還書」句：還書起居，起居，指日常生活，謂以書信向姑母請安。清源君，即蔡興宗母，封清源縣君，見本書卷六初别清源姑才仲過楚丘作詩注。

同行者誰平原孫，於我不但骨肉親〔一〕。誰言不爲桃花去，只愛江山亦可人〔二〕。

〔一〕「同行」二句：平原孫，平原，指趙勝，趙惠文王之弟，封平原君。史記平原君列傳：「平原君趙勝者，趙之諸公子也。諸子中勝最賢，喜賓客，賓客蓋至者數千人。」與齊孟嘗君、魏信陵君、楚春生君號稱「四公子」。此指外弟趙才仲，言其爲趙勝後裔。趙才仲與詩人交往密切，故云不只骨肉親。杜甫戲贈閿鄉秦少府短歌：「同心不減骨肉親。」

〔二〕「誰言」二句：桃花，陶潛桃花源記：「晉太元中，武陵人捕魚爲業，緣溪行，忘路之遠近。忽逢桃花林，夾岸數百步中無雜樹，芳草鮮美，落英繽紛。」此似指趙才仲有湘西之行。可人，令人心曠神怡。蘇轍送戴朝議歸蜀中：「但愛江山無一事，爲言父老莫相猜。」

二子逃禪不計年〔一〕，江湖重去水粘天〔二〕。直饒透盡三關語〔三〕，到底終成百漏船〔四〕。

〔一〕「二子」句：二子，蔡、趙也。逃禪，此指逃離塵世，皈依禪宗。唐牟融題寺壁：「聞道此中堪遁迹，肯客一榻學逃禪。」

〔二〕「江湖」句：水粘天，天、水相接貌。黄庭堅次韵外舅謝師厚病間十首其六：「夢作白鷗去，江湖水粘天。」

〔三〕「直饒」句：三關，五燈會元卷一七石霜圓禪師法嗣黄龍慧南禪師：「師室中常問僧曰：『人人盡有生緣，上座生緣在何處？』正當問答交鋒，却復伸手曰：『我手何似佛手？』又問：『諸方參請，宗師所得？』却復垂脚曰：『我脚何似驢脚？』三十餘年，示此三問，學者莫有契其旨。脱有酬者，師未嘗可否。叢林目之爲黄龍三關。」

〔四〕「到底」句：到底，猶言結果。佛教稱煩惱爲漏。百漏船，謂處處皆滲漏之船，喻人生煩惱極多。黄庭堅張大同寫予真請自贊：「枯木突兀，死灰不然。虚舟送物，成百漏船。」

木魚光裏兩蒲團〔一〕，意氣與我平生歡。盡底告君君不會，空得癡人尋筆端〔二〕。

〔一〕「木魚」句：木魚，佛教法器名。佛家謂魚晝夜不合目，故刻木作魚形擊之，以自警不得懈惰。饒節蔡伯世吕隆禮敦智李肅老求頌二首其一：「木魚光裏現三身。」兩蒲團，自注：「兩蒲團，謂愚、璧。時諸人争收璧書。」蒲團本僧人坐具，此代指人。愚即愚上人，嘉禾人，棄儒從釋，精苦自勵，見本書卷二呈愚上人詩注。璧即如璧，乃饒節爲僧後法名，前已屢見。

〔二〕「盡底」二句：盡底，全部。告君，蓋謂曾告訴二人禪全在悟，而愚、璧却只在文字中求，作文字禪。不會，不領會。

寄范子〔一〕

范郎平生萬人傑，只今未免兒號寒。三江五湖在胸次〔二〕，琨玉秋霜看筆端〔三〕。舊疾祇令肝肺熱〔四〕，春風欲開桃李顔。待約南江今夜月〔五〕，與渠萬里報平安。

〔一〕范子，詳首二句，其人乃范寥，字信中。京口耆舊傳卷五：「范寥，字信中，成都華陽（今四川成都）人，范鎮族子，家於丹陽（今屬江蘇）。以告張懷素逆謀有功，授供備庫副使。「後累更職任，爲潁昌府兵馬鈐轄。坐不合收藏蘇軾詩文墨迹，不首毁，追毁出身以來文字，除名勒停。後遇赦叙復。紹興間嘗知邕州兼邕管安撫。寥志尚卓犖，欲以功名自見。方未遇時，權以濟義，故不徇小節；既仕，局束武弁，志不得伸。晚年以詩酒自放，終於閩中。」呂本中、韓駒等皆嘗與之唱酬。」費衮梁溪漫志卷一〇記其家世甚詳，謂「負才豪縱不羈，家始饒給，從其叔分財，一月輒盡之，落莫無聊」云云。又見曾敏行獨醒雜志卷三。范鎮家與呂氏雖非親戚，但兩家祖上關係極好，呂祖謙東萊公家傳稱「范蜀公鎮與正獻公（呂公著）兄弟交」，故本中對范寥亦另眼相待。

〔二〕「三江」句：周禮夏官職方氏：「職方氏，掌天下之圖，以掌天下之地。……東南曰揚州，其山鎮曰會稽，其澤藪曰具區，其川三江，其浸五湖。」鄭玄注：「具區、五湖，在吴，南浸可以爲陂灌溉者。」按：即太湖是也。三江，賈公彦疏：「揚州所以得有三江者，江至尋陽南合爲一，東行至揚州，入彭蠡，復分爲三道而入海，故得有三江也。」此以三江五湖形容范寥胸懷、氣魄極大。

〔三〕「琨玉」句：琨玉，美玉。琨玉、秋霜，後漢書孔融傳論：「懔懔焉，皜皜焉，其與琨玉秋霜比質可也。」李賢注：「懔懔，言勁烈如秋霜也。皜皜，言堅貞如白玉也。」

〔四〕「舊疾」句：肝肺熱，心中煩燥。此言范寥急於求進，是其老毛病。陳與義别大光：「君有杯中物，我有肝肺熱。飲盡不能起，交深忘事拙。」

〔五〕「待約」句，南江，古代三江之一。尚書禹貢：「東爲中江，入于海。」僞孔傳：「有北有中，南可知。」孔穎達正義引地理志：「南江從會稽、吴縣南，東入海。」即今吴淞江。

春風

春風隨長江，一日行萬里。蕭條起岷山〔一〕，歘忽度楊子〔二〕。江南千酒樓，春風樓上頭。金樽開翠幄，青帘吹客愁〔三〕。長堤二月暖，寒溪千古流。紛紛桃李花，處處作芳華。不見梁間燕，空悲王謝家〔四〕。

〔一〕「蕭條」句：蕭條，文選班彪北征賦：「野蕭條以莽蕩。」張銑注：「蕭條，曠遠之貌。」同上郭璞江賦：「惟岷山之導江，初發源乎濫觴。」李善注：「岷山導江，東別爲沱。……（孔子）家語：孔子謂子路曰：『夫江始于岷山，其源可以濫觴。及其至于江津，不舫舟、不避風則不可以涉。』」古人以泯江爲長江上游，故云。

〔二〕「欻忽」句：欻忽，迅疾貌。楊子，古津渡名，在今江蘇揚州江都區南有楊子橋，自古爲長江津要處，詳本書卷三廣陵詩注。今距長江已遠。

〔三〕「金樽」二句：幄、帘，酒樓幃幔、旗幟；翠、青，其色也。兩句回應隨長江而來之春風：酒客因春風吹拂，遂起滿懷愁緒。

〔四〕「不見」二句：劉禹錫烏衣巷：「舊來王謝堂前燕，飛入尋常百姓家。」烏衣巷，在六朝時建康（今江蘇南京），參見本卷前潘邠老嘗得詩云滿城風雨近重陽文章之妙至此極矣詩注。此更進一層，謂昔日王謝居住地，連燕也不見蹤影，令人感慨。

聽琴

君不見龍門之下百尺桐，漂霰飛雪愁寒空〔一〕。何年班爾落君手〔二〕，小窗伴坐歌南風〔三〕。恍然如著山巖裏，不知身在塵埃中。初聞平野飛鴻鵠，欻聽金盤起珠玉〔四〕。繞壇古樹鬱嵯峨，六月吹霜作寒緑〔五〕。折楊黄花不須道〔六〕，别鶴離鸞尚堪續〔七〕。君不見開元天子醉西都，音聲十院留歡娱〔八〕。當時臨軒奏此曲，徑須解穢煩花奴〔九〕。乃知恬淡世莫識，無絃之趣何時無〔一〇〕。歸家愁厭筝笛耳〔一一〕，此聲一聽還已矣。會須流水訪鍾期〔一二〕，試向爐中覓焦尾〔一三〕。

〔一〕「君不見」二句：文選枚乘七發：「龍門之桐，高百尺而無枝。中鬱結之輪菌，根扶疏以分離。上有千仞之峰，下臨百丈之溪。湍流遡波，又澹淡之。其根半死半生，冬則烈風、漂霰、飛雪之所激也。……於是背秋涉冬，使琴摯斫斬以爲琴，野繭之絲以爲絃，孤子之鉤以爲隱，九寡之珥以爲約，使師堂操暢，伯牙爲之歌。」李善注「龍門」句引周禮（引者按：見春官大司樂）曰：「龍門之琴瑟。」又引孔安國尚書傳（引者按：見禹貢，孔傳爲僞書）曰：「龍門山在河東之西界。」按：山在今山西河津。

〔二〕「何年」句：班爾，韓昌黎文集附歐陽詹答韓十八駑驥吟：「班爾圖永安。」孫汝聽注：「公孫班、王爾，古良匠名。」句言所彈之琴乃班、爾兩良匠所製，謂極珍貴。

〔三〕「小窗」句：歌南風，孔子家語卷八辯樂解：「昔者舜彈五絃之琴，造南風之詩，其詩曰：『南風之薰兮，可以解吾民之愠兮。南風之時兮，可以阜吾民之財兮。』」

〔四〕「欻聽」句：欻聽，忽聽。金盤，白居易琵琶行：「嘈嘈切切錯雜彈，大珠小珠落玉盤。」

〔五〕「繞壇」二句：列子湯問：鄭師文（按：鄭國樂師師文）鼓琴，「當春而叩商弦，以召南吕，凉風忽至，草木成實。及秋而叩角弦，以激夾鍾，温風徐迴，草木發榮。當夏而叩羽弦，以召黄鍾，霜雪交下，川池暴涸。及冬而叩徵弦，以激蕤賓，陽光熾烈，堅冰立散。將終命宫而總四弦，則景風翔，慶雲浮，甘露降，澧泉涌。師襄乃撫心高蹈，曰：『微矣！子之彈也，雖師曠之清角，鄒衍之吹律，亡以加之。』」此兩句言叩羽弦，故六月吹霜，古樹寒緑。

〔六〕「折楊」句，莊子天地：「大聲不入於里耳，折楊皇華，則嗑然而笑。是故高言不止於衆人之心，至言不出，俗言勝也。」成玄英疏：「折楊皇華，蓋古之俗中小曲也。」漢代有折楊柳。樂府詩集卷二二漢鐃吹曲引樂府解題，稱「漢横吹曲二十八解，李延年造，魏晋已來唯傳十曲」，其七曰折楊柳。所謂黄花，蓋指横吹曲辭之幽州馬客吟歌辭，共五曲，其四、五曲兩曲爲：「郎著紫袴褶，女著彩裌裙。男女共燕遊，黄花生後園。」「黄花鬱金色，緑蛇銜珠丹。辭謝床上女，還我十指環。」見樂府詩集卷二五。因折楊、黄花爲俗曲，故言「不須道」。

〔七〕「别鶴」句：樂府詩集卷五八别鶴操引崔豹古今注曰：「别鶴操，商陵牧子所作也。娶妻五年而無子，父兄將爲之改娶。妻聞之，中夜起，倚户而悲嘯。牧子聞之，愴然而悲，乃援琴而歌，後人因爲樂章焉。」又引琴譜曰：「琴曲有四大曲，别鶴操其一也。」同上書卷五七琴曲歌辭：「西漢時有慶安世者，爲成帝侍郎，善爲雙鳳、離鸞之曲。」又同上卷五九蔡琰胡笳十八拍引唐劉商胡笳曲序曰：「蔡文姬善琴，能爲離鸞、别鶴之操。」

〔八〕「君不見」二句：開元天子，指唐玄宗，「開元」乃其年號。西都，即長安。十院，即十王宅。新唐書玄宗諸子傳：「先天之後，皇子幼，則居内。東封年，以漸成長，乃於安國寺東附苑城同爲大宅，分院居，爲十王宅，令中官押之，於夾城中起居。」太平廣記卷一九四崑崙奴，稱「唐大曆中，有崔生者，其父爲顯僚，與蓋代之勳臣一品者（按：指諸王）熟」，謂一品者宅中有「十院歌妓」。

〔九〕「徑須」句：唐南卓羯鼓録：「上（玄宗）性俊邁，酷不好琴。曾聽彈琴，正弄未畢，斥琴者出，曰：『待詔出去！』謂内官曰：『速召花奴將羯鼓來，爲我解穢。』」花奴，讓皇帝李憲子李璡小名，封汝陽王。見新唐書三宗諸子傳。解穢，新唐書高駢傳：「客至，先遣薰濯，詒方士祓除，謂之解穢。」

〔一〇〕「無絃」句：宋書陶潛傳：「潛不解音聲，而畜素琴一張，無絃，每有酒適，輒撫弄以寄其意。」何時無，謂不知何時失傳。

〔一一〕「歸家」句：蘇軾聽賢師琴：「歸家且覓千斛水，净洗從前箏笛耳。」趙次公注：「樂天廢琴詩：『何物使之然，羌笛與秦箏。』」

〔一二〕「會須」句：列子湯問：「伯牙善鼓琴，鍾子期善聽。伯牙鼓琴，志在登高山，鍾子期曰：『善哉，峨峨兮若泰山！』志在流水，曰：『善哉，洋洋兮若江河！』」

〔一三〕「試向」句：後漢書蔡邕傳：「吴人有燒桐以爨者，邕聞火烈之聲，知其良木，因請而裁爲琴，果有美音，而其尾猶焦，故時人名曰焦尾琴焉。」李賢注引傅玄琴賦序曰：「齊桓公有鳴琴曰號鍾，楚莊有鳴琴曰繞梁，司馬相如緑綺，蔡邕有焦尾，皆名器也。」

雨後

新花欲盡竹當欄〔一〕，喜見空牆野色團〔二〕。稚子乘陰蒔蘭菊，僕夫留水灌蒿蔓〔三〕。茶香於汝初無分，酒熟逢人也强歡〔四〕。惱亂春光君會否〔五〕，小瓶猶占一枝殘。

〔一〕「新花」句：竹當欄，謂當爲竹叢打圍欄。

〔二〕「喜見」句：野色團，野色，指各種無名野花，團，簇擁、包圍，言開得正盛。杜甫屏迹二首其二：「竹光團野色，舍影漾江流。」

〔三〕「僕夫」句：蒿蔓，即蒿苣。盧仝自詠三首其一：「骨肉清成瘦，蒿蔓老覺羶。」又黄庭堅以同心之言其臭如蘭爲韵寄李子先：「窮閻蒿蔓羶，富屋酒肉臭。酒肉令人肥，蒿蔓令人瘦。」

〔四〕「茶香」二句：汝，乃自指，謂茶乃高雅珍貴之物，於己無分，唯與人同飲酒時，方才强作歡顔。

〔五〕「惱亂」二句：惱亂，煩擾。此指春將去，令人心情不爽。李彭春意三絶其二：「裁雲爲柳雪爲花，惱亂中年春意賒。」君會否，問此種惜春、留春情懷，君懂否？

送山伯良佐東歸以務道期息塗爲韵〔一〕

荆棘生良心，米鹽入塵務〔二〕。芬芳老不達，豈不以此故。人生錐處囊，穎末要立露〔三〕。玉壺近青蠅，没没自點污〔四〕。刳心萬物表〔五〕，却立看脱兔〔六〕。

〔一〕山伯，李彭從弟，名未詳，見本書卷一督山伯蕭遠和詩并示舍弟詩注。良佐，蓋字號，其人不詳，殆亦李氏子。以務、道、期、息、塗爲韵，即所謂分韵，吕本中此作五詩，分别依次以五字之一爲韵。

〔二〕「荆棘」二句：荆棘，無所用之灌木。兩句言心若生荆棘，則荒蕪無遠志，而爲生活瑣事所累。

〔三〕「人生」句：史記平原君列傳：「平原君趙勝者，趙之諸公子也。諸子中勝最賢，喜賓客，賓客蓋至者數千人。」趙使平原君求救合從於楚，約與食客門下有勇力文武備具者二十人偕，已得十九人，毛遂於是自薦。「平原君曰：『夫賢士之處世也，譬若錐之處囊中，其末立見。今先生處勝之門下，三年於此矣，左右未有所稱誦，勝未有所聞，是先生無所有也，先生不能，先生留。』毛遂曰：『臣乃今日請處囊中耳。使遂蚤得處囊中，乃穎脱而出，非特其末見而已。』」兩句言人生在世，出名要早。

〔四〕「玉壺」二句：玉壺，乃潔净之物。青蠅，詩經小雅青蠅：「營營青蠅，止于樊。」鄭玄箋：「蠅之爲蟲，汙白使黑，汙黑使白，喻佞人變亂善惡也。言止于藩，欲外之，令遠物也。」没没，埋没貌。兩句言要慎交，否則會爲穢物所污。

〔五〕「刳心」句：萬物表，萬物之上，指道。莊子天地：「夫道，覆載萬物者也，洋洋乎大哉！君子不可以不刳心焉。」成玄英疏：「刳，去也，洒也。」

〔六〕「却立」句：脱兔，逃跑之兔，喻指行動迅疾。孫子九地：「始如處女，敵人開户；後如脱兔，敵不及拒。」以上二句，謂以道立身，方能高蹈遠達。

臨别當一言，很很念忠告〔一〕。縹囊可取足〔二〕，往結萬古好。默識古則然〔三〕，愚智同一道〔四〕。遠師顔氏子〔五〕，近比伯業操〔六〕。文章有妙斵〔七〕，期子開突奥〔八〕。

〔一〕「很很」句：很很，同「懇懇」，真誠貌。

〔二〕「縹囊」句：縹囊，代指書籍。隋書經籍志序：「大凡四部，合二萬九千九百四十五卷。但録題及言，盛以縹囊，書用緗素。至於作者之意，無所論辯。」

〔三〕「默識」句：論語述而：「子曰：『默而識之，學而不厭，誨人不倦，何有於我哉！』」

〔四〕「愚智」句：班昭東征賦：「修短之運，愚智同兮。」

〔五〕「遠師」句：顔氏子，指顔回。論語雍也：「哀公問弟子孰爲好學，孔子對曰：『有顔回者好學，不遷怒，不貳過，不幸短命死矣。今也則亡，未聞好學者也。』」

〔六〕「近比」句：曹丕典論自序：「上（曹操）雅好詩書文籍，雖在軍旅，手不釋卷，每每定省從容。常言：『人少好學則思專，長則善忘。長大而能勤學者，唯吾與袁伯業耳。』」按：後漢書袁紹傳李賢注引英雄記曰：「袁遺，字伯業，紹從弟。」又三國志魏書武帝（曹操）紀：初平元年（一九〇）春正月「山陽太守袁遺」句裴松之注：「遺字伯業，紹從兄，爲長安令。河間張超嘗薦遺於太尉朱儁，稱遺有冠世之懿，幹時之量，其忠允亮直，固天所縱。若乃包羅載籍，管綜百氏，登高能賦，覩物知名，求之今日，邈焉靡儔。……英雄記曰：『紹後用遺爲揚州刺史，爲袁術所敗。』太祖稱長大而能勤學者，惟吾與袁伯業耳，語在文帝典論。」則袁遺有袁紹從弟、從兄二説，當有一誤。操，操守，指勤學。

〔七〕「文章」句：妙斲，用莊子徐無鬼所述「郢人堊慢其鼻端若蠅翼，使匠石斲之，匠石運斤成風」故事，見本書卷一寄吉州若谷叔詩注。此喻指文章寫作要有高度的理解和默契，方能運筆。

〔八〕「期子」句：開宎奧，此指多角度發掘深邃的意境。參見本卷前寄外弟趙柟才仲詩注。杜甫秦州見敕目薛三璩授司議郎畢四曜除監察與二子有故遠喜遷官兼述索居三十韻：「文章開宎奧，遷擢潤朝廷。」王洙注：「宎，又作陵，東北隅也。一云窟也。宎奧，深邃貌。荀子：

『突奥之内，枕簟之上。』」按：東南隅謂之突，西南隅謂之奥。以上兩句，教二人作文之法。

吾詩如清風，去留不可期。灑然或一來，不繫凡子知〔一〕。兩郎從我遊，豈但窺藩籬〔二〕。山房光焰在，實藉衆木枝〔三〕。斯言可三復〔四〕，如我清風詩。

〔一〕「吾詩」四句：自謂其所作詩如清風般無定法，常出人意料之外，即所謂「活法」。吕本中夏均父集序曰：「學詩當識活法。所謂活法者，規矩備具，而能出於規矩之外；變化不測，而亦不背於規矩也。是道也，蓋有定法而無定法，無定法而有定法。知是者，則可以與語活法矣。謝玄暉有言，『好詩流轉圓美如彈丸』，此真活法也。近世惟豫章黄公（庭堅），首變前作之弊，而後學者知所趨向，畢精盡知，左規右矩，庶幾至於變化不測。」「不可期」、「或一來」，皆「變化不測」之意，謂此妙乃「凡子」所不能理解。

〔二〕「豈但」句，左傳昭公十三年：「欲速且役，病矣，請藩而已。乃藩爲軍。」杜預注：「藩，籬也。」按：藩籬，用竹木編成之籬笆。此喻指詩歌造詣。

〔三〕「山房」二句：山房，指李常，前已屢見。山伯乃李常族人，故及之。實藉，謂其詩法乃得之於李常，又獲衆多詩家滋潤。

〔四〕「斯言」句：三復，論語先進：「南容三復白圭。」唐明皇孝經序：「朕嘗三復斯言，景行先哲。」邢昺疏：「復，猶覆也。……言每讀經至此科，三度反復重讀。」

昔我同學生，文字虎而翼〔一〕。仲弟最多才，去以六月息〔二〕。自吾失若人，每語輒氣塞。子如求數君，慎莫怪蟊賊〔三〕。胸懷但明了，机案付塵黑〔四〕。

〔一〕「文字」句：虎而翼，謂如虎添翼。李彭嗣首座以老夫詩西嶺障斜日爲韵作五章見寄次韵答之：「嗣公釋門老，眈眈虎而翼。」

〔二〕「仲弟」二句：仲弟，指呂揆中，字由義。六月息，婉言死。莊子逍遥遊：「鵬之徙於南冥也，水擊三千里，摶扶摇而上者九萬里，去以六月息者也。」郭慶藩集釋謂其家世父（按：指郭嵩燾）曰：「去以六月息，猶言乘長風也。」

〔三〕「子如」二句：慎，原以小字注「御名」，乃避宋孝宗趙昚諱，徑改。以下諱字皆徑改，不再注。蟊賊，二害蟲，食根曰蟊，食節曰賊，見本卷前擬古詩注。此代指疾病。謂若提到呂揆中等逝者，千萬别説疾病奪去其生命，乃是才太高，已如大鵬乘風高蹈，爲世所不容。揆中之死，參見本書卷二三（外集卷三）讀亡弟由義舊詩有感注。

〔四〕「胸懷」二句：謂若心明眼亮，桌案雖黑不要緊。南齊書王逡之傳：「逡之率素，衣裘不澣，机案塵黑。年老，手不釋卷。」机，同「几」。

曹公奴〔一〕

贈我貂襜褕，報以明月珠〔二〕。古來聲名人，一一行此塗。漢中屠沽兒〔三〕，適可人生嗜好異，至有海上夫〔四〕。孰能識其然，飽此萬卷書。

〔一〕「贈我」二句：文選張衡四愁詩四首其三：「美人贈我貂襜褕，何以報之明月珠。」李善注：「蔡邕獨斷曰：『侍中、中常侍加貂蟬。』説文曰：『直裾謂之襜褕。』淮南子曰：『隋侯之珠。』高誘曰：『明月珠也。』」又吕向注：「襜褕，衣服之飾。」兩句言必先有取，方有豐厚回報，乃指勤於讀書，見詩之末句。

〔二〕「漢中」句：屠沽兒，指劉備，三國志蜀書先主（劉備）紀：建安二十四年（二一九）夏，劉備攻占漢中。秋，「群下上先主爲漢中王，表於漢帝」。先主紀謂劉備「不甚樂讀書，喜狗馬、音樂，美衣服」，故此譬之爲屠沽兒。後漢書禰衡傳：「禰衡，字正平，平原般人也。……建安初，來遊許下，始達潁川，乃陰懷一刺，既而無所之適，至於刺字漫滅。是時，許都新建，賢士大夫四方來集，或問衡曰：『盍從陳長文（群）、司馬伯達（朗）乎？』對曰：『吾焉能從屠沽兒耶？』」

〔三〕「適可」句：曹公，指曹操。此謂曹操喜讀書，而劉備「不甚樂讀書」，故僅可爲奴。前注引曹丕典論自序，稱其父「雅好詩書文籍，雖在軍旅，手不釋卷，每每定省從容。常言：『人少好學則思專，長則善忘。長大而能勤學者，唯吾與袁伯業耳。』」

〔四〕「人生」二句：海上夫，吕氏春秋遇合：「人有大臭者，其親戚、兄弟、妻妾、知識無能與居者。自苦而居海上，海上人有説（按：同「悦」）其臭者，晝夜隨之而弗能去。」洛陽伽藍記卷三報德寺：「時給事中劉縞慕（王）肅之風，專習茗飲。彭城王謂縞曰：『卿不慕王侯八珍，好蒼頭水厄。海上有逐臭之夫，里内有學顰之婦，以卿言之，即是也。』」又唐陸龜蒙讀襄陽耆舊傳因作詩五百言寄皮襲美（原注：〔皮〕日休字也）：「持冠適甌越，敢怨不得售。窘若曬沙魚，悲如哭霜狖。唯君枉車轍，以逐海上臭。」

河水清贈良佐兼寄商老

河水清，江水黄，南山北山自相望〔一〕。恨君不止白石房〔二〕，與誰同遊南郡郎〔三〕。白玉刻佩明月璫〔四〕，如鳳四海求其凰〔五〕。道里遼遠日月長，爽氣自足陵朝陽，舉酒送君君莫忘〔六〕。

〔一〕「河水」三句：本是河水黄、江水清，此反之，言世上不可能之事，有時會變得可能。兩山各處南、北亦然，山雖不可移，却可相望相親。此言良佐（其人未詳，疑爲李常後人或族子）、李彭（字商老）二人雖素昧平生，但並不妨礙一旦成爲朋友。

〔二〕「恨君」句：白石房，殆指李常早年在廬山讀書時所居白石僧舍。宋史李常傳：「李常，字公擇，南康建昌人。少讀書廬山白石僧舍。」句謂頗恨良佐未能到廬山，居止李常廬山讀書處。

〔三〕「與誰」句：謂雖未到白石僧舍，尚能與南郡郎同遊。南郡郎，指李彭。李彭爲李常侄孫，故云。

〔四〕「白玉」句：白玉刻佩，謂玉佩。璫，耳珠。明月璫即明月珠（俗稱夜明珠）所製耳珠。李斯諫逐客書：「垂明月之珠，服太阿之劍。」又古詩爲焦仲卿妻作：「耳著明月璫。」句謂以白玉佩、明月璫相贈，永以爲好。

〔五〕「如鳳」句：樂府詩集卷六〇司馬相如琴歌：「鳳兮鳳兮歸故鄉，遨遊四海求其凰。」詩經大雅卷阿：「鳳皇于飛，翽翽其羽。」毛傳：鳳凰，「雄曰鳳，雌曰凰」。此以鳳求凰喻指與李彭相交爲友。

〔六〕「道里」三句：言舉酒爲良佐送行。按：是詩因不悉良佐之名號身世，雖疑其爲李氏同宗親屬，然無確證，待考。

同晁季一李天紀過沈宗師北莊因成長韵〔一〕

三年城南居，不識城北土〔二〕。但聞玉雪郎，去作猿鶴主〔三〕。今晨籃輿來，握手相勞苦。勝遊有佳士，洗耳聽妙語。晴窗背雲壑，落日在環堵〔四〕。晚風生白楊，想像原野古〔五〕。斷崖懸老木，小港聚寒雨。却觀城市人，努力自熬煮〔六〕。畏途出衽席，禍福有未覩〔七〕。杜陵懷壯遊〔八〕，無忌笑豪舉〔九〕。二者覓真是，政恐君未許〔一〇〕。千秋柴桑翁，妙句聊一吐〔一一〕。

〔一〕晁季一，即晁貫之，字季一，見本卷前即事戲答季一詩注。李天紀，即李綱，舊字天紀，後改字伯紀（參見趙效宣李綱年譜長編）。李綱與右相乞罷行交子劄子：「某大觀間任真州司法參軍，兼管常平倉庫。」故其人是時居真州。沈宗師，前已屢見。

〔二〕「三年」二句：城南、城北，指真州，治所在白沙鎮。

〔三〕「但聞」二句：玉雪郎，指沈宗師，言其容貌俊美。韓愈唐故殿中少監馬君墓誌：「眉眼如畫，髮漆黑，肌肉玉雪可憐（一作念）。」作猿鶴主，蓋北莊飼養猿、鶴等動物，故戲稱宗師爲其主人。

〔四〕「落日」句：環堵，四面墻圍着的居室。見本卷前符離阻雨詩注引禮記儒行。

〔五〕「晚風」二句，白楊，木名，古人常種於墓地。古詩十九首其十三：「驅車上東門，遥望郭北墓。白楊何蕭蕭，松柏夾廣路。下有陳死人，杳杳即長暮。」唐喬知之銅雀妓：「秋烟生白楊。」此言真州北莊一帶極有原始風味。

〔六〕「却觀」二句：熬煮，謂城裹生活炎熱難當，而人們卻努力擁向城市，不知北莊其地有斷崖、老木，十分涼爽舒適。黄庭堅次韻師厚病間十首其七：「民生自煎熬，煮豆以萁爨。」史容注：「杜詩：『置膏烈火上，哀哀自煎熬。』太白詩：『名利徒煎熬。』」

〔七〕「畏途」二句：莊子達生：「仲尼曰：『夫畏塗者，十殺一人，則父子兄弟相戒也，必盛卒徒而後敢出焉，不亦知乎！人之所取畏者，衽席之上，飲食之間，而不知爲之戒者，過也。』」郭象

注：「十殺一耳，便大畏之；至於色欲之害，動皆之死地而莫不冒之，斯過之甚也。」成玄英疏：「衽，衣服也。夫塗路患難，十殺其一，猶相戒慎，不敢輕行。況飲食之間，不能將節，衽席之上，恣其淫蕩，動之死地，萬無一全。舉世皆然，深爲罪過。」兩句謂城市人但知殺人才是傷害，不知炎熱環境的危險性更高。

〔八〕「杜陵」句：杜甫有壯遊詩，述其自少年開始「壯遊」，以及「安史之亂」全過程，其末道：「之推避賞從，漁父濯滄浪。榮華敵勳業，歲暮有嚴霜。吾觀鴟夷子，才格出尋常。群兇逆未定，側佇英俊翔。」此言杜甫從小並不呆在城市，而遠遊各地，以豐富自己的閱歷。

〔九〕「無忌」句：史記魏公子列傳：「魏公子無忌者，魏昭王少子而魏安釐王異母弟也。昭王薨，安釐王即位，封公子爲信陵君。」信陵君竊符救趙，遂留趙。「公子聞趙有處士毛公藏於博徒，薛公藏於賣漿家，公子欲見兩人，兩人自匿不肯見公子。公子聞所在，乃閒步往從此兩人游，甚歡。平原君聞之，謂其夫人曰：『始吾聞夫人弟公子天下無雙，今吾聞之，乃妄從博徒賣漿者游，公子妄人耳。』夫人以告公子，公子乃謝夫人去，曰：『始吾聞平原君賢，故負魏王而救趙，以稱平原君。平原君之游，徒豪舉耳，不求士也。無忌自在大梁時，常聞此兩人賢，至趙，恐不得見。以無忌從之游，尚恐其不我欲也，今平原君乃以爲羞，其不足從游。』乃裝爲去。夫人具以語平原君，平原君乃免冠謝，固留公子。」豪舉，索隱曰：「謂豪者舉之。」所謂「笑豪舉」，謂信陵君鄙夷平原君不能下士，其得士乃「豪者舉之」。以上兩句，蓋勸人勿迷戀城市，多接觸下層民衆。

〔一〇〕「二者」二句：謂若從杜甫、信陵君二人行事中探究人生真諦，恐怕有人不能接受。君，蓋指讀者。

〔一一〕「千秋」二句：柴桑翁，指陶潛。潛爲尋陽柴桑人，故稱。妙句，所指不詳，綜觀上述詩意，疑是陶潛所作飲酒二十首其二十最後兩句，即：「但恨多謬誤，君當恕醉人。」

郵上祈雨〔一〕

泥龍蜴蜥困追求〔二〕，旱遍淮南二十州。寄語天公莫輕許，少留明月作中秋〔三〕。

〔一〕郵：即高郵。太平寰宇記卷一三〇高郵軍：「高郵軍，理高郵縣。本揚州高郵縣，皇朝開寶四年（九七一）建爲郡，以縣隸焉，直屬京師。」今爲高郵市，屬揚州。祈雨，向神靈祈求降雨之禱告儀式。

〔二〕「泥龍」二句：泥龍，又稱土龍，用泥土捏成龍形之物。淮南子墬形訓：「土龍致雨。」高誘注：「湯遭旱，作土龍以像龍，雲從龍，故致雨也。」唐段成式酉陽雜俎卷三：「梵僧不空，得總持門，能役百神，玄宗敬之。歲常旱，上令祈雨，不空言，可過某日祈之，必暴雨。上乃令金剛三藏設壇請雨，連日暴雨不止，坊市有漂溺者。遽召不空，令止之。不空遂於寺庭中捏泥龍五六，當溜水，作胡言罵之。良久，復置之，乃大笑，有頃雨霽。」或曰龍即蜥蜴，故葛洪抱朴子駁之曰：「謂蜥蜴爲神龍者，非但不識神龍，亦不識蜥蜴（見太平御覽卷九四六守宮引）。」困追求，謂向龍求雨而不得，故官民困之。

〔三〕「寄語」二句：謂天公作雨時，不要許諾得太多，須留少許晴天，以便中秋夜賞月。

清風

清風如君子，所至有餘情〔一〕。忻然破煩溽，百醉時一醒〔二〕。嗟我二三友，飄散秋葉零。不知城南王〔三〕，何以識我名。欹斜左手字〔四〕，勞苦如平生。會寫登樓賦，一弔漳濱靈〔五〕。

〔一〕「清風」二句，論語顏淵：「君子之德風，小人之德草，草上之風必偃。」何晏集解引孔（安國）注：「偃，仆也。加草以風，無不仆者，猶民之化於上。」蘇軾與王郎昆仲及兒子邁繞城觀荷花登峴山亭晚入飛英寺分韵得月明星稀四首其二：「清風定何物，可愛不可名。所至如君子，草木有嘉聲。」

〔二〕「忻然」二句：禮記月令季夏之月：「是月也，土潤溽暑。」鄭玄注：「潤、溽，謂塗濕也。」百醉，謂清風雖可愛，但往往不如人意，僅偶爾有之，蓋風神醉時多、醒時少。

〔三〕「不知」句：城南王，指王直方，晁説之王立之墓誌銘稱其爲「城南王立之直方」。直方字立之，京師人。吕本中將其排入江西宗派圖二十五人中。大觀三年（一一〇九）三月丙子卒。其與吕本中交往，師友雜志記之曰：「王直方立之，京師人。自少游前輩諸公間，諸公皆稱之。崇寧間病廢，予初未識也。立之盡以平生書籍圖畫散之故人朋友，予亦得數種，託楊符信祖附來寄予書，書不成字矣。……立之先未病時，上滎陽公書，書詞奇偉，並雜文、詩兩軸，喪亂失之。予嘗答立之書，晁以道京師遇見之，極相稱賞，但言不合説得佛學太多。」

〔四〕「欹斜」句：左手字，蓋王直方得風痺後右手廢，只能用左手寫字，且字形傾斜不工，故上引師友雜志稱「書不成字」。

〔五〕「會寫」二句：文選王粲登樓賦李善注引魏志曰：「王粲，字仲宣，山陽人。獻帝西遷，從至長安，以西京擾亂，乃之荆州依劉表。後太祖（曹操）辟爲右丞相掾。魏國建，爲侍中，卒。」又引盛弘之荆州記曰：「富陽縣城樓，王仲宣登之而作賦。」蓋王直方爲王粲後裔，今已云亡，故欲寫王粲登樓賦，投於王粲墓地漳河之濱，以弔祭直方之靈。

學視

學視覶懸虱〔一〕，病耳聞鬭蟻〔二〕。紛然酬六鑿〔三〕，萬劫費揩洗〔四〕。君看杯中蛇，妄想從何起〔五〕。忽聞一妙語，初無强料理〔六〕。回觀積年疾，乃是一念使〔七〕。誰能明此心，香山老居士〔八〕。

〔一〕「學視」句：學視，訓練視力。懸虱，列子湯問：「甘蠅，古之善射者，彀弓而獸伏鳥下。弟子名飛衛，學射於甘蠅，而巧過其師。紀昌者，又學射於飛衛，飛衛曰：『爾先學不瞬，而後可言射矣。』紀昌歸，偃卧其妻之機下，以目承牽挺，二年之後，雖錐末倒眥而不瞬也。以告飛衛，飛衛曰：『未也，必學視而後可視小如大，視微如著，而後告我。』昌以氂懸虱於牖，南面而望之，旬日之間浸大也，三年之後如車輪焉，以覩餘物，皆邱山也。乃以燕角之弧，朔蓬之簳射之，貫虱之心而懸不絶。以告飛衛，飛衛高蹈，拊膺曰：『汝得之矣。』」意謂業之有成，須精益求精。

〔二〕「病耳」句：世説新語紕漏：「殷仲堪父病虚悸，聞床下蟻動，謂之牛鬬。」

〔三〕「紛然」句：酬，應付。六鑿，莊子外物：「心無天遊，則六鑿相攘。」郭象注：「攘，逆。」司馬彪注：「謂六情攘奪。」成玄英疏：「鑿，孔也。攘，（則）逆也。自然之道，不遊其心，則六根逆，不順於理。」

〔四〕「萬劫」句：揩，原作「楷」，形訛，據四庫本改。劫，梵語「劫波」之省。佛經謂天地生成至毁滅爲一劫。萬劫，極言時間之久。揩洗，擦洗，清除。揩，原作「楷」，形訛，據四庫本、清抄本改。蘇軾孔毅父以詩戒飲酒問買田且乞墨竹次其韵：「醉時萬慮一掃空，醒後紛紛如宿草。十年揩洗見真妄，石女無兒焦穀槁。」此用其意。

〔五〕「君看」二句：杯，原作「林」，形訛，據四庫本、清抄本改。杯中蛇，應劭風俗通義卷九：「予之祖父郴爲汲令，以夏至日見主簿杜宣，因賜酒。時北壁上有懸赤弩，照於杯，形如蛇。宣畏惡之，然不敢不飲。其日便得胸腹痛切，妨損飲食，大用羸露。攻治萬端，不爲愈。後郴因事過，至宣家闚視，問其變故，云畏此蛇，蛇入腹中。郴還廳事，思惟良久，顧見懸弩，曰：『必是也。』則使門下史將鈴下侍，徐扶輦載宣於故處，設酒，盃中故復有蛇。因謂宣：『此壁上弩影耳，非有他怪。』宣遂解，甚夷懌，由是瘳平。」

〔六〕「忽聞」二句：妙語，指上引「此壁上弩影耳，非有他怪」。一語療疾，故稱「妙」。料理，此指治療，謂不經醫治，病已痊癒。

〔七〕「回觀」二句：乃詩人自道，言其疾病多年，其實並非病，與杜宣相似，也是一念之錯使然。一念使，猶佛教所謂「世事無相，相由心生」（無常經）之意。

〔八〕「誰能」二句：謂自己病根所在，只有白居易能理解。香山，在洛陽城南，有香山寺。老居士，指白居易。舊唐書白居易傳：「病中吟詠不輟，自言曰：予年六十有八，始患風痺之疾，體癏首眩，左足不支，蓋老病相乘，有時而至耳。予栖心釋梵，浪迹老莊，因疾觀身，果有所得。何則？外形骸而内忘憂患，先禪觀而後順醫治。旬月以還，厥疾少間，杜門高枕，澹然安閑，吟詠興來，亦不能遏，遂爲病中詩十五篇以自諭（按：以上文字，取自病中詩十五首序）。會昌中，請罷太子少傅，以刑部尚書致仕。與香山僧如滿結香火社，每肩輿往來，白衣鳩杖，自稱香山居士。」所謂「明此心」，當指病中詩十五首之末首，題爲自解，曰：「房（玄齡）傳往世爲禪客，王（維）道前生應畫師。我亦定中觀宿命，多生債負是歌詩。不然何故狂吟詠，病後多於未病時？」則前句所謂「一念使」，即白氏以爲狂吟作詩，病後反比未病時多，乃還前世所欠詩債也。兩句謂之所以積年生病，與白居易相似，也是爲還詩債所致，故學詩如學視一般專心。

寄舍弟〔一〕

殘暑墜空屋〔二〕，舊書穿破帷。才蒙小雨潤，遽得好風吹。逸少每作惡〔三〕，淵明常病羸〔四〕。他鄉憶吾弟，苦語自成詩。

〔一〕吕本中之弟凡四人，仲弟吕揆中早亡，準確卒年不見於文獻，此所寄之弟不詳何人。

〔二〕「殘暑」句：墜空屋，謂殘暑似乎皆聚於一屋。言居室中炎熱難當。

〔三〕「逸少」句：晉書王羲之傳：「王羲之，字逸少，司徒導之從子也。」「謝安嘗謂羲之曰：『中年以來，傷於哀樂，與親友别，輒作數日惡。』羲之曰：『年在桑榆，自然至此。』」則言「作惡」者乃謝安，爲逸少所認同。此指常與諸弟離别而心情鬱悶。

〔四〕「淵明」句：宋書陶潛傳：「親老家貧，起爲州祭酒，不堪吏職，少日自解歸。州召主簿，不就。躬耕自資，遂抱羸疾。」

斷雲

斷雲西南來，好風東北去。翩然兩無心〔一〕，空中忽相遇。化爲一尺雪，照我庭前路〔二〕。昔者甚可憐，今來渺無處〔三〕。故人多倦色，留我不少住。羈愁動中腸，疾病增百慮。虛庭着明月，皎皎如積素〔四〕。不見乘鸞子〔五〕，空懷舊烟霧。

〔一〕「翩然」句：無心，謂雲來風去，皆自然而然，非有意爲之。莊子天地：「通於一而萬事畢，無心得而鬼神服。」郭象注：「一無爲而群理都舉。」陶潛歸去來兮辭：「雲無心而出岫，鳥倦飛而知還。」

〔二〕「照我」句：庭，原作「亭」，據四庫本改。

〔三〕「昔者」二句：可憐，可愛也。可憐、渺無處，皆指雪，言其自生自滅，忽然而已。

〔四〕「皎皎」句：古詩十九首其十九：「明月何皎皎，照我羅床幃。」皎皎，月光明亮貌。積素，文選謝惠連西陵遇風獻康樂：「浮氛晦崖巘，積素惑原疇。」吕向注：「積素，謂雪也。」

〔五〕「不見」句：乘鸞子，指洪崖先生，傳説中仙人名。藝文類聚卷六岡引雷次宗豫章記曰：「洪井西有鸞岡，舊説洪崖先生乘鸞所憩之處也。」

如皋道中〔一〕

客路三日雨，頗知袍袴單。長河貫沃野〔二〕，薄酒動新寒。晚日魚鰕市，秋風藜藋盤〔三〕。衰顔定可笑，不必鏡中看〔四〕。

〔一〕如皋，太平寰宇記卷一三〇泰州如皋縣：「去州一百四十里，三鄉。唐大和五年（八三一）析海陵之五鄉置如皋場，屬揚州。僞唐保大十年（九五二）升爲縣。如皋港，在縣西一百五十步，港側有如皋村，縣因此爲名。」今爲江蘇如皋市，屬泰州市。

〔二〕「長河」句：如皋南臨長江，其他河道縱横。此所謂「長河」，蓋泛指。

〔三〕「晚日」二句：藜藋，史記太史公自序：「糲粱之食，藜藋之羹。」張守節正義：「藜，似藋而表赤。藋，豆葉也。」兩句謂雖極平常之魚蝦、野菜，仍可稱美味佳肴。

〔四〕「衰顔」二句：陳師道和王子安至日三首其二：「衰顔心自了，不待鏡中看。」

吕本中詩集箋注卷五

初去白沙再望路中江南諸山慨然有懷〔一〕

青山如美人，濃淡各有態〔二〕。挽之不肯來，乃似孤竹隘〔三〕。念無千里風，限此一衣帶〔四〕。夏木與藩屏，不畏炎日曬。三年白沙游，藉爾寬眼界。脱身塵垢中〔五〕，一笑終不壞。别君更舉酒〔六〕，未了清净債〔七〕。雖無絲竹娱〔八〕，會有詩律快。何如少陵翁，亦爲杜鵑拜〔九〕。吾詩有餘歡，此語君勿怪。

〔一〕白沙，即白沙鎮，真州治所，前已注。

〔二〕「青山」二句：蘇軾越州張中舍壽樂堂：「青山偃蹇如高人，常時不肯入官府。」又張耒出山：「青山如君子，悦我非姿媚。」此化用其意。

〔三〕「乃似」句：孤竹，指伯夷、叔齊。史記伯夷列傳：「伯夷、叔齊，孤竹君之二子也。父欲立叔齊，及父卒，叔齊讓伯夷，伯夷曰：『父命也。』遂逃去。叔齊亦不肯立而逃之，國人立其中子。」隘，狹隘，此指固執，喻青山皆一一離去。

〔四〕「限此」句：南史陳本紀下：「隋文帝謂僕射高熲曰：『我爲百姓父母，豈可限一衣帶水不拯之乎？』命大作戰船。人請密之，隋文帝曰：『吾將顯行天誅，何密之有！』」一衣帶水，以衣帶喻長江，謂其狹窄，不能順江乘風而去。

〔五〕「脱身」句：詩人以黨人子孫禁錮於真州，歷盡磨難，故詩中常以處「塵垢」爲喻。

〔六〕「別君」句：君，指江南諸山。

〔七〕「未了」句：清浄債，謂與山中之清浄割捨不了，如同欠債。蘇軾與胡祠部游法華山：「不將新句紀兹遊，恐負山中清浄債。」

〔八〕「雖無」句，文選班固東都賦：「太師奏樂，陳金石、布絲竹、鐘鼓。」李善注：「絲，琴瑟也。竹，管簫也。」此泛指音樂。

〔九〕「何如」二句：杜甫杜鵑：「我昔游錦城，結廬錦水邊。有竹一頃餘，喬木上參天。杜鵑暮春至，哀哀叫其間。我見常再拜，重是古帝魂。生子百鳥巢，百鳥不敢嗔。仍爲餧其子，禮若奉至尊。」兩句言其拜江南諸山，亦如杜甫當年拜杜鵑。

赴濟陰留別一公〔一〕

近別君莫嗟，遠別君莫惜。往來天壤間，誰爲不相識〔二〕。十年幾相別，日月虛棄擲。見君長江口，已作胡眼碧〔三〕。別君廣陵城，妙語摧霹靂〔四〕。今別知幾時，復念駒過隙〔五〕。坐成千里阻，當有片言益〔六〕。不勸君愛身，不勸君强食。勸君以勇決，萬事要努力。愚夫之所欣，智士之所戚〔七〕。譬如醉而顛〔八〕，亦有傍震虩〔九〕。聲色糾纏人，萬劫困封植〔一〇〕。本自驕惰生，亦以因循得。實惟招侮慢，豈止礙空寂〔一一〕。居然耳目内，反務化勍敵〔一二〕。誰能深山中，弄此無孔笛〔一三〕。芳草變蕭艾〔一四〕，每爲長太息。如公定不然，此語當謾憶。何妨膏腴地，更論去荆棘〔一五〕。君看一壺用，亦有千金直〔一六〕。

〔一〕濟陰，樂史太平寰宇記卷一三曹州：「曹州濟陰郡，今理濟陰縣。……濟陰縣，舊十五鄉，今六鄉，本漢定陶縣之地，屬濟陰郡。自漢至周，皆爲定陶縣之地。」因濟陰縣爲曹州治所，故濟陰亦指曹州。其地今爲山東菏澤定陶區。參見本書卷二寄知止二絶詩注。一公，又稱一上人，即釋法一，前已屢見。

〔二〕「誰爲」句：高適别董大二首其一：「莫愁前路無知己，天下誰人不識君。」

〔三〕「已作」句：胡眼碧，謂眼作紺青色，乃釋迦牟尼三十二相之一，爲真青眼相，又稱蓮目，乃莊嚴德相。據大智度經卷四，真青眼相排在三十二相之二十九。參見金剛經。又，西域僧其眼碧色，梁釋皎慧高僧傳謂達摩眼紺青色，稱「碧眼胡僧」。此指一公佛學修爲已極高深。

〔四〕「別君」二句：見本書卷四送一上人之京師詩注。摧霹靂，杜甫夜聽許十誦詩愛而有作：「精微穿溟涬，飛動摧霹靂。」黄希引師尹注：「霹靂，雷霆之威，謂詩思飄然飛動，雖霹靂之威亦爲摧沮也。」

〔五〕「復念」句：莊子盜跖：「天與地無窮，人死者有時。操有時之具，而托於無窮之間，忽然無異騏驥之馳過隙也。」騏驥馳過隙，謂時間極短，喻人生迫促。

〔六〕「坐成」二句：謂別後相隔千里，此時應有贈言，以爲朋友修身之益，故以下即爲贈一公語。

〔七〕「愚夫」二句，漢王逸楚辭章句敘：「若夫懷道以迷國，佯愚而不言，顛則不能扶，危則不能安，婉娩以順上，逡巡以避患，雖保黄耇，終壽百年，蓋志士之所耻、愚夫之所賤也。」又晉葛洪抱朴子外篇卷四廣譬：「抱朴子曰：『……貪人競之而不避，故飛鋒暴集而不覺，禍敗奄及而不振，是以愚夫之所悦，乃達者之所悲也；凡才之所趨，乃大智之所去也。』」此化用之。

〔八〕「譬如」句：醉而顛，法苑珠林卷三二厭欲部引大莊嚴法門經云：「爾時王舍城中有婬女，女名金色明威德。……爾時文殊問長者子言：『汝識此妹不？』長者子言：『我今實識。』文殊師利言：『汝云何識？』時長者子即向文殊而説偈言：『……諸凡夫如醉，顛倒生惡覺。智者所不染，如是我識彼。』」

〔九〕「亦有」句：周易震卦：「震來虩虩，笑言啞啞。」王弼注：「震之爲義，威至而後乃懼也，故曰震來虩虩，恐懼之貌也。」

〔一〇〕「聲色」二句：謂當戒聲、色、財。封植，亦作「封殖」，聚斂財物。法苑珠林卷四八雜誡部引大法句經偈（總十一誡），九誡誦：「雖誦千言，色情逾固，不如一解，心境忘懷。」十誡行：「人壽百歲，慳貪逾盛。不如一日，割舍財色。」

〔一一〕「豈止」句：空寂，佛教語。佛法曰空，無起滅曰寂。維摩經佛國品：「不著世間如蓮華，常善入於空寂行。」又法苑珠林卷四八雜誡部引大法句經偈（總十一誡），十誡行：「人壽百歲，情欣放逸。不如一日，歸心空寂。」

〔一二〕「居然」二句：謂勍敵實在耳目之内，指聲色也。晉書潘尼傳：「夫豈厭縱一人，而玩其耳目。内迷聲色，外荒馳逐。不修政事，而終於顛覆。」

〔一三〕「弄此」句：無孔笛，喻吹奏之難。謂上所言驕惰、因循，欲消除不易，猶如吹無孔笛。五燈會元卷一六雲門宗乾明覺禪師法嗣長慶應圓禪師：「上堂：『寒氣將殘春日到，無索泥牛皆踍跳。築著崑崙鼻孔頭，觸倒須彌成糞掃。牧童兒，鞭棄了，懶吹無孔笛，拍手呵呵笑。歸去來兮歸去來，煙霞深處和衣倒。』」又釋惠洪妙高仁禪師贊：「吹徹風前無孔笛，露香和月落紛紛。」

〔一四〕「芳草」句：楚辭屈原離騷：「何昔日之芳草兮，今直爲此蕭艾也。」王逸注：「言往昔芬芳之草，今皆直爲蕭艾而已，以言往日明智之士，今皆佯愚狂惑不顧也。」此言爲僧若不克服迷戀聲、色、財及驕惰、因循等陋習，不但不能成佛，勢將變爲惡人。

〔一五〕「何妨」二句：膏腴地，文選左思蜀都賦：「内函要害於膏腴。」劉淵林注：「膏腴，土地肥沃也。」後漢書馮異傳：「帝謂公卿曰：『……爲吾披荆棘，定關中。』」李賢注：「荆棘，榛梗之謂，以喻紛亂。」兩句勸誡法一嚴防醉顛、聲色、驕惰等，雖言「定不然」，但須警惕，猶如肥美之地更要剷除荆棘。

〔一六〕「君看」二句：鶡冠子卷下學問：「鶡冠子曰：『不提生於弗器，賤生於無所用。中河失船，一壺千金。』」宋陸佃解：「壺，瓠也，佩之可以濟涉，南人謂之腰舟。」直，同「值」。此以「一壺」喻指上所贈言，意謂看雖小事，但未必不重要。

五月五日泊舟北神與關聖功唐充之李元輔作别意殊惘然端午日行次洪澤把酒北望已如異世事矣因念屈大夫之死正是此日慨然有感於心輒成長韵奉寄李民師翁士特來可求和也〔一〕

麥上蝴蝶飛，水邊鸂鶒卧〔二〕。却望山陽城〔三〕，已若一夢過。今晨又端午，把酒意亦惰。風回浪蹙船，閘淺沙著柂。故人阻情話，客子且清坐。更念屈大夫，是日遇奇禍〔四〕。空餘後世名，弟子只增呰〔五〕。寶璐與明月，皎皎不受涴〔六〕。固知汨羅沈，可到首陽餓〔七〕。還書二三老，此語君可和。

〔一〕北神，即北神堰，所在之地名北神鎮。資治通鑑卷二九四後周紀五：「上欲引戰艦自淮入江，阻北神堰，不得渡。」胡三省注：「北神鎮，在楚州城北五里。吴王夫差溝通江淮，後人於此立堰者，以淮水低，溝水高，防其洩也。舟行度堰入淮，今號爲平水堰。」按：堰在今江蘇淮安北五里古邗溝入淮處。洪澤，即洪澤湖，在今江蘇淮安、宿遷兩市境内。關聖功，師友雜志：「關澮聖功，止叔（關沼）之兄。樂善不倦，藏書數千卷，嘗榜所居室壁『樂道人之善，惡稱人之惡』，以戒子弟。」劉清之戒子通録卷六戒子弟：「關澮，字聖功，錢塘人。政和中，書壁以戒子弟，吕居仁稱之。」吴則禮北湖集載有贈詩二首，餘不詳。唐充之，名廣仁，字充之，事迹見本書卷一德操充之皆約九月間見過今皆未至扶杖出門悠然有感詩注。李元輔，當是李仲輔（名維）從兄，名未詳。李民師，名晙，寶應人。師友雜志：「政和間，李晙民師客游京師，有書策，記前輩議論。……民師亦高節士，長年不復爲科舉學，躬耕楚州寶應縣村中，無妻子，與唐充之諸人交。」翁士特，即翁挺，字士特，號五峰居士，崇安（今福建武夷山市）人，李綱外兄，兩人多有唱和。仕至考功員外郎，忤時相被除名。紹興三年（一一三三）三月卒。著有詩文一編，李綱爲作五峰居士文集序（見梁谿集卷一三八）。楊時題翁士特文編極稱之，謂「辭義精奥，有古作者風氣，而古風辭氣尤工，皆非常流可到」云云。

〔二〕「水邊」句：文選左思吴都賦劉淵林注：「鸂鶒，水鳥也。」

〔三〕「却望」句：山陽，太平寰宇記卷一二四楚州：「楚州淮陰郡，今理山陽縣。……山陽縣元九鄉，今四鄉。本漢射陽縣地，在射水之陽，故曰射陽。漢高祖封劉纏爲射陽侯。晉義熙元年（四〇五）省射陽縣，置山陽郡，屬滁州。又立陽縣以隸焉。以境内有地名山陽，因名郡。」今爲江蘇淮安市楚州區。

〔四〕「更念」二句：屈原是日遇奇禍，指投汨羅而死。藝文類聚卷四五月五日引續齊諧記曰：「屈原五月五日投汨羅而死，楚人哀之，每至此日，竹筒貯米投水祭之。漢建武中，長沙歐回見人自稱三閭大夫，謂回曰嘗見祭甚善，但常患蛟龍所竊，今若有惠，可以楝樹葉塞其上，以五彩絲約之，此二物蛟龍所憚也。回依言，後乃復見感之。今人五日作糉子，帶五色絲及楝葉，皆是汨羅之遺風也。」又引鄴中記：「五月五日競渡，俗爲屈原投汨羅日，傷其死所，並命舟檝以拯之。舟舸取其輕利，謂之飛鳧，一目以爲水軍，一目以爲水馬，州將及士人悉臨水而觀之。」

〔五〕「弟子」句：楚辭招魂王逸解題曰：「招魂者，宋玉之所作也。……宋玉憐哀屈原忠而斥棄，愁懣山澤，魂魄放佚，厥命將落，故作招魂，欲以復其精神，延其年壽，外陳四方之惡，内崇楚國之美，以諷諫懷王，冀其覺悟而還之也。」宋玉爲屈原弟子，招魂乃無可奈何之感歎，正文末句皆用「些」字，故云「只增些」。

〔六〕「寶璐」二句：楚辭屈原九章涉江：「被明月兮佩寶璐。世溷濁而莫余知兮，吾方高馳而不顧。」王逸注：「在背曰被。寶璐，美玉。言背被明月之珠，要（腰）佩美玉，德寶兼備，行度清白也。」皎皎，明亮貌。涴，污染。

〔七〕「固知」二句：汨羅沈，史記屈原列傳：屈原作懷沙賦，「於是懷石，遂自投汨羅以死」。集解引應劭曰：「汨水在羅，故曰汨羅也。」索隱：「地理志：長沙有羅縣，羅子之所徙。荆州記：羅縣北帶汨水。汨音覓也。」正義：「故羅縣城，在岳州湘陰縣東北六十里。」按：汨羅江分爲南北兩支，南支稱汨水，爲主源；北支稱羅水，至汨羅市屈潭（大丘灣）匯合，稱汨羅江，匯入洞庭湖。汨羅市，屬湖南岳陽市。首陽餓，指伯夷、叔齊義不食周粟，餓死於首陽山，事見本書卷三奉送子之還京師詩注引史記。兩句謂屈原沉江而死，可與伯夷、叔齊餓死首陽山等量齊觀。

贈唐充之兼簡益中〔一〕

三年白沙看江山，可當中原故人面。今來千里逢故人，笑談却作江山見〔二〕。江山故人不相遠，平生志願於君滿。唐侯獨立一代無，張侯與之來集枯〔三〕。老松本自歲寒外〔四〕，良馬不畏長途驅。飢年百室仰粟廩，暑路六月懸冰壺〔五〕。念昔關汪不相貸〔六〕，視世好爵如機械〔七〕。上書索去不作難，云我未了平生債〔八〕。後生少年延頸觀，諸公故人思一快。基本未定天奪之〔九〕，賴有君侯數人在。龍媒已遠風馭回，坐歎四海梁木摧〔一〇〕。爾來老謝又繼往〔一一〕，但覺眼界常塵埃。長江無津出光怪，迴野入夜開風雷〔一二〕。此語不誣君可驗，請君更討防身劍〔一三〕。

〔一〕唐充之，名廣仁，字充之，事迹見本書卷一德操充之皆約九月間見過今皆未至扶杖出門悠然有感詩注。益中，即張益中，名裕，事迹略見本書卷二山陽寶應道中與汪信民兄弟洪玉父杜子師張益中日夕過從自過高郵不復有此樂也因作此詩寄懷詩注。詩言「爾來老謝又繼往」，老謝指謝逸，卒於政和二年（一一一二）初，則是詩當作於是年。

〔二〕「三年」四句：謂見白沙（真州）之江山如見中原故人，見中原故人又如見白沙江山，江山、故人互爲比喻之本體、喻體，更見思念之切、情感之深。

〔三〕「張侯」句：國語晉語：「人皆集於苑，己獨集於枯。里克笑曰：『何謂苑？何謂枯？』優施曰：『其母爲夫人，其子爲君，可不謂苑乎？其母既死，其子又有謗，可不謂枯乎？枯且有傷。』」韋昭注：「集，止也。苑，茂木貌。己，里克也。喻人皆與奚齊，己獨與申生也。無母喻枯，有謗喻傷。傷，病也。」句言張裕與唐廣仁一樣，既無靠山，又遭謗言，故曰「集枯」。

〔四〕「老松」句：論語子罕：「子曰：歲寒，然後知松柏之後彫也。」何晏集解：「大寒之歲，衆木皆死，然後知松柏不彫傷。平歲則衆木亦有不死者，故須歲寒而後別之，喻凡人處治世亦能自修整，與君子同在濁世，然後知君子之正不苟容。」

〔五〕「飢年」二句：以粟廩、冰壺喻唐、張二人，謂能急人所急。

〔六〕「念昔」句：關，指關沼，汪，指汪革。杜甫醉爲馬墜諸公攜酒相看：「共指西日不相貸。」黄希注引王琪曰：「言欲暮，須痛飲，不相假貸。」不相假貸，不留面子。此指汪革改官事。宋元學案卷二三滎陽學案滎陽門人：教授汪青溪先生革：「蔡京當國，召爲宗正博士，力辭不就，曰：『吾不能附名不臣傳！』復爲楚州教授以卒，年止四十。」

〔七〕「視世」句：好爵，指高官厚禄；如機械，謂極鄙視。周易繫辭上：「我有好爵，吾與爾靡之。」機械，莊子天地：「子貢南遊於楚，反於晋，過漢陰，見一丈人方將爲圃畦，鑿隧而入井，抱甕而出灌，搰搰然用力甚多而見功寡。子貢曰：『有械於此，一日浸百畦，用力甚寡而見功多，夫子不欲乎？』爲圃者卬而視之，曰：『奈何？』曰：『鑿木爲機，後重前輕，挈水若抽，數如泆湯，其名爲槔。』爲圃者忿然作色而笑曰：『吾聞之吾師：有機械者必有機事，有機事者必有機心。機心存於胸中，則純白不備；純白不備，則神生不定；神生不定者，道之所不載也。吾非不知，羞而不爲也。』子貢瞞然慚，俯而不對。」

〔八〕「上書」二句：指關沼。吕本中官箴：「關止叔獲盜，法當改官，曰：『不以人命易官。』終不就官，可謂清矣，然恐非通道。或當時所獲盜有情輕法重者，止叔不忍以此被賞也。」平生債，謂若以人命改官，如同欠人一生之債。

〔九〕「基本」句：基本，指根基，謂道德、事業尚未大成就。天奪之，死之婉詞。

〔一〇〕「龍媒」二句：漢書禮樂志：「天馬徠，龍之媒。」注引應劭曰：「言天馬者，乃神龍之類。今天馬已來，此龍必至之效也。」此言龍媒已遠，風馭已回，乃以神馬喻指關、汪，言其人已云亡。梁木摧，禮記檀弓上：孔子將死，歌曰：「泰山其頹乎！梁木其壞乎！哲人其萎乎！」

〔一一〕「爾來」句：老謝，即謝逸。謝逸於去冬赴京師參加省試，政和二年（一一一二）初歸途遇疾，卒於家。

〔一二〕「長江」二句：光怪、風雷，離奇怪異之事。兩句接謝逸病亡事，疑指當時瘟疫流行。韓愈赴江陵途中寄贈王二十補闕李十一拾遺李二十六員外三學士：「雷霆助光怪，氣象難比侔。癘疫忽潛遘，十家無一瘳。」

〔一三〕「請君」句：杜甫投贈哥舒開府二十韻：「防身一長劍，將欲倚崆峒。」

夜雨

夢短添惆悵，更深轉寂寥〔一〕。如何今夜雨，只是滴芭蕉〔二〕。

〔一〕「更深」句：全芳備祖後集卷一三引，「深」作「長」。

〔二〕「如何」二句：五燈會元卷一六雲門宗青原下十四世金山了心禪師：「百鳥不來樓閣閉，祇聞夜雨滴芭蕉。」誠齋詩話：「退之云：『如何連夜雨，衹是説家鄉。』呂居仁云：『如何今夜雨，衹是滴芭蕉。』此皆用古人句律，而不用其句意，以故爲新，奪胎换骨。」

出門見明月

出門見明月，入門思故人〔一〕。故人如此月，一見一回新。明月相見多，故人相見少。問爾何因緣，長似此月好。故人在何處，南北東西路。明月在咫尺，夜夜庭前樹〔二〕。明月莫虧缺，故人莫離别。願月如故人，故人亦如月。

〔一〕「出門」二句：李白静夜思：「舉頭望山月，低頭思故鄉。」

〔二〕「夜夜」句：夜夜，原校：「一作『宿我』。」按：是詩與前贈唐充之兼簡益中前六句寫法相似。該詩用江山、故人互爲比喻本體、喻體，此則换爲明月、故人。

往歲在白沙見江上往來祠神者殺豬羊鵝鴨日夕相屬也有感於心後至濟陰因成長韵當託白沙故人投之廟前庶幾神少知自戒乎

今日殺一羊，明日殺一豬。問神何所樂，而必爲此歟？羊死噤無聲，豬死足號呼。傷哉鴨與鵝，閉目頸已朱。問神此何負，神亦何所取。吾知斯民愚，非是神所許。江船一帆風，江田一犁雨。民或謝神勞，尚使相告語。但采澗溪毛〔一〕，足以薦筐筥〔二〕。何須污刀几，而後羞鼎俎〔三〕。於物固無怨，於神亦無苦。更令嗚嗚歌，時送坎坎鼓〔四〕。

〔一〕「但采」句：左傳隱公三年：「君子曰……苟有明信，澗溪沼沚之毛……潢汙行潦之水，可薦於鬼神，可羞于王公。」杜預注：「溪亦澗也。沼，池也；沚，小渚也；毛，草也。」孔穎達正義：「毛即菜也。」

〔二〕「足以」句：詩經召南采蘋：「于以盛之，維筐及筥。于以湘之，維錡及釜。」毛傳：「方曰筐，圓曰筥。湘，亨也。錡，釜屬，有足曰錡，無足曰釜。」鄭玄箋：「亨蘋藻者於魚湇之中，是鉶羹之芼。」陸德明音義：「亨，本又作烹，同，煮也。湇，汁也。鉶，鄭（玄）云：三足兩耳有蓋，和羹之器。」

〔三〕「而後」句：鼎俎，鼎，古代烹飪器，一般三足、兩耳；俎，切肉所用砧板。羞，此言爲神殺生乃鼎俎之恥。

〔四〕「更令」二句：嗚嗚、坎坎，皆象聲詞。見本書卷四寄周司理詩注。

濟陰野次〔一〕

去年騎馬古城西，雨涴鞍韉一尺泥〔二〕。今日重來轉無緒，强扶衰疾繞河隄〔二〕。

〔一〕濟陰，縣名，宋代爲曹州治所，前已注。野次，野外之地。

〔二〕「雨涴」句：涴，弄髒。鞍韉，馬鞍及鞍下墊子。按：此及下兩句，以「去年」、「今日」對照，表達對曹州由初到時之興奮而轉爲厭倦。

毛彦謨容膝軒〔一〕

黄金爲樓玉爲梯〔二〕，畫旗素錦生光輝。不如一庵醉而歸，倒卧側立無東西。君才於用無不宜，會稽竹箭梁山犀〔三〕。賈而不售君不疑〔四〕，亦自不以爲珍奇。淵明妙處君得之，萬古一首歸來辭。一庵容膝君所知，不用芥子藏須彌〔五〕。望風懷想三歸依〔六〕，眼前有睫見者誰〔七〕。世人紛紛不自治，何異羊質蒙皋比，見豺而戰忘其皮〔八〕。牆頭燕雀莫謾肥，汝不仰看鴻鵠飛〔九〕。伯夷去采西山薇，想渠瘦亦不勝衣，不羡汝曹腰十圍〔一〇〕。

〔一〕毛彦謨，名里事迹不詳。據晁公休傅公（察）行狀，疑爲毛申之。申之淄川（今屬山東淄博）人，彦謨蓋其字。行狀稱其爲「士大夫之賢者」。傅察知淄川縣丞時，申之領宫祠於彼，曾親迎之官所。容膝軒，蓋據陶淵明歸去來兮辭「倚南窗以寄傲，審容膝之易安」句義。傅察嘗兩作題毛彦謨容膝軒詩，稱毛氏「平生懷剛腸，於世少許可。文詞類激昂，議論耻婞婳。高名三十年，坐此常坎坷」云云。是詩原校：「一本『倒卧側立無東西』下云：『小窗容膝君所知，不用芥子藏須彌。君才於用無不宜，醫無閭之珣玗琪。會稽竹箭梁山犀，賈而不售君不疑。亦自不以爲珍奇，淵明妙處君得之，萬古一首歸來辭。望風懷想三歸依，眼前有睫見者誰。我生甚窮今則衰，何異羊質蒙皐比。見豺而戰忘其皮，恨不與子歸同時。君生於書無不窺，文字皆好尤長詩，令我琢句相追隨。牆頭燕雀莫漫肥，汝不仰看鴻鵠飛。伯夷去采西山薇，想渠瘦亦不勝衣，不羨汝曹腰十圍。』」

〔二〕「黄金」句：水經注卷一九渭水下：「泬水又逕漸臺東。漢武帝故事曰：『建章宫北有太液池，池中有漸臺三十丈。漸，浸也，爲池水所漸，一説星名也。』南有璧門三層，高三十餘丈……中殿十二間，階陛咸以玉爲之，鑄銅鳳五丈，飾以黄金。樓屋上椽首，薄以玉璧，因曰璧玉門也。」此言樓宇極豪華。

〔三〕「會稽」句：爾雅釋地：「東南之美者，有會稽之竹箭焉。」郭璞注：「會稽，山名，今在山陰縣南。竹箭，篠也。」同上又曰：「南方之美者，有梁山之犀象焉。」郭注：「犀牛皮角，象牙骨。」

句以竹箭、犀象喻毛彦謨人才之美。

〔四〕「賈而」句：論語子罕：「子貢曰：『有美玉於斯，韞匵而藏諸？求善賈而沽諸？』子曰：『沽之哉！沽之哉！我待賈者也。』」何晏集解引馬融曰：「沽，賣也。」賈，同「價」。賈而不售，謂有其價而無買主，喻指毛彦謨雖有才，然却不爲官府所用。

〔五〕「不用」句：維摩詰經不思議品：「若菩薩住是解脱者，以須彌之高廣，内（納）芥子中，無所增减，須彌山王本相如故。……是名住不思議解脱法門。」此以芥子自喻，言其渺小。句謂勿須以小居大。

〔六〕「望風」句：三歸依，魏書釋老志：「故其始修心，則依佛、法、僧，謂之三歸。」

〔七〕「眼前」句：有睫，莊子列御寇：「賊莫大乎德有心，而心有睫。及其有睫也而内視，内視而敗矣。」郭象注：「有心於爲德，非真德也。夫真德者，忽然自得而不知所以得也。」又注曰：「率心爲德，猶之可耳；役心於眉睫之間，則僞已甚矣。」句謂毛彦謨乃真有心於佛法。

〔八〕「何異」二句：羊質，羊體。臯比，左傳莊公十年：「夏六月，齊師、宋師次于郎。公子偃曰：『宋師不整，可敗也。宋敗，齊必還，請擊之。』公弗許。自雩門竊出，蒙臯比而先犯之。」杜預注：「公子偃，魯大夫。雩門，魯南城門。臯比，虎皮。」揚子法言吾子篇：「或曰：『有人焉，自云姓孔而字仲尼，入其門，升其堂，伏其几，襲其裳，則可謂仲尼乎？』曰：『其文是也，其質非也。』敢問質，曰：『羊質而虎皮，見草而説，見豺而戰，忘其皮之虎也。』」此言僞裝也。

〔九〕「牆頭」二句：史記陳涉世家：「陳涉少時嘗與人傭耕，輟耕之壟上，悵恨久之，曰：『苟富貴，無相忘。』傭者笑而應曰：『若爲傭耕，何富貴也？』陳涉太息曰：『嗟乎，燕雀安知鴻鵠之志哉！』」兩句諷仕途得意者，而贊毛彥謨胸有大志。

〔一〇〕「不羨」句：晉書庾敳傳：「（庾）敳，字子嵩，長不滿七尺，而腰帶十圍，雅有遠韵。」

濟陰寄故人〔一〕

柳絮飛時與君别〔二〕，南樓把酒看新月。月似當年離别時，柳絮隨君何處飛。千書百書要相就〔三〕，思君不見令人瘦〔四〕。念君情意只如新，顧我形骸已非舊。朝來有信渡黄河，雁足繫書多網羅〔五〕。城南城北芳草多〔六〕，明月如此奈愁何〔七〕。

〔一〕是詩有前作、追作兩本，此爲追作。前作題新鄭路中，載本書卷一〇，參見該詩注引曾季貍艇齋詩話。金履祥濂洛風雅卷四收此詩，題爲「憶别」。

〔二〕「柳絮」句：柳絮飛時，指晚春時節。柳絮，柳樹種子成熟時，上有白色絨毛，隨風飄飛如絮。藝文類聚卷八九楊柳引本草經曰：「柳花，一名絮。」又引晉伍輯之柳花賦曰：「步江皋兮騁望，感春柳之依依。垂柯葉而雲布，揚零花而雪飛。」

〔三〕「千書」句：要，約也。相就，見面。

〔四〕「思君」句：杜甫九日寄岑參：「思君令人瘦。」

〔五〕「雁足」句：雁足繫書，用常惠教漢使者謂單于，「言天子射上林中，得雁，足有係帛書，言（蘇）武等在某澤中」事，詳見本書卷三王氏郊居引漢書蘇武傳。網羅，捕雁之具，喻指政治氣候惡劣。

〔六〕「城南」句：韋應物送別覃孝廉：「家住青山下，門前芳草多。」

〔七〕「明月」句：李白金陵江上遇蓬池隱者：「水影弄月色，清光奈愁何。」

晁叔用得古鏡二一以遺法一上人澄澈可愛底水隱然蜃樓突起又作杯渡禪師像翩然衣動正在中流間也一求記于予因爲作歌〔一〕

晁郎高居卧冰雪〔二〕，得此懸空兩秋月〔三〕。已將屋角倒魑魅〔四〕，更與人間洗炎熱〔五〕。一月團團如扇面〔六〕，一月菱花光掣電〔七〕。憐君囊中一物無，意欲分君託方便〔八〕。菱花入袖世莫識，空堂夜留疏雨滴〔九〕。天生寶氣有期會，復恐藏去終無益。君行萬里尋劍術，山精喚君君莫出〔一〇〕。寒泉百尺傍枯樹，狡兔九月投霜鶻〔一一〕。未須潘謂苦哦詩〔一二〕，或自蘇公識神物〔一三〕。下有禪和不笑人，須君一照蛟龍窟〔一四〕。

〔一〕晁叔用，即晁冲之，字叔用，一字用道，開封（今屬河南）人，説之、補之從弟。授承務郎，不樂仕進，隱居具茨山，故不預黨禍，世稱具茨先生。今存具茨晁先生詩集一卷。按吕本中師友雜志曰：「晁冲之叔用，文元之後，少穎悟絶人，其爲詩文，悉有法度。大觀後，予至京師，始與遊，相與如兄弟也。叔用從兄貫之季一，謂之季此，皆能文博學，皆與友善，若説之以道，則予尊事焉。以道弟詠之之道，叔用之兄載之伯禹，予皆與之遊。大觀、政和間，予客京師，叔用日來相召，如不能往，即再遣人問訊。時劉羲仲壯輿在京師守官，亦日相問訊。」以上所述晁貫之、載之、劉壯輿三人，吕本中皆有詩，見後。法一上人，即一上人，事迹詳見本書卷二連日與一上人會話密庵清坐附火乃有山居氣息因成一詩奉呈詩注。杯渡，渡一作「度」，通。梁高僧傳卷一〇神異下杯度傳：「杯度者，不知姓名，常乘木杯度水，因而爲目。初見在冀州。不修細行，神力卓越，世莫測其由來。嘗於北方寄宿一家，家有一金像，度竊而將去，家主覺而追之，見度徐行，走馬逐而不及。至孟津河，浮木杯於水，憑之度河，無假風棹，輕疾如飛，俄而度岸。」詩題「像」字下，原有「翻」字，據四庫本删。

〔二〕「晁郎」句：卧冰雪，謂生活極窮困，而品德高尚。後漢書袁安傳：「袁安，字邵公，汝南汝陽人也。祖父良，習孟氏易。……安少傳良學，爲人嚴重有威，見敬於州里。初爲縣功曹。……後舉孝廉。」李賢注引汝南先賢傳曰：「時大雪積地丈餘，洛陽令身出案行，見人家皆除雪出，有乞食者。至袁安門，無有行路，謂安已死。令人除雪入户，見安僵卧。問何以不出，安曰：『大雪人皆餓，不宜干人。』令以爲賢，舉爲孝廉也。」

〔三〕「得此」句：兩秋月，鏡爲圓形，故以秋月爲喻。

〔四〕「已將」句：舊傳鏡能辟邪。太平御覽卷七一七鏡引拾遺録：「方丈山池泥，百煉成金鏡，色青，可照魑魅。」又引洞冥記曰：「望蟾閣上有青金鏡，廣四尺。元光中，波祇國獻此鏡，照見魑魅，百鬼不能隱形。」

〔五〕「更與」句：梁簡文帝鏡銘：「金精玉英，冰輝沼清。」故言能「洗炎熱」。

〔六〕「一月團團」句：團團，圓貌。如扇面，漢班婕妤怨歌行：「裁爲合歡扇，團團似明月。」又梁簡文帝鏡詩：「似扇長含暉。」

〔七〕「一月菱花」句：白孔六帖卷一三：「魏武帝有菱花鏡。」爾雅翼卷六：「昔人取菱花六觚之象以爲鏡。」菱花，鏡名。唐楊凌明妃怨：「匣中縱有菱花鏡，羞對單于照舊顔。」

〔八〕「意欲」句：分君，指將一面古鏡贈送給法一上人。託方便，謂由法一隨意處理。

〔九〕「菱花」二句：謂法一上人所得菱花鏡已不知去向。疏雨滴，謂菱花鏡飛去時，堂室裏尚可見菱花留下的水滴。

〔一〇〕「山精」句：抱朴子内篇登涉：「萬物之老者，其精悉能假託人形，以眩惑人目，而常試人，唯不能於鏡中易其真形耳。……或有來試人者，則當顧視鏡中，其是仙人及山中好神者，顧鏡中故如人形；若是鳥獸邪魅，則其形貌皆見鏡中矣。」

〔一〕「寒泉」二句：謂泉旁之樹生長繁茂，秋季之兔警惕性極高，而今樹枯、狡兔自投，皆反常之事，必有精怪，當用古鏡照之。韓愈井：「寒泉百尺空看影，正是行人渴死時。」霜鶻，秋季之鷹隼。

〔二〕「未須」句：王玄（五代或宋初人）詩中旨格（見明刻本吟窗雜録）載潘謂古鏡詩一聯：「篆經千古澀，影瀉一堂寒。」後人誤「謂」爲「緯」，如唐詩紀事卷六三潘緯：「湘南何涓瀟湘賦、潘緯古鏡詩，天下傳之。或曰：『潘緯十年吟古鏡，何涓一夜賦瀟湘。』登咸通進士第。」全唐詩卷六〇〇亦作潘緯。

〔三〕「或自」句：太平廣記卷二三〇蘇威：「隋僕射蘇威，有鏡殊精好，日月蝕既，鏡亦昏黑，無所見。威以左右所污，不以爲意。他日，月蝕半缺，其鏡亦半昏如之。於是始寶藏之。後櫃中有聲如雷，尋之，乃鏡聲，無何而子夔死。後又有聲，而威敗。其後不知所在。」

〔四〕「下有」二句：禪和，即禪和子，參禪之人。此指晁叔用。蛟龍窟，蛟龍聚居之所。太平御覽卷五五窟引王韶之南康記曰：「神源下流百里，有峽，兩岸皆高山，峽下數十里有蛟龍窟，時時有霧氣。」此以蛟龍喻指政壇奸人，謂以鏡照之，可使其原形畢露。

別離行〔一〕

城頭草木日夜黄，九月北風天雨霜，月色入户侵我床。美人乃在天一方〔二〕，舊游可樂不可忘。恨君不隨雁南翔，恨妾塊守此空房。曉風忽來吹夢長，夢中與君還故鄉。黃金爲屋玉爲堂，與君更笑億千場，不須合佩雙鴛鴦〔三〕。

〔一〕別離行，樂府詩中舊無此題，此蓋詩人自創。

〔二〕「美人」句：詩經國風蒹葭：「所謂伊人，在水一方。」舊題蘇武詩四首其四：「良友遠別離，各在天一方。」此所謂美人，乃代言體。

〔三〕「黃金」三句：乃化用樂府古辭雞鳴。樂府詩集卷二八相和歌辭相和曲下古辭雞鳴曰：「黃金爲君門，璧玉爲軒堂。……舍後有方池，池中雙鴛鴦。鴛鴦七十二，羅列自成行。」黃金爲屋，史記封禪書：三神山者其傳在勃海中，「黃金銀爲宮闕」。又雲笈七籤卷一〇五清靈真人裴君傳：「三元君治太素宮，諸仙童玉女侍者有千餘人，以黃金爲屋，青玉爲床。」傅玄秋蘭篇：「芙蓉隨風發，中有雙鴛鴦。」此言「君」與「美人」夢中回故鄉後所見。笑億千場，謂別離時分戴鴛鴦玉佩，實在可笑至極，鴛鴦本是成雙成對。

李念七久不見過二絶〔一〕

不隨殘暑退青蠅〔二〕，入眼囂塵漸可憎〔三〕。靜裏工夫君莫厭〔四〕，夜窗重對短檠燈〔五〕。

〔一〕李念七，念，即「廿」。本書卷六和李二十七食蛙聽蛙二首之李二十七當即此人，事迹不詳。

〔二〕「不隨」句：謂青蠅不隨暑天快結束而減少。青蠅乃汙白使黑之害蟲，後來象徵讒佞小人，見本書卷四送山伯良佐東歸以務道期息塗爲韵詩注。蓋時有被讒之事，故有是言。

〔三〕「入眼」句：囂塵，文選謝朓之宣城出新林浦向板橋：「囂塵自兹隔，賞心於此遇。」吕向注：「囂，喧也。」囂塵、青蠅，皆令人憎惡之物。

〔四〕「静裏」句：李念七蓋學儒，此所謂「静裏功夫」，當指儒家之静。論語雍也：「仁者静。」

〔五〕「夜窗」句：短檠燈，燈之一種，燈架高二尺。韓愈短燈檠歌稱長檠八尺，短檠二尺，見本書卷三寄潁昌諸叔詩注。黄庭堅次韵幾復和答所寄：「夜寒空對短檠燈。」以上兩句，蓋勸李念七專心讀書。

羅襦襟解燭滅後〔一〕，喝雉喝盧人散時〔二〕。願君莫忘默軒老〔三〕，少小先蒙國士知。

〔一〕「羅襦」句：此句蓋言李念七沉溺女色。史記滑稽傳：「堂上燭滅……羅襦襟解，微聞薌澤。」

〔二〕「喝雉」句：喝雉喝盧，謂博弈。晋書劉毅傳：「劉毅，字希樂，彭城沛人也。「後於東府聚樗蒱大擲，一判應至數百萬，餘人並黑犢以還，唯劉裕及毅在後。毅次擲得雉，大喜，褰衣繞床，叫謂同坐曰：『非不能盧，不事此耳。』裕惡之，因挼五木久之，曰：『老兄試爲卿答。』既而四子俱黑，其一子轉躍未定，裕厲聲喝之，即成盧焉。毅意殊不快，然素黑，其面如鐵色焉，而乃和言曰：『亦知公不能以此見借。』」陸游風順舟行甚疾戲書詩曰：「昔者遠戍南山邊，軍中無事酒如川。呼盧喝雉連暮夜，擊兔伐狐窮歲年。」可參讀。此句又言李念七嗜賭。

〔三〕「願君」句：默軒老，考宋人以「默軒」爲號者甚多，其中有李姓者，如韓駒題墨軒詩曰：「李君誦兵法，辨若懸河流。時平棄不用，胷中鬱奇謀。」此不詳何所指，疑是李念七先人，蓋少小時即見知於長者，故此借以勸勉也。

往年與關止叔相別甬上止叔見勉學道甚勤且曰無爲專事文字間也及今五年矣尚未有所就因作詩見志且以自警也〔一〕

老關別我時，笑我勤苦甚。曰吾與子然，同此一味靜。收功粥魚底〔二〕，筆墨有譏評。五年念此語，但見日月競。雖無蛾眉斧〔三〕，亦有宴安鴆〔四〕。斯人今何往，想作大樹蔭〔五〕。我走足欲躄，始學兩烏噤〔六〕。君看齊聲謳，何異衆哭臨〔七〕。繁紅成春條，本自其天性〔八〕。風雨頌繫之，不有十日盛〔九〕。人生亦何聊，共未免此病〔一〇〕。

乃知钁頭通〔二〕，已勝狗脚朕〔三〕。

〔一〕關止叔，童蒙訓卷上稱「頃見陳瑩中與關止叔沼、與滎陽公書問」云云，知關止叔名沼，止叔蓋其字號也。明凌迪知萬姓統譜卷二六：「關沼，字淵聖，杭人，登元祐三年（一〇八八）進士。隱士孔夷（字方平）嘗有贈淵聖學士詩云：『吴越聲飛二十年，緇衣空復歎遺編。紫芝眉宇風塵外，太白文章錦繡前。可是石渠方載筆，未應水國要歸田。他時雪裏相逢處，能記騎驢孟浩然。』」甬上，地名，即宿州。資治通鑑卷二二七唐紀四三德宗神武聖文皇帝二：「李正己遣兵扼徐州甬橋、渦口。」胡三省注：「甬橋，在徐州南界汴水上，後置宿州於此。」因甬橋之名，故後人又或稱宿州爲甬上。

〔二〕「收功」句：粥魚，僧寺吃飯時所敲鼓名，即齋鼓。釋惠洪林間録稱其初居黄龍山時，作禪和子十二時偈，其中有「鷄鳴丑，粥魚吼」句。黄庭堅贈清隱持正禪師：「水鳥風林成佛事，粥魚齋鼓到江船。」句謂一心參禪。

〔三〕「雖無」句：文選枚乘七發：「皓齒蛾眉，命曰伐性之斧。」李善注：「吕氏春秋曰：『靡曼皓齒，鄭衛之音，務以自樂，命曰伐性之斧。』高誘曰：『靡曼，細理弱肌，美色也。皓齒，謂齒如瓠犀也。鄭衛淫僻，以其淫僻滅亡，故曰伐性之斧也。』」

〔四〕「亦有」句：文選陸機君子有所思行：「宴安消靈根，酖毒不可恪。」李善注：「左氏傳：管敬仲言於齊侯曰：『宴安酖毒，不可懷也。』杜預曰：『以宴安比之酖毒也。』」酖，毒酒。以上二句，自言雖無迷戀女色之醜行，但有追求閑適安逸之陋習。

〔五〕「斯人」二句：大樹蔭，指墓木。左傳僖公三十二年：「中壽，爾（指蹇叔）墓之木拱矣。」杜預注：「合手曰拱。言其過老悖不可用。」按：關沼卒年不詳。

〔六〕「我走」二句：欲蠒，謂所走之地極多。蠒，手脚因摩擦所生硬皮。兩鳥噤，噤，閉口不言。韓愈雙鳥詩：「雙鳥海外飛，飛來到中州。一鳥落城市，一鳥集巖幽。不得相伴鳴，爾來三千秋。兩鳥各閉口，萬象銜口頭。」兩鳥，舊注或謂指仕、隱，或謂指佛、老。

〔七〕「君看」二句：齊聲謳，猶言合唱。謂賞樂本是享受，其實與哭臨没有區别。帝王死後爲之舉哀，稱「哭臨」。

〔八〕「繁紅」二句：繁紅，指百花。吴融忘憂花：「繁紅落盡始凄涼。」春條，春天新生之枝條。白居易樟亭雙櫻樹：「南館西軒兩樹櫻，春條長足夏陰成。」此言所作文字（筆墨），猶如繁花長成枝條，自然而然，乃出於天性。兩句乃對「筆墨有譏評」之回應。

〔九〕「風雨」二句：頌繫，古代將犯人捆起來、不戴刑具之謂。漢書刑法志：「年八十以上，八歲以下，及孕者未乳，師、朱儒當鞠繫者，頌繫之。」顔師古注：「頌，讀曰容。容，寬容之，不桎梏。」二字原校：「一作『摧折』。」

〔一〇〕「人生」二句：總括上所言，謂人生皆苦，連自然界（如樹木）也不能免。亦何聊，有何樂趣。張耒有感：「滿眼青山不歸去，强顔微禄亦何聊。」

〔一〕「乃知」句：自注：「洞山會下有僧法空，具宿命。時有通上座者，刻苦練行。空以水照之，知其前身爲魏孝靖帝也。時衆中謂通爲钁頭通云。」魏孝靖帝，即東魏孝静皇帝元善見。

〔二〕「已勝」句：狗脚朕，方回續古今考卷二二：「予讀吕居仁詩，有云：『乃知钁頭通，已勝狗脚朕。』下一句出北史（引者按：見北史卷五東魏孝静皇帝紀），上一句出傳燈録。世傳钁頭通禪師爲魏孝静帝之後身，皆邪説也；秦之稱『朕』，亦何所益。趙高愚二世曰：『天子稱朕，固不聞聲。』於是二世常居禁中，與高決諸事，公卿希得朝見，豈不悖哉！索隱曰：『臣下屬望纔有兆朕，聞其聲耳，不見其形也。』一字之禍，乃至於此。」今按魏書孝静紀、北齊書文襄紀，孝静帝與文襄（高澄）獵於鄴東，文襄罵帝爲「狗脚朕」，且使崔季舒毆之三拳。孝静帝不堪憂辱，遂禪位於高洋，是爲北齊文宣帝，時在文宣帝天保元年（五五〇）。魏於是亡。按朱子語類卷一二六釋氏：「厚之云：『或傳范淳夫是鄧禹後身。』曰：『鄧禹亦一好人，死許多時，如何魄識乃至今爲他人！』某云：『吕居仁詩亦有「狗脚朕」之語。』曰：『它又有「偷胎奪陰」之説，皆脱空。』」

六月初三日雨後步至城東〔一〕

涼秋生郊原，快雨灑庚伏〔二〕。曲肱訪幽睡，朝夢不可續〔三〕。開門招此山，爽氣滿嵒谷。村蹊没衰草，古院蟠翠木。東行得幽亭，小徑來已熟。下有十里濠，暑退萬荷緑。恨無沽酒錢，一醉起枵腹〔四〕。人生要快意〔五〕，豈止寄幽獨。君看後池蛙，聲韵故不俗。怡然供清歡，何必絲與竹〔六〕。

〔一〕按本卷前贈唐充之兼簡益中詩有「爾來老謝又繼往」句，老謝指謝逸，其人卒於政和二年（一一一二）初，則此所謂「六月初三日」，當亦屬該年。城東，城指濟陰。

〔二〕「快雨」句：庚伏，宋黄朝英靖康緗素雜記卷五三伏：「顏師古曰：『伏者，謂陰氣將起，迫於殘陽而未得升，故爲藏伏，因名伏日也。』……荆楚歲時記案曆忌云：『四時代謝，皆以相生。立春木代水，水生木；立夏火代木，木生火；立秋金代火，金畏火；立冬水代金，金生水。故至庚日必伏。庚者，金也，是月之雨，田家以爲甘澤。』……案陰陽書曰：『夏至後第三庚爲初伏，第四庚爲中伏，立秋後初庚爲末伏。』」

〔三〕「曲肱」二句：論語述而：「子曰：『飯疏食飲水，曲肱而枕之，樂亦在其中矣。』」肱，手臂。兩句謂枕臂而卧，但夢境不長。

〔四〕「一醉」句：枵腹，空腹。黄庭堅次韵答秦少章乞酒：「斗酒得醉否，枵腹如瓠壺。」

〔五〕「人生」句：杜甫蘇端薛復筵簡薛華醉歌：「如澠之酒常快意，亦知窮愁安在哉。」

〔六〕「君看」四句：君，原作「若」，據四庫本改。後池蛙，用孔珪以蛙聲當兩部鼓吹事，見本書卷一謁雍道士詩注引南史孔珪傳。

得楊州書〔一〕

書來每恨日月晚，書去還憂道里長〔二〕。但得老親常健好，不辭新歲且窮忙。文章已受塵埃涴，禪觀多爲疾病妨〔三〕。趁得殘春北歸否，近箕臨潁是吾鄉〔四〕。

〔一〕楊州，即揚州。是詩當作於真州，前詩言已入伏，此謂「殘春」，編排次序有誤。

〔二〕「書去」句：里，原校：「一作『路』。」

〔三〕「禪觀」句：禪觀，禪理。錢起送僧歸日本：「水月通禪觀，魚龍聽梵聲。」

〔四〕「近箕」句：高士傳卷上：「堯讓天下於許由，由於是遁耕於中嶽（按：即嵩山）潁水之陽，箕山之下。堯又召爲九州長，由不欲聞之，洗耳於潁水濱。時其友巢父牽犢欲飲之，見由洗耳，問其故，對曰：『堯欲召我爲九州長，惡聞其聲，是故洗耳。』巢父曰：『子若處高岸深谷，人道不通，誰能見子？子故浮遊，欲聞求其名譽。汚吾犢口。』牽犢上流飲之。」按：箕山，屬伏牛山系餘脈之一支，出自今河南登封市南，向東蜿蜒至禹州南。潁水，發源於嵩山，迤邐東下，流經河南登封、禹州、許昌、臨潁、周口、潁上，至安徽阜陽匯入淮河，爲淮河第一大支流。近箕臨潁，指陽翟（今河南禹州），呂本中家蓋在該地有田宅，其祖、父皆嘗居於此，故稱

「是吾鄉」。

歸計未成作詩寄懷

萬里田園半有無〔一〕，十年歸夢阻江湖。文章繆忝聲名在，氣體猶須藥餌扶。客路因風起舟楫，水田無雨卧菰蒲〔二〕。青帘白酒斜陽外，不與行人滿眼酤〔三〕。

〔一〕「萬里」句：半有無，謂萬里之外自家雖有田園，然常年流寓，田園似有還無。

〔二〕「水田」句：菰蒲，菰，植物名，俗稱茭白，可作蔬菜，其實可作飯。蒲，蒲草。此泛指雜草。

〔三〕「青帘」二句：古代酒肆多掛青色旗幟，故青帘代指酒店。不與滿眼酤，謂以竹筒沽酒，酒不盛到筒眼處，參見本書卷三喜章仲孚朝奉見過十韵詩注引杜甫入奏行注。

閲舊詩卷有懷

好詩無過亦無功，準擬還家贈阿宗〔一〕。會有江山與湔袚〔二〕，且無塵土共從容〔三〕。大汪矯矯雲間鶴〔四〕，老謝森森澗底松〔五〕。回首百年俱一夢，暮年文采更誰從〔六〕。

〔一〕「準擬」句：準擬，定可，打算。阿宗，杜甫子宗武。杜甫課伐木并序曰：「已作詩示宗武。」此代指本中子，謙言舊詩平平，只能讓兒子讀。

〔二〕「會有」句：湔祓，此謂洗浄。言其詩得江山之助，故猶清新雅潔。

〔三〕「且無」句：且，原校：「一作『略』。」塵土，喻指低俗、猥瑣。從容，斡旋、混雜。漢書陸賈傳：「（陸賈）從容（陳）平、（周）勃之間。」句謂其舊詩尚行文優雅，決無半點塵俗氣。

〔四〕「大汪」句：大汪，即汪革，字信民。矯矯，矯健昂揚貌。漢書敘傳下：「賈生矯矯，弱冠登朝。」雲間鶴，喻志趣高遠不凡。蘇軾送司勳子才丈赴梓州：「有如雲間鶴，影過落寒池。舉頭已千里，可見不可追。」

〔五〕「老謝」句：老謝，即謝逸，字無逸。森森，氣盛貌。世説新語賞譽：「庾子嵩（敳）目和嶠：森森如千丈松，雖磊砢有節目，施之大厦，有棟梁之用。」又陳師道和黄生春盡遊南山：「君如澗底松，超拔出天壁。」按：汪革、謝逸，是時皆已亡故。

〔六〕「回首」二句：汪、謝二人，乃吕本中早年關係最密切之詩友，唱和甚多，皆不幸早逝，故有「俱一夢」之嘆。誰從，謂從誰。

高郵道中荷花極目平生所未見

緑浄紅深水不流，炎天烈日自然秋。只供野父已無計，便與行人亦暗投〔一〕。明月不來江北岸〔二〕，好山應在石城頭〔三〕。何年得映潘妃步，更放君王作意游〔四〕。

〔一〕「只供」二句：謂荷花如此之美，若只供野父與行人欣賞，則如明珠闇投。史記鄒陽列傳：鄒陽獄中上書曰：「臣聞明月之珠，夜光之璧，以闇投人於道路，人無不按劍相眄者，何則？無因而至前也。」

〔二〕「明月」句：江北岸，指高郵，高郵在長江之北。高郵之地少遊人，故爲荷花叫屈，稱「明月不來」。

〔三〕「好山」句：石城，即石頭城，地在今江蘇南京。唐張祜莫愁樂：「儂居石城下，郎到石城游。自郎石城出，長在石城頭。」句謂遊客盡在石頭城觀山玩水，不知高郵荷花之美。

〔四〕「何年」二句：南史卷五齊本紀下：「廢帝東昏侯諱寶卷，字智藏，明帝第二子也。……大起諸殿芳樂、芳德、仙華、大興、含德、清曜、安壽等殿，又别爲潘妃起神仙、永壽、玉壽三殿，皆帀飾以金璧。……又鑿金爲蓮華以帖地，令潘妃行其上，曰：『此步步生蓮華也。』」按：吴曾能改齋漫録卷一一高秀實和高郵道中詩曰：「吕居仁云：『高秀實茂華，人物高遠，有出塵之資，其爲文稱是。嘗和余高郵道中詩「中塗留眼占星聚，一夕披顔覺霧收」之句，便覺余詩急迫，少從容閒暇處。』」

高郵遇大熱作

南風極炎暑，赤日不可傍。扁舟在地底，淺水安得强〔一〕。坐懷長河冰，未盡暍飲狀〔二〕。甚憎食案蠅，意欲不相讓〔三〕。平生投筆手，中有無盡藏〔四〕。爾來但深藏，穩着犢鼻上〔五〕。旱苗乾欲死，蒲藕秋可望。有如三年艾，更復加百壯〔六〕。黑雲翻日脚，好雨終不放。雷聲無事來，殷殷車百兩〔七〕。東街暴泥龍，西街設銅像〔八〕。利害有不同，未易相得喪。農夫責催租，日夕困大杖〔九〕。那知清歌前，把酒有餘量〔一〇〕。

〔一〕「扁舟」二句：扁舟，小船。在地底，指河中。河床在地之最低處，故云。安得强，豈可强（指涼爽）於他處。

〔二〕「坐懷」二句：坐，因。長河，泛指北方河流。唐富嘉謨明冰篇：「憶昔沙朔寒風漲，崑崙長河冰始壯。」暍飲，熱極而飲。句謂生活在冰天雪地之人，很難想象人在暍飲時的情態。

〔三〕「甚憎」二句：食案蠅，在餐桌上覓食之蒼蠅。兩句言渴極飲水，連蒼蠅也與人争，互不相讓。

〔四〕「平生」二句：投筆手，後漢書班超傳：「家貧，常爲官傭書以供養，久勞苦。嘗輟業投筆歎曰：『大丈夫無他志略，猶當效傅介子、張騫立功異域，以取封侯，安能久事筆研間乎？』」此指用筆，即寫作。無盡藏，佛教語，謂真如法性廣大無邊，無窮無盡。大乘義章卷一四無盡藏義：「德廣難窮，名爲無盡，無盡之德苞含曰藏。」此言在創作中獲得無限樂趣。

〔五〕「爾來」二句：爾來，謂大熱以來。深藏，指爲避暑而停筆。犢鼻，史記司馬相如列傳：「相如身自著犢鼻褌，與保庸雜作，滌器於市中。」犢鼻褌，集解引韋昭曰：「今三尺布作，形如犢鼻，稱此者，言其無恥也。」言大熱難奈，只好穿着犢鼻形短衫，以求清涼。

〔六〕「有如」二句：三年艾，孟子離婁上：「今之欲王者，猶七年之病，求三年之艾也，苟爲不畜，終身不得；苟不志於仁，終身憂辱，以陷於死亡。」趙岐注：「今之諸侯欲行王道，而不積其德，如至七年病，而却求三年時艾，當畜之乃可得。以三年時不畜藏之，至七年欲卒求之，何可得乎？艾可以爲灸人病，乾久益善，故以爲喻。」此所謂三年艾，泛指陳艾。百壯，古人醫用艾灸，一灼謂之一壯。三國志魏志華佗傳：「若當灸，不過一兩處，每處七八壯，病亦應除。」又沈括夢溪筆談卷一八技藝：「醫用艾，一灼謂之一壯，以壯人爲法。其言若干壯，壯人當依此數，老幼羸弱，量力減之。」兩句言酷暑猶如艾灸百灼，其痛苦可想而知。

〔七〕「黑雲」四句：謂亟需好雨時，只見黑雲翻騰而無雨，無事時却又雷雨不停。殷殷，詩經國風殷其靁：「殷其靁，在南山之陽。」毛傳：「殷，靁聲也。」車百兩，謂雷聲之大，如同百輛車一齊行駛。文選司馬相如長門賦：「雷殷殷而響起兮，聲象君之車音。」兩，通「輛」。

〔八〕「東街」二句：泥龍，用泥土捏成龍形之物。古代傳説龍能興雲作雨，見本書卷四郵上祈雨詩注引淮南子墬形訓。故雨太多時則暴泥龍止雨。設銅像，疑指浴佛。月令輯要卷九浴佛會引乾淳歲時記：「四月八爲佛誕日，諸寺院各有浴佛會，僧尼輩競以小盆貯銅像，浸以糖水，覆以花棚，鐃鈸交迎，遍往邸第。富室以小杓澆灌，以求施利。」蓋言浴佛亦能致雨。東街、西街，互文見義，謂需求各異。

〔九〕「農夫」二句：困大杖，指用大杖扑打欠租之農夫。韓詩外傳卷八：「曾子有過，曾晳引杖擊之，扑地。有間乃蘇，起曰：『先生得無病乎？』魯人賢曾子，以告夫子……夫子曰：『汝不聞昔者舜爲人子乎？小箠則待笞，大杖則逃，索而使之，未嘗不在側，索而殺之，未嘗可得。』」

〔一〇〕「那知」二句：清歌，即清唱，不用樂器伴奏之歌唱。張衡思玄賦：「雙材悲於不納兮，並詠詩而清歌。」餘量，未盡之酒量。此指官宦富家生活，與上「農夫」兩句形成鮮明對照。

題孫廣伯主簿家壁〔一〕

古木輪囷老歲寒〔二〕，好花無力便凋殘。秋風只在盆池上，但作江湖萬里看〔三〕。

〔一〕楊時孫先生春秋傳序曰：「高郵中丞孫公先生，以其饜餘，盡發聖人之蘊，著爲成書，以傳後學。……其孫廣伯，乃以其書屬余爲序。」據陳振孫直齋書録解題著録，所謂孫先生即孫覺。按：孫覺，字莘老，高郵人，官至御史中丞。苕溪漁隱叢話後集卷三一引文昌雜録：「禮部李侍郎説，秘書少監孫莘老，莊居在高郵新開湖邊。」孫廣伯家，當即祖宅。餘詳下首詩注。又紫微詩話有「孫廣伯衍謝東萊公舉改官啓」云云，則孫廣伯名衍，廣伯乃其字，是時爲高郵縣主簿。建炎要録卷一一九：紹興八年（一一三八）五月己酉：「録故御史中丞孫覺之孫衍爲下州文學。中書舍人吕本中言衍學有本源，逢時多故，未嘗少屈。舊族子弟能守家學，終久不變，如衍者少，故特録之。」上引孫衍謝東萊公舉改官啓，當即指此事。

〔二〕「古木」句：輪囷，文選左思吴都賦：「重葩殗葉，輪囷虯蟠。」李善補注：「輪囷，謂屈曲貌。」歲寒，指松柏。論語子罕：「子曰：歲寒，然後知松柏之後彫也。」

〔三〕「秋風」二句：盆池，用陶盆所作小水池。據詩題，詩人題詩在孫家墻壁，蓋庭院内有古柏、盆池，而盆池雖小，却景象開闊，仿佛有萬里之勢。

贈孫廣伯

人皆笑君拙，我獨喜君直。拙則世所無，直則未易識。昔者中丞公，事主以一德〔一〕。從容進退間，多士所取則。朝廷九鼎重〔二〕，冠冕萬夫特〔三〕。塵埃困大路〔四〕，此老難再得。至今門下士，必以身許國。孰知强弩末，而有百鈞力〔五〕。賢孫後來秀，見我好顏色〔六〕。收功却掃中，欲任門內責〔七〕。空拳入善陣，匹馬見勍敵〔八〕。不嫌不識察，但恨無此獲〔九〕。欲赤莫如丹，欲黑莫如墨〔一〇〕。吾常持此言，以辨主與賊。苟無牛羊害，則有天地塞〔一一〕。君能但拙直，亦莫忘黑白〔一二〕。

〔一〕「昔者」二句：中丞公，指孫覺，仕終御史中丞，參見上首詩注。一德，尚書咸有一德，僞孔傳：「即政之後，恐其不一，故以戒之。」孔穎達正義：「此篇終始皆言一德之事。……德者，得也。內得于心，行得其理。既得其理，執之必固，不爲邪見更致差貳，是之謂一德也。而凡庸之主，監不周物，志既少決，性復多疑，與智者謀之，與愚者敗之，則是二三其德，不爲一也。」按宋史孫覺傳：孫覺，字莘老，高郵人。甫冠，從胡瑗受學。登進士第，調合肥主簿。嘉祐中，擇名士編校昭文書籍，覺首預選，進館閣校勘。神宗即位，直集賢院，爲昌王記室。擢右正言。通判越州，復右正言，徙知通州。熙寧二年（一〇六九），詔知諫院，同修起居注，知審官院。奏條青苗法之妄，忤王安石，出知廣德軍、湖州、廬州。改右司諫，知潤州、蘇州，徙福州。連徙亳、揚、徐州，知應天府。入爲太常少卿，易秘書少監。哲宗即位，兼侍講，遷右諫議大夫。進吏部侍郎，領右選，擢御史中丞。數月，以疾請罷，除龍圖閣學士兼侍講，提舉醴泉觀，求舒州靈仙觀以歸。卒，年六十三。紹聖中，以覺爲元祐黨，奪職，追兩官。徽宗即位，復官職。有文集、奏議六十卷，春秋傳十五卷。

〔二〕「朝廷」句：黄庭堅次韵奉送公定：「文章九鼎重。」史容注引史記平原君傳：「毛先生一至楚，而使趙重于九鼎、大吕。」引索隱：「九鼎、大吕，國之寶器。言毛遂至楚，使趙重於九鼎、大吕，謂天子所重也。」又正義：「大吕，周廟大鐘。」

〔三〕「冠冕」句：冠冕，禮帽，代指士大夫。詩經秦風黄鳥：「維此奄息，百夫之特。」鄭玄箋：「百夫之中最雄俊也。」此言萬夫特，謂萬人中最傑出者。抱朴子外篇卷一臣節：「非賁獲之壯，不可以舉兼人之重；非萬夫之特，不可以總獨異之局。」

〔四〕「塵埃」句：謂道路被塵埃堵塞，行人爲其所困。塵埃，喻指元祐黨禍。張耒寄答參寥五首其二：「塵埃困孤鶴，念子久失所。」

〔五〕「孰知」二句：漢書韓安國傳：「彊弩之末，力不能入魯縞。」顔師古注：「縞，素也。曲阜之地，俗善作之，尤爲輕細，故以取喻也。」此反其義，指入黨籍後，徽宗即位又復官職。

〔六〕「賢孫」二句：賢孫，即孫衍，字廣伯，見上詩注。好顔色，謂對吕本中極熱情。

〔七〕「收功」二句：却掃，謂孫覺入黨籍後，孫衍不再掃地迎客。晋書葛洪傳：「爲人木訥，不好榮利，閉門却掃，未嘗交游。」門内責，詩經國風東方之日：「東方之月兮，彼姝者子，在我闥兮。」毛傳：「闥，門内也。」此指家門。據下兩句，當指孫衍勇於爲其祖申訴。

〔八〕「空拳」二句：空拳，漢書司馬遷傳：「李陵一呼勞軍，士無不起，躬流涕，沫血飲泣，張空拳，冒白刃，北首争死敵。」注引李奇曰：「弮，弩弓也。」顔師古注：「陵時矢盡，故張弩之空弓。」善陣，春秋穀梁傳莊公八年：「善陳者不戰。」范甯集解：「軍陳嚴整，敵望而畏之，莫敢戰。」按：疑孫覺入元祐黨後，孫衍嘗隻身見政敵争之，故兩句云云。

〔九〕「不嫌」二句：似吕本中自言亦嘗爲其祖希哲申辯，然未獲復官之功。

〔一〇〕「欲赤」二句：晉傅玄太子少傅箴：「近朱者赤，近墨者黑。」晉書載記李特傳：「昔武落鍾離山崩，有石穴二所，其一赤如丹，一黑如漆。」又陳書後主紀：禎明二年（五八八）正月，「郢州南浦水黑如墨」。兩句言丹乃赤之極致，墨乃黑之極致，前者喻大忠，後者喻大奸，忠、奸極分明。

〔一一〕「苟無」二句：牛羊害，孟子言牛山事，出孟子告子上，見本書卷二擬古其二注。天地塞，胡瑗周易口義卷一坤卦：「天地不交，陰陽不通，則草木枯槁，而萬物衰滅。猶君不交於臣，臣不交於君，君臣道塞，則賢者退隱也。蓋坤爲陰卦，四本陰位，又以陰居之，是天地閉塞、陰陽不交之時，是猶君不交於臣，而賢者退而自處也。若於此不能退，則爲小人之害也。」

〔一二〕「亦莫」句：後漢書朱浮傳：「今牧人之吏，多未稱職，小違理實，輒見斥罷，豈不粲然黑白分明哉！」李賢注引淮南子曰：「聖人見是非若白黑之别於目，清濁之形於耳也。」此蓋告誡孫衍，欲其敵我愛憎分明。

與吴迪吉諸人赴晁季一陳塘范園之游因成十韻〔一〕

春風未寂寞，頻枉故人車〔二〕。客舍輕寒下，村煙宿雨餘。曉紅留隱映，新緑上扶疏。妙墨懸高榜，殘章得舊書〔三〕。蛟龍忽舒卷，草木自清虚。渺渺登臨地，悠悠水竹居。只今那復有，本自不關渠〔四〕。塘水空遺廟〔五〕，鼉淙亦故墟〔六〕。同行喜佳士，所到即吾廬。政恐習池飲〔七〕，風流却未如。

〔一〕吴迪吉，謝逸外弟，見溪堂集卷八黄君墓誌銘。晁季一，即晁貫之，字季一，見本書卷四即事戲答季一詩注。陳塘，即陳公塘，池塘名，在高郵縣。輿地紀勝卷三七揚州陳公塘引廣陵志：「魏太守陳登所浚也。寰宇志亦號愛敬。初開此陂，百姓愛而敬之，因以爲名。」又見宋史河渠志六。范園，按康熙揚州府志卷一一九寺觀：「禪惠寺，在儀徵縣北二十里，漢廣陵太守陳登建。先有白黑二鼉，立寺塘上，號曰鼉淙。宋治平中更禪惠。」據詩中自注（見下），范園在陳塘上，鼉淙寺在范園西，則俱在儀徵縣北矣，蓋清與宋代行政區劃不同，實即一地（按陳公塘現已不存）。時晁貫之或爲高郵及附近某縣主簿之類，居范園，故吕本中與吴迪吉諸人與之同遊。

〔二〕「頻枉」句：陶淵明讀山海經其一：「窮巷隔深轍，頗迴故人車。」

〔三〕「妙墨」二句：自注：「即所謂『白水滿時雙鷺下』。」按蘇軾溪陰堂詩：「白水滿時雙鷺下，綠槐高處一蟬吟。」

〔四〕「只今」二句：渠，同後來第三人稱代詞「他」。按：據此二句，疑以上「蛟龍」四句或檃括摘録前人題詠成句，故言蛟龍、水竹居之類今既無有，與陳塘范園無關。

〔五〕「塘水」句，自注：「塘即陳元龍所開（按：「開」原作「聞」，據四庫本改），今有元龍廟，在此塘上。」考三國志魏書張邈傳附陳登傳：「陳登者，字元龍，在廣陵有威名，又掎角吕布有功，加伏波將軍。年三十九卒。」

〔六〕「鼉淙」句：自注：「園西（按：「西」原作「面」，據四庫本改）有寺，名鼉淙，唐武宗時所建。寺邊有鼉，爲水害。」按：鼉，今稱揚子鱷。

〔七〕「政恐」句：政，通「正」。晋書山簡傳：「簡字季倫，性温雅，有父（山濤）風。……永嘉三年（三〇九）出爲征南將軍、都督荆湘交廣四州諸軍事，假節，鎮襄陽。於時四方寇亂，天下分崩，王威不振，朝野危懼，簡優遊卒歲，唯酒是耽。諸習氏，荆土豪，族有佳園池。簡每出嬉遊，多之池上，置酒輒醉，名之曰高陽池。」按：習池乃習郁所建，故又稱習郁池。元和郡縣志卷二三襄陽縣：「習郁池，縣南十四里。」又太平寰宇記卷一四五襄陽縣：「習郁池，在縣東南十五里。」

送晁季一罷官西歸〔一〕

少年閱人若郵傳〔二〕，漢廷公卿日千變〔三〕。故人一蹙便青雲，咫尺相逢不相見〔四〕。丈夫鬚髯但如戟，黃塵没馬渠未識〔五〕。晁侯文采老不聞，兩耳壁塞目爲昏〔六〕。三年刺促簿書裏〔七〕，更覺和氣生春温〔八〕。誰能種蘭生九畹〔九〕，從公不辭墮車蹇〔一〇〕。冰霜入眼蚊蚋去〔一一〕，桃李成蹊草茅遠〔一二〕。胸中滄海無水旱〔一三〕，眼底浮雲看舒卷〔一四〕。頃來江上幾送迎，聚蚊成雷公不驚〔一五〕。笙竽沸地不知曉，公但寒窗延短檠〔一六〕。乃知風雨晝窈冥，我亦不廢晨鷄鳴〔一七〕。箕山之下潁水邊，脱冠便歸須壯年〔一八〕。請公先尋買山錢〔一九〕，我亦從今當着鞭〔二〇〕。

〔一〕晁季一，名貫之，見上詩注。此所謂罷官，疑指罷高郵或附近某縣主簿之類，故詩言「三年刺促簿書裏」。

〔二〕「少年」句：閱人，閱，交往。郵傳，孟子公孫丑上：「孔子曰：德之流行，速於置郵而傳命。」趙岐注「速於」句：「疾於置郵傳書命也。」句謂少年時所見官員極多。

〔三〕「漢廷」句：漢廷，此以漢代宋，謂宋朝廷。日千變，極言官員變動之頻繁。

〔四〕「故人」二句：蹙，此同「蹴」，踩踏。青雲，喻高官顯爵。史記范雎列傳：「不意君能自致於青雲之上。」兩句謂即使是故人舊交，只要暗中使跘子，即可立致高官，哪怕相距咫尺，亦視若仇敵。言哲宗以來官場新舊兩黨惡鬬之狀。

〔五〕「丈夫」二句：鬚髯如戟，耿直不屈貌。南史卷二八褚彦回傳：「景和中，山陰公主淫恣，窺見彦回，悦之，以白帝。帝召彦回西上閤，宿十日，公主夜就之，備見逼迫。彦回整身而立，從夕至曉，不爲移志。公主謂曰：『君鬚髯如戟，何無丈夫意？』彦回曰：『回雖不敏，何敢首爲亂階。』」黄塵没馬，喻指沉於下僚，無出頭之日。兩句言晁貫之在黨禍中堅貞不屈。

〔六〕「晁侯」二句：老不聞，老不出名。論語子罕：「四十五十而無聞焉。」壁塞，耳如有壁堵塞。晉書夏統傳：「夏統，字仲御，會稽永興人也。……雅善談論。宗族勸之仕，謂之曰：『卿清亮質直，可作郡綱紀，與府朝接，自當顯至，如何甘辛苦於山林，畢性命於海濱也！』統悖然作色曰：『諸君待我乃至此乎！使統屬太平之時，當與元凱評議出處；遇濁代，念與屈生同汙共泥；若汙隆之間，自當耦耕沮溺，豈有辱身曲意於郡府之間乎？聞君之談，不覺寒毛盡戴，白汗四帀，顔如渥丹，心熱如炭，舌縮口張，兩耳壁塞也。』言者大慚。」

〔七〕「三年」句：刺促，忙碌貌。晉書潘岳傳：「和嶠刺促不得休。」簿書，官署文書，指作主簿之類低級官吏。

〔八〕「更覺」句：和氣，祥和温暖之氣。白居易負冬日：「負暄閉目坐，和氣生肌膚。」

〔九〕「誰能」句：楚辭屈原離騷：「余既滋蘭之九畹兮。」王逸注：「滋，蒔也。十二畝爲畹。或曰田之長爲畹也。」喻指廣爲培養薦舉人才。

〔一〇〕「從公」句：史記韓長孺傳：「安國（引者按：漢書本傳曰字長孺）爲人多大略，智足以當世取舍，而出於忠厚焉。貪嗜於財，然所推舉皆廉士賢於己者也。於梁舉壺遂、臧固、郅他，皆天下名士。士亦以此稱慕之。唯天子以爲國器。安國爲御史大夫四歲餘，丞相田蚡死，安國行丞相事，奉引墮車蹇。」集解引如淳曰：「爲天子導引而墮車，跛足。」此言晁貫之所舉之士，不惜爲之墮車而跛足，謂感激之至。

〔一一〕「冰霜」句：冰霜入眼，謂眼中純潔清白如冰霜，指爲人正直。蚊蚋，喻奸佞小人。

〔一二〕「桃李」句：史記李將軍（廣）列傳：「諺曰：『桃李不言，下自成蹊。』」索隱案姚氏云：「桃李本不能言，但以華實感物，故人不期而往，其下自成蹊徑也。以喻廣雖不能道辭，能有所感，而忠心信物故也。」草茅，與上句蚊蚋同，亦喻指奸佞小人。

〔一三〕「胸中」句：謂晁貫之胸懷博大如海。莊子秋水：「北海若曰：『……天下之水，莫大於海，萬川歸之，不知何時止而不盈；尾閭泄之，不知何時已而不虛；春秋不變，水旱不知。』」無水旱，即所謂「水旱不知」，謂滄海之水永無增減。同上篇：「禹之時十年九潦，而（東海）水弗爲加益；湯之時八年七旱，而崖不爲加損。」

〔一四〕「眼底」句：論語述而：「不義而富且貴，於我如浮雲。」何晏集解引鄭（玄）曰：「富貴而不以義者，於我如浮雲，非己之有。」舒卷，論語衛靈公：「君子哉！蘧伯玉。邦有道則仕，邦無道則可卷而懷之。」何晏集解引包(咸)曰：「卷而懷，謂不與時政柔順，不忤於人。」看舒卷，謂冷眼旁觀時勢消長。

〔一五〕「聚蚊」句：漢書景十三王傳中山靖王勝：「夫衆煦漂山，聚蟁成靁。朋黨執虎，十夫橈椎。是以文王拘於牖里，孔子阨於陳蔡。此乃烝庶之成風，增積之生害也。」顔師古注：「蟁，古蚊字。靁，古雷字。言衆蚊飛聲有若雷也。」此形容誹謗聲之多。

〔一六〕「笙竽」二句：謂富貴之家縱情聲色，而晁貫之乃樂於夜讀。短檠，燈之一種，見本書卷三雨後月夜懷沈宗師承務詩注。

〔一七〕「我亦」句：晋書祖逖傳：「與司空劉琨俱爲司州主簿，情好綢繆，共被同寢。中夜聞荒鷄鳴，蹴琨覺，曰：『此非惡聲也。』因起舞。」

〔一八〕「箕山」二句：箕山、潁水，其地多古代隱士歸隱之所，見本卷前得楊州書詩注。脱冠，指罷官。

〔一九〕「請公」句：買山錢，世説新語排調：「支道林因人就深公買印山，深公答曰：『未聞巢由買山而隱。』」後以買山代指歸隱。雲溪友議卷上襄陽傑：「有匡盧符載山人，遣三尺童子，齎數幅之書，乞買山錢百萬。公(于頔)遂與之，仍加紙墨衣服等。」

〔二〇〕「我亦」句：着鞭，揮鞭策馬而行。此指一起歸隱。晋書劉琨傳：「與親故書曰：『吾枕戈待旦，志梟逆虜，常恐祖生(逖)先吾著鞭。』」

侯嬴〔一〕

游士縱横翻覆手〔二〕，山東諸侯望關走〔三〕。歷下邯鄲無使來〔四〕，長城易水非燕有〔五〕。大梁賓客舊如雲〔六〕，夷門監者未有聞〔七〕。謾將苦語送公子，市井屠兒虚見存〔八〕。後來毫髮争得喪，紛紛小兒誇跌宕〔九〕。不知世有公子牟，一生放迹江海上〔一〇〕。

〔一〕侯嬴，戰國時魏國隱士，年七十餘。事迹詳下注。

〔二〕「游士」句：游士，即游説之士，指戰國時代以蘇秦、張儀爲代表之縱横家者流。史記蘇秦列傳太史公曰：「蘇秦兄弟三人皆游説諸侯以顯名，其術長於權變。」因長於權變，故其説縱連横，言詞反覆，多不信，人稱「左右賣國反覆之臣」（見史記蘇秦列傳），故謂之爲「翻覆手」。蘇軾和三舍人省上：「紛紛榮瘁何能久，雲雨從來翻覆手。」程縯注引杜詩：「翻手作雲覆手雨，紛紛輕薄何須數。」

〔三〕「山東」句：山東，太行山以東，指燕、韓、齊、趙、魏等諸侯國。望關走，關指函谷關，函谷關以西爲秦，謂漸次爲秦國所滅。

〔四〕「歷下」句：歷下，濟南縣名（今屬濟南市），代指齊；邯鄲，趙國都城（今屬河北），代指趙。

無使來，言已絶交。

〔五〕「長城」二句：史記張儀列傳：「北之燕，説燕昭王曰：大王之所親莫如趙。……夫趙王之很戾無親，大王之所明見，且以趙王爲可親乎？趙興兵攻燕，再圍燕都而劫大王，大王割十城以謝。今趙王已入朝澠池，效河間以事秦。今大王不事秦，秦下甲雲中、九原，驅趙而攻燕，則易水、長城（按張守節正義曰：「並在易州界。」），非大王之有也。」

〔六〕「大梁」句：大梁，史記魏世家：「秦用商君，東地至河，而齊、趙數破我，安邑近秦，於是徙治大梁。」集解引徐廣曰：「今浚儀。」裴駰案汲冢紀年曰：「梁惠成王九年四月甲寅，徙都大梁也。」正義：「陳留風俗傳云：『魏之都也。畢萬十葉徙大梁。』按：今汴州浚儀也。」地在今河南開封市。賓客如雲，謂信陵君食客衆多。史記信陵君列傳：「魏公子無忌者，魏昭王少子，而魏安釐王異母弟也。昭王薨，安釐王即位，封公子爲信陵君。……公子爲人仁而下士，士無賢不肖，皆謙而禮交之，不敢以其富貴驕士，士以此方數千里争往歸之，致食客三千人。」

〔七〕「夷門」句：史記信陵君列傳：「魏有隱士曰侯嬴，年七十，家貧，爲大梁夷門監者。」同傳太史公曰：「吾過大梁之墟，求問其所謂夷門，夷門者，城之東門也。」

〔八〕「謾將」二句：史記信陵君列傳：信陵君聞侯嬴，往請，欲厚遺之，不肯受。公子於是乃置酒大會賓客。坐定，公子從車騎，虚左，自迎夷門侯生。侯生攝弊衣冠，直上載公子上坐，不讓，又求引車入市屠中，以見其客朱亥。公子愈恭，色終不變，至家，公子引侯生上坐，遂爲上客。侯生謂公子曰：「臣所過屠者朱亥，此子賢者，世莫能知，故隱屠間耳。」公子往數請之，朱亥故不復謝。其後秦昭王擊破趙長平軍，又進兵圍邯鄲，意欲拔趙擊魏。侯嬴於是設竊符奪魏晋鄙軍以救趙之謀。公子泣，侯生曰：「公子畏死邪？何泣也？」公子曰：「晋鄙恐不聽，必當殺之，是以泣耳，豈畏死哉？」侯生遂與朱亥俱行，至晋鄙軍，侯生「北鄉自剄，以送公子」。朱亥遂竊得兵符，矯殺晋鄙，終於却秦存趙。苦語，逆耳之言，如斥信陵君「畏死」等。送公子，指侯嬴以自殺相送。見存，謂信陵君數存問朱亥，而無以報也。

〔九〕「紛紛」句：小兒，指後世無知之輩。跌宕，行爲無檢束。三國志蜀書簡雍傳：「性簡傲跌宕。」

〔一〇〕「不知」二句：莊子讓王：「中山公子牟謂瞻子曰：『身在江海之上，心居乎魏闕之下，奈何？』」郭象注：「公子牟，魏之公子，封中山，名牟。瞻子，賢人也。」成玄英疏：「公子有嘉遁之情而無高蹈之德，故身在江海上而隱遁，心思魏闕下之榮華，既見賢人，借問其術也。」兩句將同爲魏公子之公子牟與信陵君相對比，品德之高下立見，所謂「不知」，乃鄙之也。

昭君

凍雲霾空風折木，烏孫公主歌黄鵠〔一〕。昭君請自嫁單于〔二〕，當時各倚顔如玉。

霧鬢雲鬟胡地塵，帳中誰是可憐人〔三〕。左抱琵琶右揮手，胡地漢宫能幾春〔四〕。嗚呼古來出婦嫁鄉曲，何曾肯望秦雲哭〔五〕。

〔一〕「烏孫」句：烏孫公主，漢江都王劉建女，和親嫁烏孫國昆莫爲右夫人。公主悲愁，自作歌有「願爲黄鵠兮歸故鄉」句，詳見本書卷二咸安公主詩注。

〔二〕「昭君」句：西京雜記卷二：「元帝後宫既多，不得常見，乃使畫工圖形，按圖召幸之。諸宫人皆賂畫工，多者十萬，少者亦不減五萬。獨王嬙不肯，遂不得見。後匈奴入朝求美人爲閼氏，於是上案圖以昭君行。及去，召見，貌爲後宫第一，善應對，舉止閑雅。帝悔之，而名籍已定，帝重信於外國，故不復更人。乃窮案其事，畫工皆棄市，籍其家，資皆巨萬。」所謂「請自嫁」，蓋後代詩人根據詩歌立意各自表述，實無其事。

〔三〕「帳中」句：李白贈裴司馬：「天寒素手冷，夜長燭復微。十日不滿匹，鬢蓬亂若絲。猶是可憐人，容華世中稀。」

〔四〕「左抱」二句：宋郭茂倩樂府詩集卷二九相和歌辭吟歎曲解題引古今樂録，稱張永元嘉技録有吟歎四，「其二曰王明君」。同上卷五九琴曲歌辭首載王嬙昭君怨。蓋皆後人附會而作。

〔五〕「嗚呼」二句：出婦，出嫁之婦。戰國策秦策一：「出婦嫁於鄉里者，善婦也。」鄉曲，鄉下，引申爲鄉里。秦雲哭，秦，指今陝西一帶，爲古代秦國之地。杜甫三絶句其二：「二十一家同入蜀，唯殘一人出駱谷。自説二女齧臂時，回頭却向秦雲哭。」趙彦材注：「自蜀歸秦，出駱谷以往也，故後有向秦雲哭之句。」黄希注：「唐志：鳳翔府盩厔縣有駱谷關，西南界入洋州路。」按：駱谷在今陝西周至（舊作盩厔）西南，谷長四百餘里，古爲關中入蜀要道。兩句言自古出嫁之女，因夫家較近，對故鄉不會有如昭君之深情。

戲呈外弟趙才仲

趙郎風味春月柳〔一〕，可到阮公青眼邊〔二〕？秋水黏天劇空闊〔三〕，曉霜挾月作嬋娟〔四〕。北來好句傳新雁，一夜客愁如少年〔五〕。安得瓊枝更當眼〔六〕，沙頭同理釣魚船〔七〕。

〔一〕「趙郎」句：趙楠，字才仲，吕本中外弟，前已屢見。春月柳，比喻其外貌秀美可愛。世説新語容止：「有人歎王恭形茂者云：『濯濯如春月柳。』」

〔二〕「可到」句：晉書阮籍傳：「籍又能爲青白眼。見禮俗之士，以白眼對之，及嵇喜來弔，籍作白眼，喜不懌而退。喜弟康聞之，乃齎酒挾琴造焉，籍大悦，乃見青眼。由是禮法之士疾之若讎。」此蓋戲問趙楠是否得到上官賞識？

〔三〕「秋水」句：韓愈祭河南張署員外文：「洞庭漫汗，黏天無壁。」黄庭堅次韻師厚病間十首其六：「夢作白鷗去，江湖水黏天。」黏天，謂天、水相連，水猶如黏貼在天上。劇，很、極。

〔四〕「曉霜」句：文選成公綏嘯賦：「藉臯蘭之猗靡，蔭修竹之嬋娟。」嬋娟，連綿字，李周翰注：「美貌。」

〔五〕「北來」二句：此錯綜詞序，猶言「北來新雁傳好句」。好句，指詩歌佳句。漢書蘇武傳：蘇武被拘留於匈奴多年。昭帝即位，向匈奴索求蘇武，常惠教漢使者謂單于，「言天子射上林中，得雁，足有係帛書，言武等在某澤中」，於是蘇武等得以歸。後以雁能傳書，故代指書信。如少年，謂客愁被來書一掃而空，高興得猶如少年。

〔六〕「安得」二句：瓊枝，喻美才，指趙才仲。唐李德裕訪韋楚老不遇：「今來招隱士，恨不見瓊枝。」當眼，出現在眼前。

〔七〕「沙頭」句：沙頭，當指真州治所白沙鎮。

城北別江子之〔一〕

但覺與君別，孰知歸興長。亂畦分宿雨，老木掛晨霜〔二〕。未許緣詩瘦，只知如許忙〔三〕。他年風雨夜，重約細商量〔四〕。

〔一〕江子之，江端本，字子之，事迹詳本書卷二昨日晚歸戲成四絶呈子之兼煩轉示進道丈其一注。

〔二〕「老木」句：晨，原校：「一作『新』。」

〔三〕「未許」二句：李白戲贈杜甫：「借問别來太瘦生，總爲從前作詩苦。」又杜甫暮登西安寺鐘樓寄裴十迪：「知君苦思緣詩瘦。」兩句言其瘦非關作詩，而是太忙。

〔四〕「他年」二句：風雨夜，猶言對床夜雨。細商量，謂深談。蘇軾初秋寄子由：「買田秋已議，築室春當成。雪堂風雨夜，已作對床聲。」陳師道寄晁説之：「莫須憂潦倒，未許細商量。」

訪晁季一〔一〕

近人鳥雀晜弟語〔二〕，堆案簿書鳧鶩行〔三〕。是中亦自有佳趣，公但徐之渠自忙〔四〕。西風忽來涼月曉，楓葉蘆花秋意少。勸君多飲莫多談，截斷中流公更參〔五〕。

〔一〕晁季一，即晁貫之，字季一，前已注。

〔二〕「近人」句：近人，謂鳥雀與人親近。晜，同「昆」。昆弟語，漢書衡山王傳：衡山王賜，「元朔五年（前一二四）秋，當朝，六年，過淮南。淮南王乃昆弟語，除前隙，約束反具」。顔師古注：「爲相親愛之言。」句言官況冷清，門可羅雀。

〔三〕「堆案」句：簿書，官署文簿。堆案，形容簿書極多。鳧鶩行，鳧鶩，爾雅注疏：「舒鳧，鶩。」郭璞注：「鴨也。」邢昺疏：「鶩，鴨也，一名舒鳧。李巡曰：『野曰鳧，家曰鶩。』」此以鳧鶩行喻指官吏，謂其各按班次守職，有如鳧鷟成行。黄庭堅僧景宗相訪寄法王航禪師：「抱牘稍退鳧鷟行。」

〔四〕「公但」句：徐，慢。渠，代詞，他。句言各人性格不同：季一性緩，有人則性急。

〔五〕「截斷」句：五燈會元卷一二石門進禪師法嗣明州瑞巖智才禪師：「僧問：『如何是截斷衆流句？』師曰：『好。』曰：『如何是隨波逐浪句？』師曰：『隨。』曰：『如何是函蓋乾坤句？』師曰：『合。』曰：『三句蒙師指，如何辨古今？』師曰：『向後不得錯舉。』」又葉夢得石林詩話卷上：「禪宗論雲間有三種語：其一爲隨波逐浪句，謂隨物應機，不主故常；其二爲截斷衆流句，謂超出言外，非情識所到；其三爲函蓋乾坤句，謂泯然皆契，無間可伺。其深淺以是爲序。」中流，「中」疑「衆」之誤。所謂「截斷衆流」，指識見超群，語中要旨。

吴君求詩因作四韵寄之并簡小吴與甯生〔一〕

文字縛人同束濕〔二〕，吴君不言如坐忘〔三〕。知公胸中有餘地，萬頃亦在一葦航〔四〕。寒梢倒掛夜來雨，細草已披秋後霜。寄語兩吴兼小甯，莫因詩律廢相望〔五〕。

〔一〕吴君，或指吴迪吉。小吴、甯生，二人不詳。甯生稱小甯，疑是甯子儀子。

〔二〕「文字」句：漢書甯成傳：「甯成，南陽穰人也。以郎謁者事景帝，好氣，爲少吏，必陵其長吏，爲人上，操下急如束濕。」顏師古注：「操，執持也。束濕，言其急之甚也。濕物則易束。」束濕指官吏對下急切嚴厲。此以甯成代指甯生，謂其對詩文要求極嚴。

〔三〕「吴君」句：莊子大宗師：「它日復見，曰：『（顏）回益矣。』曰：『何謂也？』曰：『回坐忘矣。』仲尼蹵然曰：『何謂坐忘？』顏回曰：『墮枝體，黜聰明，離形去知，同於大通，此謂坐忘。』」郭象注：「夫坐忘者，奚所不忘哉！既忘其迹，又忘其所以迹者，内不覺其一身，外不識有天地，然後曠然與變化爲體而無不通也。」成玄英疏：「虚心無著，故能端坐而忘。」

〔四〕「知公」二句：有餘地，謂胸懷寬闊。一葦，詩經衛風河廣：「誰謂河廣，一葦杭之。」毛傳：「杭，渡也。」鄭玄箋：「誰謂河水廣與，一葦加之，則可以渡之，喻狹也。」萬頃猶狹，極言其心胸之大。

〔五〕「莫因」句：詩人期待之詞，謂三人不要因忙於作詩而不相往來。

古劍歌

寒江九月雷殷空〔一〕，落日倒射千山紅〔二〕。江頭樹木半傾倒，衮衮不盡洪濤風〔三〕。風中有物如長戟，電光忽來傾霹靂〔四〕。雨罷晴開不復知，乃是潛蛟倚長石〔五〕。蒼皮半卷頗飛動，澀蘚中開欲跳擲〔六〕。青熒野火下絶水，夭矯長烟轉空壁〔七〕。天生神物有時出，歲月飄流爲誰得〔八〕。銅花欲盡秋水渾，尚有千年妖血痕〔九〕。向來天地亦兒戲，俄頃變怪徒紛紜〔一〇〕。君不見豐城之來亦不久，寶氣何爲上牛斗〔一一〕？

〔一〕「寒江」句：詩經國風殷其雷：「殷其雷，在南山之陽。」毛傳：「殷，雷聲也。」杜甫白水縣崔少府十九翁高齋三十韵：「何得空裏雷，殷殷尋地脈。」句謂江中突起驚雷，乃喧染古劍來歷之奇。

〔二〕「落日」句：謂古劍在江中掀起巨浪，使日影光芒倒射，染紅群山。

〔三〕「江頭」二句：用樹木傾倒、風卷洪濤描述古劍氣場、力量之大。

〔四〕「風中」二句：直接描述古劍乘風而來之磅礴氣勢，謂其長如戟，電光挾着雷霆，駭人耳目。

〔五〕「乃是」句：謂潛於水中之蛟龍已被古劍擊斃。

〔六〕「蒼皮」二句：謂蛟龍猶在垂死掙扎。蒼皮，黑色蛟皮。杜甫課伐木：「蒼皮成積委。」澀蘚，此指水中苔蘚類植物。范純仁久雨：「澀蘚上明鏡，蠹腐盈縑書。」

〔七〕「青熒」二句：謂蛟龍被野火燒死。文選揚雄羽獵賦：「玉石嶜崟，炫燿青熒。漢女水潛，怪物暗冥。」李善注：「青熒，光明貌。」此指火光。夭矯，文選郭璞江賦：「撫凌波而鳧躍，吸翠霞而夭矯。」吕向注：「夭矯，飛騰貌。」

〔八〕「天生」二句：天生神物，指古劍。歲月飄流，謂此劍年代久遠，不知爲誰所得。

〔九〕「銅花」二句：謂劍之古老。蘇軾次韵王定國南遷回見寄：「土暈銅花蝕秋水。」趙次公注：「秋水以言利也，寶劍光如秋水。」施元之注引李賀長平箭頭詩：「凄凄古血生銅花。」妖血痕，謂斬妖時所殘留之血痕。

〔一〇〕「向來」二句：謂天地間妖魔變怪甚多，除之不盡。

〔一一〕「君不見」二句：晋書張華傳：「初，吴之未滅也，斗牛之間常有紫氣，道術者皆以吴方强盛，未可圖也，惟華爲以不然。及吴平之後，紫氣愈明。華聞豫章人雷焕妙達緯象，乃要焕宿，屏人曰：『可共尋天文，知將來吉凶。』因登樓仰觀。焕曰：『僕察之久矣，惟斗牛之間頗有異氣。』華曰：『是何祥也？』焕曰：『寶劍之精，上徹於天耳。』……因問曰：『在何郡？』焕曰：『在豫章豐城。』華曰：『欲屈君爲宰，密共尋之，可乎？』焕許之。華大喜，即補焕爲豐城令。焕到縣，掘獄屋基，入地四丈餘，得一石函，光氣非常，中有雙劍，並刻題，一曰龍泉，一曰太阿。……遣使送一劍並土與華，留一自佩。」按「龍泉」，「泉」當作「淵」，唐人以高祖諱改。戰國策韓策一：「龍淵、太阿，皆陸斷馬牛，水擊鵠雁。」二句謂得豐城龍淵、太阿時間不長，人間妖怪正多，寶劍應奮力斬之，爲何要飛到天上？

初夏即事

歌呼連牆亦任渠〔一〕，移門賓從又何如〔二〕。晴階仰日卧紅藥〔三〕，野水趁船跳白魚〔四〕。多病日參箍桶話〔五〕，得閑時近養生書〔六〕。平生不盡幽居興〔七〕，付與長江拯釣車〔八〕。

〔一〕「歌呼」句：連牆，牆體相連，猶言隔壁。韓愈崔十六少府攝伊陽以詩及書見投因酬三十韻：「賃屋得連牆，往來忻莫間。」任渠，任隨他不管。渠，代詞，相當於「他」。

〔二〕「移門」句：移門，隔門，指近鄰。賓從，賓客。原注：「是日西鄰置酒，會客甚盛。」

〔三〕「晴階」句：韓愈和席八十二韻：「傍砌看紅藥，巡池詠白蘋。」樊汝霖注：「謝朓中書省詩云：『紅藥當階翻。』紅藥，芍藥也。」

〔四〕「野水」句：白魚，此泛指魚，「白」與上句「紅」對應。杜甫絶句六首其四：「隔巢黄鳥並，翻藻白魚跳。」

〔五〕「多病」句：日，原作「且」，四庫本作「日」。「日」與下句「時」對應，是，據改。箍，原作「箍」，據四庫本改，即「箍」字。木桶、木盆之類漏水，用纖維物箍緊縫隙，有以此爲生者，稱箍桶匠。釋文瑩湘山野録卷下：「（潘）閬服僧服髠鬚，五更持磬，出宜秋門至秦亭，挈檐爲箍桶匠，投故人。」又宋謝維新編古今合璧事類備要續集卷二「箍桶者」條，注曰：「二程侍父入蜀，至大慈寺，有箍桶者口吟易數，就揖之，輓歸，質所疑，酬答如響。問其姓名，不答，徑去。」此所謂箍桶話，泛指家常閑話。

〔六〕「得閑」句：養生書，保養身體之書。孟郊又上（盧使君）養生書：「君子之于萬物皆不棄也，而況於身乎？棄其身，是棄其後也；棄其後，是棄其先也。故曰：君子之道豈易哉，敢不法天而行身乎？所以君子養其身，養其公也；小人養其身，養其私也。」養生有書，今傳如司馬承禎天隱子養生書、姜蜕養生月録、沈仕攝生要録（說郛本）等。

〔七〕「平生」句：禮記儒行：「儒有博學而不窮，篤行而不倦，幽居而不淫，上通而不困。」鄭玄注：「幽居謂獨處時也。」孔穎達正義：「幽居謂未仕獨處也。」

〔八〕「付與」句：釣車，釣魚器具。元結宿丹崖翁宅：「兒孫棹船抱酒甕，醉裏長歌揮釣車。」

偶作

鄙夫養病苦不足，諸公覓官常有餘〔一〕。自是閑人不更事〔二〕，可隨雲鳥更深居。

〔一〕「鄙夫」二句：養病需錢，覓官亦需錢，故所謂不足、有餘者，皆指錢也。

〔二〕「自是」句：不更事，不曉事，不明事理。謂不懂錢之重要。

癸巳自南京過泗上〔一〕

昔我往矣天欲霜，今我來思梅已黄〔二〕。淮山澡雪塵垢面〔三〕，魚稻埽除藜藿暘〔四〕。好風肯伴客帆遠，故國不辭歸夢長。塔中老人莫相笑，我自寂然渠自忙〔五〕。

〔一〕癸巳，徽宗政和三年（一一一三）。南京，元豐九域志卷首四京南京：「南京應天府，睢陽郡。」注：「唐宋州，梁宣武軍節度，後唐改歸德軍，皇朝景德三年（一〇〇六）升應天府，大中祥符七年（一〇一四）升南京，治宋城縣。」按：地在今河南商丘南。泗上，指泗州。元豐九域志卷五淮南東路：「上，泗州，臨淮郡，軍事。」注：「治盱眙縣。」按：盱眙縣，今屬江蘇。據詩意，詩人離濟陰到達泗州，在是年初夏。

〔二〕「昔我」二句：天欲霜，深秋時。初學記卷三秋：「季秋之月……霜始降，草木黄落。」來思，思，語助詞。梅已黄，謂梅子成熟，在夏至前後。同上夏「梅雨」引周處風土記曰：「梅熟時雨，謂之梅雨。」詩經小雅采薇：「昔我往矣，楊柳依依。今我來思，雨雪霏霏。」

〔三〕「淮山」句：淮山，代指淮南一帶。澡雪，猶言洗滌。淮南山青水秀，故言。

〔四〕「魚稻」句：埽，原作「騷」，不詞。據四庫本改。藜藿，泛指粗劣食物。史記太史公自序：「糲粱之食，藜藿之羹。」張守節正義：「藜，似藿而表赤。藿，豆葉也。」以上兩句，言到魚米之鄉泗州後之喜悦。

〔五〕「塔中」句：塔中老人，塔，代指佛寺。老人，指老僧。此句言自己比老僧更清閑無事。

泗上贈楊吉老二首〔一〕

杯中蛇去無恙〔二〕，醉裏詩成有神〔三〕。相逢不及世故〔四〕，長年倍覺情親。

〔一〕楊吉老，王明清揮麈餘話卷二：「楊介吉老者，泗州人，以醫術聞四方。」賀鑄嘗作游盱眙南山示楊介詩，稱「楊善方藥，著書甚多」。又張耒柯山集中，有秋日喜楊介吉老寄藥詩一首。今存醫書中，載其醫案故事頗多，如明江瓘編名醫類案卷五有「徽廟常苦脾疾，國醫藥罔效，召楊介診視」之記載。

〔二〕「杯中」句：即「杯弓蛇影」故事，出應劭風俗通義，見本書卷三學視詩注。句謂楊介善治病，尤善治心病。

〔三〕「醉裏」句：杜甫奉贈韋左丞丈二十二韵：「讀書破萬卷，下筆如有神。」

〔四〕「相逢」句：世故，指社會人際關係。黄庭堅濂溪詩序：「茂叔（周敦頤）雖仕宦三十年，而生平之志終在丘壑，故余詩詞不及世故，猶仿佛其音塵。」

置王坦之膝上〔一〕，着陳長文車中〔二〕。何似維摩丈室，蕭然一榻清風〔三〕。

〔一〕「置王坦之」句：晋書王湛傳附王述傳：「（子）坦之爲桓温長史。温欲爲子求婚於坦之，及還家省父，而述愛坦之，雖長大，猶抱置膝上。」

〔二〕「着陳長文」句：世説新語德行：「陳太丘（寔）詣荀朗陵，貧儉無僕役，乃使元方（按：陳紀字，寔大兒）將車，季方（陳諶字，寔小兒）持杖後從，長文（陳群字，寔孫，紀子）尚小，載著車中。」

〔三〕「何似」二句：維摩，即維摩詰，與釋迦牟尼同時。多病，爲居士佛。嘗與舍利弗、文殊師利等説大乘教義，有維摩所説經傳世。丈室，方丈之室，言其小。詩言王、陳僅深愛其子孫，而楊吉老則以醫術普惠衆生，其慈悲博愛之心，遠在二人之上，有如維摩詰。

題寶應張氏草堂〔一〕

好風殘暑不同塗〔二〕，穩看飢蚊自掃除。不謂南軒有佳竹，捲簾相對一床書〔三〕。

〔一〕寶應，縣名。元豐九域志卷五兩浙東路：「楚州，山陽郡，團練。」縣五，其中有山陽、寶應。寶應縣今屬江蘇揚州市。張氏，其人不詳。

〔二〕「好風」句：不同塗，謂相互矛盾：有好風（指秋風）即無殘暑，反之亦然。

〔三〕「不謂」二句：南軒，指張氏草堂。捲簾，謂有好風。一床書，床，書架。庾信寒園即目：「遊仙半壁畫，隱士一床書。」又黄庭堅次韵答秦少章乞酒：「豈如簞瓢子，卧起一床書。」任淵注引寒山子詩曰：「家中何所有，惟見一床書。」

學仙行

長松拂雲根合抱，雪虐霜凌不相到。下有千歲老伏苓，化爲琥珀光自照〔一〕。食之便可登廣寒〔二〕，不但無病長年少。浮生溷濁那可言〔三〕，和氣乃爲塵務煎〔四〕。坐看靈藥置泥土，五味雜置成薰羶〔五〕。豈不聞齊天子，黄金丹成不肯仙。且貪人間樂，不能從汝飛上天〔六〕。惜哉韋郎之妙語，一失毫釐千萬年〔七〕。

〔一〕「下有」二句：伏苓，又作茯苓、茯靈、服苓，菌類植物，寄生於松根，可入藥。淮南子説山訓：「千年之松，下有茯苓，上有兔絲。」高誘注：「茯苓，千歲松脂也。」琥珀，又作虎魄，松柏樹脂化石，亦可入藥。張華博物志卷四引神仙傳云：「松柏脂入地千年化爲茯苓，茯苓化爲琥珀。琥珀一名江珠。」太平御覽卷八〇八引廣雅曰：「琥珀，珠也。生地中，其上及旁不生草。淺者五尺，深者八九尺，大如斛，削去皮成琥珀。」

〔二〕「食之」句：廣寒，即廣寒宫，傳説在月中。太平御覽卷六七七庭引大洞玉經：「廣寒宫中有寒庭，太一之所處。又有雲珠之庭。」宋朱勝非紺珠集卷五引東方朔十洲記：「冬至後，月養魄於廣寒宫。」

〔三〕「浮生」二句：莊子刻意：「其生若浮。」成玄英疏：「其生也如浮漚之暫起，變化俄然。」

〔四〕「和氣」句：莊子天道：「夫明白於天地之德者，此之謂大本大宗，與天和者也；所以均調天下，與人和者也。與人和者，謂之人樂；與天和者，謂之天樂。」郭象注：「夫順天，所以應人也，故天和至而人和盡也。天樂適則人樂足矣。」塵務，人世間各種事務。以上二句言世間污濁，活着飽受煎熬。

〔五〕「坐看」二句：靈藥，指伏苓、琥珀等，言其藏於土中。五味，酸、苦、甘、辛、鹹。薰羶，乃五味雜置之怪味。按：薰，其味有刺激性，如薑、蒜之類；羶，羊臊一類氣味。

〔六〕「豈不聞」四句：北齊書卷四九由吾道榮傳：「又有張遠遊者，顯祖時令與諸術士合九轉金丹，及成，顯祖置之玉匣，云：『我貪世間作樂，不能即飛上天，待臨死時取服。』」

〔七〕「惜哉」二句：韋郎，指韋應物，唐代詩人。其學仙二首之二曰：「石上鑿井欲到水，惰心一起中路止。豈不見古來三人俱弟兄，結茅深山讀仙經。上有青冥倚天之絶壁，下有颼飀萬壑之松聲。仙人變化爲白鹿，二弟翫之兄誦讀。讀多七過可乞言，爲子心精得神仙。可憐二弟仰天泣，一失毫氂千萬年。」按：是詩言學仙者之二失：一爲貪戀人間之樂，二爲學而不肯用功。

冬日訪朱深明博士二首〔一〕

北風迎馬入裘茸〔二〕，來訪殘爐半日紅〔三〕。敗屋數間書百篋，無人知是老龜蒙〔四〕。

〔一〕朱深明，名衮（詳下注），字深明，嘗爲博士，政和末爲郎官（見苕溪漁隱叢話後集卷三六引詩説雋永）。

〔二〕「北風」句：迎馬，對着馬吹。裘茸，裘，皮衣；茸，獸毛蓬鬆貌。左傳僖公五年：「（士蔿）退而賦曰：『狐裘尨茸，一國三公，吾誰適從？』」杜預注：「尨茸，亂貌。」句言頂風訪朱。

〔三〕「來訪」句：半日紅，紅，指爐火。句以爐火代指朱深明家。

〔四〕「無人」句：老龜蒙，老，四庫本作「陸」。陸龜蒙，唐末作家，著有笠澤叢書。宋陳振孫直齋書録解題卷一六：「笠澤叢書四卷、補遺一卷，唐處士吴郡陸龜蒙魯望撰，爲甲乙丙丁，詩文雜編。政和中，朱衮刊之吴江，末有四賦，用蜀本增入。」又四庫提要曰：「笠澤叢書四卷、補遺一卷，唐陸龜蒙撰。……此集爲龜蒙自編，以其叢脞細碎，故名『叢書』，以甲乙丙丁爲次，後又有補遺一卷。宋元符間，蜀人樊開始序而梓之。政和初，毘陵朱衮復行校刊，止分上下二卷，及補遺爲三（今按：此説與陳氏著録之朱衮刊本不同，恐非是）。」此以陸龜蒙代指朱深明。檢乾隆江南通志卷一一九選舉志所載江南、江西等處歷代進士名録，其録宋元祐進士，有朱衮，注：「武進人。」武進，縣名，正屬毘陵（今爲江蘇常州市武進區）。則校刊笠澤叢書之朱衮，乃元祐進士朱衮，而衮字深明，昭然可斷矣。

見公便是倚松老〔一〕，念我不忘擔板心〔二〕。萬里江山一尊酒，主人無古亦無今〔三〕。

〔一〕「見公」句：倚松老，即饒節，爲僧時法名如璧，著有倚松老人詩集，前已屢見。此句言朱深明有似饒節，蓋皆仕不如意，又好佛教。

〔二〕「念我」句：擔板，固執，不圓通。黄庭堅送昌上座歸成都：「更往參尋莫擔板。」句言朱深明一直念着自己，惦記到有些固執。

〔三〕「主人」句：無古無今，謂爲人極誠懇，兩無分别。荀子解蔽：「聖人知心術之患，見蔽塞之禍，故無欲無惡，無始無終，無近無遠，無博無淺，無古無今，兼陳萬物而中縣衡焉。」黄庭堅戲贈南禪師：「佛子禪心若葦林，此門無古亦無今。」

吕本中詩集箋注

二

〔宋〕吕本中 著
祝尚書 箋注

上海古籍出版社

吕本中詩集箋注卷六

初别清源姑才仲弟過楚丘作〔一〕

前村後村鳩亂鳴，梨花點雪柳半青〔二〕。斷雲忽過楚丘縣，驟雨已見龍丘亭〔三〕。故人愁緒各南北，宿酒别時同醉醒。語離情緒乃如此〔四〕，故園可歸公不聽〔五〕。

〔一〕清源姑，吕希哲次女，嫁萊州膠水（今山東平度）蔡惇，官至直龍圖閣。吕本中師友雜志稱之爲「仲姑」。蓋封清源縣君，故稱清源姑、清源君。其子蔡伯世，名興宗。趙才仲，名柟，吕希哲長女（封華陽君，亦見師友雜志）之長子。參見本書卷四寄蔡伯世趙才仲詩注。楚丘，元豐九域志卷首：「南京應天府，睢陽郡，唐宋州。……皇朝景德三年（一〇〇六）升應天府，大中祥符七年（一〇一四）升南京，治宋城縣。」轄七縣，有楚丘。治在今山東曹縣曹城鎮東南安蔡樓鄉楚天集村（舊稱楚丘集）。

〔二〕「梨花」句：梨花點雪，謂梨花初開，樹上猶如積雪點綴。

〔三〕「驟雨」句：龍丘亭，未詳，當在楚丘縣。

〔四〕「語離」句：語離，道别。陶淵明答龐參軍詩序：「人事好乖，便當語離。」又黄庭堅題陽關圖二首其二：「人事好乖當語離。」

〔五〕「故園」句，「故園可歸」，當是模擬鳩鳴聲。能改齋漫録卷四子規：「鮑彪少陵詩譜論引陳正敏曰：『飛鳥之族，所在名呼不同，有所謂「脱了布袴」，東坡云北人呼爲布穀，誤矣。此鳥晝夜鳴，土人云不能自營巢，寄巢生子，細詳其聲，乃是云「不如歸去」，此正所謂子規也。』」又朱翌猗覺寮雜記卷上：「退之杏花云：『鷓鴣鉤輈猿叫歇。』……林逋云：『草泥行郭索，雲木叫鉤輈。』當時人盛誦之。以今所聞之聲，不與四字合，若云『行不得也哥哥』。」「故園可歸」，當即化用「不如歸去」、「行不得也哥哥」等語意，言趙才仲不聽鵓鳩之類的勸告，久不願與自己分手。

宿楚丘懷石子植顔平仲趙才仲〔一〕

暮行楚丘北，適與寒雨值。旅舍一尺泥，又乏芻秣費〔二〕。故人渺天涯，客子初夜至。披衣附殘火，煮茗當晚饋〔三〕。昏昏傍晚枕，悄悄入清睡。向來談笑聲，已若異世事。但覺舌本間，尚有宿酒味。鴻鵠乘秋風，意在網羅外〔四〕。强飯無多談，此語敢失墜〔五〕。

〔一〕據趙鼎臣昔官會稽故侍講吕公原明丈請以其孫揆中者娶余之長女既受幣矣無何揆中與余女未成婚而俱卒濟陰簿本中則揆中之弟也近於同舍林德祖處見其所與石子植唱和詩子植又余太學之舊僚也故次其韵因寄吕兼以簡石且請德祖同賦詩，知石子植乃吕本中詩友。宋元學案卷二〇元城學案列爲劉安世（元城）「學侶」。趙詩題謂「本中則揆中之弟」，乃誤記，實則揆中乃本中次弟。顔平仲，本中紫微詩話曰：「曾元嗣續政和間嘗作十友詩，蓋謂顔平（一作夷）仲岐、關止叔沼、饒德操節、高秀實茂華、韓子蒼駒及余。」由是知顔平仲名岐，嘗官太學，亦吕本中詩友。

〔二〕「又乏」句：芻秣，牲畜飼料，此代指馬匹。晉書潘岳傳：「芻秣成行，器用取給。」芻秣費，租用馬匹之費用。

〔三〕「煮茗」句：茗，茶。晚饋，晚飯。句謂無飯可吃，只得以飲茶權當之。

〔四〕「鴻鵠」二句：阮籍詠懷其四十三：「鴻鵠相隨飛，隨飛適荒裔。雙翮臨長風，須臾萬里逝。朝飡琅玕實，夕宿丹山際。託身青雲中，網羅不能制。豈與鄉曲士，携手共言誓。」此謂如鴻鵠高飛遠逝，以躲避政治羅網。

〔五〕「强飯」二句：强飯，多吃飯。漢書貢禹傳：「何必思故鄉，生其强飯、慎疾以自輔。」按：「强飯無多談」，蓋朋友間嘗有此約以避禍，故云不敢失墜。蘇軾安國寺浴：「默歸毋多談。」林子仁注引漢楊惲書云：「方今漢德隆盛，願勉旃，無多談。」

發召伯埭二首〔一〕

柳外鵓鳩相應鳴〔二〕，屋頭新月半輪生。知公未便爲官去〔三〕，且放扁舟自在行。

〔一〕召伯埭，堰名，在今江蘇揚州江都區，詳本書卷四邵伯埭路中詩注。

〔二〕「柳外」句：鵓鳩，鳥名，有晴鳩、雨鳩之説，詳見本書卷三秋夜示李十詩注。

〔三〕「知公」句：公，詩人自指。

曉日烘窗不得眠〔一〕，夾河高柳亂鳴蟬。西風種種入愁思〔二〕，更有長亭十里船〔三〕。

〔一〕「曉日」句：烘，謂日光照在窗上，如火爐烘之使暖。宋李光枕上：「曉日烘窗度隙塵，朝來光景屬閒人。」可參讀。

〔二〕「西風」句：左傳昭公三年：「余髮如此種種，余奚能爲！」杜預注：「種種，短也。」此猶言陣陣。

〔三〕「更有」句：長亭，後漢書百官志五：「亭有亭長。」李賢注引風俗通曰：「漢家因秦，大率十里一亭。亭，留也，蓋行旅宿會之所館。」白孔六帖卷九：「十里一長亭，五里一短亭。」

余病不能蔬食懼有五味口爽之責作詩自戒〔一〕

君不如屈大夫，夕餐但秋菊〔二〕。又不如顔平原，米盡且食粥〔三〕。雖知舌本欠滋味，頗覺和氣實其腹。癡人要盈餘，椒有八百斛〔四〕，錢有一百屋〔五〕。鼎俎涴腥膻，杯盤眩紅緑〔六〕。四方采珍異，亦未極所欲。寧知下箸處，但有一飽足〔七〕。坐償姓命債，百死有未贖〔八〕。何如野僧飯，晚菜下脱粟〔九〕。撞鐘擊鼓坐高堂，童奴唱飯來相續。竹間新筍大如椽，樹頭老耳肥於肉〔一〇〕。亦不見蟹躁擾〔一一〕，亦不見牛觳觫〔一二〕。石郎愛惜韭蓱虀〔一三〕，晋侯睥睨熊蹯熟〔一四〕。以此相重輕，於君未爲福〔一五〕。

〔一〕五味，泛指美味佳肴。文選張協七命：「耽爽口之饌，甘腊毒之味，服腐腸之藥，御亡國之器，雖子大夫之所榮，故亦吾人之所畏，余病未能也。」李善注：「老子曰：『五味令人口爽。』廣雅曰：『爽，傷也。』」又蕭統七契：「甘臑腸腐，五味口爽，伊人素蓄，無羨方丈。」

〔二〕「君不如」句：屈大夫，即屈原，嘗爲楚國大夫，事迹詳史記屈原列傳。楚辭屈原離騷：「朝飲木蘭之墜露兮，夕餐秋菊之落英。」王逸注：「英，華也。」華，同「花」。

〔三〕「又不如」句：顔平原，即顔真卿。真卿字清臣，琅邪臨沂人。嘗爲侍御史，楊國忠怒其不附己，出爲平原太守，故稱。兩唐書有傳。其與李太保帖曰：「拙於生事，舉家食粥來已數月，今又罄竭，祇益憂煎。輒恃深情，故令投告，惠及少米，實濟艱勤，仍恕干煩也。真卿狀。」

〔四〕「癡人」二句：癡人，不明事理之人。此指唐代宗朝宰相元載。新唐書元載傳：「（載）非黨與不復接，生平道義交皆謝絶。」帝積怒，於大曆十二年（七七七）三月收載，賜死。及死，「籍其家，鍾乳五百兩，詔分賜中書門下臺省官，胡椒至八百石，它物稱是」。斛，古代量器，亦作容量單位，南宋前以十斗爲一斛。十斗即一石。

〔五〕「錢有」句：杜牧冬至日寄小侄阿宜：「崔昭生崔芸，李兼生窟郎。堆錢一百屋，破散何披猖。今雖未即死，餓凍幾欲僵。」

〔六〕「鼎俎」二句：鼎俎、杯盤，泛指食器。腥羶，指肉食；紅緑，指酒。兩句謂極盡口腹之欲。

〔七〕「寧知」二句：陶淵明飲酒二十首其十一：「傾身營一飽，少許便有餘。」又白居易老熱：「一飽百情足，一酣萬事休。」

〔八〕「坐償」二句：坐，因。姓，通「性」。謂貪口福者猶如償命債，不可救藥。百死，詩經秦風黄鳥：「如可贖兮，人百其身。」此反其義。

〔九〕「晚菜」句：晚菜，南齊書周顒傳：「文惠太子問顒菜食何味最勝，顒曰：『春初早韭，秋末晚菘。』」按：菘，即白菜。下，佐餐，即下飯菜。脱粟，粗糧糙米飯。晏子春秋卷六雜下：「晏子相齊，衣十升之布，食脱粟之食，五卵、苔菜而已。」

〔一〇〕「樹頭」句：老耳，指木耳。上句竹筍，此句木耳，皆山野僧衆常食之美味。

〔一一〕「亦不見蟹」句：躁擾，激烈掙扎貌。南史何胤傳：「胤侈於味，食必方丈，後稍欲去其甚者，猶食白魚、䱇脯、糖蟹，以爲非見生物，疑食蚶蠣，使門人議之，學生鍾岏曰：『䱇之就脯，驟於屈申，蟹之將糖，躁擾彌甚。仁人用意，深懷如怛。……故宜長充庖厨，永爲口實。』……汝南周顒與胤書，勸令食菜。」

〔一二〕「亦不見牛」句：孟子梁惠王上：「曰：臣聞之胡齕曰：王坐於堂上，有牽牛而過堂下者，王見之曰：『牛何之？』對曰：『將以釁鍾。』王曰：『舍之，吾不忍其觳觫若無罪而就死地。』對曰：『然則廢釁鍾與？』曰：『何可廢也，以羊易之。』不識有諸？」趙岐注：「觳觫，牛當到死地處恐貌。」觫，原作「餗」，據上引及四庫本改。

〔一三〕「石郎」句：石郎，指石崇。崇字季倫，西晋人，嘗爲荆州刺史，後被殺。以生活奢侈著名。世説新語汰侈：「石崇爲客作豆粥，咄嗟便辦。恒冬天得韭蓱虀。又牛形狀氣力不勝王愷牛，而與愷出遊，極晚發，争入洛城，崇牛數十步後，迅若飛禽，愷牛絶走不能及。每以此三事爲搤腕。乃密貨崇帳下都督及御車人，問所以，都督曰：『豆至難煮，唯豫作熟末，客至，作白粥以投之。韭蓱虀是擣韭根，雜以麥苗爾。』……愷悉從之，遂争長。石崇後聞，皆殺告者。」程炎震注：「齊民要術八引崔寔曰：『八月取韭青，作擣虀。』故冬天爲難得。」蓱，原作

「萍」，據改。

〔一四〕「晋侯」句：晋侯，指晋靈公。睥睨，斜視，不如意貌。左傳宣公二年：「晋靈公不君……宰夫胹熊蹯不熟，殺之，寘諸畚使婦人載以過朝。」陸德明音義：「胹音而，煮也。」孔穎達正義：「字書：『過熟曰胹。』命此宰夫胹熊蹯不至於熟，以其違命，故殺之。」

〔一五〕「以此」二句：謂較之野僧來，石崇、晋靈公未必享口福。

南山〔一〕

南山佳有餘〔二〕，我病不自得。今日飲君家，把酒到曛黑〔三〕。秋風浩萬頃，凉月掛江色。對此不能歡，何以消偪塞〔四〕。人生少如意，百語輸一默〔五〕。喜逢佳主人，略爲解羈勒〔六〕。歡然有餘味，即此是温克〔七〕。陽春内空洞，隱如一敵國〔八〕。世賢首陽餓〔九〕，我愛鄭朝穆〔一〇〕。却懷三年艾，未盡一醉力〔一一〕。青蠅鬭殘暑，小雨頻敗北〔一二〕。漸須把蟹螯，莫計舟擢抑〔一三〕。君看兒女笑，終勝官事逼。殘盃蓋餘瀝，愼勿貸鷄肋〔一四〕。要看知我真，不獨觀酒德〔一五〕。

〔一〕南山，在盱眙縣城東，有「第一山」之稱。見本書卷一游南山歸簡張嘉父博士詩注。盱眙，縣名，今屬江蘇淮安。詩中「飲君家」之「君」（主人），爲何人不詳。

〔二〕「南山」句：佳有餘，謂極美。杜甫五盤：「五盤雖云險，山色佳有餘。」

〔三〕「把酒」句：曛黑，杜甫彭衙行：「延客已曛黑。」郭知達注：「曛黑，薄暮也。謝靈運詩：『夜聽極星闌，朝游窮曛黑。』」

〔四〕「何以」句：偪塞，此指心情極堵塞壓抑。

〔五〕「人生」二句：晉書羊祜傳：「祜歎曰：『天下不如意，恒十居七八。』」輸一默，黄庭堅贈送張叔和：「百戰百勝，不如一忍；萬言萬當，不如一默。」

〔六〕「略爲」句：羈，馬籠頭；勒，帶有嚼口之馬籠頭。此代指馬。

〔七〕「即此」句：温克，詩經小雅小宛：「人之齊聖，飲酒温克。」毛傳：「克，勝也。」鄭玄箋：「中正通知之人，飲酒雖醉，猶能温藉自持以勝。」

〔八〕「陽春」二句：陽春，指酒，謂能使人暖和。内空，謂腹内似乎一無所有，却隱約如有一敵國，令人難受。

〔九〕「世賢」二句：首陽餓，史記伯夷列傳：「武王已平殷亂，天下宗周，而伯夷、叔齊耻之，義不食周粟，隱於首陽山，采薇而食之。」

〔一〇〕「我愛」句：戰國策卷一東周：「趙取周之祭地，周君患之，告於鄭朝。鄭朝曰：『君勿患也，臣請以三十金復取之。』周君予之，鄭朝獻之趙太卜，因告以祭地事。及王病，使卜之，太卜譴之曰：『周之祭地爲祟。』趙乃還之。」鮑彪注：「凡鄭，皆鄭人。」穆，恭敬貌。以上兩句，謂世以伯夷、叔齊不食周粟爲賢，而我更喜愛能尊王室的鄭朝。

〔一一〕「却懷」二句：孟子離婁上：「今之欲王者，猶七年之病，求三年之艾也，苟爲不畜，終身不得。苟不志於仁，終身憂辱，以陷於死亡。」趙岐注：「今之諸侯欲行王道，而不積其德，如至七年病，而却求三年時艾，當畜之乃可得。以三年時不畜藏之，至七年欲卒求之，何可得乎？艾可以爲灸人病，乾久益善，故以爲喻。志仁者亦久行之，不行之則憂辱以陷死亡，桀紂是也。」此以「三年艾」恨自己未盡醫國之力。

〔一二〕「青蠅」二句：詩經小雅青蠅：「營營青蠅，止于樊。」鄭玄箋：「蠅之爲蟲，汙白使黑，汙黑使白，喻佞人變亂善惡也。」鬨，喧鬧。兩句謂暑末青蠅特多，非大風雨不可消滅，小雨不起作用。

〔一三〕「漸須」二句：世説新語任誕：「畢茂世云：『一手持蟹螯，一手持酒杯，拍浮酒池中，便足了一生。』」李白送當塗趙少府赴長蘆：「搖扇對酒樓，持袂把蟹螯。」按：蟹螯，指下酒物。卧，報喪。兩句謂從此當以飲酒沉醉爲務，舟之摧抑，可不聞不問。

〔一四〕「慎勿」句：後漢書楊彪傳：「（曹）操自平漢中，欲因討劉備而不得進，欲守之又難爲功。護軍不知進止何依，操於是出教，唯曰『鷄肋』而已，外曹莫能曉。（楊）修獨曰：『夫鷄肋，食之則無所得，棄之則如可惜，公歸計決矣。』」此喻指不要爲無益之事，謂政事也。

〔一五〕「要看」二句：晋書劉伶傳：「（伶）未嘗厝意文翰，惟著酒德頌一篇，其辭曰：『有大人先生，以天地爲一朝，萬期爲須臾，日月爲扃牖，八荒爲庭衢。行無轍迹，居無室廬，幕天席地，縱意所如。止則操卮執觚，動則挈榼提壺。惟酒是務，焉知其餘。有貴介公子，搢紳處士，聞吾風聲，議其所以。乃奮袂攘襟，怒目切齒，陳説禮法，是非蜂起。先生於是方捧甖承槽，銜盃漱醪，奮髯箕踞，枕麴藉糟，無思無慮，其樂陶陶。兀然而醉，怳爾而醒，静聽不聞雷霆之聲，熟視不覩泰山之形。不覺寒暑之切肌，利欲之感情。俯觀萬物，擾擾焉若江海之載浮萍；二豪侍側，焉如蜾蠃之與螟蛉！』」兩句謂當在我酒後醉語之外，知我真意之所在。按：是詩當有所指，末雖作灑脱狀，尤顯對國是之深憂。

與諸弟諸李同登塔山愚璧以事不能來因成二絶〔一〕

李家漾南江漫流〔二〕，幕阜山前春更愁〔三〕。無人肯會西來意〔四〕，且作小詩盟白鷗〔五〕。

〔一〕諸弟、諸李，具體何許人不詳。愚、璧，愚當即愚上人，本書卷三有呈愚上人詩；璧乃如璧，饒節爲僧時法號，前已注。塔山，乾隆江南通志卷一一山川江寧：「荷融山，在六合縣東北三十五里。嘉定志云：『荷融嘗城此，因名，俗作芙蓉城。』距五里，有塔山。」按：六合縣，南宋時屬真州。

〔二〕「李家漾」句：宋周應合景定建康志卷一八引吴聿靖安河記略曰：「江出岷山，自湖口合流而下，奔放蕩潏，吞吐日月。……自金陵抵白沙，其尤者爲樂官山、李家漾，至急流濁港口凡十有八處，稱號『老風波』，而玩險阻者至是鮮不袖手。」按：李家漾，在今江蘇六合縣。

〔三〕「幕阜山」句：幕阜山，當即幕府山。景定建康志卷一七山川志一山阜：「幕府山，在城西北二十里。周迴三十里，高七十丈。按輿地志，在臨沂縣東八里。晉元帝自廣陵渡江，丞相王導建幕府於此山，因名焉。山上有虎跑泉，其西巔有仙人臺，其北里俗相傳即古之宣武場也。」

〔四〕「無人」句：會，即領悟「祖師西來意」。此乃禪宗開悟機語。禪宗語録中常見，如五燈會元卷二四祖下七世鶴林素禪師法嗣徑山道欽禪師：「問：『如何是祖師西來意？』師曰：『汝問不當。』曰：『如何得當？』師曰：『待吾滅後即向汝説。』」禪宗初祖達摩從西方（印度）來中國弘揚禪法，「祖師西來意」即佛法奥義，因禪不能用語言表達，故歷來禪師皆避而不答。

〔五〕「且作」句：列子黄帝：「海上之人有好漚鳥者，每旦之海上從漚鳥游，漚鳥之至者百住而不止。其父曰：『吾聞漚鳥皆從汝游，汝取來吾玩之。』明日之海上，漚鳥舞而不下。」漚，同「鷗」。黄庭堅登快亭：「萬里歸船弄長笛，此心吾與白鷗盟。」小詩，即所作此詩。

道人不來花滿山〔一〕，蹇驢出没松聲間〔二〕。待約江頭今夜月，與渠他日報平安〔三〕。

〔一〕「道人」句：道人，此指僧人，即愚、壁二禪師。

〔二〕「蹇驢」句：蹇驢，跛脚驢。此句乃想像愚、壁之詞。

〔三〕「待約」二句：謂愚、壁二師未到，只得請天上明月傳達思念之意。

春日二首

春日紛紛一段奇，無言桃李任春欺〔一〕。要須及熱蘆灣去〔二〕，莫看風吹雨打時。

〔一〕「無言」句：史記李將軍列傳：「諺曰：『桃李不言，下自成蹊。』」任春欺，任憑風吹雨打。

〔二〕「要須」句：及熱，趁熱。蘆灣，蘆葦蕩。

誰將舊日狂蜂蝶，誤入春風桃李蹊。咫尺風光不相貸，無因乞與上天梯〔一〕。

〔一〕「咫尺」二句：不相貸，不相假借，不留情面。上天梯，飛昇成仙之路。按：以上二絶語意晦澀，所謂「一段奇」、「狂蜂蝶」、「成仙」，似關情事。

東　園〔一〕

暫開還落不停枝〔二〕，雨濕東園柳絮稀。遥想釣船今夜月，暗隨潮信與春歸〔三〕。

〔一〕東園，方輿勝覽卷四五真州：「東園，施正臣、許子春爲發運使作。」按：歐陽修有記，參本書卷四東園詩注。

〔二〕「暫開」句：指柳絮，謂其剛開即隨風飛去，故下句言「稀」。

〔三〕「遥想」二句：謂釣船亦如柳絮，月下趁着潮水不知飄向何處，像春天一樣，消逝得無影無蹤。蔡襄廣陵：「井徑蕭條人不見，又隨潮信度江東。」

即　事

經句無客事亦少，多病閉門身更輕〔一〕。我自不能知許事，暮江斜雨送蛙聲〔二〕。

〔一〕「多病」句：杜甫漫成二首其一：「多病也身輕。」謂人瘦也。

〔二〕「我自」二句：是詩題「即事」，又言「不能知許事」，所「即」究爲何事，詩人似不便明言，惟以日暮時一片蛙聲略之。疑事涉政治話題。

和李二十七食蛙聽蛙二首〔一〕

膏香未即輸鮭菜〔二〕，煎和真同食蛤蜊〔三〕。北人驚歎不下箸，乞與韓公南食詩〔四〕。

〔一〕李二十七，「二十」可寫作「廿」，音「念」。本書卷五有李念七久不見過二絶詩，當即同一人，然身世不詳。

〔二〕「膏香」句：膏，指蛙肉。杜甫王竟携酒高亦同過用寒字：「自愧無鮭菜，空煩卸馬鞍。」趙彦材注：「鮭音户皆切，晋人以魚爲鮭菜也。」仇兆鰲注引集韵：「鮭，吴人魚菜總稱。」句謂蛙肉味道之美，不在魚之下。

〔三〕「煎和」句：煎和，煎炒調製。蛤蜊，又稱蛤、文蛤、蚌等，屬雙殼綱軟體動物，可食。

〔四〕「乞與」句：韓愈初南食貽元十八協律：「蛤即是蝦蟇，同實浪異名。」祝充注引本草注云：「青蛙，鼃蛉，長脚蠼子，皆蝦蟇之類。」又樊汝霖注引嶺表録異曰：「蛤蚧，首如蝦蟇，背有鱗，如蠶子，土黄色。身短尾長，自呼蛤蚧。」按：蛤蚧與蛤蜊不同。蛤蚧又稱大壁虎、仙蟾、大守宫，主要分佈於亞洲北回歸綫附近之亞熱帶地區，包括今中國、越南、泰國等地，多栖息於懸岩峭壁之洞縫處。形如壁虎而大，爲脊椎爬行動物，可入藥。

莫驚朋類多驚爆〔一〕，曾伴中郎鼓吹來〔二〕。今日屬官本渠分〔三〕，晚江烟雨鬧池臺。

〔一〕「莫驚」句：青蛙常群居，受驚時往往一齊燥動，故謂「朋類」、「驚爆」。

〔二〕「曾伴」句：中郎，代指孔珪，珪嘗爲殿中郎。鼓吹，即用孔珪以蛙聲當兩部鼓吹事，見本書卷一謁雍道士詩注。

〔三〕「今日」句：謂李二十七今已爲官，理應與孔珪同，當亦喜聽此「兩部鼓吹」。

題秦惇秀才園亭〔一〕

秦郎重構水邊亭，髣髴疏林過雨聲。更喚清泉入屏坐，少留他日濯吾纓〔二〕。

〔一〕乾隆江南通志卷一一九選舉志載宋政和進士有秦惇，注：「儀真人。」當即其人。作是詩時蓋尚未登第，故稱秀才。

〔二〕「少留」句：楚辭漁父：「漁父莞爾而笑，鼓枻而去，歌曰：『滄浪之水清兮，可以濯吾纓。滄浪之水濁兮，可以濯吾足。』」濯吾纓，王逸注：「沐浴升朝廷也。」句乃預祝秦秀才文戰獲勝，入仕爲官。

别夜

薄酒殘燈欲别情，暗螢依草不能明〔一〕。懸知先入他年話，一夜蛙聲連雨聲〔二〕。

〔一〕「暗螢」句：依草，晋崔豹古今注卷中：「螢火，一名耀夜，一名景天，一名熠燿，一名丹良，一名燐，一名丹鳥，一名夜光，一名宵燭。腐草爲之，食蚊蚋。」

〔二〕「懸知」二句：懸知，料想。他年話，謂今夜所言，亦是他年説過的話題。李綱贈羅偉政奉議：「秋堂夜飲他年話，莫忘棋聲雜雨聲。」可參讀。

寄題蘇州靈巖〔一〕

水分西子采香徑〔二〕，山是吴王避暑宫。可惜同來不同賞〔三〕，落花飛絮曉濛濛。

〔一〕靈巖，山名。祝穆方輿勝覽卷二平江府：「靈巖山，在城西二十四里，又名硯石山，吴王之别苑在焉。有館娃宫、琴臺、響屧廊、西施洞。山頂有池，生葵莼，下瞰太湖，望洞庭兩山，滴翠叢碧，在白銀世界中，亦宇内絶景。山前十里有采香徑，因置秀峰寺。」宋史徽宗紀三：政和三年（一一一三）五月丙申，「升蘇州爲平江府」。

〔二〕「水分」句：采香徑，元豐九域志卷五平江府：「館娃宫、姑蘇臺，闔閭起。響屧廊、采香徑，吴王置。」范成大吴郡志卷八：「采香逕在香山之傍，小溪也。吴王種香於香山，使美人泛舟於溪以采香。今自靈巖山望之，一水直如矢，故俗又名箭涇。」

〔三〕「可惜」句：按是詩爲「寄題」，蓋詩人同行有遊靈巖者，但其本人并未同遊，故云。

呈甘露印老〔一〕

水滿南河月滿床，市樓燈火隔秋江。無人可會庵前事，一夜北風吹破窗〔二〕。

〔一〕甘露，即潤州甘露寺。宋樂史太平寰宇記卷八九江南東道潤州：「甘露寺在城東角土山上，下臨大江。晴明軒檻上，望見揚州歷歷，詩人多留題。」又嘉定鎮江志卷八僧寺丹陽縣：「甘露寺，在北固山。唐寶曆中李德裕建，以資穆宗冥福。時甘露降此山，因名。」吴則禮寄印老并招壁公（按：壁，疑「璧」之形訛，即釋如璧）詩曰：「半生阿印奇，不作俗子見。罷説北固禪，去喫長蘆飯。堂中壁道人，大是一好漢。遺意有或來，誰云可招唤。」本卷後有同狼山印老早飯建隆遂登平山堂詩，所稱印老，與此蓋同一人。

〔二〕「無人」二句：五燈會元卷一五雲門偃禪師法嗣：「英州觀音和尚因穿井次，僧問：『井深多少？』師曰：『没汝鼻孔。』……問：『如何是觀音妙智力？』師曰：『風射破窗鳴。』」似乎答非所問，實讓人在聯想中自己求解，是爲「妙智力」之源泉，亦即禪家「機鋒」之所在。

璧上人欲行爲雨止戲成一絶用前韵〔一〕

東風不借南舟便，細雨輕寒鎖暮江〔二〕。更想亂山明日路，暮天風雨打船窗。

〔一〕璧上人，即如璧，饒節爲僧時法名，前已屢見。

〔二〕「東風」二句：化用杜牧赤壁詩：「東風不與周郎便，銅雀春深鎖二喬。」

江口送璧上人二絶

小雨浮江霜送秋，曉山晴繞讀書樓。道人不作當時面，萬里一帆隨白鷗〔一〕。

〔一〕「道人」二句：自注：「予夏中數讀書江樓上。」兩句謂若如璧當時未上讀書樓，則無緣與己邂逅，而一帆遠去之後，謀面不知何時。

今日鉢囊南去人，當時雕句作新春〔一〕。更知自昔相逢意，定是他生骨肉親〔二〕。

〔一〕「當時」句：回憶往年與如璧一起作詩慶賀新春時情景。

〔二〕「更知」二句：謂與如璧前生定是血親，否則相逢不會如此之巧。按師友雜志：「（饒節）崇寧初客宿州，從予父祖游。後往鄧州，滎陽公（呂希哲）使之見香巖智禪師，遂悟道祝髮，更名如璧。後游江淮間，與予家數相過，相親如骨肉也。」

送朱時發〔一〕

眼底家鄉不自歸〔二〕，癡人争認劫前灰〔三〕。直饒古廟香爐去〔四〕，也要披毛戴角來〔五〕。

〔一〕朱時發，名章，字時發，洪州分寧（今江西修水縣）人。參見本書卷三寄朱時發詩注。

〔二〕「眼底」句：禪宗以家鄉象徵人性本源，以不歸鄉喻本性迷失。如圓悟録卷一三曰：「只爲從無始劫來妄想濃厚，只在諸塵境界中，元不曾踏著本地風光，明見本來面目。」禪師或作還鄉詩、還鄉曲，皆此意。

〔三〕「癡人」句：開元釋教録卷一：「沙門竺法蘭，亦中印度人，自言誦經論數萬章，爲天竺學者之師。……昔前漢武帝穿昆明池底，得黑灰，問東方朔，朔云非臣所知，可問西域胡人法蘭。既至，追以問之，蘭云：『此是劫燒時灰。』」

〔四〕「直饒」句：直饒，任隨。張相詩詞曲語辭匯釋卷一：「饒，猶任也；淝也。假定之辭。……

黄庭堅望江東：『直饒尋得雁分付，又還是，秋將暮。』」古廟香爐去，謂禪寺已毀。瑞州九峰道虔禪師稱其先師石霜言，有「休去，歇去，冷湫湫地去，一念萬年去，寒灰枯木去，古廟香爐去」云云，詳見下送甯子儀詩注引。宋代默照禪繼承其禪學觀，教人只管休去歇去，隨緣管帶，忘情默照，以至虛生浪死。

〔五〕「也要」句：披毛戴角，佛教指即便變成畜牲，也必報答，以酬還信施。五燈會元卷六青原下六世九峰虔禪師法嗣：洪州鳳棲同安院常察禪師：「問：『如何是披毛戴角底人？』師曰：『蓑衣箬笠賣黄金，幾箇相逢不解喚。』」釋惠洪禪林僧寶傳卷二韶州雲門大慈雲弘明禪師：「章公，問：『如何是沙門行？』章曰：『喫常住苗稼者。』曰：『便與麽去時如何？』章曰：『汝還畜得麽？』曰：『學人畜得。』章曰：『汝作麽畜？』曰：『著衣喫飯，有什麽難。』章曰：『何不道披毛戴角？』僧即禮謝。」又景德傳燈録卷二〇隆珽和尚：「問：『學人不負師機，還免披毛戴角好無？』師曰：『闍梨也可畏，對面不相識。』」

送甯子儀〔一〕

洪波奔放不停塵，萬劫茫茫寄此身〔二〕。畢竟無人會休去〔三〕，滿堂枯木不能春〔四〕。

〔一〕甯子儀，即甯鳳，前已屢見。

〔二〕「洪波」二句：尚書堯典：「湯湯洪水方割，蕩蕩懷山襄陵，浩浩滔天。」僞孔傳：「湯湯，流貌。洪，大；割，害也。言大水方方爲害。」又曰：「蕩蕩，言水奔突有所滌除。懷，包；襄，上也。包山上陵，浩浩盛大。」此指宇宙罹劫難之災：洪水漫天，紅塵滾滾。萬劫，極言劫難之久。劫，梵語「劫波」之省，佛教謂自宇宙生成到毀滅爲一劫，人即生活在劫難之中。

〔三〕「畢竟」二句：乃禪語，蓋針對宋代頗有影響之默照禪。默照禪主張守默與般若觀照相結合之禪法，宣揚身心寂滅，前後際斷，動靜二相，了然不生，修習方法以打坐爲主，實乃回歸北禪傳統。五燈會元卷六青原下五世石霜諸禪師法嗣：「瑞州九峰道虔禪師，福州人也。嘗爲石霜侍者。洎霜歸寂，衆請首座繼住持。師白衆曰：『須明得先師意，始可。』座曰：『先師有甚麼意？』師曰：『先師道：休去，歇去，冷湫湫地去，一念萬年去，寒灰枯木去，古廟香爐去，一條白練去，其餘則不問。如何是一條白練去？』座曰：『這箇祇是明一色邊事。』師曰：『元來未會先師意在。』座曰：『你不肯我那？但裝香來，香煙斷處，若去不得，即不會先師意。』遂焚香，香煙未斷，座已脱去。師拊座背曰：『坐脱立亡即不無，先師意未夢見在。』」北宋末，默照禪以天童寺曹洞宗宏智正覺禪師（五燈會元卷一四有傳）爲代表，曾遭到臨濟宗僧人猛烈抨擊。同上書卷一六青原下十三世法雲本禪師法嗣：「潭州雲峰志璿祖燈禪師，南粤陳氏子。上堂：『休去，歇去，一念萬年去，寒灰枯木去，古廟香爐去，一條白練去。

大衆，古人見處，如日暉空，不著二邊，豈墮陰界？堪嗟後代兒孫多作一色邊會。山僧即不然：不休去，不歇去。業識茫茫去，七顛八倒去，十字街頭鬧浩浩地，聲色裏坐卧去。三家村裏，盈衢塞路，荆棘裏遊戲去。刀山劍樹，劈腹剜心，鑊湯爐炭，皮穿骨爛去。如斯舉唱，大似三歲孩兒輥繡毬。』」吕本中友人、看話禪倡導者宗杲禪師批評尤爲激烈，大慧普覺禪師語録卷一七錢計議請普説記宗杲語曰：「而今諸方有一般默照邪禪，見士大夫爲塵勞所障，方寸不寧怗，便教他寒灰枯木去，一條白練去……（與上引意同，略。）殊不知，這個猢猻子不死如何休歇得？」又曰：「邪見之上者，和會見聞覺知爲自己，以現量境界爲心地法門。下者弄業識，認門頭户口，簸兩片皮，談玄説妙。甚者至於發狂，不勒字數，胡言漢語，指東劃西。下下者以默照無言，空空寂寂，在鬼窟裏着到，求究竟安樂。其餘種種邪解，不在言而可知也。」（大慧語録卷二九答李郎中（李似表）。

〔四〕「滿堂」句：唐石霜禪師稱坐禪「一念萬年去，寒灰枯木去」云云（詳上引），故當時喻指其門徒爲「枯木」。五燈會元卷五石霜慶諸禪師：「潭州石霜山慶諸禪師，廬陵新淦陳氏子。依洪井西山紹鑾禪師落髮。……師居石霜山二十年間，學衆有長坐不卧，屹若株杌，天下謂之枯木衆也。」吕本中謂「不能春」，明確反對此種修習法。

唐張瑄書記梁時婦人黄鼎因侯景亂没北齊爲小校胡兒所虜生二子後附海舶歸聞鼓角得岸乃知是會稽郡鼎先在梁許嫁張固及歸固適爲剡令求與相見不可乃遣令送之宣城鼎在齊時作秋風曲渡海時又作詩三章瑄書稱其詞凄怨自瑄時已不傳〔一〕

萬里秋風曲，三章渡海詩。絶勝漢公主〔二〕，略似蔡文姬〔三〕。故國山河在〔四〕，荒城鼓角悲。何如覓張固，不用憶胡兒。

〔一〕南史侯景傳：「侯景，字萬景，魏之懷朔鎮人也。……始，魏相高歡微時，與景甚相友好，及歡誅尔朱氏，景以衆降，仍爲歡用。」後官至北魏河南道大行臺，位司徒。「及歡疾篤，其世子澄矯書召之，景知僞，懼禍……乃以太清（梁武帝蕭衍年號）元年（五四七）二月遣其行臺郎中丁和上表求降。……帝（梁武帝）由是納之。」然侯景對梁與東魏通好心懷不滿，遂以「清君側」爲名在壽陽（今安徽壽縣）起兵叛亂，攻佔梁都建康（今江蘇南京），將梁武帝活活餓死，掌控梁朝軍政大權，最後自立爲帝，國號漢。梁湘東王蕭繹等討伐侯景，終於收復建康，侯景乘船出逃，爲部下所殺，叛亂於是平息，歷時五年，史稱「侯景之亂」。由於張瑄書今已失傳，黄鼎故事細節已不可詳。

〔二〕「絶勝」句：漢公主，指烏孫公主，乃江都王劉建女，元封中曾和親嫁烏孫國昆莫，見本書卷二咸安公主詩注。

〔三〕「略似」句：後漢書列女傳董祀妻傳：「陳留董祀妻者，同郡蔡邕之女也，名琰，字文姬。博學有才辯，又妙於音律。適河東衛仲道，夫亡無子，歸寧于家。興平中，天下喪亂，文姬爲胡騎所獲，没於南匈奴左賢王，在胡中十二年，生二子。曹操素與邕善，痛其無嗣，乃遣使者以金璧贖之，而重嫁於祀。……後感傷亂離，追懷悲憤，作詩二章。」

〔四〕「故國」句：杜甫春望：「國破山河在。」又陳師道南柯子賀彭舍人黄堂成：「故國山河在，新堂冰雪生。」

夜坐呈吴迪吉〔一〕

伏暑不能旱，楚天頻復陰。疾雷衝雨斷，亂草接江深。舊圃可小摘〔二〕，老盆餘數斟〔三〕。明朝有傾倒，相待沃愁吟〔四〕。

〔一〕吴迪吉，吴賀字迪吉，見本書卷四夜坐戲成兩絶呈迪吉宗師二友詩注。

〔二〕「舊圃」句：杜甫有客：「自鋤稀菜甲，小摘爲情親。」蔡夢弼注引謝靈運永嘉記曰：「以小摘供日。」小摘，謂略摘瓜果菜蔬。

〔三〕「老盆」句：老盆，舊酒缸。數斟，幾杯酒。陶潛飲酒其十四：「班荆坐松下，數斟已復醉。」

〔四〕「明朝」二句：傾倒，謂醉酒。沃，澆。沃愁吟，指酒後所作詩。王禹偁春日登樓：「身世榮衰不能算，且傾村酒沃愁襟。」

與李去言諸人分題得之字〔一〕

人生行樂耳〔二〕，此去復何之。酒憶徐公聖〔三〕，月如京兆眉〔四〕。未須誇敏捷〔五〕，或恐勝肥癡〔六〕。不作别離見，却憂兒輩知〔七〕。

〔一〕李悆，字去言，李常猶子，見本書卷二寄李悆去言詩注。分題，分探題目作詩；得之字，探得「之」字韻。

〔二〕「人生」句：蘇軾和子由除日見寄：「人生行樂耳，安用聲名籍。」

〔三〕「酒憶」句：三國志魏書徐邈傳：「徐邈，字景山，燕國薊人也。……魏國初建，爲尚書郎。時科禁酒，而邈私飲，至於沉醉。校事趙達問以曹事，邈曰：『中聖人。』」

〔四〕「月如」句：漢書張敞傳：「敞爲京兆……爲婦畫眉，長安中傳張京兆眉憮。」

〔五〕「未須」句：南齊書陸厥傳載與沈約書：「楊脩敏捷，暑賦彌日不獻。率意寡尤，則事促乎一日；翳翳愈伏，而理賒於七步。一人之思，遲速天懸；一家之文，工拙壤隔。」

〔六〕「或恐」句：南史沈昭略傳：「昭略字茂隆，性狂儁，不事公卿，使酒仗氣，無所推下。嘗醉，晚日負杖攜家賓子弟至婁湖苑，逢王景文子約，張目視之曰：『汝是王約耶？何乃肥而癡。』約曰：『汝沈昭略邪？何乃瘦而狂。』昭略撫掌大笑，曰：『瘦已勝肥，狂已勝癡，奈何王約，奈汝癡何！』」

〔七〕「不作」二句：晉書王羲之傳：「謝安嘗謂羲之曰：『中年以來，傷於哀樂，與親友別，輒作數日惡。』羲之曰：『年在桑榆，自然至此。頃正賴絲竹陶寫，恒恐兒輩覺，損其歡樂之趣。』」兩句言别離時勿讓晚輩知曉。

訪秦氏北莊〔一〕

午日城西路，籃輿欸舊尋〔二〕。稻田疏野水，草徑接秋陰。飯憶分盤玉〔三〕，書藏遺子金〔四〕。不須千里目，枉費百年心〔五〕。

〔一〕秦氏北莊：秦氏，疑指本卷前題秦惇秀才園亭詩之秦惇，秦惇爲真州人。

〔二〕「籃輿」句：籃輿，竹轎，前已注。欸，文選張衡西京賦：「掩長楊而聯五柞，繞黄山而欸牛首。」薛綜注：「欵，至也。」欵，同「款」。

〔三〕「飯憶」句：分盤玉，唐段成式酉陽雜俎卷一：「太和中，鄭仁本表弟（不記姓名）嘗與一王秀才遊嵩山，捫蘿越澗，境極幽敻，遂迷歸路，將暮，不知所之。徙倚間，忽覺叢中鼾睡聲，披榛窺之，見一人布衣，甚潔白，枕一襆物，方眠熟。即呼之，曰：『某偶入此徑，迷路，君知向官道否？』其人舉首略視，不應，復寢。又再三呼之，乃起，坐顧曰：『來此！』二人因就之，且問其所自，其人笑曰：『君知月乃七寶合成乎？月勢如丸，其影，日爍其凸處也。常有八萬二千户修之，予即一數。』因開襆，有斤鑿數事，玉屑飯兩裹，授與二人，曰：『分食此，雖不足長生，可一生無疾耳。』乃起，（與）二人指一（歧）（支）徑，曰：『但由此，自合官道矣。』言已不見。」此言秦氏招待極豐盛。

〔四〕「書藏」句：漢書韋賢傳：「鄒魯諺曰：『遺子黄金滿籯，不如一經。』」注引如淳曰：「籯，竹器，受三四斗，今陳留俗有此器。」句謂秦氏家多藏書。

〔五〕「不須」二句：千里目，謂目之爲千里馬。三國志魏書曹休傳：「曹休，字文烈，太祖（曹操）族子也。天下亂，宗族各散去鄉里，休……間行北歸見太祖，太祖謂左右曰：『此吾家千里駒也。』」兩句言既有莊園，又有書傳子孫，不必再枉費心思（求官）。

喜才仲兄弟至偶成四十字〔一〕

落日下喬木，好風來暮船。徑思投轄飲〔二〕，復作對床眠〔三〕。寂寂驅愁外，紛紛着酒邊。平生五經笥〔四〕，不直一囊錢〔五〕。

〔一〕才仲，即趙才仲，名栴，吕本中表弟，前已屢見。才仲似有兩弟，本書卷九有寄趙十弟、卷一一有寄趙十一弟詩。

〔二〕「徑思」句：轄，固定車輪與車軸位置之銷釘。投轄飲，謂投匿其車轄不讓離開，而强之以飲，言情切意篤。漢書陳遵傳：「每大飲，賓客滿堂，輒關門，取客車轄投井中，雖有急，終不得去。」

〔三〕「復作」句：對床眠，韋應物示全真元常：「寧知風雪夜，復此對床眠。」後以「對床眠」指兄弟或朋友情深。白居易雨中招張司業宿：「能來同宿否，聽雨對床眠。」蘇軾過建昌李野夫公擇故居：「對床老兄弟，夜雨鳴竹屋。」

〔四〕「平生」句：後漢書邊韶傳：「邊韶，字孝先，陳留浚儀人也。以文章知名，教授數百人。韶口辯，曾晝日假卧，弟子私嘲之，曰：『邊孝先，腹便便。懶讀書，但欲眠。』韶潛聞之，應時對曰：『邊爲姓，孝爲字。腹便便，五經笥。但欲眠，思經事。寐與周公通夢，静與孔子同意。師而可嘲，出何典記？』嘲者大慚。」笥，方形盛物器。五經笥即裝五經（詩、書、禮、易、春秋）之容器。

〔五〕「不直」句：直，同「值」。後漢書趙壹傳載窮鳥賦：「有秦客者，乃爲詩曰：『河清不可俟，人命不可延。順風激靡草，富貴者稱賢。文籍雖滿腹，不如一囊錢。伊優北堂上，抗髒倚門邊。』」此乃憤激語，謂此時兄弟情誼比埋頭讀書更珍貴。

春日

數畝幽畦滿小園，兒童無事亦嘲喧。水摇日影上簷角，風送花香來鼻根。病去只留花作伴，客來常欠酒應門〔一〕。城南旱麦塵埃裏〔二〕，不借春江一尺渾〔三〕。

〔一〕「客來」句：欠酒，四庫本作「遣鶴」，清抄本作「欠鶴」。「遣鶴」較勝。應門，客來時應聲開門。莊子讓王：「（子貢）往見原憲，原憲華冠縰履，杖藜而應門。」釋文：「應門，自對門也。」杜甫秦州雜詩之二十：「應門幸有兒。」句言愧無酒留客。

〔二〕「城南」二句：旱麦，麦，古「陵」字。旱陵指乾旱之田埂土壟。四庫本、清抄本作「衮衮」。

〔三〕「不借」句：謂即便向老天借少許雨，讓河裏有點渾水也好，可恨老天仍不答應。

甲午送甯子儀歸洛〔一〕

異時從公遊，頗恨相得晚〔二〕。同參長蘆禪〔三〕，共聽資福板〔四〕。公今三年病，我亦百事懶。春風廣陵城〔五〕，笑語有未款〔六〕。嵩陽有歸路〔七〕，河水漸清暖。豈無一言贈，尉此千里遠〔八〕。青松老合抱，意不在俗眼。豈如山上苗，共盡白日短〔九〕。一身隨藥囊，萬事付茗碗〔一〇〕。爐煙裊晴窗，自足了遲緩。奈何孔文舉，苦要坐客滿〔一一〕。更知蘇門公，遠效嵇中散〔一二〕。舟行儻見念，此語試三反〔一三〕。

〔一〕甲午，爲宋徽宗政和四年（一一一四）。甯子儀，名鳳，字子儀，吕本中友人。事迹見本書卷二就甯子儀求酒詩注。

〔二〕「頗恨」句：得，原校：「一作『見』。」

〔三〕「同參」句：長蘆禪，謂到長蘆寺參禪。長蘆寺，在真州，參見本書卷四寄蔡伯世趙才仲詩注。

〔四〕「共聽」句：資福，寺名。宋代除東京開封外，各地所建以「資福」爲名之寺廟甚多，此當指真州資福寺。乾隆江南通志卷四六寺觀揚州：「資福寺，在儀真縣東，宋大中祥符元年（一〇〇八）建，即儒學舊址。」板，寺廟僧人提唱時所用拍板。

〔五〕「春風」句：廣陵城，揚州古名，此即指揚州。水經淮水注：廣陵城，「楚、漢之間爲東陽郡，（漢）高祖六年（前二〇一）爲荆國，十一年爲吴城，即吴王濞所築也。景帝四年（前一五三），更名江都。武帝元狩三年（前一二〇），更曰廣陵」。

〔六〕「笑語」句：未款，款，至，謂未能深入交流。黄庭堅與明叔少府書：「某再拜：窮山寂寞，方得君子相依，甚慰，恨相見未款耳。」

〔七〕「嵩陽」句：嵩陽，縣名，唐武則天萬歲登封元年（六九六）改爲登封縣，宋代屬河南府（洛陽），今爲河南登封市。有歸，原校：「一作『眇歸』。」

〔八〕「豈無」二句：一言贈，古人臨別時贈以勉勵或吉利語，謂贈言。荀子非相：「贈人以言，重於金石珠玉。」又劉向説苑卷一七雜言：「子路將行，辭於仲尼。曰：『贈汝以車乎？以言乎？』子路曰：『請以言。』」尉，同「慰」，古今字。

〔九〕「豈如」二句：山上苗，左思詠史：「鬱鬱澗底松，離離山上苗。」兩句接上二句，謂當如合抱之青松讓人仰視，不要像山上小草般苟活度日。

〔一〇〕「萬事」句：茗碗，茶碗。謂萬事皆不必介意。黄庭堅奉和文潛贈无咎篇末多見及以既見君子云胡不喜爲韵其三：「何當談絶倒，茗椀對爐薰。」

〔一一〕「奈何」二句：後漢書孔融傳：「孔融，字文舉，魯國人，孔子二十世孫也。……性寬容少忌，好士，喜誘益後進。及退閑職，賓客日盈其門，常歎曰：『坐上客常滿，尊中酒不空，吾無憂矣。』」

〔一二〕「更知」二句：蘇門公，即孫登，隱居蘇門山，故稱。遠效，謂孫登評嵇康之語，後來不幸而言中。嵇中散，即嵇康，「竹林七賢」之一。晉書嵇康傳：「嵇康，字叔夜，譙國銍人也。」「與魏宗室婚，拜中散大夫。……康嘗采藥游山澤，會其得意，忽焉忘反。時有樵蘇者遇之，咸謂爲神。至汲郡山中見孫登，康遂從之遊。登沉默自守，無所言説。康臨去，登曰：『君性烈而才儁，其能免乎！』……潁川鍾會，貴公子也，精練有才辯，故往造焉。康不爲之禮，而鍛不輟。良久會去，康謂曰：『何所聞而來？何所見而去？』曰：『聞所聞而來，見所見而去。』會以此憾之。及是，言於文帝，曰：『嵇康，卧龍也，不可起。公無憂天下，顧以康爲慮耳。』因譖『康、（吕）安等言論放蕩，非毁典謨，帝王者所不宜容。宜因釁除之，以淳風俗』。帝既昵聽信會，遂并害之。」兩句勸甯鳳勿過於剛烈，以求明哲保身。按：自「青松老懷抱」句至此，即詩人所贈言。

〔一三〕「此語」句：三反，反復思考。張耒送秦觀從蘇杭州爲學序：「秦子善文章而工於詩，其言清麗深刻，三反九復，一章乃成。」

讀舊詩有感

但聞微雨響梧桐〔一〕，不悟高樓盡日風〔二〕。團扇向人仍有意〔三〕，短檠於汝漸無功〔四〕。誤游兀者形骸外〔五〕，恐墮淵源雲霧中〔六〕。剩攪飢腸供好句，爲君常占一生窮〔七〕。

〔一〕「但聞」句：莊子秋水：「夫鵷鶵，發於南海而飛於北海，非梧桐不止，非練實不食，非醴泉不飲。」成玄英疏：「鵷鶵，鸞鳳之屬，亦言鳳子也。」句以梧桐喻指高尚。

〔二〕「不悟」句：高樓，權貴勢家所居。曹植雜詩六首其一：「高臺多悲風。」盡日風，喻指雖身處高位，却危機四伏。按：以上兩句，自言其舊詩内容。

〔三〕「團扇」句：樂府詩集卷四二班婕妤怨歌行：「新裂齊紈素，鮮潔如霜雪。裁爲合歡扇，團團似明月。出入君懷袖，動摇微風發。」此以團扇自喻，謂雖遭遇不公，但仍眷戀君主，庶幾爲其所用。

〔四〕「短檠」句：燈有長檠、短檠之别，見本書卷三雨後月夜懷沈宗師承務詩注。此泛指燈，謂燈下所作詩歌，對朝廷已鮮有補益。

〔五〕「誤游」句：莊子德充符：「申徒嘉曰：『……吾與夫子遊十九年，而未嘗知吾兀者也。今子與我遊於形骸之内，而子索我於形骸之外，不亦過乎？』」郭象注：「形骸外矣，其德内也。今子與我德遊耳，非與我形交也，而索我外好，豈不過哉！」按：兀者，陸德明釋文引李云：「刖足曰兀。」成玄英疏：「刖一足曰兀。」刖，古代酷刑，即砍掉脚。句以「兀者」喻指舊作，謂詩乃形骸外之物，也許不美，然其心中之德則美不勝收，當於此求之。

〔六〕「恐墮」句：淵源，指學問根柢。雲霧，喻迷失方向。後漢書張楷傳：「楷字公超，通嚴氏春秋、古文尚書，門徒常百人。賓客慕之，自父黨夙儒偕造門焉，車馬填街。……性好道術，能作五里霧。時關西人裴優亦能爲三里霧，自以不如楷，從學之，楷避不肯見。」句謂若只讀其詩，則恐不知其德，而失其淵源所自。

〔七〕「剩攬」二句：言因用功於詩，不得不一生窮困。歐陽修梅聖俞墓誌銘：「世謂詩人少達而多窮……蓋非詩能窮人，殆窮者而後工也。」

別後寄舍弟三十韵〔一〕

還家日已短，況此獨行情。客路三年別，秋帆十日程。小船攜手上，斜柳縱篙撑。岸失乖龍蟄〔二〕，窗留素月縈。重回召伯埭，虛住廣陵城〔三〕。破屋仍堅坐，殘鶯只强鳴。江猶渺莽去〔四〕，草欲蔓延生。水縮蛙蟇鬭〔五〕，場空霧雨橫。土風沾瘧癘〔六〕，民俗混蠻荆〔七〕。豈識排門入，兼無倒屣迎〔八〕。好詩思共讀，薄酒念同傾。枕席煩團扇，膏油乏短檠〔九〕。可無道里念，或恐夢魂驚〔一〇〕。惟昔交朋聚，相期文字盟。筆頭傳活法，胸次即圓成〔一一〕。孔劍猶宵練〔一二〕，隋珠有夜明〔一三〕。英華仰前輩，廓落到諸卿〔一四〕。敢計千金重〔一五〕，嘗叨一字榮〔一六〕。因觀劍器舞，復悟擔夫爭〔一七〕。物固藏妙理，世誰能獨亨〔一八〕。乾坤在蒼莽，日月付崢嶸〔一九〕。凜凜曹劉上，容容沈謝并〔二〇〕。直須用款款，未可笑平平〔二一〕。有弟能知我，他年肯過兄。初非强點灼〔二二〕，略不費譏評。短句箜篌引〔二三〕，長歌偪側行〔二四〕。力探加潤澤，極取更經營〔二五〕。徑就波瀾闊，勿求盆盎清〔二六〕。吾衰足欿壈，汝大不欹傾〔二七〕。莫以東南路，而無伊洛聲〔二八〕。

〔一〕别後，當指别揚州後。舍弟，據宋史吕好問傳，吕本中凡四弟，除二弟揆中早亡外，另三弟爲弸中、用中、忱中。此所謂舍弟，不詳指何人；一别三年，亦不知在何處。

〔二〕「岸失」句：乖龍蟄，乖龍，傳説中之孽龍。宋黄休復茅亭客話卷五：「世傳乖龍者，苦於行雨，而多方竄匿。藏人身中，或在古木楹柱之内，及樓閣鴟甍中，須爲雷神捕之。若在曠野，無處逃避，即入牛角，或牧童之身，往往爲此物所累，遭雷震死。」蟄，伏也。句謂舟已過河岸險要之地。

〔三〕「重回」二句：召伯埭，堰名，在江都，前已注。此代指揚州。廣陵城，亦即揚州。本中父吕好問是時蓋在揚州做官，但揚州并非故鄉，故言「虚住」。

〔四〕「江猶」句：江，指長江。渺莽，水寬闊貌。

〔五〕「水縮」句：水縮，謂冬季水涸，河道變窄，青蛙蛤蟇之類常常打架。杜牧長安雜題長句六首其六：「誰識大君謙讓德，一毫名利鬭蛙蟇。」

〔六〕「土風」句：沾，染也。痁癘，即瘧疾。秦觀讁瘧鬼文：「邗溝處士秋得痎瘧之疾，發以景中，起於毛端，伸欠乃作。其始也，淒風轉雨，洒然薄人；其少進也，如沍隩陰崖，單衣犯雪，軀穹蠖屈，奄奄欲絶。寒威既替，熱復大來，畢方媒毒，回禄嗣災。躁外渴中，卧已復興。」此泛指各種地方病。

〔七〕「民俗」句：蠻荆，亦稱荆蠻。史記吴太伯世家：「太伯之犇荆蠻，自號句吴。」司馬貞索隱：「荆者，楚之舊號。以州言之曰荆。蠻者，閩也。南夷之名蠻，亦稱越。此言自號句吴，吴名起於太伯，明以前未有吴號。地在楚、越之界，故稱荆蠻。」

〔八〕「兼無」句：倒屣，倒穿鞋子，迎客時驚喜忙亂貌。三國志魏志王粲傳：「獻帝西遷，粲徙長安，左中郎將蔡邕見而奇之。時邕才學顯著，貴重朝廷，常車騎填巷，賓客盈坐。聞粲在門，倒屣迎之。」句言自其弟分别後，家已蕭條。

〔九〕「好詩」四句：回憶與弟同在時一起讀詩、飲酒，摇扇、夜談，其樂融融之狀。

〔一〇〕「可無」二句：道里念，對身在他鄉親人的懷念。謂即使夢中相見，又怕夢醒後更令人悲傷。

〔一一〕「筆頭」二句：吕本中爲詩倡「活法」，謂「所謂活法者，規矩備具，而能出於規矩之外；變化不測，而亦不背於規矩也」，詳本書卷四送山伯良佐東歸以務道期息塗爲韵詩注。圓成，佛教語，圓滿、妥帖。兩句言若用活法作詩，即可使胸懷圓成；而胸懷圓成，所作詩也靈動活潑，流轉如彈丸。

〔一二〕「孔劍」句：列子卷五湯問篇：魏黑卵以暱嫌殺丘邴章，丘邴章之子來丹謀報父之讎，欲得衛孔周寶劍。來丹遂適衛，見孔周。孔周曰：「吾有三劍，唯子所擇，皆不能殺人，且先言其狀。一曰含光……二曰承影……三曰宵練，方晝則見影而不見光，方夜見光而不見形。其觸物也，騞然而過，隨過隨合，覺疾而不血刃焉。此三寶者，傳之十三世矣，而無施於事，匣而藏之，未嘗啓封。」來丹曰：「雖然，吾必請其下者。」練，原作「鍊」，據此改。

〔一三〕「隋珠」句：搜神記卷二〇：「隋侯出行，見大蛇，被傷中斷，疑其靈異，使人以藥封之，蛇乃能走。……歲餘，蛇銜明珠以報之。珠盈徑寸，純白，而夜有光明，如月之照，可以燭室，故謂之『隋侯珠』。」按：以上二句，以寶劍宵練、夜明珠喻其活法，言珍貴也。

〔一四〕「廓落」句：廓落，漢劉熙釋名卷五：「郭，廓也。廓落，在城外也。」此指各地。諸卿，泛指地方長官，謂詩作得到社會名流的普遍稱許。

〔一五〕「敢計」句：千金重，用呂不韋事。史記呂不韋列傳：「是時諸侯多辯士，如荀卿之徒，著書布天下。呂不韋乃使其客人人著所聞，集論以爲八覽、六論、十二紀，二十餘萬言，以爲備天地萬物古今之事，號曰呂氏春秋，布咸陽市門，懸千金其上，延諸侯游士賓客有能增損一字者，予千金。」句言所作不敢有呂氏春秋之望，乃詩人謙詞。

〔一六〕「嘗叨」句：一字榮，謂所作詩獲褒評。范甯春秋穀梁傳序：「一字之褒，寵逾華衮之贈；片言之貶，辱過市朝之撻。」

〔一七〕「因觀」二句：新唐書李白傳：「（唐）文宗時，詔以白歌詩、裴旻劍舞、張旭草書爲三絶。旭，蘇州吳人，嗜酒，每大醉，呼叫狂走乃下筆，或以頭濡墨而書。既醒自視，以爲神，不可復得也，世呼張顛。初仕爲常熟尉，有老人陳牒求判，宿昔又來，旭怒其煩，責之。老人曰：『觀公筆奇妙，欲以藏家爾。』旭因問所藏，盡出其父書，旭視之，天下奇筆也，自是盡其法。旭自言始見公主、擔夫爭道，又聞鼓吹，而得筆法意。觀倡公孫舞劍器，得其神。後人論書，歐、虞、褚、陸皆有異論，至旭無非短者。」悟，原作「悞」，據四庫本改。兩句自喻極善學習，故詩文出衆。

〔一八〕「物固」二句：亨，同「享」。兩句謂其「活法」論飽含「妙理」，不欲自己獨有，而願與同好共享。

〔一九〕「乾坤」二句：乾坤，天地。蒼莽，天地之色。峥嶸，文選班固西都賦：「巖峻崷崪，金石峥嶸。」李善注引郭璞方言注曰：「峥嶸，高峻也。」兩句以天地、日月喻指詩文，謂乃不朽之盛事。

〔二〇〕「凜凜」二句：舊唐書元稹白居易傳史臣曰：「昔建安才子，始定霸於曹、劉；永明辭宗，先讓功於沈、謝。」按：曹、劉，指曹植、劉楨，二人爲建安文學之雄。文心雕龍比興：「至於班揚之倫，曹劉以下。」沈、謝，王通中說卷二：「退謂薛收曰：『吾上陳應、劉，下述沈、謝。』」宋阮逸注：「梁沈約、謝靈運。」容容，楚辭宋玉九辯：「扈屯騎之容容。」王逸注：「群馬分布，列前後也。」

〔二一〕「直須」二句：河南程氏遺書卷一八伊川先生語四：「某素不作詩。亦非是禁止不作，但不欲爲此閒言語。且如今言能詩無如杜甫，如云『穿花蛺蝶深深見，點水蜻蜓款款飛』（引者按：出曲江二首之二，款款，歡喜貌），如此閒言語，道出做甚？某所以不嘗作詩。」兩句謂作詩時若須用「款款」時，仍將用，不要笑其詩意平平。吕本中雖與道學關係密切，但顯然並不贊同程頤「閒言語」之説。按：自「惟昔」至此凡十四句，自敘對詩歌理論和藝術的探討與追求。

〔二二〕「初非」句：點灼，謂指訛匡謬。楚辭東方朔七諫沈江：「唐虞點灼而毁議。」王逸注：「點，汙也；灼，炙也。猶身有病，人點灸之。」

〔二三〕「短句」句：文選樂府詩箜篌引李善注：「漢書〔郊祀志下〕曰：『……於是塞南越，禱祠太一、后土，作坎候。』坎，聲也。應劭曰：『使樂人侯調作之，取其坎坎應節也，因以其姓號名曰坎候。』蘇林曰：『作箜篌。』」吕延濟注：「箜篌，樂器名；引，曲也。此詞亦欲使知友存交情爲善事，及時行樂，以保其天年。」

〔二四〕「長歌」句：偪側行，杜甫作。文選司馬相如上林賦：「偪側泌瀄。」司馬彪注：「偪側，相迫也。」以上二句，指所自作之長短詩篇。

〔二五〕「力探」二句：謂將繼續探討詩藝，對舊作加以修潤，以精益求精。

〔二六〕「徑就」二句：波瀾，指詩之轉折、層次等；盆盎，盛物小陶器。兩句言定要使詩歌波瀾起伏，意境開闊，不至於格局狹小，方臻於完美。

〔二七〕「吾衰」二句：欿壈，壈或是「憾」之誤。楚辭嚴忌哀時命：「志欿憾而不憺兮，路幽昧而甚難。」王逸注：「言己心中欿恨，意識不安。」不剞傾，謂能獨立自持。

〔二八〕「莫以」二句：東南路，東南一帶。伊洛，即洛陽，此代指京師開封。伊洛聲，指詩之正聲。兩句謂不要因生活在東南一帶，爲詩便卑下。按：自「有弟」至此凡十四句，表示願與其弟共同交流、研習詩歌創作。

記夜

殘暑薰炙人，客夢不得長。忽蒙千里風，尉此六尺床。高梧舞清影，上懸明月光。初更枕簟穩，未厭塵土忙。中宵有臭蟲，其大如蛣蜣〔一〕。排闥觸屏帳〔二〕，怒欲凌空翔。熟視不得名，但見兩翼張。本草所不載，爾雅所未詳〔三〕。夏蟲盛百族，此物尤猖狂。東窗不得睡，幸無疾病妨。惜哉有知物〔四〕，點污此微涼。人生要更事，美惡無不嘗。悉除糞壤念，頓悟服食方〔五〕。去爲千丈松，凜然衝雪霜。慎勿學瓜瓠，置身籬落傍〔六〕。

〔一〕「其大」句：蛣蜣，爾雅釋蟲：「蛣蜣，蜣蜋。」郭璞注：「黑甲蟲，噉糞土。」邢昺疏：「蛣蜣，一名蜣蜋，黑甲，翅在甲下，啖糞土，喜取糞作丸而轉之。莊子〔齊物論〕注『蛣蜣之智，在於轉丸』是也。」按：蜣蜋，俗稱屎克郎。

〔二〕「排闥」句：排闥，推開門。史記樊噲列傳：「高祖嘗病甚，惡見人，卧禁中……十餘日，噲乃排闥直入，大臣隨之。」正義曰：「宮中小門。」

〔三〕「本草」二句：本草，舊説神農作，故又稱神農本草。淮南子修務訓稱神農嘗百草之滋味，一日而七十毒，由是而醫方興焉。但漢書藝文志未著録，唯梁七録載神農本草三卷。梁陶隱居進名醫别録，有藥三百六十五種，因而注釋，分爲七卷。唐顯慶中，監門衛長史蘇恭又摭其差謬，表請刊定，乃命司空、英國公李世勣等與恭參考得失，又增一百一十四種，分門部類，廣爲二十卷，世謂之唐本草。宋開寶中，兩詔醫工劉翰、道士馬志等相與撰集，又取醫家常用有效者一百三十三種而附益之，仍命翰林學士盧多遜、李昉、王祐、扈蒙等重爲刊定，乃有「詳定」、「重定」之目，並鏤版模行，由此醫者用藥遂知適從。詳見蘇頌補注神農本草總序。爾雅只云「蛣蜣，蜣蜋」（見上注引），故稱「未詳」。

〔四〕「惜哉」二句：有知物，莊子齊物論：「齧缺問乎王倪曰：『子知物之所同是乎？』曰：『吾惡乎知之！』曰：『子知子之所不知邪？』曰：『吾惡乎知之！』『然則物無知邪？』曰：『吾惡乎知之！雖然，嘗試言之。庸詎知吾所謂知之非不知邪？庸詎知吾所謂不知之非知邪？』」郭象注：「魚遊於水，水物所同，咸謂之知。然自鳥觀之，則向所謂知者，復爲不知矣。夫蛣蜣之知在於轉丸，而笑蛣蜣者乃以蘇合爲貴。故所同之知，未可正據。」成玄英疏：「夫物或此知而彼不知，彼知而此不知。魚鳥水陸，即其義也。故知即不知，不知即知。凡庸之人，詎知此理耶！」則所謂「有知物」，指蛣蜣，實指行同蛣蜣之人。

〔五〕「悉除」二句：謂作爲人類，應該區别於食糞壤的昆蟲，不要吃着人飯，幹着如蛣蜣之類的勾當。

〔六〕「慎勿」二句：論語陽貨：「子曰：『不曰堅乎，磨而不磷；不曰白乎，涅而不緇。吾豈匏瓜也哉，焉能繫而不食？』」何晏集解引孔（安國）曰：「磷，薄也。涅可以染皂。言至堅者磨之而不薄，至白者染之於涅而不黑。喻君子雖在濁亂，濁亂不能污。」又注曰：「匏，瓠也。言瓠瓜得繫一處者，不食故也。吾自食物，當東西南北，不得如不食之物繫滯一處。」籬落，籬笆。按：是詩以物擬人，即以臭蟲、蛣蜣及瓜匏等卑微動植物喻指小人（蓋指不法官吏），而以衝霜冒雪的「千丈松」作對比，勸其改邪歸正。

夜坐

廣陵城中聽夜雨，倒床不眠問更鼓〔一〕。西風萬里卷長河，遍與淮山洗塵土〔二〕。淮南米賤魚亦好〔三〕，敢復摧頹歎羈旅。重簾複幕懶相負，細字寒燈且如許。漫如爾雅注蟲魚〔四〕，更就篇章考齊古〔五〕。粗知俛首受寒餓，未暇着意尋豪舉。床頭有酒不敢飲，况復閨門畫眉嫵〔六〕。故人此去今幾時，亦有文字相撑拄〔七〕。東明縣前濟陽路〔八〕，每一夢至猶能數。少年不憚道里遠，平生未省别離苦。只今多病鬢已白，尚能呼渠醉而舞。田園未還君可恨，歲月漸晚吾何取。飢蟲繞壁不自聊，爾獨何情促機杼〔九〕。

〔一〕「倒床」句：更鼓，報更之鼓。蘇軾次韵定國見寄：「默坐數更鼓，流水夜自逆。」

〔二〕「西風」二句：長河，指淮河。淮山，揚州一帶之山。宋代揚州屬淮南路，故云。

〔三〕「淮南」句：淮南，亦指揚州。元豐九域志卷五淮南路：大都督府，揚州，廣陵郡，淮南節度。治江都縣。

〔四〕「漫如」句：韓愈讀皇甫湜公安園池詩書其後：「爾雅注蟲魚，定非磊落人。」又蘇軾過揚州壽寧文覺顯公房：「净几明窗書小楷，便同爾雅注蟲魚。」爾雅注蟲魚，謂無聊也。

〔五〕「更就」句：何晏論語集解序：「漢末，大司農鄭玄就魯論篇章考之齊古，以爲之注。」邢昺疏：「以齊論、古論擇其善者，而爲之注。」按：齊論，指齊論語；古論，指古論語。

〔六〕「况復」句：閨門，此代指其妻。漢書張敞傳：「敞爲京兆……爲婦畫眉，長安中傳張京兆眉憮。」嫵、憮通。按：「淮南」句至此十句，乃回憶夫妻二人在揚州時之生活：雖也有饑寒，但年成不錯，又共同從事學術研究，留下美好記憶。

〔七〕「故人」二句：故人，亦指其妻。去，謂別離。文字，指書信。撐拄，支撐。蘇軾虔州呂倚承事年八十三讀書作詩不已好收古今帖貧甚至食不足：「枯腸五千卷，磊落相撐拄。」據詩意，呂本中是時似與妻暫別，蓋其妻曾到東明、濟陽一帶（見下），或爲省親。

〔八〕「東明縣」句：元豐九域志卷首四京東京開封府：縣一十七。建隆四年（九六三）「升東明鎮爲縣」。又曰：「畿，東明，京東九十里，六鄉。故濟陽一鎮，有廣濟河、東明城。」按：東明縣，今屬山東菏澤市，東南與曹縣接壤。

〔九〕「飢蟲」二句：飢蟲，指蟋蟀。詩經國風七月：「六月莎雞振羽，七月在野，八月在宇，九月在户，十月蟋蟀入我床下。」鄭玄箋：「自七月在野至十月入我床下，皆謂蟋蟀也。」陸璣毛詩草木鳥獸蟲魚疏卷下：「蟋蟀似蝗而小。……幽州人謂之趣織，督促之言也。里語曰『趨織鳴，懶婦驚』是也。」爾，指蟋蟀。機杼，織布機。古詩十九首：「纖纖擢素手，札札弄機杼。」

寄唐充之二十韻〔一〕

俗事日相促，吾生常作難。長河已萬折，險路復千盤〔二〕。坎壈深藏步，岑嶔穩轉鞍〔三〕。誰知守樗散〔四〕，略不誤泥蟠〔五〕。末學多乖謬，微軀實控摶〔六〕。小兒成項領〔七〕，烈士吐心肝〔八〕。許下少文舉〔九〕，吴中無伯鸞〔一〇〕。直須識根柢，始是極波瀾〔一一〕。念此欲誰語，想公還自寬。屢成長劍倚〔一二〕，得洗夜蟲酸〔一三〕。解后終年別〔一四〕，殷勤一笑歡。已除舌本强〔一五〕，仍斵鼻端漫〔一六〕。直節群公念，高名四海看〔一七〕。相期更無事，所祝在加餐〔一八〕。晚日留殘雪，春雷續淺寒。欲行殊未必，堅坐只長歎。不厭道里遠，敢辭裘褐單。却尋三語掾〔一九〕，重對兩蒲團〔二〇〕。剩欲洗胸次，先留倒筆端〔二一〕。何須灞陵岸，回首望長安〔二二〕。

〔一〕唐充之，名廣仁，字充之，大名（今屬河北）人。元符末上書入籍。嘗監蘇州酒税務，爲郡守劾免，居寶應七年，病卒。爲吕本中所知。詳本書卷一德操充之皆約九月間見過今皆未至扶杖出門悠然有感詩注。

〔二〕「長河」二句：謂爲「俗事」（當指生活）奔走，所歷江河、險路何止萬折千盤，極言多也。

〔三〕「坎壈」二句：楚辭劉向九歎靈懷：「惟鬱鬱之憂毒兮，志坎壈而不違。」王逸注：「坎壈，不遇貌也。」藏步，不外出，謂不自我暴露。莊子庚桑楚：「鳥獸不厭高，魚鼈不厭深。夫全其形生之人，藏其身也，不厭深眇而已矣。」岑嶔，山勢險峻貌。轉鞍，掉轉馬頭。「長河」至此四句，述自黨禍以來艱難避禍之狀。

〔四〕「誰知」句：樗散，指樗樹、櫟社樹，皆喻指無用之材。莊子逍遥遊：「惠子謂莊子曰：『吾有大樹，人謂之櫄，其大本擁腫而不中繩墨，其小枝卷曲而不中規矩，立之塗，匠者不顧。今子之言，大而無用，衆所同去也。』」同上書人間世：「匠石之齊，至乎曲轅，見櫟社樹。其大蔽數千牛，絜之百圍，其高臨山十仞而後有枝，其可以爲舟者旁十數。觀者如市，匠伯不顧，遂行不輟。弟子厭觀之，走及匠石，曰：『自吾執斧斤以隨夫子，未嘗見材如此其美也。先生不肯視，行不輟，何邪？』曰：『已矣，勿言之矣！散木也，以爲舟則沈，以爲棺槨則速腐，以爲器則速毁，以爲門户則液樠，以爲柱則蠹。是不材之木也，無所可用，故能若是之壽。』」散木，成玄英疏釋爲「疏散之樹」。

〔五〕「略不」句：泥蟠，蟠曲於泥。後漢書張衡傳：「衡因上疏陳事，曰：『伏惟陛下宣哲克明，繼體承天，中遭傾覆，龍德泥蟠。』」李賢注：「蟠音薄寒反。廣雅曰：『蟠，曲也。』揚雄方言曰：『未升天龍謂之蟠。』」此承上句，謂既然無用，則不如蟠曲於世，做普通百姓。

〔六〕「微軀」句：史記賈生（誼）列傳載服賦：「忽然爲人兮，何足控摶。」集解引如淳曰：「控，引也。控摶，玩弄愛生之意也。」索隱：「摶，音徒端反。又本作控揣。揣音初委反，又音丁果反。揣者量也，故晋灼云：『或然爲人，言此生甚輕耳，何足引物量度己年命之長短而愛惜之乎。』」

〔七〕「小兒」句：項，原作「頂」，據四庫本改。項領，後漢書呂强傳：「呂强，字漢盛，河南成皋人也。少以宦者爲小黄門，再遷中常侍，爲人清忠奉公。靈帝時，例封宦者，以强爲都鄉侯，强辭讓懇惻，固不敢當，帝乃聽之。因上疏陳事曰：『……陛下不密其言，至令宣露，群邪項領，膏唇拭舌，競欲咀嚼，造作飛條，陛下同受誹謗。』」李賢注：「毛詩曰：『駕彼四牡，四牡項領。』注云：『項，大也。四牡者人所駕，今但養大其領，不肯爲用。喻大臣自恣，王不能使也。』」此蓋以「小兒」喻指蔡京等新黨大臣，謂其勢力坐大。

〔八〕「烈士」句，烈士，蓋指元祐舊黨人物，謂其在崇寧以後被蔡京黨以禁「元祐學術」爲名備加迫害，雖披心瀝膽，無處申説。

〔九〕「許下」句：後漢書孔融傳：「孔融，字文舉，魯國人，孔子二十世孫也。」「及獻帝都許，徵融爲將作大匠，遷少府」，故此稱「許下」，許下，許昌也。同上傳：孔融力尊王室，「見(曹)操雄詐漸著，數不能堪，故發辭偏宕，多致乖忤」，終因積嫌既深，曹操使人以「謗訕朝廷」構罪而殺之。

〔一〇〕「吴中」句：後漢書梁鴻傳：梁鴻，字伯鸞，扶風平陵人也。受業太學，家貧而尚節介，博覽無不通，而不爲章句學。娶醜女孟光爲妻，「共入霸陵山中，以耕織爲業，詠詩書、彈琴以自娱」。「東出關，過京師，作五噫之歌，曰：『陟彼北芒兮，噫！顧覽帝京兮，噫！宫室崔嵬兮，噫！人之劬勞兮，噫！遼遼未央兮，噫！』肅宗聞而非之，求鴻不得，乃易姓運期，名燿，字侯光，與妻子居齊魯之間。有頃又去，適吴。將行，作詩曰：『逝舊邦兮遐征，將遥集兮東南。』」按：以上二句以古喻今，憤恨朝廷既缺少敢於揭露大奸如孔融者，也無不與其合作如梁鴻者。

〔一一〕「直須」二句：謂須釐清黨禍之來龍去脈，方可了解禁「元祐學術」中所發生的一切。

〔一二〕「屢成」句：文選江淹雜體詩三十首鮑參軍行戎：「倚劍臨八荒。」李周翰注：「倚，佩也。」王維送張判官赴河西：「慷慨倚長劍。」

〔一三〕「得洗」句：夜蟲酸，謂夜間蟲子悲鳴，似在述説酸楚。但酸楚之由自有根源，當是非分明。鮑照園中秋散：「既悲月户清，復切夜蟲酸。」

〔一四〕「解后」句：解后，同「邂逅」。四庫本作「邂逅」。詩經鄭風野有蔓草：「邂逅相遇，適我願兮。」毛傳：「邂逅，不期而會。」

〔一五〕「已除」句：晉書殷仲堪傳：「殷仲堪，陳郡人也。……能清言，善屬文，每云三日不讀道德論，便覺舌本間强。其談理與韓康伯齊名，士咸愛慕之。」按：强，僵硬。舌本强，謂舌根不靈便。此言「已除」，謂唐充之已能談吐。

〔一六〕「仍斵」句：莊子徐無鬼：「莊子送葬，過惠子之墓，顧謂從者曰：『郢人堊漫其鼻端若蠅翼，使匠石斵之。匠石運斤成風，聽而斵之，盡堊而鼻不傷，郢人立不失容。』」此言與唐充之深心相契。

〔一七〕「直節」二句：指唐充之，謂其雖因元符末上書入籍遭到迫害，但亢直之節却爲群公矚目，贏得天下大名。

〔一八〕「所祝」句：加餐，勉勵人多吃飯，愛惜身體。後漢書桓榮傳：「願君慎疾加餐，重愛玉體。」古詩十九首：「棄捐勿復道，努力加餐飯。」

〔一九〕「却尋」句：晋書阮瞻傳：「瞻字千里，性清虛寡欲，自得於懷，讀書不甚研求，而默默識其要。……見司徒王戎，戎問曰：『聖人貴名教，老莊明自然，其旨同異？』瞻曰：『將無同。』戎咨嗟良久，即命辟之，時人謂之『三語掾』。」句謂尋求知心者，實乃詩人自指。

〔二〇〕「重對」句：蒲團，蒲草所編坐具。對兩蒲團，謂與知心人相對暢談。

〔二一〕「先留」句：倒筆，離别時心情不佳，故寫字顛倒。韓愈醉後：「淋浪身上衣，顛倒筆下字。」又陳師道送李奉議亳州判官四首其一：「着鞭何必先，倒筆不容掣。」句指所寄此詩。

〔二二〕「何須」二句：文選王粲七哀詩：「南登霸陵岸，回首望長安。」霸陵，李善注引漢書曰：「文帝葬霸陵。」灞、霸同。意謂對官場勿須留戀。

竹西亭〔一〕

十年走塵土，重上竹西亭。草木新容態，江山舊典刑〔二〕。狂風掃毒暑，落月伴疏星。認取揚州路，荒城一抹青〔三〕。

〔一〕竹西亭：蘇軾廣陵會三同舍各以其字爲韵仍邀同賦劉貢父：「竹西已揮手，灣口猶屢送。」

施元之注引寶祐維揚志：「竹西亭在禪智寺前官河岸，取杜牧之詩語也。」按杜牧題揚州禪智寺詩曰：「誰知竹西路，歌吹是揚州。」又輿地紀勝卷三七揚州：「竹西亭，在北門外五里，今廢。」

〔二〕「江山」句：典刑，常刑。尚書舜典：「象以典刑。」僞孔傳：「象，法也。法用常刑，用不越法。」引申爲範式，亦作「典型」。

〔三〕「荒城」句：一抹青，謂竹西亭在草樹叢中。釋道潛秋日西湖六首其五：「峥嶸日脚漏雲處，瞥見遥山一抹青。」

邵伯路中逢御前綱載末利花甚衆舟行甚急不得細觀也又有小盆榴等皆精妙奇靡之觀因成二絶〔一〕

花似細薇香似蘭，已宜炎暑又宜寒。心知合伴靈和柳〔二〕，不許行人子細看。

〔一〕邵伯，即邵伯埭，堰名，在揚州江都，前已屢見。御前綱，宋史徽宗紀四：（宣和）三年（一一二一）春正月辛酉，「罷蘇杭州造作局及御前綱運」。按陳均皇朝編年綱目備要二九記「罷御前綱運」在是年二月，注曰：「禁般載花石入京。初，江淮發運司於真、揚、楚、泗各有轉般倉，綱運兵士各有地分，不相交越。每舟虚二分容私商，以利舟人，又載鹽回運，兵士稍便之。後因内侍何忻以宿州靈璧縣山石進御前，又朱勔以江浙奇花果木起綱，發運司新裝舟船，撥充御前綱以載花石，其餘敝舊者以載綱運，直達京師，而轉般倉廢矣。綱多重載，不容私商，又鹽法變改，無回運，舟兵苦之，多逃亡而爲盗，糧運不繼。至是，罷花石綱，使之搬運糧道。」又龔明之中吴紀聞卷六朱氏盛衰：「（朱）勔因賂中貴人以花石得幸，時時進奉不絶，謂之『花綱』。凡林園亭館以至墳墓間所有一花一木之奇怪者，悉用黄紙封識，不問其家，徑取之。有在仕途者，稍稍拂其意，則以違上命文致其罪，浙人畏之如虎。花綱經從之地，巡尉護送，遇橋梁則徹以過舟，雖以數千緡爲之者，亦毁之不恤。」所謂「御前綱運」始於何年不詳。末利，同茉莉，花名。

〔二〕「心知」句：靈和，南朝齊宫殿名。南史張緒傳：「劉悛之爲益州，獻蜀柳數株，枝條甚長，狀若絲縷。時舊宫芳林苑始成，武帝以植於太昌靈和殿前，常賞玩咨嗟，曰：『此楊柳風流可愛。』」此代指宋徽宗宫殿。按：葉寘愛日齋叢鈔補逸：「吕居仁舍人詩序（指詩題）所記邵伯路中逢御前綱，載茉莉花甚衆，正自東南輦致也。今花獨吴越溉植猶甚難，而乃遠致梁苑，人力果足以强之歟。」

玉檜盆榴作隊來〔一〕，異香相趁不相猜。從今閉向深宫裏，莫學江湖自在開〔二〕。

〔一〕「玉檜」句：玉檜，即檜樹之美稱。唐秦韜玉檜樹詩描述其姿態道：「翠雲交榦瘦輪囷，嘯雨吟風幾百春。深蓋屈盤青麈尾，老皮張展黑龍鱗。唯堆寒色資琴興，不放秋聲染俗塵。歲月如波事如夢，竟留蒼翠待何人。」盆榴，盆栽石榴。

〔二〕「莫學」句：以宫中人之不自由，推想花開也不自由。

飲秦少方家〔一〕

秦郎家畔一甌茶，何處清凉不是家。客子三杯玉泉酒〔二〕，主人一曲浪淘沙〔三〕。

〔一〕秦少方，當爲高郵秦觀之同輩兄弟。秦觀字少游，其弟覯字少章、覿字少儀，以此類之，則少方蓋爲字，當是秦觀族人，其名及生平事迹不詳。

〔二〕「客子」句：玉泉酒，李之儀謝荆州太守：「荆州太守送白玉泉酒兼詩云：『第一荆州白玉泉，蘭舟載與酒中仙。且須捉住鯨魚尾，恐怕醉來騎上天。』」疑玉泉酒爲荆州一帶所産酒名。

〔三〕「主人」句：浪淘沙，詞牌名，蓋秦少方與秦少游愛好相同，亦善於歌詞。

孫量臣約遊乾明借秦少方韵見贈復次韵答之〔一〕

睦州香火趙州茶〔二〕，走遍叢林不着家〔三〕。今日爲公拈出也，兩橋人語是高沙〔四〕。

〔一〕孫量臣，疑爲高郵孫覺後人或族人，身世不詳。乾明，高郵佛寺名。秦觀慶禪師塔銘：「師凡三住道場，初高郵之乾明，次烏江之惠濟……」明一統志卷一二揚州府：「乾明寺，在高郵州治西，宋建，後廢，本朝重建。」

〔二〕「睦州」句：自注：「僧問睦州：『如何是自己？』州云：『看香火去。』僧問趙州，州喚云：『喫茶去。』」按：睦州，即陳尊宿，雲門宗著名禪師。據五燈會元卷四黄檗運禪師法嗣睦州陳尊宿，陳尊宿諱道明，中晚唐人，睦州（今浙江建德市）人。於本州開元寺出家，遊方契旨於黄檗希運禪師，後四衆請住觀音院，「學者叩激，隨問遽答，詞語峻險，既非循轍，故淺機之流往往嗤之，唯玄學性敏者欽伏」。後歸開元寺，織蒲鞋以養母，故又有「陳蒲鞋」之號。趙州，五燈會元卷四南泉願禪師法嗣趙州從諗禪師：「問：『如何是趙州一句？』師曰：『老僧半句也無。』曰：『豈無和尚在？』師曰：『老僧不是一句。』師問新到：『曾到此間麽？』曰：『曾到。』師曰：『喫茶去。』又問僧，僧曰：『不曾到。』師曰：『喫茶去。』後院主問曰：『爲甚麽曾到也云喫茶去，不曾到也云喫茶去？』師召院主，主應喏，師曰：『喫茶去。』」所謂「喫茶去」，蓋叫人自己體驗去。

〔三〕「走遍」句：叢林，梵語貧陀婆那，即衆僧聚居唸經修道之所，「譬如大樹叢聚，是名爲林」（大智度論卷三）。不着家，找不到精神歸宿地。禪宗往往以家、故鄉象徵人之本心、本源，即精神歸宿。

〔四〕「兩橋」句，兩橋，當在高郵，不詳。高沙，高郵别名。方輿勝覽卷四六高郵軍郡名：「盂城（郡志謂地形四隅皆低）、秦郵、高沙（有高沙館）。」米芾高郵即事二首其一：「高沙風快走蒼雲，小艇供鱸摘紫蓴。」又晁説之晁進道墓誌銘：「監高郵軍税。……公之還自高沙也，平生酒徒暴貴廟堂上，盛聲色供帳，燕褀得意，公一夕笑語，自醉不異前日也。」

春晚郊居

柳外樓高緑半遮，傷心春色在天涯。低迷簾幕家家雨，淡蕩園林處處花。簷影已飛新社燕〔一〕，水痕初没去年沙。地偏長者無車轍〔二〕，掃地從教草徑斜〔三〕。

〔一〕「簷影」句：禮記月令：「仲春之月……玄鳥至。」玄鳥，燕也。社，古代基層行政單位名，二十五家爲社（見左傳昭公二十五年杜預注）。此所謂社燕，謂春社時飛到村落寄居之燕。

〔二〕「地偏」句：史記陳丞相世家：「陳丞相平者，陽武户牖鄉人也。」富人張負擬將其孫女嫁陳平，至陳平家，其家「乃負郭窮巷，以弊席爲門，然門外多有長者車轍」。此反其意，謂居所無貴客來往之迹。

〔三〕「掃地」句：晉書葛洪傳：「爲人木訥，不好榮利，閉門却掃，未嘗交游。」此反其意，謂郊外人家極熱情，掃地以待客來。史記孟子荀卿列傳：「(騶衍)入燕，昭王擁彗先驅。」索隱：「彗，帚也。謂爲之埽地，以衣袂擁帚而却行，恐塵埃之及長者，所以爲敬也。」草徑，用「三徑」事。陶淵明歸去來兮辭：「三徑就荒，松菊猶存。」

外姊趙夫人智量以良人没祝髮感歎成詩〔一〕

故人前去冢纍纍〔二〕，爲恨爲憂未肯歸〔三〕。縱有青山可藏骨，却無紅淚與沾衣〔四〕。饒三笑汝參禪誤，晁四憐渠祝髮非〔五〕。猶勝同儕二三子，枉隨秋草閉斜暉〔六〕。

〔一〕外姊趙夫人，當爲呂本中外弟趙柟(字才仲)之姊亦即呂本中表姐。智量，「量」字原校：「一作『諒』。」趙夫人出家後法名。良人，即丈夫。祝髮，削髮。

〔二〕「故人」句：故人，指趙夫人之夫。前去，謂其先死。

〔三〕「爲恨」句：未肯歸，指趙夫人出家爲尼之意願堅定。

〔四〕「縱有」二句：葉夢得避暑録話卷下記蘇軾獄中寄子由詩，有「是處青山可藏骨，他時夜雨獨傷神」句。無紅淚沾衣，謂夫妻情分已絶。

〔五〕「饒三」二句：饒三，指饒節。紫微詩話：「宣和末，林子仁敏功寄夏均父倪詩云：『嘗憶他年接緒餘，饒三落托我迂疏。』……饒三，德操也。」晁四，即晁説之。周行己浮沚集卷九有走筆問訊晁四以道詩，以道，説之也。兩人蓋代指所有親友，謂皆不贊成趙夫人出家。

〔六〕「猶勝」二句：二三子，指趙夫人已故的女伴。秋草閉斜暉，喻永埋黄泉指爲殉情而死。兩句言比起殉情者來，出家的犧牲要小得多。

代　贈〔一〕

十年流落漫西東，想見謝家林下風〔二〕。晉邑自思欒孺子〔三〕，魯儒空望叔孫通〔四〕。風花已分飄藩外，玉樹何情著土中〔五〕。縱有春梢堪寓目，却無人面與争紅〔六〕。

〔一〕代贈，是詩第一、二聯凡四句，與本書卷九寄趙十弟略同（僅第二句有四字異）。題稱「代贈」，代誰爲贈，贈與誰皆不詳。推敲詩意，或有曲折之本事，疑關乎情，是否與詩人之趙十弟有關，已不可考。

〔二〕「想見」句：林下風，指王凝之妻謝道藴，見本書卷一得李去言詩次韵答之詩注。

〔三〕「晉邑」句：晉大夫欒盈與范宣子家族鬬争失敗，逃亡至楚，又逃至齊，齊將其匿送回晉。晉邑，指曲沃。左傳襄公二十三年：「晉將嫁女於吴，齊侯使析歸父媵之，以藩載欒盈及其士，

（杜預注：「藩，車之有障蔽者，使若媵妾在其中。」）納諸曲沃。（注：「欒盈邑也。」）欒盈夜見胥午而告之，（杜注：「胥午，守曲沃大夫。」）對曰：『不可。天之所廢，誰能興之？子必不免。吾非愛死也，知不集也。』盈曰：『雖然，因子而死，吾無悔矣。我實不天，子無咎焉。』許諾。伏之，而觴曲沃人。樂作，午言曰：『今也得欒孺子，何如？』對曰：『得主而爲之死，猶不死也。』皆歎，有泣者。爵行，又言，皆曰：『得主，何貳之有？』盈出，徧拜之。」（杜注：「謝衆之忠己。」）欒孺子，即欒盈。事又見史記晉世家，「盈」作「逞」。按：句蓋謂欒盈逃亡後，曲沃人仍思念其主人。

〔四〕「魯儒」句：史記叔孫通列傳：「叔孫通者，薛人也。」事秦，陳勝起山東，「迺亡去，之薛，薛已降楚矣。及項梁之薛，叔孫通從之。敗於定陶，從懷王。懷王爲義帝，徙長沙，叔孫通留事項王。漢二年（前二〇五），漢王從五諸侯入彭城，叔孫通降漢王。漢王敗而西，因竟從漢。……叔孫通之降漢，從儒生弟子百餘人，然通無所言進，專言諸故群盜壯士進之，弟子皆竊罵曰：『事先生數歲，幸得從降漢，今不能進臣等，專言大猾，何也？』」空望，指叔孫通只顧所謂「群盜壯士」，而不薦進儒生弟子引起不滿。

〔五〕「玉樹」句：晉書庾亮傳：「亮將葬，何充會之歎曰：『埋玉樹於土中，使人情何能已！』」

〔六〕「縱有」二句：春梢，喻指青春女子。人面，唐孟棨本事詩：「博陵崔護姿質甚美，而孤潔寡合。舉進士下第，清明日，獨遊都城南，得居人莊，一畝之宫而花木叢萃，寂若無人。扣門久之，有女子自門隙窺之，問曰：『誰耶？』以姓字對曰：『尋春獨行，酒渴求飲。』女入，以杯水至，開門，設床命坐，獨倚小桃斜柯佇立，而意屬殊厚。……崔辭去，送至門，如不勝情而入，崔亦睠盼而歸，自後絶不復至。及來歲清明日，忽思之，情不可抑，逕往尋之，門牆如故，而已鎖扃之，因題詩於左扉，曰：『去年今日此門中，人面桃花相映紅。人面只今何處去，桃花依舊笑春風。』後數日，偶至都城南，復往尋之，聞其中有哭聲，扣門問之，有老父出，曰：『君非崔護邪？』曰：『是也。』又哭曰：『君殺吾女。』崔驚起，莫知所答。……崔舉其首，枕其股，哭而祝曰：『某在斯，某在斯！』須臾開目，半日復活矣。父大喜，遂以女歸之。」兩句言即便別有可人之女，但心儀之人已杳然不再。

又代贈

略無歸夢繞湖湘〔一〕，漫逐微陰出建章〔二〕。月裏寒珠一生露〔三〕，鏡中衰鬢十年霜。逢人莫唱相思調，閲世終無却老方〔四〕。想得扁舟北還路，斷雲衰草更斜陽。

〔一〕「略無」句：湖湘，今湖南一帶。此似用舜崩，二妃啼，以涕揮竹，竹盡斑故事，謂人已云亡，連歸夢亦無。

〔二〕「漫逐」句：史記孝武本紀：「方士多言古帝王有都甘泉者。其後天子又朝諸侯甘泉，甘泉作諸侯邸。勇之乃曰：『越俗有火裁，復起屋必以大，用勝服之。』於是作建章宫，度爲千門萬户。」正義：「括地志云：『建章宫在雍州長安縣西二十里長安故城西。』」

〔三〕「月裏」句：淮南子天文訓：「方諸見月，則津而爲水。」高誘注：「方諸，陰燧，大蛤也。熟磨令熱，月盛時，以向月下則水生，以銅盤受之，下水數滴。」初學記卷一月引許慎注：「諸，珠也；方，名也。」

〔四〕「閲世」句：閲，原校：「一作『處』。」却老方，返老還童之藥。陳師道寄晁説之：「共有還家樂，終無却老方。」按：是詩意旨疑與前詩代贈相關，而建章宫典故似又透露出别的信息，蓋事涉敏感，故詩人故意隱約其詞。

臨川王坦夫故從溪堂先生謝無逸學北行過廣陵見余意甚勤其行也作詩送之〔一〕

王郎别我春已晚，索我題詩敢辭懶。讀書萬卷君所聞〔二〕，只要躬行不相反〔三〕。聖人遺言凛可畏，小事未免書之簡。衣冠瞻視有法則，何獨文章要編剗〔四〕。譬如逆風曳長艦，竭力正在千夫挽。君行念此須飽參〔五〕，即是溪堂句中眼〔六〕。

〔一〕王坦夫，從詩題知爲臨川（今江西撫州）人。又謝薖嘗作王坦夫静寄齋詩，稱「吾聞子王子，總角遊帝城。歸來鬢猶緑，閉關慕淵明。曲肱北窗下，風聲肅泠泠」，蓋其人早年曾至京師求學覓功名，未就，遂歸鄉。

〔二〕「讀書」句：用杜甫事。杜甫奉贈韋左丞丈二十二韻：「讀書破萬卷，下筆如有神。」

〔三〕「只要」句：論語述而：「子曰：『文，莫吾猶人也。躬行君子，則吾未之有得。』」何晏集解：「莫，無也。文無者，猶俗言文不也。文不吾猶人者，凡言文，皆不勝於人。」又引孔（安國）曰：「身爲君子，已未能也。」孔穎達正義：「此章記夫子之謙德也。莫，無也。文無者，猶俗言文不也。文不吾猶人者，言凡文皆不勝於人，但猶如常人也。躬，身也。言身爲君子，己未能也。」按：此取「躬行」義，謂要多讀書。

〔四〕「衣冠」二句：瞻視，觀感。論語堯曰：「君子正其衣冠，尊其瞻視，儼然人望而畏之。」編剗，指修改。韓愈贈張籍：「文章紹編剗。」又蘇軾孫莘老寄墨四首其二：「老手擅編剗。」兩句謂文章如同衣冠給人的觀感一樣，皆有法則可從，故須多加修改。

〔五〕「君行」句：飽參，多所領悟。

〔六〕「即是」句：自注：「無逸嘗有送吴君詩云『問我句中眼』。」按：溪堂，謝逸號，并以名集。謝詩今存，即溪堂集卷一送吴秀才赴辟廱，曰：「吾家阿連（按：阿連，指謝惠連，代指從弟謝邁）詩，美如青精飯。君嘗從之遊，賸馥潤青簡。我老世所憎，百推無一挽。君獨頻叩門，問我句中眼。此行赴功名，舊習暫鋤鏟。霜清山驛寒，酒醒夜聞雁。挑燈誦我詩，聊供一笑莞。」句中眼，即句中有眼，本禪家語，後爲詩法之一。黄庭堅贈高子勉四首其四：「拾遺（杜甫）句中有眼。」陳師道謂黄庭堅詩句中有眼，其答魏衍詩稱「句中有眼黄别駕」。魏慶之詩人玉屑卷八句中有眼曰：「汪彦章（藻）移守臨川，曾吉甫（幾）以詩迓之，云：『白玉堂中曾草詔，水晶宫裏近題詩。』先以示（韓）子蒼，子蒼爲改兩字，云：『白玉堂深曾草詔，水晶宫冷近題詩。』迥然與前不侔，蓋句中有眼也。古人煉字只於眼上煉，蓋五字詩以第三字爲眼，七字詩以第五字爲眼也。」此所謂「句中眼」，喻指詩在語言文字之外所含之道義、真諦。

登淮南樓〔一〕

樓上西風日脚斜，樓前廣道更人家。高林稍稍變黄葉，細草重重冒白花。薄酒尚堪澆舌本，故人何事走天涯〔二〕。篷籠只繫南亭下〔三〕，乞與寒江整釣車。

〔一〕淮南樓，當指淮山樓。輿地紀勝卷四四盱眙軍景物下：「淮山樓，在郡治，其治即舊都梁臺也。」按：盱眙軍治盱眙縣，今爲江蘇淮安轄縣。

〔二〕「故人」句：走，原校：「一作『各』。」

〔三〕「篷籠」句：篷，原作「蓬」，當爲「篷」之形訛，據文意改。篷，船篷。篷籠，代指船，謂其篷似籠。

題淮上亭子〔一〕

亭下長淮百尺深，亭前雙樹老侵尋。暮雲秋雁且南北，斷壟荒園無古今〔二〕。露草欲隨霜草盡〔三〕，歸檣時度去檣陰〔四〕。秋風未滿鱸魚興，更有江湖萬里心〔五〕。

〔一〕淮上亭子，疑即前詩登淮南樓「篷籠只繫南亭下」之「南亭」。

〔二〕「斷壟」句：無古今，謂不知年代。

〔三〕「露草」句：禮記月令：孟秋之月，「凉風至，白露降」。仲秋之月，「霜始降」。又詩經秦風蒹葭：「蒹葭蒼蒼，白露爲霜。」毛傳：「白露凝戾爲霜，然後歲事成。」按：露草、霜草，此泛指秋草，言秋草漸漸黄落。

〔四〕「歸檣」句：檣，船帆柱，即桅竿，代指船。歸檣人回家心切，故多度越去檣之陰。

〔五〕「秋風」二句：晋書張翰傳：「翰因見秋風起，乃思吴中菰菜、蓴羹、鱸魚膾，曰：『人生貴得適志，何能羈宦數千里以要名爵乎！』遂命駕而歸。」未滿鱸魚興，謂亦有不爲鱸魚所動，紛紛乘船去闖蕩江湖者。

夏夜大雨呈若谷叔并晁叔用江子之一上人〔一〕

中庭電光垂，四壁雨脚溜。初如單車馳，忽若萬馬驟。並牆不相語，燈影照圭賓〔二〕。翻思共按樂，日月不得又〔三〕。叔能糠覈肥，侄且藜藿瘦〔四〕。買田嵩潁間〔五〕，欲往今已後。旦夕呼晁江，把酒且相就。更煩一上人，不語居坐右〔六〕。

〔一〕若谷，吕本中叔，名言問。叔用，即晁沖之，字叔用。江子之乃江端本。一上人爲釋法一。四人生平事迹，見本書卷二連日與一上人會話密庵清坐附火乃有山居氣息因成一詩奉呈詩注。

〔二〕「燈影」句：圭竇，宋馬永卿懶真子卷三：「圭竇者，墻上鑿門，上鋭下方，如圭之狀。」

〔三〕「翻思」二句：翻思，反思、回想。按樂，演奏樂曲，此指作詩。日月，歲月。不得又，不得再來。韓愈南山詩：「拘官計日月，欲進不可又。」又劉敞詠古詩十二首其五：「采之豈辭遠，時逝不可又。」

〔四〕「叔能」二句：叔，指言問。史記陳丞相世家：「或謂陳平曰：『貧何食而肥若是？』其嫂嫉平之不視家生産，曰：『亦食糠覈耳。』」集解引徐廣曰：「覈音核。」裴駰案引孟康曰：「麥糠中不破者也。」晋書王戎傳：「子萬，有美名，少而大肥，戎令食糠，而肥愈甚。」又蘇軾次韵沈長官三首其一：「不獨飯山嘲我瘦，也應糠覈怪君肥。」侄，詩人自指。

〔五〕「買田」句：嵩潁間，嵩山、潁水一帶，指吕本中父祖居住地陽翟。

〔六〕「旦夕」四句：想象居陽翟後邀諸人相聚之樂。

贈一上人

細褥紗幮臥軟綾，豈知秋色到襄陵〔一〕。飢烏乍定門門樹〔二〕，寶塔新晴夜夜燈。晚菜聊充肉一臠〔三〕，殘杯才當飯三升〔四〕。平生積懶成憍憻〔五〕，慚愧空房獨坐僧〔六〕。

〔一〕「細褥」二句：細褥、軟綾，言生活安逸舒適。襄陵，史記秦本紀：昭襄王二十九年，大良造白起攻楚，「取郢爲南郡，楚王走。周君來。王與楚王會襄陵」。集解裴駰案地理志：「河東有襄陵縣。」正義引括地志：「襄陵在晉州臨汾縣東南三十五里。」又引闞駰十三州志云「襄陵，晉大夫犨邑也」。按：故治在今山西襄汾縣東南襄陵鎮。蓋是時一上人遊方在襄陵。

〔二〕「飢烏」句：門門樹，每户人家門前之樹。杜甫朝二首其一：「俊鶻無聲過，飢烏下食貪。」

〔三〕「晚菜」句：晚菜，即白菜，見本卷前余病不能蔬食詩注。肉一臠，一塊肉。言以蔬菜當肉。

〔四〕「殘杯」句：魏書闞駰傳：「闞駰，字玄陰，敦煌人也。……拜秘書考課郎中，給文吏三十人，典校經籍，刊定諸子三千餘卷。……家甚貧弊，不免飢寒，性能多食，一飯至三升乃飽。」此謂以酒當飯。按：以上二句，言其生活極貧。

〔五〕「平生」句：憍，同「驕」；憻，通「惰」。驕憻，傲慢而懶散。

〔六〕「慚愧」句：獨坐僧，詩人自指，謂較之一上人自愧不如。

久雨路絶賓客稀少聞后土祠瓊花盛開亦未果一往也〔一〕

卧聞更鼓濕不鳴，曉窗但有摧簷聲。雲横不放山入坐〔二〕，風怒欲倒江衝城。東家酒熟花爛漫〔三〕，折簡唤客留娉婷〔四〕。街頭泥潦一尺許，意雖欲往無由行。儒生活計亦不惡，蒲團堅坐到日落。映窗香穗觸凝塵，過眼文書開病膜〔五〕。明朝新晴有佳處，穩看小檻翻紅藥〔六〕。無雙亭下一枝春〔七〕，玉潔霜清未寥廓。閉門懶出君莫笑，看汝多愁吾獨樂。故人無事倘能來，爲君試舉舒州杓〔八〕。

〔一〕后土祠，祭地之所。漢武帝始立后土祠於汾陰脽上，見史記孝武本紀，後代各地多有。揚州后土祠，見下注。瓊花，花木名。花微黄，有香氣，一名玉蕊。參見本書卷三謝人送瓊花白沙人謂瓊花爲無雙花戲成兩絶詩注。

〔二〕「雲横」句：謂雲霧籠罩，山巒像懸在空中。釋覺範靈源清禪師贊五首其五：「呼山入坐上簾鈎。」

〔三〕「東家」句：花爛漫，花，指酒花。酒熟時，白色酒糟浮於上，爛漫如花。蘇軾西江月（小院朱闌幾曲）：「燈花零落酒花穠。」又蘇轍思歸二首其二：「磨刀鱠縷紅，洗盞酒花白。」

〔四〕「折簡」句：折簡，古人以竹片作書，稱簡書。漢制簡長二尺，短者半之，爲折半之簡。參見本書卷一夜作呈諸公詩注。娉婷，連綿字，形容容貌姣好，此指挽留客人時姿態之美。辛延年羽林郎：「不意金吾子，娉婷過我廬。」

〔五〕「過眼」句：謂眼昏似有膜，而書籍内容精彩，使人眼睛一亮，猶如刮去病膜。

〔六〕「穩看」句：謝朓直中書省：「紅藥當階翻。」又韓愈和席八十二韵：「傍砌看紅藥。」樊汝霖注：「紅藥，芍藥也。」

〔七〕「無雙亭」句：方輿勝覽卷四四揚州：「無雙亭，與后土廟瓊花相對，歐陽公名，前賢賦詠甚多。」又明一統志卷一二揚州府：「無雙亭，在府治東蕃釐觀前，以瓊花天下無雙故也。宋歐陽修建，前賢題詠甚多。」一枝春，指盛開之瓊花，言其爲春天的象徵。

〔八〕「爲君」句：李白襄陽歌：「舒州杓，力士鐺，李白與爾同死生。」清王琦注引新唐書地理志：「舒州同安郡隸淮南道，土貢酒器、鐵器。」則舒州杓乃取酒用具。舒州，今安徽安慶，句謂與故人同飲。

同狼山印老早飯建隆遂登平山堂〔一〕

塵埃障西風，草木被朝日。籃輿郭北門，未厭來往疾。僮奴懶不進，頗復費呵吡。道人先我行，宴坐已一室。殷勤勸客住，午飯當促膝。爐烟窗紙明，鳥語樹葉密。却上平山堂，晚景更蕭瑟。澄江渺天際〔二〕，妙句不容乞。平生泉石念，固自有遺失。何能從兒曹，十事九不實〔三〕。兹游豈不快，此老固坦率。尚從文殊師，一往問摩詰〔四〕。

〔一〕狼山，在今江蘇南通市南郊。華鎮狼山詩云：「長江到海處，獨秀峙江干。」即其地。參見輿地紀勝卷四一通州。據本卷前呈甘露印老詩，知印老爲甘露寺僧。蓋此行由通州來，故稱狼山。建隆，揚州寺名。秦觀慶禪師塔銘：「師凡三住道場，初高郵之乾明，次烏江之惠濟，最後廣陵之建隆。」平山堂，方輿勝覽卷四四揚州：「平山堂，在州城西北大明寺側。慶曆八年（一〇四八）二月，歐陽公來牧是邦，爲堂於大明寺庭之坤隅，江南諸山拱列簷下，若可攀取，因目之曰平山堂，沈括爲記。」

〔二〕「澄江」句：此指長江。文選左思詠史：「左眄澄江湘，右盼定羌胡。」李善注引方言曰：「澄，清也。」

〔三〕「何能」二句：兒曹，泛指晚輩。不實，指兒曹所言之平山堂。謂該處風景絶美，自己雖酷愛遊歷山水林泉，也差點錯失。

〔四〕「尚從」二句：文殊，文殊師利之簡稱，菩薩名，常侍佛祖。摩詰，即維摩詰，與釋迦牟尼同時，爲深於佛理的居士。問疾事，見維摩經第五品文殊師利問疾，維摩詰向文殊説大乘教之「空」義。此摩詰乃詩人自指，謂印老與自己相見，有如當年文殊訪維摩詰。

舟行次靈璧二首〔一〕

往來湖海一扁舟，汴水多情日自流〔二〕。已去淮山三百里〔三〕，主人無念客無憂。

〔一〕璧，原作「壁」，據四庫本改。靈璧，太平寰宇記卷一七宿州符離縣：「靈璧城在（符離）縣西北八十里。」今爲安徽靈璧縣。

〔二〕「汴水」句：太平寰宇記卷一七宿州符離縣：「汴河在縣南一百步。」

〔三〕「已去」句：淮山，一名南山、第一山，在今江蘇盱眙縣。見本書卷一游南山歸簡張嘉父博士詩注。

小市荒橋貫濁河〔一〕，故人雖在懶誰何〔二〕。只因遠地經過少，更覺新年坐卧多。

〔一〕「小市」句：濁河，指汴河，見上注。

〔二〕「故人」句：謂靈璧雖有故人，然因懶於尋問，故不拜訪。懶誰何，謂我便是疏懶，誰奈我何？

己亥上元數同晁季一叔用清坐不出〔一〕

北風凜凜吹月高，萬木夜作窮猿號。卧聽車馬赴塵土〔二〕，愛此一室明秋毫。小爐著火晚收餤，短檠照坐寒無膏。主人忘言客亦懶〔三〕，更煩赤脚送茗碗〔四〕。子雲事業本清浄〔五〕，維摩方丈常蕭散〔六〕。出游苦畏今日鬧〔七〕，歸坐略盡平生款〔八〕。自知衰病損剛腸，只要文書遮病眼〔九〕。公能却掃趁閑暇，渠自低頭費牽挽。明朝乘興尚能來〔一〇〕，咫尺吾廬不嫌遠。

〔一〕己亥，徽宗宣和元年（一一一九）。上元，節日名，即正月十五日，詳本書卷一上元詩注。晁季一，即晁貫之，見本書卷四即事戲答季一詩注。叔用，晁沖之字，前已屢見。

〔二〕「卧聽」句：赴塵土，車馬行時揚起灰塵，故此以塵土代指道路。

〔三〕「主人」句：莊子外物：「言者所以在意，得意而忘言。吾安得夫忘言之人而與之言哉！」詩人因與客人二晁心契已久，故云。

〔四〕「更煩」句：赤脚，指婢女。韓愈寄盧仝：「玉川先生洛城裏，破屋數間而已矣。一奴長鬚不裹頭，一婢赤脚老無齒。」

〔五〕「子雲」句：漢書揚雄傳：「揚雄，字子雲，蜀郡成都人也。……口吃不能劇談，默而好深湛之思，清静亡爲。少者欲，不汲汲於富貴，不戚戚於貧賤。」

〔六〕「維摩」句：維摩，即維摩詰，見上同狼山印老早飯建隆遂登平山堂詩注。蕭散，文選江淹雜體詩三十首殷東陽仲文：「直置忘所宰，蕭散得遺慮。」呂延濟注：「蕭散，空遠也。言直置專一，忘其所主者，道之本也。能縱心空遠，遺其思慮者則近之。」

〔七〕「出游」句：今日鬧，「今日」乃上元節，宋代有觀燈之遊，極熱鬧，故云。參見本書卷二上元夜招沈宗師不至聞已赴郡會作二絶戲之詩注。

〔八〕「歸坐」句：平生款，述平生親密之情。款，親近、密切貌。

〔九〕「只要」句：文書，泛指書籍。遮病眼，戲指讀書。宋劉安上和左經臣見過：「且把舊書遮病眼，了無塵事擾中腸。」

〔一〇〕「明朝」句：乘興，用王徽之雪夜訪戴事，見本書卷二山陽寶應道中與汪信民兄弟洪玉父杜子師張益中日夕過從自過高郵不復有此樂也因作此詩寄懷詩注引世説新語任誕。

寄李商老〔一〕

黄塵車馬流，金火戰殘暑〔二〕。西風迎潮來，密雲復無雨。江淮旱已甚，映眼但塵土。田疇雜蕪穢，草樹翳洲渚。緬懷平生歡，捐棄各秦楚〔三〕。千言傴胸次，到口不能吐。君非一臂舊〔四〕，此意復可許。青蠅暗藩溷〔五〕，有似嚇腐鼠〔六〕。須君濟川手〔七〕，略爲虹蜺舉〔八〕。念之不能眠，清坐聽鳴櫓。

〔一〕李商老，即李彭，字商老，江西派詩人，呂本中友人，見本書卷一用前韻寄商老詩注。按：是詩李彭有次韻詩，題次韻呂居仁見寄（日涉園集卷二），曰：「井鉎澮疏烟，幽憂廢寒暑。孤雲起幽嶼，澤物猶能雨。殷殷空裏雷，何曾濡厚土。燕鴻且長饑，誰能投枉渚。知心不識面，公子實楚楚。五葉活國謀，摩挲噤不吐。勝日覓羊何，幽期得支許。才高賦雌蜺，識遠辯鼫鼠。蘭蓀無異縣，臭味同此舉。開歲欲問津，夢逐寒江櫓。」

〔二〕「金火」句：金火，指秋、夏。禮記月令：「孟秋之月……其帝少皞，其神蓐收。」鄭玄注：「此白精之君，金官之臣，自古以來著德立功者也。少皞，金天氏。蓐收，少皞氏之子，曰該，爲金官。」同上書：「孟夏之月……其帝炎帝，其神祝融。」鄭注：「此赤精之君，火官之臣，自古以來著德立功者也。炎帝，大庭氏也。祝融，顓頊氏之子，曰黎，爲火官。」故以金指秋，火指夏。金火戰，謂秋雖到但尚無凉意，夏雖去而炎熱依舊，秋夏仿佛在交戰之中。

〔三〕「緬懷」二句：平生歡，平日好友；各秦楚，謂昔日友人不顧交誼，以至反目成仇。戰國時秦、楚互爲敵國，争戰不已，故以相喻。孟浩然書懷貽京邑同好：「秦楚邈離異，翻飛何日同。」又周紫芝次韻庭藻折梅懷周秀實：「平時交分心相許，晚歲相思各秦楚。」

〔四〕「君非」句：一臂舊，僅有一臂之交，謂交誼甚淺。莊子田子方：「吾終身與汝交一臂而失之，可不哀與！」此反之，謂與李彭乃深交。

〔五〕「青蠅」句：詩經小雅青蠅：「營營青蠅，止於樊。」鄭玄箋：「蠅之爲蟲，汙白使黑，汙黑使白，喻佞人變亂善惡也。」暗，形容青蠅極多。藩溷，即今之廁所。晋書左思傳：「造齊都賦，一年乃成。復欲賦三都……遂構思十年，門庭藩溷皆著筆紙，遇得一句，即便疏之。」

〔六〕「有似」句：莊子秋水：「惠子相梁，莊子往見之。或謂惠子曰：『莊子來，欲代子相。』於是惠子恐，搜於國中三日三夜。莊子往見之，曰：『南方有鳥，其名爲鵷鶵，子知之乎？夫鵷鶵，發於南海而飛於北海，非梧桐不止，非練實不食，非醴泉不飲。於是鴟得腐鼠，鵷鶵過之，仰而視之，曰：「嚇！」今子欲以子之梁國而嚇我耶！』」成玄英疏：「鵷鶵，鸞鳳之屬，亦言鳳子也。練食，竹實也。醴泉，泉甘味如醴也。嚇，怒而拒物聲也。惠施恐莊子奪己。」

〔七〕「須君」二句：濟川手，掌舵人。尚書説命：「若濟巨川，用汝作舟楫。」僞孔傳：「渡大水待舟楫。」釋道潛南康與曾子宣内翰相别抵暮大風聞泊舟神林浦因以詩寄之：「遥想英雄濟川手，壯懷寧復畏傾摇。」

〔八〕「略爲」句：文選班固西都賦：「虹霓迴帶於棼楣。」張銑注：「雄曰虹，雌曰霓。」蜺、霓同。唐開元占經卷九八虹蜺占引（春秋）元命包曰：「陰陽交爲虹蜺。」又引漢書天文志曰：「虹蜺，陰陽之精。」（如淳曰：「雄曰虹，雌曰蜺。」又曰：「色著爲虹，色微爲蜺。」）按：自「千言傴胸次」句至此，再參下卷開首數詩，吕本中是時蓋即將得官，但受到往昔友人阻撓，故求摯友李彭爲之疏通。所謂「虹蜺舉」，乃請李爲之分辨雌雄；分雌雄，即分辨是非曲直也。

晚至城南

來往城南路，今年又作冬。荒林掛落日，古寺疊疏鐘。職事日三出〔一〕，交游時一逢。可憐河上水，唯少莫山重〔二〕。

〔一〕「職事」句：殆指吕本中授職文書，謂一天内曾多次送達。若是，則是詩當作於政和三年（一一一三）冬，時在揚州，次年赴濟陰主簿任，參見本書附録年譜。

〔二〕「可憐」二句：河水，指淮河水。莫，同「暮」；山重，山之倒影。謂冬季河中水枯，故日暮時難睹山重水闊的景象。

吕本中詩集箋注卷七

汴上作〔一〕

不使西風便解維〔二〕，且留殘暑震餘威。累累野水循河下，攝攝榆蟲撲面飛〔三〕。五斗漫隨王績隱〔四〕，一裘聊待晏嬰歸〔五〕。平生事業新詩在，送與江南舊釣磯〔六〕。

〔一〕汴上：汴即汴水，爲河南滎陽縣西南之索河。隋代開通濟渠，自滎陽至開封一段稱汴水，宋亡後湮没。

〔二〕「不使」句：解維，解開繫船之纜繩。句謂不等待西風來後掛帆，便開船行進。

〔三〕「攝攝」句：古籍中「攝」字疊用罕見，此蓋象榆蟲飛行之聲。

〔四〕「五斗」句：新唐書王績傳：「王績，字無功，絳州龍門人。性簡放，不喜拜揖。……大業中，舉孝悌廉潔，授秘書省正字。不樂在朝，求爲六合丞。……高祖武德初，以前官待詔門下省。故事：官給酒日三升。或問待詔何樂邪？答曰：『良醖可戀耳。』侍中陳叔達聞之，曰給一斗，時稱斗酒學士。貞觀初，以疾罷。復調有司，時太樂署史焦革家善釀，績求爲丞，吏部以非流，不許。績固請，曰：『有深意。』竟除之。革死，妻送酒不絶，歲餘又死。績曰：『天不使我酣美酒邪！』棄官去。自是，太樂丞爲清職，追述革酒法爲經，又采杜康儀狄以來善酒者爲譜。李淳風曰：『君，酒家南董也。』所居東南有盤石，立杜康祠祭之，尊爲師，以革配，著醉鄉記以次劉伶酒德頌。其飲至五斗不亂，人有以酒邀者，無貴賤輒往，著五斗先生傳。」則所謂「王績隱」，乃隱於酒。此當指赴濟陰簿任，自比爲王績爲酒求丞職。

〔五〕「一裘」句：晏嬰，史記晏子列傳：「晏平仲嬰者，萊之夷維人也。事齊靈公、莊公、景公，以節儉力行重於齊。」一裘，晏子春秋卷一：「景公之時，雨雪三日而不霽，公被狐白之裘，坐堂側陛。晏子入見，立有間，公曰：『怪哉！雨雪三日，而天不寒。』晏子對曰：『天不寒乎？』公笑。晏子曰：『嬰聞古之賢君，飽而知人之飢，温而知人之寒，逸而知人之勞。今君不知也。』公曰：『善！寡人聞命矣。』乃令出裘發粟與飢寒。令所覩於塗者，無問其鄉；所覩於里者，無問其家；循國計數，無言其名。士既事者兼月，疾者兼歲。孔子聞之，曰：『晏子能明其所欲，景公能行其所善也。』」按：是詩作於赴濟陰簿起程時，蓋言爲官適意當如王績，而愛民則以晏子爲楷模。

〔六〕「送與」句：釣磯，用嚴子陵事。舊釣磯，謂將新詩贈送給隱居江南的朋友，言此後身雖在官而心實在彼。

初抵曹南四首〔一〕

未辨歸山計〔二〕，今年學作官〔三〕。簿書妨好夢，塵土敗餘歡〔四〕。但有妻孥累，初無肺腑寬。從來畜鮭菜，不上八珍盤〔五〕。

〔一〕曹南，即曹州，徽宗建中靖國元年（一一〇一）改賜軍額曰興仁。崇寧元年（一一〇二）升曹州爲興仁府，復還舊節。地在今山東菏澤。參見本書卷二寄知止二絶其一注。按宋李幼武纂四朝名臣言行録別集上卷七呂本中曰：「政和五年（一一一五），調興仁濟陰簿。」今按：呂本中始任濟陰簿時間，文獻記載唯見上引言行録，然所記不確，其始任應在政和四年。證據爲：第一，若政和五年到任，無論由該年下推，抑或由下任海陵獄掾時間上推，在濟陰只兩年，而本中自稱三年任滿。第二，細味詩人在濟陰期間所作詩，其中所描述之節候變化不止兩年。第三，詩集卷一〇有頃與知止相別於曹州西門外蓋今十四年矣聞嘗自澶淵過此感歎詩，據宋史呂希哲傳，希哲知曹州在徽宗初之建中靖國元年。又據本中師友雜志，希哲知曹州時，呂欽問（即詩所言「知止」）與本中叔侄隨侍。由該年下推十四年，正爲政和四年，説明本中政和四年已在濟陰，而非五年，「五」當是「四」之誤。據前汴上作等詩，呂本中赴濟陰當在是年秋初。另，宋史本傳曰：「元符中，主濟陰簿。」亦誤。詳參本書附録年譜。

〔二〕「未辦」句：謂未能實現退隱之本意。是句原校：「一作『卧病初無策』。」

〔三〕「今年」句：今年，指政和四年夏秋。作官，爲濟陰縣主簿。濟陰縣，曹州屬縣之一，亦爲曹州治所，見本書卷五赴濟陰留别一公詩注。

〔四〕「簿書」二句：簿書，指官司公文。塵土，謂奔走於道路。

〔五〕「從來」二句：鮭菜，指魚，見本書卷六和李二十七食蛙聽蛙二首其一注。八珍盤，周禮天官膳夫：「凡王之饋食……珍用八物。」鄭玄注：「珍謂淳熬、淳毋、炮豚、炮牂、擣珍、漬、熬、肝膋也。」杜甫麗人行：「御厨絡繹送八珍。」兩句以魚自喻，謂人微才疏，難以得到重用。

久罷攝生術〔一〕，虚藏種樹書〔二〕。病多詩輒廢，秋到客仍疏。約帶何繇緩〔三〕，穿靴不暇徐〔四〕。猶勝策高足〔五〕，辛苦曳長裾〔六〕。

〔一〕「久罷」句：攝生術，養生之術。攝，助也。劉敞菊花枕：「早昧攝生術，恐爲多病纏。」

〔二〕「虚藏」句：虚，原校：「一作『空』。」種樹書，史記秦始皇本紀：「非博士官所職，天下敢有藏詩、書、百家語者，悉詣守、尉雜燒之。……所不去者，醫藥、卜筮、種樹之書。」韓愈送石處士赴河陽幕：「長把種樹書，人云避世士。」

〔三〕「約帶」句：約，纏束，捆綁。繇，四庫本作「辭」，義較勝。文選古詩十九首其一：「相去日以遠，衣帶日以緩。」李善注引古樂府歌曰：「離家日趨遠，衣帶日趨緩。」衣帶緩，言人瘦。

〔四〕「穿靴」句：不暇徐，謂穿靴須急急忙忙，不能慢條斯理，言公事忙碌。

〔五〕「猶勝」句：古詩十九首：「何不策高足，先據要路津。無爲守窮賤，轗軻長苦辛。」李善注：「高，上也，亦謂逸足也。」高足，指駿馬，喻捷足先登。

〔六〕「辛苦」句：文選鄒陽上書吳王：「今臣盡智畢議，易精極慮，則無國不可奸；飾固陋之心，則何王之門不可曳長裾乎？」李善注引爾雅曰：「奸，求也。奸與干同。」李周翰注：「裾，衣裾。」以上二句，謂作此等小官，勝過營求要職、邀寵上司的高官。

併足經庭右，褰裳入坐隅〔一〕。頰容著帽進〔二〕，雅稱折腰趨〔三〕。燥吻終難濕〔四〕，殘杯莫强濡。平生駟跛鼈〔五〕，今日更長途。

〔一〕「併足」二句：史記秦始皇本紀太史公引賈生（誼）曰：「秦俗多忌諱之禁，忠言未卒於口而身爲戮没矣。故使天下之士，傾耳而聽，重足而立，拑口而不言。」漢書汲黯傳：「令天下重足而立，仄目而視矣。」顔師古注：「重累其足，言懼甚也。」重足、累足，與「併足」義同。褰裳，詩經鄭風褰裳：「子惠思我，褰裳涉溱。」孔穎達正義釋「褰裳」爲「褰衣裳」，即提起衣裳，小心翼翼貌。坐隅，坐位。隅，角落。賈誼鵩鳥賦：「有鴞飛入誼舍，止於坐隅。」以上二句，謂入曹州官府時情狀。

〔二〕「頰容」二句：頰，原作「頻」，原校：「一作『時』。」四庫本作「頰」。按：「頰」與「頻」形近義勝，蓋「頻」乃「頗」之形訛，據改。唐余知古渚宫舊事卷五：「謝安始有東山之志，後桓温爲荆州，辟征西司馬。……（謝）安初爲桓温所辟，將發新亭，朝士咸送，中丞高崧戲之曰：『卿屢違朝旨，高卧東山，諸君每相與言，安石不肯出，將如蒼生何？今亦將如卿何？』安有愧色。既到江陵，（桓）温甚喜，言生平歡笑竟日。既出，温問左右：『頗嘗見我有如此客否？』温詣安，值其治髮，安性遲緩，久而方罷，使取幘，温見留之，曰：『令司馬著帽進。』其見重如此。」著帽進蓋不合於禮儀，故稱「見重」。

〔三〕「雅稱」句：宋書陶潛傳：陶潛爲彭澤令，「郡遣督郵至，縣吏白應束帶見之，潛歎曰：『我不能爲五斗米折腰向鄉里小人！』」此以折腰趨代指作官。楊億吴待問之蒙城簿：「祖席且同開口笑，公庭未免折腰趨。」

〔四〕「燥吻」句：文選陸機文賦：「始躑躅於燥吻，終流離於濡翰。」李善注引蒼頡篇曰：「吻，脣兩邊也。」李周翰注：「躑躅，不進貌，亦如文詞難出於口也。燥，乾也；吻，脣也。謂神思馳逐，皆得乾脣也，則雖初難出於乾脣，終流離於濡翰，謂書於紙也。流離，水墨染於紙貌；濡，染也。」後亦喻指缺乏文采。宋祁代求見書：「懷鉛就學，曷逃傖父之譏；燥吻成書，終抱壯夫之耻。」句謂對上司没有動聽的言語。終，原作「應」，原校：「一作『終』。」作「終」義勝，據「一作」改。

〔五〕「平生」句：騙，駕、乘。鼇本行動遲緩，跛鼇則更難行走。楚辭嚴忌哀時命：「騙跛鼇而上山兮，吾固知其不能陞。」

往時汪博士〔一〕，勸我便歸休。細雨簷花夜，長江楓葉秋〔二〕。欲行殊未必，高卧恐無由〔三〕。感歎思亡友，端居可淚流〔四〕。

〔一〕「往時」句：汪博士，即汪革，字信民，嘗數任州學博士，見卷一符離諸賢詩注。

〔二〕「細雨」二句：回憶當年汪革勸其歸休時情景。

〔三〕「欲行」二句：謂不必馬上出仕，但若從此歸休，高卧山林，似乎又没有理由。

〔四〕「感歎」二句：亡友，汪革於大觀四年（一一一〇）卒，故稱。可，原校：「一作『只』。」

言志

馮驩客傳舍，彈鋏歌不已。託身孟嘗君，惟有一劍耳。何事食無魚，何事出無輿〔一〕。先生猶有劍，至我劍亦無。一來曹南郡，優游聊自娛。春風吹我衣〔二〕，春草生庭除。小便胞略轉〔三〕，晚髮手自梳。仰面送歸雁〔四〕，低頭羨游魚〔五〕。幸有薄薄酒〔六〕，浸漬滿腹書。安時待天命〔七〕，吾心亦何如。長鋏莫漫彈，何必憶吾廬〔八〕。

〔一〕「馮驩」至此六句，史記孟嘗君列傳：「初，馮驩聞孟嘗君好客，躡屩而見之。孟嘗君曰：『先生遠辱，何以教文也？』馮驩曰：『聞君好士，以貧身歸於君。』孟嘗君置傳舍。十日，孟嘗君問傳舍長曰：『客何所爲？』答曰：『馮先生甚貧，猶有一劍耳。又蒯緱。彈其劍而歌曰：「長鋏歸來乎，食無魚。」』孟嘗君遷之幸舍，食有魚矣。五日，又問傳舍長，答曰：『客復彈劍而歌曰：「長鋏歸來乎，出無輿。」』孟嘗君遷之代舍，出入乘輿車矣。五日，孟嘗君復問傳舍長，舍長答曰：『先生又嘗彈劍而歌曰：「長鋏歸來乎，無以爲家。」』孟嘗君不悦。」

〔二〕「春風」句：曾鞏答葛藴：「春風吹我衣，暮召入九閽。」

〔三〕「小便」句：小便，即小解，今亦通用。漢書張安世傳：「郎有醉小便殿上。」胞，即膀胱。略，原作「胳」，據四庫本改。嵇康與山巨源絶交書：「每常小便，而忽不起，令胞中略轉乃起耳。」句言作官忙碌，連入廁亦無暇顧及。

〔四〕「仰面」句：嵇康贈秀才入軍：「目送歸鴻，手揮五絃。」又蘇軾和王晋卿：「醒來送歸雁，一寄千里目。」

〔五〕「低頭」句：漢書禮樂志：「古人有言：『臨淵羡魚，不如歸而結網。』」

〔六〕「幸有」句：薄薄酒，即薄酒。蘇軾薄薄酒：「薄薄酒，勝茶湯。」

〔七〕「安時」句：孟子盡心上：「孟子曰：『盡其心者，知其性也，知其性則知天矣。存其心，養其性，所以事天也。殀壽不貳，脩身以俟之，所以立命也。』」趙岐注：「殀若顔淵，壽若邵公，皆歸之命。脩正其身，以待天命，此所以立命之本。」

〔八〕「何必」句：陶淵明讀山海經：「衆鳥欣有託，吾亦愛吾廬。」劉禹錫送湘陽熊判官孺登府罷歸鍾陵因寄呈江西裴中丞二十三兄：「忽見夏木深，悵然憶吾廬。」此反其意。按：詩人本不願爲官，然既爲之則安之，雖官事繁忙，但感覺尚佳，故作是詩以自勉。

學道

學道如養氣，氣實病自除。驗之寒暑中，可見實與虛。頹然覺志滿，乃是氣有餘。豈惟煖臍腹，便足榮肌膚〔一〕。但能嚴關鍵，百歲終不枯〔二〕。道苟明於心，如馬得堅車。養以歲月久，自然登坦途。江河失風浪，草莽成膏腴〔三〕。熟視八荒中〔四〕，何物能勝予。時來與消息，吾自有卷舒〔五〕。死生亦大矣〔六〕，汝急吾自徐。捷行不爲速，曲行不爲迂。一漚寓大海〔七〕，此物定有無〔八〕。誰能具此眼，况望捋其鬚〔九〕。學有不精盡，遂至玉碔砆〔一〇〕。昔人中道立〔一一〕，爲汝指一隅。千言不知要〔一二〕，徒自費吹噓。所以季路勇，不如顔氏愚〔一三〕。請子罷百慮，一念回須臾〔一四〕。忽然遇事入，此語當不誣。

〔一〕「豈惟」二句：煖臍腹，蘇軾贈王仲素寺丞：「年來稍自笑，留氣下暖臍。苦恨聞道晚，意象颯以凄。」明朱橚（周王）普濟方卷二六五：「紫精丹，治男子、婦人一切風及積冷氣，暖臍腹，止疼痛。」此謂氣實則不止臍煖，且能使肌膚光潤靚麗。

〔二〕「但能」二句：關鍵，指養氣之法。孟子公孫丑言養氣之法：「其爲氣也，配義與道，無是，餒也。」趙岐注：「養之以義，不以邪事干害之，則可使滋蔓，塞滿天地之間，布施德教，無窮極也。」不枯，謂身强體壯。按：自「學道」至此十句，以養氣喻學道。「志滿」則「氣實」，若保養得當，可長命百歲。學道亦如此。

〔三〕「道苟」句至此六句：謂學道之要在「明於心」，心明有如氣實，而心明則百事順遂，如馬駕堅車可以行遠，草莽之地可爲良田。

〔四〕「熟視」句：八荒，文選干寶晉紀總論：「班正朔於八荒。」呂延濟注：「八荒，八方也。」

〔五〕「吾自」句：卷舒，卷與舒，與上句「消息」意同。論語衛靈公：「君子哉蘧伯玉！邦有道，則仕，邦無道，則可卷而懷之。」

〔六〕「死生」句：莊子德充符：「仲尼曰：『死生亦大矣！』」

〔七〕「一漚」句：漚，水泡沫。蘇軾書丹元子所示李太白真：「天人幾何同一漚。」李厚注引楞嚴經：「空生大覺中，如海中一漚發。」

〔八〕「熟視」至此十句：自言最能明道，而因心明，故獲益匪淺。

〔九〕「誰能」二句：謂他人無心明之眼光，更無其膽量。捋其鬚，法苑珠林卷六四慈悲篇第七四感應緣：「隋慧日道場釋慧越，嶺南人，住羅浮山。性多汎愛，慈救蒼生。栖頓幽阻，虎豹無擾。曾有群獸來前，因爲説法，虎遂以頭枕膝，越便捋其鬚面，情無所畏，衆咸覩之。」

〔一〇〕「遂至」句：玉碔砆，以碔砆爲玉，謂以假亂真。文選司馬相如子虚賦：「碝石碔砆。」郭璞注：「張楫曰：『砆，石。碔、砆皆石之次玉者。』……戰國策（魏一）曰：『白骨疑象，碔砆類玉。』」

〔一一〕「昔人」句：昔人，指孔子。孟子盡心下：「孔子『不得中道以與之，必也狂猖乎！』」按：中道，在中之道，即中庸。又周易亦重中道，如離卦：「六二，黄離，元吉。」象曰：「黄離元吉，得中道也。」王弼注：「居中得位，以柔處柔，履文明之盛而得其中，故曰黄離元吉也。」如此之例甚多。

〔一二〕「千言」句：吕氏春秋卷二當染：「不能爲君者，傷形費神，愁心勞耳目，國愈危，身愈辱，不知要故也。」高誘注：「不知所行之要約也。」

〔一三〕「所以」二句：論語爲政：「子曰：『吾與回言終日，不違，如愚。退而省其私，亦足以發，回也不愚。』」何晏集解引孔（安國）曰：「回，弟子姓顔名回字子淵，魯人也。不違者，無所怪問，於孔子之言默而識之，如愚。」又引孔（安國）曰：「察其退還與二三子説繹道義，發明大體，知其不愚。」同書述而：「子謂顔淵曰：『用之則行，舍之則藏，唯我與爾有是夫！』子路曰：『子行三軍，則誰與？』子曰：『暴虎馮河，死而無悔者，吾不與也。必也臨事而懼，好謀而成者也。』」集解引孔曰：「子路見孔子獨美顔淵，以爲己勇，至於夫子爲三軍將，亦當誰與己同，故發此問。」又引孔曰：「暴虎徒搏，馮河徒涉。」此二句，言用智而不用勇。

〔一四〕「一念」句：五燈會元卷二六祖大鑒禪師旁出法嗣信州智常禪師：「信州智常禪師者，本州貴溪人也。髫年出家，志求見性。」一日參六祖，六祖示一偈曰：「不見一法存無見，大似浮雲遮日面。不知一法守空知，還如太虛生閃電。此之知見瞥然興，錯認何曾解方便。汝當一念自知非，自己靈光常顯見。」師聞偈已，心意豁然，乃述一偈曰：「無端起知解，著相求菩提。情存一念悟，寧越昔時迷。自性覺源體，隨照枉遷流。不入祖師室，茫然趣兩頭。」按：此言學道全在悟入，方能返觀自性，見性成佛，而無凝滯。

和趙承之〔一〕

十日九日昏夢集〔二〕，職事向人如束濕〔三〕。看朱成碧有底忙〔四〕，然萁煮豆相煎急〔五〕。長官抵几入門去〔六〕，小吏垂頭就行立。塵埃上下久可厭，學問峥嶸老難入。平生謬欲師古人，遇事始知吾不及。正須眼底去涇渭，便自胸中無棨戟〔七〕。丈夫蓋棺事則已〔八〕，破屋頹牆使誰葺〔九〕。要隨歸雁刺天飛，莫待枯魚過河泣〔一〇〕。

〔一〕趙承之，即趙鼎臣，字承之，韋城（今河南滑縣）人。元祐六年（一〇九一）進士甲科，紹聖二年

（一○九五）登宏詞科，官至太府卿。著有竹隱畸士集四十卷，久佚，今存永樂大典本二十卷。所和趙鼎臣原唱今存，題昔官會稽故侍講呂公原明丈請以其孫揆中者娶余之長女既受幣矣無何揆中與余女未成婚而俱卒濟陰簿本中則揆中之弟也近於同舍林德祖處見其所與石子植唱和詩子植又余太學之舊僚也故次其韻因寄呂兼以簡石且請德祖同賦，詩曰（大典本竹隱畸士集卷三）：「我昔江湖百憂集，侍講寄書猶墨濕。婚姻竟作覆手空，日月真如跳丸急。哀哉大耿已川逝，秀矣小馮今玉立。詞源江海浩奔茫，句法風騷森出入。石郎與我金石交，每懷見君嗟靡及。種桑自比侯千户，力田不願爵一級。頗聞杖屨約招携，應許蓬茅助營葺。欲討明珠救子饑，老矣安能發鮫泣。」按：詩題謂「本中則揆中之弟也」，誤，揆中乃本中次弟。

〔二〕「十日」句：日，原作「月」，據四庫本改。十日九日，謂十天有九天。宋代官員十日一休，稱旬休，故九日指官吏公幹時間。昏夢集，謂辦官事時昏昏欲睡。

〔三〕「職事」句：漢書甯成傳：「甯成，南陽穰人也。以郎謁者事景帝，好氣，爲少吏必陵其長吏，爲人上，操下急如束濕。」顔師古注：「操，執持也。束濕，言其急之甚也。濕物則易束。」

〔四〕「看朱」句：看朱成碧，此謂神志錯亂，眼睛迷糊。見本書卷三觀甯子儀朝奉山堂諸石三絶其三注。有底，爲何事。

〔五〕「然萁」句：萁，原作「箕」，據四庫本改。世説新語文學：「文帝（曹丕）嘗令東阿王（曹植）七步中作詩，不成者行大法。應聲便爲詩曰：『煮豆持作羹，漉菽以爲汁。萁在釜下燃，豆在釜中泣。本自同根生，相煎何太急。』帝深有慚色。」然、燃同。此句言催逼無情。

〔六〕「長官」句：漢書朱博傳：「故事：二千石新到，輒遣吏存問致意，迺敢起就職。博奮髯抵几曰：『觀齊兒欲以此爲俗邪？』」抵几，顔師古注：「抵，擊也。音紙。」

〔七〕「正須」二句：涇渭，謂渭水、涇水。詩經邶風谷風：「涇以渭濁，湜湜其沚。」毛傳：「涇渭相入而清濁異。」鄭玄箋：「涇水以有渭，故見渭濁。」去涇渭，指不分清濁，不究是非。棨戟，原作「戟級」，據四庫本改。後漢書南匈奴傳：「詔賜單于冠帶、衣裳、黄金璽、盭緺綬……樂器、鼓車、棨戟、甲兵、飲食什器。」李賢注：「有衣之戟曰棨。」按：棨戟乃木製戟形物，爲官吏出行時儀仗。無棨戟，謂無功名追求。

〔八〕「丈夫」句：杜甫君不見簡蘇徯：「丈夫蓋棺事始定。」

〔九〕「破屋」句：破屋頽牆，喻指生前所留遺憾事，無人爲之修補。

〔一〇〕「莫待」句：樂府古辭枯魚過河泣：「枯魚過河泣，何時悔復及。作書與魴鱮，相教慎出入。」李白枯魚過河泣：「白龍改常服，偶被豫且制。誰使爾爲魚，徒爲詐天帝。作書報鯨鯢，勿恃風濤勢。濤落歸泥沙，翻遭螻蟻噬。萬乘慎出入，柏人以爲識。」按：枯魚過河泣，謂勿仗勢欺人，謹防後悔莫及。

曹州後圃夜行〔一〕

衣欲生稜夢不成〔二〕，城頭高下打三更。月明如晝柳如畫，更向瑶池南岸行〔三〕。

〔一〕囿，有圍墻之園林。國語周語中：「藪有圃草，囿有林池。」韋昭注：「囿，苑也。」後囿，猶今所言後花園。

〔二〕「衣欲」句：稜，因寒而生角狀皺褶。蘇軾鹽官部役戲呈同事兼寄述古：「新月照水水欲冰，夜霜穿屋衣生稜。」

〔三〕「更向」句：瑶池，傳説中西王母池苑。穆天子傳卷三：「乙丑，天子觴西王母於瑶池之上。」此言曹州後囿極美。

風吹蒲葦叢三首〔一〕

風吹蒲葦叢，中有霜墮意。美人天一涯〔二〕，行子初夜至〔三〕。

〔一〕蒲葦，荀子不苟篇：「與時屈伸，柔從若蒲葦，非懾怯也。」唐楊倞注：「蒲葦所以爲席，可卷者也。」即蘆葦。

〔二〕「美人」句：美人，德行美好之人。詩經秦風蒹葭：「蒹葭蒼蒼，白露爲霜。所謂伊人，在水一方。」毛傳：「蒹，薕薕。葭，蘆也。」此化用之。

〔三〕「行子」句：行，原校：「一作『客』。」按此三首皆作「行子」，且詩人是時於此爲官，作「客」似誤。行子，在外奔波之人。

風吹蒲葦叢，秋色日向晚。美人何時來，行子飢未飯。行子惜日月〔一〕，美人輕別離。風吹蒲葦叢，及時當早歸。

〔一〕「行子」句：鮑照潯陽還都道中：「客行惜日月，崩波不可留。」又陳與義病中夜賦：「書生惜日月，欹枕意茫哉。」

曹南試院懷向子諲兄弟兼呈張擴〔一〕

大向金相玉爲表，小向堅車取長道〔二〕。閉門不見今幾日，塵埃滿城何時好。病夫坐穩百不聞〔三〕，讀書聒人到夜分。朝來雨過凉氣足，思與張侯同叩門〔四〕。

〔一〕試院，宋代科舉考試之考場，有時也用作其他考試。曹州爲州試，其考試爲發解試，乃三級考試（發解試、省試、殿試）之第一級（初級）。向子諲（一〇八五—一一五二），字伯恭，號薌林居士，開封人，真宗朝宰相向敏中玄孫。元符末以恩補官，官終户部侍郎、知平江府。著有薌林文集三十卷等，久佚。宋史有傳。是時向子諲當在曹州爲官，何官不詳。其弟疑爲向子謨（見張嵲徽猷閣直學士向子諲弟右朝散郎子謨故父宗明可特贈沂州防禦使制），字君受（見本書外集卷二府學治事奉懷張彥實兼寄惠子澤范信中向君受詩）。張擴（？—一一四七），字彦實，德興（今屬江西）人。崇寧五年（一一〇六）進士，累官秘書省校書郎，南渡後仕至中書舍人。著有東窗集四十卷，久佚，今存永樂大典本十六卷。是時張擴爲曹州州學教授，見本卷後試院中呈工曹惠子澤教授張彦實詩。按：宋代科舉考試，自英宗治平三年（一〇六六）規定三年一貢舉。貢舉年之頭年秋舉行發解試，次年（貢舉年）正月舉行省試。考宋會要輯稿選舉，政和五年（一一一五）爲貢舉年，則各州發解試當在政和四年秋舉行。此詩當即作於是年秋，時吕本中到濟陰任不久。

〔二〕「大向」二句：大向即向子諲，見上注。金相玉表，文選蕭統文選序：「冰釋泉涌，金相玉振。」吕延濟注：「相，質也；振，發聲也。言金質玉聲。」此言以金爲質，以玉爲表，謂表裏俱美。小向，乃向子諆。堅車取長道，蓋指走科舉之路，雖難，但若成功，仕途也更平坦。兩句言向子諲已登第，而向子諆尚在文戰場中。

〔三〕「病夫」句：病夫，詩人自指。

〔四〕「思與」句：張侯，指張擴。

試院中作二首

客夢斷復續，角聲寒更長〔一〕。疏籬擁殘月，老木犯新霜〔二〕。閉縶身何恨〔三〕，馳驅汝自忙。稍知詩有味，復恐道相妨〔四〕。

〔一〕「角聲」句：角，古樂器名，用於報警或報時。杜甫宿府：「永夜角聲悲自語。」又閣夜：「五更鼓角聲悲壯。」

〔二〕「老木」句：犯新霜，宋代州郡發解試在八月中旬左右舉行，時已爲仲秋，故云。是詩當作於政和四年秋舉行之曹州發解試試院。

〔三〕「閉縶」句：閉縶，宋代科舉考試實行鎖院制，即所有考官必須鎖宿於試院，一切與外界隔絶，以免作弊，故云。

〔四〕「復恐」句：二程語録卷一一：「問：『作文害道否？』（程頤）曰：『害也。凡爲文不專意則不工，若專意則志局於此，又安能與天地同其大也。』」「或問：『詩可學否？』曰：『既學時，須是用功方合詩人格，既用功，甚妨事。』」熙寧初王安石變法，科舉考試罷詩賦，改用經義，故此言詩與「道」相妨。

諸生未下筆，客子且安眠〔一〕。老覺文章退，官憂簿領纏〔二〕。短檠仍有味，高枕自無緣〔三〕。但願無他苦，今年如去年。

〔一〕「諸生」二句：諸生，指參加考試之舉子。「客子」，指考官，多外籍官員，故稱。考官任務在閲卷，考試時無事，故可「安眠」。

〔二〕「官憂」句：簿領，文選劉楨雜詩：「沈迷簿領書，回回自昏亂。」李善注：「簿領，謂文簿而記録之。史記曰：『問上林尉諸禽獸簿。』司馬彪莊子注曰：『領，録也。』」

〔三〕「短檠」二句：謂自己習慣於燈下讀書爲有味，而無緣高卧。

擬古〔一〕

西鄰有佳人，開户納明月。月照衣上纓，同心爲誰結〔二〕。此結今幾時，未解心已折。隔林聞擣練〔三〕，起坐更嗚噎。情人在萬里，我獨音問缺〔四〕。不聞行路難〔五〕，但見思歸切〔六〕。年來契闊久〔七〕，烈士或喪節。如何空床居，初未見短闕。胡馬與越鳥，本自無離別〔八〕。草摇新霜白，秋送池中竭。君心有斷絶，妾恨無盈歇〔九〕。

〔一〕擬古，文選陸機擬古詩十二首劉良注：「擬，比也，比古志以明今情。」

〔二〕「月照」二句：纓，穗狀裝飾物。同心結，用錦帶製作之菱形連環回文結，以表恩愛。梁武帝有所思：「腰中雙綺帶，夢爲同心結。常恐所思露，瑶華未忍折。」

〔三〕「隔林」句：擣練，擣，捶打；練，熟絹。熟絹經捶打後變得鬆軟，適合做衣被。古代女子以擣練爲家常活計。明徐光啓農政全書卷三四：「砧杵，擣練具也。東宫舊事曰：『太子納妃，有石砧一枚，又搗衣杵十。』荆州記曰：『秭歸縣有屈原宅、女嬃廟、搗衣石猶存。』蓋古之女子對立，各執一杵，上下搗練於砧，其丁冬之聲互相應答。」

〔四〕「情人」二句：情人，及上所謂「佳人」，此蓋指情投意合之友人。蘇軾答李方叔：「久别，音問缺然。」

〔五〕「不聞」句：行路難，宋郭茂倩樂府詩集卷七〇雜曲歌辭行路難引樂府解題曰：「行路難，備言世路艱難，及離别、悲傷之意。多以『君不見』爲首。按陳武别傳曰：『武常牧羊，諸家牧豎有知歌謡者，武遂學行路難。』則所起亦遠矣。唐王昌齡又有變行路難。」

〔六〕「但見」句：歸，原作「婦」，形訛，據永樂大典卷八九五、四庫本改。

〔七〕「年來」句：契闊，詩經邶風擊鼓：「死生契闊，與子成説。」毛傳：「契闊，勤苦也。」亦釋爲離合、聚散，參見清馬瑞辰毛詩傳箋通釋卷四擊鼓。

〔八〕「胡馬」二句：文選古詩十九首：「行行重行行，與君生别離。相去萬餘里，各在天一涯。道路阻且長，會面安可知。胡馬依北風，越鳥巢南枝。」李善注引韓詩外傳曰：「詩云『代馬依北風，飛鳥棲故巢』，皆不忘本之謂也。」李周翰注：「胡馬出於北，越鳥來於南，依望北風，巢宿南枝，皆思舊國。」又晋夏侯湛夜聽笳賦：「越鳥戀乎南枝，胡馬懷夫朔風。惟人情之有思，乃否滯而發中。」兩句謂胡馬、越鳥各有所屬，原本無所謂離别。

〔九〕「妾恨」句：盈歇，增減。無盈歇，謂永不變節。

正月十五日試院中烹茶因閱漢碑〔一〕

小爐方鼎蛙蚓鳴〔二〕，那知簾外東風驚〔三〕。亂雲初破盤鳳影，缺月半墮春江明〔四〕。已驅簿領出門去，更澆肝肺令愁醒〔五〕。大碑古字久寂寞，高堂素壁空峥嶸〔六〕。坐看光焰掃塵土，便覺冰霰臨窗屏〔七〕。文章斷絶生氣在，妙句直欲無蘭亭〔八〕。嶧山野火燒欲盡〔九〕，瘞鶴半在江中陵〔一〇〕。不知此書更奇古，反覆厭飫無譏評。山精地神肯愛護〔一一〕，至今歐虞來乞靈〔一二〕。要令石鼓舉吉日〔一三〕，不必細字臨黄庭〔一四〕。生平訪古少如意，對此自足忘經營。世間兒女争媚好，紙上姓名誰重輕〔一五〕。邇來半月得堅坐，一室當行千里程〔一六〕。南樓燈火漫明滅，北里笙竽頻送迎〔一七〕。儒生事業了不惡，故人浮沈吾懶聽。更闌更自取書讀，唤起奴僕尋短檠。

〔一〕正月十五日，當在政和五年（一一一五），蓋上元夜與朋友在試院烹茶并閱漢碑，與考試無關。

〔二〕「小爐」句：蛙蚓鳴，偏指青蛙，蚯蚓不鳴叫。宋傅察大暑同蔣明亞叟熙載夜登清微亭：「鳥雀噪階除，蛙蚓鳴草莽。」此象烹茶時水之沸騰聲。

〔三〕「那知」句：初學記卷一風：「立春，條風至。」原注：「東北（風）。」

〔四〕「亂雲」二句：盤鳳，疑爲元宵所掛鳳形裝飾物。東京夢華録卷六稱正月十六日夜「蔡太師以次執政、戚里幕次，時復自樓上有金鳳飛下諸幕次」，蓋曹州亦有之。缺月，元宵夜本月圓，或至夜闌時江中月影已缺。

〔五〕「更澆」句：澆肝肺，指飲酒。元好問後飲酒五首其一：「少日不能觴，少許便有餘。比得酒中趣，日與杯杓俱。一日不自澆，肝肺如欲枯。」可參讀。

〔六〕「高堂」句：久不見古字風貌，故堂、壁所有文字皆俗體，故言「空峥嶸」。文選班固西都賦：「巖峻崷崒，金石峥嶸。」李善注：「峥嶸，高貌也。」

〔七〕「坐看」二句：光焰，指漢碑古書風彩讓人眼睛一亮，如冰霰寒氣逼人，其他俗書皆如塵土不足道。

〔八〕「文章」二句：蘭亭，指王羲之撰並書之蘭亭修禊序，爲著名法帖。晋書王羲之傳：「初渡浙江，便有終焉之志。會稽有佳山水，名士多居之，謝安未仕時亦居焉。孫綽、李充、許詢、支遁等，皆以文義冠世，並築室東土，與羲之同好。嘗與同志宴集於會稽山陰之蘭亭，羲之自爲之序，以申其志。」無蘭亭，謂該漢碑雖文章已殘闕，但漢代文章之韵味、氣勢猶在，蘭亭序帖已遠不及。

〔九〕「嶧山」句：指嶧山碑。太平寰宇記卷二一兖州鄒縣：「嶧山在縣南二十里，亦名鄒山。史記，秦始皇東行郡縣，上鄒山澤，立石，與魯諸儒議刻石頌秦德。」趙明誠金石録卷一三：「秦嶧山刻石。右秦嶧山刻石者，鄭文寶得其摹本於徐鉉，刻石寘之長安，此本是也。唐封演聞見記載此碑云：『後魏太武帝登山，使人排倒之，然而歷代摩拓之以爲楷則。邑人疲於供命，聚薪其下，因野火焚之，由是殘缺不堪摹寫，然猶求者不已。有縣宰取舊文勒於石碑之上，置之縣廨，今人間有嶧山碑者，皆是新刻之本，而杜甫詩直以爲「棗木傳刻」者，豈又有別本歟？』按史記本紀，二十八年（前二一九），始皇東行郡縣，上鄒嶧山，立石，與魯諸儒生議刻石頌秦德，而其頌詩不載。其他始皇登名山凡六刻石，史記皆具載其詞，而獨遺此文，何哉？然其文詞簡古，非秦人不能爲也。秦時文字見於今者少，此雖傳摩之餘，然亦自可貴云。」嶧山碑釋文，見元吾丘衍撰周秦刻石釋音。

〔一〇〕「瘞鶴」句：指瘞鶴銘。歐陽脩集古録跋尾：「右瘞鶴銘，題云華陽真逸撰，刻於焦山之足，常爲江水所没，好事者伺水落時模而傳之，往往祇得其數字云『鶴壽不知其幾』而已。世以其難得，尤以爲奇，惟余所得六百餘字，獨爲多也。按潤州圖經以爲王羲之書字，亦奇特，然不類羲之筆法，而類顔魯公，不知何人書也。華陽真逸是顧況道號，今不敢遂以爲況者，碑無年月，不知何時，疑前後有人同斯號者也。」又金石録卷三〇瘞鶴銘：「右瘞鶴銘，題華陽真逸撰，莫詳其爲何代人。歐陽公集古録云華陽真逸是顧況道號，余遍檢唐史及況文集，皆無此號，惟況撰湖州刺史廳記自稱華陽山人爾，不知歐陽公何所據也。」

〔一一〕「山精」句：古人以爲寶物能存在於世間，皆有神靈呵護。韓愈石鼓歌：「雨淋日炙野火燎，鬼物守護煩撝訶。」又宋岳珂寶真齋法書贊卷八吴越三王判牘真蹟一卷，贊曰：「流傳世世民弗忘。鬼神呵護謹毖藏。題染猶帶猊鑪香。」

〔一二〕「至今」句：歐虞，指歐陽詢、虞世南，皆唐初著名書法家。舊唐書歐陽詢傳稱其「初學王羲之書，後更漸變其體，筆力險勁，爲一時之絶。人得其尺牘文字，咸以爲楷範焉」。同書虞世南傳謂「同郡沙門智永善王羲之書，世南師焉，妙得其體，由是聲名籍甚」。太宗以書翰爲虞世南「五絶」之一。此句以歐虞代指當代書法家，言學書者皆由此漢碑求得靈感和法度。

〔一三〕「要令」句：石鼓，指石鼓文。歐陽脩集古録跋尾石鼓文：「岐陽石鼓，初不見稱於前世，至唐人始盛稱之，而韋應物以爲周文王鼓，宣王刻詩。韓退之直以爲宣王之鼓，在今鳳翔孔子廟中。鼓有十，先時散棄於野，鄭餘慶置於廟，而亡其一。皇祐四年（一〇五二），向傳師求於民間，得之，乃足。其文可見者四百六十五，不可識者過半。余所集録文之古者，莫先於此。然其可疑者三四。（引者按：可疑處略見下金石録引）。」又金石録卷一三石鼓文：「右石鼓文，世傳周宣王刻石，史籀書。歐陽文忠公以謂今世所有漢桓、靈時碑往往而在，距今未及千載，大書深刻，而磨滅者十猶八九。自宣王時至今實千有九百餘年，鼓文細而刻淺，理豈得存？以此爲可疑。余觀秦以前碑刻，如此鼓及詛楚文、泰山秦篆皆粗石如今世以爲碓臼者，石性既堅頑難壞，又不堪他用，故能存至今。漢以後碑碣石雖精好，然亦易剥缺，又往往爲人取作柱礎之類，蓋古人用意深遠，事事有理，類如此。况此文字畫奇古，決非周以後人所能到。文忠公亦以謂非史籀不能作，此論是也。」舉吉日，謂傳世者以石鼓文最古，故須擇日而觀焉。

〔一四〕「不必」句：黄庭，即黄庭經。歐陽脩集古録跋尾黄庭經：「右黄庭經一篇，晉永和中刻石，世傳王羲之書。書雖可喜，而筆法非羲之所爲。黄庭經者，魏晉時道士養生之書也，今道藏別有三十六章者，名曰内景，而謂此一篇爲外景，又分爲上中下三部者，皆非也。蓋内景者，乃此一篇之義疏爾。流俗又有一篇名曰中景者，尤爲繁雜，鄙俚之所傳也。余嘗患世人不識其真，多以内景三十六章爲本經，因取永和刻石一篇爲之注解。余非學異説者，哀世人之惑於繆妄爾。」句謂有此漢碑在，學書者不必臨摹黄庭經。

〔一五〕「世間」二句：紙上姓名，指古代書法家名氏。兩句謂後生晚輩喜歡媚俗，無人關注如書法之類文化遺産。

〔一六〕「邇來」二句：邇，近也。半月，指元日至正月十五日，即新年期間。千里程，謂漢碑之來，足有千里之遥。

〔一七〕「南樓」二句：南樓燈火，隱指元宵夜。漫明滅，謂忽明忽暗。北里，此泛指娱樂場所。笙竽，文選左思詠史詩八首之四：「南鄰擊鐘磬，北里吹笙竽。」李善注引墨子曰：「彈琴瑟，吹笙竽。」

試院夜坐

急雨翻燈夜不眠，小床欹側似乘船〔一〕。平生萬事不如意〔二〕，病後一身私自憐。海中神仙渺茫裏〔三〕，方外酒徒憔悴邊〔四〕。本自無心覓餘地〔五〕，問公何苦愛逃禪〔六〕。

〔一〕「小床」句：欹側，傾斜貌。杜甫過南嶽入洞庭湖：「欹側風帆滿。」

〔二〕「平生」句：晋書羊祜傳：「祜歎曰：『天下不如意，恒十居七八。』」

〔三〕「海中」句：史記封禪書：「自威、宣、燕昭，使人入海求蓬萊、方丈、瀛州。此三神山者，其傅在勃海中，去人不遠；患且至，則船風引而去。蓋嘗有至者，諸僊人及不死之藥皆在焉。其物禽獸盡白，而黄金銀爲宫闕。未至，望之如雲；及到，三神山反居水下，臨之，風輒引去，終莫能至云。」

〔四〕「方外」句：杜甫偪仄行：「街頭酒價常苦貴，方外酒徒稀醉眠。」

〔五〕「本自」句：餘地，指做官，爲子孫留下恩澤。舊唐書馬周傳：「又上疏曰：『……固當思隆禹、湯、文、武之道，廣施德化，使恩有餘地，爲子孫立萬代之基。』」

〔六〕「問公」句：問公，實乃自問。逃禪，此指違背戒律，學佛而不能堅持。杜甫飲中八仙歌：

「蘇晉長齋繡佛前，醉中往往愛逃禪。」按：自「海中」以下四句，自謂學仙、修道皆不可行，唯餘參禪，然又常違戒律，委實不該。

清都行〔一〕

我昔謁帝白玉墀〔二〕，獨駕翠虬驂赤螭〔三〕。御風而行過日圍〔四〕，遂登清都游太微〔五〕。廣殿上建明月旗，綴以列宿懸雙蜺〔六〕。帝顧而歎憐其癡，寸田不治來何遲〔七〕。我拜稽首心自疑，世俗逼隘臣所知，黜慢之故還無期。後有美人雲霧衣，玉坐交映生光輝。不必翠被緣珠璣〔八〕，秘文玉簡手自持〔九〕。見我而笑揚蛾眉，問我此去來何時。握手贈吾藍田芝〔一〇〕，汝生甚良學則宜。無自輕厭令神馳，一來人間今幾時。恍如夢覺不可追，骨肉腥穢顏忸怩〔一一〕。北風吹寒霜露微，想視倒景凌空飛〔一二〕。却從帝居尋玉妃，爲汝更賦無言詩〔一三〕。

〔一〕清都，道家所稱天帝之居所。楚辭遠遊：「集重陽入帝宮兮，造旬始而觀清都。」注：「遂至天皇之所居。旬始，皇天名也。」洪興祖補注引列子（周穆王篇）曰：「清都、紫微、鈞天、廣樂，帝之所居。」

〔二〕「我昔」句：白玉墀，用白玉裝飾之地。墀，塗飾、裝飾。此代指宫殿。文選顔延年宋文皇帝元皇后哀策文：「灑零玉墀，雨泗丹掖。」吕向注：「玉墀、丹掖，皆宫殿之間也，而以玉、丹飾也。」

〔三〕「獨駕」句：虬、螭，皆傳説中龍屬動物，翠、赤，其色也。驂，駕馭。文選揚雄解難：「獨不見夫翠虬絳螭之將登乎天，必聳身於倉梧之淵。」

〔四〕「御風」句：日圍，本指日之周長，此代指日。太平御覽卷四日引徐整長曆曰：「衆陽之精，上合爲日，徑千里，周圍三千里。」李商隱爲濮陽公賀幽州破奚寇表：「日圍千里，天蓋九重。」

〔五〕「遂登」句：太微，史記天官書：「南宫朱鳥，權、衡。衡，太微，三光之廷。」集解引孟康曰：「軒轅爲權，太微爲衡。」索隱引宋均曰：「太微，天帝南宫也。」

〔六〕「廣殿」二句：明月旗，文選司馬相如子虚賦：「曳明月之珠旗。」郭璞注引張楫曰：「以明月珠綴飾旗也。」李善注：「孝經援神契曰：『蛟珠旗。』宋均曰：『蛟魚之珠，有光耀可以飾旗。』」列宿，衆星宿。雙蜺，蜺，文選班固西都賦：「虹霓廻帶於棼楣。」張銑注：「雄曰虹，雌曰霓。」蜺、霓同。

〔七〕「寸田」句：蘇軾贈王仲素寺丞：「尺宅自足庇，寸田有餘畦。」李厚注引黄庭經：「寸田、尺宅以治生。兩眉間爲上丹田，心爲絳宫田，臍下三尺爲下丹田。」則寸田不治謂不修道養氣。

〔八〕「不必」句：文選揚雄長楊賦：「大厦不居，木器無文。於是後宮賤瑇瑁而疏珠璣，却翡翠之飾，除雕琢之巧，惡麗靡而不近，斥芬芳而不御。」李善注引字書曰：「璣，小珠也。」吕向注：「大厦，大屋。無文，不爲文飾。珠寶之翫，麗靡之色，芬芳之氣，邪淫之聲，皆不御聞也。斥，去也。」按：緣珠璣，用珠璣裝飾翠被邊緣。後漢書馬皇后紀：「常衣大練，裙不加緣。」

〔九〕「秘文」句：秘文，此指道教經典，因天機不能泄漏，故稱「秘」。玉簡，用玉版書寫之書。宋張君房撰雲笈七籤卷六三洞經教部三洞并序，稱道教典籍皆「龍章鳳篆，顯至理之良詮；玉簡金書，引還元之要術」。

〔一〇〕「握手」句：藍田芝，玉生藍田，但芝不産於藍田，此乃代指。李商隱爲裴懿私祭薛郎中（衮）文：「玉生藍岫，芝産銅池。」後漢書郡國志一京兆：「藍田出美玉。」李賢注引三秦記曰：「有川方三十里，其水北流，出玉、銅、鐵石。」又初學記卷二七寶器部引京兆記曰：「藍田出美玉如藍，故曰藍田。」漢書宣帝紀：「金芝九莖産於函德殿銅池中。」注引服虔曰：「金芝，色像金也。」

〔一一〕「骨肉」句：骨肉腥穢，肉體骯髒不潔。忸怩，揚雄輶軒使者絶代語釋别國方言第十：「忸怩，慚歰也。楚郢江湘之間謂之忸怩，或謂之噉咨。」句以未修道而自慚形穢。

〔一二〕「想視」句：倒景，漢書郊祀志：「登遐倒景。」注引如淳曰：「在日月之上，反從下照，故其景（即影）倒。」又王嘉拾遺記卷三：「老聃在周之末，居反影日室之山。」

〔三〕「爲汝」句：無言詩，不用語言文字寫作之詩，謂用心讀也。蘇軾秋陽賦：「越王之孫有賢公子，宅於不土之里，而詠無言之詩，以告東坡居士曰……」按：是詩乃「遊仙」之屬，抒發對世俗生活之厭倦。

試院中呈工曹惠子澤教授張彦實〔一〕

十日虚房罷送迎〔二〕，不知新雁已南征〔三〕。忍窮有味知詩進，處事無心覺累輕〔四〕。殘葉入簾收薄暑，破窗留月漏微明〔五〕。知公坐穩無他念，識我階前拄杖聲。

〔一〕工曹，即工部，尚書省六部之一。宋史職官志三：「工部掌天下城郭、宮室、舟車、器械、符印、錢幣、山澤、苑囿、河渠之政。」惠子澤，「子澤」當爲字，其人名不詳。張擴東窗集卷一送惠子澤工曹罷官還陜右詩曰：「關西多名流，後出亦豪俠。三年佐幕府，論事費口頰。人情易薰染，久或化爲怯。不如殺黽去，歸路馬蹀躞。雖無米千斛，尚有書百篋。」知惠氏爲關西人，嘗爲工部佐幕官三年。張彦實，即張擴，字彦實，前已注。詩題言「呈」，則惠、張二人是時皆在曹州，擴爲州學教授，今存所作曹南官舍懷諸兄弟詩。詩稱「新雁已南征」，當亦作於政和四年(一一一四)曹州發解試試院中。

〔二〕「十日」句：十日，謂試院鎖院已十天。虚房，空房也。鎖院後不與人來往，故云。

〔三〕「不知」句：新雁南征，指秋季，故詩人所參加之考試，爲曹州秋試，亦即進士科之發解試。

〔四〕「忍窮」二句：吴曾能改齋漫録卷八處事無心覺累輕：「東萊先生吕居仁詩云：『忍窮有味知詩進，處事無心覺累輕。』李成季已嘗云：『静疑多事非求福，老覺無心勝攝生。』二詩雖相似，然皆佳作也。」此又見吴幵優古堂詩話按：李昭玘，字成季，號樂静先生，嘗坐元符黨奪官。今存樂静先生李公文集三十卷，上引句見該書卷四北園書事三首其三。

〔五〕「殘葉」二句：苕溪漁隱叢話前集卷五三吕居仁：「吕居仁詩清駃可愛，如……『殘雨入簾收薄暑，破窗留月縷微明』。」文字略有不同。

寄知止〔一〕

近有書來欲見尋，扁舟南下已春深。濁河遠貫長淮水〔二〕，峽岸遥瞻寶塔臨。揚子宦游常落拓〔三〕，茂倫心事轉崎嶔〔四〕。雲横雪擁藍關路〔五〕，總是平生願學心。

〔一〕知止，即吕知止，名欽問，本中從叔，前已屢見。

〔二〕「濁河」句：「河」指黄河，因泥沙含量大，故稱「濁河」。淮河原經安徽、江蘇入洪澤湖，其下游經淮陰入海。後代黄河逐漸奪淮，而淮河自洪澤湖以下，則主流合於運河，經江都縣入長江。故此言「濁河遠貫」。詳見水經卷四河水注、清顧祖禹讀史方輿紀要卷四六河南一淮水。

〔三〕「揚子」句：揚子，指揚雄。漢書揚雄傳下載解嘲：「客謿揚子曰：『……今子幸得遭明盛之世，處不諱之朝，與群賢同行，歷金門、上玉堂有日矣。……然而位不過侍郎，擢纔給事黄門，意者玄得毋尚白乎，何爲官之拓落也。』」顔師古注：「拓落，不耦也。拓音託。」按：落拓，與「拓落」同。

〔四〕「茂倫」句：晋書桓彝傳：「桓彝，字茂倫，譙國龍亢人，漢五更榮之九世孫也。父顥，官至郎中。彝少孤貧，雖簞瓢，處之晏如。性通朗，早獲盛名，有人倫識鑒，拔才取士，或出於無聞，或得之孩抱，時人方之許、郭。少與庾亮深交，雅爲周顗所重，顗嘗歎曰：『茂倫嶔崎歷落，固可笑人也。』起家州主簿。」嶔崎，高峻貌。此作「崎嶔」，同，乃連綿字。

〔五〕「雲横」句：韓愈左遷至藍關示侄孫湘：「一封朝奏九重天，夕貶潮州路八千。欲爲聖明除弊事，肯將衰朽計殘年。雲横秦嶺家何在，雪擁藍關馬不前。知汝遠來應有意，好收吾骨瘴江邊。」按：韓愈於憲宗元和十四年（八一九）因上表諫佛骨事被貶。藍關，史記曹相國世家：「從西攻武關、嶢關，取之。」張守節正義引括地志云：「藍田關，在雍州藍田縣東南九十里，即秦嶢關也。」句用叔侄典故，謂欲學韓愈之忠貞爲國。

印纍纍

印纍纍，綬若若〔一〕，不如相逢一餉樂〔二〕。谷量牛馬斗量珠〔三〕，不如閉門細讀平生書，居閑意氣或有餘。利害毫髮過，不能以手援其軀〔四〕。風吹月明，落我庭樹。宿鳥夜驚，徐又飛去。晝夜有程，汝何不住。前畏彈射，後畏網羅〔五〕。孰視鴻鵠，雲霄可摩〔六〕。亦如人生如意少，不如意多〔七〕。富貴欲長保，執斧不見柯〔八〕。印纍纍如此，宿鳥飛去何。

〔一〕「印纍纍」二句：漢書石顯傳：「顯與中書僕射牢梁、少府五鹿充宗結爲黨友，諸附倚者皆得寵位，民歌之曰：『牢邪石邪，五鹿客邪。印何纍纍，綬若若邪？』言其兼官據勢也。」顔師古注：「纍纍，重積也。若若，長貌。」按：印，指官印；綬，繫印之帶。胡仔苕溪漁隱叢話卷五四苕溪漁隱曰：「剽竊他人詩句以爲己出，終當敗露，不可不戒。……(譚)知柔詩文編中小詩，極有可喜者，今舉其尤者二絶……又詩文編中有印纍纍古風一篇，與余舊所傳呂居仁詩亦有印纍纍古風一篇略不異一字，未知竟誰作也。」譚乃無名晚輩，其詩不傳，蓋剽竊呂詩可能性較大。

〔二〕「不如」句：餉，通「晌」，一會兒。韓愈醉贈張秘書：「雖得一餉樂，有如聚飛蚊。」

〔三〕「谷量」句：漢書貨殖傳：「烏氏蠃畜牧，及衆，斥賣，求奇繒物，間獻戎王。戎王十倍其償，予畜，畜至用谷量牛馬。」顔師古注：「言其數饒，不可計算，故以山谷多少言之。」斗量珠，劉禹錫泰娘歌：「泰娘家本閶門西，門前緑水環金隄。有時妝成好天氣，走上皋橋折花戲。風流太守韋尚書，路傍忽見停隼旟。斗量明珠鳥傳意，紺幰迎入專城居。」

〔四〕「不能」句：孟子離婁章句上：「（淳于髡）曰：『今天下溺矣，夫子之不援，何也？』（孟子）曰：『天下溺，援之以道；嫂溺，援之以手。子欲手援天下乎？』」趙岐注：「孟子曰：當以道援天下，而道不得行，子欲使我以手援天下乎？」

〔五〕「風吹」至此八句：以鳥爲例，謂其危機四伏，宿不安寢，以喻有印纍纍、綬若若者，常生活在恐懼中。

〔六〕「孰視」二句：史記陳涉世家：「嗟乎，燕雀安知鴻鵠之志哉！」索隱：「鴻鵠是一鳥，若鳳皇。」謂宿鳥較上摩雲霄之鴻鵠，豈可同日而語。

〔七〕「亦如」句：語出晉書羊祜傳，前注已屢引。

〔八〕「富貴」二句：詩經豳風伐柯：「伐柯如何？匪斧不克。」毛傳：「柯，斧柄也。」鄭玄箋：「克，能也。伐柯之道，唯斧乃能之，此以類求其類也。」伐柯又曰：「伐柯伐柯，其則不遠。」鄭箋：「則，法也。伐柯者必用柯，其大小長短近取法於柯，所謂不遠求也。」兩句言欲長保富貴，猶如執斧而不見斧柄，尚無先例，所謂纍纍之印、若若之綬，只忽然而已。

曹南過五丈河堤入城訪顔岐夷仲清談久之乃歸〔一〕

春色不自惜，落花如許愁。晴天一望遠，漕水十分流〔二〕。每繞長堤去，頻因好句留。相隨覓季主〔三〕，不必貸河侯〔四〕。論極文章秘，居兼竹石幽〔五〕。和風落香燼，晚日泛茶甌。壯節知無用，諸儒誤見收〔六〕。江山亦在眼，歲月忽忘憂。南郭今喪我〔七〕，長卿仍倦游〔八〕。漫成長韵律，勝與小蠻謳〔九〕。簿領憎頻過，塵埃懶再謀〔一〇〕。何須五湖口，風雨轉船頭〔一一〕。

〔一〕五丈河，五代後周及北宋時期，先後引汴水及金水河入五丈河以通漕運。五丈河自宋東京開封向東流經今河南蘭考、山東定陶（即曹州），至鉅野西北注入梁山泊。東京夢華録卷一河道：「五丈河，來自濟、鄆，般挽京東路糧斛入京城。」顔岐，字夷仲（又作平仲），徐州彭城人。呂希哲門人。歷官御史中丞，同知樞密院事，守門下侍郎。紹興十一年（一一四一）卒。事迹散見建炎要録、宋史高宗紀等。呂本中紫微詩話曰：「顔夷仲岐，舊嘗從滎陽公（呂希哲）問學。予爲濟主簿，夷仲適在曹南，嘗贈予詩：『念昔從學日，同升夫子堂。』夫子，蓋謂滎陽公也。予罷官歸，作詩留别夷仲云：『昔者同升夫子堂，如今俱是鬢蒼浪。』蓋用其語也。」按：顔乃本中「十友」之一，參見本書卷六宿楚丘懷石子植顔平仲趙才仲詩注。

〔二〕「漕水」句：漕水，運送糧食及物資之水道。此指五丈河。

〔三〕「相隨」句：季主，指司馬季主。史記日者列傳：「司馬季主者，楚人也。卜於長安東市。宋忠爲中大夫，賈誼爲博士，同日俱出洗沐，相從論議，誦易先王聖人之道術，究徧人情，相視而歎。賈誼曰：『吾聞古之聖人，不居朝廷，必在卜醫之中。今吾已見三公九卿朝士大夫，皆可知矣。試之卜數中以觀采。』二人即同輿而之市，游於卜肆中。天新雨，道少人，司馬季主閒坐，弟子三四人侍，方辯天地之道，日月之運，陰陽吉凶之本。」褚先生曰：「……夫司馬季主者，楚賢大夫，游學長安，通易經，術黄帝、老子，博聞遠見。觀其對二大夫貴人之談言，稱引古明王聖人道，固非淺聞小數之能。及卜筮立名聲千里者，各往往而在。傳曰：『富爲上，貴次之；既貴各各學一伎能立其身。』」

〔四〕「不必」句：河侯，指監河侯。莊子外物：「莊周家貧，故往貸粟於監河侯。監河侯曰：『諾，我將得邑金，將貸子三百金，可乎？』莊周忿然作色曰：『周昨來，有中道而呼者，周顧視車轍中，有鮒魚焉，周問之曰：「鮒魚來！子何爲者耶？」對曰：「我，東海之波臣也。君豈有斗升之水而活我哉？」周曰：「諾，我且南遊吴越之王，激西江之水而迎子，可乎？」鮒魚忿然作色曰：「吾失我常與，我無所處。吾得斗升之水然活耳，君乃言此，曾不如早索我於枯魚之肆。」』」成玄英疏：「監河侯，魏文侯也。」按：以上二句，謂若能與學問家一道造訪高士，而無衣食之憂，乃人生之樂。

〔五〕「論極」二句：謂與朋友一起研討文章作法，而所居有山水泉石之幽雅，亦是人生之幸。

〔六〕「壯節」二句：壯節，指青壯年時代。無用，謂罹黨禍被斥閒居。見收，指重出爲官。

〔七〕「南郭」句：莊子齊物論：「南郭子綦隱机而坐，仰天而嘘，荅焉似喪其耦。顔成子游立侍乎前，曰：『何居乎？形固可使如槁木，而心固可使如死灰乎？今之隱机者，非昔之隱机者也。』子綦曰：『偃，不亦善乎，而問之也！今者吾喪我，汝知之乎？』」郭象注：「吾喪我，我自忘矣；我自忘矣，天下有何物足識哉！故都忘外内，然後超然俱得。」成玄英疏：「而，猶汝也。喪，猶忘也。許其所問，故言不亦善乎。而子綦境智兩忘，物我雙絶，子游不悟，而以驚疑，故示隱几之能，汝頗知不。」

〔八〕「長卿」句：漢書司馬相如傳：「司馬相如，字長卿，蜀郡成都人也。卓王孫女文君夜亡奔相如，相如與馳歸成都，身自著犢鼻褌，與庸保雜作滌器於市中。卓王孫耻之，爲杜門不出。昆弟諸公更謂王孫曰：『有一男兩女，所不足者非財也。今文君既失身於司馬長卿，長卿故倦游，雖貧，其人材足依也。』」注引文穎曰：「倦，疲也。言疲厭游學，博物多能也。」

〔九〕「勝與」句：白居易晚春酒醒尋夢得：「料合同惆悵，花殘酒亦殘。醉心忘老易，醒眼别春難。獨出雖慵懶，相逢定喜歡。還攜小蠻去，試覓老劉看。」原注：「小蠻，酒榼名也。」然孟棨本事詩曰：「白尚書姬人樊素善歌，妓人小蠻善舞，嘗爲詩曰：『櫻桃樊素口，楊柳小蠻腰。』年既高邁，而小蠻方豐艷，因爲楊柳詞以託意。」

〔一〇〕「簿領」二句：簿領，指公事文簿，見本卷前試院中作二首其一注。塵埃，指官微常奔走於道路。懶再謀，不再謀求授官。

〔一一〕「何須」二句：漢趙曄吴越春秋卷六：范蠡助勾踐滅吴，爲書遺文種曰：「……蠡雖不才，明知進退。高鳥已散，良弓將藏；狡兔已盡，良犬就烹。夫越王爲人長頸鳥喙，鷹視狼步，可以共患難，而不可共處樂；可與履危，不可與安。子若不去，將害於子明矣！」文種不信其言。……范蠡於是請辭。「越王惻然泣下霑衣，言曰：『國之士大夫是子，國之人民是子，使孤寄身託號以俟命矣。今子云去，欲將逝矣，是天之棄越而喪孤也，亦無所恃者矣。孤竊有言：公住乎，分國共之；去乎，妻子受戮。』范蠡曰：『臣聞君子俟時，計不數謀；死不被疑，内不自欺。臣既逝矣，妻子何法乎？王其勉之，臣從此辭。』乃乘扁舟出三江，入五湖，人莫知其所適。」兩句言即將辭官，不須如范蠡要到五湖才乘扁舟而去。按：自「南郭」句至此，謂對官場已深爲厭倦、失望，頗有退隱之意。

雪夜〔一〕

曹州城南三日雪〔二〕，半夜疾風吹石裂〔三〕。先生睡美喚不聞，不覺衾幬冷如鐵〔四〕。病妻索火少聲韵，稚子哦詩應歌節。殘書向人老可愛，舊劍空在磨先缺〔五〕。未能去尋泉石伴〔六〕，豈恨深藏狐兔穴〔七〕。新正已過今幾日〔八〕，歲事懶復從人説。長江略無千里夢，故人動有十年别〔九〕。相逢一笑又艱阻〔一〇〕，所向端坐成癡絶〔一一〕。城中諸公不相棄，時有妙句扶衰拙。頗知晴意在明日，泥深不怕車軸折〔一二〕。便當脱帽過君家，共放南窗看新月〔一三〕。一杯涷酒君莫辭〔一四〕，預借炎天洗煩熱〔一五〕。

〔一〕題下原注：「政和六年。」政和，宋徽宗年號，政和六年爲一一一六年。按：黄汝嘉刻本東萊先生詩集外集（以下簡稱「黄本」）卷二亦收是詩，題作丙申正月四日大雪簡府中諸公。丙申亦爲政和六年。

〔二〕日：黄本作「月」，當誤。

〔三〕「半夜」句：歐陽脩山齋戲書絶句二首其二：「日日春風吹石裂。」

〔四〕「不覺」句：覺，原作「信」，據黄本改。衾幬，詩經召南小星：「抱衾與裯。」毛傳：「衾，被也；裯，襌被也。」爾雅釋訓：「幬謂之帳。」郭璞注：「今江東亦謂帳爲幬。」邢昺疏：「幬與裯音義同。」黄本作「裯」。杜甫茅屋爲秋風所破歌：「布衾多年冷似鐵。」

〔五〕「舊劍」句：空，黄本作「雖」。

〔六〕「未能」句：泉石伴，優游山林之同伴。楚辭九歌山鬼：「山中人兮芳杜若，飲石泉兮蔭松柏。」王逸注：「言己雖居在山中無人之處，猶取杜若以爲芬芳，飲石泉之水，蔭松柏之木，飲食居處動以香潔自修飾也。」庾信和王少保遥傷周處士：「忽聞泉石友。」

〔七〕「豈恨」句：豈恨，原作「未用」，據黄本改。狐兔穴，戰國策齊策四：孟嘗君客馮諼爲孟嘗君收責於薛，因燒其券，民稱萬歲，稱爲孟嘗君「市義」。馮諼又曰：「狡兔有三窟，僅得免其死耳。今君有一窟，未得高枕而卧也，請爲君復鑿二窟。」所鑿二窟爲：孟嘗君反國；請先王之祭器立宗廟於薛。廟成，還報孟嘗君曰：「三窟已就，君姑高枕爲樂矣。」此以「狡兔穴」喻指官舍。

〔八〕「新正」句：新正，此指元日，即正月初一。孟浩然歲除夜會樂城張少府宅：「舊曲梅花唱，新正柏酒傳。」據上注引黄本詩題，是詩作於政和六年正月初四，故云「新正已過今幾日」。

〔九〕「故人」句：故，黄本作「落」，誤。

〔一〇〕「相逢」句：逢，黄本作「從」。

〔一一〕「所向」句：端，黄本作「竪」。成，黄本作「如」。癡絶，晋書顧愷之傳：「初，愷之在桓温府，常云愷之體中癡、黠各半，合而論之，正得平耳。故俗傳愷之有三絶：才絶、畫絶、癡絶。」

〔一二〕「泥深」句：軸，原作「輪」，據黄本改。四庫本作「轄」。韓愈征蜀聯句：「軸折鮮聯轄。」孫汝聽注：「軸，車軸；轄，軸頭鐵。」樊汝霖注：「鍵也。」

〔一三〕「共放」句：黄本作「共掛南西看明月」，當誤。

〔一四〕「一杯」句：莫，黄本作「勿」。

〔一五〕「預借」句：謂權當是在炎暑之天，用此凍酒以洗煩熱。

曹南官舍書事〔一〕

去歲頭已白，今年眼復昏。不憂窮刺骨，仍有病傷魂〔二〕。酒薄如官冷，年豐荷主恩。空庭閑草木，終未答乾坤〔三〕。

〔一〕書事，爲某事有感而發，然何事不可考。

〔二〕「不憂」二句：窮刺骨，窮得一無所有。杜甫又呈吴郎：「已訴徵求貧到骨，正思戎馬淚盈巾。」傷魂，傷心。

〔三〕「空庭」二句：閑草木，喻指職卑官冷。蘇軾以黄子木拄杖爲子由生日之壽：「雖云閒草木，豈樂蒙此耻。」答乾坤，報答天地，亦代指帝后。

早出

早出公莫厭，此心吾已灰〔一〕。嚴風送月落，曉氣挾霜回。疾病衝寒怯，衰遲畏事催。匆匆節物去〔二〕，衮衮簿書來〔三〕。破壁詩猶在〔四〕，荒城菊半摧。還家一樽酒，思與故人開。

〔一〕「此心」句：已灰，莊子齊物論：「形固可使如槁木，而心固可使如死灰乎！」郭象注：「死灰、槁木，取其寂寞無情耳。」

〔二〕「匆匆」句：節物，與時節相應之景物。文選陸機擬明月何皎皎：「涼風繞曲房，寒蟬鳴高柳。踟躕感節物，我行永已久。」劉良注：「凉風、寒蟬，七月時候也。」

〔三〕「衮衮」句：衮衮，同「滚滚」，形容其多。簿書，文書。據此句，詩人早出蓋爲辦理官司文書事宜。

〔四〕「破壁」句：破壁，破損之墻壁。唐宋時期，題壁詩常見。

寄江端本子之晁冲之叔用〔一〕

往歲孟秋月，我行東出關〔二〕。人烟眇歸路〔三〕，風雨轉河灣。别恨交游失〔四〕，心成木石頑〔五〕。有隨妻子歎，無望烏烏閑〔六〕。曩事空回首，微官真强顔〔七〕。舊諳塵土送，頻辱簿書頒〔八〕。日月勤憂患，庭闈實阻艱〔九〕。自忘身窘束，時得淚潺湲。疾病衰猶活〔一〇〕，漂流老未還。誤霑文字癖，虚覺鬢毛斑〔一一〕。苦語終難好〔一二〕，蕪辭漫不删〔一三〕。絶知出意表，敢復見顔間〔一四〕。二子今懷璧〔一五〕，群公時賜環〔一六〕。寄書常恨草，雕句得無慳。晚照雲千疊，新凉月半彎。相忘有道術〔一七〕，那得厭塵寰。聖治先三輔，皇威極百蠻〔一八〕。物能同應瑞，民自不藏姦〔一九〕。薄技寧堪奏，餘光或許攀〔二〇〕。何須陽翟望，咫尺是箕山〔二一〕。

〔一〕江端本，字子之；晁沖之，字叔用，前已屢見。

〔二〕「往歲」二句：孟秋，即九月。東出關，關指東京開封城關，即城門。據詩意，詩當作于呂本中任濟陰簿期間，所謂「往歲孟秋」，指政和四年秋，乃赴任之時。說詳本書附録年譜。

〔三〕「人烟」句：眇，原校：「一作『滿』。」似誤。

〔四〕「別恨」句：江淹別賦：「黯然銷魂者，唯別而已矣。」此言因久別而朋友交疏。

〔五〕「心成」句：木石，喻指心已麻木。歐陽脩與子華原父小飲坐中寄同州江十學士休復：「奈何章綬榮，飾此木石頑。」五燈會元卷三馬祖一禪師法嗣洪州百丈懷海禪師：師曰：「心如木石，無所辨別。」

〔六〕「無望」句：望，四庫本作「語」。烏烏閑，左傳襄公十八年：「齊師夜遁。師曠告晉侯曰：『烏烏之聲樂，齊師其遁。』」杜預注：「烏烏得空營，故樂也。」

〔七〕「微官」句：真，原注：「一作直。」强顏，文選司馬遷報任少卿書：「及以至是，言不辱者，所謂彊顏耳，曷足貴乎！」呂向注：「言人拘繫至此，而言不足爲辱者，乃謂强爲厚顏，何足貴也。」

〔八〕「舊諳」二句：諳，熟悉。塵土送，指迎來送往，奔走於道路，而文簿之繁，更令人難堪。

〔九〕「庭闈」句：文選束晳補亡詩南陔：「眷戀庭闈，心不遑安。」李善注：「庭闈，親之所居。」阻艱，謂遠離父母，不能晨昏色養。

〔一〇〕「疾病」句：衰猶活，謂衰而未死。

〔一一〕「誤霑」二句：文字癖，指喜作詩文。斑，原作「班」，據四庫本改。杜甫涪江泛舟送韋班歸京：「天涯故人少，更益鬢毛斑。」

〔一二〕「苦語」句：苦語，多言窮苦之詩語。蘇軾讀孟郊詩二首其一：「孤芳擢荒穢，苦語餘詩騷。」好，原校：「一作『就』。」許彦周詩話：「詩壯語易，苦語難。」則作「就」較勝。

〔一三〕「蕪辭」句：蕪辭，繁冗荒穢之文。顔師古前漢書敘例：「若汎説非當，蕪辭競逐，苟出異端，徒爲煩冗，祇穢篇籍，蓋無取焉。」

〔一四〕「絶知」二句：絶，原校：「一作『定』。」出意表，出於想象之外，謂不敢流露於容顔文字間。

〔一五〕「二子」二句：二子，指江、晁二友。左傳桓公十年：「秋，秦人納芮伯萬于芮。初，虞叔有玉，虞公求旃，弗獻。既而悔之，曰：『周諺有之：匹夫無罪，懷璧其罪。』」杜預注：「人利其璧，以璧爲罪。」懷璧，此謂懷才也。

〔一六〕「群公」句：荀子大略：「聘人以珪，問士以璧，召人以瑗，絶人以玦，反絶以環。」唐楊倞注：「古者臣有罪，待放於境，三年不敢去，與之環則還，與之玦則絶，皆所以見意也。反絶，謂反其將絶者。此明諸侯以玉接人臣之禮也。」按：此所謂「群公」，似指崇寧五年（一一〇六）徽宗赦書所赦被貶謫之元祐黨人，允其陸續賜官復職（詳見卷一題張君墨竹詩注），故有「賜環」之語，環，還也。

〔一七〕「相忘」句：莊子大宗師：「泉涸，魚相與處於陸，相呴以濕，相濡以沫，不如相忘於江湖。」郭象注：「與其不足而相愛，豈若有餘而相忘。」

〔一八〕「聖治」二句，三輔，漢書景帝紀：「三輔舉不如法令者，皆上丞相御史請之。」注引應劭曰：「京兆尹、左馮翊、右扶風，共治長安城中，是爲三輔。」按：北宋仁宗皇祐五年（一〇五〇），以京東之曹州，京西之陳、許、鄭、滑州爲輔郡，隸畿内。至和二年（一〇五五）罷京畿路轉運使、提點刑獄，其曹、陳、許、鄭、滑各隸本路，爲輔郡如故。徽宗崇寧四年（一一〇五），京畿路復置轉運使及提點刑獄，又於京畿四面置四輔郡，潁昌府爲南輔，鄭州爲西輔，澶州爲北輔，建拱州於開封襄邑縣，爲東輔。大觀四年（一一一〇），罷四輔。政和四年（一一一四），又襄邑縣復爲拱州，後與潁昌府、鄭州、開德府復爲東、南、西、北輔。宣和二年（一一二〇），罷四輔。北宋輔郡之置罷分合，詳見宋史地理志一。曹州爲輔郡，雖詩人對濟陰簿極厭惡，但對曹州職任仍很重視。百蠻，指古代各少數民族，百，極言其多。史記孔子世家：「昔武王克商，通道九夷百蠻。」集解引王肅曰：「九夷，東方夷有九種也。百蠻，夷狄之百種。」兩句言宋朝廷治天下，先輔郡而後及全國。

〔一九〕「物能」二句：古人以爲人之吉凶，天地皆有感應，吉祥則有瑞應。藏姦，包藏姦逆。兩句謂朝廷若以德治天下，則天地必有瑞應，自然國泰民安，姦逆不生。

〔二〇〕「薄技」二句：薄技，指爲官之術。寧堪奏，謂可奉獻的太少，乃謙詞。餘光，皇帝恩光。

〔三〕「何須」二句：陽翟，縣名，今屬河南禹州，前已屢見。縣境有具茨山，傳説爲古代隱士居住地，莊子徐無鬼稱「黄帝將見大隗乎具茨之山」。箕山，屬伏牛山系餘脈之一支，自今河南登封市南向東蜿蜒至禹州市南，傳説爲古代高士隱居之地。兩句謂如果國家太平，無人覬覦權力，處處皆可高隱，豈必陽翟，箕山。按：「相忘」句至此十句，原校：「一作：『相期下江海，不敢厭荆蠻。遠樹出頭角，諸峰明髻鬟。與辭肥馬健，且（原作目，據四庫本改）就小船跧。松子猶堪拾，梅梢或許攀。不須陽翟路，咫尺自箕山。』」

兩鶴行

西風引湖光，上與月色亂。化爲兩白鶴，飛來洞庭岸〔一〕。洞庭無網羅，兩鶴願爲伴〔二〕。鳴聲既清好，羽翼又璀璨。一鶴飛上天，久厭俗眼玩〔三〕。一鶴不能飛，摧頹自悲歎。三年望絶壁，念汝腸已斷。昔既薄恩情，今還恨霄漢〔四〕。未忍學鷦鷯，裁求一枝换〔五〕。

〔一〕「西風」四句：謂兩白鶴乃湖光、月色相交而化生。洞庭，莊子天運：「北門成問於黄帝曰：『帝張咸池之樂於洞庭之野。』」成玄英疏：「洞庭之野，天池之間，非太湖之洞庭也。」

〔二〕「洞庭」二句：何晏擬古：「雙鶴比翼遊，群飛戲太清。常畏入網羅，憂禍一旦并。豈若集五湖，順流唼浮萍。逍遥放志意，何爲怵惕驚。」

〔三〕「一鶴」二句：史記滑稽列傳：「淳于髡説之以隱，曰：『國中有大鳥，止王之庭，三年不蜚又不鳴，王知此鳥何也？』王曰：『此鳥不飛則已，一飛沖天；不鳴則已，一鳴驚人。』」范傳正唐左拾遺翰林學士李公（白）新墓碑并序：「常欲一鳴驚人，一飛沖天。」兩句謂一鶴高飛沖天，極爲得意，然不過是「俗眼」人之玩偶而已。

〔四〕「昔既」二句：謂飛上天之鶴故是薄情，而更可恨者，則是「霄漢」的誘惑。

〔五〕「未忍」二句：莊子逍遥遊：「鷦鷯巢於深林，不過一枝。」又張華鷦鷯賦序：「鷦鷯，小鳥也，生於蒿萊之間，長於藩籬之下，翔集尋常之内，而生生之理足矣。色淺體陋，不爲人用；形微處卑，物莫之害。」按：兩句贊美鷦鷯不另擇林，而鄙夷沖天鶴之變節，乃以鶴喻人也。

陵城歌

曹州城北十里有陵城，坡冢纍然，即定陶恭王丁傅陵也。余往來過之，傷嗟再三，因爲作歌〔一〕。

北風吹沙秋草黄，漢家故陵當路傍。殘基斷壠趁風雨，狹徑小樹行牛羊。當時王子朝未央〔二〕，飛燕姊弟承龍光〔三〕。大策已定回朝陽〔四〕，不知外家諸舅忙〔五〕。後來變化尤猖狂，佞賢賊莽分行藏〔六〕。豈知漢運中更長，濟陽舍中方赤光〔七〕。終亦變化隨飛揚，何獨此地令人傷。人生覩此當自顧，位高金多終此路〔八〕。君不見五陵佳氣且如此〔九〕，更復何情說丁傅。

〔一〕詩序：據漢書成帝紀，定陶恭王爲元帝庶孫。又哀帝紀：「孝哀皇帝，元帝庶孫定陶恭王子也，母曰丁姬。」成帝無子，遂以爲嗣，立爲太子。綏和二年（前七年）三月成帝崩，四月丙午太子即皇帝位，詔尊定陶恭王爲恭皇。同書五行志中之下：哀帝崩，「王莽擅朝，誅貴戚丁、傅，大臣董賢等皆放徙遠方」。按：丁、傅，乃哀帝外家。

〔二〕「當時」句：漢書哀帝紀：「元延四年（前九年）入朝，盡從傅、相、中尉。時成帝少弟中山孝王亦來朝，獨從傅。上怪之，以問定陶王，對曰：『令，諸侯王朝，得從其國二千石。傅、相、中尉皆國二千石，故盡從之。』上令誦詩，通習，能說。他日問中山王：『獨從傅在何法令？』不能對。令誦尚書，又廢。及賜食於前，後飽；起下，韈係解。成帝由此以爲不能，而賢定陶王，數稱其材。」未央，漢宮殿名。史記高祖本紀：「八年（前一九九）……蕭丞相營作未央宮。」張守節正義引括地志云：「未央宮在雍州長安縣西北十里長安故城中。」

〔三〕「飛燕」句：漢書外戚列傳孝成趙皇后傳：「孝成趙皇后，本長安宮人。……學歌舞，號曰飛燕。成帝嘗微行出，過陽阿主，作樂，上見飛燕而說之，召入宮，大幸。有女弟復召入，俱爲倢伃，貴傾後宫。」龍，四庫本作「寵」，通。

〔四〕「大策」句：大策，指立定陶王爲皇太子。漢書哀帝紀：成帝賢定陶王，數稱其材，「時王祖母傅太后隨王來朝，私賂遺上所幸趙昭儀（按即趙飛燕）及帝舅票騎將軍曲陽侯王根。昭儀及根見上亡子，亦欲豫自結爲長久計，皆更稱定陶王，勸帝以爲嗣。成帝亦自美其材，爲加元服而遣之，時年十七矣。明年，使執金吾任宏守大鴻臚，持節徵定陶王，立爲皇太子。」回朝陽，按漢書地理志第八上濟陰郡，凡九縣，定陶乃其一。後漢書耿弇傳：「（弇）率騎都尉劉歆、太山太守陳俊引兵而東，從朝陽橋濟河以度。」李賢注：「朝陽，縣名，屬濟南郡，在朝水之陽。」按：朝陽在今山東章丘市。

〔五〕「不知」句：外家，指王祖母傅太后家；諸舅，指曲陽侯王根等。定陶王之立爲皇太子，外家、諸舅皆有力焉，故云「忙」，見上注。

〔六〕「佞賢」句：賢指董賢。漢書董賢傳：「董賢，字聖卿，雲陽人也。……爲人美麗自喜，哀帝望見，説其儀貌，識而問之曰：『是舍人董賢邪？』因引上與語，拜爲黄門郎，繇是始幸。……賢寵愛日甚，爲駙馬都尉、侍中，出則參乘，入御左右，旬月間賞賜絫鉅萬，貴震朝廷。」其後驟爲三公，多爲不法。哀帝崩，自殺。賊莽，即王莽。漢書王莽傳：「王莽，字巨君，孝元皇后之弟子也。元后父及兄弟皆以元、成世封侯，居位輔政，家凡九侯、五大司馬。」後王莽篡漢爲新，兵敗被殺。

〔七〕「濟陽」句：漢運，漢朝曆運。濟陽舍，指漢光武帝劉秀出生地。後漢書光武帝紀下：「皇考南頓君（劉欽）初爲濟陽令，以建平元年（前六年）十二月甲子夜生光武於縣舍，有赤光照室中。欽異焉，使卜者王長占之，長辟左右曰：『此兆吉，不可言。』」劉秀後起兵消滅王莽集團，建立東漢。

〔八〕「位高」句：史記蘇秦列傳：「蘇秦爲從約長，并相六國……昆弟妻嫂側目不敢仰視，俯伏侍取食。蘇秦笑謂其嫂曰：『何前倨而後恭也？』嫂委蛇蒲服，以面掩地而謝曰：『見季子位高金多也。』」此言傳承帝位，若以賂遺後宫、「位高金多」而得如漢哀帝（定陶王），終難免走上窮途末路，社稷不保。

〔九〕「君不見」句：漢書原涉傳顏師古注：「五陵，謂長陵、安陵、陽陵、茂陵、平陵也。」杜甫哀王孫：「哀哉王孫慎勿疏，五陵佳氣無時無。」佳氣，指先帝神靈。兩句謂有衆多先帝神靈護佑，大漢江山尚且傾覆，更何須評説外家如丁、傅之流。

早至天寧寺即趙州受業院也〔一〕

殘月曉未落，疏星點寒林。嚴車城南路，先聞鐘磬音。道人迎我入〔二〕，共步重廊深。瀹瑗施凈供〔三〕，水味雜海沈〔四〕。蒲團近宿火，不受塵埃侵。欲求半日息，簿領勤相尋。東堂老禪師，枯木尚龍吟〔五〕。一轉庭前柏，諸方疑至今〔六〕。我生晚聞道，所向足崎嶔。謬傳無字印〔七〕，嘗恐力不任。淮海罷行役，吾人多滯淫〔八〕。於焉一枕夢，可見平生心〔九〕。

〔一〕天寧寺，按宋代諸多州郡皆以「天寧」名寺，此稱「即趙州受業院也」，「趙州」爲唐代著名高僧南泉願禪師法嗣、趙州觀音院從諗禪師。五燈會元卷四趙州從諗禪師：「趙州觀音院（亦曰東院）從諗禪師，曹州郝鄉人也。姓郝氏。童稚於本州扈通院從師披剃。未納戒，便抵池陽參南泉」，「悟理」，「乃往嵩嶽瑠璃壇納戒，仍返南泉」。據此，則吕本中所至之天寧寺，當即曹州扈通院。詩言「簿領勤相尋」，詩人蓋因公事之便終於找到其舊址，所謂天寧寺，乃由唐代扈通院改名而來，在曹州城南。

〔二〕「道人」句：道人，指僧人，當即下文所云「東堂老禪師」。

〔三〕「瀹琖」句：瀹，煮；琖，同「盞」，杯。瀹琖指沏茶。施浄供，謂施捨錢財爲寺廟供養。

〔四〕「水味」句：海沈，即海沉香，一説爲産於海邊之沉香，其香味與水沉、土沉不同。陸游緗梅其二：「香似海沈黄似酒，不禁風雪最遲開。」可參讀。

〔五〕「枯木」句：枯木，喻指禪師已老。龍吟，謂老禪師猶精神矍鑠，聲音洪亮如龍吼。蘇軾次韵子由送千之侄：「江上松楠深復深，滿山風雨作龍吟。」

〔六〕「一轉」句：一轉，即下一轉語。庭前柏，乃趙州著名機鋒語。五燈會元卷四趙州從諗禪師：「問：『如何是祖師西來意？』師曰：『庭前柏樹子。』曰：『和尚莫將境示人。』師曰：『我不將境示人。』曰：『如何是祖師西來意？』師曰：『庭前柏樹子。』」又：「問：『柏樹子還有佛性也無？』師曰：『有。』曰：『幾時成佛？』師曰：『待虚空落地時。』曰：『虚空幾時落地？』師曰：『待柏樹子成佛時。』」所謂「疑至今」，指諸方對柏樹子之象徵意義（甚至是否有象徵意義），説法各不相同，没有、也不可能有答案。

〔七〕「謬傳」句：謬傳，詩人謙詞。無字印，「印」指法印。禪宗宣稱不立文字，教外别傳，故所謂「無字印」，即指禪宗教義，因其太高深，故下句「嘗恐力不任」。饒節送浹上座如餘杭刻慈覺老人語録五首其三：「啾啾蚊蚋盎中鳴，擬議莊周舊典刑。好與刻成無字印，須彌頂上震雷霆。」

〔八〕「淮海」二句：淮海，指崇寧以來寓居於宿州、揚州等地。罷，疲乏；行役、滯淫，指爲生活奔走，對參禪多所曠廢。

〔九〕「於焉」二句：於焉，指曹州天寧寺。一枕夢，謂在天寧寺懷想從諗禪師，至於形之夢寐，平生習禪之信念更堅定。

曹南寄親舊

净名居士默無語，翰林子卿虚見尋〔一〕。半世泥塗催老大〔二〕，中年詩律費光陰。

江湖每有同歸興，酒炙初無獨飽心〔三〕。三尺枯桐取煨燼，斷絃遺譜有知音〔四〕。

〔一〕「净名」二句：净名居士、翰林子卿，皆虚擬名，代指出世、入世二途；默無語、虚見尋，謂兩途皆落空。

〔二〕「半世」句：催老大，催人變老。蘇軾京師哭任遵聖：「十年不還鄉，兒女日夜長。豈惟催老大，漸復成凋喪。」

〔三〕「江湖」二句：同歸，歸隱而獨善其身；無獨飽心，謂兼濟天下。孟子盡心上：「古之人，得志澤加於民，不得志脩身見於世。窮則獨善其身，達則兼善天下。」趙岐注：「古之人得志君國，則德澤加於民人；不得志，謂賢者不遭遇也。見，立也。獨治其身以立於世間，不失其操也，是故獨善其身。達謂得行其道，故能兼善天下也。」

〔四〕「三尺」二句：後漢書蔡邕傳：蔡邕得罪中常侍王甫之兄王智，「邕慮卒不免，乃亡命江海，遠迹吴會，往來依太山羊氏，積十二年。在吴，吴人有燒桐以爨者，邕聞火烈之聲，知其良木，因請而裁爲琴，果有美音，而其尾猶焦，故時人名曰焦尾琴焉」。兩句謂古賢人雖已遠去，但典型尚在，後來自有知音者。

大雪不出寄陽翟寧陵〔一〕

簿書終歲忙，風雪一日静。閉門近殘火，稍覺諸事勝。平生汗漫游〔二〕，已負麋鹿性〔三〕。微官不能歸〔四〕，但見日月競〔五〕。老人去已遠，我行復未定〔六〕。訓言實在耳，無因問温凊〔七〕。歸心止陽翟，悲夢識新鄭〔八〕。大女癡無比，有語多未聽。小女索乳啼，不與窮屋稱。想唤添丁來〔九〕，與汝相和應。低回坐兒曹〔一〇〕，氣血安得盛。非無車馬心，未忍求捷徑〔一一〕。顧自阻飢寒，疇能免譏評。諸郎何時逢，相作玉樹映〔一二〕。文章有活法，得與前古並。默念智與成，猶能愈吾病〔一三〕。

〔一〕陽翟，吕本中父母居住地。吕祖謙東萊公家傳：「（吕好問）遭内外艱，終制，無復仕進意，客潁昌之陽翟者又十二年。」地在今河南禹州市。寧陵，縣名，本中叔父吕虛己居住地，北宋屬南京應天府，今屬河南商丘市。吕虛己，名疑問。朱熹伊洛淵源録卷七：「公（吕希哲）雖性至樂易，然未嘗假人辭色，悦人以私。在邢州日，劉公安世適守潞州，邢州鄰州也。公之子疑問嘗勸公與劉公書通勤懇，公曰：『吾素與劉往還不熟，今豈可先意相結，私相附託耶？』卒不與書。」「疑問」、「虛己」，名、字正相對應。

〔二〕「平生」句：汗漫，連綿字，不着邊際。淮南子道應訓：「吾與汗漫期於九垓之外。」

〔三〕「已負」句：麋鹿性，謂生性自由散漫。麋鹿，俗稱「四不像」。蘇軾次韵孔文仲推官見贈：「我本麋鹿性，諒非伏轅姿。」又徑山道中次韵答周長官兼贈蘇寺丞：「聊爲山水行，遂此麋鹿性。」

〔四〕「微官」句：謂有小官在身，連祖父逝世也未能歸家奔喪。事見下注。按宋史禮儀志二八「嫡孫承重」規定，吕希哲死時其長子吕好問尚在，故本中雖爲長孫，但非承重（指承擔喪祭與宗廟重任），不得解官。

〔五〕「但見」句：日月競，日月交替似在賽跑，謂時間流駛之快。饒節春日飲王立之家同賦三頭牡丹依次定十韵節得牡字：「風流未疏缺，日月競奔走。」

〔六〕「老人」二句：老人，指吕本中祖父吕希哲；去已遠，謂過世已有些時日，而回家時間尚未確定。吕希哲卒於政和六年（一一一六），享年七十八歲，詳見本書附録年譜考證。

〔七〕「訓言」二句：訓言，其祖父平日教導之言。温清，指生前盡孝之事。禮記曲禮上：「凡爲人子之禮，冬温而夏清，昏定而晨省。」鄭玄注：「定，安其床衽也。省，問其安否何如。」此雖指人子，但作爲長孫，吕本中亦有其責。

〔八〕「悲夢」句：新鄭，鄭州五縣之一，見元豐九域志卷一鄭州滎陽郡、宋史地理志一，今屬河南鄭州市。按：吕氏家族墓地在新鄭神崧里，此即指其祖父之墓，故言「悲夢」。

〔九〕「想唤」句：添丁，添一男孩。蓋吕本中妻是時已孕（見下詩），故云。

〔一〇〕「低回」句：回，四庫本作「頭」。

〔一一〕「非無」二句：車馬心，有車有馬之心，指高官厚禄。捷徑，新唐書盧藏用傳：「始隱山中時，有意當世，人目爲隨駕隱士。……司馬承禎嘗召至闕下，將還山，藏用指終南曰：『此中大有嘉處。』承禎徐曰：『以僕視之，仕宦之捷徑耳。』藏用慚。」此言不屑求所謂捷徑。

〔二〕「諸郎」二句，指居住於陽翟、寧陵兩地之吕氏兄弟。玉樹映，世説新語言語：「謝太傅（安）問諸子侄：『子弟亦何預人事，而正欲使其佳？』諸人莫有言者，車騎（謝玄）答曰：『譬如芝蘭玉樹，欲使其生於階庭耳。』」

〔三〕「默念」二句：禮記中庸：「誠者自成也，而道自道也。誠者物之終始，不誠無物。是故君子誠之爲貴。誠者非自成己而已也，所以成物也。成己，仁也；成物，知也。性之德也，合外内之道也，故時措之宜也。」鄭玄注：「以至誠成己則仁道立，以至誠成物則知彌博。此五性之所以爲德也。」智、知通。

與寧陵叔弟別後有懷兼寄趙才仲二首〔一〕

一別又經月，欲來渾未期〔二〕。寧知萬卷讀，難療十年飢〔三〕。長物新添女〔四〕，生涯舊有詩。更傷新況味，不報老親知。

〔一〕寧陵，縣名，見前詩注。寧陵叔弟，即本中叔吕疑問子，吕本中堂弟。趙才仲，名椿，吕本中外弟。

〔二〕「欲來」句：渾，張相詩詞曲語辭匯釋卷二：「渾，猶全也，直也。」

〔三〕「難療」句：楚辭王逸九思怨上：「吮玉液兮止渴，齧芝華兮療飢。」又張耒萬松亭有感：「諷詠新詩且療飢。」此反其意。

〔四〕「長物」句：長物，多餘之物。世説新語德行：「王恭從會稽還，王大（忱）看之。見其坐六尺簟，因語恭：『卿東來，故應有此物，可以一領及我。』恭無言。大去後，即舉所坐者送之。既無餘席，便坐薦上。後大聞之，甚驚，曰：『吾本謂卿多，故求耳。』對曰：『丈人不悉恭，恭作人無長物。』」據上大雪不出寄陽翟寧陵詩，吕本中已有二女，故謂又添一女爲「長物」。

表弟今何在，中郎亦漫游〔一〕。平生足艱阻，今日倍遲留。誤辱瓊瑶報，兼蒙札翰投〔二〕。南窗五更月，常照别離愁。

〔一〕「中郎」句：中郎，當指趙才仲之弟。

〔二〕「誤辱」二句：詩經衛風木瓜：「投我以木桃，報之以瓊瑶。匪報也，永以爲好也。」毛傳：「瓊瑶，美石。」此泛指禮品。札翰，書信。

大雪不出

晶晶日欲出〔一〕，翻翻風自横。近階三尺雪，附火一杯羹。老樹春難到，深簷烏或鳴〔二〕。新春第三日，堅坐若爲情〔三〕。

〔一〕「晶晶」句：晶晶，雪珠明亮貌。劉禹錫飛練瀑：「晶晶擲巖端，潔光如可把。」

〔二〕「深簷」句：烏或，四庫本作「烏欲」。

〔三〕「堅坐」句：若爲情，若，張相詩詞曲語辭匯釋卷一：「若，猶怎也；那也。」權德輿奉酬張監閣老雪後過中書見贈：「煩君白雪句，歲晏若爲情。」

自曹南至陽翟追懷江上舊游呈叔弟

醉别白沙江上亭〔一〕，晚蟬高樹各秋聲〔二〕。風乘小艇鳧鷖進，雨歷疏簷環珮鳴〔三〕。家事不隨王事了〔四〕，新愁常接舊愁生。只今疲病嫌鞍馬，十日同居眼暫明。

〔一〕「醉别」句：白沙，鎮名，真州治所，見本書卷三小園即事詩注。叔弟，指吕疑問及其子。

〔二〕「晚蟬」句：文選傅玄雜詩一首：「蟬鳴高樹間，野鳥號東廂。」

〔三〕「風乘」二句：謂小艇江中行進有似鳧鷖，而簷上雨滴聲，又如環珮鳴響。爾雅釋鳥：「舒鳧，鶩。」郭璞注：「鴨也。」邢昺疏：「鶩，鴨也。一名舒鳧。李巡曰：『野曰鳧，家曰鶩。』

禮記內則辨鳥之不可食者云舒鳧翠。」故董仲舒春秋繁露郊事對謂「鶩非鳧，鳧非鶩也」。按：後以鳧、鶩皆爲野鴨，鶩之體型稍大。環，環形玉製品；珮，繫於衣帶之玉質裝飾物。身著環珮，走動時相互撞擊，發出輕碎動聽之響聲，古人以此爲高貴優雅。此喻指雨聲。

〔四〕「家事」句：王事，指國家公事。詩經小雅北山：「或王事鞅掌。」又春秋公羊傳哀公三年：「不以家事辭王事。」句謂王事（指官衙公事）雖了，但家事猶接踵而至。

自陽翟至寧陵與虛己叔諸弟別還曹未久知止復來偶成二十八字〔一〕

緑遍牆頭楊柳枝，小亭春盡阻歸期。頭昏目暗無情緒，不比少年離別時。

〔一〕虛己叔，呂本中叔父呂虛己，殆名疑問，已見本卷前大雪不出寄陽翟寧陵詩注。又，李綸撰李綱行狀，謂李綱孫女六人，「次適右宣義郎、通判温州軍州事呂虛己」。洪邁容齋三筆卷一五題先聖廟詩，稱「予頃在福州，於呂虛己處見邵武上官校書詩一册，内一篇題爲州西行」云云。所述呂虛己當即此人。還曹，曹指曹州，即濟陰。知止，本中從叔呂欽問。

試院中作〔一〕

職事侵人畏作官，略偷身去不能還。樹移午影重簾静，門閉春風十日閑〔二〕。尚有文書遮病目，却無塵土犯衰顔〔三〕。故人何處篷籠底〔四〕，看盡江南江北山。

〔一〕據詩中所述，是詩作於春天，當非科舉考試（州郡發解試一般在秋季）。徽宗時代推行三舍法，除科舉考試仍維持外，猶有學校升貢試等。此所謂入試院，疑即曹州學校考試。具體不詳。

〔二〕「樹移」二句：苕溪漁隱叢話前集卷五三吕居仁：「吕居仁詩清駃可愛，如『樹移午影重簾静，門閉春風十日閑。』『往事高低半枕夢，故人南北數行書。』『殘雨入簾收薄暑，破窗留月縷微明。』」門閉，指試院鎖院閲卷（學校考試仿科考之制），蓋須十天左右方畢。

〔三〕「却無」句：塵土，指爲職事奔走道路。此謂在試院强於主簿履職，常需風塵僕僕奔走道路。

〔四〕「故人」句：篷，原作「蓬」，當爲「篷」之形訛，據文意改。篷籠，船篷似籠。篷籠底，謂坐於船上。

去冬試院中嘗作詩云衣敝蝨可拾髮垢櫛不下披衣坐牆角尚有微火跨平生足拘窘今日幸閑暇新文加點竄欲歇不能罷雖微塵事妨頗畏俗子駡出門見諸老此語君可畫今年復入試院職事多窘迫者簿書滿前如赴蹈湯火也再次前韻〔一〕

誰令君作官，衮衮簿書下。誰令君不學，陷穽乃欲跨〔二〕。緬懷北窗翁，斯人蓋多暇〔三〕。田疇望家遠，日月已秋罷〔四〕。尚蒙諸公憐，未至官長罵。何時歸來圖，更作一段畫〔五〕。

〔一〕據詩意，「去冬」爲政和五年（一一一五）冬，「今年」爲政和六年。詩稱「日月已秋罷」，知此次考試已過秋季，當爲學校考試之類。

〔二〕「陷穽」句：君不學，指舉子；陷穽，謂考試。乃欲，原校：「一作『欲凌』。」

〔三〕「緬懷」二句：北窗翁，指陶潛。陶潛與子儼等疏：「常言五六月中北窗下卧，遇凉風暫至，自謂是羲皇上人。」

〔四〕「田疇」二句：陶潛歸去來兮辭：「農人告余以春及，將有事於西疇。」此言已到秋收時節，因家遠不能如陶潛享受收獲之喜悦。秋罷，艇齋詩話：「呂東萊詩用『秋罷』二字，出西漢（漢書）元帝紀，言秋不成熟也。」按漢書原文曰：「是月雨雪，隕霜傷麥稼，秋罷。」顔師古注：「云秋罷者，言至秋時無所收也。」

〔五〕「何時」二句：謂自己何時能歸田，亦可作一幅歸去來圖，較之陶潛，當别是一番景象。

雨後數與李仲輔兄弟往來且約十七日同過士特因成長韵〔一〕

鄰鷄再三鳴，不改風雨晦〔二〕。束裝向前塗，恐與泥潦會〔三〕。故人時一來，共此一室内。微言久已絶〔四〕，苦語或未遂。子孫甚奇古，却立有餘地。舊從伯氏游，則已聞令季〔五〕。斯文儻未遠，吾今盡憔悴。相期無何鄉，獲保清浄退〔六〕。藏身稠人中〔七〕，着眼世事外。山空倚巖石，雪立老杉檜。往來相遇難，更自少如意。旦日過城南，把酒公一醉。

〔一〕李仲輔，李綱弟。李綱梁溪集中有唱和詩多首，稱「仲輔弟」。如該書卷一八懷季言弟并簡仲輔叔易：「我昔謫沙溪，爾送至虎丘。……中間謫雲安，爾病家山留。獨與仲及叔，分攜浙江頭。」「仲」即仲輔，「叔」爲叔易，皆爲字。考今本張元幹蘆川歸來集卷一〇所載宣政間名賢題跋，有李綱宣和甲辰（六年，一一二四）孟夏跋，其後又跋曰：「後四年，歲在戊申（建炎二年，一一二八）仲冬既望，李維仲輔、李經叔易同觀於梁溪拙軒，時季言如義興未還。」知仲輔名李維，其弟叔易名李經，福建邵武人。李維嘗官僉判（見本書卷一四次韻李仲輔僉判），除直秘閣（劉才邵次韻朱希真送李仲輔使浙東詩原注）。張元幹嘗作輓李仲輔三首，今存。士特，即翁士特，崇安（今福建武夷山）人，李綱外兄，見本書卷五五月五日泊舟北神與關聖功唐充之李元輔作別意殊惘然端午日行次洪澤把酒北望已如異世事矣因念屈大夫之死正是此日慨然有感於心輒成長韻奉寄李民師翁士特來可求和也詩注。該詩所稱李元輔，當即李仲輔從兄，名待考。

〔二〕「鄰鷄」二句：詩經鄭風風雨：「風雨如晦，鷄鳴不已。」毛傳：「晦，昏也。」鄭玄箋：「已，止也。鷄不爲如晦而止不鳴。」

〔三〕「恐與」句：泥潦，稀泥。韓愈齪齪：「秋陰欺白日，泥潦不少乾。」

〔四〕「微言」句：漢書藝文志序：「昔仲尼没而微言絶。」注引李奇曰：「隱微不顯之言也。」顔師古注：「精微要妙之言耳。」

〔五〕「舊從」二句：伯氏，當指李元輔，「令季」即李仲輔。

〔六〕「相期」句：莊子逍遥遊：「惠子謂莊子曰：『吾有大樹，人謂之樗。其大本擁腫而不中繩墨，其小枝卷曲而不中規矩，立之塗，匠者不顧。今子之言，大而無用，衆所同去也。』莊子曰：『……今子有大樹，患其無用，何不樹之於無何有之鄉，廣莫之野，彷徨乎無爲其側，逍遥乎寢卧其下。不夭斤斧，物無害者，無所可用，安所困苦哉！』」無何有之鄉，陸德明釋文：「謂寂無爲之地也。」蘇軾九日次定國韵：「會當無何鄉，同作逍遥遊。」清浄退，解官後尋一清浄處退隱。見本書卷三雨後月夜懷沈宗師承務詩注。

〔七〕「藏身」句：稠人，衆人。漢書灌夫傳：「不好面諛貴戚，諸勢在己之右，欲必陵之；士在己左，愈貧賤，尤益禮敬與鈞。稠人廣衆，薦寵下輩。」顔師古注：「稠，多也。」

首夏二首〔一〕

生平寡嗜欲，頗願得少閑。盡讀未見書〔二〕，遍尋雲外山。往來二十年，昔者盟未寒〔三〕。妻子見驅迫，低頭言作官。朝翻朱墨案〔四〕，暮對藜藿盤〔五〕。豈無一畝宫〔六〕，令汝得少安。向來棲息地，苔竹奉餘歡。何時二三子，共駕牛車還〔七〕。汝實江海人，誤令塵土干〔八〕。舊遊在彷彿，欲往當不難。但去眼界窄，自然心地寬。

〔一〕首夏，即初夏，指四月。初學記卷三夏：「孟夏，亦曰維夏、首夏。」呂本中政和四年秋到濟陰主簿任，則首夏當在次年即政和五年夏。

〔二〕「盡讀」句：後漢書黄香傳：「黄香，字文彊，江夏安陸人也。……博學經典，究精道術，能文章，京師號曰『天下無雙，江夏黄童』。初，除郎中。元和元年（八四），肅宗詔香詣東觀讀所未嘗見書。」黄庭堅東觀讀未見書：「詔許無雙士，來觀未見書。」

〔三〕「昔者」句：盟，即上兩句所言讀未見書、尋雲外山二事。寒，左傳哀公十二年：「必尋盟，若可尋也，亦可寒也。」杜預注：「尋，重也；寒，歇也。」

〔四〕「朝翻」句：朱墨案，周書蘇綽傳：「綽始制文案程式，朱出墨入，及計帳、户籍之法。」黄庭堅寄陳適用：「朱墨本非工，王事少閒暇。」此泛指官司案卷。吕本中是時爲濟陰主簿，故云。

〔五〕「暮對」句：黄庭堅送劉道純：「詩書且對藜藿盤。」史容注引（孔子）家語（卷二）：「子路曰：『常食藜藿，爲親負米。』」藜藿，史記太史公自序：「糲粱之食，藜藿之羹。」張守節正義：「藜似藿而表赤。藿，豆葉也。」此泛指粗劣的食物。

〔六〕「豈無」句：一畝宫，指房屋，言其小。白居易詠懷：「歲去年來塵土中，眼看變作白頭翁。如何辦得歸山計，兩頃村田一畝宫。」又蘇軾次韵林子中蒜山亭見寄：「叩頭莫唤無家客，歸掃岷峨一畝宫。」

〔七〕「何時」二句：黄庭堅代書：「文章六經來，汗漫十牛車。」史容注引漢（書）兒寬傳：「大家牛車，小家擔負。」

〔八〕「誤令」句：塵土干，爲世俗所侵擾。曹勛次魯季欽安序堂韵：「雅得林泉樂，不與塵土干。」

可參讀。

空庭下疏箔〔一〕，樂此樹蔭美。鳥聲相續來，百種皆可喜。日長少文字，俗事不到耳。開窗略須夜，月露欣一洗。頗念閒居樂，感歎投筆起〔二〕。吾家老清源，愛我入骨髓〔三〕。還家治場圃，喚我共料理。會同江海去，更欲附船尾。平生跨款段，不敢廢鞭箠〔四〕。誰云馬中龍〔五〕，一日有萬里。卜鄰吾所知，江晁老兄弟〔六〕。

〔一〕「空庭」句：疏箔，疏簾也。蘇軾題淨因壁：「半窗疏箔度微涼。」

〔二〕「感歎」句：投筆，後漢書班超傳：「班超，字仲升，扶風平陵人。……永平五年（六二），兄固被召詣校書郎，超與母隨至洛陽。家貧，常爲官傭書以供養，久勞苦。嘗輟業投筆歎曰：『大丈夫無他志略，猶當效傅介子、張騫立功異域，以取封侯，安能久事筆研間乎？』」

〔三〕「吾家」句：老清源，自注：「家姑先封清源君。」按：即吕本中仲姑、蔡興宗之母。清源君，當即清源縣君。清源，縣名，屬太原府，見宋史地理志二。入，原校：「一作『深』。」

〔四〕「平生」二句：後漢書馬援傳：「（援）從容謂官屬曰：『吾從弟少游常哀吾慷慨多大志，曰：「士生一世，但取衣食裁足，乘下澤車，御款段馬，爲郡掾吏，守墳墓，鄉里稱善人，斯可矣。」』」李賢注：「款猶緩也，言形段遲緩也。」兩句自言生性懶散，有似款段馬，不敢不加以鞭箠，謂自知努力也。

〔五〕「誰云」句：漢書禮樂志：「天馬徠，龍之媒。」注引應劭曰：「言天馬者乃神龍之類，今天馬已來，此龍必至之效也。」蘇軾韓幹馬十四匹：「最後一疋馬中龍，不嘶不動尾摇風。」程縯注：「周禮，馬八尺以上爲龍。」

〔六〕「江晁」句：江晁，指江端本、晁沖之。

吕本中詩集箋注卷八

問晁伯宇疾二首〔一〕

晁子卧京城，歲月晚不用。偷身出塵土，閉户忍疾痛。客來不與語，有口吾懶動。今年又請老，氣力當少縱〔二〕。生平厭筆墨，棄去不復弄。頗念白頭親〔三〕，甘旨須子奉。呻吟在衽席，妙語時一諷。誰令稻粱謀，未答泉石夢〔四〕。鄙夫託末契〔五〕，義實憂患共。天定或勝人，寡固不敵衆〔六〕。請公但縮手，保此清净供〔七〕。因書報安否，兼與問群從。

〔一〕晁伯宇，名載之，字伯宇（「宇」一作「禹」、「羽」）。晁公武郡齋讀書志卷一九（衢本）：「晁氏封丘集二十卷。右世父封丘府君也。諱某，字伯宇。（紹聖四年，一〇九七）鎖廳中進士第。黄魯直嘗薦之於蘇子瞻，云：『晁伯宇謹厚，守文元家法，從游多長者，其文已能如此，年蓋未二十也。願一語教戒之。』子瞻答云：『晁伯宇詩騷，細看甚奇麗，信乎其家之多異材也。

雖然，凡文至足之餘，溢爲奇偉，今晁君文涉奇似太早。可作朋友切磋之語以告之，非謂其諱也，恐傷其邁往之氣耳。』後坎壈終身，卒官封丘丞。」按：封丘集已久佚。

〔二〕「今年」二句：今年，當爲政和七年（一一一七）。請老，請求致仕。宋史職官志一：「臣僚年七十而筋力衰者，並優與改官致仕。」實際運作中，「年七十」只是約數，猶可上下浮動，過之者、不及者皆有之。少縱，縱，鬆緩，謂稍有好轉。

〔三〕「頗念」句：白頭親，指載之父母晁端方、王夫人。晁沖之乃載之弟。補之父名端友。

〔四〕「誰令」二句：稻粱謀，衣食計。杜甫同諸公登慈恩寺塔：「君看隨陽雁，各有稻粱謀。」郭知達集注引庾信奉報趙王賜酒詩：「未知稻粱雁，何以報君恩。」又引趙彦材注：「我之俯世徇身，則未免若雁之謀稻粱也，亦以自傷矣。」泉石夢，優游山林之夢。黄庶登扶風王宗元山亭：「雲收南山頭，太白青崔嵬。我有泉石夢，坐對懷抱開。」

〔五〕「鄙夫」句：鄙夫，吕本中自指。文選陸機歎逝賦：「託末契於後生。」李善注引説文曰：「契，約也。」李周翰注：「末契，下交也。」

〔六〕「天定」二句：史記伍子胥列傳：「申包胥亡於山中，使人謂子胥曰：『子之報讎，其以甚乎！吾聞之：人衆者勝天，天定亦能破人。』」張守節正義：「申包胥言：聞人衆者，雖一時凶暴勝天，及天降其凶，亦破於彊暴之人。」

〔七〕「請公」二句：縮手，知難而不爲。韓愈祭柳子厚文：「不善爲斲，血指汗顔。巧匠旁觀，縮手袖間。」清净供，指佛家供奉，謂其遠離三垢，故得清净。此當指以甘旨供養「白頭親」。

取驥服鹽車，更欲縶其足〔一〕。於物未有害，罰汝則已酷〔二〕。晁子江海士，老去自窘束。平生萬卷書，豈止十年讀。隨身幾箱篋，一一手自録。初無解衣贈〔三〕，未免操戈逐〔四〕。仲也抱瑚璉〔五〕，幼亦好奇服〔六〕。西堂老弘徽，與子同軌躅〔七〕。過門有江謝〔八〕，共語喧破屋。棄官吾已懶，覆種子未孰〔九〕。逢人强應接，遇事多詬辱。何時把鋤頭，得止季路宿〔一〇〕。

〔一〕「取驥」二句：戰國策楚策四：「汗明見春申君……汗明曰：『君亦聞驥乎？夫驥之齒至矣，服鹽車而上太行……中阪遷延，負轅不能上。』」又賈誼弔屈原賦：「驥垂兩耳，服鹽車兮。」縶，捆住。

〔二〕「於物」二句：蓋載之爲官期間，曾遭上官不公正處罰，事已不可考。

〔三〕「初無」句：陳書陸玠傳：「玠字潤玉，梁大匠卿晏之子。弘雅有識度，好學能屬文。舉秀才，對策高第，吏部尚書袁樞薦之於世祖，超授衡陽王文學、直天保殿學士。太建初，遷長沙王友，領記室。後主在東宫，聞其名，徵爲管記，仍除中舍人，管記如故，甚見親待。尋以疾失明，將還鄉里，太子解衣贈玠，爲之流涕。」

〔四〕「未免」句：後漢書鄭玄傳：「玄自遊學，十餘年乃歸鄉里。家貧，客耕東萊，學徒相隨已數百千人。及黨事起，乃與同郡孫嵩等四十餘人俱被禁錮，遂隱脩經業，杜門不出。時任城何休好公羊學，遂著公羊墨守、左氏膏肓、穀梁廢疾，玄乃發墨守，鍼膏肓，起廢疾。休見而歎曰：『康成入吾室，操吾矛以伐我乎？』」此仍指被處罰事，謂不當情理。

〔五〕「仲也」句：仲，即晁沖之。朱弁風月堂詩話卷上：「晁伯宇少與其弟沖之叔用，俱從陳無已學。」瑚璉，古代祭祀時所用盛物器皿，後喻指堪當大任的人才。韓愈答張徹：「冏冏抱瑚璉。」韓醇注：「語曰：『何器也？』曰：『瑚璉也。』」孫甫注：「瑚璉，宗廟之器，以喻徹。」左傳哀公十一年：「孔文子之將攻大叔也，訪於仲尼，仲尼曰：『胡簋之事，則嘗學之矣。』」杜預注：「胡簋，禮器名，夏曰胡，周曰簋。」對「夏曰胡」，孔穎達正義以爲應是「殷曰瑚」。

〔六〕「幼亦」句：楚辭九章涉江：「余幼好此奇服兮，年既老而不衰。」王逸注：「奇，異也。或曰奇服，好服也。衰，懈也。言己少好奇偉之服，履忠直之行，至老不懈。」

〔七〕「西堂」二句：老弘微，指謝弘微。宋書本傳：「謝弘微，陳郡陽夏人也。祖韶，車騎司馬。父思（晉書謝萬傳作「恩」），武昌太守。從叔峻，司空琰（謝安子）第二子也，無後，以弘微爲嗣。弘微本名密，犯所繼内諱，故以字行。」此以謝弘微代指晁貫之。同軌躅，指貫之愛好、治學路徑與載之相同。貫之字季一，喜文學，與呂本中有深交。其父晁端稟，與載之、沖之父端方爲親兄弟。詳本書卷四即事戲答季一詩注。謝弘微與謝靈運、謝惠連爲族兄弟。按詩意，以謝弘微擬貫之，似呂本中誤記，當以謝惠連擬之方是，二人皆詩人，是其共同點。南史謝方明傳附謝惠連傳：「子惠連，年十歲能屬文，族兄靈運加賞之，云每有篇章，對惠連輒得佳語。嘗於永嘉西堂思詩，竟日不就，忽夢見惠連，即得『池塘生春草』，大以爲工。嘗云此語有神功，非吾語也。」而謝弘微并不以詩名，況「西堂」亦與弘微無關。

〔八〕「過門」句：過門，謂到訪。江、謝，「江」當指江端友（字子我）、端本（字子之）兄弟，二人見本書卷二昨日晚歸戲成四絶呈子之兼煩轉示進道丈詩注。「謝」，疑指謝逸、謝邁兄弟，然二謝集中未見有詩文及之。

〔九〕「覆種」句：覆種，播種。論語微子：「耰而不輟。」鄭玄注：「耰，覆種也。」指從農。子未孰，尚無收成。孰，通「熟」。

〔一〇〕「得止」句：謂到晁載之家拜望。論語微子：「子路從而後，遇丈人，以杖荷蓧。子路問曰：『子見夫子乎？』丈人曰：『四體不勤，五穀不分，孰爲夫子？』植其杖而芸。子路拱而立。止子路宿，殺鷄爲黍而食之，見其二子焉。」按：仲由，字子路，一字季路，孔子弟子。

商村河決〔一〕

今年河口決商村，遠望飛濤疋馬奔。曲港定無蛟鰐横，下田甘受雨泥渾。衣裳蟣蝨藏針縫，頭面塵沙露爪痕。猶恐因循葬魚腹〔二〕，故人無地與招魂。

〔一〕商村，在今河南焦作市武陟縣城東喬廟鄉。地臨黄河，堤決易成災。此次黄河決堤，未見正史記載，待考。

〔二〕「猶恐」句：葬魚腹，謂死於水。揚雄太玄賦：「屈子慕清，葬魚腹兮。」又蘇軾與胡道師書：「昨日起離，中途逆風吹往北岸，幾葬魚腹。」

新霜行

新霜下幽蘭〔一〕，昔在顧眄間。時過理當爾，敢復致一言。物生無榮賤，悉是君所見。相值有相違，誰能滿吾願〔二〕。田園棄荒蕪，官居走郵傳〔三〕。誤尋文字盟，秣馬當百戰〔四〕。一飯或未飽，逢人足嫌怨。窮於投林猿，窘若巢幕燕〔五〕。忍學少年子，羽翼偷絢練〔六〕。百萬買纏頭，千金奉娛宴〔七〕。願爲匣中玉，不作秋後扇〔八〕。丈夫重許與〔九〕，正爾未爲倦。絶糧有不死，酒肉虚健羨〔一〇〕。古人馬伏波，吾猶識君面〔一一〕。

〔一〕「新霜」句：幽蘭，深山中之蘭花。此泛指植物。曹植洛神賦：「轉盼流精，光潤玉顔。含辭未吐，氣若幽蘭。」駱賓王寒夜獨坐遊子多懷簡知己：「餘佩下幽蘭。」

〔二〕「物生」四句：謂所有事物皆無所謂榮，亦無所謂賤，恰如相值、相違一樣，自然而然，不能讓人人滿意。

〔三〕「官居」句：郵傳，韓愈請上尊號表：「置郵傳命，未足以諭。」補注引孟子（公孫丑上）：「『德之流行，速於置郵而傳命。』置郵，即今之驛傳也。」謂雖居官，但却長年奔走於吏事，有如郵傳。

〔四〕「誤尋」二句：文字盟，指結詩社。謂時時與詩友以詩歌往還，故云「當百戰」。

〔五〕「窮於」二句：喻指爲官處境艱危。蘇軾與王定國書：「窮猿投林，不暇擇木也。」晁説之説之方憂韓公表大夫疾遽致仕乃蒙傳視送陳州王樞密（襄）作詩十首意典辭麗忻喜輒次韵和呈以公若登台輔臨危莫愛身爲韵：「渡江慎且無，登樓戒亦莫。有如鶴乘軒，便類燕巢幕。」又陸游排悶：「君看投林猿，終異巢幕燕。」可參讀。

〔六〕「忍學」二句：謂不忍學時下後生輩，竊取他人羽翼迅速攀升。絢練，連綿字。文選顔延之赭白馬賦：「別輩越群，絢練夐絶。」李善注：「絢練，疾貌也。」杜甫送李校書二十六韵：「時哉高飛燕，絢練新羽翮。」

〔七〕「百萬」二句：纏頭，資治通鑑卷二二三唐紀三十九：「酒酣，（僕固）懷恩起舞，（駱）奉仙贈以纏頭綵。」胡三省注：「唐人宴集，酒酣爲人舞，當此禮者以綵物爲贈，謂之纏頭。倡伎當筵舞者，亦有纏頭喝賜，杜甫詩所謂『舞罷錦纏頭』者也。」兩句言「少年子」詩會時之豪放，幾不惜一切。白居易琵琶行：「五陵年少爭纏頭，一曲紅綃不知數。」兩句刺官場以多金賂致權勢青睞。

〔八〕「願爲」二句：匣中玉，喻極寶貴。石崇王明君辭：「昔爲匣中玉，今爲糞上英。」秋後扇，喻指棄婦。班婕妤怨歌行：「新裂齊紈素，鮮潔如霜雪。裁成合歡扇，團團似明月。出入君懷袖，動摇微風發。常恐秋節至，涼飇奪炎熱。棄捐篋笥中，恩情中道絶。」

〔九〕「丈夫」句：許與，許諾。史記季布欒布列傳：「楚人諺曰：『得黄金百斤，不如得季布一諾。』」柳宗元唐故嶺南經略副使御史馬君墓誌：「君始以長者重許與聞。」

〔一〇〕「絶糧」二句：謂雖缺糧，只要不餓死即可，不必羨慕酒肉。

〔一一〕「古人」二句：馬伏波，即馬援，拜伏波將軍。此當指馬援卸任時仍清廉，而以自喻。後漢書馬援傳：「初，援在交阯，常餌薏苡實，用能輕身省慾，以勝瘴氣。南方薏苡實大，援欲以爲種，軍還，載之一車。時人以爲南土珍怪，權貴皆望之。援時方有寵，故莫以聞。及卒後，有上書譖之者，以爲前所載還，皆明珠文犀，馬武與於陵侯侯昱等，皆以章言其狀，帝益怒。援妻孥惶懼，不敢以喪還舊塋，裁買城西數畝地槀葬而已，賓客故人莫敢弔會。」按：是詩以新霜、幽蘭爲喻，蓋吕本中將離濟陰主簿任，以詩明心，總結其爲官表現，抒發對官場醜態之厭惡。

將去曹南連得江晁書因歎存歿諸友遂成長韻〔一〕

西風脱殘暑，我病不自聊〔二〕。吏舍少還往，亦復長蓬蒿。欣然脱帽去，念此非一朝〔三〕。陽翟未遽往，寧陵虚見招〔四〕。初無食息地，未免柴水勞。故人數通書，尚有江與晁。窮途感節義，俗耳受風騷〔五〕。向來相知人，昔盛今寂寥。落日送汪謝〔六〕，荒山留老饒〔七〕。關侯最傑立，亦以膏自燒〔八〕。後生有向子，更盡兒女嬌。出門天奪之，不令上雲霄〔九〕。坐看朋友淚，未減春秋褒〔一〇〕。怪我但羸疾，誤蒙風雨搖。日月費奔走，文章勤琢雕。會須領妻子，更欲投吾曹。耆舊唤歸隱，諸公憐久要〔一一〕。出同赴鷄黍〔一二〕，歸但守簞瓢〔一三〕。相將訪雲山，所至雜漁樵。還當古渡口，卧聽西江潮。

〔一〕吕本中濟陰簿任滿離曹州，在政和二年（一一一七）七月，見本書附録年譜。江、晁，江端本、晁沖之。沖之在京師昭德坊之家，在政和四年遭火災（見晁説之劉氏藏書記）後，遂移居新鄭東里。

〔二〕「我病」句，不自聊，楚辭淮南小山招隱士：「歲暮兮不自聊。」王逸注：「中心煩亂，常含憂也。」洪興祖補注：「聊，音留。」

〔三〕「欣然」二句：脱帽，又稱掛冠，謂辭禄而去。後漢書逢盟傳：「萌謂友人曰：『三綱絶矣，不去，禍將及人。』即解冠掛東都城門歸。」非一朝，文選左思詠史：「地勢使之然，由來非一朝。」李善注引列子：俞氏曰：『病非一朝一夕之故，其所由來漸矣。』」

〔四〕「陽翟」二句：陽翟、寧陵，本中父及叔吕疑問居住地，詳上卷自曹南至陽翟追懷江上舊游呈叔弟、自陽翟至寧陵與虚已叔諸弟別還曹未久知止復來偶詩注，謂兩地皆不欲往。

〔五〕「窮途」二句：謂在不知何處落脚時讀諸友來書，深爲節義感動，猶如俗耳聆聽高雅之樂。

〔六〕「落日」句：汪謝，當指汪革、謝逸兄弟。是時汪革已離世。

〔七〕「荒山」句：老饒，即饒節，是時爲僧，故稱「荒山」。

〔八〕「關侯」二句：關侯，指關沼，字止叔，見卷二元日贈沈宗師四首詩注。膏自燒，漢書兩龔傳：「有老父來弔，哭甚哀，既而曰：『嗟虖！薰以香自燒，膏以明自銷。龔生竟夭天年，非吾徒也。』遂趨而出，莫知其誰。」顔師古注：「薰，芳草。」是時關沼當已死，故言。

〔九〕「後生」四句：向子，指向子諲兄弟，即本書卷七曹南試院懷向子諲兄弟兼呈張擴詩所稱「大向」、「小向」。蓋其子出門遭遇不幸而亡。究爲大向子抑或小向子，不詳待考。

〔一〇〕「坐看」二句，春秋有褒有貶，春秋褒，謂所褒至公也。杜甫哭韋大夫之晉：「春秋褒貶例，名器重雙全。」此言向氏哭子之痛切，令人感佩，亦令人稱譽，可當春秋一字之褒。

〔一一〕「諸公」句：自注：「劉丈器之及顔平仲、向伯恭、韓秉則諸人，皆相約爲一州之隱，以便往還講習之益。」劉器之，即劉安世（一〇三八—一一二五），字器之，官至左諫議大夫。爲蔡京所害，連七謫至峽州。宋史有傳。韓秉則，名搵，韓持正弟，嘗官右正言。顔、向二人，前已注。久要，論語憲問：「見利思義，見危授命，久要不忘平生之言，亦可以爲成人矣。」何晏集解引孔（安國）曰：「久要，舊約也。」

〔二〕「出同」句：論語微子：「（丈人）止子路宿，殺鷄爲黍而食之，見其二子焉。」後泛指設食招待客人或朋友爲鷄黍之宴。孟浩然過友人莊：「故人具鷄黍，邀我至田家。」又蘇軾送沈逵赴廣南：「君歸趁我鷄黍約，買田築室從今始。」

〔三〕「歸但」句：守簞瓢，用顔回簞食瓢飲事，見本書卷一宿州初暑詩注引論語雍也。

精衛詩

西山有鳥，其狀如烏。名曰精衛，其名自呼。精衛堙海，不堙不止。問誰之報，云帝之子。帝子女娃，往游不還。精衛求之，不敢有安〔一〕。海流不改，汝堙不還。嗟哉精衛，志則可憐。我昔讀書，惟聖之求〔二〕。竭力從之，以春及秋。老人宴居，審吾之學。惟時友朋，日就雕琢〔三〕。聖言甚微，吾意則近。近以識微，退或有進〔四〕。三年于曹，惟罪之恐〔五〕。人雖甚厭，子亦不勇〔六〕。舒舒其雲〔七〕，沄沄其水〔八〕。子不與歸，而曰有以〔九〕。豕羊在牢，芻秣之戀。烹庖及之，抑又誰怨〔一〇〕。予學日遠，予道日疏〔一一〕。有愧精衛，其誰與居〔一二〕。精衛之飛，不必戾天〔一三〕。子之不如，寧有智焉。惟作與否，愚智之擇〔一四〕。小人作詩，惟一勸百〔一五〕。

〔一〕「西山」至此十二句：檃括精衛填海神話故事。山海經北山經：「發鳩之山，其上多柘木，有鳥焉，其狀如烏，文首，白喙，赤足，名曰精衛，其鳴自詨。是炎帝之少女，名曰女娃。女娃遊於東海，溺而不返，故爲精衛，常銜西山之木石，以堙於東海。」郭璞注：「堙，塞也，音因。」今按：詩謂精衛乃搜求女娃者，而非女娃死後所化，與原故事文本稍異。

〔二〕「惟聖」句：謂惟讀儒家聖賢之書，以求古聖人之微言大義。

〔三〕「老人」四句：老人，指詩人祖父呂希哲。宴居，閒居。文選左思吴都賦：「矜其宴居，則珠服玉饌。」宴，也作「燕」。詩經小雅北山：「或燕燕居息。」毛傳：「燕燕，安息貌。」雕琢，指作詩。四句言其祖父督導自己從學，只有朋友在一起時才作詩。

〔四〕「聖言」四句：謂所學聖人典謨，類皆義藴精微，而自己則更喜接近現實之詩歌；由詩學之「近」去解讀經典之「微」，故學殖似退而詩藝頗進。

〔五〕「三年」二句：曹，即曹州。謂在曹州濟陰縣主簿任上凡三年，學問大退，深感有罪，故言「恐」。

〔六〕「人雖」二句：厭，通「饜」，滿足。子，乃自指。不勇，論語爲政：「見義不爲，無勇也。」何晏集解引孔（安國）曰：「義所宜爲而不能，爲是無勇。」

〔七〕「舒舒」句：舒舒，徐緩貌，可形容動作及雲、水等物。韓愈復志賦：「排國門而東出兮，嗟余行之舒舒。」又蘇軾新渠詩：「新渠之水，其來舒舒。」

〔八〕「沄沄」句：沄沄，水流貌。董仲舒春秋繁露卷一六山川頌：「水則源泉混混沄沄，晝夜不竭。」楚辭王逸九思哀歲：「窺見兮溪澗，流水兮沄沄。」注：「沄沄，沸流。」

〔九〕「子不」二句：與歸，謂退出官場歸隱。乃回應上將去曹南詩中「耆舊喚歸隱」句。有以，詩經邶風旄丘：「何其久也，必有以也。」毛傳：「必以有功德。」鄭玄箋：「我君何以久留於此乎？必以衛有功德故也。」此言必有原故。

〔一〇〕「豕羊」四句：述不歸隱之由。謂如豕羊之所以戀圈，乃因爲有食物（芻秣），故即便將來會被烹庖，也怨不得誰。人亦相似，衣食爲天，若衣食無着，談何歸隱？

〔一一〕「予學」二句：謂所學越多，對「道」越疏離。按呂本中所謂「道」，既有宋代勃興之道學，亦有道家、道教、佛教之「道」，甚爲複雜，遠非純粹的儒家之「道」。兩句之義，可參讀宋褚伯秀撰南華真經義海纂微卷四九繕性第一：「奈何外學以雜之，妄思以障之，是以學日益而真日損，思日煩而道日疏，此真人之所哀也。」

〔一二〕「有愧」二句：詩經唐風葛生：「誰與獨處。」鄭玄箋：「吾誰與居乎。」此自愧不如精衛，必被人瞧不起。

〔一三〕「不必」句：戾天，詩經小雅采芑：「鴥彼飛隼，其飛戾天。」毛傳：「戾，至也。」

〔一四〕「惟作」二句：謂是否振作起來繼續研治聖賢學問，抑或惟衣食是求，乃愚與智之抉擇，無奈只能選擇「愚」，即先解決吃飯問題。

〔一五〕「惟一」句：惟一勸百，猶言以一勸百。史記司馬相如列傳：「揚雄以爲靡麗之賦，勸百風一，猶馳騁鄭衛之聲，曲終而奏雅，不已虧乎！」此言惟舉此一事，其他諸事之理皆明。

寧陵弟相送至南京因成四韵寄季一子之叔用〔一〕

白髮無端巧上頭，鏡中顔狀不能羞〔二〕。要尋揚子一廛地〔三〕，未用劉公百尺樓〔四〕。野竹連陰護蒼蘚，暮雲生雨續黃流〔五〕。秋風有信鱸魚在〔六〕，更約江晁共小舟。

〔一〕寧陵弟，居住於寧陵縣之從弟，即其叔呂虛己（疑問）之子。南京，即應天府，今河南商丘，詳本書卷六初別清源姑才仲弟過楚丘作詩注。季一爲晁貫之字，子之爲江端本字，叔用爲晁沖之字，皆呂本中摯友，前已注。

〔二〕「鏡中」句：陳師道寄答顔長道二首其二：「不能羞齒頰，幸免葬江湖。」羞，後悔。不能羞，謂到老也無怨無悔。

〔三〕「要尋」句：揚子，即揚雄。漢書揚雄傳：「有田一廛，有宅一區，世世以農桑爲業。……家產不過十金，乏無儋石之儲，晏如也。」資治通鑑卷一四六齊紀六：「士不闕一廛。」胡三省注引説文曰：「廛，一畝半，一家之居地。」

〔四〕「未用」句：劉公，指劉備。三國志魏志陳登傳：「許汜與劉備並在荆州牧劉表坐，表與備共論天下人……汜曰：『昔遭亂過下邳，見元龍（按：陳登字）。元龍無客主之意，久不相與語，自上大床卧，使客卧下床。』備曰：『君有國士之名，今天下大亂，帝主失所，望君憂國忘家，有救世之意，而君求田問舍，言無可采，是元龍所諱也，何緣當與君語？如小人，欲卧百尺樓上，卧君於地，何但上下床之間邪！』」

〔五〕「暮雲」句：黄流，指汴水。元豐九域志卷首南京，治宋城。宋城「有汴水、睢水、渙水」。汴水因分黄河水，污染嚴重，故稱「黄流」。梅堯臣汴渠：「汴水源本清，隨分黄河枝。濁流方已盛，清派不可推。」蒼蘚，「蒼」原作「苔」，據四庫本改。「蒼」與下句「黄」對應。

〔六〕「秋風」句：晋書張翰傳：「張翰，字季鷹，吴郡吴人也。……齊王冏辟爲大司馬東曹掾。……翰因見秋風起，乃思吴中菰菜、蓴羹、鱸魚膾，曰：『人生貴得適志，何能羈宦數千里以要名爵乎！』遂命駕而歸。」

十一月一日步河堤上〔一〕

簿書糾纏人，欲出不自許。老吏環我前，更作附耳語〔二〕。脱身上河隄，頗似晝伏鼠〔三〕。河堤平如掌〔四〕，下有千歲土。夕陽斂殘照，草木過寒雨。遊魚著鉤餌，舟子快新煮。煮魚得放飯〔五〕，尚歎行役苦。江湖平生心，歲月可逆數〔六〕。故人書斷絶，吾事有去取。歸來討清尊，妙句還一吐。

〔一〕十一月一日，當在政和六年。本中初爲濟陰主簿，在政和四年秋（見本書附録年譜），是時即將任滿。宋史職官志三：「凡内外官，計在官之日，滿一歲爲一考，三考爲一任。」

〔二〕「更作」句：附耳語，貼在主人耳邊低聲提醒。史記淮陰侯列傳：「（韓信）平齊，使人言漢王（劉邦）曰：『齊僞詐多變，反覆之國也。南邊楚，不爲假王以鎮之，其勢不定，願爲假王便。』……漢王大怒，罵曰：『吾困於此，旦暮望若來佐我，乃欲自立爲王！』張良、陳平躡漢王足，因附耳語曰：『漢方不利，寧能禁信之王乎？不如因而立，善遇之，使自爲守，不然，變生。』漢王亦悟，因復罵曰：『大丈夫定諸侯，即爲真王耳，何以假爲？』乃遣張良往立信爲齊王。」

〔三〕「頗似」句：晝伏鼠，白天藏匿之老鼠。陳子昂奏白鼠表：「臣聞鼠者坎精，孽胡之象，穿竊爲盜，凶賊之徒。固合六處野居，宵行晝伏。」此指躲避簿書之煩。

〔四〕「河堤」句：沈佺期長安道：「秦地平如掌。」又杜甫樂遊園歌：「秦川對酒平如掌。」

〔五〕「煮魚」句：放飯，孟子盡心上：「放飯流歠，而問無齒決。」趙岐注：「放飯，大飯也。」謂大吃一頓。

〔六〕「歲月」句：逆數，猶今所謂倒計時，謂生命有限。

留侯〔一〕

留侯下邳時，豪氣或未除〔二〕。晚節欲輕舉〔三〕，效在黃石書〔四〕。其書本無言，一歎三嗚呼。彼公實天人，識此鵷鳳雛〔五〕。良田有蕪穢，令子痛自鉏〔六〕。萬事不得已，一身常晏如〔七〕。袖手默無語，四方瞻步趨。不知隆準公〔八〕，果能知子無。小兒苟彧輩〔九〕，下及崔浩徒〔一〇〕。謂能明子心，此語亦已誣。不能處其知，正足殺其軀〔一一〕。所恨生已晚，聖門無坦途〔一二〕。學不盡其才〔一三〕，未免風俗驅。詩書在煨燼，子何不回車〔一四〕。試問禮之本，更觀心地初〔一五〕。

〔一〕留侯，即張良，漢書本傳謂字子房。史記留侯世家：「高帝曰：『運籌策帷帳中，決勝千里外，子房功也，自擇齊三萬户。』良曰：『始，臣起下邳，與上會留，此天以臣授陛下。陛下用臣計，幸而時中，臣願封留足矣，不敢當三萬户。』乃封張良爲留侯。」此詩有自注曰：「莊生言欲當則緣於不得已，不得已之類聖人之道（引者按：見莊子庚桑楚），留侯蓋庶幾於此。韓非曰：『非知之難，處知爲難矣（引者按：見韓非子説難）。』此留侯與荀彧輩所以分也。使其親受業於聖人，蓋未可量，故予作此詩，論其大概，實平昔所粗曉也。」

〔二〕「留侯」二句：史記留侯世家：「（張良）得力士，爲鐵椎重百二十斤。秦皇帝東游，良與客狙擊秦皇帝博浪沙中，誤中副車。秦皇帝大怒，大索天下，求賊甚急，爲張良故也。良乃更名姓，亡匿下邳。」司馬貞索隱按地理志：「下邳縣，屬東海。」今按：地在今江蘇邳州市，有下邳故城。

〔三〕「晚節」句：晚節，此指晚年。輕舉，指修道成仙。史記留侯世家：「留侯乃稱曰：『家世相韓，及韓滅，不愛萬金之資，爲韓報讎彊秦，天下振動。今以三寸舌爲帝者師，封萬户，位列侯，此布衣之極，於良足矣。願棄人間事，欲從赤松子游耳。』乃學辟穀，道引輕身。」赤松子，索隱引列仙傳：「神農時雨師，能入火自燒，崑崙山上隨風雨上下也。」

〔四〕「效在」句：黄石書，指太公兵法。史記留侯世家：張良亡匿下邳時，「嘗閒從容步游下邳圯上，有一老父，衣褐，至良所，直墮其履圯下，顧謂良曰：『孺子，下取履！』良愕然，欲毆之。爲其老，彊忍，下取履。父曰：『履我！』良業爲取履，因長跪履之。父以足受，笑而去。良殊大驚，隨目之。父去里所，復還，曰：『孺子可教矣。後五日平明，與我會此。』……五日，良夜未半往。有頃，父亦來，喜曰：『當如是。』出一編書，曰：『讀此則爲王者師矣。後十年興。十三年孺子見我濟北，穀城山下黄石即我矣。』遂去，無他言，不復見。旦日視其書，乃太公兵法也」。圯上，集解引徐廣曰：「圯，橋也，東楚謂之圯，音怡。」

〔五〕「彼公」二句：彼公，指劉邦。史記留侯世家：「後十年，陳涉等起兵，（張）良亦聚少年百餘人。……沛公將數千人，略地下邳西，遂屬焉。沛公拜良爲廐將。良數以太公兵法説沛公，沛公善之，常用其策。良爲他人言，皆不省。良曰：『沛公殆天授。』故遂從之。」鵷鳳雛，此代指張良。三國志蜀書諸葛亮傳：「徐庶見先主，先主器之。謂先主曰：『諸葛孔明者，卧龍也，將軍豈願見之乎？』」裴松之注引襄陽記曰：「劉備訪世事於司馬德操，德操曰：『儒生俗士，豈識時務，識時務者在乎俊傑，此間自有伏龍、鳳雛。』備問爲誰？曰：『諸葛孔明、龐士元也。』」

〔六〕「良田」二句：良田，喻指朝廷。蕪穢，漢書楊惲傳：「其詩曰：『田彼南山，蕪穢不治。種一頃豆，落而爲萁。』」注引張晏曰：「蕪穢不治，言朝廷之荒亂也。」鉏，除草、翻土之農具，此用如動詞。兩句指高祖欲廢太子事。史記留侯世家：高祖欲廢太子，立戚夫人子趙王如意，大臣多諫争，未能得。張良於是謀畫，從商山請來「四皓」東園公、角里先生、綺里季、夏黄公輔佐太子。四人「年皆八十有餘，鬚眉皓白，衣冠甚偉」，對高祖道：「竊聞太子爲人仁孝，恭敬愛士，天下莫不延頸欲爲太子死者，故臣等來耳。」四人趨去，上目送之，召戚夫人指示四人者，曰：「我欲易之，彼四人輔之，羽翼已成，難動矣。」

〔七〕「萬事」二句：晏如，漢書諸侯王表序：「高后女主攝位，而海内晏如。」顏師古注：「晏如，安然也。」按：兩句即前引呂本中自注所云，謂張良所爲皆出於自然，乃不得已而爲之，無功名之念，故一身輕鬆自如。

〔八〕「不知」句：隆準公，指漢高祖劉邦。史記高祖本紀：「高祖爲人，隆準而龍顏。」集解引應劭曰：「隆，高也；準，頰權準也。」又引文穎曰：「準，鼻也。」

〔九〕「小兒」句：三國志魏書荀彧傳：「荀彧，字文若，潁川潁陰人也。」從袁紹，「（紹）待彧以上賓之禮，彧弟諶及同郡辛評、郭圖皆爲紹所任。彧度紹終不能成大事。時太祖（曹操）爲奮武將軍，在東郡。初平二年（一九一），彧去紹從太祖，太祖悦曰：『吾之子房也。』以爲司馬，時年二十九」。後以侍中、光禄大夫、持節參丞相軍事，爲曹操主要謀士。後因不支持曹操加九錫，飲藥而死。

〔一〇〕「下及」句：魏書崔浩傳：「崔浩，字伯淵，清河人也。……少好文學，博覽經史，玄象、陰陽、百家之言，無不關綜，研精義理，時人莫及。」後魏太宗（拓跋嗣）時官至司徒，仕魏三世，爲國之謀主。「世祖即位，左右忌浩正直，共排毁之。世祖雖知其能，不免群議，故出浩，以公歸第，及有疑議，召而問焉。浩纖妍白晳，如美婦人，而性敏達，長於謀計，常自比張良，謂己稽古過之。」

〔一一〕「正足」句：據魏書本傳，崔浩於太平真君十一年（四五〇）六月被誅并滅族。案由爲：「初，郄標等立石銘刊國記，浩盡述國事，備而不典。而石銘顯在衢路，往來行者咸以爲言，事遂聞發。有司按驗浩，取秘書郎吏及長曆生數百人意狀。浩伏受賕，其秘書郎吏已下盡死。」然史臣（魏書編者魏收等）曰：「崔浩才藝通博，究覽天人，政事籌策，時莫之二，此其所以自比於子房也。……謀雖蓋世，威未震主，末途邂逅，遂不自全。豈鳥盡弓藏，民惡其上？將器盈必概，陰害貽禍？」

〔一二〕「聖門」句：聖門，指孔子之門。王肅孔子家語序：「乃慨然而歎曰：豈好難哉？予不得已也。聖人之門方壅不通，孔氏之路枳棘充焉，豈得不開而辟之哉！」

〔一三〕「學不」句：黄庭堅書鮮洪範長江詩後：「今觀鮮長江之才，所謂困頓州縣者也。使之學不盡其才，名不聞於世，亦其鄉之先達士大夫之罪也。」

〔一四〕「詩書」二句：詩書，代指儒家經典。煨燼，謂焚棄。子，作者自指。回車，謂不學荀彧、崔浩輩以權謀仕於朝。

〔一五〕「試問」二句：禮記禮器：「先王之立禮也，有本有文。忠信，禮之本也；義理，禮之文也。無本不立，無文不行。」鄭玄注：「言必外、内具也。」心地初，人心之本原。

送韓撝秉則赴棣倅〔一〕

公如玉壺冰〔二〕，見即離煩熱。況當清秋懸，更自貯霜月〔三〕。中邊本無垢，何處覓焚爇〔四〕。盛以百鍊鋼，此亦不得折〔五〕。初蒙一日款，遽有千里别。扁舟轉青齊〔六〕，歲事當雨雪。遠行不贏糧，已悟服食訣〔七〕。古來饕餮徒〔八〕，頗謂一世傑。唾壺彼何知，便爲如意缺〔九〕。觀其所用心，舉不異鼠竊〔一〇〕。首陽獨往人，渠自飽薇蕨〔一一〕。舉頭公一笑，百慮無以絶。江源初濫觴，末乃流不竭〔一二〕。傷哉韝上鷹，一飽便飛掣〔一三〕。

〔一〕韓撝，字秉則，韓存中弟，韓愈後裔（見張擴送韓存中侍郎赴隨州詩原注）。嘗官正言，朱弁曲洧舊聞卷二、卷四數及之，本卷前將去曹南連得江晁書因歎存没諸友遂成長韵詩自注，述「相約爲一州之隱，以便往還講習之益」之數人中有其名，與其兄存中皆吕本中友人。其餘事迹不詳。棣，即棣州。元豐九域志卷二河北東路棣州樂安郡防禦，原注：「建隆二年（九六一）升團練，乾德三年（九六五）升防禦，治厭次縣。」按：厭次縣，地在今山東惠民縣。倅，州通判。

〔二〕「公如」句：玉壺冰，喻爲人清白。鮑照代白頭吟：「直如朱絲繩，清如玉壺冰。」李白贈清漳明府侄：「白玉壺冰水，壺中見底清。」又陶翰冰壺賦：「冰假壺以爲用，壺含冰而轉清。」

〔三〕「況當」二句：清秋懸，謂秋月懸掛天上。月光照映壺中之冰，故曰「霜月」。

〔四〕「中邊」二句：中邊，即「中」與「邊」，指内外、表裏，猶言徹裏徹外。無垢，蘇軾余過温泉壁上有詩云直待衆生總無垢我方清冷混常流問人云長老可遵作遵已退居圓通亦作一絶：「石龍有口口無根，自在流泉誰吐吞。若信衆生本無垢，此泉何處覓寒温。」按此事，釋惠洪冷齋夜話卷六僧可遵好題詩有完整記載，曰：「福州僧可遵好作詩，暴所長以蓋人，叢林貌禮之，而心不然。嘗題詩湯泉壁間，東坡遊廬山，偶見爲和之。遵曰：『禪庭誰立石龍頭，龍口湯泉沸不休。直待衆生塵垢盡，我方清冷混常流。』東坡曰：『石龍有口口無根，龍口湯泉自吐吞。若信衆生本無垢，此泉何處見寒温。』遵自是愈自矜伐。客金陵，佛印元公自京師還，過焉，遵作詩贈之曰：『上國歸來路幾千，渾身猶帶御爐煙。鳳凰山下敲篷户，驚起山翁白晝眠。』元戲答曰：『打睡禪和萬萬千，夢中趨利走如煙。勸君抖擻修禪定，老境如蠶已再眠。』元詩雖少藴藉，然一時快之。」無垢，蘇軾宿會海寺詩有「本來無垢洗更輕」句，趙堯卿（夔）注：「襄州鷲嶺善本禪師因入浴室，有僧問『和尚是離垢底人，爲什麽却浴？』師曰：『定水湛然滿，浴此無垢人。』」焚爇，焚燒，此指熱水。兩句言韓撝資質極純美。

〔五〕「盛以」二句，鋼，原作「銅」，據四庫本改。晉書劉琨傳：「爲五言詩贈其别駕盧諶，曰：『……何意百鍊剛，化爲繞指柔。』」不得折，謂可以柔克剛也。

〔六〕「扁舟」句：扁舟，小舟。青齊，青州、齊州。元豐九域志卷首京東東路：「青州北海郡鎮海軍節度」原注：「唐平虜軍節度。皇朝淳化五年（九九四）改鎮海軍，治益都縣。」今爲山東青州市。同上卷一齊州濟南郡德興軍節度，原注：「治歷城縣。」按：今山東濟南。

〔七〕「遠行」二句：贏糧，漢書陳勝項籍列傳贊：「天下雲合嚮應，贏糧而景從。」顔師古注：「贏，擔也。」服食訣，指辟穀術，謂不食五穀可以成仙。

〔八〕「古來」句：史記五帝本紀：「縉雲氏有不才子，貪於飲食，冒於貨賄，天下謂之饕餮。天下惡之，比之三凶。」集解引杜預曰：「非帝子孫，故别之以比三凶也。」

〔九〕「唾壺」二句：晋書王敦傳：「每酒後，輒詠魏武帝樂府歌曰：『老驥伏櫪，志在千里。烈士暮年，壯心不已。』以如意打唾壺爲節，壺邊盡缺。」言性格豪放。

〔一〇〕「觀其」二句：謂觀王敦之用心，無異於鼠竊。鼠竊，小偷小盜。史記叔孫通傳：「此特群盜鼠竊狗盜耳，何足置之齒牙間。」

〔一一〕「首陽」二句：獨往人，離群隱逸之士。指伯夷、叔齊。史記伯夷列傳：「伯夷、叔齊，孤竹君之二子也。父欲立叔齊，及父卒，叔齊讓伯夷，伯夷曰：『父命也。』遂逃去，叔齊亦不肯立而逃之，國人立其中子。」武王平殷亂，天下宗周，伯夷、叔齊義不食周粟，采薇而食之，遂餓死於首陽山。首陽山，在今河南偃師，爲邙山在偃師境内之最高處。

〔一二〕「江源」二句：文選郭璞江賦：「惟岷山之導江，初發源乎濫觴。」李善注：「家語：孔子謂子路曰：『夫江始於岷山，其源可以濫觴。及其至於江津，不舫舟，不避風，則不可以涉。』王肅曰：『觴所以盛酒者，言其微也。』」

〔一三〕「傷哉」二句：鮑照代東武吟：「昔如韝上鷹，今似檻中猿。」杜甫去矣行：「君不見韝上鷹，一飽則飛掣。」王洙注：「魏志：呂布因陳登求徐州牧不得，布怒登，喻之曰：『登見曹公，言待將軍譬如養鷹，飢則附人，飽則颺去。』史（記）滑稽傳注：『韝，臂捍也。』」臂捍，即皮製臂套。

讀秦碑

秦人跨九州，欲以傳萬世〔一〕。立石名山旁，往往章得意〔二〕。至今見遺刻，字體甚雄異。壯哉蒼蘚文，未改回屈勢〔三〕。風雨所侵蝕，中有千丈氣。嚴如虬龍蟠〔四〕，深若鐵石利〔五〕。餘威到山鬼，謹守敢失墜〔六〕。漢魏能書人，亦豈可睥睨〔七〕。未能識藩籬，何止趁姿媚〔八〕。初無一日雅，但有三舍避〔九〕。文章又奇古，遷雄蓋苗裔〔一〇〕。觀其所稱述，肯爲尊者諱〔一一〕。巧言未大失，末乃爲俗累〔一二〕。嗚呼結繩前，此又誰與記〔一三〕。君臣共無爲，垂拱天下治〔一四〕。春秋紀日月〔一五〕，大易垂彖繫〔一六〕。嬴氏厭休息，動以衡石計〔一七〕。斯翁變古文〔一八〕，程邈分篆隸〔一九〕。自此更滋蔓，日以趨簡易。馳驅千百年，漫有紙墨費〔二〇〕。誰能罷煩文，盡掃諸天外。此書雖見存，或以少爲貴。持此槁木枝，我亦無甚愧〔二一〕。

〔一〕「秦人」二句：九州，古代將全國分置九州，即冀、豫、雍、揚、兗、徐、梁、青、荆，見尚書禹貢。此代指全國。傳萬世，史記秦始皇本紀：「制曰：『朕聞太古有號毋謚，中古有號，死而以行爲謚。如此則子議父、臣議君也，甚無謂，朕弗取焉。自今已來除謚法。朕爲始皇帝，後世以計數，二世、三世至千萬世，傳之無窮。』」

〔二〕「往往」句：章，原校：「一作『示』。」

〔三〕「壯哉」二句：蒼蘚文，謂年代久遠，文字已被苔蘚覆蓋。唐吴融過九成宫：「鳳輦東歸二百年，九成宫殿半荒阡。魏公碑字封蒼蘚（原注：魏文貞徵有碑），文帝泉聲落野田（原注：太宗行幸，有靈泉自湧）。」回曲勢，指秦小篆之風格。蔡邕小篆贊：「或龜文鍼列，櫛比龍鱗。……遠而望之，象鴻鵠群遊，絡繹遷延。……研桑不能數其詰屈，離婁不能覩其郤間。」

〔四〕「嚴如」句：虬龍蟠，謂筆畫極遒勁。李白贈宣城趙太守悦：「錯落千丈松，虬龍盤古根。」

〔五〕「深若」句：鐵石利，謂秦碑文字筆法鋒利。此及上句，所述乃秦小篆。唐張懷瓘書斷卷上小篆：「畫如鐵石，字若飛動。」又贊曰：「李君（斯）創法，神慮精微。鐵爲肢體，虬作驂騑。」

〔六〕「餘威」二句：餘威，秦始皇死後之威名。山鬼，山野之鬼神。古人謂寶物能傳至後世，必有鬼神暗中護佑。楚辭屈原九歌有山鬼篇。韓愈石鼓歌：「雨淋日炙野火燎，鬼物守護煩撝訶。」

〔七〕「亦豈」句：史記魏公子列傳：「公子（按：信陵君）引車入市，侯生下見其客朱亥，俾倪，故久立與其客語，微察公子。」俾倪，正義：「不正視也。」

〔八〕「未能」二句：藩籬，門户，喻指成就、境界。韓愈石鼓歌：「羲之俗書趁姿媚。」補注：「王得臣麈史云『王右軍書多不講偏旁』，此退之所謂『羲之俗書趁姿媚』者也。」

〔九〕「但有」句：左傳僖公二十八年：「晉師退。軍吏曰：『以君辟臣，辱也。且楚師老矣，何故退？』子犯曰：『師直爲壯，曲爲老，豈在久乎？微楚之惠不及此，退三舍辟之，所以報也。』」杜預注：「一舍三十里。」

〔一〇〕「遷雄」句：謂司馬遷、揚雄文章，蓋是秦碑文之後繼者。

〔一一〕「觀其」二句：稱，原校：「一作『著』。」春秋公羊傳注疏閔公元年：「春秋爲尊者諱。」何休注：「爲閔公諱受賊人也。」兩句言司馬遷、揚雄著述有爲秦始皇諱之嫌。

〔一二〕「巧言」二句：謂司馬遷、揚雄乃巧爲秦諱，尚未大失，而後代「爲尊者諱」則流弊無窮，成爲俗累。

〔一三〕「嗚呼」二句：周易繫辭下：「上古結繩而治，後世聖人易之以書契，百官以治，萬民以察，蓋取諸夬。」韓康伯注：「夬，决也。書契所以决斷萬事也。」兩句謂結繩記事之前，不知是誰用何法記事。

〔一四〕「君臣」二句：漢書董仲舒傳：「堯在位七十載，乃遜于位以禪虞舜。堯崩，天下不歸堯子丹朱，而歸舜。舜知不可辟，乃即天子之位，以禹爲相，因堯之輔佐，繼其統業，是以垂拱無爲而天下治。」兩句謂上古垂拱無爲而治天下，故不需要文字。

〔一五〕「春秋」句：宋張大亨春秋訓卷四：「春秋之紀歲月也。舉時以正歲，舉月以正時，舉晦朔以正月，舉甲乙以正日，舉中昃以正朝夕，舉晝夜以正晦明，舉閏以正寒暑，所以揆曆數、别久近、明先後、示早晚也。此堯舜所以釐百工、熙庶績之道也。」按四庫全書著録是書，提要稱「是書自序謂少聞春秋於趙郡和仲先生」，乃考「趙郡和仲先生」即蘇軾。

〔一六〕「大易」句：大易，即周易。杜甫宿鑿石浦：「斯文憂患餘，聖哲垂彖繫。」郭知達注：「聖人作易，與民同憂患也，其言象皆示於彖、繫。」按唐陸德明周易注解傳述人曰：「宓犧氏之王天下，仰則觀於天文，俯則察於地理，觀鳥獸之文，與地之宜，近取諸身，遠取諸物，始畫八卦，因而重之爲六十四。（或云因河圖而畫八卦。）文王拘於羑里，作卦辭。周公作爻辭。孔子作彖辭、象辭、文言、繫辭、説卦、序卦、雜卦，謂之十翼。」

〔一七〕「嬴氏」二句：嬴氏，指秦。史記秦本紀：「秦之先，帝顓頊之苗裔。……（大費）佐舜調馴鳥獸，鳥獸多馴服，是爲柏翳，舜賜姓嬴氏。」同上秦始皇本紀：始皇二十六年（前二二一），秦初并天下，「一法度衡石丈尺」。兩句言秦統一六國後，好更張制度，不與民休息，天下更加多事。

〔一八〕「斯翁」句：斯翁，即李斯。書斷卷上小篆：「案小篆者，秦始皇丞相李斯所作也。增損大篆，異同籀文，謂之小篆，亦曰秦篆。始皇二十（六）年始并六國，斯時爲廷尉，乃奏罷不合秦文者，於是天下行之。畫如鐵石，字若飛動，作楷隸之祖，爲不易之法。其銘題鍾鼎及作符印，至今用焉。……李斯即小篆之祖也。」

〔一九〕「程邈」句：書斷卷上隸書：「案隸書者，秦下邽人程邈所造也。邈字元岑，始爲衙縣獄吏，得罪始皇，幽繫雲陽獄中。覃思十年，益大小篆方圓而爲隸書三千字。奏之，始皇善之，用惟御史以奏事繁多，篆字難成，乃用隸字，以爲隸人佐書，故名隸書。」

〔二〇〕「自此」四句：書斷卷上隸書：「案行書者，後漢潁川劉德昇所作也。即正書之小僞，務從簡易，相間流行，故謂之行書。王愔云：『晉世以來，工書者多以行書著名，昔鍾元常（繇）善行押書是也。爾後王羲之、獻之並造其極焉。』」四句謂自秦人創小篆、隸書之後，文字日益簡易，千百年來所作文章不計其數，但天下並未見治，更失「垂拱」、「無爲」之道，徒費紙墨而已。

〔二一〕「持此」二句：槁木枝，列子黄帝：「仲尼適楚，出於林中，見痀僂者承蜩，猶掇之也。仲尼曰：『子巧乎！有道邪？』曰：『我有道也。五六月，纍垸二而不墜，則失者錙銖；纍三而不墜，則失者十一；纍五而不墜，猶掇之也。吾處也，若橛株駒；吾執臂若槁木之枝。雖天地之大，萬物之多，而唯蜩翼之知。吾不反不側，不以萬物易蜩之翼，何爲而不得？』孔子顧謂弟子曰：『用志不分，乃疑於神，其痀僂丈人之謂乎！』」此以「槁木枝」喻指自己執筆之手，謂罷煩文之後，自己也將輟筆，讓心裏少點愧疚。

次韵答曹州同官兼簡范寥信中〔一〕

好詩有味終難捨，俗事無功莫羨渠。破曆屢翻深甕酒〔二〕，短檠時檢舊窗書。何年鷄黍先投社〔三〕，是處田園可結廬。更請二公搜好句，一身痾癢要爬梳〔四〕。

〔一〕曹州同官，詩稱「二公」，除張擴外，當猶有一人，不詳。范寥，字信中，范鎮族子，家丹陽（今屬江蘇）。事迹詳見本書卷四寄范子詩注。按：是詩當是曹州同官（包括張擴）先有詩送行，吕本中作次韵詩爲謝，張擴再次韵爲答，本中亦再次韵爲此詩。張擴原作今存（載東窗集卷四），題得海陵掾吕居仁書，詩曰：「故人温飽竟何如，忽寄郵筒滿紙書。頗愧中年猶吏隱，相望千里未情疏。官曹清簡庭無訟，淮海豐穰食有魚。見説參禪新了了，幾時爲我痛爬梳。」據張詩意，吕本中離濟陰後，得授海陵掾。海陵，今江蘇泰州，是時尚未赴任，詳下注。

〔二〕「破曆」句：破曆，破舊曆書，謂嘗用以覆酒甕。

〔三〕「何年」句：鷄黍，論語微子：「（丈人）止子路宿，殺鷄爲黍而食之，見其二子焉。」後泛指招待客人之宴爲鷄黍宴。投社，投宿到該地。古代以二十五家爲一社。

〔四〕「一身」句：謂好詩好句如人患疴癢，須手撓之方能舒適並令人陶醉。

龔彦承觀軒〔一〕

愛山不能歸，常恐山怪責。終歲在行役，感動頭已白。高秋强僮僕，路過龔掾宅〔二〕。蒙君開南軒，除我眼界窄。白波繞青嶂，彷彿見顔色。江上飛來峰，却立對君側。蕭蕭蒲葦叢，不受塵土隔〔三〕。知君有奇趣，笑我常偪仄〔四〕。人生無窮已，得一乃願百。床頭貯美酒，窗下著好客〔五〕。請公但默然，歲晚當有獲〔六〕。

〔一〕龔彦承，張擴題龔士掾廳壁畫遠山序曰：「吾友彦承，氣直而勇，真有用於世者。林公甫、吕居仁諸公相率賦畫壁之什，因以勉之。」又吕本中官箴稱「故人龔節亨彦承嘗爲余言」云云，知其人名節亨，字彦承。觀軒，房室名。是詩爲吕本中所賦龔氏畫壁詩。

〔二〕「路過」句：龔掾，即龔彦承。上引張擴序稱龔爲「士掾」，士掾即士曹參軍，見宋史職官志八。

〔三〕「白波」六句：所述白波、青障、飛來峰、蒲葦叢等，皆廳壁畫中之景。

〔四〕「笑我」句：偪仄，指居室狹小。杜甫偪側行：「偪側何偪側，我居巷南子巷北。」

〔五〕「窗下」句：好客，「好」爲形容詞，指性情相投、志同道合之客。杜甫范二員外邈吴十侍御必能如願。

〔六〕「請公」二句，謂龔彦承畫遠山，是其心在高遠，有用世之志，故鼓勵他處之以默，待之以時，（郁）特枉駕闕展待聊寄此作：「野外貧家遠，村中好客稀。」

畫馬圖

平沙遠草春未生，萬木夜起争悲鳴〔一〕。秋雲欲墜都護壘〔二〕，急雪暗下屯田營〔三〕。胡人却走畏深入，漢家飛將已雲集〔四〕。此時一馬直萬錢〔五〕，隴右河湟更供給〔六〕。邊塵浄盡今百年，萬馬潦倒西風前。天生駿骨例艱阻〔七〕，是處雕鞍蒙愛憐。君家九幅開新帳〔八〕，欻見腰裹華堂上〔九〕。長鞭不用羈絡遠〔一〇〕，霧縠雲羅倚惆悵〔一一〕。高旌嫋嫋霜露微〔一二〕，苜蓿得雨連山肥〔一三〕。同時戰士今不歸，曹霸弟子能神奇〔一四〕。毫端妙處君得之，駑駘往來空爾爲〔一五〕。

〔一〕「平沙」二句：乃馬圖大畫面，給人以窮途末路之悲傷感。

〔二〕「秋雲」句：墜，原校：「一作『墮』。」漢書百官公卿表：「中壘校尉掌北軍壘門内，外掌西域。……西域都護，加官。」顔師古注：「掌北軍壘門之内，而又外掌西域。」

〔三〕「急雪」句：漢書昭帝紀：始元二年（前八五）冬，「發習戰射士詣朔方，調故吏將屯田張掖郡」。顔師古注：「調，謂發選也。故吏，前爲官職者，令其部率習戰射士於張掖爲屯田也。」按：屯田，始於西漢，即用軍隊戍邊并墾耕荒地，以避免長途運輸軍糧。

〔四〕「漢家」句：飛將，漢書李廣傳：「拜廣爲右北平太守。……廣在郡，匈奴號曰漢飛將軍，避之數歲不入界。」此泛指驍勇之將。

〔五〕「此時」句：直，原校：「一作『費』。」漢書食貨志：「漢興……米至石萬錢，馬至匹百金。」

〔六〕「隴右」句：隴右，即秦所置之隴西郡。史記秦始皇本紀：「二十七年（前二二〇），始皇巡隴西。」正義：「隴西，今隴右。」地在隴山以西至黄河以東一帶。河湟，黄河、湟水兩流域之地。漢書趙充國傳：「至春省甲士卒，循河湟漕穀至臨羌，以眎羌虜。」新唐書吐番傳：「湟水出蒙谷，抵龍泉與河合。……故世舉謂西戎地曰河湟。」

〔七〕「天生」句：駿骨，戰國策燕策一：「郭隗先生曰：『臣聞古之君人有以千金求千里馬者，三年不能得，涓人言於君曰：「請求之。」君遣之，三月得千里馬，馬已死，買其首五百金，反以報君。君大怒，曰：「所求者生馬，安事死馬，而捐五百金？」涓人對曰：「死馬且買之五百金，況生馬乎！天下必以王爲能市馬，馬今至矣。」於是不能期年，千里之馬至者三。』」杜甫昔遊：「有能市駿骨，莫恨少龍媒。」

〔八〕「君家」句：九幅，指旌節之旗。葉夢得石林燕語卷六：「節度使旌節：門旗二，龍虎旌一，節一，麾槍二，豹尾二，凡八物。旗以紅繒爲之九幅，上爲塗金銅龍頭以揭旌，加木盤。節以金銅葉爲之。」新帳，指新授之節度使帳幕。

〔九〕「欻見」句：欻見，忽現也。腰褭，杜甫春日戲題惱郝使君兄：「細馬時鳴金騕褭。」師尹注：「漢武帝鑄金作馬蹄狀，謂之金腰褭。盧照鄰詩：『漢家金腰褭。』」趙彦材注：「腰褭，神馬名。漢武帝鑄金爲褭蹄麟趾，故有金褭蹄，而言馬則曰金褭也。」華堂，即上句所謂新帳，言堂上懸掛馬圖，以示威武。

〔一〇〕「長鞭」句：羈絡，馬絡頭。無噺子之馬絡頭謂羈。

〔一一〕「霧縠」句：霧縠雲羅，縠、羅泛指絹帛，霧、雲，形容其精美，指畫馬材料。

〔一二〕「高旌」句：高旌，謂旌旗高懸。嫋嫋，楚辭屈原九歌湘夫人：「嫋嫋兮秋風。」王逸注：「嫋嫋，秋風摇木貌。」洪興祖補注：「嫋，長弱貌。」此指旌旗隨風飄揚貌。

〔一三〕「苜蓿」句：史記大宛列傳：「俗嗜酒，馬嗜苜蓿，漢使取其實來，於是天子始種苜蓿、蒲陶肥饒地。」按：苜蓿，植物名，原産西域，漢武帝時自大宛傳入中土，爲馬牛飼料及緑肥等。見史記大宛傳。

〔一四〕「曹霸」句：唐張彦遠歷代名畫記卷九：「曹霸，魏曹髦之後。髦畫稱於後代。霸在開元中已得名，天寶末每詔寫御馬及功臣。官至左武衛將軍。」弟子，指韓幹。同上書：「韓幹，大梁人，王右丞維見其畫，遂推奬之。官至太府寺丞。善寫貌人物，尤工鞍馬。初師曹霸，後自獨擅。杜甫曹霸畫馬歌曰：『弟子韓幹早入室，亦能畫馬窮殊相。幹惟畫肉不畫骨，忍使驊騮氣凋喪。』……玄宗好大馬，御廐至四十萬。……時主好藝，韓君間生，遂命悉圖其駿，則有玉花驄、照夜白等。時岐、薛、寧、申王廐中皆有善馬，幹並圖之，遂爲古今獨步。」能神奇，謂能讓駿馬在畫中永生。

〔一五〕「駑駘」句：駑、駘，皆劣馬名。宋玉九辯：「卻騏驥而不乘兮，策駑駘而取路。當世豈無騏驥兮，誠莫之能善御。」

堤上

落花吹盡不堪憂，只見河堤水漫流。晚日强穿城北市，春風猶駐驛南樓。妻孥轉覺爲身累，歲月終難忘汝留〔一〕。萬里長江一樽酒，故人何處倚扁舟〔二〕。

〔一〕「妻孥」二句：前四句以落花、流水、晚日、春風等鈎勒出一幅大自然新陳代謝、生生不息的場景，而人則顯得無奈：既歲月難留，故妻孥亦似多餘。據上下詩意，所謂「堤上」之堤，蓋指開封之汴河河堤。忘，乾道本東萊先生詩集卷一〇收此詩，「忘」作「望」（該詩重出，本書已删）。

〔二〕「萬里」二句：眼前情景令人悵然若失，故詩人轉入懷念長江一帶之舊友。

將赴海陵出京沿汴覓舟候送客不至遂行〔一〕

子行殊未來，我馬已再秣〔二〕。略投故人飯，苦厭從者聒〔三〕。長河見舟楫，尚恐塵事奪。風翻蟬急噪，雨漱岸欲脱。南山已在眼〔四〕，想望淮水闊。别離古所重〔五〕，况在交友末。翩然欲行際，所寄一短褐〔六〕。路長書來稀，何以慰飢渴。

〔一〕海陵，漢書鄒陽傳：「轉粟西鄉，陸行不絶，水行滿河，不如海陵之倉。」注引臣瓚曰：「海陵，縣名也，有吴太倉。」按：海陵，即今江蘇泰州，古爲淮海之地。是詩有作者自注，曰：「四月二十二日出城至子我家，候子之、民師不至。因簡商文、壯輿、夷行、伯野、季一、由中諸公。」四月二十二日，當在政和八年（是年十一月改爲重和元年，一一一八）。之我、子之，乃江端友、端本兄弟。民師，即李民師，名畯，見本書卷五五月五日泊舟北神詩注。晁以道嘗有詩，餘不詳。壯輿爲劉羲仲，見吕本中師友雜志。又方輿勝覽卷一七南康軍名賢：「劉羲仲，字壯輿，涣之孫。詔爲編修，至京，自宰相以下並不造謁。未幾致仕，蘇子由（轍）有詩。」季一爲晁貫之。夷行，檢趙鼎臣有寒食前一日率趙伯山李漢老楊時可秦夷行劉仲忱游西池等詩，疑即此人。蓋夷行姓秦氏，名及里貫不詳。商文、伯野，不詳。由中，蓋本中從兄弟。所謂「將赴海陵」，按吕本中官箴曰「予嘗爲泰州獄掾，顔歧夷仲以書勸予治獄次第」云云。張擴有得海陵掾吕居仁書詩（已見前引），知本中所謂「泰州獄掾」，即泰州海陵縣獄掾，乃主管監獄之官（宋史本傳稱士曹掾，似誤）。其將赴海陵，乃赴該縣獄掾之任。

〔二〕「我馬」句：秣，牲口草料，此用如動詞，再秣指第二次餵馬，言等待時間已久。

〔三〕「苦厭」句：從者聒，謂隨從者吵鬧，或有怨聲。聒，喧嘩、嘈雜。

〔四〕「南山」句：南山，又稱第一山，在今江蘇盱眙，參見本書卷一游南山歸簡張嘉父博士詩注。

〔五〕「別離」句：晉潘尼送盧景宣詩：「楊朱焉所哭，岐路重别離。」又曹攄贈石崇詩：「人言重别離，斯情效於今。」

〔六〕「所寄」句：孫光憲北夢瑣言卷一三韓簡聽書附李茂貞：「秦王李茂貞請三傳王利甫講春秋，利甫古僻性狷，然演經義文亹亹堪聽，茂貞連月聽之不倦。利甫後寄褐於道門，改名晝。」宋王林燕翼詒謀録卷二：「黄冠之教……奉其教而誦經，則曰道士；不奉其教，不誦經，惟假其冠服，則曰寄褐，皆游惰無所業者。亦有凶歲無所給食，假寄褐之名，挈家以入者，大抵主首之親故也。太祖皇帝深疾之，開寳五年（九七二）閏二月戊午詔曰：『末俗竊服冠裳，號爲寄褐，雜居宫觀者，一切禁斷。』」此乃朋友間戲語，猶言即將離開汴京，故來混口飯吃。

京師新鄭與諸晁兄弟往還前後數詩〔一〕

夜雨不嫌久〔二〕，凛然天欲秋。客燈吹婁滅，細雨落還休。未許金張並〔三〕，虚爲鄠杜遊〔四〕。江湖少歸夢，知爲故人留。

〔一〕新鄭，今屬河南，前已注。諸晁，指晁載之、沖之兄弟等。晁氏世居京師昭德坊，政和四年（一一一四）火災後，卜居新鄭。此組詩共五首，不作於一時。此爲第一首，有「凜然天欲秋」語，蓋在夏末。第二首言「春薺老」、「臘梅香」，似在初冬。第三首有稱「殘春」。第五首有「山東今出相」句，按宋史徽宗紀三：政和六年（一一一六）夏四月庚寅，「詔蔡京三日一朝，正公相位，總治三省事」，或指此，則組詩作年跨度較大。

〔二〕「夜雨」句：雨，四庫本作「語」，似是，以第四句有「雨」複字可證。

〔三〕「未許」句：文選左思詠史詩：「金張藉舊業，七葉珥漢貂。」李善注引班固漢書金日磾贊曰：「夷狄亡國，羈虜漢庭……七葉内侍，何其盛也。」善曰：「七葉，自武至平也。」又引張湯傳贊曰：「張氏（安世）之子孫相繼，自宣元以來爲侍中、中常侍者凡十餘人。功臣之後，唯有金氏、張氏，親近貴寵，比於外戚。」

〔四〕「虛爲」句：漢書宣帝紀：宣帝劉詢爲孝武帝曾孫時，「高材好學，然亦喜游俠，鬭鷄走馬，具知閭里奸邪，吏治得失。數上下諸陵，周徧三輔，常困於蓮勺鹵中。尤樂杜鄠之間」。顔師古注：「杜屬京兆，鄠屬扶風。鄠音扈。」又後漢書班固傳載西都賦「鄠杜濱其足」句李賢注：「鄠、杜，二縣名，近（終）南山之足。」按，以上二句，謂宋有吕、晁兩家，金、張不足挂齒；而漢宣帝當年遊鄠杜，無功臣子孫同遊等於虛行。晁氏、吕氏皆北宋著名勳臣世家，然崇寧

「禁元祐學術」後，兩家子孫備受迫害，故此云云，實乃發泄胸中積怨。

我髮白已短〔一〕，公愁安得長。牆根春薺老，瓶水臘梅香。侍立無天女〔二〕，相隨有漫郎〔三〕。平生湖海興，今夜宿連床。

〔一〕「我髮」句：杜甫春望：「白頭搔更短，渾欲不勝簪。」日，四庫本作「日」。

〔二〕「侍立」句：維摩經第七品觀衆生：「時維摩詰室有一天女，見諸天人聞所説法，便現其身，即以天華，散諸菩薩大弟子上。」

〔三〕「相隨」句：顔真卿容州都督兼御史中丞本管經略使元君（結）表墓碑銘：「拜著作郎，遂家於武昌之樊口，著自釋以見意，其略曰：少習静於商餘山，著元子十卷。兵起，逃難於猗玗洞，著猗玗子三篇。將家瀼濱，乃自稱浪士，著浪説七篇。及爲郎，時人以浪者亦漫爲官乎，遂見呼爲漫郎，著漫記七篇。及家樊上，漁者戲謂之聱叟。……歲餘，上以君居貧，起家爲道州刺史。」黄庭堅彫陂：「窮山爲吏如漫郎。」

髮短各已白，眼昏誰復明。殘春斷花柳，晚日閉柴荆〔一〕。潦倒書常廢，驅馳夢或驚。尚於團聚樂〔二〕，雖老未忘情。

〔一〕「晚日」句：柴荆，用樹枝木條編製之門，言極簡陋。杜甫春遠：「春遠獨柴荆。」又王安石發館陶：「燈火閉柴荆。」

〔二〕「尚於」句：團聚，親朋聚在一起。張栻喜聞定叟弟歸：「人間團聚樂，身外總云輕。」可參讀。

令弟窮顔蠋〔一〕，書生老仲舒〔二〕。相招得共處，何往更安居。歲月塵埃外，桑麻雨露餘。送行無别物，圯上一編書〔三〕。

〔一〕「令弟」句：令弟，指晁沖之。顔蠋寧窮而保持人格尊嚴，不受齊宣王厚禄，故以爲喻。戰國策齊策四齊宣王見顔斶：「宣王曰：『……顔先生與寡人游，食必太牢，出必乘車，妻子衣服麗都。』顔斶辭去，曰：『夫玉生於山，制則破焉，非弗寶貴矣，然太璞不完。士生乎鄙野，推選則禄焉，非不尊遂也，然而形神不全。斶願得歸，晚食以當肉，安步以當車，無罪以當貴，清静貞正以自虞。制言者，王也。盡忠直言者，斶也。言要道已備矣，願得賜歸，安行而反臣之邑屋。』則再拜而辭去也。」蠋、斶，同。

〔二〕「書生」句：仲舒，即董仲舒，乃詩人自指。按董仲舒，廣川人，少治春秋公羊傳。景帝時爲博士，下帷講讀，三年不窺園。武帝時拜江都相，以言災異下獄，幾死，遇赦。再拜膠西王相，後告病免官家居。其學推尊儒術，抑黜百家。史記、漢書皆有傳。

〔三〕「圯上」句：一編書，指黄石公贈張良之書，即太公兵法，稱「讀此則爲王者師」。詳本卷前留侯詩注。詩人固無太公兵法之類書籍可送，殆以人格、品德相期也。

苦語相留極，虛床會宿頻〔一〕。山東今出相〔二〕，海内不無人〔三〕。婦女能尊客，兒童不厭貧。長途有知遇〔四〕，今日倍情親。

〔一〕「苦語」二句：謂晁氏兄弟苦苦相留勿遽行，以至夜裏常同床而卧。

〔二〕「山東」句：漢書趙充國辛慶忌傳贊：「秦漢已來，山東出相，山西出將。」前已言，此句疑指政和六年夏四月蔡京正相位，總治三省事，蓋刺之也。

〔三〕「海内」句：南史鄭鮮之傳：「前至渭濱，帝復歎曰：『此地寧復有吕望邪？』鮮之曰：『昔葉公好龍而真龍見，燕昭市骨而駿足至。明公以旰食待士，豈患海内無人？』帝稱善者久之。」

〔四〕「長途」句：知，原作「如」，形訛，據四庫本改。

本中將爲海陵之行念當復與子之作別意殊憒憒偶得兩詩上呈并告送與壯輿叔用也〔一〕

斯人如玉雪〔二〕，可愛不可忘。助以濯滄海，亦復閟餘光〔三〕。今兹困塵土，更伴衆翼翔〔四〕。時來唤我語，共此一榻凉。風雨下頰舌，冰霜清肺腸〔五〕。我老漸窘束，公才方頡頏〔六〕。春秋有體製，子蓋能文章。要當纂微言，不以近故妨〔七〕。粲然東園花，不登葵藿場〔八〕。

〔一〕此二首乃詩人赴海陵時留別友人江端本之作，并兼呈劉羲仲、晁沖之二人。憒憒，頭腦昏亂，若有所失貌。據前將赴海陵出京沿汴覓舟候送客不至遂行詩，或作於政和八年四月下旬或五月初；又據第二首「東行數日間」句，作詩時當已離開封矣。然本書卷九雜詩三首其一稱「烹葵去王畿，剥棗在海角」，知詩人實爲八月到任，蓋其間别有原因，故行期屢有更改。

〔二〕「斯人」句：斯人，指江端本。如玉雪，言其姿容美好。韓愈唐故殿中少監馬君墓誌：「姆抱幼子立側，眉眼如畫，髮漆黑，肌肉玉雪可憐。」又晁補之郊居與八弟無斁讀書：「居然顏玉雪，及是鬢蓬葆。」

〔三〕「助以」二句：濯滄海，唐王勃九成宫頌：「金屋銀臺，滄海濯玄元之宇。」閟餘光，閟，遮蔽。兩句謂江端本能力之强，即便用以翻江倒海仍能有餘。

〔四〕「今兹」二句：翼，代指朋友。兩句謂江端本不爲世所用，只得與衆友人同遊。

〔五〕「風雨」二句：下頰舌，指講話。周易咸卦：「上六，咸其輔頰舌。象曰：咸其輔頰舌，滕口説也。」王弼注：「咸道轉末，在於口舌言語而已故云。」又注：「輔頰舌者，所以爲語之具也。咸其輔頰舌，則滕口説也。」兩句謂江端本善於言談，其言論如風雨，又似冰霜，極具衝擊力和感染力。

〔六〕「公才」句：頡頏，詩經邶風燕燕：「燕燕于飛，頡之頏之。」毛傳：「飛而上曰頡，飛而下曰頏。」此謂不相上下，可與比翼而飛。後漢書史弼傳論曰：「史弼頡頏嚴吏，終全平原之黨。」李賢注：「頡頏，猶上下也。」

〔七〕「春秋」四句：疑江端本欲作史，故告之當依春秋體制，不因近來時事變化而妨害微言大義，即繼承史家所謂「春秋筆法」。

〔八〕「粲然」二句：東園花，喻高雅；葵藿，即野菜，鮑照代東武吟：「腰鐮刈葵藿。」兩句言高雅與低俗判然有别，不能混爲一談。

老僕倦日長，羸馬困道遠。東行數日間，尚欲一再款〔一〕。我能喻子意，子亦識我懶。追懷十年遊，僅得一笑莞〔二〕。時能煮湯餅〔三〕，更復下茗盌。晁郎本京邑〔四〕，劉子蓋楚産〔五〕。江山兩秀異，與子日在眼。南風動歸興，感慨毛髮短〔六〕。相尋儻有日，歲月亦未晚。

〔一〕「尚欲」句：一再款，款，暢談以訴深衷。謂與三人交誼極深，言之不盡。

〔二〕「僅得」句：論語陽貨：「子之武城，聞弦歌之聲，夫子莞爾而笑。」何晏集解：「莞爾，小笑貌。」莞，原作「筦」，據四庫本改。宋唐庚郡人獻筍守以分餉群寮而吏獨見遺守知之命追賜焉蓋不出既久而人忘之也因成一篇：「起舞屬細君，相對一笑莞。」

〔三〕「時能」句：湯餅，即今之麵條，參前卷四示沈宗師詩注。

〔四〕「晁郎」句：晁郎即晁沖之，字叔用。本京邑，謂晁氏世居京師開封昭德坊。

〔五〕「劉子」句：劉子乃劉羲仲，字壯輿，南康軍人（見上將赴海陵出京沿汴覓舟候送客不至遂行詩注），南康軍治今江西廬山星子，故稱「楚産」。

〔六〕「南風」二句：蓋言劉羲仲欲還故鄉南康。唐王丘奉和聖製答張説扈從南出鼠雀谷之作：「北土分堯俗，南風動舜歌。」杜甫春望：「白頭搔更短。」

雁

雁從何方來，云自燕趙北〔一〕。今當何所往，暖日近暘谷〔二〕。寒雲墮江漢〔三〕，未見所棲宿。朝憂稻粱少〔四〕，莫畏罝網逐〔五〕。惜哉還往頻，愈覺歲月促〔六〕。悔不近藩籬，隨群伴鷄鶩〔七〕。羽翰何必好〔八〕，志願亦易足。物生有高下，終恐厭摧伏〔九〕。公看滄海頭，萬里飛鴻鵠〔一〇〕。

〔一〕「云自」句：燕趙，古之燕國、趙國，今北京、河北一帶。又傳雁來自雁塞山。太平御覽卷九一七燕引梁州記曰：「梁州縣界有雁塞山，傳云北山有大池水，雁棲集之，因名曰雁塞。」又引盛弘之荆州記：「雁塞，北接梁州汶陽郡，其間東西嶺屬天無際，雲飛風翥，望崖迴翼。唯一處爲下，朔雁達塞，矯翼裁度，故名雁塞，同於雁門也。」按：雁門，在今山西河曲、五寨、寧武等縣以北。雁門去燕趙尚遠，蓋古人對地理位置認識不够科學，勿須深究。

〔二〕「暖日」句：謂雁冬天遷徙到温暖地帶。暘谷，尚書堯典：「分命羲仲，宅嵎夷，曰暘谷。」僞孔傳：「東表之地稱嵎夷。暘，明也，日出於谷而天下明，故稱暘谷。暘谷、嵎夷，一也。」

〔三〕「寒雲」句：江漢，指長江、漢水。按：據下赴海陵行次寶應詩，是詩當作於赴海陵途中，所謂江漢當偏指長江。蓋時值初秋，故詩人以雁自喻。

〔四〕「朝憂」句：文選劉峻廣絶交論：「分雁鶩之稻粱。」李善注引魯連子：「君雁鶩有餘粟。」此反之。洪芻道中即事八首其六：「雲天空闊稻粱少，却羡鷦鷯巢一枝。」

〔五〕「莫畏」句，莫，同「暮」，古今字。罝網，捕鳥之網。梁何遜七召佃遊：「罝羅布其一目，罟網周其三面。……鳥不及飛，獸不遑伏。……視灑血之丹地，見飛毛之暗目。」

〔六〕「惜哉」二句：禮記月令：孟春之月，鴻雁來。季秋之月，鴻雁來賓。季冬之月，雁北鄉。按：雁乃候鳥，孟春南飛，季冬北去，故云「還往頻」，而人覩此景，亦平添歲月局促之感。

〔七〕「悔不」二句：藩籬，用竹木編成之籬笆，代指家鄉。鷄鶩，鷄鴨。此言悔不該遠離故土外出做官，不能與家人友朋群處爲樂。

〔八〕「羽翰」句：翰，原作「幹」，據四庫本改。

〔九〕「終恐」句：摧伏，羽毛摧折而受傷。按：自「悔不」至此六句，乃對朋友傾訴離別之苦。

〔一〇〕「公看」二句：鴻鵠，史記陳涉世家：「陳涉太息曰：『嗟乎，燕雀安知鴻鵠之志哉！』」索隱：「尸子云『鴻鵠之鷇，羽翼未合，而有四海之心』是也。鴻鵠是一鳥，若鳳皇然，非鴻雁與黄鵠也。」此句就上「物生有高下」而言，謙言無鴻鵠之志。按：是詩以雁爲喻，揭露北宋末政治生態之惡劣，渴望自由自在的生活。

赴海陵行次寶應〔一〕

半升濁酒試蒓羹〔二〕，賤買魚蝦已厭烹。淺水依蒲有船過，淡烟籠月更人行。交遊潦倒腸先斷，疾病侵陵涕自横。北望中原一千里〔三〕，故人誰復唤歸耕。

〔一〕寶應，元豐九域志卷五楚州山陽郡：「治山陽縣。」有縣五，其中寶應縣在州南六十里。今屬江蘇揚州市。次寶應，原校：「一作『過白田』。」按：白田，舊地名，現爲社區名，在寶應縣城區中部。則次寶應、過白田，其實一也。

〔二〕「半升」句：蒓，亦作蓴，又名水葵，水生植物名。可作羹，味美。張志和漁父歌：「松江蟹舍主人歡，菰飯蒓羹亦共餐。」

〔三〕「北望」句：一，原校：「一作『幾』。」中原，此指開封、新鄭一帶，詩人親友多居於此。

海陵雜興八首〔一〕

四海今誰託，飄然未有歸。先生作詩瘦〔二〕，稚子食言肥〔三〕。未忍螢枯死〔四〕，甘隨鷁退飛〔五〕。故人取堅坐，不爲賦無衣〔六〕。

〔一〕雜興，唐以後詩人以此爲題者甚多，且以組詩爲夥。元楊士弘編、張震注唐音卷二儲光羲田家雜興八首注曰：「雜興，亦雜言之義。」此說似誤，雜興乃「興」之雜，而非「言」之雜。清吳景旭歷代詩話卷六五元詩月泉吟社論春日田園雜興之作法，曰：「作者固不可舍田園而泛言，亦不可泥田園而專及。舍之則非此詩之題，泥之則失此題之趣。有因春日田園間景物感動性情，意與景融，辭與意會，一吟諷頃，悠然自見，其爲雜興者，此真雜興也。不明此義而爲此詩，他未暇悉論，往往叙實者多入於賦，稱美者多近於頌，甚者將『雜興』二字體貼，而相去益遠矣。」此所謂「雜興」八首，又非全因「景物感動」，而多爲對人生、友朋所發之各種感慨。

〔二〕「先生」句：先生，詩人自指。李白戲贈杜甫：「借問别來太瘦生，總爲從前作詩苦。」又杜甫暮登西安寺鐘樓寄裴十迪：「知君苦思緣詩瘦，太向交游萬事慵。」

〔三〕「稚子」句：食言肥，見本書卷四楊州留一上人詩注引左傳哀公二十五年。此即言稚子體胖，謂「食言」，戲語也。

〔四〕「未忍」句：禮記月令季夏之月：「腐草爲螢。」句謂自己癯瘦如螢，恐將瘦死，甚爲不忍。

〔五〕「甘隨」句：春秋僖公十六年：「六鷁退飛，過宋都。」杜預注：「鷁，水鳥，高飛遇風而退，宋人以爲災。」此以鷁退飛喻仕途，謂情願做官不進反退，甚至隱逸。

〔六〕「故人」二句：賦無衣，左傳定公四年：冬，吴入郢，楚昭王在隨，申包胥如秦乞師。「秦伯使辭焉，曰：『寡人聞命矣，子姑就館，將圖而告。』對曰：『寡君越在草莽，未獲所伏；下臣何敢即安？』立，依於庭牆而哭，日夜不絶聲，勺飲不入口七日。秦哀公爲之賦無衣，九頓首而坐。秦師乃出。」兩句言故人前來久坐，不是如申包胥如秦乞師而有所求，蓋爲情深意切，不欲去也。

相見各已老，壯懷如昔然。蛟龍夜改穴，風雨暗移船〔一〕。把酒猶堪醉，逢人懶問禪。還家有餘地，留我買山錢〔二〕。

〔一〕「蛟龍」二句：憶昔日「壯懷」出遊，或如蛟龍夜出，或頂風冒雨，在所不懼。

〔二〕「還家」二句：謂如今已老，不得不安排退路。買山錢，典出世説新語排調，見本書卷五送晁季一罷官西歸詩注。又劉禹錫酬樂天閒卧見寄：「同年未同隱，緣欠買山錢。」蘇軾答王鞏：「青山自繞郭，不要買山錢。」

諸老今無恙，秋來數寄聲〔一〕。尚能無事飲〔二〕，猶勝不平鳴〔三〕。行李虛長鋏，生涯共短檠〔四〕。江湖日在眼，恐負白鷗盟〔五〕。

〔一〕「秋來」句：寄聲，指寄信。韓愈送李員外院長分司東都：「兩地無千里，因風數寄聲。」

〔二〕「尚能」句：無事飲，世説新語任誕：「王孝伯（恭）言：『名士不必須奇才，但使常得無事，痛飲酒，熟讀離騷，便可稱名士。』」陳師道咸平讀書堂：「復作無事飲，醉卧擁青奴。」參見本書卷四雨中作詩注。

〔三〕「猶勝」句：韓愈送孟東野序：「大凡物不得其平則鳴。草木之無聲，風撓之鳴；水之無聲，風蕩之鳴。其躍也或激之，其趨也或梗之，其沸也或炙之。金石之無聲，或擊之鳴。人之於言也亦然，有不得已者而後言，其歌也有思，其哭也有懷。凡出乎口而爲聲者，其皆有弗平者乎！」此言「猶勝」，乃反其義，謂與其鳴不平，不如開懷痛飲。

〔四〕「行李」二句：行李，此指出行時所帶衣裝。虛，無也。長鋏，即劍。史記孟嘗君列傳：馮驩彈其劍而歌曰：「長鋏歸來乎，食無魚。」共短檠，謂別無所求，只與青燈作伴。

〔五〕「恐負」句：盟，原作「鳴」，據四庫本改。白鷗盟，指歸隱。「鷗盟」事，見本書卷六與諸弟諸李同登塔山愚壁以事不能來因成二絶詩注引列子黃帝。黃庭堅奉同子瞻韵寄定國：「老驥心雖在，白鷗盟已寒。」

荒城足風雨，今日更新冬〔一〕。草木山嵐暗，人家水影重。漫看文字過，時有簿書逢〔二〕。目極横塘路〔三〕，西樓聞暮鐘。

〔一〕「今日」句：吕本中於政和八年八月到海陵任（見下卷雜詩三首注），蓋是日立冬，故言「新冬」。

〔二〕「漫看」二句：謂剛看完書，時而又須處理公文。

〔三〕「目極」句：横塘，宋史河渠志：「杭州於潛縣令郟亶言：『……古人治水之迹，縱則有浦，横則有塘，又有門堰、涇瀝而棊布之，今總二百六十餘所。欲略循古人之法，七里爲一縱浦，十里爲一横塘。』」此泛指水塘。

曾子不復見〔一〕，斯人絶可憐。夢回千嶂裏〔二〕，氣奪萬夫前〔三〕。異日文章社，平生香火緣〔四〕。高樓更南望，霜露倚江天〔五〕。

〔一〕「曾子」句：據是詩末句自注及本書卷一五閒居感舊偶成十絶其九自注，曾子乃曾元似，後者詩曰：「曾郎學行冠姻親，趙子（才仲）才能又絶倫。仲弟故應同二妙，一時先後委埃塵。」則曾元似乃本中姻親，已亡故。按紫微詩話曰：「曾元嗣續，政和間嘗作十友詩，蓋謂顔平仲岐、關止叔沼、饒德操節、高秀實茂華、韓子蒼駒，及余諸人，共十人也。其稱予詩云：『吕家三相盛天朝，流澤於今有鳳毛。世業中微誰料理，却收才具入風騷。』」按：曾續，肇子，字元似，一作元嗣，南豐（今屬江西）人，事迹别無可考。

〔二〕「夢回」句：千嶂裏，指戰場。范仲淹漁家傲秋思：「塞下秋來風景異，衡陽雁去無留意。四面邊聲連角起，千嶂裏，長烟落日孤城閉。」此或以戰場擬科場，詳下。

〔三〕「氣奪」句：氣奪，謂勇氣盡失。尉繚子卷一戰威：「氣實則鬭，氣奪則走。」王粲羽獵賦：「禽獸振駭，魂亡氣奪。」萬夫，疑指舉子，言其多。此及上句，似言曾元似因科舉考試失利憂憤而卒。

〔四〕「異日」二句：文章社，指二人同在詩社。香火緣，謂又一起奉佛參禪。疑曾元似嘗隨吕本中學詩，除姻親外猶有師門授受之誼。

〔五〕「霜露」句：露：原校：「一作『路』。」「倚江天」下，自注：「時曾元似新物故。」

萬事不如意，自然添白鬚。極知少餘韵，何敢厭窮途。土俗尊魚婢〔一〕，生涯欠木奴〔二〕。東行見李白〔三〕，誰爲致區區〔四〕。

〔一〕「土俗」句：魚婢，爾雅釋魚：「鱊鮬，鱖鯞。」郭璞注：「小魚也。似鮒子而黑，俗呼爲魚婢，江東呼爲妾魚。」

〔二〕「生涯」句，木奴，指甘橘樹。三國志吴書孫休傳裴松之注引襄陽記：「（李）衡每欲治家，妻輒不聽。後密遣客十人，於武陵龍陽氾洲上作宅，種甘橘千株。臨死，敕兒曰：『汝母惡吾治家，故窮如是。然吾州里有千頭木奴，不責汝衣食，歲上一匹絹，亦可足用耳。』衡亡後二十餘日，兒以白母，母曰：『此當是種甘橘也。汝家失十户客來七八年，必汝父遣爲宅。汝父恒稱太史公言「江陵千樹橘當封君家」，吾答曰：「且人患無德義，不患不富，若貴而能貧，方好耳，用此何爲！」』吴末，衡甘橘成，歲得絹數千匹，家道殷足。」蘇軾贈王子直秀才：「山中奴婢橘千頭。」此反其義，謂未種甘橘樹以興家道。

〔三〕「東行」句：新唐書李白傳：「白晚好黄老，度牛渚磯至姑孰，悦謝家青山，欲終焉。及卒，葬東麓。」按：李白墓在今安徽馬鞍山當塗太白鎮青山下。

〔四〕「誰爲」句，區區，文選古詩十九首之十七：「一心抱區區，懼君不識察。」李善注引廣雅曰：「區區，愛也。」魏繁欽定情詩：「何以致區區，目中雙明珠。」此指思念之情。蘇軾與胡深夫五首其五：「某以衰病紛冗，裁書不謹，惟恕察。王京兆因會，幸致區區。」按：瀛奎律髓卷四收是詩，方回評曰：「此詩在泰州爲小官時作，爲仕宦送迎無味，非其所樂，故首句有『不如意』、『生白鬚』之語，自是名言。然應接塵俗，已無餘韵，又不敢以窮途爲厭也，意極婉曲。『魚婢』、『木奴』一聯工，而『尊』字尤好。」李慶甲彙評録馮班評：「『尊』字很生。」又曰：「破題好。」「末二句，既無致書者，東行又是何人？」紀昀評：「三句似解不解，江西語病。」又清賀裳載酒園詩話卷一：「呂居仁海陵雜興曰：『土俗尊魚婢，生涯欠木奴。』當時以爲佳對。余因思岑參北庭詩『雁塞通鹽澤，龍堆接醋溝』，可謂天生巧合，盛唐人却不以此標榜。」

空山鶴夜鳴，海風令人驚。對月且愁思〔一〕，看書終眼明。斗酒不爲薄〔二〕，客帆那計程。猶憐他夜雨，曾作打窗聲。

〔一〕「對月」句：蓋用李白静夜思「舉頭望山月，低頭思故鄉」詩意。

〔二〕「斗酒」句：黄庭堅同吉老飲清平戲作集句：「我有一樽酒，聊厚不爲薄。」

輕帆載曉月，和夢到揚州〔一〕。木落山光寺〔二〕，江横北固樓〔三〕。漫抛三徑隱〔四〕，虚有十年遊。尚勝劉師命，才因越女留〔五〕。

〔一〕「和夢」句：到，原校：「一作『别』。」

〔二〕「木落」句：資治通鑑卷二五七唐紀七三：「（畢）師鐸退屯山光寺，以廣陵城堅兵多，甚有悔色。」胡三省注：「山光寺，在廣陵城北。」廣陵，即揚州。

〔三〕「江横」句：方輿勝覽卷三鎮江府北固樓引輿地志：「在北固山上。天色晴明，望見廣陵城，如青霄中鳥道，相去五十里。」按：樓在今江蘇鎮江京口北固山公園内。

〔四〕「漫抛」句：漫抛，放棄。三徑隱，謂退隱如陶淵明。陶歸去來兮辭曰：「三徑就荒，松菊猶存。攜幼入室，有酒盈罇。」

〔五〕「尚勝」二句：韓愈有聞梨花發贈劉師命、梨花下贈劉師命二詩，韓醇注：「公集有劉生詩云『陽山窮邑惟猿猴，手持釣竿遠相投』，師命蓋陽山時客也。」越女留，又按劉生詩曰：「生名師命其姓劉，自少軒輊非常儔。棄家如遺來遠遊，東走梁宋暨揚州。遂凌大江極東陬，洪濤春天禹穴幽。越女一笑三年留，南逾横嶺入炎州。」

往來送迎城南道中二絶

破裘重補却勝寒，暗減頭圍覺帽寬〔一〕。數頃桑麻繞城路，每隨妓吏去迎官〔二〕。

〔一〕「暗減」句：蘇軾聞子由瘦：「海康别駕復何爲，帽寬帶落驚僮僕。」

〔二〕「每隨」句：妓吏，妓指官妓，古代地方官署所蓄供應酬、娱樂之女性，往往善歌舞。唐宋時各州縣皆有之。杜牧春末題池州弄水亭詩：「嘉賓能嘯詠，官妓巧粧梳。」陳師道後山談叢卷二：「文元賈公居守北都，歐陽永叔使北還，公預戒官妓辦詞以勸酒，妓唯唯。復使都廳召而喻之，妓亦唯唯。公怪歎，以爲山野。既燕，妓奉觴歌以爲壽，永叔把琖側聽，每爲引滿，公復怪之。召問，所歌皆其詞也。」

海氣如煙跨市樓，北風連夜舞梧楸〔一〕。平生事業難牽强，坐守寒燈聽聒囚〔二〕。

〔一〕「海氣」二句：海氣，大海吹來之風。泰州近海，故云。舞，原校：「一作『雨』。」

〔二〕「坐守」句：聒囚，即聒囚鼓。中吴紀聞卷六：「大觀中，樞密章公之子綖爲蔡京誣以盜鑄，詔開封尹李孝壽即吴中置獄，連逮千餘人，遣甲士五百圍其家，鉦鼓之聲晝夜不絶，俗謂之聒囚鼓。」此泛指獄中示警之鼓。詩人時爲獄掾，故云。

家叔舍弟與黎介然會于符離因用兩絶奉寄〔一〕

漫約同歸久未償〔二〕，只今留滯各它鄉。春風有信勤歸雁〔三〕，夜雨何時復對床〔四〕。

〔一〕黎介然，即黎確，字介然，見本書卷一客居書懷奉寄介然若谷才仲兼簡信民詩注。符離，舊縣名，今爲符離鎮，屬安徽宿州市，前已屢見。

〔二〕「漫約」句：同歸，謂嘗有約一同歸隱，然未如願以償。

〔三〕「春風」句：有信，謂雁春來秋去。蘇軾正月二十日與潘郭二生出郊尋春忽記去年是日同至女王城作詩乃和前韵：「人似秋鴻來有信，事如春夢了無痕。」

〔四〕「夜雨」句：韋應物示全真元常（元常趙氏生）：「余辭郡符去，爾爲外事牽。寧知風雪夜，復此對床眠。」又蘇軾初秋寄子由：「雪堂風雨夜，已作對床聲。」對床夜語，後常用爲兄弟或朋友情深之典故。

老覺爲官百不宜，故人雖在鬢如絲。遥知再踏同遊地，更想汪饒曳杖時〔一〕。

〔一〕「遥知」二句：自注：「余昔與介然、德操、信民同寓符離。」按：當年與三人同寓符離事，參見本書卷一符離諸賢詩注。汪饒，汪革、饒節。曳杖，拄着拐杖。禮記檀弓上：「孔子蚤作，負手曳杖，消摇於門。」又蘇軾東坡：「莫嫌犖确坡頭路，自愛鏗然曳杖聲。」

病中夜聞雪作時堯明有廣陵之行未歸思爲數語奉寄久之未就他日堯明歸攜詩相過飄然有御風凌雲之氣因以前詩答之〔一〕

公方它山行，我此一室病。擁爐聽夜雪，若與風勢競。蕭條中疑休，狼藉久未定〔二〕。平明望屋瓦，入我眼界静。所恨子猷遠，無復肯乘興〔三〕。想當巖壑間，玉立與輝映〔四〕。時來有傑句，遂入風雅正〔五〕。寒威固深避，草木自温凊。公家鶴氅翁，韵與羲皇並〔六〕。流風及遠孫，筆力如此勁。雕績或過眼，惟我乃弗稱〔七〕。新春上河堤，梅柳當歷聘〔八〕。過從不厭數，荒疇取微徑〔九〕。

〔一〕堯明，王俊乂字堯明，泰州如皋（今屬江蘇）人，王覿從子。宣和元年（一一一九）三月太學釋褐，徽宗親擢爲上舍第一。拜國子博士，居二年，改太學博士。遷右司員外郎，爲王黼所惡，以直秘閣知岳州。卒，年四十七。與陳與義、李綱、趙鼎臣、吕本中等唱和。事迹見宋彭百川太平治迹統類卷二八祖宗科舉取人，汪藻衛公墓誌銘。宋史王覿傳有附傳，作王俊義，義、乂同。

〔二〕「蕭條」二句：中疑休，謂卧病間似乎要死。莊子刻意：「其死若休。」成玄英疏：「其死也若疲勞休息，曾無繫戀也。」久未定，言生死未卜。

〔三〕「所恨」二句：子猷，即王徽之。王徽之雪夜訪戴事，見本書卷二山陽寶應道中與汪信民兄弟詩注引世説新語任誕。此以王徽之喻指王堯明，謂其没能乘興來訪。

〔四〕「想當」二句：謂王堯明是時或在赴廣陵路上冒雪前行，與當年王子猷雪夜訪戴前後輝映。

〔五〕「遂入」句：風雅正，謂王堯明所作傑句可入正風、正雅。風雅有正、變，乃漢儒之説。鄭玄詩譜序：「文武之德，光熙前緒，以集大命於厥身，遂爲天下父母，使民有政有居。……及成王、周公致太平，制禮作樂，而有頌聲興焉，盛之至也。本之由此風、雅而來，故皆録之，謂之詩之正經。……五霸之末，上無天子，下無方伯，善者誰賞，惡者誰罰，紀綱絶矣。故孔子録懿王、夷王時詩，訖於陳靈公淫亂之事，謂之變風、變雅。」

〔六〕「公家」二句：鶴氅翁，指王恭。晉書王恭傳：「家無財帛，唯書籍而已。……恭美姿儀，人多愛悦，或目之云：『濯濯如春月柳。』嘗被鶴氅裘，涉雪而行，孟昶窺見之，歎曰：『此真神仙中人也！』」此言王恭爲王堯明遠祖。羲皇，太平御覽卷七七引春秋運斗樞：「大傳説燧人爲燧皇，伏羲爲羲皇，神農爲農皇也。」羲皇並，謂可與古人韵致等齊。陶淵明與子儼等疏：「自謂是羲皇上人。」

〔七〕「雕繢」二句：雕繢，雕鐫彩繪，指某些人作詩只重形式。乃弗稱，不予稱贊。

〔八〕「梅柳」句：梅柳，喻指王堯明詩，謂其妍麗可愛如春天花木。歷聘，謂一一觀賞，皆可取，猶如當年張儀歷聘六國。此乃詼諧語。

〔九〕「過從」二句：過從，往來。數，頻繁。司馬光宜甫東樓晚飲：「登臨不厭數。」微徑，小路。杜甫法鏡寺：「冥冥子規叫，微徑不復取。」此反其義。

次韵堯明貢院詩〔一〕

忍窮不能歸，强飯亦良計。東風頻報春，草木可次第。厭爲龍頭縮〔二〕，寧作龜尾曳〔三〕。從來翰墨場〔四〕，即有聞見滯〔五〕。譬如已耕田〔六〕，更欲深種蓺。或蒙鹵莽報〔七〕，未肯即棄置〔八〕。不聞太倉粟，亦校毫髮細〔九〕。王卿固倦遊，穢濁有蟬蜕〔一〇〕。聲名動時人〔一一〕，我實託末契。泥塗倒屐齒，塵埃涴衣袂〔一二〕。要爲無用用〔一三〕，乃作不事事〔一四〕。下馬舊戰場〔一五〕，午日在庭叱〔一六〕。向來槁木枝，忽有紅緑綴〔一七〕。來非偶然往，去亦無所詣〔一八〕。聚蚊著甌中，得聽此鶴唳〔一九〕。窗前有餘馥，勝韵入松桂〔二〇〕。扁舟下淮南，閭里思少憩〔二一〕。熟觀昔所歷，請與居士戲〔二二〕。江湖要同歸，不假木蘭枻〔二三〕。

〔一〕貢院，科舉考試之組織機構及考試場所。唐代已有之，宋初取具臨時，後來尚書省禮部及各州皆陸續建造。王堯明爲如皋人，如皋乃泰州屬縣。宋代科舉第一級考試稱發解試，在各州郡舉行，故王堯明之「舊戰場」，必在泰州（治海陵）貢院。此乃次韵詩，王氏原唱已佚。

〔二〕「厭爲」句：韓愈石鼎聯句軒轅彌明句：「龍頭縮菌蠢。」縮，不伸貌。菌蠢，文選張衡南都賦：「芝房菌蠢生其隈。」李善注：「芝房，芝生成房也。菌蠢，是芝貌。」句謂縮作一團之龍頭，其貌如芝菌，委瑣不堪，故云「厭爲」也。

〔三〕「寧作」句：莊子秋水：「莊子釣於濮水，楚王使大夫二人往先焉，曰：『願以境内累矣。』莊子持竿不顧，曰：『吾聞楚有神龜，死已三千歲矣，王巾笥而藏之廟堂之上。此龜者，寧其死爲留骨而貴乎？寧其生而曳尾於塗中乎？』二大夫曰：『寧生而曳尾塗中。』莊子曰：『往矣！吾將曳尾於塗中。』」郭象注：「性各有所安也。」

〔四〕「從來」句：翰墨場，原校：「一作『文字娱』。」翰墨場即文場，此指科場，謂科舉程文如文字遊戲。

〔五〕「即有」句：即，原校：「一作『乃』。」聞見滯，謂囿於聞見，眼界狹窄。

〔六〕「譬如」句：耕，原校：「一作『耨』。」

〔七〕「或蒙」句：莊子則陽：「昔予爲禾，耕而鹵莽之，則其實亦鹵莽而報予；芸而滅裂之，其實亦滅裂而報予。予來年變齊，深其耕而熟耰之，其禾蘩以滋，予終年厭飧。」郭象注：「鹵莽、滅裂，輕脱末略，不盡其分。」

〔八〕「未肯」句，肯，原校：「一作『忍』。」「譬如」至此四句，以農民種田喻作文，謂要精耕細作，方有好收成。

〔九〕「不聞」二句，亦，原校：「一作『肯』。」兩句謂農家種田須計收成，不象太倉之粟極多，可以不細校得失。太倉，京城儲糧之大倉。史記平準書：「太倉之粟，陳陳相因，充溢露積於外，至腐敗不可食。」

〔一〇〕「穢濁」句：有，原校：「一作『乃』。」史記屈原列傳：「（屈原乃）自疏濯淖汙泥之中，蟬蜕於濁穢，以浮游塵埃之外，不獲世之滋垢，皭然泥而不滓者也。」

〔一一〕「聲名」句，人，原校：「一作『流』。」

〔一二〕「泥塗」二句，泥塗、塵埃，謂處境卑賤。屐，有兩齒之木鞋。倒屐齒，謂屐齒折斷。晉書謝安傳：「（謝）玄等既破（苻）堅，有驛書至，安方對客圍棊，看書既竟，便攝放牀上，了無喜色，棊如故。客問之，徐答云：『小兒輩遂已破賊。』既罷，還内，過户限，心喜甚，不覺屐齒之折。」衣袂，衣袖。涴，污染，原校：「一作『滿』。」按：兩句形容處境狼狽。

〔一三〕「要爲」句：無用用，莊子人間世：「山木自寇也，膏火自煎也。桂可食，故伐之；漆可用，故割之。人皆知有用之用，而莫知無用之用也。」郭象注：「有用則與彼爲功，無用則自全其生。夫割肌膚以爲天下者，天下之所知也。使百姓不失其自全而彼我俱適者，悗然不覺妙之在身也。」

〔一四〕「乃作」句：史記曹相國世家：「（曹參）日夜飲醇酒，卿大夫已下吏及賓客見參不事事，來者皆欲有言。」集解引如淳曰：「不事丞相之事。」

〔一五〕「下馬」句：下馬，原校：「一作『重尋』。」舊戰場，即貢院。舊稱科舉考試爲「文戰」，故以貢院爲「戰場」，其原作亦題爲貢院詩。

〔一六〕「午日」句：午日，中午。庭户，指貢院大庭。謂王堯明在貢院一直盤桓到中午。户，門檻，原校：「一作『砌』。」

〔一七〕「向來」二句：槁木枝，詩人自喻，謂少有生趣。莊子達生：「吾處身也，若厥株拘；吾執臂也，若槁木之枝。」紅緑綴，謂枯枝忽然花枝招展。兩句言得王堯明詩後極喜，猶如枯木逢春。

〔一八〕「來非」二句：來，謂隨王堯明到貢院並非偶然。去，原校：「一作『出』。」無所詣，别無去處。蘇軾答任師中家漢公：「出門無所詣。」兩句謂早知王堯明詩好，此外别無尋處。

〔一九〕「聚蚊」二句：漢書景十三王傳中山靖王勝傳：「聚蟁成靁。」顔師古注：「蟁，古蚊字。靁，古雷字。言衆蚊飛聲有若雷也。」甌，瓦器名，此指盆。得聽，得，原校：「一作『忽』。」鶴唳，唳，鳴也。晉書陸機傳：「既而歎曰：『華亭鶴唳，豈可復聞乎！』」按：兩句言常日所聞文章有如聚蚊之聲，令人惡心，今皆收其聲，而讀王堯明之作，猶如鶴鳴之美。

〔二〇〕「窗前」二句：窗前，謂窗前讀王堯明之詩。兩字原校：「一作『前詩』。」馥，香氣。餘馥，形容原作極可愛，其韵味猶如松桂，令人神爽。

〔二一〕「扁舟」二句：淮南，路名，此指淮南東路，泰州隸焉（見元豐九域志卷五）。閭里，鄉里。戰國策齊策四：「下則鄙野監門閭里。」鮑彪注：「閭在鄉，里在野，並五百家，皆有門。」

〔二二〕「請與」句：居士，隋慧遠維摩義記：「在家修道，居家道士，名爲居士。」後指在家奉佛之人。此乃詩人自指。戲，嘻戲，遊玩。此句原校：「一作『萬變才一戲』。」

〔二三〕「江湖」二句：同歸，一起歸隱。假，借也。木蘭枻，楚辭屈原九歌湘君：「桂櫂兮蘭枻。」玉篇：「（栧）與枻同，楫也。」木蘭亦爲舟名。任昉述異記：「木蘭川在潯陽江中，多木蘭樹，昔吴王闔閭植木蘭於此，用構宫殿也。七里洲中，有魯班刻木蘭舟。詩家云木蘭舟，出於此。」兩句原校：「一作『滄浪要同歸，更整它日枻』。」

海陵夜作

夜長夜長天復霜，海陵城中今夜長。夜長夜長冬向晚〔一〕，寒階無人看月滿〔二〕。路長家遠來信稀〔三〕，水闊山深歸夢短〔四〕。堂上書生頭已白，朔方健兒十年客〔五〕。

想渠當此夜長時，撫劍雖長酒杯窄〔六〕。明妃愛惜漢宮衣〔七〕，烏孫公主終不歸〔八〕。戚姬去視鴻鵠舉，更爲君王作楚舞〔九〕。當此夜長誰送迎，此月還如今夜明〔一〇〕。夜長夜短公莫厭，寒即重裘熱須簟〔一一〕。夜長夜短公莫憂，多憂多厭公白頭。

〔一〕「夜長」句：冬向晚，原校：「一作『天向暖』。」

〔二〕「寒階」句：原校：「一作『海陵城中今夜短』。」

〔三〕「路長」句：長，原校：「一作『遥』。」

〔四〕「水闊」句：短，原校：「一作『斷』。」

〔五〕「堂上」二句：堂上書生，詩人自指。朔方健兒，朔方，北方。健兒，即下文所稱「渠」，泛指北方守邊將士。杜甫哀王孫：「朔方健兒好身手。」

〔六〕「撫劍」句：孟嘗君客馮驩彈其劍而歌曰：「長鋏歸來乎，食無魚。」後又歌「出無輿」、「無以爲家」，詳見本書卷七言志詩注引史記孟嘗君列傳。鋏，劍也。酒杯窄，謂即便彈長劍，仍無酒可飲。宋韓淲送周次公入浙：「無令詩囊空，但恐酒杯窄。」可參讀。

〔七〕「明妃」句：明妃，即王昭君，和親嫁匈奴單于，詳見本書卷二明妃詩注。王安石明妃曲二首其一：「一去心知更不歸，可憐著盡漢宮衣。」

〔八〕「烏孫」句，漢書西域傳：「(烏孫)使使獻馬，願得尚漢公主，爲昆弟。……漢元封中，遣江都王建女細君爲公主，以妻焉，賜乘輿服御物，爲備官屬、宦官、侍御數百人，贈送甚盛。烏孫昆莫以爲右夫人。」參見本書卷二咸安公主詩注。

〔九〕「戚姬」二句：史記呂后本紀：高祖爲漢王，得定陶戚姬，生趙隱王如意。高祖欲廢太子而立如意，未遂。高祖崩，「呂后最怨戚夫人及其子趙王，乃令永巷囚戚夫人」，後又「斷戚夫人手足，去眼，煇耳，飲瘖藥，使居厠中，命曰『人彘』。居數日，迺召孝惠帝觀人彘。孝惠見，問，知其戚夫人，迺大哭」，後亦崩。同書留侯世家：高祖欲廢太子，留侯張良乃召四皓爲高祖壽，稱願調護太子。「四人爲壽已畢，趨去，上目送之，召戚夫人指示四人者，曰：『我欲易之，彼四人輔之，羽翼已成，難動矣，呂后真而主矣。』戚夫人泣，上曰：『爲我楚舞，吾爲若楚歌。』歌曰：『鴻雁高飛，一舉千里。羽翮已就，横絶四海。横絶四海，當可奈何。雖有矰繳，尚安所施。』歌數闋，戚夫人嘘唏流涕，上起去罷酒。」

〔一〇〕「此月」句：還，原校：「一作『亦』。」句謂戚夫人作楚舞之夜，其月亦如今夜之月一樣明亮，然爲子争帝却大勢已去，無可奈何。

〔一一〕「寒即」句：重裘，厚裘衣。賈誼新書諭誡：「重裘而立。」又三國志魏書王昶傳：「諺曰：『救寒莫如重裘，止謗莫如自修。』」簟，竹席。按：詩自「堂上書生」至此十二句，講述書生、健兒、公主、貴姬等各色人等之痛苦與不平，歸結爲「寒即重裘熱須簟」，莫憂莫厭，乃詩人自我寬慰。

呂本中詩集箋注卷九

秋夜行〔一〕

八月九月啼寒蛩〔二〕，十月北風天雨霜。客游無聊思故鄉，鄉書不來空斷腸〔三〕。鴻飛何爲滿夕陽，舉頭攬取明月光，置我堂上六尺床〔四〕。滿酌玉杯碧淋浪〔五〕，喚取姮娥來共嘗〔六〕。人間歡樂壽命長，不須辛苦老桂傍〔七〕。

〔一〕行，古樂府歌曲名。文選樂府上「古辭」飲馬長城窟行，李善注引音義曰：「行，曲也。」謂「行」乃曲名之一種。宋姜夔謂「體如行書曰行」（詩説）。明徐師曾以爲「步驟馳騁，疏而不滯者曰行」（文體明辨）。

〔二〕「八月」句：寒蛩，淮南子説林訓：「鳥飛反鄉，兔走歸窟，狐死首邱，寒將翔水，各哀其所生。」高誘注：「寒將，水鳥。」李白陌上桑：「寒蛩愛碧草。」楊齊賢注：「蛩音將，蟬屬。」此説是，又名蜺、蜩，體小色黑，鳴於深秋。將、蛩同。

〔三〕「鄉書」句：鄉書，原作「書來」，據四庫本改。

〔四〕「舉頭」二句：即化用李白静夜思詩意，其曰：「床前看月光，疑是地上霜。舉頭望山月，低頭思故鄉。」

〔五〕「滿酌」句：碧淋浪，嵇康琴賦：「紛淋浪以流離。」淋浪，連綿字，琴聲波動貌。後亦形容水淋漓貌。陶潛感士不遇賦：「淚淋浪以灑袂。」此以淋浪代指酒，碧，酒之色。

〔六〕「唤取」句：姮娥，淮南子覽冥訓：「譬若羿請不死之藥於西王母，姮娥竊以奔月。」高誘注：「姮娥，羿妻。羿請不死之藥於西王母，未及服之，姮娥盜食之，得仙，奔入月中，爲月精也。」

〔七〕「不須」句：初學記卷一引虞喜安天論曰：「俗傳月中仙人桂樹。今視其初生，見仙人之足漸已成形，桂樹後生。」

臘梅

學得漢宫粧，偷傳半額黄〔一〕。不將供俗鼻，愈更覺清香〔二〕。

〔一〕「學得」二句：漢宫粧，漢代宫女在額上塗黄，稱「半額黄」。此以喻臘梅。梁簡文帝戲贈麗人：「麗姬與妖嫱，共拂可憐粧。同安鬟裏撥，異作額間黄。」又虞世南應詔嘲司花女：「學畫鴉黄半未成。」又韓偓梅花：「梅花不肯傍春光，自向深冬著艷陽。龍笛遠吹胡地月，燕釵初試漢宮粧。」

〔二〕「愈更」句：瀛奎律髓卷二〇收呂本中梅（「南雪看未穩」，見本書卷二），方回評曰：「（呂）居仁小絶蠟梅詩云（即此詩，略）。早梅云：『獨自不争春，都無一點塵。忍將冰雪面，所至媚游人。』凡賦梅，盛稱其美，不若以自況而自超於物外可也。」

牧牛兒

牧牛兒，放牛莫放澗水西，澗水流急牛苦飢。放牛只放青草畔，牛卧得草兒亦懶。兒懶隨牛莫著鞭，幾年力作無荒田。雨調風順租税了，兒但放牛相對眠〔一〕。

〔一〕此詩似受張耒牧牛兒詩影響，其曰：「牧牛兒，遠陂牧。遠陂牧牛芳草緑，兒怒掉鞭牛不觸。澗邊柳古南風清，麥深蔽目田野平。烏犍礪角逐草行，老牸卧嚥飢不鳴。犢兒跳梁没草去，隔林應母時一聲。老翁念兒自攜餉，出門先上岡頭望。日斜風雨濕蓑衣，拍手唱歌尋伴歸。遠村放牛風日薄，近村放牛泥水惡。珠璣燕趙兒不知，兒生但知牛背樂。」

洞庭〔一〕

嘗聞洞庭湖，秋至清皎潔。往來八百里〔二〕，長風駕明月。中有仙人居〔三〕，容顔若冰雪〔四〕。我願從之游，問渠傳寶訣〔五〕。脱冠着霞佩〔六〕，長與塵世别。

〔一〕洞庭，湖名，在今湖南北部，長江、荆江河段以南。北與長江相連，南納湘、資、沅、澧四水。

〔二〕「往來」句：八百里，或其他數字，皆出於古人猜度或傳説，未經實地測量，故各不相同。元和郡縣志卷二七岳州巴陵縣：「洞庭湖，在縣西南一里五十步，周迴二百六十里。」宋王應麟通鑑地理通釋卷五：「洞庭，太湖也，廣圓五百餘里，日月若出没於其中。」

〔三〕「中有」句：仙人，蓋指湘君、湘夫人。張華博物志卷六：「洞庭君山，帝之二女居之，曰湘夫人。」又荆州圖經曰：『湘君所遊，故曰君山。』」

〔四〕「容顔」句：莊子逍遥遊：「藐姑射之山，有神人居焉，肌膚若冰雪，綽約若處子。」

〔五〕「問渠」句：寶訣，成仙秘訣。

〔六〕「脱冠」句：冠，儒家禮帽。霞佩，文有彩霞之佩飾，乃仙人服飾。韓愈調張籍：「乞君飛霞佩，與我高頡頏。」

細　雨

細雨不成雪，北風來解紛。冥冥小江樹，漠漠暮空雲。誰惜江東弟〔一〕，令修地下文〔二〕。西齊千萬里〔三〕，遺恨不堪聞。

〔一〕「誰惜」句：江東弟，指詩人次弟呂揆中。宋史呂夷簡傳：「祖龜祥知壽州，子孫遂爲壽州人。」壽州，今安徽壽縣。呂夷簡爲呂本中兄弟高祖。疑揆中崇寧間死於宿州（見下注），宿州，今亦屬安徽。古代泛指安徽爲江東，故此以「江東弟」代指揆中。杜甫元日示宗武：「不見江東弟，高歌淚數行。」自注：「第五弟豐，漂泊江左，近無消息。」

〔二〕「令修」句：修地下文，謂在陰間爲修文郎。太平御覽卷八八三引王隱晉書蘇韶傳：「蘇韶，字孝先，安平人。仕至中牟令，卒。」韶伯父第九子節在市上晝日見之，問所疑，「韶言天上及地下事，亦不能悉知也。顏淵、卜商今見在，爲修文郎，凡有八人。鬼之聖者梁成，賢者吴季子」。韶與節別，曰：「吾今見爲修文郎官職，不暇得來也。」杜甫聞高常侍亡：「虚歷金華省，何殊地下郎。」

〔三〕「西齊」句：西齊，指泰山。泰山在古代齊國都城臨淄之西，故稱。晋張華博物志卷一：「泰山，一曰天孫，言爲天帝孫也。主召人魂魄，東方萬物始成，知人生命之長短。」按：呂揆中卒年不見載籍，本書卷二三（外集卷三）有讀亡弟由義舊詩有感詩，據該詩「三年暮春日」等句，疑揆中死於崇寧三年（一一〇四）春，可參讀。本中詩集乃編年體，循此詩位置，約作於政和末，時爲海陵掾。

王　陽

王陽作黄金，才了車馬費〔一〕。苦身邀聲名，未免遺俗累〔二〕。何如陶淵明，蕭散塵世外。公田二頃餘，覓酒償一醉〔三〕。高風久寂寞，斯文若旒贅〔四〕。白眼看世人〔五〕，此意渠不會。

〔一〕「王陽」二句：王陽，即王吉，字子陽，故謂之王陽。漢書王吉傳：「王吉，字子陽，琅邪皋虞人也。少好學，明經，以郡吏舉孝廉爲郎，補若盧右丞，遷雲陽令。舉賢良，爲昌邑（王）中尉。」「好車馬衣服，其自奉養極爲鮮明，而亡金銀錦繡之物。及遷徙去處，所載不過囊衣，不畜積餘財。去位家居，亦布衣疏食，天下服其廉，而怪其奢，故俗傳王陽能作黄金。」顔師古注：「以其無所求取，不營産業，而車服鮮明，故謂自作黄金以給用。」

〔二〕「苦身」二句：苦身，指上注所述廉潔事。既「天下服其廉」，而又「怪其奢」，則是典型的「兩面人」，故稱「俗累」。

〔三〕「公田」二句：宋書陶潛傳：「親老家貧，起爲州祭酒，不堪吏職，少日，自解歸。州召主簿，不就，躬耕自資，遂抱羸疾。復爲鎮軍、建威參軍，謂親朋曰：『聊欲弦歌，以爲三逕之資，可乎？』執事者聞之，以爲彭澤令，公田悉令吏種秫稻。妻子固請種秔，乃使二頃五十畝種秫，五十畝種秔。」

〔四〕「斯文」句：斯文，指陶淵明隱逸之風。旒贅，詩經商頌長發：「受小球大球，爲下國綴旒，何天之休。」鄭玄箋：「綴，猶結也。旒，旌旗之垂者也。」杜甫送樊二十三侍御赴漢中判官：「使者紛星散，王綱尚旒綴。」按：旒贅，即旒綴，謂多餘之物。

〔五〕「白眼」句：晉書阮籍傳：「籍又能爲青白眼。見禮俗之士，以白眼對之。及嵇喜來弔，籍作白眼，喜不懌而退。喜弟康聞之，乃齎酒挾琴造焉，籍大悦，乃見青眼。」王維與盧員外象過崔處士興宗林亭：「科頭箕踞長松下，白眼看他世上人。」

題趙丞瑞薏苡圖〔一〕

甘泉殿中芝九莖〔二〕，不與百草同條生。當時祥瑞已稠疊，薏苡亦未來争衡。漢皇不容矍鑠翁，此物乃與明珠同〔三〕。爾來萬物更變化，薏苡寧甘死荒野。故遣根苗霜雪白，炯若微月來清夜〔四〕。趙郎好事古亦無，俯拾旁觀盡圖畫。畫師不辭粉繪費，遇時亦得千金價。君不見古來異瑞與奇祥，何曾不致南宫下〔五〕。

〔一〕趙丞，其名及事迹不詳，仕爲丞職。詩稱「趙郎」、「畫師」，蓋尚年青，長於繪畫。薏苡，植物名，果實橢圓，其仁即薏米，可食，亦可入藥。加「瑞」字，謂其物吉祥也。後漢書馬援傳李賢注引神農本草經曰：「薏苡味甘，微寒，主風濕痺下氣，除筋骨邪氣，久服輕身益氣。」趙氏所作薏苡圖，典籍未見著録。

〔二〕「甘泉殿」句：漢書武帝紀：元封二年（前一〇九）六月詔曰：「甘泉宫内中産芝九莖連葉。上帝博臨，不異下房，賜朕弘休。其赦天下，賜雲陽都百户牛酒，作芝房之歌。」注引應劭曰：「芝，芝草也，其葉相連。」又引如淳曰：「瑞應圖，王者敬事耆老，不失舊故，則芝草生。」顔師古注：「内中，謂後庭之室也，故云不異下房。」又引晉灼曰：「雲陽甘泉，黄帝以來祭天圜丘處也，武帝常以避暑。有宫觀。」

〔三〕「漢皇」二句：漢皇，指漢明帝。矍鑠翁，指伏波將軍馬援。後漢書馬援傳：「（建武）二十四年（前四八），武威將軍劉尚擊武陵五溪蠻夷，深入，軍没。援因復請行，時年六十二。帝愍其老，未許之。援自請曰：『臣尚能被甲上馬。』帝令試之，援據鞍顧眄，以示可用。帝笑曰：『矍鑠哉！是翁也。』遂遣援率中郎將馬武、耿舒、劉匡、孫永等將十二郡募士及弛刑四萬餘人征五溪。」薏苡、明珠事，同上書：「初，援在交阯，常餌薏苡實，用能輕身省慾，以勝瘴氣。南方薏苡實大，援欲以爲種，軍還，載之一車。時人以爲南土珍怪，權貴皆望之。援時方有寵，故莫以聞。及卒後，有上書譖之者，以爲前所載還，皆明珠文犀，馬武與於陵侯侯昱等，皆以章言其狀，帝益怒。援妻孥惶懼，不敢以喪還舊塋，裁買城西數畝地槀葬而已，賓客故人莫敢弔會。」

〔四〕「故遣」二句：以薏苡仁色白，故以霜雪、微月喻之，而不以高貴自居。

〔五〕「君不見」二句：謂趙氏瑞薏苡圖當送至禮部，請禮部文家題識流傳。韓愈桃園圖：「神仙有無何渺茫，桃源之説誠荒唐。流水盤廻山百轉，生綃數幅垂中堂。武陵太守好事者，題封遠寄南宫下。南宫先生忻得之，波濤入筆驅文辭。文工畫妙各臻極，異境恍惚移於斯。」孫汝聽注：「南宫，禮部。」禮部主文，故云。

即事

清陰庭中槐，緑潤牆外草。職事苦見妨，令人惡懷抱〔一〕。朋從多飄徙〔二〕，今我獨枯槁。高床書數秩〔三〕，時節豈不好。不能逐爾去，但覺歸思浩。人情便久習，世態嫌衰老。閉門了殘詩，昔者迹已掃。何時北窗風〔四〕，清尊爲君倒。

〔一〕「職事」二句：職事，詩人是時爲海陵獄掾。見妨，謂職事繁忙，妨礙他事。惡懷抱，心情鬱悶。晉書王羲之傳：「謝安嘗謂羲之曰：『中年以來，傷於哀樂，與親友别，輒作數日惡。』」杜甫送長孫九侍御赴武威判官：「使我不能餐，令我惡懷抱。」蘇軾送文與可出守陵州：「君知遠别懷抱惡，時遣墨君消我愁。」

〔二〕「朋從」句：飄徙，指官職遷陞。此當指因政治上變節而致，詩題所謂「即事」蓋指此，意有不屑，故其下言「歸思」，表達退隱之意。

〔三〕「高床」句：床，几案。秩，同「帙」，書衣。引申爲書籍計數單位，一函爲一秩。四庫本作「帙」。

〔四〕「何時」句：陶淵明與子儼等疏：「偶愛閒静，開卷有得，便欣然忘食。見樹木交陰，時鳥變聲，亦復歡然有喜。常言：五六月中，北窗下卧，遇凉風暫至，自謂是羲皇上人。」

寄晁以道〔一〕

朝辭陘山清〔二〕，莫宿潁水緑〔三〕。往來百里間，得此意已足。吾人少如願，夫子更絶俗。閉門觀易象〔四〕，未用傷局促〔五〕。使我三日留，共此一室獨。皎如嶺頭月〔六〕，凛若霜後竹。欲爲斯文壽，以作學者福〔七〕。洛陽佳少年，撫事多慟哭〔八〕。此其於聖學，何異狗尾續〔九〕。寧知草玄翁，萬事不掛目。深湛而雅澹，亦不在反覆〔一〇〕。吾祖早聞道，晚與夫子熟〔一一〕。相期千載外，未得一世伏。深山竄鼯鼬〔一二〕，晚日度鴻鵠〔一三〕。誰能從公游，歲月如轉燭〔一四〕。

〔一〕晁説之（一〇五九—一一二九）字以道，自號景迂生，濟州鉅野（今山東鉅野）人。元豐五年（一〇八二）進士，蘇軾嘗以文章典麗、可備著述薦之。坐元符邪等。靖康初官至中書舍人兼太子詹事。所著文稿，經靖康之亂多所亡佚，其孫子健初輯爲十二卷，乾道三年（一一六七）權知汀州時，增刊爲二十卷，今存。

〔二〕「朝辭」句：史記楚世家：「十六年，齊桓公以兵侵楚，至陘山。」正義：「杜預云：『陘，楚地。

潁川召陵縣南有陘亭。』括地志：『陘山，在鄭州西南一百一十里，即此山也。』」按：陘山又稱邢山，位於今河南新鄭西南十五公里，屬伏牛山系嵩山餘脈。

〔三〕「莫宿」句：莫，同「暮」。潁水，發源於嵩山，迤邐東下，流經今河南登封、禹州、許昌、臨潁、周口、潁上，至安徽阜陽匯入淮河，爲淮河第一大支流。

〔四〕「閉門」句：晁說之著有古易十二篇，郡齋讀書志（袁本）卷一上著録，稱其「以諸家易及許慎說文等九十五書是正其文，且依漢田何本分易經上下并十翼，通爲十二篇，以矯費氏、王弼之失，謂劉向嘗以中古文易經校施、孟、梁丘經，至蜀李譔又嘗著古文易，遂名之曰古易」云云。所謂易象，周易繫辭下：「易者，象也；象也者，像也。」周易卦象乃模擬宇宙萬物之物象，故又曰「八卦以象告」。此即指讀周易。

〔五〕「未用」句：文選古詩十九首（東城高且長）：「蟋蟀傷局促。」李善注：「毛詩序曰：『蟋蟀，刺晉僖公儉不中禮。』漢書景帝曰：『局促效轅下駒。』」按：所謂蟋蟀，指詩經唐風蟋蟀篇。局促，李善所引見漢書灌夫傳：「上（武帝）怒内史曰：『公平生數言魏其、武安長短，今日廷論，局趣效轅下駒，吾并斬若屬矣。』」注引應劭曰：「駒者，駕著轅下。局趣，蹙小之貌。」又引張晏曰：「俛頭於車轅下，隨母而已。」顏師古注：「張說非也，駕車不以牝馬。小雅皇皇者華之詩曰：『我馬維駒。』非隨母也。」則局趣乃連綿字，同「局促」。句謂雖國家多故，然考易象，尚不必感傷。

〔六〕「皎如」句：古詩十九首：「明月何皎皎。」

〔七〕「欲爲」二句：謂晁説之欲其著作具有長久的生命力，以霑溉後學。

〔八〕「洛陽」二句：史記賈生列傳：「賈生名誼，雒陽人也。年十八以能誦詩屬書聞於郡中。……天子議以爲賈生任公卿之位。絳、灌、東陽侯、馮敬之屬盡害之。……於是天子後亦疏之，不用其議。」又漢書賈誼傳：「誼數上疏陳政事，多所欲匡建，其大略曰：『臣竊惟事埶，可爲痛哭者一，可爲流涕者二，可爲長太息者六，若其它背理而傷道者，難徧以疏舉。』」

〔九〕「此其」二句：聖學，指儒家之學。狗尾續，晉書趙王倫傳：趙王倫篡位，「同謀者咸超階越次，不可勝紀。至於奴卒厮役，亦加以爵位。每朝會，貂蟬盈坐，時人爲之諺曰：『貂不足，狗尾續。』而以苟且之惠取悦人情」。按：此承上兩句，謂賈誼之慟哭無益於聖學，故下文盛贊揚雄。

〔一〇〕「寧知」四句：草玄翁，指揚雄，嘗著太玄，故稱。不掛目，謂專心致志於太玄研究，不關心仕途進退及物質享受。漢書揚雄傳上：「雄少而好學，不爲章句，訓詁通而已，博覽無所不見。爲人簡易佚蕩，口吃不能劇談，默而好深湛之思。清静亡爲，少耆欲，不汲汲於富貴，不戚戚於貧賤，不修廉隅以徼名當世。家産不過十金，乏無儋石之儲，晏如也。」同上書載解嘲，揚雄自稱所著太玄「深者入黄泉，高者出蒼天，大者含元氣，纖者入無倫」。又後漢書張衡傳：「（衡）常好玄經，謂崔瑗曰：『吾觀太玄，方知子雲妙極道數，乃與五經相擬，非徒傳記之屬，使人難論陰陽之事。漢家得天下二百歲之書也。』」以上四句，以揚雄太玄擬晁説之所著古易。

〔一一〕「吾祖」二句：吾祖，即吕希哲。早聞道，謂早年即研習道學。宋史本傳：「希哲字原明，少從焦千之、孫復、石介、胡瑗學，復從程顥、程頤、張載游，聞見由是益廣。」夫子，指晁説之。説之與吕希哲交往，當在崇寧間，其寄侍講吕原明七丈詩自注曰：「説之昔教符離諸生，丈人曾寄寓彼。」紫微詩話：「崇寧初，晁以道居登封，滎陽公嘗寄詩云：『將謂清風全掃地，世間今復有盧鴻。』以道和詩云：『渭濱人老釣綸中，晚達那知有早窮。顧我巖棲終作底，謾將病目送飛鴻。』」

〔一二〕「深山」句：韓愈南山詩：「峥嶸躋冢頂，倏閃雜鼯鼬。」鼯鼬，蟲似鼠者。祝充注：「爾雅（釋鳥）云：『鼯鼬，夷由。』注：『謂之飛生。』又（釋獸）曰：『鼬鼠。』注：『鼬似鼦，赤黄色，大尾，啖鼠。』」此喻指製造崇寧黨禍之蔡京輩，謂其爲國之奸賊，猶如深山之鼯鼬。

〔一三〕「晚日」句：度鴻鵠，言其志在高遠，見上注引晁説之和詩「謾將病目送飛鴻」句。又嵇康贈秀才入軍：「目送歸鴻，手揮五絃。」

〔一四〕「歲月」句：轉燭，杜甫寫懷二首其一：「鄙夫到巫峽，三歲如轉燭。」王洙注：「言光景之迅速也。」

轎上口占二首〔一〕

城北城南柳絮飛，街東街西鶻鵃啼〔二〕。海陵三月與春別〔三〕，一夜雨成三尺泥。

〔一〕轎，即肩輿，人以肩抬之代步工具，上有篷。口占，漢書朱博傳：「閤下書佐入，博口占檄文。」顔師古注：「隱度其言，口授之。」按：隱度其言，謂不打草稿。

〔二〕「城北」二句：蘇軾壽陽岸下絶句：「街東街西翠幄成，池南池北緑錢生。」此仿其句式。鶻鵃，即鶻鳩，或云即斑鳩，見本書卷三秋夜示李十詩注。

〔三〕「海陵」句：三月、春，當在徽宗宣和元年（一一一九）。

風雨屬連春事休〔一〕，十日九日轉城頭。雖無俗物敗人意〔二〕，可使澄江消客愁〔三〕？

〔一〕「風雨」句：黄庭堅王立之承奉詩報梅花已落盡次韵戲答：「南枝北枝春事休。」

〔二〕「雖無」句：世説新語排調：「嵇、阮、山、劉在竹林酣飲，王戎後往。步兵曰：『俗物已復來敗人意。』王笑曰：『卿輩意，亦復可敗邪？』」劉孝標注引魏氏春秋曰：「時謂王戎未能超俗也。」

〔三〕「可使」句：澄江，水色清澈之江。杜甫卜居：「已知出郭少塵事，更有澄江消客愁。」

次韻遜叔直閣見寄兼請堯明同和〔一〕

紛紛塵土計秋豪，忽送長江八月濤〔二〕。陶令且爲州祭酒〔三〕，鄧公才可掾功曹〔四〕。但看秋到猶絺綌〔五〕，即是花時合緼袍〔六〕。待得公歸吾已老，滿田荼蓼與誰薅〔七〕。

〔一〕遜叔，即錢伯言，字遜叔，會稽（今浙江紹興）人，吴越王錢氏之後，勰子。賜進士出身，爲侍郎知宿州。建炎元年（一一二七）知杭州，移知鎮江府。嘗與韓駒等於臨川唱酬，妍麗一時。事迹略見王之道相山集卷一二、韓駒陵陽集卷四、周必大跋韓子蒼與曾公衮錢遜叔諸人倡和詩及建炎要録卷八、卷一〇等。堯明，即王堯明，前已注。錢伯言原作及王堯明和詩已佚。按宋會要輯稿選舉九之一六：「宣和元年（一一一九）九月二十九日，賜中散大夫、知襲慶府（兖州）錢伯言進士出身、直秘閣。」詩題稱「直閣」，詩有「忽送長江八月濤」句，則詩當爲送錢氏赴官兖州送行之作。

〔二〕「紛紛」二句：謂塵土本極微小，然争名争利者仍要計較，而一經洶湧澎湃之長江波濤沖刷，一切皆無影無蹤。秋豪，同秋毫。

〔三〕「陶令」句：陶令，指陶潛。宋書陶潛傳：「親老家貧，起爲州祭酒，不堪吏職，少日，自解歸。」

〔四〕「鄧公」句：鄧公，指鄧衍。後漢書虞延傳：「在縣三年，遷南陽太守。永平初，有新野功曹鄧衍，以外戚小侯每豫朝會，而容姿趨步，有出於衆，顯宗目之，顧左右曰：『朕之儀貌，豈若此人！』特賜輿馬衣服。（虞）延以衍雖有容儀而無實行，未嘗加禮。帝既異之，乃詔衍令自稱南陽功曹詣闕（李賢注引謝承書曰：「帝賜輿馬衣服劍佩刀，錢二萬，南陽計吏歸，具以啓延。」延知衍華不副實，行不配容，積三年不用，於是上乃自勑衍稱南陽功曹詣闕。」）。既到，拜郎中，遷玄武司馬。衍在職不服父喪，帝聞之，乃歎曰：『「知人則哲，惟帝難之。」信哉斯言！』衍慚而退，由是以延爲明。」按：句言鄧衍雖貴爲外戚，然無任功曹掾之實才。

〔五〕「但看」句：詩經周南葛覃：「是刈是濩，爲絺爲綌，服之無斁。」毛傳：「精曰絺，麤曰綌。」鄭玄箋：「女在父母之家，未知將所適，故習之以絺綌煩辱之事，乃能整治之，無厭倦，是其性貞專。」

〔六〕「即是」句：論語子罕：「子曰：『衣敝緼袍，與衣狐貉者立而不耻者，其由也與。』」何晏集解引孔（安國）曰：「緼，枲著。」孔穎達正義：「緼，枲著也。緼袍，衣之賤者；狐貉，裘之貴者。」杜甫遣遇：「自喜遂生理，花時甘緼袍。」趙彦材注：「花時可以單衣，而甘緼袍，則所以得遂生理，勝於逋逃之民也。」按：以上二句，言錢伯言家貧，穿着極寒酸。

〔七〕「滿田」句：荼蓼，詩經商頌良耜：「以薅荼蓼。」毛傳：「蓼，水草也。」鄭玄箋：「薅去荼蓼之事，言閔其勤苦。」孔穎達正義：「薅去荼蓼之草。」薅，自注：「蒿字同豪字韵收。」按：句言待錢氏任滿後，二人一起歸田隱居。

再和兼寄奉符大有叔〔一〕

血氣侵凌不復豪，往來欹倒似乘濤。寧知懶過嵇中散〔二〕，亦有詩如謝法曹〔三〕。舊藁只堪供醬瓿〔四〕，故人相贈有綈袍〔五〕。兖州賓主同風味〔六〕，惡句煩公更一薅〔七〕。

〔一〕奉符，縣名。元豐九域志卷一京東西路：大都督府，兖州，魯郡，泰寧軍節度，治瑕丘縣。縣七，奉符乃其一。縣有泰山、社首山等。大有，名光問，吕希純子，本中從叔，見紫微詩話，參見本書卷四京師見大有叔詩注。按錢伯言岱嶽觀題名（六藝之一録卷九七）曰：「宣和己亥（元年，一一一九）九月二十四日，面奉玉音，至奉符催視嶽祠。後一月，伯言至自兖。明日，具香爐以告上旨，而罷醮於上真宫，獨登瑞雲亭。早，飯於行館，遂同令寇庠、丞吕光問……留連祠上。」則是時大有爲符奉縣丞，乃錢伯言屬官。按：四庫本王之道相山集卷一〇誤收此詩，唯詩題無「再和兼」三字。

〔二〕「寧知」句：嵇中散，即嵇康，與魏宗室婚，拜中散大夫。嵇康答二郭：「昔蒙父兄祚，少得離負荷。因疏遂成懶，寢迹北山阿。但願養性命，終已靡有他。」其懶又見本書卷四寄外弟趙柟才仲詩注引與山巨源絶交書。

〔三〕「亦有」句：謝法曹，指謝惠連。宋書謝方明傳附謝惠連傳：「惠連幼而聰敏，年十歲能屬文，族兄靈運深相知賞。……元嘉七年（四三〇），方爲司徒彭城王義康法曹參軍。」與謝靈運並稱「大小謝」。著有謝法曹集。鍾嶸詩品將嵇、謝詩皆列於卷中（中品）。

〔四〕「舊藁」句：漢書揚雄傳下：「鉅鹿侯芭常從雄居，受其太玄、法言焉。劉歆亦嘗觀之，謂雄曰：『空自苦。今學者有禄利然尚不能明易，又如玄何？吾恐後人用覆醬瓿也。』雄笑而不應。」顏師古注：「瓿音蔀，小甖也。」句乃本中謙言其詩拙劣。

〔五〕「故人」句：史記范雎列傳：「范雎既相秦，秦號曰張禄，而魏不知，以爲范雎已死久矣。魏聞秦且東伐韓、魏，魏使須賈於秦。范雎聞之，爲微行，敝衣閒步之邸，見須賈。須賈見之而驚曰：『范叔固無恙乎！』范雎曰：『然。』須賈笑曰：『范叔有説於秦邪？』曰：『不也。雎前日得過於魏相，故亡逃至此，安敢説乎！』須賈曰：『今叔何事？』范雎曰：『臣爲人庸賃。』須賈意哀之，留與坐飲食，曰：『范叔一寒如此哉！』乃取其一綈袍以賜之。」索隱：「綈，厚繒也，音啼，蓋今之絁也。」正義：「今之麤袍。」李白送魯郡劉長史遷弘農長史：「他日見張禄，綈袍懷舊恩。」

〔六〕「兖州」句：兖州賓主，「主」指錢伯言。宋會要輯稿職官六九之一一：宣和四年（一一一九）十二月三日，「徽猷閣待制、知襲慶府（即兖州）錢伯言落職，提舉南京鴻慶宫」。則最遲自宣和元年至是時，錢爲兖州主官。「賓」即吕本中叔大有，時爲兖州屬縣丞，故云。同風味，謂二人氣味相投，蓋指皆喜爲詩。

〔七〕「惡句」句：惡句，很差或不滿意之詩句。薅，删除。

雨後至城外

日日思歸未就歸〔一〕，只今行露已沾衣〔二〕。江村過雨蓬麻亂，野水連天鸛鶴飛。塵務却嫌經意少〔三〕，故人新更得書稀。鹿門縱隱猶多事〔四〕，苦向人前説是非〔五〕。

〔一〕「日日」句：鄒浩喜歸：「日日思歸今得歸，朝衣不着着斑衣。」

〔二〕「只今」句：詩經召南行露：「厭浥行露，豈不夙夜，謂行多露。」毛傳：「厭浥，濕意也。行，道也。」鄭玄箋：「夙，早也。厭浥然濕，道中始有露。」

〔三〕「塵務」句：塵務，指職事言其煩雜。白居易題西亭：「朝亦視簿書，暮亦視簿書。簿書視未竟，蟋蟀鳴座隅。始覺芳歲晚，復嗟塵務拘。」

〔四〕「鹿門」句：後漢書龐公傳：「龐公者，南郡襄陽人也。居峴山之南，未嘗入城府，夫妻相敬如賓。……後遂携其妻子登鹿門山，因采藥不反。」李賢注引襄陽記曰：「鹿門山，舊名蘇嶺山。建武中，襄陽侯習郁立神祠於山，刻二石鹿，夾神道口，俗因謂之鹿門廟，遂以廟名山也。」

〔五〕「苦向」句：説是非，即上句所謂「多事」，指龐公與荆州刺史劉表之對話。後漢書龐公傳：「荆州刺史劉表數延請，不能屈，乃就候之。謂曰：『夫保全一身，孰若保全天下乎？』龐公笑曰：『鴻鵠巢於高林之上，暮而得所棲；黿鼉穴於深淵之下，夕而得所宿。夫趣舍行止，亦人之巢穴也。且各得其棲宿而已，天下非所保也。』因釋耕於壟上，而妻子耘於前。表指而問曰：『先生苦居畎畝而不肯官禄，後世何以遺子孫乎？』龐公曰：『世人皆遺之以危，今獨遺之以安，雖所遺不同，未爲無所遺也。』表歎息而去。」龐公此語，仍以利害、是非爲言，詩人以爲不够高尚，故予以嘲笑。按瀛奎律髓卷二三收此詩，李慶甲彙評引馮舒曰：「清話近人。」又引紀昀曰：「重出（引者按：指詩中『人』字重）。三、四清遠，七八沉着。此居仁最雅潔之作。」

龐　公〔一〕

卧龍雛鳳不曾閑〔二〕，舉世皆危子獨安〔三〕。應念橋公無特操，晚將情話向曹瞞〔四〕。

〔一〕龐公：即隱於鹿門山者，見前詩注。

〔二〕「卧龍」句：三國志蜀書諸葛亮傳：「先主屯新野。徐庶見先主，先主器之，謂先主曰：『諸葛孔明者，卧龍也，將軍豈願見之乎？』」裴松之注引襄陽記曰：「劉備訪世事於司馬德操，德操曰：『儒生俗士，豈識時務？識時務者在乎俊傑。此間自有伏龍鳳雛。』備問爲誰？曰：『諸葛孔明、龐士元（統）也。』」不得閑，謂漢末軍閥、名士各自忙於搜羅人才或投靠新主。

〔三〕「舉世」句：即龐公所謂「世人皆遺之以危，今獨遺之以安」義，見前注引後漢書龐公傳。

〔四〕「應念」二句：特操、情話，指橋玄預識曹操能安天下，並託妻子於彼。三國志魏書武帝（曹操）傳：「太祖少機警，有權數，而任俠放蕩，不治行業，故世人未之奇也。唯梁國橋玄、南陽何顒異焉。玄謂太祖曰：『天下將亂，非命世之才不能濟也，能安之者，其在君乎？』」裴松之注引魏書曰：「太尉橋玄世名知人，覩太祖而異之，曰：『吾見天下名士多矣，未有若君者也。君善自持，吾老矣，願以妻子爲託。』由是聲名益重。」又引續漢書曰：「玄字公祖，嚴明有才略，長於人物。」又引張璠漢紀曰：「玄歷位中外，以剛斷稱。謙儉下士，不以王爵私親。光和中爲太尉，以久病策罷，拜太中大夫，卒。」曹瞞，曹操小字阿瞞。舊唐書經籍志上著録吴人作曹瞞傳一卷。

衛青〔一〕

將軍相繼出天山，漢主吞胡意未闌。本自無心接賓客，故人猶有一任安〔二〕。

〔一〕史記衛將軍驃騎列傳：「大將軍衛青者，平陽人也。其父鄭季爲吏，給事平陽侯家，與侯妾衛媪通，生青。青同母兄衛長子。而姊衛子夫自平陽公主家得幸天子，故冒姓爲衛氏，字仲卿。」元光五年（前一三〇），青爲車騎將軍擊匈奴，其後屢建大功，爲大將軍，與霍去病齊名。「天子（漢武帝）爲治第，令驃騎（霍去病）視之，對曰：『匈奴未滅，無以家爲也。』」

〔二〕「本自」二句：無心接賓客，指衛青不欲用田仁、任安事。史記田叔傳後附褚先生（名少孫）補述任安、田仁事曰：任安，滎陽人，字少卿，爲衛青舍人。「其後有詔募擇衛將軍舍人以爲郎，將軍取舍人中富給者，令具鞍馬絳衣玉具劍，欲入奏之。會賢大夫少府趙禹來過衛將軍，將軍呼所舉舍人以示趙禹。趙禹以次問之，十餘人無一人習事有智略者。趙禹曰：『吾聞之，將門之下必有將類。……今有詔舉將軍舍人者，欲以觀將軍而能得賢者文武之士也。今徒取富人子上之，又無智略，如木偶人衣之綺繡耳，將奈之何？』於是趙禹悉召衛將軍舍人百餘人，以次問之，得田仁、任安，曰：『獨此兩人可耳，餘無可用者。』衛將軍見此兩人貧，意不平。趙禹去，謂兩人曰：『各自具鞍馬新絳衣。』兩人對曰：『家貧無用具也。』將軍怒曰：『今兩君家自爲貧，何爲出此言？鞅鞅如有移德於我者，何也？』將軍不得已，上籍以聞。有詔召見衛將軍舍人，此二人前見，詔問能略，相推第也。田仁對曰……（略）任安對曰……（略）武帝大笑曰：『善！』使任安護北軍，使田仁護邊田穀於河上。此兩人立名天下。其後用任安爲益州刺史，以田仁爲丞相長史。」按：詩蓋用衛青無心用賢以諷時事。政和七年（一一一七）三月，徽宗以童貫權領樞密院事，次年初通女真，約夾攻遼，遂起兵釁，見皇朝編年綱目備要卷二八。

雜詩三首〔一〕

烹葵去王畿，剥棗在海角〔二〕。歲序忽已周，月亦頻告朔〔三〕。向來手中扇，今此已倦捉。尚嫌簿領繁，不厭朋友數。塵埃向奔走，文字費雕琢〔四〕。途人有前知，子乃獨未覺。出門見大路〔五〕，夫子焉不學〔六〕。

〔一〕雜詩：文選王粲雜詩一首李善注：「雜者，不拘流例，遇物即言，故云雜也。」又李周翰注：「興致不一，故云雜詩。」

〔二〕「烹葵」二句：詩經豳風七月：「七月亨葵及菽，八月剥棗。」此以「烹葵」代指七月，「剥棗」代指八月。王畿，以周代王城爲中心，周圍千里之地曰王畿，見周禮春官職方氏。此指曹州，因其北宋時爲輔郡，故稱，見本書卷七寄江端本子之晁沖之叔用詩注。海角，海陵也。

〔三〕「歲序」二句：已周，已歷一周年。告朔，每月朔日祭祀鬼神，每月初一爲朔。按：據上兩句，知吕本中濟陰簿任滿離職在政和七年七月，到海陵獄掾任爲政和七年八月，故云二者之間歲序「已周」。頻告朔，謂滿周年後，時光又一月月地過去。參見本書附録年譜。此組詩作當於政和八年（一一一八）八月之後。

〔四〕「文字」句：文字，承上句當指官曹公文，宋代例用駢體，故謂「費雕琢」。

〔五〕「出門」句：詩經鄭風遵大路：「遵大路兮，摻執子之袪兮。」毛傳：「遵，循；路，道；摻，擥；袪，袂也。」鄭玄箋：「思，望君子於道中，見之則欲擥持其袂而留之。」

〔六〕「夫子」句：論語子張：「衛公孫朝問於子貢曰：『仲尼焉學？』子貢曰：『文武之道，未墜於地，在人。賢者識其大者，不賢者識其小者，莫不有文武之道焉。夫子焉不學？而亦何常師之有？』」何晏集解引馬（融）曰：「公孫朝，衛大夫。」夫子焉不學，集解引孔（安國）曰：「文武之道未墜落於地，賢與不賢各有所識，夫子無所不從學。」按：以上二句，自謂爲官雖苦，亦是增加閱歷、砥礪學問的正途。

結髮在簡編〔一〕，俗事方刺促〔二〕。往來三十年，未見可棲宿。微官不能去，尚恐遭逼逐。歸棲則在念，所望一枝足〔三〕。頻蒙故人悮〔四〕，豈有鄰可卜。出門雖無車〔五〕，徑自騎黄鵠〔六〕。重尋置錐地，青燈一盂粥〔七〕。

〔一〕「結髮」句：結髮，古代男子成童即束髮，稱結髮。李白贈從兄襄陽少府皓：「結髮未識事，所交盡豪雄。」編簡，書籍。句謂從小與讀書結下不解之緣。

〔二〕「俗事」句：剌促，急迫忙碌貌。世説新語政事「山公以器重朝望」條，劉孝標注引王隱晋書曰：「初，（山）濤領吏部，潘岳内非之，密爲作謡曰：『閣東，有大牛，王濟鞅，裴楷鞦，和嶠剌促不得休。』」

〔三〕「所望」句：莊子逍遥遊：「鷦鷯巢於深林，不過一枝；偃鼠飲河，不過滿腹。」郭象注：「性各有極，苟足其極，則餘天下之財也。」又左思詠史詩：「飲河期滿腹，貴足不願餘。巢林棲一枝，可爲達士模。」

〔四〕「頻蒙」句：悮，永樂大典卷八九五作「娱」。

〔五〕「出門」句：戰國策齊策四：齊人有馮諼者，貧乏不能自存，寄食孟嘗君門下。「居有頃，倚柱彈其劍，歌曰：『長鋏歸來乎！食無魚。』左右以告孟嘗君，曰：『食之比門下之客。』居有頃，復彈其鋏，歌曰：『長鋏歸來乎！出無車。』左右皆笑之。」

〔六〕「徑自」句：漢書西域傳下：「（烏孫）公主悲愁，自爲作歌曰：『……居常土思兮心内傷，願爲黄鵠兮歸故鄉。』」蘇軾聞子由瘦：「還鄉定可騎黄鵠。」騎黄鵠，謂身輕若御風可到，言其步履尚輕快。

〔七〕「重尋」二句：置錐地，喻面積極小。莊子盜跖：「堯舜有天下，子孫無置錐之地。」句謂若爲老計，可購置田産，一燈一粥即可聊度餘生。

飢蚊青而花〔一〕，怒目虬兩鬚〔二〕。黄昏與我遇，且復少踟躕。肌膚恣啖齧，熟視不可毆。中宵盛徒黨，意氣若有餘。傷哉陷穽虎〔三〕，有時被囚拘。求食至摇尾，曾此蚊不如。雲龍困螻蟻〔四〕，此語不可誣。

〔一〕「饑蚊」句：花，原作「化」，據四庫本改。青色花蚊，尤嗜人血。

〔二〕「怒目」句：蘇軾送段屯田分得于字：「奉常客卿虬兩鬚。」趙次公注：「虬鬚字，用三國崔琰傳：『對賓客虬鬚直視。』唐張説有虬鬚公傳。」

〔三〕「傷哉」句：李白君馬黄：「猛虎落陷穽，壯士時屈厄。」按：句以陷井虎自喻，謂處境竟不如瘋狂吸血的蚊蟲。

〔四〕「雲龍」句：楚辭惜誓：「神龍失水而陸居兮，爲螻蟻之所裁。」王逸注：「螻，螻蛄也。蟻，蚍蜉也。裁，制也。言神龍常潛深水，設其失水，居於陵陸之地，則爲螻蟻、蚍蜉所裁制而見啄齧也。以言賢者不居廟朝，則爲俗人所侵害也。」

秋日三首

諸卿談笑賞先登〔一〕，我欲從之病不能。門閉日長公事少，祇疑身是住庵僧〔二〕。

〔一〕「諸卿」句：古代九月九日重陽節有登高之俗，見藝文類聚卷四歲時中引續齊諧記。賞先登，謂獎賞最先登頂者。故此所謂「秋日」，實指九月九日。

〔二〕「祇疑」句：祇，原校：「一作『卻』。」住庵僧，居住於寺廟之僧徒。五燈會元卷四甘贄行者：「有住庵僧緣化什物，甘曰：『有一問，若道得即施。』乃書『心』字，問：『是甚麼字？』曰：『心字。』又問妻：『甚麼字？』妻曰：『心字。』甘曰：『某甲山妻亦合住庵？』其僧無語，甘亦無施。」

塵滿文書燈暗檠，荒城相望殷殘更〔一〕。莫言愁罷無佳處，睡正熟時聞雨聲〔二〕。

〔一〕「荒城」句：殷，四庫本作「數」，較佳。殘更，五更時分。

〔二〕「睡正熟」句：蘇軾雨後行菜：「夢回聞雨聲。」

往來奔走看渠忙〔一〕，疾病低回卻未妨。喚客不須嫌酒惡，隔牆時喜送橙香〔二〕。

〔一〕「往來」句：奔走，原校：「一作『馳騁』。」

〔二〕「隔牆」句：送橙香，橙，當指橙菊，乃秋日菊花之一種，而非水果。詳下注。

橙二首〔一〕

西風吹雁欲斜行，小檻寒花卻未香。將謂諸公頻載酒，枉留橙菊十分黃。

〔一〕此二首題橙，「橙」皆指橙菊。宋史鑄百菊集譜卷二：「橙菊，亦名金毬菊。此品花瓣與諸菊絶異，含蕊之時狀如粉團菊，黄色，不甚深。其瓣成筩排，豎生於萼上，後乃開作小片，婉孌至於成團。衆瓣之下，又有統裙一層承之，亦猶橙皮之外包也。其中無心。愚齋（史鑄號）云：據愚視之，橙黄菊與粉團菊必是一種，但橙小粉大及色異耳。」

不辭玉露著新行，漫作人間徹骨香〔一〕。知道輸棋償舊約〔二〕，故留殘菊一時黄。

〔一〕「漫作」句：李綱葉夢授送家園梅花且以絶句十五章見示次其韵其七：「超然標格冠群芳，妙質天教徹骨香。爛熳開時何足道，最憐新蕊半塗黄。」

〔二〕「知道」句：宋祝穆古今事文類聚前集卷四二引吴曾謾説：「荆公在鍾山下棊，薛昂門下與焉，賭梅花詩一首。薛敗而不善作，荆公爲代作，今集中所謂薛秀才者是也。薛既官達，出知金陵，或者嘲以詩曰：『好笑當年薛乞兒，荆公座上賭梅詩。而今又向江東去，奉勸先生莫下棊。』薛書名似丐字，故人有『乞兒』之説。」按：今本吴曾能改齋漫録無此條。以橙菊花代梅，頗覺牽强。

寄京師親舊

屋頭橙實如李梅〔一〕，庭下葵花深覆盃。豆田失雨不稱意，野菊出苗虚見猜。故人相望一尊酒，問我此住何時回〔二〕。江山空自污敲扑〔三〕，筆硯况復生塵埃。交情自惜昔同調〔四〕，人事只今多好乖。欲隨明月覓公處，限以白浪摇長淮。舟楫誤逢蛟鼉横，歲月苦遭霜露催。側身西望莫回首〔五〕，堂上書生心已灰〔六〕。

〔一〕「屋頭」句：漢書五行志卷二七中之下：「春秋僖公三十三年：『十二月，李梅實。』劉向以爲周十二月，今十月也，李梅當剥落，今反華實，近草妖也。先華而後實，不書華，舉重者也。陰成陽事，象臣顓君作威福。一曰，冬當殺，反生，象驕臣當誅，不行其罰也。故冬華者，象臣邪謀有端而不成，至於實，則成矣。是時僖公死，公子遂顓權，文公不寤，後有子赤之變。一曰，君舒緩甚，奥氣不臧，則華實復生。董仲舒以爲李梅實，臣下彊也。……劉歆以爲庶徵皆以蟲爲孽，思心贏蟲孽也，李梅實，屬草妖。」此言「橙實如李梅」，或指橙亦反季華實，蓋吕本中亦以爲「妖」。以下三句言葵花、豆田、野菊，蓋皆當時市井里巷所傳不祥之兆，事未詳。

〔二〕「問我」句：住，四庫本作「往」。

〔三〕「江山」句：敲、扑，皆刑具名。敲爲短杖，扑爲鞭、箠之類。此指用刑。是時吕本中仍在海陵獄掾任，以執法爲職事，蓋深以爲耻，故云「污」江山。司馬光二月中旬慮問過景靈宫門始見花卉呈錢君倚：「訟庭敲扑喧，衆草絶生意。」

〔四〕「交情」句：同調，謂志同道合。少同調，指變節者多。杜甫徒步歸行：「論交何必先同調。」此反其義。

〔五〕「側身」句：李白蜀道難：「蜀道之難難於上青天，側身西望長咨嗟。」

〔六〕「堂上」句，心已灰，莊子齊物論：「形固可使如槁木，而心固可使如死灰乎？」郭象注：「死灰、槁木，取其寂寞無情耳。」

和成士轂鹿女泉詩〔一〕

成子東游十日程，駝裘顛倒帽欹傾〔二〕。新詩頓數神仙事，病耳忽聞京洛聲〔三〕。去住閑經幾塵刹〔四〕，往來相望一牛鳴〔五〕。再尋六月山前路，分我寒泉數勺清。

〔一〕成士轂，嘉泰吴興志卷一七賢貴事實下武康縣：「成無玷，字士轂，登進士第。建炎中，自刪定官知鄂州，守禦遵古兵法，都督張浚薦之朝。太上皇（徽宗）累賜御札奬諭。未幾，鞍韉孛堇圍之甚急，無玷堅守，堇竟引去。後因晨起巡城，霜滑墜足而卒。」又吴興備志卷一一人物徵：「成無玷，字士慤（按：當爲『轂』之誤）。少有才氣，善文。崇寧四年（一一〇五）夏，趙懷德舉國效順，無玷撰端門受降詔以獻之，徽宗覽而褒之。明年賜進士及第，調江西令。」著有詩卷，又曾校登真訣，并欲卜居三茅（見沈與求讀成士轂詩卷和其書事一章、成士轂校登真訣垂就爲作此詩問訊等詩），蓋喜道家神仙之説，又善詩。鹿女泉，明一統志卷一二揚州府鹿女臺：「鹿女臺，在泰州城内。昔有王仙翁居山中，見馴鹿産女於草莽中，挈養於庵，鹿來乳之。後十六歲，仙翁築臺居之。」鹿女泉來歷與鹿女臺相似，皆所謂王仙翁遺迹，而詩言及「山前路」，則泉當在王某所居山中。

〔二〕「駝裘」句：駝裘，駝絨所製裘衣。黄庭堅發舒州向皖口道中作寄李德叟：「駝裘惜蒙茸。」欹傾，傾斜貌。

〔三〕「病耳」句：京洛指洛陽，此代指開封。謂成氏爲開封口音。

〔四〕「去住」句：閑，原校：「一作『同』。」塵刹，佛教語。刹，國土。謂一微塵中即現無量國土，而每一塵中復有無量國土，塵塵刹刹，重重無盡。華嚴經世主妙嚴品：「清净慈門刹塵數，共生如來一妙相。」句言成氏去住之間，已遊覽許多地方。

〔五〕「往來」句：來，原校：「一作『還』。」牛鳴，翻譯名義集數量：「拘盧舍，此云五百弓，亦云一牛吼地，謂大牛鳴聲所極聞。或云一鼓聲。俱舍云二里，雜寶藏云五里。」又影印宋磧砂版大藏經本法苑珠林卷一時節部：「毗曇論：『四肘爲一弓，五百弓爲一拘盧舍，八拘盧舍爲一由旬。』一弓長八尺，五百弓長四百丈，四百丈爲一拘盧舍。」一牛鳴，謂相去不遠。王維（或題王昌齡）與蘇盧二員外期遊方丈寺而蘇不至因有是作：「迴看雙鳳闕，相去一牛鳴。」

春申君〔一〕

少年談笑解秦兵〔二〕，便欲連從却未成〔三〕。莫謂江東可長保，莫年無意引朱英〔四〕。

〔一〕春申君，史記春申君列傳：「春申君者，楚人也，名歇，姓黄氏。游學博聞，事楚頃襄王。」「楚頃襄王卒，太子完立，是爲考烈王。考烈王元年，以黄歇爲相，封爲春申君。」爲「戰國四公子」之一。

〔二〕「少年」句：史記春申君列傳：「頃襄王以歇爲辯，使於秦。秦昭王……方令白起與韓、魏共伐楚，未行，而楚使黄歇適至於秦，聞秦之計……歇乃上書秦昭王曰……昭王曰『善』，於是乃止白起而謝韓、魏。發使賂楚，約爲與國。」

〔三〕「便欲」句：連從，即連縱（又稱合縱），指「天下之士合從相聚於趙以攻秦」（見戰國策秦策三），與連横即「事一强以攻弱」（見韓非子五蠹）相對，乃戰國時縱横家之政治主張。史記春申君列傳：「春申君相二十二年，諸侯患秦攻伐無已時，乃相與合從，西伐秦，而楚王爲從長，春申君用事。至函谷關，秦出兵攻，諸侯兵皆敗走。楚考烈王以咎春申君，春申君以此益疏。」

〔四〕「莫謂」三句：史記春申君列傳：楚考烈王無子，春申君患之，求婦人宜子者進之，甚衆，卒無子。

「趙人李園持其女弟欲進之楚王，聞其不宜子，恐久毋寵。於是李園乃進其女弟，即幸於春申君，知其有身，李園乃與其女弟謀。園女弟承閒以説春申君曰：『……今君相楚二十餘年，而王無子，即百歲後將更立兄弟，則楚更立君後，亦各貴其故所親，君又安得長有寵乎？非徒然也，君貴用事久，多失禮於王兄弟，兄弟誠立，禍且及身，何以保相印江東之封乎？今妾自知有身矣，而人莫知。妾幸君未久，誠以君之重而進妾於楚王，王必幸妾，妾賴天有子男，則是君之子爲王也，楚國盡可得，孰與身臨不測之罪乎？』春申君大然之，乃出李園女弟謹舍，而言之楚王。楚王召入幸之，遂生子男，立爲太子，以李園女弟爲王后。楚王貴李園，園用事。」春申君客朱英説春申君曰：「楚王卒，李園必先入，臣爲君殺李園。」春申君不聽，朱英乃亡去。「考烈王卒，李園果先入，伏死士於棘門之內。春申君入棘門，園死士俠刺春申君，斬其頭，投之棘門外。於是遂使吏盡滅春申君之家。而李園女弟初幸春申君有身而入之王所生子者遂立，是爲楚幽王。」太史公曰：「……語曰：『當斷不斷，反受其亂。』春申君失朱英之謂邪？」莫年，莫，同「暮」。

秋日三首

罷馬厭鞭策，征鴻思稻粱〔一〕。終年在泥土，永路困風霜。慎勿鞍韉愛〔二〕，直須矰繳防〔三〕。吾衰亦已甚〔四〕，念爾不能忘。

〔一〕「罷馬」二句：罷，同「疲」。征，原校：「一作『飢』。」粱，原作「梁」，據四庫本改。思稻粱，謂欲有食稻粱之禮遇。文選劉峻廣絶交論：「分雁鶩之稻粱。」李善注引魯連子：「君雁鶩有餘粟。」又引韓詩外傳：「田饒謂魯哀公曰：『黄鵠止君園池，啄君稻粱。』」盧照鄰贈益府群官：「常思稻粱遇。」後以稻粱喻指官禄。

〔二〕「慎勿」句：鞍韉，即馬鞍。韉乃托鞍之墊子。此代指馬。慎勿鞍韉愛，謂千萬别愛上做官的鞍馬生活。

〔三〕「直須」句：矰繳，繫於箭上之生絲繩。此代指短箭。淮南子説山訓：「好弋者先具繳與矰。」同上修務訓：「夫雁……銜蘆而翔，以備矰弋。」此以矰繳喻指政治風險。

〔四〕「吾衰」句：亦，原校：「一作『則』。」

交游太半死，吾亦老相侵。古木十圍大，寒泉百尺深〔一〕。恨猶能切骨，愁或至傷心〔二〕。寄語南飛雁，君無笑苦吟〔三〕。

〔一〕「古木」二句：十圍大，謂人死之已久。左傳僖公三十二年：「中壽，爾墓之木拱矣。」寒泉，指黄泉。史記鄭世家：「莊公遷其母武姜於城潁，誓言曰：『不至黄泉，毋相見也。』」

〔二〕「恨猶」二句：李白愁陽春賦：「痛切骨而傷心。」

〔三〕「寄語」二句：南飛雁，指書信。漢書蘇武傳：常惠教漢使者謂單于，言「天子射上林中，得雁，足有係帛書」。苦吟，謂苦吟乃心之苦，故言「無笑」。

獄掾酸寒極〔一〕，官曹冗長催。真同鶴久住〔二〕，不學雁輕回。婦女能相笑，兒童忍見猜〔三〕。猶憐舊耆老，時有一書來。

〔一〕「獄掾」句：獄掾，監獄主管官，呂本中在海陵時所任之職，前已注。酸寒，因官位、待遇低下而處境尷尬。韓愈薦士：「酸寒溧陽尉。」

〔二〕「真同」句：世説新語言語：「支公好鶴，住剡東岇山。有人遺其雙鶴，少時翅長欲飛，支意惜之，乃鎩其翮。鶴軒翥不復能飛，乃反顧翅，垂頭，視之如有懊喪意。」句以鎩翮之鶴，喻指久做獄掾之無聊與痛苦。

〔三〕「婦女」二句：謂連婦女、兒童也看不上眼，甚至嘲笑、輕辱。韓愈石鼎聯句軒轅彌明句：「形模婦女笑，度量兒童輕。」

和成士殼海安道中見寄〔一〕

成侯老更懶，處世一虛舟〔二〕。暫脱塵埃夢，還尋江海秋。從來仙聖宅，不數鳳麟洲〔三〕。有意相隨否，因公更一游。

〔一〕成士穀，已見前注。海安，鎮名。據元豐九域志卷五，泰州海陵縣有七鄉及海安、西溪二鎮。

〔二〕「處世」句：莊子山木：「方舟而濟於河，有虛船來觸舟，雖有惼心之人不怒；有一人在其上，則呼張歙之；一呼而不聞，再呼而不聞，於是三呼邪，則必以惡聲隨之。向也不怒而今也怒，向也虛而今也實。人能虛己以遊世，其孰能害之！」郭象注：「世雖變，其於虛己以免害，一也。」此謂成氏能虛己，別無任何企圖，故處世游刃有餘。

〔三〕「從來」二句：仙聖宅，太平寰宇記卷一四二鄧州墨山引荆州記云：「内鄉縣有墨山，一謂元仙山、仙聖宅。南有丹崖，映川流之濱，實爲殊觀。」此泛指神仙聚居之所。鳳麟洲，傳説中仙洲名。藝文類聚卷九〇鳳引十洲記曰：「鳳麟洲在西海之中，四面有弱水繞之，鴻毛不可越也。其上多鳳、麟，數萬各爲群。」兩句謂海安風光美如仙境，傳説中之鳳麟洲遠不及，並邀約同遊。

送虞澹季然之官京師〔一〕

車如鷄棲馬如狗〔二〕，勸公莫笑循牆走〔三〕。車如流水馬如龍〔四〕，不如還家行御風〔五〕。以尻爲輪神爲馬〔六〕，世人計出車馬下〔七〕。出門險阻道里遠，只今誰是能行者。海陵事劇俸則薄，得公相從亦不惡。小吏相欺官長怒，我自作煩公笑樂。庾公故是豐年玉，道兒更自見不足〔八〕。斷崖獨立老松柏〔九〕，青天何處飛鴻鵠〔一〇〕。汴堤六月塵自障〔一一〕，請公登高更南望。馬煩車怠早歸來〔一二〕，且從夫子濠梁上〔一三〕。

〔一〕虞澹，汪藻朝散大夫直龍圖閣張公（根）行狀：「女七人，適秘書郎黄伯思、起居郎李綱、太學博士李富國、大府寺丞薛良顯、杭州監税范渭、寶應縣丞虞澹，一人尚幼。」李綱宋故龍圖張公（根）夫人黄氏墓誌銘所述同。又李綱有送虞季然赴八寶丞詩。則虞澹，字季然，嘗爲寶應縣丞、八寶丞。紹興十年（一一四〇）監登聞鼓院（建炎以來繫年要録卷一三七）。據本詩，約宣和初已到京師做官，蓋一生仕歷豐富，多已不詳。

〔二〕「車如」句：極言車馬之劣。後漢書陳蕃傳：陳蕃誅宦官被害，「陳留朱震時爲銍令，聞而棄官哭之，收葬蕃尸，匿其子逸於甘陵界中。事覺繫獄，合門桎梏。震受考掠，誓死不言，故逸得免。後黄巾賊起，大赦黨人，乃追還逸，官至魯相。震字伯厚，初爲州從事，奏濟陰太守單匡臧罪，并連匡兄中常侍、車騎將軍超。桓帝收匡下廷尉，以譴超，超詣獄謝。三府諺曰：『車如鷄栖馬如狗，疾惡如風朱伯厚。』」

〔三〕「勸公」句：公，四庫本作「君」。左傳昭公七年：「正考父佐戴武宣，三命茲益共，故其鼎銘云：『一命而僂，再命而傴，三命而俯，循墻而走，亦莫余敢侮。饘於是，鬻於是，以糊余口。』」共，同「恭」。以上兩句，謂疾惡如風，不如恭順從命。

〔四〕「車如」句：後漢書馬皇后紀：「太后素好儉。前過濯龍門上，見外家問起居者，車如流水，馬如游龍，倉頭衣緑褠，領袖正白，顧視御者，不及遠矣。故不加譴怒，但絶歲用而已，冀以默愧其心。」

〔五〕「不如」句：莊子逍遥遊：「夫列子御風而行，泠然善也，旬有五日而後反。彼於致福者未數數然也，此雖免乎行，猶有所待者也。」郭象注：「非風則不得行，斯必有待也。唯無所不乘者無待耳。」以上兩句，謂與其倚仗外家勢力而乘車駕馬，不如學列子御風而行。

〔六〕「以尻」句：莊子大宗師：「子祀曰：『汝惡之乎？』曰：『亡，予何惡！浸假而化予之左臂以爲鷄，予因以求時夜；浸假而化予之右臂以爲彈，予因以求鴞炙；浸假而化予之尻以爲輪，以神爲馬，予因而乘之，豈更駕哉！』」郭象注：「夫體化合變，則無往而不因，無因而不可也。」成玄英疏：「尻無識而爲輪，神有知而作馬，因漸漬而變化。乘輪、馬以遨遊，苟隨任以安排，亦於何而不適者也。」尻，原作「尻」，形訛，據上引莊子改。尻，臀部。

〔七〕「世人」句：謂一般百姓並不計議車馬，所計較者更加微不足道。

〔八〕「庾公」二句：世説新語賞譽下：「世稱『庾文康（亮）爲豐年玉，穉恭（翼）爲豐年穀』。庾家論云：『是文康稱恭爲荒年穀，庾長仁爲豐年玉。』」劉孝標注：「謂亮有廊廟之器，翼有匡世之才，各有用也。」道兒，神情容貌。皃，四庫本作「貌」，同。句喻指虞澹乃廊廟全才。

〔九〕「斷崖」句：獨立，原校：「一作『百丈』。」

〔一〇〕「青天」句：何處，原校：「一作『萬里』。」飛鴻鵠，謂前程遠大。

〔一一〕「汴堤」句：汴堤，開封一帶之汴河河堤。據沈括夢溪筆談卷二五，北宋初汴渠歲一浚，後來三歲一浚，再後有二十年不浚者，歲歲堙澱，「京城東水門下至雍丘、襄邑河底，皆高出堤外平地一丈二尺餘，自汴堤下瞰民居，如在深谷」。

〔二〕「馬煩」句：曹植洛神賦：「日既西傾，車殆馬煩。」

〔三〕「且從」句：莊子秋水：「莊子與惠子遊於濠梁之上。莊子曰：『鯈魚出游從容，是魚樂也。』惠子曰：『子非魚，安知魚之樂？』莊子曰：『子非我，安知我不知魚之樂？』」郭象注：「欲以起明相非而不可以相知之義耳。子非我，尚可以知我之非魚，則我非魚，亦可以知魚之樂也。」以上兩句，謂望虞澹早日歸來，猶可一起探討人生哲理。

海陵病中〔一〕

病知前路資糧少，老覺平生事業非〔二〕。無數青山隔滄海，與誰同往却同歸〔三〕。

〔一〕詩題原校：「一作『寄劉器之丈五首』。」按：劉安世（一〇四八—一一二五），字器之，大名（今屬河北）人。熙寧六年（一〇七三）進士。歷左諫議大夫、樞密都承旨。立朝敢諫諍，曾多次貶官。學者稱元城先生。今存盡言集十三卷。蘇軾有劉器之好談禪不喜游山山中筍出戲語器之可同參玉版長老詩，可略見此人性情。

〔二〕「病知」二句：吴曾能改齋漫録卷七前路資糧：「藏經中有俱舍論，載頌曰：『欲往前路無資糧，來往中間無所止。』東萊先生吕居仁臨終詩云：『病知前路資糧少，老覺平生事業非。』蓋用前語。」按：此并非臨終詩，而是病中詩説到死。

〔三〕「無數」二句：海，原校：「一作『江』。」按：青山，指仙山；隔滄海，謂在海外，故作「海」是。史記秦始皇本紀：「齊人徐市等上書，言海中有三神山，名曰蓬萊、方丈、瀛洲，僊人居之。」同往同歸，猶言同生同死、同生不同死，乃禪宗公案，詳見本書卷三效古樂府三首注引五燈會元卷七雪峰存禪師法嗣保福院從展禪師。

先生高卧了殘冬，我亦年來不諱窮〔一〕。夜半打窗人不會〔二〕，滿天風雨角聲中。

〔一〕「先生」二句：先生，指劉安世。莊子秋水：「孔子遊於匡，宋人圍之數匝，而弦歌不輟。子路入見，曰：『何夫子之娱也！』孔子曰：『來，吾語女。我諱窮久矣，而不免命也；求通久矣，而不得時也。』」

〔二〕「夜半」句：人不會，不領會打窗之意，蓋指向人求救濟也。

客游歷歷都如夢，身事悠悠略似僧。只麼隨緣作官去〔一〕，不知從古更誰曾〔二〕。

〔一〕「只麼」句：只麼，這麼，如此。黄庭堅再用前韵贈子勉四首其一：「只麼情親魚鳥，儻然圖畫麒麟。」任淵注引傳燈録證道歌曰：「不可得中只麼得。」

〔二〕「不知」句：誰曾，省略語，謂誰曾有過。此種句法，古詩中用者較少，前如陸佃依韵和尚用之秀才梅花二首其二：「年年先發更誰曾，憔悴中間獨自榮。」後如楊萬里題湘中館二首其一：「箇中有句在，下語更誰曾。」

文殊〔一〕

往來車馬鬧泥塗，一室蕭然百事無〔二〕。語默二途俱不涉〔三〕，不勞辛苦對文殊〔三〕。

〔一〕「往來」二句：據詩意，所謂「車馬鬧泥塗」，指上官到呂本中寓所探病，而詩人以維摩詰居士自喻。維摩經第五品文殊師利問疾：「文殊師利既入其舍，見其室空，無諸所有，獨寢一床。」

〔二〕「語默」句：原校：「一作『本自無言亦無默』。」按肇論涅槃無名論曰：「釋迦掩室於摩竭，净名杜口於毗耶。須菩提倡無説以顯道，釋梵約聽而雨華。斯皆理爲神御，故口以之而默，豈曰無辯？斯所不能言也。」禪不可説，語言文字皆空，故釋迦掩室，净名杜口，維摩經立語默不二法門。

〔三〕「不勞」句：文殊，即文殊師利，又譯作曼殊室利，釋迦牟尼佛之左脅侍菩薩，乃佛教四大菩薩之首。對文殊，維摩詰居士病，佛祖派文殊師利探望。此言上官不必辛苦前來慰問。

久諳罷卧懶呼醫〔一〕，剩讀文書不療飢〔二〕。數有故人來問疾，更煩耆舊與傳詩〔三〕。

〔一〕「久諳」句：久，原校：「一作『飽』。」諳，熟也。罷卧，罷，同「疲」，指病卧。謂熟悉病因，故雖卧床不起，也不呼醫覓藥。唐僧嵩戲悼雙溪布衲如禪師：「終身常在道，識病懶尋醫。」

〔二〕「剩讀」句：療飢，詩經陳風衡門：「泌之洋洋，可以樂飢。」毛傳：「泌，泉水也。洋洋，廣大也。樂飢，可以樂道忘飢。」鄭玄箋：「飢者不足於食也。泌水之流洋洋然，飢者見之可飲以𤻲飢。」陸德明音義引沈云：「舊皆作樂字，晚（逸）詩本有作𤻲。」案曰：「説文云：『𤻲，治也。』療或𤻲字也。則毛本止作樂，鄭本作𤻲」。今按：依逸詩本作「𤻲」義勝。

〔三〕「更煩」句：與傳詩，指來傳抄詩卷。

次韵李叔友賀堯明登第叔友丹陽人也本中得其人之詳於王堯明恨未之識也堯明擢第叔友作詩賀之堯明令繼作既喜叔友能不妄許可又嘉堯明進退取捨皆中乎道也三首〔一〕

柴桑無復陶元亮〔二〕，谷口虛傳鄭子真〔三〕。二子風流知有在〔四〕，且留餘味及吾人。

〔一〕李叔友，至順鎮江志卷一九人材隱逸：「李迥，字叔友，丹徒人。高尚不出，士人宗仰之。宣和初，教授董弅白太守虞奕曰：『治下有隱君子，盍訪之？』虞曰：『願見久矣。』一日，攜具邀董偕詣，迥辭以未嘗製衣冠。野服見。明日，遣价持詩謝之，曰：『揖客將軍重，揚名御史尊。』時稱之。」詩題爲丹陽人，此謂丹徒，兩地相接，未詳孰是，今皆屬江蘇鎮江。又羅志仁姑蘇筆記（説郛本）亦記其事，略曰：宣和間，廣川董□（弅）爲鎮江府教官，有李迥老，高尚不出，人亦頗宗仰之。董時往見，與之欵語，出所著書及所嘗獻朝廷者。又知其通於治道，皆切時用，非尋常事文采取人娛悦者。并謂李迥字叔友。王堯明，名俊乂，前已注。此三詩乃次李叔友韵，李氏原作已佚。

〔二〕「柴桑」句：宋書陶潛傳：「陶潛，字淵明，或云淵明字元亮，尋陽柴桑人也。」按：柴桑，古縣名，西漢置，潯陽郡治所，因柴桑山得名。

〔三〕「谷口」句：漢書王貢兩龔鮑傳：「谷口有鄭子真。」顔師古注引三輔決録云：「子真，名樸。」晋皇甫謐高士傳卷中鄭樸：「鄭樸，字子真，谷口人也。修道静默，世服其清高。成帝時，元舅、大將軍王鳳以禮聘之，遂不屈。揚雄盛稱其德曰：『谷口鄭子真，耕於巖石之下，名振京師。』（見揚子法言問神篇）馮翊人刻石祠之，至今不絶。」按：谷口，左馮翊屬縣，見漢書地理志上。

〔四〕「二子」句：二子，指上述陶、鄭二人。有在，有所傳頌。

澄江雖近不容親〔一〕，亦是人間可喜人。枯木巖前有歧路〔二〕，一杯濁酒自成春。

〔一〕澄江：指長江，澄，清也。李叔友爲丹陽人，瀕臨長江，距海陵不太遠，故云。不容親，指其隱居，不與世人交往。

〔二〕「枯木」句：枯木巖，指李迴隱居之山，謂極冷清枯寂。景德傳燈録卷二九十玄談一色：「枯木巖前差（叉）路多，行人到此盡蹉跎。鷺鷥立雪非同色，明月蘆花不似他。」又五燈會元卷五潭州石霜山慶諸禪師：「師居石霜山二十年間，學衆有長坐不卧，屹若株杌，天下謂之枯木衆也。」歧，原作「岐」，版刻多混用。有歧路，謂枯木巖所出，未必皆是「枯木」，王堯明金榜題名，占盡春色。

二子深居筆吐虹〔一〕，從來氣節萬夫雄〔二〕。欲知聖主求賢意，不爲相如詞賦工〔三〕。

〔一〕「二子」句：筆吐虹，謂李、王二人雖嘗爲隱士，然頗擅爲文，文章氣勢宏大。文選曹植七啓：「慷慨則氣成虹蜺。」李善注引劉邵趙郡賦：「煦氣成虹蜺。」李周翰注：「成蜺，言盛也。」宋歐陽修答王禹玉見贈：「曾看揮毫氣吐虹。」（見冷齋夜話卷二）

〔二〕「從來」句：李白送梁公昌從信安王北征：「高談百戰術，鬱作萬夫雄。」

〔三〕「欲知」二句：求賢，此指科舉考試。相如，即司馬相如，西漢辭賦家。句謂皇帝興科舉，用文章取士，意在國家文治之盛，而不在文詞之工。

次韵堯明見和因及李蕭遠五詩〔一〕

小閣才堪置一床，病軀雖在鬢蒼浪〔二〕。隨身行李無長劍〔三〕，猶勝堆錢與窟郎〔四〕。

〔一〕堯明，即王堯明，名俊乂，前已屢見。李蕭遠，名祁，字蕭遠，李彭諸弟，官至尚書郎。見本書卷一督山伯蕭遠和詩并示舍弟注。師友雜志：「王俊乂堯明、李祁蕭遠，自崇寧間同在學校，不與衆人趨同，師仰前輩古人，不妄交游。兩人雅相推重，人多笑之，亦不以介意。堯明海陵人，蕭遠雍丘人。蕭遠少堯明一兩歲，兄事堯明。蕭遠先登科，堯明次舉作魁。」

〔二〕「病軀」句：蒼浪，歐陽脩齋宮尚有殘雪思作學士時攝事於此嘗有聞鶯詩寄原父因而有感四首其二：「齒牙浮動鬢蒼浪。」又黄庭堅次韵時進叔二十六韵：「髮疏雖蒼浪。」史容注引張鷟（朝野）僉載補遺云：「王能爲洛陽令，判婦人阿孟狀云：『阿孟身年八十，鬢髮早已蒼浪。』」按：蒼浪，連綿字，斑白貌。

〔三〕「隨身」句：行李，外出時所帶衣裝。無長劍，謂比馮諼更窮。戰國策齊策四：齊人有馮諼者，貧乏不能自存，寄食孟嘗君門下。「居有頃，倚柱彈其劍，歌曰：『長鋏歸來乎！食無魚。』」

〔四〕「猶勝」句：杜牧冬至日寄小侄阿宜詩：「朝廷用文治，大開官職場。願爾出門去，取官如驅羊。吾兄苦好古，學問不可量。晝居府中治，夜歸書滿床。後貴有金玉，必不爲汝藏。崔昭生崔芸，李兼生窟郎。堆錢一百屋，破散何披猖。今雖未即死，餓凍幾欲僵。」

交游潦倒漫虛名，誤結他生文字盟。踏盡塵埃公莫厭，不應因酒愛江清〔一〕。

〔一〕「不應」句：謂不能只重其表，不究其實。杜甫軍中醉飲寄沈八劉叟：「酒渴愛江清。」此乃戲語。

故人飄散各窮途〔一〕，諸老交情却未疏。賴有清詩在書案，時時翻讀伴更初〔二〕。

〔一〕「故人」句：窮途，晉書阮籍傳：「時率意獨駕，不由徑路，車迹所窮，輒慟哭而反。」

〔二〕「時時」句：更初，即初更。古代分一夜爲五更，初更又稱甲夜，見顏氏家訓書證篇。

萬里星河指顧間，此中何自著江山〔一〕。精金百鍊終無用，才與佳人照指鐶〔二〕。

〔一〕「萬里」二句：謂星河中之江山似乎近在咫尺，其實什麼也無。陳師道次韻寇秀才寄下邳家兄：「故著江山供極目，正將强健入新年。」

〔二〕「精金」二句：太平御覽卷一四四引西京雜記：「戚夫人以百煉金爲彄環，照見指骨。上惡之，以賜侍兒鳴玉、曜光等，各四枚。」劉禹錫馬嵬行：「指環照骨明，首飾敵連城。」按：兩句以精金自喻，鳴不被重用之不平。

阮公游宦喜東平〔一〕，賀監從來憶四明〔二〕。但得從容飽粗糲，不須辛苦辨肴鯖〔三〕。

〔一〕「阮公」句：晉書阮籍傳：「阮籍，字嗣宗，陳留尉氏人也。……文帝輔政，籍嘗從容言於帝曰：『籍平生曾游東平，樂其風土。』帝大悦，即拜東平相。籍乘驢到郡，壞府舍屏障，使内外相望，法令清簡。」

〔二〕「賀監」句：新唐書賀知章傳：「賀知章，字季真，越州永興人。性曠夷，善談説。證聖初擢進士，累遷太常博士，再遷禮部侍郎兼集賢院學士。……肅宗爲太子，知章遷賓客，授秘書監。「晚節尤誕放，遨嬉里巷，自號四明狂客。」

〔三〕「但得」二句：以食物之粗糲、肴鯖爲喻，謂能飽食即得，不必追求精美，亦如阮、賀之平常心。糲，糙米；鯖，肉、魚等同燒之雜燴。西京雜記卷二：「五侯不相能，賓客不得往來。婁護、豐辯傳食五侯間，各得其懽心，競致奇膳。護乃合以爲鯖，世稱五侯鯖，以爲奇味焉。」

西歸舟中懷通泰諸君〔一〕

一雙一隻路旁堠〔二〕，乍有乍無天際星。亂葉入船侵破衲〔三〕，疾風吹水擁枯萍。山林何謝難方駕〔四〕，詩語曹劉可乞靈〔五〕。酒碗茶甌俱不厭，爲公醉倒爲公醒。

〔一〕西歸，呂本中蓋因事暫離海陵西行，何事不詳。本書卷二三（外集卷二）府學治事奉懷張彦實兼寄惠子澤范信中向君受詩中有「已憐匹馬西歸後，更憶偏舟南渡時」兩句，乃回憶往昔經歷。「匹馬西歸」與此舟行西歸當爲一事（蓋旅途工具有變），疑指因公回京師開封，故有「山林」「難方駕」語。詩人時爲海陵獄掾，或與案件有關。詩集將此詩排於賀王俊乂宣和元年（一一一九）三月登科之後，據詩中「亂葉」、「疾風」、「枯萍」等意象，似作於秋冬。通泰，即通州（今江蘇南通）、泰州。

〔二〕「一雙」句：堠，古代記里程之土堆。北史韋孝寬傳：「路側一里置一土堠。」韓愈路旁堠：「堆堆路旁堠，一雙復一隻。」

〔三〕「亂葉」句：破衲，衲本僧衣，此泛指衣服破舊。

〔四〕「山林」句：山林，指隱居不仕。難方駕，謂自己雖有退隱之志，但難與何胤、謝朏二人比並。南史何尚之傳附何胤傳：「胤字子季，出繼叔父曠，故更字胤叔。……爲中書令，領臨海、巴陵王師。胤雖貴顯，常懷止足。建武初，已築室郊外，恒與學徒游處其內。至是遂賣園宅欲入東。未及發，聞謝朏罷吴興郡不還，胤恐後之，乃拜表解職，不待報輒去。……尋有詔許之。胤以會稽山多靈異，往游焉，居若邪山雲門寺。」同上書謝弘微傳附謝朏傳：「朏字敬沖，幼聰慧，（父）謝莊器之，常置左右。……（南齊）明帝建武四年（四九七），徵爲侍中、中書令，不應。遣諸子還都，獨與母留，築室郡之西郭。明帝詔加優禮，旌其素概，賜牀帳褥席，奉以卿禄。時國子祭酒廬江何胤亦抗表還會稽。永元中，詔徵朏、胤，並不屈。」

〔五〕「詩語」句：曹劉，指曹植、劉楨。舊唐書元稹白居易傳史臣曰：「昔建安才子，始定霸於曹、劉。」二人爲建安詩壇巨擘，故曰「可乞靈」，謂乞求創作靈感。按：瀛奎律髓卷一四收是詩，方回評曰：「起句十四字乃早行詩，次一聯言景物而工，又一聯言情況而不勝其高矣。詩格峥嶸，非晚學所可及也。」李慶甲彙評引馮舒評曰：「何、謝何以加『山林』字？」又引紀昀評：「殊不見高。」又曰：「似老而粗，江西派之不佳者。」「後聯突接，究少頭緒。」又查慎行評：「路旁堠『一雙復一隻』乃白香山古詩。」許印芳評：「『路旁堠』乃昌黎古詩，非香山也。」

寄馬巨濟察院時監泰州酒得宮祠歸南京〔一〕

新春款南園，積雨寒不歇。起望海陵城，幸未還往缺。聞公得安還，未放車軌折〔二〕。毫端倒江海，胸次湛明月〔三〕。東風片帆來，乃復爲此别〔四〕。田園到荒蕪〔五〕，歲事有曲折。不見南山松，高卧擁霜雪。鬢髯凛可畏，此豈念容悦〔六〕。願公考其然，一向鼻頭説〔七〕。

〔一〕馬巨濟，即馬涓，字巨濟，閬州（今四川閬中）人，元祐六年（一〇九一）進士第一，授承事郎、簽書雄武軍節度判官。歷應天府少尹，入元祐黨籍，貶官。靖康初爲起居舍人。見續資治通鑑長編卷四五六、四五九，靖康要録卷三。察院，官署名。宋史職官志四：「御史臺，掌糾察官邪肅，正綱紀，大事則廷辨，小事則奏彈。其屬有三院：一曰臺院，侍御史隸焉；二曰殿院，殿中侍御史隸焉；三曰察院，監察御史隸焉。」馬涓嘗爲監察御史，故稱察院。南京，即應天府，治今河南商丘。按師友雜志曰：「政和中，本中自揚州隨侍先君子（指其父好問）沿檄至静海，途經海陵，日陪馬丈巨濟游……有『與公頻上海山樓』之語。」知兩人相交，早在任海陵獄掾之前。

〔二〕「未放」句：楚辭王逸九思：「車軏折兮馬虺頹。」自注：「驅騁不能寧定，車弊而馬病也。」

〔三〕「毫端」二句：謂其人筆下氣勢如翻江倒海，胸中涵蘊清澈如月光普照。江淹清思詩：「湛湛明月光。」

〔四〕「東風」二句：謂來時乘船，去時亦乘船告别。

〔五〕「田園」句：陶潛歸去來兮辭：「歸去來兮，田園將蕪胡不歸。」

〔六〕「鬢髯」二句：謂馬氏鬍髭滿面，模樣凜然可畏，故不得上官喜歡。然而鬢髯乃天生如此，豈在讓人看着高興。按：此所謂「可畏」，實指馬涓直諒敢言。

〔七〕「願公」二句：考其然，「其」指擁霜雪的青松。向鼻頭説，猶言向鼻頭參禪。黄庭堅謝王炳之惠石香鼎詩：「法從空處起，人向鼻頭參。」任淵注引楞嚴經曰：「香嚴童子言，見諸比丘燒沈水香，香氣寂然，來入鼻中。我觀此氣，非水非空，非煙非火，去無所著，來無所從。由是意銷，發明無漏，如來印我，得香嚴號（按：原文見該書卷五香嚴童子香塵圓通章）。」佛教認爲六塵（色、聲、香、味、觸、法）與六根（眼、耳、鼻、舌、身、意）相接（即六觸：眼觸、耳觸、鼻觸、舌觸、身觸、意觸），便産生六識（眼識、耳識、鼻識、舌識、身識、意識）。六識染污凈心，導致煩惱。所謂「無漏」，謂斷除煩惱，清凈離欲，以了脱生死。此言若上官欲求「容悦」，可讓他學學香嚴童子，用鼻觸及沈水香，看能否寂然無感，或可因香發智，除其垢染，歸於清凈。

寄趙十弟〔一〕

十年流落各西東，再見初非舊阿蒙〔二〕。晉邑自思欒孺子，魯儒空望叔孫通〔三〕。

宦情潦倒三荒徑〔四〕，世味衰頹一禿翁。石室度籌吾豈敢〔五〕，且看鮮健勝龐公〔六〕。

〔一〕趙十弟，當爲趙才仲之弟，吕本中次表弟，其名不詳。按：此詩第一、二聯凡四句，與本書卷六代贈略同（僅第二句有四字異），兩詩疑有關聯。

〔二〕「再見」句：三國志吴書吕蒙傳：「吕蒙，字子明，汝南富陂人也。」裴松之注引江表傳：「蒙始就學，篤志不倦，其所覽見，舊儒不勝。後魯肅上代周瑜，過蒙言議，常欲受屈。肅拊蒙背曰：『吾謂大弟但有武略耳，至於今者，學識英博，非復吴下阿蒙。』蒙曰：『士别三日，即更刮目相待。』」

〔三〕「晉邑」二句：見本書卷六代贈詩注。

〔四〕「宦情」句：陶潛歸去來兮辭：「三徑就荒，松菊猶存。」

〔五〕「石室」句：五燈會元卷一西天祖師：「四祖優波毱多尊者，吒利國人也。……十七出家，二十證果，隨方行化，至摩突羅國，得度者甚衆。……尊者在世化導，證果最多。每度一人，以一籌置於石室。其室縱十八肘，廣十二肘，充滿其間。」似趙十嘗用禪宗四祖事，感謝表兄吕本中對他的化導與幫助，故云。

〔六〕「且看」句，勝龐公，龐公即龐藴居士，見本書卷一寄璧公道友詩注引五燈會元卷三馬祖一禪師法嗣則川和尚。句謂自己身體遠不及表弟健康。

叔度季明學問甚勤而求於余甚重其將必有所成也因作兩詩寄之〔一〕

兩章後來秀，頭角固嶄然〔二〕。但語强弩末，不争駑馬先〔三〕。寓言有十九〔四〕，曲禮至三千〔五〕。所要在守節，末言能與權〔六〕。

〔一〕是詩首句謂「兩章」，則叔度、季明皆章姓。按陳長方步里客談卷下曰：「章叔度憲云：『每下一俗間言語，無一字無來處，此陳無已、黄魯直作詩法也。』」則叔度名憲，或論詩主江西。又王蘋王著作集卷五墓誌，署「門人浦城章憲撰」；又有祭文曰：「維紹興二十三年（一一五三）歲次癸酉，八月戊午朔初十日丁卯，門人章憲謹以清酌庶羞之奠致告於著作王先生之靈」云云，則章憲當爲浦城（今屬福建）人，乃王蘋門人，蓋理學之士。又陳長方唯室集卷三章季明哀詞曰：「浦城章季明當其時（指崇寧後王安石新學盛行時），知孔孟之傳不如是也，得伊洛高弟（指王蘋）而師事之，閉户讀書，求川上逝者、天下歸仁之所以然，即中庸而高明，合内外而同德，以之修身，以之治人，無非本此，故右丞許公（景衡）嘗語余曰：『吴中學者如章氏兄弟，吾以爲難能。』」又謂其才「不及試用」，當以布衣終。據此哀詞，則二章乃兄弟。按宋元學案卷二九震澤學案，章悊字季明，憲弟。「本浦城人，其父徙居吴之王村。」

〔二〕「頭角」句：韓愈柳子厚墓誌銘：「嶄然見頭角。」頭角，頭頂左右之突出處，常以此喻指年輕人極有氣慨或才華。嶄然，高貌。

〔三〕「但語」二句：漢書韓安國傳：「彊弩之末，力不能入魯縞。」又史記刺客列傳荆軻傳：「田光曰：『臣聞騏驥盛壯之時，一日而馳千里；至其衰老，駑馬先之。』」

〔四〕「寓言」句：莊子寓言：「寓言十九。」又曰：「寓言十九，藉外論之。」郭象注：「言出於己，俗多不受，故借外耳。肩吾、連叔之類，皆所借者也。」成玄英疏：「藉，假也，所以寄之他人。十言九信者，中假託外人論説之也。」

〔五〕「曲禮」句：禮記禮器：「禮有大有小，有顯有微。大者不可損，小者不可益。顯者不可揜，微者不可大也。故『經禮三百，曲禮三千』，其致一也。」鄭玄注：「致之言至也。一謂誠也。經禮謂周禮也。周禮六篇，其官有三百六十。曲猶事也。事禮謂今禮也。禮篇多亡本數，未聞其中事儀三千。」

〔六〕「所要」二句，自注：「世之學者忘近而趨遠，急近而升高，虛詞大言，行不適實。雖始就學，則先言，言不必信，行不必果。達節行權，由仁義行，而不知言必信，行必果，守節共學，行仁義之爲先務也，故修其身，荒唐繆悠之説施之於事，則顛倒悖亂，而卒無所正也。」按：達節，左傳成公十五年：「前志有之，曰：『聖達節（杜預注：「聖人應天命，不拘常禮」），次守節（杜注：「謂賢者。」），下失節（杜注：「愚者妄動。」）。』」行權，周易繫辭下：「巽以行權。」韓康伯注：「權，反經而合道。必合乎巽順，而後可以行權也。」言必信，行必果，論語子路：「子貢問曰：『何如斯可謂之士矣？』子曰：『行己有耻，使於四方不辱君命，可謂士矣。』曰：『敢問其次。』曰：『宗族稱孝焉，鄉黨稱弟焉。』曰：『敢問其次。』曰：『言必信，行必果，硜硜然小人哉，抑亦可以爲次矣。』」何晏集解引鄭（玄）曰：「行必果，所欲行必果敢爲之。硜硜者，小人之貌也，抑亦其次，言可以爲次。」末，原作「未」，四庫本作「末」。據上引，知達節爲首，守節爲次，行權爲末，故作「末」是，據改。

念我少年日，結交皆老蒼〔一〕。曹南見顏石〔二〕，甬上拜饒汪〔三〕。敢幸江海浸，得霑藜藿腸〔四〕。諸郎但勉力，餘事及文章〔五〕。

〔一〕「結交」句：老蒼，猶言老成。指年長者，即下所述顏平仲（岐）、石子植諸人。杜甫壯遊：「脱略小時輩，結交皆老蒼。」

〔二〕「曹南」句：曹南，即曹州，前已屢見。此指呂本中建中靖國元年（一一〇一）冬隨侍其祖呂希哲出知曹州時，詳見本書卷二寄知止二絶注。

〔三〕「甬上」句：甬上，即宿州，見本書卷五往年與關止叔相别甬上止叔見勉學道甚勤且曰無爲專事文字間也及今五年矣尚未有所就因作詩見志且以自警也詩注考。顏、石、饒、汪，自注：「顏平仲、石子植、汪信民、饒德操。」呂本中於宿州拜饒汪，在其祖父呂希哲崇寧初謫居符離時，見童蒙訓卷中，前注已引。按：以上四人，分别已見前注，此略。

〔四〕「敢幸」二句：江海浸，杜預春秋左傳序：「若江海之浸，膏澤之潤。」孔穎達正義：「江海以水深之故，所浸者遠。」此指諸老學問、人格，受其祖父霑溉爲多。藜藿腸，與上句義同，謂猶吃呂家之粗茶淡飯。

〔五〕「餘事」句：論語學而：「子曰：『弟子入則孝，出則弟，謹而信，汎愛衆而親仁。行有餘力，則以學文。』」何晏集解引馬（融）曰：「文者，古之遺文。」顔平仲等人從呂希哲主要研習道學（理學）。

與李宏子植同過信中飲薛茘亭下夜分乃散别後奉懷遂成長韵〔一〕

殘花無言卧風雨，小亭寂寞延初暑。范侯置酒呼我來，共坐階前洗塵土。坐間有李與韓〔二〕，文字峥嶸各奇古。起卧逡巡失杯杓〔三〕，笑語瀾翻雜歌舞。滿城車馬鬧侵淫，誰解牆陰看樽俎〔四〕。薛茘扶疏出枝葉，老氣横空君一吐。人生此會不可常，昔者各在天一方。簿書相急如探湯〔五〕，好風吹我來君旁。鶯啼燕乳各自忙，明日酒醒空斷腸。

〔一〕李宏，字彥恢，宣城人，政和五年（一一一五）進士。歷御史臺主簿，淮南、京西兩道轉運判官。事迹詳韓元吉李公（宏）墓誌銘。子植，即石子植，呂希哲門人，詳見本書卷六宿楚丘懷石子植顔平仲趙才仲詩注。信中，即范寥，字信中，亦即詩中所言「范侯」，成都華陽（今四川成都）人，家於丹陽（今屬江蘇），仕爲武職，志不得申，晚以詩酒自放。詳見本書卷八次韵答曹州同官兼簡范寥信中詩注。薛荔亭，不詳所在。

〔二〕「坐間」句：李與韓，李即李宏，韓不詳。

〔三〕「起卧」句：逡巡，欲行又止貌。失杯杓，謂醉酒。史記項羽本紀：「張良入謝，曰：『沛公不勝桮杓。』」杯、桮同。

〔四〕「誰解」句：牆陰，代指薛荔。薛荔，木本植物名，又名水蓮、水饅頭，莖蔓生。薛荔又是梵語「餓鬼」之漢文音釋，故此將其擬人化。樽俎，餐具，樽盛酒，俎放肉。此代指宴席。

〔五〕「簿書」句：相急，謂催促急迫。探湯，喻緊急狀。漢書杜欽傳：「權臣易世，意若探湯。」顔師古注：「言重難之，若以手探熱湯也。」

秋日呈顔夷仲〔一〕

老去身已衰，事過意愈懶。斯人未寂寞，吾此歸亦晚。疏籬帶落葉，秋色忽已滿。南窗可炙背〔二〕，唤婦同茗碗。舊讀無新功，亦復費編纂。凝塵亂朱墨，妙句折編簡〔三〕。往者荷蓧翁，實具世外眼。不能與之游，只有興盡返〔四〕。曹南二三老〔五〕，夙昔荷推挽。平生萬卷書，未盡一日款。微詞絶端兆，自怪識者罕〔六〕。願聞片言佳，庶用收褊短〔七〕。

〔一〕顔夷仲，即顔岐，字夷仲（「夷」一作「平」），呂希哲門人，見呂本中紫微詩話。

〔二〕「南窗」句：陶淵明歸去來兮辭：「倚南窗以寄傲。」炙背，曬太陽取暖。嵇康與山巨源絶交書：「野人有快炙背而美芹子者，欲獻之至尊。」杜甫晚：「杖藜尋晚巷，炙背近墻暄。」

〔三〕「妙句」句：折，摘取。折編簡，謂摘取詩文好句編輯成册。

〔四〕「往者」四句：荷蓧翁，論語微子：「子路從而後，遇丈人，以杖荷蓧。子路問曰：『子見夫子乎？』丈人曰：『四體不勤，五穀不分，孰爲夫子？』植其杖而芸。子路拱而立。止子路宿，殺鷄爲黍而食之，見其二子焉。明日，子路行以告，子曰：『隱者也。』使子路反見之，至，則行矣。」何晏集解引包（咸）曰：「丈人，老人也。蓧，竹器。」又引孔（安國）曰：「植，倚也。除草曰芸。」世外，朝廷治理之外，指隱士。

〔五〕「曹南」句：曹南，即曹州，前已屢見。二三子，按前叔度季明學問甚勤而求於余甚重詩，言往日結交，稱「曹南見顔石」，自注：「顔平仲、石子植。」

〔六〕「微詞」二句：微詞，深隱之語；缺端兆，缺乏明顯證據，蓋指慮在事前，故下句言「識見罕」，罕，少也，乃謙詞。

〔七〕「庶用」句：褊短，氣量小，見識短。謂用顔岐之高見糾正己見。黄庭堅寄曹元忠十首其六：「平生中心願，褊短不獲騁。」

謝任伯夫人挽詩〔一〕

幽蘭在深山，無人終自芳〔二〕。豈伊桃李顔，取媚少年腸〔三〕。高氏有潛德，奕世被輝光。自其父祖來，低首不肯昂〔四〕。夫人生既賢，豈止秀閨房。出身事夫子，和鳴更鏘鏘〔五〕。笙鏞列兩序〔六〕，圭幣羅中堂〔七〕。云何去日遠，遂棄陵風翔〔八〕。伋也奉慈訓，將見久必昌〔九〕。瞻彼汝南路〔一〇〕，松柏泣新霜〔一一〕。凄然馬鬣封〔一二〕，千歲終不亡。

〔一〕謝任伯，名克家，字任伯，上蔡（今屬河南）人。紹聖四年（一〇九七）進士。建炎初爲翰林學士、知制誥，歷試尚書吏部侍郎、兵部侍郎，知泉州。建炎四年（一一三〇）拜參知政事，紹興四年（一一三四）卒。事迹略見嘉定赤城志卷九郡守、卷三四人物門三，以及建炎要録相關各卷。夫人高氏，蓋卒於宣和間，年月不詳。

〔二〕「幽蘭」二句：蘭草生長於深山野嶺，故稱幽蘭。孔子家語卷五在厄：「子曰：『……君子博學深謀而不遇時者衆矣，何獨丘哉！且芝蘭生於深林，不以無人而不芳；君子修道立德，不爲窮困而敗節。』」此以蘭喻謝克家之高夫人，言其盛於婦德。

〔三〕「豈伊」二句：劉孝綽遥見鄰舟主人投一物衆姬争之有客請余爲詠：「此日倡家女，競嬌桃李顔。」李白古風其十二：「松柏本孤直，難爲桃李顔。」宋楊齊賢集注：「謂松柏挺然孤直，不能如夭桃艷李嫣然媚人也。」腸，四庫本作「埸」，似是。

〔四〕「高氏」四句：高氏，謝克家夫人娘家姓氏。潛德，不爲人知之美德。奕世，漢書敘傳上：「光濟四海，奕世載德。」顔師古注：「載，承也。言相因不絶。」同上敘傳下：「奕世弘業，爵土迺昭。」顔注：「奕，大也。」按：以上四句，言高氏自父祖以來，皆未入仕。

〔五〕「和鳴」句：左傳莊公二十二年：「初，懿氏卜妻敬仲，其妻占之，曰：『吉。是謂「鳳凰于飛，和鳴鏘鏘」。有嬀之後，將育于姜。五世其昌，並於正卿。八世之後，莫之與京。』」杜預注：「懿氏，陳大夫。敬仲，陳公子。嬀，陳姓；姜，齊姓。」

〔六〕「笙鏞」句：笙鏞，兩樂器名。笙，管樂器；鏞，大鐘。尚書益稷：「笙鏞以間，鳥獸蹌蹌。」兩序，東西墻。

〔七〕「圭幣」句：圭，又作珪，玉器名，上鋭下方，乃古代禮器之一。幣，漢書文帝紀：「其廣增諸祀墠場珪幣。」顔師古注：「幣，祭神之帛。」按：以上兩句，謂高氏作爲宗婦，與謝克家同主祭祀，禮容極爲莊重。

〔八〕「遂棄」句：棄，謂丟下親人、家庭。陵風，陵，駕也。駕風而翔，謂仙去，乃死之婉詞。

〔九〕「伋也」二句：伋，謝克家子，字景思，號藥寮居士，仕至知處州、提舉兩浙路茶鹽公事。有藥寮叢稿二十卷，久佚，今存四六談塵一卷。慈訓，指其母之教誨。久必昌，謂假以時日，謝伋前途不可量。

〔一〇〕「瞻彼」句：汝南，宋代郡名。元豐九域志卷一京東北路：「蔡州，汝南郡，淮康軍節度。景祐三年（一〇三六）升淮康軍節度，治汝陽縣。」按：地即今河南汝南縣，古屬豫州，高氏當葬於此。

〔一一〕「松柏」句：文選潘岳懷舊賦：「墳壘壘而接壟，柏森森以欑植。」李善注引仲長子（統）昌言曰：「古之葬，植松柏梧桐以識其墳。」

〔一二〕「凄然」句：馬鬣封，墳墓封土形狀之一種。禮記檀弓上：「吾見封之若堂者矣……見若斧者矣，從若斧者焉，馬鬣封之謂也。」鄭玄注：「俗間名。」

贈筆工安伋〔一〕

昔人三年學屠龍，技成不試身已窮〔二〕。安生不願洴澼封〔三〕，嗜好乃與屠龍同。

使世淬礪磨其鋒，側出逆曳求新功〔四〕。伋也中立無適從，隨所欲用吾能供。歙溪孕石南山松，四方萬里時一逢〔五〕。病夫乍閑百念空〔六〕，敗毫破管塵埃蒙。明窗净几聊從容，恨無列宿羅心胸〔七〕。使汝得見文章公，展卷略書吾已慵〔八〕。

〔一〕筆工，製筆工匠。安伋，别無可考。

〔二〕「昔人」二句：莊子列禦寇：「朱泙漫學屠龍於支離益，單千金之家，三年技成而無所用其巧。」郭象注：「事在於適，無貴於遠功。」

〔三〕「安生」句：莊子逍遥遊：「宋人有善爲不龜手之藥者，世世以洴澼絖爲事。客聞之，請買其方百金。聚族而謀曰：『我世世爲洴澼絖，不過數金，今一朝而鬻技百金，請與之。』客得之，以説吴王。越有難，吴王使之將，冬與越人水戰，大敗越人，裂地而封之。能不龜手，一也，或以封，或不免於洴澼絖。則所用之異也。」不龜手之藥，郭象注：「其藥能令手不拘坼，故常漂絮於水中也。」句以宋人善爲不龜手之藥者爲例，謂安生雖有技而不善營銷其技。

〔四〕「使世」二句：淬礪，磨煉。此以製劍爲喻，謂使其技更精湛。側出逆曳，從各方面創新，以臻於新高度。

〔五〕「歙溪」二句：蘇易簡文房四譜卷三硯譜：「今歙州之山有石，俗謂之龍尾石，匠製之，其硯色黑，亞於端（引者按：指端硯）。若得其石心，則巧匠就而琢之，貯水之處圓轉如渦旋，可愛矣。」此即古代著名之歙硯。南山松，指墨，松柏乃製墨原料。兩句謂安生不僅善製筆，所製硯、墨亦偶而可遇。

〔六〕「病夫」句：病夫，作者自指，前已屢見，言其多病也。

〔七〕「恨無」句：無列宿羅心胸，謂無作朝廷命官之念想。漢書天文志：南宮，「五帝坐後聚十五星，曰哀烏，郎位。旁一大星，將位也」。後漢書明帝紀：「館陶公主爲子求郎，不許，而賜錢千萬。謂群臣曰：『郎官上應列宿，出宰百里，有非其人，則民受其殃。』」

〔八〕「使汝」二句：文章公，猶言大作家。慵，懶也。兩句謂本想將安伋之技藝推薦給文壇鉅子，但展卷又懶於捉筆。

寄共城賈秀才〔一〕

萬里歸來四壁空，舊游渾在默然中。明年我欲江南去，何處留詩可寄公。

〔一〕共城，縣名。元豐九域志卷二：「衛州，汲郡，防禦。」原注：「至道三年（九九七）升防禦，治汲縣。」凡四縣，共城乃其一。地在今河南輝縣。賈秀才，其人不詳。

題大名官舍〔一〕

宿昔尚殘暑，晚風吹欲無。不知留此住，更白幾莖鬚〔二〕。

〔一〕大名，元豐九域志卷首：「北京，大名府，魏郡。」原注：「唐魏州，魏博節度，後爲天雄軍。皇朝慶曆二年（一〇四二）升北京，治大名府。」地在今河北大名。按宋史呂本中傳：「元符中，爲「泰州士曹掾，辟大名府帥司幹官」。「元符中」當誤，蓋史官誤書，見本書附録點校本宋史呂本中傳引校記。又宋李幼武名臣言行録別集上卷呂本中：「丁母憂，吉，除大名路撫幹。」知其官大名在丁母憂除服之後。按宋人居喪，二十五月而除（見宋史禮志二十八凶禮四服紀）。其母約卒於宣和二年夏秋（説詳本書附録年譜），則其除服當在宣和四年（一一二二）秋。帥司幹官、撫幹同，即宣撫司幹辦公事。參見本書卷一一復往大名三首詩注。是詩作於「殘暑」時，故到官當在是年夏秋之際。

〔二〕「更白」句：唐方干贈喻鳧：「才吟五字句，又白幾莖髭。」

吕本中詩集箋注卷一〇

秋日即事四首

瓦爐香燼欲凝塵，小檻黄花更一新。絡緯戒寒鳩唤雨〔一〕，世間那有自由人〔二〕。

〔一〕「絡緯」句：絡緯，晋崔豹古今注：「莎鷄，一名促織，一名絡緯，一名蟋蟀。促織，謂鳴聲如急織。絡緯，謂其鳴聲如紡績也。」戒寒，國語周語中：「火見而清風戒寒。」韋昭注：「謂霜降之後，清風先至，所以戒人爲寒備也。」鳩，指鵓鳩。雨，原校：「一作『婦』。」傳説鵓鳩陰則屏逐其婦，晴則呼之，故語曰：「天將雨，鳩逐婦。」見本書卷三秋夜示李十詩注。

〔二〕「世間」句：謂世間萬物皆相互關聯，又互相牽制，人亦不例外。饒節次韵贈高致虚四首之二：「何妨且作自由人。」此反其意。

鬢髮蒼然雪欲垂，問君何苦讀書爲。旁人不會回頭意，猶記田光盛壯時〔一〕。

〔一〕「旁人」二句：史記刺客列傳荆軻傳：「燕太子丹欲報秦王之仇，遂結交田光，「田光曰：『臣聞騏驥盛壯之時，一日而馳千里；至其衰老，駑馬先之。今太子聞光盛壯之時，不知臣精已消亡矣。雖然，光不敢以圖國事，所善荆卿可使也。』太子曰：『願因先生得結交於荆卿，可乎？』田光曰：『敬諾。』」詳見本書卷一書懷詩注引。按：兩句乃回答「何苦讀書」之問，謂今事可從古事中找到答案，比如田光，雖已精力不濟，不再如盛壯之時，然猶能謀事薦才。此蓋即讀書之功，亦即所謂「回頭意」。會，原校：「一作『悟』。」

簿書塵土亂蒙茸〔一〕，無復江船萬里風。卧聽秋聲滿簷溜，不知墻下有梧桐〔二〕。

〔一〕「簿書」句：文選揚雄甘泉賦：「飛蒙茸而走陸梁。」吕延濟注：蒙茸，「亂走貌」。亂走，謂四處飛揚。

〔二〕「卧聽」二句：滿簷溜，指秋雨。溜，水滴。梧桐，象徵高潔之木。莊子秋水：「夫鵷鶵發於南海而飛於北海，非梧桐不止，非練實不食，非醴泉不飲。」孟浩然聯句：「疏雨滴梧桐。」此以治簿書之俗，與秋雨滴梧桐之雅對比，謂人應有更高的追求。

何得螳螂欲捕蟬，主人初未覺鳴弦〔一〕。稍知東里能堪事，一任神龍鬭洧淵〔二〕。

〔一〕「何得」二句：後漢書蔡邕傳：「初，邕在陳留也，其鄰人有以酒食召邕者，比往而主以酣焉。

客有彈琴於屏，邕至門試潛聽之，曰：『憘！以樂召我而有殺心，何也？』遂反。將命者告主人曰：『蔡君向來，至門而去。』邕素爲邦鄉所宗，主人遽自追而問其故，邕具以告，莫不憮然。彈琴者曰：『我向鼓絃，見螳蜋方向鳴蟬，蟬將去而未飛，螳蜋爲之一前一卻，吾心聳然，惟恐螳蜋之失之也。此豈爲殺心而形於聲者乎？』邕莞然而笑，曰：『此足以當之矣。』」兩句言擅琴如蔡邕者，聽琴聲即能預知危機。

〔二〕「稍知」二句：東里，地名，今河南新鄭。此指洧淵。左傳昭公十九年：「鄭大水，龍鬬於時門之外洧淵。國人請爲禜焉。子産弗許，曰：『我鬬，龍不我覿也；龍鬬，我獨何覿焉。禳之，則彼其室也。吾無求於龍，龍亦無求於我。』乃止也。」杜預注：「時門，鄭城門也。」又注：「覿，見也。」孔穎達正義：「禜，祭名。」此與前事道理相近，謂若多事，必將引發危機。按組詩題「即事」，所係何事不詳，據詩意，疑涉朝廷内鬬。

閏月九日〔一〕

疏林渺渺下新霜，留得黄花小檻香〔二〕。莫道窮秋少風味，一時頓有兩重陽。

〔一〕題下自注：「政和戊戌。」戊戌爲政和八年（一一一八）。是年閏九月，十一月改元重和。九月九日，爲重陽節。太平御覽卷三二九月九日引齊民月令曰：「重陽之日，必以糕酒登高眺迴，爲時序之遊賞，以暢秋志。酒必采茱萸、甘露以泛之，既醉而還。」又引盧公範曰：「九月重陽日，上五色糕、菊花枝、茱萸樹，飲菊花，佩茱萸囊，令人長壽也。」按：是詩有崔鷗依韵詩一首，録以備考。崔鷗九日與蔡伯世兄弟城上采菊伯世誦居仁九日絶句因用其韵：「老頭未易見清香，折取蕭蕭滿把黄。歸去醵錢煩里社，買糕沽酒作重陽。」（蒲積中歲時雜詠卷三七重陽下）

〔二〕「留得」句：小檻，檻，有圍欄之花壇。和凝宫詞：「玉蕊風飄小檻香。」

惡木

惡木不忍伐〔一〕，留我窗户前。人皆笑我拙，我獨爲汝賢。共生天地間，誰不願長年。如何枝葉内，便縱斤斧穿〔二〕？人或甚於斯，同被恩愛纏〔三〕。燕昭與漢武，所享固已偏〔四〕。樂極未肯休，更欲求神仙〔五〕。孰能以此心，擴爲無盡泉〔六〕。大哉周文王，尚結枯胔緣〔七〕。傷生有禁止，亦具月令篇〔八〕。好木雖云好，不須公愛憐。惡木雖云惡，莫自生讎冤。歲晏霜雪穩，夏深雷雨顛〔九〕。扶疏有震落，與公常晏然〔一〇〕。

〔一〕「惡木」句：惡木，指不材之木。莊子逍遥遊：「惠子謂莊子曰：『吾有大樹，人謂之樗。其大本擁腫而不中繩墨，其小枝卷曲而不中規矩，立之塗，匠者不顧。』」成玄英疏：「樗栲之樹，不材之木。」

〔二〕「如何」二句：謂惡木無所用，匠者不顧可也，然今則縱之斤斧，非除去不可，過矣。

〔三〕「人或」二句：謂人對人之摧殘，更甚於人對惡木，盡管人同爲大自然所恩寵。

〔四〕「燕昭」二句：燕昭，即燕昭王。史記燕召公世家：「齊王以五都之兵破燕，燕君噲死。二年，燕人共立太子平，是爲燕昭王。燕昭王於破燕之後即位，卑身厚幣以招賢者」。其後不久，秦遂滅燕。漢武，即漢武帝。據史記孝武本紀，武帝即位時，上承文、景之治，「漢興已六十餘歲矣，天下乂安，薦紳之屬皆望天子封禪改正度也」。故謂二人所享「偏」，言燕昭身處國力極衰之時，而漢武則在昇平極盛之代。

〔五〕「樂極」二句：史記孝武本紀：漢武帝「既聞公孫卿及方士之言，黄帝以上封禪，皆致怪物與神通，欲放黄帝以嘗接神仙人蓬萊士」，於是「頗采儒術以文之」，遂行封禪之禮。「公孫卿曰：『仙人可見，而上往常遽，以故不見。今陛下可爲觀，如緱氏城，置脯棗，神人宜可致。且仙人好樓居。』於是上令長安則作蜚廉桂觀，甘泉則作益延壽觀，使（公孫）卿持節設具而候神人。乃作通天臺，置祠具其下，將招來神仙之屬。於是甘泉更置前殿，始廣諸宫室」。漢武帝如此之類求仙之事甚多。

〔六〕「孰能」二句：大乘章義卷一四無盡藏義：「德廣難窮，名爲無盡，無盡之德苞含曰藏。」此所謂無盡泉，當即由此引申而來，謂皇帝與其求仙，不如以德普惠百姓，即使拓口泉井亦好。兩句言漢武帝雖致國家强盛，卻無仁愛之心。

〔七〕「大哉」二句：枯胔，尸骨。結枯胔緣，當指西伯（後稱周文王）請紂去炮烙之刑事。史記周本紀：「西伯乃獻洛西之地，以請紂去炮格之刑。紂許之。」

〔八〕「傷生」二句：禮記月令孟春之月：「禁止伐木。」鄭玄注：「盛德所在。」

〔九〕「歲晏」二句：霜雪、雷雨，喻指權勢。雷雨顛，謂「惡木」被雷雨摧折。

〔一〇〕「扶疏」三句：文選司馬相如上林賦：「垂條扶疏。」李善注引説文曰：「扶疏，四布也。」劉良注：「扶疏，分布貌。」此形容樹之枝葉茂盛。晏然，晏，安也。兩句謂當與所謂「惡木」和諧相處。按：是詩蓋以「惡木」喻指被政敵誣陷而遭受迫害的元祐黨人，刺徽宗時代打擊元祐黨，任用蔡京黨之荒唐，謂其如此只能「自生讎冤」。

江上二首

南山稍疏闊，病眼不能明。月挾清霜下，風隨細浪行。未蒙青鳥信〔一〕，虚負白鷗盟〔二〕。不見臺城路〔三〕，年年春草生〔四〕。

〔一〕「未蒙」句：青鳥，山海經西山經：「三危之山，三青鳥居之。」郭璞注：「三青鳥，主爲西王母取食者，别自棲息於此山也。」一説爲西王母使者。陶潛讀山海經其五：「翩翩三青鳥，毛色奇可憐。朝爲王母使，暮歸三危山。」李商隱昨日：「今朝青鳥使來賒。」此代指書信。

〔二〕「虚負」句：白鷗盟，謂與鷗鳥同游，多指歸隱。參見本書卷六與諸弟諸李同登塔山愚壁以事不能來因成二絶詩注引列子黄帝。虚負，言未能踐盟。

〔三〕「不見」句：臺城，宋周應合撰景定建康志卷二〇古城郭引舊志曰：「臺城，一曰苑城，本吴後苑城。晋成帝咸和中新宫成，名建康宫，即今所謂臺城也。在上元縣東北五里。周八里，濠闊五丈，深七尺。今胭脂井南至高陽樓基二里，即古臺城之地，盡爲軍營及居民蔬圃。」

〔四〕「年年」句：謝靈運登池上樓：「池塘生春草，園柳變鳴禽。」春草年年生，謂等待無望。

甚欲從此去，作煩渠未休〔一〕。風期竹萬箇〔二〕，活業橘千頭〔三〕。漢水覓二老〔四〕，青門尋故侯〔五〕。情知作寒士，不解殺袁劉〔六〕。

〔一〕「甚欲」二句：謂亟欲離開世俗紛擾，但厭煩事却仍没完没了。

〔二〕「風期」句：風期，與風相期，此謂等待。竹萬箇，明方以智通雅卷四〇枚謂之個：「個，一作箇。竹稱個，貨殖傳：『竹萬個。』楊僕表云：『入竹二萬個』」。按：箇，即竿也。

〔三〕「活業」句：活業，活着的産業，指動植物。舊五代史卷九一康福傳：「莊宗嗣位，嘗謂左右曰：『我本蕃人，以羊馬爲活業。彼康福者，體貌豐厚，宜領財貨。』」橘千頭，用「千頭木奴」事，見本書卷八海陵雜興八首其六注引三國志吴書孫休傳裴松之注引襄陽記。

〔四〕「漢水」句：漢水，發源於陝西寧强縣北之米倉山，東南流經陝西南部，湖北西部、中部，在武漢入長江，爲長江最大支流。據詩之上下文，此當指襄陽，漢水流經其地。二老，當指漢陰老父、龐德公，皆東漢末隱士。後漢書逸民傳漢陰老父傳：「漢陰老父者，不知何許人也。桓帝延熹中，幸竟陵，過雲夢，臨沔水，百姓莫不觀者，有老父獨耕不輟。尚書郎南陽張温異之，使問曰：『人皆來觀，老父獨不輟，何邪？』老父笑而不對。温下道百步，自與言。老父曰：『我野人耳，不達斯語。請問天下亂而立天子邪？理而立天子邪？立天子以父天下邪？役天下以奉天子邪？昔聖王宰世，茅茨采椽，而萬人以寧。今子之君，勞人自縱，逸遊無忌，吾爲子羞之，子何忍欲人觀之乎？』温大慚，問其姓名，不告而去。」龐德公，事迹見本書卷一寄璧公道友詩注引後漢書龐公傳。

〔五〕「青門」句：三輔黄圖卷一都城十二門：「長安城東出南頭第一門曰霸城門，民見門色青，名曰青城門，或曰青門。門外舊出佳瓜。廣陵人邵平爲秦東陵侯，秦破爲布衣，種瓜青門外，瓜美，故時人謂之東陵瓜。」按：以上兩句，謂漢水二老、青門邵平乃同調，最值得追隨。

〔六〕「不解」句：袁劉，指袁紹、劉表。三國志魏書袁紹傳：袁紹，字本初，汝南汝陽（今河南商水）人。東漢末群雄之一。在漢時，其家族凡「四世三公」。建安四年（一九九）擊敗公孫瓚，五年官渡之戰大敗於曹操，七年病死，封鄴侯。同上劉表傳：「劉表，字景升，山陽高平（今山東鄒城）人也。」「靈帝崩，代王叡爲荆州刺史。」「建安十三年，太祖征表，未至，表病死。」三國志魏書二袁劉表傳史臣（陳壽）評曰：「袁紹、劉表咸有威容器觀，知名當世。表跨蹈漢南，紹鷹揚河朔，然皆外寬内忌，好謀無決，有才而不能用，聞善而不能納，廢嫡立庶，舍禮崇愛，至於後嗣顛躓，社稷傾覆，非不幸也。」不解，謂自己乃一介寒士，與邵平、漢陰老父、龐德公之流同類，故不理解軍閥們相互殺伐的原因。

寄外弟蔡明善〔一〕

相見還須未白頭，只今君是富春秋〔二〕。鶯花與夢飛騰去，甲子如川日夜流〔三〕。白酒可澆千卷讀，青山欲唤十年愁。無因早辨歸耕計，更就深公買沃洲〔四〕。

〔一〕蔡明善，當是蔡伯世（名興宗）之弟，吕本中仲姑清源君之子。本中有奉贈伯世仲志二弟詩（見本書卷二二，即外集卷二），蓋明善是其名，仲志乃其字。

〔二〕「只今」句：漢書田蚡傳：「上初即位，富於春秋。」顔師古注：「謂年幼也。齒歷方久，故云富於春秋也。」

〔三〕「鶯花」二句：鶯花，指春天，泛指美好時光。甲子，謂歲月。如川，論語子罕：「子在川上曰：『逝者如斯夫！不舍晝夜。』」何晏集解引包（咸）曰：「逝，往也。言凡往也者，如川之流。」

〔四〕「無因」二句：辨，同「辦」。深公，指晉竺法深。買沃洲，劉長卿送方外上人：「莫買沃洲山，時人已知處。」沃洲，山名。樂史太平寰宇記卷九六越州剡縣：「沃洲，在縣東七十二里，白居易有沃洲記。」施宿會稽志卷九新昌縣：「沃洲山，在縣東三十二里。晉白道猷、法深、支遁皆居之，戴、許、王、謝十八人與之遊，號爲勝會，亦白蓮社之比也。唐白樂天山院記云：『東南山水，剡爲面，沃洲、天姥爲眉目。』」按：法深，名潛，或稱道潛，字法深。琅邪郡（治今山東臨沂市北）人，王敦弟。十八歲出家，師事名僧劉元真。兩句謂早年未能歸隱躬耕，晚歲尚可與高僧同遊。

秋　夜

鳴鳩喚雨入西樓，草樹蟲聲旋作秋。明月自如常夜好，晚山仍發去年愁〔一〕。久拋詩酒尋思去，勝與兒童作隊遊。辜負禪心多少事，石城看渡木蘭舟〔二〕。

〔一〕「明月」二句：韋莊避地越中作：「豈知今夜月，還是去年愁。」

〔二〕「石城」句：石城，當指石頭城。元和郡縣誌卷二五潤州上元縣：「石頭城，在縣西四里。即楚之金陵城也，吴改爲石頭城。建安十六年（二一一）吴大帝修築，以貯財寶車器。有戍，吴都賦『戎車盈於石頭』是也。」方輿勝覽卷一四建康府：「石頭城，蓋六朝形勝所必争之地，在城西二里。」木蘭舟，舟之美稱，參見本書卷八次韵堯明貢院詩注。

蛇

山雲樓起風旋磨，百毒乘陰出相賀。中庭夜夜蛇作堆，草堂病夫愁欲破。時須兵子設符呪，更遣貍奴旁坐卧〔一〕。雖非當道白帝子〔二〕，恐是多年老書佐〔三〕。蛟龍變化未可量，草莽連崗足逋播〔四〕。農夫催租正苦辛，莫向零陵作奇貨〔五〕。

〔一〕「時須」二句：兵子，即兵士。設符呪，謂用符呪驅蛇。貍奴，即貓。

〔二〕「雖非」句：白帝子，乃秦有天下之受命符。史記高祖本紀：「高祖以亭長爲縣送徒酈山，徒多道亡。自度比至皆亡之，到豐西澤中，止飲，夜乃解縱所送徒。曰：『公等皆去，吾亦從此逝矣。』徒中壯士願從者十餘人。高祖被酒，夜徑澤中，令一人行前。行前者還報曰：『前有大蛇當徑，願還。』高祖醉，曰：『壯士行，何畏！』乃前，拔劍擊斬蛇，蛇遂分爲兩，徑開。行數里，醉，因卧。後人來至蛇所，有一老嫗夜哭，人問何哭，嫗曰：『人殺吾子，故哭之。』人曰：『嫗子何爲見殺？』嫗曰：『吾子白帝子也，化爲蛇，當道，今爲赤帝子斬之，故哭。』人乃以嫗爲不誠，欲笞之，嫗因忽不見。」集解引應劭曰：「秦襄公自以居西戎，主少昊之神，作西時，祠白帝。至獻公時，櫟陽雨金，以爲瑞，又作畦時，祠白帝。少昊，金德也。赤帝堯後，謂漢也。殺之者，明漢當滅秦也。」

〔三〕「恐是」句：三國志魏志管輅傳：「管輅字公明，平原人也。」精卜筮。「往見安平太守王基，基令作卦，輅曰：『當有賤婦人，生一男兒，墮地便走入竈中死。又床上當有一大蛇銜筆，小大共視，須臾去之也。又烏來入室中，與燕共鬬，燕死，烏去。有此三怪。』基大驚，問其吉凶，輅曰：『直客舍久遠，魑魅魍魎爲怪耳。兒生便走，非能自走，直宋無忌之妖將其入竈也。大蛇銜筆，直老書佐耳。烏與燕鬬，直老鈴下耳。』」

〔四〕「草莽」句：草莽，此指百姓。連崗，言其多。逋播，尚書大誥：「予得吉卜，予惟以爾庶邦，于伐殷逋播臣。」孔穎達正義：「逋，逃也。播謂播蕩，逃亡之意。」

〔五〕「莫向」句：酈道元水經資水注引晋書地道記：（零泉）縣「有香茅，氣甚芬香，言貢之以縮酒也」。零泉縣後改爲零陵縣。按：是詩當以零陵奇貨香茅代指花石綱，直將綱運官吏比作蛇群。花石綱至宣和三年（一一二一）方罷，詳見本書卷六邵伯路中逢御前綱載末利花甚衆舟行甚急不得細觀詩注。

謝新酒螃蟹

提壺滿送小糟春〔一〕，尖團未霜亦可人〔二〕。略借畢郎左右手〔三〕，爲公一洗庾公塵〔四〕。

〔一〕「提壺」句：小糟春，酒名，唐已有之。宋阮閲詩話總龜後集卷四九：「酒之種多矣。有以緑爲貴者，白樂天所謂『傾如竹葉盈樽緑』是也……有以碧爲貴者，老杜所謂『重碧拈春酒』是也；有以紅爲貴者，李賀所謂『小糟酒滴珍珠紅』是也。」

〔二〕「尖團」句：尖團，即蟹腹下之臍，其形尖者爲公蟹，圓者爲母蟹。宋高似孫蟹略卷一臍：「廣韵曰：『臍，蟹腹下臍即臍也。』黄太史（庭堅）詩：『三歲在河外，霜臍常食新。』又詩：『想見霜臍當大嚼，夢回雪壓摩山圍。』王疏寮（履道）糟蟹詩：『烹不能鳴渠幸生，含糊終作醉鄉行。裂臍已腐人誰照，折股猶腥犬謾争。』李商老（彭）詩：『霜臍貴抱黄，雀醢誇挾纊。』韓子蒼（駒）詩：『先生便腹惟思睡，不用殷勤設小團。』謝幼槃（薖）詩：『分付厨人苦見嫌，十臍原有九臍尖。』……」

〔三〕「略借」句：晉書畢卓傳：「畢卓字茂世，新蔡鮦陽人也。……太興末，爲吏部郎，常飲酒廢職。比舍郎釀熟，卓因醉夜至其甕間盗飲之，爲掌酒者所縛。明旦視之，乃畢吏部也，遽釋其縛。卓遂引主人宴於甕側，致醉而去。卓嘗謂人曰：『得酒滿數百斛船，四時甘味置兩頭，右手持酒杯，左手持蟹螯，拍浮酒船中，便足了一生矣。』」

〔四〕「爲公」句：晉書王導傳：「時（庾）亮雖居外鎮，而執朝廷之權，既據上流，擁彊兵，趣向者多歸之。導内不能平，常遇西風塵起，舉扇自蔽，徐曰：『元規（按庾亮字元規）塵污人。』」蘇軾次韵王廷老退居見寄二首其一：「西風還避庾公塵。」

寄諸子

南國旱愈甚，西郊雨復休。蠅蛆作殘暑，蛙黽鬬清秋〔一〕。草暗黄沙盡，風吹白日愁。祇應有相憶，時倚仲宣樓〔二〕。

〔一〕「蛙黽」句：蛙黽，周禮秋官蟈氏：「下士一人，徒二人。」鄭玄注：「月令曰：『螻蟈鳴。』故曰掌去鼃黽。鼃黽，蝦蟇屬，書或爲『掌去蝦蟇』。玄謂蟈，今御所食蛙也。字從虫，國聲也。」

〔二〕「時倚」句：仲宣樓，即王粲曾登臨并作賦之樓。文選王粲登樓賦李善注引盛弘之荆州記曰：「當陽縣城樓，王仲宣登之而作賦。」又引（三國志）魏書（王粲傳）曰：王粲，字仲宣，山陽人。獻帝西遷，從至長安，以西京擾亂，乃之荆州依劉表。後太祖辟爲右丞相掾。魏國建，爲侍中，卒。按：當陽縣，今爲湖北宜昌所轄。據乾隆襄陽府志古迹考證，荆州之江陵，安陸之當陽，襄陽城東南，皆嘗建有仲宣樓，然以在襄陽爲確。民國初毁於戰火，一九九三年於原址恢復重建。按：此所謂仲宣樓乃泛指樓，謂相憶時便倚樓遠望。

湘水

湘水一番竹〔一〕，下有千畝陰。寧知竹上淚，是妾一生心〔二〕。

〔一〕湘水，發源於廣西興安，與靈渠匯合後稱湘江。流經湖南永州、衡陽、株洲、湘潭、長沙，至岳陽湘陰注入長江水系之洞庭湖。其流域多竹。一番，一片也。

〔二〕「寧知」二句：晉張華博物志卷八史補：「堯之二女，舜之二妃，曰湘夫人。舜崩，二妃啼，以涕揮竹，竹盡斑。」韓愈晚泊江口：「二女竹上淚，孤臣水底魂。」

頃與知止相別於曹州西門外蓋今十四年矣聞嘗自澶淵過此感歎〔一〕

昔別是茲土，今游還偶然。似聞嘗少憩，猶自未真傳。所過有陳迹〔二〕，相逢多少年。長塗守病馬，何敢更争先。

〔一〕知止，呂本中從叔欽問字，前已注。按宋史呂希哲傳：「徽宗初，召爲秘書少監……希哲力請外，以直秘閣知曹州。」時知止、本中皆在曹州隨侍，蓋不久知止離開該地。澶淵，即宋之澶州（今河南濮阳）。以「徽宗初」即建中靖國元年（一一〇一）下推十四年，是詩當作於政和四年（一一一四），時呂本中已在濟陰簿任上。

〔二〕「所過」句：陳迹，指當年二人遊覽之處。

雙廟〔一〕

唐四葉孫德下衰〔二〕，久厭坐穩思奔馳。外由驕胡内艷妻〔三〕，楊李氣燄相奪移〔四〕。太宗之業甚整齊，爾曹忽來撞掊之〔五〕。旁人爲之掩涕悲，處之甚安渠不疑。賊風忽來吹白陂〔六〕，翠輿走避彎弓追〔七〕。倒立却視千熊羆〔八〕，猛將不解河北圍。睢陽失守東南危，城中月餘析骨炊〔九〕。兩公奮髯死不回，鼎鑊在前惟恐遲〔一〇〕。蜀中消息未可期，此輩未易折箠笞〔一一〕。念公不量勢力微，本自不辱國士知。大厦又非一木支，何必感慨如此爲〔一二〕。往時開元全盛時〔一三〕，公胡不念鱸魚歸〔一四〕，亦不往吊湘江纍〔一五〕。死後聲名何足奇，商山老人吾所歸〔一六〕。

〔一〕雙廟，紀念唐「安史之亂」中烈士張巡、許遠之廟。張巡，鄧州南陽（今屬河南）人。天寶十五年（七五五）安史之亂爆發，張巡時爲真源（今安徽亳州西）縣令，起兵守雍丘（今河南杞縣），抵抗燕軍。至德二載（七五七）移守睢陽（今河南商丘），與太守許遠苦守孤城二年，城破被俘，英勇就義。許遠，杭州鹽官（今浙江海寧）人，許敬宗重孫。素練戎事，玄宗召見，拜睢陽太守。城被圍，遠與張巡、姚誾嬰城拒守，經年外救不至，兵糧俱盡。城陷，執送洛陽，被害。兩人舊唐書卷一八七有傳。新唐書張巡傳曰：「天子下詔，贈巡揚州大都督，遠荆州大都督，（南）霽雲開府儀同三司，再贈揚州大都督，並寵其子孫。睢陽、雍丘賜徭税三年。巡子亞夫拜金吾大將軍，遠子玫婺州司馬，皆立廟睢陽，歲時致祭。德宗差次至德以來將相功效尤著者，以顔杲卿、袁履謙、盧奕及巡、遠、霽雲爲上。……貞元中，復官巡它子去疾，遠子峴。贈巡妻中國夫人，賜帛百。自是訖僖宗求忠臣後，無不及三人者。大中時圖巡、遠、霽雲像於凌煙閣。睢陽至今祠享，號雙廟云。」又稱五王廟。張舜民畫墁集卷七郴行録：「丁丑，拜雙廟，即張巡、許遠祠也。宋人謂之五王廟，兼南霽雲、姚誾、雷萬春而爲五也。」

〔二〕「唐四葉」句：唐四葉孫，指有唐第四代皇帝（高祖、太宗、高宗、睿宗）之後，即第五代皇帝唐玄宗（據舊唐書玄宗紀上，唐玄宗李隆基爲睿宗李旦第三子）。

〔三〕「外由」句：驕胡，指安禄山、史思明。二人乃安史之亂禍首，皆突厥人，故稱。舊唐書安禄山傳上：「安禄山，營州柳城雜種胡人也。本無姓氏，名軋犖山。母阿史德氏，亦突厥巫師，以卜爲業。突厥呼鬬戰爲軋犖山，遂以名之。」同上史思明傳：「史思明，本名窣干，營州寧夷州突厥雜種胡人也。」艷妻，指楊貴妃。

〔四〕「楊李」句：指楊貴妃、李林甫。舊唐書玄宗楊貴妃傳：「玄宗楊貴妃，高祖令本，金州刺史。父玄琰，蜀州司户。妃早孤，養於叔父河南府士曹玄璬。……（開元）二十四年（七三六）惠妃薨，帝悼惜久之，後庭數千，無可意者。或奏玄琰女姿色冠代，宜蒙召見。時妃衣道士服，號曰太真。既進見，玄宗大悦。不期歲，禮遇如惠妃。太真姿質豐艷，善歌舞，通音律，智算過人。每倩盼承迎，動移上意，宫中呼爲『娘子』，禮數實同皇后。」同書李林甫傳：「李林甫，高祖從父弟長平王叔良之曾孫。……林甫善音律，初爲千牛直長，其舅楚國公姜皎深愛之。開元初，遷太子中允。……十四年（七二六），宇文融爲御史中丞，引之同列，因拜御史中丞，歷刑、吏二侍郎。……二十三年，以黄門侍郎平章事裴耀卿爲侍中，中書侍郎平章事張九齡爲中書令，林甫爲禮部尚書、同中書門下三品，並加銀青光禄大夫。林甫面柔而有狡計，能伺候人主意，故驟歷清列，爲時委任。」

〔五〕「爾曹」句：爾曹，指楊、李；撞搪，此謂擾亂、破壞。搪，擊也。

〔六〕「賊風」句：賊風，指安、史發兵反唐。舊唐書安禄山傳：天寶十四載（七五五）「十一月，反於范陽，矯稱奉恩命以兵討逆賊楊國忠。以諸蕃馬步十五萬，夜半行，平明食，日六十里。以高尚、嚴莊爲謀主，孫孝哲、高邈、何千年爲腹心。天下承平日久，人不知戰，聞其兵起，朝廷震驚」。白陂，池水。陂，水塘。句謂安、史叛軍如同驚風乍起，攪亂一池春水。

〔七〕「翠輿」句：翠輿，翠羽、車駕，皇帝出巡儀仗，代指唐玄宗，謂其倉皇逃往蜀中。舊唐書玄宗紀下：天寶十四載（七五五）十二月丁酉，安禄山陷東京。十五載六月辛卯，潼關失守，京城大駭。甲午，「將謀幸蜀，乃下詔親征，仗下後，士庶恐駭，奔走于路」。丙辰，玄宗次馬嵬驛，誅楊國忠，賜楊貴妃自盡。丁酉，「將發馬嵬驛，朝臣唯韋見素一人」。

〔八〕「倒立」句：倒立，賊風卷水狀。却視，回頭看。千熊羆，喻指安史叛軍，言其兇殘。楚辭淮南小山招隱士：「虎豹鬭兮熊羆咆。」王逸注「熊羆」：「貪殺之獸。」

〔九〕「睢陽」二句：析骨炊，史記宋微子世家：「（楚莊王）問城中何如？曰：『析骨而炊，易子而食。』」集解引何休曰：「析，破人骨也。」新唐書張巡傳：張巡、許遠軍在睢陽圍城中，「至是食盡，士日賦米一勺，齕木皮鬻紙而食，才千餘人，皆癯劣不能彀，救兵不至。賊知之，以雲衝傅堞。巡出鉤干拄之，使不得進，篝火焚梯。賊以鉤車木馬進，巡輒破碎之。賊服其機，不復攻，穿壕立柵以守。巡士多餓死，存者皆痍傷氣乏。巡出愛妾曰：『諸君經年乏食，而忠義不少衰。吾恨不割肌以啖衆，寧惜一妾，而坐視士饑？』乃殺以大饗，坐者皆泣，巡彊令食之。遠亦殺奴僮以哺，卒至羅雀掘鼠，煮鎧弩以食」。張巡派南霽雲突圍如臨淮向御史大夫賀蘭敬明請救兵，泣曰：「昨出睢陽時，壯士不粒食已彌月。」賀蘭拒出兵。「賊知外援絶，圍益急，衆議東奔，巡、遠議以睢陽江淮保障也，若棄之，賊乘勝鼓而南，江淮必亡。」

〔一〇〕「鼎鑊」句：史記酈陸朱劉叔孫傳贊：「酈生自匿監門，待主然後出，猶不免鼎鑊。」顔師古注：「鼎大而無足曰鑊。」此指炮刑，古代酷刑之一。新唐書張巡傳：睢陽城陷，張巡與許遠俱執。「巡衆見之，起且哭，巡曰：『安之勿怖！死乃命也。』衆不能仰視。……乃與姚誾、雷萬春等三十六人遇害。巡年四十九。……乃送遠洛陽，至偃師，亦以不屈死。」

〔一一〕「此輩」句：資治通鑑卷四〇漢紀三十二「折箠笞之」句，胡三省注：「箠，杖也。折杖笞之，言易也。」句謂避難蜀中之玄宗舊臣，乃構禍之源，真想折箠笞之，然即便如此也很難。

〔一二〕「大厦」二句：唐于邵爲楊相求退表：「構大厦非一木之力焉。」邵雍觀棋大吟：「大厦之將顛，非一木可支。」宋葉寘愛日齋叢鈔卷三：「呂居仁亦有雙廟詩云：『念公不量勢力微，本自不辱國士知。大厦又非一木支，何必如此感慨爲。往昔開元全盛時，公胡不念鱸魚歸。亦不往吊湘江纍，死後聲名何足奇。』其論稍異，識者當别會意。」

〔一三〕「往時」句：杜甫憶昔二首其二：「憶昔開元全盛日。」

〔一四〕「公胡」句：用張翰事，謂諸公何不早日辭官歸隱，參見本書卷一喜雨詩注引晉書張翰傳。

〔一五〕「亦不」句：吊湘纍，即吊屈原。漢書揚雄傳上載反離騷：「因江潭而淮記兮，欽弔楚之湘纍。」注引蘇林曰：「潭，水邊也。」又引鄧展曰：「淮，往也。」又引李奇曰：「諸不以罪死曰纍，荀息、仇牧皆是也。屈原赴湘死，故曰湘纍也。」以上三句，謂張巡、許遠承平時既未退隱，也未如屈原以死抗争，然在國家危難之際却能擔當大任，表現得如此慷慨激昂，似乎有些難以理解。

〔一六〕「商山」句：商山老人，指盛唐時居太白山中峰絶頂之胡僧。岑參太白胡僧歌并序曰：「太白中峰絶頂，有胡僧，不知幾百歲。眉長數寸，身不製繒帛，衣以草葉。恒持楞伽經，雲壁迥絶，人迹罕到。嘗東峰有鬭虎，弱者將死，僧杖而解之。西湫有毒龍，久而爲患，僧器而貯之。商山趙叟前年采茯苓，深入太白，偶值此僧，訪我而說，予恒有獨往之意，聞而悦之，乃爲歌曰：……」按：作者蓋謂自己無意做張、許等扶危救世之英雄豪傑，願如商山老人（胡僧）逍遥世外，爲人除惡解難足矣。句與上引愛日齋叢鈔所謂「當别會意」考之，知詩人乃借題發揮，表達對朝廷殘酷迫害元祐黨人的憤慨。

歸自成園〔一〕

新春今幾時，忽有簷外朵〔二〕。病眼久不明，念此歲月頗〔三〕。橋南數畝園，風雨與關鎖。主人厭敲門，荆棘生道左。還家續殘章，妙句仍帖妥。雖無鑪錘工〔四〕，亦有盤礴羸〔五〕。歸帆渺江湖，宿疾眩風火〔六〕。扶犂伴老農，此語當自我。君看鄉閭鬭，則有閉户可〔七〕。慎無學春蠶，作繭自纏裹〔八〕。

〔一〕成園，園林名，所在不詳。

〔二〕「忽有」句：杜甫題新津北橋樓：「白花簷外朵，青柳檻前梢。」

〔三〕「念此」句：頗，不正。歲月頗，指節候不正，如上二句所言，新春不久即有花開。

〔四〕「雖無」句：鑪錘工，以金匠鍛鍊喻詩文錘鍊。杜甫送顧八分文學適洪吉州：「顧侯運鑪錘，筆力破餘地。」王洙注：「運鑪錘，言能鍛鍊，以成一家之書。」

〔五〕「亦有」句，莊子田子方：「宋元君將畫圖，衆史皆至，受揖而立；舐筆和墨，在外者半。有一史後至者，儃儃然不趨，受揖不立，因之舍。公使人視之，則解衣般礴贏。君曰：『可矣，是真畫者也。』」般礴贏，釋文：「司馬（彪）云：『般礴，謂箕坐也。』贏，力果反。司馬云：『將畫，故解衣見形。』」成玄英疏：「内既自得，故外不矜持，徐行而趨，受命不立，直入就舍，解衣箕坐，倮露赤身，曾無懼憚。元君見其神彩，可謂真畫者也。」按：此言主人詩亦有兀傲不可一世之氣。

〔六〕「宿疾」句：眩，眼睛昏花，視物摇晃不定。風火，眼疾名，即風眼、火眼。黄帝内經素問卷一二風論：「風入系頭，則爲目風，眼寒。」晋葛洪肘後備急方卷三、唐孫思邈備急千金要方卷一五等有治風眼方。火眼症狀爲眼赤、腫，療方甚多，如葛洪肘後備急方卷六有斗門方治火眼，元危亦林世醫得效方卷一六有黄連湯治火眼方，等等。

〔七〕「君看」二句：孟子離婁下：「鄉鄰有鬭者，被髮纓冠而往救之，則惑也，雖閉户可也。」趙岐注：「鄉鄰，同鄉也。同室相救，是其理也。喻禹稷走赴鄉鄰非其事，顔子所以閉户而高枕也。」宋孫奭正義：「若今有同鄉之人有争鬭者，如被散其髮而纓冠於頭而救勸之，則爲惑者矣，雖閉户而勿救之可也。無它，以其鄉鄰於己爲疏，非親也，如往救之，是親其疏矣。」

〔八〕「慎無」二句：白居易江州赴忠州至江陵已來舟中示舍弟五十韵：「燭蛾誰救活，蠶繭自纏縈。」又黄庭堅演雅：「桑蠶作繭自纏裹。」按：以上四句，似皆自「主人厭敲門」句生發。

與諸舍弟游董村〔一〕

來往無十里，頗能妨晝眠。疏籬董村水，遠樹洛城煙。酒薄詩牽强，身閑病接連。荒田點殘雪，知在甬山前〔二〕。

〔一〕董村，當即河南長葛之董村鎮。清一統志卷一七二許州：「董村鎮，在長葛縣東十五里。」長葛北接鄭州，東爲汴京開封，西望古都洛陽。是詩有「遠樹洛城煙」句，洛城當即洛陽。本卷後，有詩述及新鄭、韓城、陽翟，皆距長葛不遠。

〔二〕「知在」句：甬山，疑在長葛境内，待考。本卷後有董村歸路馬上口占詩，曾季貍艇齋詩話稱是「東萊少作」。若所言確實，此詩疑爲同一遊，當亦爲少作。

見信民舊書有感〔一〕

蝸涎狼籍閣殘書〔二〕，彷佛黄公舊酒壚〔三〕。試問東山謝安石，不知能似此人無〔四〕。

〔一〕信民，即汪革，字信民，臨川（今屬江西）人，已於大觀四年（一一一〇）過世，前已注。

〔二〕「蝸涎」句：蝸涎，蝸牛所分泌之涎液。白居易秋霖即事聯句三十韻：「漏壁絡蝸涎。」閣，置放，後作「擱」。

〔三〕「彷彿」句：世説新語傷逝：「王濬沖爲尚書令，著公服，乘軺車，經黄公酒壚下過，顧謂後車客：『吾昔與嵇叔夜、阮嗣宗共酣飲於此壚，竹林之遊，亦預其末。自嵇生夭、阮公亡以來，便爲時所羈紲。今日視此雖近，邈若山河。』」劉孝標注：「壚，酒肆也。以土爲墮，四邊高似壚也。」

〔四〕「試問」三句：晉書謝安傳：「謝安字安石。……年四歲時，譙郡桓彝見而歎曰：『此兒風神秀徹，後當不減王東海。』及總角，神識沈敏，風宇條暢，善行書。弱冠詣王濛，清言良久，既去，濛子脩曰：『向客何如大人。』濛曰：『此客亹亹，爲來逼人。』王導亦深器之，由是少有重名。」高卧東山，四十餘方有仕進意。後破苻堅兵於肥水，有大功，拜太保，然「東山之志始末不渝」。此以謝安爲喻，言汪革有大才。

同叔用宿子之家〔一〕

老足交親薄，江晁爾獨賢〔二〕。文章未遽絶，歲月或堪憐。薄酒寧非道〔三〕，寒灰却會禪〔四〕。猶須五湖口〔五〕，風雨夜同船。

〔一〕叔用，晁沖之字；子之，江端本字，前已屢見。

〔二〕「老足」二句：老足，常來往之人，乃作者自指。交親薄，謂不善結交，而所交中以江晁二人最賢。

〔三〕「薄酒」句：三國志魏書徐邈傳：魏國初建，時科禁酒。渡遼將軍鮮于輔曰：「平日醉客謂酒清者爲聖人，濁者爲賢人。」故此謂薄酒亦有道。

〔四〕「寒灰」句：五燈會元卷六青原下五世石霜諸禪師法嗣九峰道虔禪師：「瑞州九峰道虔禪師，福州人也。嘗爲石霜侍者。洎霜歸寂，衆請首座繼住持。師白衆曰：『須明得先師意，始可。』座曰：『先師有甚麽意？』師曰：『先師道：「休去，歇去，冷湫湫地去，一念萬年去，寒灰枯木去，古廟香爐去，一條白練去。」其餘則不問，如何是一條白練去？』」此即所謂「枯木禪」，源出曹洞一脈。此謂以石霜「寒灰枯木」等話頭，同諸人一起討論枯木禪的問題。

〔五〕「猶須」句：國語越語下：「（越王勾踐）果興師而伐吴，戰於五湖。」韋昭注：「五湖，今太湖也。」按：略晚於吕本中之廉布，嘗作書事三首呈郎中機宜，其一即模仿此詩，録以備考：「避地意何適，同時得二賢。才名誰敢並，蕭散或堪憐。濁酒寧非道，枯藤自會禪。尚須浮碧海，風月夜同船。」

游西池歸〔一〕

偶爲池上游，入郭天尚早。香塵入晚霧，柳色映馳道〔二〕。我馬亦未疲，歸路貪月好。還舍了無事，百念紛未掃。近店酒可沽，重當爲君討。

〔一〕西池，北宋開封金明池之别稱。孟元老東京夢華録卷七三月一日開金明池瓊林苑曰：「池在順天門外街北。周圍約九里三十步，池西直徑七里許。……北去直至池後門，乃汴河西水門也。」雍正河南通志卷五一古蹟上開封府：「金明池，在府城西鄭門外。創自周世宗，在瓊林苑北。宋太平興國中復鑿之，引金水河注其中，故名。……宋韓琦詩：『西池風景出塵寰，春豫方乘禁坐閒。庶俗一令趨壽域，從官齊許燕蓬山。樓臺金碧交輝外，舟楫笙歌浩渺間。與衆盡歡宫漏促，萬花香裏屬車還。』」

〔二〕「柳色」句：馳道，史記秦始皇本紀：始皇二十七年（前二二〇），「治馳道」。集解引應劭曰：「馳道，天子道也，道若今之中道然。」宋代亦有馳道（俗稱「御路」），如宋史陳文顥傳曰：「大中祥符初，議東封，以濮州馳道所出，命知州事，頓置供擬頗勤至，詔褒之。」即一例。

出順天門歸陽翟二首〔一〕

遲明出都城，夾路多柳色。行人半歌哭，莽不見阡陌〔二〕。西池已春晚，我復道里迫。枯田甚渴雨，久作龜兆拆〔三〕。屢遭人馬飢，更悟坡壠隔。微官戀升斗〔四〕，恐負朋友責。初無秦楚遇〔五〕，亦有陳蔡厄〔六〕。沉憂能傷人，今汝頭已白〔七〕。

〔一〕順天門，北宋京師開封主城門之一。清周城宋東京考卷一京城：東京「西二門：南曰順天（即新鄭），北曰金輝」。順天爲開封四正門之一，「直門兩重，以通御路也」。陽翟，縣名，北宋屬京西北路潁昌府，時本中父好問寓家於此。今爲河南禹州。

〔二〕「行人」二句：莽，雜草叢生貌。阡陌，史記商君傳：「爲田開阡陌封疆。」正義：「南北曰阡，東西曰陌。」此代指農田。謂時值大旱，「春已晚」，而農田皆荒蕪，故言「半歌哭」。

〔三〕「久作」句：龜兆拆，拆同「坼」。古代用龜甲占卜，將龜甲鑽刻後用火灼之使開裂（坼），看其裂紋（兆）以定吉凶。此喻田地因天旱開裂，其狀如開裂之龜殼。

〔四〕「微官」句：吕本中或因事自海陵獄掾西歸後行迹不詳，疑在陽翟丁母憂。

〔五〕「初無」句：秦楚遇，指爲國相、做高官之際遇。史記張儀列傳：蘇秦説趙合縱以抗秦，而張儀説秦，提出「親魏善楚」之策，遂相秦。「秦欲伐齊，齊楚從親，於是張儀往相楚。楚懷王聞張儀來，虚上舍而自館之。」張儀於是相兩國。

〔六〕「亦有」句：陳蔡厄，指陳、蔡大夫懼孔子聘於楚，「於是乃相與發徒役圍孔子於野，不得行，絶糧，從者病，莫能興」。詳見本書卷一客居書懷奉寄介然若谷才仲兼簡信民詩注引史記孔子世家。此或指歸陽翟時路途缺食。

〔七〕「沉憂」二句：曹植雜詩其二：「去去莫復道，沈憂令人老。」

淵明在柴桑，意亦憚遠役〔一〕。豈無好事人，助子了耕植〔二〕。還家賦歸來，頗自悔平昔〔三〕。向時經由地，風雨晦行迹〔四〕。欣然倚南窗，謂此可容膝〔五〕。孰知劉檀輩，生有五鼎食〔六〕。流風未遽遠，此士真有力〔七〕。傷哉謝太傅，辛苦至折屐〔八〕。

〔一〕「淵明」二句：宋書陶潛傳：「陶潛，字淵明，或云淵明字元亮，尋陽柴桑人也。」柴桑，古縣名，以有柴桑山得名，乃潯陽郡治所駐地。地在今江西九江。陶歸去來兮辭序曰：「余家貧……於時風波未静，心憚遠役，彭澤去家百里，公田之利足以爲酒，故便求之。」

〔二〕「豈無」二句：陶潛歸去來兮辭：「農人告余以春及，將有事於西疇。或命巾車，或棹扁舟。既窈窕以窮壑，亦崎嶇而經丘。……懷良辰以孤往，或植杖而耘耔。」

〔三〕「還家」二句：宋書陶潛傳：陶潛爲彭澤令，「郡遣督郵至縣，吏白應束帶見之。潛歎曰：『我不能爲五斗米折腰向鄉里小人！』即日解印綬去職，賦歸去來，其詞曰：『歸去來兮，園田荒蕪胡不歸。既自以心爲形役，奚惆悵而獨悲。悟已往之不諫，知來者之可追。實迷塗其未遠，覺今是而昨非。』」

〔四〕「風雨」句：詩經鄭風風雨：「風雨如晦。」毛傳：「晦，昏也。」

〔五〕「欣然」二句：陶潛歸去來兮辭：「倚南窗而寄傲，審容膝之易安。」

〔六〕「孰知」二句：劉、檀輩，指劉遺民、檀道濟等人。劉遺民，名程之，字仲思，彭城人。嘗爲柴桑令，不預時俗，辭謝安、劉裕之薦，遁迹廬山，與周續之、陶淵明號「尋陽三隱」。嘗入廬山慧遠法師之白蓮社，爲「十八賢」之一。陶淵明作有和劉柴桑、酬劉柴桑等詩。事迹略見宋書周續之傳、蓮宗寶鑒卷四。檀道濟，高平金鄉人。從劉裕征伐，戰功居多，屢爲將軍。劉裕奪權成功，爲宋護軍，加散騎常侍，領石頭戍事，聽直入殿省，以佐命功改封永修縣公。後被誅。南史陶潛傳：「躬耕自資，遂抱羸疾。江州刺史檀道濟往候之，偃卧瘠餒有日矣。道濟謂曰：『夫賢者處世天下，無道則隱，有道則至。今子生文明之世，奈何自苦如此？』對曰：『潛也何敢望賢，志不及也。』道濟饋以粱肉，麾而去之。」五鼎食，漢書主父偃傳：「丈夫生不五鼎食，死即五鼎烹耳。」注引張晏曰：「五鼎食，牛、羊、豕、魚、麋也。諸侯五，卿大夫三。」兩句謂對劉、檀等人的奢華生活，視若罔聞而已。

〔七〕「流風」二句：謂陶淵明隱逸之風尚存，影響很大。

〔八〕「傷哉」二句：謝太傅，即謝安，卒贈太傅。在與苻堅淝水之戰中，「有驛書至，安方對客圍碁，看書既竟，了無喜色，碁如故。客問之，徐答云：『小兒輩遂已破賊。』既罷，還内，過户限，心喜甚，不覺屐齒之折」。詳見本書卷八次韵堯明貢院詩注引晋書謝安傳。兩句謂爲謝安本來滿心焦慮、却故作若無其事感到悲哀。

新鄭路中〔一〕

柳絮飛時與君别，南樓把酒看新月。月似當年别離時，柳絮隨君何處飛。落花寂寂長安路，陌上十人九人去。準擬歸鴻寄得書〔二〕，回頭已失秦州樹〔三〕。丈夫薄情多可念，爾獨何心守貧賤。勸君以金屈卮〔四〕，贈君以長短歌〔五〕。城南城北春草多，明月如此奈愁何。

〔一〕新鄭，鄭州五縣之一，見本書卷七大雪不出寄陽翟寧陵詩注。按：本書卷五濟陰寄故人之首四句、末二句，與此詩全同。曾季貍艇齋詩話曰：「東萊濟陰寄故人『柳絮飛時與君别』有兩本者：東萊少時作，後失其本。在臨川，因與學徒舉此詩，亡之，遂用前四句及結尾兩句補成一篇；已而得舊詩，遂兩存之。『落花寂寂長安路』者是舊詩，『千書百書要相就』者是追作。」則此詩乃舊作，作於「少時」。曾氏爲本中門人，其言可信。

〔二〕「準擬」句：準擬，想必、定可。歸鴻，指雁。舊説雁能傳書，見本書卷三王氏郊居詩注引漢書蘇武傳。

〔三〕「回頭」句：岑參送薛弁歸河東：「薛侯故鄉處，五老峰西頭。歸路秦樹滅，到鄉河水流。」秦州，元豐九域志卷三秦鳳路：「秦州，天水郡，雄武軍節度。治成紀縣。」按：地在今甘肅天水。

〔四〕「勸君」句：金屈卮，金製酒盞名。孟郊勸酒：「勸君金屈卮。」宋孟元老東京夢華録卷九宰執親王宗室百官入内上壽御宴酒盞：「御筵，酒盞皆屈卮，如菜盌樣，而有手把子。殿上純金，廊下純銀。」

〔五〕「贈君」句：長短歌，即長歌行、短歌行。文選長歌行李善注：「長歌行，崔豹古今注曰：『長歌言壽命長短定分，不妄求也。』此上一篇似傷年命，而下一首直敘怨情。古詩曰：『長歌正激烈。』魏武帝燕歌行曰：『短歌微吟不能長。』傅玄艷歌行曰：『咄，來！長歌續短歌。』然行聲有長短，非言壽命也。」

離新鄭

荒村更柳色，節物近清明〔一〕。去國三年恨〔二〕，還家一日程。故人投曉別，羸馬傍山行。何事逢寒食，春來苦要餳〔三〕。

〔一〕「節物」句：節物，與時節相應之景物。文選陸機擬明月何皎皎：「涼風繞曲房，寒蟬鳴高柳。踟蹰感節物，我行永已久。」劉良注：「涼風、寒蟬，七月時候也。」近清明，當在二月下旬，其時草木正值花期，天氣多雨。

〔二〕「去國」句：去國，指離開京師開封。三年，吕本中於政和八年（一一一八）七月赴任到海陵，此詩當作於宣和二年（一一二〇）春，中歷三個年頭。

〔三〕「何事」二句：初學記卷四寒食引荆楚歲時記曰：「去冬節一百五日，即有疾風甚雨，謂之寒食（原注：據曆，合在清明前二日，亦有去冬至一百六日）。禁火三日。造餳大麥粥。（原注：陸翽鄴中記曰：『寒食三日醴酪。又煮粳米及麥爲酪，擣杏仁煮作粥。』）」又引玉燭寶典曰：「今人悉爲大麥粥，研杏仁爲酪，引餳沃之。」按：餳，飴加糯米粉熬成之糖。沈佺期嶺表逢寒食詩：「嶺外逢寒食，春來不見餳。洛陽新甲子，何日是清明。」苦要餳，謂不知何故，春來家家户户都等着做餳酪。

宿潁昌范氏水閣〔一〕

溪流淺無聲，月色初到竹。主人中夜歸，客子睡已熟。向來湖海興，歲事方窘束〔二〕。云何蟋蟀歌，更自傷局促〔三〕。相尋覓舊約，見子故未足。翛然解衣卧，高枕被數幅。賢哉五年別，有此一室獨。我須日已白，子髮良未禿。尚懷平生歡，歌呼聲徹屋。何須豕腹脹〔四〕，更伴狗尾續〔五〕。明朝尋故人，戲語公一讀〔六〕。

〔一〕潁昌范氏，考本中所交居潁昌（今河南許昌）之范氏，唯范純禮家。童蒙訓卷上：「韓公持國維閑居潁昌，伊川先生（程頤）常自洛中往訪之，時范右丞彝叟純禮亦居潁昌。持國嘗戲作詩示二公云：『閉門讀易程夫子，清坐焚香范使君。顧我未能忘世味，緑尊紅芰對西曛。』」范純禮乃仲淹第三子，其事迹見清裔孫范能濬編范忠宣集補編載宋中大夫尚書右丞上柱國高平郡侯贈資政殿學士正議大夫謚恭獻彝叟公傳。純禮爲本中前輩，嘗入元祐黨籍，卒於崇寧五年（一一〇六）。則詩中所言「主人」，當爲范純禮後人，疑爲其子范正國（字子儀）。本書卷二〇送范子儀將漕湖北五首其三有「君昔住許昌，閉口不復吐」句可證。按蘇過斜川集卷三有和呂居仁宿盤溪詩，知所謂范氏水閣，當在盤溪上。詩曰：「君詩如芝蘭，君操如松竹。寧當食捨魚，坐待熊蹯熟。申商掩仁義，已作高閣束。長吟失憔悴，短綴謝煩促。自然四壁空，惟有三冬足。我懷嵩少游，已辦巾一幅。願言山中友，先登惟子獨。須煩懸河辯，令我千兔禿。歸來詩滿囊，大勝富潤屋。窮通有定分，鳧脛悲所續。一醉盤溪堂，自取君詩讀。」是詩作於與蘇過等臨登嵩山之前，參見本卷後將遊嵩少題石淙詩注。

〔二〕「向來」二句：湖海興，游覽大湖大海之興致。杜甫南池：「平生江海興，遭亂身局促。」又陳師道送謝朝請赴蘇幕：「平生湖海興，日夜逐行舟。」歲事，此指國事；窘束，困迫。按：呂本中離海陵時，方臘與朝廷戰火已由浙江延燒到東南一帶，所謂「窘束」蓋指此。詳後注。

〔三〕「云何」二句：文選古詩十九首：「蟋蟀傷局促。」李善注毛詩序曰：「蟋蟀，刺晋僖公儉不中禮。」又引漢書曰：「局促效轅下駒。」詳見本書卷九寄晁以道詩注引。兩句謂以處境局促而悲，但並非事因蟋蟀而起，故稱「云何」。

〔四〕「何須」句：韓愈石鼎聯句詩軒轅彌明句：「家腹漲彭亨。」祝充注：「彭亨，大腹也。」漲，一作「脹」。

〔五〕「更伴」句：晋書趙王倫傳：倫「僭即帝位，大赦，改元建始。……同謀者咸超階越次，不可勝紀，至於奴卒厮役，亦加以爵位。每朝會，貂蟬盈坐，時人爲之諺曰：『貂不足，狗尾續。』」按：貂皮珍而狗尾賤，故以狗尾續貂嘲之。按：以上兩句，謂與范氏一起作詩，雖不必如彌明句法之怪，但自己所作確有狗尾續貂之拙。

〔六〕「戲語」句：戲語，謙指自己所作此詩。謂别後翼主人一讀，以表達對故人感謝之情。

聞南寇已平歡快之甚作詩五十韻〔一〕

日月開南極，山河拱上都〔二〕。聖朝頻決勝〔三〕，賊黨莫狂圖。驛道傳烽燧〔四〕，官軍下舳艫〔五〕。弄兵心已壯，喋血氣猶粗。臘月杭州破，驩聲歙縣屠〔六〕。迹雖連勁越，勢欲動全吴〔七〕。劍戟排空上，芻糧夾路輸。予方在衰杖〔八〕，意不保頭顱。豈謂除關傳，都非驗漢符〔九〕。坐看前乘没，誰救左輪朱〔一〇〕。守將仍安枕，鄉豪肯棄軀〔一一〕。百川歸巨浸，一命仰洪爐〔一二〕。撫事思同輩，低頭失壯夫〔一三〕。風雷蟄龍卧〔一四〕，名字列仙臞〔一五〕。遇寇來淮口〔一六〕，迎家傍海隅〔一七〕。未隨霜雪死，甘伴甲裳趨〔一八〕。每有妻孥問，寧知道里虞。荒城補泥土，旱水著菰蒲。交友多流寓，人煙乍有無。相逢可慟哭，掩淚只長吁。羽檄邀鋒數〔一九〕，江船取路迂。艱難脱紛擾，潤澤到焦枯。妻孥分金送〔二〇〕，兼容折簡呼〔二一〕。同群見鸑鷟〔二二〕，猛獸伏於菟〔二三〕。往往投僧飯，時時就客厨。苦留春駘蕩〔二四〕，勤對色敷腴〔二五〕。不有溝中斷〔二六〕，其如屋上烏〔二七〕。身猶訪安佚，意獨離囚拘〔二八〕。行李催歸疾〔二九〕，生涯與舊殊。裹糧違戰地，舉足值窮途〔三〇〕。誤厭韓城僻〔三一〕，虚隨潁水紆。舊書猶醬瓿，破屋但繩樞〔三二〕。蔣詡空三徑〔三三〕，楊雄更一區〔三四〕。生平從學圃〔三五〕，老復厭爲儒。愛草騎驢穩〔三六〕，看雲借杖扶〔三七〕。幾年供坎壈〔三八〕，盡室付崎嶇。觸熱醫頻唤，傾囊酒漫酤。素冠窮偪仄〔三九〕，白髮鬼耶廠〔四〇〕。側轉驥縶足〔四一〕，往還狼跋胡〔四二〕。衆憐東郭困〔四三〕，自學北山愚〔四四〕。取別方摇扇〔四五〕，成詩欲斷壺〔四六〕。疏籬倒禾黍，驟雨落楸梧。苦語終難好，清談却未須。家猶近墳墓〔四七〕，晚或望桑榆〔四八〕。今日祆氛滌〔四九〕，新秋暑氣蘇。如聞舊巢覆，盡伏逆臣誅〔五〇〕。遣卒寬平賈，令民内半租〔五一〕。文章元典則，刑賞舊規摹〔五二〕。桀惡先函首，渠魁已獻俘〔五三〕。書來問安否，尚足慰馳驅。

〔一〕南寇，指方臘暴動之農民軍。此稱「南寇已平」，詩中又有「桀惡先函首，渠魁已獻俘」句，考宋史徽宗紀四，宣和三年（一一二一）夏四月庚寅，「忠州防禦使辛興宗擒方臘於青溪」；秋七月戊子，「童貫等俘方臘以獻」，則詩當作於是時或此後不久。按方臘自起兵至被俘過程，方勺泊宅編卷下記之較詳，録之於後：「宣和二年十月，睦州青溪縣堨村居人方臘，託左道以惑衆，知縣事、承議郎陳光不即鉏治。臘自號聖公，改元永樂，置偏裨將，以巾飾爲别，自紅巾而上凡六等，無甲胄，惟以鬼神詭秘事相扇摇。數日，聚惡少千餘，焚民居，掠金帛子女……旬日有衆數萬。十一月二十九日，將領蔡遵與戰於息坑，死之，遂陷青溪縣。十二月四日，陷睦州（引者按：青溪乃睦州屬縣）。初七日，天章閣待制、歙守曾孝藴，以京東賊宋江等出青、齊、單、濮間，有旨移知青社，一宗室通判州事，守禦無策，十三日又陷歙州，乘勢取桐廬、新城、富陽等縣。二十九日，進逼杭州，知州事趙霆棄城走，州即陷，節制直龍圖閣陳建、廉訪使者趙約被害。……朝廷遣領樞密院童貫、常德軍節度使譚稹二中貴率禁旅及京畿、關右、河東蕃漢兵制置江淮、二浙。明年正月二十四日，賊將方七佛引衆六萬攻秀州，統軍王子武聚兵與州民登城固守，屬大兵至，開門表裏合擊，斬首九千，築京觀五，賊退據杭州。二月七日，前鋒至清河堰，賊列陣以待，王師水陸並進，戰六日，斬馘二萬。……當是時，少保劉延慶由江東入，至宣州涇縣，遇賊僞八大王，斬五千級，復歙州，出賊背。統制王稟、王渙、楊惟忠、辛興宗自杭趨睦，取睦州，與江東兵合，斬獲百七十里，生擒方臘及僞相方肥等。」由方臘起兵進展之速，可見當時社會矛盾已十分尖鋭，早過爆發的臨界點。

〔二〕「日月」二句：日月，謂乾坤。南極，淮南子墬形訓：「南方曰南極之山，曰暑門。」此泛指南方。方臘起事在南，故云。上都，指京師開封，代指北宋王朝。

〔三〕「聖朝」句：頻決勝，指多次製訂征討決勝之策。宋史徽宗紀四：宣和二年十一月戊辰，「建德軍清溪妖賊方臘反，命譚稹討之。……十二月丁亥，改譚稹爲兩浙制置使，以童貫爲江、淮、荆、浙宣撫使，討方臘」。參見上引泊宅編。

〔四〕「驛道」句：驛道，古時通行傳車、驛馬的大道，沿途設置驛站。烽燧，史記周本紀：「幽王爲烽燧大鼓，有寇至則舉燧火，諸侯悉至。」正義：「晝日燃燧以望火煙，夜舉燧以望火光也。」此所謂烽燧，乃指朝廷指令及戰爭信息等。

〔五〕「官軍」句：舳艫，漢書武帝紀：「自尋陽浮江，親射蛟江中，獲之。舳艫千里，薄樅陽而出，作盛唐樅陽之歌。」注引李斐曰：「舳，船後持柂處也；艫，船前頭刺櫂處也。言其船多，前後相銜，千里不絶也。」

〔六〕「臘月」二句：杭州破、歙州屠，皆在宣和二年臘月。宋史徽宗紀四：宣和二年十二月，「是月，方臘陷建德。又陷歙州，東南將郭師中戰死；陷杭州，知州趙霆遁，廉訪使者趙約詬賊死」。參見上引泊宅編。

〔七〕「迹雖」二句：勁越、全吴，即吴、越兩地，謂方臘軍之勢頭，欲擁有東南全境。

〔八〕「予方」句：衰杖，衰，粗麻布製作之喪服。杖，指孝杖，俗稱哭喪棒，表示悲痛難支。禮記曾子問：「子踊，房中亦踊，三者三，襲衰杖。」鄭玄注：「踊，襲衰杖，成子禮也。」孔穎達正義：「『子踊房中亦踊』者，以上文子不踊，房中亦不踊，至此乃踊，故云『子踊，房中亦踊』，明祝、宰、宗人、衆主人及卿大夫、士反位，亦皆踊也。當子踊之時亦袒也，故下注云『踊襲衰杖，成子禮也』。既云襲，明初時袒也。」後漢書濟北惠王壽傳：「父没，哀慟焦毁過禮，草廬土席，衰杖在身，頭不枇沐，體生瘡腫。」句言當方臘軍宣和二年臘月向吴地進軍時，吕本中正當丁母憂守制時。

〔九〕「豈謂」二句：漢書文帝紀：前元十二年（前一六八）三月，「除關無用傳」。注引張晏曰：「傳，信也，若今過所也。」又引如淳曰：「兩行書繒帛，分持其一，出入關合之，乃得過，謂之傳也。」李奇曰：「傳，棨也。」顔師古注：「張説是也。古者或用棨，或用繒帛。棨者，刻木爲合符也。」則所謂「關傳」，猶今之通關證件。「都非驗漢符」，謂戰争年代，之前所發放之通關符信無效。

〔一〇〕「坐看」二句：前乘没，前面乘馬者已戰死。左輪朱，左傳成公二年：「郤克傷於矢，流血及屨，未絶鼓音，曰：『余病矣。』張侯曰：『自始合，而矢貫余手及肘，余折以御，左輪朱殷，豈敢言病？吾子忍之！』」杜預注：「張侯，解張也。朱，血色，血色久則殷。殷，音近烟，今人謂赤黑爲殷色。言血多汙車輪，御猶不敢息。」兩句言官軍作戰勇敢。

〔一一〕「守將」二句：謂爆亂發生後，各地守將仍安之若素，鄉豪更不肯捐軀爲國。北宋末年之文恬武嬉，此其極也。

〔一二〕「百川」二句：巨浸，大海大湖。蘇軾和黄秀才鑒空閣：「我觀大瀛海，巨浸與天永。」洪爐，大火爐，喻指政權，言其能造就一切。後漢書何進傳：「陳琳入諫曰：『……今將軍總皇威，握兵要，龍驤虎步，高下在心，此猶鼓洪爐燎毛髮耳。』」兩句謂當大事發生時，其他都靠不住，唯一可仰仗的只有國家。

〔一三〕「撫事」二句：謂在兵威横流之際，同輩人皆低頭縮頸，絶無壯夫之舉。

〔一四〕「風雷」句：風雷，此謂大事變。蟄龍，伏藏之龍蛇。周易繫辭下：「尺蠖之屈，以求信也；龍蛇之蟄，以存身也；精義入神，以致用也。」

〔一五〕「名字」句：漢書司馬相如傳下：「相如以爲列僊之儒居山澤間，形容甚臞，此非帝王之僊意也，乃遂奏大人賦。」顔師古注：「儒，柔也，術士之稱也。凡有道術皆爲儒。」又注曰：「臞，瘠也。音鉅句反，又音衢。」句謂亂世中英雄豪傑只得隱退，成爲「蟄龍」，其名曰「列仙臞」，謂已餓得精瘦。王安中次秦夷行觀老杜畫像韵：「聲名乾坤破，生事歲月促。但聞列仙臞，豈見肉食墨。」又晁補之和王定國二首其一：「想君映月讀書時，清似列仙臞不肥。」據雍正江西通志卷六六人物引南昌耆舊記，當時洪炎嘗編列仙臞儒事迹三卷，號塵外記，惜已久佚不傳。

〔一六〕「遇寇」句：淮口，景定建康志卷一七引舊志：「石頭山在城西二里。案輿地志：環七里一百步，緣大江，南抵秦淮口，去臺城九里。自六朝以來，皆守石頭以爲固，以王公大臣領戍軍爲鎮，其形勝蓋必争之地云。」資治通鑑卷一一二晋紀三四「輔國將軍劉襲栅斷淮口」句，胡三省注：「秦淮入江之口也。」

〔一七〕「迎家」句：海隅，海邊，海岸。尚書益稷：「至于海隅蒼生。」孔穎達正義釋爲「四海之隅」。又呂氏春秋有始：「齊之海隅。」高誘注：「隅，猶崖也。」呂本中家眷，是時當仍在海陵，其地距海不遠，故云。

〔一八〕「甘伴」句：甲裳，左傳宣公十二年：「王乘左廣以逐趙旃，趙旃棄車而走，林屈蕩搏之，得其甲裳。」杜預注：「下曰裳。」宋林希逸考工記解卷上：「『權其上旅，與其下旅而重若一，以其長爲之圍。』上旅，腰以上也；下旅，腰以下也。重若一者，上下等也，長與圍等者，欲其相稱也。春秋有所謂甲裳者，上曰衣，下曰裳，下旅即甲裳也。」今按：周禮考工記函人其下曰：「凡甲，鍛不摯則不堅，已敝則橈。」鄭玄注引鄭司農（衆）云：「鍛，鍛革也。」則此所謂甲裳，乃代指軍人，言其穿鎧甲也。句謂甘心伴隨兵士行進。

〔一九〕「羽檄」句：史記陳豨傳：「吾以羽檄徵天下兵，未有至者。」集解引魏武帝奏事曰：「令邊有小警，輒露檄插羽。飛羽檄之意也。」裴駰案：「推此言，則以鳥羽插檄書，謂之羽檄，取其急速若飛鳥也。」鋒，原校：「一作『風』。」數，頻繁，謂常有戰鬭。

〔二〇〕「婁辱」句：婁，通「屢」，多次。分金，謂患難中贈與錢財。

〔二一〕「兼容」句：折簡，指作書。參見本書卷一夜作呈諸公詩注。此言兵亂後，朋友寄書邀其前來避難。蘇軾昨見韓丞相言王定國今日玉堂獨坐有懷其人：「人間有此客，折簡呼不難。」

〔二二〕「同群」句：國語周語上：「周之興也，鸑鷟鳴於岐山。」韋昭注：「鸑鷟，鸞鳳之别名也。」

〔二三〕「猛獸」句：於菟，杜甫戲作俳諧體遣悶二首其二：「於菟侵客恨。」郭知達注：「楚人謂虎爲於菟。」按：以上兩句，謂患難方見各自人品高下：有的美如鸞鳳，有的惡如猛虎。

〔二四〕「苦留」句：文選謝朓直中書省：「春物方駘蕩。」李善注引莊子曰：「惠施之材，駘蕩而不得，逐物不反。」司馬彪注：「駘蕩，猶施散也。」劉良注：「駘蕩，春光色也。」

〔二五〕「勤對」句：杜甫遣懷：「憶與高李輩，論交入酒壚。兩公壯藻思，得我色敷腴。」仇兆鰲注：「古樂府：『好婦出迎客，顔色正敷腴。』敷腴，喜悦之色。」以上兩句，謂逃難路上，無論投飯就宿，主人皆滿面春光，態度和悦。

〔二六〕「不有」句：溝中斷，韓愈題木居士二首其二：「爲神詎比溝中斷。」孫甫注：「爲神，謂祀以爲神。莊子天地：『百年之木，破爲犧尊，青黄而文之，其斷在溝中。比犧尊於溝中之斷，則美惡有間矣，其于失性一也。』」

〔二七〕「其如」句：屋上烏，詩經小雅正月：「瞻烏爰止，于誰之屋。」毛傳：「富人之屋，烏所集也。」鄭玄箋云：「視烏集於富人之室，以言今民亦當求明君而歸之。」宋陸佃埤雅卷六烏引尚書大傳曰：「愛人者，兼其屋上之烏。然則惡而知其善，愛而知其惡者寡矣。」以上兩句，謂自己所以未殂於中道，受人照拂，乃是因愛屋及烏，蓋指其父祖之遺澤與名位。

〔二八〕「身猶」二句：謂身雖尋求安佚舒適去處，而其用心，實爲擺脱兵難以免作囚徒。

〔二九〕「行李」句：行李，此當指官府導從人員。蓋作者此次隨官軍出行，乃是有組織的撤退。

〔三〇〕「裹糧」二句：謂官員帶糧疏散出戰地，雖獲相對安全，但却使其一家生活無着落。

〔三一〕「誤厭」句：厭，同「饜」，滿足，喜愛。韓城，當指小韓城。雍正河南通志卷五二古蹟下禹州：「小韓城，在州城西北三十里，戰國韓哀侯所築。」又清一統志卷一五〇古蹟：「小韓城，在禹州西北。晋書：李矩屯新鄭，劉聰遣從弟暢屯於韓王故壘，相去七里。舊志：小韓城在州西北十三里，韓哀侯所築。今名韓城里。按韓王壘故迹久湮，據晋書，去舊新鄭城七里，以今地度之，當即州境小韓城。」吕本中自海陵西歸及迎回家口後，蓋曾寓居於此。

〔三二〕「舊書」二句：漢書揚雄傳下：「鉅鹿侯芭常從雄居，受其太玄、法言焉。劉歆亦嘗觀之，謂雄曰：『空自苦。今學者有禄利然尚不能明易，又如玄何？吾恐後人用覆醬瓿也。』雄笑而不應。」顏師古注：「瓿音蔀，小甖也。」繩樞，史記秦始皇本紀引賈誼過秦論：「陳涉，甕牖繩樞之子，甿隸之人。」集解引服虔曰：「以繩係户樞也。」兩句言已不讀書，所居極簡陋。

〔三三〕「蔣詡」句：太平御覽卷四〇九交友引趙岐三輔決録曰：「蔣詡，字元卿，舍中三徑，唯羊仲、求仲從之遊。二仲皆推廉逃名之士。」

〔三四〕「楊雄」句：漢書揚雄傳：「有田一廛，有宅一區，世世以農桑爲業。……家産不過十金，乏無儋石之儲，晏如也。」

〔三五〕「生平」句：論語子路：「樊遲請學稼，子曰：『吾不如老農。』請學爲圃，曰：『吾不如老圃。』」何晏集解引馬（融）曰：「樹五穀曰稼，樹菜蔬曰圃。」按：此所謂「學圃」，實指讀書做學問，蓋謙言學之不佳，故下句稱「厭爲儒」。

〔三六〕「愛草」句：姚合春遊十二首其七：「戀花林下飲，愛草野中眠。」

〔三七〕「看雲」句：杜甫暮歸：「明日看雲還杖藜。」又蘇軾枸杞：「借杖扶衰疾。」

〔三八〕「幾年」句：坎廩，楚辭宋玉九辯：「坎廩兮，貧士失職而志不平。」王逸注：「數遭患禍，身困極也。」廩，後亦作「懍」、「壈」。

〔三九〕「素冠」句：詩經檜風素冠：「庶見素冠兮，棘人欒欒兮。」毛傳：「素冠，練冠也。」鄭玄箋：「喪禮既祥，祭而縞冠素紕。」孔穎達正義：「素冠者，是既練之後、大祥之前冠也。素，白也。此冠練布使熟，其色益白，是以謂之素焉，實是祥前之冠，而謂之練冠者，以喪禮至朞，而練至祥乃除，練後常服此冠，故爲練冠也。」則素冠爲孝服。是時詩人正丁母憂，故云。偪仄，杜甫偪仄行：「偪仄何偪仄，我居巷南子巷北。」趙彦材注：「偪仄，言巷之隘陋也。」

〔四〇〕「白髮」句：鬼耶歈，耶歈，同「揶揄」。世説新語任誕「襄陽羅友」條，劉孝標注引晉陽秋曰：「友字宅仁，襄陽人。少好學，不持節檢。性嗜酒，當其所遇，不擇士庶。又好伺人祠，往乞餘食，雖復營署墟肆，不以爲羞。桓温常責之云：『君太不逮！須食，何不就身求？乃至於此！』友傲然不屑，答曰：『就公乞食，今乃可得，明日已復無。』温大笑之。始仕荆州，後在温府。以家貧乞禄，温雖以才學遇之，而謂其誕肆，非治民才，許而不用。後同府人有得郡者，温爲席起別，友至尤晚。問之，友答曰：『民性飲道嗜味，昨奉教旨，乃是首旦出門，於中路逢一鬼，大見揶揄，云：「我只見汝送人作郡，何以不見人送汝作郡？」民始怖終慚，回還以解，不覺成淹緩之罪。』温雖笑其滑稽，而心頗愧焉。後以爲襄陽太守，累遷廣、益二州刺史。」白居易東南行一百韵：「時遭人指點，數被鬼揶揄。」揶揄，嘲弄，取笑。

〔四一〕「側轉」句：側轉，翻身。驥縶足，駿馬之足被捆綁，喻不能動彈。

〔四二〕「往還」句：狼跋胡，詩經豳風狼跋：「狼跋其胡，載疐其尾。」毛傳：「興也。跋，躐；疐，跲也。老狼有胡，進則躐其胡，退則跲其尾，進退有難，然而不失其猛。」鄭玄箋：「興者，喻周公進則躐其胡，猶始欲攝政，四國流言，辟之而居東都也；退則跲其尾，謂後復成王之位而老，成王又留之，其如是，聖德無玷缺。」

〔四三〕「衆憐」句：史記滑稽列傳：「齊人東郭先生以方士待詔公車。……東郭先生久待詔公車，貧困飢寒，衣敝，履不完。行雪中，履有上無下，足盡踐地。道中人笑之，東郭先生應之曰：『誰能履行雪中，令人視之，其上履也，其履下處乃似人足者乎？』」

〔四四〕「自學」句：列子湯問：「太形、王屋二山，方七百里，高萬仞；本在冀州之南，河陽之北。北山愚公者，年且九十，面山而居。懲山北之塞，出入之迂也，聚室而謀，曰：『吾與汝畢力平險，指通豫南，達於漢陰，可乎？』雜然相許。……河曲智叟笑而止之，曰：『甚矣汝之不惠！以殘年餘力，曾不能毁山之一毛，其如土石何？』北山愚公長息曰：『汝心之固，固不可徹，曾不若孀妻弱子。雖我之死，有子存焉。子又生孫，孫又生子，子又有子，子又有孫；子子孫孫，無窮匱也，而山不加增，何苦而不平？』河曲智叟亡以應。」

〔四五〕「取別」句：太平御覽卷七〇二扇引續晋陽秋曰：「謝安賞袁宏機對辯速。宏爲東陽郡，時賢祖道治亭，安起執宏手，顧左右，取一扇授云：『聊以贈行。』宏應聲曰：『輒當奉揚仁風，慰彼黎庶。』合坐稱其率要。」此謂與親友告别時無物可贈。

〔四六〕「成詩」句：詩經豳風七月：「七月食瓜，八月斷壺，九月叔苴。采荼薪樗，食我農夫。」毛傳：「壺，瓠也。叔，拾也；苴，麻子也。樗，惡木也。」鄭玄箋：「瓜瓠之畜，麻實之糝，乾荼之菜，惡木之薪，亦所以助男養農夫之具。」孔穎達正義：「以壺與食瓜連文，則是可食之物，故知壺爲瓠。謂甘瓠可食，就蔓斷取而食之。」句謂作詩成，所食則極粗劣。

〔四七〕「家猶」句：近墳墓，指故鄉，謂靠近祖先墳墓。晉書段灼傳：「退念『桑梓』之詩，惟『狐死』之義，輒取長休，歸近墳墓。」

〔四八〕「晚或」句：後漢書孟嘗傳：「且年歲有訖，桑榆行盡。」李賢注：「謂日將夕，在桑榆間，言晚暮也。」

〔四九〕「今日」句：祆氛，舊説乃地上反常變異之氣，出現則年凶多災。滌，洗浄，消除，指平定方臘。

〔五〇〕「盡伏」句：逆臣，指不盡守土之責的朝廷命官，或貶謫，或誅殺。如宋史徽宗紀四載：宣和三年二月庚午，「趙霆坐棄杭州，貶吉陽軍」。夏四月甲戌，「青溪令陳光以盜發縣内棄城，伏誅」。

〔五一〕「遺卒」二句：遺卒，遣散方臘軍隊之兵卒。寬平賈，指平抑物價，減免農民債負等。宋史徽宗紀四：宣和三年夏四月庚寅，「詔江東被賊州縣給復三年」。秋七月丁卯，「振温、處等八州」。此類詔令，詳見宋會要輯稿食貨七〇，如宣和三年四月七日詔：「兩浙路提刑司體究，如是應曾被賊燒劫處，本户下以前見欠諸般租賦及公私債負，一切並予放除。」二十七日又詔曰：「盜起二浙，延及江東，除在公之田已降處分蠲免租賦及除放公私債負外，應兩路被賊及鄰州民户租田産等輸科私家者，可於所納租課内特於量減二分，候三年依舊；被焚劫民户仍全免一年。」詩所云「寬平賈（同「價」）」、「内（同「納」）半租」等，乃其細節。

〔五二〕「文章」二句：文章，指制度。謂方臘既平，朝廷所有典章制度、刑賞條貫皆一仍其舊。

〔五三〕「桀惡」二句：桀惡，首惡分子。函首，用匣子盛人頭，謂皆處死。渠魁，首領。尚書胤征：「殲厥渠魁，脅從罔治。」僞孔傳：「渠，大；魁，帥也。」宋史徽宗紀四：宣和三年秋七月戊子，「童貫等俘方臘以獻」。八月丙辰，「方臘伏誅」。

還韓城三首〔一〕

乍喜全家脱，虚疑萬馬奔〔二〕。乾坤德甚大〔三〕，盜賊爾猶存〔四〕。稻壠秋仍旱，溪流晚自渾。素冠兼白髮〔五〕，愁絶更誰論。

〔一〕韓城，即河南禹州小韓城，見前詩注。吕本中離海陵後寓居於此。此蓋接家眷歸來，故稱「還」。

〔二〕「虚疑」句：萬，原作「疋」，校：「一作『萬』。」作「萬」意勝，據改。句謂從前綫回來後，驚魂未定，幻覺（或訛傳）中似仍有萬馬奔騰。

〔三〕「乾坤」句：杜甫奉漢中王手札：「國有乾坤大，王今叔父尊。」又發秦州：「大哉乾坤内，吾道長悠悠。」乾坤，天地，此指皇帝。艇齋詩話：「吕東萊圍城中詩皆如老杜。韓子蒼最愛『乾坤德甚大，盜賊爾猶存』之句。」按：吕本中詩所稱「盜賊」，指方臘等農民軍，而非金兵，時在金人圍城（開封）之前，曾季貍誤。

〔四〕「盜賊」句：杜甫西閣夜：「時危關百慮，盜賊爾猶存。」據前詩引泊宅編，方臘被俘後，「餘黨走衢、婺，而蘭溪縣靈山賊朱言、吴邦起應之，據處州。而越州剡縣魔賊仇道人、台州仙居人吕師囊、方嵒山賊陳十四公等起兵略温、台諸縣。（宣和）四年三月討平之」。則方臘之後，兵亂尚持續半年之久。

〔五〕「素冠」句：素冠，指孝服，見前詩注。白髮，原校：「一作『皓首』。」瀛奎律髓卷三二收此首，方回評：「『乾坤』、『盜賊』一聯，生逼老杜。」李慶甲彙評引馮舒評：「直抄。」又引紀昀評：「三、四全用老杜。」又查慎行評：「第四老杜成句。」再引紀昀曰：「風格老重。」「次句『萬』字是，言訛傳共至耳。」最後引無名氏（甲）曰：「『江西派』原以工部爲名，而適遭靖（原誤「建」）康、建炎之世，與天寶、至德相似，則忠義激發，形諸篇什者，非工部而誰師？惜乎氣質不純，擬議未化，瑕瑜並見，離合相參，絶少完作，難與日月争光。故中興事業亦不能上絜唐家，良可慨也。」諸家評論皆以是詩作於靖康間，蓋並由艇齋誤導於前。

老有幽禪着〔一〕，窮知俗事疏。漸諳深屋病〔二〕，無復故人書。日月馳驅後〔三〕，
江山疾病餘。新涼有佳句，端爲述離居〔四〕。

〔一〕「老有」句：幽禪，韓愈送靈師：「高士着幽禪。」文讜注：「禪，静也。清高之士則泥其寂静

之説，亦去儒事佛，如蕭瑀之流。」張相詩詞曲語辭匯釋卷三着：「着，猶愛也。亦猶云注重也。『著幽禪』，愛幽禪也。」

〔二〕「漸諳」句：諳，熟悉。謂漸習慣於深居養病。

〔三〕「日月」句：日，原校：「一作『歲』。」

〔四〕「端爲」句：離居，離其所居。尚書盤庚：「今我民用蕩析離居，罔有定極。」孔穎達疏：「播蕩分析，離其居宅，無安定之極。」劉勰文心雕龍辨騷：「叙情怨則鬱伊而易感，述離居則愴怏而難懷。」此言詩人流寓韓城後，有所作詩篇，多述流亡之苦。

讀易初無説，言詩既有功〔一〕。客游千里異，心事一尊同〔二〕。藥裹難休老，經函可御窮〔三〕。江淮足知遇，耆舊憶徐公〔四〕。

〔一〕「言詩」句：有功，當自指與江西詩作者群交厚，又提出所謂「活法」説，在長期禁元祐學術中以詩著名，故云。

〔二〕「心事」句：一尊，尊，酒杯。言同流寓者雖故事各不相同，但當一杯酒下肚，思鄉情懷、家國憂愁卻完全相同。

〔三〕「經函」句：經函，指佛經。謂修習佛教，可獲得抵禦貧窮的精神力量。

〔四〕「江淮」二句：江淮一帶之「耆舊」中，與呂本中有關連之徐公，似爲徐積。本中在所著童蒙訓中曾四次言及此人，對其踐行「敬」、「信」、「誠」頗爲尊重。按：徐積（一〇二八—一一〇三），字仲車，楚州山陽（今江蘇淮安）人。元祐初官楚州教授。今存節孝先生文集三十卷。

秋日至孟明莊〔一〕

野色幽花静有餘，好山雖近不同途。荒村被雨泥三日，草具留僧飯一盂〔二〕。斷壠入秋頻放水，老農垂手怕催租。平生初識田園興，更復何門可曳裾〔三〕。

〔一〕孟明莊：據是詩及後面孟明田舍、宿田舍二詩，孟明莊疑是吕本中家在韓城附近所置田莊，由農民租種，並有房舍。具體地址不詳。

〔二〕「草具」句：史記范雎傳：「秦王弗信，使舍食草具，待命歲餘。」索隱：「謂亦舍之，而食以下客之具。然草具謂麄食草萊之饌具也。」

〔三〕「更復」句：曳裾，拖着衣襟。裾，衣之大襟。喻指干謁權貴。漢書鄒陽傳：「飾固陋之心，則何王之門不可曳長裾乎！」又杜甫追酬故高蜀州人日見寄：「曳裾何處覓王門。」句謂已到種田的份上，連干謁之門都没有。

韓城紀事五首

老耻爲儒不學禪，還家常欠買山錢〔一〕。成州太守憐衰病〔二〕，時有書來説太玄〔三〕。

〔一〕「老耻」二句：爲儒，指入世爲官；買山，指出世歸隱，見本書卷五送晁季一罷官西歸詩注。世説新語排調：「支道林因人就深公買印山，深公答曰：『未聞巢由買山而隱。』」後以買山代指歸隱，而以「買山錢」爲排調戲謔之語。

〔二〕「成州」句：自注：「晁以道守成州。」按：晁説之，字以道，自號景迂生，濟州鉅野（今山東鉅野）人。嘗坐元符上書邪等。今存嵩山景迂生文集二十卷。參見本書卷九寄晁以道詩注。成州，今甘肅成縣。考説之文集，其在成州所作詩文以濯鳳軒記紀年最早，署「宣和四年（一一二二）壬寅二月二十六日乙卯，具官嵩山晁説之記」，而以發興閣記最晚，爲「宣和六年甲辰三月二十四日壬申」，并稱「予將投劾東歸，輒記諸壁間，以示來者」。則其離成州任，當在宣和六年季春以後。

〔三〕「時有」句：晁説之乃研究揚雄太玄之專家。今存文集卷一〇收有所著易玄星紀譜，包括康節先生太玄易圖序，温公太玄曆及後序（大觀四年，一一一〇），以及説玄、集注揚子太玄序

（元豐五年，一〇八二），另著有揚雄别傳上、下（文集卷一九）等。在成州時，蓋仍在探討太玄問題，并時有書信與呂本中交流，時間約在晁知成州之初。

糠豆猶慳不到盤〔一〕，小兒寒至尚衣單。雖無事業傳惇史，或有聲名託稗官〔二〕。

〔一〕「糠豆」句：糠豆，糠粒豆屑，極言食物之劣。漢書貢禹傳：「禹上書曰：『臣禹年老貧窮，家訾不滿萬錢，妻子糠豆不贍，裋褐不完。』」慳，惜也。句謂即便糠豆亦不舍得多吃。

〔二〕「雖無」二句：惇史，禮記内則：「凡養老，五帝憲（鄭玄注：憲，法也，養之爲法其德行），三王有乞言（鄭注：有，讀爲又。又從之求善言可施行也）。五帝憲，養氣體而不乞言，有善則記之爲惇史。三王亦憲。既養老而后乞言，亦微其禮，皆有惇史。」（鄭注：惇史，史惇厚是也。微其禮者，依違言之求而不切也。）孔穎達正義：「言老人有善德行則記録之，使衆人法則爲惇厚之史。」稗官，漢書藝文志：「小説家者流，蓋出於稗官。」注引如淳曰：「王者欲知閭巷風俗，故立稗官使稱説之。今世亦謂偶語爲稗。」顔師古注：「稗音稊稗之稗，不與鍛排同也。稗官，小官。漢名臣奏唐林請省置吏，公卿大夫至都官稗官各減什三，是也。」此指筆記小説、詩話之類。

穩看飛蟲着網黏，爐香欲盡不須添。未嫌秃項如壺赤，何處春醪似蜜甜〔一〕。

〔一〕「未嫌」二句：接上句謂香爐禿項（脖子短），其形如壺。按太平御覽卷七六一壺引三禮圖曰：「洗壺，受一斛，口徑一尺，頭高五寸，大中身，兑下（兑，原注：音鋭），赤漆中玄，上加青雲氣。」（詳見宋聶崇義三禮圖集注卷一三）故下句想到用以盛酒。春醪，醪，濁酒，即今米酒也。楊萬里晨炊横塘橋酒家小窗：「窗扇透明仍掛上，爐香未燼又多添。山村祇苦無良醖，嫌殺芳醪似蜜甜。」可參讀。

病來每有爲僧興，老去初無涉世心〔一〕。它日三江五湖口，斷雲寒水有知音〔二〕。

〔一〕「老去」句：涉世，經歷世事。此指入仕爲官。

〔二〕「它日」二句：三江五湖，指太湖及其水系。見本書卷三十一月五日與才仲弟相别於白沙東門之外悵然久之不能自釋詩注。知音，指范蠡，謂去往世外隱居。漢袁康越絶書卷一四：「范蠡恐懼，逃於五湖，蓋有説乎？……傳曰：人之將死，惡聞酒肉之味；邦之將亡，惡聞忠臣之氣。身死不爲醫，邦亡不爲謀，還自遺災。蓋木土水火不同氣，居此之謂也。」

老不謀生望子公〔一〕，少年豪氣想元龍〔二〕。倚松庵下香嚴路〔三〕，今日書來第一封。

〔一〕「老不」句：不謀身，此謂老不自尊。望，此指怨望，責怪。史記外戚世家：「長公主怒而日讒栗姬短於景帝……景帝以故望之。」索隱：「望，猶責望，謂恨之也。」子公，即陳湯。漢書陳湯傳：「陳湯，字子公，山陽瑕丘人也。少好書，博達善屬文。」後與甘延壽俱出西域，有大功，賜爵關内侯，拜長水校尉。上書言康居王侍子非王子，按驗，實王子也，下獄當死，奪爵爲士伍。又收謝錢爲人上書，徙敦煌。還長安，卒。此所謂責望，指班固贊詞言其「不自收斂，卒用困窮」。

〔二〕「少年」句：元龍，三國志陳登傳：「陳登者，字元龍。」其豪氣事，見本書卷一宿州初暑詩注引三國志。蓋詩人自比陳登，言少時頗有憂國之心，救世之志。

〔三〕「倚松庵」句：倚松庵，指如璧（饒節），其自號倚松，故亦以名其居。香嚴，如璧所住禪寺名，在鄧州，見本書卷一符離諸賢詩注。

陽翟冬夜〔一〕

便往吾何敢〔二〕，同歸力未能〔三〕。寒爐夜篝火，急雪暗翻燈。喚客初無酒，敲門尚有僧。不嫌空四壁〔四〕，相對倚枯藤〔五〕。

〔一〕詩題原校：「一作『冬日書懷』。」

〔二〕「便往」句：往，婉言死。原校：「一作『死』。」何敢，禮記曲禮：「父母存，不許友以死。」孔穎達正義：「親存，存須供養，則孝子不可死也。」是時詩人之母雖已過世，而父仍健在，故云。

〔三〕「同歸」句：同歸，原作「長閑」，校：「一作『同歸』。」作「同歸」義勝，據改。同歸，謂一起歸隱，然又無力維持生活，故云「未能」。

〔四〕「不嫌」句：原校：「一作『猶餘四壁立』。」

〔五〕「相對」句：枯藤，藤製手杖。釋惠洪余居百丈天覺方注楞嚴以書見邀作此寄之二首其一：「對客不妨拴壞衲，倦禪時作靠枯藤。」又冬日顯靈偶書二首其二：「唯餘枯藤枝，起坐不相失。」

孟明田舍

未嫌衰病出無驢，尚喜冬來食有魚〔一〕。往事高低半枕夢，故人南北數行書〔二〕。茅茨獨倚風霜下，粳稻微收雁鶩餘〔三〕。欲識淵明只公是〔四〕，爾來吾亦愛吾廬〔五〕。

〔一〕「未嫌」二句：食有魚，見本書卷七言志詩注引戰國策齊策四馮諼彈鋏事，馮先後唱嘆「食無魚」「出無車」「無以爲家」。此仿其意，謂孟明田舍雖出無驢，但食有魚，即已解決吃飯問題。

〔二〕「故人」句：王績田家三首其一：「相逢一醉飽，獨坐數行書。」按苕溪漁隱叢話前集卷五三呂居仁：「呂居仁詩清駃可愛，如『……往事高低半枕夢，故人南北數行書。』」

〔三〕「粳稻」句：雁鶩餘，文選劉峻廣絶交論：「分雁鶩之稻粱。」李善注引魯連子：「君雁鶩有餘粟。」此言稻子有收成。

〔四〕「欲識」句：公，詩人自指。謂欲識陶淵明，自己便是。

〔五〕「爾來」句：陶淵明讀山海經：「孟夏草木長，繞屋樹扶疏。衆鳥欣有託，吾亦愛吾廬。」按：瀛奎律髓卷二三收此詩，方回評曰：「簡齋詩高峭，吕紫微詩圓活。然必曲折有意，如『雪消池館初晴後，人倚闌干欲暮時』，『荒城日短溪山静，野寺人稀鸛鶴鳴』，皆所謂『清水出芙蓉』也。如此二詩，末句却議論深復，非輕易放過者。」李慶甲彙評引馮班評：「『兒時愛吾廬』，此句佳矣，然何以服許用晦？」又紀昀評：「此亦清遒。起韵『驢』字何不竟用『車』字？想南方不乘車耳。」又許印芳評：「第二句『悲歡』本作『高低』，與『事』字不融洽，故易之，易作『往事悲歡半枕夢』。」按：今傳本仍作「高低」，未見有作「悲歡」者，或黄汝嘉刻本歟？惜已不可見。

雪後〔一〕

謾道兒童掃雪開〔二〕，却穿籬落看春回。溪山冷淡泥三尺，故舊飄零酒一杯。近買芒鞋供踏雨〔三〕，更收藜杖與尋梅〔四〕。玉川老去生涯在，時有鄰僧送米來〔五〕。

〔一〕詩題，後村千家詩作探春，宋元詩會、石倉歷代詩選作「探花」。

〔二〕「謾道」句：謾，張相詩詞曲語辭匯釋卷二：「漫，本爲漫不經意之漫，爲聊且義或胡亂意；轉變而爲徒義或空義。字亦作謾，又作慢。」謾道，謂隨便吩咐。

〔三〕「近買」句：芒鞋，即草鞋。蘇軾自興國往筠宿石田驛南二十五里野人舍：「芒鞋竹杖自輕軟，蒲薦松床亦香滑。」

〔四〕「更收」句：收，後村千家詩作「攜」。

〔五〕「玉川」二句：盧仝，范陽（今河北涿州）人，自號玉川子，中唐詩人。生涯。生活。韓愈寄盧仝：「玉川先生洛城裏，破屋數間而已矣。一奴長鬚不裹頭，一婢赤脚老無齒。辛勤奉養十餘人，上有慈親下妻子。先生結髮憎俗徒，閉門不出動一紀。至今鄰僧乞米送，僕忝縣令能不恥。……先生固是余所畏，度量不敢窺涯涘。」老去，後村千家詩作「縱老」。按：兩句以盧仝自況。

宿田舍

飢腸不貯酒〔一〕，凍粟自生膚〔二〕。旅枕三年夢，荒村一事無。不愁風折木，時有火添爐。尚想崔夫子，冬來體更臞〔三〕。

〔一〕「飢腸」句：蘇軾孔毅父以詩戒飲酒問買田且乞墨竹次其韻：「此身何異貯酒缾，滿輒予人空自倒。」此化用之。

〔二〕「凍粟」句：粟，皮膚因天冷毛孔驟縮，形成顆粒狀，即俗所稱鷄皮疙瘩。蘇軾將往終南和子由見寄：「秋風吹雨涼生膚。」

〔三〕「尚想」二句：自注：「崔德符居郟城。」按：崔鶠（一〇五七—一一二六），字德符，陽翟（今河南禹州）人。元祐九年（一〇九四）進士。以元符上書入邪等。嘗通判寧化軍，召爲殿中侍御史。欽宗繼位，授右正言，未幾卒。善詩，全宋詩卷一六一四輯得佚詩一卷，其中自詩林廣記卷一〇輯和吕居仁九日詩一首，即和本中閏月九日詩（見本卷前）。德符與晁説之友善，死後晁作祭崔德符正言文，稱其「形質枯槁，而文章英華，言怒忤物，而憤怒嫉邪」云云。郟城，宋縣名，治所在今河南中牟縣東。冬來體更，原校：「一作『簞瓢却未』。」似誤。

除日

我食已併日〔一〕，子來能隔年〔二〕。溪山出城路，風雪探梅天。納息初聞妙〔三〕，繙經舊有緣。相陪得清坐，不敢歎無氈〔四〕。

〔一〕「我食」句：併日，禮記儒行：「儒有一畝之宫，環堵之室，篳門圭窬，蓬户甕牖。易衣而出，并日而食。」鄭玄注：「言貧窮屈道，仕爲小官也。……并日而食，二日用一日食也。」蘇軾移廉州謝上表：「食有併日，衣無禦冬；淒涼百端，顛躓萬狀。」

〔二〕「子來」句：韋莊歲除對王秀才作：「到明追此會，俱是隔年人。」

〔三〕「納息」句：納息，蓋道家養身術，即吐故納新。蘇軾答王敏仲四首其二：「近頗覺養生事絶不用求新奇，惟老生常談，便是妙訣。嚥真納息，真丹頭仍須用尋。」

〔四〕「不敢」句：無氈，晋書吴隱之傳：「拜度支尚書、太常，以竹蓬爲屏風，坐無氈席。」杜甫戲簡鄭廣文（虔）兼呈蘇司業（源明）：「坐客寒無氈。」

將遊嵩少題石淙〔一〕

石淙在嵩山之東三十里，下臨絶壑，有流水焉，奔騰縱放，適與石會。蛟龍之所避畏，風雨之所出入。駭目奇異之觀，少有能過此者矣，作石淙詩。

南山吐雲柳絮飛，北山之外烟草微。南山北山日在眼，問公此去何時歸。石淙山水更奇絶，水怒決石山崩摧。長空無聲曉色静，忽聽萬壑懸驚雷。珊瑚缺折玉破碎〔二〕，月落倒卷從天回。中流險絶不須道，笑侮灩澦憐離堆〔三〕。平生好事心突兀〔四〕，時於圖畫見彷彿。褰衣度水公莫畏〔五〕，何須苦避蛟龍窟。明朝更作嵩少遊，五更絶頂看日出。

〔一〕嵩少，即嵩山之少室山。山海經中山經：「（洛水）東五十里曰少室之山。」山在今河南登封市西十餘里，周圍方百里，上有三十六峰。初學記卷五嵩高山引戴延之西征記：「其山東謂太室，西謂少室，相去十七里，嵩其總名也。謂之室者，以其下各有石室焉。少室高八百六十丈，上方十里，與太室相埒，但小耳。」石淙，水名，在登封東南，亦名平樂澗，東南流注於潁。明徐宏祖徐霞客遊記卷一下記之曰：「登封東南三十里爲石淙，乃嵩山東谷之流，將下入於潁。一路坡陀屈曲，水皆行地中，至此忽逢怒石，石立崇岡山峽間，有當關扼險之勢。水沁入脇下，從此水石融和，綺變萬端。繞水之兩崖，則爲鵠立，爲雁行；踞中央者則爲飲兕，爲卧虎。低則嶼，高則臺，愈高則石之去水也愈遠，乃又空其中而爲窟，爲洞。揆崖之隔以尋尺計，竟水之過以數丈計。水行其中，石峙於上，爲態爲色，爲膚爲骨，備極妍麗。不意黄茅白葦中，頓令人一洗塵目也。」可與詩參讀。又，詩人遊嵩山約在宣和三年（一一二一），同遊者蘇過作歸途次吕居仁韵詩（斜川集卷三），有「勝游喜得六人閒」、「笑語欣陪十日温」句，知遊伴凡六人，除吕、蘇外，猶有韓〔子〕華國相（絳）、劉知命居士等，旅途凡十日。按：此詩及下登太室絶頂，與本卷前宿潁昌范氏水閣詩當爲同時之作，後者作於臨登嵩山之前。

〔二〕「珊瑚」句：用珊瑚、玉器碎折時的尖鋭聲響，形容水與石猛烈撞擊時所發動人心魄之聲音。

〔三〕「笑侮」句：灧澦，石堆名，在長江西峽。太平寰宇記卷一四八夔州奉節縣：「灧澦堆，周圍二十丈，在州西南二百步蜀江中心，瞿唐峽口。冬水淺，屹然露百餘尺；夏水漲，没數十丈。其狀如馬，舟人不敢進。又曰猶與，言舟子取途不決水脈，故曰猶與。諺曰：『灧澦大如樸，瞿唐不可觸。灧澦大如馬，瞿唐不可下。灧澦如大鱉，瞿唐行舟絶。灧澦大如龜，瞿唐不可窺。』」離堆，漢書溝洫志：「蜀守李冰鑿離崔，避沫水之害，穿二江成都中。」一説即今都江堰之灌口，有離堆公園。

〔四〕「平生」句，平，原校：「一作『半』。」似誤。突兀，高貌。杜甫茅屋爲秋風所破歌：「何時眼前突兀見此屋。」心突兀，心高氣傲狀。

〔五〕「褰衣」句，莫，原校：「一作『勿』。」

登太室絶頂〔一〕

生平仰嵩丘，今日上絶頂。蒼天不能高，星斗閟光景〔二〕。風雲乍起伏，雷雨半蘇醒。下看飛鳥背，錯亂松柏影。神龍不深遁，偃蹇卧半嶺〔三〕。舊聞飛石鬭〔四〕，不受懸瀑梗。大河東北流，渺渺黄數頃〔五〕。五更看日出，平地湧金餅〔六〕。誰能啜其華，夜氣初未冷。諸峰環而立，一一皆秀整。中居此丈夫，衆象不得騁〔七〕。巍然萬物表，獨閱百代永。同來有奇士〔八〕，可得一笑領。不用貯微言，區區吊箕潁〔九〕。

〔一〕太室，與少室相對，皆山峰名，見上將遊嵩少題石淙詩注引初學記。

〔二〕「蒼天」二句：詩經小雅正月：「謂天蓋高。」閟，掩蔽。言太室絶頂與天等高，天再高處爲星斗，已不可覯。

〔三〕「神龍」二句：初學記卷五嵩高山「石髓」引劉義慶世説（按今本世説新語無此條，故事最早見陶潛搜神後記卷一），謂「嵩高山北有大穴，晋時有人誤墮穴中，見二人圍棊，下有一杯白飲，與墮者飲，氣力十倍。棊者曰：『汝欲停此否？』墮者曰：『不願停。』碁者曰：『從此西行，有天井，其中有蛟龍，但投身入井，自當出。』」則傳説嵩山有蛟龍，亦已久矣。

〔四〕「舊聞」句：嵩山飛石鬭事，蓋得之傳聞，未見記載。其他「石鬭」事，録兩則以供參考。蘇軾栖賢三峽橋詩：「吾聞太山石，積日穿綫溜。況此百雷霆，萬世與石鬭。」又范成大吴船録卷上記峨嵋山：「牛心寺三藏師繼業，自西域歸過此，將開山，兩石鬭溪上。攬得其一，上有一目，端正透底，以爲寶瑞，至今藏寺中，此水遂名寶現溪。」

〔五〕「大河」二句：大河，即黄河。黄數頃，謂黄河灘涂黄沙沉積面積之大。

〔六〕「平地」句：金餅，喻太陽初昇時光芒四射狀。

〔七〕「中居」二句：此丈夫，指太室山。謂太室居中，諸峰環立，不得離開。

〔八〕「同來」句：奇士，指蘇過、韓華國（韓維持國兄弟行）等，見蘇過次韵韓華國相約遊嵩少、歸途次吕居仁韵。

〔九〕「不用」二句：微言，此指古代高隱精微之語。區區，小貌。箕潁，箕山、潁水，乃傳説中上古隱士居處之地。高士傳卷上：「堯讓天下於許由，由於是遁耕於中岳潁水之陽，箕山之下。堯又召爲九州長，由不欲聞之，洗耳於潁水濱。時其友巢父牽犢欲飲之，見由洗耳，問其故，對曰：『堯欲召我爲九州長，惡聞其聲，是故洗耳。』巢父曰：『子若處高岸深谷，人道不通，誰能見子？子故浮遊，欲聞求其名譽。污吾犢口。』牽犢上流飲之。」兩句謂登太室絶頂後，方知山河氣魄之宏大，相較於隱士來，則氣度太狹小，故箕山、潁水無甚憑吊價值。

與崔德符田元邈別後奉寄〔一〕

處僻猶多事〔二〕，陪公得暫閑。直緣怕酒去，不爲憶家還。苦語知無策，微官直强顏〔三〕。高城更南望，林斷有青山。

〔一〕崔德符，崔鶠，字德符，見本卷前宿田莊詩注。田元邈，即田亘，字元邈，與崔鶠同爲陽翟人，又與陳叔易善。建炎中以察官召，尋卒。見瀛奎律髓卷二〇江梅詩方回評。

〔二〕「處僻」句：僻，當指韓城，前聞南寇已平歡快之甚作詩五十韵有「誤厭韓城僻」句。

〔三〕「微官」句：文選司馬遷報任少卿書：「當此之時，見獄吏則頭槍地，視徒隸則正惕息。何者？積威約之勢也。及以至是，言不辱者，所謂强顏耳，曷足貴乎。」强顏，吕向注：「强爲厚顏。」此云「微官」，蓋吕本中避難韓城，已離海陵職守，但官品仍在，故稱。

出遊

日日春濃病不知，偶游僧寺送春歸。長年誤跨將軍馬〔一〕，漸老空悲游子衣〔二〕。山路有泥知雨過，村場無酒驗人稀。今秋定作江東計，趁得鱸魚八月肥〔三〕。

〔一〕「長年」句：將軍馬，用馬援事。後漢書馬援傳：「武威將軍劉尚擊武陵五溪蠻夷，深入，軍没，援因復請行，時年六十二。帝愍其老，未許之。援自請曰：『臣尚能被甲上馬。』帝令試之，援據鞍顧眄，以示可用。帝笑曰：『矍鑠哉！是翁也。』」此言身體本來很差，長年只是强打精神而已。孫覿謝楊侍制啓：「詎復跨將軍馬，以眩據鞍之勇。」可參讀。

〔二〕「漸老」句：孟郊遊子吟：「慈母手中綫，遊子身上衣。臨行密密縫，意恐遲遲歸。」句謂久欲歸隱而未歸，故言「空悲」。

〔三〕「今秋」二句：江東，指吴郡。晋書張翰傳：「翰因見秋風起，乃思吴中菰菜、蓴羹、鱸魚膾，曰：『人生貴得適志，何能羈宦數千里以要名爵乎！』遂命駕而歸。」

董村歸路馬上口占〔一〕

水聲高下竹回環，薄酒無功不耐寒。白塔忽從林外出，青山常在馬頭看〔二〕。

〔一〕董村，當在許州長葛縣，見本卷前與諸舍弟游董村詩注。題下自注曰：「暫歸陽翟。」

〔二〕「白塔」二句：林，黄本外集卷三重收此詩，「林」作「雲」。按艇齋詩話曰：「東萊少作有『白塔忽從林外過，青山常在馬頭看』，佳句也。」此詩既是「少作」，則遊董村應不在宣和間，當與本卷前與諸舍弟游董村爲同時之作。

嘲拄杖

王郎贈我桄榔杖〔一〕，三歲庵中伴我閑。只爲懶行常靠壁〔二〕，不能隨我過嵩山〔三〕。

〔一〕王郎，其人不詳。桄榔，常緑木名。文選左思蜀都賦：「布有橦華，麪有桄榔。」劉淵林注引張揖曰：「桄榔，樹名也。木中有屑如麪，可食，出興古。」蘇軾寄虎兒：「獨倚桄榔樹。」李厚注引廣志：「桄榔樹，大四五圍，長五六丈。突直，旁無條榦，枝可作杖。其顛生葉，不過數十。」軾又有桄榔杖寄張文潛詩。

〔二〕「只爲」句：靠，原校：「一作『倚』。」

〔三〕「不能」句：不能過嵩山，言其無用，故詩題曰「嘲」，實乃自嘲其懶。

朮煎〔一〕

斸苗取靈根，斸石不到土。道人掃落葉，閉户手自煮。晴烟溜窗几，初夜過風雨。老盆酌天醴〔二〕，春甕發膏乳〔三〕。擔囊到城市，餽我一勺許。中年血氣敗，今我飲此酯〔四〕。色如膠飴重，味有荷心苦〔五〕。京城舊交游，醻醢亂鼎俎〔六〕。誰能供此飲，遠視鴻鵠舉〔七〕。一洗肝肺塵，但嘸公勿吐。

〔一〕朮，多年生草本植物，菊科。朮有白朮、蒼朮等品種，根莖可入藥。爾雅釋草：「朮，山薊。」邢昺疏：「生平地者即名薊，生山中者一名朮。本草云：『一名山薊，一名山薑，一名山連。』」

〔二〕「老盆」句：天醴，指雨水，謂其味甘如醴，乃上天所賜，故用以煎朮。漢書楚元王傳：「穆生不耆酒，元王每置酒，常爲穆生設醴。」顔師古注：「醴，甘酒也，少麴多米，一宿而孰，不齊之。」同書司馬相如傳：「醴泉涌於清室。」顔師古注：「醴泉，瑞水，味甘如醴。」

〔三〕「舂甕」句：甕，盛物陶器，大腹。膏乳，术煎熬後所得之乳狀濃縮物。

〔四〕「今我」句：醑，指术煎後之醇溶液，即上所謂乳狀物。

〔五〕「色如」二句：謂膏乳狀术汁色深如膠飴，味苦如荷心。膠飴，釅稠漿狀食物。荷心，荷，即蓮。白居易想東遊五十韻：「味苦蓮心小。」又蘇軾汎舟城南會者五人分韵賦詩得人皆苦炎字四首其三：「白酒微帶荷心苦。」

〔六〕「京城」二句：虀醢，虀，帶骨之肉漿；醢，肉漿。此泛指肉漿。鼎俎，鼎，古代煮食器；俎，切肉之砧板。句言京城開封之人，食物只知用肉漿，古代烹製規則全被破壞。意謂「道人」之术煎法既傳統又高妙。

〔七〕「誰能」二句：謂若長飲术煎，必能身健體輕。鴻鵠舉，韓詩外傳卷六：「盍胥對（晉平公）曰：『夫鴻鵠一舉千里，所恃者六翮爾。』」

有客

燥硯渴水不濡筆〔一〕，濁酒欠錢長卧瓶〔二〕。此中定自有佳處，紙帳蒲團增眼明〔三〕。故人江南江北岸，千書不如一見面〔四〕。人生歡會不可常〔五〕，畫梁已送西飛燕〔六〕。

〔一〕「燥硯」句：燥硯，石質粗糙、容易吃水之硯。

〔二〕「濁酒」句：謂因欠錢故不買酒，酒瓶長期横放着。歐陽脩會飲聖俞家有作兼呈原父景仁聖從：「遂令我每飲君家，不覺長瓶卧牆曲。」長，原校：「一作『常』。」

〔三〕「此中」二句：定，原校：「一作『故』。」紙帳，用藤紙所作帳子。即將藤皮繭紙纏於木上，以繩索繫之，其法詳見宋趙希鵠調燮類編卷二衣服。蒲團，蒲草編成之坐具。蘇軾贈月長老：「蒲團坐紙帳，自要觀我身。」句接上文，謂不寫字、不飲酒，但枯坐悟禪，可使心静眼明，亦是佳事。

〔四〕「千書」句：千，原校：「一作『百』。」

〔五〕「人生」句：曹植送應氏二首其二：「清時難屢得，嘉會不可常。」又顧况擬古三首其一：「人生阻歡會，神物亦别離。」

〔六〕「畫梁」句：杜甫春日戲題惱郝使君兄：「東流江水西飛燕，可惜春光不相見。」西，原校：「一作『雙』。」按：詩題「有客」，實乃思念故人，願相見也。

李文若季敵訪余高安留連累日臨行贈之〔一〕

十年奔走風塵中，學殖不進身愈窮〔二〕。夢斷江南不得往，坐歎歲月如驚鴻〔三〕。

君家政當匡廬路〔四〕，時有僧行附書去。每念君家草堂好，便欲移家就君住。當時氣象已參差〔五〕，今日情懷況遲暮。斯文未喪欲誰託〔六〕，交游十人九不樂。百川東下障狂瀾，伯兄嶷然如斷山〔七〕。蒼蒼在上久無意〔八〕，空使妙句留人間。兩季只今名籍籍〔九〕，北方人士所未識。未歇中原胡馬塵〔一〇〕，且喜沙頭風浪息〔一一〕。高安相遇一長吟，盛夏苦雨成淫霖〔一二〕。顧我無能甘畎畝，如君豈合在山林〔一三〕。豫章老矣棟梁在，莫厭它時斤斧尋〔一四〕。

〔一〕李文若，王銍有送李文若歸修水並弔其兄商老之亡詩，知李文若、季敵皆李彭（字商老）弟。又黄㽦山谷年譜序稱「昔山房李彤季敵於豫章外集有言」云云，則李彤字季敵。又謝薖作寄李商老兼柬文若季弓詩，知李文若字季弓。謝詩有句曰：「物外高情想三鳳。」則李彭、李文若、李彤三兄弟，當時合稱「三鳳」。又李彭嗣首座以老夫詩西嶺障斜日爲韵作五章見寄次韵答之其三：「我家二季子，風標荀令上。」二季子，即季敵、季弓也。高安，縣名。元豐九域志卷六：「筠州，軍事，治高安縣。」今爲江西宜春所轄。按：吕本中自言李文若兄弟「訪余高安」，詩中又有「未歇中原胡馬塵」、「盛夏苦雨成淫霖」句，知當作於建炎三年（一一二九）夏避地高安時，與本書卷一二題筠州僧房等詩作時大略相近。

〔二〕「學殖」句：學殖，左傳昭公十八年：「夫學，殖也，不學，將落，原氏其亡乎！」杜預注：「殖，生長也。言學之進德，如農之殖苗，日新日益。」

〔三〕「坐歎」句：黄庭堅寄陳適用：「日月如驚鴻。」如驚鴻，言鴻雁受驚後飛去之快也，以喻歲月流逝之速。

〔四〕「君家」句：匡廬，即廬山。按：宋史李常傳：「李常，字公擇，南康建昌（今江西南城）人。少讀書廬山白石僧舍，既擢第，留所抄書九千卷，名舍曰李氏山房。」李彭乃李常侄孫（李秉彝之子），故稱李文若季敵家政（通「正」）當廬山之路。

〔五〕「當時」句：參差，不齊貌。此言變化大。

〔六〕「斯文」句：論語子罕：「天之未喪斯文也，匡人其如予何。」何晏集解引馬（融）曰：「其如予何者，猶言奈我何也。天之未喪此文，則我當傳之。匡人欲奈我何，言其不能違天以害己也。」

〔七〕「伯兄」句：伯兄，此指二季（李文若季弓、李彤季敵）之長兄李彭。嶷然，詩經大雅生民：「克岐克嶷，以就口食。」毛傳：「嶷，識也。」鄭玄箋：「其貌嶷嶷然，有所識別也。」如斷山，謂李彭堅强如山，以障狂瀾於既倒，蓋言其續杜甫、黄庭堅詩學正脈也。

〔八〕「蒼蒼」句：蒼蒼，指天。久無意，謂蒼天不淑，使李彭享年不永。按：李彭卒年不詳，政和後其事迹已不可考，據本中此詩，其時當已謝世。

〔九〕「兩季」句：兩季，即李文若季弓、李彤季敵。籍籍，文選袁淑效曹子建樂府白馬篇：「籍籍關外來，車徒傾國鄽。」呂延濟注：「籍籍，諠盛貌。」此謂名聲極盛。

〔一〇〕「未歇」句：未歇，未停。胡馬塵，金人馬軍行進時揚起之塵土。

〔一一〕「且喜」句：蘇軾渼陂魚：「黄魚屢食沙頭店。」林子仁注：「沙頭鎮，屬荆南府。」今湖北沙市。沙頭風浪，與上句「中原胡馬」對應，疑沙頭鎮一帶曾有兵事，未詳。

〔一二〕「盛夏」句：淫霖，爾雅釋天：「久雨謂之淫，淫雨謂之霖。」左傳隱公九年：「凡雨，自三日以往爲霖。」

〔一三〕「顧我」二句：漢書劉向傳：「念忠臣雖在甽畝，猶不忘君，惓惓之義也。」顔師古注：「甽者，田中之溝也。田溝之法，耜廣五寸，二耜爲耦。一耦之伐，廣尺深尺，謂之甽，六甽而爲一畞。甽音工犬反，字或作畎，其音同耳。」此以畎畞代指田野，與下句「山林」同義。甘畎畞，謂甘心於爲民。

〔一四〕「豫章」二句：豫章，木名。史記司馬相如列傳載子虚賦：「楩枏豫章。」集解引郭璞曰：「豫章，大木也，生七年乃可知也。」正義引(温)活人曰：「豫，今之枕木也。樟，今之樟木也。二木生至七年，枕、樟乃可分别。」此以豫章喻大才。斤斧尋，謂將采伐作棟梁，言朝廷將大用也。

木芙蓉〔一〕

小池南畔木芙蓉，雨後霜前著意紅。猶勝無言舊桃李，一生開落任東風〔二〕。

〔一〕木芙蓉，韓愈木芙蓉詩孫甫注：「水生者爲水芙蓉（引者按：即蓮花），木生者爲木芙蓉。爾雅曰：『菡萏，芙蓉也。』此所謂水芙蓉也。」

〔二〕「猶勝」二句：史記李將軍列傳：「諺曰：『桃李不言，下自成蹊。』」此言桃李任風開落，毫無品格，故詩人頗有微詞。劉禹錫傷桃源薛道士：「手植紅桃千樹發，滿山無主任春風。」艇齋詩話評曰：「東萊木芙蓉絶句（同上，略）極雍容，含不盡之意，蓋絶句之法也。荆公詠木芙蓉云：『還似美人初睡起，强臨青鏡欲妝慵。』覺得味短，不及遠矣。」

呂本中詩集箋注卷一一

食筍〔一〕

窮鄉未寂寥，五月當筍茁〔二〕。近山新得雨，此物晚亦發。初看數寸出，意有千尺拔。長條不成鞭〔三〕，乃以美見伐〔四〕。錦綳罷騈頭〔五〕，玉指已不韈〔六〕。坐令藜藿口，如受滫瀡滑〔七〕。連年江海病，未免魚蟹罰〔八〕。甘津到齒頰，恐此或未察。居閒快一飽，我已久斷殺〔九〕。更莫厭比鄰，時時聽羹戛〔一〇〕。

〔一〕食筍，宋釋贊寧筍譜：「釋草云：『筍，竹萌。』郭璞注：『竹初生也。』孫炎云：『竹初生曰萌生，謂之筍。』詳孫之説，始冒土者爲萌，萌，芽也，生長挺挺然爲筍也。尚書孔傳：『筍，篛竹也。』詳孔之説，篛竹，白篛也。白篛之類，越多。」嫩筍可食，味鮮美，尤盛産於南方地區。

〔二〕「五月」句：釋贊寧筍譜：「周禮：揚州之利竹箭。亦有蔍、萌之别名矣。……惟筍，竹萌也，皆四月生也。」又曰：「此據洛陽土中，嵩少之間，四月方生，及秦、隴、終南，皆四月生也。」筍生時間，以品種、氣候、土質不同而各不相同。清陳大章詩傳名物集覽卷一「維筍及蒲」條：「甌越篔筍，七八月生。雲南笠筍，七月生，至十月稍苦。巴州筍，九月生。雪竹筍，五月生；方竹筍，八月生。浙、閩以南，四時皆有之。」元李衎竹譜卷三竹態譜：「生長挺然者名筍。筍初出土者謂之萌，又名蕊……又名竹胎。稍長謂之牙，漸長名笛，又名葱……又名箘。過母名篧（原注：音官），別稱曰籜龍，曰錦綳兒。」則此「茁」，疑當作「笛」。笛，竹筍生貌。

〔三〕「長條」句：李衎竹譜卷三竹態譜：「散生之竹，竿下謂之蠶頭，蠶頭下正根謂之箣，又名笏，旁引者謂之邊，或謂之鞭。」

〔四〕「乃以」句：以美見伐，謂以其味美，故被砍伐。吕氏春秋卷一四孝行覽本味：「和之美者……越駱之菌。」高誘注：「越駱，國名。菌，竹筍也。」

〔五〕「錦繃」句：蘇軾送筍芍藥與公擇二首其一：「故人知我意，千里寄竹萌。駢頭玉嬰兒，一一脱錦䙖。」按：玉嬰兒，太平廣記卷三九〇曹王墓引異録記：「（前蜀）永平乙亥歲（五年，九一五），有説開封人發曹王皋墓……棺前有鑄銀盆，廣三尺，滿盆貯水，中坐玉嬰兒，高三尺，水無減耗。」此以玉嬰兒喻指筍。説文曰：「繃，束也。」「束兒襁褓曰綳，或作䙖。」錦䙖，指筍之外殼。又釋惠洪冷齋夜話卷二稚子：「老杜詩曰：『竹根稚子無人見，沙上鳧雛並母眠。』世或不解『稚子無人見』何等語。唐人食笋詩曰：『稚子脱錦繃，駢頭玉香滑。』則稚子爲筍明矣。贊寧雜志曰：『竹根有鼠，大如猫，其色類竹，名竹豚，亦名稚子。』予問韓子蒼（駒），子蒼曰：『筍名稚子，老杜之意也，不用食筍詩亦可。』」

〔六〕「玉指」句：玉指，亦指筍。con，指筍之外殼，不襪，謂殼已剥去。杜甫北征：「垢膩脚不韤。」

〔七〕「坐令」二句：坐，因。藜藿口，吃粗食之口。藜藿，野菜名，前已屢見。滫瀡滑，柳宗元賀進士王參元失火書：「脂膏滫瀡之具，或以不給。」宋潘緯音義：「滫，息有切。瀡，息委切。秦人溲曰滫，齊人滑曰瀡。禮記（内則）：『滫瀡以滑之。』謂調和飲食。」此即指美食。

〔八〕「未免」句：魚蟹罰，罰，懲罰，謂江海無魚蟹，以示對人類的懲罰。

〔九〕「我已」句：斷殺，停止宰殺，指不吃葷。

〔一〇〕「更莫」二句：比鄰，近鄰。羹戛，史記楚元王世家：「高祖兄弟四人，長兄伯，伯蚤卒。始高祖微時，嘗辟事，時時與賓客過巨嫂食。嫂厭叔，叔與客來，嫂詳爲羹盡，櫟釜，賓客以故去。已而視釜中尚有羹，高祖由此怨其嫂。及高祖爲帝，封昆弟，而伯子獨不得封。太上皇以爲言，高祖曰：『某非忘封之也，爲其母不長者耳。』於是乃封其子信爲羹頡侯。」索隱：「櫟音歷，謂以杓歷釜旁，使爲聲（按：指刮釜聲）。漢書作『轑』，音勞。」明王世貞弇州四部稿卷一六四説部：「封爵有故加以惡名者。頡羹侯劉信，一本曰羹戛侯。」後以羹爲羹戛，語義雙關。蘇籀雪齋即事一首：「郁郁烹鮮具羹戛，浮浮炊餗忍饞涎。」可參讀。

白鬚

不作韓城住〔一〕，虚爲河朔行〔二〕。白鬚鑷更出〔三〕，知爲阿誰生〔四〕。

〔一〕「不作」句：韓城，指小韓城，在今河南禹州市，見本書卷九聞南寇已平歡快之甚作詩五十韵詩注。

〔二〕「虚爲」句：虚，空也。此連上句，謂並不樂意離開韓城去河朔。河朔，泛指黄河以北地區。吕本中曾任大名府帥司幹辦公事（見本書卷九題大名官舍），大名府屬河朔之地。疑所謂「河朔行」，指再赴大名府復職。參後復往大名三首詩注。

〔三〕「白鬚」句：鑷，拔毛髮器具。此用如動詞。

〔四〕「知爲」句：古詩：「十五從軍征，八十始得歸。道逢鄉里人，家中有阿誰。」阿，助詞，名詞或代詞前綴。

宿劉固寺佛殿下即劉伶墳也〔一〕

劉伶墳上土，佛殿古崔嵬。坐久野僧出，天寒飢雁來。千年醉裹魄，一臿死前灰〔二〕。未盡先生意，空留數字回〔三〕。

〔一〕劉固寺，當在劉固鎮。元豐九域志卷二河北東路：「冀州，信都郡，安武軍節度。」有縣六，其一爲信都縣。縣凡五鄉，有「劉固、宗齊、來遠三鎮」。又畿輔通志卷四十一關隘：「劉固鎮，在冀州境。」按：信都縣，地在今河北衡水市冀州區。晉書劉伶傳：「劉伶，字伯倫，沛國人也。身長六尺，容貌甚陋。放情肆志，常以細宇宙、齊萬物爲心。澹默少言，不妄交游，與阮籍、嵇康相遇，欣然神解，携手入林，初不以家産有無介意。常乘鹿車，攜一壺酒，使人荷鍤而隨之，謂曰：『死便埋我。』其遺形骸如此。」嘗著酒德頌一篇。魏正始間，劉伶與嵇康、阮籍、山濤、向秀、王戎、阮咸常聚於山陽縣（今河南輝縣、修武一帶）竹林之下，肆意酣暢，世謂「竹林七賢」。劉伶墓，文獻記載有數處，包括劉固寺佛殿下之墳，蓋皆傅會。詩當作於吕本中官大名時。

〔二〕「一臿」句：臿，同「鍤」，臿，挖土器具，今鐵鍬之類。死前灰，莊子齊物論：「形固可使如槁木，而心固可使如死灰乎？」郭象注：「死灰、槁木，取其寂莫無情耳。夫任自然而忘是非者，其體中獨任天真而已，又何所有哉！故止若立枯木，動若運槁枝，坐若死灰，行若遊塵。動止之容，吾所不能一也；其於無心而自得，吾所不能二也。」

〔三〕「空留」句：數字，指所作此詩。

懷衛道中寄京師諸友三首〔一〕

客舍冷如漿〔二〕，客夢甘如飴〔三〕。初無遠行念，况有徂年悲〔四〕。平生好交遊，太半走路歧〔五〕。不如亭前月，所到長相隨〔六〕。何時脱身去，共采西山芝〔七〕。有兒當似公，尚能傳我詩。

〔一〕懷衛，即懷州、衛州。元豐九域志卷二河北西路懷州：「天聖四年（一〇二六），以獲嘉縣隸衛州；熙寧六年（一〇七三）……修武縣爲鎮，入武陟。」懷州治所在今河南焦作，衛州治所在汲縣，今爲河南衛輝（屬新鄉）。

〔二〕「客舍」句：三國志魏書夏侯尚傳裴注引魏略曰：「故于時有謗書曰：『曹爽之勢熱如湯，太傅父子冷如漿。』」劉禹錫酬思黯代書見戲：「官冷如漿病滿身。」

〔三〕「客夢」句：詩經大雅緜：「周原膴膴，堇荼如飴。」毛傳：「堇，菜也。荼，苦菜也。」鄭玄箋：「其（周原）所生菜雖有性苦者，甘如飴也。」飴，米、麥芽熬成之糖漿。

〔四〕「初無」二句：遠行念，指到大名府做官之念，下文所謂「脱身」亦指此事，蓋詩人極不情願，參見本書附録年譜。徂年，漢書韋賢傳載諫詩：「歲月其徂，年其逮耈。」顔師古注：「逮，及也。耈者，老人面色如垢也。言歲月驟往，年將及耈，不可怠忽。」此指年老。

〔五〕「太半」句：走路歧，謂人各一方，難以相見。列子説符：「歧路之中，又有歧焉。」當指受元祐黨禁影響，政治上極不得意。

〔六〕「所到」句：李白峨眉山月歌送蜀僧晏入中京：「月出峨眉照滄海，與人萬里長相隨。」

〔七〕「共采」句：史記伯夷列傳：「武王已平殷亂，天下宗周，而伯夷、叔齊耻之，義不食周粟，隱於首陽山，采薇而食之。及餓且死，作歌，其辭曰：『登彼西山兮，采其薇矣。』」索隱：「西山，即首陽山。」又唐崔鴻四皓歌：「漠漠商洛，深谷威夷。曄曄紫芝，可以療飢。皇農邈遠，余將安歸。」芝，即芝草，傳説食之可以成仙。

直莫如兩王〔一〕，清莫如兩方〔二〕。孫謝豈不美，久滯尚書郎〔三〕。黎子老歸國〔四〕，只今鬚鬢蒼。邵子住山雲〔五〕，欲出未肯忙。高子出林壑，坐看天際翔〔六〕。

〔一〕「直莫如」句：兩王，當指王質、王立之。晁説之王立之墓誌銘：「晉國王子野質，爲人清苦純瀞，視世事若無一可以動其心者，惟以善人君子亨否爲己休戚，以故其仕屢斥，抱羸病而卒。……今城南王立之直方，非有慕於此二人（指王質、尹子漸〔源〕），而性義實似之也。」

〔二〕「清莫如」句：兩方，指方允迪兄弟。允迪字元若，政和五年（一一一五）登進士乙科。靖康初爲吏部郎中，又爲秘書監，其後隱居。事迹略見王明清玉照新志卷五、揮麈後録卷一一，以及劉一止苕溪集卷三、朱翌灊山集卷二等，餘不詳。沈與求方允迪隱鸕鶿谷江子我子之劉希顔行簡皆往依焉詩，可窺其交遊。劉一止借居鸕鷀山中一首呈方允迪道縱昆仲詩曰「長松舞高寒，落澗瀉清泚。笙簧響天上，金石鳴地底。雲容何潤澤，下有隱君子。樂此山水音，清若變流徵。……古來成敗事，不入山中耳」云云，可覘其志趣，蓋仕不得意也。其弟名字待考。本書卷一五有吕本中方允迪挽詞二首，稱方氏兄弟「少小共聲名」，「俱爲一代英」，而深以其閒卧丘壑、「不使至公卿」爲悲哀。

〔三〕「孫謝」二句：孫當指孫衍，字廣伯，孫覺（字莘老）子。嘗從吕希哲學，見紫微詩話。本中有題孫廣伯主簿家壁、贈孫廣伯詩二首（見本書卷五），時爲高郵縣主簿。謝，疑指謝克家，事迹參見本書卷九謝任伯夫人挽詩注。謝曾任吏部尚書，見宋史高宗紀一建炎元年春三月紀事。杜甫憶昔二首其一：「願見北地傅介子，老儒不用尚書郎。」

〔四〕「黎子」句：黎子，即黎確，字介然，吕希哲門人。歸國，指入朝爲官。其人南渡後歷官右司諫，仕終權吏部尚書、徽猷閣待制。事迹見本書卷一客居書懷奉寄介然若谷才仲兼簡信民詩注。

〔五〕「邵子」句：邵子，當指邵伯温，字子文，邵雍子。吕本中師友雜志言其與李畯、唐廣仁等遊。住山雲，喻長期隱居不出。據宋史本傳，伯温以元符上書入邪等。

〔六〕「高子」二句：高子，當指高茂華，字秀實，曾布甥。元祐六年（一〇九一）進士，崇寧中入元祐黨籍。吕本中「十友」之一，其紫微詩話曰：「高秀實茂華，人物高遠，有出塵之姿。其爲文稱是。」林壑，泛指深山野嶺。出林壑，謂其已隱居，僅偶爾出山。唐崔顥贈懷一上人：「我法本無著，時來出林壑。」天際翔，指鴻鵠之類神鳥。喻雖隱逸而仍志存高遠。劉禹錫西池送白二十二東歸兼寄令狐相公聯句：「威鳳池邊别，冥鴻天際翔。」

人誰不小康〔一〕，李趙常窘束〔二〕。窮閻爨温火〔三〕，老未飽饘粥。它長未遽數，此事已絶俗。爲人死不厭，自奉一米足〔四〕。

〔一〕「人誰」句：詩經大雅民勞：「民亦勞止，汔可小康。惠此中國，以綏四方。」鄭玄箋：「康、綏，皆安也。」此句謂誰不望日子過得安逸寬裕些。

〔二〕「李趙」句：李，疑爲李忲。李忲，字去言，李常猶子，事迹略見本書卷一得李去言詩次韻答之詩注。趙，或指其表弟趙㭬（字才仲）。窘束，生活貧困。

〔三〕「窮閻」句：閻，里巷。爨，原作「爨」，蓋形訛，據四庫本改。爨，燒火做飯。

〔四〕「爲人」二句：爲人，爲他人；死不厭，死無所惜。一米足，説文：「食，一米也。」蘇軾和陶歸園田居六首其一：「我飽一飯足，薇蕨補食前。」言李、趙二人重義，爲人厚而自奉薄，衣食尚堪憂，遑論小康。

河　堤〔一〕

平田接長河，眼界起突兀〔二〕。今日兹堤行，麥壠青已出。客行不知晚，但感此節物。新霜被西山，久厭塵土没。坐懷故人面，於此見彷彿〔三〕。

〔一〕河堤，不詳，疑指黄河之堤。

〔二〕「眼界」句：突兀，指河堤，言其高聳。曹毗涉江賦：「洪濤突兀而横峙。」又杜甫茅屋爲秋風所破歌：「何時眼前突兀見此屋。」

〔三〕「於此」句：見彷彿，謂遠望被霜之西山，彷彿間如見故人。

寄濬州張掞〔一〕

張卿留客酒如澠〔二〕，我欲從之病不能。憶過公家更東望，斷崖高樹雪層層〔三〕。

〔一〕濬州，元豐九域志卷一〇省廢州軍：河北路，「通利軍，端拱元年（九八八）以澶州黎陽縣建軍……熙寧三年（一〇七〇）廢」。宋史徽宗紀：政和五年（一一一五）八月辛亥，「升通利軍爲濬州平川軍節度」。今爲河南浚縣，屬鶴壁。正字通水部：「濬，通作浚。」張掞，據建炎要録卷六三，紹興三年（一一三三）二月，「左承務郎、通判潭州張掞坐與孔彦舟、馬友交通，下吏計贓抵死，以昭慈（孟皇后）外親，免編配，送韶州收管」。殆即其人。

〔二〕「張卿」句：酒如澠，左傳昭公十二年：「齊侯舉矢曰：『有酒如澠，有肉如陵。』」杜預注：「澠水出齊國臨淄縣北，入時水。」

〔三〕「斷崖」句：唐釋齊己送玉泉道者迴山寺：「別來心念念，歸去雪層層。」

田家樂

東家西家蠶上簇〔一〕，南村北村麥白熟〔二〕。小兒腰鐮日早歸，大兒去就田間宿。斗酒相邀不爲薄，鄰翁相對且斟酌。聖主當陽億萬年〔三〕，年年歲歲田家樂。

〔一〕「東家」句：蠶上簇，用植物枝稈紮成叢，供蠶做繭，稱上簇。後魏賈思勰齊民要術卷五：「養蠶法，收取種繭，必取居簇中者。」原注：「近上則絲薄，近下則子不生也。」

〔二〕「南村」句：宋趙德麟侯鯖録：「東坡云：世之對偶，如紅生白熟、手文脚色二對，無復加也。」則紅、白修飾生、熟。白熟指熟透。句謂人人都知道麥已成熟，可開鐮收割。

〔三〕「聖主」句：聖主，此指宋徽宗。當陽，執掌政權。禮記郊特牲：「君之南鄉，答陽之義也；臣之北面，答君也。」鄭玄注：「答，對也。」左傳文公四年：「賦湛露，則天子當陽，諸侯用命也。」孔穎達正義：「陽，謂日也。言天子當日，諸侯當露也。」

梅

獨自不爭春，都無一點塵〔一〕。忍將冰雪面，所至媚游人〔二〕。

〔一〕「都無」句：蔡襄和王介夫遊西禪兼呈黄承制：「山城只有四圍青，海國都無一點塵。」此言梅花高潔。

〔二〕「忍將」二句：忍，豈忍，不忍。冰雪面，謂純潔如冰雪。謝薖雨中漫成四首其四：「纔見花飛掃不開，只今青子落莓苔。當時一笑冰雪面，曾動揚州詩興來。」媚游人，討游人喜愛。

寄崔德符〔一〕

江城昔還往〔二〕，耆舊各能文。暫别猶相憶，雖忙亦見存〔三〕。好詩能愈疾〔四〕，濁酒不勝渾。它日經行地，相尋夜叩門。

〔一〕崔德符，崔鶠字德符，陽翟（今河南禹州）人，坐元符上書入邪等。嘗通判寧化軍，召爲殿中侍御史。事迹見本書卷一〇宿田舍詩注。

〔二〕「江城」句：江城，蓋指陽翟。崔爲陽翟人，陽翟附近有潁河，故稱江城。

〔三〕「雖忙」句：見存，慰問。漢書嚴助傳：「（閩越王弟）甲以誅死，其民未有所屬。陛下若欲來内，處之中國，使重臣臨存，施德垂賞以招致之，此必攜幼扶老以歸聖德。」顔師古注：「存謂省問之。」蘇軾東坡八首其七：「我窮交舊絶，三子獨見存。從我於東坡，勞餉同一飧。」

〔四〕「好詩」句：愈疾，極言詩之感人，其效如藥能治病。三國志魏書王粲傳附陳琳傳裴松之注引典略曰：「琳作諸書及檄，草成呈太祖（曹操），太祖先苦頭風，是日疾發，卧讀琳所作，翕然而起，曰：『此愈我病。』數加厚賜。」梁何遜登石頭城：「薄宦恧師表，屬辭慚愈疾。」

還家

解鞍歇馬倦西游〔一〕，過眼文書且罷休。薄酒向人殊有味，長年於世已無求。常情未語溝中木〔二〕，俗眼能驚海上鷗〔三〕。何處雲山不堪隱，更誰辛苦訪菟裘〔四〕。

〔一〕「解鞍」句：解鞍歇馬，當指由大名府幹辦公事改官回京師，故曰「還家」，詳後。倦西游，漢書司馬相如傳上：「長卿故倦游，雖貧，其人材足依也。」注引文穎曰：「倦，疲也。言疲厭游學，博物多能也。」陶淵明與子儼等疏：「吾年過五十，少而窮苦，每以家弊，東西游走，性剛才拙，與物多忤。」倦西游，與倦「東西游走」義同，謂爲生活所迫，不得不東奔西走爲俗吏，已十分厭倦。

〔二〕「常情」句：溝中木，莊子天地：「百年之木，破爲犧樽，青黄而文之。其斷在溝中，比犧樽於溝中之斷，則美惡有間矣，其於失性一也。」此句謂溝中之木與經青黄文飾之犧樽實皆爲木，同處溝中，但後者因經人彩繪，便爲世所重。此自喻如溝中之木，爲人所輕乃是常情。劉禹錫上僕射李相公啓：「某啓：州吏還，伏蒙攡落常態，手筆具書，言及貞元中登朝人，逮今無十輩。及發中書相公一函，具道閤下亟言曩遊，顔閔頗有哀色。夫溝中之木，與犧象同體，追琢不至，坐成枯薪。」

〔三〕「俗眼」句：列子黄帝：「海上之人有好漚鳥者，每旦之海上從漚鳥游，漚鳥之至者百住而不止。其父曰：『吾聞漚鳥皆從汝游，汝取來，吾玩之。』明日之海上，漚鳥舞而不下。」漚，同「鷗」。俗眼，指好漚者之父。參見本書卷六與諸弟諸李同登塔山愚壁以事不能來因成二絶其一注。句言俗眼之下，連鷗鳥也飛去，道不同故也。

〔四〕「更誰」句：菟裘，地名，後代指退隱地。左傳隱公十一年：「羽父請殺桓公，將以求大宰。公曰：『爲其少故也，吾將授之矣。使營菟裘，吾將老焉。』羽父懼，反譖公於桓公而請弑之。」杜預注：「菟裘，魯邑，在泰山梁父縣南。不欲復居魯朝，故别營外邑。」白居易重修香山寺畢題二十二韵以紀之：「可憐終老地，此是我菟裘。」

即　事

晚菘早韭老不厭〔一〕，夜鯉晨凫多見疏〔二〕。地僻難尋野僧飯，路長時枉故人車。青山出没塵埃裏，白髮栽培疾病餘〔三〕。更有腐儒窮事業〔四〕，夜窗殘燭一編書。

〔一〕「晚菘」句：南齊書周顒傳：「文惠太子問顒：『菜食何味最勝？』顒曰：『春初早韭，秋末晚菘。』」菘，蔬菜名，即今之白菜。

〔二〕「夜鯉」句：艇齋詩話：「東萊『晚菘蚤韭老不厭，夜鯉晨鳧多見疏』，『夜鯉』、『晨鳧』，出説苑魏文侯事。」按：事見説苑卷一二奉使，曰：「魏文侯封太子擊於中山，三年使不往來。舍人趙倉唐進，稱曰：『爲人子，三年不聞父問，不可謂孝；爲人父，三年不問子，不可謂慈。君何不遣人使大國乎？』太子曰：『願之久矣，未得可使者。』倉唐曰：『臣願奉使。侯何嗜好？』太子曰：『侯嗜晨鳧，好北犬。』於是乃遣倉唐緤北犬，奉晨鳧，獻於文侯。倉唐至，上謁曰：『孽子擊之使者不敢當大夫之朝，請以燕閒奉晨鳧敬獻庖厨，緤北犬敬上涓人。』文侯悦，曰：『擊愛我，知吾所嗜，知吾所好。』」以上兩句，菘、韭泛指素食，鯉、鳧（野雁）指葷食。兩句言常吃素、少吃葷。

〔三〕「白髮」句：謂白髮增多，猶如疾病之餘栽培而得。王安石偶成二首其一：「年光斷送朱顔老，世事栽培白髮生。」

〔四〕「更有」句：腐儒，荀子非相篇：「凡人莫不好言，其所善而君子爲甚。故贈人以言，重於金石珠玉；觀人以言，美於黼黻文章；聽人之言，樂於鐘鼓琴瑟，故君子之於言無厭。鄙夫反是，好其實不恤其文，是以終身不免埤汙傭俗。故易曰『括囊，無咎無譽』，腐儒之謂也。」唐楊倞注：「腐儒如朽腐之物，無所用也。引易以喻不談説者。」按：所引見周易坤卦六四。窮事業，指讀書、寫作。隋書宇文慶傳：「宇文慶，字神慶，河南洛陽人也。……慶沉深，有器局，少以聰敏見知。周初，受業東觀，頗涉經史，既而謂人曰：『書足記姓名而已，安能久事筆硯，爲腐儒之業？』」

讀易

春温瘡疥繁〔一〕，衣敝蟣蝨細。頹然坐南軒，讀易初有味。初看象數殊，忽此爻象異。紛紛者衆説，行各半途滯。大言累千百，雜説記一二。坐令天人分，復以小大計。或强出枝葉，或自起疏贅〔二〕。孰能言語表，能使意獨至。空中本無華，眼病因有翳〔三〕。沈思忽有得，是則入精義。吾生晚聞道，歲月今少憩。遺經日在眼，似足了一世。臨流濯垢衣，尚勿惜餘棄〔四〕。

〔一〕「春温」句：瘡疥，即疥瘡。呂本中患有疥瘡，本書卷一七、卷一八有詩詠之。疥瘡往往於春暖時復發，故云。

〔二〕「初看」至「或自」十句：述及易之爻、象，雜説（當即雜卦、説卦）。按史記孔子世家：「孔子晚而喜易，序彖、繫、象、説卦、文言。」張守節正義：「夫子作十翼，謂上彖、下彖、上象、下象、上繫、下繫、文言、序卦、説卦、雜卦也。」又周易正義卷首第六論夫子十翼：「其彖、象等十翼之辭，以爲孔子所作，先儒更無異論。但數十翼，亦有多家。既文王易經本分爲上下二篇，則區域各別。彖、象釋卦，亦當隨經而分，故一家數十翼，云：上彖一，下彖二，上象三，下象四，上繫五，下繫六，文言七，說卦八，序卦九，雜卦十。鄭學之徒並同此說，故今亦依之。」詩人讀易，謂其有衆說異、半途滯、天人分、强出枝葉等毛病。旒贅，猶言附屬品，多餘之物。春秋公羊傳襄公十六年：「君若贅旒然。」何休注：「旒，旂旒；贅，繫屬之辭，以旂旒喻者，爲下所執持東西者也。」

〔三〕「空中」二句：謂上述治易諸病，乃後世學者所致，猶如有目疾之人，本是眼花，卻看成空中有花。

〔四〕「臨流」二句：將傳本易經比作「垢衣」，謂當濯洗，而爲後學妄增之「枝葉」、「旒贅」宜痛加删芟，不必可惜。

復往大名二首〔一〕

復往真無策，兹行亦漫游。塵埃走劇暑，風雨占新秋。便欲還家去，其誰爲汝謀。尚憐蘇季子，虛敝黑貂裘〔二〕。

〔一〕復往大名，指再回大名復職。呂本中丁母憂除服後，約於宣和四年夏到大名府任帥司幹辦公事，見本書卷九題大名官舍詩注。後或因事暫回東京（宣和五年六月曾在開封與陳與義、張元幹等遊，參見本書附録年譜），事畢再回大名續職，故詩題作「復往」。回大名時值「劇暑」，或在宣和五年盛夏。其在大名事迹及任滿時間，皆不詳，惟徐度却掃編卷下所載，可略見一斑。其曰：「王保和革爲開封尹，專尚威猛，凡盜一錢皆杖脊配流。一日杖於市，稠人中有擲書一册其旁者，亟取視之，則其卧中物也。因大驚，捕逐竟不得。宣和末，河北盜起，以選出守大名，慘酷彌甚，得盜輒殺之，然盜愈熾。革自以殺人既衆，且懲開封之事，常懼人圖己，所居輒以甲士環繞，然每對客必焚香。吕本中舍人時從辟爲帥屬，私語曰：『此正所謂「兵衛森畫戟，宴寢凝清香」者也。』」據北宋經撫年表卷二，王革任大名府路安撫使兼知大名府，在宣和六年（一一二四）。

〔二〕「尚憐」二句：史記蘇秦列傳：「蘇秦者，東周雒陽人也。」索隱：「蘇秦，字季子。」戰國策卷三蘇秦始將連横：「蘇秦始將連横……説秦王書十上而説不行。黑貂之裘弊，黄金百斤盡，資用乏絶，去秦而歸。」姚本注：「弊，壞也。蘇秦仕趙，趙王資貂裘、黄金，使説秦王，破關中之横，使與趙同從，從則相親也。秦王不肯從，故蘇秦用金盡，而貂裘壞弊也。」

我老不自得，每爲飢所敺〔一〕。漫抛青箬笠〔二〕，空負白髭鬚。見賊猶堪鬭，逢人莫問途。寰區足秀句，山澤有臞儒〔三〕。

〔一〕「每爲」句：敺，此同「驅」，驅使也。

〔二〕「漫拋」句：箬笠，用篾將竹筍皮（筍殼）編結成的寬邊雨具，今四川俗稱篾帽子。

〔三〕「寰區」二句：寰區，世間。臞儒，史記司馬相如傳：「相如以爲列仙之傳居山澤間，形容甚臞，此非帝王之仙意也，乃遂就大人賦。」索隱案：「傳者，謂相傳以列仙居山澤間。」集解引徐廣曰：「臞，瘦也。」又索隱引韋昭曰：「臞，瘠也。」舍人云：「臞，瘦也。」文子云：「堯臞瘦。」此乃詩人自指。

地濕頻經水，田荒亦未收。斷雲催雨過，漲水没橋流。半世想高卧，十年悲遠游。藜羹不用挾，尚足誑飢喉〔一〕。

〔一〕「尚足」句：誑，騙也。飢喉，猶言飢腸。王禹偁對雪示嘉祐：「藜羹豆粥充飢喉。」

開德道中〔一〕

五更發荒村，小憩草市北。披衣度積水，月落天正黑。豆苗半委地，野父厭匍匐〔二〕。我馬則已飢，泥土污羈勒〔三〕。翻思在家時，一飯亦假貸〔四〕。小兒不解事，笑語頗自得。一官走道路，此責久未塞。速行勿遲留，有手須擊賊〔五〕。

〔一〕開德，府名。宋史地理志二河北東路：「開德府，上，澶淵郡，鎮寧軍節度。本澶州，崇寧四年（一一〇五）建爲北輔，五年升爲府。宣和二年（一一二〇）罷輔、郡，仍隸河北東路。」治濮陽縣，地在今河南東北部。

〔二〕「野父」句：野父，山村農夫。匍匐，詩經邶風谷風：「凡民有喪，匍匐救之。」鄭玄箋：「匍匐，言盡力也。」此指艱辛貌。

〔三〕「泥土」句：羈勒，泛指馬籠頭。羈即普通馬籠頭，勒乃帶有嚼口之馬籠頭。

〔四〕「一飯」句：假貣，借貸。漢書主父偃傳：「家貧，假貣無所得。」

〔五〕「有手」句：詩當作於宣和末，時金兵已開始南侵，即所謂「賊」也。按：詩言「一官走道路」，考宋史本傳，「宣和六年（一一二四），除樞密院編修官」。師友雜志曰：「宣和中，江公民表避方寇至京師，本中調官京師，常得見之。」所謂「宣和中」，當即宣和六年，而「調官京師」，即指除樞密院編修官。宋代樞密院掌兵符、武官選拔除授、兵防邊備等事，而樞密院編修則掌樞密院條令編匯、修正等事，與詩所言「擊賊」合。

陽翟道中〔一〕

不爲傷離別，其如漸老何。祇應從此去，轉覺白鬚多〔二〕。

〔一〕陽翟：縣名，前已屢見。本中家在此有祖產，其父好問蓋居於此。

〔一二〕「轉覺」句：蘇轍初到績溪視事三日出城南謁二祠遊石照偶成四小詩呈諸同官石照二首其二：「忽見塵容應笑我，年來底事白鬚多。」

長葛道中遇周原仲〔一〕

羸馬衝寒驕不駛，積雪殘冰雜泥滓。長葛縣中日落時，舉頭忽見周夫子。下馬相看兩驚怪，各喜南歸此身在。僧房夜語久不眠，更摩枵腹償詩債〔二〕。子行四方尚謀食，我亦年來倦行役。櫪下驊騮世得知，海底珊瑚人未識〔三〕。長安公卿富貴客，誰能日在子思側〔四〕。洛陽年少未宜輕，看子重陳治安策〔五〕。

〔一〕長葛，元豐九域志卷一京西北路：潁昌府，許昌郡，忠武軍節度，凡六縣，長葛乃其一。今爲河南長葛市（縣級）。周原仲，身世不詳，詩謂其「子行四方尚謀食」，蓋爲下層官吏。按宋史本傳，吕本中於宣和六年（一一二四）除樞密院編修官，詩言「各喜南歸」，疑即作於由開德府回京師行經長葛縣時，蓋周氏此前亦在北方供職。

〔二〕「更摩」句：枵腹，空腹。

〔三〕「櫪下」二句：櫪，馬槽。驊騮，良馬名。珊瑚，由珊瑚蟲分泌之石灰質骨骸堆積而成，形似樹枝，可供賞玩，而以在海中難得，故古人視之爲寶。兩句謂驊騮乃良馬，世人皆知之，唯海底珊瑚難覩。意謂周原仲乃稀有之才，惜識之者寡。杜甫奉贈李八丈曛判官：「我丈時英特，宗枝神堯後。珊瑚市則無，騄驥人得有。」

〔四〕「長安」二句：長安，代指宋京師開封。公卿富貴客，指朝廷大臣。子思，史記孔子世家：「孔子生鯉，字伯魚。伯魚年五十，先孔子死。伯魚生伋，字子思，年六十二，嘗困於宋。子思作中庸。」中庸收在禮記，爲禮記篇名。兩句言朝臣坐享榮華富貴，即便才如子思，誰能有心求之。

〔五〕「洛陽」二句：洛陽年少，指賈誼。漢書賈誼傳：「賈誼，雒陽人也。」天子議以誼任公卿之位，絳、灌、東陽侯、馮敬之屬盡害之。於是天子後亦疏之，不用其議。誼嘗數上疏陳政事，其大略曰：「進言者皆曰天下已安已治矣，臣獨以爲未也，曰安且治者，非愚則諛，皆非事實知治亂之體者也。夫抱火厝之積薪之下，而寢其上，火未及燃，因謂之安。方今之埶，何以異此？本末舛逆，首尾衡决，國制搶攘，非甚有紀，胡可謂治？陛下何不壹令臣得孰數之於前，因陳治安之策，試詳擇焉。」此以賈誼喻周原仲。

簡叔易益謙兄弟〔一〕

秋來歸興復何如，李范聲名更羨渠〔二〕。它日買田吾有策，兩家兄弟要鄰居〔三〕。

〔一〕叔易，即陳恬（一〇五八—一一三一），字叔易，號存誠子，閬中（今屬四川）人。堯叟裔孫，居陽翟（今河南禹州）澗上村，因又號澗上丈人。與崔鷗齊名，坐黨論久廢（見墨莊漫録卷四）。大觀中詔除校書郎，奉祠去，隱嵩華間。善書。事迹見建炎要録卷二五、書史會要卷六。與李廌、晁説之、陳與義等唱和，著有澗上丈人詩二十卷，早佚。益謙，范氏，詳下注

〔二〕「李范」句：李，疑指李廌。李廌（一〇五九—一一〇九），字方叔，陽翟（一説華州）人，蘇軾門人。今有濟南集傳世。范，即范益謙。陳淵答范益謙郎中第二書：「兒時已知誦先給事所著唐鑒。」知其先人爲唐鑒作者范祖禹。祖禹字淳甫，成都華陽（今四川成都）人。范益謙曾遷居九江（見曾幾次范益謙遷居九江經過上饒見贈韵詩）。又據吕本中童蒙訓，知范祖禹爲本中曾祖吕公著婿（按宋史吕希哲傳：「范祖禹，其妹婿也。」）。本書卷一四有病中口占示益謙四弟詩，則益謙當爲本中表弟；上推之，益謙乃范祖禹孫，范沖子。

〔三〕「兩家」句：據上考，吕本中、范益謙爲一家兄弟。陳恬與李廌之關係，李廌芝堂記僅稱陳爲「吾友」，是否有親，尚待考，或指二人親密如兄弟。

贈益謙兄弟〔一〕

范郎走微官，清固不絶俗。家常四壁立〔二〕，腹有萬卷讀。邇來所爲文，深若泉

萬斛〔三〕。紆餘風過水〔四〕，宛轉蟲注木〔五〕。諸弟況可人，不但好眉目。丹穴固出鳳〔六〕，藍田自宜玉〔七〕。行扛九鼎重〔八〕，頓使一世伏。聖朝急用士，如子尚窮獨。乃知德在躬〔九〕，不必富潤屋〔一〇〕。我病拙文詞，筆鈍如髮秃。時逢子兄弟，未語心已足。長空絶纖埃，何處著鳧鶩〔一一〕。朝來秋氣清，佇看飛鴻鵠〔一二〕。

〔一〕益謙，詩中稱「范郎」，知即范益謙，范祖禹孫。微官，上詩注引陳淵書，謂其爲「郎中」。其餘仕歷及益謙兄弟事，多不詳。

〔二〕「家常」句，史記司馬相如列傳：「文君夜亡奔相如，相如乃與馳歸，家居徒四壁立。」集解引郭璞曰：「言貧窮也。」索隱案孔文祥云：「徒，空也。家空無資儲，但有四壁而已，云就此中以安立也。」

〔三〕「深若」句，泉，喻指文思。文選陸機文賦：「思風發於胸臆，言泉流於脣齒。」李善注：「論衡曰：『吾言潏淈而泉出。』」萬斛，極言其多。斛，古代量器名，亦作容量單位，南宋前以十斗爲一斛。蘇軾文説：「吾文如萬斛泉涌，不擇地而出。」

〔四〕「紆餘」句：蘇洵仲兄字文甫説：「今夫風水之相遭乎大澤之陂也，紆餘委虵，蜿蜒淪漣，安而相推，怒而相凌，舒而如雲，蹙而如鱗，疾而如馳，徐而如徊，揖讓旋辟，相顧而不前，其繁如縠，其亂如霧，紛紜鬱擾，百里若一。汩乎順流，至乎滄海之濱……而風水之極觀備矣。

故曰『風行水上涣』，此亦天下之至文也。然而此二物者豈有求乎文哉？無意乎相求，不期而相遭，而文生焉。是其爲文也，非水之文也，非風之文也。二物者非能爲文，而不能不爲文也。」

〔五〕「宛轉」句：蟲注，注，記載，書寫。此用如動詞，謂所寫彎彎曲曲，與蟲蛀木相似。黄庭堅次韵晁仲考進士試卷：「少來迷翰墨，無異蟲蠹木。」

〔六〕「丹穴」句：山海經南山經：「丹穴之山，其上多金玉，丹水出焉，而南流注於渤海。有鳥焉，其狀如鷄，五采而文，名曰鳳凰。首文曰德，翼文曰義，背文曰禮，膺文曰仁，腹文曰信。是鳥也，飲食自然，自歌自舞，見則天下安寧。」

〔七〕「藍田」句：初學記卷二七寶器部引京兆記曰：「藍田出美玉如藍，故曰藍田。」以上二句，謂范氏子弟美如鳳，貴如玉。

〔八〕「行扛」句：行扛，謂德行扛得起。九鼎，極言其重。藝文類聚卷九九祥瑞部鼎引孫氏瑞應圖曰：「禹治水，收天下美銅，以爲九鼎，象九州，王者興則出，衰則去。」

〔九〕「乃知」句：在躬，禮記少儀：「不疑在躬。」鄭玄注：「躬，身也。」隋煬帝爲孔子立後詔：「先師尼父，聖德在躬。」德在躬，猶言「德潤身」，見下注。

〔一〇〕「不必」句：禮記大學：「曾子曰：『十目所視，十手所指，其嚴乎！』富潤屋，德潤身，心廣體胖，故君子必誠其意。」鄭玄注：「嚴乎，言可畏敬也。胖猶大也。三者言有實於內，顯見於外。」以上兩句，謂爲人要在有德，不必家富。

〔二〕「長空」二句：鳧鷖，爾雅注疏釋鳥：「舒鳧，鶩。」郭璞注：「鴨也。」邢昺疏：「鶩，鴨也，一名舒鳧。李巡曰：『野曰鳧，家曰鶩。』」此泛指野鳥，又以自指，謂其極平凡，天地間幾無立身之地。

〔三〕「佇看」句：史記陳涉世家：「陳涉太息曰：『嗟乎，燕雀安知鴻鵠之志哉！』」索隱：「鴻鵠是一鳥，若鳳皇然，非鴻雁與黄鵠也。」按：即天鵝。又文選丘遲與陳伯之書：「棄燕雀之小志，慕鴻鵠以高翔。」

題蘆雁扇〔一〕

雁下秋已晚，江天風雨微。寧爲聚沙立，不作旁雲飛〔二〕。

〔一〕蘆雁扇，畫有蘆葦、秋雁之扇面。按釋惠崇嘗畫蘆雁圖，蘇軾作惠崇蘆雁詩曰：「惠崇烟雨蘆雁，坐我瀟湘洞庭。欲買扁舟歸去，故人云是丹青。」此扇面畫，疑即仿自惠崇。

〔二〕「寧爲」二句：旁，通「傍」。謂寧肯站在沙丘上，也不依傍浮雲高飛。象徵做人應有特立不倚之品格。

游西宫有感〔一〕

種種不如意，悠悠無復聽。漫尋村路好，似得片時醒。水隱城坳白〔二〕，山來樹杪青。晚田收襏襫〔三〕，殘日度笭箵〔四〕。興入山陰道〔五〕，詩如歷下亭〔六〕。荒原子胥廟，千載想儀刑〔七〕。

〔一〕西宫，當指景靈西宫。王應麟玉海卷一〇〇宫祠元符景靈西宫：「元符三年（一一〇〇）徽宗即位，八月，建景靈西宫（原注：度馳道之西，東直大定），奉神宗於顯承殿，爲館御之首。建哲宗神御殿於西，以東偏爲齋殿，從韓忠彦之言也。靖國元年（一一〇一）九月，改顯承殿爲大明，北有殿曰欽儀，以奉母后。西則爲重光，以奉哲廟（原注：後又改欽儀爲坤元）。……凡爲屋六百四十區，經始於元符三年十月甲子，不逾歲而成，涓日遷奉親祠，永爲不祧之廟。」

〔二〕「水隱」句：謂城坳隱約有水，故反光成白色。城坳，宫城低凹處。

〔三〕「晚田」句：王安石和農具詩十五首襏襫，李壁注：「蓑薜也。」蓑薜，即蓑衣，一般用棕櫚樹皮（暗棕色叶鞘纖維）或蓑草製作，乃舊時農村常用之雨具。此句言傍晚農夫收工。

〔四〕「殘日」句：笭箵，裝魚之竹筐。唐陸龜蒙漁具，其序略曰：「天隨子漁於海山之顔有年矣，矢漁之具，莫不窮極其趣。……所載之舟曰舴艋，所貯之器曰笭箵。」其笭箵詩曰：「誰謂笭箵小，我謂笭箵大。盛魚自足餐，寘璧能爲害。時將刷蘋浪，又取懸藤帶。不及腰上金，何勞問蓍蔡。」能改齋漫録卷三韻略不收笭箵字引大唐新語曰：「漁具總曰笭箵。」陸游柴門：「病已廢畊拋襏襫，閒猶持釣愛笭箵。」可參讀。

〔五〕「興入」句：太平寰宇記卷九六越州山陰縣：「王羲之云：『每行山陰道上，如鏡中遊。』王子敬見潭壑澄澈，清流瀉注，乃云：『山川之美，應接不暇。』（按：見世説新語言語。）隋末廢，併入會稽。」蘇軾徑山道中次韻答周長官兼贈蘇寺丞：「頗訝王子猷，忽起山陰興。」

〔六〕「詩如」句：杜甫陪李北海宴歷下亭：「海右此亭古，濟南名士多。」按：以上兩句，一指自然風光，一指文化傳統，贊嘆美之極致。

〔七〕「荒原」二句：子胥廟，爲紀念伍子胥所建之廟。伍子胥事迹，詳見本書卷四伍員祠詩注。儀刑，榜樣。據詩集編排，是詩當作於靖康之難前夕。詩人在國家危急時刻遊景靈西宮，又對伍子胥表示敬意，自然別有深意。

送一書記杲公作天寧化士〔一〕

田家得米輸官倉，一粒不得囊中藏。天寧化士去如雨，此亦未易能低昂〔二〕。因官乞取民始病〔三〕，况復妄邀檀越敬〔四〕。縱令不得半錢歸，堂中聖僧應自知〔五〕。

〔一〕一書記，疑本書卷二連日與一上人會話密庵清坐附火乃有山居氣息因成詩中所稱「一上人」，即釋法一，前已屢見。書記，僧寺職事名。禪苑清規卷三：「書狀之職，主執山門書疏。應字體真楷，言語整齊，封角如法。」爲書記者須内外兼修，故多能詩文。杲公，乃大慧宗杲（一〇八九—一一六三）。按：宗杲，宣州寧國（今屬安徽）人，俗姓奚，臨濟宗楊岐派高僧，事迹詳釋祖詠編大慧普覺禪師年譜。天寧，即天寧寺，創建於東晋，後代諸多州郡皆有之，此指宗杲之師圓悟克勤所住之汴京天寧寺。上引大慧年譜載：宣和六年（一一二四）九月，「圓悟有天寧之命」；次年四月，大慧宗杲「抵天寧掛搭」。又載：「圓悟書送師（宗杲）持鉢頌後：『杲公妙喜，宣和末投誠於天寧密室，四十二朝昏，而於一言之下領略。尋掌盂入廛市，發意甚鋭。臨行，作偈以餞之，不惟以一期小緣，要欲結萬人之志，洪荷此千二百斤擔子。既已了能事，即入記室，椎拂之下，訓徒四方，雲衲駢臻。遽遭金人渝盟，彼拂衣出汴。相分歲華，聿會於雲居首衆，即持舊語俾書之。』按此二跋，師乃是四月初一日掛搭圓悟，初二日入院，五月十三日悟道。自四月初一日至五月十三，乃四十二日。悟道後持鉢化緣畢，入書記寮明矣。」化士，佛寺中掌盂外出化緣之僧。是詩當作於宣和七年四五月間。

〔二〕「天寧」二句：去如雨，形容化士到民家乞討之頻繁。未易低昂，謂不便評論此事之好壞。

〔三〕「因官」句：因官乞取，謂以官方名義化緣，必然官僧勾結搜刮民脂民膏，故成民生之一弊。

〔四〕「况復」句：檀越，梵語陀那鉢底，亦作檀那，即施主。

〔五〕「堂中」句：聖僧，指寺院住持。此當指其時汴京天寧寺住持圓悟克勤。克勤爲彭州崇寧（今成都郫都）人，俗姓駱，字無著，法名克勤，身世詳五燈會元卷一九南嶽下十四世五祖演禪師法嗣昭覺克勤禪師。

京城圍閉之初天氣晴和軍士乘城不以爲難也因成四韵〔一〕

賊馬侵城急，官軍報捷頻〔二〕。民心皆欲鬭，天意已如春。魏闕方佳氣〔三〕，王畿且戰塵〔四〕。不妨來往路，經月絶行人。

〔一〕徽宗宣和七年（一一二五）冬，金將斡離不、粘罕分兩路攻宋，陸續占領北邊諸郡，忻、代、中山及河北、河南諸州縣淪陷，太原府被圍。是年十二月己未，徽宗下罪己詔。庚申，詔内禪，皇太子趙桓即位，是爲欽宗，改元靖康。無名氏靖康要録卷一：靖康元年（一一二六）正月七日，「是日金將斡離不軍至開封城下，屯孳生監。差駕部員外郎鄭望之借工部侍郎、充大金軍前計議使，康州防禦使高世則副之。自車駕御樓之後，方治都城四壁守具，以百步法分兵備禦。每壁用正兵萬二千餘人，而保甲、居民、廂軍之屬不與焉。修樓櫓，掛氊幕，安砲坐，設弩床，運磚石，施燎炬，垂檑木，備火油，凡防守之具，無不畢備。四壁各有從官、宗室、武臣爲提舉司，諸門皆有中貴、大小使臣，分地以守。又團結馬步軍四萬人，爲前、後、左、右、中軍，軍八千人，有統制、統領、將領、隊將等，日肄習之。以前軍居東水門外護延豐倉，倉有粟豆四十餘萬石，其後勤王之師集城外者，賴之以濟。以後軍居東門外，占樊家岡，使敵騎不可近，而左、右、中軍居城中，以備緩急。自五日至七日，治戰守之具粗畢，而敵馬至城下」。隨後開封被圍，直至二月丙午方解圍（見續資治通鑑長編拾遺卷五三）。按宋史呂本中傳：「靖康改元，遷職方員外郎，以父嫌奉祠。」所謂「父嫌」，指其父呂好問是時爲諫官。宋史呂好問傳：「靖康元年，以薦召爲左司諫、諫議大夫，擢御史中丞。」

〔二〕「官軍」句：宋史欽宗紀：「是夜（靖康元年正月癸酉夜），金人攻宣澤門，李綱禦之，斬獲百餘人，至旦始退。」「乙亥，金人攻通津、景陽等門，李綱督戰，自卯至酉，斬首數千級。」「甲申……統制官馬忠以京西募兵至，擊金人於順天門外，敗之。」皆所謂「報捷」。

〔三〕「魏闕」句：魏闕，文選陸機弔魏武帝文并序：「濟世夷難之智，而受困魏闕之下。」李善注引呂氏春秋：公子牟曰：「心居魏闕之下。」許慎淮南子注曰：「魏闕，王之闕也。」張銑注：「魏闕，天子闕也。」此代指北宋京師開封。佳氣，嘉瑞吉祥之氣，實乃浮華驕奢之氣。

〔四〕「王畿」句：文選潘岳閒居賦：「遠覽王畿，近周家園。」李善注引周禮（職方氏）曰：「方千里曰王畿。」此指開封附近。

守城士

北風且莫雪〔一〕，一雪三日寒。不念守城士，歲晚衣裳單〔二〕。衣單未爲苦，隔壕聞戰鼓。殺賊須長槍，防城要强弩。砲來大如席，城頭且撑柱〔三〕。豈不知愛身〔四〕，傾心報明主。報主此其時，一死吾亦宜。未敢望爵賞，且令無事歸〔五〕。寄語守城士，此言君所知。

〔一〕「北風」句：莫，同「暮」。

〔二〕「歲晚」句：杜甫垂老别：「歲暮衣裳單。」

〔三〕「殺賊」四句：謂守城當用長槍、强弩。若距離近，此説固是，遠則以砲更有威力。據時人陳規守城録云，當時用砲無術，反而爲害。該書卷一略曰：靖康元年（一一二六）九月（是時圍已解），「安砲於封丘門外。大砲數百座，皆在門外，敵至不收，遂爲金人所得。咸謂金人得攻城之具，規以爲城破亦不在此，有善守者假使更資砲數百座，亦必無害，在於禦砲之術善不善也。統制官辛康宗以敵去城遠，止兵不得發箭。止之甚善，百姓鼓衆擊殺，此亦見其自亂素治之術失也」。守城録猶分析當時京師及各州守城無術之例甚多，可參讀。柱，清抄本作「拄」，似是。

〔四〕「豈不」句：身，原校：「一作『君』。」

〔五〕「未敢」二句：司馬光效趙學士體成口號十章獻開府太師其十：「功名富貴古亦有，無事歸來能幾人。」且，原校：「一作『幸』。」

聞軍士求戰甚力作詩勉之

今春賊來時，軍士怖而走。今冬賊來時，決拾揎兩肘〔一〕。憤然思出鬬，不但要死守。仰懷吾君仁，愈覺戎虜醜。欲以占天心，於焉卜長久〔二〕。暫勞何足道，富貴要力取。行看斬賊頭，金印大如斗〔三〕。

〔一〕「今冬」二句：今冬，指靖康元年閏十一月，時金兵第二次包圍開封。決拾，國語吴語：「夫一人善射，百夫決拾。」韋昭注：「決，鉤弦；拾，捍。言申胥、華登善用兵，衆必化之，猶一人善射，百夫競著決拾而放之。」拾，原校：「一作『射』。」揎，同「擐」，挽袖露臂貌。又禮記王制：「凡執技論力，適四方，贏股肱，決射御。」鄭玄注：「謂擐衣出其臂脛使之射御，決勝負，見勇力。」陸德明音義：「擐，舊音患，今讀宜音宣，依字作擆。字林云：『擆，擆臂也。』」據上引，作「拾」、作「射」皆通。

〔二〕「欲以」二句：後漢書段熲傳：「上占天心，不爲災傷。」李賢注：「占，候也。」兩句以兵士由怯懦到勇敢、由守到攻之變化，言戰地形勢有利於宋軍。

〔三〕「行看」二句：賊，謂金兵。金印，謂賞以官爵。唐釋貫休杜侯行：「常言一呼百萬何足云，終取封侯之印大如斗。」

丁未二月上旬四首〔一〕

丞相憂宗及〔二〕，編氓恐禍延〔三〕。乾坤正翻覆，河洛倍腥羶〔四〕。報主悲無術，傷時祇自憐。遥知漢社稷，别有中興年〔五〕。

〔一〕丁未，即欽宗靖康二年（一一二七）。是年五月，高宗繼位，改元建炎。是時（二月）北宋京師開封仍處於金兵第二次包圍中（第一次圍城在靖康元年正、二月間，見前注）。

〔二〕「丞相」句：宗及，謂追究致禍之根源，而累及自己。

〔三〕「編氓」句：編氓，在籍百姓。

〔四〕「河洛」句：文選班固西都賦：「有西都賓問於東都主人曰：『蓋聞皇漢之初經營也，嘗有意乎都河洛矣。』」李善注引尚書曰：「厥既得吉卜，乃經營東都，有河南洛陽，故曰河洛也。」腥羶，本牛羊肉味，後蔑指少數民族。資治通鑑卷二三八唐紀五四元和七年（八一二）：「今法令所不能制者，河南北五十餘州，犬戎腥羶，近接涇隴，烽火屢驚。」此指金兵大規模入侵西京洛陽及附近州郡。

〔五〕「遥知」二句：後漢書光武帝紀下：「孝宣帝每有嘉瑞，輒以改元，神爵、五鳳、甘露、黄龍，列爲年紀。蓋以感致神祇，表彰德信，是以化致升平，稱爲中興。」此以西漢宣帝以「感致神祇」之所謂「中興」，喻指宋之中興，謂指日可待。

厄運雖云極，群公莫自疑。民心空有望，天道本無知〔一〕。野帳留黄屋〔二〕，青城插皂旗〔三〕。燕雲舊耆老，寧識漢官儀〔四〕。

〔一〕「天道」句：晋書鄧攸傳：（鄧攸）卒，「以無嗣，時人義而哀之，爲之語曰：『天道無知，使鄧伯通無兒。』」此言國家衰敗如斯，與天道無關。

〔二〕「野帳」句：蔡邕獨斷：「凡乘輿，車皆羽蓋金華爪，黄屋左纛，金鍐方釳，繁纓重轂，副牽。黄屋者，蓋以黄爲裏也。」靖康間，欽宗被逼住野外營帳，稱黄屋。靖康要録卷一一記欽宗被俘道：靖康二年二月初六：「拂旦，使來召上趨駕，扈從官猶整服而進，謂果得還也。才出門，忽有撤黄屋者，衆方驚愕。洎至野外，則已望北方設一香案，隨駕官各於百步外排立，上獨前，下馬，望香案兩拜，跪受金人讀詔訖，再拜，數人擁上乘馬而去。繼宣詔，引宰執從官跪聽，衆皆叩頭哀請，竟不從。」

〔三〕「青城」句：青城，宋朝廷祭天之齋宫名。宋史輿服志六宫室制度：「東都時，郊壇大次謂之青城，祀前一日宿齋詣焉。其制，中有二殿，外有六門：前曰泰禋，後曰拱極，東曰祥曦，西曰景曜，東偏曰承和，西偏曰迎禧，大殿曰端誠，便殿曰熙成。……東都時爲瓦屋五間，周圍重廊。」皂旗，金軍中所樹黑色旗幟。靖康要録卷一〇：「敵帥固倫尼伊拉齊貝勒、左副元帥曰國相尼瑪哈者，屯青城。尼瑪哈，自河東入者也。」其後宋朝廷與金人談判，多在此地。

〔四〕「燕雲」二句：燕雲，指幽、薊、瀛、莫、涿、檀、順、新、嬀、儒、武、雲、應、寰、朔、蔚，凡十六州，約當今河北、山西北部地區，五代時石敬瑭用以賂契丹。此代指金南侵後的淪陷區。漢官儀，本爲書名，東漢應劭撰，記西漢官制。此代指宋朝廷命官之風采，謂燕雲淪陷已久，老百姓已不知中原朝廷之禮儀與威嚴。劉禹錫和令狐僕射相公題龍回寺：「兹地回鑾日，皇家禪聖時。路無胡馬迹，人識漢官儀。」又晁補之戊子六月十三日曝書得史院賜筆感懷：「君王孝悌纂修意，丞相忠良典領宜。却恨身爲周柱史，不令人識漢官儀。」

羽檄從天下〔一〕，于今久未回。如何半年内，不見一人來〔二〕。周室仍遭變，宣王且遇災〔三〕。猶存九廟在，咫尺得祈哀〔四〕。

〔一〕「羽檄」句：羽檄，見本書卷一〇聞南寇已平歡快之甚作詩五十韵詩注。此所謂「羽檄」，指征兵詔令。從天下，天，代指皇帝，謂由皇帝頒下勤王詔。

〔二〕「如何」二句：宋史欽宗紀：靖康元年（一一二六）十一月「甲辰，大雨雪。金人陷亳州，遣間使召諸道兵勤王。乙巳，大寒，士卒噤戰，不能執兵，有僵仆者。帝在禁中徒跣祈晴。時勤王兵不至，城中兵可用者惟衛士三萬，然亦十失五六」。據靖康要録、李綱靖康傳信録等，時勤王之師實多，然組織不力，又朝令夕改，故未發揮作用，如李綱所説：「去冬（指宣和七年冬），金人將犯闕，詔起勤王之師，遠方之兵踴躍赴難，至中途而寇已和，有詔止之，皆憤惋而反。今（靖康元年）以防秋之故，又起天下之兵，良非獲已。遠方之兵率皆就道，又復約回，將士卒伍，寧不解體？夫以軍法勤諸路起兵，而以寸紙罷之，臣恐後時有所號召，無復應者矣。」（靖康傳信録卷下）

〔三〕「周室」二句：遭變、遇災，指宣王崩、幽王立。史記周本紀：「宣王即位，二相輔之，脩政，法文、武、成、康之遺風，諸侯復宗周。……宣王不修籍於千畝，虢文公諫曰不可，王弗聽。三十九年，戰於千畝，王師敗績於姜氏之戎。宣王既亡南國之師，乃料民於太原。仲山甫諫曰：『民不可料也。』宣王不聽，卒料民。四十六年宣王崩，子幽王宫湼立。」幽王寵褒姒，用虢石父爲卿，用事，又廢申后、去太子。「申侯怒，與繒、西夷犬戎攻幽王。……遂殺幽王驪山下，虜褒姒，盡取周賂而去。於是諸侯乃即申侯而共立故幽王太子宜臼，是爲平王，以奉周祀。平王立，東遷於雒邑」。

〔四〕「猶存」二句：九廟，古制天子七廟，崇寧三年（宋史禮志宗廟之制作四年）冬十一月己巳，「立九廟，復翼祖、宣祖」，見宋史徽宗紀一。祈哀，謂九廟尚在，祖宗神靈必將向上天祈哀求助，以保社稷。

主辱臣當死〔一〕，時危命亦輕。誰吞豫讓炭〔二〕，肯結仲由纓〔三〕。灑血瞻行殿〔四〕，傷心望虜營。尚留儀衛否，早晚復神京〔五〕。

〔一〕「主辱」句：史記越王勾踐世家：「勾踐以霸，而范蠡稱上將軍，還，反國。范蠡以爲大名之下，難以久居，且勾踐爲人，可與同患，難與處安，爲書辭勾踐曰：『臣聞主憂臣勞，主辱臣死。昔者君王辱於會稽，所以不死，爲此事也。今既以雪恥，臣請從會稽之誅。』」

〔二〕「誰吞」句：史記刺客列傳豫讓傳：豫讓者，晋人也。嘗事范、中行氏，去而事智伯，智伯尊寵之。趙襄子與韓、魏合謀滅智伯，三分其地。襄子怨智伯，漆其頭爲飲器。讓曰：「士爲知己者死，女爲悦己者容，我必爲智伯報仇。」乃變名姓爲刑人，入宫塗厠中，挾匕首，欲以刺襄子。襄子如厠，心動，搜之，則豫讓也。襄子義而釋之。又漆身爲厲，吞炭爲啞，使形狀不可知，伏於橋下。襄子至橋，馬驚，曰：「此必豫讓。」問曰：「子事范、中行氏，智伯滅之，不爲報讎，而反臣智伯。智伯已死，獨何報讎之深？」對曰：「臣事范、中行氏，衆人遇我，我故衆人報之。智伯國士遇我，我故國士報之。」襄子曰：「寡人赦子，亦已足矣，子自爲計。」讓曰：「臣固伏誅，然願請君之衣而擊之焉，以致報讐之意，則雖死不恨。」襄子大義之，乃使使持衣與之。豫讓拔劍，三躍而擊之，曰：「吾可以下報智伯矣。」遂伏劍自殺。

〔三〕「肯結」句：史記仲尼弟子列傳：「仲由，字子路，卞人也，少孔子九歲。……方孔悝作亂，子路在外，聞之而馳往。遇子羔出衛城門，謂子路曰：『出公去矣，而門已閉，子可還矣，毋空受其禍。』子路曰：『食其食者不避其難。』子羔卒去。有使者入城，城門開，子路隨而入。造蕢聵，蕢聵與孔悝登臺，子路曰：『君焉用孔悝？請得而殺之。』蕢聵弗聽。於是子路欲燔臺，蕢聵懼，乃下石乞、壺黶攻子路，擊斷子路之纓，子路曰：『君子死而冠不免。』遂結纓而死。」按：以上二句，用豫讓、仲由事，謂宋之忠臣義士，必將報金人滅國之仇。

〔四〕「灑血」句：行殿，皇帝處理政務之臨時房舍。

〔五〕「尚留」二句：儀衛，儀仗、衛士。宋史有儀衛志六卷，專述皇帝儀衛制度。神京，指開封。按：瀛奎律髓卷三二收組詩之二、四兩首，方回曰：「此靖康二年丁未事，五月改建炎。」李慶甲彙評引紀昀曰：「題原有得説，詩固不失風格。」又録馮班曰：「當此時候，不嫌其詞之直矣。」

兵亂寓小巷中作

城北殺人聲徹天，城南放火夜燒船〔一〕。江湖夢斷不得往〔二〕，問君此住何因緣〔三〕？竄身窮巷米如玉，翁尋濕薪媪爨粥〔四〕。明日開門雪到簷，隔墻更聽鄰家哭。

〔一〕「城北」二句：靖炎兩朝見聞録卷上：「靖康元年（一一二六）閏十一月二十五日（引者按：是日金兵開始第二次圍城），「大雪，賊乘雪攻城愈急。……金人登城者踵至，揚旗城上，衆悉四散，四壁數十萬之衆爲之一空。棄甲抛戈，狼藉道路，居民驚擾，悉皆奔走，自相蹂踐。而軍民皆輒乘時刼掠，橫尸滿路，殺人如亂麻。又捶殺太尉姚友仲及統制官數人，其餘官屬，殺者尤不可計。……迨晚，金人縱火燒南熏門、宣化、通津、善利四門及樓櫓等。軍民乘時變亂者，又多縱火燒刼居民，火走亘天，達旦不滅」。（按：是書舊題陳東撰。四庫全書總目史部八雜史類存目提要曰：「（陳）東以建炎元年（一一二七）八月見殺，何由得記紹興後事？蓋傳本闕撰人，後人不考，誤題爲東也。」其説是，但是書出於當時人之手，則無疑。

〔二〕「江湖」句：謂困於圍城中，欲往江湖避之已不可得，只能躲在小巷中。按靖康要録卷一〇：金兵圍城時，「公卿大夫率攜妻孥，衣敝布，匿委巷小民家」。

〔三〕「問君」句：因緣，佛教語，梵語尼陀那，泛指原因、機遇。因，原校：「一作『寅』。」「寅」疑「夤」之形訛，夤緣，亦通。

〔四〕「竄身」二句：戰國策楚三：「蘇秦之楚三日，乃得見乎王，談卒辭而行。楚王曰：『寡人聞先生若聞古人，今先生乃不遠千里而臨寡人，曾不肯留，願聞其説。』對曰：『楚國之食貴於玉，薪貴於桂，謁者難得見如鬼，王難得見如天帝。……』」又蘇軾次韻鄭介夫二首其一：「一落泥途迹愈深，尺薪如桂米如金。」

圍城中故人多避寇在鄰巷者雪晴往訪問之坐語既久意亦暫適也

雪泥春既融，曉日初破霧。出門尋故人，來往不數步。共談江南勝〔一〕，閉眼想去路。松風被茅屋，稻壠立白鷺〔二〕。行看賊圍解〔三〕，春水即可渡。先當上鍾山〔四〕，次弟入廬阜〔五〕。生平泉石念，久受塵土污。況今九死餘〔六〕，轉覺處事悞。豫懷巖壑裏，所至陪杖屨〔七〕。可行君莫辭，行李我已具。

〔一〕「共談」句：江南勝，謂江南乃避難之好去處。

〔二〕「稻壠」句：艇齋詩話：「前人詩言立鷺者凡三：歐公『稻田水浸立白鷺』，東坡『潁水清淺可立鷺』，呂東萊『稻水立白鷺』，皆本於李嘉祐『漠漠水田飛白鷺』。然剪截簡徑，則東萊五字盡之矣。」

〔三〕「行看」句：是詩作於靖康二年春金兵第二次圍城未解之時，待解圍時，開封已完全淪陷，北宋滅亡。詳見下城中紀事詩注。

〔四〕「先當」句：鍾山，方輿勝覽卷一四江東路建康府山川：「鍾山，在上元縣東北十八里。」引輿地志：「古曰金陵山，縣名因此。又名蔣山，漢末秣陵尉蔣子文討賊死事於此，吴大帝爲立廟。子文祖諱鍾，因改曰蔣山。」山在今江蘇南京市東。

〔五〕「次弟」句：弟，通「第」。廬阜，即廬山，在今江西九江南。

〔六〕「況今」句：九死，文選屈原離騷：「雖九死其猶未悔。」劉良注：「九，數之極也。言忠信貞潔，我心所善，以此遇害難，九死無一生，未足悔恨。」

〔七〕「所至」句：陪杖屨，謂陪伴老前輩。禮記曲禮上：「侍坐於君子，君子欠伸，撰杖屨，視日蚤莫，侍坐者請出矣。」鄭玄注：「以君子有倦意也。撰，猶持也。」孔穎達疏：「撰杖屨者，則君子自執杖在坐。著屨升堂，脱之在側。若倦，則自撰持之也。」按：是詩謂與故人商定待城圍稍解後，即到江南避難，並預想避地後之生活。

城中紀事

生平足艱窘，可歎不可言。兩遭重城閉〔一〕，再因群盜奔〔二〕。今兹所值遇，我豈不與聞。脱身保兒女，恐辜明主恩。傍徨不忍去，敢計生理存〔三〕。昨者城破日，賊燒東郭門。中夜半天赤，所憂驚至尊〔四〕。是日雪政作，疾風飄大雲。十室九經盜，巨家多見焚。至今馳道中，但行胡馬群。翠華久不返〔五〕，魏闕連妖氛〔六〕。都人向天泣，欲語聲復吞。我病未即死，爾來春既分〔七〕。剥床供晨炊〔八〕，兩眼烟已昏。豈無好少年，可與共殊勳〔九〕。志士或不耻，有身期報君。塞水須塞源，伐木須伐根〔一〇〕。子莫笑短拙，荆蠻生伍員〔一一〕。

〔一〕「兩遭」句：靖康間，京師開封曾兩次被金兵包圍。第一次在靖康元年（一一二六）正月到二月。靖康要録卷一：靖康元年正月七日，「金將斡里雅布軍至城下，屯孳生監」。從此之後，開封進入戰爭狀態。同上書卷二：靖康元年二月十二日，欽宗手詔稱「比者金人犯順，都城閉關逾月」，云云。二月丙午（或云乙巳），「金人退師」。是年閏十一月二十五日，金兵第二次圍城，直到靖康二年三、四月徽、欽二帝先後被擄北上，金兵完全占領開封並與宋交割，北宋至此滅亡。第二次圍城史實，詳見宋徐夢莘撰三朝北盟會編卷六六至卷九五，宋李燾著、清黄以周等輯補續資治通鑑長編拾遺卷五八至卷六〇等。

〔二〕「再因」句：前兵亂寓小巷中作詩注引靖炎兩朝見聞録卷上，稱「軍民皆輒乘時劫掠」，所謂「群盜」即此類，尤以宋潰軍爲害爲烈，燒殺擄掠，民不堪其擾。

〔三〕「敢計」句：生理，生存希望，謂不敢計生死。

〔四〕「昨者」四句：東郭門，疑即東上閤門。清周城宋東京考卷一宮城：「兩掖門曰東、西上閤。」又曰：「（百官）拜表稱賀，則於東上閤門。」按：續資治通鑑長編拾遺卷五八：靖康元年閏十一月丙辰，「大風雪。金人由宣化門擁兵登城，守禦人棄甲争走。通津門之南亦破，金人下城縱火，殺旁居人殆盡，其酋帥傳令殺人者族，遂止。京城自十一月二十五日被圍，是日午時陷。上聞城陷，慟哭」。

〔五〕「翠華」句：漢書司馬相如傳上：「建翠華之旗，樹靈鼉之鼓。」顏師古注：「翠華之旗，以翠羽爲旗上葆也。」此指儀仗，代指太上皇徽宗及繼立之欽宗，父子於靖康二年春先後被金人脅迫北行。久不返，後來事實是永不返，皆客死於五國城（今黑龍江依蘭西北）。是詩作於第二次開封解圍之後，故云。

〔六〕「魏闕」句：魏闕，已見上注，此泛指京城開封。妖氛，指金兵及張邦昌僞立之朝廷。

〔七〕「爾來」句：春既分，謂春分，二十四節氣之一。在農曆二月十五日前後。

〔八〕「剥床」句，詩經豳風七月：「八月剥棗。」毛傳：「剥，擊也。」晨炊，早飯。杜甫石壕吏：「應急河陽役，猶得備晨炊。」擊床做飯，即薪貴於桂之義。

〔九〕「豈無」二句：據下兩句志士「不耻」、「期報君」語意，此所謂「好少年」、「殊勳」，似皆反語，蓋慮蔡京黨因亂另立朝廷。陳東登聞檢院再上欽宗皇帝書：「臣竊知太上皇已出幸亳社，而蔡京父子、朱勔父子及童貫等輩統兵二萬從行。臣深慮此數賊，遂引太上迤邐南渡，萬一果爾，實可寒心。……自從數賊用事，二十年間，賢士大夫耻於遊宦東南，而其監司、郡守、州縣之官，率皆數賊門生……一時奸雄豪强及市井惡少，無不附之。……臣竊恐此數賊南渡之後，必假太上之威，乘勢竊發，振臂一呼，群惡響應，離間陛下父子，事必有至難言者，則東南之地，恐非朝廷有。」

〔一〇〕「塞水」二句：尚書泰誓下：「樹德務滋，除惡務本。」僞孔傳：「立德務滋長，去惡務除本。言紂爲天下惡本。」庾信羽調曲五首其五：「樹善滋於務本，除惡窮於塞源。」陸游雜興十首其二：「伐木當伐根，攻敵當攻堅。」按此二句，當指必須懲辦蔡京等。蔡京集團乃靖康之亂的禍根，爲朝野共識。上引陳東登聞檢院再上欽宗皇帝書續曰：「（蔡）京、（朱）勔父子欲歸於浙中，恐歲月之久，東南又有數郭藥師矣，其爲患豈夷狄比哉！此實宗廟社稷莫大之計，不敢默默，伏望陛下速降睿旨，急追此數賊復還闕下，早正典刑。」

〔一一〕「子莫」二句：荆蠻，詩經小雅采芑：「蠢爾蠻荆，大邦爲讎。」毛傳：「蠻荆，荆州之蠻也。」史記周本紀：「長子太伯、虞仲知古公欲立季歷以傳昌，乃二人亡如荆蠻，文身斷髮，以讓季歷。」正義：「云『亡荆蠻』者，楚滅越，其地屬楚；秦滅楚，其地屬秦，秦諱『楚』，改曰『荆』，故通號吴越之地爲荆。及北人書史加云『蠻』，勢之然也。」伍員，即伍子胥，名員。其報楚王殺父之仇事，見本卷前游西宫有感詩注。兩句言請勿笑勢單力薄者，必有報仇雪恨之日，正如當年楚國的伍子胥。

讀易

江北江南公不歸，人言公懶笑公痴。閉門端坐讀周易，直過新春圍閉時〔一〕。

〔一〕「直過」句：據此，是詩當作於靖康二年（一一二七）春節之後，詩人自稱「公」，時仍在開封圍城中。

無　題〔一〕

胡虜安知鼎重輕〔二〕，禍胎元是漢公卿〔三〕。襄陽耆舊唯龐老〔四〕，受禪碑中無姓名〔五〕。

〔一〕無題，無標題。其實乃以「無題」爲題，只是對詩中之寄託不願或不便明言。唐李商隱集中無題詩甚多。陸游老學庵筆記卷八：「唐人詩中有曰『無題』者，率杯酒狎邪之語，以其不可指言，故謂之無題，非真無題也。近歲吕居仁、陳去非亦有曰『無題』者，乃與唐人不類，或真無其題，或有所避，其實失於不深考耳。」

〔二〕「胡虜」句，胡，莊綽鷄肋編卷上引作「金」。左傳宣公三年：「楚子伐陸渾之戎，遂至於雒，觀兵于周疆。定王使王孫滿勞楚子，楚子問鼎之大小輕重焉。」杜預注：「王孫滿，周大夫。示欲偪周取天下。」鼎，即禹所鑄九鼎，三代相傳以爲寶，乃政權之象徵。

〔三〕「禍胎」句，漢公卿，此以漢代指宋，謂金人覬覦趙宋政權而南侵，其禍實由蔡京之黨所致。禍胎，原校：「一作『指蹤』。」莊綽鷄肋編卷上、苕溪漁隱叢話卷五三引，皆作「指蹤」。按漢書蕭何傳：「（劉邦）即皇帝位，論功行封，群臣争功，歲餘不決。上以何功最盛，先封爲酇侯，食邑八千户。功臣皆曰：『臣等身被堅執兵，多者百餘戰，少者數十合，攻城略地，大小各有差。今蕭何未有汗馬之勞，徒持文墨議論，不戰，顧居臣等上，何也？』上曰：『諸君知獵乎？』曰：『知之。』『知獵狗乎？』曰：『知之。』上曰：『夫獵，追殺獸者狗也，而發縱指示獸處者人也。今諸君徒能走得獸耳，功狗也；至於蕭何，發縱指示，功人也。且諸君獨以身從我，多者三兩人，蕭何舉宗數十人皆隨我，功不可忘也。』群臣後皆莫敢言。」則作「指蹤」更有味。

〔四〕「襄陽」句：莊綽鷄肋編卷上引，作「襄陽只有龐居士」。龐老，指東漢末隱士龐德公，事迹見本書卷一寄璧公道友詩注引後漢書龐公傳。又宋蕭常續後漢書音義卷一：「龐德公，襄陽人，統之叔父。」清杭世駿三國志補注卷五：「德公，字山民，爲魏黄門吏部郎。」

〔五〕「受禪」句：受禪碑，指魏受禪碑。歐陽脩集古録卷四著録魏受禪碑，曰：「右魏受禪碑，世傳爲梁鵠書，而顔真卿又以爲鍾繇書，莫知孰是。按漢獻帝紀：延康元年（二二〇）十月乙卯，皇帝遜位魏王（曹丕），稱天子。」又歐陽脩新五代史卷三五唐六臣傳曰：「讀魏受禪碑，見漢之群臣稱魏功德，而大書深刻，自列其姓名以夸耀於世。……夫以國予人，而自夸耀……此非小人，孰能爲也。」據當時公衆解讀，此句代指金兵圍城時，脅迫宋官員署名擁立張邦昌建立僞政權。無姓名，謂守節不署名。按胡仔苕溪漁隱叢話前集卷五三：「居仁有絶句云（即本詩，略），此詩有謂而作，可以意逆也。」李心傳建炎要録卷一二二：紹興八年（一一三八）九月辛巳，「中書舍人兼史館修撰、兼直學士院呂本中罷。侍御史蕭振言：『本中外示樸野，中藏險巇。父好問受張邦昌僞命，本中有詩云：「受禪碑中無姓名。」其意蓋欲證父自明爾』」。又莊綽雞肋編卷上：「（引此詩，略）人云呂本中居仁詩也。而其父好問，在圍城中豫請立張邦昌之人，遂爲僞楚門下侍郎。有無名子大書此絶於常山縣驛，云呂本中罵厥頑之作云。」呂本中及家人，對此解讀似並未辯駁。此事對呂本中影響甚大，本中弟用中在其兄罷官後，特上狀爲父辯誣（狀文見三朝北盟會編卷一〇九），後呂祖謙又作東萊公家傳爲曾祖洗冤，但皆以呂好問暗通康王（宋高宗）並擁立高宗爲説，對是詩之本義則似乎默認。本中詩或作於建炎元年，疑是對鄧肅請懲辦叛臣劄子的回應（該劄子論叛臣六人，其中有呂好問，詳見栟櫚集卷一二劄子十九章之六，上於建炎元年七月初）。

懷京師

北風作霜秋已寒，長江浪生船去難。客愁不斷若江水〔一〕，朝思莫思在長安〔二〕。長安外城高十丈〔三〕，此地豈容胡馬傍。親見去年城破時，至今鐵馬黃河上〔四〕。小臣位下才則拙，有謀未獻空惆悵。漢家宗廟有神靈，但語胡兒莫狂蕩〔五〕。

〔一〕「客愁」句：李煜（南唐後主）虞美人：「問君能有幾多愁，恰似一江春水向東流。」此化用之。

〔二〕「朝思」句：莫，同「暮」，乃古今字。長安，代指宋京師開封。

〔三〕「長安」句：長安外城，代指北宋東京外城。宋趙德麟侯鯖録卷三：「東京宮城周回五里，舊城周回二十里一百五十五步，即汴州城。唐建中二年（七八一）節度使李勉重築，國初號曰闕城，亦曰裏城。新城，乃周世宗顯德二年（九五五）四月詔别築新城，周回四十八里二百三十三步，號曰外城，又曰羅城，亦曰新城，元豐中裕陵（神宗）命内侍宋用臣重築之。」

〔四〕「親見」二句：謂去年（靖康元年）冬開封城破時金人馬軍在汴京，今年在黄河，並未退却。據此，則是詩當作於建炎元年（一一二七）秋，詩人已在南遷避難赴宣州途中。

〔五〕「漢家」二句：漢家，代指有宋。有神靈，謂宋朝江山有趙家祖宗神靈護佑。艇齋詩話：「吕東萊『漢家宗廟有神靈，寄語胡兒莫狂蕩』，『漢家宗廟有神靈』，西漢（引者按：即漢書）全語，見王莽傳（孝）元后云。」狂蕩，放肆、猖狂。

讀司馬公集解太玄〔一〕

京城半年圍〔二〕，道路三月病。輕舟過江來，所向復未定。客房夜凉冷，氣體亦粗勝〔三〕。月穿窗罅白，風入桐葉勁。挑燈讀太玄，愛此頃刻静。物數極三甲〔四〕，此理本天命。首贊則分行〔五〕，故未及世應〔六〕。古曆漢則亡〔七〕，易實更三聖〔八〕。哀哉楊子雲，上與數子競〔九〕。雖云耗心力〔一〇〕，固自有捷徑。後來司馬公，獨斂衆説盛〔一一〕。錙銖判訛謬，一宗蒙是正〔一二〕。讀玄則知易，此實公所證〔一三〕。如何少年子，便欲獻譏評〔一四〕？我老未知學，讀此知不稱。掩卷坐搔首，一洗肝肺净。明朝尋故人，此語殊未竟〔一五〕。

〔一〕司馬公，司馬光（一〇一九—一〇八六），字君實，號迂叟，陝州夏縣（今山西運城）人。仁宗寶元元年（一〇三八）進士。神宗初拜翰林學士、御史中丞。後因反對王安石變法，退居洛陽，著資治通鑑。元祐初官至宰相，後入黨籍。太玄，西漢揚雄著，乃研究天、地、人根本性規律的哲學著作。司馬光於仁宗慶曆中始讀太玄，至神宗元豐五年（一〇八二）作集注成，疲精勞神凡三十餘年。所著書名太玄集注（或名集注太玄、集注太玄經），今存。

〔二〕「京城」句：半年圍，指京師開封第二次被金兵包圍，時在靖康元年閏十一月末至靖康二年三、四月徽、欽二帝先後被擄北上、開封完全失守爲止，約半年。見前城中紀事詩注。

〔三〕「氣體」句：氣體，此指氣色、身體。粗勝，大致尚佳。

〔四〕「物數」句：物數，指卦爻之數；三甲，乃卦爻變化之名。其説不一。宋趙汝楳周易輯聞卷二：「先甲、後甲，先儒有謂蠱初變大畜，乾納甲，乾三爻在前，爲先甲；五變无妄，乾三爻在後，爲後甲者。有謂先於甲之三日爲自新、後於甲之三日爲丁寧者。有謂甲、東方也，艮在東北爲先甲，巽在東南爲後甲者。案：易中稱三日、七日，皆指卦爻之數，下卦爲先三甲，上卦爲後三甲。先甲既終，後甲復始，此言一卦之始終耳。乾九三曰『知終』終之，此下卦之終；九四曰乾道乃革，此上卦之始。」

〔五〕「首贊」句：首贊，開首之贊辭。歐陽脩説玄曰：「易每卦六爻，合爲三百八十四爻。玄每首九爻，合爲七百二十九贊。」分行，謂本之於五行。太玄集注附唐王涯説玄五篇其二立例，略曰：「玄之贊辭，推本五行，辯明氣類，考陰陽之數，定晝夜之占，是故觀其施辭，而吉凶善否之理見矣。……蓋易家人例有得位失位、有無位之説，以辯吉凶之由，是故玄本數一晝一夜，剛柔相推，晝辭多休，夜辭多咎。奇數爲陽，耦數爲陰，首有陰陽，贊有奇耦，同則吉，戾則凶。自一至九，五行之數，首之與贊，所遇不同，相生爲休，相克爲咎。此其大較也。」

〔六〕「故未」句：世應，即世爻、應爻。世爻代表自己，應爻代表所測之事。每個卦宮皆有規定的五行屬性，天干地支配屬。因太玄贊辭即分五行，故不及世爻、應爻。

〔七〕「古曆」句：史記曆書：「昔自在古，曆建正作於孟春。」索隱案：「古曆者，謂黄帝調曆以前有上元太初曆等，皆以建寅爲正，謂之孟春也。及顓頊、夏禹，亦以建寅爲正。唯黄帝及殷、周、魯並建子爲正。而秦正建亥，漢初因之。至武帝元封七年（前一〇四）始改用太初曆，仍以周正建子爲十一月朔旦冬至，改元太初焉。」太初曆乃時人鄧平、落下閎等所造，故太初曆行則古曆亡。

〔八〕「易賓」句：漢書藝文志：「易曰：『宓戲氏仰觀象於天，俯觀法於地，觀鳥獸之文，與地之宜，近取諸身，遠取諸物，於是始作八卦，以通神明之德，以類萬物之情。』至於殷、周之際，紂在上位，逆天暴物，文王以諸侯順命而行道，天人之占可得而効，於是重易六爻，作上下篇。孔氏爲之彖、象、繫辭、文言、序卦之屬十篇。故曰易道深矣，人更三聖，世歷三古。」三聖，韋昭注：「伏羲、文王、孔子。」

〔九〕「哀哉」二句：楊子雲，即揚雄，字子雲，蜀郡成都（今屬四川）人，西漢末著名學者和辭賦家。數子競，指在三聖之後又作太玄。

〔一〇〕「雖云」句，耗心力，漢書揚雄傳下：「顧而作太玄五千文，支葉扶疏，獨説十餘萬言。深者入黄泉，高者出蒼天，大者含元氣，纖者入無倫。」

〔一一〕「獨斂」句：斂，指搜集前人研究太玄之已有成果，而作集注。司馬光太玄集注序：「漢五業主事宋衷始爲玄作解詁，吴鬱林太守陸績作釋失，晉尚書郎范望作解贊，唐門下侍郎、平章事王涯注經及首、測。宋興，都官郎中、直昭文館宋惟幹通爲之注，秦州天水尉陳漸作演玄，司封員外郎吴秘作音義。慶曆中，光始得太玄而讀之，作讀玄。自是求訪此數書皆得之，又作説玄。疲精勞神三十餘年，訖不能造其藩籬。以其用心之久，棄之似可惜，乃依法言爲之集注，誠不知量，庶幾來者或有取焉。」

〔一二〕「錙銖」二句：錙銖，皆古代重量單位。一百黍（或云九十六黍）爲銖，六銖（或云八銖、十二銖）爲錙。此形容事極輕微。一宗，每件事。兩句言司馬光所注，凡前人疏略或失誤，皆一一判斷是非，予以改正。

〔一三〕「讀玄」二句：歐陽脩讀玄：「易，綱也，玄，弋也，何害不既設綱而使弋者爲之助乎？……且揚子作法言所以準論語，作玄所以準易。子不廢法言，而欲廢玄，不亦惑乎？……學者能專於易誠足矣，然易，天也；玄者，所以爲之階也。子將昇天而廢其階乎？」

〔一四〕「便欲」句：譏評，歐陽脩讀玄舉出兩條：「或曰：易之法與玄異，雄不遵易而自爲之制，安在其贊易乎？且如與易同道，則既有易矣，何以玄爲？」則「或者」之意，無論易、玄是異是同，皆不必作。上注引讀玄文中，歐陽脩已一一駁之。又蘇軾與謝民師推官書亦有批評：「揚雄好爲艱深之詞，以文淺易之說，若正言之，則人人知之矣。此正所謂雕蟲篆刻者，其太玄、法言，皆是類也。」此是就所謂「辭達」而論，與「或者」談義理異。

〔一五〕「明朝」二句：謂關於太玄之事，此詩遠未説清楚，待以後見老朋友時再議。

黄池西阻風〔一〕

烏雲銜日日不出，驟雨飄風吼三日。扁舟寸步不得行，坐歎輕鷗如箭疾〔二〕。我行去家秋復冬〔三〕，故園回思春夢中。客愁茫茫若江水〔四〕，生計渺渺隨征鴻。三年京城共憔悴，一杯此地難從容。長溪卷浪雪花碎，遠山横空眉黛濃〔五〕。故人別我上江去〔六〕，亦有書來喚同住。破屋數間君有餘，太倉五升吾已具〔七〕。嚴霜未放鷹隼擊，盤渦恐致蛟龍怒〔八〕。片帆欲掛任篙師，君但徐行莫深懼〔九〕。

〔一〕黄池，宋鄭興裔論宣州設備狀：「勘會得宣州（原注：即今寧國府）地界，吴越之西，西北鄰蕪湖（屬太平府），直北通姑孰（即今太平府），則以黄池爲重鎮。」又周必大乾道壬辰南歸録：「夜泊黄池鎮，距固城湖已百十里。商賈輻湊，市井繁盛，俗諺有云太平州不如蕪湖，蕪湖不如黄池也。」按：黄池鎮，在今安徽馬鞍山市當塗縣境東南部，隔黄池河與蕪湖市相望。

〔二〕「扁舟」二句：扁舟，小船。輕鷗，鷗即鷗鳥，言其體輕善飛。杜甫船下夔州郭宿雨濕不得上岸別王十二判官：「柔艣輕鷗外，含悽覺汝賢。」

〔三〕「我行」句：據前懷京師詩，知詩人建炎元年（一一二七）秋南奔至長江邊，此云「秋復冬」，則已是該年之冬矣。

〔四〕「客愁」句：與上懷京師詩「客愁不斷若江水」義同，皆以江水比喻愁之多。

〔五〕「遠山」句：劉長卿秋雲嶺：「山色無定姿，如煙復如黛。」又歐陽脩芳草渡：「山如黛，月如鉤。」

〔六〕「故人」句，上江，資治通鑑卷一八五唐紀一：「帝（高祖）曰：『朕方欲歸，正爲上江米船未至。』」胡三省注：「夏口以上爲上江。」靖康之難後，溯長江上行入蜀，爲當時避難目的地之一，故云。

〔七〕「太倉」句：太倉，京城儲糧之大倉。五升，宋書陶潛傳：「潛歎曰：『我不能爲五斗米折腰向鄉里小人。』」後以五斗代指俸禄。五升，與五斗同義，言其薄也。吕本中靖康元年遷職方員外郎，以父嫌奉祠（已見前注），故是時尚食祠禄。

〔八〕「嚴霜」二句：吕本中父好問因涉嫌參與擁立張邦昌事，一直心有餘悸。高宗繼位，授好問尚書右丞，臣僚力攻其在圍城時「勸進」的政治立場，鄧肅、王賓等上疏極論其「懷貳挾姦，無大臣節，況嘗汙僞命（引者按：僞楚曾授其權門下侍郎），不可以立新朝」（詳見建炎要録卷七），故其處境十分險惡。此所謂「鷹隼擊」、「蛟龍怒」，蓋有以也。

〔九〕「片帆」二句：所謂「徐行」，乃是經黄池鎮到宣州投奔其父。其父好問因汙僞命，高宗不得已，祇好任爲外官。建炎要録卷七：建炎元年（一一二七）秋七月癸卯，「尚書右丞吕好問充資政殿學士知宣州」。是時猶在任。

景德北窗〔一〕

雲横樹陰濃，雨漲溪水白。故人喚我出，已度蒸暑厄〔二〕。北窗非不佳，尚苦眼界窄。小樓隱床後，自與塵霧隔。更憐昭亭山〔三〕，相向有佳色。君能具鷄黍，略不厭須索。我能知子窮，子亦能愛客。人生要如是，一舉乃諷百〔四〕。我病思遠引，未塞交友責。便當約諸公，歸耕作長策。囊無一錢羸，歲晚會有獲〔五〕。

〔一〕景德，即景德寺，在宣州（今安徽宣城宣州區）。方輿勝覽卷一五寧國府（宣州）：「陵陽山，在宣城，一峰爲疊嶂樓，一峰爲譙樓，一峰爲景德寺。」前黄池西阻風詩，蓋詩人經黄池到達宣城，並在此暫居，故後寄宣城故舊詩稱「宣城經歲無它事，尚喜交游不棄遺」，則在該地居住長達一年多。宣州景德寺始建於晋，初名永安寺，唐初改名大元寺，玄宗開元年間改名開元寺，宋景德間方改爲景德寺。今寺已毁，然尚存景德寺塔，乃北宋建築，爲安徽省級文物保護單位。按：宋室南渡後，北方士人大量流入南方，居住成爲問題，故朝廷允許占住寺廟。周密癸辛雜識後集許占寺院：「南渡之初，中原士大夫之落南者衆，高宗愍之，昉有西北士夫許占寺宇之命。今時趙忠簡（鼎）居越之能仁，趙忠定（汝愚）居福之報國，曾文清（幾）居越之禹迹，汪玉山（藻）居衢之超化，他如范元長（沖）、吕居仁（本中）、魏邦達（矼）甚多。曾大父少師（周秘）亦居湖之鐵觀音寺，後遷天聖寺焉。」吕本中因徙居不定，故歷居寺院甚多，宣州景德寺乃其一。

〔二〕「已度」句：蒸暑，文選王粲公讌詩：「凉風徹蒸暑，清雲却炎暉。」李善注：「孔安國論語注曰：『徹，去也。』蒸，熱氣也。」此言炎暑已過，天氣轉涼。

〔三〕「更憐」句：元豐九域志卷六宣州太平（縣）：昭亭山，在宛陵北（此據四庫全書本）。宛陵，乃宣城古名。又見方輿勝覽卷一五寧國府。

〔四〕「一舉」句，史記司馬相如列傳：「楊雄以爲靡麗之賦，勸百風一，猶馳騁鄭衛之聲，曲終而奏雅，不已虧乎！」此反其意，謂故人宴請之舉，乃舉一諷百，意謂當有回請，故下文言「未塞交友責」，又言「囊無一錢」。

〔五〕「囊無」二句，後漢書趙壹傳：「文籍雖滿腹，不如一囊錢。」張方平送龔懋用其事，曰：「趙囊空無金。」兩句謂歸耕雖無錢可賺，但歲末收獲頗豐。

昭亭廣教寺〔一〕

故人喚我去〔二〕，久雨值新晴。草暗鼯鼠出，山深鵂鶹鳴〔三〕。齋厨半盂粥，草具一杯羹〔四〕。尚肯頻來否，門前春筍生。

〔一〕昭亭，山名，見上注。梅堯臣昭亭山詩：「曰山何必高，要在出雲雨。昭亭非峻峰，雄雄若蹲虎。」廣教寺，清一統志卷八〇寧國府：「廣教寺，在宣城縣北五里敬亭山（按：敬亭山，原名昭亭山，晉初避司馬昭諱，改稱敬亭山）南，唐刺史裴休建。宋太宗賜御書百二十卷，僧惟真建閣貯藏，元末盡燬。明洪武初，僧創庵故址，立爲叢林。」梅堯臣與正仲屯田遊廣教寺，有「古寺入深樹，野泉鳴暗渠」之句。按：本書卷一七有追憶昔年正月十日宣城出城至廣教詩，即指此行，知遊寺、作詩準確時間，即建炎二年（一一二八）正月初十。

〔二〕「故人」句，去，原校：「一作『出』。」

〔三〕「草暗」二句，江淹文選雜體詩三十首謝臨川遊山：「朝見鼯鼠逝。」李善注引郭璞爾雅注曰：「鼯鼠，狀如小狐，亦謂之飛生，聲如人呼。」鶹鷅，宋戴侗六書故卷一九：「鶹鷅，上字必移切，下字古洽切。注曰：『鳴旦之鳥。』又黃震黃氏日抄卷六一：『鶹鷅者，催明之鳥，京師謂之夏鷄。』明楊慎丹鉛總録卷二〇批頰：『唐盧延遜詩：『樹上諺諏批頰鳥，窗間壁剥叩頭蟲。……』批頰，蓋鳥名，但不詳爲何形狀耳。或曰即鶹鷅也，催明之鳥，一名夏鷄，俗名隔隥鷄。』」

〔四〕「草具」句，史記范睢傳：「秦王弗信，使舍食草具，待命歲餘。」索隱：「謂亦舍之，而食以下客之具。然草具謂麄食草菜之饌具也。」

昨日之熱一首贈趙彦强〔一〕

昨日之熱未爲熱，涼風頗隨團扇發〔二〕。今日之熱不可言，西山火炎塵障天。高樓堅坐若燔炙，常恐秋到無夤緣〔三〕。與君相從今幾日，欲度一日如長年。憶昔京城值秋雨，人家邂逅得細語。不愁歸舍少薪米，且喜尊前好賓主。去年君自雲中歸〔四〕，隔巷尋君相勞苦。是時强虜在城下〔五〕，耳猶厭聽賊營鼓。豈知喪亂到江南，同向宣城過殘暑。晚來一雨天遂涼，便思約君來對床〔六〕。床前適有新酒熟，君醉可舞吾能狂。醉中談天亦未妨〔七〕，回船吴中君勿忙。

〔一〕趙彦强，據宋史宗室世系表二十，趙彦强爲魏王趙廷美六世孫，長房高密郡王趙德恭裔孫。嘗與李之儀交往，姑溪居士集存有致趙氏書信四件，其中有曰：「或謂（指趙彦强）已成久居計，隨遇即安，要是樂處爲不易得，所以去閭里，近墳墓，不屑羈旅，儻在此耶？」李之儀因忤蔡京被編管於太平州（今安徽馬鞍山市），則趙彦强曾有定居太平州之意。然詩末言「回船吴中」，似是時暫寓吴地。餘不詳。

〔二〕「涼風」句：班婕妤怨歌行：「新裂齊紈素，皎潔如霜雪。裁成合歡扇，團團似明月。」則稱「團扇」，言其形圓也。此泛指扇。

〔三〕「常恐」句：寅緣，李白明堂賦：「飛楹磊砢，走栱寅緣。」杜甫宇文晁尚書之甥崔彧司業之孫尚書之子重泛鄭監前湖：「不但習池歸酩酊，君看鄭谷去寅緣。」按：宋本吕本中詩集中多用「寅緣」，義爲緣分、關係。而他書多作「夤緣」，如文選左思吴都賦：「夤緣山嶽之岊，冪歷江海之流。」劉淵林注：「夤緣，布藤上貌。」謂攀援、依附，故洪武正韵曰：「夤緣，連絡貌。」康熙字典謂寅、夤「二字古疑通」。

〔四〕「去年」句：史記蘇秦列傳：「北有林胡、樓煩，西有雲中、九原。」索隱引地理志：「雲中、九原，二郡名。」正義：「二郡並在勝州也。雲中郡城在榆林縣東北四十里。」按：古雲中郡遺址，在今内蒙古呼和浩特托克托古城村西。

〔五〕「是時」句：虜，原校：「一作『弩』。」稱金兵「在城下」，城當指京師開封，而開封圍城在「去年」（靖康元年），則趙彦强自雲中歸，當在靖康二年春。

〔六〕「便思」句：對床，即「對床夜雨」之省，言關係親密。見本書卷四寄周司理詩注。

〔七〕「醉中」句：談天，史記荀卿列傳：「齊人頌曰談天衍，雕龍奭。」後猶言聊天。南朝宋鮑照河清頌并序：「臣聞善談天者，必徵象於人；工言古者，先考績於今。」李白贈韋秘書子春二首其一：「談天信浩蕩，説劍紛縱横。」

又贈

日日住疊嶂〔一〕，君能同此游。黑雲才映日，白雨忽穿樓。盜賊何時定〔二〕，溪山且自幽。炎蒸不須厭，俄頃是新秋。

〔一〕「日日」句：疊嶂，樓名，見前景德北窗詩注引方輿勝覽卷一五寧國府。勝覽又曰：「疊嶂樓在府治，唐刺史獨孤霖建。」并引獨孤霖所書之文（此略），時在唐懿宗咸通十二年（八七一）十二月辛亥。

〔二〕「盜賊」句：靖康之亂後，宋朝廷統治力大爲削弱，社會秩序幾乎失控，南方各地湧現衆多「盜賊」。所謂「盜賊」，以潰散官軍爲主，或有小股農民義軍，多爲生活所迫打家劫舍，甚至燒殺擄掠，爲民間之大害。李綱論虔州盜賊劄子曰：「臣契勘本路虔、吉二州，民素强悍，狃於爲盜，結集兇黨，動以數千百爲群，頭項不一。出没江西、廣東、福建數路作過，雖朝廷節次遣兵或招或捕，至今徒黨依舊猖獗，全未平殄。」其申督府密院相度措置虔州盜賊狀又曰：「臣竊以虔州地險民貧，風俗獷悍，居無事時，群出持兵私販爲業。自軍興以來，嘯聚爲盜，招捕殆將十稔，終未殄滅。」李綱當時負責捕盜，故其梁溪集中此類史料極多，可參讀。本書以下各卷屢及盜賊事，皆此類，不再作注。

題涇縣水西〔一〕

江東住已厭，又却過江西〔二〕。急雨投涇縣，窮秋渡賞溪〔三〕。稻田猶少水，山路已多泥。珍重高僧意〔四〕，求詩索自題。

〔一〕涇縣，元豐九域志卷六宣州，管縣六，其中有涇縣。該縣至今仍沿舊名，屬安徽宣城。水西，山名，在涇縣，今爲水西風景區。宋曾紆宣州水西作：「杖藜出郭一水近，石磴古路穿松篘。萬仞絶壁倚天末，百折驚灘當寺門。泉聲飛下錦繡谷，殿影插入玻瓈盆。宣州水西天下勝，閬州城南何足論（按杜甫閬水歌有「閬中勝事可腸斷，閬州城南天下稀」句，故云）。」

〔二〕「江東」二句：却，原校：「一作『復』。」按：宋代將江南路分爲江南東路、江南西路，簡稱江東、江西。呂本中所居宣州屬江南東路，此後他將赴洪州等地，屬江南西路（在江西所作詩見下卷）。

〔三〕「窮秋」句：賞溪，涇縣近郊河流名，在水西山下。宋李彌遜宣城水西道中雜言：「賞溪岸多竹。水流亂石間，方秋夜月清明，寒光下燭，溪聲竹色，亂人耳目。乃知『竹影金瑣碎，泉音玉琮琤』，真古今絶唱也。」清一統志卷八〇：「水西山，在涇縣西南五里，高二百餘丈，林壑邃密，下臨賞溪。」

〔四〕「珍重」句：高僧，指水西寺僧人。寺即上引曾紆詩「百折驚灘當寺門」也。

宿秋霜閣後方丈〔一〕

秋霜閣後山屈蟠〔二〕，行人衝泥脚未乾。正是水西佳絶處，不辭風雨夜深寒。

〔一〕秋霜閣，宣州水西寺閣名。李彌遜秋霜閣詩曰：「十月水西寺，興窮還爲留。净坊深閉雨，虚閣暗藏秋。妄盡霜中葉，身閑水上鷗。知幾傷太白，五月念貂裘。」原注：「太白詩云『五月思貂裘，謂言秋霜落』，名閣取此意也。」按：詩見李白遊水西簡鄭明府，其上曰：「天宫水西寺（按：唐代水西山有水西寺、水西首寺、天宫水西寺），雲錦照東郭。清湍鳴迴溪，緑竹繞飛閣。凉風日瀟灑，幽客時憩泊。」方丈，佛寺住持居住之室，此泛指佛寺房間。按：李宏（字彦恢，見下注）作有宿秋霜閣方丈，乃次韵詩，録於下：「青山夭矯虬龍蟠，溪流瀉竭灘聲乾。履霜未落秋尚早，夜半已作貂裘寒。」（元汪澤民、張師愚編宛陵羣英集卷一二）

〔二〕「秋霜閣」句：蟠，原校：「一作『盤』。」

水西與李彦恢相從余將取旌德趨徽州彦恢先歸旌德相候彭元任亦自太平縣來相送遇於三溪驛遂同過旌德道中呈二子三首〔一〕

水西投宿近秋霜，起聽晨鐘厭束裝〔二〕。尚惜故人輕作别，亂山深處過重陽〔三〕。

〔一〕李彦恢，名宏（一〇八八—一一五四），字彦恢，宣城人。政和五年（一一一五）進士，爲廬州舒城縣主簿，調饒州司士曹事，權宣州旌德縣守。歷明州教授，御史臺主簿，淮南、京西轉運判官。忤秦檜，罷歸。事迹詳韓元吉左朝請大夫致仕李公墓誌銘。李宏嘗與周紫芝、王之道唱和。彭元任，仕歷待考。宋史地理志四：「徽州，上，新安郡，軍事。宣和三年（一一二一），改歙州爲徽州。」地在今安徽黄山。旌德、太平，皆宣州屬縣。旌德縣今屬安徽宣城，太平縣則爲黄山市黄山區。三溪驛，今爲三溪鎮，在旌德縣西北部，因徽水、麟溪、玉溪三河交匯流入涇川而得名。吕本中於建炎元年（一一二七）冬到達宣城，高宗已於是年五月即位並改元。本中在該地居住近一年，則是詩當作於建炎二年（一一二八）秋。其離宣城後，蓋欲取道高安（今屬江西），侍父避地到今西南或華南一帶，文獻未及，理當然耳。現存李宏和吕居仁涇縣旌道中見寄三首，録於次：「筍輿破曉踏新霜，千里高安遠辦裝。會約明年追勝集，茱萸細把記重陽。」「山環傑閣染深緑，石吐寒泉蹙浪花。一夜秋霜不成寐，感時憂國思無涯。」「賞溪漱玉聲湍急，石壁參天路阻長。準擬解鞍能過我，新泉活火茗甌香。」（永樂大典卷一四三八〇）

〔二〕「起聽」句：厭，原校：「一作『促』。」

〔三〕「尚惜」二句：苕溪漁隱叢話後集卷六苕溪漁隱曰：「吕居仁詩云：『尚惜故人輕作别，亂山深處過重陽。』又詞云：『短籬殘菊一枝黄，已是亂山深處過重陽。』皆兩用之。詩意脈絡貫穿，並優於詞。但居仁以殘菊於重陽言之，此一字爲病。」又方回重陽吟五首序：「興有不同，而皆極天下之感，君子以之冥心焉。……吕居仁曰：『亂山深處過重陽。』此羈旅之極感也。」

村場路僻多無酒，野菊寒深亦未花。底事中原歸不得〔一〕，又扶衰病過天涯。

〔一〕「底事」句：張相詩詞曲語辭匯釋卷一：「底，何也，甚也。」何事，指金兵入侵，詩人問而不答，以表憤慨。中原，指開封、陽翟一帶。

白頭懶入少年場〔一〕，二老追隨却味長〔二〕。預喜尊前聽清話，夜窗相對一爐香〔三〕。

〔一〕「白頭」句：少年場，年輕人活動場所。白居易重陽席上賦白菊：「滿園花菊鬱金黄，中有孤叢色似霜。還似今朝歌酒席，白頭翁入少年場。」此反其意。

〔二〕「二老」句：二老，指李彦恢、彭元任。

〔三〕「夜窗」句：白居易郡齋暇日憶廬山草堂：「静對一爐香。」

休寧縣與汪致道諸公别後晚宿黟縣界魚亭驛二首〔一〕

竹密如雲不見天，好山無數簇溪田。祇應黟縣溪山勝，盡在魚亭驛舍前〔二〕。

〔一〕休寧縣、黟縣，宋宣和三年（一一二一）後屬徽州，今皆屬安徽黄山。汪致道（一一七九——一一六〇），宋汪若海宋左朝請大夫司農少卿主管台州崇道觀汪公行狀（新安文獻志卷七八）：「公諱叔詹，字致道，新安歙之平遼鄉新平里人。」崇寧五年（一一〇六）登進士第，歷宣州、鄆州州學教授。政和六年（一一一六）求試詞學兼茂科，考官第其文入優等，因好蘇黄之學，宰相謂其文有蘇黄氣，懼變一時文體，斥不預名。高宗初除知太平州，又除檢討官，皆不就職。後知池州、鄂州，移知永州，除權發遣荆湖北路轉運判官，兼京西路轉運、提刑，除江西、湖南提刑，轉左朝請大夫。紹興三十年卒，年八十一。吕本中與汪致道游，當在侍父攜家離宣城南行途中。魚亭驛，樂史太平寰宇記卷一〇四歙州黟縣：「魚亭山，在縣南二十五里。每歲江西魚船至祁門縣，捨舟登陸止此東水次，淹留待船，故曰魚亭焉。」今爲漁亭鎮。

〔二〕「盡在」句：元方回魚亭驛詩曰：「黟縣魚亭驛，東萊閣老詩。雨晴雲氣歛，峰古石形奇。老眼經題獎，高風費詠思。祇慚無密竹，不似紹興時。」原注：「黟於紹興經張琪之掠，然猶有密竹如雲不見天，得吕居仁詩之也：『祇應黟縣溪山好，盡在魚亭驛舍前。』的然如此。」

故人相繼别休寧，山路籃輿睡復醒〔一〕。所恨溪山正佳處，不能同我到魚亭。

〔一〕「山路」句：籃輿，即竹轎，見本書卷一三月一日泊舟宿州城外因縱步至城北遂過天慶觀道士留飲乃歸詩注。

寄宣城故舊

宣城經歲無它事，尚喜交游不棄遺。疊嶂樓頭納凉處，宛陵堂下探梅時〔一〕。君今尚要一囊粟〔二〕，我去亦無三徑資〔三〕。歸卧雲山更深處〔四〕，因書頻報故人知。

〔一〕「疊嶂樓」二句：疊嶂樓，已見上注。宛陵堂，方輿勝覽卷一五寧國府：「宛陵堂，在便廳西。」

〔二〕「君今」句：要，求得。一囊粟，指俸禄微薄。黄庭堅還家呈伯氏：「一囊粟麥七十錢。」史容注：「（漢書）東方朔傳：『侏儒長三尺餘，奉一囊粟，錢二百四十；臣朔長九尺餘，亦奉一囊粟，錢二百四十。』」其故人蓋猶在職，故云。

〔三〕「我去」句：文選陶淵明歸去來：「三逕就荒，松菊猶存。」李善注引三輔决録曰：「蔣詡字元卿，舍中三逕，唯羊仲、求仲從之遊，皆挫廉逃名不出。」此言欲歸隱而生活無着。

〔四〕「歸卧」句：更，宋百家詩存作「最」。唐杜荀鶴山中寡婦：「任是深山更深處，也應無計避征徭。」

祁門道中四首〔一〕

去程歸雁兩悠悠，行到荒山儘上頭。試問中原何處是，只言東北是宣州。

〔一〕祁門：祁，原作「祈」，據四庫本改。元豐九域志卷一五歙州，管縣六，有祁門縣。今屬安徽黄山。周紫芝有次韵吕居仁四絶，録於次：「詩成邂逅得窮愁，眼見郎潛又白頭。人物向來山吏部，篇章今日謝宣州。」「狗監連衡苦未平，秋成戈甲尚乘城。夢魂幾欲隨公去，爲問高安路幾程。」「樓上看山酒一卮，人間此樂豈兒知。秋風吹落霜前雁，寄得西來别後詩。」「白髮書生誰復論，蕭然深閉一蓬門。自知赤壁功名晚，羞與周郎作耳孫。」（太倉稊米集卷一一）

風落千山雨夜鳴，時因歸夢識宣城。欲知溪路行多少，已過徽州第五程〔一〕。

〔一〕「已過」句：徽州，今黄山。第五程，離開徽州後已走過五段路。古人以每天行至住宿歇息處（多爲驛站）爲一程。

宣城人物未全衰，四士風流世不知〔一〕。别後略無佳語寄，道中才有數篇詩。

〔一〕「四士」句：不，原校：「一作『未』。」四士，宋詩紀事卷四三李宏：「宏字彦恢，宣州人。宣和初以左承直郎署涇縣。建炎中，吕好問知宣州，得士四人：詹友端、周紫芝、王相如與宏也。」李宏事迹，已見前注。詹友端，明凌迪知萬姓統譜卷六七：「詹友端，字伯文，宣城人。政和鄉貢第一。建炎初上書言金讎當復，中原可取，言甚壯激。後戚方圍宣城，友端分城守禦，匹馬輕裘，奮當鋒矢，以爲衆倡。賊平，補迪功郎。紹興壬子（二年，一一三二），盜發西安郡，委友端攝尉，與賊力戰，中流矢卒。詔官其子。」王相如，明一統志卷一五寧國府人物：「王相如，宣城人。建炎初，江右盜起，相如爲盜所獲，命作檄。相如奮髯曰：『吾有死而已，不能爲盜作箋。』遂遇害，盡室殲焉。工詩文，有溪堂集。」周紫芝（一〇八二——一一五五），字少隱，自號竹坡居士，宣城人，晚居九江。紹興十二年（一一四二）進士，十五年五月設六部架閣官，以迪功郎掌禮、兵兩部。十七年十二月，以承奉郎爲樞密院編修官，旋進右宣教郎兼實録院編修官。二十一年閏四月知興國軍。秩滿乞祠，寓居廬山以終。宋史翼卷二七有傳。有太倉稊米集七十卷傳世。

詹郎逸氣今誰似，李令清言久不聞〔一〕。獨立共傳摩詰後〔二〕，隱居還見伯仁孫〔三〕。

〔一〕「詹郎」二句：詹郎，即詹友端。李令，即李宏，字彥恢，前已注。吕好問知宣州時，李宏權知旌德縣，好問薦其「有文武才，大可用」，見韓元吉李公（宏）墓志銘。

〔二〕「獨立」句：摩詰後，指王相如，謂其爲王維後人。舊唐書王維傳：「王維，字摩詰，太原祁人。」

〔三〕「隱居」句：伯仁孫，指周紫芝。伯仁，晉書周顗傳：「周顗，字伯仁，安東將軍浚之子也。少有重名，神彩秀徹，雖時輩親狎，莫能媟也。……弱冠襲父爵武城侯，拜秘書郎，累遷尚書吏部郎。……初，顗以雅望獲海内盛名，後頗以酒失。爲僕射，略無醒日，時人號爲『三日僕射』。」晉元帝永昌元年（三二二），爲王敦所殺。

桂林别珂首座二首〔一〕

故人相望馬牛風〔二〕，世事波濤滉漾中〔三〕。灕水東邊兩年住〔四〕，往還才有一珂公。

〔一〕桂林，據宋史地理志六，桂林屬廣南西路，今屬廣西。珂首座，首座，乃寺院之最高職位，即上座。珂首座即詩中所云珂公，生平事迹不詳。詩中稱「故人」、北歸「相從」，當是流寓到桂林之僧人。按：呂本中父好問於紹興元年（一一三一）秋七月卒於桂林，見本書卷一三初至桂林二首詩注。是時本中蓋已除服，將離開該地，約在紹興三年。

〔二〕「故人」句：馬牛風，謂故人相望，却無機會見面。見本書卷一又寄無逸信民詩注引左傳僖公四年。

〔三〕「世事」句：滉漾，連綿字。史記司馬相如列傳載上林賦：「寂漻無聲，肆乎永歸。然後灝溔潢漾，安翔徐徊。」正義：「晃養二音，郭（璞）云皆水無涯際也。」又文選潘岳西征賦：「其池則湯湯汗汗，滉瀁彌漫，浩如河漢。」呂向注：「言廣大也。」

〔四〕「灕水」句，資治通鑑卷二五〇胡三省注引酈道元（水經注）曰：「湘、灕同源，分爲二水，南則灕水，北則湘川。湘、灕之間，陸地廣百餘步。謂之始安嶠。」又宋袁樞通鑑紀事本末卷三六下：「静江府臨桂縣有灕水，一名桂江，經縣東，去縣十步。」臨桂縣，今屬桂林。按：灕水，亦稱灕江，乃桂江上游。發源於廣西興安境苗兒山，西南流至陽朔，以下即稱桂江。兩年住，指丁父憂居喪。

北歸我已辦行纏〔一〕，久約相從却未然。何處雲山堪著子〔二〕，亂松回首嶺南天〔三〕。

〔一〕「北歸」句：行纏，纏腿布。蘇軾次韵答寶覺：「芒鞵竹杖布行纏。」三朝北盟會編卷一四一：「乃令出戰，悉用行纏紮腿，以青紅帶繫定。」此泛指行裝。

〔二〕「何處」句：堪著子，著，謂定居不再遷徙。後漢書李忠傳：「三歲間，流民占著者五萬餘口。」子，指珂首座。

〔三〕「亂松」句：謂其放棄北歸，將赴嶺南（今廣東）一帶。

答趙祖文陳夢授〔一〕

嶺海畏深入，江湖成遠游。猶懷不活怖〔二〕，少爲故人留。苦乏瓊琚報〔三〕，虛蒙札翰投〔四〕。因來問消息，不必計沉浮。

〔一〕趙祖文，名弁，字祖文，趙鼎臣侄子，北宋末畫家。王之望跋趙祖文七進圖曰：「先君宣和中在京師，與竹隱公（趙鼎臣，號竹隱）游，喜稱誦其詞章。……乙巳歲（宣和七年，一一二五），先君經行是驛，見壁間粉牌，曰：『此趙承之詩也，小子識之。』時公已殁。後二年，而先君不幸。又十八年，見公從子祖文於武林，出所畫七進圖示余。」云云。按：趙鼎臣（一〇七〇—？），字承之，韋城（今河南滑縣）人，今存所著竹隱畸士集二十卷，其中有猶子棄畫盤谷圖戲書其後詩，曰：「欲買青山未有錢，每逢佳處但垂涎。一庵所占無多地，賒我盤中數畝田。」又周必大題趙弁雪圖：「趙弁祖文往至臨安，諸公貴人愛之，凡秘書省及新作政府所畫照壁，多出其手，迄今尚存，觀此雪圖，風度可想。十六弟奇，字祖穎，紹興中屢爲監司，王初寮（安中）之壻，文采似水清，安靜有家法。蓋其祖吏部郎諱偁，東郡人，元豐末知登州，民宜其政。元祐末以河北轉運使權中山府，兩得蘇文忠公爲代，故祖文、祖穎字畫亦皆慕藺云。」陳夢授，事迹待考。

〔二〕「猶懷」句：不活怖，佛教語，即不能存活之恐怖。大方廣佛華嚴經卷七〇入法界品第三九之一一：「令欲界衆生離欲界苦，令人趣衆生離暗夜怖、毁呰怖、惡名怖、大衆怖、不活怖、死怖、惡道怖、斷善根怖、退菩提心怖、遇惡知識怖、離善知識怖、墮二乘地怖、種種生死怖、異類衆生同住怖、惡時受生怖、惡種族中受生怖、造惡業怖、業煩惱障怖、執著諸想係縛怖，如是等怖，悉令捨離。」詩人遠離京師徙居宣州，又因父喪到廣西，除躲避金兵外，或亦與其父呂好問涉嫌擁立張邦昌事有關，故深懷危機感。參見上桂林別珂首座詩注。

〔三〕「苦乏」句：詩經國風木瓜：「投我以木瓜，報之以瓊琚。匪報也，永以爲好也。」毛傳：「木瓜，楙木也，可食之木。瓊，玉之美者。琚，佩玉名。」鄭玄箋：「云匪，非也。我非敢以瓊琚爲報木瓜之惠，欲令齊長以爲玩好，結己國之恩也。」

〔四〕「虚蒙」句：札翰，書信。杜甫送韋十六評事充同谷防禦判官：「題詩得秀句，札翰時相投。」

寄趙十一弟〔一〕

親朋雖近懶追尋，湖嶺歸來病至今。寄語洪州趙從事〔二〕，忍令無酒過冬深。

〔一〕趙十一弟，按本書卷九有寄趙十弟詩，蓋皆趙枏（字才仲）之弟，亦爲呂本中外弟，然名、字不詳。按陳鵠西塘集耆舊續聞卷二有呂東萊贈趙承國論學帖，所論凡十五事，乃呂本中傳授作詩文之法，末曰：「東萊此帖，今藏承國之家。承國乃侍講滎陽公（呂希哲）之外孫也。」據此，則所稱趙十弟、趙十一弟，必有一人名（或字）爲承國矣。

〔二〕「寄語」句：洪州，今江西南昌。趙從事，即所稱趙十一弟。從事，乃從事郎之簡稱，選人官階名，從八品。

呂本中詩集箋注卷一二

浮梁道中見小松數寸者極多然皆與蓬蒿雜出不能即長也余傷之作詩寄范四弟〔一〕

青松數寸根，意出千丈外。如何蓬蒿底，此志久未遂〔二〕。朝爲牛羊踐，莫受塵土翳〔三〕。雖云歲寒姿〔四〕，當此亦憔悴。今年雖小出，尚與凡草類。會須扶其根，與作棟梁計。大厦千萬間，匠石所睥睨〔五〕。世或未盡知，慎勿傷汝志。

〔一〕浮梁，宋史地理志四江南東路：「饒州，上，鄱陽郡，軍事。」管六縣，浮梁乃其一。地在今江西景德鎮市。范四弟，即范益謙，范祖禹孫，范沖子，呂本中表弟。詳見本書卷一一簡叔易益謙兄弟詩注。

〔二〕「如何」二句：蓬蒿，蓬草、蒿草，泛指雜草，喻指凡庸之輩，謂其以不才壓抑人才。意與左思詠史詩「鬱鬱澗底松，離離山上苗。以彼徑寸莖，蔭此百尺條」同。

〔三〕「朝爲」二句：詩經大雅行葦：「敦彼行葦，牛羊勿踐履。」踐履，踩踏。莫，同「暮」。翳，遮蔽。兩句以牛羊、塵土喻指摧殘、埋没人才之惡勢力。

〔四〕「雖云」句：論語子罕：「子曰：『歲寒，然後知松柏之後彫也。』」何晏集解：「大寒之歲，衆木皆死，然後知松柏不彫傷。平歲則衆木亦有不死者，故須歲寒而後别之。喻凡人處治世，亦能自修整，與君子同在濁世，然後知君子之正不苟容。」

〔五〕「匠石」句：莊子人間世：「匠石之齊，至乎曲轅，見櫟社樹。」成玄英疏：「匠是工人之通稱，石乃巧者之私名。其人自魯適齊。」此泛指能工巧匠。史記信陵君列傳：「侯生下見其客朱亥，俾倪。」正義：「睥睨，不正視也」。此謂對憔悴之松瞧不上眼。

自祁門至進賢路中懷舊二絶〔一〕

雨歇路逾滑，山空鳥不飛。却思無事日〔二〕，騎馬踏泥歸。

〔一〕祁門，祁，原作「祈」，據四庫本改。祁門，縣名，今屬安徽黄山市。進賢，元豐九域志卷六述其爲南昌縣下屬鎮名，後爲縣，今屬江西南昌。

〔二〕「却思」句：無事日，猶言太平日，指靖康之前。

汴水夾榆柳，今留胡馬蹤。如何進賢路，只是見青松〔一〕。

〔一〕「如何」二句：進賢路，進賢縣之道路。此以諧音，謂進薦賢才。朝廷因奸臣當道，故致靖康之難，京城淪陷，然而至今路旁仍只有憔悴的小松，未見賢人得進。

離洪州渡西江至翠巖寺紫清宮〔一〕

平明渡西江，西山正崔嵬〔二〕。中流欲浪作，細雨隨風回。促櫂赴前浦，頗爲風雨催。寒沙引細路，人家山半隈。密雲蔭脩竹，久旱無莓苔。晚入翠巖寺，諸峰環抱來。其西洪崖居〔三〕，百代所仰懷。何年蛟龍怒，更擊深山開。縣瀑瀉洪井，噴噫藏風雷〔四〕。客行少休息，暫此得徘徊。城中二三老，咫尺不得陪。豈無陵風翰〔五〕，邀致山中臺。澗水清且寒，可以當餘杯。獨來不敢久，恐爲神物猜。

〔一〕西江，即贛江。翠巖寺，原作「翠微寺」，南昌附近無此寺名。按雍正江西通志卷一一一寺觀南昌府：「翠巖廣化寺，在新建縣洪崖鄉，晉雷煥取西山北巖土拭劍，即此地。初名常緣寺，齊始安王遥光建。唐武德間，改爲洪井寺，又改翠巖寺。南唐爲院，更今名。一云梁景明初劉準建。」按寺在今南昌市灣里區翠巖路北，東臨陳家山，西近伏虎山，前望鉢盂山。該寺後爲臨濟宗名寺。「翠微寺」當即翠巖寺，或傳刻中「巖」誤「微」，據宋刻本方輿勝覽、雍正江西通志改（以下兩詩同，徑改，不再説明）。紫清宮，雍正江西通志卷一一一寺觀南昌府：「紫清宫，在新建縣洪井，張氳棲真之所。唐乾元中建，初名應勝宫，有肅宗遺像。宋改今名。」

〔二〕「西山」句：方輿勝覽卷一九江西路隆興府：「西山，余安道記：『在（南昌）縣西四十里。巖岫四出，千峰北來，嵐光染空，高二千丈，屬連三百里。』」又名逍遥山，在今江西南昌至新建縣，爲宋元時期道教净明宗發祥地，有翠巖禪寺、天寧寺、紫陽宫、洪崖、丹井等。

〔三〕「其西」句：即指西山。洪崖，上引勝覽曰：「去郡三十里。楊傑記：『西山洪巖，在翠巖、應聖宫之間。石壁峭絶，飛泉北來，其下井洞深不可測，每歲六七月時，水高一二丈，湍激可畏，其傍人語不相聞。及過井洞，即聲勢斗殺，鑠流出山。前代有異人居之，世以爲洪崖先生云。先生三皇時人，蓋得道之士也。』」其人或相傳爲黄帝時樂官伶倫，曾在此煉丹，今存洪崖丹井遺迹。

〔四〕「縣瀑」二句：縣，同「懸」，古今字。洪井，太平寰宇記卷一〇六洪州南昌縣引梁志：「豫章有銅山，山中有洪井，飛流懸注，其深無底。又有洪崖先生鍊藥之井，亦號洪崖山，有石臼存。」又引豫章記曰：「山高水湍，激著樹木，因霏散遠，灑如風雨數里。中通洪崖先生井。」

〔五〕「豈無」句：陵風翰，能御風而飛的翅膀。謝朓直中書省：「安得陵風翰，聊恣山泉賞。」又范祖禹寄題蒲氏清風閣：「側身西南望，安得陵風翰。」

宿翠巖寺

西山今夜雨，不爲故人留。泥滑淹行李，風聲欲送秋〔一〕。中原且多事，吾黨敢無憂。明日經由地，江南更幾州。

〔一〕「風聲」句：欲送，原校：「一作『送晚』。」

發翠巖寺

古殿突兀風有聲，粥魚欲打鷄三鳴〔一〕。披衣起坐問行李，僕夫屢報天陰晴。昨日路長頻雨阻，今日東風得無苦。杉松連山寒欲動，橘柚隔籬香半吐。却憶京城無事時，人家打酒夜深歸。醉裏不知妻子罵，醒後肯顧兒啼飢。如今流落長江上，所至盜賊猶旌旗〔二〕。已憐異縣風俗僻，况復中原消息稀。

〔一〕「粥魚」句：粥魚，刳木爲魚形，其中鑿空，扣之作聲，懸於廊下，即齋鼓。寺院於開飯或集聚僧衆時用之，參見本書卷五往年與關止叔相別甬上止叔見勉學道甚勤詩注。蘇軾奉敕祭西太一和韓川韵之三：「夢蝶猶飛旅枕，粥魚已響枯桐。」鷄三鳴，史記曆書：「時鷄三號，卒明。」索隱：「三號，三鳴也。言夜至鷄三鳴則天曉。」

〔二〕「所至」句：猶旌旗，仍打着旗幟，謂盜賊氣焰囂張。

送宋仲安往虔州〔一〕

已流之水不可以復回〔二〕，已往之日不可以復來〔三〕。唯有野外籬邊之黄菊，年年歲歲見花開。君如此菊不我厭，處處相逢同酒杯。三年喪亂那可説〔四〕，君頭已白我齒缺。高才抑塞久未用，坐守松檜凌霜雪〔五〕。君今又作章貢游〔六〕，我猶少忍住筠州〔七〕。破屋不憂遭鬼瞰〔八〕，端坐或恐貽神羞〔九〕。求田問舍古所歎〔一〇〕，敢有遠去惟身謀〔一一〕。爲約嶺南三數子〔一二〕，明年乘興欲東流。

〔一〕宋仲安，生平事迹不詳。吴曾能改齋漫録卷八：「唐劉長卿有和樊使君登潤州城樓詩云：『山城迢遞敞高樓，露冕吹鐃居上頭。春草連天隨北望，夕陽浮水共東流。江田漠漠全吴地，野樹蒼蒼故楚州。王粲尚爲南郡客，別來何處更銷憂。』……宋仲安有放船下湖口詩云：『此地側身徒北望，余生乘興復東流。』乃是全用劉詩也。」則宋氏亦是當時知名詩人，觀兩詩末聯，蓋宋、吕依韵唱和。元豐九域志卷六：「虔州，南康郡，昭信軍節度。」原注：「治贛縣。」地即今江西贛州。

〔二〕「已流」句：李白代別情人：「覆水不可收，行雲難重尋。」

〔三〕「已往」句：嵇康述志詩二首其二：「往事既已謬，來者猶可追。」李白宣州謝朓樓餞別校書叔雲：「棄我去者，昨日之日不可留。」

〔四〕「三年」句：以靖康元年汴京城破計，經三年喪亂，當已在建炎二年（一一二八）。詩言及「野外籬邊之黄菊」，應作於是年秋。

〔五〕「高才」二句：高才，指宋仲安。松檜，皆木名，此代指宋氏老家。曾鞏青雲亭閑望：「緬想山水宅，環觀松檜拱。」兩句言才士無緣報國，只能終老故土。

〔六〕「君今」句：章貢，二水名，即章水、貢水。二水合流，即「贛」字，泛指贛江及其流域。因虔州治贛縣，故此用章貢代指。

〔七〕「我猶」句：元豐九域志卷六：「筠州，軍事。」原注：「治高安縣。」地即今江西高安。

〔八〕「破屋」句：文選揚雄解嘲：「高明之家，鬼瞰其室。」李奇注：「鬼神害盈而福謙也。」此言家貧，不懼「鬼瞰」。

〔九〕「端坐」句：貽，原校：「一作『爲』。」神羞，爲鬼神所羞，謂極慚愧。杜甫石犀行：「今日灌口損户口，此事或恐爲神羞。」柳宗元故大理評事柳君墓誌：「余懼辭之不令，以爲神羞。」

〔一〇〕「求田」句：用劉備答許汜事，見本書卷八寧陵弟相送至南京因成四韵寄季一子之叔用詩注引三國志魏志陳登傳。

〔一一〕「敢有」句：爲身謀，左傳桓公六年：「『大國何爲？』君子曰：『善自爲謀。』」杜預注：「言獨絜其身，謀不及國。」杜甫晦日尋崔戢李封：「至令阮籍等，熟醉爲身謀。」以上兩句，自言不敢獨爲身謀，而深以國事爲憂。

〔三〕「爲約」二句：嶺南，五嶺之南。五嶺有多種説法，包括由江西、由福建、甚至由湖南等地經大庾嶺入廣東的五條道路。宋氏往虔州，正是江西赴廣東之通衢。三數子，猶言「二三子」，謂幾個人、諸人。參見本書卷一符離諸賢詩注。欲，原校：「一作『却』。」

與仲安別後奉寄

出門送君時，一步再徘徊〔一〕。雖云非遠別，念與始謀乖。欲求連牆居〔二〕，故作千里來。君今不我待，欲跨洪溝回〔三〕。我獨滯一方，後會良未諧。冬初風浪息，蛟龍深蟄雷。其如中原盜〔四〕，所至尚揚埃。子行莫夷猶〔五〕，恐致狼虎猜。胡人更遠適，畏死投烟霾。皇天久助順〔六〕，似不及吾儕。獨以智力免，寧有此理哉。因書寄苦語，亦以謝不才。新春好天色，指望烟氛開。即當候歸艎〔七〕，取酒尋尊罍。欣然得一笑，便足禳千災〔八〕。豫章百里遠〔九〕，可以慰客懷。須君起我病，同上徐孺臺〔一〇〕。

〔一〕「一步」句：古詩爲焦仲卿妻作：「孔雀東南飛，五里一徘徊。」又唐胡曾沙苑：「馮翊南邊宿霧開，行人一步一裴回。」按：詩中言「新春好天色」，當已進入新年即建炎三年（一一二九）春。

〔二〕「欲求」句：連墻居，謂作鄰居。謝薖寄饒次守：「他日如買鄰，定可連墻住。」

〔三〕「欲跨」句：洪溝，史記項羽本紀：「項王乃與漢約，中分天下，割鴻溝以西者爲漢，鴻溝而東者爲楚。項王許之。」集解引文穎曰：「於滎陽下引河東南爲鴻溝，以通宋、鄭、陳、蔡、曹、衛，與濟、汝、淮、泗會於楚，即今官渡水也。」正義引應劭云：「在滎陽東二十里。」又引張華云：「大梁城在浚儀縣北，縣西北渠水東經此城南，又北屈分爲二渠。其一渠東南流，始皇鑿引河水以灌大梁，謂之鴻溝，楚漢會此處也。其一渠東經陽武縣南，爲官渡水。」洪、鴻通。按：此所謂洪溝，當代指淮河。南宋初，宋、金大致以淮河爲界，蓋宋仲安不願避地做寓客，而欲返回故鄉，故云。

〔四〕「其如」句：中原盜，指金兵。

〔五〕「子行」句：楚辭屈原九歌湘君：「君不行兮夷猶。」王逸注：「夷猶，猶豫也。」

〔六〕「皇天」句：東漢滕輔祭牙文：「天道助順，正直聰明。」

〔七〕「即當」句：歸艎，艎，船也。蘇軾次韵許遵：「蒜山渡口挽歸艎。」

〔八〕「欣然」二句：韓愈和張十一憶昨行：「無妄之憂勿藥喜，一善自足禳千災。」禳，除去。

〔九〕「豫章」句：豫章，即南昌也。元豐九域志卷六荆湖西路：「都督，洪州，豫章郡，鎮南軍節度。」原注：「治南昌、新建二縣。」

〔一〇〕「同上」句：輿地勝覽卷一九江西路隆興府：「孺子墓，「圖經：章水者，逕南昌城西，歷白社，其西有孺子墓；又北，歷南塘，其東爲東湖，其南小洲上有孺子宅，號孺子臺。吴嘉禾中，太守徐熙於孺子墓隧種松，太守謝景於墓側立碑，太守夏侯嵩於碑旁立思賢亭，拓跋魏時謂之聘君亭。墓失其地，臺可考而知，詳見曾南豐所作記」。按：徐穉，字孺子，東漢末南昌人，有獨善於隱約之德。所云曾鞏記，即徐孺子祠堂記，載元豐類稿卷一九，上所引圖經文，即節録該記文字。

題筠州僧房

客來無語坐禪房，共賞西窗一榻凉。山路雨餘新筍出，江城春色雜花香。廚煙已逐鍾聲遠，樹色初隨塔影長。敢道閒居便安穩，今年更欲下湖湘〔一〕。

〔一〕「敢道」二句：湖湘，湖指洞庭湖及周邊湖泊，湘即湘江。湖湘泛指今湖南一帶。「今年」爲建炎三年（一一二九），年初高宗在揚州，金兵仍向南大舉進攻，而江西等地盜賊日滋，故兩句言江西並不安全。

離筠州

舊日閑居日，無悰已倦游〔一〕。如今避地走〔二〕，不復爲山留。淮甸初經夏〔三〕，江西復度秋〔四〕。今朝小亭望，東北是筠州。

〔一〕「無悰」句：悰，樂趣。謝朓遊東田：「慼慼苦無悰，攜手共行樂。」又李商隱樂遊園：「無悰託詩遣，吟罷更無悰。」

〔二〕「如今」句：論語憲問：「子曰：『賢者避世，其次避地。』」何晏集解引馬（融）曰：「去亂國，適治邦。」

〔三〕「淮甸」句：淮甸，淮河流域。初經夏，謂建炎元年（一一二七）秋呂本中逃離開封，經淮河一帶輾轉到達宣城，次年（建炎二年）度過避地後的第一個夏天。

〔四〕「江西」句：復度秋，謂建炎二年秋由宣州出發進入江西，至此已是第二個秋季。按：據以上二句，詩人一行離開筠州，當在建炎三年秋。

題圓悟與惇兄法語〔一〕

杲公昔踏胡馬塵〔二〕，城中草木凍不春。胡兒却立不敢問，其誰從之惇上人〔三〕。

袖手歸來兩無語，如今且向江南住。雲居老人費精神，送向高安灘頭去〔四〕。

〔一〕圓悟，即圓悟克勤，彭州崇寧縣(今成都郫都)人，俗姓駱，字無著，法名克勤。臨濟宗高僧，汴京天寧寺住持。事迹詳五燈會元卷一九昭覺克勤禪師，又孫覿作有圓悟禪師傳(鴻慶居士集卷四二)，略曰：「政和中，詔住(建)康蔣山，東南學者赴之如歸市。名聞京師，詔住天寧萬壽禪寺。建炎初，宰相李公伯紀(綱)當國，奏師住金山龍游寺。車駕幸維揚，召詣行在，入對殿廬，賜號圓悟禪師，改住廬山雲居。久之，遂還蜀。」參見本書卷一一送一書記杲公作天寧化士詩注。惇兄，即惇上人，圓悟門人。法語，闡説佛教基本教義之語。

〔二〕「杲公」句：杲公，即大慧宗杲，宣州(今安徽宣城)人，俗姓奚。宣和七年(一一二五)於汴京天寧寺師事圓悟克勤，時金兵攻京師正急。其生平事迹，亦詳本書卷一一送一書記杲公作天寧化士詩注。

〔三〕「胡兒」二句：大慧普覺禪師年譜：靖康元年(一一二六)，「於時士大夫争與之(宗杲)游，雅爲右丞相吕公舜徒(好問)所重，奏賜紫衣，師號佛日大師。時女真之肆驕，取禪師十數，師爲首選。圓悟遣惇上人侍行。有西竺密三藏，俱館金明池上，日與論義，密深敬服。虜酋壯師不少屈，由是一衆獲免其行。師於是年八月出京。按吕居仁送惇上人之雲居省師詩曰(即此詩，略)」。

〔四〕「雲居」二句：雲居老人，指圓悟克勤。克勤爲避金兵離天寧寺後，住金山龍游寺。入對高宗，獲賜號圓悟禪師，遂改住廬山雲居，見上注引孫覿圓悟禪師傳。按高宗車駕幸維揚（今江蘇揚州），在建炎元年（一一二七）冬十月癸未，見宋史高宗紀一。則圓悟到雲居寺，當在次年（建炎二年）春夏。方輿勝覽卷一七南康軍（今江西星子）：「雲居寺，在（雲居）山之顛。諺云：天上雲居，地下歸宗（按：亦爲寺名）。言其相亞云。」吕本中是時暫居筠州（高安），作詩送惇上人到雲居省師（圓悟）。

建城道中〔一〕

建城南路入袁州〔二〕，怪石縱横水亂流。盡日衣冠在圖畫〔三〕，百年心迹付林丘。中原未作重歸計，胡馬能令此地憂。浪迹江湖亦吾分，運籌帷幄有留侯〔四〕。

〔一〕建城，劉跂來賢橋銘：「筠於江西爲支郡，地左而勝，號稱道院。其邑故建城，今爲高安。」則建城即筠州治所高安舊名。

〔二〕「建城」句：宋史地理志四江南西路：「袁州，宜春郡，軍事。」縣四，宜春乃其一。今爲江西宜春市。

〔三〕「盡日」句：謂風景秀麗，故文人士大夫遊覽者極多。

〔四〕「運籌」句：留侯，即張良。史記留侯世家：「留侯張良者（按漢書張良傳：「張良，字子房』），其先韓人也。』從漢王劉邦定天下，謀畫多由良。「漢六年（前二〇一）正月，封功臣，良未嘗有戰鬭功，高帝曰：『運籌策帷帳中，決勝千里外，子房功也，自擇齊三萬户。』良曰：『始臣起下邳，與上會留，此天以臣授陛下。陛下用臣計，幸而時中，臣願封留足矣，不敢當三萬户。』乃封張良爲留侯。」此代指朝廷高官，謂國家大事有爾等謀畫，吾輩惟有浪迹江湖之分。

行至醴陵寄故人〔一〕

淺溪沙磧寒，月白樹影疏。我行天一角，所至尚躊躇。偶逢勝絶地，不異嵩潁居〔二〕。臨流遂忘歸，默坐數游魚〔三〕。寧知胡馬鬧，江縣已丘墟。故人亦未來，一旬三寄書。不必問淺深，但當膏子車〔四〕。新霜隨北風，慘慘度重湖。相尋近五嶺〔五〕，慎勿厭長途。

〔一〕醴陵，宋史地理志四荆湖南路：「潭州，上，長沙郡，武安軍節度。」轄十二縣，有醴陵縣。今爲湖南醴陵。

〔二〕「不異」句：嵩潁，即嵩山、潁水。潁水，發源於嵩山，迤邐東下，流經河南登封、禹州，乃古代高士歸隱之地。

〔三〕「默坐」句：胡宿懷宣城會勝院二首其一：「僧閒對馴鴿，客至數游魚。」又陳師道和張奉議贈舅氏龐大夫：「藤架倚春聽語鳥，石池迎日數游魚。」

〔四〕「但當」句：膏子車，「膏」用如動詞，膏車即爲車軸塗注油脂，使車輪潤滑易行。子，第二人稱代詞，猶言「你」。水經注卷三河水：「又南過上郡高奴縣東。」注：「博物志稱酒泉延壽縣南山出泉水，大如筥，注地爲溝，水有肥如肉汁，取著器中，始黄後黑，如凝膏，然極明，與膏無異。膏車及水碓缸甚佳，彼方人謂之石漆。」句言準備好車馬隨時出發。

〔五〕「相尋」句：五嶺，文獻有多種説法，一般指大庾嶺、騎田嶺、都龐嶺、萌渚嶺、越城嶺，在今廣東、廣西、湖南、江西、福建五省區交界處。或云指進入廣東之五條道路。

將至南嶽先寄演公禪師善公華嚴〔一〕

胡馬揚塵烽燧作〔二〕，我行乃在天一角。江西跰足過湖南〔三〕，本赴郴陽故人約〔四〕。中途群盜又蜂起，所至往往爲囊橐〔五〕。遲回改路心自笑，隱忍畏事人所薄。不因此去渡湘水，更欲何時到南嶽。山中况有二老人，萬里同來且安樂。遥瞻見我應大笑，白鬚黑面都如昨。平生故舊幾人在，不早從公老丘壑。自經喪亂可過從，每一思之懷抱惡〔六〕。請公更説因地初〔七〕，一解人間因慧縛〔八〕。

〔一〕南嶽，古代五嶽之一，即衡山。山在今湖南衡陽市，主峰祝融峰高一千三百米。演公，或疑爲釋法演，綿州（今四川綿陽）鄧氏子，事迹見五燈會元卷一九南嶽下十三世白雲端禪師法嗣五祖法演禪師。然法演圓寂於崇寧三年（一一〇四）六月二十五日，且未嘗住衡山，顯非此人。善公，疑爲釋善權，江西派詩人，洪州靖安（今屬江西）高氏子，其人亦未嘗住衡山。據詩意，演公爲禪師，善公爲華嚴宗僧人。二僧蓋北人，與吕本中爲「故舊」，同因靖康之難避地衡山，事跡不詳。

〔二〕「胡馬」句：烽燧，古代戰場偵察敵情之聯絡信號。見本書卷二明妃詩注。此代指金兵入侵之戰火。

〔三〕「江西」句，江西，即江南西路，治南昌（今屬江西省）。跰，莊子天道：「百舍重跰而不敢息。」釋文引司馬彪曰：「跰，胝也。」廣韵：「胝，皮厚也。」謂脚生老繭。湖南，即荆湖南路，治長沙。

〔四〕「本赴」句：郴陽，即郴州。宋史地理志四荆湖南路：「郴州，中，桂陽郡，軍事。紹興初，改隸荆湖東路，二年（一一三二）仍來屬（荆湖南路）。」南宋初管郴、桂陽等四縣。故人，不詳所指。

〔五〕「所至」句：囊橐，泛指口袋、包袱。説文：「橐，囊之無底者。」爲囊橐，指專門搶奪財物。

〔六〕「每一」句：懷抱惡，世説新語德行：「謝太傅語王右軍曰：『中年傷於哀樂，與親友别，輒作數日惡。』」惡，情緒低落。

〔七〕「請公」句：因地，地，指修行佛道之地位、階位。對佛果之果位而言，等覺以下悉爲因地；對初地以上之菩薩而言，地前菩薩之階位皆爲因地。亦即對已證位者，稱證位者爲因地。楞嚴經卷五：「我本因地，以念佛心入無生忍。」因地初，指修佛之最低層次。

〔八〕「一解」句：因慧，佛教語。因，佛教認爲世間一切皆是因緣果報，種下某因，在因緣成熟時必得某果，是善果抑或惡果，皆由「因」決定。慧，梵語「波若」，釋慧遠大乘義章卷二〇：「所言慧者，據行方便觀達名慧。就實以論，真心體明，自心無暗，目之爲慧。」句謂人間之悲劇，皆由被因、慧束縛，只有解脱，方可獲自在三昧。

避寇南行

何處田園不是家，儘扶衰病過天涯。山村酒熟人人醉，客路春濃處處花。敢道嶺南無賊馬，側聞江左尚胡沙〔一〕。囊空甑倒君休笑〔二〕，亦有新詩伴齒牙。

〔一〕「敢道」二句：敢道，不敢説。甲馬、風沙，指戰亂。甲馬，帶甲之馬，代指軍隊。杜甫嚴氏溪放歌：「天下甲馬未盡消。」

〔二〕「囊空」句：形容極貧。韓愈寒食日出遊：「囊空甑倒誰救之，我今一食日還併。」

貞女峽〔一〕

欲上貞女峽，江險未敢行。豈是畏江險，愧此貞女名〔二〕。時經喪亂後，世不聞堅貞。烈士久喪節，丈夫多敗盟〔三〕。寧聞閨房秀，感義不偷生。窮荒禮法在，尚此留佳聲。時事有通塞，江流無濁清。欲行勿憚險，爲君先濯纓〔四〕。

〔一〕貞女峽，宋史地理志六廣南東路：「連州，下，連山郡，軍事。」管桂陽、陽山、連山三縣。述其古迹有貞女峽，引荆州記云：「秦時有女子化爲石，在東岸穴中」。又方輿勝覽卷三七：「貞女峽，在桂陽縣南十五里。郡國志：『有石臨水，狀若婦人。云秦時女子采螺於風雨中，忽化爲石。』韓愈詩云：『江盤峽束春湍豪，雷風戰鬬魚龍逃。懸流轟轟射水府，一瀉百里翻雲濤。漂船擺石萬瓦裂，咫尺性命輕鴻毛。』」按：貞女峽事，首見水經洭水注。連州，今爲廣東縣級市，隸清遠市，與湖南藍山、江華、臨武、宜章諸縣接壤。

〔二〕「豈是」二句：艇齋詩話：「呂東萊貞女峽詩云：『不是畏江險，愧此貞女名。』徐東湖（俯）云：『不合云自愧貞女，亦甚有意。』」

〔三〕「烈士」二句：靖康之亂中，不少朝士大夫喪失氣節，既不知民族大義，也無擔當，表現惡劣，故詩人在此借題發揮。

〔四〕「爲君」句：楚辭漁父：「漁父莞爾而笑，鼓枻而去，歌曰：『滄浪之水清兮，可以濯吾纓；滄浪之水濁兮，可以濯吾足。』遂去，不復與言。」此言士大夫欲上貞女峽，當先在峽水中濯洗纓冠，以不辱貞女之名。

山水圖

君家茅屋低蓬蒿，客來頗厭蛙蚓號。何得有此山突兀，氣壓太華陵嵩高〔一〕。坐看遠澗受懸瀑，似聽跬步鳴秋濤〔二〕。槎牙老樹半枯死，上倚絶壁緣飛猱〔三〕。我行日畏盜賊逼，敢厭瘴癘同腥臊〔四〕。偶逢坐穩懶歸去，豁達眼界無纖毫。嶺南山水固多異，恨無中州清淑氣〔五〕。對君圖障心恍然，便如太華嵩高前〔六〕。君但對此能高眠，當有好句令君傳。

〔一〕「氣壓」句：太華，即華山，爲古代五嶽之西嶽。山海經西山經：「太華之山，削成而四方。」郭璞注：「今山形上大下小，峭峻也。」又太平御覽卷三九華山引華山記曰：「山頂有池，生千葉蓮花，服之羽化，因曰華山。」山在今陝西華陰。嵩高，即嵩山，又名嵩高山，爲五嶽之中嶽。山在今河南登封西。句謂山水圖中之山，其氣勢蓋過華山，其高峻度越嵩山。

〔二〕「似聽」句：跬步，荀子勸學篇：「不積蹞步，無以至千里。」唐楊倞注：「半步曰蹞，蹞與跓同。」

〔三〕「上倚」句：緣，攀緣。飛猱，文選曹植白馬篇：「仰手接飛猱。」李善注：「猱，猨屬也。」

〔四〕「敢厭」句：敢厭，謂不敢嫌棄。瘴癘，濕熱地區流行之惡性瘧疾等傳染病，古代福建、廣東、廣西一帶多有之。杜甫夢李白二首其一：「江南瘴癘地，逐客無消息。」腥臊乃牛羊氣味，喻指金兵。句言正躲避强盜，故瘴癘、金兵都不在考慮之中。

〔五〕「恨無」二句：中州，即古豫州，今河南一帶。清淑氣，清新和美之氣。韓愈送廖道士序：「衡山之神既靈，而郴之爲州，又當中州清淑之氣，蜿蟺扶輿，磅礴而鬱積。」

〔六〕「便如」句：如，原校：「一作『似』。」

連州陽山歸路三絶〔一〕

蒼黄避地出連州〔二〕，邃谷深巖懶轉頭。歸路始知山水好，少留村驛當閑游。

〔一〕陽山，連州縣名，見前貞女峽注。該縣今屬廣東清遠。

〔二〕「蒼黄」句：蒼黄，即「倉黄」，蒼、倉通。慌忙急迫，今多作「倉皇」。舊唐書田承嗣傳：「承嗣懼，而麾下大將復多携貳，倉黄失圖。」王安石送李屯田守桂陽：「倉黄離家問南北。」

稍離烟瘴近湘潭〔一〕，疾病衰頽已不堪。兒女不知來避地，强言風物勝江南。

〔一〕「稍離」句：宋史地理志四荆湖南路：潭州，領十一縣，其中有湘潭。今爲湖南湘潭。

嶺外從來不識春，青梅年後已嘗新。深山忽有殘花在，知與清明待北人〔一〕。

〔一〕「深山」二句：謂連州山中花已殘，而北方正是花開時，故北人是時南來，恰是清明時分。

陽山道中遇大風雨暴寒有感

嶺南二月春已盡，百花委棄隨風吹。山前山後緑陰滿。已過中原初夏時。不知何氣忽乖沴〔一〕，風雨夜作雷乘之。鞭笞宇宙揪日月，萬象倒錯藏光輝。巖傾澗絶水府現〔二〕，捕搏虎豹擒蛟螭。百圍老樹不須説〔三〕，忍凍欲壓摧其枝。峥嶸屋瓦走飛雹，如戰初合麾旌旗。我行避地更值此，閉目但聽兒啼飢。僕夫噤死者數輩〔四〕，牛馬懼不存毛皮。長途三日斷還往，况有鳥雀凌雲飛。只今胡塵暗江路，盜賊往往乘餘威。良民雖在困須索〔五〕，四海萬里皆瘡痍。天公忍不一顧此，反更震動窮荒爲。此方亦是神所主，我欲告訴心先疑。明朝風定寒亦解，收召魂魄尋歸期。澗毛自可薦筐筥〔六〕，試出苦語令神知。

〔一〕「不知」句：沴，原校：「一作『戾』。」

〔二〕「巖傾」句：謂山巖崩塌，水流漫溢，已無溪澗。水府，積水爲塘堰，頓現傳説中的水府龍宫。

〔三〕「百圍」句：百圍，極言樹大。杜甫古柏行：「霜皮溜雨四十圍。」宋郭知達集注：「古制，以圍三徑一。四十圍即百二十尺。圍有百二十尺，即徑四十尺矣。……若以人兩手大指相合爲一圍，則是一小尺。」

〔四〕「僕夫」句：噤死，閉氣窒息而死。數輩，數人。

〔五〕「良民」句：須索，索求，討要。謂難供其所需。蘇頌華戎魯衛信録總序：「或貿易貨財，或須索供饋，或丐求珍異，許予多矣。」

〔六〕「澗毛」句：指祭神靈。詩經召南采蘋：「于以盛之，維筐及筥。于以湘之，維錡及釜。」毛傳：「方曰筐，圓曰筥。湘，亨也。錡，釜屬，有足曰錡，無足曰釜。」鄭玄箋：「亨蘋藻者於魚湆之中，是鉶羹之芼。」陸德明音義：「亨，本又作烹，同，煮也。湆，汁也。鉶，鄭（玄）云：三足兩耳，有蓋，和羹之器。」

答朱成伯見贈四首〔一〕

三年轉東南，足迹不得息。新霜未壓瘴〔二〕，已畏賊馬迫〔三〕。蒼黄度嶺去，山路楓葉赤。慨然念平生，謬自有欣戚。交游半鬼録〔四〕，在者費相憶。朱卿早聞道，一如見舊識。新詩入要妙，如射已破的〔五〕。我行囊貯空，所至但四壁。豈如投異縣〔六〕，忽枉和氏璧〔七〕。斯文得未喪〔八〕，豈不繫人力。出門仰高山〔九〕，此道如矢直〔一〇〕。

〔一〕朱成伯，「成伯」當是字號，其名諱及里貫不詳。據此組詩，呂本中靖康間避地嶺南時，與朱成伯相識。蓋成伯曾爲官且年長，故本中尊之爲「朱卿」，並贊其「新詩入要妙」。其家有秀野堂，呂本中嘗作朱成伯秀野堂詩以詠之（本書卷一六）。朱成伯又曾與胡寅唱和，胡氏和朱成伯詩曰：「持身貴比琥璜爵，得句精如狐白裘。」（斐然集卷三）對其人其詩評價甚高。

〔二〕「新霜」句：未壓瘴，謂節候雖已入秋，但仍有瘴氣。

〔三〕「已畏」句：迫，原校：「一作『逼』。」

〔四〕「交游」句：鬼録，死人名録。見本書卷二答無逸惠書詩注。又曹丕與吴質書：「觀其姓名，已成鬼録。」

〔五〕「如射」句：破的，射中靶心。杜甫敬贈鄭諫議十韻：「諫官非不達，詩義早知名。破的由來事，先鋒孰敢爭。」王洙注：「言詩句中理，如射之破的也。庾翼謂謝尚曰：『卿若破的，當以鼓吹相賞。』尚應聲中之，翼即以其副鼓吹給之。」曾季貍艇齋詩話曰：「後山論詩説換骨，東湖（徐俯）論詩説中的，東萊（呂本中）論詩説活法，子蒼（韓駒）論詩説飽參。入處雖不同，然其實皆一關捩，要知非悟入不可。」

〔六〕「豈如」句：異縣，謂他鄉。杜甫赴青城縣出成都寄陶王二少尹：「老被樊籠役，貧嗟出入勞。客情投異縣，詩態憶吾曹。」

〔七〕「忽枉」句：和氏璧，史記廉頗藺相如列傳：「趙惠文王時，得楚和氏璧。秦昭王聞之，使人遺趙王書，願以十五城請易璧。」此喻朱成伯所贈詩，極言其珍貴。

〔八〕「斯文」句：論語子罕：「子畏於匡，曰：『文王既没，文不在兹乎？天之將喪斯文也，後死者不得與於斯文也；天之未喪斯文也，匡人其如予何？』」何晏集解引孔安國注：「文王既没，故孔子自謂後死；言天將喪此文者，本不當使我知之，今使我知之，未欲喪也。」

〔九〕「出門」句：詩經小雅車舝：「高山仰止，景行行止。」此謂對朱成伯十分敬仰。

〔一〇〕「此道」句：詩經小雅大東：「周道如砥，其直如矢。」毛傳：「如砥，貢賦平均也；如矢，賞罰不偏也。」此贊朱成伯爲人直諒不阿。

我適蒼梧野〔一〕，君來洞庭岸〔二〕。相逢迫盜賊〔三〕，一笑未得款。欣然望眉宇，於我意自滿。天寒道路長，歲晚日晷短〔四〕。僧房肯再來，晴窗自妍暖。

〔一〕「我適」句：適，到。蒼梧野，楚辭屈原離騷：「朝發軔於蒼梧兮。」王逸注：「蒼梧，舜之所葬也。」洪興祖補注：「山海經云：『蒼梧山，舜葬於陽，帝丹朱葬於陰。』禮記曰：『舜葬於蒼梧之野。』注云：『舜征有苗而死，因葬焉。蒼梧於周，南越之地，今爲郡。』如淳曰：『舜葬九嶷，九嶷在蒼梧馮乘縣，故或曰舜葬蒼梧也。』」史記五帝本紀：「（舜）南巡狩，崩於蒼梧之野。葬於江南九疑，是爲零陵。」按：馮乘縣，西漢元鼎六年（前一一一）置，屬蒼梧郡，縣治在深平城（按：今湖南江華濤圩鎮連山脚村）。隋開皇九年（五八九），馮乘縣改屬永州總管府。零陵，今爲湖南永州零陵，九嶷山則在今湖南寧遠縣南。廣西梧州市有蒼梧縣。現一般認爲寧遠縣南之九嶷山爲舜葬地，則所謂「蒼梧」之野，指今湖南永州一帶。

〔二〕「君來」句：洞庭，湖名，在今湖南省北部長江荆江河段以南，爲中國第四大湖，第二大淡水湖。

〔三〕「相逢」句：迫，原校：「一作『逼』。」

〔四〕「歲晚」句：日晷，即日影。古人用太陽光投射之陰影長短標示季節。日晷短則白晝不長，故言歲晚即冬季。

入林恐不遠，入山恐不深。城市有深遠，不必在山林〔一〕。隋珠不自寶，豈在須淵沈〔二〕。斷絃得遺譜，千載有知音〔三〕。

〔一〕「入林」四句：謂若欲隱居，既求深又求遠，則不在山林，而在城市。

〔二〕「隋珠」二句：隋珠，即隋侯珠，搜神記卷二〇：「隋侯出行，見大蛇，被傷中斷，疑其靈異，使人以藥封之，蛇乃能走。……歲餘，蛇銜明珠以報之。珠盈徑寸，純白，而夜有光明，如月之照，可以燭室，故謂之隋侯珠。」兩句言不自寶乃真寶，故隋侯珠并不沈於深淵，意亦謂欲隱不必入山林。

〔三〕「斷絃」二句：謂古賢人雖已遠去，但典型尚在，後來自有知音者。參見本書卷七曹南寄親舊詩注。

昔在中朝時〔一〕，每從賢俊游。酒酣握手歡，預懷今日憂。兩經嶺嶠春〔二〕，三度江湖秋〔三〕。朱卿抱奇節，好語忽見收。我無濟世策〔四〕，君有活國謀〔五〕。相尋不相笑，夜光猶暗投〔六〕。道喪師友絶〔七〕，寧有民不偷〔八〕。風波極浩渺，欲濟能無舟〔九〕。

〔一〕「昔在」句：中朝，此指北宋。

〔二〕「兩經」句：嶺嶠，指五嶺。南史陳武帝紀：「長驅嶺嶠，夢想京畿。」又李商隱代僕射濮陽公遺表：「兩逾嶺嶠，四建牙旗。」

〔三〕「三度」句：江湖，江指長江，湖，此泛指南方湖泊，如洞庭湖等，乃南行必經之路。

〔四〕「我無」句：濟世策，救世良策。杜甫暮春題瀼西新賃草屋五首其五：「欲陳濟世策，已老尚書郎。」

〔五〕「君有」句：黄庭堅再作答徐天隱：「收此文章戲，往作活國謀。」史容注：「文選孫楚與殷浩書：『愛民活國。』杜詩：『活國名公在，拜壇群寇疑（按：見贈崔十三評事公輔）。』又：『冀公柱石姿，論道邦國活。』（按：見鹿頭山）」

〔六〕「夜光」句：文選鄒陽獄中上書自明：「臣聞明月之珠，夜光之璧，以暗投人於道，衆莫不按劍相眄。何則？無因而至前也。……故無因而至前，雖出隨侯之珠，夜光之璧，祇足結怨，而不見德。」

〔七〕「道喪」句：韓愈師説：「嗟乎！師道之不傳也久矣，欲人之無惑也難矣。」

〔八〕「寧有」句：論語泰伯：「故舊不遺，則民不偷。」邢昺疏：「偷，薄也。」

〔九〕「欲濟」句：孟浩然臨洞庭：「欲濟無舟檝，端居耻聖明。」此反其義，謂豈能無舟以濟，乃鼓勵朱成伯，謂必將否盡泰來，爲國建功立業。

連州行衙水閣望溪西諸山〔一〕

嶠南氣常昏〔二〕，終日如霧隔。我來已經時，初不辨山色。紛紛翳犯眼〔三〕，默默悸動魄。今晨忽晴快，如語見肝膈〔四〕。群峰插天青，野水恣意白。深窺木杪静，細數鳥道窄〔五〕。天心豈無意，直欲慰北客。才經盜賊擾，更脱瘴癘厄。湖湘雖未定，勢已初夏迫。頗聞胡虜遠，不復更追索。我歸當何時，俗事累千百。便擬衡山前，今年飽新麥。憂慮則未已，四海方偪仄〔六〕。群公獻納際〔七〕，或肯任此責。先當肅區夏〔八〕，次用及蠻貊〔九〕。豈容胡虜暴，歲必有大獲。天雖未悔禍〔一〇〕，世豈無良策。生人苟未盡〔一一〕，狐兔當有宅〔一二〕。

〔一〕行衙，古代高官在外時的臨時辦公處所。魏野寄淮南制置使薛户部：「彩旆雙飄爲從物，畫船一簇是行衙。」

〔二〕「嶠南」句：嶠，即嶺，嶠南，嶺南也。後漢書馬援傳：「斬獲五千餘人，嶠南悉平。」李賢注：「嶠，嶺嶠也。爾雅曰：『山鋭而高曰嶠。』」

〔三〕「紛紛」句：翳，眼球所生障蔽視綫之膜。

〔四〕「如語」句：肝膈，猶言肺腑。見肝膈，謂彼此交流時敞開心扉，毫無隱匿，喻極真誠。三國志吴志周魴傳：「敢緣古人，因知所歸，拳拳輸情，陳露肝膈。」此喻指天放晴後，遥望諸山，一切皆顯露無遺。

〔五〕「細數」句：鳥道，唯鳥能飛過之道路，極言其險峻狹窄。李白蜀道難：「西當太白有鳥道，可以横絶峨眉巔。」宋楊齊賢集注引南中志：「交趾郡治龍編，自興古鳥道四百里。」

〔六〕「四海」句：偪仄，狹窄擁擠，此指事事不如意。參見本書卷三寄謝無逸并汪叔野兄弟詩注。

〔七〕「群公」句：群公，此指朝廷在位之諸官僚。獻納，建言以供采納。文選班固兩都賦序：「言語侍從之臣……朝夕論思，日月獻納。」吕向注：「並以言語才華，進爲侍從之臣，論思正道，獻納於上。」

〔八〕「先當」二句，尚書康誥：「惟乃丕顯考文王，克明德慎罰，不敢侮鰥寡，庸庸，祗祗，威威，顯民，用肇造我區夏，越我一二邦，以修西土。」僞孔傳：「用此明德慎罰之道，始爲政於我區域諸夏，故於我一二邦皆以修治。」則區夏，謂區域、諸夏。又文選張衡東京賦：「且高既受命建家，造我區夏矣。」薛綜注：「高，高祖也。區，區域也；夏，華夏也。」則此所謂區夏，指趙宋政權南渡後所統治之國家，史稱南宋。

〔九〕「次用」句：尚書武成：「予小子既獲仁人，敢祗承上帝，以遏亂略，華夏蠻貊，罔不率俾。」僞孔傳：「冕服采章曰華，大國曰夏，及四夷，皆相率而使奉天成命。」孔穎達正義：「冕服采章，對被髮左衽，則爲有光華也。釋詁云：『夏，大也。』故大國曰夏。華夏，謂中國也。言蠻貊，則戎夷可知。王言華夏及四夷皆相率而充已使奉天成命，欲其共伐紂也。」則此所謂蠻貊，泛指諸少數民族聚居區及其政權。

〔一〇〕「天雖」句：悔禍，追悔所釀之禍亂。左傳隱公十一年：「若寡人得没於地，天其以禮悔禍於許，無寧茲許公復奉其社稷。」杜預注：「言天加禮於許，而悔禍之。」

〔一一〕「生人」句：生，原校：「一作『主』。」

〔一三〕「狐兔」句：狐兔宅，或作狐兔窟、狐兔穴，皆古代對少數民族或强盜居地之蔑稱。文選潘岳西征賦：「鷟雉雊于臺陂，狐兔窟于殿傍。」李周翰注：「言臺殿陂池荒敗，故鷟雉狐兔得居也。」杜牧池州送孟遲先輩：「大澤蒹葭風，孤城狐兔窟。」

贈歐陽處士〔一〕

愛君年少便知足，今君雖老更無欲〔二〕。閉門不出動經時，保此無窮清浄福〔三〕。黄衣弟子雜僧徒〔四〕，共守荒郊數椽屋。門前山水各有態，君但疏籬對脩竹。直如季路耻有聞〔五〕，清似之推不言禄〔六〕。坐看世事雲變化〔七〕，一任兒曹手反覆〔八〕。上皇龍飛三十春〔九〕，臨軒亦嘗思異人。詔書屢下廣搜索，當時幾人能識真。君時聲名動天子，高卧不起空逡巡〔一〇〕。謾收符籙養丹火〔一一〕，一旦四海生風塵。我來見君斛嶺下〔一二〕，識君無營真静者。殷勤愛我莫遽行，尚肯相從結茅舍。時當喪亂足淹留，豺狼恣横空山夜。它年有意過匡廬，更許淵明入蓮社〔一三〕。

〔一〕歐陽處士，據詩所言，其人居連州斛嶺下，弟子中道士、僧徒雜處，一生不食禄，以符籙丹火爲事。疑指歐陽珏，見下注。

〔二〕「今君」句：更，原校：「一作『轉』。」

〔三〕「保此」句：清净福，以清净爲福。道教、佛教皆崇尚清净（净亦作「静」）。如雲笈七籤卷一〇三洞經教部經引老君太上虚無自然本起經曰：「神本從道生，道者清静，都無所有，乃變爲神明。」同上卷一七引老君清静心經：「寂無俱了無矣，欲安能生？欲既不生，心自静矣。生既自静，神即無擾；神既無擾，常清静矣。」佛門以嚴持戒律，熄滅貪、嗔、痴，增長戒、定、慧，以慈悲對待一切衆生，救度衆生出離輪回苦海，乃至成佛，爲最上菩提心，亦是無上清净心。

〔四〕「黄衣」句：黄衣弟子，指道士及田父野夫。唐六典卷四：「凡道士、女道士衣服，皆以木蘭青碧皂荆黄緇之色。」又韓愈華山女：「黄衣道士亦講説。」韓醇注：「野夫黄冠，黄冠，草服也。」

〔五〕「直如」句：論語公冶長：「子路有聞，未之能行，唯恐有聞。」何晏集解引孔（安國）曰：「前所聞未及行，故恐後有聞不得並行也。」邢昺疏：「此章言子路之志也。子路於夫子之道，前有所聞，未能及行，唯恐後有聞，不得並行也。」

〔六〕「清似」句：左傳僖公二十四年：「晉侯賞從亡者，之推不言禄，禄亦弗及。」按：子推，即介之推，春秋時晉人，從晉侯重耳出亡，返國後未得賞賜，遂隱居綿山，晉文公（重耳）放火逼其出山，堅持不出，被焚死。

〔七〕「坐看」句：雲變化，謂變幻如雲。蘇軾贈寫真何充秀才：「此身常擬同外物，浮雲變化無蹤迹。」

〔八〕「一任」句：兒曹，小兒輩，此指無操守之人。手反覆，漢書陸賈傳：「使一偏將將十萬衆臨越，即越殺王降漢，如反覆手耳。」顔師古注：「言其易。」杜甫貧交行：「翻手作雲覆手雨，紛紛輕薄何須數。」

〔九〕「上皇」句：上皇，指宋徽宗。龍飛，登皇帝位。周易乾卦：「九五，飛龍在天，利見大人。」按徽宗在位，計首尾共二十七年，此言三十春，乃約數。

〔一〇〕「君時」二句：萬姓統譜卷九〇：「范處厚，大觀中知南雄州。時舉八行，廣東十五郡無應者，惟處厚切意搜求，得譚焕、歐陽玨、許孜三人，以其行聞。」乾隆廣東通志卷三九：「范處厚，紹興人，崇寧中知南雄州。大觀初，詔諸路舉人，後詞章而先躬行，置八行科，路三人爲率。詔下嶺南有司，無以應舉者。處厚在州，察舉譚焕、歐陽玨、許孜，號爲得人。」同上書卷三一宋「舉八行」名録：「歐陽玨，保昌人。」按：保昌縣，清代省入南雄，今爲廣東南雄。呂本中所稱歐陽處士，疑即此人。

〔一一〕「謾收」句：謾，張相詩詞曲語詞匯釋卷二：「漫，本爲漫不經意之漫，爲聊且義或胡亂義。」字亦作謾。符籙，道教之神秘文書，字作篆籀屈曲狀及星雷等爲符，記天曹官吏佐屬爲籙，用以召神驅鬼。丹火，煉丹之火，謂服丹可長生不老。

〔二〕「我來」句：斛嶺，在連州。宋鄭俠嘗作連州斛嶺寨井詩，有曰：「斛嶺寨，行雲際，下視長江入地底。汲江登嶺行三里，躋扳峻險爲艱爾。」又蔡戡割屬宜章臨武兩縣奏狀曰：「宜章在連州之東北，有斛嶺限之；臨武在連之正北，有小桂嶺限之，皆崎嶇荒迥不毛之地三十餘里。」

〔三〕「它年」二句：匡廬，原校：「一作『廬山』。」東晋釋慧遠於廬山東林寺與釋慧永、慧持及名士劉遺民、雷次宗、宗炳等十八人結社精修念佛三昧，誓願往生西方净土，又掘池植白蓮，稱白蓮社。事迹詳見晋無名氏撰蓮社高賢傳。慧遠曾邀陶淵明入社，然他終未入（或云曾入）。兩句言它年望歐陽處士準許自己與他一起生活，如當年慧遠邀陶入社一般。

嶺外懷宣城舊游〔一〕

中原未敢説歸期，却憶宣城近别離。疊嶂雨來如畫裏〔二〕，敬亭秋入勝花時〔三〕。每憎卑濕尤多病，苦愛風光屢有詩。今日衰頽那可説，鬢鬚經瘴總成絲。

〔一〕宣城舊游，吕本中建炎初避地出京，曾在宣州居住約一年，與朋友遊覽當地名勝，存詩數首，見本書卷一一。

〔二〕「疊嶂」句：疊嶂，樓名，在宣城陵陽山，見前卷又贈詩注。

〔三〕「敬亭」句：敬亭，山名，在宣城北。敬亭山舊名昭亭山，晋避司馬昭諱改，見前卷昭亭廣教寺詩注。

余避地逾嶺寄書宜章孫氏賊去則盡失之感歎有作〔一〕

賊馬縱横未説歸，草間梁上借餘威〔二〕。布帆此去應無恙〔三〕，銀碗從來亦解飛〔四〕。世事只堪開口笑〔五〕，主人空有食言肥〔六〕。自慚學道工夫少，坐覺文書到眼稀〔七〕。

〔一〕宜章，彬州縣名（今屬湖南），見宋史地理志四荆湖南路。孫氏，其人不詳。

〔二〕「草間」句：草間，指所謂草寇、草賊，野外打劫者。梁上，指室内竊賊。後漢書陳寔傳：「陳寔，字仲弓，潁川許人也。」遷除太丘長，修德清静，百姓以安。「時歲荒民儉，有盗夜入其室，止於梁上。寔陰見，乃起，自整拂，呼命子孫，正色訓之曰：『夫人不可不自勉，不善之人未必本惡，習以性成，遂至於此梁上君子者是矣。』盗大驚，自投於地，稽顙歸罪。寔徐譬之曰：『視君狀貌不似惡人，宜深剋己反善。然此當由貧困。』令遺絹二匹。自是，一縣無復盗竊。」

〔三〕「布帆」句：艇齋詩話：「東萊詩云『布帆此去應無恙』，用李白詩『布帆無恙掛秋風』，李蓋用世説顧長康語（按見世説新語排調）。」

〔四〕「銀碗」句：宋葉庭珪海録碎事卷七下銀盌解飛條引柳氏序訓：「柳公權有銀盃盂，數爲主藏豎海鷗所竊。一日，鷗白公言，不測其失之由。公曰：『銀盌應解飛。』不復更言。」碗、盌同。參見本書卷二新冬詩注

〔五〕「世事」句：宋張淏雲谷雜記卷二：「杜牧之九日登齊山詩云：『塵世難逢開口笑，菊花須插滿頭歸。』開口笑，字似若俗語，然却有所據。莊子（按見盜跖篇）：『人上壽百歲，中壽八十，下壽六十，除病瘐死喪憂患，其中開口而笑者，一月之中不過四五日而已矣。』於此益見牧之於詩不苟如此。」

〔六〕「主人」句：食言肥，見本書卷四楊州留一上人詩注引左傳哀公二十五年。此蓋指有約相見而未遂，謂「食言」，戲語也。

〔七〕「坐覺」句：文書，此指書信。

過嶺將至江華先寄朱成伯二首〔一〕

自恠匆匆來往忙，又攜兒女過湖湘。敢言此地能安穩，且道新年離瘴鄉〔二〕。

〔一〕江華，宋史地理志四荆湖南路：「道州，中，江華郡，軍事。」原注：「治營道縣。」管四縣，其中

有江華。按：江華，今屬湖南永州市。朱成伯，名里未詳，參見本卷答朱成伯見贈四首詩注。

〔二〕「敢言」二句：敢，豈敢。此地、瘴鄉，皆指連州。

嶺下微陰已自寒，早行山路覺衣單。故人見我應驚笑，疾病衰顔怯據鞍〔一〕。

〔一〕「疾病」句：據鞍，指乘馬。後漢書馬援傳：「武威將軍劉尚擊武陵五溪蠻夷深入，軍没，援因復請行。時年六十二，帝愍其老，未許之。援自請曰：『臣尚能被甲上馬。』帝令試之，援據鞍顧眄，以示可用。」

端午日北還至斛嶺寄連州諸公〔一〕

嶺上逢端午，隨家更北征〔二〕。隔村聞賊鬬，通夕畏蛇行〔三〕。厭病初辭瘴，衝泥却勝晴。猶憐昌歜酒〔四〕，不與故人傾。

〔一〕端午日，此當指建炎四年（一一三〇）端午，即該年五月初五。斛嶺，連州山名，見前贈歐陽處士詩注。

〔二〕「隨家」句：楚辭屈原九歌湘君：「駕飛龍兮北征。」王逸注：「征，行也。」

〔三〕「隔村」二句：賊蛇，皆指盜賊。

〔四〕「猶憐」句：蘇軾端午游真如遲适遠從子由在酒局：「一與子由別，却數七端午。身隨綵絲繫，心與昌歜苦。」昌歜，即昌蒲。昌歜酒乃用昌蒲根泡制之酒，味苦，宋人有端午喝此酒之習俗。歲時雜詠卷二一端午載蘇軾皇太后閤六首其二：「萬壽昌蒲酒，千金琥珀盃。」

山居素飯

豆苗可瀹瓠可羹〔一〕，僧厨早飯蒸香粳。道人得此清净供〔二〕，下箸已勝肥羊烹。平生爲腹不爲目〔三〕，偶逢一飽心自足。晚菘早韭舊所知〔四〕，五鼎百牢未爲福〔五〕。

〔一〕「豆苗」句：瀹，浸漬或煮。瓠，即葫蘆。羹，湯汁食物。山谷簡尺卷上載黄庭堅書：「公濟來，又言作瓠羹極道地，故奉寄麪一石作瓠羹也。」

〔二〕「道人」句：清净供，佛教語，謂所供遠離三垢，見本書卷八問晁伯宇疾詩注。此所謂清净供，指素飯。

〔三〕「平生」句：老子：「是以聖人爲腹不爲目。」王弼注：「爲腹者，以物養己；爲目者，以物役己，故聖人不爲目也。」

〔四〕「晚菘」句：菘，蔬菜名，即白菜。韭，韭菜。此泛指素菜。見本書卷一一即事詩注引南齊書周顒傳。

〔五〕「五鼎」句：漢書主父偃傳：「丈夫生不五鼎食，死則五鼎烹耳。」注引張晏曰：「五鼎食，牛、羊、豖、魚、麋也。」牢，古代祭祀或宴享時所用牲畜。牛羊豖各一曰太牢，羊豖各一曰少牢。百牢，極言其多。史記吴太伯世家：「召魯哀公而徵百牢。」集解引賈逵曰：「周禮，王合諸侯享禮十有二牢，上公九牢，侯伯七牢，子男五牢。」

寺居夜起

山深夜無人，竹密風露集。長空新過雨，尚覺星斗濕〔一〕。避地走天涯，如何免拘縶。朝憂粟囊盡，莫恐賊報急。荒城兵火後，所至復未葺。古寺半頹垣，梟嘯鬼亦泣。感事念平生，徘徊近階立。

〔一〕「尚覺」句：星斗濕，乃想像之辭。蘇轍遊金山寄揚州鮮於子駿從事邵光：「顧視天水併，坐恐星斗濕。」又黄庭堅宿黄州觀音院鐘樓上：「鐘鳴山川曉，露下星斗濕。」

寺居即事三首

瘴癘過庚伏〔一〕，庶幾其少瘳〔二〕。甘心忍殘暑，指日是清秋。汴水他年别，郴江此日留〔三〕。如何理歸夢，只見嶺南州。

〔一〕「瘴癘」句：庚伏，即三伏，始於農曆夏至後第三個庚日，故稱。韓琦初伏柳溪：「人間酷暑病庚伏，世外清風有洞天。」

〔二〕「庶幾」句：瘳，病愈。少瘳，謂瘴癘稍減。

〔三〕「郴江」句：郴江，發源於宜章縣騎田嶺，北流匯入湖南耒水。此代指五嶺。

因循過嶺表，忽復到湖南〔一〕。氣力渾非舊，情懷老不堪。無錢供痛飲，因病廢清談。尚有尋書僻，窮搜未免貪。

〔一〕「忽復」句：南宋人所稱湖南，即荆湖南路，轄潭、衡、道、永、邵、郴、全七州，以及武岡軍、茶陵軍、桂林監，凡三十九縣，除全州今屬廣西外，其餘皆在湖南。見宋史地理志四。

中原是何處，敢道幾時回。一夏無書讀，經時畏賊來。老松猶偃蹇，病鶴久摧頹〔一〕。莫怪論兵少〔二〕，吾今心已灰。

〔一〕「老松」二句：盧照鄰于時春也慨然有江湖之思寄贈柳九隴：「晨攀偃蹇樹，暮宿清泠泉。」偃蹇，彎曲貌。又白居易病中對病鶴：「同病病夫憐病鶴，精神不損翅翎傷。未堪再舉摩霄漢，只合相隨覓稻粱。」此以老松、病鶴自喻情緒極低落。

〔二〕「莫怪」句：論兵少，論兵，指對金、宋侵略與反侵略戰争之關心及相關議論。論兵少，謂對局面極爲失望，故已漠不關心。按：據前過嶺將至江華先寄朱成伯二首，此所謂「寺居」，當在江華縣。吕本中一行離開連州過斛嶺後，蓋到江華避暑，寓居於某寺，至少在此度過一夏，然後去賀州。江華，南宋爲道州屬縣，已見前注。以上山居素飯、寺居夜起及此三首，當皆作於建炎四年夏。參見本書附録年譜。

贈夏庭别兄弟〔一〕

披沙揀金勤乃見〔二〕，讀書何止須百遍〔三〕。如君心期已不凡，况有長兵可鏖戰〔四〕。一寒濕薪薰病目，君但讀書聲徹屋。僧房夜永燈火足，更肯襆被來同宿〔五〕。

〔一〕夏庭别，按本書卷一四有寄計議弟張彦實錢元成夏庭列詩，則夏庭别、夏庭列乃兄弟。按尹焞題伊川先生語録曰「寓九江，夏庭列惠然見訪，語此道，輒書以誌之」云云，時在紹興七年（一一三七）四月二十八日，知夏庭列嘗在九江謁尹焞。又韓元吉書和靖先生手書石刻後曰：「紹興初，和靖先生自蜀出，至九江，書此以示夏翜，間亦録贈門人。」疑夏翜即夏庭别或夏庭列，翜是其名。又本書卷一五載連得夏三十一翜兄弟范十五仲容趙十七穎達書，則夏翜固是「兄」，即夏庭别。夏庭列之名待考。兩人爲夏倪子。而夏倪乃夏竦之後，本蘄州人，蓋靖康後嘗寓居九江。夏俔「既没六年，當紹興癸丑（三年，一一三三）二月一日，其子見居仁嶺南」（能改齋漫録卷一〇）。此贈詩，即當作於是時。

〔二〕「披沙」句：鍾嶸詩品卷上晋黄門侍郎潘岳：「謝混云：『潘詩爛若舒錦，無處不佳；陸（機）文如披沙揀金，往往得寶。』」

〔三〕「讀書」句：毛滂次韵曹子方對雪以詩見招觀燈：「但課舊書須百遍。」

〔四〕「况有」句：長兵，與短兵相對，言兵器有長短。此當指筆。鏖戰，殆指科舉考試。樓鑰宋南雄（价）輓詞：「二宋（宋庠、宋祁）久云遠，遺風君庶幾。才華試文戰，政譽藹王畿。」可參讀。

〔五〕「更肯」句：襆被，用包袱裹被。晋書魏舒傳：「入爲尚書郎。時欲沙汰郎官，非其才者罷之，舒曰：『吾即其人也。』襆被而出。」蘇軾次韵林子中春日新堤書事見寄：「東都寄食似浮雲，襆被真成一宿賓。」此言甚喜夏氏兄弟。

墨梅〔一〕

嶺南十月春漸回，妍暖先到前村梅。問君何處得此妙，一枝冷艷隨霜開〔二〕。長江凛凛欲崩岸，乃見好事移牆隈〔三〕。初疑滲漉入瘴霧，更恐寂寞埋烟煤〔四〕。微風不動暗香遠，淡月入户空徘徊〔五〕。坐看粉黛化擅惡〔六〕，豈但桃李成輿臺〔七〕。我行萬里厭窮獨，疾病未已心先灰。對此不覺三歎息，恐是轉側同南來〔八〕。異鄉久處少意緒，破壁相對無根荄〔九〕。古來寒士每如此，一世埋没隨蒿萊。遁光藏德老不燿〔一〇〕，肯與世俗相追陪。輪囷離奇多見用〔一一〕，犧尊青黄未爲災〔一二〕。含毫吮墨去顔色〔一三〕，況自不必須穿裁〔一四〕。歲窮路遠莫惆悵，此去保無蜂蝶猜〔一五〕。

〔一〕墨梅，用墨筆所畫梅花。范成大范村梅譜後序：「近世始畫墨梅，江西有楊補之者尤有名，其徒倣之者實繁。觀楊氏畫，大略皆氣條耳，雖筆法奇峭，去梅實遠，惟廉宣仲所作差有風致，世鮮有評之者。」

〔二〕「一枝」句：此句承上啓下，「冷艷」將前村梅轉入墨梅。

〔三〕「長江」二句：謂畫面墻角之梅，爲好事者由長江欲崩之岸移來。乃詩人想像之詞。

〔四〕「初疑」二句：懷疑墨梅圖將被水浸及瘴霧、煤煙所污。史記司馬相如傳載封禪書：「滋液滲漉，何生不育。」索隱案説文云：「滲漉，水下流之貌也。」瘴霧，嶺南濕熱形成之霧氣。

〔五〕「微風」二句：林逋山園小梅二首其一：「疏影横斜水清淺，暗香浮動月黄昏。」此反其義，謂既無風，月亦乍有還無，徘徊不定。

〔六〕「坐看」句：粉黛，指美人。謂較之墨梅，美人圖猶如羶惡之物。

〔七〕「豈但」句：桃李，與上句粉黛同義。謂桃紅李白雖姣好，然較之墨梅，其格調之卑下，僅如輿臺。輿臺，地位低微之人。左傳昭公七年：「人有十等。下所以事上，上所以共神也。故王臣公、公臣大夫、大夫臣士、士臣皂、皂臣輿、輿臣隸、隸臣僚、僚臣僕、僕臣臺。」杜預注：「王至臺。」此以人有等喻物。

〔八〕「恐是」句：轉側，輾轉。謂墨梅在心中如此美好，恐與自己同來南方之故。

〔九〕「破壁」句：相對，指與墨梅相向。根荄，草木之根。劉向說苑建本：「樹本淺，根荄不深，未必橛也。」此言飄泊他鄉，猶如草木，乃無根之人。

〔一〇〕「遁光」句：韓愈答竇存亮秀才書：「雖使古之君子積道藏德，遁其光而不耀，膠其口而不傳者，遇足下之請懇懇，猶將倒廩傾囷，羅列而進也。」

〔一一〕「輪囷」句：文選鄒陽獄中上書自明：「蟠木根柢，輪囷離奇，而爲萬乘器者，何則？以左右先爲之容也。」李善注引張晏曰：「柢，下本也。輪囷離奇，委曲盤戾也。」張銑注：「蟠木，曲木也。柢，本也。輪囷離奇，屈盤高下也。萬乘，天子也。」此以輪囷離奇形容行爲不正。離奇，原校：「一作『濩落』。」

〔一二〕「犧尊」句：災，原缺，據四庫本補。莊子天地：「百年之木，破爲犧樽，青黄而文之。其斷在溝中，比犧樽於溝中之斷，則美惡有間矣，其於失性一也。」成玄英疏：「犧，刻作犧牛之形，以爲祭器，名爲犧尊也。間，别。既削刻爲牛，又加青黄文飾，其一斷棄之溝瀆，不被收用。若將此兩斷相比，則美惡的殊，其於失喪木性一也。」句謂百年之木與刻爲犧樽之木雖本質相同，但後者因經人彩飾，遂爲世所重。喻指用人只看其表，不重其實。

〔一三〕「含毫」句：含，原缺，據四庫本補。去顏色，謂用墨作梅，不施色彩。

〔一四〕「况自」句：自「自不必」至本卷末（即此詩及以下四首）底本缺，四部叢刊續編據陳仲魚藏鈔本補。四庫本文字與鈔本同。穿栽，穿地、栽培。韓愈憶昨行和張十一：「嵩山東頭伊洛岸，勝事不假須穿栽。」又劉攽游濟堤傅家園亭：「穿栽卜築事未已，上爲層臺深鑿溪。」

〔一五〕「此去」句：蜂蝶，喻指陰險輕薄之徒。猜，猜忌、猜疑。因所詠墨梅乃圖畫，故云。

賀州聞席大光陳去非諸公將至作詩迎之〔一〕

五年避地走窮荒，嶺海江湖半是鄉。歡喜聞君俱趣召，衰頹如我合深藏。曉寒已静千山瘴，宿霧先吞萬瓦霜。日日江頭望行李，幾回驅馬度浮梁〔二〕。

〔一〕詩題，原校：「一有『次韵』字。」按是詩呂本中乃原唱，陳與義有次韵詩今存（見下），席大光料亦有次韵之作，已佚，則詩題下當以無「次韵」二字爲是。賀州，宋史地理志六廣南東路：「賀州，下，臨賀郡，軍事。」凡三縣，治臨賀縣。治所在今廣西賀州賀街鎮。席大光，名益，常州人。建炎間至紹興初歷知郢州、温州、臨安府、平江府，擢吏部侍郎、工部尚書等。建炎四年（一一三〇）五月，以徽猷閣待制試中書舍人，見建炎要録相關各卷。紹興三年（一一三三）二月，以工部尚書參知政事，見宋史高宗紀四。陳與義（一〇九〇—一一三八），字去非，洛陽人，號簡齋居士。政和三年（一一一三）上舍甲等。歷中書舍人、吏部侍郎，紹興七年累官至參知政事。現存增廣箋注簡齋詩集三十卷。陳與義次韻謝呂居仁居仁時寓賀州詩，即次此詩韻，録之於下：「別君不覺歲時荒，豈意相逢魑魅鄉。篋裏詩書總寥落，天涯形貌各昂藏。江南今歲無胡虜，嶺表窮冬有雪霜。儻可卜鄰我欲住，草茅爲蓋竹爲梁。」按張嵲陳公（與義）資政誌銘曰：「避地襄漢，轉徙湖湘間，逾嶺嶠。久之，召爲兵部員外郎。以紹興元年夏至行在所。」則其被召，在紹興元年以前。又據元胡穉編簡齋先生年譜，建炎四年（一一三〇），「至秋被召，以病辭，不允。自紫陽入邵州……度桂嶺，登秦巖，至賀州，冬杪矣。有詩云：『江南今歲無胡虜，嶺表窮冬有雪（霏）〔霜〕。』」則呂本中建炎四年冬已在賀州，是詩當作於紹興元年初，故稱「五年避地」：自建炎元年逃離開封，至紹興元年，正五年。

〔二〕「幾回」句，浮梁，古稱浮航。宋胡宿朱鳥航：「浮航二十四，一一跨淮中。此地名朱鳥，當年踏彩虹。」又周必大安福縣重修鳳林橋記：「吉之郡邑大率瀕江，浮航於水，加板其上，聯屬綿亘，以達于岸。人之往來，其道如砥，視招招舟子，争濟于風濤之中，險易勞逸，蓋相萬也。」則所謂浮航，即浮橋，爲連接多艘舟船而成之簡易橋梁。

送周靈運入閩浙〔一〕

青松著塵市，不辭塵土侵。忍耻伴桃李〔二〕，不言歸故林。交游在賤貧，始見平生心。周侯客異縣，屢蒙金玉音〔三〕。殷勤不我厭，自昔以至今。使其少富貴〔四〕，未必能相尋。豈謂子誠然，此風今則深。子欲轉嶺海，歲暮足愁陰。路經盜賊窟，往往未就擒。加鞭策駑馬，欲行無滯淫。故人散天涯，所在亦崎嶔〔五〕。相尋倘見及，道我病難任〔六〕。

〔一〕周靈運，晁説之周元仲字序：「泰州周靈運請字於予，以一字表其名，曰元。」又張嵲處州龍泉西山集福教院佛經藏記曰「淮海人周靈運，嘗往來是邑，見其興作始末，因爲其僧屬余爲記」云云。泰州屬淮海。則周靈運，字元仲，泰州（今屬江蘇）人。嘗屢與李綱唱和，見梁溪集。餘不詳。此詩外集卷三重出，題賀州周秀才。

〔二〕「忍耻」句：伴，原作「半」，據外集黄本改。

〔三〕「屢蒙」句：金玉音，指所作詩歌、書信。晋書孫綽傳：「嘗作游天台山賦，辭致甚工。初成，以示友人范榮期，云：『卿試擲地，當作金石聲也。』」又白居易題故元少尹集後：「遺文三十軸，軸軸金玉聲。」

〔四〕「使其」句：少，黄本作「小」。

〔五〕「所在」句：亦，黄本作「足」。嶔崎，山勢高峻險惡貌。嶔，黄本作「崟」，同。（東漢）王延壽王孫賦：「生深山之茂林，處嶄巖之嶔崎。」

〔六〕「道我」句：難任，難以忍受。曹植雜詩六首其一：「離思故難任。」又唐鄭谷江行：「漂泊病難任，逢人淚滿襟。」任，黄本作「侵」，誤。

次韻錢遜叔見寄〔一〕

異時文物漢庭臣〔二〕，公是中朝第一人。忍使閑行犯山瘴，不令疾去掃邊塵〔三〕。情懷縱老原非病，時運方隆只暫屯〔四〕。顧我衰頽已無用，尚煩新語訪沉淪。

〔一〕錢遜叔，即錢伯言，字遜叔，勰子，會稽（今浙江紹興）人。仕至樞密直學士。建炎元年（一一二七）十月知鎮江府，次年二月金兵攻鎮江，棄城去，建炎三年五月奪職，後貶至永州安置。紹興八年（一一三八）卒。見建炎要録卷七、卷八、卷一〇、卷一二四等，参見本書卷九次韻遜叔直閣見寄兼請堯明同和詩注。

〔二〕「異時」句：漢庭，指宋朝廷。按錢伯言乃五代時吴越王錢氏後裔，錢氏歸宋，歷朝地位顯赫。王明清揮麈前録卷二稱錢氏「富貴文物，三百年相續，前代所未見也」。

〔三〕「忍使」二句：謂豈忍讓錢遜叔到此瘴癘之地賦閑，不讓他去抗金呢？按：詩人是時在賀州，疑錢氏已貶至永州，故有詩唱和，而諱言其因棄城奪職事。

〔四〕「時運」句：屯，卦名。周易：「屯，元亨利貞。勿用有攸往。利建侯。」彖曰：「屯，剛柔始交而難生，動乎險中，大亨，貞。雷雨之動，滿盈。天造草昧，宜建侯而不寧。」象曰：「雲雷，屯，君子以經綸。」大意謂國家暫時多難，然而正在中興，時運方隆，是英雄大有作爲之時。暫屯，亦隱言其貶官只是暫受挫折。

贈宗真上人〔一〕

到處相逢是偶然〔二〕，浙江湖嶺屢經年。贈君頌子君休笑〔三〕，我已新來不問禪。

〔一〕宗真上人，事迹不詳。

〔二〕「到處」句：蘇軾與莫同年雨中飲湖上：「到處相逢是偶然，夢中相對各華顛。」

〔三〕「贈君」句：頌子，即頌。頌爲詩僧所作提唱詩之一種。所謂頌子，即指此詩。

〔宋〕吕本中 著
祝尚書 箋注

吕本中詩集箋注

三

上海古籍出版社

呂本中詩集箋注卷一三

全州與解子中向伯恭相會〔一〕

五年流落判西東〔二〕，尚喜交游一再逢。但得低頭拜東野〔三〕，不妨下卧見元龍〔四〕。中原極目山千疊，往事傷心酒一鍾。如我支離久無用〔五〕，敢因窮約廢過從〔六〕。

〔一〕全州，宋史地理志四荆湖南路：「全州，下，軍事。紹興元年（一一三一）聽廣西路經略安撫司節制。」縣二：清湘、灌陽。治清湘縣。今全州爲縣名，屬廣西壯族自治州桂林市。清湘縣，今爲灌陽縣，亦屬桂林市。解子中，其人未詳。按本卷後有衡州逢解子中别後奉寄詩，稱「君亦老未用」，蓋嘗爲官疑爲解潛子孫或族人。向子諲（一〇八五—一一五二），字伯恭，臨江軍清江（今屬江西）人，敏中玄孫。以恩補假承奉郎，三遷知開封府咸平縣。除淮南轉運判官。金兵至開封城下，遷直龍圖閣、江淮發運副使，知潭州。紹興元年移鄂州，主管荆湖東路安撫司。又知廣州、江州，改江東轉運使，知平江府。宋史卷三七七有傳。

〔二〕「五年」句：吕本中自建炎元年（一一二七）離開封避地宣州，至紹興元年爲五年。

〔三〕「但得」句：新唐書孟郊傳：「孟郊者，字東野，湖州武康人。少隱嵩山，性介，少諧合，（韓）愈一見爲忘形交。年五十，得進士第，調溧陽尉。縣有投金瀨、平陵城，林薄蒙翳，下有積水。郊間往坐水旁，裴回賦詩，而曹務多廢。……郊爲詩有理致，最爲愈所稱，然思苦奇澀。李觀亦論其詩曰：『高處在古無上，平處下顧二謝』云。」孟詩善言窮，此所謂「低頭拜」，蓋謂與己相投，亦嘗言窮。

〔四〕「不妨」句：三國志魏陳登傳：許汜言陳元龍（登）「無客主之意，久不相與語，自上大床卧，使客卧下床」。劉備曰：「君有國士之名，今天下大亂，帝主失所，望君憂國忘家，有救世之意，而君求田問舍，言無可采，是元龍所諱也，何緣當與君語？如小人，欲卧百尺樓上，卧君於地，何但上下床之間邪！」句言陳登有憂國忘家之救世情懷，故願見之。

〔五〕「如我」句：支離，衰病貌，語出莊子人間世。謝朓遊山詩：「託養因支離，乘閑遂疲蹇。」又蘇軾次韵王定國馬上見寄：「昨夜霜風入裌衣，曉來病骨更支離。」

〔六〕「敢因」句：廢過從，過從，交往。原校：「一作『費相從』。」「費」字當誤。

初至桂州二首〔一〕

連年走遐方，所至若郵傳〔二〕。未論道艱阻，先問米貴賤〔三〕。賊勢來未已，行役我已倦。解鞍憩空館，敢歎此異縣。清泉上短綆〔四〕，一洗塵垢面。瘴癘非不深，美醞良可戀。

〔一〕桂州：宋史地理志六廣南西路：靜江府，「本桂州，始安郡，靜江軍節度。大觀元年（一一〇七），爲大都督府，又升爲帥府。……紹興三年（一一三三），以高宗潛邸，升府」。凡十一縣，治臨桂縣。地即今廣西桂林，臨桂縣在今桂林西南。按：呂本中建炎二年（一一二八）秋離開宣州，一路侍父遊覽，轉輾到達桂林，到達時間不詳，蓋不久其父即病卒於此。建炎要録卷四六：紹興元年（一一三一）秋七月，「資政殿學士、提舉臨安府洞霄宮呂好問薨於桂州。訃聞，例外賜帛五百，録其弟朝散郎言問通判桂州，官給葬事。言者論靖康之變，好問身爲執政，不能死節，先拜僞楚於庭，褒卹過厚，尤爲不可。上不聽，第損賜帛之數而已」。原注：「減賻贈在十月辛卯。」據呂祖謙東萊公家傳：「公之薨也，寇難未平，葬故有闕。後二十四（按：紹興二十四年，一一五四），乃克改葬公於婺州武義縣之明招山。」

〔二〕「所至」句：孟子公孫丑上：「孔子曰：『德之流行，速於置郵而傳命。』」趙岐注：「德之流行，疾於置郵傳書命也。」此喻遷徙之頻繁。

〔三〕「先問」句：杜甫解悶十二首其二：「爲問淮東米貴賤，老夫乘興欲東游。」

〔四〕「清泉」句：短綆，短繩。淮南子説林訓：「短綆不可以汲深，器小不可以盛大，非其任也。」此言取水。

胡沙久衝突，賊馬亦馳騖〔一〕。我行不得息，終歲在道路。敢言更事多〔二〕，尚恐與時忤。低頭訪殊俗，何處可放步。江流下滄海，日慘蛟鼉怒〔三〕。出門尋故人，風雨已斷渡。

〔一〕「胡沙」二句，胡沙，代指金兵；賊馬，指靖康亂後南方各地之叛軍流寇，吕本中詩中統稱之爲「盜賊」。

〔二〕「敢言」句，更事，漢書董賢傳：「夫三公，鼎足之輔也，高安侯賢未更事理，爲大司馬不合衆心，非所以折衝綏遠也。」顔師古注：「更，歷也，音工衡反。」

〔三〕「日慘」句，蛟鼉，水生兇猛動物，此泛指各種地方勢力。

桂林解后拜見仲古龍圖吉父學士别後得兩詩書懷奉寄〔一〕

所至艱危裏，如何更别離。只看山似戟〔二〕，已合鬢如絲。湯熨徒增病〔三〕，文章不療飢〔四〕。端居温餘論〔五〕，苦語自成詩。

〔一〕解后，同「邂逅」，不期而遇。仲古，即折彦質（？—一一六〇），字仲古，號葆真居士。祖籍雲中（今山西大同），徙河西府谷（今屬陝西）。欽宗靖康初爲河東制置使，坐喪師責海州團練副使，永州安置。高宗紹興二年（一一三二）起爲湖南安撫使、兼知潭州。四年，爲樞密院都承旨。六年，簽書樞密院兼參知政事，罷。七年，起知福州，落職。秦檜死，起知廣州、洪州。見姑溪後集卷二〇附折公（可適）墓誌銘（按：折可適乃彦質父），宋會要輯稿選舉三二之二四、建炎要録卷六一、卷七七、卷九八、卷一〇七、卷一二七等。是詩言其「高卧久」，當作於紹興二年復官前，時折氏在永州。曾幾（一〇八四—一一六六），字吉甫，河南（今河南洛陽）人。賜上舍出身，歷校書郎。南宋初爲江西、浙西提刑。紹興八年（一一三八）因斥和議罷官，寓居上饒茶山寺。秦檜死，復官，官至敷文閣待制。宋史有傳。工詩，今存茶山集八卷，乃永樂大典本。折嘗官龍圖閣學士（見李綱與折仲古龍學書），曾嘗爲校書郎，故稱學士。

〔二〕「只看」句：柳宗元得盧衡州書因以詩寄：「林邑東迴山似戟。」

〔三〕「湯熨」句：湯熨，治病之法。史記扁鵲列傳：「扁鵲曰：『疾之居腠理也，湯熨之所及也；在血脈，鍼石之所及也。』」此言病愈治愈多。

〔四〕「文章」句：療飢，見本書卷九海陵病中詩注。

〔五〕「端居」句：温，原作「渴」，據四庫本改。

折老久高卧，曾卿仍倦游〔一〕。同爲萬里走，肯避數年留。賊幟江湖晚，嵐烟嶺嶠秋。相逢得安穩，乘興莫東流〔二〕。

〔一〕「折老」二句：折老，即折彦質。久高卧，謂久無官職。折彦質自靖康初因喪師貶責後，至紹興二年方起爲湖南安撫使、兼知潭州，見上注。曾卿，即曾幾。

〔二〕「乘興」句：自注：「比聞二公皆欲爲廣東之行。」莫東流，蓋言東部米貴。杜甫解悶十二首其二：「爲問淮東米貴賤，老夫乘興欲東流。」

次韻吉父見寄新句〔一〕

詞源久矣多歧路，句法相傳共一家〔二〕。良賈深藏宜有待〔三〕，大圭可寶在無瑕〔四〕。長江渺渺看秋注，孤鶩悠悠伴落霞〔五〕。盛欲寄書商榷此，嶺南不見雁行斜〔六〕。

〔一〕詩題，曾幾東萊詩集序曰：「紹興辛亥（元年，一一三一），幾避地柳州，公在桂林。是時年皆未五十，公之詩固已獨步海内，幾亦妄意學作詩。公一日寄近詩來，幾次其韻，因作書請問句律。」是詩當作於曾幾問句法時。

〔二〕「詞源」二句：詞源，此泛指詩文之源。歧路指諸家句法各異，而其基本原則相同，故「共一家」，只因傳久而變得多元。

〔三〕「良賈」句：論語子罕：「子貢曰：『有美玉於斯，韞匵而藏諸？求善賈而沽諸？』子曰：『沽之哉！沽之哉！我待賈者也。』」何晏集解引馬（融）曰：「韞，藏也。匵，匱也。謂藏諸匱中。沽，賣也。得善賈寧肯賣之邪。」又引包（咸）曰：「沽之哉，不衒賣之辭，我居而待賈。」

〔四〕「大圭」句：尚書顧命：「太保承介圭，上宗奉同瑁，由阼階隮。」僞孔傳：「大圭尺二寸，天子守之，故奉以奠。」按：以上兩句皆言詩，上句指學問積累，此句謂藝術之精益求精。

〔五〕「長江」二句：林之奇拙齋文集卷一記聞上：「呂紫微和曾吉甫侍郎詩，有云：『長江渺渺看秋注，孤鶩悠悠伴碧霞（引者按：兩句由王勃滕王閣詩序「落霞與孤鶩齊飛，秋水共長天一色」化出）。』蓋以詩比孤鶩、落霞，而視長江秋注爲不足耳。曾亦領略此語，故其詩云：『潛郎有語須參取，孤鶩悠悠伴落霞。』又云：『詩來含風刺，有味如猗那。悠悠詒孤鶩，渺渺看秋河。』」按：今本曾幾茶山集乃大典本，林氏所引已不見於集中。鶩，原誤「霧」，據四庫本改。

〔六〕「嶺南」句：漢書蘇武傳：蘇武使匈奴被扣押，至漢昭帝即位，向匈奴索之。常惠教漢使者謂單于，「言天子射上林中，得雁，足有係帛書，言武等在某澤中」，於是蘇武等得以歸。後謂雁能傳書，故此言嶺南無雁，謂欲寄書商榷句法，而世亂不能也。

桂州水西〔一〕

隆隆而雷風乘之，斷霓落日江東西。江頭古寺頗岑寂，僧簷正與南山齊。我來端坐已寒暑[二]，終日看山默無語。盜賊連村那敢問，藜莧充腸未爲苦。早禾已旱心所知，正待前山一犁雨[三]。

〔一〕水西，當指灕水之西。方輿勝覽卷三八廣西路静江府灕水引輿地廣記云：「灕水、湘水，二水皆出海陽山而分源，南流爲灕，北流爲湘。」

〔二〕「我來」句：已寒暑，由寒到暑，謂已兩年。呂本中至遲在紹興元年（一一三一）七月其父病卒時到達桂林丁憂，則作此詩時當在紹興二年夏。

〔三〕「正待」句：前山，原校：「一作『山前』。」

斷橋[一]

橋斷客逾少，春深花已休。閉門尤省事，於世轉無求。來往只諸老，相期非壯游。欲知身所住，同寓訾家洲[二]。

〔一〕題下原注：「三月中作。」按：蓋紹興二年。

〔二〕「同寓」句：訾家洲，方輿勝覽卷三八廣西路静江府形勝：「訾家洲，在臨桂縣。柳宗元訾家洲記：『桂州多靈山。發地峭豎，林立四野，署（按：當指桂州治所）之左曰灕水，水之中曰訾氏之洲。凡嶠南之山川達於海上，於是畢出，而古今莫能知。中丞裴公，伐惡木，刜奥草，考極相方，南爲燕亭。蓋非桂山之靈，不足以環觀；非是洲之曠，不足以極視；非公之鑒，不能以獨得。』」詳見柳宗元桂州裴中丞作訾家洲亭記。又明一統志卷八三桂林府山川：「訾家洲，在府城東南。先是訾家所居，因以名之。雖巨浸不能没，自古以爲浮洲。唐柳宗元有記。」句下吕本中自注：「時獨范叔器、季平、裴夢睍數相過從也。」其時三人當亦避地於此。韓駒有送范叔器次路公弼韻，詩曰：「晚塗淹泊向誰論，白髮名卿肯見存。雒邑風流餘此老，故家文獻有諸孫。寺連狹徑曾傾蓋，船擁清溪尚一罇（原注：叔器臨行置酒）。小駐鄱陽未宜遠，欲憑書尺問寒温。」考魏慶之詩人玉屑卷六陵陽論下字：「（范季隨）因謁公（指韓駒），公云：已同路公弼作詩，送令伯叔器，於案間取以相示，曰（詩略）。」「令伯叔器」下，原有小字注曰「名㙜」。則范叔器名㙜，叔器蓋其字，餘未詳。范季平，二程遺書卷二二上記范季平問「博學而篤志，切問而近思，仁在其中如何」云云。又莊綽鷄肋編卷上引筆談，記洛人范季平子婦事，蓋即其人。上引詩人玉屑謂范季隨（按陸游跋韓子蒼語録謂「此故人范季隨周士所記也」，知其人字周士）稱范㙜爲「伯」，則季平亦當爲范㙜子侄輩，「季平」當是其名，字號待考。裴夢睍，明張鳴鳳撰桂勝卷四題名：「明叔、仲明、仁仲、子源，靖康改元（一一二六）五月同遊。洎初冬九日，明叔、仲明、子源同晋卿再來，時仁仲以母憂歸鄉，衡陽太守裴夢睍祖塗。前一日，魏彦濟、陳景淵同遊，自新洞過龍隱，酌八桂堂，徧覽勝概爲讌。甲寅二月十有二日。」甲寅，乃高宗紹興四年（一一三四）。

贈嶺東陳秀才〔一〕

風吹賀江浪如雪〔二〕，浮梁左右行人絶〔三〕。病夫坐穩懶出行，破屋只愁吹瓦裂〔四〕。東縣陳卿忽叩門，笑語驩然相暖熱。怪我長貧走道路，所至不安寧有説。鄰州賊報又警急，欲泛扁舟窮百粵〔五〕。如君長材亦未用，獨守區區負奇節。未能俯首效兒輩，肯便出門探虎穴。馬群時致千里足，烈士寧無一時傑。我復何人敢言事，一世摧頽甘短拙。幸君無事時一過，喜聽高談健其決。瘴癘參差畏久留，歲月峥嶸惜輕别。

〔一〕嶺東，指五嶺之東側，相對「嶺南」而言，今福建龍岩、三明及廣東梅州、惠州等地是也。下所謂「東縣」同，未言具體何縣。陳秀才，名不詳。

〔二〕「風吹」句：賀江，資治通鑑卷卷二五九唐紀七五：「封州刺史劉謙卒。子隱居喪於賀江。」胡三省注：「賀水源出賀州富川縣石龍，亘州城，合桂嶺水，謂之賀江。」按：賀江源於廣西富川縣黄沙嶺，於廣東封開縣江口鎮注入西江。蓋陳秀才居家賀江流域某地，位置在五嶺東部。

〔三〕「浮梁」句：浮梁，又名浮橋，見本書卷一二賀州聞席大光陳去非諸公將至作詩迎之詩注。

〔四〕「破屋」句：韓愈貞女峽：「漂船擺石萬瓦裂。」又王安石老樹：「去年北風吹瓦裂，墻頭老樹凍欲折。」

〔五〕「欲泛」句：百粵，清張尚瑗三傳折諸左傳折諸卷首上吳越地形：「按春秋内外傳皆稱越，經亦書『於越入吳』，而班書獨名粵，蓋兼蒼梧、鬱林、合浦、交阯、九真、南海百粵爲言。」後泛指今廣東、廣西一帶。

衡州逢解子中别後奉寄〔一〕

我來筠水陽〔二〕，君亦發章貢〔三〕。相逢瀟湘門〔四〕，及此兵未動。卧聞羽書馳〔五〕，起已行者衆〔六〕。匆匆不及款，尚辱苦語送〔七〕。慨然念平生，相從已如夢。交游半生死，所至多罅縫〔八〕。我衰學不入〔九〕，君亦老未用。孰知一世中，有此九鼎重〔一〇〕。子賤則君子〔一一〕，閔子言必中〔一二〕。師門未遽絶，斯文實天奉〔一三〕。别離又幾日，坐想發孤諷。衡州逼南嶽，湘水寒不凍。頗傳江西擾，盜賊已放縱。往從田蘇游〔一四〕，此樂不得共。

〔一〕衡州，宋史地理志四荆湖南路：「衡州，上，衡陽郡，軍事。」轄五縣，治衡陽縣，今爲湖南衡陽市。解子中，事迹不詳。

〔二〕「我來」句：筠水陽，即筠陽，今江西高安。

〔三〕「君亦」句：章貢，本二水名，二水合流爲「贛」地名由來。因虔州治贛縣，故又以章貢代指虔州（今江西贛州）。參見本書卷一二送宋仲安往虔州詩注。

〔四〕「相逢」句：瀟湘門，衡州城門。秦觀阮郎歸詞：「瀟湘門外水平鋪，月寒征棹孤。」又朱熹題劉志大嚴居厚瀟湘詩卷後：「瀟湘門外水如天，説著令人意慘然。試問登高能賦客，箇中何似汨羅淵。」自注：「余南遊不能過衡山，但見人説衡州門外泊船處，風物令人愁，未知信否。因覽此卷，書以訊之。」

〔五〕「卧聞」句：羽書，即羽檄，指軍書，見本書卷一〇聞南寇已平歡快之甚作詩五十韵詩注。

〔六〕「起已」句：已，四庫本作「見」。

〔七〕「尚辱」句：苦語送，謂臨别贈言意切言苦。韓愈和張十一憶昨行：「危辭苦語感我耳，淚落不揜何漼漼。」又蘇軾送歐陽推官赴華州監酒：「臨分出苦語，願子書之笏。」

〔八〕「所至」句：罅縫，山體凹裂處之縫隙。此當指避賊時之藏身地，極言狹小。

〔九〕「我衰」句：入，原校：「一作『及』。」

〔一〇〕「孰知」二句，九鼎，史記平原君列傳：「毛先生一至楚，而使趙重於九鼎、大吕。」索隱：「九鼎、大吕，國之寶器。言毛遂至楚，使趙重於九鼎、大吕，言謂天下所重也。」此言解子中之情義，亦猶九鼎之重。

〔二〕「子賤」句：論語公冶長：「子謂子賤，『君子哉若人！魯無君子者，斯焉取斯？』」何晏集解引孔（安國）曰：「子賤，魯人，弟子宓不齊。」又引包（咸）曰：「『若人』者，若此人也。如魯無君子，子賤安得此行而學行之？」

〔三〕「閔子」句：論語先進：「閔子侍側，誾誾如也。」宋邢昺疏：「『閔子侍側，誾誾如也』者，卑在尊側曰侍。誾誾，中正之貌。『如也』者，言其貌如此也。」按：閔子，即閔子騫，孔子弟子，孔子甚重其德行。此所謂「中」，指考慮周到，平實可行。以上兩句，皆喻指解子中，謂其人既有君子之行，且慮事有先見之明。

〔三〕「師門」二句：師門，指孔門。未遽絶，言斯文由天授，故未喪。見本書卷一二答朱成伯見贈四首注引論語子罕。

〔四〕「往從」句：左傳襄公七年：「無忌不才，讓其可乎？請立起也：與田蘇游，而曰『好仁』。」杜預注：「無忌，穆子名。起，無忌弟宣子也。田蘇，晋賢人，蘇言起好仁。」句以田蘇喻指解子中。

范縣丞惠雙鷄〔一〕

羸病不能除肉味，每逢齋鉢愧餘生〔二〕。雙鷄未可爲公饍〔三〕，留與山僧報五更。

〔一〕范縣丞，名未詳。

〔二〕「羸病」二句：論語述而：「子在齊聞韶，三月不知肉味。」此謂羸疾本應吃肉，然愧於無肉可吃，只能吃齋。

〔三〕「雙鷄」句：左傳襄公二十八年：「公膳，日雙鷄。」杜預注：「卿大夫之膳食。」陸德明音義：「膳，市戰反。謂公家供卿大夫之常膳。」孔穎達正義：「按禮記玉藻云：『天子日食少牢，朔月大牢。諸侯日食特牲，朔月少牢。其大夫則日食特豚，朔月特牲。』今膳日雙鷄者，齊國臨時之事，不如禮也。」

王撫幹失去毛裘〔一〕

王郎隨身一駝裘，偷兒遽作壑失舟〔二〕。春初未免霜露迫〔三〕，歲晚可無遷徙憂。客房夜坐薪當燭，不怕近江風裂屋。馬平編户更艱難〔四〕，君行莫忘民號寒。

〔一〕王撫幹，名未詳。按：撫幹，官名。安撫使及南宋初鎮撫使等，并置有幹辦公事一員，多者或三員，詳宋史職官志七。

〔二〕「偷兒」句：莊子大宗師：「夫藏舟於壑，藏山於澤，謂之固矣。然而夜半有力者負之而走，昧者不知也。」

〔三〕「春初」句：迫，原校：「一作『逼』。」

〔四〕「馬平」句：馬平，縣名。宋史地理志六廣南西路：「柳州，龍城郡，軍事。」管三縣，治馬平縣。馬平縣，即今廣西柳州。編户，編入户籍管理之百姓。漢書高帝紀下：「吕后與審食其謀曰：『諸將故與帝爲編户民。』」顔師古注：「編户者，言列次名籍也。」同書梅福傳：「今仲尼之廟不出闕里，孔氏子孫不免編户。」顔注：「列爲庶人也。」

四十二弟將還賓州相過夜話〔一〕

兵戈久未歇，所至轉搶攘〔二〕。萬里逢吾弟，三年走瘴鄉〔三〕。春風入古寺，夜雨暗浮梁。尚肯留連否，僧廬可對床〔四〕。

〔一〕四十二弟，蓋吕本中族弟，排行第四十二，名未詳。宋史地理志六廣南西路：「賓州，安城郡，軍事。」凡三縣，治嶺方縣。嶺方縣，今爲賓陽縣，屬廣西南寧。

〔二〕「所至」句：搶攘，漢書賈誼傳：誼數上疏陳政事，其大略曰：「……本末舛逆，首尾衡決，國制搶攘，非甚有紀。」注引蘇林曰：「搶音濟濟蹌蹌，不安貌也。」又引晋灼曰：「搶音傖。吴人駡楚人曰傖。傖攘，亂貌也。」

〔三〕「三年」句：吕本中建炎四年冬到達賀州，見本書卷一二賀州聞席大光陳去非諸公將至作詩迎之詩注。此詩或作於紹興二年，已歷三年，故云。

〔四〕「僧廬」句：南渡之初，中原士大夫之流落南方者衆，朝廷許占寺宇居住，故稱僧廬。見本書卷一一景德北窗詩注引周密癸辛雜識後集許占寺院條。對床，言兄弟或朋友情誼深厚，見本書卷四寄周司理詩注。

呈折仲古四首〔一〕

市酒酸甜久絶沽，濕薪薰眼坐僧爐〔二〕。尚憐諸老無機事〔三〕，不待愁人折簡呼〔四〕。

〔一〕折仲古，折彦質，字仲古，紹興六年（一一三六）官參知政事，本卷前已注。

〔二〕「濕薪」句：爐，四庫本作「廬」。

〔三〕「尚憐」句：憐，愛也。機，原校：「一作『幾』。」機事，投機取巧之事。典出莊子天地，見本書卷五贈唐充之兼簡益中詩注引。句言諸老對朋友真誠。

〔四〕「不待」句：折簡，寫信，前已屢見。句謂諸老不請自到。

龍閣老翁流落久〔一〕，如今辛苦去朝天〔二〕。向來嶺海經行地，分付巒溪著釣船。

〔一〕「龍閣」句：龍閣老翁，指折彦質，言其嘗官龍圖閣學士。其流落事，見下注及前桂林解后拜見仲古龍圖吉父學士别後得兩詩書懷奉寄詩注。

〔二〕「如今」句：去朝天，去朝見皇帝。建炎要録卷五五：紹興二年（一一三二）六月丁酉，「朝議大夫折彦質復龍圖閣直學士，赴行在。彦質，可適子，靖康初爲河東制置使，坐喪師遠謫，及是復用」。同上書卷六一：紹興二年年十二月，「時龍圖閣直學士折彦質在廣西，即以彦質爲湖南安撫使、兼知潭州」。是詩當作於折氏復官赴行在之時。

已無厚禄故人書〔一〕，尚有相尋長者車〔二〕。所至紛然兵火裏，不知從此更何如。

〔一〕「已無」句：杜甫狂夫：「厚禄故人書斷絶，恒飢稚子色淒凉。」黄鶴注引王洙曰：「言交態薄也。杜元凱曰：『僻居林下，謝絶人事，厚禄故交，音書斷絶，晚進小子，不足與言他，其如予何。』」

〔二〕「尚有」句：史記陳丞相世家：「（陳平）家乃負郭窮巷，以弊席爲門，然門外多有長者車轍。」索隱：「按：言長者所乘安車，與載運之車軌轍或别。」

疾病侵凌百不能，只今全是住庵僧〔一〕。謝安肯爲蒼生起〔二〕，早與吾君了中興〔三〕。

〔一〕「只今」句：住庵僧，居住於寺廟之僧人。

〔二〕「謝安」句：晋書謝安傳：謝安，字安石，四十餘始有仕進志。「征西大將軍桓温請爲司馬，將發新亭，朝士咸送。中丞高崧戲之曰：『卿累違朝旨，高卧東山，諸人每相與言，安石不肯出，將如蒼生何？蒼生今亦將如卿何？』安甚有媿色。」句以喻折彦質復官入朝。

〔三〕「中興」句：中興，由衰落而重新興盛。靖康之亂使北宋滅亡，趙宋政權南渡，倡導中興。宋史高宗紀三：紹興元年（一一三一）五月癸卯，「作大宋中興寶成」。是其標志。苕溪漁隱叢話後集卷五杜子美一苕溪漁隱曰：「東坡詩云：『威聲又數中興年，二虜行當一矢聯。』吕居仁詩云：『謝安肯爲蒼生起，早爲吾君了中興。』皆張仲切，用中興字也。」

次韻王撫幹見惠〔一〕

新春忽忽到庭除，短褐經寒病却蘇〔二〕。漫以詩書教兒子，懶將薪水倩童奴〔三〕。天涯每覺人情薄，眼界何知風景殊。萬里相逢君莫歎，好山無數簇城隅。

〔一〕王撫幹，與本卷前王撫幹失去毛裘詩之王撫幹殆同一人，其名不詳。

〔二〕「短褐」句：經，原校：「一作『輕』。」

〔三〕「懶將」句：薪水，打柴汲水，泛指家務事。蕭統陶淵明傳：「爲彭澤令，不以家累自隨，送一力給其子，書曰：『汝旦夕之費，自給爲難，今遣此力助汝薪水之勞。此亦人子也，可善遇之。』」倩，請也，謂僱用。句言病已平穩，家務勞作將親手操辦。

次韻王漕見贈并寄曾吉父二首〔一〕

前賢去則遠，今代不無人。小出已無敵〔二〕，深藏恐未仁〔三〕。兩章知思苦〔四〕，一語見情親。徑欲忘衰病，知公筆有神。

〔一〕王漕，漕，謂轉運司。王漕，蓋任職於轉運司，其名未詳。詩言「情親」，疑詩人與之有親，或交情較深。曾吉父，曾幾字吉甫（按甫、父同），前已屢見。

〔二〕「小出」二句：小出，言王漕出仕不久。無敵，謂已才華畢露，無人可與之匹敵。

〔三〕「深藏」句：深藏，此指韜光養晦。周易豐卦：「上六，豐其屋，蔀其家，闚其户，闃其無人，三歲不覿，凶。」王弼注：「屋，藏蔭之物，以陰處極，而最在外。不履於位，深自幽隱，絶迹深藏者也。既豐其屋，又蔀其家，屋厚家覆，闇之甚也。雖闚其户，闃其無人，棄其所處，而自深藏也。處於明動尚大之時，而深自幽隱，以高其行。大道既濟，而猶不見，隱不爲賢，更爲反道，凶，其宜也。」未仁，謂當出仕而退隱，其德不足。論語子張：「子游曰：『吾友張也爲難能也，然而未仁。』」何晏集解引包（咸）曰：「言子張容儀之難及。」邢昺疏：「此章論子張材德也。子游言，吾同志之友子張，其容儀爲難能及也，然而其德未仁。」

〔四〕「兩章」句：兩章，即王漕贈呂本中之作，亦即本中次韵之原唱。

曾子住南國〔一〕，端居無所思。逃禪不用酒〔二〕，投筆謾成詩。敏捷忘千慮〔三〕，縱横又一奇。於中有佳處，莫待折肱醫〔四〕。

〔一〕「曾子」句：曾子，即曾幾，字吉甫，是時避地柳州，見前次韵吉父見寄新句詩注。

〔二〕「逃禪」句：逃禪，學禪而不能守戒之謂。杜甫飲中八仙歌：「蘇晋長齋繡佛前，醉中往往愛逃禪。」此反其意，謂不醉酒也逃禪。

〔三〕「敏捷」句：史記淮陰侯列傳：「廣武君曰：『臣聞智者千慮，必有一失；愚者千慮，必有一得。故曰狂夫之言，聖人擇焉。』」此蓋言曾幾詩思雖敏捷，但乏深思。林之奇記聞下：「曾吉甫曾託某問呂紫微其詩如何？紫微曰：『吉甫詩學山谷，大抵只是於浮標上理會，無甚旨趣。』」此或即「忘千慮」之意，蓋對幾有所規諷也。

〔四〕「莫待」句：左傳定公十三年：「冬十一月，荀躒、韓不信、魏曼多奉公以伐范氏、中行氏，弗克。二子將伐公，齊高彊曰：『三折肱，知爲良醫。唯伐君爲不可，民弗與也。』」「三折肱」句，謂多次折斷手臂，即可懂得醫治折臂之法。此謂其詩之優勝處，不待多作即能掌握其技巧。

次韻折仲古見贈

未有絲毫補縣官〔一〕，幾年流轉但求安。江湖自稱嵇康懶〔二〕，故舊空嗟范叔寒〔三〕。顧我初無食肉相〔四〕，喜公復著侍臣冠〔五〕。新詩不忘東山志〔六〕，敢作尋常禁近看。

〔一〕「未有」句：縣官，史記絳侯周勃世家：「條侯子爲父買工官尚方甲楯五百被可以葬者。取庸苦之，不予錢。庸知其盜買縣官器，怒而上變告子。」索隱：「縣官謂天子也。所以謂國家爲縣官者，夏（家）〔官〕王畿内縣即國都也。王者官天下，故曰縣官也。」

〔二〕「江湖」句：嵇康與山巨源絶交書：「少加孤露，母兄見驕，不涉經學。性復疏懶，筋駑肉緩，頭面常一月十五日不洗，不大悶癢，不能沐也。每常小便而忍不起，令胞中略轉乃起耳。」王維山中示弟等：「莫學嵇康懶，且安原憲貧。」又黄庭堅戲書效樂天：「造物生成嵇叔懶。」

〔三〕「故舊」句：史記范雎列傳：「范雎者，魏人也，字叔。游説諸侯，欲事魏王。家貧，無以自資，乃先事魏中大夫須賈。……須賈曰：『今叔何事？』范雎曰：『臣爲人庸賃。』須賈意哀之，留與坐，飲食，曰：『范叔一寒如此哉！』乃取其一綈袍以賜之。」寒，自謂家貧。蘇軾八月十日夜看月有懷子由并崔度賢良：「今年還看去年月，露冷遥知范叔寒。」

〔四〕「顧我」句：黄庭堅戲呈孔毅父（平仲）：「管城子無食肉相，孔方兄有絶交書。」吕本中紫微雜説：「大抵古人得食肉者至少，而『食肉之禄，冰皆與焉』（引者按：見禮記月令），『肉食者謀之』（按：見左傳莊公十年），『肉食者無墨』（按：見同上哀公十三年），此言貴者方得肉食也。莊子（按：見徐無鬼），九方歅相子綦之子，刖而鬻之於齊，適當渠公之街，然身食肉而終。相班超者曰『虎頭燕頷，食肉相也（按：見後漢書班超傳，原文作「燕頷虎頸」）。』以此，知古人以食肉爲貴，食肉爲難得，比之後人，簡約甚矣。」

〔五〕「喜公」句，陳劉删詠蟬：「聲流上林苑，影入侍臣冠。」黄庭堅送曹子方福建路運判兼簡運使張仲謀：「老即不作患失計，凜然宜著侍臣冠。」

〔六〕「新詩」句，新詩，指所次韻之折氏原唱。東山，原校：「一作『平戎』。」東山志，即謝安之志，見前呈折仲古四首詩注。

再用前韵奉和

自昔支離畏作官〔一〕，只今猶望一枝安〔二〕。飽知時態病良已，心喜故人盟未寒〔三〕。所至軍書銷日月，幾回戎馬污衣冠。公歸定有安邊策，不學愚夫静處看。

〔一〕「自昔」句：支離，衰病貌。畏，原校：「一作『怕』。」

〔二〕「只今」句：莊子逍遥遊：「鷦鷯巢於深林，不過一枝；偃鼠飲河，不過滿腹。歸休乎君，予無所用天下爲。」

〔三〕「心喜」句：左傳哀公十二年：「今吾子曰必尋盟，若可尋也，亦可寒也。」杜預注：「寒，歇也。」按：此似有求折彦質援引之意。

夜坐有感

五更月落鷄未鳴，小爐殘火猶晶熒。道人强起理衰疾，不聞松聲聞雨聲。跏趺坐穩百念去〔一〕，豈有宿夢令神驚。平生於世萬事懶，況復今兹飽憂患。中原北望四千里，三年不見南飛雁〔二〕。著身天涯未爲遠，所至風沙莫深歎。時寒但趁僧房火〔三〕，日暖可赴鄰家飯〔四〕。嶺南無瘴便可老，江頭有酒猶堪唤。嗟哉甯子不自休，辛苦飯牛過夜半〔五〕。

〔一〕「跏趺」句：跏趺，結跏趺坐之略語，乃佛教僧徒坐法之一種。佛經稱跏趺可以减少妄念，集中思慮。

〔二〕「三年」句：謂離開中原避地南來已三年。詩人建炎末南走嶺嶠，是時當在紹興二年（一一三二）。

〔三〕「時寒」句：但，原校：「一作『可』。」

〔四〕「日暖」句：可，原校：「一作『但』。」

〔五〕「嗟哉」二句：甯子，指甯戚。吕氏春秋卷一九舉難：「甯戚欲干齊桓公，窮困無以自進，於是爲商旅將任車以至齊。……甯戚飯牛居車下，望（齊）桓公而悲，擊牛角疾歌。桓公聞之，撫其僕之手曰：『異哉！之歌者非常人也。』命後車載之。桓公反，至，從者以請。桓公賜之衣冠，將見之。甯戚見，説桓公以治境内。明日復見，説桓公以爲天下。桓公大説，將任之。群臣争之曰：『客，衛人也。衛之去齊不遠，君不若使人問之，而固賢者也，用之未晚也。』桓公曰：『不然。問之，患其有小惡，以人之小惡，亡人之大美，此人主之所以失天下之士也已。』凡聽必有以矣。今聽而不復問，合其所以也。且人固難全，權而用其長者。當舉也，桓公得之矣。」兩句接上文，謂不必如甯戚辛苦干謁，隨處皆有生活樂趣。

送密上人歸江西〔一〕

輕舟君先行，羸馬我繼往。湖山已在望，南嶽行可仰。不憂盜賊繁，漸喜草木長〔二〕。密也負奇氣，少已離塵網。飽參諸方禪〔三〕，所至被稱賞。獨留末後句〔四〕，未肯付吾黨。徑尋卓錐地〔五〕，更足以自養。囊空脚頗健，體儉心甚廣。喜談江西勝，妙處猶指掌〔六〕。未見頻寄書，悠然發遐想。

〔一〕密上人，事迹不詳。

〔二〕「漸喜」句：杜甫述懷：「今夏草木長，脱身得西走。」

〔三〕「飽參」句：諸方禪，即所謂五味禪，與一味禪相對。五味禪，指五種交雜之如來禪，參見本書卷二正月十二日夜作詩注。

〔四〕「獨留」句：末後句，五燈會元卷六青原下五世夾山會禪師法嗣：澧州洛浦山元安禪師：「上堂：『末後一句始到牢關，鎖斷要津，不通凡聖。尋常向諸人道，任從天下樂欣欣，我獨不肯。欲知上流之士，不將佛祖言教貼在額頭上，如龜負圖，自取喪身之兆。鳳縈金網，趍霄漢以何期。直須旨外明宗，莫向言中取則。是以石人機似汝，也解唱巴歌。汝若似石人，雪曲也應和，指南一路，智者知疏。』」所謂「末後句」表示悟境，有如脚跟點地，圓見實相，乃徹悟之代名詞。

〔五〕「徑尋」句：卓錐，其鋭如錐，謂其地極小。

〔六〕「妙處」句：猶，原校：「一作『如』。」猶指掌，如指其掌，言事理淺近易明。論語八佾：「或問禘之説。子曰：『不知也。知其説者之於天下也，其如示諸斯乎。』指其掌。」何晏集解引包（咸）曰：「孔子謂或人言知禘禮之説者，於天下之事如指示掌中之物，言其易了。」

送常子正赴召二首〔一〕

屬者聞居久〔二〕，今來促召頻。但能消黨論，便足掃胡塵〔三〕。衆水同歸海，殊塗必問津〔四〕。如何彼黠虜，敢謂漢無人〔五〕。

〔一〕常子正，常同字子正，邛州臨邛（今四川邛州）人。政和八年（一一一八）進士。靖康初除大理司直，不赴。辟元帥府主管機宜文字，尋除太常博士。高宗南渡，辟浙江機幕。建炎四年（一一三〇）召至行在，爲大宗丞。紹興元年（一一三一）乞郡，得柳州。三年，召對，首論朋黨之禍。除集英殿修撰、知衢州，以疾辭。七年秋，以禮部侍郎召還，未數日，除御史中丞。乞郡，除顯謨閣直學士、知湖州。紹興二十年卒。事詳宋史本傳。詩中言及「消黨論」，即指常同論朋黨之禍。據建炎要録卷六七，常同由柳州召還，在紹興三年八月癸巳。

〔二〕「屬者」句：屬，原校：「一作『昔』。」

〔三〕「但能」二句：宋史常同傳：紹興三年（一一三三），「召還，首論朋黨之禍，略曰：『自元豐新法之行，始分黨與，邪正相攻五十餘年。章惇唱於紹聖之初，蔡京和於崇寧之後，元祐臣僚，竄逐貶死，上下蔽蒙，豢成夷虜之禍。今國步艱難，而分朋締交、背公私黨者，固自若也。恩歸私門，不知朝廷之尊；重報私怨，寧復公議之顧？臣以爲欲破朋黨，先明是非，欲明是非，先辨邪正，則公道開而奸邪息矣。』上曰：『朋黨亦難破。』同對：『朋黨之結，蓋緣邪正不分，但觀其言行之實，察其朋附之私，則邪正分而朋黨破矣。』」瀛奎律髓卷二四收此詩，紀昀評曰：「三、四切中當時之弊。」

〔四〕「殊塗」句：論語微子：「長沮、桀溺耦而耕，孔子過之，使子路問津焉。」何晏集解引鄭（玄）注：「津，濟渡處。」此指皇帝處分國是，當諮詢賢者。

〔五〕「敢謂」句：漢，此代指宋。漢，原校：「一作『世』。」

疾病老逾劇，交親窮轉疏。惟公不改舊，怪我未安居。日月干戈裏，江山瘴癘餘。因行見李白，亦莫問何如〔一〕。

〔一〕「因行」二句：李白江夏使君叔席上贈史郎中：「鳳凰丹禁裏，銜出紫泥書。昔放三湘去，今還萬死餘。仙郎久爲別，客舍問何如。涸轍思流水，浮雲失舊居。多慚華省貴，不以逐臣疏。復如竹林下，而陪芳宴初。希君生羽翼，一化北溟魚。」按：兩句借李白答史郎中問「何如」事，向常同訴説自己如涸轍之魚的困境，最後期待常氏能拯濟之，然又言「莫問」，則望之益切矣。瀛奎律髓卷二四收此二首，方回評曰：「二詩俱有少陵風骨。」李慶甲彙評評此首，引馮班曰：「似是而非。」又曰：「江西惡語，太露。」又引紀昀曰：「三句太質，後四句自好。」

送頌山上人游南華〔一〕

二浙三衢未説歸〔二〕，且從嶺路訪曹溪〔三〕。盧公若問南來事〔四〕，但道江湖盡鼓鼙〔五〕。

〔一〕送頌山，原作「頌送山」，頌、送二字當倒誤，據四庫本乙。頌山，不詳。按暹羅灣富國島有頌山，屬柬埔寨、越南争議地區。頌山上人，事迹亦不詳。南華，寺名。方輿勝覽卷三五韶州寺觀：「南華寺，梁天監元年（五〇二），有天竺國僧智藥自西土來，泛舶至漢土，尋流上至韶州曹溪水口，聞其香，掬嘗其味，曰：『此水上流有勝地。』尋之，遂開山立石寶林，乃云：『此去一百七十年，當有無上法寶在此演法。』今六祖南華寺是也。」按：寺坐落於今廣東韶關曲江馬壩東南七公里曹溪之畔，乃禪宗六祖惠能弘揚南宗禪法之地，爲中國著名佛教寺廟之一。

〔二〕「二浙」句：二浙，即浙江東、西兩路。宋史地理志四：「兩浙路。熙寧七年（一〇七四），分爲兩路，尋合爲一；九年，復分；十年，復合。府二：平江、鎮江。州十二：杭，越，湖，婺，明，常，温，台，處，衢，嚴，秀。縣七十九。南渡後，復分臨安、平江、鎮江、嘉興四府，安吉、常、嚴三州，江陰一軍，爲西路；紹興、慶元、瑞安三府，婺、台、衢、處四州爲東路。」三衢，即衢州。元和郡縣志卷二六衢州：「本舊婺州信安縣也。武德四年（六二一）平李子通，於信安縣置衢州，以州有三衢山，因取爲名。」按：二浙、三衢，指浙江、衢州，蓋言頌山上人原籍爲浙江衢州。

〔三〕「且從」句：曹溪，見上注。又方輿勝覽卷三五韶州山川：「曹溪，在曲江縣東南三十五里。源出本縣界牛嶺下，西流五十里合大江、真水南流，下英州。以士人曹叔良捨宅爲寺，因名曹溪。」

〔四〕「盧公」句：盧公，即禪宗六祖惠能。六祖俗姓盧氏，法名惠能，新州人。得法於黄梅五祖弘忍大師，傳其衣鉢。生平見所著壇經行由品。

〔五〕「但道」句：鼓鼙，大鼓、小鼓。古代軍中用擊鼓發號司令，并爲進攻助威。史記樂書：「君子聽鼓鼙之聲，則思將帥之臣。」此以鼓鼙代指戰亂。

頌山送譚師直歸湖南〔一〕

人事日翻覆，昔同今不然。於心苟有用，與世自無緣〔二〕。剩結官田社〔三〕，飽參雲蓋禪〔四〕。已勝高鳥盡〔五〕，徒泛五湖船〔六〕。

〔一〕頌山，原作「山頌」，據四庫本乙，參前詩注。譚師直，汪應辰跋譚師直士訓：「長沙譚公師直，應辰未及識之，而得其言於劉于駒爲詳，蓋篤意於聖人之學，專以躬行爲本者也。今年六十餘矣，取聖人之言集爲士訓，置之座右，以自課厲，汲汲焉如恐不及。蓋其心必有不可已者，惟躬行而自知之，非口耳可及也。」則其爲道學中人。

〔二〕「於心」二句：於心有用，指佛教，佛教治心。佛教徒自稱爲世外之人，故謂與世無緣。

〔三〕「剩結」句：官田，官家所有之田産，往往租給無地流民耕種。宋史高宗紀二：建炎二年（一一二八）春正月丁亥，「録兩河流亡吏士，沿河給流民官田、牛種」。言别無生活來源，唯待官給耕地，與農夫結爲一社。

〔四〕「飽參」句：雲蓋禪，指臨濟宗楊岐派之禪。雲蓋，山名，在今湖南長沙善化縣西約三十五公里處，洞庭湖之南。山有海會禪院，又稱雲蓋寺，始建於唐末。北宋初，臨濟宗楊岐派（按：楊岐派發祥於今江西萍鄉市上栗縣楊岐山）創始人楊岐方會禪師曾在此開堂説法。其後有雲蓋禪師、志元禪師、智罕禪師、景禪師、證覺禪師、志禺禪師、繼鵬禪師、守智禪師、智本禪師等九位禪宗著名僧人住此（見五燈會元卷一九臨濟宗），禪風甚盛。

〔五〕「高鳥」句：史記越王句踐世家：「句踐已平吴，乃以兵北渡淮，與齊、晋諸侯會於徐州，致貢於周。周元王使人賜句踐胙，命爲伯。……當是時，越兵横行於江、淮東，諸侯畢賀，號稱霸王。范蠡遂去，自齊遺大夫種書曰：『蜚鳥盡，良弓藏，狡兔死，走狗烹。越王爲人長頸鳥喙，可與共患難，不可與共樂，子何不去？』」高鳥，即蜚鳥。蜚，飛通。

〔六〕「徒泛」句：史記貨殖列傳：「范蠡既雪會稽之耻，乃喟然而歎曰：『計然之策七，越用其五而得意。既已施於國，吾欲用之家。』乃乘扁舟，浮於江湖。」正義引國語云：「句踐滅吴，反至五湖，范蠡辭於王曰：『君王勉之，臣不復入國矣。』遂乘輕舟，以浮於五湖，莫知其所終極。」五湖，即太湖，前已屢見。以上兩句，謂遁迹世外，勝於在窮途末路下歸隱。

送能化主還法輪〔一〕

嶺外三年避賊忙，法輪元不下禪床〔二〕。君歸却説嶺南事，瘴暑作時君自涼〔三〕。

〔一〕化主，佛寺中掌化緣之僧徒。能化主，其人不詳。禪苑清規卷一〇百丈規繩頌：「凡具道眼，有可遵之德者，號曰長老，如西域道高臘長呼須菩提等之謂也。既爲化主，即處於方丈。」法輪，即法輪寺，亦名龍雲寺，疑在衡山。宋黄㽦山谷年譜卷三〇載崇寧三年（一一〇四）十月，黄庭堅作贈法輪齊公，并曰：「法輪，即南嶽岣嶁峰龍雲寺。先生有重書法輪古碑跋云」。又釋惠洪有南嶽法輪寺與西林比居長老齊公築堂於丈室之西名曰雪堂作此寄之詩。

〔二〕「法輪」句：此所謂「法輪」，即正法之輪，謂佛所説之法圓通無礙，法力無邊，運轉不息，能破衆生之迷，故言不下禪床。

〔三〕「瘴暑」句：謂嶺外瘴煙暑氣盛時，能化主已回到涼爽的衡山。杜甫七月一日題終明府水樓二首其一：「高棟層軒已自涼，秋風此日灑衣裳。」又黄庭堅以十扇送徐天隱：「坐客有氈吾不愛，暑榻無扇公自涼。」

送夏少曾兄弟〔一〕

處處人家避賊忙，數因行李問舟航。江横晚照鳧鷗亂，春到空山草木香。我未有緣離嶺嶠，君今決策下湖湘。定知此去添貧病，不及相從氣味長〔二〕。

〔一〕夏少曾，生平事迹不詳。嘗著朝野僉言一卷，建炎要録卷一至三、三朝北盟會編多卷皆有徵引，遂初堂書目及陳振孫直齋書録解題卷五有著録，陳氏曰：「朝野僉言，不著名氏，有序，建炎元年（一一二七）八月。繫年録稱夏少曾『未詳何人』。」四庫全書總目著録陳規守城録四卷，永樂大典本，提要曰：「是書凡分三種，首爲規所撰靖康朝野僉言後序。朝野僉言本夏少曾作，備載靖康時金人攻汴始末，規在順昌見之，痛當日大臣將帥捍禦失策，因條列應變之術附於各條下，謂之後序，徐夢莘嘗采入北盟會編一百三十九卷中，然其文與此大同小異，疑傳録者有所删潤也。」明陸楫編古今説海，其卷八七説略三收靖康朝野僉言雜記，題「闕名」，篇幅甚小，非完本。

〔二〕「不及」句：相從，在一起。氣味長，猶言有味道。王安石次韵微之即席：「釀成吴米野油囊，却愛清談氣味長。」又蘇軾和子由次王鞏韵如囊之句可爲一噱：「平生未省爲人忙，貧賤安閒氣味長。」

本中將爲江浙之行念當與夢貺遠别感歎傷懷因成長句奉呈〔一〕

客行已無聊，况此憂慮集。頹然念遠役，未見勇可習〔二〕。虚庭覺氣潤，遠視螢火濕。故人不我厭，踏雨相勞揖。朝餐共飢飽，夜語同坐立。問我去此邦，何用如此急。干戈與瘴癘，未見可出入〔三〕。何殊知二五，而不知有十〔四〕。俛首謝勤意，此非愚所及。天涯重離别，所至方業岌〔五〕。感懷平生舊，忍效兒女泣〔六〕。風沙蔽中原，道路滿荆棘。世事古則然，臨分莫於邑〔七〕。

〔一〕夢貺，即裴夢貺，靖康初知衡州，紹興初曾吕本中等同寓臨桂縣訾家洲，見本卷前斷橋詩注。

〔二〕「未見」句：勇可習，三國志魏書杜襲傳裴松之注引九州春秋曰：「建安六年（二〇一），劉表攻西鄂，西鄂長杜子緒帥縣男女嬰城而守，時南陽功曹柏孝長亦在城中，聞兵攻聲，恐懼，入室閉户，牽被覆頭。相攻半日，稍敢出面。其明，側立而聽。二日，往出户問消息。至四五日，乃更負楯親鬭，語子緒曰：『勇可習也。』」此謂猶心懷恐懼。

〔三〕「干戈」二句：謂干戈、瘴癘兩事皆民之大害，没有輕重高下之分。

〔四〕「何殊」二句：史記越王句踐世家：「齊使者曰：『……王之所求者，鬭晋楚也，晋楚不鬭，越兵不起，是知二五而不知十也。』」

〔五〕「所至」句：業岌，亦作「岌業」，同。文選張衡西京賦：「疏龍首以抗殿，狀巍峩以岌業。」張銑注：「嵬峩、岌嶪，高壯貌。」此指危懼貌。

〔六〕「忍效」句：王勃杜少府之任蜀州：「無爲在歧路，兒女共沾巾。」即此意。

〔七〕「臨分」句：文選曹植求自試表：「今臣志狗馬之微功，竊自惟度，終無伯樂韓國之舉，是以於悒而竊自痛者也。」張銑注：「於邑，猶歎息也。」

贈日者張直夫〔一〕

因循避世不求名，潦倒江湖過一生。賈誼定能尋季主〔二〕，子雲先已識君平〔三〕。

獨行市肆口無語，懶踏權門身自輕。看甑生塵只堅坐〔四〕，世間寧有不平鳴〔五〕。

〔一〕日者，史記日者列傳裴駰集解：「古人占候卜筮，通謂之日者。」索隱案：「名卜筮曰『日者』

以墨，所以卜筮占候時日通名『日者』故也。」張直夫，除知其爲日者外，餘不詳。

〔二〕「賈誼」句：史記日者列傳司馬季主傳：「司馬季主者，楚人也，卜於長安東市。宋忠爲中大夫，賈誼爲博士，同日俱出洗沐，相從論議，誦易先王聖人之道術，究徧人情，相視而歎。賈誼曰：『吾聞古之聖人，不居朝廷，必在卜醫之中。今吾已見三公九卿朝士大夫，皆可知矣。試之卜數中以觀采。』二人即同輿而之市，游於卜肆中。天新雨，道少人，司馬季主閒坐，弟子三四人侍，方辯天地之道，日月之運，陰陽吉凶之本。二大夫再拜謁。司馬季主視其狀貌，如類有知者，即禮之，使弟子延之坐。」

〔三〕「子雲」句：揚雄，字子雲，成都人，其答劉歆書曰：「常聞先代輶軒之使，奏籍之書，皆藏於周秦之室。及其破也，遺棄無見之者，獨蜀人有嚴君平、臨邛林閭翁孺者，深好訓詁，猶見輶軒之使所奏，翁孺與雄外家牽連之親，又君平過誤，有以私遇少而與雄也，君平財有千言耳。」按：嚴遵，字君平，亦成都人。張華博物志卷一〇謂海濱有人乘槎至天上，「遥望宫中多織婦，見一丈夫牽牛渚次飲之。牽牛人乃驚問曰：『何由至此？』此人具説來意，并問此是何處？答曰：『君還，至蜀郡訪嚴君平，則知之。』」其人後至蜀，問君平，曰：「某年月日，有客星犯牽牛宿。計年月，正是此人到天河時也。」則以嚴君平爲日者之屬。

〔四〕「看甑」句，甑生塵，見本書卷二贈信民詩注引後漢書范冉傳。句謂張直夫生活極困頓。

〔五〕「世間」句，世間，原校：「一作『似君』。」韓愈送孟東野序：「大凡物不得其平則鳴。……人之爲言也亦然。有不得已者而後言，其歌也有思，其哭也有懷，凡出乎口而爲聲者，其皆有弗平者乎！」此言雖有不平，却未必鳴。

永州西亭〔一〕

舊聞西亭勝，獨盛湖湘間。山秀水亦好，千里在憑欄。今來乃不然，眼境故未寬。環城但濁水，滿目唯荒山。如何柳司馬〔二〕，肯爲此解顔。始知憂慮久，方覺所遇安。我從避地來，山水亦飫觀〔三〕。初不厭嶺嶠，况敢嫌荆蠻〔四〕。徘徊念昔人，亦作故意看〔五〕。所慚二三子，來不倦躋攀。開軒納微凉，共享一日閑。説詩到雅頌，論文參詰盤〔六〕。快若箭破的〔七〕，圓於珠在盤〔八〕。此樂固可樂，此盟安得寒。天暑畏道路，時危安阻艱〔九〕。相逢得少款，莫問何時還。何須待杯酒，始盡平生歡。

〔一〕西亭，方輿勝覽卷二五永州亭軒：「西亭，在零陵縣東山法華寺，柳宗元有留題。」零陵，永州治所，今屬湖南永州。按柳宗元法華寺西亭夜飲賦詩序曰：「余既謫永州，以法華浮圖之西臨陂池丘陵，大江連山，其高可以上，其遠可以望，遂伐木爲亭，以臨風雨，觀物初，而遊乎顥氛之始。」又永州法華寺新作西亭記：「余時謫爲州司馬，官外乎常員，而心得無事，乃取官之禄秩，以爲其亭，其高且廣，蓋方丈者二焉。」則西亭乃柳宗元出資建造。

〔二〕「如何」句：柳司馬，即柳宗元（七七三—八一九），字子厚，河東（今山西永濟）人。德宗貞元九年（七九三）進士及第。順宗永貞元年（八〇五）與王叔文等推行新政，失敗後被貶爲永州司馬。中唐著名詩人，又與韓愈一起倡導古文。

〔三〕「山水」句：亦，原校：「一作『日』。」飫觀，飽觀。飫，飽食也。

〔四〕「况敢」句：敢，原校：「一作『復』。」荆蠻，此指湖南。湖南古爲楚地，永州屬湖南，故此稱永州爲「荆蠻」。詳見本書卷一一城中紀事詩注引史記周本紀。

〔五〕「徘徊」二句：昔人，指柳宗元。故意，即昔人（柳宗元）之意。謂如柳一樣熱愛此地。

〔六〕「論文」句：誥盤，古文尚書有盤庚及大誥、康誥等篇，故以誥盤代指尚書，泛指文章。

〔七〕「快若」句：破的，射中靶心。謂詩中有理，見本書卷一二答朱成伯見贈四首其一注。

〔八〕「圓如」句：南史王筠傳：「（沈）約嘗啓上，言晚來名家無先筠者。又於御筵謂王志曰：『賢弟子文章之美，可謂後來獨步。謝朓常見語云：「好詩圓美流轉如彈丸。」』」宋釋惠洪次韵君武中秋月下：「千字一揮才瞬息，流珠走盤紛的皪。」此即呂本中所謂「活法」，見所作夏均父集序。

〔九〕「時危」句：安，原校：「一作『多』。」

浯溪〔一〕

五月行人汗如雨，意緒昏昏雜塵土。浯溪一見中興碑，便有清風濯煩暑。中興之業誠艱難，敢作漢武周宣看〔二〕。紛然大曆上元間〔三〕，文恬武嬉主則孱〔四〕。但知追咎一祿山，袖手不作如旁觀〔五〕。天亦未使庸夫干，故生李郭在人間〔六〕。一時節士張許顔〔七〕，其誰不知唐已安。道州落筆風雨寒〔八〕，魯公大書鎮百蠻〔九〕，訶叱水怪摧神姦〔一〇〕。有臣若此亡所歎，而不能使君心還。我來轉嶺逾千盤，對此凜然清肺肝。想見群小遭譏彈〔一一〕，爾曹何心猶誕謾，至今怒髮常衝冠。

〔一〕浯溪，方輿勝覽卷二五永州山川：「浯溪，在祁陽縣（引者按：今屬湖南永州市）南五里，流入湘江，水清石峻。唐上元中，容管經略使元結家焉。結作大唐中興頌，顔真卿大書刻於此崖。結又爲峿臺、㢈亭、石室諸銘。」按：元結（約七一九—七七二），字次山，號漫叟、聱叟等，河南（今河南洛陽）人。唐玄宗天寶十二載（七五三）進士及第。嘗招募義兵，抗擊史思明叛軍，保全十五城。代宗時任道州刺史，調容州，爲容州都督充本管經略守捉使。著有元次山集。中興頌作於肅宗上元二年（七六一），請顔真卿書。摩崖刻石在戡平安祿山亂後之大曆六年（七七一）六月。

〔二〕「敢作」句，漢武，當指漢光武。西漢末王莽篡奪政權，高祖九世孫劉秀起兵建立東漢，時稱「中興」。周宣，即周宣王。其父厲王貪財好利，暴虐無道。公元前八四一年，國人暴動，厲王逃到彘，召公、周公二輔相共理朝政，史稱「共和」。其後厲王子靜繼位，是爲周宣王。宣王用召穆公、尹吉甫、仲山甫等賢人輔佐，國力恢復，史亦稱「中興」。

〔三〕「紛然」句：大曆，唐代宗李豫年號（七六六—七七九）；上元，唐肅宗李亨年號（七六〇—七六一）。此由後往上推，故羅列代宗在前。

〔四〕「文恬」句：韓愈平淮西碑并序：「肅宗代宗，德祖順考。以勤以容，大慝適去，稂莠已薅。相臣將臣，文恬武嬉，習熟見聞，以爲當然。」孫汝聽注：「大慝，大惡也，謂安禄山、史思明之屬。稂，草也。」又祝充注：「薅，器也，以剌地除草。」文恬武嬉，謂文武官員苟安度日，習於逸樂。孱，懦弱。

〔五〕「但知」二句：追咎，歸罪。安禄山（七〇三—七五七），營州（今遼寧朝陽）胡人。狡黠奸詐，善揣人意，勾結唐朝廷奸臣，任平盧、范陽、河東三鎮節度使。爲「安史之亂」禍首，曾在洛陽建立大燕僞政權。爲其子安慶緒所殺。如旁觀，謂二帝將一切皆委罪於安禄山，而自己則毫無建樹。

〔六〕「故生」句：李郭，指李豫、郭子儀。李豫爲肅宗長子，十五歲時封廣平王。安禄山之亂，京城陷落，從肅宗蒐兵靈武，命爲天下兵馬元帥，統領副元帥郭子儀等收復兩京。後即位爲代宗。郭子儀（六九七—七八一），字子儀，祖籍山西陽曲，生於華州鄭縣（今陝西華縣）。安史之亂時任朔方節度使，在河北打敗史思明。後任副元帥，率唐軍收復洛陽、長安兩京，功居平亂之首，封汾陽郡王。其人戎馬一生，屢建奇功。二人新、舊唐書皆有傳。

〔七〕「一時」句：張許顔，即張巡、許遠、顔杲卿。安禄山起兵反唐，張巡與許遠合兵守睢陽，堅守數月，終援絶糧盡，城陷被殺。詳見本書卷一〇雙廟詩注。顔杲卿（六九二—七五六），字昕，臨沂（今屬山東）人，與真卿同五世祖。禄山反，應平原太守真卿之約，起兵斷安禄山後路。史思明急攻常山，城陷被執，爲禄山支解而死。兩唐書有傳。

〔八〕「道州」句：道州，指元結，代宗時嘗爲道州刺史，事迹見上注。風雨寒，謂文章義正辭嚴，極具感染力。

〔九〕「魯公」句：魯公，即顔真卿，官至太子太師，封魯國公。顔書此碑字形方正，爲顔體代表作，歷來爲書家所重。

〔一〇〕「訶叱」句：訶叱，鎮壓。水怪、神姦，代指朝廷奸邪。

〔一一〕「想見」句：「群小遭讒彈」，猶言遭群小讒彈。如舊唐書蕭穎士傳附李翰傳：「禄山之亂，從友人張巡客宋州，巡率州人守城，賊攻圍經年，食盡矢窮方陷。當時薄巡者言其降賊，翰乃序巡守城事迹，撰張巡姚誾等傳兩卷上之，肅宗方明巡之忠義，士友稱之。」

送元上人歸禾山〔一〕

長囂而寂，方作而息〔二〕，如射破的，初不以力。子居深山，又處絶頂，避囂不作，二事俱屏。往來臨川，道里且千〔三〕，一見我喜，如舊交然。我欲屬子，重於發言〔四〕，子請則堅，之子之賢。遍尋諸方，不主先入，唯是之從，何拘何執〔五〕。惟昔善財〔六〕，我曹之師，其心廣大，誰能間之。山高海深，德則不孤〔七〕，不深不高，培塿潢污。奚必深山，惟静之守，求寂念息，以閲永久〔八〕。

〔一〕元上人，其人未詳。禾山，禪寺名。釋惠洪嘗代人作吉州禾山寺記。又雍正江西通志卷一二二寺觀吉安：「禾山寺，在永新縣西禾山赤白峰下。舊名甘露寺。唐宋時僧徒最盛。宋司業龔源有記。」

〔二〕「長囂」二句：謂世間雖喧囂不已，他却追求静寂；萬物皆「作」，他却轉而爲「息」。言元上人生性喜静，生活淡泊，故下文謂其「避囂」「不作」，皆出於自然。

〔三〕「往來」二句：臨川，今江西撫州。是時吕本中在永州，故云「道里且千」。

〔四〕「我欲」二句：屬子，隨元上人而去。重於發言，謂不輕易開口。

〔五〕「遍尋」四句：謂元上人遍訪叢林，不以先入爲主，而能兼收博取，不拘執於一家。宋史吕公著傳：「京師地震，公著上疏曰：『自昔人君遇災者，或恐懼以致福，或簡誣以致禍。上以至誠待下，則下思盡誠以應之。上下盡誠，而變異不消者，未之有也。惟君人者去偏聽獨任之弊，而不主先入之語，則不爲邪説所亂。』」知不以先入爲主，唯是是從，乃吕氏家風，此亦以之論禪悟法門。

〔六〕「惟昔」句：善財，即善財童子，乃文殊菩薩曾住福城之五百童子之一。出生時家中涌現許多珍奇財寶，因名爲「善財」。然善財童子看破紅塵，視財如糞土，發願修行成菩薩。在文殊指示下，善財童子開始參訪五十三位善知識，於是佛經中有善財童子五十三參所記之佳話，並在普陀洛迦山拜謁觀世音菩薩，終示現成菩薩。詳見華嚴經入法界品。此喻指元上人。

〔七〕「德則」句：論語里仁：「子曰：『德不孤，必有鄰。』」何晏集解：「方以類聚，同志相求，故必有鄰，是以不孤。」

〔八〕「不深」六句：培塿，字亦作「部婁」，左傳襄公二十四年：「部婁無松柏。」杜預注：「部婁，小阜。」即小土丘。潢污，左傳隱公三年：「潢汙行潦之水，可薦於鬼神。」正義引服虔曰：「畜小水謂之潢，水不流謂之汙。」此謂求寂求息，居處於淺山小河如禾山即可，不一定要深山野嶺。

贈一上人〔一〕

偶從嶺嶠轉江東，得向疏山見一公。所至共游常草草〔二〕，爾來相遇更匆匆。晁郎埋骨虛無裏〔三〕，璧老收聲蒼莽中〔四〕。二十餘年往還事，半隨秋雁落寒空。

〔一〕一上人：即釋法一，生平事迹詳本書卷二連日與一上人會話密庵清坐附火乃有山居氣息因成一詩奉呈詩注。據孫覿長蘆長老一公塔銘，靖康亂後，法一到江西疏山草堂清公道場。疏山寺，在今江西金溪縣滸灣鎮附近，始建於唐僖宗中和年間，僖宗曾御筆親書寺名「敕建疏山寺」。

〔二〕「所至」句：所至，原校：「一作『疇昔』。」

〔三〕「晁郎」句：指晁沖之，其生平事迹本書前已屢見。據晁公遡憫孤賦，沖之死於金兵陷寧陵（今屬河南）之靖康元年（一〇二六）閏十一月。疑當時尸身無存，故言「埋骨虚無裏」。

〔四〕「璧老」句：璧老即釋如璧，俗名饒節，其生平事迹本書前已注。按：據嘉泰普燈録卷一三香崖倚松如璧禪師傳，如璧生於治平二年（一〇六五），世壽六十有五，則其圓寂於建炎四年（一一三〇），距作此詩時很近。聲，原校：「一作『身』。」蒼莽，原校：「一作『莽蒼』。」

贈珪公杲公四首〔一〕

北歸住江西，塵事日窘束。兩公時踵門〔二〕，高誼已絶俗。空房擁殘火，更許相就宿。不嫌寒無氊〔三〕，肯厭飯脱粟〔四〕。

〔一〕珪公，即釋士珪（一〇八三—一一四六）。五燈會元卷二〇南嶽下十五世下龍門遠禪師法嗣龍翔士珪禪師：「温州龍翔竹庵士珪禪師，成都史氏子。初依大慈宗雅，心醉楞嚴。逾五秋，南游謁諸尊宿。」始登龍門，投佛眼。政和末，出世和（州）之天寧。紹興間奉詔，開山雁蕩能仁。丙寅（紹興十六年）七月十八日，召法屬、長老、宗範付後事。次日，泊然而逝。又，士珪曾住廬山東林寺，避地福建乾元寺，見新續高僧傳四集卷一一温州龍翔寺沙門釋士珪傳。杲公，即釋宗杲，俗姓奚，宣州寧國（今屬安徽）人，臨濟宗楊岐派高僧，見本書卷一一送一書記杲公作天寧化士詩注。按大慧禪師年譜紹興三年（一一三三）：「臨川太守曾公紆以廣壽虚席請師，莫之得，遂托待制韓公子蒼（駒）及舍人吕公居仁以書勸諭，庶幾肯就，而師堅志莫屈。……九月，同圭禪師之臨川，訪子蒼、居仁，謁草堂和尚於疏山，因館子蒼之西齋。」圭，同「珪」。此組詩，當即作於珪、杲二師館韓氏之西齋時。

〔二〕「兩公」句：時踵門，時時至其門。莊子達生：「有孫休者，踵門而詫子扁慶子曰……」成玄英疏：「踵，頻也。……頻詣門而言之。」

〔三〕「不嫌」句：晉書吴隱之傳：「尋拜度支尚書、太常，以竹蓬爲屏風，坐無氊席。」又杜甫戲簡鄭廣文兼呈蘇司業：「才名三十年，坐客寒無氊。」

〔四〕「肯厭」句：史記平津侯列傳：「食一肉脱粟之飯，故人所善賓客仰衣食，（公孫）弘奉禄皆以給之。」索隱案：「脱粟，纔脱穀而已，言不精鑿也。」

杲公玉壺冰〔一〕，所至自清浄。珪公出林鶴，肯與鷄鶩競〔二〕。吾窮得兩公，頗覺意氣盛。未能出艱危，猶足起衰病。

〔一〕「杲公」句：文選鮑照白頭吟：「直如朱絲繩，清如玉壺冰。」李周翰注：「玉壺冰，取其絜净也。」

〔二〕「珪公」：蘇軾韓幹馬十四匹：「前者既濟出林鶴，後者欲涉鶴俛啄。」鶚鶩，鶚鴨。鶩，野鴨也。

杲固昔所熟，珪亦舊聞名。江西一聚首，遂寬南去程。掃除文字習，追尋香火盟〔一〕。期君向此道，隱若一長城〔二〕。

〔一〕「掃除」二句：香火盟，以焚香拜佛爲盟，指一起研討禪理，不以舊所習文字爲事。

〔二〕「期君」句：君，指杲、珪二禪師。長城，喻指地位崇高，無人可比擬。

堂頭老居士〔一〕，我識蓋自早。聲名從少年，閉户今却掃〔二〕。公能爲少留，尚可慰枯槁。欲知主人賢，但看此二老。

〔一〕「堂頭」句：堂頭，僧寺住持。此指疏山寺草堂清公。清公，即釋善清（一〇五七——一一四二）。俗姓何，南雄州（今廣東南雄）人。住黄龍契悟，後住曹、疏二山，移住隆興府泐潭寺。爲南嶽下十三世黄龍祖心禪師法嗣。卒，年八十六。五燈會元卷一七、嘉泰普燈録卷六有傳。

〔二〕「閉户」句：却掃，不再掃地迎客。晋書葛洪傳：「爲人木訥，不好榮利，閉門却掃，未嘗交游。」此言清公年事已高。

次韵錢遜叔清江圖後二首〔一〕

公但一室堅坐，我方萬里生還〔二〕。共作十年清夢，同尋五嶺名山。

〔一〕錢遜叔，即錢伯言，字遜叔，事迹詳本書卷九次韵遜叔直閣見寄兼請堯明同和詩注。清江，發源於今湖南祁東，匯入湘江。又清江，古稱夷水，乃長江支流，發源於湖北恩施，在宜都匯入長江。此清江圖之清江，蓋指前者。

〔二〕「我方」句：呂本中由開封出發，避地歷宣州、桂州、永州等地，是時回江西不久，故云。

作清江三兩曲〔一〕，勝大厦千萬間〔二〕。若保此中安坐，不必中原遽還。

〔一〕「作清江」句：三兩曲，謂畫面簡潔，取景只江岸兩三道灣。

〔二〕「勝大厦」句：杜甫茅屋爲秋風所破歌：「安得廣厦千萬間，大庇天下寒士俱歡顔。」

次韻錢遜叔獨鶴圖三首

長頸竦身懶不前，此寧有望更騰騫〔一〕。懿公愛爾非無意〔二〕，要壓曹人三百軒〔三〕。

〔一〕「長頸」二句：竦，原作「踈」，據四庫本改。竦身，身子聳立。騰騫，騰飛。

〔二〕「懿公」句：左傳閔公二年：「冬十二月，狄人伐衛。衛懿公好鶴，鶴有乘軒者。將戰，國人受甲者皆曰：『使鶴！鶴實有禄位，余焉能戰？』……衛師敗績，遂滅衛。」乘軒，杜預注：「軒，大夫車。」

〔三〕「要壓」句，曹，春秋時諸侯國名，周文王子曹叔振鐸後裔。建都於今山東陶丘，爲宋國所滅。左傳僖公二十八年：「晉侯圍曹，門焉，多死。曹人尸諸城上，晉侯患之。聽輿人之謀，稱『舍於墓』，師遷焉。曹人兇懼，爲其所得者棺而出之。因其凶也而攻之，三月丙午入曹，數之，以其不用僖負羈（引者按：曹大夫）而乘軒者三百人也。」杜預注：「軒，大夫車。」言其無德居位者多。

粉墨半銷翎翅短〔一〕，正如衰髮不勝簪〔二〕。可憐少保功名誤，寫此凌雲意不堪〔三〕。

〔一〕「粉墨」句：粉墨，畫圖顔料。半銷，謂畫面多已剥蝕。

〔二〕「正如」句：謂畫中鶴已如人，衰老不堪。杜甫春望：「白頭搔更短，渾欲不勝簪。」

〔三〕「可憐」二句：少保，指薛稷。杜甫觀薛稷少保書畫壁：「少保有古風，得之陝郊篇。惜哉功名忤，但見書畫傳。」王洙注：「稷，字嗣通，薛收之從子，好古博雅。……以書名天下，畫又絶品。睿宗在藩，留意文學，嘗喜之。及踐祚，稷於是時見擢用，遷黄門侍郎，參知機務，歷太子少保。會竇懷貞以附太平公主伏誅，稷坐知謀，賜死萬年獄。」又通泉縣署壁後薛少保畫鶴：「薛公十一鶴，皆寫青田真。畫色久欲盡，蒼然猶出塵。低昂各有意，磊落如長人。佳此志氣遠，豈惟粉墨新。」

眼明見此出籠鶴〔一〕，似我北歸辭瘴嵐。慎勿低頭待收養〔二〕，人間欣戚盡朝三〔三〕。

〔一〕「眼明」句：出籠鶴，謂畫中之鶴已脱去羈絆，可自由翱翔。

〔二〕「慎勿」句：勿，原校：「一作『莫』。」待收養，鶴本清高之鳥，若被餵養於籠，則尊嚴全無。此既是言鶴，更是喻人。

〔三〕「人間」句：欣戚，悲喜。朝三，莊子齊物論：「勞神明爲一而不知其同也，謂之朝三。何謂朝三？狙公賦芧，曰：『朝三而暮四。』衆狙皆怒。曰：『然則朝四而暮三。』衆狙皆悦。名實未虧而喜怒爲用，亦因是也。」成玄英疏：「狙，獮猴也。賦，付與也。芧，橡子也，似栗而小也。列子曰：宋有養狙老翁，善解其意，戲狙曰：『吾與汝芧，朝三而暮四，足乎？』衆狙皆起而怒。又曰：『我與汝朝四而暮三，足乎？』衆狙皆伏而喜焉。朝三暮四，朝四暮三，其於七數，並皆是一。名既不虧，實亦無損，而一喜一怒，爲用愚迷。此亦同其所好，自以爲是。」此則喻指人計謀多端，喜怒無常，勸鵠慎之，實勸人也。

次韵錢遜叔畫圖

西風著人塵滿襟，江山縱近難追尋。當年寫此數幅妙，坐使几案頻登臨。斷雲黤慘出古寺〔一〕，遠岸杳靄連荒岑〔二〕。漁舟蕩漾江路晚，烟雨濛籠山店陰。已知落筆氣象古〔三〕，一任世間消息沈〔四〕。最憐霜榦倚長石，不待歲久成枯林〔五〕。知公此中興不淺，此畫故能留意深。只今燕坐一室裏，尚費從來長短吟〔六〕。詩成掩卷坐秋晚，一唱三歎求遺音〔七〕。

〔一〕「斷雲」句：杜甫渼陂行：「天地黤慘忽異色。」仇兆鰲引邵注：「黤慘，天色昏黑。」

〔二〕「遠岸」句：杳靄，靄，亦作「藹」。文選張衡南都賦：「杳藹蓊鬱於谷底。」李善注：「皆茂盛貌也。」此形容深遠。

〔三〕「已知」句：落筆，原校：「一作『筆下』。」

〔四〕「一任」句：消息，一消一息。周易豐卦：「日中則昃，月盈則食，天地盈虚，與時消息。」孔穎達疏：「日中至盛，過中則昃；月滿則盈，過盈則食。天之寒暑往來，地之陵谷遷貿，盈則與時而息，虚則與時而消。天地、日月尚不能久，況於人與鬼神，而能長保其盈盛乎？」此句謂任其晝在世間流傳，以致湮滅。

〔五〕「最憐」二句：憐，喜愛。霜榦，高大茂盛之樹木。言其歲月雖近，然色彩已有剥蝕，幾成枯林。

〔六〕「尚費」句：長短吟，邵雍長短吟：「君子喜淳誠，小人喜欺罔。淳誠歲時長，欺罔日月短。」此指作詩説長道短。

〔七〕「一唱」句：禮記樂記：「清廟之瑟，朱絃而疏越，壹倡而三歎，有遺音者矣。大饗之禮，尚玄酒而俎腥魚，大羹不和，有遺味者矣。」鄭玄注：「清廟，謂作樂歌清廟也。朱絃，練朱絃，練則聲濁。越，瑟底孔也。畫，疏之使聲遲也。倡，發歌句也。三歎，三人從歎之耳。」倡、唱同。

送一上人

我齒久已摇，君髮日向白。相逢不相笑，共被老境迫。周旋三十年，近乃多間隔。伊昔無事時，日夕望顏色〔一〕。此道要琢磨〔二〕，苦語費思索。不能如宿心，每負朋友責。別我寧陵縣〔三〕，隨我昭德宅〔四〕。所期無二三，可恨已千百。交游太半死，況值兵火厄。舉首望八荒〔五〕，無乃天地窄〔六〕。涼風吹秋深，江湖動行客。誰能於此時〔七〕，出語見肝膈〔八〕。胡塵蔽中原，盜賊暗阡陌。公其無遽行，待我有良策。

〔一〕「伊昔」二句：伊昔，以前。文選陸機答賈長淵一首：「伊昔有皇，肇濟黎蒸。」李善注引爾雅曰：「伊，惟也。」又引郭璞曰：「發語辭也。」無事時，指靖康之前。日夕，天天，經常。望顏色，謂與釋法一見面。按：韓駒有次韵吕居仁贈一上座兼簡居仁昆仲詩，當即次此詩韵，附録於次：「上人出山時，稻穫雲水白。困倉未云滿，已有税租迫。崎嶇走檀施，不畏道里隔。坐令衆浮圖，聽法無餒色。爾來閉幽户，此道深自索。佛法本無多，未悟常自責。孤雲忽南飛，過我江上宅。信知道人心，不斷思想百。邂逅逢故人，涕淚説艱厄。驅車更何之，悵望王土窄。應須屏塵累，問此忘機客。憂來莫飲酒，酒薄空住鬲。何時營一丘，伐竹開新陌。待子田舍成，吾當理輕策。」

〔二〕「此道」句：此道，指佛理，謂兩人嘗一起研習之。

〔三〕「別我」句：寧陵縣，北宋屬南京應天府（今河南商丘）。吕本中與法一在寧陵告別事不詳。

〔四〕「隨我」句：昭德宅，指晁氏宅。晁氏世居開封昭德坊。蓋一上人曾隨詩人拜訪晁家。

〔五〕「舉首」句：八荒，淮南子泰族訓：「又况登太山，履石封，以望八荒，視天都若蓋，江河若帶，又况萬物在其間者乎？」漢書項籍傳引賈誼過秦論：「有席卷天下，包舉宇内，囊括四海、并吞八荒之心。」顔師古注：「八荒，八方荒忽極遠之地也。」

〔六〕「無乃」句：杜甫送李校書二十六韵：「每愁悔吝作，如覺天地窄。」

〔七〕「誰能」句：時，原校：「一作『際』。」

〔八〕「出語」句：肝膈，猶言肺腑。見肝膈，喻極懇切誠實，仿佛能一眼望穿，決無隱匿。三國志吴書周魴傳：「敢緣古人，因知所歸，拳拳輸情，陳露肝膈。」

錢遜叔諸公賦石鼓文請同作〔一〕

江頭羽書相續來，城中草木凍不開〔二〕。腐儒坐視了無策〔三〕，但守寒爐吹死灰。煩公送我石鼓文，令我琢句要春回。簸蕩風雲走蛟蜃，百蟲久蟄聞驚雷〔四〕。錢公自是力扛鼎〔五〕，持此浮游轉湖嶺。漢碑秦篆已么麽〔六〕，况復鍾王敢馳騁〔七〕。後來頗供兒女弄〔八〕，神物有知當遠屏。石鼓之文公所知，正是周室中興時〔九〕。庶幾我皇亦如此，一掃狂虜隨風飛〔一〇〕。石鼓之文尚可讀，小臣願繼車攻詩〔一一〕。

〔一〕石鼓文，石鼓，唐初於今陝西陳倉被發現，共十枚，每枚高約三尺，徑約二尺，刻有大篆四言詩各一首，共十首，計約七百餘字。當時有「陳倉十碣」之稱。石鼓今藏北京故宫博物院，凡存籀文四百六十餘字，詠秦君游獵，爲鎮國之寶。其年代説法不一，主要有主西周説和主秦説兩類。前者又有周文王、成王、宣王等説法；後者有秦襄公、文公、穆公、靈公、惠文王等主張。自唐以來，對石鼓及石鼓文研究、詠歎者極多。

〔二〕「城中」句：凍不開，因凍，草木不能舒展。楊時晚泊遇雪：「平野光初合，陰雲凍不開。」

〔三〕「腐儒」句：腐儒，荀子非相：「易（坤卦）曰：『括囊，無咎無譽。』腐儒之謂也。」唐楊倞注：「腐儒，如朽腐之物，無所用也。」又史記黥布列傳：「上折隨何之功，謂何爲腐儒，爲天下安用腐儒？」索隱：「謂之腐儒，言如腐敗之物，不任用。」此乃詩人自指，言無力挽回國家危局。

〔四〕「簸蕩」二句：走，原校：「一作『寫』。」簸蕩，猶言激蕩、驅使。風雲、驚雷、蛟蜃、百虫，即上句所謂「要（通「邀」）春回」，使死氣沉沉之大地焕發生機。

〔五〕「錢公」句：史記項羽本紀：「（項）籍長八尺餘，力能扛鼎。」集解引韋昭曰：「扛，舉也。」此謂錢伯言極有筆力。

〔六〕「漢碑」句：么麽，細微。鶡冠子卷下道端第六：「無道之君，任用么麽。」宋陸佃解：「么，細人，俊雄之反。」此言極稀缺。

〔七〕「况復」句：鍾王，指鍾繇、王羲之。鍾繇爲曹魏時著名書法家，王羲之乃東晋著名書法家，書史二人齊名。敢馳騁，敢於發揮，指勇於新變。

〔八〕「後來」句：兒女，指不曉事之人。弄，言爲其擺弄、破壞。

〔九〕「正是」句：周室中興，指周宣王中興。此蓋據車攻詩小傳（見下注引），然石鼓文「吾車」詩並非車攻。詩人蓋欲言時事，故云。

〔一〇〕「一掃」句：風，原校：「一作『灰』。」

〔一一〕「小臣」句：詩經小雅車攻，小序曰：「車攻，宣王復古也。宣王能内脩政事，外攘夷狄，復文、武之境土，脩車馬，備器械，復會諸侯於東都，因田獵而選車徒焉。」其第一章曰：「我車既攻，我馬既同。四牡龐龐，駕言徂東（下略）。」石鼓文有吾車，首兩句亦爲「吾車既攻，吾馬既同」，與車攻同，後人以爲乃仿車攻繼作，故吕本中謂願再繼作，以效周宣王之中興。

和邢子堅韵〔一〕

萬里重歸舊禿翁，笑談聊復與君同。鷦鷯所願一枝足〔二〕，鼯鼠從來五技窮〔三〕。短髮自梳渾欲白〔四〕，殘爐因客尚能紅。正須混迹師元亮〔五〕，未忍低頭學敬通〔六〕。

〔一〕邢子堅，其人不詳。

〔二〕「鷦鷯」句：鷦鷯，小鳥名。一枝足，見本卷前再用前韵奉和詩注引莊子。

〔三〕「鼯鼠」句：從來，原校：「一作『真成』。」五技，荀子勸學篇：「梧鼠五技而窮。」唐楊倞注：「梧鼠，當爲『鼫鼠』，蓋本誤爲『鼯』字，傳寫誤爲『梧』耳。技，才能也。言技能雖多，而不能如螣蛇專一，故窮。五技，謂能飛不能上屋，能緣不能窮木，能游不能渡谷，能穴不能掩身，能走不能先人。」

〔四〕「短髮」句：渾，張相詩詞曲語辭匯釋卷二：「渾，猶全也，直也。」杜甫春望：「白頭搔更短，渾欲不勝簪。」

〔五〕「正須」句：元亮，陶潛字。師元亮，謂學其隱居。陶淵明隱居事，前已屢見。

〔六〕「未忍」句：後漢書馮衍傳：衍字敬通，京兆杜陵人。幼有奇才，博通群書。王莽時不肯仕，嘗好俶儻之策，時莫能聽用其謀。衛尉陰興等以外戚貴顯，深重衍，遂與結交，由是爲諸王所聘請，尋爲司隸從事。光武懲西京外戚賓客，故皆以法繩之，由此得罪，罷歸故鄉，閉門自保，不敢與親故通。句謂寧可不被任用，亦不學馮衍依附權貴，走邪徑取官。此爲和邢氏詩，原唱已佚，所指何人何事不詳。

吕本中詩集箋注卷一四

戲呈東林雲門二老〔一〕

幾年湖嶺費追尋，尚喜歸來聽足音〔二〕。禦虎已知吾有命〔三〕，問禪方見子無心〔四〕。風塵黤慘病如昨〔五〕，歲月峥嶸窮至今。猶覺相逢有餘恨，老盆盛酒不同斟〔六〕。

〔一〕東林、雲門，即東林珪禪師、雲門杲禪師，前已屢見。

〔二〕「尚喜」句：足音，脚步聲。莊子徐無鬼：「夫逃虚空者……聞人足音，跫然而喜矣。」

〔三〕「禦虎」句：西京雜記卷三：「余所知有鞠道龍，善爲幻術，向余説古時事。有東海人黄公，少時爲術能制蛇御虎，佩赤金刀，以絳繒束髮，立興雲霧，坐成山河。及衰老，氣力羸憊，飲酒過度，不能復行其術。秦末有白虎見於東海，黄公乃以赤刀往厭之，術既不行，遂爲虎所殺，三輔人俗用以爲戲，漢帝亦取以爲角抵之戲焉。」禦、御同。此言因年老體衰，又曾飲酒過度，已無當年風采。

〔四〕「問禪」句：子，詩人自指，與上句「吾」義同。謂無心談禪。

〔五〕「風塵」句：黤慘，天色昏暗貌，此指神色黯淡。見上卷次韵錢遜叔畫圖詩注。

〔六〕「老盆」句：自注：「余常以謂可與共飲者至難得也。二公超然之韵，可與共飲也，而不得共飲爲可痛惜。曉此語者，許伊具一隻眼。」具一隻眼，蓋謂勿誤以爲從來不能飲。

佛日縱步相尋索歸甚苦戲成絶句〔一〕

相逢不用苦相催，只到更深月上回〔二〕。莫怪室空無侍者，夜窗相對有寒梅。

〔一〕佛日，宗杲之號。五燈會元卷一九南嶽下十五世上昭覺勤禪師法嗣徑山宗杲禪師：宗杲在天寧寺師事圓悟克勤，「叢林浩然歸重，名振京師，右丞相吕公舜徒（好問）奏賜紫衣、佛日之號」。蓋杲欲求歸，而詩人苦留，故作是詩。

〔二〕「只到」句：只，原校：「一作『直』。」

東林珪雲門杲將如雪峰因成長韵奉送〔一〕

東風被澤國〔二〕，君有千里行。送君不能遠，宿昔春水生〔三〕。胡馬污中原，旁淮多賊城〔四〕。即今江南岸，盜賊猶縱横。頗聞閩粤静，農民方及耕。雪峰佳主人，況欲屣履迎〔五〕。兩公與談道，正欲平其衡。但見演若頭，自然心地明。云何未覽鏡，便欲其流清〔六〕。君行可語此，勿憂兒女驚〔七〕。鄙夫牙齒缺，苦遭塵事嬰。七年在奔走〔八〕，一飽費經營。野鶴出籠飛，尚須完翅翎。今者與君别，故鄉他日情。新詩見萬一，庶用託同盟〔九〕。

〔一〕雪峰，即雪峰崇聖禪寺。方輿勝覽卷一〇福建路福州佛寺：「雪峰寺，在侯官縣西百餘里。唐咸通中，真覺禪師義存遊吳楚，至武陵，傳法於五祖德山，乃歸閩，居芙蓉山石室。其徒蝟集，於是得象骨峰，誅茅爲庵。一日登嶺遇雪，留宿其上，因名雪峰。」又引閩中實録：「閩王問雪峰禪師：『住象骨峰，有何異？』答曰：『山頂暑月常有積雪。』（王）審知曰：『可稱雪峰。』」（參見淳熙三山志卷三四）考大慧禪師年譜：「是年（紹興四年，一一三四）二月，作七閩之行。按（韓）子蒼贈别詩，其略曰：『幻世吾方夢，迷津子作舟。禪心如密付，當爲少淹留。』又有『還應雪峰老，領衆待雲門』之句（按見送雲門妙喜游雪峰三首其一、其三，陵陽集卷四）。三月，至長樂，館於廣因寺，因游雪峰。適建菩提會，真歇了禪師請爲人普説，其略曰……」呂本中此詩，亦當時贈别詩之一。

〔二〕「東風」句：澤國，時珪、杲二師在臨川，到福建蓋走水路，由汝水（又名臨川江，即今之撫河）

到南昌入贛江，可達福建（後世因撫河堵口改道，衹通鄱陽湖），一路皆舟行，故稱「澤國」。

〔三〕「宿昔」句：宿昔，夜來，言時間極短，見本書卷四遺懷三首詩注。艇齋詩話：「東萊送珪公、杲公入閩中詩五言『宿昔春水生』者，絶似選詩。東萊自云。」

〔四〕「旁淮」句：旁，通「傍」。傍淮，指淮河兩岸。

〔五〕「雪峰」二句：佳主人，指真歇清了禪師（一〇八九—一一五一）。真歇爲曹洞宗僧。五燈會元卷一四青原下十三世丹霞淳禪師法嗣長蘆真歇清了禪師：「左綿雍氏子。……年十八，試法華得度，往成都大慈習經論，領大意。出蜀至沔漢，扣丹霞之室。……後游五臺，之京師，浮汴直抵長蘆，謁祖照，一語契投，命爲侍者。逾年分座，未幾照稱疾退閒，命師繼席，學者如歸。建炎末，游四明，主補陀，台之天封，閩之雪峰。」後又主乾元。屣履，後漢書鄭玄傳：「孔融深敬於玄，屣履造門。」李賢注：「屣，謂納履未正，曳之而行。言趨賢急也。」

〔六〕「但見」四句：演若頭，演若，即演若達多。楞嚴經卷四：室羅城中演若達多，忽於晨朝以鏡照面，愛鏡中頭眉目可見，嗔責己頭不見面目，以爲魑魅，無狀狂走。佛教以頭喻真性，影喻妄相，迷頭認影爲迷失本性。五燈會元卷六夾山會禪師法嗣澧州洛浦山元安禪師：「問：『佛魔不到處，如何辨得？』師曰：『演若頭非失，鏡中認取乖。』」此言未覽鏡便疑頭丢失，而向外尋覓，則其去道更遠。

〔七〕「君行」二句：詩人欲珪、杲二禪師向人解説迷頭認影、本性迷失之害，勿慮不曉事之小兒女子感到驚訝。

〔八〕「七年」句：此當由建炎二年（一一二八）秋離宣州南行後算起，七年爲紹興四年（一一三二）。

〔九〕「新詩」二句：向兩禪師索别後所作詩，以續香火之盟。

贈童堯詢蔡楠謝敏行〔一〕

七年避胡塵，無復少年事。適從嶺外歸，眼病不識字。尚幸戎馬間，得見此數士。蔡童南城傑，所養蓋有自。兩謝名家子，學已前作似〔二〕。相逢眼暫明，已足慰遲暮。如何捨我去，使我起千慮〔三〕。江深羽檄繁，況此日月騖〔四〕。猶餘大謝留〔五〕，與我相近住。風霜眇墟落，泥土暗道路。得無經此别〔六〕，各復走它處。期君則甚遠，苦語不厭屢〔七〕。微言恐遂絶〔八〕，其誰與調護〔九〕。要當發憤求，不欲僥倖遇〔一〇〕。聖門極坦平〔一一〕，渠自有回互〔一二〕。河清儻有期〔一三〕，未死或可俟。

〔一〕童堯詢，詩中言其與蔡楠同爲「南城傑」，南城，今屬江西。生平事迹未詳。蔡楠，陳振孫直齋書録解題卷二〇：「雲壑隱居集三卷，南城蔡枏堅老撰。宣和以前人，没於乾道庚寅（一一七〇）。曾公卷、吕居仁輩皆與之唱和。」枏、楠同。謝敏行，據詩所言，其人乃兩謝

（逸、邁）家之子。朱熹邵武縣丞謝君墓碣銘曰：「竹友先生之子曰敏行，字長訥，自號中隱居士。」竹友先生乃謝邁之號，則謝敏行爲謝邁子。

〔二〕「學已」句：謂謝敏行亦學詩，其學問詩作已與二謝相當。

〔三〕「使我」句：使，原校：「一作『令』。」

〔四〕「況此」句：日月鶩，日月指歲月，鶩，形容時間流逝之快。

〔五〕「猶餘」句：據詩意，此所謂大謝即謝敏行，而非其父輩「二謝」。二謝之「大謝」爲謝逸，「小謝」爲謝邁，然謝逸卒於徽宗宣和二年（一一二〇），謝邁卒於政和六年（一一一六），吕本中作此詩時，皆去世已久。謝敏行既稱「大謝」，疑其猶有弟，不詳。

〔六〕「得無」句：經，原校：「一作『驚』。」

〔七〕「苦語」句：苦，原校：「一作『告』。」

〔八〕「微言」句：微言，精深微妙之語。唐陸德明注解傳述人：「論語者，孔子應答弟子及時人所言，或弟子相與言而接聞於夫子之語也。當時弟子各有所記，夫子既終，微言已絶，恐離居已後各生異見，而聖言永滅，故相與論撰，因輯時賢及古明王之語，合成一法，謂之論語。」

〔九〕「其誰」句：與，原校：「一作『知』。」調護，史記留侯世家：「上（漢高祖）曰：『煩公幸卒調護太子。』」集解引如淳曰：「調護，猶營護也。」

〔一〇〕「不欲」句：不欲，原校：「一作『未可』。」疑是。

〔一一〕「聖門」句：聖門，此指孔子之門。論語述而：「子曰：『君子坦蕩蕩，小人長戚戚。』」何晏集解引鄭（玄）曰：「坦蕩蕩，寬廣貌；長戚戚，多憂懼。」邢昺疏：「此章言君子、小人心貌不同也。坦蕩蕩，寬廣貌；長戚戚，多憂懼也。君子内省不疚，故心貌坦蕩蕩然寬廣也。小人好爲咎過，故多憂懼。」

〔一二〕「渠自」句：渠，指示代詞，相當於「他」。回互，回環交錯，此指融會貫通。

〔一三〕「河清」句：文選王粲登樓賦：「惟日月之逾邁兮，俟河清其未極。」張銑注：「黄河清則聖人出。粲苦天下反亂，故云日月逾邁，河清未極期也。」此句乃詩人感歎時事艱難，但對前途仍滿懷期望。

和范仲熊舜元游橘園見梅〔一〕

橘林經雨未全衰〔二〕，歸路人家已見梅。風物粗知江左勝〔三〕，瘴烟新離嶺南來〔四〕。筆頭有眼方知妙〔五〕，句裏忘言始絶埃〔六〕。但得一寒無事過，與公還往勝銜杯。

〔一〕范仲熊，名舜元，范沖子，祖禹孫，成都人。靖康初爲河内丞，陷金得歸。附苗傅、劉正彦，二人伏誅，除名勒停，編管臨江軍，又謫嶺外。後釋之。紹興四年（一一三四）冬敘右承務郎。

事見王明清揮麈後録卷九、建炎要録卷二一、卷二二、卷五八、卷八一等。

〔二〕「橘林」句：經，原校：「一作『因』。」

〔三〕「風物」句：江左，長江下游以東地區，當今江蘇、安徽一帶。知，原校：「一作『如』。」據詩意，似作「如」勝。

〔四〕「瘴烟」句：新離嶺南，指范仲熊剛從嶺外歸來，謂已釋其罪。

〔五〕「筆頭」句：黄庭堅題李西臺書：「字中有筆，如禪家句中有眼。」此當指作詩應有詩眼。陳師道謂黄庭堅詩句中有眼，其答魏衍詩謂「句中有眼黄别駕」。

〔六〕「句裏」句：忘言，謂詩以意勝，不拘於語言文字，方能意境高妙，而無塵滓。莊子外物：「言者所以在意，得意而忘言。吾安得夫忘言之人而與之言哉！」

答錢遜叔〔一〕

北風吹霜夜如雪〔二〕，江城草木凍欲折〔三〕。病夫袖手無所爲，一坐臨川已三月。忽蒙妙句起衰憊，頓覺和氣生毛髮〔四〕。公能忘機我亦倦，不待曼殊見摩詰〔五〕。畫圖是非久未解〔六〕，況保長年不磨滅。請公置畫莫多求，要與時人除愛渴〔七〕。

〔一〕錢遜叔，即錢伯言，前已屢見。題下原校：「一本有『訪戴圖』三字。」據詩意，有「訪戴圖」三字是。

〔二〕「北風」句：如，原校：「一作『飛』。」

〔三〕「江城」句：江城，指臨川，因臨川有臨川江（即撫河），故稱。欲，原校：「一作『未』。」王安石老樹：「去年北風吹瓦裂，牆頭老樹凍欲折。」

〔四〕「頓覺」句：古有心情好生毛髮之説。白居易太行路：「君心好惡苦不常，好生毛髮惡生瘡。」

〔五〕「公能」二句：忘機，没有機心，見本書上卷呈折仲古四首注引莊子天地。大唐西域記卷四秣菟羅國（原注：中印度境）：「釋迦如來諸聖弟子遺身窣堵波，謂舍利子……曼殊室利、諸菩薩窣堵波等，每歲三長及月六齋，僧徒相競率其同好，賫持供具，多營奇玩，隨其所宗，而致像設。」曼殊室利，原注：「唐言妙吉祥，舊曰濡首，又曰文殊師利。或言曼殊尸利，譯曰『妙德』，訛也。」宋高似孫剡録卷七載此詩，即作「文殊師利」。則曼殊即文殊。摩詰，維摩詰居士。維摩經第五品文殊師利問疾：文殊師利向維摩詰問疾，而維摩詰借此説空，稱「諸佛國土，亦復皆空」云云，詳見本書卷三觀甯子儀所蓄維摩寒山拾得唐畫歌詩注。兩句謂以二人之真率與困倦，不待維摩詰解説，已體悟到四大皆空。

〔六〕「畫圖」句：四庫全書總目著録宣和畫譜，提要曰：「宣和畫譜二十卷，不著撰人名氏，記宋徽宗朝内府所藏諸畫，前有宣和庚子（二年，一一二〇）御製序。……所載共二百三十一人，計六千三百九十六軸。」其中有子猷訪戴圖或訪戴圖多軸。此所謂「畫圖是非」，不詳何指，據上下句，似與求畫有關。

〔七〕「要與」句：愛渴，言愛欲之心，其貪如渴者之求水。維摩經方便品：「是身如炎，從渴愛生。」又圓覺經：「衆生欲脱生死，免諸輪回，先斷貪欲，及除愛渴。」黄庭堅發願文：「我從昔來，因癡有愛。飲酒食肉，增長愛渴。入邪見林，不得解脱。」

與錢遜叔飲酒分韻得鳥字〔一〕

客游等浮萍〔二〕，歲事如過鳥〔三〕。逢公得一笑，不厭古寺悄。雨聲喧客耳，燭影吹半裊〔四〕。宿酲未及解〔五〕，更覺惡韻擾〔六〕。時方足艱虞，身未識要妙〔七〕。如何一杯酒，便出萬物表〔八〕。别公願一言，使我意易了。

〔一〕分韻，多人一起作詩時，約定數字爲韻，各自分拈，依拈得之字爲韻，稱分韻。

〔二〕「客游」句：等浮，原校：「一作『如藻』。」浮萍，喻指人生飄泊不定。楚辭王褒九懷昭世：「竊哀兮浮萍，汎淫兮無根。」王逸注：「自比如蘋，生水瀕也。」

〔三〕「歲事」句：如過鳥，謂來去無蹤。杜甫貽華陽柳少府：「餘生如過鳥。」又釋道潛次韻陽翟尉黄天選見寄：「百歲同過鳥。」

〔四〕「燭影」句：裊，飄動貌；半裊，謂燭影傾斜。李光梅花賦：「藟方苞而露重，梢半裊而雲深。」可參讀。
〔五〕「宿酲」句：宿酲，醉酒終夜未醒。詩經小雅節南山：「憂心如酲，誰秉國成。」毛傳：「病酒曰酲。」
〔六〕惡韻：指所分「鳥」字。惡，謂其韻窄難用。蘇軾和田仲宣見贈：「好詩惡韻那容和。」
〔七〕「身未」句：老子道德經：「不貴其師，不愛其資，雖智大迷，是謂要妙。」河上公注末兩句：「雖自以爲智言，此人乃大迷惑。能通此意，是謂知微妙要道也。」
〔八〕「便出」句：萬物表，萬物之外，指忘記一切。物，原校：「一作『事』。」

贈別范一哥〔一〕

相送不嫌遠，詰朝當語離〔二〕。文詞知子進，道路覺吾衰。力疾終無補，徐行敢厭遲。臨分更回首，苦語漫成詩。

〔一〕范一哥，蓋范祖禹孫，范沖子侄。本卷後有病中口占示范益謙四弟詩，可以推見。
〔二〕「詰朝」句：左傳僖公二十八年：「戒爾車乘，敬爾君事，詰朝將見。」杜預注：「詰朝，平旦。」平旦，明日早晨。語離，謂告別。

送謙上人回建州三首〔一〕

子來不憚千里遠，我病可無終歲憂〔二〕。相見匆匆又相别，主人無恨客無求〔三〕。

〔一〕謙上人，當即釋道謙。道謙爲建寧府（今福建建甌）人，俗姓游，號密庵。初之京師依圓悟，後隨妙喜（宗杲之號）庵居泉南。及妙喜領徑山，道謙亦侍行。後住開善寺。事迹見嘉泰普燈録卷一八，五燈會元卷二〇南嶽下十六世徑山杲禪師法嗣有傳。

〔二〕「我病」句：終歲，此指年終。謂謙上人不憚千里來會，使自己年末能享受短暫的歡樂。

〔三〕「主人」句：恨，原校：「一作『厭』。」

平生苦節胡元仲〔一〕，老大多才劉致中〔二〕。爲我殷勤問消息，十年堅坐想高風〔三〕。

〔一〕「平生」句：胡元仲，即胡憲，字原仲（原，詩作「元」，疑作者誤記），號籍溪先生，崇安（今福建武夷山市）人，文定（胡宏）從父兄之子。稍長，從文定學，始聞程氏之説。尋以鄉貢入大學，一旦歸隱故山。從臣薦之，召授本州添教，尋監南嶽廟。爲福建帥司準遣奉祠，改秘省正字。病，求去，以左宣教郎主管崇道觀。歸而卒，紹興三十二年（一一六二）也，享年七十七。

見李幼武纂宋名臣言行録外集卷一一。

〔二〕「老大」句：劉致中，名勉之，胡憲鄉人。長聞程氏之説，入太學，會禁元祐學，乃與胡憲陰講而竊誦焉。又講易於涪陵處士譙天授（定）。歸故山，力田賣藥以奉其親，非其道義，一毫不取於人。文定（胡宏）稱其有隱君子之操。事迹亦見宋名臣言行録外集卷一一。胡、劉二人皆喜元祐學，故吕本中甚推重，託謙上人致以問候。

〔三〕「爲我」二句：宋元學案卷四三劉胡諸儒學案楊劉門人附録：「中書舍人吕本中知公（引者按：指劉勉之）之深，嘗以小詩問訊，有『老大多材』、『十年堅坐』之句，世傳以爲實録。時國家南渡幾十年，謀復中原以攄宿憤，而未有一定之計，痦寐俊傑，與圖事功。吕公乃與同列曾公天游（開）、李公似之（彌遜）、張公子猷（致遠）三數人者共列其行誼志業，以聞於朝。特詔詣闕。」按：時在紹興八年（一一三八）四月丁卯，見建炎要録卷一一九。

遥山渡口晚猶寒，道路奔波未許閑。頗恨獨來不同賞，竹輿穿雨上疏山〔一〕。

〔一〕「竹輿」句：竹輿，又稱籃輿，俗稱轎子。疏山，在今江西金溪，有疏山寺，見本書卷一三贈一上人詩注。

與范益謙炳文叔儀步月〔一〕

歲月忽已過，羈窮非獨今。稻塍分白水〔二〕，月影上清陰。畎畝平生事〔三〕，江湖他日心。相過無百步，猶覺費追尋。

〔一〕詩題原校：「一云『與諸范步月』。」陳淵答范益謙郎中書略曰：「昨蒙示書，與居仁舍人誨帖同至。……淵爲兒時，已知誦先給事所著唐鑑。後既冠，稍通文義，朝夕玩味，常恨不見其人。又五六年，始見龜山（楊時），因得出其門下。龜山蓋學於伊洛而得其傳者，嘗以唐鑑所論質之……幸先侍讀（范沖）有子如公，未棄衰朽，可以扣請。」則范益謙與前和范仲熊舜元游橘園見梅詩之范仲熊，皆沖子。益謙官至郎中。炳文，乃范仲彪字。朱熹書張氏所刻潛虛圖後：「紹興己巳（十九年，一一四九），洛人范仲彪炳文避章傑之禍，自信安來客崇安，予得從之遊。炳文親唐鑒公（范祖禹）諸孫，嘗娶温國司馬氏，及諫議大夫（司馬康）無恙時爲子壻。」則范仲彪蓋是范仲熊從兄弟。叔儀，張元幹題范叔儀所藏侄智夫山水短軸曰：「洛陽范恬智夫，嘗與乃叔戲作短軸，蓋取范寬筆法，展卷便覺關陝氣象，歷歷在眼。」又林之奇上胡教授曰：「某嘗聞范監煎三丈叔儀説伊川嘗令尹和靖看『心廣體胖』一句，和靖潛心數日，忽有所入。」按咸淳臨安志卷五五述鹽官，曰：「新興以下五場，監煎各一員。」則范叔儀曾在福建鹽場任監煎。然其人名未詳，疑是范祖禹曾孫輩。

〔二〕「稻塍」句：塍，田埂。白水，即指水。王維春園即事：「開畦分白水。」

〔三〕「甽畝」句：漢書劉向傳：「念忠臣雖在甽畝，猶不忘君，惓惓之義也。」顔師古注：「甽者，田中之溝也。田溝之法，耜廣五寸，二耜爲耦，一耦之伐，廣尺深尺，謂之甽。六甽而爲一畝。

畎音古犬反，字或作甽，其音同耳。」此泛指農村、農事，謂爲農乃平生之事。

陸庭元紹意齋〔一〕

聖人毋意物我同〔二〕，大賢庶幾其屢空〔三〕。今君胡爲用此意〔四〕，乃欲酬酢萬化參天工〔五〕。客來無窮君不厭，所施不同皆有驗。風寒燥濕互相伐〔六〕，一理驅馳無頓漸〔七〕。衡門端坐一事無〔八〕，衆皆劫劫君有餘〔九〕。見賢不避忘其軀，肯與俗子爭錙銖〔一〇〕。知君此意久已絶，爲爾病生吾有説。偫儲百藥待百病〔一一〕，任爾紛紛强分别。君但守此心如鐵，徧與衆生除衆熱。是則名爲無意訣〔一二〕，剩放南山著秋月〔一三〕。

〔一〕陸庭元，其人未詳。

〔二〕「聖人」句：聖人，指孔子。論語子罕：「子絶四：毋意、毋必、毋固、毋我。」何晏集解分别釋四事曰：毋意，「以道爲度，故不任意」。毋必，「用之則行，舍之則藏，故無專必」。毋固，「無可無不可，故無固行」。毋我，「述古而不自作，處群萃而不自異，唯道是從，故不有其身」。邢昺疏：「此章論孔子絶去四事，與常人異也。毋，不也。我，身也。常人師心徇惑，自任己意；孔子以道爲度，故不任意。」物我同，謂孔子之道乃一貫之道，「一貫之道，物我同歸，自本根而爲枝葉，爲華實，人見其異，未嘗不一也。聖人之道自盡己之性至於盡人之性，盡人之性至於盡物之性，盡物之性至於贊天地之化育，烏有二致哉」（宋鄭汝諧論語意原卷一）！此即所謂「物我同」之義。

〔三〕「大賢」句：大賢，指顔回。論語先進：「回也其庶幾乎，屢空。」何晏集解：「言回庶幾聖道，雖數空匱，而樂在其中。」

〔四〕「今君」二句：此意，指孔子之「毋意、毋必、毋固、毋我」。「用此意」謂以孔子之「四毋」説爲齊題名「紹意」。

〔五〕「乃欲」句：酬酢，主客相互敬酒之禮，主酌以敬賓曰獻，賓答謝曰酢。此指答謝。萬化，萬物變化。莊子田子方：「且萬化而未始有極也，夫孰足以患心？」參天工，尚書皋陶謨：「天工人其代之。」僞孔傳：「言人代天理官，不可以天官私非其才。」理官，理，治也。句謂以「紹意」名齋極高妙，雖出於人，却如人代天工而爲之。

〔六〕「風寒」句：伐，砍殺，謂風寒燥濕相互殘害人類。

〔七〕「一理」句：頓漸，原爲佛學禪宗修行之名，分頓悟、漸悟兩派，南宗主頓悟，即頓然破除妄念，悟得佛果；北宗主漸悟，稟報漸次修行，方能領悟。句言無論風寒燥濕，皆立刻掃除，没有頓漸緩急。

〔八〕「衡門」句：衡門，詩經陳風衡門：「衡門之下，可以棲遲。」毛傳：「衡門，横木爲門，言淺陋也。」端，原校：「一作『宴』。」亦通。

〔九〕「衆皆」句：劫劫，急切追求。韓愈貞曜先生墓誌銘：「人皆劫劫，我獨有餘。」

〔一〇〕「見賢」二句：見賢，賢，指賢豪。後漢書竇武傳李賢注引續漢志曰：「桓帝初，京都童謡曰：『游平賣印自有評，不避賢豪及大姓。』案：武字游平，與陳蕃合策戮力，唯德是建，咸得其人，賢豪大姓皆絶望矣。」錙銖，古衡制單位，其重量説法甚多，一般謂六銖（或八銖）爲一錙，一兩的二十四分之一爲一銖。此極言其少。

〔一一〕「倚儲」句：倚儲，儲存、儲備。王充論衡祀義篇：「信鬼神，歆祭祀，祭祀爲禍福，謂鬼神居處何如狀哉？自有儲倚邪，將以人食爲飢飽也？如自有儲倚，儲倚必與人異，不當食人之物；如無儲倚，則人朝夕祭乃可耳。」

〔一二〕「是則」句：無意訣，即孔子之「毋意，毋必、毋固、毋我」四事，可用作爲人口訣。

〔一三〕「剩放」句：山，原校：「一作『窗』。」此句謂「毋意」等四事光明清徹如秋月懸空。

病中口占示益謙四弟〔一〕

病來全少静工夫，藥裏關心計已迂。縱使君來亦無語，更無餘法待文殊〔二〕。

〔一〕益謙，即范益謙，前已屢見。四弟，范益謙在家族同輩兄弟中排行第四。

〔二〕「更無」句：文殊，即文殊師利，菩薩名。此以維摩詰居士自喻，謂即便文殊前來問疾，已無

「性空」之類法門可説。參見前答錢遜叔詩注。

竹夫人〔一〕

與君宿昔尚同床，正坐西風一夜凉。便學短檠墻角棄〔二〕，不如團扇篋中藏〔三〕。人情易變乃如此，世事多虞只自傷。却笑班姬與陳后，一生辛苦望專房〔四〕。

〔一〕竹夫人，蘇軾送竹几與謝秀才詩有「留我同行木上座，贈君無語竹夫人」句，其後以「竹夫人」爲題作詩文者甚衆。黄庭堅趙子充示竹夫人詩蓋凉寢竹器憩臂休膝似非夫人之職予爲名曰青奴并以小詩取之二首，其一曰：「青奴元不解梳妝，合在禪齋夢蝶床。公自有人同枕簟，肌膚冰雪助清凉。」張耒作竹夫人傳。晁説之又作二十六弟寄和江子我竹夫人詩一首愛其巧思戲作二首，等等。所謂竹夫人，蘇軾稱竹几，爲夏日寢具，即今竹製凉板床、凉席之類，稱「夫人」，乃擬人爲戲耳。

〔二〕「便學」句：短檠，檠，燈架，短檠二尺，長檠八尺。此代指燈。韓愈有短燈檠歌，見本書卷三雨後月夜懷沈宗師承務詩注引。此言天凉之後，棄所謂竹夫人，亦猶棄短燈架一般。

〔三〕「不如」句：漢班婕妤怨歌行：「新裂齊紈素，鮮潔如霜雪。裁成合歡扇，團團似明月。出入君懷袖，動摇微風發。常恐秋節至，凉飈奪炎熱。棄捐篋笥中，恩情中道絶。」瀛奎律髓卷二七收呂本中是詩，方回評以上二句曰：「『短檠』、『團扇』一聯，乃天生自然之對。」李慶甲彙評引馮舒曰：「惡套。」又曰：「頷聯可。」

〔四〕「却笑」二句：班姬，即班婕妤。劉向列女傳卷八班婕妤：「班婕妤者，左曹越騎班況之女，漢孝成皇帝之婕妤也。」荀悅前漢紀卷二五：「趙婕妤譖愬班婕妤挾媚道咒詛，上考問，對曰：『妾聞死生有命，富貴在天。爲善尚不蒙福，爲邪欲何以望？若使鬼神有知，不受不臣之愬；如其無知，愬之無益，故不敢爲也。』上善其對而憐之，賜黄金百斤。班婕妤恐終必見危，求供養太后於長信宫，上許焉。」陳后，指漢武帝陳皇后。漢書外戚列傳上：「孝武陳皇后，長公主嫖女也。曾祖父陳嬰與項羽俱起，後歸漢，爲堂邑侯。傳子至孫午，午尚長公主，生女。初，武帝得立爲太子，長主有力，取主女爲妃。及帝即位，立爲皇后，擅寵驕貴，十餘年而無子。聞衛子夫得幸，幾死者數焉。上愈怒。后又挾婦人媚道，頗覺。元光五年（前一三〇），上遂窮治之，女子楚服等坐爲皇后巫蠱祠祭祝詛，大逆無道，相連及誅者三百餘人。楚服梟首於市。使有司賜皇后策曰：『皇后失序，惑於巫祝，不可以承天命。其上璽綬，罷退居長門宫。』」專房，獨得君王專寵。苕溪漁隱叢話前集卷四七山谷苕溪漁隱曰：「呂居仁詠秋後竹夫人詩云（略）。晁無咎詩：『不見班姬與陳后，寧聞衰落尚專房。』居仁用此語也。」瀛奎律髓卷二七收此詩，李慶甲彙評引紀昀曰：「比興頗淺，尚無江西粗野之狀。」

郊居

紛紛俗駕不容攀〔一〕，尚喜郊居絶往還。野寺并冬終日雨，客房無事一秋閑。平生談説舌猶在〔二〕，病起彫疏鬢已班〔三〕。始悟莊周太多事，處夫才與不才間〔四〕。

〔一〕「紛紛」句：俗駕，常人車駕，相對貴倖者車駕而言。攀車駕，謂欲結交。孟浩然題張野人園廬：「門無俗士駕，人有上皇風。」王禹偁闕下言懷上執政三首其三：「浴殿失恩成一夢，鼎湖攀駕即千秋。」

〔二〕「平生」句：史記張儀列傳：「張儀已學而游説諸侯。嘗從楚相飲，已而楚相亡璧，門下意張儀，曰：『儀貧無行，必此盜相君之璧。』共執張儀，掠笞數百，不服，醳之。其妻曰：『嘻！子毋讀書游説，安得此辱乎？』張儀謂其妻曰：『視吾舌尚在不？』其妻笑曰：『舌在也。』儀曰：『足矣。』」

〔三〕「病起」句：彫疏，稀疏。韋應物張彭州前與縑氏馮少府各惠寄一篇多故未答：「髮鬢已云白，交友日彫疏。」班，通「斑」。

〔四〕「始悟」二句：莊周，即莊子。史記老莊列傳：「莊子者，蒙人也，名周。」莊子山木：「莊子行於山中，見大木，枝葉盛茂，伐木者止其旁而不取也。問其故，曰：『無所可用。』莊子曰：

『此木以不材得終其天年。』夫子出於山，舍於故人之家。故人喜，命豎子殺雁而烹之。豎子請曰：『其一能鳴，其一不能鳴，請奚殺？』主人曰：『殺不能鳴者。』明日，弟子問於莊子曰：『昨日山中之木，以不材得終其天年；今主人之雁，以不材死。先生將何處？』莊子笑曰：『周將處夫材與不材之間。』」才、材通。

送楊蒙秀才往樂平〔一〕

我有閩粵役〔二〕，君成江浙行。窮途一回首，歲晚倍傷情。佳氣占行在〔三〕，妖氛是賊營。如何抱奇策，不一請長纓〔四〕。

〔一〕楊蒙，其人不詳。樂平，宋史地理志四江南東路：「饒州，上，鄱陽郡，軍事。」治六縣，其中有樂平。今爲樂平市，屬江西景德鎮。

〔二〕「我有」句：閩粵，今福建、廣東一帶，此偏指閩。役，行役。

〔三〕「佳氣」句：佳氣，指天子氣。行在，即行在所。蔡邕獨斷：「天子自謂曰行在所，猶言今雖在京師，行所至耳。」南宋初一直稱臨安府爲行在所，以表收復京師（開封）之決心。宋史地理志一行在所：「建炎三年（一一二九）閏八月，高宗自建康如臨安，以州治爲行宮。」同上書高宗紀六：紹興八年（一一三八）十二月，「是歲，始定都於杭」。

〔四〕「不一」句：漢書終軍傳：終軍，字子雲，濟南人。武帝時，「南越與漢和親，乃遣軍使南越，說其王，欲令入朝，比内諸侯。軍自請：『願受長纓，必羈南越王而致之闕下。』軍遂往説越王，越王聽許，請舉國内屬」。羈，顏師古注：「言如馬羈也。」

寄題暨尚卿雙蓮亭〔一〕

異畝同穎久未出〔二〕，雙觡共抵復何物〔三〕。今君何以得此花，和氣所致無他術。雙蓮共蔕中連理，相映同心出秋水〔四〕。秋水池塘曉自凉，雙蓮中含風露香。飛燕姊妹不相妬〔五〕，並騁逸艷來昭陽〔六〕。自然容質見高韵，不必粉黛呈新粧。君家孝友聞近縣〔七〕，故使奇祥眼中見。一洗東南戰鬬塵，小人知之亦革面〔八〕。我來崎嶇山嶺間，忽聞雙蓮能解顏。請君更畫作圖看，無使惡木譏彫殘。

〔一〕暨尚卿，建炎要録卷六七：紹興三年（一一三三）秋七月丙辰，「朝請郎吳必明除名，英州編管。必明嘗知邵武軍，葉濃之亂，必明統所居崇安縣射士捕之，繇是武斷一鄉，脅制縣令，與通直郎、前通判臨安府暨尚卿協比爲姦，爲右朝奉郎、通判建州李佩所發。事聞，詔漕臣徐宇究實，於是尚卿撫州編管，知縣、通直郎賈損亦坐停官」。則此詩最晚當作於紹興三年秋七月暨尚卿被編管之前。該人其他事迹無考。

〔二〕「異畝」句：晉書五行志下：「按瑞應圖：異根同體謂之連理，異畝同穎謂之嘉禾。」又宋書符瑞志下：「孝建二年（四五五）九月己丑朔，嘉禾異畝同穎，生齊郡廣饒縣。孝建三年七月庚午，嘉禾生吳興武康。」又宋史五行志二下：「景德元年（一〇〇四）正月，寧晉縣民耿待問田禾合穗者三本，知州王用和圖以獻。二年七月，獲鹿縣禾合穗。八月，滎陽縣及相州嘉禾異畝同穎。九月，并州貢嘉禾圖。三年八月，大名府滄州並嘉禾生。真定府禾異畝同穎。九月，榮州禾一莖十八穗。四年六月，南雄州保昌民田禾一本九穗，以圖來獻。」在正史中，此類記載甚多，當時以爲國運吉祥之驗。久未出，謂國運屯剥。

〔三〕「雙觡」句：史記司馬相如列傳：「犧雙觡共抵之獸。」集解裴駰案：「漢書音義曰：『犧，牲也。觡，角也。底（抵），本也。』武帝獲白麟，兩角共一本，因以爲牲也。」

〔四〕「雙蓮」二句：雙蓮共蒂，即俗所謂并蒂蓮。連理，指異根同體，見上注。同心，即同心蓮，亦即并蒂蓮。玉臺新詠卷一〇尋陽樂：「青荷蓋緑水，芙蓉發紅鮮。下有并根藕，上生同心蓮。」

〔五〕「飛燕」句：妹，原校：「一作『弟』。」義同。姊妹爲一母所生，故以雙蓮爲喻。漢書外戚列傳：「孝成趙皇后，本長安宮人。初生時，父母不舉，三日不死，乃收養之。及壯，屬陽阿主家，學歌舞，號曰飛燕。成帝嘗微行出，過陽阿主，作樂，上見飛燕而説之。召入宮，大幸。有女弟復召入，俱爲倢伃，貴傾後宮。……上立封趙倢伃父臨爲成陽侯。後月餘，乃立倢伃爲皇后。……皇后既立，後寵少衰，而弟絶幸，爲昭儀，居昭陽舍。」不相妬，謂如親姐妹，和氣相處。

〔六〕「並騁」句：昭陽，後宫名。三輔黄圖卷三：「武帝時後宫八區，有昭陽、飛翔、增成、合歡、蘭林、披香、鳳凰、鴛鴦等殿。後又增修安處、常寧、茝若、椒風、發越、蕙草等殿，爲十四位。成帝趙皇后居昭陽殿，有女弟，俱爲婕妤，貴傾後宫。昭陽舍蘭房椒壁。」則昭陽舍，即昭陽殿也。

〔七〕「君家」句：近，原校：「一作『郡』。」

〔八〕「小人」句：革面，周易革卦：上六，「君子豹變，小人革面」。王弼注：「居變之終，變道已成，君子處之能成其文，小人樂成則變面以順上也。」象曰：「君子豹變，其文蔚也，小人革面，順以從君也。」

簡范信中鈐轄三首〔一〕

交游契分如君少，湖嶺溪山似此稀。夾路梅花三十里，故人雖病莫先歸。

〔一〕范信中，范寥字信中，成都華陽（今四川成都）人，范鎮族子。嘗爲潁昌府兵馬鈐轄。詳本書卷八次韵答曹州同官兼簡范寥信中詩注。

海角相逢又一奇〔一〕，更憐朋舊得追隨。滿堂舉酒話疇昔，疑是中原無事時〔二〕。

〔一〕「海角」句：前送楊蒙秀才往樂平詩稱「我有閩粵行」，是時詩人已到懷安（見下注），懷安濱海，故言「海角」。

〔二〕「滿堂」二句：艇齋詩話：「東湖（徐俯）又見東萊『滿堂舉酒話疇昔，疑是中原無事時』，云：『不合道破「話疇昔」，若改此三字，方覺下句好。』」

它日曹南十日雪〔一〕，訪君尋酒不能回。梅花此日懷安路〔二〕，更有清詩入座來。

〔一〕「它日」句：它日，往日。曹南，即曹州，今山東菏澤。呂本中在曹州任濟陰主簿時嘗與范信中唱和，故云。

〔二〕「梅花」句：懷安，元豐九域志卷九福建：「大都督府，福州，長樂郡，威武軍節度（原注：治閩、侯官二縣）。」管十二縣。「太平興國五年（九八〇），析閩縣地，置懷安縣。」地在今福建閩侯。

次韻李仲輔簽判〔一〕

曉晴破雨却寒天，海上風光絶可憐。更欲陪公了春事，不須乘醉始逃禪〔二〕。

〔一〕李仲輔，名維，字仲輔，李綱弟，福建邵武人。見本書卷七雨後數與李仲輔兄弟往來且約十七日同過士特因成長韻詩注。簽判，即簽書判官廳公事，幕職官名，協理郡政。見宋會要輯稿職官四八之九、宋史職官志七幕職官。

〔二〕「不須」句：逃禪，違背禪宗戒律。杜甫飲中八仙歌：「蘇晉長齋繡佛前，醉中往往愛逃禪。」此進一步，謂不醉也逃禪。

西施舌〔一〕

海上凡魚不識名，百千生命一杯羹〔二〕。無端更號西施舌，重與兒曹起妄情。

〔一〕西施舌，苕溪漁隱叢話後集卷二四梅都官引詩説雋永云：「福州嶺口有蛤蠣，號西施舌，極甘脆。其出時天氣正熱，不可致遠。呂居仁有詩云（即此詩，略）。」乃海蚌之一種。明胡世安異魚圖贊補卷下西施舌引雨航雜録：「西施舌，一名沙蛤，大小似車螯，而肉自殼中突出，長可二寸，如舌。」又引漁書云：「西施舌，狀如蚌殼，色青緑，肉作銀紅，似女子舌，故名。味清甘有致，作湯佳味。」

〔二〕「百千」句：生，原校：「一作『性』。」

和秦楚材直閣韵〔一〕

胡馬南來議擊毬，忽聞羌虜斬楊酋〔二〕。一年春事妖氛退，萬國歡聲佳氣浮。臺閣如君須强起〔三〕，林泉容我且歸休。漢家基業無窮盡，早晚留侯與運籌〔四〕。

〔一〕秦楚材，秦梓字楚材，江寧（今江蘇南京）人，秦檜異母兄。宣和六年（一一二四）進士。歷提舉湖南路鹽茶公事，直秘閣，出知秀州、袁州、太平州、常州、湖州等諸多州郡，官至權學士院、龍圖閣學士。事迹散見建炎要録相關各卷及至大金陵新志卷一三下之上。建炎要録卷七三載，秦梓於紹興四年（一一三四）二月以直秘閣提點福建刑獄公事，吕本中與之唱和，當在是時。

〔二〕「胡馬」二句：自注：「虜中欲謀舉事，則先爲擊毬之會。漢宣帝時，羌虜斬首惡楊玉、酋非二人首，降服。」按：玉，原作「王」。漢書宣帝紀：神爵二年（前六〇）「夏五月，羌虜降服，斬其首惡大豪楊玉、酋非首」。注引文穎曰：「羌胡名大帥爲酋，如中國言魁。」則「王」乃「玉」之形訛，據改。

〔三〕「臺閣」句：是時秦梓官直秘閣，故云。

〔四〕「漢家」二句：漢，此代指宋。留侯，史記留侯世家：「留侯張良者，其先韓人。」同書：「上

（漢高祖）曰：『夫運籌筴帷帳之中，決勝千里外，吾不如子房。』」此代指南宋朝廷謀臣，蓋包括其弟秦檜（檜是時已罷相，其姦尚未大露）。

和展鉢詩〔一〕

紛紛未了向來因，同在浮漚寓此身〔二〕。顧我久拚庵外事〔三〕，知公曾是箇中人。齋盂已厭五鼎食，詩卷初無一點塵〔四〕。今代王孫能樂此〔五〕，中興祥瑞不緣麟〔六〕。

〔一〕展鉢詩，僧人稱拿出食具爲展鉢。五燈會元卷一〇潭州雲蓋用清禪師：「師曰：『勞煩大衆，師常節飲食，隨衆二時但展鉢而已。』」後泛指吃飯爲展鉢。黄庭堅洪州分寧縣雲巖禪院經藏記：「元祐末，山谷以憂居里中，有玉山僧法清尸此禪席，而十方僧往來不得展鉢託宿。」宋代士大夫受佛教影響，亦有以鉢進食者。宋陳善捫虱新話：「近時士大夫乃多效浮屠家以鉢盂而食，食時謂之展鉢，無乃好奇之過。」按：張守有次韵曾天猷（信斯）贈知宗趙端禮展鉢詩，李綱有知宗端禮太尉出示曾信斯展鉢之作奉次元韵。本中此詩與張、李二詩用韵全同，又言「今代王孫」（指趙端禮），蓋亦爲當時次韵和作之一。

〔二〕「紛紛」二句：未了，指與塵世因緣未了結。浮漚，水泡沫。佛教謂人生如浮漚。楞嚴經卷六中：文殊師利法王子，奉佛慈旨説偈曰：「空生大覺中，如海一漚發。有漏微塵國，皆依空所生。漚滅空本無，況復諸三有。」

〔三〕「顧我」句：拚，舍棄，不管。謂一心向佛，不問世事。

〔四〕「齋盂」二句：齋盂，僧人食具，即所謂「鉢」。五鼎食，漢書主父偃傳：「丈夫生不五鼎食，死則五鼎亨耳。」注引張晏曰：「五鼎食，牛、羊、豕、魚、麋也。諸侯五，卿大夫三。」兩句就知宗趙端禮而言，謂其生活雖豪奢，但詩風則極淡泊。

〔五〕「今代」句：王孫，上述張守、李綱次韵詩，題中皆言及曾天猷（信斯）贈知宗趙端禮展鉢詩事，「知宗」，即知宗正寺。宋史職官志四宗正寺：「卿、少卿、丞、主簿各一人。卿掌叙宗派屬籍，以别昭穆，而定其親疏，少卿爲之貳，丞參領之。凡修纂牒、譜、圖、籍，其别有五：曰玉牒，以編年之體叙帝系而記其歷數，凡政令賞罰，封域户口，豐凶祥瑞之事載焉。曰屬籍，序同姓之親而第其服紀之戚疏遠近。曰宗藩慶系録，辨譜系之所自出，序其子孫而列其名位品秩。曰僊源積慶圖，考定世次枝分派别而系以本宗。曰僊源類譜，序男女宗婦族姓婚姻及官爵遷叙，而著其功罪、生死。」又有大宗正寺，此略。趙端禮蓋紹興初任宗正寺卿，然其人所屬宗譜不詳。

〔六〕「中興」句：春秋左傳注疏春秋哀公十四年：「春，西狩獲麟。」杜預注：「麟者，仁獸，聖王之嘉瑞也。」此言南宋王朝有趙端禮這類王孫在，即是最大祥瑞。中興在人，不在乎獲麟與否。

鼓　山〔一〕

危欄不知高，下瞰萬里路。滄海近咫尺，大船不敢度。風雲遞舒卷，川原更回互。如何此道場〔二〕，乃倚絶壁住。得非化人居〔三〕，無乃仙聖寓。斷崖石倒懸，絶壁水暗聚。我行天一涯，勝處時一遇。衰病九死餘〔四〕，已乏濟勝具〔五〕。登臨玆忘返〔六〕，尚足慰遲暮。山林與膏壤〔七〕，未到已心悟。

〔一〕鼓山，方輿勝覽卷一〇福建路福州山川：「鼓山，在閩縣，有石狀如鼓，故名。或云每雷雨作，中若鼓聲。有銘曰：『鼓岃崱，峰頂特。窮島夷，鶊封域。』上有亭，朱元晦（熹）書『天風海濤』四大字。」參見淳熙三山志卷三三僧寺。按：山在今福州市東郊，閩江北岸。

〔二〕「如何」句：此道場，指鼓山寺。明一統志卷七四福州府：「鼓山，在府城東南二十五里，上有石如鼓，及有鼓山寺。」

〔三〕「得非」句：化人，此指神佛變形爲人，以化度衆生，稱化人。翻譯名義集卷七寺塔壇幢：「周穆王時，文殊、目連來化，穆王從之，即列子（周穆王）所謂化人者是也。」

〔四〕「衰病」句：病，原校：「一作『頹』。」九死，猶言死多次。楚辭離騷：「雖九死其猶未悔。」洪興祖補注引五臣云：「九，數之極也。」

〔五〕「已乏」句：濟勝具，指身體素質。世說新語棲逸：「許掾（詢）好遊山水，而體便登陟。時人云：許非徒有勝情，實有濟勝之具。」

〔六〕「登臨」句：登臨茲，原校：「一作『茲游欲』。」

〔七〕「山林」句：莊子知北遊：「山林與，皋壤與，使我欣欣然而樂與！」郭象注：「山林、皋壤，未善於我，而我便樂之，此爲無故而樂也。」睪、皋，此處義同。

王傅巖起樂齋〔一〕

人生各有樂，所樂故不同。吹竽與擊缶〔二〕，同在可樂中。孰能識至樂〔三〕，不計窮與通〔四〕。顏子在陋巷，肯憂家屢空〔五〕。朝從聖師游，暮歸無近功〔六〕。忽然若有合，此樂固無窮。當時二三子，因之開蔽蒙。君生百世下，久已聞其風。端居有遐想，客至聊從容。四壁倚蓬蒿，萬卷蟠心胸。回視世所求，失道迷西東。此樂既不遠，欲往吾其從〔七〕。

〔一〕王傅，雍正江西通志卷九六寓賢廣信府：「王傅，字巖起，蓬萊人。嘗居上饒。赴淮東提舉，呂東萊有贈行詩。」樂齋乃王氏齋名，言其雖窮而樂，乃有道之士。上引江西通志卷四〇又載至樂齋，引府志云：「在上饒縣，宋周舜元寓居之號。呂居仁詩：『人生各有樂，所樂故不同。』」或樂齋即至樂齋，或樂齋、至樂齋乃兩齋，後者與呂本中此詩無關，蓋通志編者誤引。

〔二〕「吹竽」句：韓非子内儲説上：「齊宣王使人吹竽，必三百人。南郭處士請爲王吹竽，宣王説之，廩食以數百人。宣王死，湣王立，好一一聽之，處士逃。」又史記廉頗藺相如列傳：「藺相如前曰：『趙王竊聞秦王善爲秦聲，請奉盆缻秦王，以相娛樂。』」集解裴駰案：「風俗通義曰：『缶者，瓦器，所以盛酒漿，秦人鼓之以節歌也。』」

〔三〕「孰能」句：孔子家語卷一王言解第三：「孔子曰：『至禮不讓，而天下治；至賞不費，而天下士悦；至樂無聲，而天下民和。……』曾子曰：『敢問此義何謂？』孔子曰：『古者明王必盡知天下良士之名，既知其名，又知其實，又知其數及其所在焉，然後因天下之爵以尊之，此之謂至禮不讓，而天下治。因天下之禄以富天下之士，此之謂至賞不費，而天下之士悦。如此，則天下之明，名譽興焉，此之謂至樂無聲，而天下之民和。』」

〔四〕「不計」句：窮、通，貧困與顯達。莊子讓王：「古之得道者，窮亦樂，通亦樂，所樂非窮通也。」謂所樂在道。

〔五〕「顔子」二句：顔子，即顔回，字子淵，以德行爲孔子高弟。論語雍也：「子曰：『賢哉，回也！一簞食，一瓢飲，在陋巷，人不堪其憂，回也不改其樂。賢哉，回也！』」

〔六〕「朝從」二句：聖師，即孔子。無近功，莊子庚桑楚：「今吾日計之而不足，歲計之而有餘，庶幾其聖人乎！」郭象注：「夫與四時俱者無近功。」李白化城寺大鐘銘：「日計之無近功，歲計之有大利。」

〔七〕「此樂」二句：謂願追隨王傅，亦以道爲樂。吾其從，主語、謂語間加「其」字，使詩語極瘦硬。

寄范四弟十弟〔一〕

俗事紛紛如亂麻，又扶衰病轉天涯。文章老矣思吾弟，頭角嶄然勝外家〔二〕。異味幾回占食指〔三〕，遠書終夕望燈花〔四〕。何時更住城南寺，共聽春池兩部蛙〔五〕。

〔一〕范四弟，即范益謙，見前病中口占示益謙四弟詩注。十弟，題下原校：「一無『十弟』二字。」

〔二〕「頭角」句：頭角，頭頂左右突出處。韓愈柳子厚墓誌銘：「時雖少年，已自成人，能取進士第，嶄然見頭角。」嶄，高貌。外家，乃呂本中自指。因范益謙祖父范祖禹爲呂公著婿，就范氏論，呂氏爲外家，故云。

〔三〕「異味」句：左傳宣公四年：「楚人獻黿於鄭靈公。公子宋與子家將見。子公之食指動，以示子家，曰：『他日我如此，必嘗異味。』及入，宰夫將解黿，相視而笑。公問之，子家以告。及食大夫黿，召子公而弗與也，子公怒，染指於鼎，嘗之而出。」此喻多次讀其作品，極有味。

〔四〕「遠書」句：杜甫獨酌成詩：「燈花何太喜。」注引西京雜記云：「樊噲問陸賈曰：『自古人君皆云受命於天，有瑞應，豈有之乎？』賈應之曰：『有之。夫目瞤得酒食，燈花得錢財，乾鵲噪而行人至，蜘蛛集而百事喜。小既有徵，大亦宜然。』」此所言「望燈花」，指范氏弟書到而喜。洪芻次韻師川題余荀龍壁間三首其三：「我來占食指，客至卜燈花。」

〔五〕「共聽」句：兩部蛙，謂以蛙聲爲兩部鼓吹。見本書卷一謁雍道士詩注。

春日紀事寄内外諸弟三首〔一〕

水生溪漲欲容舠〔二〕，疾病因循厭作勞。莫道深居便無事，午窗疴癢費爬搔〔三〕。

〔一〕内外諸弟，内弟，即妻弟；外弟，又稱表弟，父親姊妹（即姑母）出嫁後所生男子。所寄何許人不詳。

〔二〕「水生」句：舠，小船。李白鳴臯歌送岑徵君：「洪河凌競不可以徑度，冰龍鱗兮難容舠。」

〔三〕「午窗」句：疴，原作「苛」，四庫本作「疴」，是，據改。疴，疾病，此指疥。呂本中患有疥瘡，本書卷一七、一八有所作疥詩。

自聞賊報離揚州，準擬春來共出游〔一〕。所恨溪山最佳處，不容老子便歸休〔二〕。

〔一〕「準擬」句：準擬，定可。泰，原校：「一作『共』。」艇齋詩話：「呂東萊詩『準擬春來泰出游』，泰出游，大出游也，出漢（書）田叔傳：叔相魯王，不泰出游。」歷代詩話續編本艇齋詩話續校曰：「東萊集春月紀事詩『泰』作『大』，漢書田叔傳亦作『大』。」今按：蓋曾季貍所見漢書作「泰」。

〔二〕「不容」句：老子，猶言老夫，乃自稱。

長閑漸化讀書癖〔一〕，遠道聊因避地行。安得薄田了饘粥，便相依倚過平生。

〔一〕「長閑」句：漸化，逐漸消解。謂因長期閑散而疏懶，不再沉溺於讀書。

寄諸弟〔一〕

九年任奔走，一飽費經營。此日窮居意，他鄉獨往情。相憂只有病，所至但論兵。尚喜吾諸弟，形模遠勝兄〔二〕。

〔一〕諸弟，指同胞弟，又稱舍弟。吕本中凡四弟：揆中、弸中、用中、忱中，見宋史吕好問傳。其間揆中早卒。

〔二〕「形模」句：形模，形態模樣。蓋指諸弟身强體壯，故言「遠勝兄」。

游鳳池〔一〕

遠近諸山翠作堆〔二〕，鳳池北望更崔嵬。青松夾路攙天去，白鳥翻雲旁海來〔三〕。

喜有故人同出郭，屬因衰病阻銜盃。猶憐不赴對床約〔四〕，獨上籃輿日暮回。

〔一〕鳳池，方輿勝覽卷一〇福建路福州：「鳳池山，在閩縣，有鳳池寺。按十國紀年云：『閩王葬夫人任氏於此山，其後忠懿亦葬焉。』」又有浴鳳池，「在鼓山大頂峰北，唐末樵者見五色雀群浴於此」。按：鳳池山，在今福州晉安。

〔二〕「遠近」句：翠作堆，謂緑樹成蔭。蘇軾虔州八景圖八首其三：「白鵲樓前翠作堆，縈雲嶺路若爲開。」

〔三〕「白鳥」句：旁，通「傍」。

〔四〕「猶憐」句：對床，即對床夜雨之省，形容兄弟、朋友情深誼篤，前已屢見。

題孫子紹所藏王摩詰渡水羅漢〔一〕

問渠褰裳欲何往〔二〕，彷徨徙倚滄波上。至人入水固不濡〔三〕，何以有此恐怖狀。我知摩詰意未真，欲以筆端調世人〔四〕。此水此渡俱非實，摩詰亦未嘗下筆〔五〕。孫郎寶藏今幾年，往來周旋兵火間。世人險阻更百難，彼渡水者安如山。請君但作如此觀，莫更思維尋筆端〔六〕。

〔一〕孫子紹，周紫芝作有次韵孫子紹判院喜雨之作詩，則孫子紹嘗官判院。宋代置判三司度支勾院，有判三司勾院公事、判三司度支勾院公事、判三司户部勾院公事等官，簡稱判院，見宋史職官志二三部勾院等。又王之道亦有立春和孫子紹二首，殆同一人。孫氏其餘事迹不詳。王摩詰，即王維，字摩詰，唐開元初擢進士，官至尚書右丞，爲盛唐著名詩人、畫家。按：宣和畫譜卷一〇著録徽宗御府藏有王維畫凡一百二十六軸，其中有渡水羅漢圖一軸。孫子紹所藏，不詳是否爲御府舊物。

〔二〕「問渠」句：詩經鄭風褰裳：「子惠思我，褰裳涉溱。」毛傳：「惠，愛也。溱，水名也。」鄭玄箋「褰裳」爲「揭衣」。孔穎達正義釋爲「褰衣裳」。此言畫中有羅漢作揭衣渡水狀。

〔三〕「至人」句：莊子大宗師：「古之真人不逆寡，不雄成，不謨士。若然者，過而弗悔，當而不自得也。若然者，登高不慄，入水不濡，入火不熱，是知之能登假於道者也若此。」所謂「至人」，即真人。濡，成玄英疏：「濕也。」謂真人能登假於「道」，故不慄、不濡、不熱。

〔四〕「欲以」句：調世人，戲弄世人。

〔五〕「此水」二句：謂該渡水羅漢所繪情狀不真實，蓋非是王維手筆。

〔六〕「世人」四句：謂羅漢自是得道者，而此畫渡水作恐怖狀，詩人以爲乃借羅漢表現世人苦難之深重。但作如此觀，謂不必從畫面考究其真僞。

送筍與何晋之〔一〕

年來念念欲深藏，頗覺看書氣味長。莫怪囊空無一物，猶能分筍送何郎。

〔一〕何大圭，名晋之，廣德（今屬安徽）人。徽宗政和八年（一一一八）進士，嘗官秘書省正字。據建炎要録卷三六，何大圭建炎四年（一一三〇）坐失豫章除名，編管嶺南。陸游老學庵筆記卷一〇稱「紹興中，予在福州，見何晋之大著，自言嘗從張文潛遊」云云。朱子語類卷一三一曰：「李伯紀（綱）丞相爲宣撫使時，幕下賓客盡一時之秀，胡德輝、何晋之、翁士特諸人，皆有文名。」又陳巖肖庚溪詩話卷下：「何晋之大圭，廣德人，早年有俊聲，宣、政間爲館職。但其人拓弛不羈，不能自重，仕宦晚亦不偶。其詠殊有可喜者。」

次韵李伯紀園亭〔一〕

昔日翱翔雨露邊〔二〕，已將勳業畫凌煙〔三〕。便尋松菊同元亮〔四〕，不訪丹砂學稚川〔五〕。可但海山勝緑野〔六〕，頗知風物似平泉〔七〕。小園只在虚窗外，佳處常當几杖前〔八〕。

〔一〕李伯紀，李綱（一〇八三—一一四〇），字伯紀，邵武（今屬福建）人。政和二年（一一一二）進士。欽宗即位，堅決主戰，以尚書右丞爲親征行營使，領導抗擊金兵圍城之役。建炎元年（一一二七）拜尚書右僕射兼中書侍郎，被主和、主降派打壓，在位僅七十五日而罷。後歷湖廣宣撫使、江西安撫制置大使等職。著有梁溪集一百八十卷（今存）。此詩二首蓋由秦梓首唱，李綱次秦韻，題爲小圃初成秦楚材直閣有詩因次其韻二首，吕本中同時亦次韻。秦詩已佚，兹録李綱詩以資參考：「僧坊暫寓白雲邊，古木荒溪濕暝煙。試葺池臺學愚谷，不妨風物似斜川。邀賓深愧裴公野，瀹茗空懷陸子泉。塵世悠悠盡虚幻，且將身健鬭尊前。」「屏跡山林得放懷，檻花欄藥手親栽。會心魚鳥自相近，乘興朋遊時自來。半世乾忙嗟白髮，四方多難使心哀。巖隈水曲翛然處，老木輪囷愧不才。」（梁溪集卷三一）

〔二〕「昔日」句：雨露邊，代指皇帝身邊。皇帝之恩如雨露普施，故云。

〔三〕「已將」句：勳業，指李綱主持抗金事業，立下不朽功勳。凌煙，即凌煙閣。舊唐書太宗紀下：貞觀十七年（六四三）春正月戊申，「詔圖畫司徒、趙國公無忌等勳臣二十四人於凌煙閣」。宋代無圖畫凌煙之事，此猶言載入史册。

〔四〕「便尋」句：元亮，即陶潛，字元亮。李綱遭主和派打壓，解官後留意園林亭閣之賞，作有和陶詩數十首。

〔五〕「不訪」句：晋書葛洪傳：葛洪，字稚川，丹陽句容（今屬江蘇）人。入晋，爲邵陵太守。少好學，家貧，躬自伐薪以貿紙筆，夜輒寫書誦習，以儒學知名。性寡欲，無所愛翫。尤好神仙導養之法，後到羅浮山煉丹，自號抱朴子。句言李綱雖被解職，却仍關心國事，不學葛洪肥遁世外。

〔六〕「可但」句：緑野，唐裴度别墅臺館名。舊唐書裴度傳：「自是中官用事，衣冠道喪。度以年及懸輿，王綱版蕩，不復以出處爲意。東都立第於集賢里，築山穿池，竹木叢萃，有風亭水榭，梯橋架閣，島嶼廻環，極都城之勝概。又於午橋創别墅，花木萬株，中起凉臺暑館，名曰緑野堂，引甘水貫其中，釃引脈分，映帶左右。度視事之隙，與詩人白居易、劉禹錫酣宴終日，高歌放言，以詩酒琴書自樂，當時名士皆從之遊。」

〔七〕「頗知」句：平泉，唐李德裕山莊名。唐康駢劇談録卷下：「平泉莊，去洛城三十里，卉木臺榭，若造仙府。有虚檻前引，泉水縈回，穿鑿像巴峽、洞庭十二峰九派，迄於海門，皆隱隱見雲霞、龍鳳、草樹之形。有巨魚脇骨一條，長二丈五尺，其上刻云：『會昌六年，海州送到。』」李德裕嘗作平泉山居草木記，又作平泉山居戒子孫記，略曰：「留此林居，貽厥後代。鬻平泉者非吾子孫也，以平泉一樹一石與人者，非佳也。」

〔八〕「佳處」句：几杖，几案與手杖，老年人平時靠身及走路時扶持之用。古代帝王賞賜几杖以爲尊老之禮。禮記曲禮上：「大夫七十而致事，若不得謝，則必賜之几杖。」後漢書楊彪傳李賢注引續漢書曰：「魏文帝詔曰：『先王制几杖之賜，所以賓禮黄耇。』」几杖前，謂眼前。蘇轍次韻李簡夫因病不出：「未嫌語笑防清静，閒暇陪公几杖前。」

本無俗事可裝懷，藥圃花欄應手栽。乘興聊陪野僧坐，賞心時許故人來。頓令此地成三絶〔一〕，不爲它鄉賦七哀〔二〕。鍾鼎山林兩無礙〔三〕，豫章須是棟梁材〔四〕。

〔一〕「頓令」句：三絶，此蓋指風景、人物及李綱之詩。

〔二〕「不爲」句：七哀，詩題名，曹植、王粲、張載等皆嘗以此題作詩。七，謂可哀之事甚多。杜甫垂白：「甘從千日醉，未賦七哀詩。」

〔三〕「鍾鼎」句：鍾，同「鐘」。鐘鼎，指在朝；山林，泛指在野。謂李綱無論用捨，皆卓有餘裕，適然自得。

〔四〕「豫章」句：史記司馬相如列傳載子虚賦：「楩枏豫章。」集解引郭璞曰：「豫章，大木也，生七年乃可知也。」正義引(温)活人曰：「豫，今之枕木也。樟，今之樟木也。二木生至七年，枕、樟乃可分别。」此句言國家正用人之秋，而李綱如豫章美材，却不得已賞玩園亭，令人唏噓。

送林之奇少穎秀才往行朝〔一〕

我爲福唐游〔二〕，破屋占城市。城中幾萬户，所識一林子。翕然衆木中，見此真杞梓〔三〕。未爲棟梁具，且映風日美。子之於爲學，其志蓋未已。上欲窮經書，下考百代史。發而爲文詞，一一當俊偉。夫豈效鄙夫，念彼不念此。今來赴行朝，學已優則仕〔四〕。窮通決有命〔五〕，所願求諸己〔六〕。聖賢有明訓，不在拾青紫〔七〕。丈夫出事君，邪正從此始。

〔一〕林之奇（一一一二—一一七六），字少穎，號拙齋，侯官（今福建閩侯）人。吕本中在閩時門人。宋代理學家，學者稱三山先生。紹興二十一年（一一五一）進士，注長汀尉。未上，除正字。再除校書郎，修神宗實訓，改京秩。以病乞歸閩，遂除泉舶。與當政者持論不合，乞祠家居。事迹見姚同拙齋林先生行實（拙齋文集附録），宋史有傳。今存拙齋文集二十卷。行朝，指行在所臨安（今浙江杭州）。按姚同行實曰：「紹興丙辰（六年，一一三六），以賢書將試南宫，西垣公（吕本中）餞以詩（即此詩，略）。」則林之奇此次赴行朝，乃參加下年初之省試（即所謂南宫試），是詩乃餞行之作，時當在紹興五年末。

〔二〕「我爲」句：福唐，縣名，元以後改爲福清，今爲福清市，隸屬福州。

〔三〕「見此」句：文選陸厥奉答内兄希叔：「離宫收杞梓，華屋富徐陳。」張銑注：「杞梓，良木名，喻賢才也。」按：杞，紅皮柳；梓，落葉喬木。

〔四〕「學已」句：論語子張：「子夏曰：『……學而優則仕。』」邢昺疏：「若學而德業優長者，則當仕進，以行君臣之義也。」

〔五〕「窮通」句：莊子讓王：「孔子曰：『……君子通於道之謂通，窮於道之謂窮。』」楊炯遂州長江縣先聖孔子廟堂碑：「治亂，運也；窮通，命也。」

〔六〕「所願」句：論語衛靈公：「子曰：『君子求諸己，小人求諸人。』」邢昺疏：「此章言君子責於己，小人責於人也。求，責也；諸，於也。」

〔七〕「聖賢」二句：漢書夏侯勝傳：「始，勝每講授，常謂諸生曰：『士病不明經術。經術苟明，其取青紫如俛拾地芥耳。』」顔師古注：「青紫，卿大夫之服也。」

鄭昂用岑參太白胡僧歌韵作楞伽室老人歌寄杲老〔一〕

楞伽室中絶皂白〔二〕，去天何止三百尺〔三〕。只今更住最高峰〔四〕，齋無木魚粥無鍾。已將虎兕等螻蟻，更許蛙蚓同蛟龍〔五〕。聞道説禪通一綫〔六〕，爲爾不識楞伽面〔七〕。一生强項我所知〔八〕，氣壓霜皮四十圍〔九〕。世人未辨此真僞，敢向楞伽論是非。諸公固是舊所適，鄭髯從之新有得〔一〇〕。欲將此意向楞伽，但道鵠烏同一色〔一一〕。

〔一〕鄭昂，字尚明，福建侯官人。徽宗政和五年（一一一五）進士，爲詳定九域志所編修官，轉承事郎致仕。著有春秋臣傳三十卷、書史等，久佚，今存剛顯廟并序詩一首，見淳熙三山志卷八。事迹見同上書卷二七人物。其用岑參太白胡僧歌韵所作楞伽室老人歌已佚。岑參，盛唐著名詩人，其所作太白胡僧歌今存。太白，山名，即終南山。楞伽室，在鎮江金山寺，據説蘇軾晚年受佛印之托，在此鈔寫楞伽經，故又名蘇經樓。乾隆江南通志卷四五鎮江府：「金山江天寺，在金山，晉時建，名澤心。宋時屢易名，自元以來通謂金山寺。山後有塔，絶頂爲妙高臺，臺下爲楞伽室，宋蘇軾嘗書楞嚴經於此。」此所謂楞伽室老人，指釋宗杲。淳熙三山志卷三三僧寺閩縣：「雲門庵，縣南洋嶼。紹興初，大慧禪師宗杲居此。」有楞迦室等。蓋皆擬鎮江金山寺，以示尊蘇也（宗杲尊蘇，見賓退録卷四）。鄭昂嘗從宗杲習禪（據呂詩「鄭髯從之新有得」句），知所作楞伽室老人歌，當即歌頌宗杲。張元幹嘗作次韵奉酬楞伽室老人歌寄懷雲門佛日兼簡乾元老珪公並叙鍾山二十年事可謂趁韵也詩，今存（載蘆川歸來集卷一），用韵與本中此詩同，疑亦爲次鄭昂韵，歌頌宗杲、士珪二禪師。呂本中是詩，命意與鄭昂、張元幹同。

〔二〕「楞伽室」句：楞伽，佛經名，詳下注。皂白，黑白。黄庭堅對酒歌答謝公静：「南陽城邊雪三日，愁陰不能分皂白。」絶皂白，無是非黑白之分。此蓋因宗杲所建楞伽室而及蘇軾，謂當年黨争中黑白之辨已成往事，是非早已定讞。

〔三〕「去天」句：何止，原校：「一作『未到』。」岑參太白胡僧歌：「聞有胡僧在太白，蘭若去天三百尺。」

〔四〕「只今」句：胡僧所住太白山蘭若去天三百尺，而今日宗杲所住雲門庵之楞伽室，比太白山蘭若位置更高，在山之「最高峰」。

〔五〕「已將」二句：虎兕、蛙蚓，喻指當年打擊、迫害蘇軾等元祐黨人之奸邪，前如章惇之流，後如蔡京死黨，謂彼等雖惡如虎兕，終究與螻蟻等，豈能再容忍其變爲蛟龍。

〔六〕「聞道」句：五燈會元卷二〇建寧府開善道謙禪師：「上堂：『壁立千仞，三世諸佛，措足無門。是則是，太殺不近人情。放一綫道，十方刹海，放光動地。是則是，争奈和泥合水。須知通一綫道處壁立千仞，壁立千仞處通一綫道。横拈倒用，正按傍提，電激雷奔，崖頹石裂。是則是，猶落化門到這裏。壁立千仞也没交涉，通一綫道也没交涉。』」通一綫，即通一綫道。謂禪不可説，故不立語言文字，但又不離語言文字，即所謂「通一綫道」。或稱「私通車馬」。古尊宿語録卷二五守芝：「私通車馬，放一綫道，有個葛藤處。」

〔七〕「爲爾」句：楞伽本佛經名，即楞伽阿跋多羅寶經，或譯爲大乘入楞伽經。楞伽，師子國山名，佛在此山所説經，故以「楞伽」爲名。楞伽經提出五法（名、相、妄想、正智、如如）、三性（遍計、依他、圓成）、八識（眼、耳、鼻、舌、身、意、末那、阿賴耶）等，歸結到建立不生不滅之涅槃境界，爲禪宗、法相宗之理論依據。以上兩句，謂或以爲禪與語言文字僅以一綫相通，實乃不識楞伽經真諦。

〔八〕「一生」句：强項，後漢書楊震傳：「長子牧，牧孫奇，靈帝時爲侍中，帝嘗從容問奇曰：『朕何如桓帝？』對曰：『陛下之於桓帝，亦猶虞舜比德唐堯。』帝不悦，曰：『卿强項，真楊震子孫。』」李賢注：「强項，言不低屈也。光武謂董宣爲强項令也。」此喻指宗杲，謂其脖子硬，從不向邪惡勢力低頭（至紹興十一年，秦檜以訕謗罪令其還俗，送衡州編管，見建炎要録卷一四九、卷一六一，可證）。

〔九〕「氣壓」句：霜皮，指老松。杜甫古柏行：「霜皮溜雨四十圍。」按岑參太白胡僧歌：「此僧年紀那得知，手種青松今十圍。」此言四十圍，亦喻指宗杲，言其浩然之氣，更壓倒當年太白山修習楞伽經之胡僧。此當指宗杲靖康初在圍城中被迫爲金人論義，「虜酋壯，師不少屈，由是一衆獲免其行」事，見本書卷一二題圓悟與惇兄法語詩注引大慧普覺禪師年譜。

〔一〇〕「鄭髯」句：鄭髯，即鄭昂，蓋其爲人多鬚。

〔一一〕「欲將」二句：向楞伽，此以楞伽代指蘇軾。鵠烏，莊子天運：「夫鵠不日浴而白，烏不日黔而黑，黑白之朴，不足以爲辯。」郭象注：「自然各已足。」成玄英疏：「夫鵠白烏黑，禀之自然，豈須日日浴染，方得如是。以言物性，其義例然。」所謂鵠烏同色，此指宗杲、士珪與蘇軾性情相似，乃同一流人物。

贈王周士諸公〔一〕

空房夜氣清，落月傍簷明。念我平生友，相望隔荒城。我老未厭書，破窗猶短檠〔二〕。君亦不奈閑〔三〕，默坐數殘更〔四〕。共結香火社，同尋文字盟〔五〕。王子潮州來〔六〕，一笑冠欹傾。午飯展僧鉢，村醪傾客瓶。相逢但談道，絶口不論兵。未免俗眼笑，屢遭時輩輕。人生各有趣，小大俱有程。譬彼澗底松，難伴池中萍〔七〕。雲鵬與斥鷃〔八〕，已矣兩忘情〔九〕。一洗瘴海耳〔一〇〕，此言君可聽。

〔一〕王周士，名以寧，字周士，嘗爲李綱幕府參議官，官至朝奉郎、直顯謨閣，知鼎州。紹興元年（一一三一）初，以軍事失利等事落職，責監台州酒稅。二年，又責爲永州別駕，至五年特許自便。事迹散見李綱梁溪集及建炎要録相關各卷。

〔二〕「破窗」句：破窗，謂燈光透過窗户。短檠，燈架二尺之燈，見本卷前竹夫人詩注。

〔三〕「君亦」句：奈，原校：「一作『得』。」

〔四〕「默坐」句：殘，原校：「一作『長』。」更，原誤作「史」，據四庫本改。

〔五〕「共結」二句：香火社，白居易所結詩社名。舊唐書白居易傳：「以刑部尚書致仕。與香山僧如滿結香火社，每肩輿往來，白衣鳩杖，自稱香山居士。」香火社，以焚香事佛結社；文字盟，以切磋詩文結盟。

〔六〕「王子」句：王子，即王以寧。潮州，宋史地理志六廣南東路：「潮州，下，潮陽郡，軍事。」凡三縣，治海陽縣。海陽縣，今屬廣東潮州。王以寧當即潮州人。

〔七〕「譬彼」二句：左思詠史：「鬱鬱澗底松，離離山上苗。以彼徑寸莖，蔭此百尺條。」此言即便青松曲居澗底，也很難與池中浮萍爲伍。

〔八〕「雲鵬」句：莊子逍遥遊：「窮髮之北有冥海者，天池也。有魚焉，其廣數千里，未有知其修者，其名爲鯤。有鳥焉，其名爲鵬，背若太山，翼若垂天之雲，摶扶摇羊角而上者九萬里，絶雲氣，負青天，然後圖南，且適南冥也。斥鴳笑之曰：『彼且奚適也？我騰躍而上，不過數仞而下，翱翔蓬蒿之間，此亦飛之至也，而彼且奚適也？』此小大之辨也。」斥鴳，小鳥。

〔九〕「已矣」句：莊子大宗師：「泉涸，魚相與處於陸，相呴以濕，相濡以沫，不如相忘於江湖。而其譽堯而非桀也，不如兩忘而化其道。」郭象注：「與其不足而相愛，豈若有餘而相忘。」以上兩句，謂大鵬、斥鴳既無共同點，不如互不相干，仍是爲「不言兵」辯護。

〔一〇〕「一洗」句：高士傳卷上：「堯讓天下於許由，由於是遁耕於中岳潁水之陽，箕山之下。堯又召爲九州長，由不欲聞之，洗耳於潁水濱。時其友巢父牽犢欲飲之，見由洗耳，問其故，對曰：『堯欲召我爲九州長，惡聞其聲，是故洗耳。』」此言以海水洗耳，謂不願聽此等人信口論兵，乃是對時局極度失望之憤慨。

贈范信中〔一〕

異時攜客醉公家，蠟燼堆盤酒過花〔二〕。萬里溪山隔春事，十年風景困胡沙。鄭莊好客渾如昨〔三〕，何遜能詩老更佳〔四〕。但得尊前添一笑，莫言漂泊在天涯〔五〕。

〔一〕范寥，字信中，范鎮族子，前已屢見。

〔二〕「蠟燼」句：酒過花，陸游老學庵筆記卷四：「吕居仁詩云：『蠟燼堆盤酒過花。』世以爲新。司馬温公有五字云：『煙曲香尋篆，杯深酒過花。』（按：見司馬光陪子華燕醮廳酒半過趙中令園詩）居仁蓋取之也。」據此，所謂「酒過花」，指邊飲酒時邊賞花，以示高雅此意唐人已有之，中唐詩人李廓上令狐舍人曰：「買書添架上，斷酒過花時。」清王士禛居易録卷二五：「（老學庵）筆記：司馬文正公五字詩云：『烟曲香尋篆，杯深酒過花。』可謂工麗。此與文忠烈（彦博）、趙清獻（抃）詩擬西崑相似也。」

〔三〕「鄭莊」句：杜甫暮春陪李尚書李中丞過鄭監湖亭泛舟得過字：「鄭莊賓客地，衰白遠來過。」王洙注：「鄭當時，字莊，置驛馬長安諸郊，請謝賓客，夜以繼日。」按：事詳史記鄭當時列傳。

〔四〕「何遜」句：梁書何遜傳：「何遜，字仲言，東海郯人也。」八歲能詩。「（范）雲輒嗟賞，謂所親曰：『頃觀文人質則過儒，麗則傷俗，其能含清濁、中今古，見之何生矣。』沈約亦愛其文，嘗謂（何）遜曰：『吾每讀卿詩，一日三復，猶不能已。』其爲名流所稱如此。」按：史無何遜詩老更佳之語，疑作者誤記庾信爲何遜。杜甫戲爲六絶句其一：「庾信文章老更成，凌雲健筆意縱横。」

〔五〕「莫言」句：莫，原校：「一作『勿』。」

會稽石道叟教授南劍兵火搶攘之餘興治郡學尺椽片瓦皆其所自經營也未朞月而學成遠近賴之又祠前輩賢者以風勵多士使游其間者望之而心化由是而入堯舜之道不難也古之教者蓋多術矣五帝憲三王有乞言憲賢於乞言也道叟知之矣吕本中爲作詩叙本末云〔一〕

聖遠道則微，世久學欲絶。區區續微言〔二〕，未易勝邪説。石侯東南秀，覩此心欲折。分教南劍州，意在補亡缺。欻令兵火後，復見俎豆設〔三〕。廟貌甚尊嚴，上下有區別。先生默無語，風化動閩粵。斯文自明白，如仰見日月。坐令穿鑿誤，不待湯沃雪〔四〕。不知旁祠誰，今代古豪傑〔五〕。孰能與之齊，共此歲寒節〔六〕。入門日在望，未返意已竭。由來正心術，不在費頰舌〔七〕。乃知薰陶功，自與聞見別。曾魯回不愚〔八〕，亦豈有優劣。此理儻可求，萬古同一轍。

〔一〕石道叟，施宿等會稽志卷一九：「石道叟公轍，鄉里名士。……紹興初以特奏名第一人賜同進士出身，仕至大宗正司，主管宗室財用。」又據張淏會稽續志卷六，石公轍爲紹興二年（一一三二）張九成榜特奏狀元。明王鏊姑蘇志卷四一：「石公轍，字道叟，新昌（按：今浙江紹興市屬縣）人。紹興（「興」原誤「聖」，據上引改）二年特奏狀元，任南劍州（按：今福建南平）教授，轉吴江令。初，（吴江）學宫在縣治西南，厄於兵，公轍以東門外開江營舊基改建，又置田給士養，即今學也。後通判平江府，陞大宗正。」祠前輩，作者自注：「前輩，謂陳了翁也。」按：陳瓘，字瑩中，號了齋。了翁乃尊稱，南劍沙縣（今福建三明轄縣）人，大觀中以右司諫劾蔡京，謫知無爲軍。五帝憲三王，禮記内則孔穎達疏：「五帝憲者，憲，法也，言五帝養老法其德行；三王有乞言者，言三王其德漸薄，非但法其德行，又從求乞善言。」

〔二〕「區區」句：區區，小貌。續，延續。微言，指古聖賢精微深奥之理。漢書藝文志序：「昔仲尼没而微言絶。」注引李奇曰：「隱微不顯之言也。」顔師古注：「精微要妙之言耳。」

〔三〕「欻令」二句：欻，迅速。俎豆，禮器名。俎豆設，謂禮樂之教復興。

〔四〕「坐令」二句：坐，因也。穿鑿悮，謂儒家經典被後學穿鑿歪曲而致誤。湯沃雪，用湯洗沃乾净。兩句謂後人對先儒之曲解，不用言語，而以潛移默化正之。

〔五〕「不知」二句：謂學校有豪傑塑像，雖生在當代而有古賢氣概，作爲道德楷模，以教育後生。據上録詩人自注，所祠今代豪傑即反對「紹述」的鄉賢陳瓘。

〔六〕「共此」句：論語子罕：「子曰：『歲寒，然後知松柏之後彫也。』」

〔七〕「由來」二句：正心術，心術，心計。莊子天道：「此五末者，須精神之運，心術之動，然後從之者也。」成玄英疏：「術，能也。心之所能，謂之心術也。」荀子非相：「相形不如論心，論心不如擇術。形不勝心，心不勝術。術正而心順之，則形相雖惡，而心術善，無害爲君子也。形相雖善，而心術惡，無害爲小人也。」費頰舌，周易咸卦：象曰：「咸，其輔頰舌，滕口説也。」王弼注：「輔頰舌者，所以爲語之具也。咸，其輔頰舌，則滕口説也。」孔穎達正義：「『咸，其輔頰舌』者，馬融云：『輔，上頷也。』輔頰舌者，言語之具。咸道轉末，在於口舌言語而已，故云『咸，其輔頰舌』也。……滕，競，與也。所競者口，無復心實，故云滕口説也。」此謂心術欲正，在於實際表現，而不在嘴上説説而已。

〔八〕「曾魯」句：論語先進：「參也魯。」何晏集解引孔（安國）曰：「魯，鈍也。曾子（參）性遲鈍。」又爲政：「子曰：『吾與回言，終日不違如愚。退而省其私，亦足以發，回也不愚。』」何晏集解引孔（安國）曰：「回，弟子，姓顏，名回，字子淵，魯人也。不違者，無所怪問於孔子之言，默而識之如愚。察其退還，與二三子説繹道義，發明大體，知其不愚。」

寄計議弟張彥實錢元成夏庭列〔一〕

遠書來稍稀，叔也經月病〔二〕。微官自拘束，歸興復未定。誰能相勞苦，頗亦奉朝請〔三〕。安身子有道，可保在不競〔四〕。寧聞鄭子真，肯待當世聘〔五〕。張錢平生歡，未貴渠有命〔六〕。舊交餘此人，豈減昔日盛。夏郎來幾時，問學當轉勝。高風隕寒梧，想助筆鋒勁〔七〕。同歸定何日，不必有三徑〔八〕。相從説平生，保此一室静。

〔一〕計議弟，指吕用中，爲吕本中四弟。宋史高宗紀五：紹興五年（一一三五）三月丙子，「遣樞密計議官吕用中等分使兩浙、江東西路檢察經、總制司財用」。又見建炎要録卷八七其何時任此職不詳。張擴，字彦實，事迹見本書卷七曹南試院懷向子諲兄弟兼呈張擴詩注。錢元成，其人未詳待考。夏庭列，夏倪子，夏庭别之弟，見本書卷一二贈夏庭别兄弟詩注。

〔二〕「叔也」句：叔，此指本中四弟吕用中。若按古代伯、仲、叔、季順序，叔本爲三弟，蓋因其二弟揆中亡故，故此泛稱其弟爲叔。

〔三〕「頗亦」句：奉朝請，朝廷給閑散官員之優惠待遇，即有參加朝會的資格。後漢書和殤帝紀李賢注：「奉朝請，無員，三公、外戚、宗室、諸侯多奉朝請。漢律：春曰朝，秋曰請。」

〔四〕「可保」句：不競，謂不逞强。左傳僖公七年：「諺有之曰：『心則不競，何憚於病。』」杜預注：「競，强也。」又後漢書盧植傳：「宜辭大賞，以全身名，又比世祚不競，仍外求嗣，可謂危矣。」李賢注：「競，彊也。」强、彊同。

〔五〕「寧聞」二句：漢書王貢兩龔鮑傳：「其後谷口有鄭子真，蜀有嚴君平，皆修身自保，非其服弗服，非其食弗食。成帝時，元舅大將軍王鳳以禮聘子真，子真遂不詘而終。」顔師古注：「地理志謂君平爲嚴遵。三輔決録云子真名樸，君平名尊，則君平、子真皆其字也。」肯，豈肯聘，延請任職。

〔六〕「未貴」句：論語顔淵：「生死有命，富貴在天。」

〔七〕「高風」二句：謂經過風霜歷練，氣節高尚，想必筆下更加不凡。李白登單父陶少府半月臺：「高飈起寒梧。」

〔八〕「同歸」二句：同歸，一起歸隱。三徑，見本書卷二知止嘯傲軒詩注引文選陶潛歸去來及李善注。

寄内弟并示仲輔諸公〔一〕

江浙音書絶不聞，每逢時節歎離群〔二〕。一秋多病常嫌客，短日無聊只閉門。淺學未容窺易象〔三〕，舊書懶復誦玄文〔四〕。莫言耆舊彫零盡，海内交游尚數君。

〔一〕内弟，内，原校：「一作『家』。」内弟指妻弟，家弟則是同胞弟，孰是不詳。仲輔，即李維，字仲輔，李綱弟。見本書卷七雨後數與李仲輔兄弟往來且約十七日同過士特因成長韵詩注。

〔二〕「每逢」句：時節，指節令，乃「每逢佳節倍思親」之義。離群，禮記檀弓上：「吾離群而索居，亦已久矣。」鄭玄注：「群，謂同門朋友也。」

〔三〕「淺學」句：易象，周易繫辭下：「易者，象也；象也者，像也。」周易卦象乃模擬宇宙萬物之物象，故又曰「八卦以象告」。此所謂窺易象，即指研讀周易。

〔四〕「舊書」句：懶，原校：「一作『聊』。」玄文，指揚雄所著太玄。揚雄法言問神：「育而不苗者吾家之童烏乎，九齡而與我玄文。」呂本中早年嘗研究過太玄，見本書卷一〇韓城紀事五首其一、卷一一讀司馬公集解太玄等。

簡范信中〔一〕

詩人例窮君不然〔二〕，畫堂繡户羅嬋娟〔三〕。當時乘醉出三峽，至今妙句留西川〔四〕。底事新來多退縮〔五〕，梅花滿眼看未熟。便期載酒約來冬，似要惡詩相抵觸〔六〕。曉來寒凛似中原，君忍閉門清晝眠。我病猶能相追逐，知君心期終不俗。但攜二妙喚諸公〔七〕，一醉落花吾亦足。

〔一〕范信中，范寥字信中，成都人，范鎮族子。事迹詳見本書卷八次韵答曹州同官兼簡范寥信中詩注。是詩言寥生活豪奢，實乃早年事，晚年則極落魄。

〔二〕「詩人」句：歐陽脩梅堯臣墓誌銘：「世謂詩人少達而多窮，蓋非詩能窮人，殆窮者而後工也。」又蘇軾病中大雪數日未嘗起觀虢令趙薦以詩相屬戲用其韵答之：「詩人例窮蹇，秀句出寒餓。」

〔三〕「畫堂」句：畫堂，漢書成帝紀：「（成帝）生甲觀畫堂。」顔師古注「畫堂」爲「綵畫之堂室」。繡户，雕飾之門窗。江淹麗色賦：「於是雕臺繡户，當衢横術。」羅嬋娟，韓愈送靈師：「密席羅嬋娟。」孫甫注：「羅，羅列；嬋娟，美色也。」此蓋指家伎。句言范寥早年生活奢侈，雖爲詩人，却並不窮。

〔四〕「至今」句：西川，指成都。元和郡縣志卷三一：劍南道上成都府，「今爲西川節度使理所」。

〔五〕「底事」句：底，張相詩詞曲語詞匯釋卷一：「底，猶何也。」退縮，指不露面，爲人低調。

〔六〕「似要」句：要，相約。惡詩，詩人自謙。抵觸，指范寥欲來鬬詩。

〔七〕「但攜」句：二妙，不詳，疑指詩、書。

呂本中詩集箋注卷一五

再簡范信中兼呈張仲宗〔一〕

昨日之游樂不樂，主人愛客亦不惡〔二〕。梅花遠近遍川谷，雨練風揉未全落〔三〕。明日之游復如何，城南城北梅更多。對酒我不飲，把琖君當歌〔四〕。酒炙雖勤主人費〔五〕，且幸吾黨頻相過。梅花縱落君莫歎，與君同住海南岸。花開花落都幾時〔六〕，君醉我醒人得知〔七〕。相逢一笑俱有詩，如何不飲令君嗤〔八〕。

〔一〕范信中，范寥字信中，前已屢見。張仲宗，張元幹（一〇九一—一一六一）字仲宗，號蘆川居士，福建長樂（今隸福州）人。徽宗政和間以太學上舍生釋褐授官。靖康元年初金兵圍汴京，李綱爲親征行營使抗金，辟爲屬官建炎初授將作少監，視亂世官場爲畏途，遂於紹興初四十一歲時致仕。歸鄉。後主戰，因作詞送胡銓貶新州，被除名。詩詞皆佳，今存永樂大典本蘆川歸來集十卷（其中詞三卷）。按今本蘆川歸來集卷一有信中居仁叔正皆有詩訪梅於城西而獨未暇載酒分付老拙其敢不承詩，所述人物、時間、事件與呂本中此詩大體相合（唯叔正其人不詳），疑即爲答謝呂本中此詩而作。

〔二〕「主人」句：曹植公讌詩：「公子敬愛客，終宴不知疲。」亦，原校：「一作『客』。」作「客」義較勝。客不惡，謂客人亦非平庸之輩。

〔三〕「雨練」句：練，原校：「一作『凍』。」按韓愈李花贈張十一署詩曰：「江陵城西二月尾，花不見桃惟見李，風揉雨練雪羞比，波濤翻空杳無涘。」則作「練」是。練，此指洗滌、沖刷，作動詞，與「揉」對應。

〔四〕「對酒」二句：曹操短歌行：「對酒當歌，人生幾何。」琖，同「盞」。

〔五〕「酒炙」句：炙，四庫本作「肉」，亦通，但「炙」字更雅。

〔六〕「花開」句：都幾時，能有幾時。王安石雜詠六首其二：「花開花落幾春風。」

〔七〕「君醉」句：楚辭屈原漁父：「屈原曰：『舉世皆濁我獨清，衆人皆醉我獨醒。』」此化用之。

〔八〕「如何」句：嗤，恥笑。梅堯臣薛九公期請賦山水字詩：「今雖下筆不稱意，已書滿幅令君嗤。」

寄晁恭道鄭德成二漕〔一〕

二年住閩中，不識建溪茶〔二〕。處處得殘杯，顧未愜齒牙。飢腸擁滯氣，病眼增昏花。故人持節來〔三〕，憐我病有加。會當餉絶品，不但分新芽〔四〕。蒼璧月墮曉〔五〕，寶胯金拔沙〔六〕。一洗肝肺浄，兀坐如還家。陰雨久不解，天氣復未佳。持詩寄兩公，請爲交舊誇。便續北苑譜〔七〕，即日定等差。

〔一〕晁恭道，晁謙之（一〇九〇—一一五四）字恭道，澶州人，晁端仁子。「渡江親族離散，謙之乃極力收恤，因居信州。……卒，葬鉛山鵝湖，子孫因家焉。」（明一統志卷五一廣信府流寓）歷仕金部員外郎、樞密院檢校諸房文字、户部侍郎，紹興十八年（一一四八）知建康府。事迹散見建炎要録卷一〇九、卷一三〇、卷一三一、卷一五七、卷一六七等。明凌迪知萬姓統譜卷三〇有小傳。鄭德成，據建炎要録卷八六，紹興五年（一一三五）閏二月，福建路轉運判官鄭士彦言「坑冶盡廢」云云，與吕本中居閩時間大體相合，本中向二人寄詩索茶，約在是年春。又考乾隆福建通志卷二一職官二，宋紹興間任福建轉司判官爲鄭士彦、晁謙之。則鄭德成當即鄭士彦，蓋「德成」乃其表字。據建炎要録相關卷次，鄭士彦歷任祠部、吏部、户部員外郎。漕，各路轉運司。二漕，二位漕官。

〔二〕「不識」句：建溪茶，簡稱建茶，因産於福建建安縣（今建甌）建溪流域而得名。宋宋子安東溪試茶録壑源述該地道：「建安郡東望北苑之南，山叢然而秀，高峙數百丈，如郛郭焉（原注：民間所謂捍火山也），其絶頂西南下視建之地邑（原注：民間謂之望州山），山起壑源口而西，周抱北苑之群山，迤邐南絶，其尾巋然，山阜高者爲壑源頭，言壑源嶺山自此首也。北以限沙溪，其東曰壑水之所出，水出山之南，東北合爲建溪，壑源口者在北苑之東北。」

〔三〕「故人」句：故人，指晁謙之、鄭德成（士彦）。持節，節指符節。古代命官出使及任職，以所持符節爲憑證。二人其時任福建轉運司判官，見上注。晁與吕本中爲舊交，鄭、吕交往不詳。

〔四〕「會當」二句：餉，贈送。所謂絶品，各時期亦不盡相同，如宋初以龍鳳模遣使即北苑所造團茶爲第一，慶曆間則以蔡襄將漕所造小龍團爲第一，「自小團出，而龍鳳遂爲次矣」。元豐間造所謂密雲龍，其品又加於小團之上。又有芽茶，産於早春，産量極少，「最上曰小芽，如雀舌、鷹爪，以其勁直纖鋭，故號芽茶。次曰中芽，乃一芽帶一葉者，號一鎗一旗。次曰紫芽，其一芽帶兩葉者號一鎗兩旗。其帶三葉、四葉皆漸老矣」。詳見宋熊蕃宣和北苑貢茶録。又宋史食貨志下六：「建寧臘茶，北苑爲第一，其最佳者曰社前，次曰火前，又曰雨前，所以供玉食，備賜予。太平興國始置，大觀以後製愈精，數愈多，胯式屢變，而品不一。」

〔五〕「蒼璧」句：蓋指團茶。蒼乃其色；璧，謂其形圓如月。

〔六〕「寶胯」句：寶胯，寶言其名貴；胯，古代茶葉數量單位。金披沙，謂貢茶包裝外有沙金圖案文字。

〔七〕「便續」句：北苑貢茶乃古代御貢茶葉之代表。宋初丁謂著北苑茶録三卷，崇文總目卷六、通志卷六六、宋史藝文志四著録。此所謂北苑譜，蓋指熊蕃所撰宣和北苑貢茶録，孝宗時其子熊克爲該書作跋，曰：「北苑貢茶最盛，然前輩所録止於慶曆以上，自元豐之密雲龍、紹聖之瑞雲龍相繼挺出，制精於舊，而未有好事者記焉，但見於詩人句中，及大觀以來增創新銙……厥名實繁。先子親見時事，悉能記之，成編具存。今閩中漕臺新刊茶録未備，此書庶幾補其缺云。」時在淳熙九年（一一八二）冬十二月四日，署銜爲「朝散郎行秘書郎、兼國史編修官、學士院權直熊克謹記」。

連得夏三十一翜兄弟范十五仲容趙十七穎達書相與甚勤作詩寄之〔一〕

閑居病亦侵，世務每絶念。猶憐二三子，從我久未厭。書來不改昨，意苦辭亦贍。問我來何時，期我早會面。我行但謀食，欲去復未便。要當相就居，同止山水縣〔二〕。讀我所傳書，亦足滿素願。開卷忽有得〔三〕，如飲醇酒釅〔四〕。吾聞古志士，學也蓋有漸。欲升夫子堂〔五〕，不摘屈宋艷〔六〕。倒籬望青天，豈必在窺覘〔七〕。他時儻從容，此語子可驗。

〔一〕夏三十一，名翜，字庭別，排行第三十一。其弟字庭列，名未詳。兄弟二人乃夏倪子，見本書卷一二贈夏庭別兄弟詩注。范仲容，當是范祖禹後人。趙穎達，疑爲呂本中表弟趙柟（字才仲）子侄。

〔二〕「同止」句：山水縣，謂好山好水之縣。韓愈縣齋讀書：「出宰山水縣，讀書松竹林。」

〔三〕「開卷」句：宋史陶潛傳：「少年來好書，偶愛閑静，開卷有得，便欣然忘食。」

〔四〕「如飲」句：醇酒醲，醲，此指酒精濃度高，酒味醇厚。

〔五〕「欲升」句：論語先進：「子曰：『由也升堂矣，未入於室也。』」何晏集解引馬（融）曰：「升我堂矣，未入於室耳。門人不解，謂孔子言爲賤子路，故復解之。」

〔六〕「不摘」句：杜牧冬至日寄小侄阿宜詩：「經書刮根本，史書閲興亡。高摘屈宋艷，濃薰班馬香。」蓋謂屈原、宋玉騷賦文采艷發，而後生治學當從根本入手，故言「不摘」屈宋。

〔七〕「倒籬」二句：謂爲學當推倒籬笆、遠望青天做大學問，勿氣局狹隘如偷窺然。此蓋詩人治學之得，發前人所未發。杜甫飲中八仙歌：「舉觴白眼望青天。」韓愈苦寒：「羲和送日出，恇怯頫窺覘。」注：「恇亦怯也，覘亦窺也。」

送錢子虛撫幹往洪州赴新任二首〔一〕

君不求時用，居然如病夫〔二〕。經過閲歲月，相伴走江湖。白玉終無玷〔三〕，寒松保不枯〔四〕。同官多勝士，總爲致區區〔五〕。

〔一〕錢子虚，其名未詳。撫幹，安撫司幹辦公事。洪州，今江西南昌，前已注。

〔二〕「居然」句：病夫，吕本中自稱，本書前已屢見。

〔三〕「白玉」句：史記龜策列傳：「黄金有疵，白玉有瑕。」楊烱原州百泉縣令李君神道碑銘曰：「白玉無玷。」宋雪竇重顯頌：「白圭無玷，誰辨真假。」玷，缺也。

〔四〕「寒松」句：論語子罕：「子曰：歲寒，然後知松柏之後彫也。」按：以上兩句之「白玉」、「寒松」，皆喻指道德、品行，此化用其義，謂當執守氣節。

〔五〕「總爲」句：區區，思念、愛慕。古詩十九首之十七：「一心抱區區，懼君不識察。」蓋洪州同官多本中友人，故云。

老矣吾無用，歸歟子未宜〔一〕。端能出奇策，略爲濟斯時。閟有書遮眼〔二〕，閑須笏拄頤〔三〕。西山有爽氣，當報故人知〔四〕。

〔一〕「歸歟」句：論語公冶長：「子在陳，曰：『歸與！歸與！吾黨之小子狂簡，斐然成章，不知所以裁之。』」集解引孔（安國）曰：「簡，大也。孔子在陳，思歸欲去，故曰吾黨之小子狂簡者，進取於大道，妄作穿鑿以成文章，不知所以裁制，我當歸以裁之耳。遂歸。」此自言已老當歸，而錢子虚則當出仕，不宜有「歸歟」之歎。

〔二〕「悶有」句：黄庭堅和劉景文：「遮眼差有益。」史容注引傳燈録：「僧問：『藥山爲什麽看經？』師曰：『只圖遮眼。』」

〔三〕「閑須」句：世説新語簡傲：「王子猷（徽之）作桓車騎（温）參軍。桓謂王曰：『卿在府久，比當相料理。』初不答，直高視，以手版拄頰云：『西山朝來，致有爽氣。』」唐庚送趙安道下第詩曰：「常憂一語不中治，敢對西山笏拄頤。」笏，官員手版。頤、頰義同。

〔四〕「西山」二句：西山有爽氣，已見上注。此又指洪州西山，爲當時著名風景區，見本書卷一二離洪州渡西江至翠巖寺紫清宫等詩注。

題晁恭道善境界圖〔一〕

疇昔相從三十年，如今休去不逃禪〔二〕。知君參見法輪老〔三〕，始悟蒼蒼便是天〔四〕。

〔一〕晁恭道，即晁謙之，字恭道，已見上注。善境界圖，畫名，作者不詳。善境界，即好境界。佛教認爲所有境界皆幻化，故惡境不可怖畏，善境不可歡喜，唯攝心正念，必有所得。大佛頂首楞嚴經卷九：「阿難！當在此中精研妙明，四大不織，少選之間，身能出礙。此名精明流溢前境。斯但功用暫得如是，非爲聖證，不作聖心，名善境界，若作聖解，即受群邪。阿難！

復以此心精研妙明，其身内徹。是人忽然於其身内拾出蟯蛔，身相宛然，亦無傷毀。此名精明流溢形體。斯但精行暫得如是，非爲聖證，不作聖心，名善境界。若作聖解，即受群邪。」

〔二〕「如今」句：不逃禪，謂誠心奉佛，不再違背佛教戒律。

〔三〕「知君」句：法輪老，指法輪文昱禪師。文昱爲南嶽下十二世黄龍南禪師法嗣，曾説偈曰：「雪上加霜，眼中添屑。若也不會，北鬱單越。」見五燈會元卷一七。

〔四〕「始悟」句：莊子逍遥遊：「天之蒼蒼，其正色邪？其遠而無所至極邪？其視下也，亦若是則已矣。」郭象注：「今觀天之蒼蒼，竟未知便是天之正色邪，天之爲遠而無極邪。鵬之自上以視地，亦若人之自地視天。」此是對「天」是否蒼蒼之色的置疑。此言自從參見法輪文昱禪師之後，便知蒼蒼者就是天。如此命意，與青原惟信禪師「見山祇是山，見水祇是水」同。五燈會元卷一七南嶽下十三世上黄龍心禪師法嗣：吉州青原惟信禪師，上堂：「老僧三十年前未參禪時，見山是山，見水是水。及至後來，親見知識，有箇入處，見山不是山，見水不是水。而今得箇休歇處，依前見山祇是山，見水祇是水。大衆：這三般見解，是同是别？」佛學界以爲這「三般見解」，即禪悟的三個境界：首先是未悟，其次是刻意求悟，第三才是徹悟：回歸自然，見山仍是山，見水仍是水，蒼蒼者仍然是天。

境界本來無善惡，人間何處有新圖〔一〕。欲知箇裏真消息，臘月寒松永不枯〔二〕。

〔一〕「境界」二句：大方廣佛華嚴經卷一九：「一切諸法不生不滅，無有自性，無一無二，無多無少，無有量無無量，無善無惡。」謂境界實乃幻境，從真諦本性論，善惡平等無二。既然如此，故所謂新出之善境界圖，人間並不存在。

〔二〕「臘月」句：永不枯，即論語子罕孔子所説「歲寒，然後知松柏之後彫也」義，與「見山祇是山，見水祇是水」同。

簡乾元珪老〔一〕

問訊乾元老，江頭幾日回。還應艤船待，不作御風來〔二〕。漫有經旬別，頻思一笑開。庭前茘子熟〔三〕，尚要著詩催。

〔一〕乾元珪老，即乾元寺釋士珪，前已屢見。按新續高僧傳四集卷一一温州龍翔寺沙門釋士珪傳：「靖康改元（一一二七），江州漕使方郎中請住廬山東林，後以兵亂，避地閩中乾元（寺）。」淳熙三山志卷三三：「懷安（按：福州縣名）乾元寺，州北無諸舊城處也。晉太康三年（二八二）既築新城，遂以爲紹因寺。唐乾元三年（七六〇），防禦使董玠奏賜今名。」參見本書卷一三贈珪公杲公四首注。

〔二〕「還應」二句：艤船，停船。莊子逍遥遊：「夫列子御風而行，泠然善也，旬有五日而後反，彼於致福者未數數然也。此雖免乎行，猶有所待者也。」句謂常人不能御風，只能步行，故以船相待。據詩意，蓋士珪是時暫别乾元寺方經句。

〔三〕「庭前」句：荔子，「子」又作「支」、「枝」。釋惠洪送英老兼簡鈍夫：「行看海上荔子熟。」

贈楊紹祖〔一〕

城東往還者，相近得楊卿。處世如無事，爲官不近名。匣藏防身劍〔二〕，案有讀書檠。此外唯尊酒，時時唤客傾。

〔一〕楊紹祖，據詩所述，蓋爲福州人，仕歷不詳，乃曠達之士。

〔二〕「匣藏」句：杜甫投贈哥舒開府二十韵：「防身一長劍，將欲倚崆峒。」

謝宇文漳州送茶〔一〕

暑氣侵人病逾劇，虚堂坐調出入息〔二〕。漳州太守送茶來，王圭小鳳俱無敵〔三〕。太守憐我病無語，故遣此茶相勞苦。千金一餅君未許，百金一盞如潑乳〔四〕。其它鬬芽未足數，下視紛紛等塵土。病夫未飲病先愈，坐覺爽氣生肺腑。城中車馬鬧如雨，更有樂善如君否。

〔一〕宇文漳州，當爲宇文師瑗，時知漳州。建炎要録卷八七：紹興五年（一一三五）三月，「右朝散大夫宇文師瑗知漳州」。又同上書卷四〇：建炎四年（一一三〇）十二月，「朝奉郎、添差通判福州宇文師瑗提舉福建路市舶。師瑗，虚中子，特録之」。按：宇文虚中（一〇七九—一一四六），成都華陽（今四川成都）人，大觀進士，累遷中書舍人。建炎二年使金被留，官至禮部尚書，以謀反全家被焚死。宋史地理志五福建路：「漳州，下，漳浦郡，軍事。」凡四縣，治漳浦。今爲福建漳州市，與臺灣隔海相望。

〔二〕「虚堂」句：虚堂，空室，言清虚寡欲。調出入息，謂調節呼吸。蘇軾續養生論：「戒生定，定則出入息自住。出入息住，則心火不復炎上。」此指天熱喘息。

〔三〕「王圭」句：前引熊蕃宣和北苑貢茶録載，當時建州貢茶有大龍、小龍、大鳳、小鳳，揀芽等等，名色極多，此句「王圭」及下文所謂「鬬芽」，蓋皆當時名茶。王圭，「王」疑「玉」之形訛。上引熊蕃茶録：「長壽玉圭，政和二年（一一一二）造。」趙汝礪北苑別録：「長壽玉圭，小芽，十二水。正貢，二百片。」蘇軾荔支歎：「争新買寵各出意，今年鬬品充官茶。」所謂「鬬品」，蓋即鬬芽，爲當時茶之極品。

〔四〕「百金」句：潑乳，謂茶經沖煮後，水沫浮起白如鮮乳。蘇軾越州張中舍壽樂堂：「春濃睡足午窗明，想見新茶如潑乳。」宋代文人喜茶，風氣極盛。周煇清波雜志卷四：「中國士大夫好事，宜乎（對茶）珍尚鑒別，每相誇詡，唯恐汲泉不活，潑乳不多，啜嘗而乏詩情也。」

夏日

暑雨遂經月，客來因稍疏。閉門觀易象〔一〕，反復看何如。妙處元非畫，微言不在書〔二〕。故山初未遠，舉首是吾廬〔三〕。

〔一〕「閉門」句：觀易象，指研讀周易。周易繫辭下：「易者，象也；象也者，像也。」參見本書卷一四寄内弟并示仲輔諸公詩注。

〔二〕「妙處」二句：畫，指周易八卦之綫條，傳説爲伏犧氏所畫；微言，指繫辭（上、下）、象辭、説卦、文言等十翼，傳説皆孔子作。兩句謂易之精妙處不在卦象及文字，蓋言在宇宙萬物變化之規律，即「道」。

〔三〕「故山」二句：謂以易象之變化觀察世界萬物，皆渺小不足道，無時空隔閡，故山、吾廬即在眼前，於是流寓他鄉之痛得以消解。

過劉忠顯公鄉縣作〔一〕

疾風知勁草，世亂識忠臣〔二〕。自古有此語，今代豈無人。劉公生東南，節義邁等倫。時危出一死，以捍胡馬塵。遂令天驕子〔三〕，稍知吾道尊。至今生氣在〔四〕，凜凜凌層雲。我行崇安野，瞻望彼高墳〔五〕。流澤既未遠，有子賢而文〔六〕。會當廣德業，早爲建殊勳。此意苟不泯，楚人生伍員〔七〕。

〔一〕劉忠顯，即劉韐。宋史忠義劉韐傳：「劉韐，字仲偃，建州崇安（今福建武夷山）人。第進士，調豐城尉。」累官至陝西轉運使，擢中大夫、集英殿修撰。後知越州，徙知建州，改福州，知荆南。靖康之亂，召入覲，爲京城四壁守禦使。出使金營，軍中議立異姓，不從，自縊而死。建炎元年（一一二七）贈資政殿大學士，追謚「忠顯」。

〔二〕「疾風」二句：後漢書王霸傳：「光武謂霸曰：『潁川從我者皆逝，而子獨留，努力，疾風知勁草。』」隋書楊素傳：「古人有言曰：疾風知勁草，世亂有誠臣。」舊唐書蕭瑀傳：「（太宗）賜瑀詩曰：『疾風知勁草，板蕩識誠臣。』」又同書王重榮等傳：「史臣曰：『疾風知勁草，世亂見忠臣。』誠哉是言也！」

〔三〕「遂令」句：漢書匈奴傳上：「其明年，單于遣使遺漢書云：『南有大漢，北有强胡。胡者，天之驕子也，不爲小禮以自煩。今欲與漢闓大關，取漢女爲妻。』」此指金國女真人。

〔四〕「至今」句：世説新語品藻：「庾道季（龢）云：廉頗、藺相如雖千載上，使人懍懍恒如有生氣。」

〔五〕「瞻望」句：明一統志卷七六：「劉韐墓，在崇安縣東南。」又乾隆福建通志卷六三：「贈資政殿大學士劉韐墓，在拱辰山。韐未第時，肄業於此。」

〔六〕「有子」句：劉韐三子，長子劉子羽。宋史本傳：「劉子羽，字彦修，建之崇安人，資政殿學士韐之長子也。」靖康之亂，京城不守，韐死之。既免喪，除秘閣修撰、知池州。以集英殿修撰知秦州。張浚宣撫川陝，辟爲參議軍事。張浚還朝，以集英殿修撰知鄂州。未幾，權都督府參議軍事，主管機宜文字。又以徽猷閣待制知泉州。紹興七年（一一三七），張浚罷相，知鎮江府。其後和議成，秦檜諷諫官論罷之。次子子翼，嘗知建州、信州。三子子翬，字彦沖，號屏山，道學家，有屏山先生文集二十卷傳世，宋史有傳。

〔七〕「楚人」句：伍員，曾掘楚平王墓，鞭屍三百，終報父兄之仇。詳見本書卷四伍員祠詩注引史記伍子胥列傳。此以史爲例，謂誓報金仇。

夏日深居二首

匆匆車馬未言還〔一〕，因病深居未得閑。更爲故人留一夏，稍移行李過東山〔二〕。

〔一〕「匆匆」句：未言還，謂尚不欲是時回行在所臨安。吕本中於紹興六年（一一三六）四月被召入朝（詳後將發福唐詩注），是時「因病深居」，準備再「留一夏」。

〔二〕「稍移」句：東山，乾隆福建通志卷三山川福州府：「東山，去城十里。有榴花洞、聖泉、神移泉……又有獅子峰、文殊巖、天台井、松塢、靈芝塢、蟄龍淵、涵虚沼、御書堂（藏宋太宗所賜書）、羅漢堂、夜光臺、神僧室、鑒浄軒、山輝堂、放生池、龍首澗、宋許將讀書處。又有清音、碧巖二亭。其東爲古嶺，下有鐵鼎潭，龍常居之。南有溪曰鱔溪，即白馬三郎射鱔處。」

故人多住城東寺，還許相過結浄緣〔一〕。海寇求降荔枝熟〔二〕，是中風月可忘年〔三〕。

〔一〕「故人」二句：城東寺，指福州城東一帶之寺院。浄緣，浄土法門之緣，謂住地景致大好，猶如浄土宗所謂極樂園。

〔二〕「海寇」句：據建炎要録，自紹興初以後，常有詔令廣東、福建捕海賊。如該書卷八七：紹興五年（一一三五）三月，「詔廣東、福建路招捕海賊朱聰。時商船且來，而海道未可涉。提舉廣南市舶姚焯言：『近有海南綱首結領艅伴前來，號爲東船賊，亦素憚。乞優立賞典，同力掩捕。』乃命福建、廣西帥臣疾速措置」。同書卷八八：紹興五年夏四月，「詔福建、廣東帥臣措置團結瀕海居民爲社，擒捕海賊」。等等。此言「求降」，蓋僅暫時緩解。

〔三〕「是中」句：忘年，此指忘記流年。詩人當行，因病留居，故云。陳師道寄參寥：「惟於世外人，相從可忘年。」

乾元副寺欲還雲門〔一〕

子有四方志，雲門尋舊游〔二〕。溪山往時夢，江海向來秋。物態隨高下，生涯任去留。閑將問庵主〔三〕，如此是禪不。

〔一〕乾元，禪寺名，在福建懷安縣，見本卷前簡乾元珪老詩注。副寺，協助住持管理寺院之僧。是時乾元寺住持爲真歇清了，副寺疑即珪禪師。雲門，即小溪雲門庵，詳下注。

〔二〕「雲門」句：尋舊游，舊游，當指宗杲。士珪、宗杲紹興初結伴避地入閩，住雪峰（在侯官西百餘里）。韓駒欲邀其住臨川，二人未允，又回雪峰，時在紹興四年（一一三四）春，見本書卷一三贈珪公杲公四首、卷一四東林珪雲門杲將如雪峰因成長韵奉送詩注。其後士珪住乾元，宗杲住洋嶼，徙天宫庵，再徙新建於小溪之雲門庵（參見大慧禪師年譜）。蓋珪禪師不願在乾元任副寺，欲到雲門庵再與宗杲爲伴。

〔三〕「閑將」句：庵主，指宗杲。

慶堯侍者以詩相贈偶成絶句謝之〔一〕

滿城車馬雜塵埃，所至如雲撥不開。只有西禪堯侍者〔二〕，肯衝劇暑送詩來。

〔一〕慶堯侍者，其人不詳。侍者，供長老使唤之僧人。釋氏要覽卷下住持：「侍者，即長老左右也。」

〔二〕「只有」句：西禪，即西禪寺。淳熙三山志卷三八：「侯官冲虚宫西禪寺之南，梁王霸父增自齊朝渡江入閩，今西禪其宅也。」乾隆福建通志卷六二古蹟福州府侯官縣：「西禪寺，在怡山（按：今福州西郊）。唐咸通間長沙溈山僧大安居此。」

渴雨簡張仲宗二首〔一〕

强讀文書不補飢，只今一飽尚難期。薄雲未肯蘇禾稼，細雨才堪濕荔枝。

〔一〕渴雨，謂天旱少雨。張仲宗，即張元幹，見本卷前已注。

雨濕平林松桂香〔一〕，斷雲苒苒拂疏篁〔二〕。江山故自可人意，從此歸休策最長。

〔一〕「雨濕」句：平林，詩經小雅車舝：「依彼平林，有集維鷮。」毛傳：「平林，林木之在平地者也。」

〔二〕「斷雲」句：苒苒，四庫本作「冉冉」。黄本外集卷三重收此詩，題作「絶句」（本書卷二三存目），「苒苒」作「荏苒」。

謝楊紹祖惠玉友〔一〕

我來閩中居，中熱久斷酒。端居苦無事，神氣思内守〔二〕。故人憐我病，小缸送玉友。極知此不凡，嶺海見未有。感君意則重，納約况自牖〔三〕。欣然洗盞嘗，不待捧素手。空杯貯玉色，一洗市沽醜〔四〕。坐令百疾去，敢復望升斗〔五〕。從今破酒戒，可以入道不。

〔一〕楊紹祖，福州人，事迹不詳。玉友，用糯米所釀酒，色瑩白如玉，故稱。宋劉跂撰玉友傳，乃游戲文字，其曰：「味道之腴，澤外粹中，冰雪與居。非金非石，其臭如蘭，有孚盈缶。富以其鄰，殆將有不虞之好，得於燕樂之間，因賀曰：『斯人玉也，諸君寧得而友之乎？』老人頓首：『幸甚！』字之曰『玉友』。」又吕頤浩與賀子忱書曰：「頃歲寄居南京及維揚，自釀玉友，親知以爲妙。嘗著玉友補遺一卷。自過江以來，雖精意醖造，輒爾不成，蒙惠雙樽，清洌可愛，如對故人而挹清風也。」

〔二〕「神氣」句：神氣，指人體之精、氣、神。黄帝内經素問卷一：「恬惔虚無，真氣從之；精神内守，病安從來？」唐王冰注：「恬惔虚無，静也。法道清静，精氣内持，故其氣邪不能爲害。」

〔三〕「納約」句：周易坎卦：「六四，樽酒簋貳，用缶。納約自牖，終無咎。」王弼注：「處重險而履正，以柔居柔，履得其位，以承於五。五亦得位，剛柔各得其所，不相犯位，皆無餘應以相承。比明信顯著，不存外飾。處坎以斯，雖復一樽之酒，二簋之食，瓦缶之器，納此至約，自進於牖，乃可羞之於王公，薦之於宗廟，故終無咎也。」

〔四〕「一洗」句：市沽醜，謂市上所賣酒色味太差。

〔五〕「敢復」句：敢，豈敢。莊子外物：「莊周家貧，故往貸粟於監河侯。監河侯曰：『諾。我將得邑金，將貸子三百金，可乎？』莊周忿然作色曰：『周昨來，有中道而呼者。周顧視車轍中，有鮒魚焉。周問之曰：「鮒魚來！子何爲者邪？」對曰：「我，東海之波臣也。君豈有斗升之水而活我哉？」周曰：「諾。我將南遊吴越之王，激西江之水而迎子，可乎？」鮒魚忿然作色曰：「吾失我常與，我無所處，吾得斗升之水然活耳。君乃言此，曾不如早索我於枯魚之肆！」』」郭象注：「此言當理無小，苟其不當，雖大何益。」

與李似宗別後奉寄〔一〕

昔者相過今幾時，心期雖在事多疑。滯留江海君先病〔二〕，悵望雲山我欲歸。老境猶存作詩苦〔三〕，故人多有食言肥〔四〕。漢陰老父如無事，肯復逢人論是非〔五〕。

〔一〕李似宗，即李彌綸，字似宗。李彌遜筠溪集附録筠溪李公家傳：「其先本唐諸王苗裔，始家陳留。八代祖澄仕爲温州永嘉令，遂遷於閩，居福州連江縣。至大父爲平江府吴縣人。公晚年復歸隱於連江。……公兄弟六人，皆以儒業名節著聞於時。長彌性，嘗魁成均，蚤亡。次彌綸，知台州。……」嘉定赤城志卷九秩官郡守：李彌綸「紹興十年（一一四〇）六月十二日，以右朝奉大夫知（台州），十一年三月五日替」。是詩當作於此前。

〔二〕「滯留」句：李彌綸能詩，李綱嘗與之唱和，嘗作次韵李似宗見示小圃之作二首，其一有「歲晚龐翁更多病」句，與此意同。

〔三〕「老境」句：李白戲贈杜甫：「飯顆山頭逢杜甫，頭戴笠子日卓午。借問别來太瘦生，總爲從前作詩苦。」

〔四〕「故人」句：食言肥，用左傳郭重事，見本書卷四楊州留一上人詩注。

〔五〕「漢陰」二句：漢陰老父，東漢末隱士。後漢書逸民傳：尚書郎南陽張温欲與（漢陰老父）言，老父曰：「請問天下亂而立天子邪？治而立天子邪？立天子以父天下邪？役天下以奉天子邪？昔聖王宰世，茅茨采椽，而萬人以寧。今子之君，勞人自縱，逸遊無忌，吾爲子羞之，子何忍欲人觀之乎？」温大慚，問其姓名，不告而去。此以漢陰老父爲喻，謂正因爲天下多是非，故李氏兄弟才論是非。

作雨不成旱暑愈甚未能就道〔一〕

三日陰風雨不成，坐嫌衝暑作宵征〔二〕。敢因貧故累公子〔三〕，尚欲閑時尋友生〔四〕。兵甲未休心已醉〔五〕，詩書頗費眼猶明。便須準擬庵居用，拄杖繩床折脚鐺〔六〕。

〔一〕就道，指出發赴行在所。

〔二〕「坐嫌」句：坐，因。衝暑，冒着暑熱。宵征，詩經國風召南小星：「肅肅宵征，夙夜在公。」毛傳：「肅肅，疾貌。宵，夜。征，行。」

〔三〕「敢因」句：敢，豈敢。公子，似指所寓居家之主人。

〔四〕「尚欲」句：友生，朋友。詩經小雅常棣：「喪亂既平，既安且寧。雖有兄弟，不如友生。」毛傳：「兄弟尚恩，怡怡然；朋友以義，切切然。」

〔五〕「兵甲」句：醉，通「悴」。

〔六〕「便須」二句：準擬，一定。庵居，到寺廟中居住。繩床，又稱胡床，即後來之交椅。詳見本書卷一喜雨詩注。李白草書歌行：「吾師醉後倚繩床。」折脚鐺，斷脚之鍋。五燈會元卷五澧州藥山惟儼禪師：「謂雲巖曰：『與我喚沙彌來。』巖曰：『喚他來作甚麼？』師曰：『我有箇折脚鐺子，要他提上挈下。』」又蘇軾送柳宜歸：「折脚鐺邊煨淡粥。」兩句言若暑熱不減，便搬到寺廟中去住，過極簡樸之生活。

聞鵲

一夏病如此，它鄉閑未回。疏簷聞鵲喜〔一〕，知有遠書來。

〔一〕「疏簷」句：聞鵲喜，謂鵲噪定有好消息，乃古代民間信仰。西京雜記：「目瞤得酒食，燈火花得錢財，乾鵲噪而行人至，蜘蛛集而百事喜。小既有徵，大亦宜然。」又陸佃埤雅卷六烏：「今人聞鵲噪則喜，聞烏噪則唾，以烏見異則噪，故輒唾其凶也。」梅堯臣送葛都官南歸：「家在千山古溪上，先應喜鵲噪門扉。」

茘子

南征未苦厭關山〔一〕，茘子今年已厭餐。時有野僧來獻供，每煩佳士約同槃。門前炎暑三伏旱，坐上冰霜六月寒〔二〕。它日一尊須念此，中州傳買半梨乾〔三〕。

〔一〕「南征」句：征，行也。厭，通「饜」，滿足。

〔二〕「坐上」句：冰霜，喻指茘子，謂其能解渴消暑。

〔三〕「中州」句：中州，漢書司馬相如傳載大人賦：「世有大人兮，在乎中州。」顔師古注：「中州，中國也。」此指中原之地。半梨乾，孟元老東京夢華録卷二飲食果子：「有托小盤賣乾菓子，乃旋炒銀杏、栗子、河北鵝梨、梨條、梨乾、梨肉……」句謂中原地區所買乾荔子，其實一半爲梨乾假冒。梨乾，作法不詳，據上引，蓋炒乾、烘乾或曬乾之梨塊。

乾元真歇數約它日同庵居〔一〕

與君俱自走天涯，何處雲山不是家。城市少留真夢事，林泉高卧亦空花〔二〕。久無佳句彫肝腎〔三〕，漫有微言到齒牙。它日一庵如可必，願分齋罷半甌茶〔四〕。

〔一〕乾元，即乾元寺，在福州舊懷安縣（按：此縣久已被撤併），本卷前已注。真歇，真歇清了，曹洞宗僧，事跡見本書卷一四東林珪雲門杲將如雪峰因成長韵奉送詩注。吕本中與其交往，當在寓居福州、真歇住雪峰及乾元時期。

〔二〕「城市」二句，夢事、空花，謂無論城市、林泉，皆可想而不可得，故四處飄泊如浮萍。王安石北窗：「空花根蒂難尋摘，夢境煙塵費掃除。」李壁注引圓覺經：「譬彼病目，見空中花又空，本無花，病者妄執。又如夢中人，夢時非無，及至於醒，了無所得。」

〔三〕「久無」句：彫肝腎，使肝腎衰竭。釋道潛次韵才仲山行：「苦吟只恐凋肝腎，夫子還宜少黜聰。」

〔四〕「願分」句：齋罷，吃飯之後。願分半甌茶，謂同喝一壺茶，指同庵而居。五燈會元卷一二龍華岳禪師法嗣安吉州西余師子浄端禪師：「坦然齋後一甌茶，長連床上伸脚睡。」又陸游示客：「客來相對半甌茶。」可參讀。

將發福唐〔一〕

盡此一囊粟，我行當有期。涼風吹天涯〔二〕，增我別後思。結束向行在〔三〕，問子還何時〔四〕。初無濟時策〔五〕，處事多參差〔六〕。環視中所有，無一施可宜。形骸久已病，敢徼當世知。不蒙朋友責，定遭兒輩嗤。矧此世外人，勸歸常恐遲。相尋有如日〔七〕，請盟吾此詩。

〔一〕詩題，原校：「一云『別李叔易兼簡士珪』。」李叔易，李綱弟，名經（見本書卷七雨後數與李仲輔兄弟往來且約十七日同過士特因成長韵詩注）。李綱聞七弟叔易登科詩曰：「吾家世儒業，教子惟一經。邇來四十載，父子三成名。」自注：「親老元豐中登科。後三十餘年，予塵忝，今又舍弟了當。」士珪，即釋士珪，前已屢見。福唐，舊縣名，今福建福清。按：呂本中召赴行在，因病一再延宕，作是詩時似決心動身，但終未成行。按岳珂寶真齋法書贊卷二五載呂居仁瞻仰收召二帖，其瞻養帖曰：「本中再拜：比稍不聞動靜，瞻仰之至，即日伏惟尊候萬福。本中久留閩中，比已治北去計，復被召命。顧自春多病，日頗增劇，須俟旬日稍間乃行。衰羸如此，亦復何用前路，當懇求官祠再任，期必得請。或見諸公，敢乞先致一言張本，至幸。尚阻侍見，倍乞爲時護重，不備。本中再拜徽猷侍講姑夫、淑人四十七姑座前。四月二十八日。」其求祠再任，至是時蓋尚未得旨。徽猷侍講姑父，即范沖。

〔二〕涼風，即秋風。禮記月令：「孟秋之月……涼風至。」

〔三〕「結束」句：結束，此指收拾、整理行裝。行在，指南宋行在所臨安（今浙江杭州）。建炎要録卷一〇〇：紹興六年（一一三六）夏四月壬寅：詔：「左朝請大夫、主管台州崇道觀陳公輔，右朝奉郎、直秘閣、主管台州崇道觀吕本中，左從政郎、監福州嶺口鹽倉梁習，左宣教郎黄鍰，並召赴行在所。」用史館修撰范沖薦也。沖奏「本中文章典雅，長於史學」，故有是命。然本中因病並未成行。

〔四〕「問子」句：還，原校：「一作『來』。」

〔五〕「初無」句：時，原校：「一作『世』。」

〔六〕「處事」句：參差，連綿字，錯亂不齊貌。

〔七〕「相尋」句：相尋，再相聚。有如日，盟誓語。左傳襄公二十三年：「斐豹謂宣子曰：『苟焚丹書，我殺督戎。』宣子喜，曰：『而殺之，所不請於君焚丹書者，有如日。』」杜預注：「言不負要盟如日。」

聽雨〔一〕

日數歸期似有期，故園無語説相思〔二〕。芭蕉葉上三更雨〔三〕，正是愁人睡覺時。

〔一〕聽雨，是詩當由李商隱夜雨寄北化來。李詩曰：「君問歸期未有期，巴山夜雨漲秋池。何當共剪西窗燭，却話巴山夜雨時。」

〔二〕「故園」句：此所謂「故園」，當指舊京開封吕氏老宅。今雖云「歸」，已非舊居，故言「無語説相思」。

〔三〕「芭蕉」句，五燈會元卷一六慧林深禪師法嗣臨安府靈隱寂室慧光禪師，錢塘夏侯氏。「僧問：『飛来山色示清浄法身，合澗溪聲演廣長舌相。正當恁麼時，如何是雲門一曲？』師曰：『芭蕉葉上三更雨。』」劉辰翁菩薩蠻秋興：「芭蕉葉上三更雨，人生只合隨他去。」下句當即上句之解悟。可參看。

末利〔一〕

香如含笑全然勝〔二〕，韵比酴醿更似高〔三〕。所恨海濱出太遠，初無名字入風騷〔四〕。

〔一〕末利，一作「茉莉」，花名。晉嵇含南方草木狀上：「耶悉茗花、末利花，皆胡人自西國移植於南海，南人憐其芳香，競植之。」

〔二〕「香如」句：含笑，花名。宋陳敬陳氏香譜卷一南方花：「余向云南方花皆可合香，如末利、闍提、佛桑、渠那香，花本出西域佛書所載，其後傳本來閩嶺，至今遂盛。又有大含笑花、素馨花，就中小含笑香尤酷烈，其花常若菡萏之未敷者，故有含笑之名。」

〔三〕「韵比」句：酴醾，亦花名，又稱木香。陳氏香譜卷三酴醾香，歌曰：「三兩玄參一兩松，一枝楦子蜜和同。少加真麝并龍腦，一架酴醾落晚風。」

〔四〕「所恨」三句：謂末利、含笑等花因生長於海濱，離中原太遠，故詩經、楚辭未載其名。

聞二弟召對〔一〕

晚來忽雨已如秋，竹枕欹眠得自由。忽報諸郎例升進〔二〕，頗容老子便歸休〔三〕。

人傳胡虜三年旱，勢合山河一戰收〔四〕。顧我迂疏最宜病，祇應隨處見菟裘〔五〕。

〔一〕二弟召對，「二弟」當指兩弟，而非第二弟。其仲弟揆中早亡。今可考者，唯吕用中（四弟）召對事。建炎要録卷一〇〇：紹興六年（一一三六）四月癸亥，「左從政郎、樞密院計議官兼權檢詳諸房文字吕用中面對，請自今死事之人若得恩澤，並須先補子孫，如無子孫，則令立後承受，或子孫皆已有官，然後及其近屬。庶幾絶其僞冒規圖鬻賣之弊，使忠義之家得蒙實惠。從之」。

〔二〕「忽報」句：諸郎，即指兩弟。

〔三〕「頗容」句：老子，詩人自稱，猶言「老夫」。

〔四〕「人傳」二句：一戰收，杜甫玉腕騮：「胡虜三年入，乾坤一戰收。」艇齋詩話：「東湖（徐俯）見予誦東萊詩云『傳聞胡虜三年旱，勢合河山一戰收』，云：『何不道「不戰收」？』」

〔五〕「祇應」句：菟裘，古地名，代指歸老之地。左傳隱公十一年：「使營菟裘，吾將老焉。」詳見本書卷一一還家詩注。宋祁伯逢欲予買一田墅因成自訟：「合治菟裘未，蝸牛尚有廬。」又楊時莫中奉墓誌銘：「東歸，待次毘陵，愛其風土，欲營菟裘，爲歸休計。」

夜凉早起尋李貽季陸慶長所惠詩有作〔一〕

夜長忘陰晴，忽聽簷雨滴。空房閉重門，凉氣通枕席。欣然欲攬被，如覓舊相識。那知庚伏内〔二〕，得此睡通夕。起尋兩君詩，令我生氣力。成蹊長桃李，已自除

子增歎息。荆棘〔三〕。遠游得數士，舍此百無益。挑燈視皮膚，不顧蚊齩赤〔四〕。因之不復寐，爲

〔一〕李貽季，生平不詳。陸慶長，明朱橚普濟方卷一六著録養氣正心丹，稱「長樂陸慶長寺丞，診脉投劑與史載之許叔微爲伯仲，其家傳方書一編載此丹」云云，則其爲長樂（福州）人，後來蓋成名醫，且官寺丞。考陳振孫直齋書録解題卷一三著録本事方十卷：「維揚許叔微知可撰，紹興三年（一一三三）進士第六人。……晚歲取平生已試驗之方併記其事實，以爲此書。」其下又録其所著傷寒歌三卷，知陸、許爲同時齊名之醫家。據詩中「長桃李」等句，李貽季與陸慶長蓋皆福州人，嘗於呂本中門下學詩。

〔二〕「那知」句：庚伏，即三伏。三伏中初伏、中伏分別自夏至後第三、第四個庚日開始，而末伏則自立秋後第一個庚日開始，故稱三伏爲庚伏。詳見本書卷五六月初三日雨後步至城東詩注。

〔三〕「成蹊」二句：史記李將軍列傳：「諺曰：『桃李不言，下自成蹊。』」索隱案：「姚氏云：桃李本不能言，但以華實感物，故人不期而往其下，自成蹊徑也。」此喻李、陸二人已如桃李，長成樹矣，且已删芟蕪辭，漸趨成熟。

〔四〕「不顧」句：齩，同「咬」。赤，謂蚊蟲叮咬後皮膚紅腫。

聞大倫與三曾二范聚學并寄夏三十一四首〔一〕

我思臨川居，欲往意未慊〔二〕。每懷二三子，歲月多荏苒。後生慎所習〔三〕，正是絲在染〔四〕。未須極軒昂，且須就收斂〔五〕。舉動思古人，此志豈不遠。才雖有高下，事亦要强勉。願爲江海深，莫作盆盎淺〔六〕。

〔一〕詩題，金履祥濂洛風雅卷三作「寄臨川學者」。大倫，字時叔，吕本中弟弸中子，吕祖謙之父。吕祖儉（吕祖謙）壙記曰：「祖諱弸中，右朝請郎，贈右正議大夫。妣章氏、文氏，皆贈碩人。考諱大器，右朝散郎，贈朝請大夫；妣曾氏，贈宜人。」又吕祖謙東萊公（吕好問）家傳：「孫九人，曰大器、大倫、大猷、大鳳、大陽、大同、大麟、大虬、大興。」汪應辰豹隱堂記：「（吕）時叙名大倫，治先名大器者，其兄也。允升名大猷、逢吉名大同者，其弟也。」又吕祖謙題伯祖紫微翁與曾信道（發）手簡後：「紹興初，寇賊稍定，舍人與諸父相扶携出桂嶺，愒臨川，訪舊友多死生，慨然太息，乃收聚故人子曾信道輩，與吾兄弟共學，親指畫，孳孳不怠。既又作詩勉之，今集中寄臨川聚學諸生數詩是也。」又曾季貍艇齋詩話：「吕東萊在經筵，光堯（高宗）索其詩，東萊寫一卷，其首以贈歐陽處士及大倫與三曾二范講學詩四首。三曾，謂予兄弟，二范即范顧言叔侄也。」聚學，一起讀書。夏三十一，即夏倪子夏翜。組詩乃訓誡晚輩如何爲人。

〔二〕「我思」二句：是時詩人仍流寓福州，蓋曾有移居臨川（今江西撫州）之意。慊，此言滿足；未慊，謂考慮尚不周全。

〔三〕「後生」句：論語陽貨：「子曰：『性相近也，習相遠也。』」何晏集解引孔（安國）曰：「君子慎所習。」又後漢書班彪傳：「聖人審所與居，而戒慎所習。」

〔四〕「正是」句：墨子所染：「子墨子言見染絲者而歎，曰：『染於蒼則蒼，染於黄則黄，所入者變，其色亦變，五入而已爲五色矣。故染不可不慎也，非獨染絲然也。』」此喻小兒初學時，其如何做人、讀書，對將來影響極大。

〔五〕「未須」二句：謂不能過於張揚，應養成謙虚謹慎之品德。

〔六〕「莫作」句：盆盎，盎亦盆也，盛水甚少，喻淺薄無學。陸游夜坐：「少時志功名，癡絶如捕影。造物遺以窮，磨礲發深省。坐令盆盎淺，渺渺波萬頃。雖未造道真，南轅終至郢。」可參讀。

世人争錙銖，未語色已變〔一〕。居然面頸赤，自處亦已賤。寧知烈士胸，渠自有志願。一介不妄取，萬鍾吾亦倦〔二〕。古人有伯夷，名冠太史傳〔三〕。

〔一〕「世人」二句：錙銖，古代度量單位，言極小，見本書卷一一讀司馬公集解太玄詩注。色變，指爲小事動怒翻臉。

〔二〕「一介」二句：一介，一個，一點兒。孟子萬章上：「一介不以取諸人。」萬鍾，形容極多。鍾，春秋時齊國容量單位，一鍾合六斛四斗。亦，濂洛風雅作「已」。

〔三〕「古人」三句：伯夷，周初高士，見本書卷八送韓搗秉則赴棣倅詩注引史記伯夷列傳。太史傳，指司馬遷所撰史記伯夷列傳，該傳居諸列傳之首，故稱「名冠」。

見人輒有求，所以百慮非。但能守簞瓢〔一〕，何事不可爲。愚夫飽欲死，志士固長飢〔二〕。出門萬里塗，其亦慎所之〔三〕。

〔一〕「但能」句：守簞瓢，用孔子高弟顏淵事，見本書卷一宿州初暑詩注引論語雍也。此喻指過窮日子。

〔二〕「愚夫」二句：漢書東方朔傳：東方朔對武帝曰：「朱儒長三尺餘，奉一囊粟，錢二百四十。臣朔長九尺餘，亦奉一囊粟，錢二百四十。朱儒飽欲死，臣朔飢欲死。臣言可用，幸異其禮；不可用，罷之，無令但索長安米。」兩句言世上無所謂公平，智愚、飢飽往往相反，守志而已。

〔三〕「其亦」句：慎所之，慎其所爲。周易鼎卦九二，象曰：「鼎有實，慎所之也。」王弼注：「有實之鼎，不可復有所取；才任已極，不可復有所加。」

莫惜一日勤，而忘終身憂〔一〕。農夫力耕作，其必歲有秋〔二〕。月前不鹵莽〔三〕，久亦有倍收，少年不努力，老大復何求〔四〕。

〔一〕「莫惜」二句：惜，吝惜，舍不得。終身憂，孟子離婁上：「苟不志於仁，終身憂辱，以陷於死亡。」此指生活窘迫。
〔二〕「其必」句：有秋，獲得豐收。尚書盤庚上：「若農服田力穡，乃亦有秋。」
〔三〕「月前」句：月，濂洛風雅作「目」，似是。鹵莽，此指土地荒蕪。漢書揚雄傳：「夷阬谷，拔鹵莽，刊山石。」顔師古注：「鹵莽，淺草之地也。」
〔四〕「少年」二句：樂府古辭長歌行：「少壯不努力，老大徒傷悲。」

别法一上人〔一〕

我有江浙役〔二〕，子能乘興來〔三〕。便同湯院浴，却爲故人回〔四〕。此道恐遂絶，後生良可哀。試尋鑰匙子，一一與重開〔五〕。

〔一〕法一上人，即釋法一，事迹見本書卷二連日與一上人會話密庵清坐附火乃有山居氣息因成一詩奉呈詩注引五燈會元卷一八。是詩當作於法一居泉州延福寺時。

〔二〕「我有」句：江浙役，指被詔到行在所杭州。

〔三〕「子能」句：晋書王徽之傳：「嘗居山陰，夜雪初霽，月色清朗，四望皓然。獨酌酒詠左思招隱詩，忽憶戴逵，逵時在剡，便夜乘小船詣之。經宿方至，造門不前而反。人問其故，徽之曰：『本乘興而來，興盡而反，何必見安道邪！』」

〔四〕「便同」二句：其事未詳待考。大意蓋言正在浴室沐浴，知有故人來訪，立即返回見客，言古人交道之厚，故後句謂「此道遂絶」。

〔五〕「試尋」二句：鑰匙子，即鑰匙。此指佛家之道，謂其能打開交誼淪喪、人情淡漠之鎖。

别後寄珪粹中〔一〕

海上相逢兩過秋，飄然乘興亦悠悠。送行百里還歸去，同是江湖不繫舟〔二〕。

〔一〕珪粹中，今人朱剛、陳珏著宋代禪僧詩輯考卷六以爲即釋士珪。詩題「粹中」二字，原校：「一作『鼓山』。」釋士珪曾住福州鼓山寺。又釋惠洪有珪粹中與超然遊舊超然數言其俊雅除夕見於西興喜而贈之詩，其中有「道人西蜀來」句，珪粹中正爲西蜀人。朱、陳二氏之説蓋是，兹姑從之。

〔二〕「同是」句：不繫舟，莊子列禦寇：「巧者勞而知者憂，無能者無所求，飽食而遨遊，汎若不繫之舟，虚而遨遊者也。」郭象注：「夫無其能者，唯聖人耳。過此以下，至於昆蟲，未有自忘其能而任衆人者也。」此指飄泊不定。李白寄崔侍御：「宛溪霜夜聽猿愁，去國長爲不繫舟。」

哭王元邁〔一〕

紛紛舉手争毫末，砥柱當河獨不流〔二〕。一夕便隨波浪没〔三〕，天涯黄葉更悲秋。

〔一〕王元邁，生平不詳。據包恢送陳司户序，蓋爲福清人，爲官廉潔，始終如一。

〔二〕「砥柱」句：史記夏本紀：「砥柱、析城至於王屋。」索隱引水經云：「砥柱山，在河東大陽縣南河水中也。」正義引括地志云：「底柱山，俗名三門山，硤石縣東北五十里黄河之中。」又引孔安國云：「底柱，山名，河水分流包山而過，山見水中若柱然也。」按：砥柱位於河南三門峽東，屹立於黄河急流中。因整治河道，其山今已被炸毁。此以砥柱喻指王元邁，謂其獨立不倚，敢於抵制衰世濁流。劉禹錫詠史二首其一：「世道劇頽波，我心如砥柱。」

〔三〕「一夕」句：亦以砥柱爲喻，隨波没，言王元邁之死。

别林氏兄弟〔一〕

二年住閩嶺，所閲足青紫〔二〕。那知萬衆中，得此數君子。相從不我厭，但覺歲月駛。高論脱時俗，如風濯煩暑。出處雖未同，氣味固相似。人生有離合〔三〕，所畏爲物使〔四〕。要當啜英華，不必計相滓〔五〕。它年肯相尋，在彼不在此。

〔一〕林氏兄弟，當指林之奇兄弟。林之奇，字少穎，號拙齋，侯官（今福建閩侯）人。呂本中在閩時門人。見本書卷一四送林之奇少穎秀才往行朝詩注。其兄弟情況不詳。

〔二〕「所閲」句：漢書夏侯勝傳：「每講授，常謂諸生曰：『士病不明經術，經術苟明，其取青紫如俛拾地芥耳。』」顔師古注：「青紫，卿大夫之服也。」此泛指避地流寓福建之各級官員，言見之者衆。

〔三〕「人生」句：離合，原校：「一作『低昂』。」離合，有離有合，謂際遇各不相同。

〔四〕「所畏」句：爲物使，管子内業：「君子使物，不爲物使。」唐房玄齡注：「無心，故能使物，而物不能使也。」爲物所使，即陶淵明歸去來兮辭所謂「既自以心爲形役」之意。

〔五〕「要當」二句：謂論人當取其優點，不必計較其不足。相滓，同「渣滓」。相、渣通。

本中欲謀它日復來福唐之東山林少穎請作詩以記因成兩絶〔一〕

老大馳驅百不宜，敢將筋力蹈危機〔二〕。他年更欲眠雲住〔三〕，同過東山嘗荔枝。

〔一〕福唐，今福建福清市。東山，在福州東，去城十里，見本卷前夏日深居二首其一注。林少穎，即林之奇，前已注。

〔二〕「敢將」句：蹈危機，指應詔入朝做官。

〔三〕「他年」句：眠雲，佛寺名，即眠雲院。淳熙三山志卷三三僧寺閩縣：「眠雲院，瑞聖里，慶曆五年（一〇四五）置。」

更作東山住，尋盟尚有詩。看君騰踏去〔一〕，及我未歸時。

〔一〕「看君」句：韓愈符讀書城南：「三十骨骼成，乃一龍一豬。飛黄騰踏去，不能顧蟾蜍。」孫甫注：「淮南子：『黄帝時，飛黄服皂。』飛黄，神馬也。」騰踏，馬奔馳貌。踏，一作「踏」。後又作飛黄騰達，形容官運亨通，驟然得志。此即用其義，以預祝林之奇求仕成功。

謝人惠陳家紫〔一〕

煩君惠我陳家紫，萬里漂流合得嘗。莫道聞名不相識，舊隨籩實到吾鄉〔二〕。

〔一〕陳家紫，荔枝名，時稱第一。容齋隨筆卷三蔡君謨帖：「閩中荔枝，唯陳家紫號爲第一，輒獻左右，以伸野芹之誠。」又范成大吴船録卷下：「今天下荔枝，當以閩中爲第一，閩中又以莆田陳家紫爲最。川廣荔枝子生時固有厚味多液者，乾之肉皆瘠，閩産則否。」

〔二〕「舊隨」句：籩實，竹或藤編儲物器具。吾鄉，指開封。

閑居感舊偶成十絶乘興有作不復詮次

四海交遊一信民〔一〕，後來情分更誰親。可憐相伴溪堂老〔二〕，一去塵寰三十春〔三〕。

〔一〕「四海」句：詩末自注：「汪信民、謝無逸。」按：汪信民，汪革字信民，臨川（今江西撫州）人。嘗師事呂本中祖希哲。少從饒節、謝逸遊。紹聖中登進士第，官終楚州教授。事迹詳見本書卷一符離諸賢詩注。

〔二〕「可憐」句：謝逸，字無逸，號溪堂，與汪革同鄉里，亦爲呂希哲門人。舉進士不第，遂不仕。參見本書卷一謝無逸秦處度諸人皆許省試後見訪冬夜有懷作注。

〔三〕「一去」句：按：是詩約作於紹興六年（一一三六），而汪信民卒於徽宗大觀四年（一一一〇），謝逸卒於政和二年（一一一二），言三十春，蓋舉成數。

一世聲名高與關〔一〕，亦知不合住人間〔二〕。不令整頓乾坤了〔三〕，虛逐松聲半夜還。

〔一〕「一世」句：詩末自注：「高茂華秀實、關沼止叔。」按：高茂華，字秀實，一字居實；關沼，字止叔。高乃元氏縣（今屬河北）人。元祐六年（一〇九一）進士，紹聖元年（一〇九四）中博學宏詞科，崇寧三年（一一〇四）入元祐黨籍。後敘復承議郎。宋史翼有傳。嘗著文集一編，久佚。關之事迹略見本書卷二元日贈沈宗師四首其二注。

〔二〕「亦知」句：謂高、關二人已卒。二人生卒年不詳待考。

〔三〕「不令」句：整頓乾坤，指擊敗金兵并收復山河。杜甫洗兵馬：「二三豪俊爲時出，整頓乾坤濟時了。」

壁老投冠去學禪〔一〕，堂堂一鼓陣無前〔二〕。平生老伴唯均父〔三〕，馬病塗窮不著鞭。

〔一〕詩末自注：「饒節德操、夏倪均父。」按：饒節爲僧後法名如璧，事迹詳本書卷一符離諸賢詩注。

〔二〕「堂堂」句：一，原校：「一作『三』。」左傳莊公十年：「一鼓作氣，再而衰，三而竭。」

〔三〕「平生」句：均父，夏倪字，事迹略見本書卷一二贈夏庭別兄弟詩注。又師友雜志：「夏倪均父，先名倬。少能文樂善，其妻又賢，使均父多從賢士大夫游。饒德操每依均父，如家也。」

後德操作僧，所度弟子，皆令均父諸子聯名。」

屛醫却藥病良已〔一〕，絕學捐書我又休〔二〕。却到舊時行履處，五湖烟水上漁舟〔三〕。

〔一〕「屛醫」句：史記孝武本紀：「及病，使人問神君，神君言曰：『天子毋憂病。病少愈，强與我會甘泉。』於是病愈，遂幸甘泉，病良已。」集解引孟康曰：「良已，善已，謂愈也。」蘇軾蓋公堂記：「始吾居鄉，有病寒而欬者，問諸醫……三易醫而疾愈甚。里老父教之曰：『是醫之辠、藥之過也。子何疾之有？人之生也以氣爲主，食爲輔。今子終日藥不釋口，臭味亂于外，而百毒戰于內，勞其主，隔其輔，是以病也。子退而休之，謝醫却藥，而進所嗜，氣完而食美矣，則夫藥之良者，可以一飲而效。』從之，朞月而病良已。」陸游晚涼述懷：「屛醫却藥疾良已，破械空囹盜自消。」

〔二〕「絕學」句，莊子山木：「孔子問子桑雽曰：『吾再逐於魯，伐樹於宋，削迹於衛，窮於商周，圍於陳蔡之間。吾犯此數患，親交益疏，徒友益散，何與？』子桑雽曰：『……夫以利合者，迫窮禍患害相棄也；以天屬者，迫窮禍患害相收也。夫相收之與相棄亦遠矣。且君子之交淡若水，小人之交甘若醴，君子淡以親，小人甘以絕。彼無故以合者，則無故以離。』孔子曰：『敬聞命矣。』徐行翔佯而歸，絕學捐書，弟子無挹於前，其愛益加進。」郭象注：「去飾任素故也。」成玄英疏：「絶有爲之學，棄聖跡之書，不行華藻之教，故無揖讓之禮，徒有敬愛，日加進益焉。」我又休，莊子刻意：「聖人休休焉則平易矣，平易則恬惔矣。」郭象注：「休乎恬淡寂寞，息乎虛無無爲，則雖歷乎險阻之變，常平易而無難。」以上兩句言交友之道。能否深交，外因（醫、藥，學、書）作用不大，甚至完全無用，主要在内因（氣、食，天屬即君子之素質）。謂所幸結交皆君子，故能恬淡無事。

〔三〕「却到」二句：行履處，指與上述汪、高、關、饒等友人曾經遊覽之地。五湖，史記河渠書：「於吴則通渠三江五湖。」集解引韋昭曰：「五湖，湖名耳，實一湖，今太湖是也。」

萬里飄然不繫舟〔一〕，老來專憶舊交游。西風日落中原路，虛度江湖數十秋。

〔一〕「萬里」句：不繫舟，文選賈誼鵩鳥賦：「泛乎若不繫之舟。」李善注引鶡冠子曰：「泛泛乎若不繫之舟。」參見前别後寄珪粹中詩注。

唐子直心絶可憐〔一〕，夏侯苦節更誰傳〔二〕。諸晁事業風流在〔三〕，各有殘詩數十篇。

〔一〕「唐子」句：詩末自注：「唐廣仁充之，夏侯髦節夫，晁載之伯禹、詠之之道、貫之季一、謂之季此、沖之叔用。」按：唐廣仁，事迹詳見本書卷一德操充之皆約九月間見過今皆未至扶杖出門悠然有感詩注。唐廣仁在監蘇州酒税務時，被傳致以酤法坐罷，貧困不能北歸，故云「絶可憐」。

〔二〕「夏侯」句：夏侯，即夏侯旄，字節夫。呂本中童蒙訓卷中：「前輩士大夫專以風節爲己任，其於褒貶取予甚嚴，故其所立實有過人者。近年以來，風節不立，士大夫節操一日不如一日。夏侯旄節夫，京師人，年長本中以倍，本中猶及與之交。崇寧初，召任諸州牧授學制，既盼，即日尋醫去。後任西京幕官，罷任，當改官，以舉將一人安惇也，不肯用，卒不改官，浮沈京師，至死不屈。」

〔三〕「諸晁」句：晁氏兄弟皆呂本中摯友，其事迹本書前已屢見，此不贅。

平生親愛獨諸晁，叔也相親共寂寥。半日不來須折簡，暫時相遠定相招〔一〕。

〔一〕詩末自注：「叔用。」按：叔用，即晁沖之，字叔用，事迹見本書卷五晁叔用得古鏡二詩注。謂諸晁中，自己與沖之關係最密切。

病夫長病合長飢，豈復輕隨世上兒〔一〕。雲雨覆翻渠有分〔二〕，江湖潦倒我無知〔三〕。

〔一〕「豈復」句：世上兒，指貴胄年少無操守之輩。杜甫莫將疑行：「晚將末契託年少，當面輸心背面笑。寄謝悠悠世上兒，不爭好惡莫相疑。」

〔二〕「雲雨」句：謂反覆無常。漢書陸賈傳：「使一偏將將十萬衆臨越，即越殺王降漢，如反覆手耳。」顏師古注：「言其易。」杜甫貧交行：「翻手作雲覆手雨，紛紛輕薄何須數。」

〔三〕「江湖」句：我無知，謂自己寧可窮困潦倒，也不做兩面三刀、言無誠信之事。

曾郎學行冠姻親〔一〕，趙子才能又絶倫〔二〕。仲弟故應同二妙〔三〕，一時先後委埃塵。

〔一〕「曾郎」句：詩末自注：「曾元似、趙才仲及余仲弟也。」按本書卷八海陵雜興八首中亦言及曾元似，其時已死。按：曾續，字元似，一作元嗣，曾肇子，南豐（今屬江西）人。此言其人爲呂本中姻親，按岳珂寶真齋法書贊卷二五載呂本中收召帖，稱「曾壻到行朝請見，敢乞矜憐」，知曾、呂爲兒女親家，其壻名待考。

〔二〕「趙子」句：即趙才仲，名枘，本中外弟，前已屢及。

〔三〕「仲弟」句：仲弟，即呂揆中，未婚而卒，趙鼎臣有詩述其事，見竹隱畸士集卷三。二妙，即上述曾、趙二人。

便欲長休老未能，爾來頻愧住庵僧。直須棄盡人間事，始見從來一點燈〔一〕。

〔一〕「直須」二句：佛家謂四大皆空，故學佛須斬斷人間糾葛。燈本照明器具，佛教以「燈」喻智慧，謂可破愚暗。華嚴經卷七八：「譬如一燈，人於暗室，百千年暗悉能破盡。」兩句乃詩人懷友感舊後之心靈感悟。

温　泉〔一〕

海上秋來早晚凉，客愁蘇醒似還鄉。歸途尚欲療瘡疥〔二〕，剩乞温泉一勺湯。

〔一〕詩題原校：「一作『福州湯院』。」所謂湯院，即温泉浴室。按淳熙三山志卷三三：「閩縣内湯院，州東。嘉祐以前置有湯泉，元給事絳閱郡圖得其名，往觀之，乃濬其源，甃石爲井，揭宇環之，疏其餘於垣外。宣和六年（一一二四），陸侍郎藻命謝令重修温室四，中有振衣亭，澣日一啓，非衣冠不許游也。」同書卷三四記侯官縣亦有湯泉，「距院（按：指雪峰崇聖禪寺）八十里，僧可遵嘗作偈：『直待蒼生塵垢盡，我方清冷混常流。』蘇東坡賞之。有曾鞏、程師孟、蔣□□□（闕）公留題，今冠蓋南北必憩此」。詩題既一作「福州湯院」，則吕本中所浴温泉當爲專供官員享用的閩縣内湯院。指此。

〔二〕「歸途」句：療，原作「撩」，據四庫本改。詩人患有疥瘡，本書卷一七、卷一八有疥詩。温泉往往含有硫黄等微量元素，可治皮膚病。

將去福州〔一〕

委曲隨人久未甘〔二〕，儵然午枕睡方酣。功名到此終無分，身世從來百不堪。爲己工夫今粗曉〔三〕，住山活計久相諳〔四〕。他時不用求三徑，投老才須住一庵〔五〕。

〔一〕本卷前將發福唐詩注，已述紹興六年（一一三六）夏四月壬寅，因范沖薦，右朝奉郎、直秘閣、主管台州崇道觀呂本中召赴行在所，但因病未成行，並致書其姑丈范沖請祠（見本卷前將發福唐詩注引），疑未獲準，故是時不得不赴行在所而離福州。據詩集編排，時當在是年初秋。

〔二〕「委曲」句：委曲隨人，乃兩年多寓居福州之生活感受。

〔三〕「爲己」句：論語憲問：「子曰：『古之學者爲己，今之學者爲人。』」何晏集解引孔（安國）曰：「爲己，履而行之；爲人，徒能言之。」邢昺疏：「『此章言古今學者不同也。古人之學則履而行之，是爲己也；今人之學空能爲人言説之，已不能行，是爲人也。』范曄云『爲人者馮譽以顯物，爲己者因心以會道』也。」

〔四〕「住山」句：禪僧有住山與住叢林之别。住山，居住在清浄幽雅之山林修行。活計，猶言活兒，指生活方式。諳，熟悉。黄庭堅詞步蟾宫：「何妨隨我歸雲際，共作箇、住山活計。」

〔五〕「他時」二句：陶潛歸去來：「三逕就荒，松菊猶存。」詳本書卷二知止嘯傲軒詩注。此言養老不須三徑，有一庵居住足矣，對此生活狀態久已諳熟。

初秋

涼風驚木葉〔一〕，意欲作深秋。客病渾如昨，囊空却自由。因閑得飲酒，端坐勝封侯〔二〕。寄語平生友，當能爲我謀。

〔一〕「涼風」句：初學記卷一風：「立秋，涼風至。」同書卷三秋：孟秋之月，「涼風至」。驚木葉，同上：季秋之月，「草木黄落」。

〔二〕「端坐」句：李之儀寄題吴思道横翠堂：「時覺東城添紙價，應知得句勝封侯。」此化用之。

奉呈鼓山雲門二老〔一〕

汝水相逢今幾年〔二〕，只今同住海南偏。月明本自無虧缺，山色何嘗有變遷〔三〕。它日會逢昆弟語，一時驚散野狐禪〔四〕。儻因居士閑開口，却作冲和二月天〔五〕。

〔一〕鼓山，即珪粹中，亦即士珪禪師，曾住鼓山寺，故稱，見前别後寄珪粹中詩注。雲門，即釋宗杲，亦即大慧禪師，詳本書卷一一送一書記杲公作天寧化士詩注。

〔二〕「汝水」句：汝水，雍正江西通志卷一〇山川：撫州府，「汝水，在府城東門外，源出廣昌伏村血木嶺。流至建昌府爲盱，合新城諸水，流二百里至良安峽，入臨川境爲汝。合宜黄、崇仁二縣水，流至南昌界，合豫章水，入鄱陽湖」。句以汝水代指臨川。詩人於紹興三年（一一三三）秋到臨川，與珪、杲二禪師相會。紹興四年末往福建。是詩約作於紹興六年秋，故云「今幾年」。

〔三〕「月明」二句：禪宗認爲五蘊（色、受、想、行、識）皆空。如六祖慧能所説：「五蘊幻身，幻何究竟。」（壇經頓漸品）又同書行由品：「本來無一物，何處惹塵埃。」故明月、山色皆幻象，自無所謂虧缺、變遷。此乃禪宗哲學之根本。蓋其他教派忘記此點，故下句有「野狐禪」之指斥。此句謂人之别離，物之變化皆妄説，其實本無分别。

〔四〕「它日」句：昆弟，即兄弟，此指珪、杲二禪師。野狐禪，指禪宗中流入邪僻、未悟精義而妄稱開悟之禪。五燈會元卷三南嶽下二世馬祖一禪師法嗣百丈懷海禪師：「師每上堂，有一老人隨衆聽法。一日衆退，唯老人不去。師問：『汝是何人？』老人曰：『某非人也。於過去迦葉佛時，曾住此山，因學人問：「大修行人還落因果也無？」某對云：「不落因果。」遂五百生墮野狐身，今請和尚代一轉語，貴脱野狐身。』師曰：『汝問。』老人曰：『大修行人還落因果也無？』師曰：『不昧因果。』老人於言下大悟，作禮曰：『某已脱野狐身，住在山後。敢乞依亡僧津送。』師令維那白椎告衆，食後送亡僧。大衆聚議，一衆皆安，涅槃堂又無病人，何故如是？食後師領衆至山後巖下，以杖挑出一死野狐，乃依法火葬。」

〔五〕「儻因」二句：居士，在家奉佛之人，此乃詩人自指。沖和二月天，謂沖淡平穩，一團和氣。兩句言若它日自己説出此道理（即詩中「月明」二句義），望不要驚訝，實乃平常真諦。

從叔巽叔覓茶〔一〕

疾病侵凌轉不堪，時思一室奉清談。嗣宗已餉兵厨酒，當有新茶惠阿咸〔二〕。

〔一〕巽叔，吕本中紫微詩話：「東萊公（指其父吕好問）嘗與群從出城至村寺中，寺僧設冷淘止具酢，無他物，令衆對『入寺冷淘唯有酢』，叔巽應聲對云：『出門蒸餅便無鹽。』衆服其敏。」叔巽即此人，乃吕希純子吕聰問，本中從叔。尤袤遂初堂書目載有吕叔巽集，久佚。

〔二〕「嗣宗」二句：晉書阮籍傳：「阮籍，字嗣宗，陳留尉氏人也。……籍容貌瓌傑，志氣宏放，傲然獨得，任性不羈，而喜怒不形於色。……籍聞步兵厨營人善釀，有貯酒三百斛，乃求爲步兵校尉。遺落世事，雖去佐職，恒游府内，朝宴必與焉。」按：此用阮籍、阮咸叔侄事。詩人自喻爲「小阮」即阮咸（昵稱爲「阿咸」），故向「大阮」（阮籍）即其從叔覓茶。

福建界首寄福州親舊

海上秋風吹客衣，屢煩親舊送將歸。今朝更入江東路〔一〕，便恐書來即漸稀。

〔一〕「今朝」句：宋置江南路，包括江南東路、江南西路。江南東路（簡稱江東路）所屬信州（上饒），與福建路接壤，兩宋相同。

嚴州九日坐上贈胡明仲常子正〔一〕

今年得交舊，九日會嚴州。城角風雲暮，天涯景色秋。功名有長鋏，行李付扁舟〔二〕。苦恨三年別〔三〕，聊因一笑留。病添文字懶，老耻稻粱謀〔四〕。活國須公等〔五〕，吾生便可休。

〔一〕嚴州，原爲睦州，徽宗宣和中改名嚴州，治建德縣（今建德市，隸屬杭州）。九日，即九月九日，古人有登高之俗。藝文類聚卷四歲時中引續齊諧記：「汝南桓景，隨費長房遊學累年，長房謂之曰：『九月九日，汝家當有災厄，急宜去，令家人各作絳囊，盛茱萸以繫臂，登高飲菊酒，此禍可消。』景如言，舉家登山，夕還家，見鷄狗牛羊，一時暴死。長房聞之曰：『代之矣。』今世人每至九日，登山飲菊酒，婦人帶茱萸囊是也。」胡明仲，即胡寅（一〇九八—一一五六），字明仲，學者稱致堂先生，崇安（今屬福建）人，本胡安國弟之子，其母以多男，欲不舉，安國妻取而育之，遂爲安國子。宣和三年（一一二一）登進士甲科。南渡後官至徽猷閣直學士，忤秦檜，謫新州，檜死乃復故官。宋史有傳。所著斐然集三十卷今存。南宋理學家。常子正，名同，字子正，事迹見本書卷一三送常子正赴召二首其一注。建炎要録卷一〇〇：紹興六年夏四月丙午，「集英殿修撰、新知邵州胡寅充徽猷閣待制、知嚴州。三省勘會：寅自除中書舍人已及一年，故有是命。寅時留婺州未去，乃就用之」。是日坐上除胡、常二人外，猶有朱翌，其灊山集卷三今存次呂居仁九日群集韵詩曰：「衣冠交上郡，氣象有中州。九日一尊酒，千巖萬壑秋。星方聚吴分，魚已躍王舟。即事感今昔，乃情無去留。憂時俱出力，濟勝合先謀。北望邊風凛，戎衣詎敢休。」朱翌時居寓嚴州，見陳鵠耆舊續聞卷一。

〔二〕「功名」二句：長鋏，即劍。史記孟嘗君列傳：初，馮驩貧，躡屩而歸之。彈其劍而歌曰：「長鋏歸來乎，食無魚。」後又歌曰「出無輿」，再歌曰「無以爲家」。扁舟，小船。靖康之難後，詩人一直在南方避地流浪，故云。

〔三〕「苦恨」句：常同於紹興三年（一一三三）由柳州召對，首論朋黨之禍，事在該年八月稍後，見本書卷一三送常子正赴召二首注引建炎要録。次年（紹興四年）春，呂本中由臨川入閩，至此（紹興六年秋）已三年，故云。

〔四〕「老耻」句：稻粱謀，爲衣食奔走。杜甫同諸公登慈恩寺塔：「君看隨陽雁，各有稻粱謀。」黄希注：「鴻雁事，多用稻粱，本出戰國策。又劉孝標廣絶交論：『分雁鶩之稻粱。』庾信詠雁詩亦云：『稻粱俱可忌。』此特略舉一二耳。」九月大雁南歸，故以爲喻，此代指即將入朝做官。

〔五〕「活國」句：杜甫贈崔十三評事公輔：「活國名公在，拜壇群寇疑。」活國，仇兆鰲注：「此謂元戎得以靖亂。」又王維與魏居士書：「君子以布仁施義、活國濟仁爲適意。」公等，指胡寅、常同等友人。

方允迪挽詞二首〔一〕

已矣儒林老，今爲地下郎〔二〕。空山留几杖，遺藁漫文章。徑狹風霜遠，溪深草木長〔三〕。傷心釣臺路〔四〕，千載閟幽光。

〔一〕方允迪，字元若，桐廬（宋屬嚴州，今屬浙江杭州）人。政和五年（一一一五）登進士乙科。靖康初爲吏部郎中，又爲秘書監，李綱獲罪，坐貶，建炎初復官。後隱居於鸕鷀山，約卒於紹興六年（一一三六）九月初或稍前。參見本書卷一一懷衛道中寄京師諸友三首其二注。

〔二〕「今爲」句：唐許嵩建康實録卷七引三十國春秋：「天台令蘇韶卒，卒後韶弟節見韶乘馬晝日而行……節因問幽冥之事，韶曰：『……顏回、卜商，今見爲修文郎，死之與生略無有異，死虚、生實，此有異耳。』」杜甫聞高常侍（適）亡：「虚歷金華省，何殊地下郎。」

〔三〕「徑狹」二句：形容方允迪墓地之荒僻。

〔四〕「傷心」句：釣臺路，後漢書嚴光傳：「嚴光字子陵，一名遵，會稽餘姚人也。少有高名，與光武同遊學。及光武即位，光乃變名姓，隱身不見。」後訪得之，「除爲諫議大夫，不屈，乃耕於富春山，後人名其釣處爲嚴陵瀨焉」。李賢注引顧野王輿地志曰：「七里瀨在東陽江下，與嚴陵瀨相接，有嚴山。桐廬縣南有嚴子陵漁釣處，今山邊有石，上平，可坐十人，臨水，名爲嚴陵釣壇也。」釣壇即釣臺。方允迪爲桐廬人，後亦歸隱，故用嚴子陵釣臺事。

惟君好兄弟〔一〕，少小共聲名。豈止千人傑，倶爲一代英。云何卧丘壑，不使至公卿。慟哭松風遠，悲雲咽莫聲〔二〕。

〔一〕「惟君」句：方允迪之弟，據本書卷一一懷衛道中寄京師諸友三首其二注引劉一止借居鸕鷀山中呈方允迪道縱昆仲詩，蓋其人字道縱，名未詳，嘗與兄同隱於鸕鷀山。

〔二〕「悲雲」句：莫，同「暮」，古今字。王勃寒梧棲鳳賦：「月照孤影，風傳暮聲。」又李白豳歌行上新平長史兄粲：「哀鴻酸嘶暮聲急，愁雲蒼慘寒氣多。」

程伯禹母夫人挽詩二首〔一〕

久矣閨門秀，端如玉在淵〔二〕。相夫成令德，教子作名賢。遽逐秋色盡，空令莫景遷。傷心江左地，松柏閉新阡〔三〕。

〔一〕程伯禹，即程瑀。宋史本傳：「（瑀）饒州浮梁人，其姑臧氏婦，養瑀爲子，姑没始復本姓。少有聲太學，試爲第一，累官至校書郎。爲臧氏父母服服闋，除兵部員外郎。高宗即位，召爲司封員外郎，遷光禄少卿，國子司業，除直秘閣、提舉江東刑獄。召爲太常少卿，遷給事中兼侍講。秦檜忌之，坐通書李光，降朝議大夫。卒，年六十六。」此所謂母夫人，殆即其姑。

〔二〕「久矣」二句：世説新語賢媛：「顧家婦清心玉映，自是閨門之秀。」文選左思吴都賦：「翫其磧礫而不窺玉淵者，未知驪龍之所蟠也。」劉淵林注：「磧礫，淺水見沙石之貌。玉淵，水深之處美玉所出也。尸子曰：『龍淵生玉英。』莊子曰：『千金之珠，在九重之淵驪龍頷下。』故曰不窺玉淵者，不知驪龍之蟠也。」蘇軾吕公著妻魯氏贈國夫人敕：「婦人之德，如玉在淵，雖不可見，必形諸外。」

〔三〕「傷心」二句：江左，長江之南，此指浮梁，今江西上饒。松柏，文選潘岳懷舊賦：「墳壘壘而接壟，柏森森以欑植。」李善注引仲長子（統）昌言曰：「古之葬，植松柏梧桐以識其墳。」阡，墳墓。

舊隨賢子後，每得熟嚴規〔一〕。未獲升堂拜，空成相挽詩。爵頻賜湯沐〔二〕，壽不到期頤〔三〕。它日家聲在，流傳世未知。

〔一〕「舊隨」二句：謂以前曾從程瑀遊，熟知其家規甚嚴，皆母氏教育得法。

〔二〕「爵頻」句：賜湯沐，謂其母先後有多箇朝廷封號。史記平準書：「自天子以至於封君湯沐邑，皆各爲私奉養焉，不領於天下之經費。」後代有所更改，所謂封君之湯沐邑，除注明食實封若干外，僅有其名而已。

〔三〕「壽不」句：尚書皋陶謨：「百年曰期頤。」又禮記曲禮上：「百年曰期頤。」鄭玄注：「期，猶要也，頤，養也。不知衣服食味，孝子要盡養道而已。」

送范師厚宣諭四川〔一〕

老境侵尋久廢詩，送君寧復似當時。虺隤病馬猶長路〔二〕，偃蹇寒松只舊枝〔三〕。想得山川瞻使節，便令父老識家規〔四〕。聖朝本意惟寬大，網漏吞舟始合宜〔五〕。

〔一〕范師厚，名直方，字師厚，范純仁孫，范正思子。建炎初爲參議軍事。紹興五年（一一三五）五月以直秘閣、知潯州行尚書刑部員外郎，同年九月爲提點福建路刑獄公事，後爲司農卿。紹興二十二年正月卒。事迹略見建炎要録卷四九、卷八九、卷九三、卷一三八、卷一六三等。其宣諭四川，見同上書卷一〇七：紹興六年十二月，「命右司員外郎范直方宣諭川陝諸州，及撫問吴玠一行將士」。三省言：「頃遣宣諭五使，川陝獨不及，故命直方往勞軍，且察官吏能否。上召見，賜御寶、手曆而遣之。」事又見宋史高宗紀五。

〔二〕「虺隤」句：詩經周南卷耳：「陟彼崔嵬，我馬虺隤。」毛傳：「虺隤，病也。」王安石與天騭宿清涼寺：「故人不惜馬虺隤，許我年年一度來。」

〔三〕「偃蹇」句：楚辭招隱士：「桂樹叢生兮山之幽，偃蹇連蜷兮枝相繚。」偃蹇連蜷，王逸注：「容貌美好，德茂盛也。」按：以上兩句，以病馬、舊枝，喻范師厚猶如行長路、耐嚴寒之病馬、老松，仍受朝廷尊崇和重用。

〔四〕「想得」二句：自注：「忠宣公（引者按：范純仁謚忠宣）嘗使成都。」忠宣公即范仲淹子純仁之謚，師道乃其孫，故言「家規」。家規，范氏代代相傳之從政原則。

〔五〕「聖朝」二句：自注：「王導嘗遣八部從事之部，顧和在下。傳還，從事見導，人人各言二千石長短，和獨無言。導問之，和曰：『明公爲政，當使網漏吞舟之魚，豈可采聽風聞，察察爲政。』導咨嗟其言。」

贈了老〔一〕

前年見公滄海上〔二〕，法會堂堂萬騎將〔三〕。今年見公浙河東〔四〕，猶是當時舊老翁。送行更有天童老〔五〕，騏驥齊驅獵霜草。野狐射干膽欲破〔六〕，不但獨噴群馬倒〔七〕。我衰且病百念絶，便得從公不爲早。忘情遁迹亦未是，言與不言俱一掃〔八〕。世人擾擾不歸家〔九〕，公行問渠有何好。

〔一〕了老，即真歇清了禪師，見本卷前乾元真歇數約他日同庵居詩注。

〔二〕「前年」句：當指紹興四年（一一三四）。滄海，指福州，彼時真歇清了住福州乾元寺，見上引吕詩注。

〔三〕「法會」句：法會，佛教寺廟所舉行之宗教儀式，包括説法、供佛及布施等活動。萬騎將，猶言將萬騎，謂指揮參加法會的衆多來客。

〔四〕「今年」句：浙河，即錢塘江。錢塘江古稱浙江，其富陽段稱富春江，下游杭州段稱錢塘江。浙河東，指杭州城。

〔五〕「送行」句：天童，禪寺名，在今浙江寧波市，乃古代名刹，名列五山之第三山。建炎三年（一一二九），宏智正覺禪師繼席，爲天童禪寺中興時期。此所謂「天童老」，或即指正覺。按：

釋正覺，隰州（治今山西隰縣）人，俗姓李，五燈會元卷一四有傳。

〔六〕「野狐」句：野狐，見本卷前奉呈鼓山雲門二老詩注。射干，亦作野干，野獸名。據佛經記載，其形似狐，然較狐小，可説佛法。參見唐釋道世諸經要集卷九思慎部慎禍引僧祇律、長阿含經卷一一等。蘇軾與王定國書：「粉白黛緑者，俱是火宅中狐狸、射干之流，願公以道眼照破。」此以野狐、射干喻指禪宗中之旁門别派，疑指當時流行之默照禪。

〔七〕「不但」句：蘇軾迨作淮口遇風詩戲用其韵：「有兒真驥子，一噴群馬倒。」趙次公注引穆天子傳曰：「天子東遊於黄澤，宿於西洛，歌曰：『黄之池，其馬歕沙，皇人威儀。黄之澤，其馬歕玉，皇人壽穀。』歕，即噴字。」

〔八〕「言與」句：言、不言，謂語、默。禪宗稱「語默無二」，即真如不可言説，語言文字皆空。「問來答去，只益繁詞，於道則遠之遠矣。……所以釋迦有竭世之機樞，尚掩室於摩竭；净名騁窮天之詞辯，猶杜口於毗耶。」（續傳燈録卷一三紹清）即「俱一掃」之意。

〔九〕「世人」句：不歸家，禪宗指人之本性迷失，猶如失去精神家園，故以「還鄉」、「歸家」象徵回到人性源頭。洞山悟本録載新豐吟：「古路坦然誰指足，無人解唱還鄉曲。」

呂本中詩集箋注卷一六

送楊晨當時赴夔漕〔一〕

楊侯從舊名籍籍〔二〕，吴中一見如舊識。憐我衰頹病已侵，怪我辛勤百無益。今君遽作巴蜀行，江頭宿昔春水生。路經三峽不艱阻，遍與疲氓問疾苦。隨身長劍莫輕舞，試伐蛟鼉斬豺虎〔三〕。北來人士衆如雨〔四〕，得君此行慰羈旅。君但垂情一笑許，勝使區區入州府。百城因之遂安堵〔五〕，亦勝無事閑坐否。

〔一〕楊晨，明凌迪知萬姓統譜卷四一：「楊晨，永睦（今四川達州）人。宣和初試禮部第一，丞相趙鼎薦其才，召試館職，論荆蜀形勢之説，除督府機宜，俾撫諭四蜀。吴玠饋遺過禮，晨不欲阻其意，既還，悉上諸郡督以佐用。」當時應是其字。按建炎要録卷一〇七：紹興六年（一一三六）十二月，「尚書禮部員外郎、都督府主管機宜文字楊晨爲夔州路轉運判官」。所謂夔漕指此，詩當作於是時。

〔二〕「楊侯」句，籍籍，漢書景十三王傳：「國中口語籍籍，慎無復至江都。」顏師古注：「籍籍，諠聒之意。」此謂名聲大。

〔三〕「隨身」二句：長劍，是指權力。蛟鼉、豺虎，指貪官污吏，盼楊晨能嚴懲之。

〔四〕「北來」句：北來人士，指靖康之難後避地巴蜀的北方士大夫，言其人數衆多。

〔五〕「百城」句：文選陳琳檄吴將校部曲文：「百姓安堵，四民反業。」吕延濟注：「堵，牆也。安於堵牆，不失家業也。」

送徐林稚山赴江西漕〔一〕

總角相從四十年〔二〕，如今衰病已華顛。久無耆老可訪事，尚喜交游不乏賢。未使從容持從橐〔三〕，却令辛苦上江船。百城編户皆疲瘵，日望公來與息肩〔四〕。

〔一〕徐林，南宋館閣録卷八官聯下正字：「徐林，字稚山，建安（今福建建甌）人，何㮚榜同上舍出身。（建炎）二年（一一二八）正月除，九月爲都官員外郎。」范成大吴郡志卷二七人物有小傳，稱其號硯山居士，宣和三年（一一二一）進士。按建炎要録卷一〇八：紹興七年（一一三七）春正月，「尚書右司員外郎徐林直顯謨閣、充江南西路轉運副使」。所謂赴江西漕指此。

〔二〕「總角」句：詩經衛風氓：「總角之宴，言笑晏晏。」毛傳：「總角，結髮也。」此言自小相從。

〔三〕「未使」句：漢書趙充國傳：「（張）安世本持橐簪筆，事孝武帝數十年。」注引張晏曰：「橐，契囊也。近臣負橐簪筆，從備顧問，或有所紀也。」顏師古注：「橐，所以盛書也。有底曰囊，無底曰橐。簪筆者，插筆於首。」此言本應作侍從官。

〔四〕「百城」二句：編户，編入户籍之民。疲瘵，困苦。息肩，謂休息。左傳襄公二年：「鄭成公疾，子駟請息肩於晉。」杜預注：「欲辟楚役，以負擔喻。」

將發金陵奉懷張彥實〔一〕

老矣君何往，翩然我欲歸。文章晚未用，歲月事多違。江接鄱陽路〔二〕，風吹游子衣〔三〕。不應蘧伯玉，獨悟昔年非〔四〕。

〔一〕金陵（今江蘇南京），南宋爲建康府治所。據宋史地理志四，建炎元年（一一二七），金陵爲帥府。三年，復爲建康府，統太平、宣、徽、廣德。五月，高宗即府治建行宫。紹興八年（一一三八），置主管行宫留守司公事；三十一年，爲行宫留守。乾道三年（一一六七），兼沿江軍，尋省。此言「將發金陵」，謂即將離開建康。按宋史高宗紀五：「（紹興）七年春正月癸亥朔，帝在平江，下詔移蹕建康。」三月辛未，「帝至建康」。本中當亦隨高宗及行朝移至建康。將發金陵，謂即將離開建康。張彥實，名擴，事迹詳見本書卷七曹南試院懷向子諲兄弟兼呈張擴詩注。

〔二〕「江接」句：鄱陽路，去鄱陽之路。鄱陽，即饒州，治今江西鄱陽，在鄱陽湖畔。鄱陽湖匯集贛江、修水、鄱江（饒河）、信江、撫河等水，經湖口注入長江。張擴爲鄱陽人，疑是時在饒州，故言「江接」。

〔三〕「風吹」句：游子，詩人自指。孟郊怨別：「秋風遊子衣，落日行遠道。」

〔四〕「不應」二句：淮南子原道訓：「蘧伯玉年五十，而知四十九年非。何者？先者難爲知，而後者易爲攻也。」按論語憲問「蘧伯玉使人於孔子」章，何晏集解引孔（安國）曰：「伯玉，衛大夫。」又漢書東方朔傳：「蘧伯玉爲太傅。」顔師古注：「蘧伯玉，衛大夫也，名瑗。」兩句言知四十九年非者，不僅古有蘧伯玉，自己何嘗不如此。指對授外官、給祠禄深感失望。按吕本中於紹興六年九月入覲高宗後，七年四月授直龍圖閣、知台州。本中於是引疾求去，主管江州太平觀，其「將發金陵」指此。參見本書附録年譜。

初離建康〔一〕

嘗憶它年出舊京，汴堤榆柳與船平〔二〕。寧知此日鍾山路，亦是東行第一程〔三〕。

〔一〕詩題，原校：「一云『鍾山寄范十四弟諸人』。」范十四弟，其人未詳，當是范鎮諸孫。

〔二〕「嘗憶」二句：舊京，指開封。出舊京，指建炎二年（一一二八）夏秋吕本中逃出已淪陷的京師到宣州避難。汴堤，開封一帶之汴河河堤，堤上多榆及楊柳。本書卷一二自祁門至進賢路中懷舊二絶其二有「汴水夾榆柳，今留胡馬蹤」句。梅堯臣汴堤鶯：「古堤多長榆，落莢鵝眼小。」

〔三〕「寧知」二句：方輿勝覽卷一四江東路建康府山川：「鍾山，在上元縣東北十八里。輿地志：『古曰金陵山，縣名因此。又名蔣山，漢末秣陵尉蔣子文討賊死事於此，吴大帝爲立廟。子文祖諱鍾，因改曰蔣山。此山本無草木，東晋時刺史還任者栽松三千株，下至郡守，各有差。』」山在今南京市東郊。第一程，古代外出，沿途有驛站可供歇息，第一次歇息稱第一程，以後依次計數。兩句言當年離開封，與今日離建康，心情高度相似。

紛紛車馬未言還〔一〕，我獨支離便得閑〔二〕。尚有同門二三子，肯同今夜宿鍾山。

〔一〕「紛紛」句：車馬，指侍從高宗幸建康之朝廷百官。未言還，未回臨安。高宗回蹕，在紹興八年初，見宋史高宗紀五。

〔二〕「我獨」句：支離，莊子人間世：「支離疏者，頤隱於臍，肩高於頂。」司馬彪注：「支，形體支離不全貌。疏，其名也。」便得閑，指此次到行在所，因病患在身，故得授祠禄閑官。

寓會稽禹迹寺〔一〕

陰雨静不出，端居還自由。客來從短褐，天氣已深秋〔二〕。所在兵猶鬭，中原亂不休。廟堂如有意，便與萬人謀〔三〕。

〔一〕會稽，今浙江紹興。禹迹寺，始建於晉，遺址與後來沈園相鄰。宋施宿等撰會稽志卷七寺院府城：「大中禹迹寺，在府東南四里二百二十六步。晋義熙十二年（四一六），驃騎郭將軍捨宅置寺，名覺嗣。唐會昌五年（八四五）例廢，大中五年（八五一），僧居玄詣闕請僧契真復開此寺，并置禪院於北廡。詔賜名大中禹迹，且命契真居所置禪院。寺門爲大樓，奉五百阿羅漢，甚壯麗。按：詩人離建康後，暫到紹興寓居。其寓紹興，或與趙鼎是時爲知紹興府兼浙東制置大使有關。參見建炎要録卷一〇七。

〔二〕「客來」二句：短褐，杜甫北征：「天吴及紫鳳，顛倒在短褐。」趙彦材注：「短褐字，長短之短，自出班彪云『貧者衣短褐』。」按：短，一云乃「裋」之借字。兩句言雖已深秋，却仍穿短小之粗布衣，謂生活貧窘也。

〔三〕「廟堂」二句：廟堂，指朝廷。萬人謀，莊子外物：「仲尼曰：神龜能見夢於元君，而不能避余且之網；知能七十二鑽而無遺筴，不能避刳腸之患。如是，則知有所困，神有所不及也。

雖有至知，萬人謀之。」郭象注：「不用其知，而用衆謀。」詩人之意，可想而知。

會稽初秋四首

今來留滯浙河東〔一〕，想見閩山荔子紅。雖有故人家在彼，可無方便託西風。

〔一〕浙河，即錢塘江，錢塘江古稱浙江，見本書卷一五贈了老詩注。浙河東，即浙東，指會稽。

張侯問舍復何時〔一〕，我亦留連去未期〔二〕。便欲爲君草堂客，幾時先寄落成詩〔三〕。

〔一〕「張侯」句：張侯，當指張擴，見本卷前將發金陵奉懷張彦實詩。問舍，詢問房屋之事，蓋張擴是時正興役建房，故下言「落成」。

〔二〕「我亦」句：留連，連綿字，稽留不進貌。嵇康琴賦：「忽飄飖以輕邁，乍留連而扶疏。」按：詩人四月離建康，此已爲初秋，故云。

〔三〕「便欲」二句：草堂客，謂待張擴房舍建成時，好前去作寓客。能改齋漫録卷三秋菊落英條：「築室始成，謂之落成。」落成時往往有詩慶賀，稱落成詩。

故園回首但斜陽，所至奔波避賊忙。天下何曾有定處，越南燕北是中央〔一〕。

〔一〕「天下」二句：莊子天下：「南方無窮而有窮，今日適越而昔來。連環可解也。我知天下之中央，燕之北越之南是也。氾愛萬物，天地一體也。」成玄英疏：「夫燕越二邦，相去迢遞，人情封執，各是其方。故燕北越南，可爲天中者也。」司馬彪注：「燕之去越有數，而南北之遠無窮，由無窮觀有數，則燕越之間未始有分也。天下無方，故所在爲中；循環無端，故所在爲始也。」又宋林希逸莊子口義卷一〇：「燕北、越南，固非天下之中，而燕人但知有燕，越人但知有越。天地之初，彼此皆不相知，則亦以其國之中爲天地之中也。萬物與天地爲一，則天地雖大，即萬物中之一物，何以爲大小，即一體也。」可參讀。句謂居無定所，是處皆可爲家。

病來每有居山興〔一〕，老去初無住世心〔二〕。三尺枯桐無舊譜〔三〕，始知三歎有遺音〔四〕。

〔一〕「病來」句：居山，即住山，謂禪僧居住在清净幽雅之山林修行，而不住叢林。參見本書卷一五將去福州詩注。

〔二〕「老去」句：請佛住世，乃普賢菩薩所發十大願之一。大方廣佛華嚴經普賢行願品：應修十種廣大行願，第七願爲「請佛住世」：「所有盡法界、虛空界，十方三世一切佛刹極微塵數諸佛如來，將欲示現般涅槃者，及諸菩薩、聲聞、緣覺，有學無學，乃至一切諸善知識，我悉勸請莫入涅槃。經於一切佛刹極微塵數劫，爲欲利樂一切衆生。如是虛空界盡，衆生界盡，衆生業盡，衆生煩惱盡，我此勸請，無有窮盡。念念相續，無有間斷，身語意業，無有疲厭。」即讓佛現身住世，永不入滅。句謂自己並無住世拯救衆生之雄心。

〔三〕「三尺」句：枯桐，指焦尾琴。後漢書蔡邕傳：「在吴，吴人有燒桐以爨者，邕聞火烈之聲，知其良木。因請而裁爲琴，果有美音，而其尾猶焦，故時人名曰焦尾琴焉。」李賢注引傅玄琴賦序曰：「齊桓公有鳴琴曰號鍾，楚莊有鳴琴曰繞梁，司馬相如緑綺，蔡邕有焦尾，皆名器也。」無舊譜，無古曲譜流傳於世。

〔四〕「始知」句：三歎，見本書卷一三次韵錢遜叔畫圖詩注引禮記樂記。以上兩句，謂尋思世事遭逢，唯有三歎而已。

錢遜叔侍郎奉京師舊墳改葬天柱謹成挽詩一首〔一〕

錢氏霸吴越〔二〕，功德在斯民。遜王早退居〔三〕，身退道益尊。至今二百年，盛事傳後昆。文采震本朝，豈惟光一門。後來翰林公〔四〕，又以直聲聞。累葉其外家，家世悉殊勳〔五〕。善惡久乃效，其報於此分〔六〕。裔孫傑立者，迎喪自中原。遂令擾攘後，得安久旅魂〔七〕。依依天柱山，不必京洛塵〔八〕。死者如有知，當言吾有孫。小人託末契〔九〕，所恨老不文。覩此一時盛，忍終無一言。越水流不竭，越山旱不昏。孝子亦不匱，錫類到仍雲〔一〇〕。

〔一〕錢遜叔，即錢伯言，字遜叔，會稽（今浙江紹興）人，吳越王錢氏之後，勰子，前已屢見。京師舊墳，指葬於洛陽北邙山之錢氏先人墳墓。天柱，山名。會稽志卷六冢墓：「吳越遜王倧墓，在會稽秦望山。按備史，倧疾殂東府，以王禮葬焉。秦望一名天柱，聳特秀削。倧之子孫多以文詞知名。建炎初，裔孫伯言自北邙遷奉累世之喪，歸祔天柱，名士多有挽詞。」同書卷九山：「望秦山，在縣東南三十二里。舊經云『秦始皇與群臣登此以望秦中也』。一名天柱峰，一名卓筆峰。蓋會稽山之別峰。下有錢遜王倧墓。」原注：「或疑望秦山一名天柱峰，即宛委山之一峰也。然舊經以望秦山列秦望山之次，今因之。元微之望海亭詩云：『兩峰鬬立秦望雄。』自注：『兩峰，謂秦望、望秦二山。』」據上引，錢伯言遷墳在建炎初，至此時方補作挽詩，故謂「忍終無一言」。

〔二〕「錢氏」句：宋史卷四八〇世家三吳越錢氏：「吳越錢俶，字文德，杭州臨安人。本名弘俶，以犯宣祖偏諱去之。祖鏐，因黄巢之亂，據有吳越，昭宗授以杭、越兩藩節制，封彭城郡王。歷梁、後唐，加吳越國王。」

〔三〕「遜王」句：遜王，即錢倧。宋史吳越錢氏：「吳越國王錢鏐卒，「子元瓘嗣。元瓘卒，子佐嗣。佐卒，弟倧嗣，爲其大將胡進思所廢，遂迎立俶」。錢俶後歸宋。

〔四〕「後來」句：翰林公，指錢易。宋史錢惟演傳附錢易傳：「易字希白。始，父倧嗣吴越王，爲大將胡進思所廢，而立其弟俶。俶歸朝，群從悉補官，易與兄昆不見録，遂刻志讀書。」登進士第，中舉賢良方正科，累遷左司郎中，爲翰林學士。「子彦遠、明逸，相繼皆以賢良方正應詔，宋興以來，父子兄弟制策登科者，錢氏一家而已。」同上傳：「（錢）勰，字穆父，彦遠之子也」，哲宗時爲翰林學士兼侍讀。錢伯言，乃錢勰之子。

〔五〕「累葉」二句：累葉，累世。外家，外祖父母家，亦即舅家。殊勳，謂有大功於國。按錢氏後人多與皇室通婚，此蓋指其事。

〔六〕「善惡」二句：當指錢俶廢錢倧自立爲「惡」，而錢倧子孫獨盛爲報應。宋史錢惟演傳：「錢惟演敏思清才，著稱當時，然急於柄用，阿附希進，遂喪名節。錢氏三世制科，易、明逸皆掌書命，時人榮之。」

〔七〕「裔孫」四句：傑立者，指錢伯言，謂其遷葬舊墳，使先人魂魄在戰亂後得以安泊。

〔八〕「不必」句：陸機爲顧彦先贈婦：「京洛多風塵，素衣化爲緇。」京洛，指洛陽。風塵，此指金兵。錢倧一房葬於北邙山，故云。

〔九〕「小人」句：小人，作者謙詞。文選陸機歎逝賦：「託末契於後生。」李周翰注：「末契，下交也。」

〔一〇〕「孝子」二句：詩經大雅既醉：「孝子不匱，永錫爾類。」毛傳：「匱，竭；類，善也。」鄭玄箋：「永，長也。孝子之行非有竭極之時，長以與女之族類，謂廣之以教道天下也。」仍雲，黄庭堅次韵郭右曹：「閲世行將老斫輪，那能不朽見仍雲。」史容注引爾雅：「㬱孫之子爲仍孫，仍孫之子爲雲孫。」此泛指後代。

重陽日西興寄臨安親舊〔一〕

我來西興口，君在龍山旁〔二〕。如何阻一水，不共作重陽。别浦潮猶白，深秋菊未黄。遥知對杯酌，不記是它鄉〔三〕。

〔一〕重陽日，即紹興七年（一一三七）九月九日。重陽，見本書卷一五嚴州九日坐上贈胡明仲常子正詩注。西興，即西興鎮，自古爲錢塘江渡口小鎮，與杭州城隔江（錢塘江）相望，今屬杭州濱江區。熊克中興小紀卷二一：「浙東帥臣翟汝文集兵於西興渡，以禦杭寇。」又宋史河渠志七：「蕭山縣西興鎮通江兩牐，近爲江沙壅塞，舟楫不通。」皆指其地。

〔二〕「君在」句：龍山，乾隆浙江通志卷九龍山引成化杭州府志：「在城南十里，一名卧龍山。」

〔三〕「遥知」二句：化用盧照鄰九月九日登玄武山旅眺：「他鄉共酌金花酒，萬里同悲鴻雁天。」

范伯言藥隱〔一〕

烈士故徇名〔二〕，中民但榮官〔三〕。寧知陋巷士，堅坐有餘歡。出從聖師游，歸坐守一簞〔四〕。出門視天壤〔五〕，密邇心自寬〔六〕。范侯懶仕宦，決意歸西山。西山有藥隱〔七〕，此地可盤桓〔八〕。誓將從古人，上追孔與顔〔九〕。有田可以耕，有屋可以安。寧能伴兒曹〔一〇〕，日夜不得閑。我亦倦游者，世味更百難。夢寐想君家，父子兄弟間。便當卜鄰居，一生長往還。相依得情話〔一一〕，出語清肺肝。後生有郢質，更爲斲其漫〔一二〕。君行問安否，此盟當未寒〔一三〕。

〔一〕詩題，原校：「一云『送范彦行歸西山』。」范彦行，生平事迹不詳，唯李處權松庵集卷三（永樂大典本）收其短歌送范彦行并引，稱「外弟范彦行，風骨之異，映世照人，立乎其旁，覺我形穢，仙事亡疑矣」云云，疑即一人，伯言蓋其字，名彦行。馬純陶朱新録：「河南監酒范伯言與余云：其先蜀人，同孟昶歸朝。」則詩中所謂「懶仕宦」，蓋其人不樂爲官，故以種藥爲隱。

〔二〕「烈士」句：史記賈生列傳載鵩鳥賦：「貪夫徇財兮，烈士徇名。」集解引應劭曰：「徇，營也。」又引瓚曰：「以身從物曰徇。」

〔三〕「中民」句：莊子徐無鬼：「招世之士興朝，中民之士榮官，筋力之士矜難，勇敢之士奮患，兵革之士樂戰，枯槁之士宿名，法律之士廣治，禮樂之士敬容，仁義之士貴際。」「中民」句，成玄英疏：「治理四民，甚能折中，斯人精幹局分，可以榮官。」李頤集解：「善治民也。」

〔四〕「寧知」四句：用顏回事。論語雍也：「子曰：『賢哉回也！一簞食，一瓢飲，在陋巷，人不堪其憂，回也不改其樂。賢哉回也！』」回，即顏回，字子淵，孔子弟子，孔子盛稱其賢，有德行。聖師，指孔子。

〔五〕「出門」句：莊子應帝王：「壺子曰：『鄉吾示之以天壤，名實不入。』」郭象注：「天壤之中，覆載之功見矣，比之地文，不猶〔卵〕〔外〕乎？此應感之容也。」又曰：「任自然而覆載，則天機玄應，而名利之飾皆爲棄物。」

〔六〕「密邇」句：左傳文公十七年：「寡君又往朝，以陳蔡之密邇，於楚而不敢貳焉，則敝邑之故也。」杜預注：「密邇，比近也。」此接上句，謂與天壤相親近。

〔七〕「西山」句：西山，不詳所指。藥隱，以種藥治病爲隱。汪應辰跋成氏所藏山谷帖：「〔黄〕魯直放逐嶺表，蓋世人掉臂不顧之時也，遇祁陽成君立道，以醫藥隱於市廛，獨能惓惓然從遊。」

〔八〕「此地」句：文選張衡西京賦：「祖裼戟手，奎踽盤桓。」薛綜注：「盤桓，便旋也。」李善注引廣雅曰：「盤桓，不進也。」

〔九〕「上追」句：孔，孔子。顏，顏回也，見本文上注。

〔一〇〕「寧能」句：兒曹，對官吏之蔑稱，猶陶淵明所謂「我不能爲五斗米折腰向鄉里小人」的「鄉里小人」之類。

〔一一〕「相依」句：陶淵明歸去來兮辭：「悦親戚之情話，樂琴書以消憂。」

〔一二〕「後生」二句：郢質，見本書卷一寄吉州若谷叔詩注引莊子徐無鬼。兩句謂自己乃范伯言忘言之對，謂同其好也。

〔一三〕「此盟」句：盟，指「卜鄰居」。左傳哀公十二年：「今吾子曰必尋盟，若可尋也，亦可寒也。」杜預注：「寒，歇也。」

題趙祖文盤谷圖〔一〕

趙郎落筆寫盤谷，正是太平無事時〔二〕。今日太行那有此〔三〕，滿川樵采盡胡兒〔四〕。

〔一〕趙祖文，名弁，字祖文，趙鼎臣侄子，韋城（今河南滑縣）人。事迹詳本書卷一一答趙祖文陳夢授詩注。宋李洪跋盤谷圖曰：「乾道壬辰（八年，一一七二）重陽，余客雲間錢師魏家，觀趙祖文畫歸來、盤谷二大圖，見其位置豐富。」盤谷圖蓋創自文同，元戴良九靈山房集卷二二有題文與可盤谷圖，稱「此圖係袁文清公（桷）家舊物，監定真蹟無疑」。清乾隆時編石渠寶箋續編，收有文同盤谷圖，其畫今藏北京故宫博物院，據專家鑒定乃僞作。

〔二〕「正是」句：太平無事時，指宋徽宗宣和七年（一一二五）以前，次年即發生「靖康之難」。

〔三〕「今日」句：太行，按韓愈送李愿歸盤谷序曰：「太行之陽有盤谷。盤谷之間，泉甘而土肥，草木叢茂，居民鮮少。或曰：謂其環兩山之間，故曰『盤』；或曰：是谷也，宅幽而勢阻，隱者之所盤旋。」孫汝聽注：「太行，山名，在懷州。陽，南也。盤谷，地名，在孟州濟原縣。」

按：在今河南濟源北二十里。

〔四〕「滿川」句：川，四庫本作「山」，似是。

送胡明仲知永州〔一〕

君行西游浮沅湘〔二〕，洞庭嶽麓天一方〔三〕。嶽前老人望君久〔四〕，歲晚不嫌歸路長。晴天萬里去鴻鵠〔五〕，韞玉未售猶深藏〔六〕。遠行固是君素願，多畜奇謀羞自獻。後生紛紛了目前，大策定非凡所見〔七〕。簿書汩没渠自忙，道里崎嶇吾不倦〔八〕。百川東下倒狂瀾，要君嶷然如斷山〔九〕。我老無用逢多艱，敢復著脚塵埃間〔一〇〕。胸次偪塞良未寬，日夜矯首須君還。運斤成風君不難，不使世人漫鼻端〔一一〕。

〔一〕胡明仲，即胡寅，字明仲，事迹見本書卷一五嚴州九日坐上贈胡明仲常子正詩注。建炎要録卷一一五：紹興七年（一一三七）冬十月甲寅，「徽猷閣待制、知嚴州胡寅移知永州。先是，寅父、徽猷閣待制安國自衡山以書訓寅曰：『汝在桐江一年矣，大凡從官作郡，一年未遷，即有怠意。汝今宜作三年計，日勤一日，思遠大之業。若有遷擢，自是朝廷，非我所覬也。』至是，寅言父病初愈，迎侍不來，近者妻室喪亡，乞湖南一小郡，乃改命焉」。是年夏四月，呂本中以起居舍人、直龍圖閣知台州，引疾求去，疏再上，乃命出守。本中辭，遂主管江州太平觀。是年閏十月，直龍圖閣、主管台州崇道觀呂本中試太常少卿。見建炎要録卷一一〇、卷一一六。詩言「歲晚」，當作於紹興七年年末胡寅赴任時。

〔二〕「君行」句：沅湘，沅江、湘江，此代指湖南。湘江，主要流經湖南，見本書卷四湘竹詩注。沅江，又稱沅水，源出貴州雲霧山鷄冠嶺，流經黔東、湘西，至黔城以下始稱沅江，最後注入洞庭湖。

〔三〕「洞庭」句：嶽麓，山名。方輿勝覽卷二三湖南路潭州山川麓山引盛弘之荆州記：「長沙西岸，有麓山，蓋衡山之足。又名靈麓峰，乃嶽山七十二峰之數。自湘西古渡登岸，夾徑喬松泉澗盤繞，諸峰疊秀，下瞰湘江，嶽麓寺、道林寺、嶽麓書院皆在此焉。」此代指潭州治所長沙。

〔四〕「嶽前」句：據上引建炎要録卷一一五，「嶽」指衡山，「老人」指胡寅父安國。胡安國（一〇七四—一一三八），字康侯，號青山，福建崇安人，學者稱武夷先生。著名經學家，「湖湘學派」

創始人之一。早年拜程顥、程頤弟子楊時爲師，研究性命之學。

〔五〕「晴天」句：鴻鵠，史記陳涉世家：「陳涉太息曰：『嗟乎，燕雀安知鴻鵠之志哉！』」索隱引尸子云：「鴻鵠之鷇，羽翼未合而有四海之心是也。」並曰：「鴻鵠是一鳥，若鳳皇然，非鴻雁與黄鵠也。鵠，音户酷反。」此以喻胡寅，言其胸有抗金恢復大志。

〔六〕「韞玉」句：韞玉，見本書卷五毛彦謨容膝軒詩注引論語子罕。未售，指未得到朝廷重用。胡寅此行乃赴永州任，蓋非其志也。

〔七〕「後生」二句：後生，蔑稱朝廷衆官員。了目前，謂目光短淺。大策，指抗金之戰略謀劃。

〔八〕「簿書」二句：簿書，指處理官司公文，前已注。汩没，埋没。杜甫泥功山：「不畏道途永，乃將汩没同。」吾不倦，「吾」亦指胡寅。

〔九〕「百川」二句：倒狂瀾，洶湧之水勢已無力挽回。嶷然，高峻貌。斷山，形容山勢極陡峭險峻。唐穆員福建觀察使鄭公墓誌銘：「嶷然如斷山絶巘，不可以邪徑造乎。」此喻指胡寅，謂其影響力巨大，足以扭轉頹勢。韓愈進學解：「障百川而東之，迴狂瀾於既倒。」

〔一〇〕「敢復」句：塵埃間，指官場。爲官奔走道途，詩人嘗屢以「塵埃」爲喻。句自謂不敢再有做官之念。

〔一一〕「運斤」二句：運斤，見本卷前范伯言藥隱詩注引莊子徐無鬼。此謂胡寅有匠石運斤成風之術，但不爲世人斲鼻，而求有郢人之質者。運斤成風，此喻指治國之策。不使世人，詩人實以胡寅同道自許。

孫肖之短堂〔一〕

孫郎囊空意且滿，因謂身長才則短。以短名堂堂未成，長短是非俱不管。嚴州一見鬢蒼浪〔二〕，贈我新詩如夜光〔三〕。何時到君短堂上，更話如今歸興長。

〔一〕孫肖之，孫惔字肖之，縉雲（今浙江麗水）人，見唐圭璋全宋詞小傳。考李之儀姑溪居士集卷二八、二九，收有與孫肖之簡札多幅，知之儀與肖之爲友人，且盛贊肖之之詩。又知肖之曾在宣城，又到揚州，然後入浙江。按李之儀卒於政和七年（一一一七），信札當作於此前不久。呂本中是詩之下，猶有贈孫肖之詩，言及「太平時」，即「靖康」之前，可知孫氏早爲諸文士所知。又王銍雪山集卷三有送孫肖之還縉雲詩一首，略曰：「蓬蒿頻歲掩鄉關，再喜相逢一破顔。遊子年華紅葉老，幽人風味白雲閒。那知篋裏書成後，猶作溪邊興盡還。流落天涯俱避地，念君更入萬重山。」知孫氏確爲縉雲人，靖康之難後一直避地他鄉，是時亦已「紅葉老」矣。全宋詞收其點絳唇詞一首，輯自曾慥樂府雅詞拾遺卷上，則孫肖之除擅詩外，詞亦佳。據本中詩「嚴州」云云句，當作於嚴州送別胡寅之後。

〔二〕「嚴州」句：蒼浪，連綿字，斑白貌。白居易浩歌行：「鬢髮蒼浪牙齒疏，不覺身年四十七。」

〔三〕「贈我」句：夜光，珠名，即明月珠，又稱隋侯珠。李斯諫逐客書：「垂明月之珠，服太阿之劍。」搜神記卷二〇：「隋侯出行，見大蛇，被傷中斷，疑其靈異，使人以藥封之，蛇乃能走。……歲餘，蛇銜明珠以報之。珠盈徑寸，純白，而夜有光明，如月之照，可以燭室，故謂之『隋侯珠』。」此言所贈詩極珍貴。

贈孫肖之

子窮非一時，所歷固長久。自從太平時，以至戎馬後。今茲益窮甚，所至但縮手〔一〕。遂令甑生塵〔二〕，不止衿見肘〔三〕。未能脱身去，且作避地走〔四〕。金盤貯火齊，熟視不一取〔五〕。溪船下濤江，亦未遠南斗〔六〕。固知松柏生，必不在培塿〔七〕。見我嚴州城，世事懶到口。念子抱奇才，有節空自守。簞瓢在陋巷〔八〕，世亦如此不。乖離勿重言〔九〕，寒甚且飲酒。

〔一〕「所至」句：縮手，不參預狀。韓愈祭柳子厚文：「巧匠旁觀，縮手袖間。」

〔二〕「遂令」句：甑生塵，見本書卷二贈信民詩注引後漢書范冉傳。

〔三〕「不止」句：莊子讓王：「曾子居衛……三日不舉火，十年不製衣，正冠而纓絶，捉衿而肘見，納屨而踵決。」

〔四〕「未能」二句：脱身去，指棄官而去。避地，論語憲問：「子曰：『賢者避世，其次避地。』」何晏集解引馬（融）曰：「去亂國，適治邦。」此指躲避金兵及民間盜賊。

〔五〕「金盤」二句：韓愈永貞行：「公然白日受賄賂，火齊磊落堆金盤。」韓醇注：「火齊，珠名。」（文）選班固西都賦：『翡翠火齊，流燿含英。』（李善）注：『珠也。』」又樊汝霖注：「火齊，狀如雲母，色如紫金，有光耀，裂之則如蟬翼，積之則如紗縠之重沓。詳見南史（卷七八）中天竺國。」一，四庫本作「敢」。兩句言孫肖之爲官極清廉。

〔六〕「亦未」句：未遠南斗，未嘗遠離吴越之地。史記天官書：「二十八舍主十二州，斗秉兼之，所從來久矣。」張守節正義引星經云：「南斗、牽牛，吴、越之分野，揚州。」

〔七〕「固知」二句：培塿，小土山。左傳襄公二十四年：「大叔曰：『不然，部婁無松柏。』」杜預注：「部婁，小阜；松柏，大木。喻小國異於大國。」（按：清惠棟春秋左傳補注卷四引應劭風俗通曰：「部者阜之類也，今齊魯之間，田中少高卬，名之爲部矣。……俗用『培塿』，非。」）世説新語方正：「王丞相（導）初在江左，欲結援吴人，請婚陸太尉。對曰：『培塿無松柏，薰蕕不同器。』」又北齊劉晝劉子卷八觀量第四十四：「是以蹄窪之内，不生蛟龍；培塿之上，不植松柏。非水土之性有所不生，乃其營宇隘也。」

〔八〕「簞瓢」句：用論語顏回事，前已屢引。

〔九〕「乖離」句：乖離，背離，離別。重言，讓人尊重之言。莊子寓言：「重言十七。」郭象注：「世之所重，則十言而七見信。」釋文：「重言，謂爲人所重者之言也。」成玄英疏：「重言，長老鄉閭尊重者也。老人之言，猶十信其七也。」

朱成伯秀野堂〔一〕

客愁固多歧〔二〕，我懷亦蕭散〔三〕。連年尋故人，見子二水岸〔四〕。官居少閑暇，歲月忽已换。有堂名秀野，未入俗眼看。得名自君子，可當清净觀〔五〕。未能藝桃李，且自飽藜莧〔六〕。荒凉城一隅，初不越門限。脱身少年場，念此已熟爛。嗟予老病侵，閲世蓋多難。相逢默無語，自足洗憂患。窮冬足雨雪，近市乏薪炭。時來上子堂〔七〕，尚得一笑粲〔八〕。

〔一〕朱成伯，「成伯」蓋其字號，名未詳，見本書卷一二答朱成伯見贈四首詩注。秀野堂，朱成伯家堂室名。

〔二〕「客愁」句，多歧。列子説符：「楊子之鄰人亡羊，既率其黨，又請楊子之豎追之。楊子曰：『嘻！亡一羊何追者之衆？』鄰人曰：『多歧路。』既反，問：『獲羊乎？』曰：『亡之矣。』曰：『奚亡之？』曰：『歧路之中又有歧焉，吾不知所之，所以反也。』」此以路多歧喻客愁極多。

〔三〕「我懷」句：文選江淹雜體詩三十首殷東陽仲文：「直置忘所宰，蕭散得遺慮。」吕延濟注：

「蕭散，空遠也。」

〔四〕「見子」句：二水，疑指東河、西河。兩河在永州江華（今湖南江華）。吕本中曾由連州越斛嶺到江華見朱成伯，見本書卷一二過嶺將至江華先寄朱成伯二首注。

〔五〕「得名」二句：君子，指蘇軾。司馬光居洛陽，創獨樂園，軾作司馬君實獨樂園詩曰：「青山在屋上，流水在屋下。中有五畝園，花竹秀而野。」其後文人雅士多以「秀野」名堂室或園林，故云。清净觀，佛教認爲萬法皆依因緣而生，因緣依於心，心净則一切清净。唐張説三歸堂贊：「敬告諸佛子，一心清净觀。」

〔六〕「未能」二句：藝桃李，喻培植人才。李白贈秋浦柳少府：「因君樹桃李，此地忽芳菲。」後代指倚附權貴之勢力。劉禹錫元和十一年自朗州承召至京戲贈看花諸君子：「紫陌紅塵拂面來，無人不道看花回。玄都觀裏桃千樹，盡是劉郎去後栽。」藜莧，兩種野菜。代指蔬食。兩句謂無當權者吹拂援引，故只能窮困潦倒。

〔七〕「時來」句：上子堂，兩宋名賢小集卷一〇四紫薇集載此詩，「三」字作「正堂堂」，似誤。

〔八〕「尚得」句：一笑粲，黄庭堅秘書省冬夜宿直寄懷李德素：「姮娥攜青女，一笑粲萬瓦。」任淵注：「穀梁傳（引者按：見昭公四年）曰：『軍人粲然皆笑。』注（晉范甯集解）云：『粲然，盛笑貌。』宋景文筆記云：『粲，明也。知萬衆皆啓齒，齒既白，以粲義包之。』」

次秀亭韵二首〔一〕

忽見新亭起廢基〔二〕，暮雲疏雨兩霏霏。憑欄一望長江遠，鑿石新開小徑微。治世從今可招隱〔三〕，至人何苦更藏輝〔四〕。使君不厭賓朋集，正爲飄流到眼稀〔五〕。

〔一〕秀亭，董棻（一作弅）淳熙嚴州圖經卷一館驛：「秀亭在（嚴州）子城東東山上，前臨闤闠，一覽盡得溪山之勝，前賢賦詩多矣。亭廢，後人作小屋其上，名高勝。紹興八年（一一三八），知州董棻命撤去，即故基建亭，榜以舊名。」是詩當作於董棻重建新亭落成時，詩中所言「公」、「使君」，即爲知嚴州事董棻；稱「次韵」，蓋次董棻詩韵，原唱已佚。按：董棻，字令升，東平（今屬山東泰安）人。歷起居舍人、試中書舍人兼權禮部尚書，因反對議和，被論罷。宋史翼有傳。又嚴州圖經卷一知州題名：「董棻，紹興七年十一月初三，以左朝奉大夫充徽猷閣待制知。紹興九年八月初五日罷任。」則是詩當作於紹興八年十一月稍後。

〔二〕「忽見」句：指知州董棻命撤去小屋在故基重建秀亭事，見上注。

〔三〕「治世」句：楚辭招隱士王逸解題曰：「招隱士者，淮南小山之所作也。昔淮南王安博雅好古，招懷天下俊偉之士，自八公之徒咸慕其德而歸其仁，各竭才智，著作篇章。」則所謂「招隱」，指在秀亭會見才士，與劉安當時「招懷天下俊偉之士」同義。

〔四〕「至人」句：至人，道德高尚之人。藏輝，韜光養晦，謂隱於世。莊子人間世：「古之至人，先存諸己而後存諸人，所存於己者未定，何暇至於暴人之所行！」郭象注：「有其具，然後可以接物也。」

〔五〕「使君」二句：漢代稱刺史爲使君。漢以後尊稱州郡長官（如宋之知州事），亦曰使君。飄流，指流落各地之才士。

舟車來往鬧回環〔一〕，今日陪公得暫閑。漸喜著身人迹外，勝如隨衆馬蹄間〔二〕。縈紆細數溪頭路，蒼翠遥看雨後山。正恐朝廷須舊物〔三〕，不容常此面孱顔〔四〕。

〔一〕「舟車」句：鬧，形容過客嘈雜之聲，言其衆多。回環，來而復往。王安石即事六首其六：「眇眇萬古曆，回環今幾周。」

〔二〕「漸喜」二句：人迹外，即世外，謂暫離群體生活，指隱居。馬蹄間，此指官場。林逋寄太白李山人：「幾獨枕肱人迹外，半窗松雪論天倪。」

〔三〕「正恐」句：舊物，此指朝廷舊臣、老臣。王禹偁芍藥詩：「曾忝掖垣真舊物，多情應認紫微郎。」

〔四〕「不容」句：漢書司馬相如傳載大人賦：「放散畔岸驤以孱顔。」顔師古注：「孱顔，不齊也。孱音士顔反。」今按：孱顔，連綿字，同「巉巖」，高峻貌。文同黄秀才北郊書堂：「築室貯群籍，軒窗面孱顔。」面孱顔，謂面對崇山峻嶺，指埋没於野。

甘棠樓〔一〕

高樓面面好，舉目是溪山。急水瀉湍瀨，諸峰呈髻鬟〔二〕。聊爲半日出，得伴使君閑。作者風流在〔三〕，承平氣象還。身雖住世網，心已離塵寰〔四〕。未厭陪游數，唯愁覓句慳〔五〕。高風雖在望，逸韻恐難攀〔六〕。咫尺蓬萊路〔七〕，惟公指顧間〔八〕。

〔一〕甘棠樓：詩經甘棠小序曰：「甘棠，美召伯也。召伯之教，明於南國。」鄭玄箋：「召伯，姬姓，名奭，食采於召，作上公，爲二伯，後封於燕。此美其爲伯之功，故言伯云。」陸德明音義：「甘棠，草木疏云：『今棠梨。』」孔穎達正義：「謂（周）武王之時，召公爲西伯，行政於南土，決訟於甘棠之下。其教著明於南國，愛結於民心，故作是詩以美之。」後代爲官有遺愛，遂以甘棠稱之，此甘棠樓即取其義。宋董弅編嚴陵集卷四題思范軒二首其一：「詩石欲留千古永，棠陰還對一樓繁。」原注：「西湖有甘棠樓，亦旌德政。」又淳熙嚴州圖經卷一館驛：「甘棠樓，舊在善利門北城角，俯臨西湖，因方臘之亂不存。紹興八年（一一三八），知州董棻既辟善利門，即門上跨城隅建樓，榜以舊名。」是詩即詠重建之樓。

〔二〕「諸峰」句：以婦人髻鬟喻指山峰。黄庭堅雨中登岳陽樓望君山二首其二：「滿川風雨獨憑欄，綰結湘娥十二鬟。」又甯子與追和予岳陽樓詩復次韻二首其一：「去年新霽獨憑欄，山似樊姬擁髻鬟。」

〔三〕「作者」句：作者，甘棠樓之設計及建造者，實指董棻。

〔四〕「身雖」二句：謂登上甘棠樓，身心似乎處於分離狀態。世網，文選陸機赴洛道中作：「借問子何之，世網嬰我身。」李善注：「江偉答軍司馬詩曰：『羈縶繫世網，進退維準繩。』說文曰：『嬰，繞也。』」張銑注：「世網，謂官事嬰纏也。」塵寰，人世間。蘇軾凌虛臺：「聯翩向空墜，一笑驚塵寰。」

〔五〕「唯愁」句：覓句慳，慳，吝嗇，稀少。陪使君登樓必有詩，然一時難得佳句，故言，乃謙詞。

〔六〕「高風」二句：仍言賦詩事。謂使君詩之高格庶幾可期，然使君韻致之閑遠，則難追攀。

〔七〕「咫尺」句：蓬萊路，謂使君詩饒有仙氣。漢書郊祀志：「自威、宣、燕昭，使人入海求蓬萊、方丈、瀛洲。此三神山者，其傳在勃海中。」

〔八〕「惟公」句：指顧，文選傅毅舞賦：「兀動赴度，指顧應聲。」李善注：「兀然而動，赴其節度，手指目顧，皆應聲曲。」以上四句，贊美董棻詩道之深，非己所能及。

師奴病化〔一〕

伴我閑中氣味長，竹輿游歷徧諸方。火邊每與人争席，睡起偏嫌犬近床。能與兒童校幾許，賢於臧獲便相忘〔二〕。他生尚欲隨吾在，要奉香爐漉水囊〔三〕。

〔一〕師奴，據艇齋詩話（見下引），知爲詩人所養貓名。病化，病亡。

〔二〕「賢於」句：史記魯仲連列傳：「臧獲且羞，與之同名矣，况世俗乎！」集解：「方言曰：『荆、淮、海、岱、燕、齊之間，罵奴曰臧，罵婢曰獲。』」相忘，忘其地位卑下，謂貓與主人之關係略勝於奴婢，便逞强争寵不已。

〔三〕「他生」二句：香爐，焚香器，用以供佛、祀神等，以銅鐵或陶瓷爲之。漉水囊，器物名，用以漉水。陸羽茶經卷中（説郛本）：「漉水囊，若常用者，其格以生銅鑄之，以備水濕無有苔穢腥澀。意以熟銅苔穢，鐵腥澀也。林栖谷隱者，或用之竹木。木與竹非持久涉遠之具，故用之生銅。其囊織青竹以捲之，裁碧縑以縫之，細翠鈿以綴之，又作緑油囊以貯之。圓徑五寸，柄一寸五分。」兩句謂此猫如此忠心可愛，他生轉世或爲人，若與我在一起，則讓他帶香爐及漉水囊，一齊拜在佛門。五燈會元卷二四祖下二世金陵牛頭山融禪師法嗣：「牛頭山智巖禪師者，曲阿人也，姓華氏。……隋大業中爲郎將，常以弓挂一濾水囊，隨行所至汲用。」艇齋詩話：「吕東萊嘗有猫詩甚佳，云：（略，即此詩，末聯與集本文字稍有異同，蓋記憶誤）。曲盡猫之情態。」

受戒不捕鼠〔一〕，聽經如欲譍〔二〕。誰知兩溪畔，今日送亡僧〔三〕。

〔一〕「受戒」句：佛教五戒（五種戒律），第一爲「不殺生」（次爲不偷盜、不邪淫、不妄語、不飲酒食肉）。詳見唐釋道世編法苑珠林卷八八五戒部、釋氏要覽卷上戒法。師奴蓋不捕鼠，此戲言乃受戒所致。

〔二〕「聽經」句：譍，同「應」。謂宣講佛經時，師奴在旁似會於心，作應答狀。

〔三〕「今日」句：送亡僧，謂埋貓，而貓前世似爲僧，故稱「亡僧」。

舟行至桐廬〔一〕

乘舟待潮發，一日到桐廬。物色寒初甚〔二〕，溪山畫不如。往來真是夢，親舊不須書〔三〕。猶賸鴟夷在，時容託後車〔四〕。

〔一〕桐廬，宋史地理志四：「本睦州，軍事。宣和元年（一一一九）升建德軍節度；三年，改州名、軍額。」轄六縣，桐廬爲其一。今屬浙江杭州。按乾隆浙江通志卷四九古蹟嚴州府上呂本中宅引萬曆嚴州府志：「本中寓居桐廬縣蘆茨源。」蓋紹興八年（一一三八）十一月呂本中罷中書舍人後即離杭州，寓桐廬，次年春到嚴州。

〔二〕「物色」句：文選卷一三物色，李善注：「四時所觀之物色，而爲之賦。」則物色指隨季節變化之風物景色。

〔三〕「親舊」句：不須書，謂與親舊相距很近，不須書信往來。

〔四〕「猶賸」二句：賸，原作「勝」，據四庫本改。賸同「剩」。猶賸，只有。鴟夷，漢書貨殖傳：「范蠡……乃乘扁舟，浮江湖，變姓名，適齊，爲鴟夷子皮。」顏師古注：「自號鴟夷者，言若盛酒之鴟夷，多所容受，而可卷懷，與時張弛也。鴟夷，皮之所爲，故曰子皮。」李白古風：「何如鴟夷子，散髮棹扁舟。」此以酒具鴟夷代指酒。託後車，文選曹丕與朝歌令吴質書：「天氣和暖，衆果具繁。時駕而游，北遵河曲。從者鳴笳以啓路，文學託乘於後車。」李善注：「毛詩（按：見詩經小雅綿蠻）曰：『命彼後車，謂之載之。』」兩句言所載除酒外别無他物。

示兒

忍窮吾有味，雕句汝無功〔一〕。客舍囂塵裏，春愁浩蕩中。初無買山費〔二〕，真與住庵同。更想顏氏宅，簞瓢亦屢空〔三〕。

〔一〕「雕句」句：雕句，指作詩；無功，謂其兒作詩無長進。

〔二〕「初無」句：買山費，即買山錢，見本書卷五送晁季一罷官西歸詩注。此謂無錢購買房舍田産。

〔三〕「更想」二句：顏氏，指顏回。顏回居陋巷，簞瓢屢空，出論語孔子語，前已屢引。

陳朝奉坐化〔一〕

東風吹雨欲翻盆〔二〕，杏樹前頭柳暗村。試問老人何處去，夜來新月又黄昏。

〔一〕陳朝奉，其人不詳。朝奉，即朝奉郎，職官名。宋史職官志八：「樞密院諸房副承旨，朝請、朝散、朝奉郎，直顯謨閣，政和六年（一一一六）增入。」同上書職官志九：「朝奉郎，正六（品）上。」坐化，指修行有素之人，端坐安然而逝。王安石有長干釋普濟坐化詩。

〔二〕「東風」句：翻盆，傾盆。杜甫白帝：「白帝城頭雲若屯，白帝城中雨翻盆。」

嚴州春曉〔一〕

居閒病常嬰〔二〕，出郭春已老〔三〕。微雨净新緑，轉覺原野好。故人各漂散，頗恨來不早。尚有壁間詩，猶堪寫懷抱〔四〕。

〔一〕嚴州，治建德縣（今浙江建德），詳本書卷一五嚴州九日坐上贈胡明仲常子正詩注。是詩言「春已老」、「暮春」，當在紹興九年（一一三八）三月。熊克中興小紀卷二五曰：本中罷官後，「既而給事中張致遠以徽猷閣待制出知廣州，中書舍人吕本中奉祠而去，二人皆趙鼎所厚者」。原注：「二人之去，皆在（紹興八年）十一月，今聯書之。」又陳騤等南南館閣録卷八史館修撰載：吕本中紹興「八年八月以中書舍人兼，十一月提舉太平觀」。則本中十月罷官，十一月離朝，曾在桐廬暫住，再移居嚴州，時已暮春。

〔二〕「居閒」句：嬰，文選陸機赴洛道中作二首其一：「借問子何之，世網嬰我身。」李善注引説文曰：「嬰，繞也。」又張銑注：「嬰，纏也。」

〔三〕「出郭」句：郭，外城。春已老，老，晚也。元稹崔二十二院長思愴曩游因投五十韵：「是時春已老，我遊亦云既。」

〔四〕「尚有」二句：壁間詩，蓋指歌詠嚴子陵之詩。寫懷抱，表達樂於歸隱、不願爲官之情懷。

是月足陰晦，暮春常苦寒。閉門猶疾病，春物豈相干。堅坐客已少，長貧心自安。幽蘭有花在〔一〕，尚肯結餘歡。

〔一〕「幽蘭」句：蘭草原生於高山深谷、荒僻幽遠之地，故稱「幽蘭」。此蓋喻指嚴子陵，謂其高潔之魂化而爲蘭，可與心契，結爲朋友。

予將爲三衢之行下塔僧惠道求詩留題因成絶句遺之〔一〕

欲過城東病不能，飛簷高棟想層層。半年夢作嚴州住〔二〕，一首詩留塔下僧。

〔一〕三衢，即衢州，參見本書卷一三送頌山上人游南華詩注。下塔，寺院名。淳熙嚴州圖經卷二建德縣寺觀：「下塔院，在望雲門外五里。有善導和上（尚）塔。建中靖國元年（一一〇一），知州馬玗於此祈禱有應，請於朝，封廣道大師。」惠道，事迹不詳。

〔二〕「半年」句：紹興七年（一一三七）三月，呂本中由嚴州赴建康入覲高宗，四月得祠禄離建康到會稽（紹興），再到桐廬，移嚴州，作次秀亭韵、甘棠樓及嚴州春曉等詩，至此在嚴州滯留約已半年，故云「半年夢」。

將適三衢而七弟欲往臨安臨行作詩奉送〔一〕

弟要題詩別，人還勸我留。如何南去路，更送北行舟〔二〕。處事須遠略，擇交當廣求〔三〕。秋風理歸棹，爲我上衢州〔四〕。

〔一〕七弟，蓋呂本中弟或族弟，排行第七，其人名未詳。

〔二〕「如何」二句：南去，指到行在所臨安。北行，到衢州。

〔三〕「擇交」句：論語子張：「子夏之門人問交於子張。子張曰：『子夏云何？』對曰：『子夏曰：「可者與之，其不可者拒之。」』子張曰：『異乎吾所聞：君子尊賢而容衆，嘉善而矜不能。我之大賢與，於人何所不容？我之不賢與，人將拒我，如之何其拒人也？』」何晏集解引包(咸)曰：「友交當如子夏，泛交當如子張。」此言「廣求」，當指泛交，蓋泛交然後友交。

〔四〕「秋風」二句：秋風、歸棹，用張翰事，見本書卷一喜雨詩注引晋書張翰傳。此蓋邀約其弟若仕不得意，即到衢州相會。

椿閣

往時椿閣老〔一〕，盛德傳鄉閭。至今風流在，遺芳殊未疏〔二〕。

〔一〕「往時」句：舊唐書楊綰傳：「故事：(中書)舍人年深者，謂之閣老。」又李肇唐國史補卷下：「兩省相呼爲閣老。」椿閣老，疑其人名椿，嘗爲中書舍人或兩省官，據詩意曾在建德任職。

〔二〕「至今」二句：謂椿閣老在建德頗有惠政，遺愛在民，至今流於人口。

有孫仁者静〔一〕，遠近伏共賢。定知建德民，祝令如翁年〔二〕。

〔一〕「有孫」句：論語雍也：「子曰：『仁者静。』」何晏集解引孔(安國)曰：「無欲故静。」孔穎達疏：「『仁者静』者，言仁者本無貪欲，故静。」有孫，名不詳。

〔二〕「定知」二句：翁，指其祖椿閣老。謂椿閣老之孫踵其祖之後，亦官建德，饒有祖風，故建德百姓祝願其長壽如祖。

弋陽魏令賞音亭〔一〕

高亭已寂寞，山水自清音。主人去已久，此意誰復尋。夢回還舊觀，川上有微吟。於焉繼前作，因見平生心〔二〕。

〔一〕弋陽，宋史卷八八地理志四江南東路：「信州，上，上饒郡，軍事。」管縣六，有弋陽縣。按：弋陽縣，今屬江西上饒。弋陽魏令，當是魏安行。雍正江西通志卷八七人物饒州府引志林：「魏安行，字彦成，樂平人。以進士授善化丞，乞治劇自效，得宰弋陽。鑿渠洩水以灌，民德之。張浚薦知滁州。……改京西漕。言事忤時相，謫官。起知吉州，治行爲江右冠。除户部郎中，進屯田十二策，擢直敷文閣、淮南運副，提領營田事。尋請祠，卒。」按建炎要録卷九〇：紹興五年（一一三五）六月乙丑張浚奏：「左從事郎、知信州弋陽縣魏安行治狀顯著，遂授左宣教郎。安行，鄱陽人也。」賞音亭，蓋魏安行爲弋陽令時所建，久毁。

〔二〕「於焉」二句：蓋魏安行嘗有詩詠賞音亭（上句「微吟」指此），詩人以是篇繼之。

建安熊述之爲令建德不言而民治將適三衢留詩美之二首〔一〕

熊卿治建德，隱几心若水〔二〕。民肥吏乾枯〔三〕，亦不用笞箠〔四〕。問子何能然，此豈力可使。建安今多賢，於子可見爾。

〔一〕熊述之，據詩題，知爲建安（今屬福建）人。淳熙嚴州圖經卷二建德縣知縣題名：「熊遹，紹興七年（一一三七）七月二十二日，以左承議郎到任。九年二月轉左朝奉郎。十年七月二十一日罷。」乾隆福建通志卷三一名宦三：「熊遹，字述之，建陽人。紹興初順昌縣丞，與令邱之立同里相友善，事事協濟，不嫌偏私。當兵亂後，政無不舉，人稱循吏。」

〔二〕「隱几」句：莊子齊物論：「南郭子綦隱几而坐，仰天而噓，嗒焉似喪其耦。」成玄英疏：「隱，憑也。」若水，同上書天下：「關尹曰：『其動若水，其静若鏡。』」成玄英疏：「動若水流，静如懸鏡……動静無心，神用故速。」

〔三〕「民肥」句：黄庭堅寄題安福李令適軒：「定知與民樂，吏瘦吾民肥。」史容注：「（新）唐（書）韓休傳：帝曰：『吾雖瘠，天下肥矣。』」乾枯，謂官吏生活困乏。

〔四〕「亦不」句：笞箠，用竹板、木杖等拷打，乃古代刑罰之一種。周書宣帝紀：「每笞箠人，皆以百二十爲度，名曰天杖。」

建安固多賢，故人劉與胡〔一〕。山川古秀潤，珠生崖不枯〔二〕。我病日已懶，觸事見迂疏。行當脱身去，一廛從子居〔三〕。

〔一〕「故人」句：劉與胡，當指劉勉之、胡憲。宋史劉勉之傳：「劉勉之，字致中，建州崇安人。自幼强學，日誦數千言。逾冠，以鄉舉詣太學，時蔡京用事，禁止毋得挾元祐書，自是伊洛之學不行。勉之求得其書，每深夜同舍生皆寐，乃潛抄而默誦之。……與胡憲、劉子翬相往來，日以講論切磋爲事。紹興間，中書舍人吕本中疏其行義志業以聞，特召詣闕。秦檜方主和，慮勉之見上持正論，乃不引見，但令試策後省，給札而已。」同上胡憲傳：「胡憲，字原仲，居建之崇安。……紹興中以鄉貢入太學。會伊、洛學有禁，憲獨陰與劉勉之誦習其説。……一旦，揖諸生歸故山，力田賣藥，以奉其親。安國稱其有隱君子之操。從游者日衆，號籍溪先生，賢士大夫亦高仰之，折彦質、范沖、朱震、劉子羽、吕祉、吕本中共以其行義聞於朝，上特召之，憲辭母老。及彦質入西府，又言於上，趣召愈急，憲力辭，乃賜進士出身，授左迪功郎，添差建州教授，憲猶不屈。」

〔二〕「珠生」句：荀子勸學篇：「聲無小而不聞，行無隱而不形。玉在山而木草潤，淵生珠而崖不枯。爲善不積邪，安有不聞者乎？」唐楊倞注：「崖，岸；枯，燥。」

〔三〕「一廛」句：説文：「廛，一畝半，一家之居。」從子居，子，指熊述之。

擬古樂府〔一〕

高堂陳八音〔二〕，同聽不同樂〔三〕。狂飈送鴻鵠，萬里翔寥廓〔四〕。一去三十年，事事非前約。當時緑綺琴〔五〕，塵埃無處著。時節非不久，此意但如昨〔六〕。

〔一〕擬古樂府，模擬樂府古辭所作未曾入樂之詩。是詩蓋斥政治上變節之友人，故以「擬古樂府」爲飾詞。

〔二〕「高堂」句：高堂，高大之殿堂。楚辭宋玉招魂：「高堂邃宇，檻層軒些。」八音，尚書舜典：「三載四海，遏密八音。」僞孔傳：「八音：金、石、絲、竹、匏、土、革、木。」

〔三〕「同聽」句：因聽者興趣、心情不同，故雖同時聽樂，但反映各别。韓愈湘中酬張十一功曹：「休垂絶徼千行淚，共泛清湘一葉舟。今日嶺猿兼越鳥，可憐同聽不知愁。」

〔四〕「狂飈」二句：狂飈，暴風也。鴻鵠，傳説中鳥名，似鳳凰，見本卷前送胡明仲知永州詩注。寥廓，文選揚雄羽獵賦：「歷五帝之寥廓。」李善注：「寥廓，高遠也。」兩句蓋謂政治風暴將某些意志薄弱者抬上高位。

〔五〕「當時」句：緑綺琴，傅玄琴賦序：「齊桓有鳴琴曰號鍾，楚王有琴曰繞梁，司馬相如有緑綺，蔡邕有焦尾，皆名器也。」此以緑綺琴喻昔日理想。

〔六〕「時節」二句：詩人表白永不改節。

己未重陽〔一〕

病無佳思只深藏，漫繞東籬菊未黄〔二〕。最是一年秋好處，可能無酒過重陽〔三〕。

〔一〕己未，宋高宗紹興九年（一一三九）。

〔二〕「漫繞」句：東籬，陶淵明飲酒二十首其五：「采菊東籬下，悠然見南山。」

〔三〕「最是」二句：可能，豈能，見張相詩詞曲語辭匯釋卷一可能。韓愈早春呈水部張十八員外二首其一：「最是一年春好處，絶勝烟柳滿皇都。」此化用之。

李珹拙軒〔一〕

念彼巧者勞〔二〕，知此拙者安〔三〕。拙者固無營，一生長得閑。子豈真拙者，託此以自完。何嘗曳長裾〔四〕，顧肯卑小官。世人極變態，翻手覆手間〔五〕。子獨如不聞，默坐安如山。九衢走紅塵〔六〕，本自不相干。我老始見子，古井久不瀾〔七〕。贈子拙軒詩，留子静處看。當蒙一笑許，敢言愁肺肝。

〔一〕李珹，其人事迹不詳。

〔二〕「念彼」句：巧者勞，莊子列禦寇：「巧者勞而知者憂，無能者無所求，飽食而遨遊，汎若不繫之舟，虚而遨遊者也。」又顔之推顔氏家訓卷下雜藝篇：「夫巧者勞而智者憂，常爲人所役使，更覺爲累。」

〔三〕「知此」句：周敦頤拙賦：「巧者凶，拙者吉。」

〔四〕「何嘗」句：曳長裾，喻指在權貴門下討生活。漢書鄒陽傳上吴王書：「飾固陋之心，則何王之門不可曳長裾乎？」文選收此文，李周翰注：「裾，衣裾。」

〔五〕「翻手」句：謂無誠信廉耻。杜甫貧交行：「翻手作雲覆手雨，紛紛輕薄何須數。」

〔六〕「九衢」句：九衢，九交之道，九言其多。衢，道路。走紅塵，謂爲求官而奔走道途。唐羅鄴帝里：「喧喧蹄轂走紅塵，南北東西暮與晨。謾道青雲難得路，何曾紫陌有閒人。」

〔七〕「古井」句：古井之水不生波瀾，言不爲名利動心。白居易贈元稹：「無波古井水，有節秋竹竿。」又孟郊列女操：「波瀾誓不起，妾心古井水。」

清慎軒〔一〕

清慎軒中一事無，午窗高枕似吾廬。世人稱意何須道，乃祖風流正不疏〔二〕。

〔一〕清慎軒，不詳所在。清慎，吕本中官箴曰：「忍之一事，衆妙之門，當官處事，尤是先務。若能清、慎、勤之外，更行一忍，何事不辦。」

〔二〕「乃祖」句：是詩當接前李珹拙軒。乃祖，指清慎軒主人李珹之祖，名不詳，蓋亦當時名士。

將往城南觀音寺阻雨未果〔一〕

野寺他年別，溪山浪作秋。初凉頗宜出，小雨故妨游。僧老渾無念，田荒近不收。猶思五更懺〔二〕，清切勝蠻謳〔三〕。

〔一〕詩題，「寺」字原無，據四庫本補。觀音寺，淳熙嚴州圖經卷二寺觀：「觀音院在望雲門外五里，唐貞觀中建。」詩稱「野寺」，蓋已香火冷落。

〔二〕「猶思」句：五更懺，佛寺爲人所設誦經懺過儀式，蓋須趁早舉行，故稱。梁書庾亮傳：「宅内立道場，環繞禮懺，六時不輟。」張九齡祠紫蓋山經玉泉山寺：「上界投佛影，中天揚梵音。焚香懺在昔，禮足誓來今。靈異若有對，聖先其可尋。」

〔三〕「清切」句：清切，形容誦經之聲清亮急切。蠻謳，泛指南方少數民族歌曲。蘇軾江月五首之五：「不眠翻五詠，清切變蠻謳。」

余迪漫浪齋〔一〕

顔子在陋巷〔二〕，無一當其心。日惟聖之學，正自惜分陰〔三〕。子生千載後，此意尚能尋。齋雖名漫浪〔四〕，迹豈計浮沉。文字浩今古，不受俗務侵。端如貯美酒，妙處當自斟。臨卷忽有得，如奉君親臨〔五〕。即此是聖域〔六〕，子行無滯淫〔七〕。

〔一〕余迪，其人不詳。

〔二〕「顔子」句：顔子，即顔回，孔子弟子。「陋巷」事見論語，前注已屢引。

〔三〕「正自」句：淮南子原道訓：「聖人不貴尺之璧，而重寸之陰，時難得而易失也。禹之趨時也，履遺而弗取，冠掛而弗顧，非争其先也，而争其得時也。」又晋書陶侃傳：「常語人曰：『大禹聖者，乃惜寸陰，至於衆人，當惜分陰。豈可逸遊荒醉，生無益於時，死無聞於後，是自棄也。』」

〔四〕「齋雖」句：漫浪，自在放任，不拘於俗。唐元結遊漶泉示泉上學者：「顧吾漫浪久，不欲有所拘。」

〔五〕「臨卷」二句：宋書陶潛傳與子書：「開卷有得，便欣然忘食。」君親臨，孝經注疏卷五聖治：「君親臨之，厚莫重焉。」唐明皇（李隆基）注：「謂父爲君以臨於己，恩義之厚，莫重於斯。」此指余迪若讀書有得，極爲看重。

〔六〕「即此」句：漢書賈捐之傳：「臣聞堯舜，聖之盛也，禹入聖域而不優。」注引臣瓚曰：「禹之功德，裁入聖人區域，但不能優泰耳。」此句言余迪悟性很高，讀書常有所得，已入聖人區域。

〔七〕「子行」句：滯淫，停留不前。國語晉語四：「今戾久矣。戾久將底，底著滯淫，誰能興之？」韋昭注：「滯，廢也。淫，久也。」又文選王粲七哀詩二首其一：「荆蠻非我鄉，何爲久滯淫。」李善注引國語（見上引，略）賈逵注：「淫，久也。」又吕向注：「淫，猶留也。」

無題四首〔一〕

我病無能到處窮，子才安得尚漂蓬〔二〕。如何共飲重陽酒，相對無聊似乃翁〔三〕。

〔一〕無題，無標題，但有寄託，參見本書卷一一無題（「胡虜安知鼎重輕」）詩注。此四首，味其詩意，當爲重陽日訓子而作。

〔二〕「子才」句：子才，以你之才。漂蓬，如漂浮不定之蓬草，謂流離失所。

〔三〕「相對」句：聊，四庫本作「言」。乃翁，翁，父也。

重陽共采東籬菊〔一〕，却似乃翁年少時。顧我無能甘老病，相尋唯有向來詩。

〔一〕「重陽」句：東籬菊，用陶淵明「采菊東籬下」句。

聞鍾即起待天明，客舍無聊坐五更。何日長風破巨浪〔一〕，看渠萬里出門行〔二〕。

〔一〕「何日」句：宋書宗慤傳：「宗慤，字元幹，南陽人也。叔父炳，高尚不仕。慤年少時，炳問其志，慤曰：『願乘長風，破萬里浪。』」又李白行路難三首其一：「行路難，行路難，多歧路，今安在。長風破浪會有時，直掛雲帆濟滄海。」

〔二〕「看渠」句：孟郊樂府詩出門行二首，言出門離家之艱辛。其一曰：「長河悠悠去無極，百齡同此可歎息。秋風白露沾人衣，壯心凋落奪顔色。少年出門將訴誰，川無梁兮路無歧。一聞陌上苦寒奏，使我佇立驚且悲。君今得意厭粱肉，豈復念我貧賤時。」此以孟郊出門行詩言世事艱難，促其子早日自立。

平生隨我飯脱粟〔一〕，静夜不眠尋細書。可見烏衣諸子弟，從來志業不如渠〔二〕。

〔一〕「平生」句：隨，四庫本作「飽」。脱粟，糙米。此泛指粗食淡飯。參見本書卷六病不能蔬食懼有五味口爽之責作詩自戒詩注。

〔二〕「可見」二句：烏衣，即烏衣巷，在建康（今江蘇南京）。晉南渡後，王、謝家族子弟聚居於此。宋書謝弘微傳：「（謝）混風格高俊，少所交納，唯與族子靈運、瞻、曜、弘微並以文義賞會，嘗共宴處，居在烏衣巷，故謂之烏衣之遊。」渠，指其子。謂其子讀書刻苦，志業有望超過當年烏衣巷之貴遊子弟。

邊愁

胡人吹短笛，一半是離聲〔一〕。想得南飛雁，雲間亦厭聽〔二〕。

〔一〕「一半」句：離聲，離别之聲。鮑照代東門行：「傷禽惡弦驚，倦客惡離聲。離聲斷客情，賓御皆涕零。」

〔二〕「想得」二句：南飛雁，雁，四庫本作「鳥」。謂雁剛經歷離别之痛，不願再聽到胡笛悲苦之音。

愁聲晚來急〔一〕，邊塞乍寒時。不似江南日，愁多只自知〔二〕。

〔一〕「愁聲」句：愁，四庫本作「秋」，似是。

〔二〕「不似」二句：謂邊塞與江南不同，江南人愁再多也憋在心裏，而邊塞則將愁化爲風聲，大聲呼嘯，更令人添愁。張籍薊北旅思：「失意還獨語，多愁祇自知。」又晏幾道更漏子：「欲論心，先掩淚。零落去年風味。閒卧處，不言時。愁多只自知。」

招范四弟〔一〕

涼風忽滿箑〔二〕，江漢有歸心。顧我病如昨，憐君窮至今。苦嫌歸夢短，不厭酒杯深。試問玉川老，何時許降臨〔三〕。

〔一〕范四弟，即范益謙，范祖禹孫，見本書卷一四病中口占示益謙四弟詩注。

〔二〕「涼風」句：涼風，秋風。初學記卷一天部風第六：「秋，涼風至。」又曰：「北風曰涼風。」原注：「詩云：『北風其涼。』」箑，扇子，納涼器具。

〔三〕「試問」二句：玉川老，即盧仝，自號玉川子，新唐書韓愈傳有附傳。韓愈寄盧仝：「先生有意許降臨，更遣長鬚致雙鯉。」又李花：「日光赤色照未好，明月暫入都交加。夜領張徹投盧仝，乘雲共至玉皇家。」此以盧仝喻指范益謙，問其何時能來相聚。

衢州路中

今日衢州路，師奴不共行〔一〕。阿童渾似汝，只是太粗生〔二〕。

〔一〕「師奴」句：師奴，吕本中所養貓名，已病死，見本卷前師奴病化詩注。

〔二〕「阿童」二句：阿童，詩人續養之貓名。渾，全。太粗生，張相詩詞曲語辭匯釋卷二：「生，語助詞，用於形容語詞之後，有時可作樣子或然字解。」五燈會元卷三洪州百丈山懷海禪師：「時溈山在會下作典座，司馬頭陀舉野狐話問典座：『作麽生座撼門扇三下？』司馬曰：『太粗生。』座曰：『佛法不是這箇道理。』」此所謂「太粗生」，指行爲魯莽。

憶福州舊居菊花

問訊階前菊，如今屬阿誰〔一〕。祇應風露底，猶記摘殘枝〔二〕。

〔一〕「如今」句：阿，名詞、代詞前綴。阿誰，猶言何人。古詩十九首：「十五從軍征，八十始得歸。道逢鄉里人，家中有阿誰。」

〔二〕「祇應」二句：祇應，照應。風露底，風露之下。張元幹念奴嬌：「蒼弁丹頰仙翁，淮山風露底，曾賦尋幽。」摘殘枝，乃詩人回憶當年事。

求趙表之墨〔一〕

超然堂中墨如戟，支撑宗門渠有力〔二〕。參得諸方一味禪〔三〕，以此示人人不識。

病夫見之喜折屐〔四〕，便欲投詩恐無益。主人不吝是家風，會見琅琅送珪璧〔五〕。

〔一〕趙表之，即趙令衿，字表之，號超然居士，宋高宗趙構伯父，南渡後居衢州。善製墨，其子子覺嗣，「世授墨法，手自製銘曰雪齋，爲世所貴，得之者價比金玉」（元陸友墨史卷下）。紹興間，以謗訕罪謫汀州，秦檜死後平反，封安定郡王。熊克中興小紀卷三六：紹興二十五年（一一五五），「前知泉州趙令衿居衢州，因觀秦檜家廟記，口誦『君子之澤，五世而斬』之句，通判汪召錫、教授莫汲皆於坐間聞之，因告令衿謗訕。守臣王師心勸之，不能止。既而詔謫令衿於汀州，且置獄。召錫迫其行，師心復調護之。召錫，（汪）伯彦子，汲，歸安人也」。秦檜死後，懲治告訐之風。建炎要録卷一七〇：紹興二十五年十二月，「右通直郎、直秘閣汪召錫，左從政郎莫汲，並告訐衢州寄居官趙令衿有謗訕語言」，汪、莫二人除名勒停。同書卷一七一，紹興二十六年春正月丙寅，「皇伯、左朝請大夫趙令衿爲明州觀察使、安定郡王」。

〔二〕「超然」二句：超然堂，趙令衿家堂室名。墨如戟，形容製墨之多。宗門，指禪宗。趙令衿好禪，五燈會元卷一九有傳，蓋禪寺多用其墨。黄公度嘗作贈泉守趙表之（令衿）二首，其一曰：「禪翁笑擁兩朱輪，麈尾蒲團付底人。千里謳吟真刺史，三朝出入老宗臣。」

〔三〕「參得」句：一味禪，純一無雜之最上乘禪，亦即頓悟禪。詳見本書卷二正月十二日夜作詩注。

〔四〕「病夫」句：病夫，詩人自稱，其詩集中屢見。折屐，狂喜貌，用謝安事，見本書卷八次韵堯明

〔五〕貢院詩注引晉書謝安傳。

〔五〕「主人」二句：不吝，慷慨大方。琅琅，文選袁宏三國名臣序贊：「琅琅先生，雅杖名節。」劉良注：「琅琅，珠玉貌。」此形容珪璧之美。珪璧，詩經衛風淇奥：「有匪君子，如金如錫，如圭如璧。」毛傳：「金錫煉而精，圭璧性有質。」鄭玄箋：「圭璧，亦琢磨。」按：圭璧，玉製品。此喻指趙令衿所製之墨，謂一定會慨然相贈。

陋巷

陋巷客自稀，短日寒未到〔一〕。感君時一來，得以尉懷抱〔二〕。論文有根柢〔三〕，落筆清且奥〔四〕。如歌五弦琴〔五〕，促軫有餘操〔六〕。黄花開正繁〔七〕，薄酒可相勞。請君尋此盟，妙處同一造。

〔一〕「陋巷」二句：陋巷，蓋詩人在衢州所居小巷。短日，指冬季，因其晝短夜長。句謂雖已入冬，但寒冷天氣尚未到。

〔二〕「感君」二句：君，指來客，名未詳，蓋長於論文，且擅詩。尉，「慰」之古字。

〔三〕「論文」句：史記鄒陽列傳：「蟠木根柢，輪囷離詭。」集解引張晏曰：「根柢，下本也。」

〔四〕「落筆」句：韓愈薦士：「中間數鮑謝，比近最清奥。」孫甫注：「比近，比興也。奥，深也。」

〔五〕「如歌」句：史記樂書：「昔者舜作五弦之琴，以歌南風。」集解引王肅曰：「南風，養育民之詩也。其辭曰：『南風之薰兮，可以解吾民之慍兮。』」

〔六〕「促軫」句：軫，弦樂器上轉動弦索之軸。促軫，上緊弦，泛指調弦。王績山夜調琴：「促軫乘明月，抽弦對白雲。」操，琴曲名。餘操，謂原曲久已失傳，略有記省而已。宋書樂志一：「伏以三古缺聞，六代潛響。舞詠與日月偕湮，精靈與風雲俱滅。追餘操而長懷，撫遺器而太息，此則然矣。」

〔七〕「黄花」句：初學記卷三秋：季秋之月，「菊有黄華」。

示聞生〔一〕

形容落魄猶須酒，疾病因尋久廢詩。忽見聞郎七字句〔二〕，却如汪謝少年時〔三〕。

〔一〕聞生，聞姓年輕人，名不詳。

〔二〕「忽見」句：七字句，七言律詩或絶句。

〔三〕「却如」句：汪謝，指汪革、謝逸，事迹詳本書卷一符離諸賢詩、謝無逸秦處度諸人皆許省試後見訪冬夜有懷作此詩寄之注。兩人皆吕希哲門人，本中摯友，江西詩派著名詩人，不幸病亡已久。

簡何居厚〔一〕

我乏濟勝具，子懷經世才〔二〕。寒窗得一笑，陋巷絶纖埃。白酒難充醉，黄花只强開。更憐無事日，時有好詩來。

〔一〕何居厚，名里未詳。

〔二〕「我乏」二句：濟勝具，指身體素質，見本書卷一四鼓山詩注引世説新語棲逸。兩句言自己體質太差，而何居厚不僅有經國濟世之才，且有實現政治理想的强健身體。

謝人送酒

它鄉逢故人，已覺意氣盛。得君雙榼酒〔一〕，起我終日病。清如兩龔潔〔二〕，氣出徐邈聖〔三〕。乃知無功鄉〔四〕，欲往有捷徑。一盃我已足，不必待歷聘〔五〕。扁舟下東陽〔六〕，此計或未定。尚欲尋舊盟，短拙恐未稱。先生肯降臨〔七〕，時掃一室浄。

〔一〕「得君」句：雙榼，榼，古代盛酒容器。白居易寄兩銀榼與裴侍郎因題二絶其一：「貧無好物堪爲信，雙榼雖輕意不輕。願奉謝公池上酌，丹心緑酒一時傾。」

〔二〕「清如」句：兩龔，指龔勝、龔舍。漢書兩龔傳：「兩龔皆楚人也，勝字君賓，舍字君倩。二人相友，並著名節，故世謂之楚兩龔。少皆好學明經，勝爲郡吏，舍不仕。久之，楚王入朝，聞舍高名，聘舍爲常侍，不得已隨王歸國，固辭，願卒學，復至長安。」其後二人多次拜官，輒辭免，歸於鄉里。史臣論曰：「楚兩龔之絜，其清矣乎！」此以兩龔喻雙榼酒，謂酒極清。

〔三〕「氣出」句：徐邈聖，謂徐邈飲酒沉醉，謂酒清者爲「中聖人」，濁者爲「賢人」，竟坐，得免刑。見本書卷二春日詩注引三國志魏書徐邈傳。

〔四〕「乃知」句：無功鄉，指醉鄉。呂才東皋子集序：「君姓王氏，諱績，字無功，太原祁人也。……君性好學，博聞强記，與李播、陳永、呂才爲莫逆之交，陰陽曆數之術，無不洞曉。大業末，應孝悌廉潔舉，射高第。除秘書正字。君性簡放，飲酒至數斗不醉，常云：『憾不逢劉伶，與閉户轟飲。』因著醉鄉記及五斗先生傳，以類酒德頌云。」

〔五〕「不必」句：歷聘，歷，多次。聘，春秋經隱公七年：「齊侯使其弟年來聘。」杜預注：「諸聘，皆使卿執玉帛以相存問。」此指送酒存問。

〔六〕「扁舟」句：扁舟，小舟。東陽，縣名。宋史地理志四：「婺州，上，東陽郡，淳化元年（九九〇）改保寧軍節度。」轄七縣，東陽乃其一。今爲縣級市，屬浙江金華。

〔七〕「先生」句：降臨，用韓愈詩投盧仝事，見本卷前招范四弟詩注。

吕本中詩集箋注卷一七

聞蔡九弟十四弟到行在〔一〕

苦懷吾表弟，别久費相思。愛客能忘酒，長貧不廢詩。每蒙高士喜，終少貴人知。試問游吴興〔二〕，何如在蜀時。

〔一〕蔡興宗，字伯世，吕本中仲姑清源君長子，參見本書卷四寄蔡伯世趙才仲詩注。蔡九弟（排行第九）、十四弟（排行第十四），詩稱「吾表弟」，當皆爲蔡興宗弟，名未詳。

〔二〕「試問」句：吴興，宋史地理志四：「湖州，上，吴興郡，景祐元年（一〇三四）升昭慶軍節度。」地即今浙江湖州。兩人蓋嘗遊蜀，歸來後又遊吴興，故有是問。按本書卷一九寄蔡伯世李良宇詩，有「兩君羈旅官西蜀」句，蓋蔡伯世在西蜀（今川西一帶）做官，其兩弟亦隨兄入蜀。

贈蔡九弟十四弟

年來疾病日衰頽，忽報山中兩弟來。徑欲相從營一醉，未須辛苦便輕回。

病　中

貸米供晨炊〔一〕，尚欠數束薪〔二〕。平生甘此味，此去未爲貧。新霜已嚴厲，况我病經句。但守此心足，無爲思古人〔三〕。

〔一〕「貸米」句：貸，借入。晨炊，做早飯。杜甫石壕吏：「急應河陽役，猶得備晨炊。」

〔二〕「尚欠」句：詩經王風揚之水：「揚之水，不流束薪。」孔穎達正義釋「束薪」爲「一束之薪」。薪，柴草，用作燃料。蘇軾糴米：「糴米買束薪，百物資之市。」

〔三〕「無爲」句：詩經邶風緑衣：「我思古人，實獲我心。」此言不用思古人占領道德高地，生活以適意爲足。

病中曾端伯見訪〔一〕

不見倉曹十五年〔二〕，江城相遇各華顛。何時更踐隣居約，判斷諸方五味禪〔三〕。

浮生擾擾亂初定〔四〕，久病昏昏閑始便〔五〕。欲問小童尋大隗〔六〕，勝於猛將畫凌烟〔七〕。

〔一〕曾端伯，名慥，晋江（今屬福建）人。歷倉部員外郎，知虔州、廬州，官至尚書郎、直寶文閣。奉祠閑居，自號至游居士。編樂府雅詞十二卷、拾遺二卷，本朝百家詞選一百卷，類説五十卷等。紹興二十五年（一一五五）卒。事迹略見建炎要録相關各卷及直齋書録解題卷一二等。

〔二〕「不見」句：倉曹，倉曹參軍事之省稱。據宋史職官志八，北宋開封府有功曹、倉曹、户曹、兵曹、法曹、士曹參軍事；諸鎮有倉曹、兵曹參軍。曾慥嘗爲此官，故以「倉曹」代指其人。

〔三〕「判斷」句：判斷，比較、定奪。五味禪，與一味禪對稱。宗密（即圭峰禪師，華嚴宗五祖，唐文宗時高僧）將禪分爲五種，即所謂五味禪，謂五種雜交之如來禪。一味禪乃純一無雜之最上乘禪。參見本書卷二正月十二日夜作詩注。

〔四〕「浮生」句：莊子刻意：「其生若浮，其死若休。」亂初定，據宋史高宗紀六，紹興八年（一一三八）十一月丁丑，詔：「金國使來，盡割河南、陝西故地，通好於我，許還梓宫及母兄親族，餘無需索。令尚書省榜諭。」於是宋、金開始議和，故云。

〔五〕「久病」句：便，安適。戰國策秦三：「今也寡人一城圍，食不甘味，卧不便席。」

〔六〕「欲問」句，莊子徐無鬼：「黄帝將見大隗乎具茨之山，方明爲御，昌寓驂乘，張若、謵朋前馬，昆閽、滑稽後車。至於襄城之野，七聖皆迷，無所問塗。適遇牧馬童子，問塗焉。曰：『若知具茨之山乎？』曰：『然。』『若知大隗之所存乎？』曰：『然。』黄帝曰：『異哉小童！非徒知具茨之山，又知大隗之所存。請問爲天下。』小童曰：『夫爲天下者，亦若此而已矣，又奚事焉。』」成玄英疏：「大隗，大道廣大而隗然空寂也。亦言大隗，古之至人也。」

〔七〕「勝於」句：舊唐書太宗紀下：（貞觀）十七年（六四三）春正月戊申，「詔圖畫司徒、趙國公（長孫）無忌等勳臣二十四人於凌煙閣」。以上二句，謂與其戰功赫赫，不如尋仙問道。

無題

一任衡門可雀羅〔一〕，時容欹枕聽懸河〔二〕。因君小試屠龍手〔三〕，要與午窗降睡魔〔四〕。

〔一〕「一任」句：一任，任隨。詩經陳風衡門：「衡門之下，可以棲遲。」毛傳：「衡門，横木爲門，言淺陋也。」雀羅，漢書張馮汲鄭傳：「先是，下邽翟公爲廷尉，賓客亦填門，及廢，門外可設爵羅。後復爲尉，客欲往，翟公大署其門曰：『一死一生，乃知交情；一貧一富，乃知交態；一貴一賤，交情乃見。』」雀、爵通。

〔二〕「時容」句：懸河，喻極善言談。晉書郭象傳：「郭象，字子玄，少有才理，好老莊，能清言。

太尉王衍每云：『聽象語，如懸河瀉水，注而不竭。』」韓愈石鼓歌：「方今太平日無事，柄任儒術崇丘軻。安能以此尚論列，願借辯口如懸河。」

〔三〕「因君」句：君，當指曾慥。屠龍手，指有高超技藝之人。莊子列禦寇：「朱泙漫學屠龍於支離益，單千金之家，三年技成而無所用其巧。」郭象注：「事在於適，無貴於遠功。」此蓋指作詩文。蘇軾次韵張安道讀杜詩：「巨筆屠龍手，微官似馬曹。」

〔四〕「要與」句：睡魔，傳説中主睡眠之妖魔。石介初過大散關馬上作：「奈何山色牽吟思，旋被江聲破睡魔。吟思睡魔兩相戰，誰知馬上有干戈。」又宋佚名南窗紀談：「錢塘關注，字子東，家世爲文雅稱。喜爲詩，有唐人之風，嘗賦松聲一篇云：『夢破松聲枕上聞，睡魔夜半戰吟魂。初疑秋雨連江岸，乍覺寒潮上海門。招引好風來古寺，追隨月色下前村。晚行欲問聲來處，鬱鬱蒼波漫不分。』」

送曾吉父〔一〕

吾道從來到處窮〔二〕，八珍常與一簞同〔三〕。子房故是青雲士，圯上乃逢黃石翁〔四〕。聖學有傳爲可喜，宦游少味自無功〔五〕。亦知湖嶺如江浙，盡在先生指顧中〔六〕。

〔一〕曾吉父，即曾幾，字吉父（「父」一作「甫」，同），事迹見本書卷一三桂林解后拜見仲古龍圖吉父學士别後得兩詩書懷奉寄詩注。吕本中與曾幾既是詩友，亦是姻親（其弟㻂中子大器娶曾幾女爲婦，生吕祖謙等）。按陸游曾文清公墓誌銘：「故太師秦檜用事，與虜和，士大夫議其不可者輒斥。公兄（開）爲禮部侍郎，争尤力，首斥，而公亦罷。時秦氏專國柄未久，猶憚天下議，復除公廣南西路轉運副使，以慰士心。」考三朝北盟會編卷一八八：紹興八年十二月一日，「先是，曾開奏論和議利害，不省。開與秦檜論和議事不協，開乞罷禮部侍郎，遂以寶文閣待制，宫觀」。授曾幾廣西運副，即在是時。此所謂「送」，即送曾幾赴任。曾幾有和詩吕居仁力疾作詩送行次其韵：「雪屋風窗逼歲窮，一杯情話與誰同。向人寡偶無如我，抵老相知獨有公。文字欲求千古事，簿書還費二年功。新詩已佩臨分語，况復哦詩是病中。」（茶山集卷五）謂「逼歲窮」，時當在紹興八年末。

〔二〕「吾道」句：吾道，指儒道。春秋公羊傳哀公十四年，「西狩獲麟，孔子曰：『吾道窮矣！』」

〔三〕「八珍」句：周禮天官膳夫：「凡王之饋，食用六穀，膳用六牲，飲用六清，羞用百二十品，珍用八物，醬用百有二十罋。」鄭玄注：「珍謂淳熬、淳母、炮豚、炮牂、擣珍、漬熬、肝、膋也。」其烹治之法，賈公彦疏有詳述，可參讀，文多不録。一簞，用論語雍也顔回事，前已屢見。句謂在詩人看來，八珍與極簡單之飲食没有區别。

〔四〕「子房」二句：張良，字子房，助劉邦奪取政權後封留侯，其事迹見本書卷八留侯、卷一二建城道中等詩注。青雲士，能立功立德之人。史記伯夷列傳：「閭巷之人欲砥行立名者，非附青雲之士，惡能施於後世哉！」圯上，張良亡匿下邳時，在圯上得黄石公一編書，謂「讀此書則爲王者師」。兩句言張良本是做大事之人，又遇神人贈書，故能成就功名事業。此暗喻曾幾。

〔五〕「聖學」二句：聖學，指以孔子爲代表之儒學。有傳，謂曾幾爲官乃實踐平生所學。宦游無功，詩人自指。

〔六〕「亦知」二句：湖嶺，湖南、嶺南，此指赴職之地廣西。江浙，江東、西及浙江一帶。曾幾此前曾任江南西路提點刑獄，改兩浙西路，故云。指顧，手指目顧，見本書卷一五甘棠樓詩注。兩句言上述地區，皆曾幾宦迹所至。

次曾吉父蘭溪三絶〔一〕

夜窗相對不成眠，苦爲離愁定不然。政以蒼生未蘇息，思君日夕望回船〔二〕。

〔一〕蘭溪三絶，曾幾原唱，今傳永樂大典本茶山集無，當已佚。蘭溪，婺州縣名，見宋史地理志四。今屬浙江金華所轄。

〔二〕「政以」二句：政，通「正」。蘇息，休養生息。此接上兩句，謂夜不成眠並非僅爲離愁，而是老百姓仍在水深火熱中，希望曾幾能回船入朝，以拯救蒼生爲念。組詩與上送曾吉父，當爲同時之作。

春信先尋嶺上梅〔一〕，兩年零落待君開〔二〕。非關使節須重到〔三〕，自是溪山未遣回〔四〕。

〔一〕「春信」句：嶺上，嶺，指五嶺，即廣西、廣東、福建一帶。
〔二〕「兩年」句：兩年，此指梅花花開花落的兩個季節。吕本中於紹興六年（一一三六）秋被召離福州，次年（七年）三、四月到行在所建康覲見高宗，僅得祠禄。紹興八年二月，本中入朝試中書舍人，已歷兩個花季，所謂「兩年零落」指此。是詩作於紹興八年冬，乃第三個花季。待君開，君，指曾幾。
〔三〕「非關」句：使節，指曾幾。重到，謂到嶺上尋梅。嚴武寄題杜二錦江野亭：「興發會能馳駿馬，終須重到使君灘。」趙彦材注：「此兩句乃是嚴公自云。」
〔四〕「自是」句：自謂再到五嶺，然未獲朝廷派遣，不便明言，故委之「溪山未遣回」。

久覺藏身不厭深，舊游風物要追尋〔一〕。書來肯附銅魚使〔二〕，記我今年病不斟〔三〕。

〔一〕「舊游」句：舊游，指廣西、福建，皆詩人舊游之地。風物，此指梅花。

〔二〕「書來」句：銅魚使，指刺史之使者。柳宗元銅魚使赴都寄親友：「附庸唯有銅魚使，此後無因寄遠書。」宋韓醇音釋：「禮記王制注：『附庸，小城也。』附庸者，以國事附於大國。唐武德初，改太守爲刺史，加號爲使持節，而實無節，但頒銅魚符而已。」

〔三〕「記我」句：尠，原作「禁」。慶元庚申（六年，一二〇〇），李孟傳（李光子）作刻方言後序，略曰：「漢氏唯方言之書最奇古，孟傳頃聞之曾文清公嘗以三詩答吕治先，有云：『傷心昨夜杯中物，不對王郎對影尠。』紫微吕居仁次韵云：『書來肯際銅魚使，記我今年病不尠。』自注云：『出（揚）子雲方言。』今所在鏤板，輒誤作『病不禁』。此書世所有而無與是正，知好之者少也。」按王應麟困學紀聞卷一八詩評亦曰：「方言：『尠，益也。』凡病少愈而加劇，謂之不尠，或謂之何尠。』吕居仁答曾吉父詩：『記我今年病不尠。』蓋用此。而不知者改爲『不禁』。」李孟傳距吕本中年代不遠，而吕治先名大器，乃本中弟弸中之子，且言詩原有本中自注，當不誤。今傳乾道初刻本已無自注，則改「尠」爲「禁」，當是主持編刻東萊先生詩集之沈度所爲，今據改。

窮臘有懷

冰霜抵窮臘〔一〕，伏枕久亦倦。思公如和風，咫尺未得見〔二〕。人生無賢愚，各自有志願。但得所趣同，公固不我賤。何須肱九折〔三〕，始見金百鍊〔四〕。平安望中原，棲息各異縣。尚欲從公游，衰年保窮健〔五〕。

〔一〕「冰霜」句：抵，原作「底」，據四庫本改。窮臘，臘之將盡。臘，月份名，即農曆十二月。唐黄滔趙員外（書）：「伏以曦轡流輝，已侵窮臘。」此詩當作於紹興八年（一一三八）臘月。

〔二〕「思公」二句：公，不詳所指，詩謂所居「各異縣」。和風，春天温馨和暖之風，借喻心情尚佳。潘岳楊荆州誄：「穆如和風。」咫尺，史記淮陰侯列傳：「遺辯士奉咫尺之書。」正義：「咫，八寸。」兩句謂所思友人相距很近，但却無法見面。

〔三〕「何須」句：説苑雜言：「語不云乎：『三折肱而成良醫。』」肱，手臂。又宋唐慎微證類本草卷一：「九折臂者乃成良醫，蓋謂學功須深故也。」

〔四〕「始見」句：文選劉琨重贈盧諶：「何意百鍊剛，化爲繞指柔。」李善注引應劭漢書注曰：「説者以金取堅剛，百鍊不耗。」吕延濟注：「百鍊之鐵堅剛，而今可繞指，自喻經破敗而至柔弱也。」黄庭堅古意贈鄭彦能八音歌：「金欲百練剛，不欲繞指柔。」以上二句，謂兩人志同道合即可，交情不必久經磨難。

〔五〕「衰年」句：窮健，人窮而體健。朱翌十月旦讀子美北風吹瘴癘羸老思散策之句初寮嘗作十詩因次其韵其四：「此身屬造物，窮健勝美恙。」又程俱晨起梳頭髮白且稀有感：「但願老窮健，長甘北山薇。」可參讀。

病中聞諸范日赴飲會〔一〕

諸公相隨日酣飲，我病昏昏困衾枕。人生苦樂故不同，世味再尋如拾瀋〔二〕。良醫更在肱九折，曾子從來日三省〔三〕。不離方丈走諸方〔四〕，萬事只如驢覷井〔五〕。

〔一〕諸范，當指范祖禹後人范益謙等，見本書卷一四與范益謙炳文叔儀步月詩注。是詩蓋因諸范「日赴飲會」而發，勸誡其檢點行爲。

〔二〕「世味」句：拾瀋，拾取汁水謂所獲甚少。左傳哀公三年：「無備而官辦者，猶拾瀋也。」杜預注：「瀋，汁也。言不備而責辦，不可得。」陸德明音義：「北土呼汁爲瀋。」王安石酬王伯虎：「賤貧欲救世，無寧猶拾瀋。」

〔三〕「曾子」句：論語學而：「曾子曰：『吾日三省吾身：爲人謀而不忠乎？與朋友交而不信乎？傳不習乎？』」何晏集解引馬（融）曰：「弟子曾參。」又曰：「凡所傳之事，得無素不講習而傳之？」

〔四〕「不離」句：方丈，一丈見方，喻範圍狹小。後稱佛寺説法之室爲方丈。法苑珠林卷三八感通聖迹部：「寺東北四里許有塔，是維摩故宅基，尚多靈神。……長史王玄策因向印度，過淨名宅，以笏量基，止有十笏，故號方丈之室也。」諸方，各地。句謂欲有所成就，當走向大千世界，不能坐井觀天。

〔五〕「萬事」句：驢覷井，五燈會元卷一三青原下五世洞山价禪師法嗣：曹山本寂禪師問强上座曰：「佛真法身，猶若虚空，應物現形，如水中月。作麽生説箇應底道理？」曰：「如驢覷井。」師曰：「道則太煞道，祇道得八成。」曰：「和尚又如何？」師曰：「如井覷驢。」按：驢覷井，謂井水中驢之身影虚幻不實。黄庭堅表弟李廣心作太湖主簿於廨舍中作雙寂堂遠來求銘：「將心求寂，如驢覷井；以寂安心，馮老送癭。」

深居

深居如山林，初不遠城市。塵凝喜事少〔一〕，犬吠知客至。生涯付衰疾，日力破昏睡。欣然一笑足，自省甘若薺〔二〕。收身當在早〔三〕，過是恐少味。

〔一〕「塵凝」句：晋書簡文帝紀：「帝少有風儀，善容止，留心典籍，不以居處爲意，凝塵滿席，湛如也。」凝塵，謂房中灰塵厚布。

〔二〕「自省」句：詩經邶風谷風：「誰謂荼苦，其甘如薺。」毛傳：「荼，苦菜也。」鄭玄箋：「荼誠苦矣，而君子於己之苦毒，又甚於荼。比方之荼，則甘如薺。」陸德明音義：「薺，菜也。」

〔三〕「收身」句：收身，退身。歐陽脩述懷：「何日早收身，江湖一漁艇。」

慶大悲閣成〔一〕

自離閩嶺罷參禪，疾病深藏不計年〔二〕。尚得閑人相印可〔三〕，隔門惟有白衣仙〔四〕。

〔一〕大悲閣，供奉千手觀音像之閣。蘇軾大悲閣記（原注：成都府）：「大悲者，觀世音之變也。能無所不聞，雖千萬億身可也，而況於手與目乎？雖然，非無身無以舉千萬億身之衆；非千萬億身無以示無身之至，故散而爲千萬億身，聚而爲八萬四千母陁羅臂、八萬四千清淨寶目，其道一爾。」宋代各地多建有大悲閣，此閣當建於詩人所寓居之衢州，具體位置不詳。

〔二〕「自離」二句：閩嶺，此指福州。罷參禪，不再參禪。深藏，謂杜門不出。

〔三〕「尚得」句：閑人，即閑道人，指唐永嘉禪師玄覺。楊億無相大師行狀：「温州永嘉玄覺禪師者，永嘉人也，姓戴氏。丱歲出家，徧探三藏，精天台止觀圓妙法門，於四威儀中常冥禪觀。後因左溪朗禪師激勵，與東陽策禪師同詣曹溪。……翌日下山回温江，學者輻湊，號真覺大師。著禪宗悟修圓旨，自淺之深，慶州刺史魏靜緝而成十篇，目爲永嘉集，及證道歌一首，並行於世云爾。」（見日本大正新修大藏經卷四八）五燈會元卷二有傳。其永嘉禪師證道歌首曰：「君不見，絶學無爲閑道人，不除妄想不求真。無明實性即佛性，幻化空身即法身。」故稱閑道人、閑人。其證道歌在宋代影響很大。釋惠洪冷齋夜話卷一〇證道歌宣公塔條曰：「大通禪師言，吾頃過南都，謁張安道於私第，道話一夕，安道曰：『景德初，西土有異僧到都下，閱永嘉證道歌，即作禮頂戴久之。譯者問其故，僧曰：「此書流播五天，稱真丹聖者所説經，發明心要者甚多。」』」「自離」兩句言，自從離開福建後即不再參禪，惟深藏自晦而已。此亦是禪家修行之法，與證道歌所論相合。印可，經印證合乎禪宗之道。

〔四〕「隔門」句：隔門，不遠處。白衣仙，指觀世音菩薩。觀音菩薩爲阿弥陀佛左脅侍，民間傳説甚多。蘇軾雨中遊天竺靈感觀音院：「蠶欲老，麥半黄，前山後山雨浪浪。農夫輟耒女廢筐，白衣仙人在高堂。」按晁補之觀世音菩薩摩訶薩像贊，嘗述觀世音像及白衣仙之來歷，略曰：「阿那婆婁吉底輪，我觀世音本名號。菩薩昔自禮佛足，憶念無數恒沙時。有佛出號觀世音，教我從聞思修入。無有一機非耳悟，是故名爲觀世音。……我一名號與衆多，恒沙諸佛等無異。一首三首至百首，八萬四千爍迦羅。二臂四臂目亦然，惟無心能通一切。説一一呪一字義，其音遍滿十方空。……然我不斷三業根，云何得取無學證。涕淚悲泣作是語，大悲灌頂開我頑。我亦常得二殊祥，一耳所聞一夢覩。我今日復爲衆説，稽首菩薩在世間。有海傍士族姓賀，三世妙繢莊嚴相。一貧女髽提魚笥，晨朝過户言善哉。汝善畫此觀世音，見觀世音能識不。若士不悦因誶語，汝安能識觀世音。髽女忽化白衣僊，彼魚笥成百花筥。

愕然稱歎欲作禮，菩薩與女恍皆亡。此但衣食爲善緣，而已獲是感應力。於今十方普供養，稽首賀氏觀世音。」

贈人

堅臥因循欲過冬，故人無復馬牛風〔一〕。得君好句能忘病〔二〕，笑我長飢不諱窮〔三〕。清夢肯嫌齋舍冷，破囊常伴酒盃空。新正所願長窮健，剩作歌詩準備公〔四〕。

〔一〕「故人」句：馬牛風，即風馬牛，謂互相吸引。此指相聚。參見本書卷一又寄無逸信民詩注引左傳僖公四年。此所謂「無復馬牛風」，謂與故人不相往來。

〔二〕「得君」句：陳琳作諸書及檄草成，呈太祖（曹操）。太祖先苦頭風，是日疾發，卧讀琳所作，翕然而起，曰：「此愈我病。」見本書卷一得李去言詩次韵答之詩注引三國志魏書王粲傳附陳琳傳裴松之注引典略。

〔三〕「笑我」句：諱窮，不言窮。莊子秋水：「孔子游於匡，宋人圍之數匝，而弦歌不輟。子路入見，曰：『何夫子之娱也？』孔子曰：『來！吾語女。我諱窮久矣，而不免，命也；求通久矣，而不得，時也。』」此反其義。

〔四〕「新正」二句：新正，即元日。謂元日所許之願是：年來雖窮，惟願身體强健。按：此元日，當爲紹興十年（一一四〇）正月初一。準備公，爲公預備，指所贈此詩。

送廣東漕范子儀〔一〕

我爲三衢居，君作番禺行〔二〕。君行我方病，歲序仍峥嶸〔三〕。嶺海未寂寞〔四〕，斯民則憔悴〔五〕。得君鎮臨之，固可以卒歲〔六〕。嗟君盛德後〔七〕，窮獨與我同。比年數見之，長在寒苦中。番禺盛賓僚，莫如元帥賢〔八〕。君行問安否，道我如昔然。

〔一〕范子儀，名正國，字子儀，范純仁子。宋朝請大夫荆湖漕運使贈中奉大夫子儀公傳（載清范能濬編范忠宣集補編）：「公諱正國，字子儀，忠宣公第五子也。以父蔭補承奉郎，遷知開封府延津縣。……建炎三年（一一二九），隆祐太后如洪州，公以樞密院幹辦官扈從。累官至朝請大夫，除荆湖北路漕運使。秩滿，當入覲，會時相不樂，遂卜居臨川。既得告，獨念先世祖塋在吴，向以王事勤勞，未遑拜省，遂以乞休之暇，至吴展謁墓下，遇疾，卒於天平山白雲功德寺，年六十有二。……所著有詩文二十卷，名斐然集，申明利害奏議五卷。」考四庫本建炎要録卷一三三：紹興九年十一月戊子，「初，命侍從、兩史官各舉所知二人」，至是，權吏部尚書吴表臣等舉三十二人，其中有左朝散郎、新知臨江軍范正國，遂以「正國爲廣西路轉運判官」。同書卷一四七（中華書局一九八八年鉛印本）：紹興十三年（一一四三）四月，「廣轉運判官范正國代還」。「廣」後脱一字。據詩題及詩中「我爲三衢居，君作番禺行」句，作「廣東」是，「廣西」誤。宋代官員以實任三年滿，由任滿代還上推，紹興九年十一月受命、十年初赴任、十三年四月任滿回，正合。則詩當作於是年十一月。上引范忠宣集補編所附子儀公傳，「除荆湖北路漕運使」以後仕歷闕載。

〔二〕「君作」句：番禺，史記司馬相如傳：「移師東指，閩越相誅，右弔番禺，太子入朝。」索隱引文穎曰：「番禺，南海郡理（治）也。」此代指廣東。

〔三〕「歲序」句：文選鮑照舞鶴賦：「歲崢嶸而愁暮，心惆悵而哀離。」張銑注：「崢嶸，零悴貌。」

〔四〕「嶺海」句：嶺海，指廣東。嶺，五嶺也。寂寞，平静。文選潘岳西征賦：「諒惠聲之寂寞。」李善注引薛君韓詩章句曰：「寂，無聲之貌也；寞，静也。」未寂寞，指社會治安不穩，盜賊猖獗。

〔五〕「斯民」句：憔悴，指貧窮。杜甫夢李白二首其二：「冠蓋滿京華，斯人獨顦顇。」

〔六〕「固可」句：卒歲，過年。左傳襄公二十一年：「詩曰：『優哉游哉，聊以卒歲。』」

〔七〕「嗟君」句：盛德後，謂范子儀乃仲淹、純仁之後。二范德高望重，爲北宋名臣，故云。

〔八〕「莫如」句：宋代知州結銜爲「知軍州事」，掌管地方軍政大權，亦是率臣，故稱「元帥」。是時知廣州者爲張致遠，此所謂「元帥」，當指其人。按：張致遠，字子猷，南劍州沙縣（今屬福建三明）人。宣和三年（一一二一）進士，累官知福州。紹興八年（一一三八）十一月出知廣州，至十年年閏六月罷（清吴廷燮南宋經撫年表）。宋史有傳，史臣論曰：「致遠鯁亮有學識，歷臺省侍從，言論風旨皆卓然可觀。趙鼎嘗謂其客曰：『自鼎再相，除政府外，從官如張致遠、常同、胡寅、張九成、潘良貴、吕本中、魏矼皆有士望，他日所守當不渝。』識者謂鼎爲知人云。」吕本中稱其「賢」，除張致遠本人才德兼具外，蓋猶有同僚相知之誼。

夜聞諸生讀書因成寄趙十七侄〔一〕

紛紛藥裹了新正，北望蘭溪不數程〔二〕。且喜諸生會勤苦，夜窗如子讀書聲。

〔一〕趙十七，字穎達（據本書卷一五連得夏三十一叟兄弟范十五仲容趙十七穎達書詩），疑是詩人表弟趙栴（字才仲）子侄。

〔二〕「北望」句：是時詩人仍居衢州，蘭溪縣即在附近，故云。

夜　坐

所至留連不計程，兩年堅卧厭南征〔一〕。荒城日短溪山静，野寺人稀鸛鶴鳴〔二〕。藥裹向人閑自好，文書到眼病猶明。較量定力差精進〔三〕，夜夜蒲團坐五更。

〔一〕「兩年」句：詩人於紹興八年（一一三八）十一月罷中書舍人，提舉江州太平觀，隨後移居衢州，至此已歷兩年。南征，指到臨安。

〔二〕「野寺」句：鶴，瀛奎律髓卷一五作「雀」。詩經豳風東山：「鸛鳴於垤，婦歎於室。」毛傳：「鸛好水，長鳴而喜也。」鄭玄箋：「鸛，水鳥也，將陰雨則鳴。」

〔三〕「較量」句：定力、精進，俱在佛教「五力」之中。五力，即五種能破除障礙、使人得以解脱之力量，包括信力、精進力、勤念力、定力、慧力。智度論卷一九：「五根增長時，能轉入深法，是名爲力。」亦稱五根。梁元帝與蕭諮議等書：學佛欲登堂入室，「必須五根之信，以信爲首；六度之檀，以檀爲上。故能捨財從信，去有即空，率斯而談，良可知矣」。定力，即專忍堅定之心。精進力，謂能持善道，不自放逸。無量壽經卷上：「勇猛精進，志願無倦。」法苑珠林卷八千佛篇第五出時部：「……故舊俱舍論云：『釋迦菩薩由禮底沙佛精進力，故即得超九大劫，究竟成佛。』」詩人謂較之「定力」等五力，自己最差者爲精進力。按上引瀛奎律髓收此詩，李慶甲彙評録紀昀曰：「瘦硬而渾老，江西詩之最佳者。」又許印芳曰：「『向人』意不醒豁，『人』字又複上句，故易作『關心』。」又曰：「『量』平聲。『差』音疵。」

簡李巽伯〔一〕

愛酒舊無敵，能詩新有聲。荒城時過我〔二〕，長句屢尋盟。厭病時招客，因行不計程。祇應有餘暇，未肯賦閑情〔三〕。

〔一〕李巽伯，李處權（？—一一五五）字巽伯，洛陽（今屬河南）人，李淑曾孫。徙豐縣、溧陽（今皆屬江蘇）。政和、宣和間與陳恬、朱敦儒以詩名。善書，時稱第一流。南渡後嘗領三衢。紹興二十五年卒於荆州，年逾七十。今傳永樂大典本崧庵集六卷。事迹略見其從弟李處全崧庵集序、瀛奎律髓卷四〇方回注、宋詩紀事卷四一等。此詩當作於處權領三衢時。

〔二〕「荒城」句：荒城，指衢州城。今本崧庵集卷二載有題呂季升谷隱堂兼寄居仁詩，自言「衰年迫饑凍，强顔隱於禄」，則處權領三衢時，呂本中正居此地。

〔三〕「未肯」句：陶淵明閑情賦并序曰：「初，張衡作定情賦，蔡邕作静情賦，檢逸辭而宗澹泊，始則蕩以思慮，而終歸閑正，將以抑流宕之邪心，諒有助於諷諫。綴文之士，奕代繼作，並因觸類，廣其辭義。余園閭多暇，復染翰爲之，雖文妙不足，庶不謬作者之意乎。」句謂自己多病，無閑情可賦。「厭病」至此，原校：「一本後四句云：『往事十年夢，生涯三尺檠。却憐陶靖節，着意賦閑情。』」

追憶昔年正月十日宣城出城至廣教〔一〕

嘗憶它年在宛陵〔二〕，好山松竹面層層。江城氣候猶含雪，草市人家已掛燈〔三〕。

每怪愁腸難貯酒，時隨拄杖出尋僧。如今轉覺衰頽甚，病坐南窗冷欲冰。

〔一〕追憶昔年，昔年指建炎二年（一一二八），時吕本中流寓宣城，有詠廣教寺詩，見本書卷一一。廣教寺，在宣城縣北五里敬亭山南，見上引詩注。

〔二〕「嘗憶」句：宛陵，宣城古名。參見祝穆方輿勝覽卷一五寧國府。

〔三〕「草市」句：草市，農村集市。杜牧上李太尉論江賊書：「凡江淮草市，盡近水際，富室大户，多居其間。」宋黄庶草市：「衝市柴魚集，應山鷄犬號。問知人苦樂，米價不多高。」按曾季貍艇齋詩話：「吕東萊喜晏元獻詩：『樓臺冷落收燈後，門巷清虚掃雪天。』蓋説得上元後天氣極佳。故東萊自有詩云：『江城氣候猶含雪，草市人家已掛燈。』蓋用元獻之語觸類而長。」又詩人玉屑卷三陵陽論警句引室中語曰：「公（韓駒）嘗曰：『昨嘗與吕居仁閑論前輩所作上元詩，居仁曰：「晏元獻（殊）云『樓臺冷落收燈夜，花巷清虚掃雪天』最佳，直是説得出，不可及。」後見吕郎中有詩云：「江城氣候猶含雪，草市人家已掛燈」，豈用晏意耶？』」

病中上元〔一〕

病久仍多事，深居未識春。殷懃今夜雨，且爲阻游人。

〔一〕上元，即元宵節，唐以前多於是日祭祀神靈，如太平御覽卷三〇正月十五日引荆楚歲時記：

「正月十五日，作豆糜加油膋其上，以祀門户。」又引齊諧記曰：「正月半，有神降陳氏之宅，云是蠶室，若能見祭，當令蠶桑百倍。疑非其事，祭門備之七祠。今州里風俗，望日祀門，其法先以楊枝插門而祭之。」唐以後演變爲觀燈。同上書引唐兩京新記云：「正月十五日夜，勅金吾弛禁，前後各一日，以看燈光若晝日。」宋代亦以觀燈爲主，外加各種技藝表演，遊人如織，極繁華之能事，見孟元老東京夢華録卷四元宵。南渡後，此俗未改。是詩當作於紹興十年（一一四〇）上元日。

三衢上元

俗事紛紛避作煩，夢中時厭雨聲喧。但看閑客時來去，勝説群兒手覆翻〔一〕。事業不同俱可笑，形骸如此尚何言。他年更有相逢話，同是三衢過上元〔二〕。

〔一〕「但看」二句：時來去，指罷官而來，赴官而去。手覆翻，覆手爲雲，翻手爲雨。謂統治集團内部争鬭激烈，醜聞不斷，往往成爲里巷談資。

〔二〕「他年」二句：謂他年一切皆成過往，唯同在衢州過上元，尚留在官員相逢時的回憶中。

贈人

剩作閑官不計年〔一〕，得公相近轉翛然〔二〕。飽諳文字能生病，始信虚空不住禪〔三〕。水澀船回休進棹，路長馬倦莫加鞭。漫成拙句爲公壽，要作新正第一篇〔四〕。

〔一〕「剩作」句：詩人是時爲提舉江州太平觀，乃無職任之祠禄官，故云「閑官」。

〔二〕「得公」句：公，即贈詩對象，不詳爲誰。莊子大宗師：「其出不訢，其入不距，翛然而往，翛然而來而已矣。」郭象注：「寄之至理，故往來而不難。」成玄英疏：「無係貌也。」李白安州般若寺水閣納涼喜遇薛員外乂：「翛然金園賞，遠近含晴光。」清王琦注：「翛然，猶悠然也。」

〔三〕「始信」句：佛教謂四大皆空，禪宗稱不立文字，故讀書、作文亦空。不住，内心虚静，不執着。宋李復和劉君俞遊華嚴寺謁文禪師：「身遊色相無窮境，心悟虚空不住禪。」

〔四〕「要作」句：新正，此指正月。

官閑贈人

自喜閑官不計員，月叨微禄勝歸田〔一〕。藥囊往往充詩槀，米券時時當酒錢〔二〕。

忍病作勞吾不厭，對人無語子差賢〔三〕。不須更見盧溪老〔四〕，會得安心即是禪〔五〕。

〔一〕「自喜」二句：宋史職官志十宫觀：「宋制，設祠禄之官，以佚老優賢。先時員數絶少，熙寧以後乃增置焉。在京宫觀，舊制以宰相、執政充使，或丞、郎、學士以上充副使，兩省或五品以上爲判官，内侍官或諸司使副（原注：政和改武臣官制，以使爲大夫，以副使爲郎）爲都監，又有提舉、提點、主管。其戚里、近屬及前宰執留京師者，多除宫觀，以示優禮。時朝廷方經理時政，患疲老不任事者廢職，欲悉罷之，乃使任宫觀，以食其禄。王安石亦欲以此處異議者，遂詔：『宫觀毋限員，並差知州資序人，以三十月爲任。』……紹興以來，士大夫多流離，困厄之餘，未有闕以處之。於是許以承務郎以上權差宫觀一次，續又有選人在部無闕可入與破格嶽廟者，亦有以宰執恩例陳乞而與之者，月破供給（原注：非責降官並月破供給，依資序降二等支），理爲資任，意至厚也。」吕本中罷中書舍人後，提舉江州太平觀，故云。

〔二〕「米券」句：宋史職官志五太府寺：「糧料院，掌以法式頒廪禄，凡文武百官、諸司、諸軍奉料，以券準給。」米券，當即所給廪禄券之一種。

〔三〕「忍病」二句：作勞，勞動。子差賢，謙言其子略具賢德。

〔四〕「不須」句：盧溪老，明一統志卷八一肇慶府：「盧溪水，在新興縣，源出李峒嶺，流經盧村，過龍山，繞縣城東門外，北流至府城，入大江。宋省元張宋卿詩：『浩歌劇飲不知暮，雨自新州江口來。』」按壇經行由品第一：「惠能嚴父，本貫范陽，左降流於嶺南，作新州百姓。」故此所謂盧溪老，即指禪宗六祖惠能，泛指高僧。

〔五〕「會得」句：禪宗稱人人皆具與佛平等之佛性，只因衆生常被各種妄想牽絆蒙蔽，心中不安，故難以入道。此連上句，謂只要去除各種妄心，保持内心清净安寧，即便不拜佛祖，亦能禪悟。蘇軾所謂「此心安處是吾鄉」（定風波）即此意，後來戴復古作贈孤峰長老詩曰：「日用無非道，心安即是禪。」

正月十七日

令節今安在，晨鍾奉夙興。空庭留素月，廣殿有殘燈〔一〕。笑語已難記，經游如未曾。吾衰得堅卧，差勝住房僧〔二〕。

〔一〕「空庭」二句：正月十五乃元宵節（即首句所謂令節），十七日月尚圓，燈尚掛，故謂「留素月」、「有殘燈」。

〔二〕「差勝」句：住房僧，寄居於人户家之僧。句謂自己處境較住房僧稍强。其時詩人蓋住庵，故云。

病中得舍弟信

頻通婺女訊〔一〕，兼得會稽書〔二〕。歲月呻吟裏，文章困睡餘。百年判憔悴〔三〕，萬里付迂疏。尚欲身强健，相從得定居。

〔一〕「頻通」句：婺女，本星座名，代指婺州。太平寰宇記卷九七婺州：「隋開皇九年（五八九）平陳，省東陽郡理，却爲長山等九縣以爲吴州。十三年，又於此郡舊處復置婺州，蓋取其地於天文婺女之分，以爲州名焉。」今爲浙江金華。詩人之弟漸在婺州聚族而居，故云。

〔二〕「兼得」句：宋張淏會稽續志卷二提刑題名：「吕用中，紹興十年（一一四〇）十二月以右宣教郎到任。十二年十二月，改知泉州。」則會稽書，當指其弟吕用中來書。

〔三〕「百年」句：百年，謂一生。判，半也，謂一生之半。

疥〔一〕

瘙痒撓膚無春冬，爲害略與惡疾同。只有瘡痂不相負，夜闌長滿寢衣中。

〔一〕疥，與下句「瘙」義同，即疥瘡，皮膚病名。疥必奇癢，癢則手搔，常抓傷皮膚，結而爲痂，故又稱疥爲疥搔。

正月十九日暴熱

一夜飛蚊繞鬢鳴，都忘時節是新正〔一〕。祇應朝暮須風雨，便作疏簷瀉竹聲〔二〕。

〔一〕「都忘」句：新正，此指農曆正月，謂並非蚊蟲孳生季節。

〔二〕「便作」句：瀉竹聲，風吹竹林之聲。蘇軾雪後到乾明寺遂宿：「更須攜被留僧榻，待聽摧簷瀉竹聲。」

即事

十年不調張廷尉〔一〕，一字拔人山巨源〔二〕。萬事重尋已陳迹，此公相對可忘言〔三〕。故人久已音書絶，古寺終嫌市井喧。更欲移家近深僻，漫留書册教兒孫。

〔一〕「十年」句：史記張釋之列傳：「張廷尉釋之者，堵陽人也，字季。有兄仲同居，以訾爲騎郎。事孝文帝，十歲不得調，無所知名。」此言仕途蹭蹬。

〔二〕「一字」句，晋書蔡謨傳：「蔡謨，字道明，陳留考城人也。世爲著姓。……父克，少好學，博涉書記，爲邦族所敬。……初，克未仕時，河内山簡嘗與琅邪王衍書曰：『蔡子尼（引者按：子尼乃蔡克字）今之正人。』衍以書示衆曰：『山子以一字拔人，然未易可稱。』後衍聞克在選官，曰：『山子正人之言，驗於今矣。』」同上書山濤傳：「山濤，字巨源，河内懷人也。」嘗兩居選職。據上引，「一字拔人」者乃山濤之子山簡，而非山巨源（濤），蓋詩人誤記。

〔三〕「此公」句：此公，即下所謂「故人」，不詳所指，前兩句乃論其爲人。是詩蓋言時事，詩人有所顧忌，不願道破，故以「即事」爲題；又稱「忘言」，亦此意也。陶淵明飲酒十二首其五：「此中有真意，欲辨已忘言。」

送向仲告往江西〔一〕

紛紛車馬鬧如雲，膏火煎熬祇自焚〔二〕。亦有故人來問疾，苦無佳思與論文。江湖老矣頻搔首，毛髮翛然政似君。他日卜鄰猶有約，静中風景要平分。

〔一〕向仲告，趙鼎臣楊時可作十詩以寄河間詩之所及非吾僚則吾友也因悉次其韻以和之又以其所以贈我者復贈時可作還字韻，其末首曰：「參軍喜吏事，咄嗟能輊軒。短小精悍姿，使人醒睡魂。他年解千牛，妙絶難寄言。堂堂聖獻肅，吾猶識諸孫。」自注：「右向仲告。」據該詩末聯，知向仲告乃憲肅向太后之侄孫。按宋史后妃傳下神宗欽聖獻肅向皇后傳：「神宗欽聖憲肅向皇后，河内人，故宰相敏中曾孫也。治平三年（一〇六六）歸於潁邸，封安國夫人。神宗即位，立爲皇后。帝不豫，后贊宣仁后定建儲之議，哲宗立，尊爲皇太后。」向仲告仕歷不詳，蓋嘗爲幕職官。

〔二〕「膏火」句：膏火，即膏火相煎，喻自相傷害，參見本書卷三歲晚作詩注引莊子人間世。

寄臨川親舊十首意到輒書不復次序

偶從行李轉江湖，所至翛然一物無。午枕久拚閑事業〔一〕，夜窗新有静工夫。

〔一〕「午枕」句：閑事業，指作詩。河南程氏遺書卷一八：程頤曰：「某素不作詩，亦非是禁止不作，但不欲作此閑言語。且如今言能詩無如杜甫，如云『穿花蛺蝶深深見，點水蜻蜓款款飛』，如此閑言語，道出做甚？某所以不常作詩。」張守元舉希范見和佳篇皆有懷歸之意頗合鄙趣因次元韵：「詩囊閑事業，禪衲舊知聞。」又李彌遜紹興己未發臨安偶成：「欲學少陵閑事業，晴窗點檢白雲編。」

少小交游不乏賢，二三豪傑聚臨川〔一〕。自從老大飄零盡，獨有殘詩數百篇〔二〕。

〔一〕「二三」句：二三，猶言幾位。杜甫洗兵馬：「二三豪傑爲時出。」按：吕本中少時所交之臨川（今江西撫州）「豪傑」，當指饒節、謝逸兄弟及汪革等。師友雜志曰：「饒節字德操，謝逸字無逸，俱臨川人。少皆有志節，相與友善。德操才高而無逸學博，二人所爲詩文，一時稱重，不能優劣也。……（德操）崇寧初客宿州，從予父祖遊。後往鄧州，滎陽公（吕希哲）使之見香巖智月師，遂悟道，祝髮，更名如璧。後遊江淮間，與予家數相遇，相親如骨肉也。無逸浮湛里巷，雖甚困，然未嘗少屈。汪革信民少饒、謝數歲，平生敬事二人如親父兄。」

〔二〕「自從」二句：至作此詩之紹興十年（一一四〇），饒、汪及謝氏兄弟皆已過世。四人遺作，饒節原有集十四卷，久佚，今存江西詩派本倚松老人詩集二卷。謝逸有溪堂集三十卷，紹興間嘗與其從弟謝薖竹友集合刻於臨川，僅各十卷。汪革詩無傳本行世。

屢試吴中千里蓴，閩中荔子亦嘗新〔一〕。獨游每恨無佳思，正好溪山少故人〔二〕。

〔一〕「屢試」二句：千里蓴，用張翰事，見本書卷一喜雨詩注引晉書張翰傳。兩句代指爲生活所迫，曾屢爲小官，然仕不得意，又屢辭官，最後避地遠走，流落到福建。

〔二〕「獨游」二句：謂避地期間恨無舊友，作詩興味索然，幸有溪山相伴。

故人自失嵇中散〔一〕，疾病衰頹轉不堪。猶喜閑居有賢弟〔二〕，且隨長鋏住江南〔三〕。

〔一〕「故人」句：嵇中散，即嵇康。晉書嵇康傳：「嵇康字叔夜，譙國銍人也。……學不師受，博覽無不該通，長好老莊。與魏宗室婚，拜中散大夫。」後爲鍾會所讒，被殺。此以嵇康等竹林之遊喻臨川之遊，失嵇康，謂臨川舊友亡故殆盡。

〔二〕「猶喜」二句：詩末自注：「季平。」按：季平，即范季平，范叔器（名埴）子侄，洛陽人。見本書卷一三斷橋詩注。

〔三〕「且隨」句，長鋏，即劍。此用馮驩事，代指范季平因貧窮而爲幕僚。見本書卷三雨後月夜懷沈宗師承務詩注引史記孟嘗君列傳。

張卿別後且郊居〔一〕，無復黃公舊酒壚〔二〕。試問今年有閑暇，亦隨書劍入城無？

〔一〕「張卿」句：詩末自注：「文叔。」張文叔，其人事迹待考。

〔二〕「無復」句：世說新語傷逝：「王濬沖（戎）爲尚書令，著公服，乘軺車，經黃公酒壚下過，顧謂後車客：『吾昔與嵇叔夜、阮嗣宗共酣飲於此壚，竹林之遊，亦預其末。自嵇生夭、阮公亡以來，便爲時所羈紲。今日視此雖近，邈若山河。』」劉孝標注：「壚，酒肆也。以土爲墮，四邊高似壚也。」句謂不再有與張文叔酣飲偕遊之樂。

交游疇昔住臨川〔一〕，博士高風世不傳〔二〕。饒謝得名三十載〔三〕，當時已道小汪賢〔四〕。

〔一〕「交游」句：詩末自注：「叔野。」按周彥約青溪汪先生（汪）革傳（新安文獻志卷七七）：「弟莘，字叔野，篤學有守。喜爲歌詩，東萊諸呂氏、豫章諸洪氏競稱之，與二謝尤親厚。取昌黎語名齋曰『歸愚』。登建炎二年（一一二八）丙科，歷洪州司理。帥李公回、趙公林皆禮以上客。轉分宜丞，御史李宲宣諭江西，至袁，一見曰：『聞君賢德久矣。』舉清白第一。卒，年七十三，有歸愚集。」

〔二〕「博士」句：指汪莘兄汪革。汪革字信民，家貧好學，少從饒節、謝逸等遊。紹聖四年（一〇九七）登進士第，歷潭州、宿州教授，改官得宗子博士，出爲楚州教授。爲江西詩派重要詩人。見本書卷一符離諸賢詩注，詳上引周彦約青溪汪先生（汪）革傳。

〔三〕「饒謝」句：指饒節、謝逸，事迹見本書卷一符離諸賢詩、謝無逸秦處度諸人皆許省試後見訪冬夜有懷作詩注。

〔四〕「當時」句：小汪，即汪莘，汪革弟，故稱「小」。當時稱其賢，見上引青溪汪先生（汪）革傳。

故人子弟惟汪謝，每一思之忘寢興。莫道臨川便寂寞，後來相繼有諸曾〔一〕。

〔一〕「後來」句：諸曾，蓋指曾紆、曾紘、曾思等。曾紆，字公衮，曾鞏弟開之子，紹興初知撫州，能詩。著有青空遺文十卷，已佚。又楊萬里江西續派二曾居士詩集序曰：「南豐先生之族子有二詩人焉，曰臨漢居士伯容者，南豐從兄弟曰子山名阜之子也；曰懷峴居士顯道者，伯容之子也。子山嘗位於朝，出漕湖南，後家於襄陽，遂爲襄陽人。伯容一世豪俊而能文，其詩源委山谷先生，然以不肯伈俔於世，有官而終身不就列。顯道得其父之句法，亦以氣節高簡，嘗宰祁陽，小不可其意，即棄去，隱於衡之常寧者三十年。此君子之一不幸也。伯容放浪江湖間，與夏均父諸詩人游從唱和，其題與韵見於均父集中者三十有二篇。予每誦均父之詩云『曾侯第一』，又云『五言類玄度』，又云『秀句無一塵』，想見其詩而恨不見也。……今日忽得故人尚書郎、江西漕使雷公朝宗書，寄予以二曾詩集二編，屬予序之。……因命之曰『江西續派』，而書其右，以補吕居仁之遺云。伯容名紘，顯道名思。」慶元間黄汝嘉增刻詩派本，或有二曾詩集，惜久已失傳。

吏部聲名動一時〔一〕，中原人物未全衰〔二〕。低摧不用還歸去，坐守遺經可療飢〔三〕。

〔一〕「吏部」句：詩末自注：「子禮。」按本書卷一八有懷許子禮詩一首，稱其人爲「交舊」，則此「子禮」當即許子禮。又張擴有送許子禮吏部湖南漕詩，張嵲亦有送許子禮漕湖南，均合。今按：許子禮，名忻，字子禮。南宋館閣録卷八官聯下校書郎：「許忻，字子禮，襄陵（宋史本傳謂拱州。考崇寧四年〔一一〇五〕分開封應天府置輔州，旋改拱州，治所在襄邑（今河南睢縣），故拱州、襄陵實即一地）人，（宣和三年，一一二一）何涣榜上舍（宋史本傳謂進士）出身，治詩。（紹興）八年（一一三八）三月除，九年七月爲吏部員外郎。」按建炎要録卷一三〇：紹興九年秋七月，「秘書省校書郎許忻守吏部員外郎」。同書卷一三四：紹興十年春正月，「吏部員外郎許忻出爲荆湖南路轉運判官」。又宋史本傳：「高宗時爲吏部員外郎，有旨引見。是時金國使人張通古在館，忻上疏極論和議不便，曰……疏入不省。後忻托故乞從外補，乃授荆湖南路轉運判官，謫居撫州。起知邵陽，卒。」又宋史全文卷二一下：「主管台州崇道觀許忻知邵州。忻以論事忤秦檜意，屏居臨川，閉户少所賓接。」

〔二〕「中原」句：許忻爲拱州人，故稱其爲「中原人物」。

〔三〕「坐守」句：遺經，指詩經。許忻以治詩登科，故云。療飢，出詩經陳風衡門，見本書卷九海陵病中詩注。

金溪比歲復何如〔一〕，二董風流却未疏〔二〕。聞道移家遠城市，欲攜書籍更深居。

〔一〕「金溪」句：宋史地理志四：「撫州，上，臨川郡，軍事。建炎四年（一一三〇）隸江南東路，紹興四年（一一三四）復來隸。」轄五縣，金溪乃其一，原注：「開寶五年（九七二）升金溪場爲縣。」該縣今屬江西撫州。蓋二董爲金溪人，故云。

〔二〕「二董」句：詩末自注：「彦先、彦速。」考今存謝薖竹友集、李彭日涉園集，二人曾與董氏唱和，竹友集今存宋本，收薖與彦光唱和詩四首，皆作「彦光」，不作「彦先」。又本書卷一九送南上人詩自注，亦作「彦光」。則此自注「先」當是「光」之形訛。彦光乃董需字，見本書卷二〇金溪董需彦光凌岑庵詩。二董仕歷不詳。

愛賢如渴吴夫子〔一〕，不染世間兒女塵〔二〕。老病不逢終不悔，後生誰復記斯人。

〔一〕「愛賢」句：詩末自注：「吴迪吉。」按：吴賀，字迪吉，撫州人，謝逸表弟。見謝逸溪堂集卷四汪信民載酒令表弟吴迪吉邀予同游南湖、同書卷八黄君墓誌銘及阮閲詩話總歸卷三九等。吴氏嘗與謝逸兄弟、洪朋、釋惠洪等唱和。

〔二〕「不染」句：兒女塵，柔媚懦弱之世俗氣。

奉懷季平范丈戲成兩絶句録呈〔一〕

形骸已病尤宜懶〔二〕，歲月長貧屢有詩。猶得深居少塵事，只如同在嶺南時〔三〕。

〔一〕季平范丈，即范季平，洛陽人，參本卷前寄臨川親舊十首詩注。

〔二〕「形骸」句：形骸，指身體。莊子德充符：「今子與我遊於形骸之内，而子索我於形骸之外，不亦過乎！」郭象注：「形骸，外矣；其德，内也。今子與我德遊耳，非與我形交，而索我外好，豈不過哉！」黄庭堅次韵元實病目：「看字昏澀尤宜懶。」

〔三〕「只如」句：嶺南，此指桂林，見本書卷一三斷橋詩注。

新年爲况復何如〔一〕，尚有心情打酒無〔二〕。只恐後生行樂處，轉嫌吾輩白髭鬚。

〔一〕「新年」句：况，同「況」，情形，狀況。

〔二〕「尚有」句：打酒，世俗語，即買酒、酤酒。歐陽脩歸田録卷二：「今世俗言語之訛，而舉世君子小人皆同其繆者，惟『打』字爾（原注：打，丁雅反）。其義本謂考擊，故人相毆、以物相擊，皆謂之『打』，而工造金銀器亦謂之『打』可矣，蓋有槌擊之義也。至於造舟車者曰『打船』、『打車』，網魚曰『打魚』，汲水曰『打水』，役夫餉飯曰『打飯』，兵士給衣糧曰『打衣糧』，從者執傘曰『打傘』，以糊黏紙曰『打黏』，以丈尺量地曰『打量』，舉手試眼之昏明曰『打試』，至於名儒碩學，語皆如此，觸事皆謂之『打』，而偏檢字書，了無此字（原注：丁雅反者）。其義主考擊之『打』，自音謫（校：疑當作滴）耿，以字學言之，『打』字從手，從丁，丁又擊物之聲，故音『謫耿』爲是。不知因何轉爲『丁雅』也。」吴曾能改齋漫録卷五打字從手從丁引歸田録後，曰：「予嘗考釋文云：『丁者當也，打字從手從丁，以手當其事者也。觸事謂之『打』，於義亦無嫌矣。夫豈歐公偶忘釋文云耶？予嘗見宋景文公云，凡義有未通者，當以偏旁考之。予於『打』字得之矣。」劉昌詩蘆浦筆記卷三引歸田録及漫録，又曰：「然世間言『打』字尚多。左藏有打套局，諸庫支酒謂之『打發』，諸軍請糧謂之『打糧』，請印文書謂之『打印』，結算謂之『打算』，貿易謂之『打博』，裝飾謂之『打扮』，請酒、醋謂之『打醋』、『打酒』，監場裝發謂之『打袋』，席地而睡謂之『打鋪』……因併記之。」

病中寄胡原仲劉致中〔一〕

累月不寄書，我病亦在床。仰視出林鶴，如覩二子翔。冰壺貯秋月〔二〕，所至有輝光。僻郡足風雨，深春猶雪霜。閩水遠而清，閩山深且長。何時一尊酒，更復議行藏〔三〕。

〔一〕胡原仲，胡憲字原仲，建州崇安人。從從父胡安國學。紹興中以鄉貢入太學，會伊洛之學有禁，陰與劉勉之誦習其説。宋史有傳，見本書卷一六建安熊述之爲令建德不言而民治將適三衢留詩美之其二注。劉勉之，字致中，胡憲鄉人，亦治伊洛之學，與憲爲道義交，宋史有傳。又宋史朱熹傳：「父松病亟，嘗屬熹曰：『籍溪胡原仲、白水劉致中、屏山劉彦沖三人，學有淵源，吾所敬畏。吾即死，汝往事之，而惟其言之聽。』三人，謂胡憲、劉勉之、劉子翬也。」

〔二〕「冰壺」句：謂清高。蘇軾贈潘谷：「布衫漆墨手如龜，未害冰壺貯秋月。」

〔三〕「何時」二句：行藏，指出處。論語述而：「子謂顏淵曰：『用之則行，舍之則藏，唯我與爾有是夫。』」何晏集解：「孔子言可行則行，可止則止，唯我與顏淵同。」杜甫春日憶李白：「何時一尊酒，重與細論文。」

才元相過三衢偶成近體詩一首奉呈〔一〕

紛紛俗事起如毛，病起南窗厭作勞。正欲往來求飯飽，敢將辛苦治名高〔二〕。長閑似稱三冬卧〔三〕，舊學虛蒙一字褒〔四〕。它日相逢有餘地，尚容衰晚鬬堅牢〔五〕。

〔一〕才元，當是范才元，才元蓋其字，名未詳。兩宋之交詩人、畫家。本書卷一九有送范才元一首，略曰：「胡塵滿中原，冠蓋走東南。同時辟地人，十不存二三。相逢各衰病，豈復能清談。」則兩人年歲或相若。又張元幹蘆川歸來集中，與范才元次韻唱和尚多，如范才元道中雜興五首其四曰：「君家鼻祖大范老，氣壓賀蘭威鳳鳴。文采風流今未泯，耳孫胸次似冰清。」則范才元乃「大范」（范雍）後裔。宋史卷二八八范雍傳：「范雍（九八一—一〇六四），字伯純，世家太原。……（從祖龜）葬河南，遂爲河南（今河南洛陽）人。」中進士第，累官至樞密副使，以户部侍郎知陝州，改永興軍，知河中府。又以資政殿學士知永興軍，仕終禮部尚書。續資治通鑑長編卷一二八：范仲淹知延州，「分州兵爲六将，將三千人，分部教之，量賊衆寡，使更出禦賊，賊不敢犯。既而諸路皆取法焉，賊相戒曰：『無以延州爲意，今小范老子腹中自有數萬兵甲，不比大范老子可欺也。』大范，蓋指（范）雍云。」元幹又有范才元參議求酒於延平使君邀予同賦謹次其韻詩，當作於福建，知范才元嘗爲參議官。餘不詳。

〔二〕「敢將」句：治名高，治，求也。名高，名氣更大。三國志魏書王昶傳：「北海徐偉長，不治名高，不求苟得，澹然自守，惟道是務。」

〔三〕「長閑」句：三冬，冬季三個月。杜甫遣興五首其一：「蟄龍三冬卧，老鶴萬里心。」

〔四〕「舊學」句：舊學，指傳統學術，與王安石「新學」相對。一字褒，泛指相誇獎。范寧春秋穀梁傳序：「一字之褒，寵逾華衮之贈；片言之貶，辱過市朝之撻。」李商隱獻寄舊府開封公：「幕府三年遠，春秋一字褒。」

〔五〕「尚容」句：鬬堅牢，比試誰更强健。文天祥山中再次胡德昭韵：「人生柳絮鬬堅牢，過眼春光歎伯勞。」可參讀。

無　題

衾裯尚冷知春早〔一〕，意緒無聊覺病深。夜半改詩緣底事〔二〕，向來餘習正關心。

〔一〕「衾裯」句：詩經召南小星：「抱衾與裯，寔命不猶。」毛傳：「衾，被也。裯，禪被也。猶，若也。」鄭玄箋：「裯，牀帳也。」此泛指被褥。

〔二〕「夜半」句：底事，詩詞曲辭語匯釋卷一：「底，猶何也；甚也。」

寄人三首

世久無高識，斯人我獨知。子行吾羨子，雖病敢忘詩〔一〕。

〔一〕「子行」二句：行，此婉言死。吕氏春秋知接：「今臣將有遠行，胡可以問。」高誘注：「行謂即世也。」敢忘詩，指二人曾經相贈之詩，見下注。

念昔無事日〔一〕，同升夫子堂〔二〕。江湖晚相見，猶喜共行藏〔三〕。

〔一〕「念昔」句：無事日，指靖康之難以前。

〔二〕「同升」句：紫微詩話：「顏夷仲岐，舊嘗從滎陽公（吕希哲）問學。予爲濟主簿，夷仲適在曹南，嘗贈予詩：『念昔從學日，同升夫子堂。』夫子，蓋謂滎陽公也。予罷官歸，作詩留別夷仲，云：『昔者同升夫子堂，如今俱是鬢蒼浪。』蓋用其語也。」蒼浪，連綿字，斑白貌。上所謂「敢忘詩」，即指此贈答詩。夫子堂，論語先進：「門人不敬子路。子曰：『由也升堂矣，未入於室也。』」何晏集解引馬（融）曰：「升我堂矣，未入於室耳。」此借喻以指希哲，謂兩人曾一起讀書。據建炎要録卷四，顏岐乃顏復子，原籍奉符（今屬山東泰安）人，居彭城，兖公（顏淵）四十八世孫。

〔三〕「猶喜」句：行藏，謂曾同出處，見本卷前病中寄胡原仲劉致中詩注。

世久趨浮末〔一〕，於時爾獨賢。閑游衆目外〔二〕，却立萬夫前〔三〕。老驥空伏櫪〔四〕，長琴有斷弦〔五〕。傷心共隱地，回首更茫然〔六〕。

〔一〕「世久」句：浮末，浮躁，舍本求末。秦觀懷孫子實：「舉眼趨浮末，斯人獨好修。」

〔二〕「閑游」句：衆目外，公衆視野之外，謂不求人知。

〔三〕「却立」句：史記廉頗藺相如列傳：「相如視秦王無意償趙城，乃前曰：『璧有瑕，請指示王。』王授璧，相如因持璧却立倚柱，怒髮上衝冠。」以上二句，言昔年顔岐性格孤傲，敢作敢爲，表現甚佳。

〔四〕「老驥」句：曹操龜雖壽：「老驥伏櫪，志在千里。」言「空」，謂一切皆成既往，許多事不堪回首。按：靖康之難後，顔岐飛黄騰達，官至門下侍郎、御史中丞，知樞密院事。建炎三年（一一二九），因牽連苗劉之亂，罷官。據紫微詩話，顔岐嘗是吕本中「十友」之一。在靖康之後主戰、主和、主降的激烈鬭争中，顔岐主降，中興小紀、建炎要録等書記載其劣迹斑斑，此舉一事，足見其政治品質。宋史李綱傳上：「高宗即位，拜尚書右僕射兼中書侍郎，趣赴闕。中丞顔岐奏曰：『張邦昌爲金人所喜，雖已爲三公、郡王，宜更加同平章事，增重其禮。李綱爲金人所惡，雖已命相，宜及其未至罷之。』章五上，上曰：『如朕之立，恐亦非金人所喜。』岐語塞而退。」吕本中一直主戰，而在組詩中以逝者爲大，多回憶早年友誼，對過往分歧不置一詞。

〔五〕「長琴」句：長琴，即琴。斷弦，喻萬事已了。虞世南怨歌行：「香銷翠羽帳，弦斷鳳凰琴。」又杜甫寄岳州賈司馬六丈巴州嚴八使君兩閣老五十韵：「朱絲有斷絃。」此指顔岐之死。建炎要録卷一四一：紹興十一年（一一四一）八月壬申：「資政殿學士顔岐薨於福州。」

〔六〕「傷心」二句：共隱地，指福州。吕本中嘗避地寓福州，顔岐亦死於該地，故云。人已云亡，回首往事，令人茫然，故本中不言人之短，在此組詩中仍對昔日之顔岐好評有加，並諱其姓氏。

寄祁居士〔一〕

聞道祁居士，抄書手未停〔二〕。艱難走異縣，辛苦抱遺經〔三〕。野寺猶堪隱，人言懶復聽。十年事夫子，今日得儀刑〔四〕。

〔一〕祁居士，周紫芝祁居之見過僕出未歸明日作二詩爲謝其二：「不見前賢畏後生，一聞君語爲心傾。何時却約高軒過，重聽門人説老成。」自注：「祁寬，字居之，和靖（尹焞）門人。」又汪應辰與喻玉泉書：「江州祁居之，尹和靖（焞）之高弟（原誤「第」，徑改），嘗患鼻中，時有碎骨出。周云，乃飲甘棠湖水所中，以生薑爲末，服及一秤，則此病自愈。已而果然。」又，朱熹亦與之相熟，其文集中屢及之，知祁氏除隨尹焞治理學外，嘗著論語説，且喜論兵，事迹散見於朱文公文集卷三五、卷五〇、卷八一及續集卷三等。又宋元學案卷二七和靖學案：「祁寬，字居之，均州人（原注引雲濠案：均州一作均陽），南渡後寓廬山，隱居不仕。和靖作論語解，稱先生與王、吕諸公有力焉。王樞密庶與之善。」

〔二〕「抄書」句：指抄寫尹焞所撰論語解。尹焞題論語解後：「焞紹興七年（一一三七）十一月被召到闕，賜對，押赴經筵承續講説論語衛靈公之末一章。次日，有旨給筆札，解論語以進。念以説書爲職，不敢以固陋辭，方以病困殆，蒙賜寬假，病安日解進。明年二月，駕還錢塘，焞以病從百司先行。三月，病少愈，力疾日赴經筵。是月十三日，詔促成書以進。時手顫目昏，心思荒錯，深懼稽命之久，遂勉强爲之，姑塞上命。四月二十一日進至，而學者祁寛、呂稽中、堅中在焉，書成，皆三子之助也。」

〔三〕「辛苦」句：遺經，指尹焞論語解祁寛手抄本。尹焞題論語解後：「（紹興）九年春復病，丐歸，蒙恩授以閑禄，聽其自便。遂寓居平江府（今江蘇蘇州）虎丘寺之西庵，（祁）寛從余居上方，暇日見此秩，云當時潛録，欲終身誦之。甚矣，其嗜學也！……寛復請藏之，因識始末，併戒其勿以示人，幸諒區區之意。」

〔四〕「十年」二句：夫子，指尹焞。儀刑，法式，典范。詩經大雅文王：「儀刑文王，萬邦作孚。」毛傳：「刑，法；孚，信也。」鄭玄箋：「儀，法。文王之事，則天下咸信而順之。」

贈人四首

病欲相尋久未能，虎丘山下在家僧〔一〕。諸方本末須君記，拈出叢林舊葛藤〔二〕。

〔一〕「虎丘山」句：此首當寫祁寬。本書卷一九寄祁居之詩有「何時更得相從去，細話叢林舊葛藤」兩句，可見二詩之關聯。虎丘山，方輿勝覽卷二平江府山川：「虎丘山在城西北九里，又名海湧山。遥望平田中一小丘。」又引越絶書：「吴王闔廬葬虎丘山下，發五都之士十萬人共治葬。穿土爲川，積壤爲丘，池廣六十步，水深一丈五尺。銅棺三重，澒池六尺，黄金珠玉爲鳧雁，扁諸之劍、魚腸之干在焉。葬三日，金精上騰爲白虎，蹲踞於上，因名虎丘。」在家僧，信佛不出家之人，即所謂居士。按虎丘所在之平江府，即今之江蘇蘇州。前寄祁居士詩注引尹焞題論語解後：「（紹興）九年（一一三九）春復病，丐歸，蒙恩授以閑禄，聽其自便。遂寓居平江府虎丘寺之西庵，（祁）寬從余居上方。」即詩所述。

〔二〕「諸方」二句：諸方，各地。此指各地叢林。叢林乃僧人聚居處，因代指寺院。葛藤，葛與藤，皆纏樹而生之植物。按宋釋道融著叢林盛事二卷，慶元三年（一一九七）自序道：「余厠身叢林僅三十年，所見當代諸大老多矣。……因追憶平日在衆目見耳聞前輩近世可行可録之語，共成一編。書成。將呈鄮峰佛照老人，見而悦之，謂侍僧道權曰：『此真吾門盛事也，胡不刊木以傳後世？』因以叢林盛事目之。」則禪宗所謂葛藤，指禪師言語，故書中有曰：「禪家者流，凡見説事枝蔓不徑捷者，謂之葛藤。」

昔年曾侍老姑旁〔一〕，誨我全身只退藏〔二〕。長恐風流便疏遠〔三〕，子猶它日及升堂〔四〕。

〔一〕「昔年」句：老姑，吕本中有二親姑，長嫁趙演，即趙柟（字才仲）之母華陽君；次嫁蔡氏，即蔡興宗之母清源君，見本書卷四寄蔡伯世趙才仲詩注。

〔二〕「誨我」句：退藏，謂韜光養晦。周易繫辭上：「六爻之義，易以貢。聖人以此洗心，退藏於密，吉凶與民同患。」晋韓伯注「貢」：「告也。」又注「洗心」：「洗濯萬物之心。」又注「退藏」句：「言其道深微，萬物日用而不能知其原，故曰退藏於密。」

〔三〕「長恐」句：風流，指搶風頭，趕潮流。疏遠，謂淡忘、背離其姑之教誨。

〔四〕「子猶」句：子，詩人自指，用其老姑語氣。升堂，即升堂入室，出論語先進，見本卷前寄人三首詩注引。此指爲學真有所成。

跬步無功已厭遲〔一〕，後生誰復肯從師〔二〕。無人識子閑居意，手冷深藏只自知〔三〕。

〔一〕「跬步」二句：荀子勸學：「故不積蹞步無以至千里，不積小流無以成江海。騏驥一躍，不能十步；駑馬十駕，功在不舍。鍥而舍之，朽木不折；鍥而不舍，金石可鏤。」唐楊倞注：「半步曰蹞，蹞與跬同。」此言無跬步積學之志，鍥而不舍之功，而欲速成。

〔二〕「後生」句：韓愈師説：「嗟乎！師道之不傳也久矣，欲人之無惑也難矣。古之聖人，其出人也遠矣，猶且從師而問焉。今之衆人，其去聖人也亦遠矣，而耻學於師，是故聖益聖，愚益愚。」

〔三〕「無人」二句：禮記孔子閒居：「孔子閒居，子夏侍。」陸德明釋文：「退燕避人曰閒居。」手冷，與炙手可熱相對，謂若不被信任，便卷而晦迹，深藏不露。然此多不被人理解。

三江古路更深居〔一〕，白首窮經一丈夫。借問新年入城市，亦曾頻到虎丘無〔二〕？

〔一〕「三江」二句：周禮夏官職方氏：「職方氏，掌天下之圖，以掌天下之地。……東南曰揚州，其山鎮曰會稽，其澤藪曰具區，其川三江，其浸五湖。」賈公彦疏：「揚州所以得有三江者，江至尋陽南合爲一，東行至揚州，入彭蠡，復分爲三道而入海，故得有三江也。」則長江入彭蠡始復分三道，據詩意，所謂「三江古路」，亦指蘇州。白首窮經，指祁寬居士。

〔二〕「借問」二句：按此四首詩，所贈似爲一人，第一首舉祁寬，第二首記其老姑語，第三首乃詩人自道，末首問受贈者新年到蘇州時，曾否去看望過祁居士？據詩意及口氣，受贈者當爲吕本中族人，否則不會述及老姑事，疑即其兄弟行吕稽中或堅中。前寄祁居士詩注引宋元學案卷二七和靖學案稱和靖作論語解時，王、吕諸公有力焉，所謂「吕」，即此二人。

寄朱希真〔一〕

幕下諸侯老，微言衆不聽〔二〕。祇應有餘論，時復注前經〔三〕。郡古疏還往〔四〕，官閑任醉醒。主人鵝可換，更爲寫黄庭〔五〕。

〔一〕朱希真，朱敦儒（一〇八一——一一五九）字希真，河南（今河南洛陽）人。紹興二年（一一三二）被薦，補右迪功郎；五年，賜進士出身，爲秘書省正字。歷兵部郎中、臨安府通判、秘書郎、都官員外郎，遷兩浙東路提點刑獄。一向主戰，坐與李光交通，罷。工詩及樂府，婉麗清暢，有詞集樵歌傳世。宋史有傳。

〔二〕「幕下」二句：朱敦儒嘗於紹興六年十月以秘書省正字權兵部郎中、行在供職（建炎要録卷一〇六）。按宋史職官志三兵部：「兵部掌兵衛、儀仗、鹵簿、武舉、民兵、廂軍、土軍、蕃軍，四夷官封承襲之事，輿馬器械之政。」故此所謂「諸侯」，指軍隊將領。諸侯老，謂部分軍人無心作戰，聽不得抗金、恢復言論。

〔三〕「祇應」二句：餘論、注前經，指朱敦儒官秘書省正字。宋史職官志四秘書省：南渡後，「紹興元年始詔置秘書省，權以秘監或少監一員，丞、著作郎佐各一員，校書、正字各二員爲額。……自是采求闕文，補綴漏逸，四庫書略備」。

〔四〕「郡古」句：郡，指吕本中寓居地衢州。還往，即往還。

〔五〕「主人」二句：晋書王羲之傳：「山陰有一道士養好鵝，羲之往觀焉，意甚悦，固求市之。道士云：『爲寫道德經，當舉群相贈耳。』羲之欣然寫畢，籠鵝而歸，甚以爲樂。」寫道德經，後誤傳爲寫黄庭經，李白送賀賓客歸越：「山陰道士如相見，應寫黄庭換白鵝。」苕溪漁隱叢話後集卷二七已指出吕本中此詩爲「沿襲誤用」。朱敦儒亦擅書法，故云。

寄向縣丞〔一〕

念子它時兩頰紅，十年奔走變衰翁。耐官丞相風流在〔二〕，坐守簞瓢不訴窮〔三〕。

〔一〕向縣丞，據詩意，其人當爲向敏中（九四九—一〇二〇）後裔，名不詳。縣丞，知縣之佐。南宋初，萬户以上縣方置丞。

〔二〕「耐官」句：苕溪漁隱叢話後集卷三五苕溪漁隱曰：「沈存中筆談（按：所引見夢溪筆談卷九）云：『真宗時，向文簡敏中拜右僕射，麻下日，李昌武爲翰林學士，當對，上謂之曰：「朕自即位以來，未嘗除僕射，今日以命敏中，此殊命也，敏中應甚喜。」對曰：「臣今日早候對，亦未知宣麻，不知敏中何如。」上曰：「敏中門下，今日賀客必多，卿往觀之，明日却對來，勿言朕意也。」昌武候丞相歸，乃往見，丞相謝客，門闌悄然無一人。昌武與向親，徑入見之，徐賀曰：「今日聞降麻，士大夫莫不歡慰，朝野相慶。」公但唯唯。又曰：「自上即位，未嘗除端揆，此非常之命，自非勳德隆重，眷倚殊越，何以至此。」公復唯唯，終未測其意。又歷陳前世爲僕射者，勳勞德業之盛，禮命之重，公亦唯唯，終無一言。既退，復使人至庖厨中問，今日有無親戚賓客飲食宴會，亦寂無一人。明日再對，上問：「昨日見敏中否？」對曰：「見之。」

「敏中之意何如？」乃以其所見對。上笑曰：「向敏中大耐官職。」』故吕居仁寄向縣丞詩云：『耐官丞相風流在，坐守簞瓢不訴窮。』張仲宗（元幹）作向伯恭雍熙堂詩亦云：『家世從來耐官職，百年猶見典刑存。』」風流，謂流風餘韵。

〔三〕「坐守」句：用論語雍也顔回事，前已屢引。此喻向縣丞賢而有德，謹守固窮家風。

病中

藥裹關心老不宜〔一〕，只今筋力已全衰。何由更得身無事，却似他時把酒時。

〔一〕「藥裹」句：藥裹，藥包。杜甫酬郭十五判官：「藥裹關心詩總廢。」又李綱奉贈宣撫孟參政二首其二：「藥裹關心多病身。」

山城

山城雨雪繁，春氣來不早。思君如和風，未見意已好。時蒙枉車騎，笑語得傾倒。我能知子賢，子亦憐我老。舊交半鬼録〔一〕，在者迹已掃〔二〕。慨然念平生，令人惡懷抱〔三〕。相從飽喫飯，此計或未保〔四〕。東游有前約，預恐别草草〔五〕。豈無一言贈，妙句寫默藁〔六〕。出門仰高山〔七〕，猶堪慰枯槁。

〔一〕「舊交」句：曹丕與吴質書：「數年之間，零落略盡，言之傷心。頃撰其遺文，都爲一集，觀其姓名，已爲鬼録，追思昔遊，猶在心目。」

〔二〕「在者」句：迹已掃，後漢書范滂傳：「滂在職，嚴整疾惡，其有行違孝悌、不軌仁義者，皆掃迹斥逐，不與共朝。」文選孔稚珪北山移文：「或飛柯以折輪，乍低枝而掃迹。」劉良注「掃迹」爲「掃去其迹」，「言草木，謂爲山靈除去之，不許來也」。此言已難見蹤迹。

〔三〕「令人」句：惡懷抱，情緒低落。世説新語言語：「謝太傅（安）語王右軍（羲之）曰：『中年傷於哀樂，與親友别，輒作數日惡。』王曰：『年在桑榆，自然至此。』」

〔四〕「相從」二句：杜甫病後遇王倚飲贈歌：「但使殘年飽喫飯，只願無事長相見。」未保，謂飽吃飯也未必能做到。

〔五〕「預恐」句：别草草，即草草而别，謂不能盡興。

〔六〕「豈無」二句：一言贈，即臨别贈言，所贈多勉勵或吉利語。參見本書卷六甲午送甯子儀歸洛詩注。默藁，即腹藁。

〔七〕「出門」句：詩經小雅車舝：「高山仰止，景行行止。」孔穎達正義：「有高顯之德如山者，則慕而仰之；有遠大之行者，則法而行之。」此所謂「山」，既指山城之山，更喻枉車來訪之「君」，然其人姓名不詳。

病夫〔一〕

病夫坐穩懶出門，底事逢春作臞瘦〔二〕。故人相尋不憚遠，欲以一盃爲我壽。鋪張古昔引大義，勸使忍窮如忍詬〔三〕。感君意氣但如昨，顧我情懷已非舊。平生甘作蟻旋磨〔四〕，萬事只如船放溜〔五〕。十年參差故鄉夢〔六〕，一心守待靈芝秀〔七〕。辱身竊比柳下惠〔八〕，疾惡幸逢朱伯厚〔九〕。它時城市望雲山，歲晚何由數相就〔一〇〕。

〔一〕病夫，吕本中自稱，其詩集中屢見。

〔二〕「底事」句：底，何也。文選沈約齊故安陸昭王碑文：「若此移年，臞瘠改貌。」李善注引爾雅曰：「臞，瘠也，與癯同。」李周翰注：「癯，病；瘠，疲也。」韓愈南山詩：「磔卓立癯瘦。」

〔三〕「勸使」句：黄庭堅跋歐陽文忠公廬山高詩：「劉公（恕）中剛而外和，忍窮如鐵石。」史記伍子胥列傳：「伍子胥者，楚人也，名員。……員爲人剛戾忍詢，能成大事。」索隱：「鄒氏云：『一作「詬」，駡也，音逅。』」

〔四〕「平生」句：蟻旋磨，喻毫無長進。晉書天文志上天體：「周髀家云：『天圓如張蓋，地方如棊局。天旁轉如推磨而左行，日月右行，隨天左轉，故日月實東行，而天牽之以西没。譬之於蟻行磨石之上，磨左旋而蟻右去，磨疾而蟻遲，故不得不隨磨以左迴焉。』」黄庭堅演雅：

「氣陵千里蠅附驥，枉過一生蟻旋磨。」

〔五〕「萬事」句：船放溜，喻消逝極快。蘇軾和鮮于子駿鄆州新堂月夜二首其一：「歲月不可思，駛若船放溜。繁華真一夢，寂寞兩榮朽。」

〔六〕「十年」句：參差，文選謝朓和伏武昌登孫權故城：「參差世祀忽，寂寞市朝變。」吕延濟注：「參差，時不停貌。」

〔七〕「一心」句：靈芝秀，喻指國家中興。唐趙居貞雲門山投龍詩：「陽巘靈芝秀，陰崖半天赤。」

〔八〕「辱身」句：辱身，指貶官。論語微子：「柳下惠爲士師，三黜，人曰：『子未可以去乎？』曰：『直道而事人，焉往而不三黜！』」

〔九〕「疾惡」句：後漢書陳蕃傳：「諺曰：『車如鷄栖馬如狗，疾惡如風朱伯厚。』」按：朱伯厚，即朱震。北堂書鈔卷七三引謝承後漢書：「朱震，仕爲郡主簿。時户曹史袁叔稱以微過，太守郭琮怒，閉閣罰之，衆皆悚懼。震排闥直入，乃前諫曰：『袁史，則故御史珍之孫，何爲苛罰？脱有奄忽，如何？』遂釋之。」句謂雖貶官幸未深罪。

〔一〇〕「歲晚」句：數相就，時常見面。鮑照擬行路難十八首其四：「且願得志數相就，床頭恒有沽酒錢。」

無　題

心廣體故胖〔一〕，意肅氣自屏〔二〕。頹然萬物表，樂此一室静。念君久安坐，轉覺此味勝。疏籬過野馬〔三〕，破牖行日景〔四〕。但令此意真，不必費譏評。想當溪山横，更有松竹映。隱几得晝眠，此固可補病〔五〕。

〔一〕「心廣」句：禮記大學：「富潤屋，德潤身，心廣體胖，故君子必誠其意。」司馬光和范景仁緱氏别後見寄：「東西步步遠，回首祝加餐。仍冀勉中和，心廣體自胖。」

〔二〕「意肅」句：意肅，指性格沉静。氣自屏，謂奪氣屏息。如此則心神凝定，有利健康。

〔三〕「疏籬」句：莊子逍遥遊：「野馬也，塵埃也，生物之以息相吹也。」郭象注：「野馬者，遊氣也。」

〔四〕「破牖」句：牖，窗户。行日景，日光移動。漢書魏豹傳：「人生一世間，如白駒過隙。」顔師古注：「言其速疾也。白駒，謂日景也；隙，壁際也。」

〔五〕「隱几」二句：莊子知北遊：「神農隱几闔户晝瞑。」隱几，成玄英疏：「隱，憑也。……學道之人，心神凝静，閉門隱几，守默而瞑。」几，猶今之桌子。可補病，莊子外物：「静然可以補病。」成玄英疏：「適有煩躁之病者，簡静可以療之。」此言可輔助治病。

偶成兩絶句奉寄文若庭列〔一〕

强欲馳驅老不宜，故人雖在費相思。祇應大府多還往〔二〕，職事雖忙不廢詩。

〔一〕文若，李彭之弟李文若，見本書卷四寄李商老詩注。庭列，即夏庭列，夏倪子，夏庭别弟，見本書卷一二贈夏庭别兄弟詩注。

〔二〕「祇應」句：大府，指官衙，代指李文若，願其多往來，共同探討詩藝。因文若仕歷不詳，故所謂「大府」，不知是何官府。

夏子經時不寄書〔一〕，十年奔走尚窮途。不知自到高安縣〔二〕，亦有心情記我無。

〔一〕「夏子」句：夏子，即夏庭列。

〔二〕「不知」句：高安縣，宋筠州治所，今江西高安。夏庭列蓋在該地做官，何官不詳。

寄閩中親舊〔一〕

濃陰蔽烈日，小院有餘凉。頓覺枕簟好，時聞荷芰香。秋成今可必〔二〕，衰疾未相妨。徑欲閩中去，尋僧不裹糧。

〔一〕紹興九年（一一三九）三月，吕用中知建州，後又提舉福建茶事，見建炎要録卷一二七、卷一三三。此即所謂「親」。舊，當指往日在閩所交僧俗友人，故下云「尋僧」。

〔二〕「秋成」句：爾雅釋天：「秋爲收成。」

廖用中世綵堂〔一〕

廖氏居七閩〔二〕，土俗變齊魯〔三〕。子孫仁且壽〔四〕，每繼先父祖。作堂名世綵，此意天所予。近者得矜式〔五〕，遠者快先覩。今公懷直道，邪正有區處。還家上此堂，父祖當笑許。小人慕清風〔六〕，想像濯煩暑。孰知少年塲，有此毛髮古〔七〕。何時望世綵，得聽公笑語。老松卧歲寒，亦以蔽風雨〔八〕。人或不予知，亦莫予敢侮〔九〕。

〔一〕廖用中，廖剛（一〇七〇—一一四三）字用中，號高峰，南劍州順昌（今屬福建南平）人。崇寧五年（一一〇六）進士，官至御史中丞。事迹詳張栻工部尚書廖公墓誌。宋史有傳。墓誌記其編世綵集事，略曰：「公之曾大母享年九十有三，大父享年八十有八，皆及見耳孫，餘亦多壽考，累世以華髮奉養。公舊嘗名堂曰世綵，諫議陳公播之聲歌，士大夫從而爲詩者甚衆，緝之盈編。……宰相忠簡趙公（鼎）方務推廣上孝愛之志，遂以世綵集進奏，……其書至今人間樂傳之。」所謂「世綵」，當用老萊子事。藝文類聚卷二〇孝引列女傳曰：「老萊子孝養二親，行年七十，嬰兒自娱，著五色綵衣。嘗取漿，上堂跌仆，因卧地爲小兒啼。或弄烏鳥於親側。」世綵集凡三卷，文獻通考卷二四九著録，引中興藝文志曰：「政和中，廖剛曾祖母與祖母享年最高，皆及見五世孫，剛作堂名世綵以奉之，士大夫爲作詩。」該集趙鼎進奏，蓋刊於紹興初，已久佚。

〔二〕「廖氏」句：七閩，周禮夏官職方氏：「掌天下之圖，以掌天下之地。辨其邦國、都、鄙、四夷、八蠻、七閩、九貉、五戎、六狄之人民，與其財用九穀、六畜之數，要周知其利害。」鄭玄注引鄭司農（衆）云：「東方曰夷，南方曰蠻，西方曰戎，北方曰貉。」狄，（鄭）玄謂閩蠻之別也。并引國語曰：「閩（芊）（羋），蠻矣。」又謂四、八、七、九、五、六，周之所服國數也。七閩，此即指閩，今爲福建之別稱。

〔三〕「土俗」句：土俗，風土習俗。古稱齊魯爲禮義之邦，此言福建久已是禮義之邦。見本書卷二夜坐有懷詩注引論語雍也。

〔四〕「子孫」句：論語雍也：「仁者壽。」何晏集解引包（咸）曰：「性静者多壽考。」

〔五〕「近者」句：矜式，孟子公孫丑下：「養弟子以萬鍾，使諸大夫國人皆有所矜式。」趙岐注：「矜，敬也；式，法也。欲使諸大夫國人皆敬法其道。」

〔六〕「小人」句：小人，詩人謙指。

〔七〕「孰知」二句：少年場，此指年輕人得勢之時。毛髮古，謂廖剛具古道熱腸。杜甫貽阮隱居（昉）：「貧知静者性，自益毛髮古。」

〔八〕「老松」二句：老松，喻指廖剛，剛較本中長十五歲，故稱。論語子罕：「子曰：『歲寒，然後知松柏之後彫也。』」蔽風雨，遮風擋雨。謂廖以孝道力挽衰頹世風，爲國人樹立起道德榜樣。

〔九〕「亦莫」句：左傳昭公七年：「正考父佐戴武宣，三命兹益共，故其鼎銘云：『一命而僂，再命而傴，三命而俯，循墻而走，亦莫余敢侮。饘於是，鬻於是，以餬餘口。』」共，同恭。

劇暑

劇暑先庚伏〔一〕，經旬在炮燔〔二〕。今夕驟雨過，我病亦少安。凉風醒病骨〔三〕，好月上更闌〔四〕。尚恐賊報急，凌風無羽翰〔五〕。閩中故人書，日夜望我還。無車載家具〔六〕，欲往故不難。所恨去已晚，不及荔子丹〔七〕。家家有白酒，自足解愁顔。

〔一〕「劇暑」句：庚伏，即三伏，詳見本書卷五六月初三日雨後步至城東詩注。此所謂劇暑，當在紹興十一年（一一四一）夏。

〔二〕「經旬」句：炮燔，燒烤。喻天氣極熱。詩經小雅瓠葉：「有兔斯首，炮之燔之。」毛傳：「炮加火曰燔。」

〔三〕「凉風」句：醒病骨，謂病體變得舒適。鄭獬乍凉：「清風醒病骨，快雨破煩心。」

〔四〕「好月」句：更闌，更，古代夜間計時單位，一夜爲五更，每更約二小時。闌，晚也，深也。黄夢汝來思。」

庭堅謝答聞善二兄九絶句其一：「更闌罵坐客星散。」任淵注引蔡琰胡笳曰：「更深夜闌兮，

〔五〕「尚恐」二句：賊報，盜賊來犯之警報。凌風，乘風。無羽翰，無翅膀。猶言插翅難飛。孟郊

出門行二首其二：「我欲横天無羽翰。」又李覯真君殿記：「凡肉欲飛無羽翰。」

〔六〕「無車」句：孟郊借車：「借車載家具，家具少於車。」

〔七〕「所恨」二句：荔枝在五六月間成熟，變爲紅色，此時已入三伏，故云「晚」。

即事

經句困炮煮〔一〕，今夕有微風。市井囂塵外，溪山嘯傲中。涼秋亦不遠，吾道恐

終窮〔二〕。準擬閩中士，今年一笑同〔三〕。

〔一〕「經句」句：炮煮，與上劇暑詩「炮燔」義同，形容天氣極熱。

〔二〕「吾道」句：莊子讓王：「孔子曰：『是何言也！君子通於道之謂通，窮於道之謂窮。』」又論

語公治長：「子曰：『道不行，乘桴浮於海。』」此言欲去閩（福建），而閩瀕臨大海，故云。

〔三〕「準擬」二句：準擬，定可，或許。一笑同，謂今年與前次入閩一樣，可與諸友人一起歡笑。

秋日〔一〕

斟酒莫辭酒琖寬〔二〕，酒琖少寬令心安。客游無聊思舊歡，舊歡新愁千萬端，如何不飲空長歎〔三〕。歲云秋矣風落山〔四〕，白露應節衣裳單〔五〕。南遊並海當不難，雨雪欲下何時還。

〔一〕秋日，此當指立秋日。立秋爲二十四節氣之第十三個節氣，表示秋季由此開始。時間在農曆七月初一前後。

〔二〕「斟酒」句：琖，同盞。寬，大也。唐庚受代有日呈譚勉翁謝與權：「文字能令酒盞寬。」又陸游冬初至法雲：「米賤家家酒盞寬。」可參讀。

〔三〕「如何」句：杜甫蘇端薛復筵簡薛華醉歌：「古人白骨生青苔，如何不飲令心哀。」

〔四〕「歲云」二句：左傳僖公十五年：「歲云秋矣，我落其實，而取其材，所以克也。」杜預注：「周九月，夏之七月，孟秋也。艮爲山，山有木，今歲已秋，風吹落山木之實，則材爲人所取。」句謂秋季樹木開始凋敝。

〔五〕「白露」句：詩經秦風蒹葭：「蒹葭蒼蒼，白露爲霜。」初學記卷三秋：孟秋之月，「涼風至，白露降」。

懷秋

秋風日夜至，念我少年時。新涼喜欲舞，至今心未衰。心雖未遽衰，老病則已甚。頽然坐前階，乃若兩烏噤〔一〕。子病少則爾，衰羸非獨今。徘徊以傍徨〔二〕，何以異夙心。死者各已死，空費子百慮。在者亦已老，契闊少相遇〔三〕。洗心西方觀，子復未肯然〔四〕。胡然競日力，今年如去年〔五〕。

〔一〕「乃若」句：兩烏，四庫本作「雨烏」。噤，閉口無言。

〔二〕「徘徊」句：曹叡（魏明帝）樂府詩二首其一：「縱履下高堂，東西安所之。徘徊以傍徨，春鳥向南飛。」

〔三〕「契闊」句：詩經邶風擊鼓：「死生契闊，與子成説。」毛傳：「契闊，勤苦也。」此言别離之苦。

〔四〕「洗心」二句：周易繫辭上：「聖人以此洗心。」韓康伯注：「洗濯萬物之心。」西方觀，謂修浄土宗之西方觀。按佛教浄土宗所習觀無量壽佛經，謂有十六種觀，故又稱十六觀經。若修成十六觀之任何一種，即能往生。其中第六觀爲總觀，即所謂西方觀。其觀想爲西方極樂世界，該地爲琉璃寶地，無數亭臺樓閣懸於空中，且從天空飄來天樂，頌揚佛法僧三寶。而寶地、寶樹、蓮花池等皆阿彌陀佛依衆生願力所成就。蘇轍天竺海月法師塔碑：「公名惠辯，字訥翁，姓富氏，秀之華亭人也。……年十有九，受具足戒，從韶於天竺，受天台教，習西方觀。……西方觀成，與同社人造塔及閣。」惠辯所習西方觀，即此種。兩句言曾欲習净土宗之西方觀，然後往生其地，但終不肯爲之。

〔五〕「胡然」二句：詩經鄘風君子偕老：「胡然而天也，胡然而帝也。」鄭玄箋：「胡，何也。」并譯爲「何由然」。競日力，謂盡每日之力。

贈范十八〔一〕

君去留不得，我窮前未聞。如何出籠鶴，更送離山雲〔二〕。歲晚逢同志，人稀莫離群。肯思臨別語，只用十年勤〔三〕。

〔一〕范十八，其人未詳，疑爲范祖禹後裔或族人。

〔二〕「如何」二句：白居易寄王質夫：「君作出山雲，我爲入籠鶴。」此以「出籠鶴」、「離山雲」喻飄泊無所依倚之人，前者自喻，後者喻范十八。

〔三〕「肯思」二句：本書卷一九有送范十八詩，中有「已辦辛勤十年讀」句，知所謂「臨別語」，蓋即勉勵其苦讀十年書。

秋日

少年固長貧，長歲復多疾。閉門取堅坐，到此多事日。不嫌冷如漿〔一〕，所要甘似蜜〔二〕。舊書堆几案，老眼厭塗乙〔三〕。不如壁角坐，萬事付以實。況今雨澤足，已覺憂患失。秋成日在望，所至有梨栗〔四〕。賊報雖未衰，一飽良可必。

〔一〕「不嫌」句：冷如漿，三國志魏書夏侯玄傳裴松之注引魏略曰：「曹爽專政，（李）豐依違二公間，無有適莫。故於時有謗書曰：『曹爽之勢熱如湯，太傅（司馬懿）父子冷如漿，李豐兄弟如游光。』」又劉禹錫酬牛相見寄：「官冷如漿滿病身，凌寒不易遇天津。」

〔二〕「所要」句：蘇軾戲子由：「勸農冠蓋鬧如雲，送老虀鹽甘似蜜。」以上兩句，言讀書做學問，應不嫌其冷，辛勤方能換來甘甜。

〔三〕「老眼」句：史記東方朔傳：「朔初入長安，至公車上書，凡用三千奏牘。公車令兩人共持舉其書，僅然能勝之。人主從上方讀之，止，輒乙其處，讀之二月乃盡。」「乙其處」，清吴玉搢別雅卷一謂「以筆鉤斷畫止也」。後指塗改。歐陽脩詩譜補亡後序：「凡補其譜十有五，補其文字二百七，增損塗乙改正者三百八十三，而鄭氏之譜復完。」

〔四〕「所至」句：孔平仲郡名詩呈吕元鈞五首其一：「且復相從游，新醅有梨栗。」

讀書

老去有餘業，讀書空作勞。時聞夜蟲響，每伴午鷄號。久静能忘病，因行得出遨。胡爲良自苦，膏火自煎熬〔一〕。

〔一〕「膏火」句：膏火自煎，謂自相傷害，見本書卷三歲晚作詩注。

宿昔

宿昔尚煩暑，平生悲遠游〔一〕。長貧不貰酒〔二〕，雖健懶登樓〔三〕。晚節勞千慮，經年走數州。新凉事事好，只是迫防秋〔四〕。

〔一〕「平生」句：李白清溪行：「向晚猩猩啼，空悲遠遊子。」

〔二〕「長貧」句：貰酒，史記高祖本紀：「好酒及色，常從王媪、武負貰酒。」集解引韋昭曰：「貰，賒也。」

〔三〕「雖健」句：岑參臨河客舍呈狄明府兄留題縣南樓：「城上望鄉應不見，朝來好是懶登樓。」

〔四〕「只是」句：防秋，秋季預防敵軍入侵。此事自古有之，高適九曲詞三首其三：「青海只今將飲馬，黄河不用更防秋。」南宋時南北對峙，防秋尤急。朱熹、呂祖謙編近思録卷九：「古者戍役，再期而還。今年春暮行，明年夏代者至，復留備秋，至過十一月而歸。又明年中春遣次戍者，每秋與冬初兩番戍者，皆在疆圉，乃今之防秋也。」葉采集解：「此論采薇遣戍役也。北狄畏暑耐寒，又秋氣弓弩可用，故秋冬易爲侵暴，每留戍以防之。」

謝人送詩

堅坐少愉樂，欲行還滯淫〔一〕。時蒙七字句〔二〕，可尉十年心〔三〕。歲晚日晷短〔四〕，天寒霜雪侵。主人不厭客，敢辭酒杯深〔五〕。

〔一〕「欲行」句：滯淫，淹留。韓愈孟先生詩：「子其聽我言，可以當所箴。既獲則思返，無爲久滯淫。」

〔二〕「時蒙」句：七字句，指七言歌行或律、絶。

〔三〕「可尉」句：尉，通「慰」。

〔四〕「歲晚」句：日晷，一種計時工具。古代用太陽光投射之陰影長短標識季節及時間。冬季夜長晝短，故謂日晷短。

〔五〕「敢辭」句：辭，原校「一作『避』」。

水仙二絶〔一〕

澹緑衣裳白玉膚，近人香欲透衣襦。不嫌破屋颼飀甚〔二〕，肯與寒梅作伴無。

〔一〕水仙，花名。清康熙間所刊佩文齋廣群芳譜卷五二引洛陽花木記：「水仙叢生下濕地，根似蒜頭，外有薄赤皮。冬生葉如萱草，色緑而厚。春初，於葉中抽一莖，莖頭開花數朵，大如簪頭，色白。圓如酒杯，上有五尖，中承黄心，宛然盞樣，故有金盞銀臺之名。」宋代詩人詠此花者甚多，稱之爲「凌波仙子」，多與梅花相提并論。

〔二〕「不嫌」句：文選左思吴都賦「颸瀏颼飀」句李善注：「颼，所求切；飀，音留。」張銑注：「颼飀，風聲也。」謂水仙不嫌破屋不能遮風擋雨。

破臘迎春開未遲〔一〕，十分香是苦寒時〔二〕。小瓶尚恐無佳對〔三〕，更乞江梅三四枝。

〔一〕「破臘」句：杜甫白帝樓：「臘破思端綺。」清仇兆鰲杜詩詳注釋「臘破」爲「臘盡春回」。黄庭堅竹軒詠雪呈外舅謝師厚并調李彦深：「破臘春未融。」

〔二〕「十分」句：張耒梅花十首其五：「玉粟匀圓官樣黄，領巾借與十分香。」

〔三〕「小瓶」句：小瓶，植水仙花之瓶。佳對，足與水仙相配之花。

吕本中詩集箋注卷一八

處　暑〔一〕

平時遇處暑，庭户有餘凉。一紀走南國〔二〕，炎天非故鄉。寥寥秋尚遠，杳杳夜先長〔三〕。尚可留連否，年豐秔稻香〔四〕。

〔一〕處暑，中國二十四節氣之一。明顧起元説略卷四：「處暑，七月中。處，止也，暑氣至此而止矣。」

〔二〕「一紀」句：一紀，歲星（木星）繞太陽一周約十二年，故古人稱十二年爲一紀。此指十餘年。南國，指福建、廣南東路、廣南西路等地，詩人避地期間曾在上述諸地流寓多年。

〔三〕「杳杳」句：到二十四節氣之夏至時，白晝最長，黑夜最短，然後白晝漸短，夜晚漸長，到冬至時正相反，故云。

〔四〕「年豐」句：秔稻，漢書東方朔傳：「（武帝）旦明，入山下馳射鹿豕狐兔，手格熊羆，馳騖禾稼稻秔之地。」顔師古注：「稻，有芒之穀總稱也。秔，其不黏者也。音庚。」也作粳、稉。杜甫秋行官張望督促東渚耗稻向畢清晨遣女奴阿稽豎子阿段往問：「東渚雨今足，佇聞粳稻香。」又蘇軾和穆父新涼：「清風來既雨，新稻香可飯。」

教授鄭國材挽詩〔一〕

松桂在荆棘，所趨故不同。雖云被剪伐，所至仰清風〔二〕。念子行古道，簞瓢生屢空〔三〕。我來則已病，不復能從容。平生務躬行，聖處久收功〔四〕。堅坐想顔子〔五〕，欲往吾其從。丹旐忽已遠〔六〕，暮靄千山重〔七〕。論文一尊酒，堅坐更誰逢。

〔一〕鄭國材，甕牖閒評卷八：「余鄉楊漢卿作堂，王文焕檢正榜之曰『壽豈』，取詩所謂『令德壽豈』者，託先父懇鄭國材書。」然不久「王、楊、鄭與先父偕亡」，云云。四庫提要考該書作者爲袁文，四明鄞（今浙江寧波）人。疑鄭氏亦鄞人，除曾官教授外，其餘生平事迹不詳。挽詩，哀悼死者之詩。

〔二〕「雖云」二句：剪伐，疑指鄭國材曾在政治上遭遇打擊。蓋鄭氏習理學（詳下注），與禁「元祐學術」牴牾，而終爲人所仰慕，故首句以「松桂」、後又以「清風」爲喻。

〔三〕「簞瓢」句：婁，通「屢」。

〔四〕「平生」二句：躬行，乃宋代理學家所倡導之治學方法，謂只有躬行方可得聖人之道。如程頤曰：「人於文采，皆不曰吾猶人也，皆曰勝於人爾，至於躬行君子，則吾未見其人也。」（二程外書卷六）按許景衡答鄭國材書謂其「示問中庸大指」，又乾隆浙江通志卷一八二人物，宋代首記曹逢時，謂其「少從鄭國材學易」，皆鄭國材習理學之證。

〔五〕「堅坐」句：顏子，即孔子高弟顏回。此代指鄭國材，言其有顏回之德行。

〔六〕「丹旐」句：杜甫承聞故房相公靈櫬自閬州啓殯歸葬東都有作二首其二：「丹旐飛飛日，初傳發閬州。」王洙注：「丹旐，銘旌也。（潘岳）寡婦賦：『龍輀儼其星駕兮，飛旐翩以啓路。』」

〔七〕「暮靄」句：山，四庫本作「萬」，似是。

無題二首

柴門羅雀懶頻開〔一〕，喜有新詩到眼來。聞道繫舟城脚底〔二〕，莫乘溪漲便輕回。

〔一〕「柴門」句：柴門，用木條樹枝製作之門，謂極簡陋。杜甫柴門詩趙彦材注：「杜元凱（預）注左傳『蓽門圭竇之人』，蓽門，柴門。」羅雀，謂門庭極冷落。詳本書卷一七無題詩「一任衡門可雀羅」句注引漢書鄭當時傳述下邽翟公事。

〔二〕「聞道」句：城脚底，乃口語，謂城下。趙抃自温將還衢郡題謝公樓：「城脚千家具舟楫，江心雙塔壓濤波。」原注：「郡裏外通江海，民間悉置船舫，尤便出入。」

入秋多病渾無酒〔一〕，學道無成却讀書。莫謂窮居便寂寞，天凉猶枉故人車。

〔一〕「入秋」句：渾，張相詩詞曲語辭匯釋卷二：「渾，猶全也，直也。」鄭谷九日偶懷寄左省張起居：「渾無酒泛金英菊，漫道官趨玉筍班。」

潘義榮惠木犀二首〔一〕

年年無酒對新秋，辜負凉天懶出游。想得故人憐我病，故分巖桂洗窮愁。

〔一〕潘義榮，潘良貴（一〇九四—一一五〇）字義榮，一字子賤，號默成居士，金華（今屬浙江）人。政和五年（一一一五）登上舍第，累官至中書舍人。因事被彈，乃求去，遂家居。宋史有傳，謂其「剛介清苦，壯老一節」。原有默成居士集十五卷，後代散佚甚多，今存默成文集僅四卷。木犀，即桂花，屬木樨科常緑灌木或喬木，有丹桂、金桂、銀桂、四季桂等品種。宋陳敬陳氏香譜卷一木犀香：「向余異苑圖云：巖桂，一名七里香，生匡盧諸山谷間（引者按：今隨處可見）。八九月開花如棗花，香滿巖谷，采花陰乾以合香，甚奇。其木堅韌，可作茶品，紋如犀角，故號木犀。」亦可入藥，見李時珍本草綱目卷三四。

掃除炎暑脱氛埃，色似菊花香似梅〔一〕。知是西風要清賞，少留陰雨候晴開。

〔一〕「色似」句：菊花亦有金黄色、朱紅色等，故云菊、桂二者「色似」。

次潘都尉富季申冬日探梅韵二首〔一〕

暑退園林物物新，過溪風好月初晨。酒壺茶具偏宜坐，細草殘花别是春。但得主人令客醉，不辭秋冷和詩頻〔二〕。從來禮節生疏放，見我狂歌意自親〔三〕。

〔一〕潘都尉，宋史公主列傳：「秦國康懿長公主，帝（哲宗）第三女也。始封康懿，進嘉國、慶國，政和二年（一一一二）改韓國公主，出降潘正夫，改淑慎帝姬。……建炎初復公主號，改封吴國。」潘都尉，即吴國公主之夫潘正夫，河南（洛陽）人，封駙馬都尉。建炎要録卷一三三：紹興九年（一一三九）十一月癸巳，「檢校少保、昭化軍節度使、充醴泉觀使、駙馬都尉潘正夫開府儀同三司」。紹興十六年冬十一月封少保、和國公。紹興二十三年（一一五三）七月薨於婺州，分别見建炎要録卷一五五、一六二、一六五。富直柔，字季申，宰相富弼之孫。以父任補官。少敏悟，有才名。靖康初晁説之奇其文，薦於朝，召賜同進士出身，除秘書省正字。歷御史中丞，官終端明殿學士，遂徜徉山澤，放意吟詠，與蘇遲、葉夢得諸人游。宋史有傳。

〔二〕「但得」二句：主人，指富直柔。和詩，此首乃次韻富作之探梅詩，原唱已佚。

〔三〕「從來」二句：謂禮節過多往往適得其反，滋生疏放，而狂歌更具親和力。疏放，不拘小節，行爲不檢點。杜甫奉贈嚴八閣老：「客禮容疏放，官曹可接聯。」

開府新從日下歸〔一〕，却尋山水對烟霏。剩披詩律留花住，不使親知到眼稀〔二〕。但見鯤鵬常遠舉〔三〕，應憐蜩鷃只卑飛〔四〕。此游尚恨還家早，未許溪頭送落暉。

〔一〕「開府」句：此首乃次韻潘正夫探梅詩，原唱已佚。開府，指潘正夫獲授開府儀同三司官，見上注。宋史卷一六六職官志六節度使：「宋初無所掌，其事務悉歸本州知州、通判兼總之，亦無定員，恩數與執政同。初除，鎖院降麻，其禮尤異，以待宗室、近屬、外戚、國壻年勞久次者。若外任，除殿帥始授此官，亦止於一員；或有功勳顯著，任帥守於外，及前宰執拜者，尤不輕授。又遵唐制，以節度使兼中書令，或侍中、或中書門下平章事，皆謂之使相，以待勳賢故老及宰相久次罷政者；隨其舊職或檢校官加節度使出判大藩，通謂之使相。元豐以新制，始改爲開府儀同三司。」日下，日，代指皇帝；日下指南宋行在所臨安府（今浙江杭州），以其爲皇帝駐地，故稱。「新從日下歸」，當指新授「開府」之官。唐蘇頲奉和聖製答張説南出雀鼠谷：「雨施巡方罷，雲從訓俗迴。密途汾水衛，清蹕晉郊陪。寒著山邊静，春當日下來。」又宋祁黃垍勾建昌簿：「誰識無雙譽，新從日下歸。」據此，兩首次韻詩皆當作於紹興九年（一一三九）十一月。

〔二〕「不使」句：親知，親朋好友。杜甫十二月一日三首其三：「春來準擬開懷久，老去親知見面稀。」蘇軾歸去來集字十首其八：「春風吹獨斷，不是傲親知。」

〔三〕「但見」句：莊子逍遥遊：「窮髮之北，有冥海者，天池也。有魚焉，其廣數千里，未有知其脩者，其名爲鯤。有鳥焉，其名爲鵬，背若泰山，翼若垂天之雲，摶扶摇羊角而上者九萬里，絶雲氣，負青天，然後圖南。」此喻指官場得志者。

〔四〕「應憐」句：莊子逍遥遊：「蜩與學鳩笑之曰：『我決起而飛，搶榆枋，時則不至而控於地而已矣，奚以之九萬里而南爲？』」成玄英疏：「蜩，蟬也。」該篇又曰：「斥鴳笑之曰：『彼且奚適也？我騰躍而上，不過數仞而下，翱翔蓬蒿之間，此亦飛之至也。而彼且奚適也？』」成玄英疏：「鴳，雀也。」此以蜩、鴳低飛喻指官場失意者。兩句蓋言潘正夫飛黄騰達獲授開府儀同三司後，勸其應多關心沉迹下僚的小官。

次韻木犀二首〔一〕

折送幽花與傲秋，溪頭風物未重游。已憐多病逢三益〔二〕，更喜詩成擬四愁〔三〕。

〔一〕木犀，即桂花，見前注。前有兩詩謝潘惠木犀，蓋潘有次韻詩，此乃再次潘韻。

〔二〕「已憐」句：三益，論語季氏：「孔子曰：『益者三友，損者三友。友直、友諒、友多聞，益矣；友便辟、友善柔、友便佞，損矣。』」

〔三〕「更喜」句：四愁，指張衡所作四愁詩四首。其序曰：「張衡不樂久處機密，陽嘉中，出爲河間相。時國王驕奢，不遵法度，又多豪右并兼之家。衡下車治威嚴，能内察屬縣，姦猾行巧劫，皆密知名，下吏收捕，盡服擒，諸豪俠遊客悉惶懼逃出境，郡中大治，争訟息，獄無繫囚。時天下漸弊，鬱鬱不得志，爲四愁詩。」

洛陽車馬走塵埃〔一〕，一歲顛狂自探梅。還識此花風味否，年年秋後兩番開〔二〕。

〔一〕「洛陽」句：陸機爲顧彦先贈婦：「辭家遠行游，悠悠三千里。京洛多風塵，素衣化爲緇。」此以洛陽代指臨安（杭州）。

〔二〕「年年」句：張鎡奉寄淮西總領張少卿并呈建康留守章侍郎二首其二：「别來秋易過，幽桂兩番開。」可參讀。

謝潘義榮送菊二首

經旬霖雨足莓苔〔一〕，忽喜雙盆送菊來。已似風霜憔悴損，主人云是待晴開。

〔一〕「經旬」句：霖雨，左傳隱公九年：「凡雨，自三日以往爲霖。」楚辭宋玉九辯：「皇天淫溢而秋霖兮。」

漸開粉白間微黄，肯與新橙一例香〔一〕。送與衰翁元未稱，且留青蕊作重陽〔二〕。

〔一〕「肯與」句：新橙，「橙」指橙菊，見本書卷九橙二首詩注。蘇軾初自徑山歸述古召飲介亭以病不赴：「西風初作十分凉，喜見新橙透甲香。」

〔二〕「且留」句：青蕊，未開之花蕊。重陽，九月九日。杜甫歎庭前甘菊花：「庭前甘菊移時晚，青蕊重陽不堪摘。」

畜犬

主人長年閑，柴户終日閉。雖云伴我懶，常有跋扈志。端如在籠鶴〔一〕，又若伏櫪驥〔二〕。舉首望道路，久欲從此逝。恨無陸探微，寫此師子戲〔三〕。如何尚摇尾，更作求食計。

〔一〕「端如」句：孟郊送青陽上人遊越：「多謝入冥鴻，笑予在籠鶴。」

〔二〕「又若」句：曹操龜雖壽：「老驥伏櫪，志在千里。」謂所養犬好動，不安分。

〔三〕「恨無」二句：陸探微，吴人，南朝宋畫家，師於顧愷之，事宋明帝。南齊謝赫古畫品録歸之於第一品，論曰：「窮理盡性，事絶言象，包前孕後，古今獨立，非復激揚所能稱贊。但價重之，極乎上上品之外，無他寄言，故屈標第一等。」熙寧九年（一〇七六）十一月，蘇軾作膠西蓋公堂照壁畫贊引曰：「陸探微畫師子，在潤州甘露寺，李衛公（德裕）鎮浙西所留者。筆法奇古，絶不類近世。予爲甘露寺詩有云『破板陸生畫，青猊戲盤跚。上有二天人，揮手如翔鸞。筆墨雖欲盡，典刑垂不刊』者也。」又書法家米芾著畫史，記曰：「潤州甘露寺張僧繇四菩薩，長四尺一，板長八尺許。又陸探微神面黄口，角露二向上，齒金甲，手持幡下一白獅子，神彩驚人。」所謂「師子戲」，即指此畫。詩言「跛扈」、「摇尾」云云，乃以人之心態、動作委之犬，蓋有所諷也。

疥〔一〕

剌剌齕齕疥欲作〔二〕，今年去年只如昨。人生縱病莫病此，此病雖微更作惡。寒窗夜長燈燼落，敗人禪觀妨人樂〔三〕。安得壯士挽天河〔四〕，盡洗此瘡閑處著。

〔一〕疥，即疥瘡，皮膚病名，參見本書卷一七同名詩注。

〔二〕「剌剌」句：史記貨殖列傳：「鄒魯濱洙泗，猶有周公遺風，俗好儒，備於禮，故其民齕齕，頗有桑麻之業。」刺刺齪齪，蓋指疥欲作時煩燥不安貌。

〔三〕「敗人」句：禪觀，參禪修行。參禪時需静，而疥瘡奇癢，故云「敗」。

〔四〕「安得」句：杜甫洗兵馬：「安得壯士挽天河，净洗甲兵長不用。」

潦　倒〔一〕

潦倒心猶在，衰遲分獨深〔二〕。如何一朝淚，空費百年心〔三〕。好月思同步〔四〕，清樽懶獨斟。惜哉王子敬，誰復歎人琴〔五〕。

〔一〕是詩蓋以句首二字爲題，實乃悼亡。所悼何人不詳，但二人必情誼深厚，親如兄弟。

〔二〕「衰遲」句：分獨深，分，指緣分、情分。此言兩人交誼極深。

〔三〕「空費」句：百年，猶言一輩子。杜甫春日江村五首其一：「乾坤萬里眼，時序百年心。」

〔四〕「好月」句：思同步，想起一同漫步。王禹偁寄主客安員外：「尋寺誰同步，留僧自拂床。」

〔五〕「惜哉」二句：世説新語傷逝：「王子猷（徽之）、子敬（獻之）俱病篤，而子敬先亡。子猷問左右：『何以都不聞消息，此已喪矣！』語時了不悲。便索輿來奔喪，都不哭。子敬素好琴，便徑入坐靈床上，取子敬琴彈，弦既不調，擲地云：『子敬！子敬！人琴俱亡。』因慟絶良久。月餘亦卒。」

贈人

它年好兄弟，見我嶠南時〔一〕。相對能忘病，清言可療飢〔二〕。後生寧復有，末俗漫相疑。尚想閑居處，疏燈守破帷。

〔一〕「見我」句：嶠南，後漢書馬援傳：「斬獲五千餘人，嶠南悉平。」李賢注：「嶠，嶺嶠也。爾雅曰：『山鋭而高曰嶠。』嶠音渠廟反。廣州記曰：『援到交阯，立銅柱，爲漢之極界也。』」吕本中詩常以嶠嶺指福建。

〔二〕「清言」句：療飢，見本書卷九海陵病中詩注引詩經陳風衡門陸德明音義。句言對方談吐極有魅力。

無題

疾病侵凌我亦衰，後生誰復更相知。可憐日落長安路〔一〕，不見驊騮整轡時〔二〕。

〔一〕「可憐」句：長安，代指京師開封。按宋史吕本中傳：「宣和六年（一一二四），除樞密院編修官」，時年四十歲。日落，喻指開封不久淪陷，北宋滅亡。

〔二〕「不見」句：驊騮，駿馬名。莊子秋水：「騏驥驊騮，一日而馳千里。」史記秦本紀：「造父以善御幸於周繆王，得驥、温驪、驊騮、騄耳之駟。」集解引郭璞云：「色如華而赤。」轡，馬繮。以上兩句，慨歎多病體衰，當年京師任職時騎馬上朝之風采，不復爲後生所知。

寄京口使君〔一〕

使君鎮京口，隱若一長城〔二〕。詩律有同社，溪山聊主盟〔三〕。囂塵不掛念〔四〕，鷗鳥自忘情〔五〕。曾記貧交否，衰頹判此生〔六〕。

〔一〕京口，古屬潤州丹陽郡，禹貢爲揚州之域，春秋時屬吴。今爲江蘇鎮江京口。京口使君，指孟忠厚。宋史外戚傳下：「孟忠厚字仁仲，隆祐太后兄、追封咸寧郡王彦弼子也。后退居瑶華宫，哲宗恩眷不衰，故忠厚得以仕進。宣和中，官至將作少監。靖康元年（一一二六）知海州，召權衛尉卿。金人圍城，后宫火，出居忠厚家，由是免北遷。金兵退，張邦昌迎后聽政，后遣忠厚持書遺康王。王即位，將迎后，授忠厚徽猷閣待制，提舉一行事務，尋兼幹辦奉迎太廟神主事。……苗傅亂平，趙鼎謂張浚曰：『太后復辟，其功甚大，當推恩外家。』浚乃奏忠厚寧遠軍節度使。尋奉太后幸南昌，歸至越，以母憂解職。頃之，后崩，以祔廟恩，起復鎮海軍節度使，開府儀同三司。及后大祥，封信安郡王，充禮儀使，奉太后神御幸温州。紹興九年（一一三九），判鎮江府，改判明州兼安撫使，改判婺州。」建炎要録卷一三一：紹興九年八月戊午，「鎮潼軍節度使、開府儀同三司、信安郡王孟忠厚判鎮江府，從所請也。故事，戚里官至使相者，未嘗典州。忠厚與秦檜爲友壻，上亦以昭慈故厚眷之，故有是旨」。是詩當作於此後不久。按仲并有歲晚泊姑蘇用吕居仁舍人韵二首寄孟信安詩，録以備考：「斷岸留孤棹，層臺聳近城。雁傳他邑信，鷗背去年盟。幾片雪多思，一枝梅有情。何人在樓上，吹笛暮寒生。」又：「睡穩窗遲曉，愁多鬢易秋。祇堪浮小艇，不擬上西樓。無盡江山景，須陪杖屨遊。一區何日辦，孰爲我公留。」（按：第二首乃次吕本中再贈韵，再贈詩見下。）

〔二〕「隱若」句：隱，隱約，猶言彷彿。長城，喻防衛牢固，堅不可摧。新唐書秦系傳：「秦系，字公緒，越州會稽人。……與劉長卿善，以詩相贈答。權德輿曰：『長卿自以爲五言長城，系用偏師攻之，雖老益壯。』」

〔三〕「詩律」二句：社，指詩社。兩句謂無論詩壇、野興，孟忠厚皆爲盟主。

〔四〕「囂塵」句：囂塵，繁華之地，指朝市。不掛念，不在意。宋王炎題巴陵宰鄧器先北窗：「功名不掛念，氣定神自閒。」

〔五〕「鷗鳥」句，列子黃帝：「海上之人有好漚鳥者，每旦之海上從漚鳥游，漚鳥之至者百住而不止。其父曰：『吾聞漚鳥皆從汝游，汝取來，吾玩之。』明日之海上，漚鳥舞而不下。」漚、鷗同。後以鷗鳥喻指人與自然合爲一體，兩無嫌猜。

〔六〕「曾記」二句：貧交，崇寧後詩人家貧，故謂二人交好爲貧交。判此生，判，半也。

再贈〔一〕

婺女勝京口〔二〕，公來歲已秋〔三〕。閑雲出山寺，好月掛星樓〔四〕。往事付情話〔五〕，故人多倦游。十年浪奔走，今日爲公留。

〔一〕題「再贈」，乃前詩寄京口使君後之再贈。

〔二〕「婺女」句：婺女，即婺州，今浙江金華市。上卷已注。

〔三〕「公來」句：前寄京口使君詩注引宋史本傳，稱孟忠厚「判鎮江府，改判明州，兼安撫使，改判婺州」。按建炎要録卷一三五：紹興十年夏四月丁卯，「鎮潼軍節度使、開府儀同三司、知鎮江府信安郡王孟忠厚知明州，兼管内安撫使」。其改判婺州在知明州之後，亦當在紹興十年之後。再贈詩稱「婺女勝京口，公來歲已秋」，則其人已在婺州矣。言「歲已秋」，本中詩集編排次序排在紹興十年（一一四〇）秋。按據建炎要録卷一三六：紹興十年六月，「新知明州信安郡王孟忠厚復爲醴泉觀使」，蓋其「知明州」時間極短，改婺州不詳何時。

〔四〕「好月」句：星樓，指星君樓，亦即八詠樓。乾隆浙江通志卷四七古蹟金華府引萬曆金華府志：「八詠樓，在府學西。舊名元陽，太守沈約建，有八詠詩。宋至道間，知州馮伉易名八詠。

景祐三年（一〇三六），知州林洙重建後，改爲星君樓之玉皇閣，移其扁於八詠門城樓上。」

〔五〕「往事」句：陶淵明歸去來兮辭：「悦親戚之情話，樂琴書以消憂。」

贈友

子來已冬深，僅得數夕款〔一〕。寒窗聽談道，未厭白日短。從來不飲酒，萬事付茗碗〔二〕。别去今幾日，荒階月猶滿。

〔一〕「子來」二句：款，交談。按：詩題「贈友」，所贈之友來時已是深冬，與前再贈詩「公來歲已秋」相接，疑仍是孟忠厚。

〔二〕「萬事」句：付茗碗，指飲茶。萬事付茗碗，頗有欲言又止、無可奈何之感。

歲暮

歲暮少懽愉，況復嬰病苦。閉門每厭客，幸此連日雨。寒爐火復焰，乃若相媚嫵〔一〕。披衣坐壁角，妙處時一睹。風聲耿初夜，有句或未吐〔二〕。還書問故人，可復一笑許。

〔一〕「寒爐」二句：謂爐火照人，人也焕發紅光。相媚嫵，彼此覺得很美。蘇軾於潛女：「逢郎樵歸相媚嫵，不信姬姜有齊魯。」又陳與義喜雨：「燈花識我意，一笑相媚嫵。」

〔二〕「風聲」二句：耿，此指燈火猶明。兩句謂入夜燈仍未滅，然最動情的詩句，尚未寫入詩中。

戲成二絶句

老讀文書懶不前，亦無餘地可逃禪〔一〕。閉門省事群囂遠，唯有貍奴附日眠〔二〕。

〔一〕「亦無」句：亦無餘地，即謂無地。逃禪，逃避禪家戒律。蘇軾謝蘇自之惠酒：「杜陵詩客尤可笑，羅列八子參群仙。流涎露頂置不説，爲問底處能逃禪。」

〔二〕「惟有」句：貍奴，貓之别稱。附日，偎依日光。

病犬虺隤唯附日〔一〕，懶猫藏縮可逃寒。寧知兩馬霜風下〔二〕，更有長途不道難。

〔一〕「病犬」句：虺隤，詩經周南卷耳：「陟彼崔嵬，我馬虺隤。」毛傳：「虺隤，病也。」

〔二〕「寧知」句：兩馬，孟子盡心下：「城門之軌，兩馬之力與？」趙岐注：「……兩馬者，春秋外傳曰：『國馬足以行關，公馬足以稱賦，是兩馬也。』」亦有另一説。朱熹孟子章句集注引豐氏曰：「兩馬，一車所駕也。」謂病犬、懶猫皆畏寒，惟老馬不懼風霜。

久病二首

久病畏人事，長閑增道心〔一〕。寧貪風日好，不避雪霜侵。跼蹐身猶在〔二〕，高低手自斟。酒盃休厭滿，茗盌向來深。

〔一〕「長閑」句：道心，修道人之心，佛家語。壇經波若品頌曰：「欲得見真道，行正即是道。目若無道心，闇行不見道。」

〔二〕「跼蹐」句：詩經小雅正月：「謂天蓋高，不敢不局；謂地蓋厚，不敢不蹐。」毛傳：「局，曲也；蹐，累足也。」鄭玄箋：「局蹐者，天高而有雷霆，地厚而有陷淪也。」此謂隨時皆有危機。

未愈俱生疾〔一〕，空懷宿昔憂。時因發孤笑〔二〕，尚足慰窮愁。月落初無念，花開不自由〔三〕。如何雁南鄉，不共水東流〔四〕。

〔一〕「未愈」句：俱生疾，有生以來即有之病。俱生，佛家語。唯識論卷一：「無始時來，虚妄熏習，内因力故，恒與身俱。不待邪教及邪分別，任運而轉，故名俱生。」又同述記卷一：「與身俱起，名曰俱生。」

〔二〕「時因」句：孤笑，獨自發笑。韓愈别知賦送楊儀之：「索微言於亂志，發孤笑於群憂。」李膺西郊：「驟然發孤笑，屢醉輒屢醒。」

〔三〕「月落」二句：謂月落、花開皆不期然而然，不由自主。柳宗元酬曹侍郎過象縣見寄：「春風無限瀟湘意，欲采蘋花不自由。」又蘇軾和子由記園中草木十一首其二：「物生感時節，此理等廢興。飄零不自由，盛亦非汝能。」

〔四〕「如何」二句：謂何以雁必南飛，而不如水向東流？對周遭事理迷惑不解，亦即對俱生之疾的痛苦與失望。南鄉，漢書韓王信傳：「士卒皆山東人，竦而望歸，及其鋒東鄉，可以争天下。」顏師古注：「鄉，讀曰嚮。」按：嚮，一作「鄉」，「向」乃後起字。

偶作二絶

不嫌羸病守繩床〔一〕，世念紛紛久已降〔二〕。一夜月明如白日，驟聞急雨打天窗〔三〕。

〔一〕「不嫌」句：繩床，又稱胡床，即後來之交椅。詳見本書卷一喜雨詩注。

〔二〕「世念」句：詩經召南草蟲：「亦既見止，亦既覯止，我心則降。」毛傳：「降，下也。」孔穎達正義：「我心之憂即降下也。」句言面對紛紛世念，自己熱情久已減退，謂漠不關心。蘇軾感舊：「報國何時畢，我心久已降。」

〔三〕「一夜」二句：天窗，房頂所設透光、通風之窗。兩句以明月、急雨轉换之突然，謂天有不測風雲，人有旦夕禍福。

膏火從來只自焚〔一〕，何曾野鶴駐鷄群〔二〕。如何死亦無公論，地下猶存衛府勳〔三〕。

〔一〕「膏火」句：膏火自焚，指自相傷害，出莊子人間世，前注已屢引。

〔二〕「何曾」句：世説新語容止：「有人語王戎曰：『嵇延祖卓卓如野鶴之在鷄群。』答曰：『君未見其父耳。』」按：事又見晋書嵇紹傳，曰：「嵇紹，字延祖，魏中散大夫康之子也。」以上兩句，謂人之間賢愚差異並不如鷄、鶴大，人性高度相同，都喜歡互相傷害。

〔三〕「如何」二句：晋書賈充傳：賈充，字公閭，平陽襄陵人。事魏，位極人臣，諂諛奸邪，史臣論其「非惟魏朝之悖逆，抑亦晋室之罪人」。然猶壽終正寢，極盡哀榮，故言死無公論。但終究難逃陰譴。上引賈充傳曰：「初，充伐吴時，嘗屯項城，軍中忽失充所在。充帳下都督周勤時晝寢，夢見百餘人録充，引入一逕，勤驚覺，聞失充，乃出尋索，忽覩所夢之道，遂往求之。果見充行至一府舍，侍衛甚盛。府公南面坐，聲色甚厲，謂充曰：『將亂吾家事，必爾與荀勖，既惑吾子，又亂吾孫。間使任愷黜汝而不去，又使庾純詈汝而不改。今吴寇當平，汝方表斬張華。汝之闇戇，皆此類也。若不悛慎，當旦夕加罪。』充因叩頭流血。公曰：『汝所以延日月而名器如此者，是衛府之勳耳。終當使係嗣死於鍾虡之間，大子斃於金酒之中，小子困於枯木之下。荀勖亦宜同，然其先德小濃，故在汝後，數世之外，國嗣亦替。』言畢，命去。充忽然得還營，顏色憔悴，性理昏喪，經日乃復。及是，謐死於鍾下，賈后服金酒而死，賈午考竟用大杖，終皆如所言。」按：是詩當斥靖康前後如賈充之類奸臣雖難逃陰譴，但却罰不當罪，處置失公。

謝滕尉送梅〔一〕

破帷冷落不禁風，疾病深藏稱懶慵。忽有梅花來陋巷，喜聞春信出初冬〔二〕。未須趁雪争先睹，尚恐衝寒不滿容〔三〕。會約君家好兄弟，他年尊酒更相從。

〔一〕滕尉，此詩選入瀛奎律髓卷二〇，「滕」作「勝」，方回校：「一作亭。」紀昀批：「當是『滕尉』，再校。」宋本作「滕尉」，則「勝」、「亭」皆誤。紫微詩話載「滕元發甫賀正獻公拜相啓」云云，正獻公乃吕本中曾祖吕公著，謚正獻。按：滕甫（一〇二〇—一〇九〇），東陽（今屬浙江）人，避宣仁太后父諱，改名元發，字達道。皇祐五年（一〇五三）進士。歷御史中丞、翰林學士知開封府。據詩中所言，吕本中似與滕家後人熟稔，故所稱滕尉，疑爲滕甫裔孫，名不詳。

〔二〕「忽有」二句：上引瀛奎律髓方回評：「三、四亦活。」紀昀批：「語殊無味，亦黨附之詞。」又曰：「次句『懶慵』二字字複。」

〔三〕「尚恐」句：禮記文王世子：「其有不安節，則内豎以告世子，色憂，不滿容。」鄭玄注：「色憂，憂淺也，不及文王行不能正履。」又孝經紀孝行章：「（親）病，則致其憂。」李隆基（唐玄宗）注：「色不滿容。」此謂未經霜雪的梅花，其顔色終難令人滿意。紀昀又評曰：「『不滿容』，笨。」

游山

世味日可厭，兹游那得忘。稻田疏宿雨，木葉犯新霜。潦倒交游在，追隨氣味長。僧窗有净供〔一〕，茗碗侑爐香〔二〕。

〔一〕「僧窗」句：净供，又稱清净供，佛、道二教皆有之，實指施捨。蘇軾次荆公韵四絶其四：「聊爲清净供，却對道人開。」自注：「荆公病後，捨宅作寺。」正統道藏洞玄部本文類太上洞玄靈寶净供妙經：「……俄頃之間，天雨香花，乃及大花，或復小花，花皆百葉，縱廣圓大，有如車輪，大小不定，色相無常。或青，或黄，或朱，或紫，或成七寶，種種變異，殊妙希有。是諸天花，非可具顯。復有諸香、末香、珠香、百和之香、七寶香等，如是諸香，香皆衝天，其氣芯芬，亘滿山林。」則此所謂「净供」，指僧窗外色香具足之自然景色。

〔二〕「茗碗」句：茗碗，茶碗。侑，耦也。謂僧室内則茶茗之香伴隨爐上香煙，令人心曠神怡。

李丞相挽詩三首〔一〕

舊學邈難繼〔二〕，相期從少年〔三〕。初看驥伏櫪〔四〕，遽作鶴衝天〔五〕。烈士平生志〔六〕，高名萬代傳。如何事未濟〔七〕，此老下黄泉〔八〕。

〔一〕李丞相，即李綱（一〇八三—一一四〇），字伯紀，號梁溪。邵武（今屬福建）人。政和二年（一一一二）進士，授鎮江教授。歷考功員外郎，監察御史，兼權殿中侍御史。以言京西大水事，降監南劍州沙縣稅。欽宗受禪，除兵部侍郎。靖康元年（一一二六）除尚書右丞。建炎初拜尚書右僕射兼中書侍郎，遭主和派反對，在位僅七十五日而罷。紹興初復資政殿大學士。除觀文殿學士、荆湖廣南路宣撫使，兼知潭州，湖南路兵馬鈐轄。歷江南西路安撫制置大使兼知洪州，荆湖南路安撫大使兼知潭州。卒，謚忠定。著有梁溪先生文集一百八十卷（今存）。事迹詳李綸李忠定公年譜、李公行狀（梁溪集附録），宋史有傳。

〔二〕「舊學」句：舊學，指傳統學術。歐陽脩別後奉寄聖俞二十五兄：「別離纔幾時，舊學廢百十。」亦指詩學。蘇軾韓康公挽詩三首其二：「舊學嚴詩律。」邈難繼，謂李綱舊學功柢極深厚，後世難有繼之者。

〔三〕「相期」句：據李綸李忠定公年譜，李綱於大觀三年（一一〇九）爲真州司法參軍，登進士第後授鎮江教授，期間吕本中居真州，蓋相識已久，故言。

〔四〕「初看」句：曹操龜雖壽：「老驥伏櫪，志在千里。烈士暮年，壯心不已。」

〔五〕「遽作」句：史記滑稽列傳：「淳于髡者，齊之贅壻也。長不滿七尺，滑稽多辯，數使諸侯，未嘗屈辱。齊威王之時喜隱，好爲淫樂長夜之飲，沈湎不治，委政卿大夫。百官荒亂，諸侯並侵，國且危亡，在於旦暮，左右莫敢諫。淳于髡説之以隱曰：『國中有大鳥，止王之庭，三年不蜚又不鳴，王知此鳥何也？』王曰：『此鳥不飛則已，一飛衝天；不鳴則已，一鳴驚人。』」以上二句，謂李綱雖早有大志而未用，一旦擢用，即幹出驚天偉業。

〔六〕「烈士」句：烈士，「士」原作「所」，據黄本改。四庫本作「節」。

〔七〕「如何」句：周易未濟：「六三，未濟，征凶，利涉大川。」象曰：「未濟，征凶，位不當也。」此指未完成滅金、中興大業。

〔八〕「此老」句：下黄泉，指死。建炎要録卷一三四：紹興十年（一一四〇）春正月辛卯（十五日），「觀文殿大學士、提舉臨安府洞霄宮李綱薨於福州。綱之弟（按李綸梁溪先生年譜作「叔弟」）、校書郎經早卒，綱悼恨不已。會上元節，綱臨其喪，哭之慟，暴得疾，即日薨，年五十八。上方遣中使徐珦撫問，訃聞，贈少師，徙其弟兩浙東路提點刑獄公事維於閩部，以治其喪。令所居州量給葬事。」

兄弟俱英妙〔一〕，聲名萃一門。論才無不可〔二〕，於道獨爲尊〔三〕。未定千年策〔四〕，終嫌萬丈渾〔五〕。天乎乃如此，不使拯乾坤。

〔一〕「兄弟」句：李綱有弟李維、李經及季弟李綸。李經早卒。李維於紹興五年（一一三五）行國子監丞，七年爲屯田員外郎。紹興十年初李綱逝世，以兩浙東路提點刑獄移福建路。李綸，紹興初爲右從事郎。紹興二十六年以右承奉郎通判洪州，淳熙間爲彰州州學教授。曾爲李綱作行狀，編梁溪先生年譜。參見本書卷七雨後數與李仲輔兄弟往來且約十七日同過士特因成長韵詩注。

〔二〕「論才」句：無不可，謂爲大才、通才。蘇軾送孫勉：「君才無不可。」

〔三〕「於道」句：禮記學記：「凡學之道，嚴師爲難。師嚴然後道尊，道尊然後民知敬學。」

〔四〕「未定」句：千年策，指南宋初朝廷與金和、戰之爭，李綱乃主戰派，在朝備受排斥。

〔五〕「終嫌」句：萬丈渾，渾水深於萬丈，喻指君子、小人同朝，國是難以辨明。晁公遡寄宋嗣宗：「蜀江自嶓冢，流惡及丘原。寧止數斗泥，乃有千丈渾。」又朱熹二詩奉酬敬夫贈言并以爲別其二：「云何學力微，未勝物欲昏。涓涓始欲達，已被黃流吞。豈知一寸膠，救此千丈渾。」可參讀。

事業懷蕭相〔一〕，胸襟識謝安〔二〕。流風有餘烈，志士只長歎〔三〕。淮海他年竭，冰霜此夜寒〔四〕。向來交友淚，南望不曾乾〔五〕。

〔一〕「事業」句：蕭相，指漢初丞相蕭何。蕭何，沛（今屬江蘇）人，秦末輔劉邦起兵。劉邦爲漢王，以蕭何爲丞相。楚漢戰争期間留守關中，不斷輸送士卒糧餉，爲戰勝項羽、建立漢政權功勳卓著，論功第一，封安平侯。高祖死後，又輔佐惠帝。事迹詳漢書蕭何傳。

〔二〕「胸襟」句：謝安，字安石，陳郡陽夏（今河南太康）人。隱居會稽（今浙江紹興）山陰縣之東山，與王羲之、孫綽等遊玩山水。後東山再起，成功挫敗桓温篡位，官至宰相。在淝水之戰中打敗前秦軍隊，使東晋轉危爲安。事迹詳晋書本傳。以上二句，以蕭何、謝安擬李綱，謂三人事功、胸襟相當。

〔三〕「志士」句：靖康初李綱在京師保衛戰中力主抗金，遭朝廷主和、主降派不斷攻擊，罷相後被落職，鄂州居住。建炎二年（一一二八）十月移居澧州，四年挈家邵武，再地長樂，故有「志士長歎」之感慨。詳李綸所作年譜。

〔四〕「淮海」二句：淮海，此指淮河流域。宋南渡後，與金一直在淮河一帶對峙，兩國議和，亦欲以淮河劃界。竭，謂即便和議成，若他年兩國重啓戰事，斯人已去，淮河已無屏障，誰能擔當抗金重任？想來令人心寒。王勃江亭夜月送別二首其二：「寂寂離亭掩，江山此夜寒。」

〔五〕「向來」二句：南望，按詩人是時約在婺州，李綱卒於福州，故云。

以一縑寄范四弟〔一〕

中原厭胡馬，所至是賊窟。念君室縣磬〔二〕，何以備倉卒。窮冬霜雪繁，欲救乃無術。兒號君莫厭，婢怨君莫恤。平生師顏子〔三〕，於此見彷彿。此縑君所知，自我機杼出〔四〕。

〔一〕縑，雙絲織成之細絹。范四弟，即范益謙，范祖禹孫，家貧而有文。見本書卷一一贈益謙兄弟詩注。

〔二〕「念君」句：室縣磬，左傳僖公二十六年：「齊侯曰：『室如縣磬，野無青草，何恃而不恐？』」杜預注：「時夏四月，今之二月，野物未成，故言居室而資糧縣盡。在野則無蔬食之物，所以當恐。」陸德明音義：「縣，音玄，注同。罄，亦作磬，盡也。」孔穎達正義：「服虔云：『言室屋皆發撤，榱椽在，如縣磬。』孔晁曰：『縣磬，但有梋無覆。』……劉炫云：『如磬在縣，下無粟帛。』」

〔三〕「平生」句：師顏子，以顏回爲師，謂憂道不憂貧。

〔四〕「自我」句：機杼，古代織布機。古詩十九首：「纖纖擢素手，札札弄機杼。」

江梅〔一〕

江梅消息未真傳，微露芳心几杖前〔二〕。不信冰霜能作惡，要令桃李便争先〔三〕。斜枝似帶千峰雪，冷艷偷回二月天。準擬從君出城去，竹輿仍勝百花韉〔四〕。

〔一〕江梅，范成大范村梅譜：「江梅，遺核野生，不經栽接者又名直脚梅，或謂之野梅。凡山間水濱荒寒清絶之趣，皆此本也。花稍小而疏瘦有韵，香最清，實小而硬。」

〔二〕「江梅」二句：消息，指春之信息。未真傳，謂春并未真正到來。几杖，几案與手杖，老年人平時靠身及走路時扶持之用。古代帝王賞賜几杖以爲尊老之禮。後亦泛指，如杜甫故著作郎貶台州司户滎陽鄭公虔：「形骸實土木，親近唯几杖。」詳參本書卷一四次韵李伯紀園亭詩注。此以几杖代指老人，實即夫子自指。

〔三〕「不信」二句：謂冰霜雖威嚴殘暴，却不能摧折梅花，而讓桃李先開。

〔四〕「準擬」二句：準擬，可能，定然。竹輿，又稱籃輿，即後世之轎子，詳見本書卷一三月一日泊舟宿州城外因縱步至城北遂過天慶觀道士留飲乃歸詩注。韉，襯托馬鞍之墊褥。宋史儀衛志六：「乘輿以紅繡韉，六鞘。王公以下用紫繡及剜花韉。」百花韉，代指馬。兩句謂若出城賞梅，坐竹輿比乘馬爲便。按：是詩瀛奎律髓卷二〇選入，方回評曰：「尋梅則竹輿可矣，尋春則可百花韉也。此語極新。居仁詩專主乎活。曾茶山與之同年，生於元豐七年甲子（一一八四），過江時各年未五十。居仁先有詩名，茶山倡和求印可，而居仁教以詩法，故茶山以傳陸放翁，其説曰：『最忌參死句。』今人看居仁詩，多不領會。蓋專以工求，則不得其門而入也。以活求，則此梅詩亦可參矣。」李慶甲彙評録紀昀批：「『最忌參死句』，此説最是，但其詩不足副此言。」又曰：「凡庸之筆，兼有疵累，以爲活句，是所未喻。第三句『能作惡』三字不雅，六句太纖。」

鼓山頌法眼語在裏即求出云大家合眼跳黃河戲成四韻奉答〔一〕

合眼跳黃河，未有過得者。豈惟不得過，身亦須判捨〔二〕。告君過河妙，止要具船筏〔三〕。乘時等風去，過此無別法〔四〕。

〔一〕鼓山，在今福建福州東郊，有鼓山寺，詳本書卷一四奉呈鼓山雲門二老詩注。此代指釋士珪（一〇八三—一一四六），其避地福州時曾住鼓山寺。事迹見嘉泰普燈録卷一六、五燈會元卷二〇。法眼，即金陵清涼院文益禪師，謚法眼，創法眼宗，其傳見五燈會元卷一〇，然「在裏即求出」語，今存文益及其門人語録未見記載，而曹洞宗禪師卻有之。同上書卷一三洞山价禪師法嗣本寂禪師有此語：「『問：常在生死海中沈没者，是甚麽人？』師曰：『第二月。』曰：『還求出也無？』師曰：『也求出，祇是無路。』」又慧霞了悟禪師：「曹山問：『四山相逼時如何？』師曰：『曹山在裏許。』曰：『還求出也無？』師曰：『在裏許，即求出。』」或吕本中將曹洞誤記爲法眼，或文獻闕佚，待考。所謂「求出」，謂求得解脱。「合眼跳黃河」，見古尊宿語録卷四七所收東林和尚頌古。東林和尚，即鼓山珪禪師，曾住東林寺。宋孫紹遠聲畫集卷五收其頌古曰：「入林不動草，入水不動波。鑊湯無冷處，合眼跳黄河。」注所頌經曰：「維摩經：須菩提持鉢入維摩室乞食。」又見宋釋法應、元釋普會頌古聯珠通集卷五。所謂「跳黄河」，亦指到彼岸求解脱。

〔二〕「身亦」句：判，拚。判捨，謂拚死捨身。舊時佛教信男信女出於宗教狂熱，投身於山崖或江河而死，妄稱可除諸罪而登彼岸，詳見法苑珠林卷九六捨身篇。

〔三〕「止要」句：船筏，指修行佛教。五燈會元卷五青原下二世大顛寶通禪師：「公（韓文公）乃曰：『和尚門風高峻，弟子於侍者邊得箇入處。』僧（三平）問：『苦海波深，以何爲船筏？』師曰：『以木爲船筏。』曰：『恁麽即得度也。』師曰：『盲者依前盲，瘂者依前瘂。』」意謂船筏乃象徵語，實指佛教，而非渡人工具。不明此點，則依然是盲、瘂，對佛理全未領悟。

〔四〕「過此」句：對「合眼跳黄河」之命題，猶有另一解説。宋枯崖圓悟枯崖和尚漫録卷中（卍續藏經第一四八册）：「徑山謙首座歸建陽，結茅於仙洲山，聞其風者悦而歸之。如曾侍郎天游（開）、吕舍人居仁、劉寶學彦修（子羽）、朱提刑元晦（熹）以書牘問道。時至山中，有答元晦，其略曰：『十二時中，有事時隨事應變，無事時便回頭向這一念子上提撕：「狗子還有佛性也無？趙州云無。」將這話頭只管提撕，不要思量，不要穿鑿，不要生知見，不要强承當。如合眼跳黄河，莫問跳得過跳不過，盡十二分氣力打一跳。若真個跳得這一跳，便百了千當也。若跳未過，但管跳，莫論得失，莫顧危亡，勇猛向前，更休擬議。若遲疑動念，便没交涉也。』」

夜深歸家聞鄰家小兒讀書可喜有作

還家更寒三鼓餘〔一〕，鄰巷小兒猶讀書〔二〕。王侯將相乃無種〔三〕，紈袴綺襦寧似渠〔四〕。北風颼颼霜被草，聽汝讀書聲轉好。莫言翁媪惜膏油〔五〕，有兒如此可無憂〔六〕。

〔一〕「還家」句：所謂鼓、更，乃古代計時單位，詳見本書卷二正月十二日夜作詩注引顔氏家訓書證。三鼓餘，三更多，在半夜以後。

〔二〕「鄰巷」句：巷，原作「卷」，據黄本改。

〔三〕「王侯」句：史記陳涉世家：「（吴）廣起，奪而殺尉。陳勝佐之，并殺兩尉。召令徒屬曰：『公等遇雨，皆已失期，失期當斬。藉第令毋斬，而戍死者固十六七。且壯士不死即已，死即舉大名耳。王侯將相寧有種乎！』徒屬皆曰：『敬受命！』」

〔四〕「紈袴」句：漢書敘傳：「出與王、許子弟爲群，在於綺襦紈絝之間，非其好也。」注引晋灼曰：「白綺之襦，冰紈之絝也。」顔師古注：「紈，素也；綺，今細綾也。並貴戚子弟之服。」後以綺襦紈袴代指富貴家子弟。此句言此等人家小兒不會苦讀。

〔五〕「莫言」句：翁媪，老翁、老婦，泛指家中老人。膏油，指燈油。

〔六〕「有兒」句：宋書謝弘微傳：「童幼時，精神端審，時然後言。所繼叔父混名知人，見而異之，謂（謝）思曰：『此兒深中夙敏，方成佳器，有子如此，足矣。』」

梅　花

野水依城竹映沙，江梅開處又人家。天晴徑欲花前醉，只恐衰顔不稱花〔一〕。

〔一〕「只恐」句：謂衰顔、名花兩不相稱，歎老也。

無題二首

德盛不狎侮〔一〕，玄談多類俳〔二〕。居然少莊語〔三〕，無乃近齊諧〔四〕。恨此達者趣〔五〕，猶乖壯士懷〔六〕。故當先復禮，方得盡梯階〔七〕。

〔一〕「德盛」句：尚書旅獒：「人不易物，惟德其物。德盛不狎侮。」僞孔傳：「盛德必自敬，何狎易侮慢之有。」

〔二〕「玄談」句：玄，指揚雄所著太玄。類俳，漢書枚乘傳附枚皋傳：「皋不通經術，詼笑類俳倡。」注引李奇曰：「詼，嘲也。」顔師古注：「俳，雜戲也。倡，樂人也。」又後漢書蔡邕傳，邕上封事陳七事，第五論取士，曰：「諸生競利，作者鼎沸，其高者頗引經訓風喻之言，下則連偶俗語，有類俳優。」按：句蓋言太玄多整齊之偶句，有如俳優。

〔三〕「居然」句：莊語，正言。莊子天下：「（莊周）以天下爲沈濁，不可與莊語，以卮言爲曼衍，以重言爲真，以寓言爲廣，獨與天地精神往來而不敖倪於萬物，不譴是非，以與世俗處。」郭象注：「累於形名，以莊語爲狂而不信，故不與也。」陸德明釋文：「郭（象）云：莊，莊周也。一云：莊，（端）正也。」成玄英疏：「莊語，大言也。宇内黔黎，沈滯闇濁，咸溺於小辯，未可與說大言也。」按：作「正」或「端正」義勝。少莊語，即「多類俳」。

〔四〕「無乃」句：齊諧，莊子逍遥遊：「齊諧者，志怪者也。」陸德明釋文：「司馬（彪）及崔（譔）並云人姓名，簡文云書。」成玄英疏：「姓齊，名諧，人姓名也。齊國有此俳諧之書也。」學界多以爲書名，兹從之。

〔五〕「恨此」句：達者趣，論語顔淵：「子張問：『士何如斯可謂之達矣？』子曰：『何哉，爾所謂達者？』子張對曰：『在邦必聞，在家必聞。』子曰：『是聞也，非達也。夫達也者，質直而好義，察言而觀色，慮以下人。在邦必達，在家必達。夫聞也者，色取仁而行違，居之不疑。在邦必聞，在家必聞。』」按：此章孔子分别「達」與「聞」之區别，以爲達者應當品質正直，遇事講理，云云。

〔六〕「猶乖」句：壯士懷，揚雄法言吾子篇：「或問：『吾子少而好賦。』曰：『然。童子彫蟲篆刻。』俄而曰：『壯夫不爲也。』」晉李軌、唐柳宗元注：「悔作之也。」宋宋咸注：「漢儒之賦，古詩之流，尚曰彫蟲篆刻，壯夫不爲。矧乎今之賦也，猶倡言優戲之具爾，作之者宜愧焉。」揚雄以爲不爲彫蟲篆刻之賦即是壯夫，故謂與孔子「猶乖」。

〔七〕「故當」二句：論語顏淵：「顏淵問仁。子曰：『克己復禮爲仁。一日克己復禮，天下歸仁焉。』」何晏集解引馬（融）曰：「克己，約身。」又引孔（安國）曰：「復，反也。身能反禮，則爲仁矣。」梯階，周易繫辭上：「子曰：『亂之所生也，則言語以爲階。』」此指爲文之法，當先復禮，即恢復儒家之道，方可得到入門途徑。

聖學邈難繼，斯文當望誰〔一〕。還能養志氣〔二〕，且務攝威儀〔三〕。曾子但三省〔四〕，子長徒愛奇〔五〕。從來要功處，本不在多知〔六〕。

〔一〕「聖學」二句：聖學，指孔子稱述之自堯、舜、文、武以來的儒家文化傳統。北宋時道學勃興，所謂聖學即道學，聲稱「繼往聖開來學」（朱熹中庸章句序）。論語子罕：「天之將喪斯文也，後死者不得與於斯文也。」斯文，即所謂聖學。兩句謂斯文已喪，繼之者難有其人。

〔二〕「還能」句：孟子公孫丑上：「（孟子曰）：『我知言，我善養吾浩然之氣。』（公孫丑曰：）『敢問何謂浩然之氣？』曰：『難言也，其爲氣也，至大至剛，以直養而無害，則塞於天地之間。其爲氣也，配義與道，無是餒也。是集義所生者，非義襲而取之也。』」

〔三〕「且務」句：詩經大雅既醉：「朋友攸攝，攝以威儀。」毛傳：「言相攝佐者以威儀也。」鄭玄箋：「朋友，謂群臣同志好者也。」孔穎達正義：「攝者，收斂之，言各自收斂以相助佐爲威儀之事。」

〔四〕「曾子」句，論語學而：「曾子曰：『吾日三省吾身：爲人謀而不忠乎？與朋友交而不信乎？傳不習乎？』」曾子，何晏集解引馬（融）曰：「弟子曾參。」「傳不習乎」句，集解：「言凡所傳之事，得無素不講習而傳之？」

〔五〕「子長」句：子長，司馬遷字。漢書司馬遷傳贊：「亦其涉獵者廣博，貫穿經傳，馳騁古今，上下數千載間，斯以勤矣。又其是非頗繆於聖人，論大道則先黄老而後六經，序遊俠則退處士而進姦雄，述貨殖則崇勢利而羞賤貧，此其所蔽也。」吕本中將此等批評統歸之爲「愛奇」。

〔六〕「從來」二句：要功，謀取功名。漢書馮奉世傳：「争逐發兵，要功萬里之外。」多知，知，同「智」。兩句言後世邀功請賞者，並不在乎符合儒家典章制度，即所謂「文章」。

贈李元亮之子季子〔一〕

往時諸李在江都〔二〕，文采風流一代無。每得清詩如鮑謝〔三〕，已聞前輩許封胡〔四〕。好松久已埋深澗，老馬今猶憶舊途〔五〕。令子相逢初未識，尚容衰晚見規摹〔六〕。

〔一〕李元亮，吕本中紫微詩話：「李光祖元亮，野夫學士之孫。少有俊聲，與蔡薿同學舍。薿既貴，元亮猶蹉跎場屋。薿在金陵，以同舍故先謁之，元亮以啓事謝之云：『跣足而見長者，古猶非之；輕身以先匹夫，今無是也。』」蘇軾送李公擇：「念我野夫兄，知名三十秋。」舊題王十朋集注：「公擇兄名莘，字野夫。」則李元亮名光祖，字元亮，李莘孫，李常侄孫也。又洪邁容齋三筆李元亮詩啓：「建昌縣（今江西南城）士人李元亮，山房（李）公擇尚書族子也。抱材尚氣，不以辭色假人。崇寧中在太學，蔡薿爲學録，元亮惡其人，不以所事前廊之禮事之。……登（大觀）三年（一一〇九）貢士科。元亮亦工詩。」按謝薖書李元亮真牧堂賦後詩曰：「揮翰眼中元亮，牧牛何處癯仙。公擇如今不泯，當家諸子俱賢。」亦證其爲李常（字公擇）家後人。宋詩紀事卷三八謂元亮字光禄，蓋「禄」乃「祖」之誤。季子，疑是李元亮子之字或乳名，未詳。

〔二〕「往時」句：諸李，當指李彭、李文若、李彤兄弟。李彭，字商老，李常侄孫，吕本中詩友。本中居江都（今江蘇揚州）時，蓋嘗一起唱和，見本書卷一用前韵寄商老詩注。

〔三〕「每得」句：鮑謝，南朝宋詩人鮑照、南齊詩人謝朓。宋書宗室臨川烈武王道規傳：「鮑照，字明遠，文辭贍逸，嘗爲古樂府，文甚遒麗。」南齊書謝朓傳：「謝朓，字玄暉，陳郡陽夏人也。……朓少好學，有美名，文章清麗。」累官吏部郎，後因事下獄死。「善草隸，長於五言詩，沈約常云『二百年來無此作』也。」（建康實録卷一六）文學史上常以二人并稱。杜甫戲寄崔評事表侄蘇五表弟韋大少府諸侄：「忍待江山麗，還披鮑謝文。」

〔四〕「已聞」句：晋書王凝之妻謝氏傳：「字道韞，安西將軍弈之女也。……初適凝之，還，甚不樂。（謝）安曰：『王郎，逸少子，不惡，汝何恨也？』答曰：『一門叔父則有阿大、中郎，群從兄弟復有封、胡、羯、末，不意天壤之中乃有王郎！』封謂謝韶，胡謂謝朗，羯謂謝玄，末謂謝川，皆其小字也。」此以諸謝擬王氏叔侄兄弟。

〔五〕「好松」二句：埋深澗，此指過世。李彭約卒於建炎初。老馬，本中自指；憶舊途，回憶當年行迹。

〔六〕「令子」二句：令子，李元亮之子季子。規摹，摹，四庫本作「模」，同。規摹指格局、成就。

二月七日與群從游陳氏園〔一〕

平居羸病每相妨，今日尋春有底忙〔二〕。何以主人常不出，看人衝雨度浮航〔三〕。

〔一〕二月七日，當在紹興十年（一一四〇）。群從，兄弟子侄等。宋代蘇州、杭州等地皆有陳氏園，詩人所遊應在信州（今江西上饒）。考王洋吴周朋墓誌曰：「予自鄱陽郡吏失官，寓上饒。」鄱陽爲饒州治所，上饒爲信州治所。據建炎要録卷一五六，王洋因受洪皓所謂「飛語」

案連累，於紹興十七年（一一四七）五月在知饒州任上被罷官，而所作己巳三月十二日陪凌季文游水南陳氏園次壁間徐明叔韵詩（東牟集卷四）略曰：「不惭衰白照溪光，清晝穿梁訪野堂。物外風煙多喜客，人間草木亦宗王。」「己巳」爲紹興十九年，是時王洋已寓居信州三年矣，所遊陳氏園固在信州。呂本中所游當亦爲此園。由知呂本中至遲是時已由婺州移居信州（參見本書附録年譜）。

〔二〕「今日」句：有底忙，底，張相詩詞曲語辭匯釋卷一：「底，猶這也；此也。」

〔三〕「看人」句：衝雨，冒雨。浮航，即浮橋。見本書卷一二賀州聞席大光陳去非諸公將至作詩迎之詩注。

橋北橋南花亂開，小園和雨掃莓苔。不嫌拄杖衝泥入，更許乘閑著屐來〔一〕。

〔一〕「更許」句：著屐，穿着木屐。屐，有兩齒之木鞋，古人爬山或走泥滑道路時所穿。唐張籍寄陸渾趙明府：「公事稀疏來客少，無妨著屐獨閑行。」

懷許子禮〔一〕

寒松厭庭院，老馬倦維縶〔二〕。翛然出塵去，粗糲朝夕急〔三〕。我友隔湖嶺〔四〕，尚作一日葺〔五〕。平生學道心，擇善有固執〔六〕。豈不在行路，自遠霜露濕〔七〕。百川灌河來，砥柱乃中立〔八〕。何時一尊酒，更與交舊集。

〔一〕許子禮，名忻，字子禮，拱州（治今河南睢縣）人。紹興九年（一一三九）守吏部員外郎。次年春正月因上疏反對議和，忤秦檜，出爲荆湖南路轉運判官，謫居撫州。宋史有傳。參見本書卷一七寄臨川親舊十首意到輒書不復次序之八注。吕祖謙書伯祖紫微翁外祖曾文清公所寄許子禮吏部詩後曰：「聞之諸父，吏部去國，退居臨川，極意窮探前輩源委，以尃殖經世久大之業，善類皆屬心焉，非獨以一時與秦丞相同異爲諒也。身方没而道始開，有志之士未嘗不歎息於斯。因讀伯祖、外祖詩卷，輒附於末。」吕祖謙伯祖即本中，外祖爲曾幾。按朱熹晦庵先生朱文公文集卷八一跋曾吕二公寄許吏部附此詩，題作奉懷子禮吏部賢友，下有「本中再拜」四字。

〔二〕「寒松」二句：以寒松、老馬喻許子禮，以庭院、維縶喻朝廷與官場。詩經小雅白駒：「皎皎白駒，食我場苗。縶之維之，以永今朝。」毛傳：「宣王之末，不能用賢，賢者有乘白駒而去者。縶，絆；維，繫也。」

〔三〕「粗糲」句：粗糲，原作「粗免」，據上引朱熹跋所附本中詩改。粗糲，粗糙之食糧。急，言早晚連粗茶淡飯也難以爲繼。

〔四〕「我友」句：張栻跋吕東萊與許吏部詩曰：「許吏部以直道不容於時宰，而其典州，持使者節所至，䁥䁥然推其學道愛人之心，惟恐不及。東萊寄詩，蓋公護漕廣右時也。『豈不在行路，自遠霜露濕。百川貫河來，砥柱乃中立。』誦詠斯言，尚可想味公平生也。」廣右，即廣南西路。許忻何時護漕廣右，不詳待考。

〔五〕「尚作」句：一日葺，謂房舍乃倉促修葺，謂簡陋也。劉敞書堂：「宴安非吾事，但恐髪早華。且復一日葺，隨時具生涯。」

〔六〕「擇善」句：禮記中庸：「誠者，天之道也；誠之者，人之道也。誠者不勉而中，不思而得，從容中道，聖人也。誠之者，擇善而固執之者也。」鄭玄注：「言誠者天性也，誠之者學而誠之者也。因誠身説，有大至誠。」固執，堅守不移。

〔七〕「豈不」二句：詩經召南行露：「厭浥行露，豈不夙夜，謂行多露。」毛傳：「興也。厭浥，濕意也。行，道也。豈不，言有是也。」鄭玄箋：「夙，早也。厭浥然濕道中始有露。」蕭詧（梁宣帝）入茅山尋桓清遠題壁：「荆門丘壑多，氄牖風雲入。自非栖遁情，誰堪霜露濕。」兩句言許忻處境艱難。

〔八〕「百川」二句：灌，上引張栻跋作「貫」。砥柱，山名，原屹立於黄河急流中。近因整治河道，其山已被炸毁。見本書卷一五哭王元邁詩注引史記夏本紀。此以中流砥柱喻許子禮之忠直。

雪

窮巷無人對雪，小詩自可逃禪〔一〕。看取一年三白，喜歡共入新年〔二〕。

〔一〕「小詩」句：逃禪，此指以詩參禪，逃離塵世。

〔二〕「看取」二句：三白，苕溪漁隱叢話後集卷三六一居士苕溪漁隱曰：「永叔喜雪云：『常聞老農語，一臘見三白。是爲豐年候，占驗勝蓍策。』三白事古人不曾用，自永叔始，遂爲故實。如鮑欽止雪霽云：『三白歲可期，一飽分已定。』呂居仁雪詩云：『看取一年三白，喜歡共入新年。』皆本此也。」然「三白」乃民間諺語，似早已有之，並非源自文人詩文。蘇軾次韵陳四雪中賞梅：「高歌對三白，遲莫慰安心。」趙次公注：「三白以言雪。西人語曰：『要宜麥，見三白。』言三次見雪也。」又施注蘇詩引吳中風俗占：「臘月見三白，田翁笑嚇嚇。」

堅坐正宜養病，開門便當幽尋〔一〕。一夜雪深一尺，與誰取酒同斟。

〔一〕「開門」句：幽尋，即尋幽。謝朓和何議曹郊遊二首其一：「江垂得清賞，山際果幽尋。」

報暉庵〔一〕

寸草仰生活，春暉常照臨。不知欲報德，何以見此心。江漢有時竭〔二〕，此心無淺深。魏氏有令德，傳家非獨今。結庵在山阿，日瞻松柏林〔三〕。仁風被遠邇，猛獸不敢侵〔四〕。令子守直道，意往無崎嶔〔五〕。遂令此鄉人，得聞金玉音〔六〕。我行時序晚，回望西山岑。延頸長太息，聊爲純孝吟〔七〕。

〔一〕報暉庵，當依孟郊遊子吟詩意所建報答母恩之庵。孟郊詩曰：「慈母手中綫，遊子身上衣。臨行密密縫，意恐遲遲歸。誰言寸草心，報得三春暉。」詩中所言魏氏及令子，當爲建庵之人，其名不詳。

〔二〕「江漢」句：江漢，長江、漢水，泛指大江大河。鄭俠古交行：「大海有時竭，此心瀝不乾。」

〔三〕「結庵」二句：結庵，指在父母墓旁筑室守護。山阿，文選陶淵明挽歌詩：「死去何所道，託體同山阿。」李周翰注：「大陵曰阿。」松柏，代指墳墓。文選潘岳懷舊賦：「墳壘壘而接壟，柏森森以欑植。」李善注引仲長子（統）昌言曰：「古之葬，植松柏梧桐以識其墳。」

〔四〕「仁風」二句：仁風，以仁爲政之風。遠邇，遠近。太平御覽卷二六〇良太守上引續漢書曰：「宋均爲九江太守，五日一聽事，冬以日中，夏以平旦。時多虎，均曰：『夫虎豹在山，黿鼉在泉，物性之所託，故江淮之間有猛獸，猶江北之有鷄豚也。數爲民害，咎在貪殘，今退檻穽，進忠良。』虎遂東渡江。」兩句言魏氏乃官宦人家，爲官多行仁政。

〔五〕「令子」二句：令子，即魏氏之子，令，言有美德。崎嶔，道路險阻不平貌。無崎嶔，謂其人有大孝，必將仕途順遂。

〔六〕「遂令」二句：謂魏氏父子孝行感人，鄉人聞之皆嗟歎詠歌。世説新語文學：「孫興公（孫綽字興公）作天台賦成，以示范榮期（啓），云：『卿試擲地，要作金石聲！』」

〔七〕「聊爲」句：純孝吟，即指所作報暉庵詩。左傳隱公元年：「穎考叔，純孝也，愛其母，施及莊公。」杜預注：「純，猶篤也。」

贈莊季裕〔一〕

老矣莊夫子，居閑肯厭貧。盛時更讀易，憂道不無人〔二〕。記往詩猶在，相逢意倍親。尚期香火社，文字約遺民〔三〕。

〔一〕莊季裕，嘗著鷄肋編，四庫全書著録，提要曰：「鷄肋編三卷，宋莊季裕撰。季裕名綽，以字行，清源（宋代軍名，今屬福建莆田）人。其始末未詳，惟吕居仁軒渠録（按：今存説郛本）記其狀貌清癯，人目爲細腰宫院子。又薛季宣浪語集有季裕筮法新儀序，亦皆不著其生平。據書中年月，始於紹聖，終於紹興，蓋在南北宋之間。又尹孝子一條，自稱嘗攝襄陽尉。又原州棠樹一條，稱作倅臨涇。李使食糟蟹一條，稱官於順昌。瑞香亭一條，稱官於澧州。其爲何官，則莫可考矣。」又鷄肋編卷下稱「余寓居上饒」云云，則是詩當作於莊氏寓信州時，約紹興初，何年待考。

〔二〕「憂道」句：論語衛靈公：「子曰：『……君子憂道不憂貧。』」

〔三〕「尚期」二句：香火社，白居易所立社名，以焚香事佛結社，以切磋詩文結盟，見本書卷一四贈王周士諸公詩注。遺民，此指靖康後南渡之北宋遺老。

李尚書挽詞〔一〕

李氏三吳秀〔二〕，尚書一代英。立朝惟直道，守己但純誠。報國心雖在，憂時病已成。人推四兄弟〔三〕，氣壓百公卿。未就養生術，獨取强諫名〔四〕。傷心舊游地，城郭漫溪聲〔五〕。

〔一〕李尚書，當爲李彌大（一〇八〇—一一四〇），蘇州吴縣人。宋史本傳：「李彌大，字似矩，登崇寧三年（一一〇四）進士第。」除校書郎，遷監察御史，試中書舍人。出知光州，移知鄂州，召爲給事中兼校正御前文籍詳定官，拜禮部侍郎，除刑部尚書。建炎元年（一一二七）除知淮寧府，召爲吏部侍郎。南渡後權紹興府，試户部尚書兼侍讀，入爲工部尚書。建炎要録卷一三六：紹興十年六月，「徽猷閣待制、提舉江州太平觀李彌大復顯謨閣直學士致仕，時彌大已卒矣」。

〔二〕「李氏」句：三吴，古稱吴郡、吴興郡、會稽郡爲「三吴」，即長江下游地區。李彌大爲吴縣人，屬吴郡，故稱。

〔三〕「人推」句：李彌遜筠溪集卷末附筠溪李公家傳：「公兄弟六人，皆以儒業名節著聞於時。長彌性，嘗魁成均，蚤亡。次彌綸，知台州。次彌大，歷河北、河東宣撫副使，大名尹，刑部、工部、户部尚書。將大用，厄於權臣，終老信州懷玉山。次即公（彌遜）也。次彌中，爲上舍優等，未命而卒。次彌正，爲吏部郎，兼史館。秦氏當國，上書論事，言所難言，臺臣指爲趙忠簡（鼎）黨人，坐廢二十年，公議惜之。」所謂「四兄弟」，指彌綸、彌大、彌遜、彌正也。

〔四〕「未就」二句：謂不遵從明哲保身之古訓，而以强諫出名。强諫，奮力諫争。

〔五〕「城郭」句：雍正江西通志卷四〇廣信府二老堂：「（李）彌大，姑蘇人，仕宋，顯謨閣學士。世亂，居於玉山衣錦鄉，依山爲堂，額以『老山赤松』之名。」則城郭指饒州玉山縣縣城。

李器之履齋〔一〕

人履履險巇〔二〕，君履履平地。平地信可履，行穩居亦易〔三〕。責己不責人〔四〕，爲道不爲利〔五〕。熟視履險者〔六〕，豈不心有愧。君家天台守，學固有餘味。微言化子侄，自足警一世。初無舉足勞，寧有半塗滯〔七〕。君能識其然，我亦從子逝〔八〕。

〔一〕李器之，據詩中「君家天台守」句，知器之父輩在知台州（今屬浙江）任。考嘉定赤城志卷八郡守：李彌綸，「紹興十年（一一四〇）六月十二日，以右朝奉大夫知，十一年三月五日替」。又明釋無盡撰天台山方外志卷二〇，載李彌綸作元應善利廣濟真人祠記一篇，末署「紹興十一年三月初一日記」，在彌綸卸任前數日。檢乾隆浙江通志卷一一五職官五宋下「台州刺史、知台州軍」名録，其中有李彌綸。則彌綸知台州時，吕本中寓信州。詩所言「天台守」，當即李彌綸，李器之是其子侄輩。器之蓋其字。考南宋館閣録卷七官聯上：「李遠，字器之，毗陵人，王十朋榜進士出身，治詩。乾道四年（一一六八）四月除（著作佐郎），五年十二月爲福建安撫司參議官。」宋林光朝艾軒集卷一載石渠行送別福建參議李著作器之詩，末句曰：「不知公侯有朱箔，要問常州李著作。」常州即毗陵，與上引館閣録合。靖康之後，遷徙者多，籍貫與實際居住地不合乃常事，李氏爲吴縣人，李遠居毗陵（常州），不礙爲一家親。履齋蓋器之之堂室名。

〔二〕「人履」句：楚辭王逸七諫怨世：「何周道之平易兮，然蕪穢而險戲。」自注：「險戲，猶言傾危也。」巇、戲同。

〔三〕「行穩」句：居亦易，五代王定保唐摭言卷七：「白樂天初舉，名未振，以歌詩謁顧況，況謔之曰：『長安百物貴，居大不易。』及讀至賦得原上草送友人詩曰：『野火燒不盡，春風吹又生。』況歎之曰：『有句如此，居天下有甚難，老夫前言戲之耳。』」

〔四〕「責己」句：論語衛靈公：「子曰：『躬自厚而薄責於人，則遠怨矣。』」何晏集解引孔（安國）曰：「責己厚，責人薄，所以遠怨咎。」同上書：「子曰：『君子求諸己，小人求諸人。』」集解：「君子責己，小人責人。」

〔五〕「爲道」句：論語里仁：「子曰：『君子喻於義，小人喻於利。』」何晏集解引孔（安國）曰：「喻，猶曉也。」

〔六〕「熟視」句：履險者，承上指專以責人、爲利者。

〔七〕「初無」二句：舉足勞，承前指責己、爲道，謂爲此二者不難，且不會半途而廢。

〔八〕「我亦」句：從子逝，隨同器之而往，指共同實踐責己、爲道的做人原則。

野　寺〔一〕

曉窗日未融〔二〕，野寺雨欲作。經旬少客到，静坐差可樂。平生遭病擾，今更不如昨。囊空畏高醫，何以致良藥。所幸秋已至〔三〕，所在身可着。洗耳聽凉風，不待一葉落〔四〕。

〔一〕野寺，當指吕本中在信州時所寓之茶山廣教寺。韓元吉兩賢堂記：「廣教僧舍，在城西北三里而近，尤爲幽清，小溪回環，松竹茂密，有茶叢生數畝，父老相傳唐陸鴻漸（羽）所種也，因號茶山。泉發砌下，甚乳而甘，亦以陸子名。紹興中，故中書舍人吕公居仁嘗寓於寺。」

〔二〕「曉窗」句：日未融，天未大亮。左傳昭公五年：「明夷之謙，明而未融，其當旦乎。」杜預注：「融，朗也。」孔穎達疏：「明而未融，則融是大明，故爲朗也。」

〔三〕「所幸」句：幸，黄本作「行」，似誤。秋，當指紹興十年（一一四〇）秋。

〔四〕「洗耳」二句：强幼安述唐子西文録：「唐人有詩云：『山僧不解數甲子，一葉落知天下秋。』」禮記月令：「孟秋之月……涼風至。」此謂不唯葉落，聽風聲亦可知秋季已到。又唐賈島憶江上吴處士：「秋風吹渭水，落葉滿長安。」則並言秋風、落葉矣。

辛酉立春〔一〕

中原擾擾尚胡塵，堅坐江南懶問津〔二〕。漫讀舊詩如昨夢，都疑往事是前身〔三〕。子桑自了經時病〔四〕，原憲長甘一味貧〔五〕。剩忍雪寒君莫厭，土牛花勝已迎春〔六〕。

〔一〕辛酉，即紹興十一年（一一四一）。立春，中國古代二十四節氣之第一個節氣，時間在農曆臘月末或正月初某日。

〔二〕「堅坐」句：吕本中是時寓居信州（上饒），南宋時信州屬江南東路，故稱江南。懶問津，論語微子：「長沮、桀溺耦而耕，孔子過之，使子路問津焉。」何晏集解引鄭（玄）曰：「津，濟渡處。」句言不出門遠行。

〔三〕「漫讀」二句：謂人生如夢幻。金剛經第三十二品：「一切有爲法，如夢幻泡影，如露亦如電，應作如是觀。」白居易贈張處士山人：「世說三生如不謬，共疑巢許是前身。」三生，又作「三身」，此處義同。其說出自佛教，即前生、今生、來生，又云過去世、現在世、未來世。

〔四〕「子桑」句：莊子大宗師：「子輿與子桑友，而霖雨十日。子輿曰：『子桑殆病矣！』裹飯而往食之。至子桑之門，則若歌若哭，鼓琴曰：『父邪！母邪！天乎！人乎！』有不任其聲而趨舉其詩焉。子輿入，曰：『子之歌詩，何故若是？』曰：『吾思夫使我至此極者而弗得也。父母豈欲吾貧哉？天無私覆，地無私載，天地豈私貧我哉？求其爲之者而不得也。然而至此極者，命也夫！』」則所謂「病」，指飢餒也。

〔五〕「原憲」句：史記仲尼弟子列傳：「孔子卒，原憲亡在草澤中。子貢相衛，而結駟連騎排藜藿入窮閻過謝原憲。憲攝敝衣冠見子貢，子貢恥之，曰：『夫子豈病乎？』原憲曰：『吾聞之，無財者謂之貧，學道而不能行者謂之病。若憲，貧也，非病也。』子貢慚，不懌而去，終身恥其言之過也。」

〔六〕「剩忍」二句：謂忍過寒冬，便是陽春。周禮春官宗伯占夢：「季冬，聘王夢，獻吉夢於王，王拜而受之。乃舍萌於四方，以贈惡夢，遂令始難毆疫。」鄭玄注：「季冬之月，命有司大難旁磔，出土牛以送寒氣。」賈公彦疏略曰：「出土牛以送寒氣者，彼鄭注云出猶作也。作土牛者，丑爲牛，牛可牽可止。送猶畢也，故作土牛以送寒氣。」又見初學記卷三冬。花勝，古代婦女所戴花形首飾，宋代多用於春日贈與。宋龐元英文昌雜録卷三：「初十日立春，賜三省官采勝各有差，謝於紫宸殿門。杜臺卿説，正月七日爲人日，家家翦綵或鏤金薄爲人以帖屏風，亦戴之頭鬢。今世多刻爲華勝，像瑞圖金勝之形，引釋名『華，象草木華』也；勝，言人形容止等，一人著之則勝。又引賈充李夫人典誡曰『每見時人月旦，花勝交相遺與』，謂正月旦也。今俗用立春日，亦近之。然公卿家尤重此日，莫不鏤金刻繒，加飾珠翠，或以金銀，窮極工巧，交相遺問焉。」

雪夜

破屋除燈雪自明，案頭無用讀書檠。老慵已慣跏趺坐〔一〕，昏夢尤便松竹鳴〔二〕。知有故人來問道，久無佳句與尋盟。明年更有閩山興〔三〕，但辦行纏莫計程〔四〕。

〔一〕「老慵」句：跏趺，僧人結跏趺坐，俗稱盤腿打坐。又分降魔法坐、吉祥坐二種。前者先以右趾押左股，後以左趾押右股，禪宗多傳此式。後者先以左趾押右股，後以右趾押左股，令二足掌仰放於二股之上，相傳乃如來佛成道時坐法。見隋釋智顗説、門人釋灌頂記方等三昧行法等。

〔二〕「昏夢」句：松竹鳴，風吹或雨雪打松竹之聲，聲音細小低沉。鄭剛中枕上聞雪聲：「夢回細響鳴松竹，誤作春蠶食葉聲。」可參讀。

〔三〕「明年」句：是詩當作於辛酉年前，明年指辛酉年，即紹興十一年（一一四一）。閩山，代指福建。

〔四〕「但辦」句：行纏，即裹足。此泛指行裝。見本書卷一寄璧上人詩注。

謝方倅惠炭〔一〕

寒壓新春雪不融，布衾如鐵坐衰翁〔二〕。煩君又送南山炭〔三〕，更放殘爐一夜紅。

〔一〕方倅，名不詳。倅，副職，宋代多指州郡通判。

〔二〕「布衾」句：布衾，布被。杜甫茅屋爲秋風所破歌：「布衾多年冷似鐵。」

〔三〕「煩君」句：白居易賣炭翁：「賣炭翁，伐薪燒炭南山中。」南山，即終南山，又名太乙山、地肺山，乃秦嶺山脈之一段。西起今陝西寶鷄眉縣，東至西安藍田，主峰位於西安長安區。此泛指山。

即事四絶〔一〕

老來於世轉無求，事業聲名種種休。伴得鄰僧忍飢慣，閉門無飯讀春秋〔一〕。

〔一〕「閉門」句：太平御覽卷一八六引莊子（按今本莊子無）曰：「仲尼讀春秋，老聃踞竈觚而聽。」注：「觚，竈額也。」謂無以爲炊也。

匆匆和夢别星樓〔一〕，擾擾隨緣住信州〔二〕。尚笑長江少方便，只教溪水暫西流〔三〕。

〔一〕「匆匆」句：星樓，即八詠樓，代指婺州（今浙江金華）。參見本卷前再贈詩注。

〔二〕「擾擾」句：信州，屬江南東路，見宋史地理志四。今爲江西上饒。

〔三〕「尚笑」二句：此前吕本中寓居衢州、婺州，距長江較近。現移寓信州，而信州水西流入長江，彷佛給人方便。雍正江西通志卷一一山川廣信府：「靈山，在府城西北七十里，信之鎮山也。……山有七十二峰，下有石井、石室，溪五派，西流入江。」又：「上饒江，在府城北，會諸溪水，下經弋陽、貴溪流入饒州府境，一名高溪。」晁補之貴溪在信州城南其水西流七百里入江：「玉山東去不通州，萬壑千巖隘上游。應會逐臣西望意，故教溪水只西流。」

問柳尋花懶不知〔一〕，登山臨水病難爲。日長客去松陰静，强課兒曹學和詩。

〔一〕「問柳」句：問柳尋花，與下句「登山臨水」意同，蓋皆指遊覽信州自然風光，並非隱喻輕薄。王質銀山寺和宗禪師四季詩春：「尋花問柳山前後，隱隱鐘聲暮已傳。」又李光三月三日陪郡守宴嚴亭：「尋花問柳到村扉，葉暗檳榔畫影移。」

經旬却怕酒盃深，野寺雖閑病至今。莫謂閑居厭醫藥，未妨隨證檢千金〔一〕。

〔一〕「未妨」句：證，指病症，後作「症」。千金，醫書名，即備急千金要方。四庫全書已著録，提要曰：「千金要方九十三卷，唐孫思邈撰。……思邈嘗謂人命至重，貴於千金，一方濟之，德逾於此，故所著方書以『千金』名。凡診治之訣，針灸之法，以至導引、養生之術，無不周悉。猶慮有遺缺，更撰翼方輔之。」

贈人

中表多離隔，情親子獨賢〔一〕。心游衆目外，氣出萬夫前〔二〕。米賤猶堪飽，官閑不記年。春風上嚴瀨〔三〕，爲我略回船。

〔一〕「中表」二句：父親姊妹（姑母）之子女叫外表，母親之兄弟（舅父）姊妹（姨母）之子女稱内表，互稱中表。子，不詳何人，當爲表親。

〔二〕「心游」二句：衆目外，衆人眼光之外，謂不求人知；萬夫，言氣魄宏大，萬人莫及。

〔三〕「春風」句：嚴瀨，即嚴陵瀨，嚴光隱居釣漁處，地在今浙江桐廬富春山麓，詳本書卷一五方允迪挽詞二首其一注引後漢書嚴光傳。蓋所贈之人在桐廬或附近做官，故云。

辛酉之冬周提宫堃惠竹隔〔一〕

深冬坐窮閻〔二〕，未厭風日惡。今晨起濃陰，正恐雨雪作。故人憐我寒，垂意到丘壑。虚堂排竹牖，已覺煖勝昨。初無窮室勞，漸有閑適樂。我生甚易足，所至况旅泊。不爲禦冬計〔三〕，敢復備隕籜〔四〕。偶蒙仁者念，僻處未蕭索。從今作新年，對酒且斟酌。

〔一〕周提宫，即周堃，字仲固。提宫，提舉某宫觀之省，參見本書卷一七官閑贈人詩注。其人時爲祠禄官，故稱。王洋東牟集卷七有周堃除大理寺丞制，稱「以爾履歷之久，事多練達」云云。後爲荆湖南路轉運判官。紹興二十六年（一一五六）三月，右正言凌哲論其以家藏寶器奇玩歸於宰相秦檜之室，遂罷，見建炎要録卷一七二。晚居上饒，見後周仲固尚論齋詩注。竹隔，陸游老學庵筆記卷九：「行在百官以祠事致齋於僧寺，多相與徧遊寺中，因遊傍近園館，或齋於道宫亦然。按張文昌僧寺宿齋詩云：『晚到金光門外寺，寺中新竹隔簾多。齋官禁與僧相見，院院開門不得過。』乃知唐齋禁之嚴如此。」則所謂「竹隔」，當即竹簾也，詩中又稱「竹牖」。

〔二〕「深冬」句：窮閻，荀子儒效：「勢在人上，則王公之材也；在人下，則社稷之臣，國君之寶也，雖隱於窮閻漏屋人，莫不貴之，道誠存也。」唐楊倞注：「窮閻，窮僻之處。閻，里門也。」

〔三〕「不爲」句：計，原校：「一作『具』。」

〔四〕「敢復」句：隕籜，詩經豳風七月：「八月其穫，十月隕蘀。」毛傳：「隕，墜，蘀，落也。」黄庭堅奉答子高見贈十韵：「柳徑雨著緜，竹齋風隕籜。」籜，竹皮，即筍殼，此代指竹隔，用以擋風的竹製用具。

寄張仲宗〔一〕

聞道張夫子，今年已定居。偶緣荔子債，遂絶故人書〔二〕。歲月足可惜，溪山莫負渠。它年得相近，不必遠庖厨〔三〕。

〔一〕張仲宗，名元幹，字仲宗，福建長樂人，見本書卷一五再簡范信中益謙兼呈張仲宗詩注。按：張元幹次吕居仁見寄韵詩今存，録於次：「老去猶爲客，誰人念退居。相望千里路，賴有數行書。白屭猶堪寄，烏牛政憶渠。何時聞枉駕，竹裹唤行厨。」（蘆川歸來集卷二）

〔二〕「偶緣」二句：謂未寄荔子來，猶如欠債，故無書信。乃朋友間逗樂戲言。

〔三〕「不必」句：孟子梁惠王章句上：「君子之於禽獸也，見其生不忍見其死，聞其聲不忍食其肉，是以君子遠庖厨也。」此反其義，謂他年若能就近而居，定將享用仲宗親手烹飪之美食。

周仲固尚論齋〔一〕

周侯不出何所爲，閉門讀書心自知。簞瓢陋巷君不厭，讀書萬卷能忘飢。上參羲皇下秦漢，采取英華幾脱腕〔二〕。是非榮辱姑置之，忽若乘船到彼岸〔三〕。古人之學有傳授，君生寂寞千載後。問君何以識古人，袖手無言坐清晝。以此讀書爲尚友〔四〕，是事渺茫人信否。人信不信君不問，松柏固難生培塿〔五〕。朝來落葉亂荒城，青山照人溪水横。往來車馬作塵土，想君深夜讀書聲。

〔一〕周仲固，雍正江西通志卷九六寓賢引府志：「周堃，字仲固，仕至湖南轉運判官。徙居上饒，扁所居曰尚論，東萊吕舍人（本中）有詩。」周堃事迹，參前辛酉之冬周提宫堃惠竹隔詩注。

〔二〕「采取」句：脱腕，極言抄摘之多。新唐書蘇頲傳：「拜中書舍人。……玄宗平内難，書詔填委，獨頲在太極後閤，口所占授，功狀百緒，輕重無所差。書史白曰：『丐公徐之，不然手腕脱矣。』」

〔三〕「忽若」句：彼岸，佛教語，梵語「波羅」之義譯。佛教稱有生有死之境界爲此岸；而超脱生死之涅槃境界爲彼岸。見智度論卷一二。此言讀萬卷書後，靈魂似乎得到解脱。

〔四〕「以此」句：尚友，孟子萬章章句下：「孟子謂萬章曰：『一鄉之善士，斯友一鄉之善士；一國之善士，斯友一國之善士；天下之善士，斯友天下之善士。以友天下之善士爲未足，又尚論古之人，頌其詩，讀其書，不知其人，可乎？是以論其世也，是尚友也。』」趙岐注：「好善者以天下之善士爲未足極其善道也。尚，上也，乃復上論古之人，頌其詩。詩歌相近，故曰頌讀其書者，猶恐未知古人高下，故論其世以别之也。」

〔五〕「松柏」句：培塿，小土丘，見本書卷一三送元上人歸禾山詩注。

吉州段秀才粟庵〔一〕

大千非有餘〔二〕，一粟豈不足〔三〕。須彌納芥子，豈復論盈縮〔四〕。今君住世網〔五〕，何以得此獨。始知陋巷居，已悟不遠復〔六〕。

〔一〕段秀才，按劉才邵㰂溪居士集卷二有題段成之粟庵詩，同書卷一有醉經堂爲段成之作詩，知段秀才字成之，名不詳，吉州永新（今江西吉安永新）人，見後。劉才邵又有贈段成之詩：「粟庵宴坐正安禪，不踏城闉已十年。」則粟庵既是段成之家庵名，亦是其號，蓋其人高尚不仕，一心向佛。除劉詩外，同時人王洋東牟集卷二、卷三有寄題永新鄧成之粟庵，「鄧」蓋「段」之誤；又王庭珪盧溪文集卷四、卷二〇有段居士粟庵、次韵劉美中贈段居士詩凡二首，知段成之與當時士大夫頗有交往。

〔二〕「大千」句：大千，即大千世界，佛教語。謂以須彌山爲中心，以鐵圍山爲外郭，是一小世界。一千小世界爲小千世界，一千個小千世界爲中千世界，一千個中千世界爲大千世界，總稱三千大千世界。見智度論卷七。

〔三〕「一粟」句：粟，谷子，即小米。一粟，極言其少。蘇軾送頓起：「回頭望彭城，大海浮一粟。」

〔四〕「須彌」二句：須彌，佛家傳説中之寶山，極高大，又稱妙光山。參見一切經音義卷一。芥子，極細微的草種。維摩詰經卷中不思議品：「若菩薩住是解脱者，以須彌之高廣，内（納）芥子中，無所增減，須彌山王本相如故。……是名住不思議解脱法門。」盈縮，有餘與不足。

〔五〕「今君」句：世網，人世間各種關係交織如網，難以擺脱，稱世網。杜甫望嶽：「泊吾隘世網，行邁越瀟湘。」

〔六〕「始知」二句：復，原校：「一作『此』。」不遠復，周易復卦：「初九，不遠復，無祇悔，元吉。」王弼注：「最處復初始復者也。復之不速，遂至迷凶；不遠而復，幾悔而反。以此修身，患難遠矣。錯之於事，其殆庶幾乎，故元吉也。」謂段秀才懂得大小辯證之理，故以「粟」命庵，以此處世則不致迷凶。

自如齋〔一〕

朝爲事所奪，莫爲飢所驅〔二〕。不知六合間，何人能自如〔三〕。永新段夫子，屋小心有餘。教之有家法，逃禪猶作書〔四〕。

〔一〕自如齋，段成之家齋室名。

〔二〕「莫爲」句：莫，與「暮」爲古今字。

〔三〕「不知」二句：文選班固西都賦：「是故横被六合，三成帝畿。」李善注：「呂氏春秋曰：『神通乎六合。』高誘曰：『四方上下爲六合。』」自如，謂行爲不受牽制，一如既往。史記李將軍列傳：「會日暮，吏士皆無人色，而廣意氣自如。」

〔四〕「逃禪」句：逃禪，此指皈依佛教（禪宗）。作書，著書立説。禪宗稱不立文字，段成之卻手不離文字，乃受家法薰習所致，言其出身書香門第。

醉經堂〔一〕

紛紛入醉夢，一語令渠醒。段子閉門居，云何猶醉經。其醉蓋非醉，初無能解酲〔二〕。問經何所説，明善故能誠〔三〕。

〔一〕醉經堂，段成之家藏書堂名。劉才邵嘗爲其作醉經堂詩以詠之，曰：「醉者全於酒，憂患雖暫捐。豈若醉經人，因以全於天。六經藴妙理，深醇道之源。是中儻知趣，真成中聖賢。賢哉段夫子，奥學窺古先。虚堂得真適，心神自陶然。不同嗜糟粕，釋鑿煩輪扁。」

〔二〕「初無」句：解醒，本指消解醉酒後之病態，此言經亦能醉人，但此醉其實非醉，只是無法可解。

〔三〕「明善」句：禮記大學：「大學之道，在明明德，在親民，在止於至善。」鄭玄注：「明明德，謂顯明其至德也。」同書中庸：「自誠明謂之性，自明誠謂之教。誠則明矣，明則誠矣。」按：吕本中早年除醉心禪學外，又接受理學，是詩即借段氏醉經堂以言理。

題焦寺丞詩册三絶〔一〕

一世奔波在别離，君家孝友獨天知。已令好夢傳消息〔二〕，更有賓鴻效羽儀〔三〕。

〔一〕焦寺丞，名惟正（見本書卷一九焦復州惟正寄鼎復兩州喜雨詩），字適道。張擴焦復州適道於艱危中與其兄遇於三衢自云嘗有異夢神明之感叙其事屬予賦詩：「南渡不忍説，流離簪與裾。蒼黄一臂失，辛苦萬金書。孝友劇調護，神明關起居。不須春草句，好夢自蘧蘧。」焦惟正卒後，王洋作挽焦適道寺丞詩，曰：「學有千箱富，言無一字欺。脊令慈孝地，兄弟急難詩。頌美觀名士，傳家付令兒。平日磨玷缺，此理上天知。」原注曰：「前兵戈時，骨肉散失，後與元昆相得於三衢慈孝坊，人以爲誠意有感。又兩郡（引者按：指鼎州、復州）多令政，時賢亦爲賦詩，今爲兩集。」曾幾亦有挽焦適道寺丞二首。建炎要録卷一五二：紹興十四年

（一一四四）七月甲辰，「左奉議郎焦惟正知復州代還，言……」蓋焦氏骨肉團聚事，當時頗牽動官民身經靖康之難者的脆弱神經，於是國恨家仇一齊暴發，不少人寫詩傾瀉感慨，好事者遂結集爲兩册，吕本中乃衆多作者之一。至於焦惟正其人，今僅知其爲河朔（黄河以北）人，具體里貫不詳。宋代大理寺、司農寺、光禄寺、太常寺等皆有丞，所屬何寺不詳。

〔二〕「已令」句：好夢，見上引張擴及王洋等人挽詩。張詩之「辛苦萬金書」句，當指焦惟正與其長兄（元昆）在衢州（三衢）相遇。

〔三〕「更有」句：焦惟正巧遇長兄後，又與留在北方的親屬以書信相通。賓鴻，禮記月令：「季秋之月……鴻雁來賓。」鄭玄注：「來賓，言其客止未去也。」此當指與焦適道同在衢州避地之鄉人。效羽儀，謂助其尋親。

路旁來報定何人，物理潛通自有神〔一〕。想得三衢相見地〔二〕，至今草木亦長春。

〔一〕「物理」句：物理，事物間彼此關聯之理。潛通，謂冥冥間萬事萬物皆暗中相通。嵇康聲無哀樂論：「君静於上，臣順於下，玄化潛通，天人交泰。」又杜甫秦州雜詩二十首其十四：「萬古仇池穴，潛通小有天。」此指焦惟正能在衢州遇其兄，乃因有異夢神明指點，見上注引張擴詩題。

〔二〕「想得」句：相見地，指焦惟正在衢州與其兄相遇之慈孝坊，見上注引王洋詩原注。三衢即衢州，見本書卷一三送頌山上人游南華詩注。

河朔家人墮渺茫，江南風日正舒長。已知原上鶺鴒處，更入雲間鴻雁行〔一〕。

〔一〕「已知」二句：詩經小雅常棣：「脊令在原，兄弟急難。」毛傳：「脊令，雝渠也，飛則鳴，行則搖，不能自舍耳。急難，言兄弟之相救於急難。」按：鶺鴒，一作「脊令」，同，鳥名。此指焦適道滯留河朔之兄弟及家人。鴻雁，漢書蘇武傳：蘇武使匈奴被扣押，至漢昭帝即位，向匈奴索之。常惠教漢使者謂單于，「言天子射上林中，得雁，足有係帛書，言武等在某澤中」，於是蘇武等得以歸。後以鴻雁代指書信。

暴　物〔一〕

暴物看日景，頃刻未嘗停〔二〕。隨景移暴物，目示令心驚。寓此不停景，乃復望長生〔三〕。忽忽駒過隙〔四〕，悠悠池汎萍〔五〕。况兹兵火中，而每疾病嬰。野寺過毒暑，旱氣浮高城。出門君莫厭，宿昔已秋聲〔六〕。

〔一〕暴，黄本作「爆」，義同。他書或作「曝」，皆古今字。

〔二〕「暴物」二句：暴物，指夏季曬家中衣物、書籍、糧食等。景，同「影」，亦古今字。句謂曬物時見日影不停移動。

〔三〕「寓此」二句：謂見日影移動不止，人類有何指望企求長生。

〔四〕「忽忽」二句：莊子知北遊：「人生天地之間，若白駒之過郤，忽然而已。」又史記崔豹傳：「人生一世間，如白駒過隙耳。」索隱：「莊子云『無異麒驥之馳過隙』，則謂馬也。小顔云：『白駒謂日影也；隙，壁隙也。』以言速疾，若日影過壁隙也。」

〔五〕「悠悠」句：池泛萍，喻流落江湖之人，如池中浮萍，無所歸依。孟郊送清遠上人歸楚山舊寺：「應笑泛萍者，不知松隱深。」

〔六〕「宿昔」句：宿昔，夜來，早晚，謂時間極短，見本書卷四遣懷三首注。此言暑天瞬間即逝，接着便是凉秋。

次葉守喜雨〔一〕

群囂寂寞已收聲〔二〕，預怯秋房獨夜情。忽聽僧簷鳴宿雨，定知田舍舞安町〔三〕。盡消積暑經時旱，不厭新凉數日晴。更喜此邦賢太守，樂爲詩頌教諸生〔四〕。

〔一〕葉守，當即葉三省。莊綽鷄肋編卷下：「葉三省景參，嚴州人，嘗任起居舍人。」建炎要録卷一四八：紹興十三年（一一四三）三月，「直龍圖閣葉三省知信州代還，言鉛山縣民王小十取肝以愈母病……乞詔有司旌其門間」云云。宋代一般三年任滿，則葉氏知信州，當在紹興十年初到任。詩所謂「賢太守」，即指此人，詩蓋作於紹興十二年秋。

〔二〕「群囂」：自然界、人類社會各種聲響。

〔三〕「定知」句：安甿，生活安定、富足之百姓。甿，民也。韋應物送唐明府赴溧水：「到此安甿俗，琴堂又晏然。」

〔四〕「樂爲」句，漢書王褒傳：「益州刺史王襄欲宣風化於衆庶，聞王褒有俊材，請與相見，使褒作中和、樂職、宣布詩，選好事者令依鹿鳴之聲習而歌之。」

無　題

學詩漸老轉銷聲，末路蒙公此日情。尚有文章能起疾〔一〕，豈惟田里解蚩甿〔二〕。近郊秔稻成秋熟，繞郭溪山入晚晴。剩繞長廊和新句，不知庭下薄寒生〔三〕。

〔一〕「尚有」句：起疾，指治愈疾病。文章能起疾，用曹操喜陳琳文章事，見本書卷一得李去言詩次韻答之詩注。

〔二〕「豈惟」句：蚩甿，詩經衛風氓：「氓之蚩蚩，抱布貿絲。」毛傳：「氓，民也。蚩蚩者，敦厚之貌。」此泛指百姓。甿、氓，義同。

〔三〕「不知」：薄寒，微寒也。黄庭堅送君庸：「北風吹雨薄寒生。」按：是詩與前次葉守喜雨詩同韻，疑爲再次韻之作，詩中所謂「公」即指葉三省，「無題」之題蓋詩集刊行者所加。

次韻曾宏甫木犀〔一〕

風吹旱暑未成秋，辜負江村事事幽〔二〕。巖桂敢煩先折送，好詩仍不待邀求。自憐疾病常高枕，坐想風流換此州〔三〕。它日出門尋舊約，未嫌疏懶作人不〔四〕。

〔一〕曾宏甫，現存曾幾永樂大典本茶山集卷一尋春次曾宏甫韻詩，清乾隆四庫館臣案曰：「曾宏甫，名惇，避宋光宗諱，以字行，紆之子、鞏之侄孫。陳振孫書録解題（引者按：見該書卷二〇著録曾紘父詩詞一卷）：『曾氏三望，最初温陵公亮，次南豐鞏兄弟，其後則幾之族（引者按：乃摘録陳氏著録曾幾曾文清集時解題語）。集中贈宏甫必冠以「曾」，蓋以明同姓不宗之意。』」木犀，即桂花，本卷前已注。

〔二〕「辜負」句：幽，清静。杜甫江村：「清江一曲抱村流，長夏江村事事幽。」

〔三〕「坐想」句：换此州，指由守黄州换爲知黄州，時在紹興十二年（一一四二），詳見本書卷一九送曾宏甫知黄州四絶其二注引吴曾能改齋漫録卷一一曾郎中獻秦益公十絶句條。

〔四〕「它日」二句：疏懶作人，自謂疏懶成性。兩句言曾有約來訪，若不嫌我爲人疏懶，他日出門定請光臨。

贈鄭侍郎二首〔一〕

便欲深居過一寒，破窗重覓舊蒲團。莫年生活如何做，子細煩公指示看〔二〕。

〔一〕鄭侍郎，即鄭望之。望之彭城人，徙上饒，建炎初嘗使金。歷吏部侍郎，復朝奉大夫、集英殿修撰，紹興十六年（一一四六）以徽猷閣待制致仕，紹興三十一年七月卒。見建炎要録卷一、卷二九、卷四二、卷一九一等，宋史有傳。又熊克中興小紀卷三二曰：致仕時，「望之居上饒，築室名寓居，蓋取晋陶潛『寓形宇宙』之意。後嘗有詔落職復召，上語近臣曰：『鄭望之不特是君臣，乃是故人。』望之時已八十一，不復出矣」。

〔二〕「莫年」二句：莫，與「暮」爲古今字。較之鄭望之，詩人乃晚輩，故向其請教如何養老。

幾時不過西禪寺〔一〕，直自初秋到晚秋。聞道主人憐我病，天寒猶未送新篘〔二〕。

〔一〕「幾時」句：呂本中時寓居上饒，西禪寺當在其地。該禪寺情况不詳。

〔二〕「天寒」句：猶，原作「酒」，據黄本改。新篘，新製之篘。篘，用細竹條編成之濾酒器。白居易嘗酒聽歌招客：「一甕香醪新插篘。」蘇軾和子由聞子瞻將如終南太平宫溪堂讀書：「近日秋雨足，公餘試新篘。」此代指酒。

呂本中詩集箋注卷一九

次曾宏甫九日韵〔一〕

僧園曉色散棲鴉，强起新詩整復斜〔二〕。正想故人披宿霧，忽蒙佳句洗昏花〔三〕。舊游往往違心事〔四〕，老病昏昏漫歲華。辜負重陽一尊酒，且來占雨又朝霞〔五〕。

〔一〕曾宏甫，字宏甫，即曾惇，見前卷次韵曾宏甫木犀詩注。九日，指紹興十一年九月九日重陽節。

〔二〕「强起」句：整復斜，或整齊或傾斜，謂書寫不工整。杜牧臺城曲二首其一：「整整復斜斜，隨旗簇晚沙。」黄庭堅效王仲至少監詠姚花用其韵四首其一：「映日低風整復斜，緑玉眉心黄袖遮。」能改齋漫録卷一一東坡稱重黄魯直書：「歐陽季默嘗問東坡魯直詩何處是好？東坡不答，但極稱重黄詩。季默云：『如「卧聽疏疏還密密，曉看整整復斜斜」，豈是佳耶？』東坡云：『此正是佳處。』」

〔三〕「忽蒙」句：佳句，指曾惇原唱，已佚。洗昏花，指心情變化引發眼睛視力變化，謂來詩令已耳目一新。

〔四〕「舊游」句：違心事，謂不能如願。杜甫秋興八首其三：「劉向傳經心事違。」趙彦材注：「劉向之傳經於朝，而乃違背不偶也。『心事違』出左傳『王心不違』。又史云事與願違。」此言欲與舊游相見，但往往不能如願。

〔五〕「且來」句：占雨，唐瞿曇悉達撰開元占經卷九二雨占：「雨者，陰陽和而天地氣交之所爲也。太清之世，十日一雨，雨不破塊。京房曰：『太平之時，一歲三十六雨，是爲休徵時若之應。凡雨三日以上爲霖，久雨謂霪。』」此言占雨不靈，往往占之有雨，結果卻是大晴天。

九日贈曾宏甫二絶

茶花過雨十分香，山後山前已帶霜。何事東籬數株菊〔一〕，已將青蕊趁重陽〔二〕。

〔一〕「何事」句：東籬，陶淵明飲酒其五：「采菊東籬下，悠然見南山。」此泛指籬笆。

〔二〕「已將」句：青蕊，菊花之青色花蕾。趁，趕上。

漸退中原胡馬塵〔一〕，溪山未厭往來頻。雖無名酒酬佳節，尚有新詩答故人。

〔一〕「漸退」句：指宋、金和議已初步達成，以淮河中流爲界，各守境土，故淮河以南之金兵遂漸次北退。

送徐止秀才歸小葉〔一〕

後生少規摹〔二〕，子學有根源。紛然衆說中，獨識孔氏尊〔三〕。古人雖不作〔四〕，此理固常存。滄海無津涯，寧有衆水分〔五〕。鑑明不受垢，垢盡亦無痕〔六〕。子還訪師友，當自得其門。躬行見日用〔七〕，餘事不論文〔八〕。

〔一〕徐止秀才，宋趙蕃淳熙稿卷二〇報謁徐大雅仁因以題贈三首其一：「好在東都孺子孫，壯年曾謁舍人門。祇今此道同終少，君獨深藏耻自論。」原注：「君昔從呂公居仁講學，公有贈詩。」所云贈詩，當即此詩。則所謂徐秀才名仁，字大雅。又本書卷二〇第一首詩題「尤美軒在玉山縣小葉村」，知徐氏家住玉山小葉村。玉山縣，今屬江西上饒市。則徐秀才之名，有「徐止」、「徐仁」二説，孰是已難辨别，兹姑從本集。按：是詩有汪應辰借韵詩，録於次。借舍人呂丈送大雅東還詩韵奉呈：「典刑寄老成，師友須淵源。今代紫薇公，身退道益尊。言行無表襮，卓然中所存。雲雨自翻覆，誰能動毫分。洗垢既無垢，尚或求瘢痕。嗟我與徐子，昔也掃公門。相期膏吾車，從公畢斯文。」（文定集卷二四）

〔二〕「後生」句：規摹，可供學習之典範。

〔三〕「獨識」句：孔氏尊，謂獨尊孔子所創立之儒家學術。

〔四〕「古人」句：古人，指孔子。論語述而：「子曰：『述而不作，信而好古，竊比於我老彭。』」何晏集解引包（咸）曰：「老彭，殷賢大夫，好述古事。我若老彭，但述之耳。」

〔五〕「滄海」二句：尚書微子：「今殷其淪喪，若涉大水，其無津涯。」僞孔傳：「淪，没也。言殷將没亡，如涉大水無涯際，無所依就，殷遂喪。」此言孔子之道一以貫之，而後世各立門户，分門別類，學派林立。

〔六〕「鑑明」二句：乃化用禪宗六祖惠能偈語。鑑，鏡也。壇經行由品：惠能偈曰：「菩提本無樹，明鏡亦非臺。本來無一物，何處惹塵埃。」

〔七〕「躬行」句：論語述而：「躬行君子，則吾未之有得。」何晏集解引孔（安國）曰：「身爲君子，己未能也。」周易繫辭上：「百姓日用（道）而不知，故君子之道鮮矣。」

〔八〕「餘事」句：論語學而：「子曰：『弟子入則孝，出則弟，謹而信，汎愛衆而親仁。行有餘力，則以學文。』」何晏集解引馬（融）曰：「文者，古之遺文。」同書子張：「子夏曰：『仕而優則學，學而優則仕。』」集解引馬（融）曰：「行有餘力，則以學文。」此言行有餘力亦不溺於文。

次葉守韵〔一〕

新正無所爲〔二〕，出户亦乘興。欲尋林泉幽，不避風雪迸〔三〕。搜腸乞佳語，分外若贅瘿〔四〕。故知藜藿槃，不受珍果飣〔五〕。清詩洗病目，鄙陋知不稱。披雪見新月，乃悟本來性〔六〕。溪山況瀟灑，復有松竹映。何須待醇酒，然後有酩酊〔七〕。

〔一〕葉守，即葉三省，字景參，是時知信州，見本書卷一八次葉守喜雨詩注。

〔二〕「新正」句：新正，指元日，即正月初一，亦泛指正月。據上引次葉守喜雨詩注，葉三省知信州，始於紹興十年（一一四〇），十三年三月任滿代還，此詩作年不詳。

〔三〕「不避」句：風雪迸，迸，突然暴出，一下襲來。

〔四〕「分外」句：分外，搜詩之外；瘿，即頸瘤，俗稱大脖子病，屬甲狀腺腫大之疾。贅瘿，喻指多餘之物。梅堯臣得雷太簡自製蒙頂茶：「我貧事事無，得之似贅瘿。」

〔五〕「故知」二句：藜藿槃，裝粗劣食物之槃，槃，同「盤」。珍果飣，飣亦指果。兩句言猶如低檔器皿，難以盛高檔果品。謙言才小，不能吟風詠雪。

〔六〕「披雪」二句：五燈會元卷七青原下五世德山鑒禪師法嗣鄂州巖頭全奯禪師：「僧問雪峰：『聲聞人見性，如夜見月。菩薩人見性，如晝見日。未審和尚見性如何？』峰打拄杖三下。僧後舉前語問師，師與三摑。」同上卷一八臨濟宗泐潭清禪師法嗣隆興府黄龍山堂道震禪師：「一夕聞晚參鼓，步出經堂，舉頭見月，遂大悟。亟趨方丈，堂望見，即爲印可。」禪宗認爲撥雲見月，廓然開悟，遂見人之本性，亦即佛性。

〔七〕「何須」二句：酩酊，大醉後迷糊貌。此言不待酒，風景亦能醉人。

送曾宏甫知黄州四絶〔一〕

雨餘天氣欲嘗橙〔二〕，栗可煨炮芋可羹〔三〕。正是一年秋好處〔四〕，忍令無酒送君行。

〔一〕曾宏甫，即曾惇，前已注。黄州，樂史太平寰宇記卷一三一淮南道九黄州：「黄州，齊東郡，今理黄岡縣。……今郡東南一百三十里臨江與武昌相對，有古邾城是也。」南宋時黄州隸淮南西路，轄黄岡、黄陂、麻城三縣。見宋史地理志四。今爲湖北黄岡。詩當作於紹興十二年秋。

〔二〕「雨餘」句：嘗橙，謂橙已初熟可嘗其味。宋黄震黄氏日抄卷六五讀文集七：「橙，橘屬也。……今人書凳爲橙，非是，橙音澂，疑今之金橘是也。」今按：橙非金橘，乃另一種果樹名，果實球形，橙黄色。

〔三〕「栗可」句：栗，木名，即栗樹。其果實名栗子，又稱板栗。煨炮，炖煮、燒烤，皆食品烹製法。芋，多年生草本植物，其肉質球莖即芋頭，可作羹。

〔四〕「正是」句：韓愈早春呈水部張十八員外二首其一：「最是一年春好處。」

口脣白醭未嘗開〔一〕，正始餘音挽復回〔二〕。他日爐香爲誰起〔三〕，公曾親見了翁來〔四〕。

〔一〕「口唇」句：白醭，白色霉菌絲。醋、醬油等存放時間稍久，表面即生此物，俗稱「花」。北魏賈思勰齊民要術作大麥酢法：「用大麥細造一石，浄淘炊作，再餾飯，撣令小暖如人體。下釀以杷攪之，綿幕瓮口，二日便發。時數攪，不攪則生白醭。」後以白醭喻指白髭鬚。五燈會元卷一四真州長蘆真歇清了禪師：「上堂：口邊白醭去，始得入門；通身紅爛去，方知有門。」又張鎡蘇隄觀木芙蓉因見浄慈明上人翌日惠詩疇贈二絶其二：「口邊白醭公家事，坐上清狂我輩真。」可參讀。未嘗開，尚未長出，即俗所謂「嘴上無毛」，喻年青也。

〔二〕「正始」句：正始，三國時魏齊王芳年號（二四〇—二四九），正始之音，以及稍前之建安文學，乃中國文學史上之優秀典範。陳子昂與東方左史虬修竹篇序：「不圖正始之音復覩於茲，可使建安作者相視而笑。」此句及上句，謂曾惇早年詩作即十分傑出。

〔三〕「他日」句：爐香，指心香。心香乃佛教語，喻指極其虔誠，如供佛之焚香。唐韓偓仙山：「一炷心香洞府開。」又陳師道觀兖文忠公家六一堂圖書：「向來一瓣香，敬爲曾南豐。」任淵注：「諸方開堂，至第三瓣香，推本其得法所自，則云此一瓣香敬爲某人云云。」此謂曾惇既親炙陳瓘（了翁，見下注），而又投靠秦檜，將來這爐香究竟爲誰而設？表達對曾惇政治品質的質疑。

〔四〕「公曾」二句：自注：「宏甫頃常爲諫議陳公所知。」按：了翁，即所説陳公，名瓘（一〇五七—一一二四），字瑩中，號了齋，南劍州沙縣（今屬福建）人。元豐二年（一〇七九）登進士甲科，授湖州掌書記。歷禮部貢院檢點官，越州、温州通判。徽宗即位，召爲右正言，遷左司諫。忤曾布，出知泰州。崇寧中除名竄袁州、廉州，移郴州。又忤蔡京。宣和六年卒，年六十五。著有尊堯集等。紹興二十六年（一一五六）賜謚忠肅。宋史有傳。此連上句，謂曾惇嘗親炙陳瓘，則其學術來之有自。然此人紹興間嘗變節諂事秦檜，在獻詩中稱秦爲「聖相」，因而被驟用，爲士流所不齒，秦檜死後被劾。吴曾能改齋漫録卷一一曾郎中獻秦益公十絶句條：「紹興壬戌（十二年，一一四二），朝廷既罷三大將，息兵議和。曾郎中惇時守黄州，獻書事十絶句於秦益公。秦繳進於上，上喜，與陞擢差遣，任滿，除台州。詩云……（此略）」按：稱秦爲「聖相」，即見於所上十絶句中。宋、金和議正式訂立於紹興十一年（一一四一）年十一月，見宋史高宗紀六。

君到江頭不問津〔一〕，雪堂草木幾番新〔二〕。一生未得文章力，要掃中原胡馬塵〔三〕。

〔一〕「君到」句：江頭，「江」指長江。黄州城即在長江北岸，故勿須問津。問津，用子路向長沮、桀溺問津事，見本書卷一八辛酉立春詩注引論語微子。

〔二〕「雪堂」句：雪堂，元豐中蘇軾貶黄州時所筑室名。東坡志林卷六：「蘇子得廢園於東坡之脅，築而垣之，作堂焉，其正曰雪堂。堂以大雪中爲，因繪雪於四壁之間，無容隙也。起居偃仰，環顧睥睨，無非雪者。蘇子居之，真得其所居者也。」

〔三〕「一生」二句：謂東坡文章雖妙絶天下，但一生並未因此得到任何好處，蓋欲留下爲後人抗金鼓勁。劉禹錫郡齋書懷寄江南白尹兼簡分司崔賓客：「一生不得文章力，百口空爲飽煖家。」

騏驥徐行不離群，却行江北訪斯文。潘何子弟能傳業〔一〕，當奉遺書與使君。

〔一〕「潘何」句：黄庭堅宿黄州觀音院鐘樓上：「鐘鳴山川曉，露下星斗濕。老夫梳白頭，潘何壎篪集。」任淵注：「張文潛集中有同潘何小酌詩，潘當是邠老。邠老名大臨，本閩人，後家於黄，文潛嘗爲集序。何當是斯舉。斯舉名頡之，黄岡人，山谷嘗與書，取『色斯舉矣』爲之字。事見曾慥詩選。」按：潘大臨（一〇六〇—一一〇七），字邠老；何頡（一作顒）（一〇七三—?），字人表，皆入呂本中江西宗派圖。此謂兩家子弟當能傳其父業，或將二人遺著獻給曾惇。

題范才元畫軸後〔一〕

昔年曾過嶺南州〔二〕，争看湘江萬里流〔三〕。妙手可傳詩外意，亂雲寒木更孤舟〔四〕。

〔一〕范才元，曾爲參議官，范雍後裔。詩人、畫家，紹興初避地三山（福州）。參見本書卷一七才元相過三衢偶成近體詩一首奉呈詩注。是詩朱松有續題，録於次：題范才元湘江唤舟圖用吕居仁韵：「天涯投老鬢驚秋，夢想長江碧玉流。忽對畫圖揩病眼，失聲便欲唤歸舟。」

〔二〕「昔年」句：嶺南州，此指福州。

〔三〕「争看」句：湘江萬里，即指朱松所云范才元湘江唤舟圖畫軸。

〔四〕「亂雲」句：描述湘江唤舟圖畫景。

送尹少稷賢良還懷玉山〔一〕

青松在庭檻，乃受衆目憐。念彼歲寒姿，肯争桃李妍。不如卧澗壑，歲久霜雪前〔二〕。尹侯東州英〔三〕，炯若珠在淵〔四〕。避地走南荒，因循留瘴烟。歸來懷玉山，草草屋數椽。深居絶萬慮，讀書欲忘年。偶出到城市，頗厭塵囂煎。搜腸出妙語，贈我以長篇。行潦被注挹〔五〕，朽木煩彫鎸〔六〕。紛紛車馬間，孰能知子賢。别歸值短晷〔七〕，肯復更留連。我老百事廢，鈍馬難加鞭〔八〕。清霜粲屋瓦〔九〕，白雲常在天〔一〇〕。悵望子所居，欲去無寅緣〔一一〕。

〔一〕尹少稷，宋史尹穡傳：「尹穡，字少稷，建炎中興，自北歸南。紹興三十二年（一一六二），與陸游同爲樞密院編修官、權知院。」召對，賜進士出身。隆興元年（一一六三），除監察御史，尋除右正言。二年五月，除殿中侍御史。歷遷諫議大夫，未幾而罷。賢良，制科名，即賢良方正科。蓋尹穡當時準備應此科，故稱。懷玉山，雍正江西通志卷一一山川：「懷玉山，在玉山縣北一百二十里，界饒信兩郡，當吴楚閩越之交，爲東南望鎮。方輿志云：『天帝遺玉此山，山神藏焉，故名懷玉。或云山有異光夜燭，因名輝山。』唐賈耽華夷圖記云：『其山上干天際，勢聯北斗，又名玉斗山。』」尹穡南歸後僑居信州玉山縣，故云「還」。

〔二〕「青松」六句：謂庭院欄檻中所栽被人憐愛的松樹，反不如深山澗底之松能自由自在。歲寒枝，論語子罕：「子曰：『歲寒，然後知松柏之後彫也。』」卧澗壑，左思詠史詩八首其二：「鬱鬱澗底松。」此言尹稷還故山之樂。

〔三〕「尹侯」句：東州，指兖州。按雍正江西通志卷九六尹穡小傳稱其爲兖州（今屬山東）人，故云。後漢書樊準傳：「今雖有西屯之役，宜先東州之急。」李賢注：「東州，謂冀、兖州。」

〔四〕「炯若」句：炯，明亮。管子小稱：「丹青在山，民知而取之；美珠在淵，民知而取之。」黄庭堅毀璧：「寂然反照，珠在淵兮。」

〔五〕「行潦」句：詩經大雅泂酌：「泂酌彼行潦，挹彼注兹，可以餴饎。」毛傳：「泂，遠也。行潦，流潦也。餴，餾也。饎，酒食也。」鄭玄箋：「流潦，水之薄者也。遠酌取之，投大器之中，又挹之注之於此小器，而可以沃酒食之餴者，以有忠信之德、齊潔之誠以薦之故也。」

〔六〕「朽木」句：論語公冶長：「宰予晝寢。子曰：『朽木不可雕也。』」何晏集解引孔（安國）曰：「宰予，弟子宰我。」又引包（咸）曰：「朽，腐也。雕，雕琢刻畫。」以上兩句，詩人自比之行潦、朽木，皆自謙之詞。

〔七〕「別歸」句：短晷，晷，即日影。古人以太陽光投射陰影之長短辨識季節，此以「短晷」代指冬季。

〔八〕「鈍馬」句：鈍馬，老病魯鈍之馬。此乃自喻。李光元夕陰雨孤城愁坐適魏十二介然書來言瓊臺將然萬炬因以寄之：「有如伏櫪馬，肆兀難加鞭。」可參讀。

〔九〕「清霜」句：陶淵明閑情賦：「繁霜粲於素階。」粲，照耀。黄庭堅秘書省冬夜宿直寄懷李德素：「姮娥攜青女，一笑粲萬瓦。」

〔一〇〕「白雲」句：穆天子傳卷三：「天子觴西王母於瑶池之上，西王母爲天子謡曰：『白雲在天，山陵自出。道里悠遠，山川間之。將子無死，尚能復來。』」以上二句，言物候、天象皆在，必有再見之日。

〔一一〕「欲去」句：寅緣，黄本作「因緣」，四庫本作「夤緣」。左思吴都賦：「夤緣山嶽之岊，冪歷江海之流。」夤緣，劉淵林注：「布藤上貌。」康熙字典謂寅、夤「二字古疑通」。謂憑藉以攀附。

此指條件、機會。

寄題曾黄州重修睡足齋〔一〕

雲濤際天江北路〔二〕，郡古人稀春復暮。平生想像睡足庵，頗見王杜安身處〔三〕。十年兵火庵已壞，草莽連崗穴狐兔。使君初來席未暖〔四〕，重就新齋立窗户。疏疏脩竹帶泉石，歷歷幽花點烟霧。竹樓月波不寂寞〔五〕，雪堂東坡復共住〔六〕。昔者同遭盜賊擾，今者定蒙神物護。使君忘言坐搔首，抖擻衣襟脱巾屨。下簾高枕百吏散，一任江頭風斷渡。會思王杜與新詩，夢裏相逢得奇句。

〔一〕曾黄州，即曾惇，是時知黄州，前已注。睡足齋，源於杜牧詩句，其憶齊安郡曰：「平生睡足處，雲夢澤南州。一夜風欺竹，連江雨送秋。格卑常汩汩，力學强悠悠。終掉塵中手，瀟湘釣漫流。」唐齊安郡，即由黄州改置。宋初王禹偁貶知黄州，作獨酌自吟拙詩次吏報轉運使到郡戲而有作詩道：「日高睡足更何爲，數首新篇酒一卮。郡吏謾勞相告報，轉輪應不管吟詩。」南宋紹興間，知州沈虞卿刊王禹偁小畜集，序略曰：「内翰王公以文章道義被遇太宗皇帝，視草北門，代言西掖，眷優接隆，聲望最重，咸謂咫尺黄閣矣。偶坐事左遷，咸平初來於齊安，在郡政化孚洽，容與暇景，作竹樓、無愠齋、睡足軒以玩意。」則所謂「睡足齋」，實止王禹偁曾建睡足軒也。是詩當作於紹興十二年(一一四二)暮春。輿地紀勝卷四九黄州:「睡足堂,舊在郡治,王元之(禹偁)建……今廢。」陸游於乾道五年(一一六九)授夔州通判,以次年八月十八日到達黄州,其所著入蜀記卷三記黄州事,曾引杜牧詩,然未言曾惇所重建之睡足齋,蓋已毁。

〔二〕「雲濤」句:江北路,黄州城在長江之北,故云。

〔三〕「頗見」句:王杜,即王禹偁、杜牧。杜牧(八〇三—八五二),字牧之,號樊川居士,宰相杜佑之孫。晚唐傑出詩人,後人稱「小杜」,以與杜甫區别。唐文宗大和二年(八二八)進士,授弘文館校書郎。歷江西觀察使幕等多職,後爲黄州、池州、睦州刺史,入爲中書舍人。王禹偁(九五四—一〇〇一),字元之,濟州鉅野(今山東鉅野)人。太宗太平興國八年(九八三)進士,授武成縣主簿。擢直史館,遷知制誥。淳化二年(九九一)貶商州團練副使,五年(九九四)再知制誥,兼翰林學士。坐謗訕罷知滁州,改揚州。真宗即位,復知制誥,直筆犯諱,降知黄州,改蘄州,以疾卒。宋史有傳。

〔四〕「使君」句:使君,指曾惇。席未暖,淮南子脩務訓:「孔子無黔突,墨子無暖席……非以貪禄慕位,欲事起天下利,而除萬民之害。」

〔五〕「竹樓」句,王禹偁黄州新建小竹樓記:「黄岡之地多竹,大者如椽,竹工破之,刳去其節,用代陶瓦,比屋皆然,以其價廉而工省也。子城西北隅,雉堞圮毁,榛莽荒穢,因作小樓二間,與月波樓通。……咸平二年（九九九）八月十五日記。」月波，月波樓詠懷序：「月波之名，不知得於誰氏，圖綴故老皆無聞焉。因作古詩一章，凡六百八十字，陷於樓壁，庶使茲樓之名與詩不泯也。」

〔六〕「雪堂」句：雪堂，蘇軾貶黃州時所建堂名，已見前送曾宏甫知黃州四絶其三注。東坡，原爲地名，在今湖北黃岡之東。蘇軾東坡八首敘曰：「余至黃州二年，日以困匱，故人馬正卿哀余乏食，爲於郡中請故營地數十畝，使得躬耕其中。地既久荒，爲茨棘瓦礫之場，而歲又大旱，墾闢之勞，筋力殆盡。釋耒而歎，乃作是詩，自愍其勤，庶幾來歲之入，以忘其勞焉。」後遂爲蘇軾别號。

重陽前一日作

涼風策策旁江城〔一〕，道路猶寬遠去程〔二〕。秋晚情懷常索漠，夜長更漏轉分明。
未償臍腹三年艾〔三〕，不負膏油二尺檠〔四〕。明日黃花一尊酒，苦思親舊與同傾。

〔一〕「涼風」句：策策，風鳴聲。韓愈秋懷詩十一首其一：「秋風一披拂，策策鳴不已。」旁，通「傍」，倚也。江城，指上饒，城旁有信江，故稱。

〔二〕「道路」句：猶寬，謂道路通暢，言可遠去也。

〔三〕「未償」句：臍腹，腹部肚臍處，古人在肚臍用艾灸療疾。三年艾，孟子離婁上：「七年之病，求三年之艾也，苟爲不畜，終身不得。」趙岐注：「如至七年病，而却求三年時艾，當畜之乃可得。以三年時不畜藏之，至七年欲卒求之，何可得乎？艾可以爲炙人病，乾久益善。」詳參本書卷五高郵遇大熱作詩注。此泛指以良藥治病。

〔四〕「不負」句：膏油，燈油。檠，燈架，代指燈。二尺檠乃短檠。韓愈短燈檠歌：「長檠八尺空自長，短檠二尺便且光。」

春　晚

春色忽已晚，悠悠留此心。深居有閑暇，令節廢追尋〔一〕。更老愁何在，長貧病亦侵。一盃聊自勸，不爲落花斟。

〔一〕「令節」句：令節，指元日、元宵等開春以來諸多節日，詩人因貧病深居，皆未嘗出遊。

寒食二絶〔一〕

梨花雪白柳深青〔二〕，也似中原舊驛亭〔三〕。猶記往來寒食下，客房無酒卧空瓶。

〔一〕寒食，節令名。太平御覽卷三〇引荆楚歲時記曰：「去冬節一百五日，即有疾風甚雨，謂之寒食。」原注：「據曆合在清明前二日。亦有去冬至一百六日。」又引陸翽鄴中記曰：「并州俗，冬至一百五日爲介子推斷火冷食三日，作乾粥，是今之糗也。」又引周裴汝南先賢傳曰：「太原舊俗，以介子推焚骸一月寒食，莫敢烟爨。」

〔二〕「梨花」句：蘇軾和孔密州二首東欄梨花：「梨花淡白柳深青，柳絮飛時花滿城。」

〔三〕「也似」句：驛亭，即驛站。晉書天文志上中宫：「東壁北十星曰天廐，主馬之官，若今驛亭也，主傳令置驛，逐漏馳騖，謂其行急疾，與晷漏競馳也。」杜甫秦州雜詩二十首其九：「今日明人眼，臨池好驛亭。叢篁低地碧，高柳半天青。」

今年春物更匆匆，野杏山桃取次紅〔一〕。底事無錢作寒食〔二〕，可無新語記車公〔三〕。

〔一〕「野杏」句：取次，依次。王安石中書即事：「度水穿雲取次行。」

〔二〕「底事」句：底，何也。

〔三〕「可無」句：自注：「白樂天與河南尹詩云：『明朝欲出須謀樂，不泥車公更泥誰。』」按：兩句出白居易歲暮夜長病中燈下聞盧尹夜宴以詩戲之且爲來日張本也詩，作「明朝强出須謀樂，不擬車公更擬誰。」車公，指車胤。晉書車胤傳：「車胤，字武子，南平人也。曾祖浚，吴會稽太守，父育，郡主簿。太守王胡之名知人，見胤於童幼之中，謂胤父曰：『此兒當大興卿門，可使專學。』胤恭勤不倦，博學多通。家貧，不常得油，夏月則練囊盛數十螢火以照書，以夜繼日焉。及長，風姿美劭，機悟敏速，甚有鄉曲之譽。桓溫在荆州，闢爲從事。以辯識義理深重之，引爲主簿，稍遷別駕、征西長史，遂顯於朝廷。時惟胤與吴隱之以寒素博學知名於世，又善於賞會，當時每有盛坐，而胤不在，皆云『無車公不樂』。」泥，當是「擬」之音訛。按：句蓋言家貧無錢買油，設想有無以盛螢火代油燈祭祀的冷笑話流傳？

閑居即事

親舊音書寂不來〔一〕，略無一事可縈懷。春風寂寞花侵路，野寺荒涼草上階。剩欲出門留客坐，不妨扶杖看僧齋〔二〕。無人會得龐公意〔三〕，只道淵明是匹儕〔四〕。

〔一〕「親舊」句：親，原作「新」，黄本將右邊「斤」校改爲「見」，則成「親」字，是，今據改。「親舊」詞義明暢，而「新舊」則義礙。

〔二〕「不妨」句：看僧齋，看，打量。謂準備去僧寺乞齋飯。劉禹錫和樂天早寒：「久留閒客話，宿請老僧齋。」

〔三〕「無人」句：龐公，東漢末人，躬耕於襄陽峴山之南，荆州刺史劉表數延請，不能屈，曰：「世人皆遺之（指子孫）以危，今獨遺之以安，雖所遺不同，未爲無所遺也。」詳見本書卷一寄壁公道友詩注引後漢書龐公傳。此所謂「龐公意」，殆指世人不知身處危世，而猶一味苟安。

〔四〕「只道」句：淵明，即陶淵明。匹儕，同類。謂龐公所慮十分深遠，與僅僅不樂仕進的陶淵明其實有別。

偶出謝客

才過清明日更長，竹輿頻出度浮梁〔一〕。雨侵田水連溪白，春入山花帶蜜香〔二〕。今年尚有湖湘興，不待秋風便促裝〔三〕。數有故人相勞苦，不嫌俗事且窮忙。

〔一〕「竹輿」句：竹輿，又稱籃輿，即後世之轎子；浮梁，浮橋，前已屢見。

〔二〕「春入」句：謂春天蜜蜂采蜜忙，似乎已聞到蜂蜜香味。唐姚合武功縣中作三十首其二一：「驚蝶遺花蕊，遊蜂帶蜜香。」

〔三〕「今年」二句：湖湘，指荆湖南路，即今之湖南一帶。秋風，暗用世説新語識鑒載張季鷹「見秋風起，因思吴中菰菜羹、鱸魚膾」，遂命駕便歸事。促裝，趕緊備辦行裝。

蔬食三首

殺物以活己，肉食固多慚。況無一事勤，敢於滋味貪〔一〕。今晨病少間，調羹有酸鹹〔二〕。居然飽筍蕨〔三〕，自足慰清饞。

〔一〕「敢於」句：舊題北齊劉晝劉子卷一防欲：「將收情欲，先斂五關。五關者，情欲之路、嗜好之府也。目愛綵色，命曰伐性之斤；耳樂淫聲，命曰攻心之鼓；口貪滋味，命曰燻喉之煙；身安輿駟，命曰召蹷之機。此五者，所以養生，亦以傷生耳。」按：此三詩與下戒殺八首思想相同，多源自佛教，可互參。

〔二〕「調羹」句：尚書說命下：「若作和羹，爾惟鹽梅。」僞孔傳：「鹽鹹梅醋，羹須鹹醋以和之爾。」

〔三〕「居然」句：筍蕨，筍，即竹筍；蕨，多年野生草本植物名，其嫩葉可食，即蕨菜。此泛指普通素食。

磨刀向猪羊〔一〕，渠有千種苦〔二〕。厨人盡心力，博汝一笑許。此道在忠恕〔三〕，觀彼更觀汝。聖人雖未言，寧可自莽鹵〔四〕。

〔一〕「磨刀」句：木蘭歌：「小弟聞姊來，磨刀霍霍向豬羊。」

〔二〕「渠有」句：渠，指豬羊。

〔三〕「此道」句：論語里仁：「子曰：『（曾）參乎！吾道一以貫之。』曾子曰：『唯。』子出，門人問曰：『何謂也？』曾子曰：『夫子之道，忠恕而已矣。』」邢昺疏：「忠謂盡中心也，恕謂忖己度物也。言夫子之道惟以忠恕一理以統天下萬事之理，更無他法，故云『而已矣』。」忖己度物，此謂以人之感受，度豬羊被殺時之感受即可，别無道理可講。

〔四〕「寧可」句：莽鹵，資治通鑑卷二三六唐紀五二：「德宗之末，（王）叔文之黨多爲御史，（武）元衡薄其爲人，待之莽鹵。」胡三省注：「莽，莫補翻；鹵，即古翻。莽鹵，言不以爲意也。」

夫子釣不綱〔一〕，於理已不隱。浮屠斷食肉〔二〕，此語説始盡。人生慣便習，奉法乃不謹〔三〕。要當守淡薄，萬事可堅忍。

〔一〕「夫子」句：論語述而：「子釣而不綱，弋不射宿。」何晏集解引孔（安國）曰：「釣者一竿，釣綱者爲大綱以横絶流，以繳繫釣羅屬著綱。弋，繳射也。宿，宿鳥。」（南朝）宋何承天達性論：「庖厨不邇，五犯是翼。殷后改祝，孔釣不綱，所以明仁道也。」吕本中紫微雜説：「釣而不綱，弋不射宿，亦非聖人本志也，於不得已之中而爲之節文，使見之者漸反其正耳。然則聖人之志果何如？曰：不釣，不綱，不弋，不射宿，然後爲正，所謂堯舜，其猶病諸者也。」

〔二〕「浮屠」句：浮屠，僧人。斷食肉，佛教五戒（五種戒律），其五爲「不飲酒食肉」，見釋氏要覽卷上戒法。

〔三〕「人生」二句：便習，習俗。不謹，未嚴格遵守。

戒殺八首〔一〕

勸君勿殺犬，犬有爲主心。爲主反見殺，君何無淺深。君貧犬不去，君富犬分憂。執以付鼎鑊〔二〕，於君心穩不。

〔一〕戒殺，佛教五戒（五種戒律），第一爲「不殺生」，見釋氏要覽卷上戒法。按：關於不殺生、不飲酒食肉，多種佛經中有明文規定，傳入中國之初執行不嚴。梁武帝始有唱斷肉經竟制文，略曰：「凡噉肉者，是大罪障。經文道，昔與衆生，經爲父母、親屬、衆僧那不思此，猶忍食噉。衆生已不能投身餓虎，割肉貿鷹，云何反更噉他？身分諸僧及領徒衆法師，諸尼及領徒衆者，各還本寺宣告諸小僧尼，令知此意。」詳見廣弘明集卷二六叙梁武帝與諸律師唱斷肉律，唐釋道世編法苑珠林卷九三酒肉篇。

〔二〕「執以」句：鼎鑊，漢書酈陸朱劉叔孫傳贊：「酈生自匿監門，待主然後出，猶不免鼎鑊。」顏師古注：「鼎大而無足曰鑊。」此泛指蒸煮之鍋。

畜犬被縛時，猶爲主人吠。吠聲不絶口，湯沸毛已退。主人調醯鹽〔一〕，欲以作滋味。持此望身安，世間寧有是。

〔一〕「主人」句：醯鹽，周禮天官有醯人、鹽人，專掌醯、鹽之事。醯（即醋）、鹽乃調味品。

犬雖有小過，未至不得活。賣錢與屠宰，使得恣臠割〔二〕。君兒小不安，君夜不得眠。何獨於此犬，如此安忍然。

〔二〕「使得」句：臠割，宰割。臠，肉塊。後漢書邊讓傳：「怪此寶鼎未受犧牛大羹之和，久在煎熬臠割之間。」

勸君勿殺鷄，鷄能伺昏曉〔一〕。聞鷄君即起，一一家事了。一朝被烹煮，不念前日功。主人取暫飽，鷄苦固無窮。

〔一〕「鷄能」句：文選陸機擬今日良宴會：「人生無幾何，爲樂常苦晏。譬彼伺晨鳥，揚聲當及旦。」李善注引尸子曰：「使鷄伺晨。」

縱犬使殺鼠，鼠窘生百畏。其飢使之出，此亦有何罪。犬鼠俱勿殺，莫計有無功。苟以無功死，還與殺犬同。

願君普斷殺，能益君壽數。子孫亦長年，皆以不殺故。君子遠庖厨〔一〕，非有意於善。但能觀自身，此理即可見〔二〕。

〔一〕「君子」句：孟子梁惠王上：「孟子曰：『……君子之於禽獸也，見其生不忍見其死，聞其聲不忍食其肉，是以君子遠庖厨也。』」

〔二〕「但能」二句：即上所謂「忠恕」、「忖己度物」之意。孔叢子卷中：「世人多自稱上用我則國無患。夫用智莫若觀其身，其身且猶不免於患，國用之亦烏得無患乎？」

商臣殺其父，身亦享楚國〔一〕。世民殺其兄，亦未妨大福〔二〕。以此知報應，未必在此時〔三〕。此時雖無他，終久君試思。

〔一〕「商臣」二句：史記楚世家：「初，成王將以商臣爲太子。……商臣以宫衛兵圍成王，成王請食熊蹯而死，不聽。丁未，成王自絞殺，商臣代立，是爲穆王。」「後又欲立子職，而絀商臣。

〔二〕「世民」二句：世民，即唐太宗李世民。唐高祖李淵建立唐朝後，嫡長子李建成被立爲皇太子，而次子秦王李世民與之奪取繼承權的鬭争亦愈演愈烈。武德九年（六二六）六月，矛盾最終暴發，李世民殺死李建成，同時遇害者猶有李淵第四子齊王李元吉等，史稱「玄武門之變」。是年八月，李淵被迫傳位於李世民，自稱太上皇。以上四句，謂商臣殺父、李世民殺兄，乃古代所謂大逆不道之舉，但皆享大福并未遭報應。

〔三〕「以此」二句：謂商臣、李世民在世時雖安然無恙，但並不等於没有報應，楚國、李唐王朝最終滅亡即是明證。謂嗜殺者雖當時看似無事甚至享福，但終究難逃報應。

虎狼非不仁，天機使之然。蛇虺肆百毒，此亦受之天〔一〕。願君勿憎怒，憫此心謬用。仁氣苟薰蒸，終皆變麟鳳〔二〕。

〔一〕「虎狼」四句：謂虎狼蛇虺等之凶殘、百毒，皆自然所賦與，乃本性使然，故人類不應殺害它們。

〔二〕「仁氣」二句：薰蒸，謂染習「仁氣」，最終可使虎狼等本性發生變異，而與麟鳳相同。麟、鳳，傳説中神獸、神鳥名，乃吉祥之物。

寄祁居之〔一〕

苦憶均陽祁處士〔二〕，只今全似住庵僧〔三〕。何時更得相從去，細話叢林舊葛藤〔四〕。

〔一〕祁居之，即祁寬，字居之，均州（今湖北丹江口）人，理學家尹焞門人，詳見本書卷一七寄祁居士詩注。

〔二〕「苦憶」句：均陽，古縣名，南朝梁置，西魏屬武當郡，隋屬淅陽郡，唐武德初屬均州，八年（六二五）廢，入武當縣，地在今湖北丹江口之北，已没入丹江口水庫中。

〔三〕「只今」句：住庵僧，居住於佛寺之僧徒。按祁寬爲處士、居士，雖長期居住於蘇州虎丘寺，但并非僧人，故言「全似」。

〔四〕「細話」句：叢林，梵語貧陀婆那，衆僧聚居念經修道之所。葛藤，指禪僧言語，詳見本書卷一七贈人四首其一注。

送韓念八迪功〔一〕

君去留不得，我行還未忙〔二〕。漂零更遠别，衰疾且深藏。野水千山緑，荷花一路香。猶思往還地，相望隔浮航〔三〕。

〔一〕韓念八，念，當即「廿」，謂韓氏排行第二十八。其人名字、事迹不詳。迪功，即迪功郎，低級官階名。迪功郎任京畿縣主簿、尉，諸州上中下縣主簿、尉，城砦主簿，馬監主簿等，見宋史職官志職官八。

〔二〕「我行」句：本卷前偶出謝客詩有「今年尚有湖湘興，不待秋風便促裝」句，此所謂「我行」，當指湖湘之行；所謂「還未忙」，蓋有緣故，最終並未成行，而終老於信州。

〔三〕「相望」句：浮航，此指兩地間的渡船。

謙上人清湍亭〔一〕

道人結庵殊未就，先起小亭山左右。不將溪水濯塵埃，且以清湍爲客壽〔二〕。雲烟晻靄作春濃，草木堅枯辨秋瘦〔三〕。客來相對兩無語，豈有浮辭問時候。一生行脚如夢覺〔四〕，天意似於君獨厚。我今留滯未得往，想像此亭如故舊。再三伸紙誦清詩〔五〕，已勝開尊飲醇酎〔六〕。簞瓢可樂不淡薄，蘭菊重生足滋茂。他時有暇更分題〔七〕，此游未落諸公後。

〔一〕謙上人，即釋道謙。道謙，建寧府（今福建建甌）人，俗姓游，號密庵，釋圜悟門人。詳見本書卷一四送謙上人回建州三首注。清湍亭，道謙所廬亭名。呂祖謙入閩記：淳熙二年（一一七五）四月初四日，「游密庵，距五夫七里（引者按：五夫，古鎮名，今武夷山東南部）。庵乃僧道謙所廬，曾大父（呂好問）遺像在焉。謙没餘二十年。庵前數十步清湍亭，古木四合，泉石甚勝。繞澗百餘步，晝寒亭面瀑布，庵亦幽。……晚遂宿庵中」。

〔二〕「且以」句：清湍，蓋溪水清澈湍急，故以爲亭名；以亭接待四方來客，猶如以溪水爲壽也。

〔三〕「草木」句：辨，原作「辦」，據四庫本改。

〔四〕「一生」句：行脚，周游各地，即行脚僧。唐徐夤題琉璃院：「一條溪繞翠巖隈，行脚僧言勝五臺。」又蘇軾次韵子由所居六詠其四：「蕭然行脚僧，一身寄天涯。」

〔五〕「再三」句：清詩，指謙上人所寄詩，見下文本中自注。

〔六〕「已勝」句：醇酎，醇酒。此喻詩之精美有味。自注：「上人録寄彦禮、彦冲、原仲諸公題詩。」按：胡憲，字原仲，建州崇安人，見本書卷一七病中寄胡原仲劉致中詩注。彦冲，即劉子翬。宋史劉子翬傳：「劉子翬，字彦冲，贈太師韐之仲子。」同書朱熹傳：「父松病亟，嘗屬熹曰：『籍溪胡原仲、白水劉致中、屏山劉彦沖三人，學有淵源，吾所敬畏。吾即死，汝往事之，而惟其言之聽。』」三人謂胡憲、劉勉之、劉子翬也。」彦禮，彦沖（劉子翬）之兄。張嵲送趙郎詩後跋稱「余於今年二月初一日夜夢中，與劉彦禮兄弟水邊飲酒賦詩」云云。清李清馥撰閩中理學淵源考卷六郡守劉彦禮先生子翼，略曰：劉子翼，字彦禮，少精敏力學，用蔭補承務郎，調秀州司録。靖康初，除江西轉運使司，歷轉宣議郎、知建州。尋知南劍州。紹興二年（一一三二）應詔獻言，忤當路，奉祠。俄以薦知撫州，徙信州。

〔七〕「他時」句：分題，指分題賦詩。即分探韵字，各人以探得之韵字爲韵作詩。

送韓臨亨提舉〔一〕

君有千里行，我獨留此居。君行赴何許，沅江隔重湖〔二〕。我留此山中，欲去尚躊躇。沅江道里僻，罷民待君蘇〔三〕。君亦憐其民，濕沫勤呴濡〔四〕。涼風促君旆〔五〕，小雨膏君車。漸去囂塵遠，及此夏景初。野色望行路，東門初首涂〔六〕。風土日已好，誰能懷舊廬〔七〕。舉手謝拘束，有若縱壑魚〔八〕。路逢舊交游，相見問何如。道我且貧病，因風時寄書〔九〕。

〔一〕韓臨亭，宋張淏會稽志卷二提舉題名：「韓臨亭，紹興五年（一一三五）四月二十七日以左朝奉大夫到任。當年閏二月十三日，奉聖旨常平併入茶鹽司，仍以提舉茶鹽常平等公事爲名。紹興七年四月二十九日得替。」又建炎要録卷一三五：紹興十年夏四月，「左朝散大夫、主管台州崇道觀韓臨亭知興仁府」。另乾隆浙江通志卷一一四兩浙提舉茶鹽司，有韓臨亭之名然其人里貫不詳。

〔二〕「沅江」句：沅江，此指沅州。宋史地理志四荊湖北路：「沅州，下，潭陽郡，軍事。本懿州。熙寧七年（一〇七四）收復，以潭陽縣地置盧陽縣，以辰州麻陽、招諭二縣隸州。八年，併錦州砦人户及廢招諭縣入麻陽，爲一縣。元豐三年（一〇八〇），併鎮江砦人户入黔江城，爲黔陽縣，尋廢鎮江砦爲鋪。五年，升舊渠陽砦爲縣，元祐六年（一〇九一），省爲砦，崇寧二年（一一〇三），復爲縣。」管四縣、八砦。地即今芷江，隸怀化湖南。重湖，指洞庭、青草兩湖。按建炎要録卷一三六：紹興十年（一一四〇）六月丁丑，「左朝奉大夫、新知興仁府韓臨亭知沅州。」詩當作於此時，題稱韓氏爲「提舉」，乃沿其舊官名。

〔三〕「罷民」句：罷民，周禮秋官司圜：「掌收教罷民。」鄭玄注：「罷民，謂惡人不從化，爲百姓所患苦，而未入五刑者也。」蘇，尚書仲虺之誥：「攸徂之民，室家相慶曰：『徯予后，后來其蘇。』」其蘇，僞孔傳：「待我君來，其可蘇息。」

〔四〕「濕沫」句：莊子大宗師：「泉涸，魚相與處於陸，相呴以濕，相濡以沫。」此以涸魚喻指窮苦百姓。

〔五〕「涼風」句：旆，同「旆」，泛指旌旗，古代官員出任時儀仗。促旆，猶言促駕、促行。

〔六〕「東門」句：蔡邕獨斷卷上：「天子父事天，母事地，兄事日，姊事月。常以春分朝日於東門之外，示有所尊訓人民事君之道也。」此言於東門送别韓臨享，謂兄事之也。首涂，出發上路。涂，後作「塗」、「途」。

〔七〕「誰能」句：韋應物留别洛京親友：「握手出都門，駕言適京師。豈不懷舊廬，惆悵與子辭。」此反其義。

〔八〕「有若」句：縱壑魚，投向大海之魚。莊子天地：「諄芒將東之大壑。」成玄英疏：「大壑，海也。」王褒聖主得賢臣頌：「沛乎若巨魚之縱大壑。」又杜甫將適吳楚留别章使君留後兼幕府諸公：「昔如縱壑魚。」

〔九〕「因風」句：王維失題：「殷勤囑歸雁，來時數寄書。」又韓愈送李員外院長分司東都：「兩地無千里，因風數寄聲。」

和伯少穎迂仲將歸福唐偶成數詩欲奉寄無便未果也辰叔常季南還因以奉送五首〔一〕

紛紛走道途，擾擾雜泥滓。既爲風俗移，又以血氣使〔二〕。百川灌河來，夫豈有涯涘〔三〕。故人林與李，始可與語此〔四〕。

〔一〕和伯，即李柟。林之奇李和伯行狀：「公諱柟，和伯其字也。其先居光州固始，唐末從王氏入閩，遂爲福州侯官人。」「兩舉於禮部，再爲鄉薦舉首，皆被黜，乃謝絶世事，杜門讀書，「鄉人子弟委束脩於其門者數百人。以苦學得重膇之疾，遂不起，時紹興十有七年（一一四七）九月十有八日也，享年三十有七」。少穎，林之奇字，號拙齋，事迹見姚同拙齋林先生行實（拙齋文集附録），宋史有傳。迂仲，林之奇外兄。拙齋行實：「朝議公（指林之奇之父）忻取李氏，得先生（林之奇）以大其家聲。先生幼聰俊不凡，與外兄李和伯、迂仲如親手足。」則李和伯、李迂仲乃林之奇表兄弟，和伯、迂仲爲二人之字。考王應麟困學紀聞卷二〇雜識，迂仲名樗。著有毛詩詳解三十六卷（宋史藝文志作四十六卷）。二李伯仲乃李葵（字襲明）之子。柟、樗兄弟與林之奇俱爲吕本中門人，宋元學案卷三六紫微學案有傳。福唐，縣名，元以後改爲福清，今爲福州市所轄。辰叔、常季，兩人未詳。

〔二〕「既爲」二句：謂當時學士大夫不憚艱難紛紛南下東走，既是一時風氣，亦是人之血氣使然。風氣指朝廷南渡，血氣則指渴望國家中興。

〔三〕「百川」二句：莊子秋水：「秋水時至，百川灌河，涇流之大，兩涘渚崖之間，不辨牛馬。」此以不見涯涘比喻雙向來往之衆，有没完没了之勢。

〔四〕「故人」二句：林與李，即林之奇及李柟、李樗兄弟，謂三人乃此種流動之典型代表。

方子獨立士〔一〕，歲莫亦深居。林李從之游，欲出更躊躇。紛華晚不顧〔二〕，浮湛同里閭〔三〕。時從陸丈人，共此一篇書〔四〕。

〔一〕「方子」句：自注：「德順。」按朱熹題方氏家藏紹興諸賢帖後曰：「莆陽方德順，早以文行知名一時，諸公長者皆折輩行與交。紹興初嘗召對，極論講和不便，雖不合以去，而名問益高。張忠獻（浚）、折大參（彦質）、曾侍郎（開）、張給事（庭堅）、吕舍人（本中）皆深知之。仕竟不遭以卒。其子士龍藏諸公所與往還書帖甚富，嘗出以見示，熹謂此不唯足以見德順之爲人，而中興人物之盛，謀猷之偉，於此亦可概見，因爲撫卷三歎，而敬書其後。」則方德順爲莆陽（今福建莆田）人。又據五百家播芳大全文粹姓氏，知方德順字升之。

〔二〕「紛華」句：紛華，指榮華富貴。司馬光上元書懷：「勢位非其好，紛華已久厭。」釋道潛鄭元規秀才内樂庵（陳叔易命名）：「想見風流庵内人，定非紛華域中客。」

〔三〕「浮湛」句：漢書爰盎傳：「盎病免家居，與閭里浮湛相隨，行鬬鷄走狗。」顔師古注：「湛讀曰沉。」此指隨俗。

〔四〕「時從」二句：自注：「諸公皆從陸亦顔游。」陸亦顔，即所稱陸丈人，名祐。宋元學案卷四三劉胡諸儒學案劉胡學侣教授陸支離先生祐：「陸祐字亦顔，侯官人也。以進士爲主簿，尋爲湖廣南路宣撫司準備差遣，又任福建茶鹽公事官。……沈酣經學，篤信自守。閩中自古靈先生（陳襄）倡道，其後游（酢）、楊（時）、胡（勉之）三子得程氏之傳，先生則自得之者也。東萊吕舍人入閩，福州諸子如李柟、林之奇、李樗輩皆從遊焉。居仁歸浙，之奇輩無所卒業，適先生自楚中歸，大喜，群造其門。居仁寄詩有云『時從陸丈人，共此一篇書』者也。里人乞爲本州添差教授，葉石林（夢得）以聞，從之，命下而卒。學者稱爲支離先生，其晚年所自署也。」一篇書，指經學。

閩山固多奇，閩士亦多傑。弱水不勝舟，有此積立鐵〔一〕。胡劉守節意〔二〕，亦豈待言説。堂堂混衆流，此固不得折〔三〕。

〔一〕「弱水」二句：不勝舟，水弱不能承舟，喻其人才不被任用。王應麟困學紀聞卷一八詩評：「吕居仁詩：『弱水不勝舟，有此積立鐵。』又云：『何知若人胸，中有積立鐵。』出老杜鐵堂峽詩『壁色立積鐵』。」後兩句，已見本書卷三十一月五日與才仲弟相别於白沙東門之外悵然久之詩其三注，並引鐵堂峽詩，可參見，此略。皆形容其人意志堅强，胸次如山崖壁立。

〔二〕「胡劉」二句：自注：「原仲、致中。」即胡憲、劉勉之。二人皆福建崇安（今武夷山市）人，其守節事迹，詳見本書卷一四送謙上人回建州三首詩注。

〔三〕「堂堂」句：堂堂，高大貌。混衆流，指未被朝廷所用，等同常人。不得折，謂氣節凜然，矢志不渝。

經時望子來，尉我終歲病〔一〕。西行道路迂〔二〕，欲見復未定。秋毫論得失，此豈不有命〔三〕。嘗聞安身要，其本在無競〔四〕。

〔一〕「尉我」句：子，指林、李兄弟。尉，通「慰」。

〔二〕「西行」句：西行，指到福建與友人相會。迂，遠也。

〔三〕「秋毫」二句：謂懼怕道路遼遠、久之未能成行，乃生性缺乏勇氣所致。

〔四〕「嘗聞」二句：自注：「王輔嗣（弼）卦解云：『安身莫若無競，修己莫若自保，守道則福至，求禄則辱來。』實法言。」「卦解」即注語，見王弼撰周易注頤卦「初九，舍爾靈龜，觀我朵頤，凶」注。法言，猶格言。安身要，安身要義。

才叔策名時，已自能不動〔一〕。中年謫南荒〔二〕，與世作梁棟。生平所踐履，自待九鼎重〔三〕。失固不足言，得亦何所用〔四〕。

〔一〕「才叔」二句：詩末自注：「才叔，諫議張公也，初登科時已無喜色矣。」按宋史張庭堅傳：「張庭堅，字才叔，廣安軍（今四川廣安）人。進士高第，調成都觀察推官，爲太學春秋博士。紹聖經廢，通判漢州。入爲樞密院編修文字，坐折簡別鄒浩免。徽宗召對，除著作佐郎，擢右正言。帝方鋭意圖治，進延忠鯁，庭堅與鄒浩、龔夬、江公望、常安民、任伯雨皆在諫列，一時翕然稱得人。庭堅在職逾月，數上封事，其大要言世之論孝必曰紹復神考，然後謂孝。夫前後異宜，法亦隨變，而欲纖悉必復。然則將敝於一偏，久必有不便於民，而招怨者如此，而謂之孝，可乎？」忤蔡京，入元祐黨籍，編管虢州。

〔二〕「中年」句：宋史本傳：張庭堅編管虢州後，「再徙鼎州、象州。久之，復故官，卒，年五十七」。鼎州，今湖南常德市；象州，今廣西象州，當時乃邊遠之地，故稱「南荒」。

〔三〕「自待」句：夏禹曾鑄九鼎以象九州，商、周皆以之爲傳國重器，置於國都。此喻責己極嚴。

〔四〕「失固」二句：謂朝廷不重人才，失之無所謂，得之無所用，故致北宋社稷傾覆，南渡後亦萎靡不振。

送范才元〔一〕

胡塵犯中原，冠蓋走東南。同時辟地人〔二〕，十不存二三。相逢各衰病，豈復能清談。君今尚行役，未暇脱征衫〔三〕。聲名自宿昔，文字性所耽。誰能隨少年，下筆令人慚〔四〕。並海雖名邦，嗜愛殊酸鹹〔五〕。君但撫罷民，未須嚴轡銜〔六〕。開堂宴賓客，清詩消半酣。時寄荔子來，尚能憐我饞。自餘君不問，只向鼻端參〔七〕。

〔一〕范才元，范雍後裔，前已注。據詩意，其人是時尚年青，將在福建或兩廣瀕海某地作親民官。本書卷一七有才元相過三衢偶成近體詩一首奉呈，知與吕本中關係頗深。

〔二〕「同時」句：辟，通「避」。避地，避開戰亂之地，見本書卷一二離筠州詩注。

〔三〕「君今」二句：行役，指執行公務；征衫，官員出行時所穿官服。

〔四〕「誰能」二句：謂范才元雖耽於文字，但不作時下得志少年之所謂文，偶爾有作，便深感慚愧。

〔五〕「嗜愛」句：酸鹹，調味品，見本卷前蔬食三首其一注。此泛指味道，謂與海邊之民口味不同。

〔六〕「君但」二句：撫，安撫，治理。罷民，指不從化、但又未入五刑之民，參前送韓臨亭提舉詩注。嚴轡銜，轡銜，轡即馬韁，銜爲馬嚼子。喻指管束。韓詩外傳卷三：「昔者先王使民以禮，譬之如御也，刑者鞭策也。今猶無轡銜而鞭策以御也，欲馬之進則策其後，欲馬之退則策其前，御者以勞，而馬亦多傷矣。今猶此也。上憂勞而民多罹刑，詩曰：『人而無禮，胡不遄死（按：出詩經鄘風相鼠）。』爲上無禮則不免乎患，爲下無禮則不免乎刑，上下無禮，胡不遄死？」此告誡范才元爲官御民以禮，而切忌一味用刑。

〔七〕「只向」句：鼻端參，與本書卷九寄馬巨濟察院時監泰州酒得宫祠歸南京詩「一向鼻頭説」句之「鼻端説」義同，謂以六根之一的鼻參禪。該注引黄庭堅詩「人向鼻頭參」句任淵注，用楞嚴經（卷五）所謂「觀鼻端白」得阿羅漢事，以證用鼻參禪收效甚大。又蘇軾亦談及「視鼻端白」，謂「數出入息，綿綿若存……雲蒸霧散，無始以來，諸病自除，諸障漸滅」云云，見東坡志林（五卷本）卷一。句欲范才元除上述撫民、宴客外，只管參禪可也。

贈魏邦達張彦素〔一〕

公更深居我更衰，山林膏壤偶同時〔二〕。兩年疾病略相似，二老風流應自知。苦學養生猶有累，不知閑過是無爲〔三〕。初冬寄遠無他物，半夜才成一首詩。

〔一〕魏邦達，宋史本傳：魏矼，字邦達，和州歷陽人，唐丞相知古後也。少穎悟，時方尚王氏新説，矼獨守所學。宣和二年（一一二〇）上舍及第。建炎四年（一一三〇）召赴闕，詔改宣教郎，除詳定一司敕令所删定官。紹興元年（一一三一）擢樞密院計議官，遷考功郎。因轉對疾論朝政之失，再遷侍御史，五品服。請罷「講和」二字，出知建州，尋召還，除權吏部侍郎。

因政見與秦檜相左，奉祠凡四任以卒。張彦素，陳騤南宋館閣録卷八官聯下校書郎：「張絢，字彦素，丹陽（今屬江蘇）人。沈晦榜進士出身，治詩。（紹興）四年（一一三四）三月除，九月爲監察御史。」紹興十九年（一一四九）正月卒，官終直龍圖閣、新兩浙東路提點刑獄公事，見建炎要録卷一五九。

〔二〕「山林」句：山林，指隱居在野，乃詩人自指；膏壤，漢書王莽傳中：「五原北假，膏壤殖穀。」顔師古注：「膏壤，言其土肥美也。」喻所處優越，此指魏、張二人。句自言與魏、張地位、景况迥别，而今俱因病隱退，乃偶然耳。

〔三〕「不知」句：閑過，太過閑散。老子曰：「道常無爲，而無不爲。」王弼注：「順自然也。」又曰：「萬物無不由爲以治以成之也。」

送南上人〔一〕

閑居病益侵，俗事初一掃。南公犯寒來，爲我略傾倒。論詩已得妙，不必在窮討。我懶百慮廢，識子恨不早。歸途見徐董，更問此二老〔二〕。所恨聊復翁，向者骨已槁〔三〕。拭目看遺文，令人惡懷抱〔四〕。

〔一〕南上人，不詳，似即南書記。五燈會元卷二〇：「南書記者，福州人。久依應庵，於趙州『狗子無佛性』話，豁然契悟，有偈曰：『狗子無佛性，羅睺星入命。不是打殺人，被人打殺定。』庵見，喜其脱略。紹興末終於歸宗。」又見嘉泰普燈録卷二一。

〔二〕「歸途」二句：自注：「明叔、彦光。」徐，即明叔。考四庫本宣和奉使高麗圖經附録張孝伯宋故尚書刑部員外郎徐公行狀，徐兢字明叔，建州甌寧縣人。徙和州之歷陽（今屬安徽馬鞍山）。政和甲午（四年，一一一四）以父任補將仕郎，授通州司刑曹事，尚書郎。宣和六年（一一二四）爲國信使到高麗，撰高麗圖經四十卷。召對，賜同進士出身，擢知大宗正丞兼掌書學。遷刑部員外郎，被時相策免，奉祠二十年。累官朝散大夫。紹興二十三年（一一五三）卒，年六十三。本中自注稱南上人收其墨妙（見下引），而徐兢曾兼掌書學，蓋長於書法，則所稱「明叔」當即此人。彦光即董彦光，臨川人，嘗與謝邁、李彭唱和（見本書卷一七寄臨川親舊十首其九「二董風流却未疏」句注），然二董事迹亦未詳。

〔三〕「所恨」二句：自注：「彦速。」彦速即董彦速，董彦光之弟。聊復翁，疑是董彦速字號，是時蓋已亡故多年。本書卷二〇金溪董需彦光凌岑庵詩有「令弟又繼往」句，即指董彦速之死。

〔四〕「令人」句：自注：「南上人收二董詩（「詩」原作「時」，據四庫本改）與明叔墨妙甚富。」惡懷抱，晉書王羲之傳：「謝安嘗謂羲之曰：『中年以來，傷於哀樂，與親友别，輒作數日惡。』」又蘇軾送文與可出守陵州：「知君遠别懷抱惡，時遺墨君消我愁。」惡，謂心情煩悶不樂。

贈曾吉甫〔一〕

荒城少往還，居處喜相近。欣然得一笑，渠敢有不盡。詞源久欲竭，此道或少進〔二〕。作氣在一鼓，軍士况未憖〔三〕。凉風動高梧〔四〕，塵土朝作陣。臨溪惜暫别，溪淺雨復吝〔五〕。豈無一言贈，以當百鎰贐〔六〕。沉綿我未瘳〔七〕，行李君更慎。

〔一〕曾吉甫，即曾幾，字吉甫，前已屢見。據詩中「居處喜相近」句，知是時曾幾亦寓居信州。

〔二〕「詞源」二句，隋書文學傳序：「並學窮書圃，思極人文。縟綵鬱於雲霞，逸響振於金石。英華秀發，波瀾浩蕩。筆有餘力，詞無竭源。」此所謂詞源欲竭，謂詩思枯竭，然作詩之法則頗有進步。

〔三〕「作氣」二句：左傳莊公十年：「春，齊師伐我（按：指魯國）。……戰於長勺。公（魯莊公）將鼓之，（曹）劌曰：『未可。』齊人三鼓，劌曰：『可矣。』齊師敗績，公將馳之，劌曰：『未可。』下視其轍，登軾而望之，曰：『可矣。』遂逐齊師。既克，公問其故，對曰：『夫戰，勇氣也。一鼓作氣，再而衰，三而竭，彼竭我盈，故克之。』」未憖，憖，情願。

〔四〕「凉風」句：劉禹錫謝竇員外句休早凉見示詩：「風韵漸高梧葉動。」又鄆王楷（宋欽宗）詩張翰：「西風淅淅動高梧。」

〔五〕「溪淺」句：雨復吝，吝，吝惜，舍不得。謂下雨太少。
〔六〕「豈無」二句：一言贈，即臨别贈言，見本書卷六甲午送甯子儀歸洛詩注。鎰，古代重量單位，二十兩（一説二十四兩）爲鎰。百鎰，言其多。賮，此指贈人之禮物或財物。
〔七〕「沉綿」句：沉綿，久病不癒。杜甫送高司直尋封閬州：「長卿消渴再，公幹沉綿屢。」各家注皆引劉公幹（楨）贈五官中郎將四首其二：「余嬰沉痼疾，竄身清漳濱。」

贈魏邦達張彦素〔一〕

橘緑冬未黄，菊老霜變紫〔二〕。不知風土佳，但覺日月駛〔三〕。閒居得養疾，調氣實在此〔四〕。從今便休去，敢復爲物使〔五〕。誰能明吾心，旁邑有君子〔六〕。

〔一〕魏矼，字邦達；張絢，字彦素，已見本卷前注。
〔二〕「菊老」句：宋史鑄百菊集譜卷二：「粉團菊（亦名玉毬菊），此品與諸菊絶異。含蕊之時淺黄色，又帶微青。花瓣成箭排，竪生於萼上。其中央初看一似無心，狀如橙菊，盛開則變作一團，純白色。其形甚圓，其香頗烈。……經霜則變紫色，尤佳。」同上：「玉甌菊（或言甌子菊），即纏枝白菊也。……至十月，經霜則變紫色。」
〔三〕「但覺」句：日月駛，謂時光如日月交替，流轉不息。王安石少年見青春：「一從鬢上白，百不見可喜。心腸非故時，更覺日月駛。」

〔四〕「調氣」句：調氣，調養元氣。陸賈新語卷上道基：「調氣養性，仁者壽長。」白居易負春：「病來道士教調氣，老去山僧勸坐禪。」

〔五〕「敢復」句：管子心術下：「聖人裁物，不爲物使。」唐房玄齡注：「聖人者裁斷於物而使物，不爲裁而使己也。」明劉績管子補注卷一六內業四十九：「君子使物，不爲物使。」補注：「無心，故能使物，而物不能使也。」

〔六〕「旁邑」句：旁，通「傍」。傍邑，謂住在城郊。有君子，君子即指魏、張二人，蓋是時寓居於信州（上饒）附近。

次韻汪教授木犀〔一〕

治藥呼醫懶出門，每聞樂事漫消魂。秋花帶雨寒猶在〔二〕，老病尋詩日更昏。但見晚霞翻雨脚，不知山石是雲根〔三〕。主人有意留喦桂，要使貧交奉一尊〔四〕。

〔一〕汪教授，當爲信州州學教授。曾幾茶山集卷一有汪敦仁教授即官舍作齋予以獨冷名之詩，略曰：「昔君困虀鹽，蓬首窗下讀。秋螢屢乾死，明月以爲燭。麻衣肘欲穿，才換一袍緑。」知汪氏早年家貧，靠苦讀成進士（麻衣換緑袍）。按雍正江西通志卷四九宣和六年（一一二四）榜，有汪處厚，德興人。羅願新安志卷八敘進士題名亦載宣和六年榜進士汪處厚，然爲婺源人。乾隆江南通志卷一一九選舉志同。考宋史地理志四，南宋時德興屬饒州，婺源屬宣州，但兩縣乃近鄰。疑汪氏曾徙居，兩縣一爲籍貫，一爲實住地，故方志各記其人，實一人也。此種情況，在方志中並不罕見。又葛勝仲侍讀官程伯禹以賜茶寄汪敦仁教授（處厚）蒙惠四胯以詩紀謝詩，知汪敦仁名處厚，敦仁乃其字。木犀，即桂花，前已注，喦（同「巖」）桂乃其一種。

〔二〕「秋花」句：秋花，指桂花。李白訪戴天山道士不遇：「桃花帶雨濃。」又黄庭堅詞憶帝京：「花帶雨，冰肌香透。」

〔三〕「不知」句：雲根，劉向説苑卷一八辨物：「五嶽者何謂也？泰山東嶽也，霍山南嶽也，華山西嶽也，常山北嶽也，嵩高山中嶽也。五嶽何以視三公？能大布雲雨焉，能大斂雲雨焉。雲觸石而出，膚寸而合，不崇朝而雨天下，施德博大，故視三公也。」因雲觸石而出，故後人以爲石乃雲之根，遂稱石爲雲根。明周嬰卮林卷五雲根引楊慎藝林伐山，舉有多例，如：「古詩『默默布雲根，森森散雨足』。雲生於石，故名石『雲根』。沈約賦『户接雲根，庭流松響』。裴粲傳『栖素雲根，餌芝清壑』。杜詩『井邑住雲根』，賈島詩『移石動雲根』。」等等。

〔四〕「要使」句：貧交，猶言窮朋友。杜甫貧交行：「君不見管鮑貧時交，此道今人棄如土。」

送詹慥秀才〔一〕

子今來幾時，歲月忽已晚〔二〕。今當別我去，道里初不遠。家山霜正濃，馬草寒更短。何以奉親懽，一笑和氣滿。邇來游學士，已見如子罕。讀書要躬行，俗事不厭簡。故鄉多老儒，歸日正可款〔三〕。時能寄餘論，尚足起我懶。兩州多便人〔四〕，自可數往反。

〔一〕詹慥，清李清馥閩中理學淵源考卷三縣尉詹應之先生慥引閩書：「詹慥，字應之，崇安（今福建武夷山）人。素與胡五峰（宏）、劉屏山（子翬）諸公遊。少時甘貧力學，砥節礪行。弱冠，首薦鄉書，試南宮，弗售，遂爲鄉學師，多所造就。爲文涉筆立成，人謂腹藁。晚調信豐尉。會金人渝盟，往見張浚，論滅金秘計。浚辟爲屬，裨贊居多。嘗渡桐江，弔子陵詩云：『光武親征血戰回，舉朝誰識渭川才。熊羆果有周王卜，未必先生戀釣臺。』其慨然有用世之志如此。有文集二十卷行世。子體仁。」詩中言及「游學士」，蓋詹慥學於吕本中，以詩送其返鄉。

〔二〕「歲月」句：白居易寄李十一建：「芳歲忽已晚。」又郭祥正志士吟二首其二：「歲華忽已晚。」

〔三〕「歸日」句：可款，謂可登門求教。韓愈游青龍寺贈崔群補闕：「誰家多竹門可款。」孫甫

注：「款，叩也。漢書：『西羌款塞。』」

〔四〕「兩州」句：兩州，指建州（崇安縣屬建州，紹興三十二年升爲建寧府，見宋史地理志五）及詩人寓居地信州。便人，乘便可託辦事之人。

靜軒〔一〕

紛紛逐人行，擾擾與事競。不知一世間，能得幾人靜。公今默無語，種種以靜勝。人來漫相接，事至聊復應。開軒道院旁〔二〕，足以補我病〔三〕。日高公事散，轉與靜相稱。千載師蓋公〔四〕，此理久已證。爐烟裊晴窗，松聲韵鍾磬。簿書勿勤來，公方在禪定〔五〕。

〔一〕靜軒，按本書卷一八有贈莊季裕詩，外集卷三有寄題莊季裕靜軒詩，此詩當亦爲莊季裕作。據贈莊季裕詩考，季裕名綽，字季裕，以字行，清源軍（今福建莆田）人。嘗攝襄陽尉，作倅臨涇，官於順昌、澧州等。此詩言靜軒主人尚有「公事」，須辦理「簿書」，與之合。所撰筆記雞肋編三卷，今存。

〔二〕「開軒」句：軒，堂室之前檐。道院，道人所居庭院。王禹偁寄獻翰林宋舍人：「宮墻月上開琴匣，道院風輕響藥羅。」宋代之江西，佛、道二教發達，佛寺、道院所在皆有。

〔三〕「足以」句：莊子外物：「静然可以補病。」成玄英疏：「適有煩躁之病者，簡静可以療之。」

〔四〕「千載」句：史記曹參世家：「孝惠帝元年（前一九四），除諸侯相國法，更以參爲齊丞相。參之相齊，齊七十城，天下初定，悼惠王富於春秋，參盡召長老諸生問所以安集百姓，如齊故俗。諸儒以百數，言人人殊，參未知所定。聞膠西有蓋公，善治黄老言，使人厚幣請之。既見蓋公，蓋公爲言治道貴清净，而民自定。推此類，具言之。參於是避正堂，舍蓋公焉。其治要用黄老術，故相齊九年，齊國安集，大稱賢相。」又史記太史公自序：「自曹參薦蓋公言黄老，而賈生、晁錯明申、商，公孫弘以儒顯，百年之間，天下遺文古事靡不畢集太史公。」索隱：「蓋，姓也，古盍反。」師蓋公，謂行清静無爲之政，故此以「静」名軒。

〔五〕「公方」句：禪定，坐禪入定。大乘義章十三：「所言定者，當體爲名，心住一緣，離於散動，故名爲定。」禪定時心住於一境，清静無有煩惱，具足無漏之智性，故清静心與佛無異，此心即佛。

贈吴周保〔一〕

舊琴無譜亦無絃〔二〕，子獨深求不計年。正以安閑有餘地，不因言語悟先天〔三〕。

論詩再到新删後〔四〕，讀易仍窺未畫前〔五〕。老病相逢聊一笑〔六〕，非關無地可逃禪〔七〕。

〔一〕吴周保，其人不詳。

〔二〕「舊琴」句：宋書陶潛傳：「潛不解音聲，而畜素琴一張，無絃，每有酒適，輒撫弄以寄其意。」陳瓘（了翁）自警其五：「仲由行行終身誦，師也堂堂帶上書。五柳却能知此意，無絃琴上賦『歸與』。」

〔三〕「不因」句：先天，指邵雍創立之象數易學。邢恕伊川擊壤集後序曰：「先生之學，以先天地爲宗，以皇極經世爲業。」所謂「先天」，指天道生物，人道盡民，其宗旨在「本諸天道，質以人事」（見伊洛淵源録行狀略），而人所修養之目的在合乎「道」，故非語言所能表述。邵氏自謂欲悟「先天」之意，不在言語而在「誠」字，其推誠吟（擊壤集卷一八）曰：「天雖不語人能語，心可欺時天可欺。天人相去不相遠，只在人心人不知。人心先天天弗違，人身後天奉天時。身心相去不相遠，只在人誠人不推。」

〔四〕「論詩」句：邵雍有「誰信畫前元有易，自從删後更無詩」兩句，其擊壤集中無之，僅見楊時語録中（見下注引）。新删後，指孔子所編詩三百首，即後世所傳詩經，謂詩經以後無詩。朱熹答范伯崇曰：「蘇氏『陳靈以後未嘗無詩』之説，似可取而有病。蓋先儒所謂無詩者，固非謂詩不復作也，但謂夫子不取耳。康節先生云『自從删後更無詩』者，亦是此意。蘇氏非之，亦不察之甚矣。故熹於（詩）集傳中引蘇氏之説而繫之曰：愚謂伯樂之所不顧，則謂之無馬可矣；夫子之所不取，則謂之無詩可矣，正發明先儒之意也。」

〔五〕「讀易」句：楊時語録二：「問：『邵堯夫（雍）云：「誰信畫前元有易，自從删後更無詩。」畫前有易，何以見？』曰：『畫前有易，其理甚微。然即用孔子之已發明者言之，未有畫前蓋可見也。如云：神農氏之耒耜，蓋取諸益。日中爲市，蓋取諸噬嗑。黄帝、堯、舜之舟楫，蓋取諸渙。服牛乘馬，蓋取諸隨。益、噬嗑、渙、隨，重卦也。當神農、黄帝、堯、舜之時，重卦未畫。此理真聖人有以見天下之賾，故通變以宜民，而易之道得矣。然則非畫前元有易乎？』」其和陳瑩中了齊自警六絶其一曰：「畫前有易方知易。」未畫、畫前，指包犧氏以前。周易繫辭下：「古者包犧氏之王天下也，仰則觀象於天，俯則觀法於地，觀鳥獸之文與地之宜，近取諸身，遠取諸物，於是始作八卦。」故邵雍之意，認爲易早於包犧氏畫八卦。其後，王炎讀易筆記序駁其説，略曰：「河南邵氏曰：畫前有易，删後無詩，不特以象爲可忘，且併以畫爲可遺。其説高矣，易而可以無畫。但不知三聖人盡心於此以垂世立教者，其旨果安在也。或曰：然則易盡於畫乎？曰：易者，變也，其變始於乾坤。天地闔闢一乾坤也，吾身動静亦一乾坤也，而畫能盡之乎？自乾坤而上，不可以象求，以通變而不窮者命之曰道，藏用而不測者命之曰神，立獨而無對者命之曰太極，而畫能示之乎？雖然，無畫而可以體易，伏羲、文王之事也；有畫而後可以語易，學者之事也。不玩周公、尼父之辭，而曰吾求易於六爻之外，此係風捕影之類，而炎則不敢已矣。」以上兩句，謂詩經以後之詩，伏羲氏以前之易，皆在吴周保研究範圍之内，言其學問極博。

〔六〕「老病」句：宋祁喜雨：「把酒命賓聊一笑。」又黄庭堅戲和文潛謝穆父松扇：「持贈小君聊一笑。」

〔七〕「非關」句：謂吴周保所爲，與逃避世事、皈依佛教無關。

尹穡少稷方齋〔一〕

人圓君方君但方，鑿圓枘方君不忙〔二〕。富貴可取君則忘，閉門讀書聲琅琅。舊書重疊堆在床，點勘同異分偏傍〔三〕。運精竭思心力强，十年足不離僧房〔四〕。荒山野路秋水長，客雖欲來嫌路妨。幽蘭無人爲君芳〔五〕，采菊落英充餱糧〔六〕，客雖不來有餘香。

〔一〕尹穡，字少稷，事迹見本卷送尹少稷賢良還懷玉山詩注。方齋，雍正江西通志卷四〇古蹟引明一統志：「方齋，在玉山縣錦衣鄉，宋諫議大夫尹穡寓居懷玉山時所名，自爲記。呂東萊詩(略，即本詩)。」

〔二〕「人圓」二句：楚辭王逸九辯：「圓鑿而方枘兮，吾固知其鉏鋙而難入。」上句，王逸自注：「正直、邪枉行殊則也。」宋洪興祖引五臣云：「若鑿圓穴，斫方木内之，而必參差不可入。喻邪佞在前，忠賢何由能進。」補注曰：「鑿，音造，鏨也。枘，音汭，柄也。」下句，王逸自注曰：「所務不同，若粉墨也。」洪氏引五臣云：「鉏鋙，相距貌。」補注曰：「鉏，狀所、床舉二切。鋙音語，不相當也。」

〔三〕「點勘」句：指校書。葉適吕君墓誌銘：「（陳）同甫（亮）以所述夏氏銘示余，因使余題其墓。余笑曰：『吾字書不能分偏傍，將安取？』」傍，通「旁」。續通志卷九二六書略四通論：「臣等謹案：六書分合，諸家之説雖有不盡合一者，而要之六書大指，尤在區分偏傍部分之所屬而已。」

〔四〕「十年」句：僧房，尹穡寓居於信州玉山縣錦衣鄉，蓋與其他寓客一樣，皆住在寺廟中，故云。

〔五〕「幽蘭」句：幽蘭，即蘭草。因其多生於高山深谷水澤荒僻幽遠之地，故稱幽蘭。

〔六〕「采菊」句：楚辭屈原離騷：「朝飲木蘭之墜露兮，夕餐秋菊之落英。」王逸注：「英，華也。言已旦飲香木之墜露，吸正陽之津液，暮食芳菊之落華，吞正陰之精蕊，動以香净自潤澤也。」餱糧，詩經大雅公劉：「迺裹餱糧。」鄭玄箋「餱糧」爲「糧食」。杜甫彭衙行：「野果充餱糧。」

送義先上人歸古田〔一〕

斷雲無水去無蹤〔二〕，回望關山指顧中。何處尋君問消息，古田南路已春風。

〔一〕義先上人，事迹不詳。宋史地理志五：「福州，大都督府，長樂郡，威武軍節度。舊領福建路鈐轄，建炎三年（一一二九）升帥府。」縣十二，古田乃其一。今爲福建寧德轄縣。

〔二〕「斷雲」句：無水，蓋謂有雲而無雨。四庫本作「流水」。

送范十八〔一〕

范子閑行定不窮，袖中詩卷敵清風。野僧道士有餘意，同學故人多近功〔二〕。已辦辛勤十年讀〔三〕，時須談笑一尊同。相看又作韶州客〔四〕，却望臨川是夢中〔五〕。

〔一〕范十八，其人名未詳，疑爲范祖禹後裔或族人。

〔二〕「野僧」二句：謂范十八與同學故人爲詩浮躁不同，所作取材甚廣，包括僧衆道流，饒有生活情致。

〔三〕「已辦」句：本書卷一七贈范十八詩有「肯思臨別語，只用十年勤」二句，蓋詩人曾勸勉其苦讀十年書，至是蓋嘉其苦讀有年，故云。

〔四〕「相看」句：宋史地理志六：「韶州，中，始興郡軍事。……縣五：曲江、翁源、樂昌、仁化、建福。南渡後，無建福，增縣一：乳源（原注：乾道二年〔一一六六〕，析曲江之崇信、樂昌依化鄉於洲頭津置）。監一，永通。」屬廣南東路。今爲廣東韶關。韶州乃六祖惠能南禪發祥地。

此所謂作韶州客，疑指禮拜佛門。

〔五〕「却望」句：疑詩人前次與范氏相見在臨川。臨川，撫州屬縣。

徐師川挽詩三首〔一〕

江西人物勝，初未減前賢。公獨爲舉首，人誰敢比肩。時雖在廊廟，終亦返林泉〔二〕。今日西州路，臨風更泫然〔三〕。

〔一〕徐師川，徐俯（一〇七五—一一四一）字師川，號東湖居士，洪州分寧（今江西修水）人。黄庭堅之甥。建炎初爲右諫議大夫、中書舍人。紹興二年（一一三二）賜進士出身。遷翰林學士，擢端明殿學士，簽書樞密院事。紹興四年（一一三四）兼權參知政事。江西詩派著名詩人，名在吕本中江西宗派圖中。著有東湖集六卷，久佚。宋史有傳。

〔二〕「時雖」二句：在廊廟，在朝爲官。返林泉，指晚年曾兩次食祠禄。宋史本傳：徐俯權參知政事後，與趙鼎在用人上意見不合，「固争，俯乃求去，提舉洞霄宫。（紹興）九年知信州，中丞王次翁論其不理郡事，予祠。明年，卒。俯子俊與曾幾、吕本中游」。

〔三〕「今日」二句：按建炎要録卷一四一：紹興十一年秋七月，「端明殿學士、提舉臨安府洞霄宫徐俯薨於饒州」。所謂「今日」，即作挽詩之時，當在徐俯卒後不久。西州，晋書謝安傳：「羊曇者，太山人，知名士也，爲安所愛重。安薨後，輟樂彌年，行不由西州路。嘗因石頭大醉，扶路唱樂，不覺至州門。左右白曰：『此西州門。』曇悲感不已，以馬策扣扉，誦曹子建詩曰：『生存華屋處，零落歸山丘。』慟哭而去。」按宋周應合景定建康志卷二〇城闕志一，對晉代建康（今江蘇南京）之東府、西州考之甚詳。其考西州引寰宇記云：「西州，學者多未曉。江寧府有東府城，城中有揚州廨，而揚州在府西，故時人號爲東府、西州。東府城之西門，謂之西州門。」此以西州代指饒州。泫然，流涕貌。

異日逢明主，端居不復藏〔一〕。一心扶正道，極力拯頽綱〔二〕。已病猶軒豁，臨衰更激昂〔三〕。始知操韞處，餘事及文章〔四〕。

〔一〕「異日」二句：明主，指宋高宗。不復藏，指落致仕復官。宋史本傳：徐俯「以父禧死國事，授通直郎，累官至司門郎。靖康中，張邦昌僭位，俯遂致仕。……建炎初落致仕，奉祠。內侍鄭諶識俯於江西，重其詩，薦於高宗。胡直孺在經筵，汪藻在翰苑，迭薦之，遂以俯爲右諫議大夫、中書舍人。程俱言，俯以前任省郎遽除諫議，自元豐更制以來未之有」。

〔二〕「極力」句：頽綱，朝政衰頽。文選王巾頭陀寺碑文：「並振頽綱，俱維絶紐。」李善注：「陸機大將軍宴會詩曰：『頽綱既振。』謝莊爲沈慶之答劉義宣書曰：『皇綱絶而復紐，區夏墜而更維。』說文曰：『紐，系也。』」

〔三〕「已病」二句：軒豁，開朗貌。韓愈南海神廟碑：「乾端坤倪，軒豁呈露。」按：徐俯於紹興四年（一一三四）兼權參知政事，時年近六十，故言「已病」、「臨衰」。

〔四〕「始知」二句：操韞，德操、韞藏，即所具德才。論語學而：「子曰：『弟子入則孝，出則弟，謹而信，汎愛衆而親仁，行有餘力，則以學文。』」此謂徐俯雖以詩鳴於時，然政治才能更突出，文章乃其餘事。

念昔從者舊，公知我獨深〔一〕。意猶如昨日，愛不減南金〔二〕。撫事思前作，於時愧夙心〔三〕。素琴理舊曲，無復有知音〔四〕。

〔一〕「念昔」二句：師友雜志：「徐俯師川，少豪逸出衆，江西諸人皆從服焉。崇寧初，見予所作詩，大相稱賞，以爲盡出江西諸人右也。其樂善過實如此。」

〔二〕「愛不」句：南金，言其貴重。詩經魯頌泮水：「玄龜象齒，大賂南金。」孔穎達正義釋南金爲「南方之金」。

〔三〕「於時」句：詩人「夙心」蓋欲與徐俯共「扶正道」、「拯頹綱」，而今一事無成，只是一介詩人，且老病無所作爲，有違初心，故言「愧」。

〔四〕「無復」句：知音，列子湯問：「伯牙善鼓琴，鍾子期善聽。伯牙鼓琴，志在登高山，鍾子期曰：『善哉，峨峨兮若泰山！』志在流水，曰：『善哉，洋洋兮若江河！』」

即事六言七首〔一〕

老來與世相忘〔二〕，尚喜攤書滿床。憶得少年無事，苦心更學文章。

〔一〕即事，就某事有所感而發。

〔二〕「老來」句：莊子大宗師：「孔子曰：『魚相造乎水，人相造乎道。相造乎水者，穿池而養給；相造乎道者，無事而生定。故曰：魚相忘乎江湖，人相忘乎道術。』」郭象注：「各自足而相忘者，天下莫不然也。至人常足，故常忘也。」按：詩人老而憶少，謂唯學詩、作詩乃平生至愛。

少年與世無求〔一〕，老覺心情自由。放倒文章事業〔二〕，追隨倦鳥虛舟〔三〕。

〔一〕「少年」句：王安石酬净因長老樓上翫月見懷有疑君魂夢在清都之句：「道人心與世無求。」

〔二〕「放倒」句：放倒，林之奇紀聞上（拙齋文集卷一）：「學者到得臨利害處放倒做。不是放倒，是他原不曾有立，若是實有所立，如何放得倒。」此猶言放下。

〔三〕「追隨」句：倦鳥，喻飽經風浪，身心困頓，對世事已無興趣。陶淵明歸去來兮辭：「雲無心而出岫，鳥倦飛而知還。」虛舟，空船。見本書卷九和成士穀海安道中見寄詩注引莊子山木，郭象注：「世雖變，其於虛己以免害，一也。」此喻胸懷坦蕩，無所觸忤。晉書謝安傳贊：「太保沉浮，曠若虚舟。任高百辟，情惟一丘。」按：詩言一生不求於人，故到老自由自在，丟下文章，便可回歸精神家園。

不入樂天歡會〔一〕，不隨淵明酒徒〔二〕。看取簞瓢陋巷〔三〕，十分晝夜工夫〔四〕。

〔一〕「不入」句：樂天，舊唐書白居易傳：「白居易，字樂天，太原人。」不入樂天之「歡會」，林之奇寸齋記引此句，「歡會」作「詩社」。按唐詩紀事卷四九白居易曰：「樂天退居洛中，作尚齒九老之會，其序曰：『胡、吉、劉、鄭、盧、張等六賢，皆多壽，余亦次焉。於東都敝居履道坊合尚齒之會，七老相顧，既醉且歡。静而思之，此會希有，因各賦七言韵詩一章以記之。或傳諸好事者。時會昌五年（八四五）二月二十四日。』」樂天云：「其年夏，又有二老年貌絶倫，同歸故鄉，亦來斯會，續命書姓名年齒，寫其形貌，附於圖右，與前七老，題爲九老圖，仍以一絶贈之云：『雪作鬚眉雲作衣，遼東華表暮雙歸。當時一鶴猶希有，何況今逢兩令威。』」句言不參加如白居易所結「七老會」、「九老會」之類好事張揚的活動。

〔二〕「不隨」句：不隨，林之奇寸齋記引此句作「不爲」。酒徒，陶淵明飲酒二十首專寫飲酒，其序曰：「余閒居寡歡，兼比夜已長，偶有名酒，無夕不飲。顧影獨盡，忽焉復醉，既醉之後，輒題數句自娱，紙墨遂多，辭無詮次，聊命故人書之以爲歡笑爾。」句謂也不像陶淵明般過於頹放，游戲人生。

〔三〕「看取」二句：簞瓢、陋巷，乃孔子贊顔淵大賢之語，見論語雍也，前已屢引。句言以顔回爲人生楷模，做貧而有道之君子。

〔四〕「十分」句：謂特珍惜時間。林之奇寸齋記此句下引陶士行（侃）曰：「禹，大聖人也，猶惜寸陰，至於吾輩，當惜分陰。」所引見梁書王規傳。

百壯艾能已疾〔一〕，一盃酒便生春〔二〕。熟睡覺時意思，罷勞歇後精神〔三〕。

〔一〕「百壯」句：將艾絨製成小柱狀，中醫稱「壯」。百壯，即一百枚艾絨柱。艾灸壯數視疾病種類及輕重各不相同，少者數壯，多者上百壯甚至數百壯，此言百壯，概言之也。艾，即艾蒿，多年生草本植物，有香氣。葉入藥，艾絨可灸病。詳見晉葛洪原著、梁陶弘景補闕之肘後備急方等。已疾，治好病。

〔二〕「一盃」句：酒後面色發紅，又令人感覺體暖，故言能生春。張擴用伯初韵再和一篇請子温户曹同賦：「惜花未忍任零落，借酒生春面如頳。」又鄭剛中冬大暖桃李花飛如雨已而遽寒綿裘猶薄也詩：「何人有酒生春意，驅我新詩到筆頭。」

〔三〕「熟睡」二句：謂熟睡醒來、罷（同「疲」）勞消除之後，其感覺最爲舒暢。此所謂「意思」、「精神」，義同，指情緒、心情。

游夏一辭不措〔一〕，非關未究源流。直至孟軻没後，無人會讀春秋〔二〕。

〔一〕「游夏」句：游夏，即子游、子夏，孔子弟子。尹焞和靖集卷六師説中：「横渠（張九成）曰：『今人躐等纔相見，便問易問春秋，不知孔子讀易，韋編三絶；仲尼修經，游夏一辭不措，二經豈易言也！』」

〔二〕「直至」二句：司馬光論風俗劄子：「新進後生未知臧否，口傳耳剽，翕然成風。至有讀易未識卦爻，已謂十翼非孔子之言；讀禮未知篇數，已謂周官爲戰國之書。讀詩未盡周南、召南，已謂毛鄭爲章句之學；讀春秋未知十二公，已謂三傳可束之高閣。循守注疏者謂之腐儒，穿鑿臆説者謂之精義。」按：兩句蓋爲秦檜當權後鼓吹王安石之學而發。王安石嘗撰五經新義，而黜春秋，目之爲「斷爛朝報」（宋史王安石傳）。

養生不能延年〔一〕，忘言未是安禪〔二〕。聖學工夫安在，重尋曲禮三千〔三〕。

〔一〕「養生」句：養生能延年，乃道士虚誕之説。晋郭璞曾揭露絶穀延年之妄，其抱朴子内篇卷三記曰：「余亦屢見淺薄道士輩，爲欲虚曜奇怪，招不食之名，而實不知其道，但虚爲不啖羹飯耳。至於飲酒日中斗餘，脯腊粘糒棗栗鷄子之屬不絶其口，或大食肉而咽其汁吐其滓，終日經口者數十斤，此直是更作美食矣。凡酒客但飲酒食脯而不食穀，皆自堪半歲、一歲而不饜頓矣，未名絶穀耳。吴有道士石春，每行氣爲人治病，待病者之愈百日或十日乃食。吴景帝聞之，曰：『此但不久必當飢死也。』乃召取鎖閉，令人備守之。春但求三二升水，如此一年餘，春顔色更鮮悦，氣力如故。景帝問之：『可復堪幾時？』春言無限，可數十年，但恐老死耳，不憂飢也，乃罷遣之。按如春言，是爲絶穀不能延年可知也。」

〔二〕「忘言」句：忘言，莊子外物：「言者所以在意，得意而忘言。」安禪，安静地打坐，即入定。梁書張纘傳載南征賦：「尋太傅之故宅，今築室以安禪。」此句言二者不同。

〔三〕「聖學」二句：聖學，指宋代之道學，又稱理學，近代稱新儒學。曲禮，禮記禮器：「禮也者，猶體也。體不備，君子謂之不成人。設之不當，猶不備也。禮有大有小，有顯有微。大者不可損，小者不可益，顯者不可揜，微者不可大也。故經禮三百，曲禮三千，其致一也。」鄭玄注：「致之言至也。一謂誠也。經禮謂周禮也，周禮六篇，其官有三百六十；曲猶事也，事禮謂今禮也。禮篇多亡本數，未聞其中事儀三千。」則所謂曲禮，鄭玄謂爲事理，亦即今禮，其時已「未聞」。呂本中少受理學薰陶，故以爲應全面復禮，包括散佚已久之曲禮。以上兩句，謂治季世之要，養生、忘言皆不可靠，而應復禮。

畢竟學書不成，誰道能詩有聲〔一〕。點檢平生交舊，幾人曾是同盟〔二〕。

〔一〕「畢竟」二句：史記項羽本紀：「項籍少時學書不成，去，學劍，又不成。」此兩句蓋自評其一生：學書不成，作詩亦浪得虚名，實則未也。此所謂「學書」，蓋指做學問。

〔二〕「點檢」二句：點檢，回顧，檢查。謂想想一生交舊之中，包括那些贊揚自己的人，真能志同道合的能有幾個。

楊　雄〔一〕

讀易先知未畫前〔二〕，聖人何事絶韋編〔三〕。始知楊子多閑暇，更有功夫草太玄〔四〕。

〔一〕楊雄，字子雲，蜀郡成都人，西漢辭賦家，著有太玄等。楊，宋以後多作「揚」，學界以爲乃刊板之誤（本書凡據宋本作「楊」者具不改）。

〔二〕「讀易」句：邵雍有「誰信畫前元有易，自從删後更無詩」兩句，未畫前，指包犧氏作八卦以前，見本卷前贈吴保周詩注。此句言揚雄作太玄，即爲研究未畫前之易。

〔三〕「聖人」句：聖人，指孔子。韋編，史記孔子世家：「孔子晚而喜易，序彖、繫、象、説卦、文言。讀易，韋編三絶。曰：『假我數年，若是，我於易則彬彬矣。』」漢書儒林傳序述孔子事，顔師古注「韋編三絶」曰：「編所以聯次簡也。言愛玩之甚，故編簡之韋爲之三絶也。」此言讀易要讀包犧氏之前，然彼時實無一字，則孔子讀易以至韋編三絶，則爲多事矣。陳瓘（了翁）自警其一：「本無一字堯夫易，八十一篇揚子玄。今古是非那復辨，仲尼尤不廢韋編。」楊時和陳瑩中了齊自警六絶其一也説：「畫前有易方知易，曆上求玄恐未玄。白首紛如成底事，蠹魚徒自老青編。」

〔四〕「更有」句：漢書揚雄傳下：「哀帝時丁、傅、董賢用事，諸附離之者或起家至二千石。時雄方草太玄，有以自守，泊如也。」句謂楊雄寫太玄時既不鑽營，又不讀易，想必多閒暇。

嚴君平〔一〕

千秋蜀道一君平，氣象從來不近名。可惜下簾無一事，才將老子授諸生。

〔一〕嚴君平，漢書王貢兩龔鮑傳：「谷口有鄭子真，蜀有嚴君平，皆修身自保，非其服弗服，非其食弗食。成帝時，元舅大將軍王鳳以禮聘子真，子真遂不詘而終。君平卜筮於成都市，以爲『卜筮者賤業，而可以惠衆人。有邪惡非正之問，則依蓍龜爲言利害。與人子言依於孝，與人弟言依於順，與人臣言依於忠，各因勢導之以善，從吾言者，已過半矣。』裁日閱數人，得百錢足自養，則閉肆下簾而授老子。」顔師古注：「地理志謂君平爲嚴遵。」三輔決録云子真名樸，君平名尊，則君平、子真皆其字也。」後兩句謂「可惜」、「才」，蓋遺憾其不尊儒術也。

賈誼〔一〕

孔丘墨翟並稱賢，始信先生學未專〔二〕。何事退之傳此謬，亦將餘論點遺編〔三〕。

〔一〕賈誼，漢書賈誼傳：「賈誼，雒陽人也。」嘗數上疏陳政事，「天子（文帝）議以誼任公卿之位，絳、灌、東陽侯、馮敬之屬盡害之，出爲長沙王太傅。」著有新書等。

〔二〕「孔丘」二句：賈誼過秦論上：「始皇既没，餘威震於殊俗，然而陳涉，甕牖繩樞之子，甿隸之人，而遷徙之徒也。才能不及中人，非有仲尼、墨翟之賢，陶朱、猗頓之富，躡足行伍之間，而俛起阡陌之中。率疲散之卒，將數百之衆，轉而攻秦，斬木爲兵，揭竿爲旗，天下雲集嚮應，贏糧而景從，山東豪俊遂並起，而亡秦族矣。」學未堅，謂賈誼以儒、墨並稱「賢」，乃學術不純。

〔三〕「何事」二句：退之，韓愈字。遺編，當指韓愈讀墨子一文，其略曰：「儒墨同是堯舜，同非桀紂，同修身正心以治天下國家，奚不相悦如是哉？余以爲辯生於末學各務售其師之説，非二師之道本然也。孔子必用墨子，墨子必用孔子，不相用，不足爲孔墨。」呂本中以爲韓愈此論將孔子與墨翟等同，乃是非不分，是傳賈誼之「謬」。

晉二絶〔一〕

紛紛禮樂付浮埃，一取玄虚禍始開〔二〕。但見出言齊老易〔三〕，始知胡馬不虚來〔四〕。

〔一〕晉，史分西晉、東晉。西晉（二六五—三一六），司馬炎篡魏後建立。至晉愍帝建興四年西晉滅亡。司馬睿（晉元帝）南渡建立之政權，史稱東晉（三一七—四二〇）。東晉爲劉裕所篡，劉裕建立宋，歷史遂進入南北朝時期。

〔二〕「紛紛」二句：謂兩晉崇尚玄學，門閥士族以清談爲貴，儒家禮樂文化傳統幾廢。晉書王衍傳：「口不論世事，唯雅詠玄虛而已。」又應詹傳：詹上疏陳便宜曰：「元康（晉惠帝司馬衷年號，二九一—二九九）以來，賤經尚道，以玄虛宏放爲夷達，以儒術清儉爲鄙俗。永嘉（晉懷帝司馬熾年號，三〇七—三一三）之弊，未必不由此也。今雖有儒官，教養未備，非所以長育人材、納之軌物也。」又虞預傳：「預雅好經史，憎疾玄虛，其論阮籍裸袒，比之伊川被髮，所以胡虜遍於中國，以爲過衰周之時。」當時此論甚多，謂兩晉禍亂始於玄學。

〔三〕「但見」二句：齊老易，老易，即老子、易經。指玄學家引儒入道。此可以王弼（二二六—二四九）周易注爲代表。王弼綜合儒、道，借用、吸收老莊思想，建立起體系完備的玄學哲學。從此之後，周易注作爲兩晉官方定本流傳於世。

〔四〕「始知」句：胡馬，代指兩晉時北方匈奴、鮮卑、羯、羌、氐等五個胡人大部落。不虛來，謂自西晉起，各部落先後建立十六國，不斷南侵，史有「五胡亂華」之説，實皆晉人崇玄學、尚清談所致。

晉朝朝士安知禮，盡出紛紛篡盜餘〔一〕。漫使當時避世士，放言高論祖浮虛〔二〕。

〔一〕「晉朝」二句：晉朝（包括西、東兩晉）由司馬氏建立。自曹魏時起，司馬懿、司馬昭父子即有篡盜之心，所謂「司馬昭之心，路人皆知」是也。西晉時，名將陶侃曾「夢生八翼，飛而上天，見天門九重，已登其八」。「及都督八州，據上流，握彊兵，潛有窺窬之志」（晉書本傳）。西晉末所謂「八王之亂」，目標皆在控制中央政權。東晉桓温亦有篡盜之心，而王敦在元帝（司馬睿）時亦欲「專制朝廷，有問鼎之心」，曾以誅劉隗爲名，率兵攻石頭城；明帝時遂起兵反晉，失敗，病死於軍中（本傳）。唯劉裕篡晉成功，建立（南朝）宋。

〔二〕「漫使」二句：由於晉朝上層統治集團「篡盜」之事時有發生，政治動蕩，一般士人缺乏安全感，故使玄風彌盛，往往避世清談以避禍。

畜犬雪童黠甚勝人壬戌夏暴死作詩傷之〔一〕

它生與我有微因，來見防家最後身〔二〕。共住世間均是夢，未因心境不如人〔三〕。

浮雲變滅本無迹，叉路多歧莫問津〔四〕。此後窮愁走南北，更誰隨馬踏埃塵。

〔一〕壬戌，「戌」原作「戍」，形訛，據四庫本改。壬戌爲高宗紹興十二年（一一四二）。詩人仍寓居信州。

〔二〕「它生」二句：它生，指前生。佛教有生命輪回之説，謂善因得善果，惡因得惡果。故畜犬雪童之前生蓋曾種下惡因，且與呂本中前生有緣，故稱二者間有「微因」。變犬乃對惡因的最重懲罰，其死後將輪回爲人，故稱犬乃其「最後身」。

〔三〕「共住」二句：謂人、犬來到同一世界，皆如夢如幻，俱非實相，而實相則是非相。故狗此生雖爲狗，但其心境意念未必不如人，不應强作分別。見本書卷一八辛酉立春詩注引金剛經。

〔四〕「浮雲」二句：婁，通「屢」。叉路，謂歧出之路。淮南子說林訓：「楊子見逵路而哭之，爲其可以南，可以北。」問津，泛指問路，見本書卷一八辛酉立春詩注引論語微子。此言人生既如夢幻，一切皆空，故由何處濟度已無意義，不必追問。

伴我走道途，直前無葛藤〔一〕。三年貧病裏，幾度送亡僧〔二〕。

〔一〕「直前」句：葛藤，指禪僧言語，詳見本書卷一七贈人四首其一注。此指畜犬默默無言。

〔二〕「幾度」句：亡僧，指已死之貓師奴，以及新死之犬雪童等。禪宗認爲一切衆生皆有佛性。如涅槃經卷七：「一切衆生皆有佛性，以是性故，斷無量億諸煩惱結，即得成於阿耨多羅三藐三菩提。」又同書卷二一：「一切衆生悉有佛性，佛法衆僧無有差別。」並謂狗子亦有佛性，故稱畜牲爲「亡僧」。

又作二絶

荒山古寺欲黄昏，梁上諸君欲到門〔一〕。雨濕雪童埋處土，向來精爽更誰論〔二〕。

〔一〕「梁上」句：梁上諸君，指盗賊。後漢書陳寔傳：「陳寔，字仲弓，潁川許人也。」遷除太丘長，修德清静，百姓以安。「時歲荒民儉，有盗夜入其室，止於梁上。寔陰見，乃起，自整拂，呼命子孫，正色訓之曰：『夫人不可不自勉，不善之人未必本惡，習以性成，遂至於此梁上君子者是矣。』盗大驚，自投於地，稽顙歸罪。寔徐譬之曰：『視君狀貌不似惡人，宜深克己反善。然此當由貧困。』令遺絹二匹。自是，一縣無復盗竊。」李賢注：「太丘縣，屬沛國，故城在今亳州永城縣西北也。」永城縣，今爲河南永城市。

〔二〕「向來」句：精爽，此指雪童之靈魂。句謂畜犬已死，當盗賊來臨時，尚爲人所懷念。

客至書來總不知，却緣邇日吠聲稀。蛛絲網遍常行處，猶道奔逃未肯歸〔一〕。

〔一〕「蛛絲」二句：蛛絲網遍，言主人不信其已死，仍四處苦苦尋覓。

秋日

禦盗犬新死，放生羊尚存〔一〕。有書消永日〔二〕，無客到衡門〔三〕。山色熱猶好，溪流雨不渾。還須止雜念，數息度黄昏〔四〕。

〔一〕「放生」句：放生古即有之。列子説符：「邯鄲之民，以正月之旦獻鳩於（趙）簡子，簡子大悦，厚賞之。客問其故，簡子曰：『正旦放生，示有恩也。』」佛教傳入後，有殺生之戒，謂生命平等，一切衆生皆有佛性，故亦主張放生。詩人所稱放生羊，蓋由他人殺羊時購得而放生者。

〔二〕「有書」句：消永日，打發漫長的時光。蘇軾和子由除日見寄：「臨池飲美酒，尚可消永日。」

〔三〕「無客」句：衡門，横木爲門，極言簡陋。詳本書卷二贈謝無逸詩注引詩經陳風衡門。

〔四〕「還須」二句：止雜念，指坐禪時屏心静氣。數息，息，呼吸，僧人修持法之一。江總攝山棲霞寺山房夜坐簡徐祭酒周尚書并同遊群彦：「梵宇調心易，禪庭數息難。」

懷雪童

老來於世漫多悲，夢幻推移且自知〔一〕。想得開山藏骨處，却如摇尾乞憐時。送行識我貧無蓋〔二〕，閑坐思渠悶有詩。從此窮居添寂寞，夜長誰復繞簾帷。

〔一〕「夢幻」句：謂人生如夢幻泡影，見前畜犬雪童黠甚勝人壬戌夏暴死作詩傷之詩注。陶淵明飲酒二十首其九：「吾生夢幻間，何事紲塵羈。」

〔二〕「送行」句：送行，指埋狗。貧無蓋，禮記檀弓下：「仲尼之畜狗死，使子貢埋之，曰：『吾聞之也：敝帷不弃，爲埋馬也；敝蓋不棄，爲埋狗也。丘也貧，無蓋，於其封也，亦予之席，毋使其首陷焉。」鄭玄注：「封，當爲窆。陷，謂没於土。」

即事

畏事成閑厭出遨，故人不見如曹逃〔一〕。一寒一暑便衰老，如夢如幻無堅牢〔二〕。
客游袞袞漫南北〔三〕，往事悠悠增鬱陶〔四〕。此去還能安坐否，割鷄元不用牛刀〔五〕。

〔一〕「故人」句：曹逃，左傳昭公十二年：「周原伯絞虐其輿臣，使曹逃。」杜預注：「原伯絞，周大夫原公也。輿，衆也。曹，群也。」

〔二〕「一寒」二句：一寒一暑，謂寒來暑往，猶言年復一年。周易繫辭上：「日月運行，一寒一暑。」後漢書律曆志下：「日周於天，一寒一暑，四時備成，萬物畢改。」如夢如幻，謂人生虛妄，見本書卷一八辛酉立春詩注引金剛經。

〔三〕「客游」句：袞袞，言其多。杜甫醉時歌：「諸公袞袞登臺省，廣文先生官獨冷。」王洙注：「袞袞，言相繼而登，賢不肖無所辨也。」

〔四〕「往事」句：尚書五子之歌：「鬱陶乎予心。」僞孔傳：「鬱陶，言哀思也。」

〔五〕「此去」二句：論語陽貨：「子之武城，聞絃歌之聲。夫子莞爾而笑，曰：『割鷄焉用牛刀？』子游對曰：『昔者偃也聞諸夫子曰：「君子學道則愛人，小人學道則易使也。」』」何晏集解引孔（安國）曰：「道，謂禮樂也。樂以和人，人和則易使。」按：是詩稱「即事」，所即之事不可考故「此去」、「割鷄」之義不詳。

念 舊

俯首思疇昔，常期不負渠〔一〕。事隨新境轉，人與舊情疏。少日猶相憶，多年遂絶書。況於生死隔，寧復似平居。

〔一〕是詩所稱「渠」爲誰不詳。蓋因「事」與「心」發生變化，遂致二人交誼疏遠。「生死隔」，謂其人已過世。

和汪教授〔一〕

羨君須作緣陂竹〔二〕，飯飽哦詩聲徹屋。閉門不出動經旬，坐看禪房花柳簇。却記冰霜動地時，半夜小園風折木〔三〕。一尊相對任濁清，三徑閑行漫松菊〔四〕。長篇短句動盈軸，想像清香有餘馥。問君何以得此妙，木潤只緣山有玉〔五〕。我窮猶敢和君詩，不留和氣暖臍腹〔六〕。搜尋險韵少工夫，敢與諸公鬬遲速〔七〕。

〔一〕汪教授，本卷前有次韵汪教授木犀詩，與此所和當爲同一人，即信州州學教授汪處厚，字敦仁。

〔二〕「羨君」句：羨，想慕。緣陂竹，喻髭鬚茂盛。陂，四庫本作「坡」。黄庭堅次韵王炳之惠玉版紙：「王侯鬚若緣坡竹，哦詩清風起空谷。」任淵注：「王褒髯奴詞曰：『離離若緣坡之竹，鬱鬱若春田之苗。』」（王楙野客叢書卷九髯奴事，謂「古文苑所載髯奴詞，乃黄香所作，非王褒也」。）須，「鬚」之本字。

〔三〕「却記」二句：冰霜動地、風折木，疑指靖康或建炎間其家遭金兵洗劫。

〔四〕「一尊」二句：任濁清，無論酒好壞。清酒佳，濁酒劣，故云。三徑，文選陶淵明歸去來：「三徑就荒，松菊猶存。」兩句謂雖遭劫難仍處之若素，不動聲色。

〔五〕「木潤」句：漢戴德大戴禮記卷七勸學：「玉居山而木潤，淵生珠而岸不枯。」

〔六〕「不留」句：自謂鬬詩時十分認真，決不爲求一團和氣而相讓。暖臍腹，蘇軾贈王仲素寺丞：「年來稍自笑，留氣下暖臍。」朱熹答黄子耕：「病中不宜思慮，凡百事且一切放下，專以存心養氣爲務。但跏趺静坐，目視鼻端，注心臍腹之下，久自温暖，即漸見功効矣。」

〔七〕「搜尋」二句：險韵，冷僻難押之韵。遲速，作詩時構思運筆之快慢。南史顔延之傳：「延之與陳郡謝靈運俱以辭采齊名，而遲速縣絶。文帝嘗各敕擬樂府北上篇，延之受詔便成，靈運久之乃就。」同書王僧孺傳：「竟陵王（蕭）子良嘗夜集學士，刻燭爲詩，四韵者則刻一寸，以此爲率。（蕭）文琰曰：『頓燒一寸燭，而成四韵詩，何難之有？』乃與（丘）令楷、江洪等共打銅鉢立韵，響滅則詩成，皆可觀覽。」此言搜尋險韵頗費斟酌，不敢與諸人鬬速成。

癸亥歲正月二首〔一〕

閑居足因循，所至漫冬夏。今年忽六十，稍覺日有暇。孔子固大聖，未害六十化〔二〕。同時蘧伯玉，亦豈出此下〔三〕。莊周與惠施，初未識此話〔四〕。何因爲此語，百世呈縫罅〔五〕。不如姑置之，以俟一戰霸〔六〕。

〔一〕癸亥歲，爲高宗紹興十三年（一一四三）。詩人生於神宗元豐七年（一〇八四），是年六十歲。

〔二〕「未害」句：六十化，謂六十歲時仍在變化。論語爲政：「子曰：『吾十有五而志於學，三十而立，四十而不惑，五十而知天命，六十而耳順，七十而從心所欲不逾矩。』」耳順，何晏集解引鄭（玄）注：「耳聞其言而知其微旨。」

〔三〕「同時」二句：謂蘧伯玉（名瑗）六十歲亦在變化。莊子則陽：「蘧伯玉行年六十而六十化，未嘗不始於是之而卒詘之以非也，未知今之所謂是之非五十九非也。」郭象注：「亦能順世而不係於彼我故也。」又曰：「順物而暢，物情之變然也。」又曰：「物情之變，未始有極。」

〔四〕「莊周」二句：即莊子，姓莊名周。惠施，戰國時宋人，名家代表人物之一。此偏指莊子。上注引莊子稱蘧伯玉「未知今之所謂是之非五十九非也」，言五十九、六十究竟孰是孰非不可知，故謂莊子不識變化中有向前發展之理。

〔五〕「何因」二句：言孔子何以説「六十而耳順」，已不可考，爲百世留下不解之謎。縫罅，謂不能彌合。

〔六〕「以俟」句：一戰霸，一戰而霸。左傳僖公二十七年：「一戰而霸，文之教也。」杜預注：「謂明年戰城濮。」孔穎達正義：「論語（子路）云：『上好禮則民莫敢不敬，上好義則民莫敢不服，上好信則民莫敢不用情。』今晉侯以義、信、禮教民，然後用之，是文德之教也。明年傳：君子，謂晉。於是役也能以德攻，注云：『以文德教民而後用之，謂此役也。』」此所謂「一戰霸」，一戰而成霸業，謂等待定論。

孔子六十時，入耳心則通〔一〕。所造不可知，誰能强形容。當世設梯級，聊發百世蒙〔二〕。如何陋巷顔，年少兩頰紅〔三〕。出門請從之，便欲齊此翁〔四〕。心知路不遠，試用一日功〔五〕。還家對簞瓢，此士正不窮〔六〕。

〔一〕「入耳」句：心則通，即言「耳順」，謂「耳聞其言而知其微旨」，見上注。

〔二〕「當世」二句：梯級，即階梯、等級。弟子入孔門所學之深淺，孔子自有評估。論語先進：「門人不敬子路。子曰：『由也升堂矣，未入於室也。』」故「升堂入室」成爲後學造化的標尺。

發蒙，啓發蒙昧，指進學。漢書淮南王安傳：「一日發兵，即刺大將軍衛青，而説丞相弘下之，如發蒙耳。」注引晋灼曰：「如發去物上之蒙，直取其易也。」

〔三〕「如何」二句：陋巷顔，指顔回，字子淵，孔子高弟。孔子嘗謂其「在陋巷，人不堪其憂，回也不改其樂。賢哉回也」，見論語雍也，前已屢引。年少，史記仲尼弟子列傳：「顔回者，魯人也，字子淵。少孔子三十歲。」兩頰紅，年輕、快樂貌。

〔四〕「便欲」句：齊此翁，齊，謂與孔子相埒。論語述而：「子謂顔淵曰：『用之則行，舍之則藏，唯我與爾有是夫。』」何晏集解：「孔子言可行則行，可止則止，唯我與顔淵同。」

〔五〕「心知」二句：路不遠，謂生命有限。一日功，論語顔淵：「顔淵問仁，子曰：『克己復禮爲仁。一日克己復禮，天下歸仁焉。』」何晏集解引馬（融）曰：「一日猶見歸，况終身乎？」

〔六〕「還家」二句：簞瓢，出論語雍也孔子論顔回語，前已屢引。兩句謂顔回物質生活雖貧困，但精神生活富裕。此乃呂本中夫子自道。

寄蔡伯世李良字〔一〕

兩君羈旅宦西蜀〔二〕，我亦江南住僧屋。想像平生肺腑親〔三〕，晴天何處飛黄鵠〔四〕。庾郎故是豐年玉〔五〕，道兒更是見不足〔六〕。藜羹脱粟有餘味，富貴薰天果非福〔七〕。死生契闊今誰在〔八〕，往事悠悠陵谷改〔九〕。他年乘興下瞿塘〔一〇〕，見我衰顏莫驚怪。別尋好語和君詩，償盡平生難韻債〔一一〕。掃除塵土更焚香〔一二〕，下酒如今有鮭菜〔一三〕。

〔一〕蔡伯世，名興宗，字伯世，呂本中仲姑（封清源縣君）之子，亦是其妹夫。詳見本書卷四寄蔡伯世趙才仲詩注。李良宇，不詳，疑亦本中親戚。

〔二〕「兩君」句：蔡、李二人到西蜀作官具體時間、地點不詳。按馮時行有和蔡伯世韻二首，馮氏爲璧山（今屬重慶市）人，或相去不遠。

〔三〕「想像」句：肺腑親，史記惠景間侯者年表：「諸侯子弟若肺腑。」索隱：「肺音柿，腑音附。柿，木札也，附木皮也，以喻人主疏末之親，如木札出於木，樹皮附於樹也。詩云：『如塗塗附。』注云『附木皮』是也。」按：此乃詩人謙詞，蔡是其外弟，當爲至親。

〔四〕「晴天」句：黄鵠一舉千里，故以飛黄鵠喻不可至而至。漢書西域傳烏孫國：「漢元封中，遣江都王建女細君爲公主，以妻（烏孫國王）焉。……昆莫年老，語言不通，公主悲愁，自爲作歌曰：『……居常土思兮心内傷，願爲黄鵠兮歸故鄉。』」句言蔡、李二人遠在他鄉，無緣晤面。

〔五〕「庾郎」句：世説新語賞譽：「世稱『庾文康（亮）爲豐年玉，穉恭（庾翼）爲豐年穀』。庾家論云是文康稱『恭爲荒年穀，庾長仁（統）爲豐年玉』。」劉孝標注：「謂亮有廊廟之器，翼有匡世之才，各有用也。」句以庾亮喻蔡興宗，言其宜在廊廟。

〔六〕「道兒」句：宋書謝述傳：「謝述，字景先，少有志行，「尚書僕射殷景仁、領軍將軍劉湛並與述爲異常之交，美風姿，善舉止，湛每謂人曰：『我見謝道兒未嘗足。』道兒，述小字也」。以上兩句，以庾亮、謝述喻指蔡伯世、李良宇。

〔七〕「藜羹」二句：藜羹、脱粟，謂粗劣食物，前已注。兩句謂家庭團聚，即便貧窮亦有興味，而遠宦異鄉，雖大富大貴也未必是福。

〔八〕「死生」句：詩經國風邶風擊鼓：「死生契闊，與子成説。」毛傳：「契闊，勤苦也。説，數也。」鄭玄箋：「從軍之士與其伍約，死也生也，相與處勤苦之中，我與子成相説愛之恩，志在相存救也。」契闊，謂離合、聚散。此言二人如生離死別，不通音問。

〔九〕「往事」句：陵谷改，詩經小雅十月之交：「高岸爲谷，深谷爲陵。」毛傳：「言易位也。」鄭玄箋：「易位者，君子居下，小人處上之謂也。」此指家庭變遷巨大。

〔一〇〕「他年」句：瞿塘，長江三峽之一，又名廣溪峽，即今瞿塘峽。水經注江水：「江水又東，逕廣溪峽。斯乃三峽之首也，其間三十里。」蔡、李二人宦遊於西蜀，故下瞿塘指由長江出蜀。

〔一一〕「償盡」句：難韵，即險韵，指韵字艱僻難押。句言見面後盡情作詩。

〔一二〕「掃除」句：塵，原作「壁」，據黃本改。

〔三〕「下酒」句：下酒，以菜佐酒。鮭菜，即魚。晋人稱魚爲鮭菜，參見本書卷六和李二十七食蛙聽蛙二首其一注。

贈魏承事二絶〔一〕

雨漲溪渾欲斷橋，水鄉風物轉蕭條。煩君下筆留春住〔二〕，令我寒窗不寂寥〔三〕。

〔一〕魏承事，韓元吉跋吕居仁與魏邦達昆仲詩（全宋文卷四七九四，輯自殘本永樂大典卷九〇八）：「吕居仁久寓上饒，後葬於德源山。故其晚年詩草，多見於此。今辰州魏使君所藏五篇，蓋與其尊公侍郎及其季父邦傑、叔祖父元章者也。龍圖則張殿中彦素爾。一時文士相從之適，氣韵風流，爲可概見。雖無老成人，尚有典刑。長嘯宇宙間，高才日陵替，古之詩人類有歎耶。淳熙乙巳歲（十二年，一一八五）十二月，潁川韓某題。」所謂「尊公侍郎」，即魏邦達，名矼。魏使君，乃魏矼之子。邦傑爲魏矼之弟。「叔祖父元章」，即魏矼叔父，亦即詩中所稱魏承事，除知其官承事郎外，餘不詳。詩題，黄本作别魏先生。

〔二〕「煩君」句：歐陽脩蝶戀花：「雨横風狂三月暮。門掩黄昏，無計留春住。」又陳師道贈王聿修商子常二首其一：「正須好句留春住，可使風飄萬點紅。」

〔三〕「令我」句：寒，黄本作「閑」。

四十餘年別歷陽〔一〕，舊游如夢費思量〔二〕。眼明見此老居士，聽話舊游如到鄉〔三〕。

〔一〕「四十」句：歷陽，宋史地理志四：「和州，上，歷陽郡，防禦。南渡後爲姑熟、金陵藩蔽也。」地在今安徽馬鞍山市和縣。魏矼一家爲歷陽人，故云。按陳振孫直齋書録解題卷六著録歲時雜記二卷：「侍講東萊呂希哲原明撰。希哲，正獻公公著之子，號滎陽公。在歷陽時，與子孫講誦，遇節日則休。學者雜記風俗之舊，然後團坐飲酒以爲樂。久而成編，承平舊事猶有考焉。」謂「與子孫講誦」，孫輩則有本中在焉。又紫微詩話稱「元符初，滎陽公謫居歷陽」云云。元符初至作此詩時（蓋紹興十三年），正四十餘年。

〔二〕「舊游」句：如，黄本作「魂」。

〔三〕「眼明」二句：老居士，指魏承事。話，用如動詞，講述也。

送魏縣丞之官餘杭〔一〕

君去我逾静，我病君得知。如何便相遠，未有再見期。溪橋已春晚，紅紫久離披〔二〕。初無一尊酒，慰君別後思。君才則甚長，所用無不宜。但當斂光芒，匣劍深藏之〔三〕。初非擊刺用，肯顧庸人嗤〔四〕。平生富事業，餘事尤長詩。當官儻見念，琢句敢嫌遲〔五〕。上以寄難兄〔六〕，下以愈我飢〔七〕。

〔一〕魏縣丞，按詩中稱「寄難兄」，當即魏矼之弟魏邦傑，見前詩注，其名未詳。宋史地理志四：臨安府，紹興五年（一一三五）兼浙西安撫使，凡九縣，餘杭爲其一。今爲浙江杭州餘杭區。

〔二〕「紅紫」句：紅紫，猶言姹紫嫣紅，指春季群花盛開。離披，散亂貌，謂春花已凋殘。宋玉九辯：「白露既下降百草兮，奄離披此梧楸。」洪興祖補注：「離披，分散貌。」

〔三〕「但當」二句：勸勉魏縣丞勿以有才而鋒芒太露，當韜光養晦。晋書張華傳：吴之未滅也，斗牛之間常有紫氣。張華聞豫章人雷焕妙達緯象，遂問之。焕曰：「寶劍之精，上徹於天耳。」并稱劍在豫章豐城。張華大喜，即補焕爲豐城令。焕到縣，掘得一石函，「光氣非常，中有雙劍並刻題，一曰龍淵，一曰太阿」。

〔四〕「初非」二句：史記日者列傳褚先生曰：「齊張仲曲成侯，以善擊刺，學用劍，立名天下。」古代文士佩劍，乃氣節之象徵，故謂非擊刺用。嗤，嘲笑。謂韜晦不必理會庸人之見。

〔五〕「琢句」句：琢句，謂雕琢詩句，乃作詩之美稱。敢嫌遲，不敢以寄詩遲緩爲嫌，實則盼其速也。

〔六〕「上以」二句：難兄，世説新語德行：「陳元方子長文有英才，與季方子孝先，各論其父功德，争之不能決，咨於太丘。太丘曰：『元方難爲兄，季方難爲弟。』」原注：「一作元方難爲弟，季方難爲兄。」謂兄弟皆佳，難分高下。此即指其兄，蓋魏矼也。

〔七〕「下以」句：愈，治好病。飢，謂讀其詩之欲望，有如飢渴。

葉尚書普光明庵〔一〕

日月豈不明，明乃有昏晝。四時所出火，更自表新舊〔二〕。寧知普光明，亘古不傳授。獨照萬物表，不見所成就。遠乃包須彌〔三〕，近不間圭竇〔四〕。茫茫濁水源，我此明亦透〔五〕。尚書所居庵，草木甚癯瘦。收藏萬丈光，歛退著懷袖〔六〕。至寶久不耀，却立萬夫後〔七〕。我願從公游，昏病方待救。先持此微言，遠寄爲公壽〔八〕。

〔一〕葉尚書，指葉份。份（一〇七六—一一四七），字成甫，世居金陵，五代時徙延平，其祖棐恭遷平江（今江蘇蘇州），因家焉。以祖恩入官，調鄆州須城、開封陳留兩縣主簿，累官庫部郎官、開封少尹。高宗即位，除江淮發運使，專一措置户部財用，遷本部尚書。建炎四年（一一三〇）七月，以龍圖閣直學士知泉州，隨後奉祠。紹興十七年致仕（建炎要録卷三五、卷一六五），不久卒，享年七十二。事跡詳李彌遜葉公（份）墓誌銘（筠溪集卷二四）。按墓誌銘曰：奉祠得請，「愛福唐（今福建福清）佳山水，有終焉意，乃於西郊因山築室，環以花竹樓觀，上下極登覽之勝，以『普光明』榜之，日誦華嚴於其間，雖肩輿出入，亦以自隨。庵亭堂室皆以妙嚴境界名之，與家人輩游息其間。」普光明乃佛經名，曾譯爲無字寶篋經、大乘離文字普光明藏經、大乘遍照光明藏無字法門經，皆一卷。經文叙述佛在耆闍崛山告訴勝思惟菩薩永離之法、護持之法及覺了之法。考汪藻有題葉尚書普光明庵詩，略曰：「長樂七閩會，山川富登臨。重城十萬家，間以烟樹林。何許肆遐矚，城西最高岑。主人厭直歸，與世相浮沈。」本中此詩當爲葉份賀壽之作，具體時間不詳。

〔二〕「四時」二句：出火，周禮夏官司爟：「掌行火之政令。四時變國火，以救時疾。」鄭玄注：「行，猶用也；變，猶易也。鄭司農説以鄹子曰：『春取榆柳之火，夏取棗杏之火，季夏取桑柘之火，秋取柞楢之火，冬取槐檀之火。』」兩句言除舊布新，乃自然界之常態。

〔三〕「遠乃」句：須彌，佛家傳説中之寶山，在印度，極高大，又稱妙光山。見本書卷一八吉州段秀才粟庵詩注。

〔四〕「近不」句：間，原作「聞」。黄本作「閒」，四庫本作「間」，同，據四庫本改。間，隔也。圭竇，禮記儒行：「儒有一畝之宫，環堵之室，篳門圭窬，蓬户甕牖，易衣而出，并日而食。」鄭玄注：「言貧窮。……圭窬，門旁窬也，穿牆爲之如圭矣。」按：圭窬，左傳襄公十年：「篳門閨竇之人，而皆陵其上，其難爲上矣。」則「圭窬」作「閨竇」。杜預注：「閨竇，小户。穿壁爲户，上鋭下方，狀如圭也。」

〔五〕「茫茫」二句：濁水源，指人世間，言其污濁，而光明經亦可將其照亮。

〔六〕「收藏」二句：萬丈光，指光明經，言其法力廣大。著懷袖，揣在身上。

〔七〕「至寶」二句：至寶，喻指葉份。萬夫後，衆人之下。杜甫將適吳楚留別章使君留後兼幕府諸公：「近辭痛飲徒，折節萬夫後。」兩句言葉氏雖不大顯於朝，位在群官之下，實爲國家棟樑。

〔八〕「先持」二句：微言，指所作此詩。是時詩人蓋寓居信州，葉份在福唐，故言「遠寄」。

焦復州惟正寄鼎復兩州喜雨詩來以近體詩一首寄之〔一〕

聞道復州賢太守，只如前在武陵時〔二〕。相逢未説爲州樂〔三〕，所至先傳喜雨詩〔四〕。行比曾參仍不魯〔五〕，政同龔遂更何疑〔六〕。懸知此去長閒暇，定是愚民不忍欺〔七〕。

〔一〕焦惟正，字適道，南渡後曾在衢州巧遇其兄，隨後又與靖康間失散之家人團聚，詳見本書卷一八題焦寺丞詩册三絶詩注。建炎要録卷一五二：紹興十四年（一一四四）冬十月甲辰，「左奉議郎焦惟正知復州，代還」云云。則焦惟正初知復州約在紹興十一年末。鼎復，即鼎州、復州。宋史地理志四：「常德府，本鼎州，武陵郡，常德軍節度。……政和七年（一一一七）升爲軍。建炎四年（一一三〇），升鼎、澧州鎮撫使。紹興元年（一一三一），置荆湖北路安撫使，治鼎州，領鼎、澧、辰、沅、靖州。」地在今湖南常德市。同上書：「復州，上，景陵郡，防禦。建炎四年（一一三〇）置德安、復州、漢陽軍鎮撫使。紹興三年，置荆湖北路安撫使。端平三年（一二三六），移治沔陽鎮。……縣二：景陵，玉沙。」復州古城，在今湖北仙桃沔城。

〔二〕「聞道」二句：焦惟正在知復州前，曾知鼎州（武陵郡），故云。

〔三〕「相逢」句：歐陽脩送沈學士（康）知常州：「平生粗得爲州樂，因羨君行首重搔。」

〔四〕「所至」句：焦惟正所作喜雨詩，已久佚不傳。以上兩句，言焦氏爲官重農愛民。

〔五〕「行比」句：自注：「焦君居家以孝友稱。」則「行」指德行、孝行。史記仲尼弟子列傳：「曾參，南武城人，字子輿，少孔子四十六歲。孔子以爲能通孝道，故授之業。作孝經。死於魯。」不魯，論語先進：「參也魯。」何晏集解引孔（安國）曰：「魯，鈍也。曾子性遲鈍。」此謂焦惟正之孝行與曾參同，但不遲鈍。

〔六〕「政同」句：政同，政，指做官治政。漢書龔遂傳：「龔遂，字少卿，山陽南平陽人也。以明經爲官，至昌邑郎中令，事王賀。……宣帝即位，久之，渤海左右郡歲饑，盜賊並起，二千石不能禽制。上選能治者，丞相御史舉遂可用，上以爲渤海太守。……郡聞新太守至，發兵以迎，遂皆遣還，移書勑屬縣悉罷逐捕盜賊吏。諸持鉏鉤田器者皆爲良民，吏毋得問，持兵者乃爲盜賊。遂單車獨行至府，郡中翕然，盜賊亦皆罷。渤海又多劫略相隨，聞遂教令，即時解散，棄其兵弩而持鉤鉏，盜賊於是悉平，民安土樂業。遂乃開倉廩假貧民，選用良吏，尉安牧養焉。遂見齊俗奢侈，好末技，不田作，乃躬率以儉約，勸民務農桑……秋冬課收斂，益畜果實菱芡。勞來循行，郡中皆有畜積，吏民皆富實，獄訟止息。」

〔七〕「懸知」二句：閒暇，謂焦惟正知復州定遊刃有餘，不待煩勞。不敢欺，史記滑稽列傳褚先生補：「傳曰：子產治鄭，民不能欺；子賤治單父，民不忍欺；西門豹治鄴，民不敢欺。三子之才能誰最賢哉，辯治者當能別之。」

送范十八還江西效白樂天體〔一〕

與君此別重依然〔二〕，再得相逢又幾年。無使人言長似舊，况教人道不如前〔三〕。窮通軒輊皆由命〔四〕，貴賤高低總是天〔五〕。只有修身全屬我，少遲留處更加鞭〔六〕。

〔一〕范十八，名不詳，疑是呂公著婿范祖禹後人或族裔。呂本中諸贈詩中，對范十八多訓誡語，蓋范乃晚輩。江西，即江南西路。宋史地理志四：「西路。州六：洪、虔、吉、袁、撫、筠。軍四：興國、南安、臨江、建昌。縣四十九。南渡後，府一：隆興。州六：江、贛、吉、袁、撫、筠。軍四：興國、建昌、臨江、南安，爲西路。」范十八居江西何處，不可考。白樂天體，又稱元白體。新唐書白居易傳：「初，與元稹酬詠，故號元白。」白樂天體以坦易淺俗爲特徵。

〔二〕「與君」句，依然，猶言依依然，不捨貌。江淹別賦：「惟世間兮重別，謝主人兮依然。」

〔三〕「無使」二句：長似舊、不如前，謂不要在他人眼中，范十八之修身無甚進步，甚至不如從前。

〔四〕「窮通」句：窮通，窮困與顯達。軒輊，高低、輕重。後漢書馬援傳：「居前不能令人輕，居後不能令人軒。」李賢注：「言爲人無所輕重也。詩（詩經小雅六月）云：『如輊如軒。』」韓愈八月十五夜贈張功曹：「人生由命非由他。」元鄭元祐題甕牖圖：「窮通由命不由人，結駟來窺甕牖春。富貴不淫貧賤樂，山青雲白水粼粼。」可參讀。

〔五〕「貴賤」句：論語顏淵：「子夏曰：『商聞之矣：死生有命，富貴在天。』」以上兩句，告誡范十八顯達、富貴不得妄求。

〔六〕「少遲」句：更加鞭，以騎馬爲喻，催其奮進。蘇軾送顏復兼寄王鞏：「願君推挽加鞭箠。」

晁公詩九經堂〔一〕

人家有屋但堆錢，君家有屋定不然〔二〕。一堂無物四壁立，六藝三傳相周旋〔三〕。人言君貧君不顧，以此辛勤立門户。聖人遺意要沉思，暫脱楚騷辭漢賦〔四〕。他年相見問何如，且説九經得力處〔五〕。

〔一〕晁公詩，字子靖，開封昭德坊晁氏家族成員，屬何支系不詳，與晁公遡、晁公武等爲兄弟行。

南渡後居撫州金溪縣。九經堂爲公詩建，後爲該縣縣學，見雍正江西通志卷八二人物。

〔二〕「人家」二句：杜牧贈兄子詩：「崔昭生崔芸，李兼生窟郎。堆錢一百屋，破散何披猖。今雖未即死，餓凍幾欲僵。」定不然，謂公詩有錢即建屋儲書，創爲九經堂。

〔三〕「六藝」句：漢書藝文志序：「（劉）歆於是總群書而奏其七略，故有輯略，有六藝略，有諸子略，有詩賦略，有兵書略，有術數略，有方技略，今删其要，以備篇籍。」六蓺略，顔師古注：「六蓺，六經也。」蓺、藝同。六經，包括易經、書經、詩經、禮經（即周官經）、樂記、春秋。三傳，爲春秋左氏傳、春秋公羊傳、春秋穀梁傳。六經加論語、周禮、儀禮三種，爲九經（九經之目，其説不一）。

〔四〕「暫脱」句：謂爲學先六經、三傳，楚騷、漢賦可暫緩。

〔五〕「且説」句：得力處，最有用、最關鍵之處。義同緊要處。林之奇紀聞上：「吴元忠嘗問喻子才（樗）：『六經緊要在甚處？』子才云：『六經數十萬言，只有十個字能盡其義，要之不出乎君臣、父子、夫婦、長幼、朋友而已。』」按：陸游跋吕舍人九經堂詩曰：「前輩以文章名世者，名愈高則求者愈衆，故其間亦有徇人情而作者，有識之士多以爲恨。如吕公九經堂詩，蓋自少時與昭德尊老諸公師友淵源，講習漸漬，所得又爲其子孫而發，故雄筆大論如此。於虖，凜乎其可敬畏也哉！嘉泰四年（一二〇四）六月庚子，陸某書。」又樓鑰跋晁深甫所藏東萊吕舍人九經堂詩曰：「兹見東萊紫微公題晁氏九經堂詩，益知大家文獻相承，未始不以經術爲本也。」

送瑞印上人歸福州〔一〕

不須布襪與行纏〔二〕，參得諸方五味禪〔三〕。散盡白雲見明月，虛空只是水中天〔四〕。

〔一〕瑞印上人，蓋福州僧，事迹不詳。

〔二〕「不須」句：布襪，即今之襪子；行纏，裹足布。

〔三〕「參得」句：五味禪，五種交雜之如來禪。詳參本書卷二正月十二日夜作、卷一七病中曾端伯見訪兩詩注。

〔四〕「虛空」句：水中天，與「水中月」（見五燈會元卷八安國院祥禪師）義同，謂萬物皆非實相，乃佛教之空觀，亦即禪宗六祖慧能偈所謂「本來無一物」（壇經行由品）之義。故撥雲見月，方見本來面目。蘇軾次韵王誨夜坐：「待約明月池上宿，夜深同看水中天。」

〔宋〕呂本中 著
祝尚書 箋注

呂本中詩集箋注

四

上海古籍出版社

呂本中詩集箋注卷二〇

尤美軒在玉山縣小葉村喻子才作尉時名之取歐陽文忠公醉翁亭記所謂林壑尤美望之蔚然者後數年舊軒既毀復作寺僧移軒山下汪聖錫要詩敘本末因成數句寄之〔一〕

茲軒在何許，遠在洞巖側〔二〕。洞巖山水勝，自與塵土隔。天以奉幽人，寧肯媚過客。尉曹昔吏隱〔三〕，到此若有獲。名軒曰尤美，盡去眼界窄。坐令歐陽公，餘意轉明白〔四〕。車馬走道路，我久度此厄〔五〕。茫茫六合間，於此有安宅〔六〕。軒雖有成壞，山本無異色。舉頭見林壑，不必更遠索。

〔一〕尤美軒，雍正江西通志卷四〇古蹟：「尤美軒，名勝志：在茅尖山側，去玉山縣治三十里，縣尉喻子才題呂居仁詩：（即詩之一二句，略）」宋史喻樗傳：「喻樗，字子才，其先南昌人。……少慕伊洛之學。中建炎三年（一一二九）進士第。爲人質直，好議論。趙鼎去樞筦，居常山，樗往謁，因諷之曰：『公之事上，當使啓沃多而施行少；啓沃之際，當使誠意多而語言少。』鼎奇之，引爲上客。……樗於是往來鼎、（張）浚間，多所裨益。頃之，以鼎薦，授秘書省正字，兼史館校勘。……先是，樗與張九成皆言和議非便，秦檜既主和，言者希旨，劾樗與九成謗訕，樗出知舒州懷寧縣，通判衡州，已而致仕。檜死，復起爲大宗正丞，轉工部員外郎，出知蘄州。……淳熙七年（一一八〇）卒。」其爲玉山縣尉事，史未載。汪應辰（一一一八—一一七六），字聖錫，信州玉山人。紹興五年（一一三五）進士第一。忤秦檜，流落嶺嶠凡十七年。檜死還朝，累官至吏部尚書，尋兼翰林學士並侍讀。卒，謚文定。今存文定集二十四卷。

〔二〕「遠在」句：雍正江西通志卷一一山川：「洞巖，在玉山縣北三十五里。林壑掩映，山石奇秀，溪水流出，其聲清壯。越溪行數里，有尤美軒，縣尉喻子才所題。」

〔三〕「尉曹」句：尉曹，指喻樗。吏隱，亦官亦隱，以官爲隱。晉書孫綽傳：「綽字興公，博學善屬文。……嘗鄙山濤，而謂人曰：『山濤吾所不解，吏非吏，隱非隱。』」杜甫白水縣崔少府高齋三十韻：「吏隱適情性，兹焉其窟宅。」王洙注：「王喬、梅福皆吏隱也。」

〔四〕「坐令」二句：坐，因也。轉明白，謂歐陽脩醉翁亭記所謂「林壑尤美」，「尤美」乃吏隱之意。

〔五〕「我久」句：此厄，指作縣尉。蓋謂作尉乃人生之一厄，言極辛苦。

〔六〕「茫茫」二句：六合，指天下。文選班固西都賦：「是故橫被六合，三成帝畿。」李善注：「呂氏春秋曰：『神通乎六合。』高誘曰：『四方上下爲六合。』」安宅，詩經小雅鴻雁：「雖則劬勞，其究安宅。」鄭玄箋「安宅」爲「安居」。此指信州寓所，包括尤美軒。

金溪董需彦光凌岑庵〔一〕

我爲江南游，衰病轉不堪。往來信撫間〔二〕，未上凌岑庵。凌岑賢主人，清峻如山巖。避事若荼苦，守貧如薺甘〔三〕。平生好交游，十不存二三。令弟又繼往〔四〕，世不聞清談。高風故絶俗，想像令人慚。浮生有欣戚，此味久已諳〔五〕。請君但高枕，客來睡方酣〔六〕。茫茫岐路間，與渠爲指南〔七〕。乘風本餘事，不向鼻端參〔八〕。

〔一〕溪，原誤「鷄」，據本書卷一七寄臨川親舊十首意到輒書不復次序其九改。金溪，撫州屬縣之一。上引寄臨川親舊十首有金溪「二董」，據是詩知兄爲董需，字彦光。凌岑庵，蓋董氏所築庵名，情況不詳。

〔二〕「往來」句：信撫，即信州、撫州。詩人寓居撫州，在紹興三、四年間，參見本書附録年譜。

〔三〕「避事」二句：詩經邶風谷風：「誰謂荼苦，其甘如薺。」毛傳：「荼，苦菜也。」鄭玄箋：「荼誠苦矣，而君子於己之苦毒又甚於荼，比方之荼，則甘如薺。」兩句謂董氏避事雖苦，但能實踐守貧之志，卻又倍感甜蜜。

〔四〕「令弟」句：董需弟字彦速，名未詳，見上引寄臨川親舊十首其九，是時已過世。

〔五〕「浮生」二句：浮生，莊子刻意：「其生若浮，其死若休。」郭象注：「泛然無所惜也。」寒山子詩：「可歎浮生人，悠悠何日了。朝朝無閒時，年年不覺老。總爲求衣食，令心生煩惱。」欣戚，悲歡。此味，人世滋味。諳，稔熟也。

〔六〕「請君」二句：周紫芝九江新居：「莫遣兒童來報客，老夫一枕睡方酣。」可參讀。

〔七〕「與渠」句：黄庭堅塵尾：「塵髦副白玉，揮弄柔毿毿。不獨效擊拂，與君爲指南。」

〔八〕「乘風」二句：乘風，此指仕途沉浮。鼻端參，謂參禪。修禪定時有所謂「眼觀鼻」之説，見本書卷一九送范才元詩注。兩句謂混迹官場乃人生餘事，當參禪修道時，絶不存此雜念。

盛華彦光丘壑軒〔一〕

盛侯少時偉儀觀，下筆不休人共歎。胸中别自有丘壑，萬里溪山藏几案〔二〕。往來車馬鬧泥土〔三〕，盛侯何嘗著眼看。較量今古考同異，抖擻胸襟别真贋〔四〕。今朝示我故人詩，老病窮愁得消散。故人相繼在鬼録，君雖獨在飽憂患。且住溪南數間屋，坐穩不憂時節换。人言丘壑殊不惡，君守一丘只如昨。文章老健氣如虹，不向山巖何處著〔五〕。

〔一〕盛華，字彦光，嘗官少府（即縣尉。洪邁容齋四筆卷一五：「唐人好以它名標榜官稱……尉曰少府、少公、少仙。」），是時居信州，餘不詳。丘壑軒，乃盛華之堂名，當時題詩者不少，除吕本中此首外，今存洪炎題盛彦光丘壑軒，曰：「盛子卜居南澗濱，開軒自比葛天民。一丘一壑有能事，三浴三薰無俗塵。閒逐逸人同執射，偶逢漁父亦垂綸。此軒成毀吾何預，畫著巖間恐未真。」又曾幾題盛彦光少府丘壑軒：「何許覓丘壑，不專在山林。胸次儻蕭散，市朝有幽尋。只今謝幼輿，超然抱遐心。俯仰得佳趣，何嘗日登臨。我雖非夔曠，粗亦能賞音。不用一再鼓，山高水深深。」。

〔二〕「胸中」二句：丘壑，深山幽谷，喻指人思慮深遠。晉書謝鯤傳：「謝鯤字幼輿，陳國陽夏人也。」王敦引爲長史，以討杜弢功封咸亭侯。「鯤不徇功名，無砥礪行，居身於可否之間，雖自處若穢，而動不累高。……敦以其名高，雅相賓禮。嘗使至都，明帝在東宫見之，甚相親重，問曰：『論者以君方庾亮，自謂何如？』答曰：『端委廟堂，使百僚準則，鯤不如亮；一丘一壑，自謂過之。』」黄庭堅題子瞻枯木：「胸中元自有丘壑，故作老木蟠風霜。」藏几案，以溪山喻胸懷博大，思致縝密周詳。

〔三〕「往來」句：車馬鬧泥土，言奔走於道路，以謀高官厚禄，盛華深以不屑。

〔四〕「較量」二句：謂盛華志在研究學問，辯章學術。

〔五〕「文章」二句：氣如虹，太平御覽卷一四引搜神記曰：「孔子修春秋、制孝經既成，孔子齋戒，向北斗星而拜，告備於天。乃有赤氣如虹，自上而下，化爲黄玉，上有刻文。孔子跪而受之。」山巖，謂盛華文章不爲世用，只能題寫於山巖間，聊寄其意而已。

送晁公慶西歸〔一〕

頃從君家諸父游〔二〕，談經語道久未休。死生契闊風塵起〔三〕，往事追尋三十秋。少年學問疾病衰頹且深坐，喜見後生勤勝我。臨行索我送行詩，短句長篇無不可。少年學問要躬行，世人營營勿與争〔四〕。閉户忍窮心自樂，簞食瓢飲殊不惡〔五〕。紛紛得失誰厚薄，得此失彼莫籌度〔六〕。

〔一〕晁公慶，周必大題吕紫薇與晁仲石詩：「晁氏一姓文獻相續，殆無它楊，號本朝盛族。仲石諱公慶，紹興初與范顧言、曾裘父（季貍）同學詩於吕紫微，故得是詩。乾道元年（一一六五）平江守沈公雅刻紫薇集二十卷，以歲月爲先後，此篇在末卷中，蓋暮年所作也。仲石之子子毅以示周某，敬書其後。慶元丁巳（三年，一一九七）十月丁丑。」周必大於同一日又作題張魏公與晁升道帖，由知晁升道名升之，而晁子毅乃晁升之之孫，則晁公慶乃晁升之之子。晁公慶仕履不詳，故所謂「西歸」，亦不知所指。

〔二〕「頃從」句：諸父，指晁升之兄弟行，人物甚多。
〔三〕「死生」句：契闊，離合、聚散，見上卷寄蔡伯世李良字詩注。風塵起，指靖康之難。
〔四〕「世人」句：營營，詩經小雅青蠅：「營營青蠅，止于樊。」毛傳：「營營，往來貌。」又楚辭九章抽思：「魂識路之營營。」營營，王逸注：「往來數也。」往來，謂鑽營、勾連。
〔五〕「簞食」句：簞食瓢飲，形容生活極艱苦，乃孔子評顏回語，見論語，前已屢引。
〔六〕「得此」句：唐李觀斬白蛇劍贊：「夫人事有窮，人物無方。曷知非得於此失於彼，漢皇所以昌，齊、宋、梁、魏所以亡也。」籌度，盤算。

曾吉父横碧軒〔一〕

囂塵等山林〔二〕，此理久未盡。君今住世網，於此已自信。僧居隔長溪，屋古柱礎潤〔三〕。不知市聲遠，但覺山色近。開軒有餘地，草木當夏閏〔四〕。一身船轉頭〔五〕，萬事燈落燼〔六〕。譬如癢在體，搔抑吾已認〔七〕。青山故在眼，已絶封閉吝〔八〕。悠然有遐想，此語君所印〔九〕。

〔一〕曾吉父，曾幾字吉父，吕本中友人，前已屢見。横碧軒，曾幾次程伯禹尚書見寄韵：「野寺幽軒我横碧。」原注：「予所寓軒名。」又横碧軒詩道：「道山心已灰，但有愛山癖。移家過溪住，政爲數峰碧。空濛梅子雨，了不見顔色。朝來忽獻狀，欣若對佳客。晴窗卷書坐，蔥翠長在側。似爲神所憐，持用慰岑寂。會登此山頭，卻望水南北。煙樹有無間，吾廬應可識。」注曰：「幾嘗居孔雀僧院，東廡小室榜曰横碧軒，有諸公唱酬之作。」按雍正江西通志卷四〇西清桂引明一統志：「上饒尉曾逮手植桂於廳，後人懷其德，名之曰西清桂。有松風亭、横碧軒，縉紳多爲題詠。」呂本中此詩，蓋即當時縉紳題詠詩之一。其後上饒詩人韓淲作教授同太守過横碧因留教授一飲詩，有「呂曾骨已朽，方來重增喟」句。又作飲横碧軒，略曰：「僧舍頹簷屋一間，呂曾南渡此看山。風光流轉人雖遠，詩句磨鐫景自閒。」又作横碧軒詩一首：「文清來此地，留下横碧軒。寂寂今無主，空山起夕煙。」

〔二〕「囂塵」句：謂雖居繁華鬧市，卻與居荒山野林相同。司馬光和吴冲卿三哀詩：「朝市等山林，衣冠同布褐。」又黄庭堅以同心之言其臭如蘭爲韵寄李子先：「斯人似雲水，廊廟等山林。」

〔三〕「屋古」句：柱礎潤，淮南子説林訓：「山雲蒸，柱礎潤。」高誘注：「礎，柱下石礩也。」

〔四〕「草木」句：閏，四庫本作「盛」。按：是詩當作於紹興十三年（一一四三），是年閏四月，故作「閏」是。

〔五〕「一身」句：船轉頭，杜甫江漲：「漁人縈小楫，客易拔船頭。」趙彦材注：「拔船頭，川中舟人之語也。拔有兩音，其音蒲撥切，義則回也，乃回船頭耳。」謂一人乘小船出行，很容易掉轉船頭，改變方向。

〔六〕「萬事」句：燈落燼，謂一了皆了，猶如油盡燈滅。唐周賀書實上人房：「禪中燈落燼，講次柏生枝。」又宋周孚贈朱德裕宋安民以學詩如學仙爲韵五首其四：「百年燈落燼，萬事風隕雹。」可參讀。按：以上二句，言居山林之便。

〔七〕「譬如」二句：禮記內則：「及(父母舅姑)所，下氣怡聲，問衣燠寒，疾痛苛癢，而敬抑搔之。」鄭玄注：「抑，按；搔，摩也。」按：此承上兩句，又言居山林隨隨便便，自由自在，猶如有癢即搔，毫無顧忌。認，認可，承認。

〔八〕「已絶」句：封閉吝，謂再無前此之封閉狀態。吝，指横碧軒打開後，山色便可飽攬，不再吝嗇。

〔九〕「悠然」二句：遐想，指由横碧軒看山色之享受，更明白「囂塵等山林」的道理。印，印證，驗證。謂得到曾幾認同。

送邢道州趙邵州歸湖南〔一〕

相逢不得款〔二〕，奈此别離何。長涂已新秋，從此風雨多。欣然出殘暑，如鳥離網羅。我獨此淹留，衰病日婆娑〔三〕。跂足望二子〔四〕，洞庭秋始波〔五〕。道州通家舊〔六〕，口辯如懸河〔七〕。邵州我表弟，玉也保不磨〔八〕。無由得相就，相近日經過。黄塵翻馬足，未暇眄庭柯〔九〕。何時寄書來，與我消睡魔。天凉不飲酒，爲子一高歌。

〔一〕邢道州，詩言其爲「通家舊」，疑爲邢恕後人，見下注。按建炎要録卷一六五：紹興二十三年（一一五三）十月壬戌：「右朝請大夫邢總特降一官。以前知道州失覺察，諸縣催理積欠二税，會赦，乃有是命。」然「前知道州」爲何時不詳，本中此詩當作於紹興十三年，距降官相去較遠，是否一人不詳。趙邵州，詩言乃作者表弟，則應是趙柟（字才仲）之弟，名不詳。宋史地理志四：「道州，紹興元年（一一三一）隸荆湖東路，二年復舊。」縣四。今爲湖南道州。同上書：「寶慶府，本邵州邵陽郡，軍事。大觀九年（按：大觀無九年，「九」疑「元」之誤）升爲望郡。」縣二。亦屬荆湖南路。今爲湖南邵陽市。

〔二〕「相逢」句：款，款待，招待。一指談心。

〔三〕「衰病」句：婆娑，連綿字，行動遲緩貌。文選宋玉神女賦：「又婆娑乎人間。」李善注：「婆娑，猶盤姗也。」盧照鄰釋疾文序：「余羸卧不起，行已十年，宛轉匡床，婆娑小室。」

〔四〕「跂足」句：詩經衛風河廣：「誰謂宋遠，跂予望之。」鄭玄箋：「予，我也。誰謂宋國遠與，我跂足則可以望見之，亦喻近也。」按：跂足，踮起脚跟。

〔五〕「洞庭」句：洞庭，湖名，在今湖南。楚辭湘夫人：「嫋嫋兮秋風，洞庭波兮木葉下。」

〔六〕「道州」句：通家，謂世交，或姻親之家。似指邢恕。宋史邢恕傳：「邢恕，字和叔，鄭州陽武人。博貫經籍，能文章，喜功名。論古今成敗事，有戰國縱橫氣習。從程顥學，因出入司馬光、吕公著門。」則邢道州殆邢恕後人，名不詳。

〔七〕「口辯」句：世説新語賞譽：「王太尉（衍）云：郭子玄（象）語議如懸河寫水，注而不竭。」

〔八〕「玉也」句：晋江偉襄邑令傅渾頌：「比德金玉，而堅白不磨。」

〔九〕「未暇」句：眄庭柯，文選陶淵明歸去來：「引壺觴以自酌，眄庭柯以怡顔。」吕向注：「柯，樹枝也。怡，悦也。言其枝柯相掩覆，以爲可榮，故悦也。」此言無時間到家中看望。

送方豐之秀才歸福唐〔一〕

我居江東，惟信之州〔二〕。子來自南，而與我游。問其所友，一時之秀。其兄韞德〔三〕，亦既有就。子學既立，子志甚遠。何以終之，止在不倦〔四〕。貧賤勿厭，自然無悶〔五〕。富貴勿羡，害德之本。彼古之人，能聖與仁〔六〕。我胡不能，歎其絶塵〔七〕。今子歸矣，歲亦有秋〔八〕。何以告子，惟聖之求。水流有源，木生有根。惟源與根，入德之門〔九〕。求聖根源，惟正之守〔一〇〕。正之不守，棄師背友。絲毫之僞，勿萌於心〔一一〕。無有内外，亦無淺深。由此則聖，舍此則病。是以君子，所守先正〔一二〕。于以贈别，亦以自警。爲别後思，且以三省〔一三〕。

〔一〕方豐之，陸游方德亨詩集序：「予自少聞莆陽有士曰方德亨，名豐之，才甚高而養氣不撓。吕舍人居仁、何著作搢之，皆屈行輩與之遊。德亨晚愈不遭，而氣愈全，觀其詩可知其所養也。既殁若干年，待制朱公元晦以書及德亨之詩示予於山陰，曰：『子爲我作德亨集序。』往時有方畇者，與德亨同族，爲予言德亨遇疾，卒於臨安逆旅，垂困，猶能起坐，正衣冠，手自作書與其族人官臨安者，使買棺，棺至乃殁，色辭不異平日。非養氣之全，能如是乎？請以是爲序。慶元六年（一二〇〇）四月丁酉，山陰陸某序。」曾以右迪功郎監建州豐國監，見陸游方伯謨墓誌銘（渭南文集卷三六）。劉克莊後村詩話卷八嘗摘録方豐之詩多首。福唐，今福建福清。

〔二〕「我居」二句：江東，即江南東路。宋史地理志四：「江南東、西路。建炎元年（一一二七），以江寧府、洪州並升帥府，四年，合江東、西爲江南路。……紹興初，復分東、西，以建康府、池、饒、徽、宣、信、撫、太平州、廣德建昌軍爲江南東路。」惟信之州，即信州。

〔三〕「其兄」二句：方德亨之兄，爲方德順，字升之。見本書卷一九和伯少穎迂仲將歸福唐偶成數詩欲奉寄無便未果也辰叔常季南還因以奉送五首其二吕本中自注及注。韞德，韞積德行。晉書鄭沖傳：沖抗表致仕，詔曰：「太傅韞德深粹，履行高潔，恬遠清虚，確然絶世。」有就，有所成就。

〔四〕「止在」句：止，僅。不倦，論語述而：「子曰：『默而識之，學而不厭，誨人不倦，何有於我哉！』」

〔五〕「貧賤」二句：悶，鬱悶，煩惱。周易乾卦：「初九曰『潛龍勿用』，何謂也？」子曰：「龍德而隱者也。不易乎世（王弼注：「不爲世俗所移易也。」），不成乎名，遯世無悶，不見是而無悶，樂則行之，憂則違之，確乎其不可拔，潛龍也。」孔穎達疏：「無悶者，謂逃遯避世，雖逢無道，心無所悶。」杜甫風疾舟中伏枕書懷三十六韵奉呈湖南親友：「興盡纔無悶，愁來遽不禁。」

〔六〕「彼古」二句：古人，指孔子。論語述而：「子曰：『若聖與仁，則吾豈敢。』」何晏集解引孔（安國）曰：「孔子謙，不敢自名仁聖。」

〔七〕「歎其」句：絶塵，超絶塵俗，謂與聖人相去太遠。莊子田子方：「顔淵問於仲尼曰：『夫子步亦步，夫子趨亦趨，夫子馳亦馳；夫子奔逸絶塵，而回瞠若乎後矣！』」

〔八〕「歲亦」句：尚書盤庚上：「若農服田力穡，乃亦有秋。」有秋，秋天有好收成。

〔九〕「入德」句：德門，有德之家。陸機爲陸思遠婦作：「潔己入德門，終遠母與兄。」

〔一〇〕「惟正」句：尚書立政：「繼自今，文子文孫，其勿誤於庶獄庶慎，惟正是乂之。」僞孔傳：「文子文孫，文王之子孫。從今已往，惟以正是之道治衆獄衆，慎其勿誤。」

〔一一〕「絲毫」二句：蘇軾代吕申公上初即位論治道二首其一道德：「人君以至誠爲道，以至仁爲德。守此二言，終身不易，堯舜之主也。……絲毫之僞，一萌於心，如人有病先見於脈，如人飲酒先見於色，聲色動於幾微之間，而猜阻行於千里之外。强者爲敵，弱者爲怨，四海之内如盜賊之憎主人，鳥獸之畏弋獵，則人主孤立，而危亡至矣。」按：此奏於元豐七年（一〇八四）上，上時呂公著爲資政殿學士、知揚州，見皇朝名臣奏議卷二原注。

〔一二〕「所守」句：先正，前輩賢人。尚書説命下：「昔先正保衡，作我先王。」僞孔傳：「正，長也，言先世長官之臣。」

〔一三〕「且以」句：三省，論語學而：「曾子曰：『吾日三省吾身：爲人謀而不忠乎？與朋友交而不信乎？傳不習乎？』」何晏集解引馬（融）曰：「弟子曾參。」

向敦武挽詩〔一〕

耐官丞相後〔二〕，世固不無人。位下能安命〔三〕，身閑不厭貧。還能死異域〔四〕，便足繼前塵。此日何山路，空悲草木新。

〔一〕向敦武，「敦武」即敦武郎，武職官階名。其人名不詳，據挽詩當爲向敏中後人。考楊時向公（子韶）墓誌銘，向敏中曾孫子韶靖康二年守陳州，城陷，與金兵巷戰而死。其子澮、溥、瀚等多人「爲北兵所掠，未知所在」，向敦武或是其一。蓋是時已知其死訊，且獲贈官。

〔二〕「耐官」句：耐官丞相，即向敏中，真宗時拜右僕射。麻下日，無親戚賓客飲食宴會，真宗謂其「大耐官職」，故稱。詳見本書卷一七寄向縣丞詩注。

〔三〕「位下」句：安命，安於天命。二程遺書卷二三：「求之有道，得之有命，是求無益於得也。求在外者也，故君子以義安命，小人以命安義。」

〔四〕「還能」句：死異域，「異域」當指金國。詩末謂「今日何山路」，蓋其死地亦不可確知。

向簽判母挽詞〔一〕

懶作塵寰住，虚隨雲雨山〔二〕。人皆欽懿範〔三〕，天不予長年。室静如歸隱，心安勝學禪。傳家有令子，尚得慰重泉〔四〕。

〔一〕向簽判及其母，名皆不詳。簽判，即簽書判官廳公事，州、軍皆有之。向簽判，當亦是向敏中後人，名不詳。

〔二〕「虚隨」句：雲雨山，指巫山。文選宋玉高唐賦李善注引襄陽耆舊傳曰：「赤帝女曰姚姬，未行而卒，葬於巫山之陽，故曰巫山之女。」又宋玉高唐賦稱巫山之女自言「旦爲朝雲，莫爲行雨。朝朝莫莫，陽臺之下」。疑向簽判母乃宗室女，故云。山，黄本作「仙」，似是。

〔三〕「人皆」句：懿範，美好的風範。陸雲贈顏驃騎後二首有皇其二：「思我懿範，萬民來服。」

〔四〕「傳家」二句：令子，指向簽判。重泉，即九泉，代指死者。

贈眼醫張子驥郎中〔一〕

人生所有疾，萬種皆眼病。由眼不得明，故視有不正。指白以爲黑〔二〕，遠邇皆未定。如何少翳膜〔三〕，遂失本來性。今君有妙手，與世脱機穽〔四〕。病雖有多端，但以一理勝。不須望奇功，藥病自相應。吾觀世間物，唯眼爲至净。不容著纖毫，况復計少剩〔五〕。自古大醫王〔六〕，其治有捷徑。不能添汝明，但要除此證〔七〕。鏡有塵故昏，塵本不在鏡。塵去鏡自明，豈必與物競〔八〕。皎潔玉壺冰〔九〕，澄澈秋月瑩〔一〇〕。坦然望長途，欲往不待倩〔一一〕。其説甚易知，在汝聽不聽。請君明其然，説法我已竟。

〔一〕張子驥，生平事迹不詳。按：是詩乃借題發揮，所謂眼病，其實是人心術之病。

〔二〕「指白」句：楚辭屈原九章懷沙：「變白而爲黑兮，倒上以爲下。」同書惜逝：「方世俗之幽昏兮，眩黑白之美惡。」林之奇君心論：「天下萬物，莫不有偶：善與惡分，邪與正歧。賢之反也爲愚，是之敵也爲非。瞀於色者指白爲黑，迷於方者指東爲西。」可參讀。

〔三〕「如何」句：翳膜，一種眼病，眼内障或外障。翳，四庫本作「醫」。宋王衮編博濟方卷四：「如聖散（按：藥方名），治小兒多時瀉痢，眼生醫膜，并疳眼翳。」

〔四〕「與世」句：機穽，後漢書趙壹傳載窮鳥賦：「有一窮鳥，戢翼原野。畢網加上，機穽在下。」

李賢注：「機，捕獸機檻也。穽，穿地陷獸。」此指困境、痛苦。

〔五〕「不容」二句：謂眼中容不得纖毫雜物，而不是計較多少。

〔六〕「自古」句：大醫王，指佛、菩薩。雜阿含經卷一五以大醫王善知病，善知病源，善知對治疾病之法，善治病已令當來更不復發。大乘本生心地觀經卷八：「大醫王應病與藥，菩薩隨宜演化。」又見維摩經卷中、大智度論卷二二等。此泛指醫術極高明之醫生。

〔七〕「但要」句：證，病症，後作「症」。四庫本作「症」。

〔八〕「鏡有」四句：壇經行由品載釋神秀偈曰：「身是菩提樹，心如明鏡臺。時時勤拂拭，勿使惹塵埃。」此喻指人心被污染，遂不明事理。林之奇記聞下：「潘義榮（良貴）嘗言，人之心術如明鏡，鏡有塵涴，必以藥磨之。讀書如以藥磨鏡，多藏書而不讀，無益於心術，如多蓄鏡藥而不磨，多亦奚爲。」可參讀。

〔九〕「皎潔」句：文選鮑照白頭吟：「直如朱絲繩，清如玉壺冰。」李周翰注：「玉壺冰，取其絜净也。」此喻眼睛之潔净。

〔一〇〕「澄澈」句：以月之晶瑩剔透喻眼睛。庾信鏡賦：「臨水則池中月出，照日則壁上菱生。」又隋李巨仁賦得鏡詩：「無波菱自動，不夜月恒明。」

〔一一〕「欲往」句：倩，請也。謂欲醫治眼病，猶欲磨治心病，全靠自覺。

送晁侍郎知撫州〔一〕

與君相從四十載，老病昏昏君不怪。交游大半在鬼録，一時輩行惟君在。前年簪筆侍明光〔二〕，論議風流傳梗概〔三〕。邇來同住此荒城〔四〕，笑語瀾翻絶機械〔五〕。薄酒重尋它日盟，新詩未了平生債。今君奉詔作鄰郡〔六〕，共喜朝廷有除拜。定知惠政及斯民，一洗從來州郡隘〔七〕。甕頭春色早晚熟〔八〕，遠寄還須例霑丐。爲君試草德政碑〔九〕，蕭何自昔文無害〔一〇〕。

〔一〕晁侍郎，即晁謙之。建炎要録卷一三一：紹興九年（一一三九）八月，「尚書右司員外郎晁謙之權户部侍郎」。同上卷一三六：紹興十年閏六月癸酉朔，「權尚書户部侍郎晁謙之移工部侍郎」。又同上卷一五三：紹興十五年（一一四五）春正月，「敷文閣待制、知撫州晁謙之充敷文閣直學士、知建康府」。本中此詩當作於紹興十三年，其時晁謙之知撫州，時間合。按：晁謙之（一〇九〇—一一五四），字恭道，晁端仁子，南渡後居信州。參見本書卷一五寄晁恭道鄭德成二漕詩注。

〔二〕「前年」句：簪筆，漢書劉賀傳：「（賀）衣短衣大絝，冠惠文冠，佩玉環，簪筆持牘趨謁。」顔師古注：「簪筆，插筆於首也。」明光，漢代宫殿名，見三輔黄圖卷三苑囿，後代如南朝宋、北魏、唐等朝皆有明光殿。此代指南宋朝庭，實指宋高宗。

〔三〕「論議」句：後漢書杜篤傳：「臣所欲言，陛下已知，故略其梗概。」李賢注：「梗概，猶粗略也。」

〔四〕「邇來」句：邇，近也。荒城，指信州。明一統志卷五一廣信府流寓：「晁謙之，澶州人。渡江親族離散，謙之乃極力收恤，因居信州。仕宋，官敷文閣學士。卒，葬鉛山鵝湖，子孫因家焉。」

〔五〕「笑語」句：絶機械，謂無機心，待人至誠。莊子天地：漢陰丈人對子貢曰：「吾聞之吾師：有機械者必有機事，有機事者必有機心。機心存於胸中，則純白不備；純白不備，則神生不定；神生不定者，道之所不載也。」詳見本書卷五贈唐充之兼簡益中詩注引。

〔六〕「今君」句：作鄰郡，指知撫州。據宋史地理志四，紹興初以後，信州、撫州皆屬江南東路，故稱。

〔七〕「一洗」句：州郡隘，指州郡長官觀念狹隘，不思進取。

〔八〕「甕頭」句：甕頭春，酒名，見本書卷三十一月五日與才仲弟相別於白沙東門之外悵然久之其二注。

〔九〕「爲君」句：德政碑，亦稱去思碑，古代地方長官離任後，官方或民間爲表彰其政績而建立之紀念碑。梁書謝藺傳：「謝藺，字希如，陳郡陽夏人也。……累遷外兵記室參軍。時甘露降士林館，藺獻頌，高祖嘉之，因有詔使製北兖州刺史蕭楷德政碑。」

〔一〇〕「蕭何」句：史記蕭相國世家：「蕭相國何者，沛豐人也。以文無害爲沛主吏掾。」裴駰集解引漢書音義曰：「文無害，有文無所枉害也。律有無害都吏，如今言公平吏。一曰，無害者如言『無比』，陳留間語也。」索隱：「裴注已列數家，今更引二説。應劭云『雖爲文吏，而不刻害也』。韋昭云『爲有文理，無傷害也』。」此乃詩人謙詞。

晁留臺劉夫人挽詩三首〔一〕

自昔聞諸父，文章漢兩京〔二〕。風流傳壼範〔三〕，烜赫振家聲〔四〕。睦族今無匹，能書舊得名〔五〕。如何江左郡，今日望銘旌〔六〕。

〔一〕晁留臺，當指晁損之（一〇五九—一一二二），字進道。留臺，管勾留守司御史臺公事之簡稱。晁損之嘗官管勾北京御史臺，故稱。管勾北京留守司御史臺始置於仁宗慶曆七年（一〇四七）六月二十一日，見續資治通鑑長編卷一六〇「壬午」條、玉海卷一六二元祐御史臺。南宋罷。損之原配李氏，繼娶張氏，再娶劉氏，即此劉夫人。參見張劍晁説之研究第一章世系。餘見下注。

〔二〕「自昔」二句：自注：「原父侍讀、貢父舍人，夫人諸父也。」按：劉敞（一〇一九—一〇六八），字原父，號公是，臨江軍新喻（今江西新餘）人。慶曆六年（一〇四六）進士第二，歷知制誥、知永興軍等。今存公是集五十四卷。其弟劉攽（一〇二三—一〇八九），字貢父，號公非，與其兄同年登進士第，仕至中書舍人。今存彭城集四十卷。「二劉」爲劉夫人諸父，則劉夫人乃其侄女。按晁説之壽昌縣君劉氏墓誌銘，稱劉氏爲江鄰幾子懋相妻，其父爲司封員外郎劉敔，而劉敞（原父）乃劉敔從父兄。則此劉夫人與江懋相妻蓋姊妹行，但其父是否劉敔，不詳待考。「文章漢兩京」，乃劉夫人聽其諸父（二劉）語，謂文章以西漢、東漢爲盛。

〔三〕「風流」句：詩經大雅既醉：「其類維何？室家之壼。」鄭玄箋：「壼之言捆也。其與女之族類云何乎？室家先以相捆緻，已乃及於天下。」壼範，女子的儀範。此指劉氏家族傳統。

〔四〕「烜赫」句：烜赫，顯赫貌。爾雅釋訓：「赫兮烜兮，威儀也。」詩經衛風淇奥：「瑟兮僩兮，赫兮咺兮。」

〔五〕「睦族」二句：睦族，使宗族和睦。古代女子嫁人爲婦，以善持門户、能睦族姻爲重要評價標準。能書，謂其長於書法。

〔六〕「如何」二句：江左郡，此指信州。古代以南爲左，信州在長江之南，故稱。銘旌，周禮春官御史：「及葬，執蓋，從車持旌。」鄭玄注：「所執者銘旌。」同上書司常：「大喪，共銘旌。」此乃王者之禮，後代士大夫亦效之。所謂銘旌，即在旗幡上題寫逝者姓名、官銜、封贈等，以示死者身後之榮耀。

故家劉與魏，我亦忝姻親〔一〕。久矣思前作，居然愧後塵〔二〕。遺芳接惇史〔三〕，舊德見夫人。悵望鵝湖路〔四〕，新年草木春。

〔一〕「故家」二句：自注：「夫人劉姓，魏出也。」謂晁損之夫人父族姓劉，而母族姓魏，劉、魏皆世家大族。忝姻親，忝，謙詞；姻親，因婚姻結爲親戚。但吕本中與劉、魏二家是何種姻親關係，是否本中夫人亦劉姓、魏出？言之模糊，雖有可能，但尚無文獻可證。

〔二〕「久矣」二句：前作，指二劉著作。後塵，詩人自指，謂遠不及，令有慚愧。

〔三〕「遺芳」句：惇史，指國朝史，二劉皆國史有傳。

〔四〕「悵望」句：鵝湖，劉夫人葬地。雍正江西通志卷一一〇邱墓：「敷文閣學士晁謙之墓在鉛山縣，今屬江西上饒所轄）之鵝湖山。晁本澶州人，南渡居信州，卒，葬於此。」（按：鉛

留臺無恙日〔一〕，樂善出誠心。文采不復見〔二〕，聲名空至今。半生資内助，三歎有遺音〔三〕。撫事思前輩，於誰覓斷金〔四〕。

〔一〕「留臺」句：無恙日，未病時，即生前。晁損之卒於宣和四年。

〔二〕「文采」句：謂損之文集不傳於世。

〔三〕「三歎」句：禮記樂記：「清廟之瑟，朱弦而疏越，壹倡而三歎，有遺音者矣。」鄭玄注：「三歎，三人從歎之耳。」此謂晁留臺生前即對夫人内助之德感歎再三。

〔四〕「於誰」句：斷金，周易繫辭上：「子曰：『君子之道，或出或處，或默或語，二人同心，其利斷金。』」韓康伯注：「同人終獲後笑者，以有同心之應也。夫所況同者，豈係乎一方哉。君子出處默語，不違其中，則其迹雖異，道同則應。」

贈鄭侍郎〔一〕

鄭公一勺酒，時與故人傾。況茲冲和天，草木日向榮。山茶逞獨艷〔二〕，著意呈軒楹。坐中四五客，還來尋此盟。主人久未厭，頻得倒屣迎〔三〕。燒燭夜照花〔四〕，知公有餘情。清歌洗俗耳，軟語令心醒〔五〕。豈伊鶴頂丹，獨自能傾城〔六〕。要令同二妙，相伴作三英〔七〕。紛紛桃李花，開謝略不停。誰知此深院，別有高世名。我老百事廢，對此眼暫明。還家不能寐，起坐數殘更。明朝有新句〔八〕，更欲煩公聽。

〔一〕鄭侍郎，當即鄭望之，曾爲吏部侍郎，南渡後寓居上饒。見本書卷一八贈鄭侍郎二首其一注。

〔二〕「山茶」句：雍正江西通志卷四〇古蹟廣信府引明一統志：「府城西北，唐陸羽嘗居此，號東岡子。刺史姚驥嘗詣其所居，鑿沼爲溟渤之狀，積石爲嵩華之形，後隱士沈洪喬葺而居之。圖經：羽性嗜茶，環居有茶園數畝，陸羽泉一勺，今爲茶山寺。」廣信府即宋代信州。

〔三〕「頻得」句：倒屣，忙亂中倒穿鞋子。用蔡邕事，見本書卷六别後寄舍弟三十韵詩注引三國志魏書王粲傳。

〔四〕「燒燭」句：夜照花，謂歡宴中途掌燈賞花，以示高雅。見本書卷一四贈范信中詩注。

〔五〕「軟語」句：吴曾能改齋漫録卷六軟語：「杜子美詩『夜闌聽軟語』，本法華經。又以軟語一云言詞柔軟。」此當指江浙一帶歌兒柔美之音。

〔六〕「豈伊」二句：伊，第三人稱代詞，相當於「彼」。鶴頂丹，山茶花之一種。宋潘自牧編記纂淵海卷九三花卉部山茶：「葉厚有稜犀甲健，花深少態鶴頭丹。」蘇軾山茶：「掌中調丹砂，染此鶴頂紅。」傾城，漢書外戚列傳：「孝武李夫人，本以倡進。初，夫人兄延年性知音，善歌舞，武帝愛之，每爲新聲變曲，聞者莫不感動。延年侍上，起舞，歌曰：『北方有佳人，絶世而獨立。一顧傾人城，再顧傾人國。寧不知傾城與傾國，佳人難再得。』」兩句言單山茶花之美尚有不足。

〔七〕「要令」二句：二妙、三英，喻指上所謂「坐中四五客」。元稹酬樂天東南行詩一百韵：「二妙馳軒陛（注：庾三十三、杜二十四，並居北省），三英詠袴襦（注：李十一、崔二十二、韋大，各典方州）。」李多嘲蝘蜓，竇數集蜘蛛（注：李二十雅善歌，詩固多詠物之作。竇七頻改官銜，屢有蜘蛛之喜）。數子皆奇貨，唯予獨朽株。」兩句言山茶花除色澤艷麗外，猶有鄭望之及友人等名士常來觀賞吟詠。

〔八〕「明朝」句：新句，即指此贈詩。

送宗紀上人歸福州〔一〕

道人海上來，訪我江外寺〔二〕。春風吹行李，飄摇不得住〔三〕。手中主人書，足下千里路。臨行請一語，懇款過外慕〔四〕。人生未入道，所至皆旅寓〔五〕。急參庭前柏，會取末後句〔六〕。相逢與相別，惟此是先務。

〔一〕宗紀上人，事迹不詳。

〔二〕「訪我」句：江外寺，指吕本中在信州所寓禪寺，當即廣教寺，在信州茶山。茶山寺，見本書卷一八野寺詩注引韓元吉兩賢堂記。

〔三〕「春風」二句：謂宗紀上人即將歸福州。行李，此指行裝。

〔四〕「懇款」句：懇款，極誠懇。外慕，爲他人所仰慕。江淹擬殷仲文雜體詩：「求仁既自我，玄風豈外慕。」韓愈送高閑上人序：「伯倫之於酒，樂之終身不厭，奚暇外慕？」

〔五〕「人生」二句：謂尚未皈依佛門之前，視世間如旅舍，渺無着落。蕭統陶淵明集序：「處百齡之内，居一世之中，倏忽比之白駒，寄寓謂之逆旅，宜乎與大塊而榮枯，隨中和而任放。」陶淵明雜詩其六：「家爲逆旅舍，我如當去客。」

〔六〕「急參」二句：庭前柏，指趙州和尚著名機鋒語。五燈會元卷四趙州從諗禪師：「問：『如何是祖師西來意？』師曰：『庭前柏樹子。』曰：『和尚莫將境示人。』師曰：『我不將境示人。』曰：『如何是祖師西來意？』師曰：『庭前柏樹子。』又問：『柏樹子還有佛性也無？』師曰：『有。』曰：『幾時成佛？』師曰：『待虚空落地時。』曰：『虚空幾時落地？』師曰：『待柏子成佛時。』」末後句，禪宗指最精微之語。碧巖總電抄卷一（和刻本）爲其定義曰：「到徹悟極處，吐至極語，更無語句過之者，謂末後一句。」又樂普元安禪師稱「末後句，始到牢關，鎖斷要津，不通凡聖」。參見本書卷一三送密上人歸江西詩注。

郡會分韵得蠻字〔一〕

柳外高樓四面山，使君攜客共躋攀〔二〕。塵埃不動日方永，桃李無言春自閑。未厭簿書時到眼，每逢詩酒亦怡顔。夜闌一倍園林勝〔三〕，尚覺清歌欠小蠻〔四〕。

〔一〕郡會，州郡官署舉行之宴會，宋代多有之，一般須作詩填詞。如能改齋漫録卷一七黄元明詞：「豫章先生弟黄元明宰廬陵縣，赴郡會，坐上巾帶偶脱，太守喻妓令綴之。既畢，且俾元明撰詞。」分韵，多人一起作詩詞時，各自分拈韵字，稱分韵。

〔二〕「使君」句：漢代稱刺史爲使君，後代爲州郡長官之尊稱。宋代州郡長官爲知州事。是時信州使君，當是程瑀。建炎要録卷一五〇：紹興十有三年九月戊辰，「兵部尚書兼侍讀、資善堂翊善程瑀充龍圖閣學士知信州。瑀稱疾乞奉祀，乃命出守」。程瑀，字伯禹，饒州浮梁（今屬江西景德鎮）人。少有聲太學，政和六年（一一一六）上舍釋褐第一。累官至校書郎。欽宗即位，議割三鎮，命瑀往河東，秦檜往河中，瑀奏臣願奉使，不願割地，不報。高宗即位，召爲司封員外郎。除直秘閣、提點江東刑獄。召爲太常少卿，遷給事中兼侍講。歷知撫州、嚴州，徙宣州。除兵部尚書。議論不專以和爲是，秦檜忌之，改龍圖閣學士知信州。紹興二十二年（一一五二）三月卒，年六十六。著有飽山集六十卷等，久佚。宋史有傳。參見本書卷一五程伯禹母夫人挽詩二首注。

〔三〕「夜闌」句：一倍，猶言加倍，謂多也。王維晚春嚴少尹與諸公見過：「自憐黄髮暮，一倍惜年華。」

〔四〕「尚覺」句：白居易晚春酒醒尋夢得：「還攜小蠻去，試覓老劉看。」原注：「小蠻，酒榼名也。」酒榼，代指酒。然唐孟棨本事詩事感曰：「白尚書姬人樊素善歌，妓人小蠻善舞，嘗爲詩曰：『櫻桃樊素口，楊柳小蠻腰。』年既高邁，而小蠻方豐艷，因爲楊柳枝詞以託意，曰：『一樹春風萬萬枝，嫩於金色軟於絲。永豐坊裏東南角，盡日無人屬阿誰。』」則此所謂小蠻，當指侑酒歌妓。

郡會賞牡丹分韵得裳字〔一〕

敢辭深坐懶衣裳〔二〕，便欲追陪恐病妨。小户長憂勸酒滿〔三〕，短才仍怯和詩忙〔四〕。牡丹花在逢寒食，群玉山如望洛陽〔五〕。不是使君尋舊賞，更無人會憶姚黄〔六〕。

〔一〕是詩蓋信州官署另一次宴會，所稱「使君」，當亦是程瑀。

〔二〕「敢辭」句：懶衣裳，此指懶穿官服。杜甫田舍：「草深迷市井，地僻懶衣裳。」

〔三〕「小户」句：小户，小酒量人。白居易醉後：「酒後高歌且放狂，門前閒事莫思量。猶嫌小户長先醒，不得多時住醉鄉。」

〔四〕「短才」句：短才，才學較弱者。蘇軾景純見和復次韵贈之二首其一：「淺量已愁當酒怯，非才尤覺和詩忙。」

〔五〕「群玉山」句：群玉山，本傳説中神山名，見穆天子傳，此指懷玉山。太平寰宇記卷一〇七信州：「玉山縣東北九十里，十八鄉。按縣圖云：本漢鄱陽縣界衢山之西鄙也，以其懷玉，山故爲稱。」又曰：「懷玉山，在縣東北三十里，玉山溪流發源於此。」洛陽爲牡丹之鄉，故云。歐陽脩洛陽牡丹記花品叙：「牡丹出丹州、延州，東出青州，南亦出越州，而出洛陽者，今爲天下第一。」

〔六〕「更無」句：姚黄，牡丹花名。歐陽脩洛陽牡丹記花品叙：「余所經見而今人多稱者，纔三十許種。」所録但取其特著者而次第之，第一：姚黄。又曰：「姚黄者，千葉黄花，出於民姚氏家。此花之出於今未十年。姚氏居白司馬坡，其地屬河陽，然花不傳河陽，傳洛陽。洛陽亦不甚多，一歲不過數朵。」

次蔡楠韻〔一〕

交舊悠悠西復東，建昌南望水連空〔二〕。蔡侯念我有新句，猶似灞橋風雪中〔三〕。

〔一〕蔡楠，陳振孫直齋書録解題卷二〇：「雲壑隱居集三卷，南城蔡楠堅老撰。宣和以前人，没於乾道庚寅（六年，一一七〇）。」其餘事迹不詳。參見本書卷一四贈童堯詢蔡楠謝敏行詩注。

〔二〕「建昌」句：建昌，軍名，紹興以後屬江南東路，見宋史地理志四。今爲江西南城。

〔三〕「猶似」句：孫光憲北夢瑣言卷七鄭綮相詩：鄭綮有詩名，後爲相，「或曰：『相國近爲詩否？』曰：『詩思在灞橋風雪中，驢子上，此處何以得之？』蓋言平生苦心也。」

送王提舉赴淮東七首〔一〕

君爲千里行，我此一室住。清風隨畫舸，已過江北路〔二〕。

〔一〕王提舉，按本書卷一四有王傅巖起樂齋詩，略曰：「四壁倚蓬蒿，萬卷蟠心胸。回視世所求，天道迷西東。此樂既不遠，欲往吾其從。」與組詩第三首（見下）詩意大致相同，疑所謂王提舉即王傅，字巖起，曾寓居上饒，寓所有樂齋，詳見該詩注。是詩言「淮東」，又言「海陵」，考海陵（今江蘇泰州區名）南宋間置有淮東路常平茶鹽司（見建炎要録卷一七九），則王提舉之「提舉」，當是提舉淮東常平茶鹽司。又曾幾有以湯餅招韓伯周王巖起二提舉鄭深道曾宏甫二使君宏甫有詩次其韻詩，首句「鏡湖淮瀆舊刺史」，淮瀆即淮河，此代指海陵（泰州），王巖起時爲提舉，與上説合。

〔二〕「已過」句：畫舸，船之美稱。江北路，長江以北之路，即到達海陵一帶。

君如暑伏冰，所至自清静〔一〕。倏然接新秋，已復天地性〔二〕。

〔一〕「君如」二句：暑伏冰，入伏後之冰。喻爲人所喜。清静，謂静能勝熱。老子四十五章：「躁勝寒，静勝熱，清静爲天下正。」王弼注：「躁罷然後勝寒，静無爲以勝熱，以此推之，則清静爲天下正也。静則全物之真，躁則犯物之性，故惟清静乃得如上諸大也。」

〔二〕「已復」句：天地性，劉向新序卷一雜事：「天之愛民甚矣，豈使一人肆於民上以縱其淫，而棄天地之性乎？必不然矣。」此謂酷暑已去，氣候涼爽宜人，乃静能勝熱之效。

隨行萬卷書，既足以自娱。因知君所樂，不在使者車〔一〕。

〔一〕「不在」句：使者車，後漢書郭丹傳：「乃慨然歎曰：『丹不乘使者車，終不出關。』」李賢注引續漢志：「諸侯使車皆朱班輪，四輻，赤衡軛。」此以提舉淮東爲天子使者，言王巖起之意不在作官，而在樂於讀書。

入門雖多塗，其究有安宅〔一〕。君能識其然，一語在物格〔二〕。

〔一〕「入門」句：入門，指爲官之道。安宅，周易剥卦：象曰：「山附於地，剥。上以厚下，安宅。」王弼注：「厚下者，床不見，剥也。安宅者，物不失處也。」又詩經小雅鴻雁：「雖則劬勞，其究安宅。」鄭玄箋「安宅」爲「安居」。

〔二〕「一語」句：物格，即「格物」，亦即理學家主張之「格物致知」。河南程氏遺書卷一八：「或問：『進修之術何先？』曰：『莫先於正心誠意。誠意在致知，「致知在格物」。格，至也，如「祖考來格」之格。凡一物上有一理，須是窮致其理。窮理亦多端，或讀書，講明義理；或論古今人物，别其是非；或應事接物而處其當，皆窮理也。』」此所格之「理」，蓋謂爲官要務在使百姓安居樂業。

學道貴積習，天地故相似〔一〕。不容有私心，毫髮在胸次〔二〕。

〔一〕「學道」二句：此所謂「道」，當指程頤等所倡之道學，南宋稱理學。積習，指積累。河南程氏遺書卷一八：「或問：『格物須物物格之，還只格一物而萬理皆知？』曰：『怎生便會該通？若只格一物便通衆理，雖顔子亦不敢如此道。須是今日格一件，明日又格一件，積習既多，然後脱然自有貫通處。』」

〔二〕「不容」二句：河南程氏遺書卷五：「父子君臣，天下之定理，無所逃於天地之間。安得天分不有私心，則行一不義，殺一不辜，有所不爲。有分毫私，便不是王者事。」

海陵我舊游，歲月亦已久〔一〕。不知兵火後，尚有昔人否。

〔一〕「海陵」二句：吕本中於政和末嘗任海陵獄掾，故云。見本書卷八將赴海陵出京沿汴覓舟候送客不至遂行詩注。

官閑有新作，寄我莫憚遠。兼書海陵事，令我開病眼。

送財用歸開化二首〔一〕

年來相聚欲無言，懶説諸方五味禪〔二〕。所恨歸程太匆遽，不收吾骨瘴江邊〔三〕。

〔一〕財用，當爲字號，其人姓名不見載籍。據詩之末句，疑爲吕本中族侄。開化，縣名。宋史地理志四：「衢州，上，信安郡，軍事。」縣五，開化乃其一。原注：「太平興國六年（九八一）升開化場爲縣。」今屬浙江衢州。

〔二〕「懶説」句：五味禪，五種交雜之如來禪，前已屢見。

〔三〕「不收」句：韓愈左遷至藍關示侄孫湘：「知汝遠來應有意，好收吾骨瘴江邊。」

疾病支離欲著床〔一〕，爾來殊不負秋陽〔二〕。頭童齒豁西風裏〔三〕，尚費縈簾一炷香〔四〕。

〔一〕「疾病」句：支離，莊子人間世：「支離疏者，頤隱於臍，肩高於頂，會撮指天，五管在上，兩髀爲脅。」成玄英疏：「四支離拆，百體寬疏，遂使頤頰隱於臍間，肩膊高於頂上。形容如此，故以支離名之。」釋文引司馬（彪）云：「形體支離不全，故以疏名之。」此乃詩人自言疾病纏身。欲著床，謂快卧床不起。

〔二〕「爾來」句：謂自你（財用）來後，正值秋高氣爽、風和日麗，病情略有好轉，故言「不負」。

〔三〕「頭童」句：頭童齒豁，謂頭髮、牙齒皆已掉光。韓愈進學解：「頭童齒豁，竟死何裨。」

〔四〕「尚費」句：縈簾，香煙縈繞簾幕，蓋指拜佛。蘇軾臂痛謁告作三絶句示四君子其一：「不妨更有安心病，卧看縈簾一炷香。」

謝范子儀見寄因次其韻〔一〕

疾病深藏一事無，眼從昏澀廢看書。清詩忽覩驚人句，遠道如瞻使者車〔二〕。頗放溪山時入座，不妨賓客醉騎驢〔三〕。傳家事業風流在〔四〕，早晚還朝得盡攄。

〔一〕范子儀，名正國，字子儀，范純仁子。曾任廣東轉運判官，紹興十三年（一一四三）四月代還。事迹見本書卷一七送廣東漕范子儀詩注。

〔二〕「遠道」句：按：范正國由廣東轉運判官代還回朝後，曾授江東漕、廣西提刑。然其「畏江東漕事應辦之難，請刺一郡。改畀桐廬，則又以爲由監司爲太守，失其故步，處之不當，遲回城外，必欲陞擢」。胡寅於是繳駁詞頭，上繳范正國除廣西提刑，稱其「寡廉鮮耻」。後授湖北漕（見後送范子儀將漕湖北五首）。此言「使者車」，使者，當即指荆湖北路轉運使、副。

〔三〕「頗放」二句：時入座，以溪山擬人，謂與之爲伴。醉騎驢，歡迎醉客騎驢來訪。黄庭堅題韋偃馬：「忽開短卷六馬圖，想見詩老醉騎驢。」史容注：「杜詩（奉贈韋左丞丈二十二韻）：『騎驢三十載。』」

〔四〕「傳家」句：傳家事業，指范仲淹岳陽樓記所稱「先天下之憂而憂，後天下之樂而樂」的爲國爲民精神。風流，流風餘韻。

謝周侍郎送木瓜〔一〕

染以猩猩血，緣以刺繡文〔二〕。天生此碩果，似是百果君。杯槃快先覩，便足張吾軍〔三〕。雅宜椽燭照，正合侑金尊〔四〕。環橙與大柑，其從蓋如雲〔五〕。我病日已衰，故人時見存。晨興有奇事，此果蒙先分。開緘見珍異，坐使童僕奔。把玩不去手，舉室生清芬。所恨茅屋底，著此太不倫。瓊琚未足報〔六〕，拙句聊相聞〔七〕。

〔一〕周侍郎，當爲周聿。雍正江西通志卷九六寓賢：「周聿，字德元，青州（今屬山東濰坊）人，徙居上饒。紹興間召對，陳經綸匡濟策，稱旨，累官刑、户部侍郎。所著有春秋大義、易説等書。」其建炎後歷官年月，詳見建炎要録相關各卷。木瓜，落葉喬木名，也稱楙，果實橢圓，有香氣，可入藥。見本草綱目卷三〇果二木瓜。

〔二〕「染以」二句，猩猩血，指紅色。刺繡文，謂木瓜皮貼紙花後，其花紋有似刺繡。元王禎農書卷九木瓜：「木瓜，爾雅曰『楙』，注曰：『實如小瓜，酢可食。』詩曰：『投我以木瓜。』毛公曰：『楙也。』疏義曰：『楙葉似柰，實如小瓜，瓜上黄似著粉。』山陰蘭亭尤多，西京亦有之，而宣城者爲佳。宣城人種蒔最謹，始實則簇紙花薄其上，夜露日曝，漸而變紅花，又如生。本州以充上貢，故有『天下宣城花木瓜』之稱。」元代宣城如此，其種蒔之法蓋傳自有宋。

〔三〕「便足」句：張吾軍，謂壯大聲勢。左傳桓公六年：「鬭伯比言於楚子曰：『吾不得志於漢東也，我則使然。我張吾三軍而被吾甲兵，以武臨之，彼則懼而協以謀我，故難間也。』」韓愈醉贈張秘書：「詩成使之寫，亦足張吾軍。」

〔四〕「雅宜」二句：謂很適合點起大燭，用木瓜佐酒。

〔五〕「環橙」二句：謂圍繞木瓜，再堆放橙子、橘柑等。如雲，言其多。即上所謂「張吾軍」。

〔六〕「瓊琚」二句：詩經衛風木瓜：「投我以木瓜，報之以瓊琚。匪報也，永以爲好也。」毛傳：「木瓜，楙木也，可食之木。瓊，玉之美者；琚，佩玉名。」

〔七〕「拙句」句：指以此詩報謝。

謝幽巖長老送荔枝二首〔一〕

年來疾病日衰頹，咫尺閩山懶便回〔二〕。不是幽巖老尊宿，更無人寄荔枝來。

〔一〕幽巖，禪寺名，即福州福清幽巖院。梁克家淳熙三山志卷三六僧寺：「幽巖院，同里（靈德里），熙寧四年（一〇七一）置。」熙寧八年十二月，張元幹之祖曾「將錢貳拾貫文，銅錢玖拾七陌，欲買田地，逐年收地利，捨入幽嵒院，作女弟子張九娘疏奉，爲外翁秀才劉四郎、外婆張三十四娘、亡妣劉二十九娘忌辰供僧」，立有字據，見張元幹蘆川歸來集附録大監蘆川老歸幽巖尊祖事實。又，方勺泊宅編卷中稱「福州近郊幽嵒院（十卷本泊宅編卷四「院」作「寺」）資産甚盛」云云。長老，僧之年德俱高者，故詩中稱「老尊宿」，其名未詳。

〔二〕「年來」二句：年來，指紹興十一年（一一四一）以來。本書卷一七劇暑詩曰：「閩中故人書，日夜望我還。無車載家具，欲往故不難。」詩作於該年夏末，曾有意入閩，然終未動身，據此詩知因疾病故也。

荔子蕉乾久未嘗〔一〕，今年霜下始聞香。幽巖闊略庵前事，容得先生爲口忙。

〔一〕「荔子」句：蕉乾，即芭蕉乾。范成大桂海虞衡志志果：「蕉子。芭蕉極大者，凌冬不凋，腹中抽幹，長數尺，節節有花，花褪，葉根有實。去皮取肉，軟爛如緑柹，極甘冷，四季實。土人或以飼小兒，云性凉去客熱。以梅汁漬，暴乾，按令褊（原注：音玭），味甘酸，有微霜。世所謂芭蕉乾者是也。又名牛蕉子，亦四季實。」按東京夢華録卷二飲食果子，記北宋時東京（開封）市上所賣果子，即有芭蕉乾。

撫州俞隱居挽詩〔一〕

臨川俞處士，獨擅隱居名。懶倦不復出，風流聞後生。自甘長寂寞，肯作太鮮明。松柏新阡路〔二〕，傷心秋後聲。

〔一〕撫州，今屬江西，臨川爲撫州屬縣，前已屢見。俞隱居，即俞處士，其名待考。

〔二〕「松柏」句：文選潘岳懷舊賦：「墳壘壘而接壟，柏森森以欑植。」李善注引仲長子（統）昌言曰：「古之葬，植松柏梧桐以識其墳。」此即代指墳墓。阡，亦指墳墓。

贈汪信民之子如愚〔一〕

四海同門一信民，近淮來往七經春〔二〕。生平坎壈不如意〔三〕，死去聲名多悮人〔四〕。漫以文章付兒子，略無毫髮仰交親。請君但自傳家學，陋巷簞瓢莫道貧〔五〕。

〔一〕汪信民，名革，字信民，臨川（今江西撫州）人，江西詩派重要詩人。大觀四年（一一一〇）卒。事迹見本書卷一符離諸賢詩注。如愚，蓋汪革子之字，名未詳。

〔二〕「四海」二句：崇寧初，吕希哲因禁「元祐學術」落職居符離，汪革時爲宿州教授（宿州治符離縣，今安徽宿州），遂投其門下，與饒節、黎確、謝逸及吕本中等一起向希哲問學，故稱「同門」。後來吕氏一家輾轉居符離、揚州一帶達七年之久。晁説之汪信民哀辭曰：「其爲宿州教授時，中國吕元明（希哲）得罪，僑寓宿州。信民乃以師席處元明，若幼童之仰嚴師然，於是信民中益邃静，所植固矣。」

〔三〕「生平」：坎壈，壈，原作「廩」，據四庫本改。楚辭王逸九歎離世：「惟鬱鬱之憂毒兮，志坎壈而不違。」自注：「坎壈，不遇貌也。」

〔四〕「死去」句：謂雖有身後名，但人已窮困而死。杜甫奉贈韋左丞丈二十二韻：「紈袴不餓死，儒冠多誤身。」

〔五〕「請君」二句：吕祖謙書伯祖紫微翁贈青溪先生子詩後：「臨川耆舊，汪、謝、饒皆出滎陽公（吕希哲）之門。德操（饒節）既遁世不耀，無逸（謝逸）亦以布衣死，志節稍見於世者，獨青溪先生（汪革號）而已。紫微伯祖（本中）與青溪忘年交，序引所述備矣。後一詩勉戒其子，篤至嚴正，真前輩文人行語也。」

謝曾台州送梅〔一〕

不辭深坐轉衰頽，養病仍無酒一杯。尚喜故人相勞苦，臘前先送一枝梅〔二〕。

〔一〕建炎要録卷一五一：紹興十四年（一一四四）六月：「曾惇知台州。惇嘗獻秦檜詩，稱爲『聖相』，故以郡守處之。」原注：「此據紹興二十八年七月葉義問劾疏修入。」按：台州，今爲浙江市名。詩中稱「臘前」，則送梅當在是年冬十二月。吕本中卒於明年秋七月，距此僅半年多。

〔二〕「臘前」句：臘，古代祭名，在冬至後第三箇戌日。後固定爲臘月初八日，即臘八節。故「臘前」指臘八節前。送梅，太平御覽卷一九引荆州記曰：「陸凱與范曄爲友，在江南寄梅花一枝詣長安與曄，兼贈詩云：『折花逢驛使，寄與隴頭人。江南無所有，聊贈一枝春。』」

甕間吏部久不見〔一〕，江東步兵那得知〔二〕。故人憐我太寂寞，一枝梅送兩篇詩。

〔一〕「甕間」句：晋書畢卓傳：「畢卓字茂世，新蔡鮦陽人也。……太興末，爲吏部郎，常飲酒廢職。比舍郎釀熟，卓因醉夜至其甕間盜飲之，爲掌酒者所縛。明旦視之，乃畢吏部也，遽釋其縛。卓遂引主人宴於甕側，致醉而去。」

〔二〕「江東」句：世説新語任誕：「張季鷹（翰）縱任不拘，時人號爲『江東步兵』。或謂之曰：『卿乃可縱適一時，獨不爲身後名邪？』答曰：『使我有身後名，不如即時一桮酒。』」

送范子儀將漕湖北五首〔一〕

君行欲何之，乃在湖水北〔二〕。湖水多近縣〔三〕，使者易爲德〔四〕。其民淳而古，其吏朴以直。官閑足賓客，歲稔少盜賊。得君清静化，用教不以力。但自養根苗，勿苦厭蟊蠈〔五〕。

〔一〕范子儀，名正國，字子儀，范純仁子，事迹見本卷前注。紹興十三年（一一四三）四月由廣東轉運判官代還，因擇官被胡寅繳駁詞頭，見本卷前范子儀見寄因次其韵詩注。其授湖北漕具體時間不詳。湖北，即荆湖北路。宋史地理志四：「荆湖南、北路。紹興元年（一一三一〕，以鄂、岳、潭、衡、永、郴、道州、桂陽軍爲東路，鄂州置安撫司；鼎、澧、辰、沅、靖、邵、全州、武岡軍爲西路，鼎州置安撫司。二年，罷東、西路，仍分南、北路安撫司，南路治潭州，北路治鄂，尋治江陵。」江陵縣，今屬湖北荆州市。

〔二〕「乃在」句：湖水，今湖南北部，長江、荆江河段以南湖泊甚多，而以洞庭湖爲最，故湖主要指洞庭湖。

〔三〕「湖水」句：近，原作「郡」，據四庫本改。

〔四〕「使者」句：言湖北一帶雖物産豐富但多水災，爲官者容易踐行德政，替百姓辦好事。史記平原君列傳：「士方其危苦之時，易德耳。」正義：「言士方危苦之時，易有恩德。」又黄庭堅送張沙河遊齊魯諸邦：「魚乾要斗水，士困易爲德。」

〔五〕「但自」二句：養根苗，指重農輕賦税。蟦，食禾苗之葉的害蟲。厭，鎮壓。蟊蟦，此代指殘害百姓之盜賊。句謂「盜賊」多爲生活所迫，宜用清静少欲教化，不必用武力打擊過度。

許昌無事時，地固多英豪〔一〕。况君忠宣子〔二〕，譽望素已高。讀書不出户，俛首自作勞。脱身走江南，始爲時所褒〔三〕。每念其先人，水静絶波濤。時從文字嬉，餘事及風騷。

〔一〕「許昌」二句：范純仁晚年居許昌（今河南許昌），故以許昌代指其人。無事時，健在時。多英豪，謂有衆多著名文人學士，正國可從其問學。宋史范純仁傳：「仲淹門下多賢士，如胡瑗、孫復、石介、李覯之徒，純仁皆與從游。晝夜肄業，至夜分不寢，置燈帳中，帳頂如墨色。」

〔二〕「况君」句：忠宣，范純仁卒後朝廷所贈謚號。

〔三〕「脱身」二句：謂范正國追隨高宗南渡，頗具時名。張擴范正國除湖北路轉運判官制：「以爾名臣之子，克紹家聲。嘗藹譽於郎闈，屢宣風於使節。效見已試，踐歷滋深。」

忠宣在朝廷，每欲消黨與。以我廣大心，盡使變齊魯〔一〕。同門有不察，平地鬬豺虎〔二〕。君昔住許昌，閉口不復吐。静思前人意，皆是神所許〔三〕。自守泥塗間，肯復計齟齬〔四〕。

〔一〕「忠宣」四句：謂在元祐新舊黨争中，范純仁居宰相之位，極欲消彌新舊兩黨裂痕，維持統治集團内部團結。宋史范純仁傳：「（元祐）三年（一〇八八），拜尚書右僕射兼中書侍郎。純仁在位，務以博大開上意，忠篤革士風。章惇得罪去，朝廷以其父老，欲畀便郡，既而中止。純仁請置往咎而念其私情。鄧綰帥淮東，言者斥之不已，純仁言：『臣嘗爲綰誣奏坐黜，今日所陳爲綰也，左降不宜録人之過太深。』宣仁后嘉納，因下詔：『前日希合附會之人，一無所問。……』知漢陽軍吴處厚傳致蔡確安州車蓋亭詩，以爲謗宣仁后，上之。諫官欲寘於典憲，執政右其説，唯純仁與左丞王存以爲不可。」廣大心，佛教語，謂大慈大悲、普度衆生之心。法苑珠林卷三三興福篇洗僧部第八述曰：「施主某官斯乃運廣大心，行無上業，生生恒修佛事，世世常轉法輪，故能信正法於群邪，敬緇徒於像季。」變齊魯，論語雍也：「子曰：『齊一變，至於魯；魯一變，至於道。』」此指欲争取、感化新黨人士，使其轉變立場，改惡從善。

〔二〕「同門」二句：同門，指新舊兩黨同僚，言其多不理解范純仁之用心，兩黨如豺虎相鬭，互不相讓，矛盾難以調和，終致元祐黨禍。宋史范仲淹傳論曰：「純仁位過其父，而幾有父風。元祐建議攻熙豐太急，純仁救蔡確一事，所謂謀國甚遠。當世若從其言，元祐黨錮之禍不至若是烈也。」

〔三〕「静思」二句：謂事後回想忠宣之意，仿佛是神靈在指示方向，惜乎時人不覺，而終致慘禍。

〔四〕「自守」二句：謂兩黨如豺虎相鬭之結果，元祐黨人長期遭受迫害，生活在泥塗之中，不再計較舊時恩怨。齟齬，齒參差不齊貌，喻扞格不合。

令兄守家學，曰自文正始〔一〕。惟不卑小官，至死而後已〔二〕。其間有富貴，乃是偶然爾。人欲學古人，豈不識此理。奈何厭貧賤，乃不退就己〔三〕。君今久蹈之，可爲吾黨喜。

〔一〕「令兄」句：范忠宣集附録國史范純仁傳：「子正民、正平、正思、正路、正國。」家學，范純仁嘗歸納爲「忠恕」二字。宋史范純仁傳：「嘗曰：『吾平生所學，得之「忠恕」二字，一生用不盡。以至立朝事君，接待僚友，親睦宗族，未嘗須臾離此也。』每戒子弟曰：『人雖至愚，責人則明；雖有聰明，恕己則昏。苟能以責人之心責己，恕己之心恕人，不患不至聖賢地位也。』」

〔二〕「至死」句：諸葛亮後出師表：「臣鞠躬盡力，死而後已，至於成敗利鈍，非臣之明所能逆覩也。」

〔三〕「奈何」二句：蓋因正國擇官被胡寅繳駁詞頭、上繳范正國除廣西提刑事，對范正國提出批評，言其有違家學傳統，參見前謝范子儀見寄因次其韵詩注。

我懶百事廢，尚叨交舊知。時蒙寄書來，索我送行詩。我詩老益退，久爲人所嗤。君獨不見鄙，論相不舉肥〔一〕。送君湖北去，無事隔山陂〔二〕。時應有佳句，尚足慰相思。

〔一〕「論相」句：文選宋玉九辯：「變古易俗兮世衰，今之相者兮舉肥。」王逸注：「不量才能，視顔色也。」吕延濟注：「將相士而用，蓋舉肥美者，不言其才行。此疾時之深焉。」

〔二〕「無事」句：無事，無緣無故。山陂，文選古詩十九首冉冉孤生竹：「千里遠結婚，悠悠隔山陂。」李善注引説文曰：「陂，阪也。」吕向注：「陂，水也。」又王維送魏郡李太守赴任：「君行無幾日，當復隔山陂。」

梅花二首

白玉花頭碧玉枝〔一〕，水邊籬下雪晴時。暗香別有關情處，却是春風未得知〔二〕。

〔一〕「白玉」句：白玉花，指雪中之梅花。曾幾謝送蠟梅二首其一：「天將何物染江梅，白玉花成粟玉開。一種暗香全似舊，小罌和雪送春來。」

〔二〕「暗香」二句：林逋山園小梅二首其一：「疏影橫斜水清淺，暗香浮動月黃昏。」此言梅之暗香流溢當別有深意，是其最關情處，連春風也不得而知。蓋指其氣質堅忍，品格高雅。

占得先開不待春，風饕雪虐長精神〔一〕。老人不是尋花看，要與尊罍洗世塵〔二〕。

〔一〕「風饕」句：韓愈祭河南張署員外文：「歲弊寒兇，雪虐風饕。」

〔二〕「老人」二句：老人，詩人自指。尊罍，此指插梅之水瓶。謂要讓梅花生活在没有世塵污染處，讓它永遠潔浄無瑕。蘇軾送賈訥倅眉二首其一：「童子遥知頌襦袴，使君先已洗尊罍。鹿頭北望應逢雁，人日東郊尚有梅。」

周承務郷求諸己齋〔一〕

爲腹不爲目〔二〕，貴久不貴速〔三〕。人皆求其餘，我獨心易足〔四〕。人皆重外慕，我獨慎其獨〔五〕。閉門想顔子〔六〕，默坐相追逐。壽夭有定分，簞瓢乃其福。修身雖多途，要在不遠復〔七〕。

〔一〕周承務，承務，即承務郎，文官官階名，郷乃其名。按周煇清波雜志卷八知和叔：「從叔知和，隨侍官九江，嘗以詩見呂東萊居仁。後以書請教，答云：『廬阜咫尺，讀書少休，必到山中，所與游者誰也？古人觀名山大川，以廣其志思而成其德，方謂善游。太史公之文，百氏所宗，亦其所歷山川有以增發之也。惜其所用止在文字間，若使志於遠者、大者，雖近逐游、夏可也。』又爲作求諸己齋詩，見集中。知和嘗尉吴江，作垂虹詩話，語煇未有序。煇言：『若以所得東萊帖冠於首，何用他求？』從之。」按：周煇乃周邦彦子，由知周郷字知和，爲邦彦從弟，淮海（今江蘇揚州一帶）人，嘗向呂本中學詩，後爲吴江尉。又陸游入蜀記：乾道六年（一一七〇）六月九日，「午間至吴江縣……知縣右承議郎管銃、尉右迪功郎周郷來」。則周郷尉吴江，已到孝宗乾道間矣。齋，原作「齊」，兩字通，兹據呂本中詩改。

〔二〕「爲腹」句：老子道德經檢欲：「五色令人目盲，五音令人耳聾，五味令人口爽。馳騁田獵，令人心發狂；難得之貨，令人行妨。是以聖人爲腹不爲目，故去彼取此。」後兩句，河上公注：「守五性，去六情，節志氣，養神明。目不妄視，妄視泄精於外。去彼目之妄視，取此腹之養性。」

〔三〕「貴久」句：宋王讜唐語林卷二：「李德裕鎮浙西，有劉三復者，少貧苦，有才學。時中使齎詔書賜德裕，德裕謂曰：『子爲我草表，能立構否？』三復曰：『文貴中，不貴速得。』德裕以爲然。」

〔四〕「我獨」句：唐朱慶餘孔尚書致仕：「高人心易足，三表乞身閒。」

〔五〕「人皆」二句：外慕，爲他人所仰慕。慎獨，禮記中庸：「莫見乎隱，莫顯乎微，故君子慎其獨也。」鄭玄注：「慎獨者，慎其閒居之所爲。」

〔六〕「閉門」句：顔子，即顔回，孔子高弟。孔子謂其「在陋巷，人不堪其憂，回也不改其樂。賢哉回也」。不幸早死，見論語雍也，前已屢引。

〔七〕「要在」句：周易復卦：「初九，不遠復，無祇悔，元吉。」王弼注：「最處復初始。復者也，復之不速，遂至迷凶，不遠而復，幾悔而反。以此修身，患難遠矣。錯之於事，其殆庶幾乎，故元吉也。」又象曰：「不遠之復，以脩身也。」

送程伯禹歸浮梁〔一〕

不見程公二十年，上饒相遇各華顛。平生氣節名先立〔二〕，老去安閑我未然。即看歸來上廊廟，未容休歇住林泉。飽山閣上憑欄處〔三〕，合得逍遥第一篇〔四〕。

〔一〕程伯禹，名瑀，字伯禹，浮梁（今江西景德鎮）人。事迹詳本卷前郡會分韵得鑾字詩注。

〔二〕「平生」句：欽宗即位，議割三鎮，命瑀往河東，秦檜往河中，瑀奏臣願奉使，不願割地，本中贊其有氣節。見上引詩注。

〔三〕「飽山閣」句：曾幾次程伯禹尚書見寄韻：「故鄉傑閣公飽山。」原注：「程所居閣名。」按明一統志卷五〇饒州府：「飽山閣，在浮梁縣治前，宋尚書程瑀建。四面環山，爲邑登覽之勝。」

〔四〕「合得」句：逍遥，即莊子逍遥遊，在莊子中爲第一篇。謂當程瑀在其飽山閣憑欄遠望時，當得逍遥遊中無拘無束絶對自由之遺意。

疾病因循懶出門，茅簷終日坐昏昏。雨聲點滴松藏寺，人迹稀疏犬吠村。時得使君相勞苦〔一〕，勝於書札問寒温。只應此去添憔悴，又欠先生酒一尊〔二〕。

〔一〕「時得」句：使君，對程瑀尊稱，時程知信州。相勞苦，謂對詩人時時造訪並慰問。

〔二〕「又欠」句：欠，原誤「次」，據黄本改。

寄題王珉中玉通判夢山堂〔一〕

青山甚不遠，每因塵事疏。百念攬胸次，豈知山有無。君無適俗韵〔二〕，常似山中居。出處本無二，夢覺固不殊〔三〕。不知此山堂，始往從何途。未嘗走道路，亦不用舟車。溪流與山色，相對若有餘〔四〕。此地甚閑曠，如君心地初。行雲映遠樹，中有此田廬。如今遂安處，始驗實不虛〔五〕。得非神所相，無乃道力扶〔六〕。親朋在左右，不待折簡呼〔七〕。往來一笑樂，勝有十輪朱〔八〕。何須從范子，辛苦泛五湖〔九〕。亦不學沮溺，遠迹斯人徒〔一〇〕。從容萬事表，在我不在渠。欣然理前夢，已勝在華胥〔一一〕。

〔一〕王珉，字中玉，玉山（今屬江西景德鎮）人，徙衢州。登進士第，爲宗正寺主簿，知撫州。歷監察御史、右正言兼侍講，擢禮部尚書，權吏部侍郎。紹興二十六年（一一五六）正月，殿中侍御史湯鵬舉劾其諂事秦檜，罷。「善楷書，作夢山堂，一時名流如吕東萊輩皆有題詠。」事迹略見建炎要録卷一六七、一六八、一六九、一七一，六藝之一録卷三四七引華黼廣信府志。按黄彦平三餘集卷四夢山堂記曰：「易王氏（按：名未詳）之學，初盛衢、信間，晚爲博士，成均談經簡舉，獨號近古。子珉中玉傳父業，弱冠舉進士，中之。後七年，通守撫州，予始獲相識，且相善也。……中玉爲予言，紹興甲寅（四年，一一三四）春，夢至田舍，愛其四望山川之秀。後三年，自信徙家衢，得徐氏廢居於孟瀆村，改築西向，則溪環峰列，恍如昨夢，因榜其堂曰『夢山』，是何祥也？子爲我辨之。昔予游南徐，僦居得沈氏林塘，（沈）存中集所謂夢溪者也，其説與中玉相似。予時思之，形有開闔，息不礙於往來；景有昏明，氣不停於消息。死生晝夜，所以由而不知者，人自爲間斷爾，誠明之理固在也。明以接物，可以見今；誠以養心，可以知來。見乎蓍龜，形乎夢想，是或一道也，故曰至誠如神。王氏之學進，此矣無足辨者。」據知夢山堂約建於紹興七年，在衢州孟瀆村，由原徐氏廢居改建而成，其環境溪山有如昔日夢中所見，因以爲名。王珉爲通判在何時何地，待考。

〔二〕「君無」句：陶潛歸園田居六首其一：「少無適俗韵，性本愛丘山。」

〔三〕「出處」二句：謂出與處、夢與覺乃一回事，並無二致。莊子齊物論：「昔者莊周夢爲胡蝶，栩栩然胡蝶也，自喻適志與！不知周也。俄然覺，則蘧蘧然周也。不知周之夢爲胡蝶與，胡蝶之夢爲周與？」郭象注：「自周而言，故不覺耳，未必非夢也。」此言夢中之山堂，與現實之山堂也無甚區别。

〔四〕「不知」至「有餘」六句：謂所不同者，夢中之山堂從何而入？既不用行走，也不乘舟車，而溪流山色，却卓有餘裕。

〔五〕「此地」至「不虚」六句：言實有之山堂，行雲、遠樹、田廬皆有之，乃實實在在地存在。

〔六〕「得非」二句：謂由夢中之「虚」到「不虚」，殆神力所助，否則無法解釋。

〔七〕「不待」句：謂親朋皆在，不必用書信。折簡，即寫信，見本書卷一夜作呈諸公詩注。

〔八〕「勝有」句：文選楊惲報孫會宗書（按：原載漢書楊惲傳）：「惲家方隆盛時，乘朱輪者十人。」李善注：「二千石皆得乘朱輪。」

〔九〕「何須」二句：范子，指范蠡。范蠡事越王勾踐，苦身戮力，與勾踐深謀二十餘年，竟滅吴。其後不受勾踐之封，遂泛五湖而去。參見本書卷一謁陶朱公廟詩注。五湖，其説不一，蓋即太湖。

〔一〇〕「亦不」二句：斯人，指孔子。論語微子：「長沮、桀溺耦而耕，孔子過之，使子路問津焉。」何晏集解引鄭（玄）注：「長沮、桀溺，隱者也。」詳見本書卷一八辛酉立春詩注。

〔一一〕「欣然」二句：列子卷二黄帝：「黄帝……閒居大庭之館，齋心服形三月，不親政事，晝寢而夢遊於華胥氏之國。華胥氏之國在弇州之西，台州之北，不知斯齊國幾千萬里，蓋非舟車足力之所及，神遊而已。其國無帥長，自然而已；其民無嗜欲，自然而已。不知樂生，不知惡死，故無夭殤。不知親己，不知疏物，故無愛憎。不知背逆，不知向順，故無利害。」按：華胥乃神話傳説中之理想國。

去冬以紙衾遺劉彦冲劉有詩來謝以二絶句答之〔一〕

初無一物獻高人，紙被封題意却真。想得蒙頭忘百慮，滿山風雪自成春。

〔一〕去冬，當指紹興十三年（一一四三）冬。紙衾，即紙被。其被以野藤爲原料製作，結實且保暖。宋人有用藤紙作衣、作帳者，也有作被者。徐積寄張文潛：「起坐却就枕，伸頭出紙被。」又蘇轍詠霜二首其一：「紙被欺氊厚，茅簷笑瓦温。」宋史劉子翬傳：「劉子翬，字彦冲，贈太師韐之仲子。」號屏山，建州崇安（今福建崇安）人，自號病翁，專事講學。事迹見朱熹屏山先生劉公墓表。所謂「劉有詩來謝」，其詩今存，題作呂居仁惠建昌紙被，録於次：「寒聲移晚林，殘臘無幾日。高人擁楮眠，蠻卷意自適。素風含混沌，春煦回呼吸。餘温偶見分，來自芝蘭室。乍舒魄流輝，忽捲潮無迹。未能澡余心，愧此一衾白。嘗聞盱江藤，蒼巖走虬屈。斬之霜露秋，漚以滄浪色。粉身從澼絖，蜕骨齊麗密。乃知瑩然姿，故自漸陶出。治物猶貴精，治心豈宜逸。平生感交遊，耳剽非無得。精神隨事分，内省殊未力。寸陰捐已多，老矣將何及。自從得此衾，夢覺常惕惕。清如夷齊鄰，粹若淵騫覿。獨警發鏗鍧，邪思戢毫忽。勿謂絶知聞，虚閨百靈集。鼎鬴或存戒，韋弦亦規失。則知君子所，惠以勵蒙塞。」（屏山集卷一三）

錦繡堆床已不宜〔一〕，芬芳淑郁又成癡〔二〕。心知此被無他巧，能與山翁換好詩〔三〕。

〔一〕錦繡，錦衾繡被，謂被子原料、做工極高檔，乃富貴人家所用。

〔二〕「芬芳」句：韓愈等城南聯句一百五十韻：「鼻偷困淑郁（韓愈）。」孫甫注：「淑郁，香氣。」

〔三〕「能與」句：山翁，指劉子翬。

送曾季直下弟歸臨川〔一〕

老病侵凌重別離，爾來瘦欲不勝衣〔二〕。信州城北荒山寺〔三〕，兩送親知下弟歸。

〔一〕是詩原連爲一首，黄本分爲二首，兹從之。曾季直，生平不詳，疑是曾季貍兄弟行。曾季貍乃曾鞏弟曾宰之曾孫，吕本中門人，今存所著艇齋詩話。下弟，落榜。弟，通「第」，下同。

〔二〕「爾來」句：禮記檀弓「文子其中退然如不勝衣。」孔穎達疏：「文子身形退然柔和，似不勝其衣。」白居易春盡日宴罷感事獨吟：「年年衰瘦不勝衣。」又蘇軾次韵王鞏顔復同泛舟：「沈郎清瘦不勝衣。」不勝衣，承受不了衣服的重量，謂極羸弱。

〔三〕「信州」句：荒山寺，建於荒山之寺廟，而非寺名，疑即茶山廣教寺。本卷前送宗紀上人歸福州詩注引韓元吉兩賢堂記，謂「廣教僧舍，在城西北三里而近」，此言「城北」，蓋視角方位略異。

曾子不愁歸路泥，臨行索我送行詩。頭童齒豁衰頹甚〔一〕，不似京城相別時〔二〕。

〔一〕「頭童」句：頭童齒豁，見本卷前送財用歸開化詩注。

〔二〕「不似」句：京城，當指開封。南宋初人不稱杭州爲京城，而呼行在所。

送趙十一弟之官南安〔一〕

君爲千里行，我有一尊酒〔二〕。把酒持勸君，欲以爲君壽。南安傍庾嶺〔三〕，瘴癘亦時有。德人固天相〔四〕，和氣生户牖〔五〕。斯民得安樂，如我屈伸肘〔六〕。居然變遠俗，共感賢太守。我病居上饒，忽忽歲月久。杜門百事廢，亦復厭奔走。得君暫相從，感歎成皓首。頗念河朔時〔七〕，相從誦詩否。人生只此是，不必更抖擻〔八〕。有便即寄書，頻來問衰朽。

〔一〕詩題，黃本作送趙十一弟之官南安守，多一「守」字。趙十一，當爲趙才用（柟）弟，本中表弟。南安，即南安軍，南宋時屬江南西路，見宋史地理志四。今爲縣級市，屬福建泉州。

〔二〕「君爲」二句：舊題蘇武詩四首其一：「我有一尊酒，欲以贈遠人。」

〔三〕「南安」句：庾嶺，即大庾嶺，爲五嶺之一，在今江西大庾縣南。嶺上多植梅樹，故又名梅嶺。

〔四〕「德人」句：莊子天地：「願聞德人。曰：『德人者，居無思，行無慮，不藏是非美惡，四海之內共利之之謂。』」此指有德之人。唐李華無疆頌八首其八今上昭頌：「大邦之興，維天相之。曷興曷相，有德繼王。」蘇軾送章子平詩序：「詩曰：『誕后稷之穡，有相之道。』（引者按：見詩經大雅生民。毛傳：「相，助也。」）我仁祖之於士也亦然。較之以聲律，取之以糊名，而異人出焉，是何術哉？目之所閱，手之所歷，口之所及，其人未有不碩大光明秀傑者也。此豈人力乎？天相之也。」

〔五〕「和氣」句：和氣，溫馨和暖之氣。户牖，門窗，代指家庭。唐翁承贊晨興：「早涼生户牖，孤月照關河。」又曾鞏食梨：「英華兩相發，光彩生户牖。」李綱小閣晚望書懷一百韵示仲弟并簡顧子美：「清風生户牖，秀色入軒楹。」可參讀。

〔六〕「如我」句：屈伸肘，言易也。蘇軾後杞菊賦：「先生听然而笑，曰：人生一世，如屈伸肘。」又饒節春日飲王立之家同賦三頭牡丹依次定十韵節得牡字：「舒遲入樞府，易若屈伸肘。」肘，上下手臂間之彎曲處。

〔七〕「頗念」句：河朔時，指在其姑華陽君家時。呂本中長姑嫁趙演，趙氏洛陽人。洛陽在黄河之南，其北即朔方地，故以河朔代指洛陽。尚書泰誓中：「惟戊午，王次於河朔。」僞孔傳：「次，止也。戊午渡河而誓，既誓，而止於河之北。」

〔八〕「不必」句：抖擻，振作，奮發有爲。白居易贈鄰里：「但能抖擻人間事，便是逍遥地上仙。」朱子語類卷一一九：「爲學有用精神處，有惜精神處。……直須抖擻精神，莫要昏鈍。如救火治病，豈可悠悠歲月。」可參讀。

寄劉彦冲兼寄胡原仲劉致中〔一〕

故人别去兩經冬，今歲書來第幾封。正以空疏少製作，不因窮約廢過從。養生漫説終難效，學道無心亦未逢。若問真歸是何處，五更常聽寺樓鍾〔二〕。

〔一〕劉彦冲（子翬）、胡原仲（憲）、劉致中（勉之），皆崇安（今福建武夷山）理學學者，操守甚高，朱熹父松卒時委以爲師。事迹見本書卷一四送謙上人回建州三首詩注。是詩劉子翬有和詩，録於次。次呂居仁：「是身如樹槁窮冬，一點心花自閉封。久矣吹噓存泛愛，偶於遲暮得相從。頗聞妙用縱横是，深愧真源左右逢。白雪黄芽計雖下，可能無意起龍鍾。」（屏山集卷一九）

〔二〕「若問」二句：謂一生養生收效甚微，學儒家之道又不逢時，真正歸宿只在佛，即半夜寺樓的鐘聲。宋釋文瑩青箱雜記卷一〇：「楊文公深達性理，精悟禪觀，捐館時，作偈曰：『漚生復漚滅，二法本來齊。要識真歸處，趙州東院西。』」亦即此意。

去歲嘗以紙被竹簡遺劉致中後爲大水所漂致中有詩以二絶句答之〔一〕

念君無愛亦無求，一室翛然冷欲秋。尚恐深居有餘念，更將衾簡委洪流。

〔一〕竹簡，古代未發明造紙術之前，記事用竹片，稱竹簡。按朱子語類卷一〇：「今人所以讀書苟簡者，緣書皆有印本多了，如古人皆用竹簡，除非大段有力底人方做得，若一介之士如何置？」知宋代恐已無人真用竹簡書寫。此所謂遺竹簡，當代指書信也。

紙被公無笑不才，兩公相繼有詩來。五更睡足天昏黑，也似他人錦繡堆。

吳傳朋遊絲書〔一〕

君不見往時文學顧八分，中郎之後典刑存〔二〕。又不見先朝文惠書堆墨，大榜濃雲照南北〔三〕。未似只今上饒守〔四〕，静寫遊絲不停手。非烟非雲斷復續，緩步徐行不拘束〔五〕。斷崖一落千丈滑，遠望筆行如一髮〔六〕。鬼神竭力覷不見，鐵礦消亡鋼作綫〔七〕。綫舞飛揚不自由，縱横自在勝銀鈎〔八〕。知君此意非安排，妙處不從筆下來〔九〕。心凝形釋萬事去〔一〇〕，信手却立無纖埃。滿堂回頭莫見猜，我自悟此忘胸懷。操舟相馬在事外〔一一〕，顔氏識此由心齋〔一二〕。如君下筆少有意，錦繡寧不悮剪裁〔一三〕。君惟無心故若此〔一四〕，秋毫自可纏風雷〔一五〕。鍾王歛手謝不敏〔一六〕，長史懷素慚衰頽〔一七〕。病夫覩此心目開〔一八〕，向來窮愁安在哉。

〔一〕吴傳朋，即吴説，字傳朋，號練塘，錢塘（今浙江杭州）人。王令外孫。陳振孫直齋書録解題卷一七著録王令廣陵集二十卷，解題曰：「揚州布衣王令逢原撰。令少年有盛名，王介甫尤重之，年二十八而卒。其妻吴氏，安石夫人之女弟也，守志不嫁。一女遺孕，嫁吴師禮。其子曰説，所謂吴傳朋也。」吴説嘗知台州、信州，以遊絲書爲當世所重，當時「賦詩者以百數」（洪邁容齋三筆卷二題詠絶唱）。周紫芝作吴傳朋郎中自出新意遊絲書妙絶一時士大夫皆賦詩爲作數語書軸尾詩曰：「公孫舞渾脱，長史妙心畫。老兵塗箒堊，中郎出飛帛。得法自所見，豈用規疇昔。隨人作書奴，終與古人隔。遊絲最無事，何止但百尺（原注：遊絲二字，前人語中無及此者，惟歐陽公有「遊絲最無事，百尺拖清光」之句）。飛來若有態，吹去忽無迹。使君看青天，意外得新格。映空疑有無，著紙互絡繹。神機殆天授，至技非人積。遂令一絲輕，可掛千金石。聊將畫沙錐，幻出蟲網壁。我雖不解書，好書乃成癖。公如儻有意，能事不敢迫。」一時士大夫所賦詩，除周氏外，今猶存王之望吴傳朋遊絲書、洪适題信州吴傳朋郎中遊絲書等。樓鑰跋從子深所藏吴紫溪遊絲書稱「錢塘吴傳朋遊絲字前無古人」，而歌詠之詩，以「參政漢濱先生王公瞻叔（之望）之詩爲工」。吕本中此詩，乃當時士大夫所賦之一。

〔二〕「君不見」二句：顧八分，即顧誡奢，唐玄宗時書法家，善八分書。宋陳思書小史卷一〇：「顧誡奢，官至太子文學、翰林院待詔，善八分。杜甫集有贈顧八分文學詩，即誡奢也。詩云：『中郎石經後，八分蓋顛頏。顧侯運鑪錘，筆力破餘地。昔在開元中，韓蔡同贔屭。玄宗妙其書，是以數子至。』此詩蓋謂誠奢也。」中郎，即蔡邕。書小史卷三：「蔡邕，字伯喈，陳留圉人，官至左中郎將，封高陽鄉侯。博學好著述，能畫，工書，創造飛白，妙有絶倫，尤得八分之精微。體法百變，窮靈盡妙，獨步古今，篆、隸絶世。……梁武帝云：『蔡邕書骨氣洞達，爽爽如有神力。』書賦云：『伯喈三體，八分二篆。棨戟彎弧，星流電轉。纖逾植髮，峻極層巘。』」

〔三〕「又不見」二句：文惠，即宋太宗端拱二年（九八九）狀元陳堯叟，字唐夫，閬州閬中（今四川閬中）人。官至檢校太尉、同平章事，充樞密使。卒謚文惠。堆墨，書法名。宋董更書録卷中引類苑云：「陳文惠公善八分書，變古之法，自成一家，雖點畫肥重，而筆力勁健，能爲方丈大字，謂之堆墨八分。凡天下名山勝處，碑刻題榜，多公親迹。世或效之，而莫能及也。」又云：「陳文惠公善八分書，點畫肥重，自是一體，世謂之堆墨書。領鄭州日，伶人戲以一大紙濃墨塗之，中以粉筆細書四點，問曰：『此何字也？』曰：『堆墨書田字也。』公大笑。」

〔四〕「未似」句：上饒守，即吴傳朋。據詩集編次，吕本中此詩當作於紹興十四年（一一四四），知吴氏是時知信州。

〔五〕「非烟」二句：謂緩緩着筆時，筆畫似有若無，若斷還續。

〔六〕「斷崖」二句：形容疾書時形態。王之望吴傳朋遊絲書詩「應手快揮灑，援毫謝經營。奮迅風雨疾，飄浮鬼神驚」，與此同意。

〔七〕「鬼神」二句：鋼，原作「綱」，據黄本改。謂有時筆畫極細，但卻猷勁有力，如鋼絲飛舞。

〔八〕「綫舞」二句：謂單有綫條飛動尚不自由，縱横飛舞方臻自在之境。銀鈎，銀製之鈎，喻筆畫轉折處極遒勁。晉書索靖傳：「作草書狀，其辭曰：『……蓋草書之爲狀也，婉若銀鈎，漂若驚鸞。舒翼未發，若舉復安。』」上引王之望詩形容吴傳朋遊絲書「風狂蛛網轉，春老蠶咽明。直如朱弦急，曲若卷髮縈。飛梭遞往復，折藕分縱横」，亦此意。

〔九〕「知君」二句：謂吴傳朋運筆之妙，非有意爲之，雖巧奪天工，卻乃出於無心。王之望詩「絶藝本天得，非假學力成」，亦此意。

〔一〇〕「心凝」句：列子黄帝：「心凝形釋，骨肉都融，不覺形之所倚，足之所履，隨風東西，猶木葉幹殼，竟不知風乘我邪？我乘風乎？」吕本中紫微雜説：「陰始凝也，有結聚意。君子以正位凝命，凝，重也。既結聚則自重也。凝然，凝重，皆有不動意。列子『心凝形釋』，神凝者想夢自消，大抵是結聚打成一片，自然不動也。」此言書者落筆時專心致志，一切皆忘。

〔一一〕「操舟」句：操舟，莊子達生：「顔淵問仲尼曰：『吾嘗濟乎觴深之淵，津人操舟若神，吾問焉，曰：「操舟可學邪？」曰：「可。善游者數能。若乃夫没人，則未嘗見舟而便操之也。」吾問焉而不吾告，敢問何謂也？』仲尼曰：『善游者數能，忘水也。若乃夫没人之未嘗見舟而便操之也，彼視淵若陵，視舟之覆猶其車卻也。覆卻萬方陳乎前而不得入其舍，惡往而不暇！以瓦注者巧，以鉤注者憚，以黄金注者殙。其巧一也，而有所矜，則重外也。凡外重者内拙。』」郭象注：「習以成性，遂若自然。」相馬，淮南子道應訓：「秦繆公請伯樂曰：『子之年長矣，子姓有可使求馬者乎？』對曰：『……臣有所與供儋纏采薪者九方堙，此其於馬非臣之下也，請見之。』繆公見之，使之求馬。三月而反，報曰：『已得馬矣，在於沙邱。』繆公曰：『何馬也？』對曰：『牡而黄。』使人往取之，牝而驪。繆公不説，召伯樂而問之，曰：『敗矣。子之所使求者毛物，牝牡弗能知，又何馬之能知？』伯樂喟然大息曰：『一至此乎？是乃其所以千萬臣而無數者也。若堙之所觀者，天機也，得其精而忘其粗，在内而忘其外，見其所見而不見其所不見，視其所視而遺其所不視。若彼之所相者，乃有貴乎馬者。』馬至，而果千里之馬。」

〔一二〕「顔氏」句：莊子人間世：「顔回曰：『回之家貧，唯不飲酒不茹葷者數月矣。若此，則可以爲齋乎？』曰：『是祭祀之齋，非心齋也。』回曰：『敢問心齋。』仲尼曰：『若一志，無聽之以耳而聽之以心，無聽之以心而聽之以氣！聽止於耳，心止於符。氣也者，虚而待物者也。唯道集虚。虚者，心齋也。』」郭象注：「虚其心則至道集於懷也。」

〔一三〕「錦繡」句：左傳襄公三十一年：「子皮欲使尹何爲邑，子産曰：『不可。人之愛人，求利之也。今吾子愛人則以政，猶未能操刀而使割也，其傷實多。……子有美錦，不使人學制焉；大官大邑，身之所庇也，而使學者制焉，其爲美錦，不亦多乎？』」此謂無心方能成其美，否則猶如裁錦，其完整性反遭破壞。唐施肩吾夜笛詞：「却令燈下裁衣婦，誤剪同心一半花。」

〔一四〕「君惟」句：莊子天地：「通於一而萬事畢，無心得而鬼神服。」郭象注：「夫一無爲而群理都舉。」

〔一五〕「秋毫」句，杜甫適江陵漂泊有詩凡四十韵：「風雷纏地脈。」黄希補注引王洙注：「江賦：『疏風蒸雷。』海賦：『驚浪雷奔。』蘇曰：『張禹曰：「迅雷烈風纏地脉。」』」

〔一六〕「鍾王」句：即鍾繇、王羲之。三國志魏書鍾繇傳：鍾繇，字元常，潁川長社人。嘗爲曹操前軍師，遷相國。文帝時官至太傅，謚成侯。王羲之上與鍾繇齊名，在書法史上並稱「鍾王」。

〔一七〕「長史」句：長史，指張旭。書小史卷九：「（唐）張旭，蘇州吴人，官至右率府長史。善草書，自言吾見公主、擔夫争路而得其意，又觀公孫氏舞劍器而得其神。性嗜酒，每飲醉輒草書，揮筆大叫，或以頭揾墨中而書，既醒，自視以爲神異，不可復得，世呼爲張顛。嘗私謂鄔彤曰：『孤蓬自振，驚沙怒飛，予師而爲書，故得奇怪，凡草聖盡於此矣。』」同上卷一〇：「僧懷素，字藏真，長沙人。疏放不拘細行，頗好筆翰。貧無紙可書，嘗於故里種芭蕉萬餘株，以供揮灑。書不足，乃漆一盤書之，又漆一方板，書至再三，盤板皆穿。吏部尚書韋陟見而賞之，曰：『此沙門札翰，當振宇宙大名。』……顔魯公嘗問師曰：『夫草書於師授之外，師有自得之乎？』師曰：『貧道觀夏雲多奇峰，輒嘗師之；夏雲因風變化，乃無常勢。又遇壁坼之路，一一自然。』顔公曰：『噫！草聖之淵妙，代不絶人，可謂聞所未聞之旨也。』」

〔一八〕「病夫」句：病夫，吕本中自稱，其詩集中屢見。

吕本中詩集箋注卷二一

離行在即事三首〔一〕

昏旦黄□裹，經營謝獨清〔二〕。看人長麈尾〔三〕，懷我短燈檠〔四〕。舊交分窮達，斯文鼎重輕〔五〕。邊聲授明主〔六〕，禮樂謝諸生〔七〕。

〔一〕離行在，據建炎要録卷一二二，吕本中於紹興八年（一一三八）十一月罷中書舍人、提舉江州太平觀，隨即離行在所臨安（杭州）。據「飄泊留旁郡」兩句，組詩並非作於離行在時，乃稍後回憶彼時感受，很可能作於桐廬縣，參見本書卷一六舟行至桐廬、嚴州春曉二首詩注。

〔二〕「昏旦」二句：原闕一字，疑爲「塵」。獨清，楚辭漁父：「屈原既放，遊於江潭，行吟澤畔，顔色憔悴，形容枯槁。漁父見而問之曰：『子非三閭大夫與，何故至於斯？』屈原曰：『舉世皆濁我獨清，衆人皆醉我獨醒，是以見放。』」此二句大意，蓋謂行在所（杭州）官僚們早出晚歸，奔走於塵埃之中，幹着買官鬻爵的齷齪勾當，故斥爲「經營」；而己所不屑爲，故言「獨清」。

〔三〕「看人」句：麈尾，以駝鹿尾所製之拂塵，晋代高官及清談之士所執。晋書王導傳：「初，（導妻）曹氏性妬，導甚憚之，乃密營别館以處衆妾。曹氏知，將往焉，導恐妾被辱，遽令命駕，猶恐遲之，以所執麈尾柄驅牛而進。司徒蔡謨聞之，戲導曰：『朝廷欲加公九錫。』導弗之覺，但謙退而已。謨曰：『不聞餘物，惟有短轅犢車、長柄麈尾。』導大怒。」

〔四〕「懷我」句：韓愈短燈檠歌，謂短檠長二尺，長檠八尺，故短檠乃貧士所用。詳見本書正集卷三雨後月夜懷沈宗師承務詩注。此以短燈檠喻指往昔之讀書、寫作生涯。

〔五〕「斯文」句：斯文，指中書舍人代皇帝所撰之制誥文。鼎重輕，左傳宣公三年：「楚子伐陸渾之戎，遂至於雒，觀兵於周疆。定王使王孫滿勞楚子，楚子問鼎之大小輕重焉。」杜預注：「王孫滿，周大夫。示欲偪周取天下。」鼎，即禹所鑄九鼎，三代相傳以爲寶，乃政權之象徵。

〔六〕「邊聲」句：邊聲，邊疆戰伐撕殺之聲。授明主，此言抗金之事，執掌朝政者并不關心，而皆推給皇帝。

〔七〕「禮樂」句：史記叔孫通列傳：「漢五年（前二〇二），已并天下，諸侯共尊漢王爲皇帝於定陶。……群臣飲酒争功，醉或妄呼，拔劍擊柱，高帝患之。叔孫通知上益厭之也，説上曰：『夫儒者難與進取，可與守成。臣願徵魯諸生，與臣弟子共起朝儀。……』上曰：『可試爲之，令易知，度吾所能行爲之。』於是叔孫通使徵魯諸生三十餘人……及上左右爲學者與其弟子百餘人爲綿蕞野外。習之月餘。……漢七年，長樂宮成，諸侯群臣皆朝十月。……於是皇帝輦出房，百官執職，傳警，引諸侯王以下至吏六百石以次奉賀。自諸侯王以下莫不振恐肅敬。至禮畢……高帝曰：『吾迺今日知爲皇帝之貴也。』迺拜叔孫通爲太常，賜金五百斤。叔孫通因進曰：『諸弟子儒生隨臣久矣，與臣共爲儀，願陛下官之。』高帝悉以爲郎。叔孫通出，皆以五百斤金賜諸生。諸生迺皆喜曰：『叔孫生誠聖人也，知當世之要務。』」此所謂「謝諸生」，謂秦檜一夥將用朝廷官職答謝、籠絡其朋黨親信。

漂泊留旁郡，煩人久厚顔〔一〕。强求微禄去〔二〕，未得故鄉還。驛騎隨朝發，舟師語夜闌。到家傳吉夢，歸使下燕山〔三〕。

〔一〕「漂泊」二句：吕本中罷官離行在後，只能投靠親友，流寓於會稽、嚴州，故云「留旁郡」。見本書卷一六相關諸詩注。煩人，打擾他人。

〔二〕「强求」句：微禄，指主管江州太平觀，乃祠禄。

〔三〕「到家」二句：傳吉夢，詩經小雅斯干：「吉夢維何，維熊維羆，維虺維蛇。」鄭玄箋：「熊羆之獸，虺蛇之蟲，此四者夢之吉祥也。」又蘇軾借前韵賀子由生第四孫斗：「無官一身輕，有子萬事足。舉家傳吉夢，殊相驚凡目。」燕山，地名。徽宗宣和四年（一一二二），改遼燕京爲燕山府，地在今河北北部及東北部，見宋史地理志六燕山府路。該地是時已爲金所有，故此燕山指金國。兩句言使金之官已平安歸來，並帶回好消息。所謂「吉夢」，疑指金歸還河南等地以講和。紹興八年（一一三八）十二月丁丑，高宗下詔曰：「金國使來，盡割河南、陝西故地，通好於我，許還梓宮及母兄親族，餘無需索。令尚書省榜諭。」次年正月五日，高宗頒賜新復河南軍州赦。歸還河南等事，見宋史高宗紀六、三朝北盟會編卷一九一、一九二。

客况多堪笑，歸舟静擁衾。轉喉常觸諱〔一〕，對面却論心〔二〕。外物家無有〔三〕，閑居念本深。妻孥安短褐，終不羡多金〔四〕。

〔一〕「轉喉」句：謂一開口（或一提筆）即犯忌諱。韓愈送窮文：「捩手覆羹，轉喉觸諱。」

〔二〕「對面」句：對面，當面。論心，憑心而論。宋書謝靈運傳論：「若夫敷衽論心，商榷前藻，工拙之數，如有可言。」以上兩句，謂本無共同語言，又不容異見，却虚情假意，故作肝膽相照貌。言世情之澆薄，同僚之虚僞。强至送關景芬秘書赴山陽尉：「紛紛共笑薄媚徒，對面論心回面否。」

〔三〕「外物」句：外物，身外之物，此指財産。李白贈宣城宇文太守兼呈崔侍御：「受氣有本性，不爲外物遷。」

〔四〕「妻孥」二句：褐，用獸毛或粗麻編製之衣物。短褐，貧者所服。淮南子齊俗訓：「貧人則夏被褐帶索，唅菽飲水以充腸，以支暑熱；冬則羊裘解札，短褐不掩形，而煬竈口。」又太平御覽卷五〇三引王隱晋書：「楊軻，天水人也，少好易，長而不娶，學業精微。養徒數百，常食麄飯，飲水，衣短褐。人不堪其憂，而軻悠然自得。」多金，用蘇秦事，見本書卷七陵城歌詩注引史記蘇秦列傳。

廬陵相遇同煉金液贈師厚直閣〔一〕

掃地樗樹陰〔二〕，扇火煉金液。飢烏下朝陽，啄枝墜紅實〔三〕，秃翁未着巾，僂背散破袷〔四〕。提鈐顧四海〔五〕，老手閑可惜〔六〕。相勉各衰年，省事慎藥石。急當固根本，迺可傳損益〔七〕。元氣日憊虧，藥邪資盜賊〔八〕。誰解醫乾坤〔九〕，相視淚横臆。

〔一〕廬陵，縣名，吉州治所。今爲江西吉安。師厚，即范師厚，名直方，字師厚，范純仁孫。參見本書卷一五送范師厚宣諭四川詩注。直閣，直某某閣之總名，如直龍圖閣、直天章閣等。「中興後，直閣爲庶官任藩閫監司者貼職，各隨高下而等差之。」（文獻通考卷五四總閣直）煉金液，現存古醫書所載方法甚多。如宋王衮編博濟方卷四煉金液丹，所煉丹治小兒瀉痢，主要原料爲硫磺，并解釋道：「硫黄，一名石亭脂，一名金液。」諸書所述金液丹煉法、功效各異，如宋陳師文等撰太平惠民和濟局方卷五所載丹丸，主料亦爲硫磺，稱其可「固真氣，暖丹田，堅筋骨，壯陽道，除久寒」云云。尤可注意者，明朱橚撰普濟方卷二一六五保存有范忠宣公法煉金液丹，原料爲「透明硫黄四兩，猪肪脂八兩」，並記其煉法、療效及藥方來源。然其法是否真出於范純仁，其孫直方與吕本中所煉是否即此丹，别無可考，録之聊供參考：「先將硫黄碎爲小塊子，以沙石銚子煉肪脂成汁，去却筋膜後下硫黄在内，急以柳枝子攪，纔候消，不可煉過，却便下火。先用湯一盞，以新綿罩其上，將所熬硫黄并脂傾在綿上。硫黄沉，脂浮，候冷，撥去脂，將凝住硫黄以皂角湯洗十餘遍，候不粘膩，以柳木槌研三五日，細如粉，水浸蒸餅爲丸，如梧桐子大。每服三五丸，元米飲下。陳瑩中（瓘）録此方云：『潁川范忠宣公家法也，忠宣無問老幼，有病無病，旦旦服之，如嗜茶飯。以硫黄爲脂所製，不留臟腑間，壯氣養真，莫甚於此，真仙法也。』」

〔二〕「掃地」句：樗樹，即臭椿，落葉喬木。莊子逍遥遊：「惠子謂莊子曰：『吾有大樹，人謂之樗。其大本擁腫而不中繩墨，其小枝卷曲而不中規矩，立之塗，匠者不顧。』」

〔三〕「飢烏」二句：杜甫朝二首其一：「俊鶻無聲過，飢烏下食貪。」詩經大雅卷阿：「梧桐生矣，于彼朝陽。」毛傳：「梧桐，柔木也。山東曰朝陽。」紅實，樹上已成熟之果實。兩句以飢烏喻指等待煉丹成功之急迫心情。

〔四〕「禿翁」二句：禿翁，詩人自指。僂背，背脊彎曲，恭敬貌。綌，粗葛布。

〔五〕「提鈐」句：提鈐，鈐，同「鉗」，指煉丹時所用火鉗。顧四海，神致高遠貌。

〔六〕「老手」句：老手，此指范師厚，謂其政治經驗豐富，是治國老手，而今閑到煉丹，真爲國家可惜。

〔七〕「迺可」句：損益，周易損卦象曰：「損，損下益上，其道上行，損而有孚，元吉，无咎，可貞利有攸往。」象又曰：「損而有孚，元吉无咎，可貞利有攸往。」句以易之損、益二卦論養生之術，謂應先固根本，該損則損，當益則益。

〔八〕「藥邪」句：藥邪，藥之副作用。金張從正儒門事親卷六瘻四十七：「宛丘營軍校三人皆病瘻，積年不瘥。……求療於戴人。戴人欲投瀉劑，二人不從，爲他醫温補之藥所惑，皆死。其同病有宋子玉者，俄省，曰：『彼已熱死，我其改之。』敬邀戴人，戴人曰：『公之疾服熱藥久矣，先去其藥邪，然後及病邪，可下三百行。』子玉曰：『敬從教。』」又元朱震亨格致餘論濇脈論：「形肥而脈沈，未是死證，但藥邪太盛，當此火旺，實難求生。……後大汗而死。」資盜賊，謂藥邪爲金國及群盜利用，從而使國家元氣大虧，藥邪發作，自當滅亡。

〔九〕「誰解」句：醫乾坤，即醫天下。國家之病已深，兩人雖煉丹醫人，而不忘醫國，故相視不覺流淚滿面。

次韻景實椰子詩〔一〕

舊傳椰實來瓊州〔二〕，珍如楚萍出中流〔三〕。雙帆八槳嚴護送，海若亦恐貽神羞〔四〕。當時荔子寵妃子，一日紅塵歸帝里〔五〕。棄捐碩果人不食〔六〕，正音鏗鏘不入耳〔七〕。勿嗤磈礧老瓠壺〔八〕，中含瓊漿碧琳腴〔九〕。聖門貌取失子羽〔一〇〕，底事端可銘璠璵〔一一〕。新詩應欲泄感意，更復誇談作真賜〔一二〕。閱人如此慎勿欺，我□與君諳世事〔一三〕。

〔一〕是詩四庫本（即四庫全書東萊詩集卷一〇抄補之黄本，下同）題次韵。景實，即吕景實。劉一止有允迪以羊膏瀹茗飲吕景實景實有詩歎賞僕意未然輒次原韵詩，所稱吕景實，即此人。景實乃理學學者，名堅中，字景實，理學家尹焞（賜和靖處士）門人。宋元學案卷二七和靖學案和靖門人：「吕堅中，字景實，本中兄弟行也。其官祁陽令，胡致堂（寅）爲作學宫記，稱其服勤和靖左右有年，今試之政事。先生與馮忠恕、祁寬同記和靖語。」椰子，果木名，常緑喬木，其實液汁可飲用，味甘美爽口。

〔二〕「舊傳」句：宋史地理志六：「瓊州，下，瓊山郡，靖海軍節度。」轄澄邁、文昌等四縣。即今海南省。

〔三〕「珍如」句：楚萍，即楚之萍實。孔子家語卷二致思：「楚昭王渡江，江中有物大如斗，圓而赤，直觸王舟。舟人取之，王大怪之，遍問群臣，莫之能識。王使使聘於魯，問於孔子。子曰：『此所謂萍實者也，可剖而食之，吉祥也，唯霸者爲能獲焉。』使者返，王遂食之，大美。久之，使來以告魯大夫，大夫因子游問曰：『夫子何以知其然？』曰：『吾昔之鄭，過乎陳之野，聞童謠曰：「楚王渡江，得萍實。大如斗，赤如日。剖而食之，甜如蜜。」此是楚王之應也，吾是以知之。』」

〔四〕「雙帆」二句：雙帆八槳，謂運送求速。海若，莊子秋水：「北海若曰：『井鼃不可以語於海者，拘於虚也。』」海若，海神名。神羞，尚書武成：「惟爾有神，尚克相予，以濟兆民，無作神羞。」僞孔傳：「神庶幾助我渡民危害，無爲神羞辱。」

〔五〕「當時」二句，用唐明皇寵楊貴妃事。新唐書楊貴妃傳：「妃嗜荔支，必欲生致之，乃置騎傳送，走數千里，味未變已至京師。」杜牧過華清宫：「一騎紅塵妃子笑，無人知是荔枝來。」

〔六〕「棄捐」句：人，黄本漫漶不可讀，四庫本作「人」，殆是，據改。周易坤卦：「上九，碩果不食。」王弼注：「處卦之終，獨全不落，故果至於碩，而不見食也。」

〔七〕「正音」句：禮記樂記：「魏文侯問於子夏曰：『吾端冕而聽古樂，則唯恐卧；聽鄭衛之音，則不知倦。』」按：古樂，即所謂正音。

〔八〕「匆嗤」二句：嗤，笑也。磈磊，此形容椰子醜陋不平猶如瓠壺。瓠壺，即葫蘆。莊子逍遥遊：「惠子謂莊子曰：『魏王貽我大瓠之種，我樹之成，而實五石。以盛水漿，其堅不能自舉也；剖之以爲瓢，則瓠落無所容。非不呺然大也，吾爲其無用而掊之。』」此以葫蘆喻指椰子果實。

〔九〕「中含」二句：楚辭宋玉招魂：「華酌既陳，有瓊漿些。」王逸注「瓊漿」爲「玉漿」。碧琳腴，張耒齋中列酒數壺皆齊安村醪也今旦亦强飲數杯戲成呈邠老昆仲二首其一：「曾嘗玉皇碧琳腴，不醉長安市上酤。」則碧琳腴乃美酒名。句以瓊漿、碧琳腴喻椰子果汁味道之美。

〔一〇〕「聖門」句：聖門，指孔子。失子羽，論衡卷三骨相篇：「有傳孔子相澹臺子羽，唐舉占蔡澤不驗之文，此失之不審，何隱匿微妙之表也。相或在内，或在外，或在形體，或在聲氣。察外者遺其内，在形體者亡其聲氣。孔子適鄭，與弟子相失，孔子獨立鄭東門，鄭人或問子貢曰：『東門有人，其頭似堯，其項若皋陶，肩類子産，然自腰以下不及禹三寸，儽儽若喪家之狗。』子貢以告孔子，孔子欣然笑曰：『形狀未也，如喪家狗，然哉！然哉！』夫孔子之相，鄭人失其實，鄭人不明，法術淺也。孔子之失子羽，唐舉惑於蔡澤，猶鄭人相孔子，不能具見形狀之實也。以貌取人，失於子羽；以言取人，失於宰予也。」此謂椰子果實形狀雖不美，但不可以貌取，其實則美不勝言。

〔一一〕「底事」句：底事，詩詞曲語辭匯釋卷一：「底，猶這也；此也。」端，同上卷四：「端，猶準也；真也；究也。」此言真。璠璵，太平御覽卷八〇四珍寶部三玉上引逸論語曰：「璠璵，魯之寶玉也。孔子曰：『美哉璠璵！遠而望之奂若也，近而視之瑟若也。一則理勝，一則孚勝。』」銘璠璵，謂此乃箴言，可銘刻於玉板，永以爲誡。

〔一二〕「新詩」二句：新詩，指吕景實原作。泄，表達。誇談，指在次韵詩中所發議論。真賜，賜，贈予。兩句謂不僅未對來詩表達謝意，反而誇誇其談作詩相贈。

〔一三〕「閱人」二句：謂所見各色人物太多，故道出真情（指不能貌取）。諳世事，對世事極熟稔。

諳，四庫本作「論」。

閑居

風土傜人住〔一〕，依棲縣令尊〔二〕。摘山春晚苦〔三〕，汲澗雨餘渾。白日供高枕，生涯付小園。時來攜白鏟〔四〕，種藥兩三根。

〔一〕「風土」句：傜人，傜族人，今通作「瑤族」。傜乃我國少數民族之一，呂本中曾到江華（見本書卷一二過嶺將至江華先寄朱成伯二首詩注），該地即傜族聚居地。今散居在廣西、湖南、雲南、廣東、貴州等省區，通用漢語或壯語。

〔二〕「依棲」句：謂依傍縣令居住。詩人蓋與該縣知縣關係不一般，其名不詳。

〔三〕「摘山」句：采摘山上之野生植物，如茶葉、菜蔬等。黄庭堅再答冕仲：「投身世網夢歸去，摘山皷聲雷隱空。」

〔四〕「時來」句：白鏟，鐵鏟，泛指翻土工具。

冬日雜詩

白日供多病，青山且舊居。柴門臨水静〔一〕，風葉舞霜餘。老練時情熟，貧窮家計疏〔二〕。墻東端可望〔三〕，炙背飽翻書〔四〕。

〔一〕「柴門」句：柴門，用柴禾製作之門，謂極簡陋。參見本書卷一八無題二首其一注。

〔二〕「貧窮」句：窮，原闕字，據兩宋名賢小集本紫微集、四庫本補。

〔三〕「墻東」句：後漢書逢萌傳：「逢萌，字子慶，北海都昌人也。……初，萌與同郡徐房，平原李子雲、王君公相友善，並曉陰陽，懷德穢行。房與子雲養徒各千人，君公遭亂獨不去，儈牛自隱。時人謂之論曰：『避世牆東王君公。』」庾信和樂儀同苦熱：「寂寥人事屏，還得隱墻東。」此自言歸隱已可望。

〔四〕「炙背」句：炙背，又稱負暄，即冬日以陽光取暖。嵇康與山巨源絶交書：「野人有快炙背而美芹子者，欲獻之至尊，雖有區區之意，亦已疏矣。」

春景晴乃㬉〔一〕，寒江曉不波。雲山明客眼，風露浄林柯。紫塞傳烽急〔二〕，黄池帶劍多〔三〕。蒼生好蘇息，天意定如何〔四〕。

〔一〕「春景」句：㬉，同「暖」。

〔二〕「紫塞」句：紫塞，即長城。崔豹古今注：「秦築長城，土色皆紫，漢塞亦然，故稱紫塞焉。」鮑照蕪城賦：「北走紫塞雁門。」傳烽，史記魏公子傳「北境傳舉烽」，集解引文穎曰：「作高木櫓，櫓上作桔槔，桔槔頭兜零，以薪置其中，謂之烽。常低之，有寇即火然舉之以相告。」句指北方金兵戰事頻仍。

〔三〕「黄池」句：史記伍子胥列傳：「吴王召魯衛之君會之橐皋。其明年，因北大會諸侯於黄池，以令周室。」正義：「（黄池）在汴州封丘縣南七里。」封丘縣，今屬河南新鄉市。此以黄池代指與金盟會求和。帶劍多，謂以武力相脅迫。

〔四〕「蒼生」二句：尚書虞書益稷：「禹曰：『俞哉！帝光天之下，至於海隅蒼生。』」僞孔傳：「光天之下，至於海隅蒼蒼然生草木，言所及廣遠。」後以「蒼生」泛指百姓。好，用如動詞。蘇息，休養生息。天意，皇帝（宋高宗）之意。謂在武力脅迫下謀和，真能爲百姓帶來安寧祥和？

苦雨

雨添東澗連西澗，雲斷前山起後山。野水到門人去盡，昏煙迷樹鳥飛還。江天日月渾無色，客路風埃只强顔〔一〕。舞石至今隨燕乳〔二〕，裁詩不復哭龍慳〔三〕。

〔一〕「客路」句：强顔，勉强作歡欣狀。韓愈示爽：「强顔班行内，何實非罪愆。」

〔二〕「舞石」句：杜甫雨不絶：「舞石旋應將乳子。」仇兆鰲注引羅含湘中記：「石燕在零陵縣，遇風雨則飛舞如燕，止則爲石。」又引水經注：「鷰山，有石紺色，狀燕。其石或大或小，及雷風相薄，小者隨大者而飛，如相將乳子之狀。」

〔三〕「裁詩」句：裁詩，作詩。龍慳，慳，吝嗇。傳説龍管水，主下雨。抱朴子内篇卷四登涉：「辰日稱雨師者，龍也。」古人認爲雨少或不下雨，乃龍之吝嗇或懶惰，故詩人詠之。如韓琦次韻答留臺春卿侍郎以加節見寄二首其二：「病虎厭風摧漢節，卧龍慳雨澀吴刀。」此言「不復哭」，謂雨水過多。

題宫使趙樞密獨往亭〔一〕

謝公爲時出，四海正仰渠〔二〕。雅志在東山，本末固不渝〔三〕。苻堅百萬師，一掃談笑餘〔四〕。今公抱長策，豈止安石徒。平生獨往願，結亭山一隅〔五〕。躋扳上脩竹，已自勝巾車〔六〕。舉手謝世人，不與汝同途〔七〕。出佐明天子，意欲無强胡。行當復中原，即日還舊都。豈容思昔隱，更作深山居。小人病無能，誤入承明廬〔八〕。朝夕投劾歸，爲公先埽除〔九〕。

〔一〕趙樞密，即趙鼎（一〇八五—一一四七），字元鎮，解州聞喜（今山西聞喜）人。崇寧五年（一一〇六）進士。紹興四年（一一三四）擢參知政事，同年九月拜尚書右僕射，七年拜尚書左僕射、同中書門下平章事兼樞密使。力主抗金，爲秦檜所傾，累貶官至潮州，絶食而死。孝宗即位，追謚忠簡。宋史有傳。今存永樂大典本忠正德文集十卷。獨往亭，乾隆浙江通志卷四八古蹟十衢州府「獨往亭」引名勝志：「在常山縣（按：今屬浙江衢州市）容車山。宋趙鼎建。」按宋史本傳：趙鼎因兵部尚書吕祉離間，與張浚不合，鼎以觀文殿大學士知紹興府。……（紹興）七年，副都統制酈瓊執吕祉，以全軍降僞齊，（張）浚引咎去位，「乃以萬壽觀使兼侍讀召鼎」，於是再拜相。此詩題「宫使」，即萬壽觀使。考建炎要録卷一一三，以萬壽觀使召鼎在紹興七年八月，則建獨往亭當在召鼎入朝前，而詩當作於趙鼎再相、本中入朝任試中書舍人之後，蓋紹興八年也。考趙鼎自誌筆録（忠正德文集卷一〇），其於建炎庚戌（四年，一一三〇）十月「引疾奉祠，提舉臨安府洞霄宫，寓居衢州常山黄崗山永平（年）寺」，建亭必在寓居常山期間。同時人沈與求、趙鼎臣、張嵲、林季仲等皆有詩，今載諸人文集中。

〔二〕「謝公」二句：晋書謝安傳：謝安，字安石，早年放情丘壑，獨守静退。「安始有仕進志，時年已四十餘矣。征西大將軍桓温請爲司馬，將發新亭，朝士咸送，中丞高崧戲之曰：『卿累違朝旨，高卧東山，諸人每相與言，安石不肯出，將如蒼生何！蒼生今亦將如卿何！』安甚有媿色。」

〔三〕「雅志」二句：晋書謝安傳：「安雖受朝寄，然東山之志，始末不渝，每形於言色。及鎮新城，盡室而行，造汎海之裝，欲須經略粗定，自江道還東。雅志未就，遂遇疾篤。」東山，在今浙江上虞西南。

〔四〕「苻堅」二句：苻，原作「符」，據四庫本改。晋書謝安傳：「領揚州刺史，詔以甲仗百人入殿。

時帝始親萬幾，進安中書監、驃騎將軍、録尚書事，固讓軍號。……頃之，加司徒，後軍文武盡配大府，又讓不拜。復加侍中、都督楊豫徐兖青五州、幽州之燕國諸軍事，假節。時苻堅强盛，疆埸多虞，諸將敗退相繼。安遣弟石及兄子玄等應機征討，所在剋捷。拜衛將軍、開府儀同三司、封建昌縣公。堅後率衆，號百萬，次於淮肥，京師震恐。加安征討大都督，玄入問計，安夷然無懼色，答曰：『已別有旨。』既而寂然。玄不敢復言，乃令張玄重請，安遂命駕出山墅，親朋畢集，方與玄圍棊賭別墅。安常棊劣於玄，是日玄懼，便爲敵手而又不勝。安顧謂其甥羊曇曰：『以墅乞汝。』安遂游涉，至夜乃還，指授將帥，各當其任。玄等既破堅，有驛書至，安方對客圍棊，看書既竟，便攝放床上，了無喜色，棊如故。客問之，徐答云：『小兒輩遂已破賊。』既罷，還内，過户限，心喜甚，不覺屐齒之折，其矯情鎮物如此。以總統功，進拜太保。」按：以上六句，以謝安擬趙鼎。

〔五〕「今公」四句：謂趙鼎之才幹，又不止謝安，而其獨往之願，正體現在所建獨往亭上。

〔六〕「躋扳」二句：躋扳，登上。扳，同「攀」。脩竹，謂建亭之地有竹。趙鼎臣獨往亭詩曰「亭前舊種碧琅玕」。張嵲寄題趙丞相獨往亭：「竹密徑迷遠，孤遊遺世紛。」即是之謂也。巾車，周禮春官巾車：「掌公車之政令，辨其用與其旗物而等叙之，以治其出入。」鄭玄注：「公猶官也，用謂祀賓之屬。旗物，太常以下等叙之，以封同姓、異姓之次序。」此以「巾車」代指爲官。孔叢子卷上載孔子所作操曰：「巾車命駕，將適唐都。」兩句謂登上獨往亭，遠勝乘官車驅馳於道路。

〔七〕「舉手」二句：世人、汝，暗指秦檜之流，謂本非同道。劉攽自舒城南至九并並舒河行水竹甚有佳致馬上成五首其五：「如何車馬客，塵土倦炎熱。揮手謝世人，吾將與君絶。」

〔八〕「小人」二句：小人，詩人謙指。承明廬，宮殿名，漢、魏皆有之。漢書嚴助傳：「上問所欲，對願爲會稽太守，於是拜爲會稽太守。數年，不聞問。賜書曰：『制詔會稽太守，君厭承明之廬，勞侍從之事，懷故土，出爲郡吏。』」注引張晏曰：「承明廬在石渠閣外。直宿所止曰廬。」又曹植贈白馬王彪：「謁帝承明廬，逝將歸舊疆。」三國志魏書文帝紀：黄初元年（二二〇）十二月，「初營洛陽宮。戊午，幸洛陽。」裴松之注：「案諸書記，是時帝居北宮，以建始殿朝群臣，門曰『承明』。陳思王植詩曰『謁帝承明廬』是也。」此以承明廬代指吕本中官中書舍人時所供職之中書後省中書舍人爲中書後省長官，故云。

〔九〕「朝夕」二句：朝夕，謂短時間内。趙鼎主戰，本中乃趙鼎所薦，與主和之政敵秦檜等水火不容，故被劾歸乃必然之勢。此言若被劾先歸，當預爲趙鼎準備屋舍。果然，趙鼎再相後，秦檜乘間排擠，遂再次罷相。

申端應時〔一〕

避亂久去國，遠游將抱孫。氛埃到湖嶠〔二〕，愁歎滿乾坤。氣力吾先老，風流子獨存。相逢能少駐，重爲倒餘尊。

〔一〕詩題原作「申端應詩」。殘本永樂大典卷八九五載此詩，作「申端應時」。按韓駒有申應時卜居京口名之曰雲棲又曰小築乞詩送行二首，其一曰：「客舍秋來憶舊居，一帆歸去落東吴。他年寄我新詩句，即是雲棲小築圖。」其二曰：「不分西津亭下石，二年輸與白鷗眠。而今更恨申居士，占斷旁邊著釣船。」則其人應名申端，字應時，「詩」乃「時」之形訛，據改。又據韓駒詩意，申端卜居京口，但籍貫並非東吴。

〔二〕「氛埃」句：氛埃，指征塵。湖嶠，指今湖南、福建一帶。

己酉冬江上警報〔一〕

京路蕭條信不通，胡塵尚欲競南風〔二〕。三年避地身多病〔三〕，萬里攜孥囊屢空。天際每垂憂國淚，日邊誰了濟時功〔四〕。宣王自是中興主〔五〕，會見鑾輿返故宫〔六〕。

〔一〕己酉，「己」原作「丁」。全宋詩吕本中詩整理者謝思煒於其下校曰：「當作己酉，是年十月金兵渡江。」按己酉爲宋高宗建炎三年（一一二九）。考宋史高宗紀二，建炎三年冬十月，「金人自黄州濟江，劉光世引軍遁，知江州韓梠棄城去。金人自大冶縣趨洪州」。與詩題所述合。

而「丁酉」上爲徽宗政和七年（一一一七），下爲孝宗淳熙四年（一一七七），皆無金兵渡江事，且淳熙時呂本中死之已久。「丁」字當誤，據改。

〔二〕「胡塵」句：左傳襄公十八年：「楚師多凍，役徒幾盡。晋人聞有楚師，師曠曰：『不害。吾驟歌北風，又歌南風，南風不競，多死聲，楚必無功。』」杜預注：「歌者，吹律以詠八風，南風音微，故曰不競也。師曠唯歌南、北風者，聽晋、楚之强弱。」句謂金兵欲乘勢侵佔江南。

〔三〕「三年」句：呂本中於建炎元年（一一二七）冬避地到達宣州，從此成爲難民，與此合。

〔四〕「日邊」句：日邊，謂皇帝身邊。世説新語夙惠：「晋明帝數歲，坐元帝膝上。有人從長安來，……因問明帝：『汝意謂長安何如日遠？』答曰：『日遠。不聞人從日邊來，居然可知。』元帝異之。明日集群臣宴會，告以此意，更重問之。乃答曰：『日近。』元帝失色，曰：『爾何故異昨日之言邪？』答曰：『舉目見日，不見長安。』」

〔五〕「宣王」句：史記周本紀：周厲王行暴虐之政，民不堪命，乃相與畔，襲厲王，厲王出奔彘。「厲王太子静匿召公之家，國人聞之，乃圍之。召公曰：『昔吾驟諫王，王不從，以及此難也。今殺王太子，王其以我爲讎而懟怒乎？夫事君者，險而不讎，懟怨而不怒，况事王乎！』乃以其子代王太子，太子竟得脱。召公、周公二相行政，號曰『共和』。共和十四年，厲王死於彘。太子静長於召公家，二相乃共立之爲王，是爲宣王。宣王即位，二相輔之，脩政，法文、武、成、康之遺風，諸侯復宗周。」此以周宣王中興喻指宋高宗。

〔六〕「會見」句：鑾輿，皇帝車駕代指皇帝。文選班固西都賦：「於是乘鑾輿，備法駕。」李善注引蔡邕獨斷曰：「天子至尊，不敢渫瀆言之，故託於乘輿也。」此代指宋徽宗趙佶、欽宗趙桓。故宮，指東京開封皇宮。返故宮，謂復國也。

高安道中有懷故人李彤〔一〕

寒起溪邊蘆荻風，霜林病葉未全紅。雁隨雲落斜陽外，舟傍山行晚照中。極目閑愁愁欲絶，滿川離恨恨無窮。天涯更送親朋去，尊酒何時得再同。

〔一〕高安，縣名，筠州治所。今爲江西縣級市，由宜春市代管。李彤，字季敵，黄庭堅伯舅（李秉彝）子，李彭之弟。嘗官太常博士。吕本中建炎三年（一一二九）流寓筠州，值盛夏，李彤曾與其兄李文若（字季弓）到高安相訪，見本書卷一〇李文若季敵訪余高安留連累日臨行贈之詩注。據詩意，是詩當作於本中離開高安途中，時在是年秋。

游陽山廣慶寺〔一〕

泝流蕩槳到陽山，寺在雲山縹緲間〔二〕。雨洗竹萌穿野岸〔三〕，風吹榕葉落荒灣。

僧眠白日鍾聲静，花送青春鳥語閑。留醉嶺南無所恨，不妨蠟屐恣躋攀〔四〕。

〔一〕陽山，宋史地理志六：「連州，下，連山郡，軍事。」轄桂陽、陽山、連山三縣。其中連山原注曰：「紹興六年（一一三六）廢爲鎮，十八年復。」參見方輿勝覽卷三七連州。連州今爲廣東縣級市，隸屬清遠市。廣慶寺，南宋在清遠縣，屬廣東路廣州。方輿勝覽卷三四廣東路廣州山川峽山：「在清遠縣東三十里。崇山峻峙，如擘太華，中通江流。廣慶寺居峽山之中，有殿甚古，梁武帝時物也。」同上書寺觀又記廣慶寺，亦謂「在峽山」，并引傳奇小説述寺之來歷，蓋不足信。乾隆廣東通志卷五四清遠縣：「廣慶寺，即清遠峽飛來寺。梁普通二年（五二一）真俊禪師建，賜額『至德』。宋康定二年（一〇四一）改今額。相傳真俊師原駐舒州，夜夢山神謁，語曰：『中宿名勝也，不可無寺鎮之。』師諾焉。是夜風雨大作，黎明啓户，寺已飛至本山。」此亦爲傳説。清遠附近之北江有飛來峽，與陽山縣相接，吕本中所遊之廣慶寺，當即所謂飛來寺，其地本屬清遠，因與陽山相接，不復分矣。又，據後面外集卷二陽山大雹詩「建炎庚戌正月尾，陽山雨雹大如李」二句，知是時詩人在陽山。建炎庚戌爲建炎四年（一一三〇），而此詩有「花送青春」句，其遊廣慶寺，蓋亦在是年春。

〔二〕「寺在」句：白居易長恨歌：「山在虚無縹緲間。」

〔三〕「雨洗」句：竹萌，即筍。宋釋贊寧筍譜：「釋草云：『筍，竹萌。』郭璞注：『竹初生也。』孫炎云：『竹初生曰萌生，謂之筍。』詳孫之説，始冒土者爲萌，萌，芽也。生長挺挺然爲筍也。」蘇軾送筍芍藥與公擇二首其一：「故人知我意，千里寄竹萌。」

〔四〕「不妨」句：蠟屐，用蠟塗過之木屐，雨天行走能防水。世説新語雅量：「或有詣阮（孚），見自吹火蠟屐，因歎曰：『未知一生當著幾量屐。』神色閒暢。」

自陽山還連州

雨後輕裘寒尚侵，杖藜終日共登臨。水聲不似風聲急，山色何如草色深。萬疊殘雲遮晚照，千章古木發新陰〔一〕。飄零未忍疏杯酌，欲醉翻嫌酒滿斟。

〔一〕「千章」句：杜甫陪鄭廣文遊何將軍山林十首其二：「百頃風潭上，千章夏木清。」按漢書貨殖傳：「山居千章之萩。」顏師古注：「大材曰章。」

柳州開元寺夏雨〔一〕

風雨翛翛似晚秋〔二〕，鴉歸門掩伴僧幽。雲深不見千巖秀，水漲初聞萬壑流〔三〕。鐘唤夢回空悵望，人傳書到竟沉浮〔四〕。面如田字非吾相〔五〕，莫羨班超封列侯〔六〕。

〔一〕開元寺，雍正廣西通志卷四三柳州府：「開元寺，在北門外，劉賢良祠左。宋建。吕本中有柳州開元寺夏雨詩。明萬曆十三年(一五八五)重修。」

〔二〕「風雨」句:儵儵,柳宗元送文郁師序:「背笈篋,懷筆牘,挾海泝江,獨行山水間,儵儵然。」宋張敦頤、潘緯音釋:「儵,音宵。」則「儵儵」乃風雨聲。

〔三〕「水漲」句:萬壑流,「流」原作「留」。瀛奎律髓卷一七收此詩,方回曰:「萬壑流,刊本誤作『留』,予爲改定。」兹據改。由知方回選吕詩時,所用外集即黄汝嘉刊本。

〔四〕「鐘唤」二句:沉浮,謂所寄書信往往收不到。用殷羡事,見本書卷二知止嘯傲軒詩注引世説新語。方回評:「『人傳書至竟沉浮』句絶佳。」至,黄本作「到」。又李慶甲彙評引紀昀曰:「五、六句深至,不似江西語。」又引查慎行曰:「第六句題外見作意。」

〔五〕「面如」句:南史李安人傳:「李安民(「民」原作「人」,避唐諱,徑改,下同),蘭陵承人也。……少有大志,常拊髀歎曰:『大丈夫處世,富貴不可希,取三將五校,何難之有。』隨父在縣。宋元嘉中,縣被魏剋,安民尋率部曲自拔南歸。明帝時,稍遷武衛將軍,領水軍討晋安王子勛,所向剋捷。事平,明帝大會新亭樓,勞諸軍主。摴蒱官賭,安民五擲皆盧。帝大驚,目安民曰:『卿面方如田,封侯相也。』」彙評引馮班曰:「第七句江西字様。」

〔六〕「莫羡」句:後漢書班超傳:「班超,扶風平陵人,徐令彪之少子也。……永平五年(六二),兄固被召詣校書郎,超與母隨至洛陽。家貧,常爲官傭書以供養。久勞苦,嘗輟業投筆歎曰:『大丈夫無它志略,猶當效傅介子、張騫立功異域,以取封侯,安能久事筆研間乎?』」後多次率兵擊匈奴，封定遠侯。方回評：「末句乃是避地嶺外聞將相驟貴者，亦老杜秦蜀、湖湘之意也。居仁在『江西派』中最爲流動而不滯者，故其詩多活。」

寄雲門山僧宗杲〔一〕

隨堤河畔別支公〔二〕，目斷霜天數去鴻。歲月峥嶸如許久，江湖漂泊略相同。無窮煙草夕陽外，不盡雲山秋色中。寄語只今能見憶，書來莫遣太匆匆〔三〕。

〔一〕雲門山，此當指福建小溪，時在該地新建有雲門庵，宗杲爲庵主。見本書卷一五乾元副寺欲還雲門詩注。宗杲，即大慧普覺禪師，事迹參見本書卷一一送一書記杲公作天寧化士注。

〔二〕「隨堤」句：隨，爲朝代名時同「隋」，明李濂汴京遺蹟志卷七河渠三：「隋堤，一名汴堤，在汴河之上。隋煬帝大業元年（六〇五）命尚書左丞皇甫誼復，西通濟渠，作石陡門，引河水入汴，汴水入泗，以通於淮，築堤樹柳，御龍舟行幸，以達於江都，人稱其堤曰隋堤。」此當代指開封。支公，即支遁，字道林，東晋時著名高僧，陳留（今河南開封，一説河東林慮，今河南林縣）人，俗姓關。年二十五出家。善談玄理，注莊子逍遥遊，時儒歎服。與謝安、衛介、王羲之等游。哀帝隆和元年（三六二）在建康東安寺講道行般若經，宣揚「即色是空」，爲當時般若學代表人物。著有支遁集，久佚。高僧傳有傳。句以支公喻指宗杲。

〔三〕「書來」句：謂來書送達時，不必催送信人早歸，尚有許多事要詢問。

懷從弟〔一〕

折柳長亭今幾年〔二〕，一行作吏楚江邊〔三〕。音書頓逐歸鴻斷〔四〕，消息時因過客傳。五領風温吹瘴雨，九疑雲濕卷愁烟〔五〕。每吟春草池塘句，尚想詩成夢惠連〔六〕。

〔一〕從弟，即堂弟，其人名字不詳。

〔二〕「折柳」句：三輔黄圖卷六橋：「霸橋在長安東，跨水作橋，漢人送客至此橋，折柳贈别。」長亭，史記高祖本紀：「及壯，試爲吏，爲泗水亭長。」正義：「秦法：十里一亭，十亭一鄉。亭長，主亭之吏也。」後爲送别之所。

〔三〕「一行」句：一行作吏，一經爲吏。晉書嵇康傳載與山巨源絶交書：「游山澤，觀魚鳥，心甚樂之。一行作吏，此事便廢。」楚江，泛指楚地之江，參下注。

〔四〕「音書」句：歸鴻斷，不通音信。漢書蘇武傳：蘇武使匈奴被扣押，至漢昭帝即位，向匈奴索之。常惠教漢使者謂單于，「言天子射上林中，得雁，足有係帛書，言武等在某澤中」，於是蘇武等得以歸。後以鴻雁代指書信。

〔五〕「五領」二句：領，通「嶺」。五嶺，其説不一，蓋指由江西、湖南等地經大庾嶺入福建、廣東之五條道路。九疑，山名。山海經海内經：「南方蒼梧之丘，蒼梧之淵，其中有九疑山，舜之所葬。在長沙零陵界中。」疑、嶷同。零陵，今爲湖南永州零陵區。上所謂五嶺，蓋指詩人避地之所；九疑（零陵），或是其從弟爲官之地。

〔六〕「尚想」二句：南史謝惠連傳：「年十歲能屬文，族兄靈運嘉賞之，云『每有篇章，對惠連輒得佳語』。嘗於永嘉西堂思詩，竟日不就，忽夢見惠連，即得『池塘生春草』，大以爲工。嘗云『此語有神功，非吾語也』。」

郴州謁義帝陵廟〔一〕

淅淅寒聲未落霜，滿庭殘葉不勝黄。牆頹雨帶煙悲冢〔二〕，爐冷風飄塵帶香。修墓尚應懷楚德〔三〕，入關猶想快秦王〔四〕。追思往事空垂淚，無限傷心對夕陽〔五〕。

〔一〕郴州，宋史地理志四：「郴州，中，桂陽郡，軍事。紹興初改隸荆湖東路，二年（一一三二）仍來屬（荆湖南路）。」管郴、桂陽、宜章、永興四縣，「桂陽」下原注：「唐義昌縣，後唐改郴義，太平興國初又改。」今爲湖南郴州市。方輿勝覽卷二五郴州，古迹有義帝都，按曰：「人記義帝，乃楚懷王孫心，項羽陽尊爲義帝。後項羽徙義帝於長沙，都郴。有陵，在城内明倫坊。」按史記項羽本紀曰：「范增説項梁曰：『夫秦滅六國，楚最無罪。自懷王入秦不反，楚人憐之至今。……今陳勝首事，不立楚後而自立，其勢不長。今君起江東，楚蠭午之將皆爭附君者，以君世世楚將，爲能復立楚之後也。』於是項梁然其言，乃求楚懷王孫心民間，爲人牧羊，立以爲楚懷王，從民所望也。」同上書：陳嬰爲楚上柱國，封五縣，與懷王都盱台。」正義：「盱眙，今楚州，臨淮水，懷王都之。」同上書：項羽引兵西屠咸陽，心懷思欲東歸。「使人致命懷王，懷王曰：『如約。』乃尊懷王爲義帝。」「漢之元年（前二〇六）四月，諸侯罷戲下，各就國。項王出之國，使人徙義帝，曰：『古之帝者地方千里，必居上游。』乃使使徙義帝長沙郴縣。趣義帝行，其群臣稍稍背叛之，乃陰令衡山、臨江王擊殺之江中。」集解引文穎曰：「郴縣有義帝冢，歲時常祠不絶。」吕本中郴州謁義帝廟，當在建炎二年（一一二八）初攜家侍父到桂林途中，參見本書附録年譜。

〔二〕「牆頹」句：頹，原作「頭」。四庫本作「頹」，與下句「冷」對應，是，據改。

〔三〕「修墓」句：謂後人爲義帝修墓，仍是懷念楚王之舊德。

〔四〕「入關」句：快秦王，指項羽西屠咸陽，以報秦王滅楚仇爲快。史記項羽本紀：「項羽引兵西屠咸陽，殺秦降王子嬰，燒秦宮室，火三月不滅，收其貨寶婦女而東。」

〔五〕「追思」二句：詩人之「垂淚」、「傷心」，蓋不止爲追思往事而發。宋徽宗、欽宗在靖康之難中爲金人擄而之北，徽宗於紹興五年（一一三五）客死於五國城（今黑龍江依蘭），蓋與楚懷王命運有相似處。

桂陽鹿頭山寺次壁間韵〔一〕

霜風過雨不勝寒，木落重重見遠山〔二〕。風捲沈浮横浦外〔三〕，鳥飛明滅夕陽間。頳肩道永方南去〔四〕，趼足何時得北還〔五〕。杖屨登臨共回首，自憐五澤入荒蠻〔六〕。

〔一〕鹿頭山，方輿勝覽卷二六桂陽軍山川：「鹿頭山，在東門，山有石如鹿。」明一統志卷六四衡陽府所記同，多「及有塔七層」句，蓋宋代已有寺廟。是詩當作於紹興間詩人避地途經郴州時。言次韵，蓋寺壁原有題詩，作者不詳。

〔二〕「木落」句：楚辭屈原九歌湘夫人：「洞庭波兮木葉下。」王逸注：「言秋風疾則草木摇，湘水波而樹葉落矣。」鮑照登黄鶴磯：「木落江渡寒。」

〔三〕「風捲」句：横浦，此泛指池塘。唐吴融紅樹：「照山横浦夕陽中。」

〔四〕「頳肩」句：頳肩，頳，赤色，謂肩因擔負而紅腫。韓愈城南聯句一百五十韵：「刈熟擔肩頳。」道永，路途漫長。

〔五〕「趼足」句：莊子天道：「百舍重趼而不敢息。」釋文引司馬彪曰：「趼，胝也。」廣韵：「胝，皮厚也。」以上兩句，言避地逃難之艱辛與絶望。

〔六〕「自憐」句：五澤，即五湖，代指太湖。清王夫之尚書稗疏卷二：「（太）湖之有五，則長蕩湖、射貴湖、上湖、滆湖與太湖而五，本非一也，湖本有五澤。」此以五澤泛指今江蘇、江西一帶。古代湖南多少數民族聚居地，尚待開發，故稱「荒蠻」。

同諸人再登鹿頭山再次前韵

梅梢風動勒花寒，淡淡煙横天際山。顧我未能超物外，因君聊爾出雲間〔一〕。水聲不逐鐘聲歇，林影常隨塔影還。異日同歸嵩少路〔二〕，卻將詩卷話南蠻。

〔一〕「顧我」二句：物外，莊子外物：「外物不可必。」成玄英疏：「夫人間事物，參差萬緒，惟安大順，則所在虚通。若其逆物執情，必遭禍害。」宋林希逸莊子口義卷八：「外物，身外之事也，非求在我者也。」又莊子大宗師：「參日後能外天下。已外天下矣，吾又守之，七日而後外物。」郭象注：「外，猶遺也。物者，朝夕所須，切己難忘。」同上莊子口義：「六合之内，未離於物」，爲物之内；六合之外，無累於物，故謂「物外之人」。此因鹿頭山高聳入雲，故以「出雲間」爲超物外。

〔二〕「異日」句：嵩少，即嵩山少室山。山海經中山經：「（洛水）東五十里曰少室之山。」山在今河南登封西十餘里，周圍方百里，上有三十六峰。傳説嵩山多神仙，故此以嵩少路代指戰事平息後北還歸隱之路。據此，則同遊之「諸人」，蓋多爲開封、洛陽一帶避地南徙之士。

聞岳侯破賀州賊次韓端卿韵〔一〕

旌旗摩日甲生光，俘馘黄巾第幾方〔二〕。滅賊未須占鬬蟻〔三〕，破胡行且見神狼〔四〕。燕然刻石功昭漢〔五〕，太華題辭事後唐〔六〕。從此兒童傳姓字〔七〕，風流何止繼韓康〔八〕。

〔一〕岳侯，即岳飛，北宋末、南宋初抗金英雄，後被秦檜以「莫須有」罪名殺害。破賀州，宋史高宗紀四：紹興二年（一一三二）夏四月甲子：「曹成陷賀州。」閏四月丙申，「岳飛擊破曹成於賀州，置都督府隨軍轉運司」。丙午，「岳飛敗曹成於桂嶺縣，成走連州，遣統制張憲追擊，破之」。按：賀州，今爲市名，屬廣西。韓端卿，宣和元年（一一一九）進士，樂平人，大理寺丞。見雍正江西通志卷四九。

〔二〕「俘馘」句：左傳僖公二十二年：「楚子使師縉示之俘馘。」杜預注：「師縉，楚樂師也。俘，所得囚；馘，所截耳。」黄巾，東漢末起義軍名。後漢書靈帝紀：「中平元年（一八四）春二月，鉅鹿人張角自稱黄天，其部師有三十六萬，皆著黄巾，同日反叛。安平甘陵人各執其王以應之。」方，黄巾軍軍事建制名。同上書皇甫嵩傳：「（張）角因遣弟子八人使於四方，以善道教化天下，轉相誑惑，十餘年間，衆徒數十萬，連結郡國，自青、徐、幽、冀、荆、揚、兖、豫八州之人，莫不畢應，遂置三十六方，方猶將軍號也。大方萬餘人，小方六七千，各立渠帥。」句以黄巾軍喻指各地盗賊。

〔三〕「滅賊」句：占鬬蟻，北齊書神武紀下：「自東、西魏構兵，鄴下每先有黄黑蟻陣鬬，占者以爲黄者東魏戎衣色，黑者西魏戎衣色，人間以此候勝負。」此謂擊賊寇勿須占勝負，只能消滅之，别無選擇。

〔四〕「破胡」句：神狼，此指金人首領。左傳宣公四年：「初，楚司馬子良生子越椒，子文曰：『必殺之。是子也，熊虎之狀，而豺狼之聲，弗殺，必滅若敖氏矣。諺曰：「狼子野心。」是乃狼也，其可畜乎？』」又無名氏演禽通纂卷上古人得失賦：「曹操得中原即位，狼化神狼兮。」

〔五〕「燕然」句：燕然，山名，在今蒙古國境内。後漢書竇憲傳：竇憲，字伯度，扶風平陵人。嘗請兵北伐擊匈奴，乃拜憲車騎將軍，領精騎萬餘，與北單于戰於稽落山，大破之，斬名王已下萬三千級，獲生口馬牛羊橐駝百餘萬頭，降者前後二十餘萬人。憲遂「登燕然山，去塞三千餘里，刻石勒功，紀漢威德，令班固作銘」。

〔六〕「太華」句：太華，即西嶽華山。此用裴度事。唐憲宗元和十二年（八一七），裴度領軍平淮西，部將李愬乘敵不備，突襲吴元濟老巢，並在蔡州活捉之，蔡州長達五十二年之割據局面宣告結束，大唐基業得以鞏固。唐摭言卷三：「裴晋公（度）赴敵淮西，題名華嶽之闕門。大順中，户部侍郎司空圖以一絶紀之，曰：『嶽前大隊赴淮西，從此中原息戰鞞。石闕莫教苔薛上，分明認取晋公題。』」事後唐，後唐指平定安史亂後之唐。新唐書裴度傳：「（度）威譽德業，比郭汾陽（子儀），而用不用常爲天下重輕。事四朝，以全德始終。」此以裴度之功擬岳飛。

〔七〕「從此」句：新唐書韓愈傳：「遷監察御史，上疏極論宫市。德宗怒，貶陽山令。有愛在民，民生子多以其姓字之。」唐趙嘏廣陵答崔琛：「八斗已聞傳姓字，一枝何足計行藏。」

〔八〕「風流」句：後漢書韓康傳：「韓康，字伯休，一名恬休，京兆霸陵人。家世著姓，常采藥名山，賣於長安市，口不二價，三十餘年。時有女子從康買藥，康守價不移，女子怒曰：『公是韓伯休那，乃不二價乎？』康歎曰：『我本欲避名，今小女子皆知有我焉，何用藥爲？』乃遁入霸陵山中。博士公車連徵不至。桓帝乃備玄纁之禮，以安車聘之。使者奉詔造康，康不得已，乃許諾。辭安車，自乘柴車，冒晨先使者發。至亭，亭長以韓徵君當過，方發人牛脩道橋。及見康柴車幅巾，以爲田叟也，使奪其牛。康即釋駕與之。有頃，使者至，奪牛翁乃徵君也。使者欲奏殺亭長。康曰：『此自老子與之，亭長何罪！』乃止。康因〔中〕道逃遁，以壽終。」句言當岳侯功成身退時，其知名度之高又在韓康之上。

送王循友往柳州〔一〕

苦雨凄風未肯晴，衝寒行李强南征。煙横遠浦牽離恨，雲暗亂山迷去程。曉雨來時驚短夢，夜窗誰與對長檠。它年雁蕩天台路，滿望君還尋舊盟〔二〕。

〔一〕王循友，大名清平（今屬山東臨清）人，仁宗朝狀元王巖叟孫。紹興四年（一一三四）爲樞密院幹辦公事。十年，以右承事郎爲太府寺丞。歷倉部員外郎、樞密院檢詳諸房文字、守尚書右司員外郎、權吏部侍郎。紹興二十三年正月，由知鎮江府移知建康府。二十四年六月，以前知建康時罪秦檜族黨，特貸死安置藤州，次年三月量移邵州。事見建炎要録卷八一、卷一三四、卷一四九、卷一五四、卷一五五、卷一六四，又中興小紀卷三六，宋史秦檜傳等。其何以往柳州不詳，疑在紹興四年冬十月任樞密院幹辦公事時，見建炎要録卷八一。

〔二〕「它年」二句：雁蕩，山名。方輿勝覽卷九瑞安府：「雁蕩山，在樂清縣。敘山云：『此山數百谷邃峰疊，行者不能徧，分而爲東西谷，列而爲十八寺，始有駐足之地。能仁寺，今爲雁山第一剎。靈巖寺所擅奇怪，爲雁蕩山第一峰。又北有白巖、石溪，九折仙橋跨焉，斯水之奇也。』」按：樂清縣，今浙江樂清。天台，亦山名。同上書卷八台州：「天台山，在天台縣西一百一十里。臨海記：『天台山超然秀出，山有八重，視之如一。高一萬八千丈，周回八百里。又有飛泉，垂流千仞似市。』洞天福地記：『天台山名上清玉平之天，即桐柏真人所理，亦名桐柏山。』」按：天台縣，今屬浙江台州市。詩言雁蕩、天台，疑王氏南渡後僑居在此一帶。舊盟，指一起隱居。

永州法華寺西亭〔一〕

西亭清净冠南州，蠟屐聊爲半日留〔二〕。蒼莽輕煙漲山麓，連卷雌霓落城頭〔三〕。禽聲高下雲間木，帆影參差天際舟〔四〕。欲去憑欄一回首，晚風吹角不勝愁〔五〕。

〔一〕西亭，方輿勝覽卷二五永州亭軒：「西亭，在零陵縣東山法華寺，柳宗元有留題。」零陵，今爲湖南永州屬縣。所謂留題，指柳宗元所作法華寺西亭夜飲賦詩序，參見本書卷一三永州西亭詩注，疑與此詩爲同時之作。

〔二〕「蠟屐」句：蠟屐，塗蠟之屐，見本卷前游陽山廣慶寺詩注。

〔三〕「連卷」句：連卷，連綿字。文選張衡南都賦：「微眺流睇，蛾眉連卷。」李善注：「連卷，曲貌。卷音權。」雌霓，即副虹。文選屈原九章悲回風：「上高巖之峭岸兮，處雌蜺之標顛。」同書屈原離騷：「飄風屯其相離兮，帥雲霓而來御。」宋洪興祖補注：「説文：『霓，屈虹，青赤或白色，陰氣也。』郭氏（璞）云：『雄曰虹，謂明盛者；雌曰蜺，謂暗微者。虹者，陰陽交會之氣。雲薄漏日，日照雨滴，則虹生也。』」霓、蜺同。此泛指彩虹。

〔四〕「帆影」句：謝朓之宣城郡出新林浦向板橋：「天際識歸舟，雲中辨江樹。」

〔五〕「晚風」句：吹角，晉書簡文帝紀：「（帝）嘗與桓温及武陵王晞同載遊板橋，温遽令鳴鼓吹角，車馳卒奔，欲觀其所爲。晞大恐，求下車，而帝安然無懼色。温由此憚服。」清吴玉搢别雅卷五：「篳篥，悲栗、觱栗也。説文：『觱，羌人所吹角。』（徐鍇）説文繫傳曰：『今之觱栗，其聲然也。』通典曰：『篳篥，本名悲篥，後乃以笳爲首，以竹爲管也。』其字亦作篳篥、悲慄。朱子曰：『篳篥，原名悲栗。』」

廬陵舟行〔一〕

雨過歸雲山更昏，時聞鷄犬鬧江村。風欹船側收帆幅〔二〕，浪拍堤平没石痕。憂患積年身益倦，功名它日志空存。又看秋色飛紅葉，故國歸期未可論。

〔一〕廬陵，宋史地理志四：「吉州，上，廬陵郡，軍事。」管縣八，首即廬陵縣。今爲江西吉安。是詩當作於紹興四年春寓居臨川時。

〔二〕「風欹」句：風欹船側，謂江風吹得船體傾斜，故須收帆。杜甫放船：「收帆下急水，卷幔逐回灘。」

春晚

柳暗鶯啼春正妍，斷塍分水灌平田〔一〕。花開花落幾番雨，山淡山明一抹烟。突兀初晴雲外寺〔二〕，横斜欲晚渡頭船。天涯因㥦滄洲興〔三〕，何用區區苦自憐。

〔一〕「斷塍」句：塍，田間土埂，斷，謂埂有缺也。李綱早行二首其二：「斷塍泥滑滑，幽谷水潺潺。」可參讀。是詩當作於紹興四年春寓臨川時。

〔二〕「突兀」句：突兀，高貌。杜甫茅屋爲秋風所破歌：「嗚呼，何時眼前突兀見此屋，吾廬獨破受凍死亦足。」

〔三〕「天涯」句：滄洲，濱水之地，古代隱者所居。滄洲興，歸隱之樂趣。謝朓之宣城郡出新林浦向板橋：「既懽懷禄情，復協滄洲趣。」又李綱遊鼓山靈源洞次周元仲韵：「不負惠詢期，更起滄洲興。」可參讀。

宜章元日〔一〕

東風初解凍，桃李已經春。避地逢鷄日〔二〕，傷時感雁臣〔三〕。湖南馳賊騎，江外踐胡塵。憔悴成無用，虚煩淚濕巾〔四〕。

〔一〕宜章，縣名，屬郴州，本卷前已注。今屬湖南，與廣東連州市接壤。

〔二〕「避地」句：鷄日，太平御覽卷二九元日：「荆楚歲時記：『正月一日，三元之日也（原注：

元，始也）。鷄鳴而起。』案周書緯通卦云：『鷄，陽鳥也，以爲人候四時，人得以翘首結帶，正衣常也（注云：案禮内則云：子事父母，婦事舅姑，鷄初鳴咸盥漱櫛纚，笄則惟其常，非獨此日。但元正之朝，存亡慶弔，官有朝賀，私有祭享，虔恭宜早，特重於餘辰，所以標而異焉）。』先於庭前爆竹，帖畫鷄，或斲縷五采及土鷄於户上。」又周必大二老堂詩話杜詩元日至人日條，引洪興祖所引東方朔占書，「謂歲後八日，一鷄，二犬，三豕，四羊，五牛，六馬，七人，八穀。其日晴則所主物育，陰則災」。由於鷄在是日具特殊意義，故稱元日爲「鷄日」，今部分農村猶有正月初一爲「鷄過年」之俗。

〔三〕「傷時」句：瀛奎律髓卷一六收是詩，方回評曰：「『鷄日』、『雁臣』之句甚工。北夷酋長遣子入侍者，常秋來春去，避中國之熱，號曰『雁臣』。」李慶甲彙評引紀昀曰：「此元魏事，宜注明（引者按：見北史卷五四斛律金傳）。」又曰：「『鷄日』、『雁臣』，非即『堯時韭』、『禹餘糧』？虚谷譏彼之太工，而於此又許其工（按：見律髓卷一李群玉登蒲澗寺後二巖詩方回評），蓋以吕爲江西詩派，故隱忍牽就耳。門户之弊如此！」

〔四〕「虚煩」句：虚煩，爲時事空自煩惱。唐李觀御溝新柳：「莫入羌人笛，還令淚濕巾。」按彙評引紀昀曰：「後四句淺直。」

久雨

宿雨何曾歇，濃雲未放晴。莓苔侵户長，蛙蚓入窗行。鐘送遠山響，燈挑殘夜明。芭蕉添客恨，只伴□簷聲〔一〕。

〔一〕「芭蕉」二句：杜牧詠雨：「一夜不眠孤客耳，主人窗外有芭蕉。」闕字，疑當作「滴」。

界步河亭〔一〕

窮山擁翠染人愁，亭下寒溪東北流。寄語扁舟舟上客，爲傳消息到筠州〔二〕。

〔一〕界步河，疑即界埠水，高安縣小河名。清一統志卷二五一瑞州府高安縣山川：界埠會水，「在上高縣東南二十五里。發源纓盤山東，北流，有小溪來會之，合流入蜀江」。

〔二〕「爲傳」句：筠州，宋史地理志四：「瑞州，上，本筠州，軍事。紹興十三年（一一四三）改高安郡，寶慶元年（一二二五）避理宗諱改今名。」今爲江西高安。

涂中久雨乍晴

匝地濃雲散曉風，輕霜挾冷下長空。攢峰疊嶂來無盡〔一〕，疑是舟行圖畫中。

〔一〕「攢峰」句：攢峰疊嶂，形容山巒密集。高適赴彭州山行之作：「峭壁連崆峒，攢峰疊翠微。」

連　州〔一〕

再到連州却是家，逢人不復歎生涯。尊前欲洒思鄉淚，羞見枝頭含笑花〔二〕。

〔一〕連州，本卷前已注。宋代治桂陽縣，今爲廣東連州，與湖南宜章等地接壤。

〔二〕「羞見」句：含笑花，常緑灌木。宋陳敬陳氏香譜卷一南方花：「余向云南方花皆可合香，如末利……又有大含笑花、素馨花，就中小含笑香尤酷烈。其花常若菡萏之未敷者，故有含笑之名。」

寧遠道中〔一〕

路轉寒松日欲衺〔二〕，野梅初吐兩三花。溪流映石風吹碧，時有鱗鱗雨後砂。

〔一〕寧遠，宋史地理志四：「道州，中，江華郡，軍事。……紹興元年（一一三一）隸荆湖東路，二年復舊（按：復隸荆湖南路）。」轄營道、江華、寧遠、永明四縣。其中寧遠縣，原注：「緊。唐延唐縣，乾德三年（九六五）改。」今屬湖南永州市。

〔二〕「路轉」句：衺，同「斜」。

春晚

宴坐翛然萬慮忘〔一〕，從它風雨送春忙。佛燈初上黄昏後，時炷郴州石乳香〔二〕。

〔一〕「宴坐」句：宴坐，閑坐。翛然，無拘束貌。胡寅和趙用明梅：「净几寒窗日，翛然萬慮忘。」

〔二〕「時炷」句：陳氏香譜卷一乳香：「廣志云，即南海波斯國松樹脂，紫赤色如櫻桃者名曰乳香，蓋薰陸之類也，仙方多用辟邪。……又云：皖山石乳香，玲瓏而有蜂窩者爲真，每爇之次爇沉檀之屬，則香氣爲乳香。煙罩定難散者是，否則白膠香也。」據詩所言，蓋郴州亦産石乳香。

湘江斑竹

湘江江上數重山，山遠雲深縹緲間。帝子不歸腸欲斷，竹梢空染淚痕斑〔一〕。

〔一〕「帝子」二句：楚辭屈原九歌湘夫人：「帝子降兮北渚。」王逸注：「言堯二女娥皇、女英，隨舜不反，没於湘水之渚，因爲湘夫人。」張華博物志卷一〇史補：「堯之二女，舜之二妃，曰湘夫人。舜崩，二妃啼，以涕揮竹，竹盡斑。」

興安靈渠〔一〕

淡日輕風細雨餘，陰陰溪柳映溪蒲〔二〕。清流平岸舟行疾，野鳥時聞聲自呼〔三〕。

〔一〕興安，縣名。宋史地理志六：「静江府。本桂州，始安郡，静江軍節度。大觀元年（一一〇七）爲大都督府，又升爲帥府。舊領廣南西路兵馬鈐轄，兼本路經略、安撫使。紹興三年（一一三三），以高宗潛邸升府。寶祐六年（一二五八），改廣西制置大使，後四年廢，復爲廣西路經略、安撫使。」轄十一縣，其中有興安，原注：「望，唐全義縣。晋置溥州。乾德元年（九六三）州廢，太平興國初改今名。」靈渠，輿地紀勝卷一〇三静江府景物上：「靈渠，昔秦始皇戍五嶺，史禄於湘源上流灕水一派鑿渠，渠内置斗門三十六所，每舟至一斗門，則復閘之，俟水積，舟以漸西進，故能循崖而上，達而下，以通南北之舟楫，名曰靈渠。」按：即湘桂運河，亦稱興安運河，在今廣西興安境内，連結湘江、灕江上源。分南渠、北渠。南渠由人工開鑿，在湘江故道南，北渠在湘江故道北，從而使湘、灕通航。今爲全國重點文物保護單位。

〔二〕「陰陰」句：陰陰，草木茂盛致光綫幽暗。杜甫水宿遣興奉呈群公：「陰陰桃李蹊。」蒲，蒲草。

〔三〕「野鳥」句：自呼，謂無名野鳥之叫聲，即是該鳥之名。本書卷八精衛詩：「西山有鳥，其狀如烏。名曰精衛，其名自呼。」又蘇軾惠州近城數小山類蜀道：「花曾識面香仍好，鳥不知名聲自呼。」

野岸

淡日輕烟村徑斜，長風卷浪欲浮花〔一〕。夜深隔岸漁舟過，螢火驚飛亂點沙〔二〕。

〔一〕「長風」句：劉禹錫雙溪：「浮花擁曲處，遠影落中心。」

〔二〕「螢火」句：趙佶（宋徽宗）念奴嬌：「全似洛浦斜暉，寒鴉游鷺，亂點沙汀磧。」

春晚即事

淡淡陰雲晝掩門，隔溪楊柳暗江村。落花狼藉飛紅雨〔一〕，又是潺湲過一春〔二〕。

〔一〕「落花」句：紅雨，風吹花落如雨貌。劉禹錫百舌吟：「花樹滿空迷處所，摇動繁英墜紅雨。」又張元幹念奴嬌：「蕊香深處逢上巳，生怕花飛紅雨。」可參讀。

〔二〕「又是」句：文選謝靈運七里瀨一首：「石淺水潺湲。」李善注：「楚辭曰：『觀流水兮潺湲。』雜字曰：『潺湲，水流貌也。』」

香山觀壁間詩因次其韵〔一〕

抗志欲學仙，自恨無仙骨〔二〕。去國將六年〔三〕，避地欠三窟〔四〕。禪房翳翠陰，竹本可製笏〔五〕。誰持大君前，指顧收回鶻〔六〕。

〔一〕香山，當指郴州香山寺。阮閱宣和中知郴州，嘗著詩集郴江百詠，其中有香山寺詩，曰：「十里城南古道場，一泓寒水翠微傍。幽人衲子時來汲，疑是山中草木香。」

〔二〕「自恨」句：賈島遊仙：「借得孤鶴騎，高近金烏飛。掬河洗老貌，照月生光輝。天中鶴路直，天盡鶴一息。歸來不騎鶴，身自有羽翼。若人無仙骨，芝术無煩食。」

〔三〕「去國」句：去國，此指離開舊京開封。是詩當作於建炎四年（一一三〇）遊郴州時，此前靖康凡兩年，建炎至此已四年，故言「將六年」，將，近也。參見本書附録年譜。

〔四〕「避地」句：三窟，戰國策齊策四：「馮諼曰：『狡兔有三窟，僅得免其死耳。今君有一窟，未得高枕而卧也，請爲君復鑿二窟。』」

〔五〕「禪房」二句：翠陰，指竹林。笏，古代君臣朝會時所執狹長手板，有玉、象牙、竹質三等，用以記事。禮記玉藻：「笏，天子以球玉，諸侯以象，大夫以魚須文竹，士竹本象可也。……凡有指畫於君前用笏，造受命於君前則書於笏。」

〔六〕「誰持」二句：大君，指皇帝。指顧，文選傅毅舞賦：「兀動赴度，指顧應聲。」李善注：「兀然而動，赴其節度，手指目顧，皆應聲曲。」回鶻，原名回紇，我國古代少數民族部落之一，分佈於今新疆、内蒙古、甘肅、蒙古國及中亞一帶。舊唐書回紇傳：「回紇，其先匈奴之裔也，在後魏時號鐵勒部落，其象微小，其俗驍强，依託高車，臣屬突厥，近謂之特勒。無君長，居無恒所，隨水草流移。人性凶忍，善騎射，貪婪尤甚，以寇抄爲生。……元和四年（八〇九），藹德曷里禄没弭施合密毗迦可汗遣使改爲回鶻，義取迴旋輕捷如鶻也。」此代指金國。收回鶻，謂戰勝金兵。

懷古〔一〕

買臣負薪行且歌，其妻羞縮悲蹉跎〔二〕。季子歸佩六相印，骨肉歆羡緣金多〔三〕。人生窮達等幻滅〔四〕，貧賤何憂貴何悦。争如飢采首陽薇〔五〕，不慕皋夔希稷契〔六〕。貪功徇名世莫嗤，拖金曳紫同兒嬉〔七〕。一朝禍至幾發冢，却思衣布丹徒時〔八〕。丹徒風月依然好，爾自升沉委荒草。草長木拱荒烟寒〔九〕，此恨年年向誰道。

〔一〕懷古，詠懷詩之一種，往往借詠古事以諷今。

〔二〕「買臣」二句：漢書朱買臣傳：「朱買臣，字翁子，吴人也。家貧，好讀書，不治産業，常艾薪樵，賣以給食，擔束薪，行且誦書。其妻亦負戴相隨，數止買臣毋歌嘔道中。買臣愈益疾歌，妻羞之，求去。買臣笑曰：『我年五十當富貴，今已四十餘矣。女苦日久，待我富貴報女功。』妻恚怒曰：『如公等，終餓死溝中耳，何能富貴？』買臣不能留，即聽去。其後，買臣獨行歌道中，負薪墓間。故妻與夫家俱上冢，見買臣飢寒，呼飯飲之。」後因嚴助薦，拜買臣爲中大夫，又拜爲會稽太守。

〔三〕「季子」二句：史記蘇秦列傳：「蘇秦者，東周雒陽人也。……出游數歲，大困而歸。兄弟嫂妹妻妾皆竊笑之，曰：『周人之俗，治產業，力工商，逐什二以爲務。今子釋本而事口舌，困不亦宜乎！』蘇秦聞之而慚，自傷。……於是得周書陰符，伏而讀之。期年，以出揣摩，曰：『此可以說當世之君矣。』……蘇秦爲從約長，并相六國，北報趙王，乃行過雒陽，車騎輜重，諸侯各發使送之甚衆，疑於王者。周顯王聞之恐懼，除道，使人郊勞。蘇秦之昆弟妻嫂側目不敢仰視，俯伏侍取食。蘇秦笑謂其嫂曰：『何前倨而後恭也？』嫂委虵蒲服，以面掩地而謝曰：『見季子位高金多也。』」索隱：「蘇秦，字季子。」

〔四〕「人生」句：幻滅，如夢幻般破滅。金剛經：「一切有爲法，如夢幻泡影，如露亦如電，應作如是觀。」

〔五〕「争如」句：張相詩詞曲語辭匯釋卷二：「争，猶怎也。」史記伯夷列傳：「伯夷、叔齊，孤竹君之二子也。父欲立叔齊，及父卒，叔齊讓伯夷，伯夷曰：『父命也。』遂逃去。叔齊亦不肯立而逃之。國人立其中子。於是伯夷、叔齊聞西伯昌善養老，盍往歸焉。及至，西伯卒，武王載木主，號爲文王，東伐紂。……武王已平殷亂，天下宗周，而伯夷、叔齊恥之，義不食周粟，隱於首陽山，采薇而食之。」集解引馬融曰：「首陽山，在河東蒲坂華山之北，河曲之中。」索隱：「薇，蕨也。」

〔六〕「不慕」句：皋、夔、稷、契，皆堯、舜時名臣。尚書虞書：「禹拜稽首，讓於稷、契暨皋陶。」僞孔傳：「居稷官者棄也。契、皋陶，二臣名。」同上書：「帝曰：棄！黎民阻飢，汝后稷播時百穀。」又：「帝曰：契！百姓不親，五品不遜，汝作司徒，敬敷五教在寬。」又：「帝曰：皋陶！蠻夷猾夏，寇賊姦宄，汝作士，五刑有服。」僞孔傳：「士，理官也。」又：「帝曰：夔！命汝典樂，教胄子。」僞孔傳：「胄，長也。謂元子以下至卿大夫子弟，以歌詩蹈之舞之。」

〔七〕「拖金」句：拖金曳紫，謂官位崇高。金、紫，乃官服顔色。唐李賀榮華樂：「錦袪繡面漢帝旁。得明珠十斛，白璧一雙。新詔垂金曳紫光煌煌。」同兒嬉，如同小兒遊戲，謂輕率可笑。史記孔子世家：「孔子爲兒嬉戲。」此連上句，謂官場污濁，小人爲所欲爲。

〔八〕「一朝」二句：晉書諸葛長民傳：「諸葛長民，琅邪陽郡人也。有文武幹用，然不持行檢，無鄉曲之譽。……及劉裕建義，與之定謀，爲揚武將軍。……及裕討（劉）毅，以長民監太尉留府事，詔以甲仗五十人入殿。長民驕縱貪侈，不恤政事，多聚珍寶美色，營建第宅，不知紀極，所在殘虐，爲百姓所苦。自以多行無禮，恒懼國憲。及劉毅被誅，長民謂所親曰：『昔年臨彭越，前年殺韓信，禍其至矣！』謀欲爲亂，問劉穆之曰：『人間論者謂太尉與我不平，其故何也？』穆之曰：『相公西征，老母弱弟委之將軍，何謂不平！』長民弟黎民輕狡好利，固勸之曰：『黥彭異體而勢不偏全，劉毅之誅，亦諸葛氏之懼，可因裕未還以圖之。』長民猶豫未發，既而歎曰：『貧賤常思富貴，富貴必履機危。今日欲爲丹徒布衣，豈可得也！』」其後長民及二弟皆被誅。又資治通鑑卷二〇三唐紀一九：李敬業因起兵反對武則天篡唐，光宅元年（六八四）九月丁酉，「追削李敬業祖考官爵，發冢斲棺，復姓徐氏」。

〔九〕「草長」句：木拱，謂死之已久。左傳僖公三十二年：「中壽，爾墓之木拱矣。」杜預注：「合手曰拱。」

近體詩二十韻寄錢秉之〔一〕

憶昔春將莫，分攜桂嶺邊〔二〕。落花依斷隴，飛絮滿長川。風急吹殘雨，雲開放曉天。山光如欲動，草木不勝妍。沽酒遥村市，停驂近郭田〔三〕。臨行思款曲〔四〕，已別更流連。治邑煩游刃〔五〕，編氓荷息肩〔六〕。高才久藏巧〔七〕，篤行衆推賢。屢辱銀鉤貺〔八〕，頻更玉律遷〔九〕。故鄉迷藪澤，回夢渺雲烟。漂泊遥相望，窮愁秖自憐。愛閑身益懶，多病氣仍孱〔一〇〕。故國因人問，新年底事傳〔一一〕。政應升斗戀，聊結簿書緣〔一二〕。諸老方推轂〔一三〕，乘時好着鞭。提撕起憔悴，騰踏動蜿蜒。袖有平戎策〔一四〕，囊無封禪篇〔一五〕。功名期萬里〔一六〕，富貴屬丁年〔一七〕。范蠡終興越〔一八〕，田單卒破燕〔一九〕。異時歸稇載，乞我買鄰錢〔二〇〕。

〔一〕近體詩，即律詩。本詩乃五言排律。錢秉之，開封（今屬河南）人，忠州團練使、知河中府錢晦曾孫。嘉王（趙楷）榜（按：政和八年，一一一八）同上舍出身，治易。紹興初爲左從事郎、新潭州州學教授。八年（一一三八）三月除秘書郎，十一月爲户部員外郎。見南宋館閣録卷七官聯上秘書郎、建炎要録卷八二、卷一一九等。據詩中「臨行」、「已别」等句文意，是詩最早蓋作於紹興五年（一一三五），具體年份不詳。

〔二〕「憶昔」二句：莫，同「暮」，古今字。按建炎要録卷八二：紹興四年（一一三四）十一月：「左從事郎、新潭州州學教授錢秉之特改合入官。秉之避地廣西，用趙鼎薦對，而有是命。」則詩人與錢秉之同避地桂嶺（按：賀州下屬縣名，南渡後屬廣西路，見宋史地理志六，縣治在今賀州桂嶺），時當在紹興初。

〔三〕「沽酒」二句：遥，原闕，據名賢小集、四庫本補。驂，駕車之三匹馬，此代指車。史記蘇秦列傳：「且使我有雒陽負郭田二頃，吾豈能佩六國相印乎？」索隱：「近城之地沃潤流澤，最爲膏腴，故曰負郭。」近郭，與「負郭」義近。自「憶昔」至此十句，乃回憶與錢秉之避地生活之往事。

〔四〕「臨行」句：臨行，指錢秉之因薦到行在所奏對。款曲，心中情愫。

〔五〕「治邑」句：疑指出任知建昌軍。按雍正江西通志卷四六秩官一，在「俱知建昌軍事」名録中，有錢秉之，未記年代，似在詔對之後。游刃，喻治邑力有餘裕。莊子養生主：「今臣之刀十九年矣，所解數千牛矣，而刀刃若新發於硎。彼節者有間，而刀刃者無厚。以無厚入有間，恢恢乎其於遊刃，必有餘地矣。是以十九年而刀刃若新發於硎。」郭象注：「硎，砥石也。」

〔六〕「編氓」句：編氓，在籍之民。息肩，左傳襄公二年：「鄭成公疾子駟，請息肩於晉。」杜預注：「欲辟楚役，以負擔喻。」此以負擔喻指紓民之貧困。

〔七〕「高才」句：藏巧，言其有遠見卓識及高超的政治本領，却深藏不露。

〔八〕「屢辱」句：銀鈎，喻書法筆勢遒勁。晉書索靖傳：「作草書狀，其辭曰：『……蓋草書之爲狀也，婉若銀鈎，漂若驚鸞。舒翼未發，若舉復安。蟲蛇虬蟉，或往或還。類阿那以羸形，欻奮釁而桓桓。』」此以「銀鈎」代指書信。貺，贈也。

〔九〕「頻更」句：晉書律曆志：「黄帝作律，以玉爲管，長尺，六孔，爲十二月音。」此以「玉律」代指曆書，玉律遷，謂歲月推移。

〔一〇〕「多病」句：孱，衰弱。司空圖與王駕評詩：「元白力勍而氣孱，乃都市豪估耳。」

〔一一〕「故國」二句：故國，指東京開封。底，詩詞曲語詞匯釋卷一：「猶何也；甚也。」詩人與錢秉之皆開封人，開封又是渴望恢復之故都，故二人特別關注。

〔一二〕「政應」二句：政，通「正」。升斗，指微薄的俸禄。漢書梅福傳：「今欲致天下之士民有上書求見者，輒使詣尚書問其所言，言可采取者，秩以升斗之禄，賜以一束之帛。」簿書緣，指作主簿之類小官。

〔一三〕「諸老」句：諸老，指趙鼎等在朝高官。推轂，此指薦舉人才。史記馮唐傳：「臣聞上古王者之遣將也，跪而推轂曰：『閫以内者，寡人制之；閫以外者，將軍制之。』」轂，車輪中心穿軸承輻處。

〔一四〕「袖有」二句：平戎策，宋史景泰傳：「景泰，字周卿，普州人，進士起家。……俄元昊反，又上邊臣要略二十卷，遷都官。知成州，奏平戎策十有五篇。」此指抗金之策。

〔一五〕「囊無」句：封禪篇，史記司馬相如傳：「相如既病免，家居茂陵。天子曰：『司馬相如病甚，可往從悉取其書，若不然，後失之矣。』使所忠往，而相如已死，家無書，問其妻，對曰：『……長卿未死時爲一卷書，曰有使者來求書奏之，無他書。』其遺札書言封禪事，奏所忠，忠奏其書，天子異之。」其遺札書言封禪事，稱「符瑞臻兹」云云。於是大司馬請封禪，武帝「乃遷思回慮，總公卿之議，詢封禪之事」。封禪乃盛世之事，是時南宋朝廷尚立足未穩，故言絶無阿諛奉迎之文。

〔一六〕「功名」句：後漢書班超傳：「家貧，常爲官傭書以供養，久勞苦。嘗輟業投筆歎曰：『大丈夫無他志略，猶當效傅介子、張騫立功異域，以取封侯，安能久事筆研間乎？』左右皆笑之。超曰：『小子安知壯士志哉！』其後行詣相者，曰：『祭酒布衣諸生耳，而當封侯萬里之外。』超問其狀，相者指曰：『生燕頷虎頸，飛而食肉，此萬里侯相也。』」

〔一七〕「富貴」句：丁年，文選李陵答蘇武書：「丁年奉使，皓首而歸。」李善注：「丁年，謂丁壯之年也。」

〔一八〕「范蠡」句：終，原作「中」，據四庫本改。「終」與上句「卒」對應。范蠡興越事，見本書正集卷一謁陶朱公廟詩注。

〔一九〕「田單」句：史記田單列傳：「田單者，齊諸田疏屬也。湣王時，單爲臨菑市掾，不見知。及燕使樂毅伐破齊，齊湣王出奔，已而保莒城。燕師長驅平齊，而田單走安平，令其宗人盡斷其車軸末，而傅鐵籠。已而燕軍攻安平，城壞，齊人走，争塗，以轊折車敗，爲燕所虜，唯田單宗人以鐵籠故得脱，東保即墨。」城中相與推田單爲將，田單用反間計破燕，「齊七十餘城皆復爲齊」。以上二句，以范蠡、田單喻錢秉之，謂其將實現滅金、中興之遠大理想。

〔二〇〕「異時」二句：歸稛載，謂捆綁行李運載而歸。國語齊語：「諸侯之使垂橐而入，稛載而歸。」韋昭注：「言重而歸也。稛，絭也。」買鄰錢，南史吕僧珍傳：「初，宋季雅罷南康郡，市宅居僧珍宅側，僧珍問宅價，曰：『一千一百萬。』怪其貴，季雅曰：『一百萬買宅，千萬買隣。』」

吕本中詩集箋注卷二二

絶句

雲海冥冥日向西，春風着意力猶微。無端一棹歸舟疾，驚起鴛鴦相背飛〔一〕。

〔一〕絶句組詩凡三首，此爲第一首。按：是詩又見今國家圖書館藏南宋蜀刻大字本後村居士文集卷六，題「絶句」，第二句「着意力」三字作「欲動意」，餘同。任淵後山詩注卷一一注此詩，亦題「絶句」，第二句「欲動意」作「着意力」，注曰：「魏衍云：丙藁塗二字，末注『王子飛云：趙誠伯本作「欲動」，一云「春風着意力猶微」。』」據此，可肯定本篇蓋吕本中手鈔後山詩，東萊外集編者不察，誤以爲吕作。兹不删不注，存以俟考。

過盡層城渡石梁，亂山千疊轉羊腸〔一〕。草堂居士風流在〔二〕，與種寒香滿古堂〔三〕。

〔一〕「亂山」句：羊腸，喻道路崎嶇曲折。後漢書鄧訓傳：「永平中，理虖沱、石臼河，從都慮至羊腸倉，欲令通漕。」李賢注引酈元水經注云：「汾陽故城，積粟所在，謂之羊腸倉。在晉陽西北，石隥縈委若羊腸焉，故以爲名。」

〔二〕「草堂」句：草堂居士，指魏野。氏族大全卷一七草堂居士：「魏野，字仲先，居東郊，架草堂，有水竹之勝。無貴賤皆白衣紗帽見之，出跨白驢，號草堂居士。」此詩所詠疑魏野後人，故云「風流在」。

〔三〕「與種」句：寒香，指菊、梅之屬。

江城春色漲晴空，櫻杏漫山潑眼紅〔一〕。溪轉路迴人不見，籃輿十里度松風。

〔一〕「櫻杏」句：潑眼紅，謂滿目皆櫻杏等紅色花朵，其多如潑眼而來。蘇軾至秀州贈錢端公安道并寄其弟惠山老：「山頭望湖光潑眼，山下濯足波生指。」

送韓存中侍郎赴光州二首〔一〕

公今處群士，培塿望嵩高〔二〕。不有千鈞重，虛蒙一字褒〔三〕。荒山伏虎兕，小徑狎貍猱〔四〕。默坐吾已得，往尋渠自勞〔五〕。

〔一〕韓存中，朱弁曲洧舊聞卷六：「韓持正侍郎，字存中，雖爲張賓老所知，在從班十八年，無所附麗，故蔡京不喜。大觀末以後多偃藩於外，能知本朝典故，談祖宗時歷歷如在目前。宣和間守鄭，京西路旱蝗，蝗獨不入鄭境，客或譽之，存中云：『亦偶然耳。』喜論時事後必如何，至今無一言不中。自鄭歸老，至建炎初卒於家。平生好事極多，予願誌其墓，不知其子今在何許也。」官至侍郎，嘗爲成都轉運判官、淮南轉運使，晚知鄭州。見沈括夢溪筆談卷一九、范忠宣集卷一、石林燕語卷八等。光州，今河南光山，屬信陽。

〔二〕「公今」二句：培塿，小土丘，見本書卷一三送元上人歸禾山詩注。嵩高，即中嶽嵩山。兩句謂韓持正才德遠高於多士。

〔三〕「虛蒙」句：一字褒，用一字相贊美。李商隱獻寄舊府開封公：「幕府三年遠，春秋一字褒。」

〔四〕「荒山」句：虎兕，猛獸；貍猱，狐貍、山猿之類，此喻指地方惡勢力。「伏」、「狎」，言韓持正氣魄宏大，治理有方。

〔五〕「默坐」二句：謂與韓持正相處，其個性之鮮明皆可數說，而欲一一指明則不可得。

令弟今先達〔一〕，諸郎復可人〔二〕。一麾公出守〔三〕，三徑我知津〔四〕。香火它年社〔五〕，山河後夜春〔六〕。會須從几杖〔七〕，不必畫麒麟〔八〕。

〔一〕「令弟」句：令弟，指韓撝，字秉則。張擴送韓存中侍郎赴隨州詩末注：「其弟秉則侍行，諸人尤惜其去，故末章及之。」韓摛，參見本書卷八送韓摛秉則赴棣倅詩注。先達，韓愈送許郢州志雍序：「先達之士，得人而託之，則道德彰而名聞流；後進之士，得人而託之，則事業顯而爵位通。」此指先中進士或先已入官。

〔二〕「諸郎」句：諸郎，指韓持正諸子。可人，可愛，使人滿意。

〔三〕「一麾」句：文選顏延年五君詠阮始平：「屢薦不入官，一麾乃出守。」李善注五君詠引沈約宋書曰：「顏延年領步兵，好酒疏誕，不能斟酌當時。劉諶言於彭城王義康，出爲永嘉太守。延年甚怨憤，乃作五君詠，以述竹林七賢：山濤、王戎『以貴顯被黜』；詠嵇康曰『鸞翮有時鎩，龍性誰能馴』；詠阮籍曰『物故不可論，途窮能無慟』；詠阮咸曰『屢薦不入官，一麾乃出守』；詠劉伶曰『韜精日沈飲，誰知非荒宴』。此四句蓋自序也。」又注阮咸，引袁宏竹林名士傳曰：「阮咸，字仲容，籍之兄子也。與籍俱爲竹林之遊，官止始平太守。」此既是用典，亦抒發其胸中之不平。

〔四〕「三徑」句：三徑，用陶潛歸去來「三逕就荒」事，見本書卷二知止嘯傲軒詩注。張擴送韓存中侍郎赴隨州：「禪房大如掌，僅著范蘇呂。」原注：「范信中、蘇叔寬、呂居仁。」由知呂本中與韓氏交誼極深。按：范寥，字信中，范鎮族子，前已屢見。蘇叔寬，其人未詳。

〔五〕「香火」句：謂它年結香火社。香火社，以焚香事佛結社，見舊唐書白居易傳。

〔六〕「山河」句：劉子翬有周元仲將出山有愁别園林後夜春之句因作此詩以留之詩。周元仲，即周靈運。宣和庚子（二年，一一二〇）冬至後二日辛酉，嵩山晁説之作周元仲字序，略曰：「泰州周靈運請字於予，以一字表其名曰『元』。豈不曰『元者善之長也，君子體仁足以長人』乎？」則周靈運詩題所謂「愁别園林後夜春」，「後夜春」謂與朋友同遊行樂至後夜也。

〔七〕「會須」句：几杖，几案、手杖，老人靠身或行走時供扶持用。從几杖，以「几杖」代指老人，謂跟年老有德者遊。禮記曲禮上：「大夫七十而致事，若不得謝，則必賜之几杖。」

〔八〕「不必」句：畫麒麟，畫像於麒麟閣。漢書蘇武傳：「上思股肱之美，乃圖畫其人於麒麟閣，法其形貌，署其官爵姓名。……凡十一人，皆有傳。」注引張晏曰：「武帝獲麒麟時作此閣，圖畫其象於閣，遂以爲名。」顏師古注：「漢宫閣疏名云蕭何造。」以上二句，謂士人重在修身立德，而不在立功揚名。

試院中呈諸同官〔一〕

老眼文書便一窗，短檠風味竹方床〔二〕。洛陽甲子清明近〔三〕，海内交游道里長。漸欲着身舡尾上，不能尋汝馬蹄旁〔四〕。慢紅夭緑無多事，紫蝶黄蜂各自忙。

〔一〕吕本中在濟陰主簿任上，曾參與曹州試院政和四年（一一一四）發解試及多次其他考試，作詩多首，參見本書附録年譜。此詩言「清明近」，下首言「春風」，蓋作時相同。考官閲卷之暇與試院同官唱和，在宋代乃常態，參見本書卷七曹南試院懷向子諲兄弟兼呈張擴詩注。

〔二〕「老眼」二句：便一窗，以在窗前閱卷爲便。一窗、短檠、竹方床，乃閱卷官生活情狀。竹方床，南史賀革傳：「年二十始輟耒就父受業，精力不怠。有六尺方牀，思義未達則横卧其上，不盡其義，終不肯食。」又宋蔡確夏日登車蓋亭十首其四：「紙屏石枕竹方床，手倦抛書午夢長。」

〔三〕「洛陽」句：唐沈佺期嶺表逢寒食（一作驩州風景不作寒食）：「嶺外遲（一作海外無）寒食，春來不見餳。洛陽新甲子，何日是清明。花柳争朝發，軒車滿路迎。帝鄉遥可念，腸斷報親情。」（載文苑英華卷一五七）此次考試蓋距清明節不遠，故有是句。

〔四〕「漸欲」二句：謂閱卷結束後同官各奔東西，自己也將乘船而去。舡，同「船」。

試院鎖宿數日未出〔一〕

一閉幾十日〔二〕，春風能幾時。誤尋高士傳，虚負老人期〔三〕。酒或知愁處，人應笑我癡。衰顔已無緒，仍對折殘枝〔四〕。

〔一〕鎖宿，亦稱鎖院，即各級科舉考試開始時，考官、閱卷官等集中到試院住宿，不許與外面接觸，以免作弊。宋會要輯稿選舉一之四：「自端拱元年（九八八）試士罷，進士擊鼓訴不公後，次年蘇易簡知貢舉，固請御試，是年（淳化三年，九九二）又知貢舉，既受詔，徑赴貢院，以避請求，後遂爲例。」又同上選舉三之六：「淳化三年正月六日，命翰林學士承旨蘇易簡等同知貢舉，受詔即至貢院視事，不更至私第，以杜請託。」鎖宿時間長短，視參試舉子人數多少而定。

〔二〕「一閉」句：幾，副詞，將近，與下句疑問代詞「幾」音義不同。

〔三〕「誤尋」二句：高士傳三卷，晋皇甫謐撰，所傳高士七十二人，四庫全書已收録。此以指不參加科舉考試爲「高士」。吕本中在徽宗朝因受元祐黨禍連累，不準參加科舉考試，此婉諷之，謂是讀高士傳所誤。虚負，謂辜負長輩期盼。

〔四〕「仍對」句，折殘枝，晋書郤詵傳：詵舉賢良對策爲最優，自謂「猶桂林之一枝，崑山之片玉」，故後以登科爲折桂。吕本中未參加過科舉考試，而今以試官身份入試院，故以「折殘枝」自嘲。

堤上

水上人家各繫船，畫旗何處插鞦韆〔一〕。長堤繚繞人行外，古木槎牙鳥宿邊〔二〕。
敢爲簿書嫌蹭蹬〔三〕，郤因升斗致留連〔四〕。何時更鼓江上棹，一住越中三十年。

〔一〕「畫旗」句：乃錯綜結構，謂插畫旗處便有鍬钁。

〔二〕「長堤」二句：槎牙，連綿字，錯雜不齊貌。蘇軾江上看山：「前山槎牙忽變態，後嶺雜沓如驚奔。」以上四句，描寫水上人家居所風景。

〔三〕「敢爲」句：敢，豈敢。簿書，官司公文。蹭蹬，連綿字。文選木華海賦：「或乃蹭蹬窮波，陸死鹽田。」李善注：「蹭蹬，失勢之貌。」

〔四〕「卻因」句：升斗，指俸禄，言微薄。留連，連綿字，此謂不捨離開。南齊書江斅傳：「江斅字叔文，濟陽考城人也。……尚孝武女臨汝公主，拜駙馬都尉。除著作郎，太子舍人，丹陽丞。時袁粲爲尹，見斅歎曰：『風流不墜，政在江郎。』數與宴賞，留連日夜。」按：據此句，是詩疑作於政和間爲海陵獄掾時。

阻雨不出

年來塵土住都城，尚見東行半月程〔一〕。一夜北風三尺雨〔二〕，卧聞車馬濺泥聲。

〔一〕「年來」二句：都城，指京師開封。謂「東行半月程」，疑在臨赴海陵獄掾時。

〔二〕「一夜」句：陳師道田家：「昨夜三尺雨，竈下已生泥。」

次潘節夫韵〔一〕

昔年繞舍培楸梧，霜風初勁葉未枯。鷄肥兔賤年穀熟，草服黄冠真野夫〔二〕。時時步屧遇鄰叟，共醉不復煩追呼。杯中滿汎注白玉〔三〕，床邊阿堵無青蚨〔四〕。擊壤歌缶有餘樂〔五〕，豈羡騏驥馳大衢〔六〕。眼眵看朱或成碧〔七〕，心懵讀馬還作烏〔八〕。富如安昌徒自苦，上賈必欲求膏腴〔九〕。聲名向晚更寂寞，何似楊雄宅一區〔一〇〕。美官好爵乃土苴〔一一〕，人生要在修廉隅〔一二〕。

〔一〕潘節夫，其人事迹不詳。據詩意，是時詩人似尚未入仕。

〔二〕「草服」句：禮記郊特牲：「野夫黄冠。黄冠，草服也。」孔穎達疏：「野夫著黄冠，黄冠是季秋之後草色之服，故息田夫而服之也。」

〔三〕「杯中」句：汎，晋書束皙傳：「昔周公城洛邑，因流水以汎酒，故逸詩云：『羽觴隨波。』」蓋即後世所謂流觴。注白玉，注，斟；白玉，酒未漉時，其糟白如玉，故以白玉代指酒。李白贈錢徵君少陽（一作送趙雲卿）：「白玉一盃酒，緑陽三月時。」

〔四〕「床邊」句：牀，原作「林」。按世説新語規箴曰：「王夷甫（衍）雅尚玄遠，常嫉其婦貪濁，口未嘗言『錢』字。婦欲試之，令婢以錢繞牀，不得行。夷甫晨起，見錢閡行，呼婢曰：『舉却阿堵物。』」則「林」乃床（一作「牀」）之形訛，據改。阿堵，宋王楙野客叢書卷八阿堵此君：「今人稱錢爲阿堵，蓋祖王衍之言也。阿堵，晉人方言，猶言『這個』耳。」青鳧，亦指錢。初學記卷二七錢「青鳧」條引干寶搜神記曰：「南方有蟲，其形似蟬而大。其子著草葉如蠶種。得子以歸，則母飛來就之。殺其母，以血塗其子，以其子塗母，用錢貨市，旋則自還。淮南子術以之還錢，名曰『青鳧』（按：鳧一作「蚨」）。」句謂潘節夫爲人清高，從不言錢。

〔五〕「擊壤」句：藝文類聚卷一一引帝王世紀：帝堯之時，「天下大和，百姓無事。有五十老人擊壤於道，觀者歎曰：『大哉！帝之德也。』老人曰：『吾日出而作，日入而息，鑿井而飲，耕田而食，帝何力於我哉！』」史記藺相如列傳：「（趙王）遂與秦王會澠池，秦王飲酒酣，曰：『寡人竊聞趙王好音，請奏瑟。』趙王鼓瑟。秦御史前書曰：『某年月日，秦王與趙王會飲，令趙王鼓瑟。』藺相如前曰：『趙王竊聞秦王善爲秦聲，請奉盆缻秦王，以相娛樂。』」集解（裴）駰案風俗通義曰：「缶者，瓦器，所以盛酒漿。秦人鼓之以節歌也。」索隱：「缻，音缶。」

〔六〕「豈羨」句：騏驥，駿馬名。史記荊軻列傳：「田光曰：『臣聞騏驥盛壯之時，一日而馳千里。』」大衢，大道。文選班固西都賦：「内則街衢洞達，閭閻且千。」李善注引爾雅曰：「四達謂之衢。」句言不慕高官厚禄。

〔七〕「眼眵」句：眵，眼有目汁（俗稱眼屎）。吴曾能改齋漫録卷六看朱成碧：「李太白前有樽酒行云：『催絃拂柱與君飲，看朱成碧顔始紅。』按梁王僧孺夜愁示諸賓詩云：『誰知心眼亂，看朱忽成碧。』又云：『看朱成碧思紛紛，憔悴支離爲憶君。不信比來長下淚，開箱看取石榴裙。』武則天詩也，見郭茂倩樂府（詩集）。」按：看朱成碧，謂眼花撩亂。

〔八〕「心懵」句：謂心裏懵懵然，以形近讀「馬」爲「烏」。宋祁代人乞出表：「書思記命，目不辨於烏馬。」

〔九〕「富如」二句：安昌，指張禹，漢成帝丞相，封安昌侯。漢書張禹傳：「張禹字子文，河内軹人也。至禹父徙家蓮勺。……河平四年（前二五）代王商爲丞相，封安昌侯。爲相六歲，鴻嘉元年（前二〇）以老病乞骸骨，上加優再三，乃聽許，賜安車駟馬，黄金百斤，罷就第，以列侯朝朔望，位特進，見禮如丞相，置從事史五人，益封四百户。天子數加賞賜，前後數千萬。禹爲人謹厚，内殖貨財，家以田爲業。及富貴，多買田至四百頃，皆涇、渭溉灌，極膏腴上賈，它財物稱是。」顏師古注：「賈讀曰價。」

〔一〇〕「何似」句：漢書揚雄傳上：「揚雄，字子雲，蜀郡成都人也。……有田一廛，有宅一區，世世以農桑爲業。……不修廉隅以徼名當世，家産不過十金，乏無儋石之儲，晏如也。」

〔一一〕「美官」句：莊子讓王：「故曰，道之真以治身，其緒餘以爲國家，其土苴以治天下。」成玄英疏：「土，糞也。苴，草也。」釋文引司馬彪云：「土苴，如糞草也。」

〔一二〕「人生」句：廉隅，有棱有角，喻人品行端方不苟。禮記儒行：「儒有上不臣天子，下不事諸侯，慎静而尚寬，强毅以與人，博學以知服，近文章，砥厲廉隅，雖分國如錙銖，不臣不仕，其規爲有如此者。」孔穎達疏：「『近文章，砥厲廉隅』者，言儒者習近文章，以自磨厲，使成己廉隅也。」

再用前韵寄璧公〔一〕

直言曾許老盲聾，文物當年掃地空〔二〕。縱病且懷脩月手〔三〕，更窮不顧拍張公〔四〕。長年眼作胡僧碧〔五〕，舊賞花今何處紅〔六〕。知有百年餘習在，略煩佳句愈頭風〔七〕。

〔一〕璧公，即饒節，爲僧後法名如璧。本書卷一有吕本中寄璧公道友詩，如璧有次韵之作二首（見倚松老人詩集卷二），前已録第一首（次韵答吕居仁），而吕本中再用前韵作詩一首，即本詩。如璧第二首題再次前韵，即再次本中韵，附録於次：「曾將千古較窮通，芥孔能容幾許空。借問折腰辭五斗，何如折臂取三公。四時但覺風雨過，一飯奚須刀匕紅。要識壞魔三昧力，更培根墢待春風。」兩詩蓋大致作於同時，僅有時日前後之分。

〔二〕「直言」二句：據下文推測。蓋詩人與如璧曾議及老、盲、聾、文物（指書籍）掃地以盡（徽宗朝禁所謂「元祐學術」，元祐黨人著述多被禁毁）後之人生態度，故引出「縱病」、「更窮」（見下）等表白。

〔三〕「縱病」句：酉陽雜俎前集卷一：「太和中，鄭仁本表弟，不記姓名，嘗與一王秀才遊嵩山……遂迷歸路。……見一人布衣甚潔白，枕一襆物，方眠熟。即呼之……乃起坐，顧曰：『來此！』二人因就之，且問其所自。其人笑曰：『君知月乃七寶合成乎？月勢如丸，其影，日爍其凸處也。常有八萬二千户脩之，予即一數。』因開襆，有斧斤數事，玉屑飯兩裹，授與二人。」蘇軾正月一日雪中過淮謁客回作二首其一：「從來脩月手，合在廣寒宮。」此謂即便多病，亦要作「脩月手」，使日月更加燦爛明亮。謂對宋王朝絶對忠誠。

〔四〕「更窮」句：拍張公，玩伎藝之人。拍張，從空中接刀之雜技。南齊書王敬則傳：「年二十餘，善拍張，補刀戟左右。景和使敬則跳刀，高與白虎幢等，如此五六，接無不中。」南齊書王儉傳：「（帝）幸華林宴集，使各效伎藝。……於是王敬則脱朝服袒，以絳糾髻，奮臂拍張，叫動左右。上不悦，曰：『豈聞三公如此？』答曰：『臣以拍張，故得三公，不可忘拍張。』時以爲名答。」艇齋詩話：「吕東萊詩用拍張公事，出南史王儉傳，王敬則云：『臣以拍張，得爲三公。』」此句言再窮也不會以伎藝（拍張）謀官。

〔五〕「長年」句：蘇軾次韻王鞏南遷初歸二首其一：「問君謫南賓，野葛食幾尺。逢人瘴髮黄，入市胡眼碧。」舊題王十朋注：「堯卿（引者按：王鞏字）嶺南人，瘴癘所感，則鬢髮皆黄，其眼皆作胡人碧色，風土使然也。」意謂或流落嶺南瘴癘之地。眼碧，亦指禪學修養極高，參見本書卷五赴濟陰留别一公詩注。

〔六〕「舊賞」句：以「花」喻指親朋好友，謂患難中各有其志，有人或已另謀前程。

〔七〕「知有」二句：百年，一生。莊子盜跖：「人上壽百歲，中壽八十，下壽六十。」餘習，指作詩。愈頭風，用曹操事，見本書卷一得李去言詩次韵答之詩注引三國志魏書王粲傳附陳琳傳裴松之注引典略。元稹酬李六醉後見寄口號：「頓愈頭風疾，因吟口號詩。」以上兩句，乃向如璧求詩。

郴州牛脾山謁景星觀觀下有白鹿洞乃蘇耽飛昇之地〔一〕

清霜散曉陰，輕風次宿霧。橋傾絶人行，漁問借舟渡。初驚烏背轉〔二〕，漸入牛脾路。長林連雲壑，細草縈石户〔三〕。洞深鎖靈蹤，鹿去驂仙馭〔四〕。殿高鄰天冠，廊回寬地屦〔五〕。驟響水湍流，飄香花似雨。崎嶇到山椒〔六〕，静曠奪塵慮。四顧但蒼莽，俯窺若軒翥〔七〕。竚立鶴不歸，寒生日云莫。

〔一〕牛脾山，方輿勝覽卷二五湖南路郴州山川：「馬嶺山，在郴縣東北七里。舊名牛皮山，又名蘇仙山。輿地志：昔有仙人蘇耽入山學道，其母往闞之，見其乘白馬飄然，故又謂之白馬嶺。」脾、皮音同，蓋俗稱，兩字皆可。按太平御覽卷四九馬嶺山引郡國志曰：「郴州馬嶺山，本名牛脾山，山上有仙人蘇耽壇，即郴人也。爲兒童時，與衆童牧，更直守牛，每耽守牛，牛不敢散。嘗與衆兒獵，即乘鹿，人笑之，曰：『龍也。』去郡百二十里。母臨食晚，往買鮓，須臾即還。一日，有衆賓來，耽啓母曰：『受性當仙，仙人合招耽去。今年疾疫甚，飲家中井水即無恙。又種藥於園梅樹下，可治百病。買此水及藥，過於供養。』便去。母遽視之，衆賓皆白鶴也。以耽常乘白馬，故號馬嶺山。」宣和中，阮閱知郴州，作郴江百詠詩集，其馬嶺詩曰：「牛山日日夕陽紅，鹿洞年年草色濃。更有當時馬行處，郴人猶指舊騾踪。」鹿洞，即白鹿洞，在景星觀下，阮閱景星觀詩：「聖世休祥見景星，曾聞瑞日慶雲生。羽人中夜來朝斗，透過松梢一點明。」

〔二〕「初驚」句：烏背，代指太陽。初學記卷一日：「（日）亦名陽烏。」烏背轉，指時間過午，日影漸漸由西轉到東。

〔三〕「細草」句：石户，石洞。蘇軾和孫同年卞山龍洞禱晴：「我來叩石户，飛鼠翻白鴉。寄語洞中龍，睡味豈不嘉。」

〔四〕「洞深」二句：指白鹿洞，見前注。阮閱白鹿巖詩曰：「風馭雲軒鶴羽輕，野麋常此望霓旌。當時巖下藏身處（引者按：即白鹿洞），依舊春來草自生。」

〔五〕「殿高」二句：殿，當指蘇仙祠。阮閱蘇仙祠：「羽節雲旌事已空，舊庵今在最高峰。拂壇不見當時竹，繫馬猶存舊日松。」天冠、地屨，謂以天爲冠，以地爲屨。屨，鞋也，極言祠殿之高廣。

〔六〕「崎嶇」句：山椒，杜甫桔柏渡：「無以洗心胸，前登但山椒。」宋黄希注引王十朋曰：「謝惠連詩：『悲猿響山椒。』漢武帝李夫人賦：『釋馬山椒。』廣雅曰：『土高四墮曰山椒。』謝莊月賦：『菊散芳於山椒。』」

〔七〕「俯窺」句：軒翥，文選潘岳射雉賦：「鬱軒翥以餘怒，思長鳴以效能。」徐爰注：「軒，起望也。方言云：翥，舉也。」吕向注：「軒翥，將飛貌。」吕注簡明。

春日十二韵〔一〕

看花不忍摘，憶在歷陽時〔二〕。夢挾春風走，生嫌莫景移〔三〕。老人扶杖隱〔四〕，諸少倚歌遲〔五〕。懶拙今誰問，漂流只自知〔六〕。久無紅頰映，但有白須隨〔七〕。一世半疾病，百年常别離。謾成歸隱夢，頻有送行詩。痛飲心猶在，高吟病不宜。未應譏偪仄〔八〕，或恐勝肥癡〔九〕。何日江南去〔一〇〕，秋帆滿意吹。

〔一〕詩題作「十二韵」，然詩僅十韵。疑「二」字衍，或正文脱兩韵四句。已不可考，兹姑依底本。

〔二〕「憶在」句：歷陽，今安徽馬鞍山和縣。吕本中到歷陽，在哲宗元符初，因祖父吕希哲貶官歷陽，吕本中等隨侍，時年十五歲。見本書卷一九贈魏承事二絶注。

〔三〕「生嫌」句：張相詩詞曲語辭匯釋卷二：「生，甚辭，猶偏也；最也；只也，硬也。」莫，同「暮」，暮景，指天將晚。

〔四〕「老人」句：老人，指詩人之祖呂希哲，見上揭贈魏承事二絶詩注，參見本書卷七大雪不出寄陽翟寧陵詩「老人去已遠」句注。隱，莊子齊物論：「南郭子綦隱几而坐，仰天而噓。」釋文：「隱，於靳反，馮也。」馮，同「憑」，倚憑貌。

〔五〕「諸少」句：諸少，指呂希哲子孫本中等。倚歌，依曲而歌。梁王臺卿詠箏：「依歌時轉韵，按曲動花鈿。」按：以上兩句，描述呂希哲在歷陽貶所爲子孫講誦時情景。

〔六〕「漂流」句：漂，飄浮，流蕩。此指避地南方作寓客。三國志蜀書許靖傳：「靖與曹公書曰：『南至交州……漂薄風波，絶糧茹草，饑殍薦臻，死者大半。』」

〔七〕「久無」二句：紅頰，指年輕時容貌。白須，「須」即胡須，後作「鬚」字。

〔八〕「未應」句：傴仄，所居隘陋貌。杜甫傴仄行：「傴仄何傴仄，我居巷南子巷北。可恨鄰里間，十日不一見顔色。」此既指所居隘陋，亦暗指缺乏政治活動空間。

〔九〕「或恐」句：南史沈昭略傳：「昭略字茂隆，性狂儁，不事公卿，使酒杖氣，無所推下。嘗醉，晚日負杖攜家賓子弟至婁湖苑，逢王景文子約，張目視之曰：『汝是王約耶？何乃肥而癡。』約曰：『汝沈昭略邪？何乃瘦而狂。』昭略撫掌大笑，曰：『瘦已勝肥，狂已勝癡，奈何王約，奈汝癡何！』」

〔一〇〕「何日」句：江南去，離開江南。是詩當作於晚年漂流寓居江南時，故云「白須隨」。

京師雨春〔一〕

驟雨翻簷急，殘花落按頻〔二〕。春光一夢過，物態逐時新。舊識嵇康懶〔三〕，兼隨原憲貧〔四〕。南鄰鼓喚客，知是可憐人〔五〕。

〔一〕京師，乃宋人對東都開封之稱呼，則是詩當作於靖康之難前，時間不詳。

〔二〕「殘花」句：按，通「案」。

〔三〕「舊識」句：嵇康懶，見本書卷一三次韵折仲古見贈詩注引嵇康與山巨源絶交書。

〔四〕「兼隨」句：史記孔子弟子列傳：「原憲，字子思。……孔子卒，原憲亡在草澤中。子貢相衛，而結駟連騎排藜藿，入窮閻，過謝原憲。憲攝敝衣冠見子貢，子貢恥之，曰：『夫子豈病乎？』原憲曰：『吾聞之，無財者謂之貧，學道而不能行者謂之病。若憲，貧也，非病也。』子貢慚，不懌而去，終身恥其言之過也。」

〔五〕「知是」句：可憐人，可愛之人。杜甫雨過蘇端：「蘇侯得數過，懽喜每傾倒。也復可憐人，呼兒具梨棗。」

府學治事奉懷張彥實兼寄惠子澤范信中向君受〔一〕

疾病衝忙百不宜〔二〕，只今筋力已全衰。長廊廣殿風來遠，古柳高槐日上遲〔三〕。彭澤老人新斷酒，輞川居士舊能詩〔四〕。已憐匹馬西歸後，更憶偏舟南渡時〔五〕。

〔一〕按詩中言及西歸、南渡，則府學之「府」，疑指臨安府，即臨安府學。除此之外，呂本中別無「府學治事」之可能。宋史高宗紀二：建炎三年（一一二九）七月辛卯，「升杭州爲臨安府」。紹興八年（一一三八），呂本中爲中書舍人，或曾到臨安府學治事，蓋念及曾在興仁府（曹州）府學與友人張擴、惠子澤等交往事（見本書卷七試院中呈工曹惠子澤教授張彥實詩注），故有是詩。范信中，即范寥，范鎮族人，前已屢見。向君受，疑即向子諲弟向子諶，字君受，亦即曹南試院懷向子諲兄弟兼呈張擴詩中所謂「大向金相玉爲表，小向堅車取長道」之「小向」。

〔二〕「疾病」句：衝忙，猶言急匆匆地忙。文獻中「衝忙」兩字連用極少見。

〔三〕「長廊」二句：形容臨安府學建築宏偉，環境優美。

〔四〕「彭澤」二句：彭澤老人，陶淵明也。陶淵明爲潯陽（今江西九江）人，嘗爲彭澤令。輞川居士，即王維。王維祖籍祁縣（今屬山西），晚年居藍田輞川別墅。此以二人自喻，蓋以陶嗜酒，王信佛，又皆能詩故也。

〔五〕「已憐」二句：匹馬西歸，似指爲海陵獄掾時因公務回京師開封，疑與所辦案件有關。參見西歸舟中懷通泰諸君詩注，見本書卷九。「偏舟南渡」，指建炎元年（一一二七）夏由京師逃難至宣城，從此走上避地流寓之路。由此兩句，知是詩當作於紹興間，蓋向朋友追懷曹州分別之後的艱辛歷程。

寄家叔虛己〔一〕

莫言離別費周旋，萬里星河共此天。山色自然無罣礙〔二〕，月明何處不團圓。寒雲渺莽初飛雁，野樹蕭條咽斷蟬。問舍求田經有願，曉帆春渚望回舡〔三〕。

〔一〕虛己，呂虛己，本中叔父，名疑問，見本書卷七大雪不出寄陽翟寧陵詩注。

〔二〕「山色」句：罣礙，牽阻，障礙。蘇軾六觀堂贊：「我觀衆生，終日疑怖。土偶不然，無罣礙故。」

〔三〕「問舍」二句：三國志魏書陳登傳：「（劉）備曰：『君（許汜）有國士之名，今天下大亂，帝主失所，望君憂國忘家，有救世之意，而君求田問舍，言無可采，是元龍（陳登字）所諱也，何緣當與君語？』」此蓋言其叔購置田舍事已如願，望即返家。舡，同「船」。

北齊〔一〕

陳郎苑裏朝朝樹〔二〕，齊主宮中步步蓮〔三〕。莫言河朔便粗魯，便有琵琶膝上弦〔四〕。

〔一〕北齊，後魏孝武帝永熙三年（五三四）八月，孝武帝不堪高歡迫辱，西奔宇文泰，是爲西魏。其年十月，高歡推後魏清河王亶子善見（即孝静帝）爲主，徙都鄴，是爲東魏，後魏從此分爲二。孝静帝武定八年（五五〇），遜位於高歡第二子高洋，建立齊，史稱北齊，高洋爲北齊文宣帝。至北齊後主高恒隆化二年（五七七）禪位於幼主高恒，爲周將所俘，北齊於是滅亡。

〔二〕「陳郎」句：陳郎，指陳後主陳叔寶。朝朝樹，南史卷一二后妃傳下後主張貴妃：張貴妃名麗華，兵家女也。後主即位，拜爲貴妃。「後主每引賓客，對貴妃等游宴，則使諸貴人及女學士與狎客共賦新詩，互相贈答。采其尤豔麗者以爲曲調，被以新聲。選宮女有容色者以千百數，令習而歌之，分部迭進，持以相樂。其曲有玉樹後庭花、臨春樂等。其略云：『璧月夜夜滿，瓊樹朝朝新。』大抵所歸，皆美張貴妃、孔貴嬪之容色。」

〔三〕「齊主」句：指南齊東昏侯蕭寶卷。南史卷五齊本紀下廢帝東昏侯（寶卷）：永元三年（五〇一），「江左舊物，有古玉律數枚，悉裁以鈿笛。莊嚴寺有玉九子鈴，外國寺佛面有光相，禪靈寺塔諸寶珥，皆剥取以施潘妃殿飾。性急暴，所作便欲速成，造殿未施梁桷，便於地畫之，唯須宏麗，不知精密。酷不別畫，但取絢曜而已，故諸匠賴此得不用情。又鑿金爲蓮華以帖地，令潘妃行其上，曰：『此步步生蓮華也。』塗壁皆以麝香，錦幔珠簾，窮極綺麗」。

〔四〕「莫言」二句：河朔，此代指北齊。北齊乃由後魏分裂建國，而魏乃鮮卑人所建，統「幽都之北，廣漠之野」（魏書序紀），故云其源出於河朔。北齊高祖神武皇帝高歡，字賀六渾，勃海蓨人，六世祖高隱歸後魏，遂仕於魏。兩句言別以爲北齊統治者粗魯没文化，不懂以歌舞享樂，其實他們特好琵琶。北齊書卷一四后妃傳後主馮淑妃：「馮淑妃名小憐，大穆后從婢也。穆后愛衰，以五月五日進之，號曰『續命』。慧黠能彈琵琶，工歌舞。後主惑之，坐則同席，出則並馬，願得生死一處。」同上書卷八幼主（高恒）紀：「自以策無遺算，乃益驕縱。盛爲無愁之曲，帝自彈胡琵琶而唱之，侍者和之者以百數，人間謂之無愁天子。」則北齊帝王之享樂腐化，與南齊、陳別無二致。

信安生日〔一〕

和風藹藹動祥煙，此日祥鸞下九天〔二〕。已共清秋却殘暑，更同蒼柏享長年〔三〕。
瓊枝自出塵囂外〔四〕，寶月常臨雨露前〔五〕。□問當筵何所頌，人間今日地行仙〔六〕。

〔一〕信安，指信安郡王孟忠厚。孟忠厚字仁仲，隆祐太后兄、追封咸寧郡王彥弼子。事迹詳本書卷一八寄京口使君詩注。是詩疑作於婺州。

〔二〕「此日」句：太平御覽卷九一六引孫氏瑞應圖曰：「鸑鳥，赤神之精，鳳凰之佐。」又引北史蕭寶夤傳，後魏柳楷對蕭寶夤稱「大王齊明帝子，天下所屬」，引謠言，有「鸑生十子九子㲉」句。此言是日其母誕下貴子，即謂孟忠厚生日也。

〔三〕「已共」二句：共，與也。言人生旅程已歷春、夏，正在秋季，接着便是松柏不老之季。論語子罕：「子曰：『歲寒，然後知松柏之後彫也。』」

〔四〕「瓊枝」句：楚辭屈原離騷：「溘吾遊此春宫兮，折瓊枝以繼佩。」洪興祖補注：「瓊，玉之美者。」後漢書張衡傳：「南方有鳥，其名爲鳳，天爲生樹，名曰瓊枝。高百二十仞，大三十圍，以琳琅爲實。」後漢（張衡傳）注云：「瓊枝、玉樹，以喻堅貞。」此以喻孟忠厚，言其擺脱塵囂，獨守高潔。

〔五〕「寶月」句：寶月，月之美稱，與上句「瓊枝」對應，亦以喻孟忠厚。雨露，指帝、后恩澤。

〔六〕「□問」二句：□問，闕字無從校補。當筵，宴會主人，即孟忠厚。地行仙，王安石謁曾魯公（公亮）詩曰：「翊戴三朝冕有蟬，歸榮今作地行仙。……一觴豈足爲公壽，願賦長鯨吸百川。」李壁注引楞嚴經：「仙人有八種：一服餌堅固地行仙，塗藥飛行仙，金石游行仙，動止堅固通行仙，咒禁道行仙，思念照行仙，交通行仙，變化絶行仙。此皆有神通。」按：詳見楞嚴經卷八又蘇軾樂全先生生日以鐵拄杖爲壽二首其一：「先生真是地行仙，住世因循五百年。」注亦引楞嚴經。

晉太寧元年四月王敦自武昌下屯于湖明年六月敦將舉兵内向明帝微行至于湖陰察其營壘而去唐温庭筠作湖陰曲蓋爲此也後漢王霸之孫改封蕪湖縣吴時此地稱于湖或稱蕪湖察其營壘則姑熟之西初無湖陰又且于湖乃蕪湖也張文潛有于湖曲廣其意追和焉〔一〕

瑯琊初渡秦淮水，外託姦雄抗胡壘〔二〕。白頭欻發問鼎心〔三〕，十萬鋭師同日起〔四〕。旌旗蔽江銜舳艫〔五〕，卸帆鈎壍屯于湖〔六〕。雲昏霧慘恣誅殺，雹激風奔傳指呼。謀狂慮逆天奪魄〔七〕，晝夢環營日五色〔八〕。巴滇駿馬去如飛，始遣輕兵索行客。黄須英特神所憐，舍旁老嫗留寶鞭。寶鞭玩賊佇俄傾，野陌塵斷生青煙〔九〕。石城戰士争憤泣〔一〇〕，君王試敵曾深入。纍纍金印取封侯，忍瞰上流借餘力〔一一〕。際山暴骨真可哀，向來勝負安在哉。至今秋晚漁樵地，雨洗漬血空蒼苔〔一二〕。

〔一〕詩題，原無「元年」二字，當是脱漏，據晉書明帝紀補。按晉書王敦傳，王敦於元帝（司馬睿）

時，即「欲專制朝廷，有問鼎之心」，曾以誅劉隗爲名，率兵攻石頭城，於是元帝以敦爲丞相、江州牧。又晉書明帝紀：及（元）帝崩，太寧元年（三二三）夏四月，「（王）敦下屯于湖」。二年六月，「敦將舉兵内向，帝（明帝司馬紹）密知之，乃乘巴滇駿馬微行，至于湖，陰察敦營壘而出。有軍士疑帝非常人。又敦正晝寢，夢日環其城，驚起曰：『此必黄鬚鮮卑奴來也。』帝母荀氏，燕代人，帝狀類外氏，鬚黄，敦故謂帝云。於是使五騎物色追帝。帝亦馳去，馬有遺糞，輒以水灌之。見逆旅賣食嫗，以七寶鞭與之，曰：『後有騎來，可以此示也。』俄而追者至，問嫗。嫗曰：『去已遠矣。』因以鞭示之。五騎傳玩，稽留遂久。又見馬糞冷，以爲信遠而止不追，帝僅而獲免。」詩題所述，即此段史實。詩題又稱唐詩人温庭筠作湖陰曲，其詩今存，作湖陰詞，有序曰：「王敦舉兵至湖陰，明帝微行視其營伍，由是樂府有湖陰曲，而亡其詞，因作而附之。」其詞曰：「祖龍黄鬚珊瑚鞭，鐵驄金面青連錢。虎髯拔劍欲成夢，日壓賊營如血鮮。海旗風急驚眠起，甲重光摇照湖水。蒼黄追騎塵外歸，森索妖星陳前死。五陵愁碧春萋萋，灞川玉馬空中嘶。羽書如電入青瑣，雪腕如槌催畫鞞。白虯天子金鍠鋋，高臨帝座回龍章。吴波不動楚山晚，花壓闌干春晝長。」（温飛卿詩集箋注卷一）則詩題謂明帝察王敦營壘在姑蘇之西，其地無湖陰。詩題又云張耒（字文潛）作于湖曲，今亦存，亦有序，曰：「蕪湖令寄示温庭筠湖陰曲，其序乃云：『晉王敦反，屯于湖陰。帝微行至其營。敦夢日繞之，覺而追不及，故樂府有湖陰曲。』按晉地志有于湖而無湖陰。本記云『敦屯于湖』，又曰『帝至于湖，陰察營壘而去』。頃予遊蕪湖，問父老湖陰所在，皆莫之知也。然則『帝至于湖』，當斷爲句。乃作于湖曲以遺之，使正其是非云。」其曲曰：「武昌雲旗蔽天赤，夜築于湖洗鋒鏑。巴滇騄駿風作蹄，去如滅没來不斷。日圍萬里纏孤壁，兵氣如霜已潛釋。蛇矛賤士識天顔，玉帳髯奴落妖魄。君不見銅駝陌上塵沙起，鐵騎春來飲瀍水。浮江天馬是龍兒，蹙踏揚州開帝里。王氣高懸五百秋，弄兵老濞空白頭。石城戰骨卧秋草，更欲君王分上流。」（柯山集卷三）温庭筠作湖陰詞以歌王敦反晋之敗，然因斷句錯誤，遂造成地名淆亂，張耒始正之，呂本中於是再作此詩以追和焉。

〔二〕「琅琊」二句：姦雄，指王導、王敦兄弟。晋書王敦傳：「王敦，字處仲，司徒導之從父兄也。父基，治書侍御史。敦少有奇人之目，尚武帝女襄城公主，拜駙馬都尉，除太子舍人。」琅琊，指琅琊王司馬睿，即位爲東晋元帝。秦淮水，代指建康（今江蘇南京）。是時西晋滅亡，王導、王敦兄弟擁立司馬睿爲帝，是爲元帝。晋書王導傳：「時元帝爲琅邪王，與導素相親善。導知天下已亂，遂傾心推奉，潛有興復之志。帝亦雅相器重，契同友執。帝之在洛陽也，導每勸令之國。會帝出鎮下邳，請導爲安東司馬，軍謀密策，知無不爲。及徙鎮建康，吴人……乃相率拜於道左。」俄而京洛傾覆，王導對元帝曰：「顧弘深神慮，廣擇良能，顧榮、賀循、紀瞻、周玘，皆南土之秀，願盡優禮，則天下安矣。」帝納焉。

〔三〕「白頭」句：欻，忽然。問鼎，左傳宣公三年：「楚子伐陸渾之戎，遂至於雒，觀兵於周疆。定王使王孫滿勞楚子，楚子問鼎之大小輕重焉。」杜預注：「王孫滿，周大夫。示欲偪周取天下。」鼎，即禹所鑄九鼎，三代相傳以爲寶，乃政權之象徵。心，原作「新」，據前注引晉書王敦傳改。

〔四〕「十萬」句：晉書明帝紀：太寧二年（三二四）秋七月壬申朔，「（王）敦遣其兄含及錢鳳、周撫、鄧岳等水陸五萬，至於南岸。温嶠移屯水北，燒朱雀桁，以挫其鋒。帝躬率六軍，出次南皇堂。至癸酉夜，募壯士，遣將軍段秀、中軍司馬曹渾、左衛參軍陳嵩、鍾寅等甲卒千人渡水，掩其未備。平旦，戰於越城，大破之，斬其前鋒將何康。王敦憤惋而死。前宗正虞潭起義師於會稽。沈充帥萬餘人來會含等，庚辰，築壘於陵口。丁亥，劉遐、蘇峻等帥精卒萬人以至，帝夜見，勞之，賜將士各有差。義興人周蹇殺敦所署太守劉芳，平西將軍祖約逐敦所署淮南太守任台於壽春。乙未，賊衆濟水，護軍將軍應詹帥建威將軍趙胤等距戰，不利。賊至宣陽門，北中郎將劉遐、蘇峻等自南塘橫擊，大破之。劉遐又破沈充於青溪。丙申，賊燒營宵遁。丁酉，帝還宫，大赦，惟敦黨不原。」

〔五〕「旌旗」句：舳艫，漢書武帝紀：「舳艫千里，薄樅陽而出。」注引李斐曰：「舳，船後持柂處也。艫，船前頭刺櫂處也。言其船多，前後相銜千里不絶也。」

〔六〕「卸帆」句：壍，同「塹」，深溝。鈎壍謂船鈎住溝壁，將其固定。于湖，資治通鑑卷九二晉紀十四肅宗明皇帝上：太寧元年夏四月，「（王）敦移鎮姑孰，屯于湖」。胡三省注：「姑孰，前漢丹陽春穀縣地。今太平州當塗縣，即姑孰之地。縣南二里有姑孰溪，西入大江。于湖縣，本吴督農校尉治，武帝太康二年（二八一），分丹陽縣立于湖縣。杜佑曰：『宣州當塗縣城，即晋姑孰城。于湖故城在縣南。』張舜民曰：『今太平州跨姑孰溪。』陸游曰：『姑孰城，在當塗北，今州城正據姑孰溪，溪東南數峰如黛，蓋青山也。自姑孰溪行夾中三十里，至大信口，出口，泝江過大、小褐山磯，又過蟂磯。蕪湖，即于湖。』」

〔七〕「謀狂」句：左傳宣公十五年：「晋侯使趙同獻狄俘於周，不敬，劉康公曰：『不及十年，原叔必有大咎，天奪之魄矣。』」杜預注：「心之精爽，是謂魂魄。」此謂天將滅王敦。

〔八〕「晝夢」句：謂晋明帝陰察王敦營壘，證實王敦反狀，敦正晝寢，夢日環其城，見上注引晋書明帝紀。日五色，唐開元占經卷五日占一日變色引禮斗威儀曰：「君乘土而王，其日太平，則日五色，無主。」宋均注：「包五行之色，不主於一也。」此以日五色喻指皇帝。

〔九〕「巴滇」六句：述晋明帝逃離王敦營壘之過程，見上注〔一〕引晋書明帝紀。

〔一〇〕「石城」二句：石城，即石頭城，亦即建康。兩句言建康血戰事，詳本詩上注〔四〕。

〔一一〕「纍纍」二句：上流，指東晋統治集團。南史謝晦傳論：「加以身處上流，兵權總己。」此及上句，謂統治者借助兵士之力，雖鎮壓王敦叛亂取得勝利，然而取金印封侯者僅極少數人，廣大戰士之流血犧牲，讓人不忍回首。此即唐代詩人曹松已亥歲二首其一「憑君莫話封侯事，一將功成萬骨枯」之義。

〔三〕「際山」四句：以「暴骨」、「漬血」二事，爲當年陣亡將士深致哀悼。

題九江王插劍泉〔一〕

嬴氏方失鹿〔二〕，群豪競奔馳。較力争勝負，未辨雄與雌。項羽奮其中，氣壓諸侯師。破關與救趙，九江實先之〔三〕。指揮半率土〔四〕，自謂可立治。孰知大蛇斷，天命潛已移〔五〕。隋何説淮南，禍福非面欺。間行共歸漢〔六〕，遂合垓下圍〔七〕。海岳既有主，智勇安所施。不自晦圭角，寧能免嫌疑。殺身膏草莽，爲復歸怨誰〔八〕。插劍郴岸口，泉溢何神奇〔九〕。載籍加隱括，曷嘗親到斯〔一〇〕。惜哉功名悮，徒令後世嗤。

〔一〕九江王，即黥布。史記黥布列傳：「黥布者，六人也，姓英氏。」索隱：「地理志：『廬江有六縣。』蘇林曰：『今爲六安也。』」按：六安，在安徽西部，今爲市名。索隱又曰：「布本姓英。英，國名也，咎繇之後。布以少時有人相云『當刑而王』，故漢雜事云『布改姓黥，以厭當之』也。」史記項羽本紀：「當陽君黥布爲楚將，常冠軍，故立布爲九江王，都六。」插劍泉，又名劍泉。方輿勝覽卷二五郴州井泉：「劍泉，在城内康泰坊石罅間，泉躍而出。世傳項將英布卓劍處，因成泉。」

〔二〕「嬴氏」句：指秦。史記秦本紀：「秦之先，帝顓頊之苗裔。」傳至大費，「拜受佐舜調馴鳥獸，鳥獸多馴服，是爲柏翳，舜賜姓嬴氏」。失鹿，史記淮陰侯傳：「秦失其鹿，天下共逐之。」裴駰集解引張晏曰：「以鹿喻帝位也。」或説喻指天下。文選班彪王命論：「遊説之士，至比天下於逐鹿。」李善注引太公六韜曰：「取天下若逐野鹿，得鹿，天下共分其肉。」

〔三〕「破關」二句：史記黥布列傳：「項梁敗死定陶，懷王徙都彭城，諸將英布亦皆保聚彭城。當是時，秦急圍趙，趙數使人請救。懷王使宋義爲上將，范增爲末將，項籍爲次將，英布、蒲將軍皆爲將軍，悉屬宋義，北救趙。及項籍殺宋義於河上，懷王因立籍爲上將軍，諸將皆屬項籍。項籍使布先涉渡河擊秦，布數有利，籍迺悉引兵涉河從之，遂破秦軍，降章邯等。楚兵常勝，功冠諸侯。」同上：「項籍之引兵西至新安，又使布等夜擊阬章邯秦卒二十餘萬人。至關，不得入，又使布等先從閒道破關下軍，遂得入，至咸陽。布常爲軍鋒。項王封諸將，立布爲九江王，都六。」

〔四〕「指揮」句：率土，詩經小雅北山：「溥天之下，莫非王土。率土之濱，莫非王臣。」毛傳：「溥，大；率，循；濱，涯也。」鄭玄箋：「此言王之土地廣矣，王之臣又衆矣，何求而不得，何使而不行。」按：此言當時一半國土的軍隊，皆由黥布指揮。

〔五〕「孰知」二句：大蛇斷，謂天命已屬漢。史記高祖本紀：「高祖以亭長爲縣送徒酈山，徒多道亡。自度比至皆亡之，到豐西澤中，止飲，夜乃解縱所送徒。曰：『公等皆去，吾亦從此逝矣。』徒中壯士願從者十餘人。高祖被酒，夜徑澤中，令一人行前。行前者還報曰：『前有大蛇當徑，願還。』高祖醉，曰：『壯士行，何畏！』乃前，拔劍擊斬蛇，蛇遂分爲兩，徑開。行數里，醉，因卧。後人來至蛇所，有一老嫗夜哭，人問何哭，嫗曰：『人殺吾子，故哭之。』人曰：『嫗子何爲見殺？』嫗曰：『吾子白帝子也，化爲蛇，當道，今爲赤帝子斬之，故哭。』人乃以嫗爲不誠，欲笞之，嫗因忽不見。」集解引應劭曰：「秦襄公自以居西戎，主少昊之神，作西畤，祠白帝。至獻公時，櫟陽雨金，以爲瑞，又作畦畤，祠白帝。少昊，金德也。赤帝堯後，謂漢也。殺之者，明漢當滅秦也。」

〔六〕「隋何」三句：史記黥布列傳：「漢三年（前二〇四），漢王（劉邦）擊楚（項羽），大戰彭城，不利，出梁地，至虞，謂左右曰：『如彼等者，無足與計天下事。』謁者隨何進曰：『不審陛下所謂。』漢王曰：『孰能爲我使淮南，令之發兵倍楚，留項王於齊數月，我之取天下可以百全。』隨何曰：『臣請使之。』迺與二十人俱，使淮南。」説服黥布歸漢。布於是起兵攻楚，「楚使項聲、龍且攻淮南，項王留而攻下邑。數月，龍且擊淮南，破布軍。布欲引兵走漢，恐楚王殺之，故閒行與何俱歸漢。……四年七月，立布爲淮南王，與擊項籍」。隨、隋同。

〔七〕「遂合」句：史記項羽本紀：「漢五年，漢王乃追項王至陽夏南，止軍，與淮陰侯韓信、建成侯彭越期會而擊楚軍。至固陵。……（漢王）乃發使者告韓信、彭越曰：『并力擊楚。楚破，自陳以東傅海與齊王，睢陽以北至穀城與彭相國。』使者至，韓信、彭越皆報曰：『請今進兵。』韓信乃從齊往，劉賈軍從壽春並行，屠城父，至垓下。大司馬周殷叛楚，以舒屠六，舉九江兵，隨劉賈、彭越皆會垓下，詣項王。項王軍壁垓下，兵少食盡，漢軍及諸侯兵圍之數重，夜聞漢軍四面皆楚歌。」項羽於是敗死。垓下，集解引徐廣曰：「在沛之洨縣。」按：洨縣，今安徽固鎮濠城集。

〔八〕「不自」四句：不悔圭角，謂其爲人棱角太露。史記黥布列傳：「項籍死，天下定。……布遂剖符爲淮南王，都六，九江、廬江、衡山、豫章郡皆屬布。……十一年，高后誅淮陰侯，布因心恐。夏，漢誅梁王彭越，醢之，盛其醢徧賜諸侯。至淮南，淮南王方獵，見醢，因大恐，陰令人部聚兵，候伺旁郡警急。布所幸姬疾，請就醫，醫家與衆大夫賁赫對門，姬數如醫家，賁赫自以爲侍中，迺厚餽遺，從姬飲醫家。姬侍王，從容語次，譽赫長者也。王怒曰：『汝安從知之？』具説狀。王疑其與亂。赫恐，稱病。王愈怒，欲捕赫。赫言變事，乘傳詣長安。布使人追，不及。赫至，上變，言布謀反有端，可先未發誅也。上讀其書，語蕭相國。相國曰：『布不宜有此，恐仇怨妄誣之。請繫赫，使人微驗淮南王。』淮南王布見赫以罪亡，上變，固已疑其言國陰事，漢使又來，頗有所驗，遂族赫家，發兵反。……遂滅黥布。」

〔九〕「插劍」二句：詩爲郴州插劍泉而發，故於詩末追述泉之來歷。史記黥布列傳：「漢元年（前二〇六）四月，諸侯皆罷戲下，各就國。項氏立懷王爲義帝，徙都長沙，迺陰令九江王布等行擊之。其八月，布使將擊義帝，追殺之郴縣。」正義：「今郴州有義帝冢及祠。」

〔一〇〕「載籍」二句：隱括，後漢書鄧訓傳：「訓考量隱括，知大功難立，具以上言。」李賢注：「隱審量括之也。孫卿子曰：『拘木必待隱括蒸揉，然後直也。』拘音鉤，謂曲者也。」兩句謂文獻所載黥布插劍故事經過加工，無人親到郴州查驗。

陽山大雹〔一〕

建炎庚戌正月尾〔二〕，陽山雨雹大如李。疾雷先驅風御隨〔三〕，頃刻雲屯遍千里。初疑地軸開九淵〔四〕，固陰驚蟄神龍起〔五〕。又恐帝出發震怒〔六〕，下掃炎荒除癘鬼。破窗穿牖□□横，觸石摧林勢難比。疑是曉色方窺簷，慘澹復黑迷巾履〔七〕。披衣欲興還就枕，磓磕崩騰喧兩耳〔八〕。吾君盛德過成康〔九〕，胡虜憑陵殊未已〔一〇〕。中原郡邑半丘墟，鐵騎猶思犯南鄙〔一一〕。安得天威假廟謨，恢復兩河端可俟〔一二〕。

〔一〕陽山，連州屬縣名，見本書卷一〇游陽山廣慶寺詩注。雹，冰雹也。

〔二〕「建炎」句：建炎庚戌，爲高宗建炎四年（一一三〇）。

〔三〕「疾雷」句：先驅，楚辭九歌大司命：「令飄風兮先驅。」王逸注：「迴風爲飄。」

〔四〕「初疑」句：地軸，張華博物志卷一：「地有三千六百軸，犬牙相舉。」此即指地。九淵，賈誼弔屈原：「襲九淵之神龍兮，沕淵潛以自珍。」朱熹楚辭集注卷八：「九淵，九泉之淵，言至深也。」句謂懷疑大地破裂。

〔五〕「固陰」句：禮記月令：「其藏冰也，深山窮谷，固陰沍寒，於是乎取之。」孔穎達疏「固陰」，謂是「堅固之陰」，猶言最陰暗角落。驚蟄，二十四節氣之一，是時春雷始鳴，蟄伏過冬之動物驚起活動，故此以龍起喻氣候之劇烈變化。

〔六〕「又恐」句：帝，指天帝。

〔七〕「疑是」二句：謂天色變化極快，似乎剛要破曉，忽又轉暗。窺簷，日光照臨屋簷。此賦予「曉色」以生命。梁簡文帝春閨情：「覓燕好窺簷。」慘澹，陰暗貌。迷巾履，看不清衣物鞋襪。

〔八〕「⿰石訇磕」句：韓愈岳陽樓别竇司直：「聲音一何宏，轟磕車萬兩。」祝充注：「轟，群車聲；磕，石聲。前漢『砰磅訇磕』，訇與轟同，大聲也。」此形容雷雨聲。⿰石訇、訇同。

〔九〕「吾君」句：成康，周成王（姬誦）、康王（姬釗）。成康時期社會安寧，國力强盛，爲周朝盛世，史稱「成康之治」。此喻指宋高宗，乃恭維話。

〔一〇〕「胡虜」句：憑陵，侵凌、進逼。

〔一一〕「鐵騎」句：國語齊語：「聖王之治天下也，參其國而伍其鄙。」韋昭注：「鄙，郊以外也。」南鄙，此當指浙江沿海一帶。建炎四年初，金兵將高宗逼到海上，形勢十分危急。宋史高宗紀三：「（建炎）四年春正月甲辰朔，御舟碇海中。乙巳，金人犯明州。……己未，金人陷明州……乘勝破定海，以舟師來襲御舟。……甲子，（高宗）泊温州港口。……是月，金人攻楚州。」

〔一二〕「安得」二句：廟謨，朝廷策謀。兩河，指淮河、黃河。淮河是南宋初宋金争奪之界河。竢，等待。

謁韓文公廟陽山〔一〕

雄文峙華嵩，高詞燦星斗〔二〕。孝思古人齊，名出當時右。少小懷經綸，志氣頗自負〔三〕。束帶入柏臺〔四〕，極力排姦醜〔五〕。讒言加青蠅〔六〕，正立無所苟。貶官宰陽山，萬里困奔走。松竹羅縣齋，黃卷不離手〔七〕。地偏雜蠻風，吏民歸化誘〔八〕。至今數百年，流俗獨淳厚。山川發清奇，與公俱不朽。我來拜遺像，肴蔬薦芳酒〔九〕。指石哦公詩〔一〇〕，一洗胸中垢。

〔一〕韓愈送楊儀之支使歸湖南序：「去年冬，奉詔爲邑於陽山。」孫汝聽注：「貞元十九年（八〇三）十二月，公貶連州陽山令。」韓文公廟，創建於何時不詳。詩之作年，當與上陽山大雹詩大略同，即建炎四年（一一三〇）正月下旬。

〔二〕「雄文」二句：以華山、嵩山及天上星斗喻指韓愈文章之雄奇高妙。

〔三〕「少小」二句：舊唐書韓愈傳：「愈生三歲而孤，養於從父兄。愈自以孤子，幼刻苦學儒，不侯獎勵。大曆、貞元之間，文字多尚古學，效揚雄、董仲舒之述作，而獨孤及、梁肅最稱淵奧，儒林推重。愈從其徒遊，鋭意鑽仰，欲自振於一代。」

〔四〕「束帶」句：藝文類聚卷八八柏：「柏臺，御史臺也。」宋高承事物紀原卷六：「柏臺，漢成帝時，御史府列柏樹，故人由是號柏臺。」吕大防韓吏部文公集年譜：「貞元十九年（八〇三），拜監察御史。」

〔五〕「極力」句：舊唐書韓愈傳：「轉監察御史。德宗晚年，政出多門，宰相不專機務，宫市之弊，諫官論之不聽。愈嘗上章數千言極論之，不聽，怒，貶爲連州陽山令。」宋程俱韓文公歷官記：「（貞元）十九年，遷監察御史。是年京師旱，民饑，詔蠲租半，有司徵求反急。愈與同列張署、李方叔上疏言狀（按：見韓集所載御史臺上論天旱人饑狀），天子惻然，卒爲幸臣所讒，貶連州陽山令。」姦醜，即所指「幸臣」。

〔六〕「讒言」句：青蠅，詩經小雅青蠅：「營營青蠅，止於樊。豈弟君子，無信讒言。營營青蠅，止於棘。讒人罔極，交亂四國。」鄭玄箋：「蠅之爲蟲，汙白使黑，汙黑使白，喻佞人變亂善惡也。」

〔七〕「黄卷」句：黄卷，指古書。宋景文筆記：「古人寫書盡用黄紙，故謂之黄卷。顔之推曰：『讀天下書未徧，不得妄下雌黄。』雌黄與紙色類，故用之以滅誤。」蘇軾陶子駿佚老堂二首其一：「千載信尚友，相逢黄卷中。」

〔八〕「地偏」二句：韓愈送區册序：「陽山，天下之窮處也。陸有丘陵之險，虎豹之虞；水有江流悍急，横波之石，廉利侔劍戟。舟上下失勢，破碎淪溺者往往有之。縣郭無居民，官無丞尉，夾江荒茅篁竹之間，小吏十餘家，皆鳥言夷面。始至，言説不相通，畫地爲字，然後可告以出租賦、奉期約，是以賓客游從之士無所爲而至。」又憶昨行和張十一：「陽山鳥路出臨武。」又劉生詩：「回望萬里還家羞，陽山窮邑惟猿猴。」皆可見當時陽山之偏僻荒凉。歸化誘，謂以中原文化誘導，使民歸心從化。

〔九〕「肴蔬」句：肴蔬，飯菜。芳酒，酒之美稱。或指水，蔡邕獨斷卷上：「凡祭……酒曰清酌。」薦，進獻。

〔一〇〕「指石」句：石，指韓文公廟中所刻韓詩碑。

游會勝寺蒙泉〔一〕

去郡十五里，滿山蔽青松。朝來雨初過，蕭瑟鳴悲風。踏泥轉溪曲，路盡山無窮。層崖築欄閣，宛在雲煙中。引水繞砌下，濆石常飛濛〔二〕。尋幽到寺背，蒼碧摩高空。古甃冽寒泉〔三〕，淺沙影重重。伏流尚數步，暗與溪相通。潺湲去何之，可折從此東。會有到海期，豈計朝莫功。我行因避賊，眺覽聊從容。徘徊未忍去，僧飯催撞鍾。

〔一〕蒙泉，宋代典籍中以「蒙」名泉者甚多，而泉之所在有會勝寺，其地不詳。據雍正廣西通志卷一三山川桂林府，該地有蒙泉：「蒙溪，在隱山下。（唐）李渤闢隱山，名其水曰蒙泉。疏泉出山，名曰蒙溪。引溪爲湖，成巨浸，名曰西湖。」然據同上書卷一三桂林府臨桂縣（附郭），「隱山在城西三里」，與詩「去郡十五里」不符。去城遠近或有變遷，但述臨桂縣未及會勝寺，故是否爲該地存疑。

〔二〕「濆石」句：濆，噴涌。濛，細雨貌。詩經國風豳風東山：「我來自東，零雨其濛。」毛傳：「濛，雨貌。」鄭玄箋：「道遇雨濛濛然。」

〔三〕「古甃」句：甃，井壁，代指古井。莊子秋水：「吾跳梁乎井幹之上，入休乎缺甃之崖。」成玄英疏：「幹，井欄也。甃，井中累塼也。」

連州游隅湖亭〔一〕

附溪翳嘉木，瀕溪引清流。如何幾畝田，委曲林泉幽。亂石際高下，森列如戈矛。青色染黛淺，映水疑欲浮。危亭跨絶壁，廣榭排荒丘。我來雨初過，遠山雲半收。百花開已盡，桑柘鳴晴鳩〔二〕。不知汝潁間，還有此景不〔三〕。躊躇思痛飲，沃洗胸中愁。明朝儻未去，提壺再來游。

〔一〕隅湖亭，具體位置及修建始末不詳。

〔二〕「桑柘」句：柘，木名，桑科落葉灌木或小喬木。桑柘，泛指桑樹。晴鳩，古人謂鳩有晴、雨之别，見本書卷三秋夜示李十詩注。此泛指鳥類。

〔三〕「不知」二句：汝潁，汝水、潁水，俱在今河南，詳見本書卷一五奉呈鼓山雲門二老詩注。汝潁流域，宋人以爲風景秀麗之善地，南宋已陷於金，故詩人有問焉。

奉觀超然居士面面亭唱和新句輒成近體詩上呈〔一〕

我老日已懶，君閑寧廢詩。塵埃久無夢〔二〕，苔竹舊相知〔三〕。早晚春猶在，追隨病不宜。因觀七字句〔四〕，尚足樂晨飢。

〔一〕超然居士，趙令衿之號。樓鑰清芬堂記：「超然，蓋令衿自號也。」事迹詳本書卷一六求趙表之墨詩注。面面亭，據雍正江西通志卷四一、卷四二，南宋紹興、紹定間分别在南康、九江建有面面亭，然年代均在吕本中身後，此所謂面面亭不詳何在，疑建於趙氏所居之衢州，待考。

〔二〕「塵埃」句：塵埃，代指做官。爲官時奔走於塵埃中，詩人屢有感歎。

〔三〕「苔竹」句：苔竹，指田園。杜甫將别巫峽贈南卿（一作鄉）兄瀼西果園四十畝：「苔竹素所好，萍蓬無定居。」

〔四〕「因觀」句：七字句，指面面亭唱和之新句，蓋爲七言律絶。

送李惇秀才〔一〕

有口莫飲朝市水〔二〕，有脚莫踏紅塵地〔三〕。市朝之水不可飲，塵埃一涴無由洗〔四〕。十年閲世真夢寐，一日逢君得歡喜。自嫌急雨倒晴雷〔五〕，且願濁河露清泚〔六〕。君行此去道廬山，爲我作詩山兩間。寒泉夜聽鳴玦環〔七〕，剗茅後池種白蓮〔八〕。更約洪謝林汪潘，徐李欲去不作難。倚松聞之亦解顏〔九〕，我且往矣君先還。

〔一〕李惇，不詳。按詩中歷舉十多位江西宗派詩人（見下），疑「惇」乃「錞」之形訛，其人當即同爲宗派詩人之李錞。按：李錞，字希聲，豫章（今江西南昌）人。官至秘書丞。善詩，名入江西宗派圖。著有江西詩派本李希聲詩集一卷，直齋書録解題卷二〇著録；宋史藝文志又著録李錞詩話一卷，皆久佚。活躍於元祐至宣和時期，嘗與李廌、米芾、王直方、韓駒等唱和。今人所編全宋詩輯詩十首。此稱其人爲「秀才」，又云「十年閲世」，蓋詩作於早年。

〔二〕「有口」句：朝市，指朝廷，泛指官場。古代國都前朝後市，故稱朝市。文選潘岳閒居賦：

「陪京泝伊，面郊後市。」李善注引周禮（天官冢宰）曰：「面朝後市。」又引鄭玄儀禮（士相見禮）注曰：「面，前也。」句謂千萬别做官。

〔三〕「有脚」句：紅塵地，城市繁華之地。文選班固西都賦：「内則街衢洞達，閭閻且千。九市開場，貨别隧分。人不得顧，車不得旋。闐城溢郭，旁流百廛。紅塵四合，烟雲相連。」李善注引李陵詩曰：「紅塵塞天地，白日何冥冥。」白居易池上逐凉二首其二：「門前便是紅塵地，林外無非赤日天。」

〔四〕「塵埃」句：涴，污染。「有口」至此四句，詩人告訴秀才李惇（錞）：切莫入官場，切莫居城市，彼名利場乃是非污濁之地。

〔五〕「自嫌」句：以急雨、晴雷喻指官場詭譎莫測，市肆爾虞我詐，而「倒」字言争名奪利鬬争之慘烈。

〔六〕「且願」句：謂山野之地濁可變清，令人愉悦。

〔七〕「寒泉」句：玦環，漢史游著急就篇卷三：「玉玦環佩靡從容。」顔師古注：「肉好若一謂之環，言孔及質廣狹豐殺正□齊也。半環謂之玦。」此以玉玦環佩敲擊聲喻寒泉流淌聲，言其美妙也。

〔八〕「剗茅」句：剗，同「鏟」。東晋時，釋慧遠法師與劉遺民、雷次宗、宗炳等十八人在廬山東林寺結社念佛，誓願往生西方净土，又掘池植白蓮，稱白蓮社。事迹詳見晋無名氏蓮社高賢傳。此以種白蓮喻指崇尚佛教。

〔九〕「更約」三句：述可邀約同去廬山之朋友有：三洪（芻、朋、炎）、二謝（逸、邁）、林（敏修）、汪（革）、潘（大觀）、徐（俯）、李（彭）、倚松（饒節）等。上舉友人，皆名入江西宗派圖。

元日雪中作

老病昏昏閒不出，山後山前雪三日。人家閉户作新年，一飽經營苦無術。朝來附火讀陽秋〔一〕，箋注紛羅添百憂。未減少年窮事業〔二〕，青燈分坐寫蠅頭〔三〕。

〔一〕「朝來」句：陽秋，即春秋。晋避簡文宣鄭太后阿春諱，改「春」爲「陽」，故孫盛晋陽秋、習鑿齒漢晋陽秋、檀道鸞續晋陽秋等，實爲晋春秋、漢晋春秋、續晋春秋等。太平御覽卷一八六引莊子曰：「仲尼讀春秋，老聃踞竈觚而聽。」注：「觚，竈額也。」謂無以爲炊也。又，吕本中著有春秋解十卷，故詩中多次言及讀春秋事。

〔二〕「未減」句：窮事業，指作詩文。隋書宇文慶傳：「慶沉深有器局，少以聰敏見知。周初，受業東觀，頗涉經史，既而謂人曰：『書足記姓名而已，安能久事筆硯，爲腐儒之業？』」蘇軾送李供備席上和李詩：「不用更貪窮事業，風騷分付與沉湘。」

〔三〕「青燈」句：蠅頭，謂字迹細小如蒼繩之頭。南史蕭鈞傳：「鈞常手自細書寫五經，部爲一卷，置於巾箱中，以備遺忘。侍讀賀玠問曰：『殿下家自有墳索（按：「索」原作「素」，據通志卷八二引改），復何須蠅頭細書，別藏巾箱中？』答曰：『巾箱中有五經，於檢閱既易，且一更手寫，則永不忘。』」

送王周士〔一〕

病欲馳驅轉不宜，只今筋力十分衰。平生轗軻老更甚，此去艱難心自知。苛癢未除妨攝念〔二〕，交游雖近廢論詩。明年更欲尋公去，同上衡山過九疑〔三〕。

〔一〕王周士，李綱於靖康二年（一一二七）作跋王府君文編曰：「王以寧周士，出其先府君手澤一編示余，詩章雅麗，筆蹟清勁，真傳家之寶也。」則王周士即王以寧，周士乃其字。爲李綱參議官，差知鼎州。建炎四年（一一三〇）三月，爲京西制使；四月，升直顯謨閣。爲叛將孔彦舟所逐，紹興初落職，降三官，責監台州酒務。紹興二年（一一三二）九月，再責永州別駕、潮州安置。紹興十年夏，復右朝奉郎、知全州。事見梁溪集卷一一七、一七八，建炎要録卷三二、卷三四、卷四一、卷五八、卷一三五等。曾幾嘗作王周士顯謨自閩中歸潙山舊隱道經臨川惠然先辱且出示吕居仁送行詩有見及語因次其韵贈周士詩，曰：「此生寡偶固其宜，何况身從老得衰。門外設羅誰一顧，道旁傾蓋子相知。斷金已定交遊事，伐木仍傳故舊詩。聞説潙山堪避世，卜鄰他日更無疑。」據知本中是詩乃送王以寧由閩中歸潙山舊隱。潙山，在今湖南寧鄉縣西。

〔二〕「苛癢」句：禮記內則：「父母舅姑之所，下氣怡聲問衣燠寒，疾痛苛癢，而敬抑搔之。」鄭玄注：「怡，説也。苛，疥也。抑，按；搔，摩也。」妨攝念，妨礙精神集中。吕本中嘗患疥瘡，見本書卷一七、一八疥等詩，故云。

〔三〕「同上」句：九疑，山名，「疑」亦作「嶷」。傳説爲舜葬處，在今湖南永州。詳見本書卷一二答朱成伯見贈四首其二注。據上注，王以寧於紹興二年九月責永州別駕、潮州安置，至紹興十年夏方復官。則是詩當作於王氏貶永州之初。

寄小范〔一〕

高卧終無策，繙書謾作緣〔二〕。相望如一日，不見已三年。事少知心遠，居門覺地偏〔三〕。明年得安静，爲子下臨川〔四〕。

〔一〕小范，本書卷一五有聞大倫與三曾二范聚學并寄夏三十一四首詩，曾季貍艇齋詩話曰：「吕東萊在經筵，光堯（高宗）索其詩，東萊寫一卷，其首以贈歐陽處士及大倫與三曾二范講學詩四首。三曾，謂予兄弟，二范即范顧言叔侄也。」則所稱小范，當即范顧言之侄，時在臨川讀書，故詩有「下臨川」句。小范名字及事迹不詳。

〔二〕「繙書」句：繙，翻閲。謾，漫不經意、聊且貌。作緣，發生關聯。

〔三〕「事少」二句：陶淵明飲酒二十首其五：「結廬在人境，而無車馬喧。問君何能爾，心遠地自偏。」

〔四〕「爲子」句：臨川，撫州屬縣，吕大倫等聚學之地，參見上引聞大倫與三曾二范聚學詩注。按：是詩末原有注曰：「先生親筆云：『三年前在紹興作此詩，欲奉寄，久不果，今謾録云。』」是語蓋外集編者沈度所加。據吕本中行迹，其寓會稽在紹興七年（一一三七）秋，參見本書附録年譜。

奉贈伯世仲志二弟〔一〕

我已蹉跎不及閑，百年遺範子猶存〔二〕。故知前輩風流遠，世世傳家有外孫〔三〕。

〔一〕伯世，即蔡伯世。蔡伯世名興宗，字伯世，吕本中表弟，其仲姑清源君長子。詳參本書卷四寄蔡伯世趙才仲詩注。仲志當爲蔡興宗之弟，仲志蓋其字，名未詳。本書卷一〇有寄外弟蔡明善詩，疑仲志名明善。又尹焞答祁居之詩有「伯世何故尚留枝江，缺在何時，仲志在廬山有所授未」句，似仲志熱心理學。

〔二〕「百年」句：百年，指吕氏家族自曾祖吕公著以降，已逾百年。

〔三〕「故知」二句：前輩，此指本中祖吕希哲，謂其流風遺澤，蔡氏兩外孫可爲傳人。白居易題文集櫃：「只應分付女，留與外孫傳。」

往時天未喪斯文〔一〕，吾祖聲名更絶群〔二〕。内外諸孫幾人在，不應如我便無聞〔三〕。

〔一〕「往時」句：往時，指自孔子以來。未喪斯文，謂堯舜文武之道代有傳承。語出孔子，見本書卷一二答朱成伯見贈四首注引論語子罕。

〔二〕「吾祖」句：據童蒙訓，吕本中之祖希哲曾拜歐陽脩以子侄之禮，又曾學於王安石，學於胡安國、孫復、邵雍等，而歸宿於程氏（見宋元學案滎陽學案），研究北宋勃興的道學，饒節、黎確、汪革等嘗拜在門下，故言其聲名「絶群」。

〔三〕「内外」二句：便無聞，論語子罕：「子曰：『後生可畏，焉知來者之不如今也。四十五十而無聞焉，斯亦不足畏也已。』」兩句謂家學傳承雖有内外諸孫，自己作爲長房長孫，不能無所作爲，就此默默無聞。

送張子直西歸〔一〕

年來衰病只深藏，轉覺閑居氣味長。所恨浮生有拘絆〔二〕，不能相逐上瞿塘〔三〕。

〔一〕張子直，據詩中「西歸」、「上瞿塘」、「上饒相望」諸語，當是蜀人，蓋在上饒與吕本中交情甚篤。子直疑是其字，名未詳。

〔二〕「所恨」句：浮生，此指人生。莊子刻意：「其生若浮，其死若休。」拘絆，牽扯、限制。指因衰病行動難以自由。

〔三〕「不能」句：瞿塘，長江三峽之一，又名廣溪峽。水經注江水：「江水又東，逕廣溪峽。斯乃三峽之首也，其間三十里。」上瞿塘，指由長江赴蜀。

君家兄弟各能文，季也風流又絶群〔一〕。萬里相逢又相别，落花時節卻思君〔二〕。

〔一〕「季也」句：季，即指張子直，蓋在兄弟中排行最末。

〔二〕「落花」句：杜甫江南逢李龜年：「正是江南好風景，落花時節又逢君。」

朋從索寞厭分離，老去心情祇自知。記取上饒相望處，小橋南路往來時〔一〕。

〔一〕「記取」二句：小橋南路，當即詩人與張子直在上饒之寓居地，蓋相去不遠，故可時時相望。

親舊留連莫厭頻，並江花絮已殘春。定知數到嘗新酒〔一〕，未有工夫憶故人。

〔一〕「定知」句：嘗新酒，在夏秋稻子收割後。邵雍依韵和王安之少卿六老詩仍見率成七首其六：「夏末喜嘗新酒味，春初愛嗅早梅香。」

謝趙士原送酒〔一〕

小雨生凉挽未回，只愁殘暑閟風雷。老人端坐氣如縷，更進先生酒一盃〔二〕。

〔一〕趙士原，名里事迹不詳。

〔二〕「老人」二句：老人、先生，皆指吕本中，前者自稱，後者乃擬趙氏對詩人之尊稱。

早來取酒瓶已空，對琖不復能從容〔一〕。出門更值督郵苦，住鬲猶憎琥珀濃〔二〕。

〔一〕「對琖」句：琖，同「盞」。因酒瓶已空，故意緒不寧静。

〔二〕「出門」二句：世説新語術解：「桓公（温）有主簿善别酒，有酒輒令先嘗。好者謂『青州從事』，惡者謂『平原督郵』。青州有齊郡，平原有鬲縣。『從事』言『到臍』，『督郵』言在『鬲上住』。」按：督郵本官名，漢置，爲郡守佐吏，掌督察糾舉所領縣違法之事，故言出門「苦」，此皆以官擬酒，指酒劣。杜甫鄭駙馬宅宴洞中：「春酒盃濃琥珀薄，冰漿椀碧瑪瑙寒。」王洙注：「言酒色如琥珀也。」又李賀將進酒：「琉璃鍾，琥珀濃，小槽酒滴珍珠紅。」宋吴正子注：「琥珀濃，言酒色若琥珀也。」

老來疾病與時添，苦怕香醪與蜜甜〔一〕。安得瀉鉼清似水〔二〕，主人應未笑無厭。

〔一〕「苦怕」句：陸游老學庵筆記卷五：「唐人喜赤酒、甜酒、灰酒，皆不可解。李長吉云『琉璃鍾，琥珀濃，小槽酒滴真珠紅』。白樂天云『荔枝新熟鷄冠色，燒酒初開琥珀香』。杜子美云『不放香醪如蜜甜』（引者按：見絶句漫興九首其八）。陸魯望云『酒滴灰香似去年』。」此言老來疾病，怕喝甜酒。

〔二〕「安得」句：清似水，謂酒極清，乃好酒。三國志魏書徐邈傳：「平日醉客謂酒清者爲聖人，濁者爲賢人。」

愛君好句能勝酒，顧我無心久似灰〔一〕。老病深藏如怯暑，未妨初伏送詩來。

〔一〕「顧我」句：莊子齊物論：「顔成子游立侍乎前，曰：『何居乎？形固可使如槁木，而心固可使如死灰乎！』」郭象注：「死灰、槁木，取其寂漠無情耳。夫任自然而忘是非者，其體中獨任天真而已，又何所有哉！故止若立枯木，動若運槁枝，坐若死灰，行若游塵。」又同上書庚桑楚：「兒子動不知所爲，行不知所之，身若槁木之枝，而心若死灰。若是者，禍亦不至，福亦不來，禍福無有，惡有人災也！」郭注：「禍福生於失得，人災由於愛惡。今槁木、死灰，無情之至，則愛惡失得無自而來。」

邦傑惠硯紙墨三物謹成古體詩一首上謝〔一〕

歙溪孕石成縠紋〔二〕，歙山松煤煙入雲〔三〕。敲冰落手卷盈軸〔四〕，頓使几案生清芬。魏侯哦詩日更好，静到溪山未枯槁。肯分三物到幽人，不留自起太玄草〔五〕。

〔一〕邦傑，姓魏氏，魏矼弟。汪應辰慰魏邦傑，稱邦傑「先丈承事」卒，欲歸葬於常山（今浙江衢州屬縣），又謂其埋銘乃吕本中「絶筆」，知魏邦傑父子與吕本中有深交。按魏矼字邦達，和州歷陽人，則邦傑是其字，名與事迹多不詳，蓋常山乃祖籍。参見本書卷一九贈魏邦達張彦素詩注。

〔二〕「歙溪」句：歙溪，在徽州歙縣。方輿勝覽卷一六徽州土産硯引歐陽脩研譜：「端石出端溪，色理瑩潤，本以子石爲上。子石者，在大石中生，蓋精石也。……歙石出於龍尾溪，其石堅勁，大抵多發墨，故前世多用之，以金星爲貴。其石理微麁，以手摩之，索索有鋒鋩者尤佳。余少時又得金坑礦，石尤堅而發墨，然世亦罕有。端溪以北巖爲上，龍尾以深溪爲上，較其優劣，龍尾遠出端溪上，而端溪以後出見貴耳。」關於歙硯，宋高似孫硯箋述之最詳盡，可参讀。縠紋，其石紋理如縠。縠，縐紗一類的絲織品。

〔三〕「歙山」句：方輿勝覽卷一六徽州土産墨：「李廷珪本姓奚，易州人，父名超，南遷至此，南唐賜姓李氏。故老云，昔李後主嘗用其墨，今則無矣。而世言歙州具文房四寶，其實三爾，歙本不出筆墨。」

〔四〕「敲冰」句：指打碎池中積冰，製備造紙原料。蘇軾次韻和王鞏六首其二：「敲冰春搗紙，刈葦春織箔。」方輿勝覽卷一六徽州土産紙：「有麥光、白滑、冰翼、凝霜之目。今歙縣績溪界有地名龍鬚者，紙出其間。大抵新安之水清澈見底，利以漚楮，故紙如玉、雪者，水色所爲也。」高似孫謂「敲冰」亦爲紙名。剡録卷七敲冰紙：「張伯玉蓬萊閣詩：『敲冰呈好手，織素競交鴛。』注曰：『越俗呼敲冰紙。』新安志曰：『紙敲冰爲之益佳。』剡之極西，水深潔，山又多藤楮，故亦以敲冰時爲佳，蓋冬水也。」吕本中詩：『敲冰落手盈卷軸，頓使几案生清芬。』」

〔五〕「不留」句：謂魏邦傑不留作自用。幽人，詩人自指，言其深居不出。太玄草，即草太玄，用揚雄事。雄嘗著太玄，自視甚高，見漢書揚雄傳上。

燕龍圖畫山水歌〔一〕

燕公畫山水，名在能品中。至今筆墨欲飛動，妙處不與丹青同。巴陵六月風暴起，只尺長江欲千里〔二〕。魚龍變怪鮫鰐怒，細草長林恣鞭箠〔三〕。斷雲却掛懸石上，急雨正墮荒崖裏。想見行人弛檐時，亦有野店臨沙觜〔四〕。漁子回頭歎失色，霜女無言欣一洗〔五〕。問公何處得此妙，長劍出匣須天倚〔六〕。公不見簿書叢中塵埃多，歸思頗遭貧病魔。念今新凉江始波，如此萬水千山何〔七〕。爲公試作吴興歌，更覓神仙張志和〔八〕。

〔一〕燕龍圖，即燕肅（九九一——一〇四〇）。東都事略卷六〇：「燕肅，字穆之，青州人也。少聰警，擧進士，爲鳳翔觀察推官。知臨卭縣，又知考城，通判河南府。召爲監察御史，遷殿中侍御史，提點廣西刑獄，徙廣東。知越、明二州，入爲定王府記室參軍。擢龍圖閣待制，知審刑院。……改龍圖閣直學士、知潁州，徙鄧州，以禮部侍郎致仕。卒，年八十。」宣和畫譜卷一一謂其「胸次瀟灑，每寄心於繪事，尤喜畫山水寒林，與王維相上下，獨不爲設色」。又曰：「王安石於人物慎許可，獨題肅之所畫瀟湘山水圖，詩云：『燕公侍書燕王府，王求一筆終不與。奏論讞死誤當赦，全活至今何可數。』」并録御府所藏三十有七軸。宋史本傳補充道：「肅善爲詩，其多至數千篇。性精巧，能畫，入妙品，圖山水罨布濃淡，意象微遠，尤善爲古木折竹。」則其畫入妙品，不止能品。

〔二〕「巴陵」句：巴陵，今湖南岳陽。按：瀟湘指今湖南之南，故云。米芾瀟湘八景圖詩總序：「瀟水出道州，湘水出全州，至永州而合流焉。自湖而南，皆二水所經，至湘陰始與沅之水會，又至洞庭與巴江之水合，故湖之南皆可以瀟湘名。」只尺，只，通「咫」。

〔三〕「魚龍」二句：謂畫中之長江，有魚龍鮫鰐之類，而細草長林，又似乎在毆打諸種凶殘的動物。

〔四〕「亦有」句：沙觜，沙灘或沙洲盡處。觜，角之尖端。唐皇甫松浪淘沙：「宿鷺眠洲非舊浦，去年沙觜是江心。」

〔五〕「漁子」二句：漁子，年輕漁民。按：自「巴陵」至此十句，皆描寫畫上景物，有風雨、大江、水怪、細草、長林，懸石，荒崖，斷雲、急雨、行人、野店、漁子、霜女等等，形象豐富，氣勢磅礴，令人目不暇接。該畫當即燕肅名作瀟湘山水圖。

〔六〕「長劍」句：謂將畫筆視若倚天長劍，所到必得。言畫面之妙，來自構思巧，氣魄大。

〔七〕「公不見」四句：言「簿書叢中」，疑此詩作於吕本中早年爲海陵掾時。思歸心切，而又懼萬水千山之旅途勞頓，故見此畫深有感焉。

〔八〕「爲公」二句：公，指燕肅山水畫收藏者。張志和，中唐詩人。新唐書本傳：志和字子同，婺州金華（今屬浙江）人。母夢楓生腹上而産。十六擢明經，以策干肅宗，特見賞重，命待詔翰林。坐事貶南浦尉。會赦還，以親既喪，不復仕，居江湖，自稱烟波釣徒。著玄真子，亦以自號。嘗謁顔真卿，以舟敝漏，請更之，曰：「願爲浮家泛宅，往來苕霅間。」善圖山水，酒酣或擊鼓吹笛，舐筆輒成。「嘗撰漁歌，憲宗圖真求其歌，不能致。李德裕稱志和隱而有名，顯而無事，不窮不達，嚴光之比云。」因張志和生平頗具傳奇色彩，故稱其爲「神仙」。吴興歌，張志和詩以漁父詞最著名。其人往來苕霅間，而苕溪、霅溪在吴興（今浙江湖州），故所謂吴興歌，謂再爲張志和山水畫作歌，並慫恿藏畫者更尋張作，可以燕肅此畫配對。

初夏即事

但見溪山如畫裏，不知風景是它鄉。苦遭毒暑三年旱，預喜西風一榻涼。俗事不須頻到口，舊書何苦要撑腸〔一〕。雨聲只在芭蕉上〔二〕，正與愁人作夜長。

〔一〕「舊書」句：蘇軾試院煎茶：「不用撑腸拄腹文字五千卷，但願一甌常及睡足日高時。」

〔二〕「雨聲」二句：雨打芭蕉之聲，如語如默，如泣如訴，留下許多禪思和想象。五燈會元卷一六香嚴月禪師法嗣鄧州香嚴倚松如璧禪師：撫州饒氏子，上堂：「八萬四千方便門，且道何門不可入。入不入，曉來雨打芭蕉濕。」又李光寄内：「裊裊秋風度泬寥，卧聞微雨打芭蕉。」

晚出

小雨收殘暑，低雲隱莫雷。聊乘野興出，復爲故人回。旱日晚難好，秋花愁正開。論詩已奇事，猶恨不勝杯〔一〕。

〔一〕「猶恨」句：蘇洵次韵和縉叔遊仲容西園二首其二：「衰病不勝杯酒困。」

贈趙九弟〔一〕

獨居少還往，况此陰雨天。疏籬閉岑寂，晝永不得眠。芳菲隨手盡，樂事缺周旋〔二〕。趙郎遠過我，千里一蓬舡。

〔一〕趙九弟，當是本中趙氏外弟之一。其趙氏外弟除趙柟字才仲外，尚有趙九、趙十、趙十一三人，名、字皆不詳。耆舊續聞卷二記呂本中外弟趙承國在楚州寶應求其論爲學之道，趙承國或爲三人之一，然不詳其行第。

〔二〕「芳菲」二句：芳菲，此喻青春年華；隨手盡，很快即消逝。周旋，相與相伴。王安石思王逢原三首其二：「陳迹可憐隨手盡，欲歡無復似當時。」

温姿破殘夢，妙語争春妍。喜逢骨肉親，懶迎新少年〔一〕。平生金石交〔二〕，惟爾未改前。君看嵇與阮，感槩後代傳〔三〕。

〔一〕「懶迎」句：新少年，即新進少年，北宋後期舊黨對追隨新黨得官者之蔑稱。

〔二〕「平生」句：漢書韓信傳：「今足下雖自以爲與漢王爲金石交，然終爲漢王所禽矣。」顔師古注：「稱金石者，取其堅固。」

〔三〕「君看」二句：嵇、阮，即嵇康、阮籍。「竹林七賢」之首。沈約七賢論：「嵇、阮二生，志存保己，既託其迹，宜慢其形。慢形之具，非酒莫可，故引滿終日，陶瓦盡年。酒之爲用，非可獨酌，宜須用侣，然後成歡。……自嵇、阮之外，山（濤）、向（秀）五人止是風流，器度不爲世匠所駭。」此以嵇阮爲喻，謂與表弟二人氣味相投，交誼深厚。後世所傳「感槩」，蓋指此。槩，同「概」，與「慨」通。

寄李商老〔一〕

渌漲西河可縱篙，春光無信費詩招〔二〕。香煙繚繞重城静，月影攲斜半夜潮。好鳥似聞昆弟語〔三〕，垂楊初放女兒腰〔四〕。無人與語當時事，興盡江南大小喬〔五〕。

〔一〕李商老，李彭字商老，南康建昌軍（今江西南城）人，事迹參見本書卷一用前韵寄商老詩注。詩題，黄本原注：「一作『放歌行』。」

〔二〕「春光」句：無信，蓋責備李彭未能如約前來賞春，故再以詩相招。

〔三〕「好鳥」句：詩經周南伐木：「伐木丁丁，鳥鳴嚶嚶。出自幽谷，遷於喬木。」鄭玄箋：「嚶嚶，兩鳥聲也。其鳴之志，似於有友道然，故連言之。」昆弟，指自己與李彭。

〔四〕「垂楊」句：女兒腰，喻楊柳枝，謂其婀娜多姿。杜甫漫興九首其九：「隔户楊柳弱嫋嫋，恰似十五女兒腰。」

〔五〕「無人」二句：大小喬，三國志魏書武帝（曹操）紀：「太祖少機警，有權數，而任俠放蕩，不治行業，故世人未之奇也；唯梁國橋玄、南陽何顒異焉。玄謂太祖曰：『天下將亂，非命世之才不能濟也，能安之者，其在君乎！』」裴松之注引續漢書曰：「字公祖，嚴明有才略，長於人物。」又引張璠漢紀曰：「玄歷位中外，以剛斷稱。謙儉下士，不以王爵私親。光和中爲太尉，以久病策罷，拜大中大夫，卒。」大小喬，即橋玄二女。三國志吴書周瑜傳：「（孫）策欲取荆州，以瑜爲中護軍，領江夏太守，從攻皖，拔之。時得橋公兩女，皆國色也，策自納大橋，瑜納小橋。」裴松之注引江表傳曰：「策從容戲瑜曰：『橋公二女雖流離，得吾二人作婿，亦足爲歡。』」橋，亦作「喬」。江南大小喬，此以美女喻春色，極言其美。

喜宗師諸公數見過分韵得席字〔一〕

野水春未生，積雪晴已滴。倐然六尺床〔二〕，正可容一席。諸公數往還，未厭詩酒溺〔三〕。短檠有新功，妙語乃破的〔四〕。鱠槃約纖紅〔五〕，茗碗亂晴碧〔六〕。雖無費百金，亦有飲一石〔七〕。尚念山堂老，病鳥藏羽翼〔八〕。生平餘習在，種種見排斥。荒城滿泥潦，亦可試幽屐〔九〕。明當袖詩往，先盡一醉力。

〔一〕宗師，即沈宗師，儀真（今江蘇儀徵）人，嘗官承務郎，專與元祐故家厚。其子公雅，名度，乾道間編刊呂本中詩爲二十卷。參見本書卷二二元日贈沈宗師四首注。分韵，多人一起作詩時，約定數字爲韵，各自分拈，依拈得之字爲韵。

〔二〕「倐然」句：倐然，無拘束貌。床，供人坐卧之家具。晋書賀循傳：「（晋武）帝以循清貧，下令曰：『……其賜六尺床，薦席，褥，并錢二十萬，以表至德，暢孤意焉。』」又蘇軾西齋：「西齋深且明，中有六尺床。」

〔三〕「未厭」句：詩酒溺，謂溺於詩酒。溺，酷愛，言沉湎不可拔。

〔四〕「短檠」二句：短檠，燈之一種，前已屢見。破的，射中靶心。杜甫敬贈鄭諫議十韵：「諫官非不達，詩義早知名。破的由來事，先鋒孰敢争。」王洙注：「言詩句中理，如射之破的也。」曾季貍艇齋詩話曰：「後山論詩説换骨，東湖（徐俯）論詩説中的，東萊（吕本中）論詩説活法，子蒼（韓駒）論詩説飽參。入處雖不同，然其實皆一關捩，要知非悟入不可。」

〔五〕「鱠槃」句：鱠槃，盛魚肉片之盤碟。約，具辦。纖紅，指婦人手指，謂細長而紅潤。唐張祜觱篥：「一管妙清商，纖紅玉指長。」

〔六〕「茗碗」句：茗碗，茶碗。晴碧，形容茶色碧緑如晴空。文同憶西湖舊遊：「西湖晴碧晚溶溶。」又陳師道送張秀才：「度鳥界晴碧。」

〔七〕「亦有」句：王維石刻二則其二：「吾友薛無隱，長安人。少有志操，既冠，不復應舉，學行聲名，西北士人甚高之。以飲酒吟詩爲樂，日道千首而不勞，酒飲一石而不醉，自稱逍遥子。」石，古代容量單位，十斗爲一石。

〔八〕「尚念」二句：山堂老，詩人自指。本書卷三簡甯子儀二絶其一：「何似山堂病居士，閉門高枕過春朝。」亦詩人自指。藏羽翼，以病鳥不能飛爲喻。李若水送行：「從今藏羽翼，敢復覬飛騰。」

〔九〕「亦可」句：屐，有雙齒之木鞋，古人登山時穿。幽屐，謂著屐以探幽攬勝也。曾鞏瞿秘校新授官還南豐：「山翠入幽屐，渚香浮迴舟。」

巫山圖歌〔一〕

君不見我家壁上六幅圖，淡墨寒煙半江水。上有巉然十二峰〔二〕，乃似突兀當空起。幽花嫵媚閉泥土，亂石崢嶸入荆杞〔三〕。巫山縣下水到天〔四〕，神女廟前江接連〔五〕。溪流去與飛瀑亂，屋角却對寒崖懸。陽臺昨夢不知處〔六〕，只今飢鴉迎客舡。飢烏受食不肯去，舟子欣然得神護〔七〕。曉鏡新粧斂舊屏〔八〕，亦有餘紅點荒樹。病夫坐穩便幽禪〔九〕，每見此畫心茫然。文章事業已罷倦〔一〇〕，少日氣味無寅緣〔一一〕。楚王不作宋玉死，莫雨朝雲千萬年〔一二〕。

〔一〕巫山，在今重慶市巫山縣東。山在巫峽兩岸，故名。巴山山脈在此突起，有十二峰。此所謂巫山圖，畫者不詳。考宋人歌詠巫山圖者甚夥，蓋流傳頗廣。賀鑄嘗作題巫山圖詩，謂「滏陽張氏出此圖，蓋唐人（作）」。

〔二〕「上有」句：巉然，險峻貌。十二峰，范成大吴船録卷下：下巫峽「三十五里，至神女廟。廟前灘尤洶怒。十二峰俱在北岸，前後蔽虧，不能足其數。最東一峰尤奇絶，其頂分兩岐，如雙玉篸插半霄，最西一峰相似之而差小。餘峰皆欝嵂非常，但不如兩峰之詭特。相傳一峰之上，有文曰『巫』，不暇訪尋。……兩壁皆是奇山，其可儗十二峰者甚多，烟雲映發，應接不暇，如是者百餘里，富哉其觀山也。十二峰皆有名，不甚切」。

〔三〕「亂石」句：荆杞，山海經西山經：華山，「又西六十里曰太華之山」，「又西八十里曰小華之山，其木多荆杞。」郭璞注：「杞，枸杞也。」此泛指雜樹。

〔四〕「巫山縣」句：樂史太平寰宇記卷一四八：「巫山縣東南七十二里，舊八鄉，今八鄉。本楚巫郡地。史記云：秦昭王三十年，伐楚，取黔中巫郡。漢改爲巫縣，屬南郡，故城在今縣北。晋移於此，立建平郡。梁武帝廢郡，隋加『山』字。係夔子熊摯所治，縣今多姓熊者。」今屬重慶市。

〔五〕「神女廟」句：吴船録卷下：下巫峽三十五里，至神女廟。「神女廟乃在諸峰對岸小岡之上，所謂陽雲臺、高唐觀，人云在來鶴峰上，亦未必是。」

〔六〕「陽臺」句：陽臺，指巫山神女事。宋玉高唐賦：「昔者楚襄王與宋玉遊於雲夢之臺，望高唐之觀，其上獨有雲氣。崪兮直上，忽兮改容。須臾之間，變化無窮。王問玉曰：『此何氣也？』玉對曰：『所謂朝雲者也。』王曰：『何謂朝雲？』玉曰：『昔者先王嘗遊高唐，怠而晝寢，夢見一婦人，曰：「妾巫山之女也，爲高唐之客。聞君遊高唐，願薦枕席。」王因幸之。去而辭曰：「妾在巫山之陽，高丘之阻。旦爲朝雲，莫爲行雨。朝朝莫莫，陽臺之下。」』」

〔七〕「只今」三句：吴船録卷下：「（神女）廟有馴鴉，客舟將來，則迓於數里之外，或直至縣。下船過，亦送數里。人以餅餌擲空，鴉仰喙承取不失一。土人謂之神鴉，亦謂之迎船鴉。」

〔八〕「曉鏡」句：指畫中神女圖象，言其正對鏡理粧。

〔九〕「病夫」句：病夫，詩人自稱，前已屢見。幽禪，以隱逸爲禪。韓愈送靈師：「齊民逃賦役，高士著幽禪。」又黄庭堅次韵叔父夷仲送夏君玉赴零陵主簿：「因行訪幽禪，頭陀煙雨外。」

〔一〇〕「文章」句：罷，同「疲」。

〔一一〕「少日」句：無寅緣，即無夤緣，二字相通，前已注，謂無關係。言今已老大，與少年意氣迥别。

〔一二〕「楚王」二句：謂楚襄王、宋玉早成古人，唯有巫山之朝雲暮雨將永存，令人浮想聯翩。

將去濟陰寄泗上寧陵〔一〕

淮海三年别〔二〕，家山十日程。時思一笑樂，轉覺異鄉情。叔父勤相唤，諸郎許見迎〔三〕。濁醪行處有，所恨不同傾。

〔一〕濟陰，縣名，宋代爲曹州治所，地在今山東定陶。政和五年（一一一五），吕本中嘗任該縣主簿。詳見本書卷五赴濟陰留别一公詩注。泗上，即泗州。宋史地理志四：「泗州，上，臨淮郡。」轄臨淮、虹、淮平三縣。泗州城在今江蘇淮安盱眙。寧陵，縣名，宋代屬南京應天府，今屬河南。政和七年，本中將離濟陰任，寄詩與泗州、寧陵兩地親友。可參本書卷七自陽翟至寧陵與虚己叔諸弟别還曹未久知止復來偶成二十八字詩注，兩詩作時蓋相去不遠。

〔二〕「淮海」句：淮海，指揚州。詩人赴濟陰主簿前居揚州，而宋代官制爲一任三年，故云。

〔三〕「叔父」二句：叔父，當指吕欽問（知止）及吕虚己（疑問）等，其時欽問居寧陵。居泗州者不詳。諸郎，指其叔父之子兩句謂濟陰任滿後，叔父及諸從弟皆歡迎詩人與他們同住。

丙申正月四日大雪簡府中諸公〔一〕

〔一〕按：是詩已見本書卷七，題作雪夜，首句爲「曹州城南三日雪」。此重出，删詩存目。

吕本中詩集箋注卷二三

宿石頭多寶寺〔一〕

四山環其外，一峰屹當中。支徑轉屈曲〔二〕，雲峰踏飛鴻〔三〕。僧居架蒼崖，高下潛相通。昏鍾罷香火，餘音裊寒空。梅開何處花，吹香到簾櫳。回望雲山城，木杪殘陽紅〔四〕。愁心易生感，滿耳唯松風。對酒成浩歌，漂零見涂窮。

〔一〕石頭，指宋筠州高安縣（今江西高安）石頭街。雍正江西通志卷三四瑞安府（治高安縣），有石頭街橋，在「府城西南五十七里」。同上卷一一一多寶寺，「在高安縣石頭街。寺倚嶺，有古塔數座」。所載多寶寺，蓋傳自宋代。吕本中建炎三年（一一二九）避地南走，嘗在高安居留半年多。是詩當作於年初，剛到高安不久，故言「梅開」。參見本書附録年譜。

〔二〕「支徑」句：支徑，小路。

〔三〕「雲峰」句：踏飛鴻，即飛鴻踏，主謂倒置。蘇軾和子由澠池懷舊：「人生到處知何似，應似飛鴻踏雪泥。」

〔四〕「木杪」句：杪，樹之末梢。杜甫移居公安山館：「路危行木杪，身迴宿雲端。」

董村歸路馬上口占〔一〕

〔一〕按：是詩已見本書卷一〇，首句爲「水聲高下竹回環」，此重出，删詩存目。

兵亂後自嬉雜詩〔一〕

晚逢戎馬際，處處聚兵時〔二〕。後死翻爲累，偷生未有期。積憂全少睡，經劫抱長飢。欲逐范仔輩，同盟起義師〔三〕。

〔一〕瀛奎律髓卷三二方回曰：「東萊外集凡二十九首，取其五（引者按：除此首外，所取猶有「羽檄連朝暮」、「碣石豺狼種」、「萬事多返覆」、「蝸舍嗟蕪没」四首）。他如『水水但争渡，城城各點兵。牛亡春奪種，馬死盡徒行』；『風雨無由障，牛羊自入廬』、『簷楹鏃可拾，草木血猶腥』、『六龍時鯱甗，百雉日孤危』、『報國寧無策，全軀各有詞』，皆佳句也，老杜後始有此。」按：方回所選五首，作者題吕祖謙，而祖謙並未遭兵亂，也無東萊外集。方回手中既有東萊外集原書，且已分析組詩内容，編排在宋人江子我之後，陳與義、劉子翬之前，皆不誤，疑是寫刻者疏失，方回恐不至如此糊塗，以致祖（本中爲祖謙伯祖）「冠」孫戴。方回所引佳句，見後所注各詩中。自嬉，自我取樂，謂苦中作樂。組詩作非一時，蓋皆在靖康間，不全作於開封，排列亦無次序。

〔二〕「晚逢」句：吕本中作此組詩時四十來歲，因在戰亂中，隨時生死難料，故稱「晚」。按：徽宗宣和七年（一一二五）末，金兵分兩路攻宋，徽宗傳位於欽宗。靖康元年（一一二六）正月，金兵圍攻開封。十一月，金兵東、西兩路在開封城下會師，開封淪陷，欽宗請降。次年三四月間，擄徽、欽二宗而北，北宋滅亡。此次事變，史稱「靖康之難」。但金兵並未因此停止進軍，各地武裝亦趁機而起，全國大亂，故云時逢戎馬之際，聚兵之時。

〔三〕「欲逐」二句：自注：「近聞河北布衣范仔（二字原無，據瀛奎律髓補）起義。」按：范仔起義事迹，宋代文獻未見記載，蓋官方有難言之隱而回避。近人李慶甲瀛奎律髓彙評録紀昀評曰：「五首全摹老杜，形模亦略似之，而神采終不及也。」又評此首曰：「三、四好，結太率易。此欲爲老杜而失之者。」

羽檄連朝莫〔一〕，戎旃匝邇遐〔二〕。未教知死所，詎敢作生涯〔三〕。東郭同逃户，西郊類破家〔四〕。萍蓬無定迹〔五〕，妻欲過三巴〔六〕。

〔一〕「羽檄」句：史記陳豨列傳：「陳豨反，邯鄲以北皆豨有，吾（漢高祖）以羽檄徵天下兵，未有至者。」集解：「魏武帝奏事曰：『令邊有小警輒露檄插羽。』飛羽檄之意也。」裴駰案：「推此言，則以鳥羽插檄書，謂之羽檄，取其急速若飛鳥也。」此泛指軍書。連朝莫，莫同「暮」，謂頻繁。

〔二〕「戎旃」句：戎旃，軍隊旗幟。匝，環繞。邇遐，近、遠。此句謂金兵旗幟隨處皆是。

〔三〕「詎敢」句：詎，豈。生涯，生計。杜甫秋日夔州詠懷寄鄭監李賓客一百韵：「生涯已寥落，國步尚迍邅。」郭知達集注：「生涯，言己之生計也。寥落，無所成也。」

〔四〕「東郭」二句：謂避兵災。東郭、西郊，逃户、破家，皆互文見義。李慶甲彙評引紀昀曰：「次句笨拙，五、六太質。」

〔五〕「萍蓬」句：萍蓬，浮萍、轉蓬。杜甫將别巫峽贈南鄉兄瀼西果園四十畝：「苔竹素所好，萍蓬無定居。」郭知達集注引木玄虚海賦：「萍流而蓬轉。」

〔六〕「婁欲」句：三巴，華陽國志卷一巴志：「建安六年（二〇一），魚復蹇胤白（劉）璋争巴名，璋乃改永寧爲巴郡，以固陵爲巴東，徙（龐）羲爲巴西太守，是爲三巴。」句謂多次想逃到巴蜀避難。

胡騎猖狂甚，連年窺兩京〔一〕。貪饕期竭澤，剪戮遂盈城〔二〕。國論多遺策〔三〕，人情罷請纓〔四〕。有誰似南八，血指衆心驚〔五〕。

〔一〕「連年」句：兩京，指北宋東京開封、西京洛陽。金人窺東京乃常事，窺西京如：宋史高宗紀一：建炎元年（一一二七）十二月「己卯，金人陷汝州，入西京」。同上高宗紀二：建炎二年三月，「黏罕焚西京，去。庚子，河南統制官翟進復西京，宗澤奏進爲京西北路安撫制置使」。夏四月乙丑，「翟進以兵襲金帥兀室於河南，兵敗，其子亮死之。進又率御營統制韓世忠、京城都巡檢使丁進等兵戰於文家寺，又敗，世忠收餘兵南歸。兀室復入西京，尋棄去」。此類爭奪戰屢有發生。

〔二〕「貪饕」二句：貪饕，謂貪婪。饕與「貪」同義。漢書禮樂志：「上承千歲之衰周，繼暴秦之餘敝，民漸漬惡俗，貪饕險詖，不閑義理。」顔師古注：「貪甚曰饕。」竭澤，蘇軾和擬古九首之六：「本欲竭澤漁，奈此明年何？」此句言金人貪得無厭。如金兵第一次包圍開封（靖康元年正、二月）時，提出求和解圍條件爲：割三鎮（太原、中山、河間）以北二十州地，金繒銀帛五千七百萬匹兩（建炎要録卷一），其貪可見一斑。剪戮，搶奪、殺戮。

〔三〕「國論」句：國論，朝廷之謀畫。遺策，後漢書班固傳：「鋪聞遺策在下之訓，匪漢不弘。」李賢注「遺策」爲「餘策」。此指策謀失誤，如答應其議和條件等。

〔四〕「人情」句：罷，同「疲」。請纓，纓，繩索。漢書終軍傳：「擢爲諫大夫。南越與漢和親，迺遣軍使南越説其王，欲令入朝，比内諸侯。軍自請願受長纓，必羈南越王而致之闕下。」顔師古注：「言如馬羈也。」

〔五〕「有誰」二句：南八，即南霽雲。新唐書本傳：「南霽雲者，魏州頓丘人。少微賤，爲人操舟。禄山反，鉅野尉張沼起兵討賊，拔以爲將。尚衡擊汴州賊李廷望，以爲先鋒。遣至睢陽，與張巡計事，退，謂人曰：『張公開心待人，真吾所事也。』遂留巡所。巡固勸歸，不去。……巡厚加禮。始被圍，築臺募萬死一生者，數日無敢應。俄有喑嗚而來者，乃霽雲也。巡對泣下。霽雲善騎射，見賊百步内乃發，無不應弦斃。」又韓愈張中丞（巡）傳後叙：「愈貞元中過泗州，船上人猶指以相語：城陷，賊以刃脅降巡，巡不屈，即牽去，將斬之，又降霽雲，雲未應。巡呼雲曰：『南八！男兒死耳，不可爲不義屈。』雲笑曰：『欲將以有爲也。公有言，雲敢不死！』即不屈。」血指，睢陽圍中南霽雲馳臨淮賀蘭進明求援，賀蘭不肯出師，又愛霽雲之勇，具食樂强留之。「霽雲慷慨語曰：『雲來時，睢陽之人不食月餘日矣。雲雖欲獨食，義不忍，雖食且不下咽。』因拔所佩刀斷一指，血淋漓，以示賀蘭。一座大驚，皆感激爲雲泣下。」見韓愈同篇。

廬舍經兵火，頭顱尚在門。風掀灰燼迹〔一〕，月澀劍鋩魂〔二〕。鼠穴頻遭斷，燕巢猶半存。看花淚盈眼〔三〕，寧忍復開尊。

〔一〕「風掀」句：灰燼，塵埃。

〔二〕「月澀」句：謂月色黯淡無光，刀劍下冤魂找不到歸路。

〔三〕「看花」句：杜甫春望：「感時花濺淚。」

碣石豺狼種〔一〕，長驅出不虞。是誰遺此賊，故使亂中都〔二〕。官府室如磬〔三〕，人家錐也無〔四〕。有司少恩惠，何忍復追呼〔五〕。

〔一〕「碣石」句：碣石，山名，漢書地理志下謂即右北平郡驪成縣（今河北樂亭）西南之大碣石山，後沉入海中。詩人不悉女真人之來歷，以爲在河北一帶。豺狼種，左傳宣公四年：「初，楚司馬子良生子越椒，子文曰：『必殺之。是子也，熊虎之狀，而豺狼之聲，弗殺，必滅若敖氏矣。諺曰：狼子野心。是乃狼也，其可畜乎？』」

〔二〕「故使」句：中都，史記平準書：「漕轉山東粟，以給中都官。」索隱按：「中都猶都内也，皆天子之倉府。以給中都官者，即今太倉畜官儲是也。」此指京師開封。

〔三〕「官府」句：律髓卷三二方回評曰：「左傳：『室如懸罄。』『如』訓『而』，謂室而將空也。後人誤以爲似罄之空，非是。觀此對，則得本意矣。」所引見左傳僖公二十六年，原文爲：「齊侯曰：『室如縣罄，野無青草，何恃而不恐。』」杜預注：「如，而也。」方回蓋謂據對句「錐」，則「罄」當指懸在空中，不佔地方。

〔四〕「人家」句：人家，百姓之家。史記留侯世家：「今秦失德棄義，侵伐諸侯社稷，滅六國之後，使無立錐之地。」立錐之地，形容面積極小。

〔五〕「有司」二句：追呼，指官吏公然爲金人搜括民財。靖康要録卷一：靖康元年（一一二六）正月二十六日，「宰執等裒聚金銀，自乘輿服御，宗廟供具，六宮官府器皿皆竭。又送以服御、犀玉、腰帶、珍珠、寶器、珍禽、香茶、錦綺、酒果之類，并以祖宗以來寶藏珠玉等準折，復率之於臣庶之家，金僅及三十萬兩，銀僅及八百萬兩。於是王孝迪建議欲盡括在京官吏軍民金銀以收簇，犒設大金軍兵。所爲名揭長榜於通衢，立限俾悉輸之官，限滿不輸者斬。許奴婢及親屬諸色人告，以其半賞之，都城大擾。限既滿，得金二十餘萬兩，銀四百餘萬兩，而民間藏蓄爲之一空」。同上書卷二：靖康二年正月六日，是日榜云：「奉御筆根括金銀，以報大金全活生靈之恩，切須盡力，不可惜人情。苟可以報金國者，雖髮膚不惜，只是要有者盡取，即偏私勿錯認朕意乃善。」此種搜刮持續時間甚長，直到北宋王朝覆滅。

叛將斬關入〔一〕，通衢列衆兵。軍聲逐飛瓦〔二〕，殺氣暗前旌〔三〕。事定愁方劇，身危夢尚驚。乾坤空納納〔四〕，何處寄餘生。

〔一〕「叛將」句：斬關，打開關隘。後漢書劉盆子傳：「兵衆遂各踰宮斬關入，掠酒肉，互相殺傷。衛尉諸葛穉聞之，勒兵入，格殺百餘人，乃定。」按：靖康、建炎年間，不少宋軍將領或心生覬覦，或爲敵利誘，成爲叛將，助紂爲虐，充當漢奸。叛將之首，當數郭藥師。郭藥師乃鐵州（今遼寧蓋平東）人。遼募遼東人爲兵，藥師爲帥。遼亡，以涿、易二州歸宋，副王安中守燕山。金完顏宗望軍至三河，藥師兵敗降金。後從宗望攻宋，讓宗望懸軍深入而獲全勝。其他尚多，如建炎要録卷一九載：建炎三年（一一二九）春正月，詔以翟興爲河南尹、京西北路安撫制置使，兼京西北路招討使。「時叛將楊進據鳴皋山之北，深溝高壘，儲蓄糧餉，置乘輿法物儀仗，頗有僭竊之意。詐言遣兵入雲中府，復奪淵聖皇帝（徽宗）及濟王南歸，欲以摇動衆心，然後舉事。」又同上書卷二九：建炎三年十一月壬戌，「金人自馬家渡濟江。初，完顏宗弼既破和州，與叛將李成同至烏江縣，尚書右僕射、江淮宣撫使杜充在建康，諜言成師老，可擊。充遽遣兵，而金師已大入。充聞敵且至，以其兵六萬人列戍江南岸，而閉門不出。師無統一，會將官張超失守，敵遂過江」。再同上書卷五二：紹興二年（一一三二）三月，金人所命陝西經略使薩里罕與叛將張中彦、慕容洧合兵來攻，陝西都統制吴玠命陝西都統司同統制軍馬楊政及吴璘、雷仲救之，「大戰三日，焚其水寨，翌日，敵引去」。

〔二〕「軍聲」句：逐飛瓦，謂軍隊聲勢極盛，可使屋瓦飛落。漢書王莽傳下：「漢兵乘勝殺（王）尋。昆陽中兵出並戰，（王）邑走，軍亂。大風蜚瓦，雨如注水。大衆崩壞號謼，虎豹股栗，士卒犇走，各還歸其郡。」顏師古注：「蜚，古飛字。」開封被圍前後，金兵氣勢之盛，三朝北盟會編卷七二記曰：靖康元年十二月二十一日：「敵薄城以來，每夜或日晡，栅中鼓鼙四發。及得城後，擊於城上，謂之平安鼓。城中牆屋皆震，聞者不聊生。」

〔三〕「殺氣」句：殺氣，肅殺之氣。舊謂兵將出戰，即有殺氣相繞。唐李筌太白陰經卷八占猛將氣：「猛將之氣，如龍如虎，在殺氣中。猛將欲行，先發此氣，如無將行，當有暴兵起。吉凶以日神占之。猛將之氣如煙如粉，沸如光火，夜照人。猛將之處，有赤白氣相繞。猛將之氣如山林，如竹木，色如紫蓋；如門樓，上黑下赤；如旌旗，如張弩，如塵埃，頭尖本大而高。」前旌，指前鋒。

〔四〕「乾坤」句：楚辭王逸九歎逢紛：「衣納納而掩露。」自注：「納納，濡濕貌也。」杜甫野望：「納納乾坤大，行行郡國遥。」黄希補注引楚辭「衣納納而掩露」。

將士承恩澤，臨危勿擇安。牛衣寒卧易〔一〕，馬革裹屍難〔二〕。破虜陳奇計，策勳超達官〔三〕。兜鍪未可忽，從古出貂冠〔四〕。

〔一〕「牛衣」句：漢書王章傳：「初，章爲諸生學長安，獨與妻居。章疾病無被，卧牛衣中。」顔師古注：「牛衣，編亂麻爲之，即今俗呼爲龍具者。」宋程大昌演繁露卷二牛衣：「『王章卧牛衣中』，注：『龍具也。』。龍具之制，不知何若。案食貨志：董仲舒曰：『貧民常衣牛馬之衣，而食犬彘之食。』然則牛衣者，編草使暖，以被牛體，蓋蓑衣之類也。」

〔二〕「馬革」句：後漢書馬援傳：馬援曰：「方今匈奴、烏桓尚擾北邊，欲自請擊之。男兒要當死於邊野，以馬革裹屍還葬耳，何能卧床上，在兒女子手中邪？」

〔三〕「策勳」句：木蘭歌：「歸來見天子，天子坐明堂。策勳十二轉，賞賜百千强。」

〔四〕「兜鍪」二句：尚書説命中：「惟甲胄起戎。」僞孔傳：「甲，鎧；胄，兜鍪也。言不可輕教令易用兵。」按：胄，古代作戰時用於護頭的帽子。此以兜鍪喻指戰士。貂冠，代指高官。文選左思詠史：「金張藉舊業，七葉珥漢貂。」李善注引董巴輿服志曰：「侍中、中常侍冠武弁，貂尾爲飾。」白居易寓意詩五首其二：「昨傳徵拜日，恩賜頗殊常。貂冠水蒼玉，紫綬黄金章。」兩句言普通士兵若有武功，待遇亦極優渥。

夷甫終隳晉〔一〕，群胡迫帝居〔二〕。王綱板蕩後〔三〕，國勢土崩初。戈戟連梁苑〔四〕，頭顱塞浚渠〔五〕。天心應助順〔六〕，側聽十行書〔七〕。

〔一〕「夷甫」句：晉書王衍傳：「衍字夷甫，神情明秀，風姿詳雅。總角嘗造山濤，濤嗟歎良久，既去，目而送之曰：『何物老嫗生寧馨兒！然誤天下蒼生者，未必非此人也。』」其後果然。位居宰輔，却迷於老莊玄談；身爲元帥，終爲石勒所破，被殺，西晉也隨之滅亡。

〔二〕「群胡」句：帝居，指京師開封。據此句，是詩當作於金兵圍城時。

〔三〕「王綱」句：王綱，國家綱紀。板蕩，詩經大雅板小序：「板，凡伯刺厲王也。」鄭玄箋：「凡伯，周同姓，周公之胤也，入爲王卿士。」同上蕩小序：「蕩，召穆公傷周至大壞也。厲王無道，天下盪蕩無綱紀文章，故作是詩也。」鄭玄箋：「盪蕩，法度廢壞之貌。」又鄭玄詩譜序：「周室大壞，十月之交、民勞、板、蕩，勃爾俱作，衆國紛然，刺怨相尋。」後以「板蕩」指國家喪亂，民不聊生。

〔四〕「戈戟」句：戈戟，兩種武器名，此代指戰争。梁苑，西漢梁孝王别苑。李白感時留别從兄徐王延年從弟延陵：「羞言梁苑地，烜赫耀旌旗。」宋楊齊賢集注：「梁孝王（劉武）築東苑，得賜天子旌旗，出從千乘萬騎，東西馳獵，擬於天子。」除東園外，梁孝王猶筑有梁園、兔園等，在今河南開封市東南。

〔五〕「頭顱」句：浚渠，即浚儀渠，東漢時王景與將作謁者王吴共修（見後漢書王景傳）。開封由浚儀發展而來，故浚渠代指開封。金兵濫殺無辜事，建炎要録卷四記建炎元年（一一二七）夏四月時事曰：「初，敵縱兵四掠，東及沂、密，西至曹、濮、兖、鄆，南至陳、蔡、汝、潁，北至河朔，皆被其害。殺人如刈麻，臭聞數百里，淮、泗之間亦蕩然矣。」

〔六〕「天心」句：周易繫辭上：「天之所助者，順也；人之所助者，信也。履信思乎順。」

〔七〕「側聽」句：十行書，指皇帝詔令。後漢書循吏列傳序：「其（光武帝）以手迹賜方國者，皆一札十行，細書成文，勤約之風，行於上下。」

萬事多反覆〔一〕，蕭蘭不辨真〔二〕。汝爲誤國賊，我作破家人〔三〕。求飽羹無糝〔四〕，澆愁爵有塵〔五〕。往來梁上燕，相顧却情親〔六〕。

〔一〕「萬事」句：萬，原作「黄」，據瀛奎律髓卷三二改。

〔二〕「蕭蘭」句：楚辭屈原離騷：「何昔日之芳草兮，今直爲此蕭艾也。」洪興祖補注：「顏師古云：齊書太祖云：『詩人采蕭，蕭即艾也。』蕭自是香蒿，古祭祀所用，合脂爇之以享神者。艾即今之灸病者，名既不同，本非一物。詩云『彼采蕭兮』、『彼采艾兮』是也。淮南曰『膏夏紫芝，與蕭艾俱死。』蕭艾賤草，以喻不肖。」而蘭乃高貴植物，故須辨蕭、蘭之真僞，喻指須辨君子、小人。而有國者卻無此辨識能力，以至國是大壞。

〔三〕「汝爲」二句：汝，蓋指王安石變法以來新黨之奸臣權相，如宋史奸臣傳所列蔡京及弟卞，子攸、儵，以及趙良嗣、張覺、郭藥師等。李慶甲彙評引馮班曰：「第三、四可贈荊溪（引者按：荊溪指王安石，王封「荊國公」）。」馮班又曰：「『汝』字不曾下根。」

〔四〕「求飽」句：揚雄太玄卷六：「次五，羹無糝，其腹坎坎，不失其範。」晉范望注：「範，法也。五爲君位，處於窮世。世窮身約，故羹無糝也。土爲大腹，腹大不充，故坎坎也，然而自約不失其正也。」按：糝，飯粒。

〔五〕「澆愁」句：爵，酒器。爵有塵，謂酒無點滴。李白宣州謝朓樓餞別校書叔雲：「舉杯消愁愁更愁。」

〔六〕「往來」二句：杜甫江邨：「自去自來梁上燕，相親相近水中鷗。」

兵餘門巷静，親故白頭新〔一〕。常與貧爲侶，衹將愁送春。焚車絕此事〔二〕，推宅望何人〔三〕。但得長安信，相看眉一伸〔四〕。

〔一〕「親故」句：唐駱賓王春日離長安客中言懷：「還嗟太行道，處處白頭新。」

〔二〕「焚車」句：晋書阮裕傳：「裕字思曠，宏遠不及放，而以德業知名。……在剡，曾有好車，借無不給。有人葬母，意欲借而不敢言，後裕聞之，乃歎曰：『吾有車而使人不敢借，何以車爲？』遂命焚之。」

〔三〕「推宅」句：三國志吴書周瑜傳：「孫堅興義兵討董卓，徙家於舒。堅子策與瑜同年，獨相友善，瑜推道南大宅以舍策，升堂拜母，有無通共。」又南史周捨傳：「捨字昇逸，幼聰穎。……弱冠舉秀才，除太學博士。從足綿爲剡縣，贓汙不少，籍没資財。捨乃推宅助焉。」以上二句，言物質生活極度匱乏，民間相助相讓之風已蕩然不存。

〔四〕「但得」二句：長安，代指京師開封。兩句言百姓流離失所，親人渺無音信，若得家書，亦爲之大喜。

國命方屯厄〔一〕，吾曹何所依。白駒將老至〔二〕，黄鳥恨春歸〔三〕。柳巷清陰合，花蹊紅蕊稀。主憂聞未解，涕泗望天畿〔四〕。

〔一〕「國命」句：屯厄，災難。周易屯卦彖曰：「屯，剛柔始交而難生，動乎險中，大亨，貞。」王弼注：「始於險難，至於大亨，而後全正，故曰屯，元亨利貞。」

〔二〕「白駒」句：莊子知北遊：「人生天地之間，若白駒之過郤，忽然而已。」成玄英疏：「白駒，駿馬也，亦言日也。隙，孔也。夫人處世，俄傾之間，其爲皖促，如馳駿駒之過孔隙，欻忽而已，何曾足云也。」論語述而：「其爲人也，發憤忘食，樂以忘憂，不知老之將至云爾。」詩經小雅白駒小序：「白駒，大夫刺宣王也。」鄭玄箋：「刺其不能留賢也。」

〔三〕「黄鳥」句：詩經小雅黄鳥小序：「黄鳥，刺宣王也。」鄭箋：「刺其以陰禮教親而不至，聯兄弟之不固。」此言春天百鳥歸來，大地蕭條，無所倚依。人亦如此，故言「恨」。

〔四〕「涕泗」句：天畿，京城。孔武仲尉氏道中：「江縣花已繁，天畿草初茁。」

江城朝夕閉〔一〕，里巷絶人行。驕虜未歸塞，凶渠猶弄兵〔二〕。正須烽火息，早罷陣雲横〔三〕。胡孽將銷蘊〔四〕，吾君幸聖明。

〔一〕「江城」句：吕本中是時當已逃離開封，暫時避難在外。江城，似指陽翟。陽翟附近有潁河，故稱江城。參見本書卷一一寄崔德符詩注。

〔二〕「凶渠」句：凶渠，指各地亂兵，即吕本中詩中所稱「盜賊」。資治通鑑卷一三四宋紀一六：「馮太后欲盡誅闔城之民，雍州刺史張白澤諫曰：『凶渠逆黨盡已梟夷，城中豈無忠良仁信之士，奈何不問白黑一切誅之？』乃止。」胡三省注：「凶渠，謂渠魁也。孔安國曰：渠，大也。」

〔三〕「早罷」句：陣雲，戰陣前之雲。宋曾公亮等武經總要後集卷一三：「齊建武中，魏將王肅昶攻同州，刺史蕭誕甚急，明帝遣左衛將軍王廣之赴救，蕭衍爲偏師，隸廣之。一旦有風從西北起，陣雲隨之來，當肅營。尋而風回雲轉，還向西北，衍曰：『此所謂歸氣，魏師遁矣。』」此代指戰争。柳宗元古東門行：「漢家三十六將軍，東方雷動横陣雲。」

〔四〕「胡孽」句：銷蕴，蕴，積蓄。銷蕴，謂軍需消耗殆盡。靖康要録卷一〇：靖康元年（一一二六）閏十一月九日，「金人遣使借糧議和」。乃開封第二次被圍時。

四郊多屬壘〔一〕，何地可逃生。水水但争渡，城城各點兵。牛亡罷春種，馬奪盡徒行〔二〕。囊橐經鈔掠，寇來渾不驚〔三〕。

〔一〕「四郊」句：禮記曲禮上：「四郊多壘，此卿大夫之辱也。」鄭玄注：「辱其謀人之國不能安也。壘，軍壁也，數見侵伐則多壘。」

〔二〕「牛亡」二句：瀛奎律髓卷三二作「牛亡春奪種，馬死盡徒行」。徒行，徒步而行，謂無馬可騎。

〔三〕「囊橐」二句：詩經大雅公劉：「篤公劉！匪居匪康，迺埸迺疆。迺積迺倉，迺裹餱糧，于橐于囊，思輯用光。」毛傳：「小曰橐，大曰囊。」孔穎達正義：「橐囊俱用裹糧，而異其文，明有大小之别，故云小曰橐，大曰囊。」按：即今之布袋。鈔掠，搶劫。渾不驚，謂已無物可劫，故習以爲常，處之泰然。

蝸舍嗟蕪没〔一〕，孤城亂定初。籬根留敝屨〔二〕，屋角得殘書〔三〕。雲路慚高鳥，淵潛羨巨魚〔四〕。客來闕佳致，親爲摘山蔬〔五〕。

〔一〕「蝸舍」句：三國志魏書管寧傳裴松之注引魏略云：「焦先及楊沛，並作瓜牛廬，止其中。以爲瓜當作蝸，蝸牛，螺蟲之有角者也，俗或呼爲黄犢。先等作圜舍，形如蝸牛蔽，故謂之蝸牛廬。莊子曰『有國於蝸之左角者曰觸氏，有國於右角者曰蠻氏，時相與争地而戰，伏尸數萬，逐北旬有五日而後反』，謂此物也。」此言所居屋舍極簡陋。蕪没，文選任昉劉先生夫人墓誌：「蕪没鄭鄉，寂寥揚冢。」劉良注：「蕪没，寂寥。」此指毁壞。

〔二〕「籬根」句：籬根，籬笆脚下。敝屨，破鞋。莊子山木：「士有道德不能行，憊也；衣敝屨穿，貧也，非憊也。」

〔三〕「屋角」句：按：自「蝸舍」至此四句，描述劫難後城鄉凋敝景象。時人莊綽鷄肋編卷上所記，可爲佐證：「建炎元年（一一二七）秋，余自穰下由許昌以趨宋城。幾千里無復鷄犬，井皆積尸，莫可飲。佛寺俱空，塑像盡破胸背以取心腹中物。殯無完柩。大逵已蔽於蓬蒿，菽粟梨棗，亦無人采刈。至咸平僧舍，有金剛經一藏，帶帙皆爲人取去，散棄牆壁間。」戰争破壞之慘烈，可見一斑。

〔四〕「雲路」二句：陶淵明始作鎮軍參軍經曲阿：「望雲慚高鳥，臨水愧游魚。」淵潛，漢書禮樂志二：「古人有言：臨淵羨魚，不如歸而結網。」孟浩然臨洞庭：「坐觀垂釣者，徒有羨魚情。」

按：以上兩句，以鳥、魚爲喻，謂避難時恨不能高飛深潛。

〔五〕「親爲」句：杜甫賓至：「自鋤稀菜甲，小摘爲情親。」

一紀幽棲地，宛然高樹林〔一〕。比鄰風雨散，垣屋草萊深。池面華光歇〔二〕，井床苔色侵。衰年筋力弱，閣道罷登臨〔三〕。

〔一〕「一紀」二句：一紀，約十二年。幽居，蟄居，隱居。兩句謂昔日房舍已毁，只剩框架，猶如樹林矗立。按：此當指其祖吕希哲之陽翟舊居。吕祖謙東萊公家傳：「（好問）遭内外艱，終制，無復仕進意，客於潁昌之陽翟者又十二年。」好問在陽翟居十二年左右，蓋由其父希哲病重侍疾並過世（政和六年，一一一六）時算起，到靖康元年（一一二六），長達「一紀」。

〔二〕「池面」句：謂池上長滿水草，久無從前波光流溢的景象。

〔三〕「閣道」句：文選張衡西京賦：「於是鉤陳之外，閣道穹隆。」吕向注：「閣道，飛陛也。」飛陛，即架設於樓臺之上的通道。

一廛江上宅，毁撤自群凶〔一〕。卜築勞心計，攜鉏失指蹤〔二〕。鳩啼□□景〔三〕，花斂帶愁容。何日休兵革，重來依老農。

〔一〕「一廛」二句：漢書揚雄傳上：「揚雄，字子雲，蜀郡成都人也。……有田一廛，有宅一區，世世以農桑爲業。」注引晉灼曰：「周禮，上地夫一廛，一百畝也。」江上宅，杜甫兩當縣吴十侍御江上宅：「陰風千里來，吹汝江上宅。」後泛指住宅。蘇轍次韵子瞻潁州留別二首其一：「永懷江上宅，歸計失不猛。」又黄庭堅新寨餞南歸：「客方有行乃未已，歸且經予江上宅。」此指吕好問陽翟舊居。兩句言吕家之陽翟老宅，已被群凶撤毁。

〔二〕「卜築」二句：卜築。建房。攜鉏，從事農作。鉏，翻土農具。失指蹤，謂荒蕪已久，田土疆界已不能明。

〔三〕「鳩啼」句：底本（黄本）原注：「缺二字。」

遭亂心紆鬱，那堪茅舍空。百年窘食事〔一〕，一旦墮兵戎。授簡慚詞客〔二〕，據鞍成老翁〔三〕。欲逃無所適，朝夕泣涂窮〔四〕。

〔一〕「百年」句：百年，猶言長年。窘食，乏食。謝薖寄無逸四首其二：「聞説潘郎窘食貧，何年會面慰艱勤。」

〔二〕「授簡」句：簡，指紙張。詞客，專爲皇帝代言或爲官府起草公文者，所作多四六文，謂此非己所長，故言「慚」。杜甫又作此奉衛王：「白頭授簡焉能賦，媿似相如爲大夫。」

〔三〕「據鞍」句：後漢書馬援傳：「武威將軍劉尚擊武陵五溪蠻夷，深入軍没。援因復請行，時年六十二。帝愍其老，未許之，援自請曰：『臣尚能被甲上馬。』帝令試之，援據鞍顧眄，以示可用。帝笑曰：『矍鑠哉，是翁也！』」以上兩句，詩人自謂既不能文，更不能武，已老而不用。

〔四〕「欲逃」二句：無所適，不知去處。涂，同「塗」。杜甫陪章留後侍御宴南樓：「此身醒復醉，不擬哭途窮。」王洙注：「阮籍以酒自隱，故得免難。出不由徑，遇途窮則慟哭而反（引者按：見晉書阮籍傳）。公自言取籍之自隱於酒，而不倣其哭窮途也。」

汾陽六甲士，率衆出中都。欲使親平虜，翻成遠避胡〔一〕。操戈取金幣，奪馬載妻孥〔二〕。汝自違天意，何緣保汝軀〔三〕。

〔一〕「汾陽」四句：本詩自注：「謂郭京。」宋史孫傅傳：靖康元年（一一二六）十一月，拜尚書右丞，俄改同知樞密院。「金人圍都城，傅日夜親當矢石。讀丘濬感事詩，有郭京、楊適、劉無忌之語，於市人中訪得無忌，龍衛兵中得京，好事者言京能施六甲法，可以生擒二將而掃蕩無餘，其法用七千七百七十七人。朝廷深信不疑，命以官，賜金帛數萬，使自募兵，無問技藝能否，但擇其年命合六甲者。所得皆市井游惰，旬日而足。有武臣欲爲偏裨，京不許，曰：『君雖材勇，然明年正月當死，恐爲吾累。』其誕妄類此。敵攻益急，京談笑自如，云：『擇日出兵三百，可致太平，直襲擊至陰山乃止。』傅與何㮚尤尊信，傾心待之。或上書見傅曰：『自古未聞以此成功者。正或聽之，姑少付以兵，俟有尺寸功，乃稍進任。今委之太過，懼必爲國家羞。』傅怒曰：『京殆爲時而生，敵中瑣微無不知者。幸君與傅言，若告他人，將坐沮師之罪。』揖使出。又有稱『六丁力士』、『天關大將』、『北斗神兵』者，大率皆效京所爲，識者危之。京曰：『非至危急，吾師不出。』稟數趣之，徙期再三，乃啓宣化門出，戒守陴者悉下城，無得竊覘。京與張叔夜坐城樓上，金兵分四翼譟而前，京兵敗退，墮於護龍河，填屍皆滿，城門急閉。京遽白叔夜曰：『須自下作法。』因下城，引餘衆南遁。是日，金人遂登城。」事又見靖康要録卷十。按：郭京，汾陽（今屬山西）人。

〔二〕「操戈」二句：操戈、奪馬，蓋爲郭京等人惡行，當有事實，載籍暫未見，待考。

〔三〕「汝自」二句：建炎要録卷四：建炎元年（一一二七）四月乙亥，「初，京城既破，武略大夫、光州刺史郭京自宣化門南遁，引所部六甲神兵二千人至襄陽府，屯洞山寺，欲立宗室爲帝。陜西制置使錢蓋、西道都總管王襄、統制官張思正等止之，不聽。思正乘間會兵執京，囚之，至是以聞。既而思正持京以獻，道爲劇盜李孝忠所奪，思正刺京，殺之」。

春宅屯兵後，荒墟非故居〔一〕。陶門柳徑短〔二〕，阮舍竹陰疏〔三〕。風雨無由障，牛羊自入廬。朝廷安反側，何日降恩書〔四〕。

〔一〕「春宅」二句：杜甫登舟將適漢陽：「春宅棄汝去，秋帆催客歸。」趙彦材注：「公二月到潭州，因居焉。則自春所有之宅，名之曰春宅。」此當指靖康元年（一一二六）春季之前開封城内官民（包括吕氏家族）居所。

〔二〕「陶門」句：宋書陶潛傳：「潛少有高趣，嘗著五柳先生傳以自況，曰：『先生不知何許人，不詳姓字，宅邊有五柳樹，因以爲號焉。』」

〔三〕「阮舍」句：晋書阮咸傳：「咸字仲容。父熙，武都太守。咸任達不拘，與叔父籍爲竹林之游，當世禮法者譏其所爲。咸與籍居道南，諸阮居道北，北阮富而南阮貧。」以上兩句，謂兵燹之後，京師故家、百姓園舍俱遭破壞。

〔四〕「朝廷」二句：後漢書光武帝紀上：「誅王郎，收文書，得吏人與郎交關謗毁者數千章。光武不省，會諸將軍燒之，曰：『令反側子自安。』」李賢注：「反側，不安也。詩國風曰：『展轉反側。』」兩句蓋謂朝廷當下赦書，凡災難中官民之過激言行，皆當免罪，以安定社會情緒。

平世多忘戰〔一〕，今真得陣梁〔二〕。燕雲擁豺虎〔三〕，陸晋失金湯〔四〕。漢將争奔北〔五〕，胡兵尚崛强。何當合餘燼〔六〕，戮力共勤王〔七〕。

〔一〕「平世」句：史記主父偃列傳引司馬法曰：「國雖大，好戰必亡；天下雖平，忘戰必危。」

〔二〕「今真」句：陣梁，在梁列戰陣。梁，戰國時魏都，宋時爲汴州所轄。此指北宋京師開封。

〔三〕「燕雲」句：五代時，石敬瑭以燕雲十六州賂契丹，借契丹之力建立後晋。十六州在今河北、山西一帶，宋建立後仍未收回。吕本中以金人亦起於該地，故謂「擁豺虎」。

〔四〕「陸晋」句：陸，西漢侯國名，在今山東壽光東。史記建元已來王子侯者年表第九：「陸，菑川靖王子。」索隱：「表在壽光。」晉，古晉國，在今山西一帶。失金湯，漢書蒯通傳：「范陽令先降而身死，必將嬰城固守，皆爲金城湯池，不可攻也。」顏師古注：「金以喻堅，湯喻沸熱不可近。」句謂自失去燕雲十六州後，今山東、河北、山西便失去屏障，國家不再安全。

〔五〕「漢將」句：漢，代指宋。奔北，敗逃。

〔六〕「何當」二句：餘燼，左傳成公二年：「請收合餘燼，背城借一，敝邑之幸，亦云從也。」杜預注：「燼，火餘木。」此指殘兵敗將。

〔七〕「戮力」句：左傳成公十三年：「晉侯使呂相絶秦，曰：『昔逮我獻公及穆公相好，戮力同心。』」孔穎達正義：「孔安國以戮力爲陳力，以論語有『陳力就列』故也。戮力，猶言勉力、努力耳。」周禮春官大宗伯：「以賓禮親邦國。賓禮之别有八：……秋見曰覲。」鄭玄注：「覲之言勤也，欲其勤王之事。」

閭巷經鏖戰〔一〕，空餘池上亭。簷楹鏃可拾〔二〕，草木血猶腥。雲漢悲鴻雁〔三〕，
郊原媿鶺鴒〔四〕。白頭兩兄弟，各未保殘齡〔五〕。

〔一〕自注：「和仲氏。」仲氏，此指呂本中三弟弸中。因本中二弟揆中早亡，故其三弟遂爲仲氏。弸中原唱未見。

〔二〕「簷楹」句：簷，屋簷；楹，泛指柱子。鏃，箭頭。

〔三〕「雲漢」句：悲鴻雁，謂敵箭之多，連鴻雁亦難逃脱。

〔四〕「郊原」句：鶺鴒，字又作「脊令」，鳥名，喻兄弟。詩經小雅常棣：「脊令在原，兄弟急難。」毛傳：「脊令，雝渠也。飛則鳴，行則摇，不能自舍也。」鄭玄箋：「雝渠，水鳥，而今在原，失其常處。則『飛則鳴』，求其類，天性也，猶兄弟之於急難。」

〔五〕「白頭」二句：兩兄弟，即詩人及其三弟。未保殘齡，謂衰頽之年仍不能自保。

嬖孽開邊隙，羌胡恃釁端〔一〕。天戈增照耀〔二〕，國步向平安。騎吹春容遠〔三〕，孤烽戰氣殘〔四〕。妖星稍退舍〔五〕，便覺老懷寬。

〔一〕「嬖孽」二句：嬖孽，即宦官，指童貫。宋史童貫傳：童貫「性巧媚，自給事宫掖，即善策人主微指」。以死黨蔡京薦，漸掌握兵權，多啓釁端。政和元年（一一一一）使遼，遂造平燕之謀。宣和七年（一一二五）欲復全燕之境，封廣陽郡王。是年金尼堪南侵，貫遁歸太原，終釀靖康之禍，被誅。羌胡，代指女真人，建立金國。

〔二〕「天戈」句：天戈，星名。宋史天文志二：「天戈一星，又名玄戈，在招摇北，主北方。芒角動摇，則北兵起；客星守之，北兵敗。彗、孛、流星犯之，占同。雲氣犯，黑，爲北兵退；蒼白，北人病。」增照耀，謂天戈星明亮。此以天戈星代指宋軍，言其力量逐漸强大。韓愈石鼓歌：「宣王憤起揮天戈。」

〔三〕「騎吹」句：騎吹，指宋軍，言其士氣軍容如春色一望無際。

〔四〕「孤烽」句：指金兵，言其孤軍無援，士氣低落。

〔五〕「妖星」句：妖星，此指天狼星。楚辭屈原九歌東君：「舉長矢兮射天狼。」王逸注：「天狼，星名，以喻貪殘。日爲王者，王者受命，必誅貪殘，故曰舉長矢射天狼，言君當誅惡也。」洪興祖補注：「晉書天文志云，狼，一星，在東井南，爲野將，主侵掠。」退舍，史記天官書：「歲星贏縮，以其舍命國。所在國不可伐，可以罰人。其趨舍而前曰贏，退舍曰縮。贏，其國有兵不復；縮，其國有憂，將亡。」此似指靖康元年（一一二六）二月事。宋史欽宗紀：靖康元年二月乙巳，「金人遣韓光裔來告辭，遂退師，京師解嚴」。但事實上，此乃金人戰術退卻，詩人下句謂「老懷寬」未免過於樂觀，決定趙宋王朝命運之戰，尚在是年閏十一月，即第二次圍城後。

亂後驚身在，端如犬喪家〔一〕。沈吟悲世故，寂默對春華。堤外鴉藏柳，欄中蜂動花。今宵眠未穩，餘寇尚紛拏〔二〕。

〔一〕「端如」句：史記孔子世家：「孔子適鄭，與弟子相失。孔子獨立郭東門，鄭人或謂子貢曰：『東門有人，其顙似堯，其項類臯陶，其肩類子產，然自要以下不及禹三寸，纍纍若喪家之狗。』子貢以實告孔子，孔子欣然笑曰：『形狀末也，而似喪家之狗，然哉！然哉！』」

〔一二〕「餘寇」句：史記魏將軍列傳：「漢、匈奴相紛拏。」正義引三蒼解詁云：「紛拏，相牽也。」又漢書霍去病傳沿此句，顏師古注：「紛拏，亂相持搏也。」即雙方相持之拉鋸戰。李白古風五十九首其二九：「王風何怨怒，世道終紛拏。」

君父圍城内，忽逾三月期〔一〕。六龍時鵕𪇯〔二〕，百雉日孤危〔三〕。報國寧無策，全軀各有詞〔四〕。旄頭漸低小〔五〕，早晚定班師〔六〕。

〔一〕「君父」二句：考宋史，北宋京師開封被金人第一次圍城，在靖康元年正月，至二月丙午圍解，金人退師。此言圍城「逾三月」，當指第二次圍城，起於靖康元年閏十一月二十五日，直到靖康二年三、四月徽、欽二帝先後被擄北上，金兵完全占領開封並與宋交割，北宋至此滅亡時止。詳見本書卷一一城中紀事詩注。據此，是詩當作於靖康二年（一一二七）初。

〔二〕「六龍」句：六龍，指皇帝。皇帝車駕六馬，馬八尺曰龍，故稱。鵕𪇯，危急貌。柳宗元六逆論：「古之言理者，罕能盡其説。建一言，立一辭，則鵕𪇯而不安，謂之是可也，謂之非亦可也。」童宗説注：「鵕𪇯，危也。上音孽，下音兀。」

〔三〕「百雉」句：史記孔子世家：「定公十三年夏，孔子言於定公曰：『臣無藏甲，大夫毋百雉之城。』」集解引王肅曰：「高丈、長丈曰堵，三堵曰雉。」此指宋之東京，言其城既高且厚，極爲堅固，然金兵圍城之後，亦極危險。

〔四〕「全軀」句：李慶甲瀛奎律髓彙評引紀昀曰：「『全軀各有詞』，五字深痛，繪盡小人情狀。」

〔五〕「旄頭」句：史記天官書：「昴曰髦頭，胡星也。爲白衣會。」正義：「昴七星爲髦頭，胡星，亦爲獄事。……六星明與大星等，大水且至，其兵大起；摇動若跳躍者，胡兵大起；一星不見，皆兵之憂也。」髦，漢書天文志作「旄」。漸低小，謂金兵之勢漸衰。

〔六〕「早晚」句：後漢書鄧騭傳：「冬，徵騭班師。」李賢注：「班，還也。」謂金兵遲早必將撤退。

亂離仍再歲〔一〕，未敢有吾廬。林下休官久，草間求活初〔二〕。迹雖寄戎旅，心已混樵漁〔三〕。吉語來何晚，將軍□素書〔四〕。

〔一〕「亂離」句：再歲，指靖康二年（一一二七）。

〔二〕「林下」二句：林下，謂居山野；休官，指無職任。呂本中自靖康改元遷職方員外郎，以父嫌奉祠（見宋史本傳）後，一直賦閑家居，親歷靖康之難，故云在草間「求活」。

〔三〕「迹雖」二句：謂身雖在兵戎叢中苟活，但心灰意冷，已如樵夫漁父。

〔四〕「吉語」二句：漢書陳湯傳：「湯知烏孫瓦合，不能久攻，故事不過數日。因對曰：『已解矣。』詘指計其日，曰：『不出五日，當有吉語聞。』居四日，軍書到，言已解。」顏師古注：「吉，善也。善謂兵解之事。」此謂久無兵解之喜訊。闕字，黄本作墨丁。素書，白絹所寫書信。蔡邕飲馬長城窟行：「呼童烹鯉魚，中有尺素書。」此指軍書。

重到江頭宅〔一〕，荒殘足歎嗟。新烏忽棲樹，舊犬已辭家。月淡初回夢，風輕不落花。相親爲部曲，弓箭作生涯〔二〕。

〔一〕「重到」句：江頭宅，即前「一廛江上宅」詩之「江上宅」，乃吕本中祖、父在陽翟所居宅舍，已於靖康初被毁。

〔二〕「相親」二句：杜甫暮秋枉裴道州手札率爾遣興寄遞呈蘇涣待御：「陣前部曲終日死。」郭知達集注引舊注：「部曲，隊伍也。」此指大户人家聚衆組建之自衛隊。生涯，生活，謂以習武爲事。靖康要録卷一〇載靖康元年（一一二六）十一月二十日樞密院劄子：「或有逃散去處，山林自專結已成隊伍，許具名申所在官司，不拘軍人百姓，亦許自效，隨事便宜，四面攻討。其所殺獲，隨事以聞。」據此，各地組織隊伍自保自救，已成合法。

偷生戎馬内，室宇半摧殘。假寐何曾着〔一〕，驚魂尚未安。風前花自妥〔二〕，雨後食猶寒〔三〕。望斷京華信，終宵淚不乾。

〔一〕「假寐」句：假寐，打盹。何曾着，不曾睡着。杜甫客夜：「客夜何曾著，秋天不肯明。」著、着同。

〔三〕「風前」句：妥，落下。杜甫重過何氏五首其一：「花妥鶯捎蝶。」黄希注引僞蘇注曰：「關中人謂落爲妥。」

〔三〕「雨後」句：杜甫小寒食舟中作：「佳辰强飲食猶寒。」按：據詩意，是詩當作於靖康二年寒食節後不久，當在陽翟。

忽復清明過，林園緑陰稠。光陰同轂轉〔一〕，身世着舟浮〔二〕。舊識梁間燕〔三〕，全生水上鷗〔四〕。幸聞諸將輩，稍稍近前旒〔五〕。

〔一〕「光陰」句：轂轉，旋轉如車輪，喻歲月流逝之快。賈島古意：「碌碌復碌碌，百年雙轉轂。」

〔二〕「身世」句：謂大難之中，身世如浮於水上之舟，飄摇不定。李白書情贈蔡舍人雄：「舟浮瀟湘月。」

〔三〕「舊識」句：晏殊假中示判官張寺丞王校勘：「無可奈何花落去，似曾相識燕歸來。」

〔四〕「全生」句：生，生疏，與上句「舊識」對應。杜甫有懷台州鄭十八司户：「昔如水上鷗。」

〔五〕「幸聞」二句：旒，古代冠冕懸垂之玉串。此代指皇帝。稍稍，漸漸。近前旒，謂諸將漸被皇帝重用，吕本中以爲此乃國家之幸。李心傳稱中興諸將四十以下有建節者，主要將帥全封爲異姓王，見所著建炎以來朝野雜記乙集卷一二。

歲間值狂寇，曾此駐戈鋋〔一〕。臺沼餘春草，圖書散野煙。懶尋愛酒伴〔二〕，愁起落花邊。不忍登江閣，心隨北斗懸〔三〕。

〔一〕「歲間」二句：歲間，當亦在靖康二年。戈鋋，文選班固東都賦：「元戎竟野，戈鋋彗雲。」李善注引説文曰：「鋋，小矛也。」又吕延濟注：「戈鋋，矛稍也。」此泛指兵器，代指金兵，蓋曾在陽翟吕氏老宅駐扎。

〔二〕「懶尋」句：杜甫江畔獨步尋花七絶句其一：「走覓南鄰愛酒伴，經旬出飲獨空床。」此反其義。

〔三〕「心隨」句：論語爲政：「子曰：『爲政以德，譬如北辰，居其所而衆星共之。』」何晏集解引包（咸）曰：「德者無爲，猶北辰之不移，而衆星共之。」此以北斗代指朝廷，表達對趙宋政權的忠心。

賀州周秀才〔一〕

〔一〕按：是詩已見本書卷一二，題爲送周靈運入閩浙，首句爲「青松著塵市」。此乃重收，删詩存目。

寄題莊季裕静軒〔一〕

雲静天如水〔二〕，風停海不波〔三〕。請觀如是相〔四〕，夫子意如何。

〔一〕莊季裕，即莊綽，字季裕，以字行，福建莆田人。參見本書卷一八贈莊季裕、卷一九静軒詩注。静軒乃其所建軒名，是詩疑與該詩爲同時之作。

〔二〕「雲静」二句：劉禹錫秋聲賦：「碧天如水兮，窅窅悠悠。」又張籍秋夜長：「秋天如水夜未央，天漢東西月色光。」

〔三〕「風停」句：梁簡文帝南郊頌：「九垓同軌，四海無波。」

〔四〕「請觀」二句：如是相，指上述雲静、天静、風静、海静。法華經卷一方便品：「唯佛與佛，乃能究盡諸法實相。所謂諸法如是相、如是性、如是體、如是力、如是作、如是因、如是緣、如是果、如是報、如是本末究竟等。」即謂一切諸法之本來相狀（實相，即外在之形相）具足十種「如是」。此言静亦爲實相。

雪中奉簡張子直〔一〕

深居畏雪謾添衣，過了梅花病不知。同住荒城懶還往，一年天氣最寒時。

〔一〕張子直，蓋蜀人，事迹不詳。參見本書卷二二（外集卷二）送張子直西歸詩注。

絶　句〔一〕

〔一〕是詩即本書卷一五渴雨簡張仲宗二首其二，首句爲「雨濕平林松桂香」。此重收，删詩存目。

擬　古〔一〕

〔一〕是詩凡二首，已見本書卷四，第一首首句爲「狡兔死三窟」，第二首首句爲「寒鷄不能晨」。此重收，删詩存目。

夜同李十步月至崔成美家〔一〕

伏暑不可去，客帆秋未回。偶攜南縣李，來訪北橋崔。藤枕風前簟〔二〕，瓜盤月下杯。十年老懷抱，姑爲故人開。

〔一〕李十，本書卷三有秋夜示李十詩，與此當爲同一人。是詩稱「偶攜南縣李，來訪北橋崔」，知李十居縣之南，崔成美居縣之北，然二人事迹不詳，縣亦不知何地。

〔二〕「藤枕」句：藤枕，藤條所編枕頭，夏季凉爽。魏野謝王耿太傅見惠藤牀王虞部見惠藤枕：「藤牀藤枕睡騰騰，軟勝眠莎與曲肱。」簟，竹席。

讀東坡詩

命代風騷第一功〔一〕，斯文到底爲誰雄。太山北斗攀韓愈〔二〕，琨玉秋霜敵孔融〔三〕。不見陸機歸洛下〔四〕，只聞張翰過江東〔五〕。廣陵雅操無人繼〔六〕，六十餘年一夢中〔七〕。

〔一〕「命代」句：命代，著名於當世。第一功，謂其詩歌成就最大。宋陳鵠耆舊續聞卷二呂東萊贈趙承國論學帖：「古來語文章之妙，廣備衆體，出奇無窮者，惟東坡一人。」杜甫投贈哥舒開府翰二十韵：「今代麒麟閣，何人第一功。」又杜牧雪晴訪趙嘏街西所居三韵：「命代風騷將，誰登李杜壇。」

〔二〕「太山」句：新唐書韓愈傳贊：「昔孟軻拒楊墨，去孔子才二百年。愈排二家，乃去千餘歲，撥衰反正功與齊，而力倍之，所以過（荀）況（揚）雄爲不少矣。自愈没，其言大行，學者仰之如泰山、北斗云。」

〔三〕「琨玉」句：後漢書孔融傳論曰：「懍懍焉，皜皜焉，其與琨玉秋霜比質可也。」李賢注：「懍懍言勁烈如秋霜也，皜皜言堅貞如白玉也。」琨，美玉。

〔四〕「不見」句：晉書陸機傳：「陸機，字士衡，吴郡人也。祖遜，吴丞相。父抗，吴大司馬。機身長七尺，其聲如鍾。少有異才，文章冠世，伏膺儒術，非禮不動。抗卒，領父兵爲牙門將。年二十而吴滅，退居舊里，閉門勤學，積有十年。……至太康末，與弟雲俱入洛，造太常張華。華素重其名，如舊相識，曰：『伐吴之役，利獲二俊。』」歸洛下，指到京城做官。

〔五〕「只聞」句：晉書張翰傳：「張翰，字季鷹，吴郡吴人也。……有清才，善屬文，而縱任不拘，時人號爲『江東步兵』。……齊王冏辟爲大司馬東曹掾。……翰因見秋風起，乃思吴中菰菜、蓴羹、鱸魚膾，曰：『人生貴得適志，何能羈宦數千里以要名爵乎！』遂命駕而歸。」過江東，指仕不得意而歸。按：以上二句，以陸機、張翰喻東坡，言其更似張翰，不被朝廷重用，而性格豪放，以適志爲意。

〔六〕「廣陵」句，晋書嵇康傳：「初，康居貧，嘗與向秀共鍛於大樹之下，以自贍給。潁川鍾會，貴公子也，精練有才辯，故往造焉。康不爲之禮，而鍛不輟。良久會去，康謂曰：『何所聞而來？何所見而去？』會曰：『聞所聞而來，見所見而去。』會以此憾之。及是，言於文帝曰：『嵇康，卧龍也，不可起。公無憂天下，顧以康爲慮耳。』因譖：『康欲助母丘儉，賴山濤不聽。昔齊戮華士，魯誅少正卯，誠以害時亂教，故聖賢去之。康、安等言論放蕩，非毁典謨，帝王者所不宜容。宜因釁除之，以淳風俗。』帝既昵聽信會，遂并害之。康將刑東市，太學生三千人請以爲師，弗許。康顧視日影，索琴彈之，曰：『昔袁孝尼嘗從吾學廣陵散，吾每靳固之，廣陵散於今絶矣。』時年四十。」

〔七〕「六十」句：六十餘年，指東坡一生（東坡享年六十五）。宋趙德麟侯鯖録卷七：「東坡老人在昌化，嘗負大瓢行歌於田間。有老婦年七十，謂坡云：『内翰昔富貴，一場春夢。』坡然之。里人呼此媪爲春夢婆。」

讀亡弟由義舊詩有感〔一〕

平昔烏衣游，盛事寄青史〔二〕。後生見角頭〔三〕，唯子與夫子〔四〕。奈何阻中涂〔五〕，去我適蒿里〔六〕。三年莫春日，西郊漫桃李〔七〕。才難聖所歎〔八〕，反是俗眼眯〔九〕。坐看玉壺冰，終污青蠅矢〔一〇〕。銜憤已成疾，傷讒空忍死〔一一〕。雪涕別時言，歷歷猶在耳。嗚呼骨肉親，遺恨有如此。吾生復亡聊，念爾中夜起。讀君離別篇，沈吟淚如水〔一二〕。

〔一〕亡弟由義，即詩人二弟呂揆中，字由義。揆中曾與趙鼎臣女約婚，未婚而卒，鼎臣有詩述之，見其竹隱畸士集卷三。饒節有次韻呂由義見贈之什兼簡若谷居仁詩，稱由義「白晳采蘭手，未負如意鐵。由來石中璞，不在苦分別。當時偶一見，頓使我心悅」云云。揆中卒年不見載籍。

〔二〕「平昔」二句：烏衣游，叔侄兄弟之游。青史，指南史謝弘微傳：「（謝）混風格高峻，少所交納，唯與族子靈運、瞻、晦、曜、弘微以文義賞會，常共宴處，居在烏衣巷，故謂之烏衣之游。混詩所言『昔爲烏衣游，戚戚皆親姓』者也。」按：烏衣巷，地名，在今江蘇南京東南。世説新語雅量劉孝標注引丹陽記：「烏衣之起，吴時烏衣營處所也。江左初立，琅邪諸王所居。」參見本書卷四潘邠老嘗得詩云滿城風雨近重陽文章之妙至此極矣詩注。

〔三〕「後生」句：角頭，爾雅釋獸：「麐麕，身牛，尾一角。」郭璞注：「角頭有肉。公羊傳曰：『有麕而角。』」邢昺疏引李巡曰：「麐，瑞應獸名。」又引孫炎曰：「靈獸也。」又引京房易傳曰：「麐麕，身牛，尾狼，額馬，蹄有五彩，腹下黄。高丈二。」即傳説中之麒麟。麟角，因其稀少，故喻指人之出類拔萃。

〔四〕「唯子」句：自注：「夫子，知止也。知止，由義師友也。」知止，吕本中兄弟之從叔，名欽問，前已屢見。

〔五〕「奈何」句：陶淵明飲酒二十首其十一：「道路迴且長，風波阻中塗。」塗，涂同。阻中涂，謂年未長而死。

〔六〕「去我」句：蒿里，漢書武五子傳：「蒿里召兮郭門閲。」顏師古注：「蒿里，死人里。」指墓地。

〔七〕「三年」二句：三年，乃紀年，而非年數，否則文義不通。據詩意，當指崇寧三年（一一〇四）。考師友雜志，崇寧初吕希哲一家貶居宿州，汪革、黎確、饒節三人曾與吕本中及弟揆中一起會課，事應在崇寧二年。其後本中著作及其他文獻再未見揆中蹤跡，蓋即死於該年春末。漫，言其多；桃李，喻讒佞小人。劉禹錫元和十一年自朗州承召至京戲贈看花諸君子：「玄都觀裏桃千樹，盡是劉郎去後栽。」

〔八〕「才難」句：論語泰伯：「孔子曰：『才難，不其然乎！』」此悲嘆揆中之死極可惜。

〔九〕「反是」句：反是，與才子相反，指平庸之輩。眯，物入目中，視之不清。莊子天運：「老聃曰：『夫播糠眯目，則天地四方易位矣。』」

〔一〇〕「坐看」二句：文選鮑照白頭吟：「直如朱絲繩，清如玉壺冰。」李周翰注：「玉壺冰，取其絜浄也。」青蠅矢，見本書卷二二謁韓文公廟陽山注引詩經。喻指姦人顛倒黑白，變亂善惡。矢，通「屎」。

〔一一〕「銜憤」二句：謂其弟揆中乃銜憤傷讒成疾而死。具體死因不可考，崇寧三年立所謂「姦黨碑」，蔡京一夥迫害元祐黨人登峰造極，蓋揆中性情剛直，其死或與此有關。

〔一二〕「沈吟」句：淚如水，形容下淚之多。杜甫聽楊氏歌：「老夫悲暮年，壯士淚如水。」

與范益謙飲有懷才仲〔一〕

范郎醉倒西風前，夜思趙子起不眠。與渠別來今幾年，細數往事如雷顛〔二〕。塵埃刺促今尚賢〔三〕，問我北行詩幾篇，殘編斷簡棄不編。鶴鳴九皋鳶唳天〔四〕，燕雀欲上無寅緣。江湖舊游性所便〔五〕，我先往矣君加鞭，更呼趙子來同船。

〔一〕范益謙，沖子，祖禹孫，吕本中表弟。成都華陽人。才仲，即趙楠，字才仲，吕本中伯姑華陽君子。二人前已屢見。

〔二〕「細數」句：雷顛，猶言「雷雨顛」。本書卷一〇惡木：「歲晏霜雪穩，夏深雷雨顛。」雷雨顛，在雷雨中顛簸。此言如雷貫耳，極令人震驚。皮日休以毛公泉一缾獻上諫議因寄：「有時玩者觸，倏忽風雷顛。」

〔三〕「塵埃」句：刺促，連綿字，忙碌貌。晉書潘岳傳：「出爲河陽令，負其才而鬱鬱不得志。時尚書僕射山濤領吏部，王濟、裴楷等並爲帝所親遇，岳内非之，乃題閣道爲謡曰：『閣道東，有大牛。王濟鞅，裴楷鞧，和嶠刺促不得休。』」又李賀浩歌：「二十男兒那刺促。」

〔四〕「鶴鳴」二句：詩經小雅鶴鳴：「鶴鳴於九皋，聲聞於野。」毛傳：「興也。皋，澤也。言身隱而名著也。」鄭玄箋：「皋澤中水溢出，所爲次自外數至九，喻深遠也。鶴在中鳴焉，而野聞其鳴聲。興者，喻賢者雖隱居，人咸知之。」吴均與朱元思書：「鳶飛唳天者，望峰息心；經綸世務者，窺谷忘反。」鳶，鳥名，即鴟。唳天，鳥鳴聲上達於天。按：兩句以鶴鳴、鳶飛喻指處高位者，言其話語權極大。

〔五〕「燕雀」二句：史記陳涉世家：「陳涉太息曰：『嗟乎，燕雀安知鴻鵠之志哉！』」此以平凡之燕雀自喻以反諷。寅緣，猶今所謂「關係」。兩句言既無緣出頭，唯浪迹江湖最爲適性。按：是詩所謂「北行」不詳所指，蓋早年之作，抒發政治上受壓抑的憤激之情。

感懷

十年南北長爲客，萬里江山半是鄉。夢裏題詩隨意了，醉中書字不成行。燕思公子歸來早〔一〕，草憶王孫恨更長〔二〕。枕上不知多少事，覺來依舊熟黄粱〔三〕。

〔一〕「燕思」句：黄庭堅觀化十五首其十二：「海燕歸來思故人。」

〔二〕「草憶」句：楚辭淮南小山招隱士：「王孫游兮不歸，春草生兮萋萋。」又王維送别：「芳草年年緑，王孫歸不歸？」

〔三〕「枕上」二句：唐沈既濟枕中記，述盧生於邯鄲旅舍住宿，夢中享盡榮華富貴，醒來時黄粱飯尚未熟。黄粱，小米也。喻指人生如夢，誕妄無憑。

贈唐虎〔一〕

白酒因循久絶傾，小詩聊復贈君行。故人若問庵中事〔二〕，但道春來太瘦生〔三〕。

〔一〕唐虎，其人不詳。

〔二〕「故人」句：吕本中自建炎元年（一一二七）逃離開封南渡避地後，遂流寓各地，多居住於禪寺。此所謂問庵中事，即指問其生活情況。

〔三〕「但道」句：李白戲贈杜甫：「借問别來太瘦生，總爲從前（一作「祇爲從來」）作詩苦。」太瘦生，張相詩詞曲語詞匯釋卷二生（二）謂杜詩此語乃「以生字承太字」，爲語助詞。

寄酒與陽翟諸弟〔一〕

奔走黃塵未説歸〔二〕，諸郎堅坐各能詩。略無夢去尋消息，謾有書來道別離。但得阮公連月醉〔三〕，不嫌王湛半生癡〔四〕。遥知共飲北窗下〔五〕，自勝烏衣全盛時〔六〕。

〔一〕陽翟諸弟，呂本中弟弸中等曾住陽翟，見本書卷七自曹南至陽翟追懷江上舊游呈叔弟等詩注。

〔二〕「奔走」句：政和四年（一一一四）至七年年中，呂本中爲濟陰主簿，故言「奔走黃塵」。

〔三〕「但得」句：阮公，指阮籍。連月醉，晉書阮籍傳：「籍本有濟世志，屬魏晋之際天下多故，名士少有全者，籍由是不與世事，遂酣飲爲常。文帝初欲爲武帝求婚於籍，籍醉六十日，不得言而止。」

〔四〕「不嫌」句：晉書王湛傳：「王湛字處沖。……少言語。初有隱德，人莫能知，兄弟宗族皆以爲癡，其父昶獨異焉。……（王）濟嘗詣湛，見床頭有周易，問曰：『叔父何用此爲？』湛曰：『體中不佳時，脱復看耳。』濟請言之。湛因剖析玄理，微妙有奇趣，皆濟所未聞也。濟才氣抗邁，於湛略無子侄之敬，既聞其言，不覺懍然，心形俱肅。遂留連彌日累夜，自視缺然，乃歎曰：『家有名士，三十年而不知，濟之罪也。』……武帝亦以湛爲癡，每見濟，輒調之曰：

『卿家癡叔死未？』濟常無以答。及是，帝又問如初，濟曰：『臣叔殊不癡。』因稱其美。帝曰：『誰比？』濟曰：『山濤以下，魏舒以上。』時人謂湛上方山濤不足，下比魏舒有餘。」

〔五〕「遥知」句：宋書陶潛傳：「嘗言五六月北窗下卧，遇涼風暫至，自謂是羲皇上人。」

〔六〕「自勝」句：烏衣，指烏衣遊，即兄弟之游，見前讀亡弟由義舊詩有感注。

别魏先生二首〔一〕

〔一〕按：是詩即本書卷一九贈魏承事二絶，其一首句爲「雨漲溪渾欲斷橋」，其二首句爲「四十餘年别歷陽」。此乃重收，删詩存目。

晉康逢師厚〔一〕

藤江合賀江〔二〕，浮蕩蒼梧雲〔三〕。我如老餓鶴，忍飢啄蠻塵〔四〕。二更客入户，月黑雨翻盆。坐久始驚省，兩翁非昔人〔五〕。一别二十年，家國忍復論。豈知半暗眼，再見忠宣孫〔六〕。君負濟世美，實識治亂根。寧同二三子，但粥父祖名〔七〕。心豈燕丘壑，要詔終逡巡〔八〕。新年憤忠極，決意去脩門〔九〕。龍鬼亦妬賢，翻舟使回奔〔一〇〕。嗚呼天下事，敢笑不敢言。師尹實令弟，高義横乾坤。政坐才卓犖，亦使身奇屯〔一一〕。人説龔州居，勝事專江村〔一二〕。未赴結社約，長耿懷友心。君歸兄弟語，況我應殷勤。二子豈隱者，中興要甫申〔一三〕。勉哉赤松子〔一四〕，善事黄中君〔一五〕。我欲北渡嶺，江西老耕耘〔一六〕。子房但强飯〔一七〕，勿道綺與園〔一八〕。

〔一〕晉康，宋史地理志六：「德慶府，望。本康州，晉康郡，軍事。開寶五年（九七二）廢州及悦城、晉康、都城並入端溪，以隸端州，尋復爲州。大觀四年（一一一〇），升爲望郡。紹興元年（一一三一），以高宗潛邸，升爲府。十四年，置永慶軍節度。」按：晉康，今廣東德慶東，屬肇慶。師厚，即范師厚，名直方，字師厚，范純仁孫，見本書卷一五送范師厚宣諭四川詩注。

〔二〕「藤江」句：雍正廣西通志卷一四藤縣：「藤江，一名鬱江，會潯水繞城東，與繡江合流，經府治合桂江而東。」同上賀縣：「賀江，由富川靈亭鄉發源，南流二百五十里，經縣治繞東門過浮山，會桂嶺小河水口合流，至廣東封川入於南海。」

〔三〕「浮蕩」句：浮蕩，指藤江、賀江之水，言其與蒼梧之雲一起流淌，波光蕩漾。蒼梧，山名，在永州。李白梁園吟：「荒城遠照碧山月，古木盡入蒼梧雲。」

〔四〕「我如」二句：謂避地到晉康討生活。宋代永州尚屬蠻荒之地，故云「啄蠻塵」。

〔五〕「兩翁」句：兩翁，指范師厚（名直方）、范師尹（名直清）兄弟。師尹詳下注。非昔人，猶言莫非是昔人？表疑問、驚訝。

〔六〕「再見」句：范忠宣集附録國史本傳：「范純仁「建中靖國元年（一一〇一）年七十有五薨……上聞震悼。……勅潁昌河南給其葬事，賜『世濟忠直』四字，以是書於墓隧碑首，謚曰忠宣」。

〔七〕「但粥」句：粥，同「鬻」，賣也。

〔八〕「心豈」二句：燕丘壑，安處山野。逡巡，文選班固東都賦：「主人之辭未終，西都賓矍然失容，逡巡降階。」李善注引郭璞爾雅注曰：「逡巡，却去也。」

〔九〕「決意」句：去，到。脩門，楚辭宋玉招魂：「魂兮歸來，入修門些。」王逸注：「修門，郢城門也。宋玉設呼屈原之魂歸楚都，入郢門，欲以感激懷王使還之也。」此代指行在所杭州，謂范師厚感於忠憤，決定應召入朝。

〔一〇〕「龍鬼」二句：龍鬼，即龍。俗謂龍掌水，故師厚船翻乃龍之過，故稱「龍鬼」。按詩自注曰：「師厚自龔被召，至三水，泛舟復還，并寄師尹。」龔，即龔州。宋史地理志六：「龔州，下，臨江郡，軍事。……政和元年（一一一一）州廢，隸潯州；三年，復。紹興六年（一一三六）復廢，仍隸潯州。」今爲廣西平南縣。三水，今廣東佛山區名。師尹，師厚弟，名直清。建炎要録卷九九：紹興六年（一一三六）三月辛未：「左承議郎范直清提舉廣西買馬。」據此，是詩當作於紹興六年（一一三六）春三月後不久。

〔一一〕「政坐」二句：政，通「正」。坐，因也。卓犖，卓絶出衆。奇屯，多災多難。屯，周易卦名，見前兵亂後自嬉雜詩「國命方屯厄」句注。按：自「二更」句至此，述晉康逢范師厚兄弟事。

〔一二〕「人説」二句：據上引作者自注，知范師厚自襲州被召，此前蓋避地於彼。專江村，謂襲州江村風景極美。

〔一三〕「中興」句：中興，指周宣王中興。甫申，即尹吉甫、申伯，乃周宣王中興大臣。詩經大雅崧高小序：「尹吉甫美宣王也，天下復平，能建國親諸侯，褒賞申伯焉。」鄭玄箋：「尹吉甫、申伯，皆周之卿士也。」詩曰：「崧高維嶽，駿極於天。維嶽降神，生甫及申。」鄭箋：「四嶽，卿士之官，掌四時者也。……周之甫也，申也，齊也，許也，皆其苗胄。」嵩高又曰：「維申及甫，維周之翰。四國於蕃，四方於宣。」鄭箋云：「申，申伯也；甫，甫侯也，皆以賢知入爲周之楨幹之臣。四國有難，則往扞禦之，爲之蕃屏；四方恩澤不至，則往宣暢之。甫侯相穆王，訓夏贖刑，美此俱出四嶽，故連言之。」其下又有烝民一首，小序曰：「尹吉甫美宣王也，任賢使能，周室中興焉。」句以周宣王中興喻指紹興時宋高宗之中興，言中興急需如范師厚、師尹一類人才。

〔一四〕「勉哉」二句：赤松子，史記留侯世家：「留侯乃稱曰：『家世相韓，及韓滅，不愛萬金之資，爲韓報讐彊秦，天下振動。今以三寸舌爲帝者師，封萬户，位列侯，此布衣之極，於良足矣。願棄人間事，欲從赤松子游耳。』」索隱：「赤松子，神農時雨師，能入火自燒，崑崙山上隨風雨上下也。」

〔一五〕「善事」句：分門古今類事卷一一庭芝貸死引劇談録（按：見唐康駢劇談録卷上李鄴侯救竇庭芝）：「竇庭芝與日者胡蘆先生相善。一日，謂庭芝曰：『君有大禍，非遇黄中君、鬼谷子，不可救。』教庭芝物色求之，得李鄴侯泌，傾家結之。未幾朱泚亂，庭芝陷賊，事平，德宗命誅之，泌以前事上聞，特貸其死。德宗云：『黄中君，蓋指朕，謂卿爲鬼谷子，何也？』」此以黄中君指當朝皇帝，即宋高宗。

〔一六〕「我欲」二句：詩人自謂將北渡五嶺，回到江西做老農。

〔一七〕「子房」句：史記留侯世家：「（張良）乃學辟穀、道引、輕身。會高帝崩，吕后德留侯，乃彊食之，曰：『人生一世間，如白駒過隙，何至自苦如此乎？』留侯不得已，彊聽而食。」

〔一八〕「勿道」句：綺與園，指「四皓」東園公、甪里先生、綺里季、夏黄公，四人參與漢高祖太子廢立事，詳見本書卷八留侯詩注。以上兩句，謂范師厚但保養好身體，少操心朝政。

初十日王震秀才家探梅〔一〕

不問主人聊一來，水亭風榭小裴回。春風大似私南土〔二〕，未臘江梅半欲開〔三〕。

〔一〕王震，事迹不詳，蓋當地讀書人。

〔二〕「春風」句：私南土，偏愛南方之地。

〔三〕「未臘」句：文選潘岳閒居賦：「牧羊酤酪，以俟伏臘之費。」李善注：「臘者，風俗通禮傳曰：『夏曰嘉平，殷曰清祀，周曰大蜡，漢改爲臘。臘，獵也，言獵取禽獸以祭其先祖，故曰臘也。』秦孝公始置伏，始皇改臘曰嘉平。」按：即今農曆十二月，俗稱臘月。唐許渾歲暮自廣江至新興往復中題峽山寺四首其一：「未臘梅先實，經冬草自薰。」

王園觀梅主人置酒莫歸〔一〕

臨溪照影若自愛，犯雪看花寧怕寒。百繞蜂兒緣底事，癡心猶作蜜房看〔二〕。

〔一〕王園，當即王震家梅園。

〔二〕「百繞」二句：底事，何事。杜甫秋野五首其三：「天寒割蜜房。」王洙注：「蜜房，蜂房也。」兩句言蜜蜂太癡心，誤以爲可采梅花釀蜜。

日没未没霧縈山，古寺松門欲上關〔一〕。尚有香風泛衣袖，兒童知我探春還〔二〕。

〔一〕「古寺」句：上關，閉門上鎖。庾肩吾南苑看人還：「洛橋初度燭，青門欲上關。」

〔二〕「尚有」二句：謂觀梅後衣袖尚有餘香，兒童不知是梅，誤以爲是春花飄香。

飯花光店是日立春〔一〕

綵勝繒幡安在哉〔二〕，客行巾帽只風埃。東西水畔凍全拆〔三〕，南北枝頭春已回。故國音書黄耳斷〔四〕，餘生光景白駒催〔五〕。山村誰道全荒陋，也有畦蔬入饌來。

〔一〕花光，明一統志卷六四衡州府山川：「花光山，在府城西南十五里。上有花光寺，宋時花光僧居此，善畫梅，黄庭堅有詩。」按：黄庭堅在花光寺作詩多首，其中花光仲仁出秦蘇詩卷思二國士不可復見開卷絶歎因花光爲我作梅數枝及畫煙外遠山追少游韵記卷末，有「寫盡南枝與北枝，更作千峰倚晴昊」之句。花光店，當在花光山上。是詩應作於建炎三年（一一二九）春詩人至衡山訪演公、善公二僧時。

〔二〕「采勝」句，蘇軾再和（按：即次韵劉貢父春日賜幡勝後之再和），有「莫笑華顛羞綵勝」句，舊題王十朋集注引堯卿（趙夔）荆楚歲時記曰：「立春日悉剪綵爲燕子以戴之，貼『宜春』字。」又龐元英文昌雜録卷三：「初十日立春，賜三省官綵勝各有差，謝於紫宸殿門。杜臺卿説，正月七日爲人日，家家翦綵或縷金薄爲人，以帖屏風，亦戴之頭鬢。今世多刻爲華勝，像瑞圖金勝之形，引釋名華象草木華也。勝言人形容止等，一人著之則勝。又引賈充李夫人典誡曰：『每見時人月旦花勝交相遺與，謂正月旦也。』今俗用立春日，亦近之，然公卿家尤重此日，莫不鏤金刻繒，加飾珠翠，或以金銀窮極工巧，交相遺問焉。」

〔三〕「東西」句：拆，通「坼」，開裂。凍全拆，謂冰已融化。

〔四〕「故國」句：晋書陸機傳：「初，機有駿犬名曰黄耳，甚愛之。既而羈寓京師，久無家問，笑語犬曰：『我家絶無書信，汝能齎書取消息不？』犬摇尾作聲。機乃爲書，以竹筩盛之，而繫其頸。犬尋路南走，遂至其家，得報還洛。其後因以爲常。」此以「黄耳」代指信使。

〔五〕「餘生」句，白駒催，謂歲月催人老。見本書卷一寄璧上人詩注。

清隱及歐園賞梅〔一〕

亭邊竹外影疏疏〔二〕，惱客清香半有無。不共東君苦交涉〔三〕，只緣冰雪作肌膚〔四〕。

〔一〕清隱，據釋惠洪潛庵禪師序，「廬山有清隱寺，「在大江之北，面揖廬山」。然吕本中平生未到廬山，恐非是，不詳所在。歐園，蓋歐姓人家園林，亦不詳所在。

〔二〕「亭邊」句：疏疏，稀疏貌。劉攽早春郊外：「日長歸雁影疏疏。」又李石臨江仙醉飲：「八曲欄干垂手處，燭光花影疏疏。」

〔三〕「不共」句：東君，司春之神。蘇軾後十餘日復至（吉祥寺）：「東君意淺著寒梅。」交涉，猶言懇求。

〔四〕「只緣」句：謂梅花不去苦求春之神，只因其肌膚乃冰雪鑄成，不懼嚴寒。李覯雪中見梅花二首其一：「寧知姑射冰肌侶，也學松筠耐歲寒。」

枯叢凍枿兩交加〔一〕，中有仙人萼緑華〔二〕。會挽一枝供越使〔三〕，莫令三弄發胡笳〔四〕。

〔一〕「枯叢」句：枿，同「蘖」，樹木砍伐後所留殘樁。

〔二〕「中有」句：太平御覽卷六六四引真誥：「萼緑華者，女仙也，顔整。晉穆帝升平三年（三五九）己未十一月十日降於羊權家，自云南山人。權字道學，即晉簡文時黄門侍郎羊欣之祖也。權及欣皆潛修道要，耽玄味真。緑華云：凡修道之士，視爵位如過客，視金玉如瓦礫，則得長生。因受權尸解法，亦隱景化去。」

〔三〕「會挽」句：供越使，用陸凱贈范曄梅花並詩事，見本書卷一怨歌行注。

〔四〕「莫令」句：三弄，樂曲名。林逋霜天曉角題梅：「冰清霜潔，昨夜梅花發。甚處玉龍三弄，聲摇動，枝頭月。」又李之儀阿濫堆二首其二：「年來未覺壯心摧，昨夜偏傷三弄梅。」後代有琴曲梅花三弄。胡笳，古代北方少數民族樂器名。文選李陵答蘇武書：「胡笳互動，牧馬悲鳴。」李善注：「杜摯笳賦序曰：『笳者，李伯陽入西戎所作也。』傅玄笳賦序曰：『吹葉爲聲。』」李周翰注：「笳，笛之類，胡人吹之爲曲。」此句謂梅花三弄之雅，不能讓胡人用胡笳吹奏。

向人一笑真粲者〔一〕，出屋數枝殊瘦生〔二〕。剛腸妙句兩無語，始覺諸孫愧廣平〔三〕。

〔一〕「向人」句：詩經唐風綢繆：「今夕何夕，見此粲者。子兮子兮，如此粲者何。」毛傳：「三女爲粲。大夫一妻二妾。」此以美女喻梅。

〔二〕「出屋」句：殊瘦生，猶言「太瘦生」，見本卷前贈唐虎詩注。

〔三〕「剛腸」二句：剛腸、妙語，指宋璟梅花賦。宋璟，唐玄宗丞相，封廣平郡開國公。顔真卿宋公（璟）神道碑銘：「公作長松篇以自興，梅花賦以激時，蘇（味道）深賞歎之，曰：『真王佐才也。』」皮日休桃花賦序：「余常慕宋廣平之爲相，貞姿勁質，剛態毅狀，疑其鐵腸石心，不解吐婉媚辭。然覩其文，而有梅花賦，清便富艷，得南朝徐庾體，殊不類其爲人也。後蘇相公味道得而稱之，廣平之名遂振。」兩句蓋嘲宋氏諸孫既無其祖剛毅之德，亦無其文采。諸孫，泛指後來所有詠梅者。

次韻酴醾〔一〕

絶去人間淺俗香，染成天上羽衣黄〔二〕。緑窗擬倩纖纖手〔三〕，收拾春風入枕囊〔四〕。

〔一〕酴醿，花木名，屬薔薇科落葉灌木，藤身多刺。本名荼縻，一種花色黄似酒，故加「酉」旁。詳見本書卷三沈宗師甚喜江梅而微貶酴醿因成一絶詩注。詩言次韻，原唱者不詳。

〔二〕「染成」句：酴醿花之一種，色黄似酒，故想象天上仙人所穿羽衣之黄色即酴醿花所染。

〔三〕「緑窗」句：倩，借助。纖纖手，以酴醿之藤蔓，喻爲美人纖纖細手。

〔四〕「收拾」句，黄庭堅見諸人唱和酴醿詩輒次韻戲詠：「名字因壺酒，風流付枕幃。」任淵注引王立之詩話云：「酴醿本酒名也，世所開花，本以其顔色似之，故取其名。按唐書百官志：『良醖署令進御，則供酴醿、桑落之酒。』韻書曰：『幃，囊也。今人或取落花以爲枕囊。』」

掩冉欹垂千萬條〔一〕，始知天女是青腰〔二〕。輕衫曾立花陰下，三日餘香尚不銷。

〔一〕「掩冉」句：辛棄疾喜遷鶯：「暑風涼月，愛亭亭無數，緑衣持節。掩冉如羞，參差似妒，擁出芙渠花發。」鄧廣銘稼軒詞編年箋注卷四謂「應作奄冉，和柔貌」。按：掩冉、奄冉同，連綿字。

〔二〕「始知」句：淮南子天文訓：「至秋三月，地氣不藏，乃收其殺，百蟲蟄伏。静居閉户，青女乃出，以降霜雪。」高誘注：「青女，天神，青腰玉女，主霜雪也。」王安石讀眉山集次韻雪詩五首其二：「神女青腰寶髻鵶，獨藏雲氣委飛車。」句以天神之青腰玉女喻酴醿。

寒食〔一〕

三年羈旅逢寒食〔二〕，萬里江山隔故園。墳墓荒凉誰拜掃，東風吹淚濕黄昏。

〔一〕寒食，節令名，見本書卷一〇離新鄭詩注引初學記卷四寒食。又宋孟元老東京夢華録卷七：「寒食第三節，即清明日矣。凡新墳皆用此日拜掃，都城人出郊。禁中前半月，發宫人車馬朝陵。宗室南班近親，亦分遣詣諸陵墳享祀。從人皆紫衫，白絹三角子青行纏，皆係官給。節日，亦禁中出車馬，詣奉先寺道者院，祀諸宫人墳。莫非金裝紺幰，錦額珠簾，繡扇雙遮，紗籠前導，士庶闐塞諸門。紙馬鋪皆於當街用紙衮疊成樓閣之狀。四野如市，往往就芳樹之下，或園囿之間，羅列杯盤，互相勸酬。都城之歌兒舞女遍滿園亭，抵暮而歸。……自此三日，皆出城上墳，但以一百五日最盛。」

〔二〕「三年」句：詩人建炎元年（一一二七）夏避地寓宣州，首逢寒食在建炎二年春，此言「三年」，當在建炎三年春，時詩人在侍父南行至桂林途中。細味組詩五首，似並非在同一個寒食節，其第四、第五兩首，顯然作於已在某地安頓之後。後集詩乃輯佚本，蓋編者將同題、同體詩輯爲組詩故也。

淮南江北半胡兵，想見春風戰血腥。無復良辰修祓禊〔一〕，空將新火發兜零〔二〕。

〔一〕「無復」句：修祓禊，古代民俗，三月上巳日到水濱洗濯，以去宿垢。後漢書禮儀志上：「是月（三月）上巳，官民皆絜於東流水上，曰洗濯祓除，去宿垢疢，爲大絜。」後代文人雅士又有流觴曲水等活動。王羲之蘭亭集序：「永和九年（三五三），歲在癸丑，暮春之初，會于會稽山陰之蘭亭，修禊事也。」

〔二〕「空將」句：後漢書光武帝紀下：「遣驃騎大將軍杜茂將衆部施刑屯北邊，築亭候，修烽燧。」李賢注引前（漢）書音義曰：「邊方備警急，作高土臺，臺上作桔皐，桔皐頭有兜零，以薪草置其中。常低之，有寇即燃火舉之以相告，曰烽。又多積薪，寇至即燔之，望其烟，曰燧。晝則燔燧，夜乃舉烽。」又引廣雅曰：「兜零，籠也。」則所謂「發兜零」，指寒食節點燃烽火，謂戰事緊急。

野哭行歌滿道旁，紙灰飛處落烏鳶〔一〕。墦間祭肉能多少，只恐齊人意缺然〔二〕。

〔一〕「紙灰」句：烏鳶，烏鴉。張籍北邙行：「寒食家家送紙錢，烏鳶作窠銜上樹。」

〔二〕「墦間」二句：墦，墳墓。孟子離婁下：「齊人有一妻一妾而處室者，其良人出，則必饜酒肉而後反。其妻問所與飲食者，則盡富貴也。其妻告其妾曰：『良人出，則必饜酒肉而後反，問其與飲食者，盡富貴也，而未嘗有顯者來。吾將瞷良人之所之也。』蚤起，施從良人之所之，徧國中無與立談者。卒之東郭墦間之祭者，乞其餘，不足，又顧而之他。此其爲饜足之道也。其妻歸，告其妾曰：『良人者，所仰望而終身也，今若此。』與其妾訕其良人，而相泣於中庭，而良人未之知也，施施從外來，驕其妻妾。」此極言靖康後民生之艱，墳墓間祭肉難得。

病夫只欲閉柴荆〔一〕，客至從嗔不出迎〔二〕。未恨家貧看曆日，紫桐花發即清明〔三〕。

〔一〕「病夫」句：病夫，詩人自稱，其詩集中屢見。柴荆，即柴門，樹枝條所編門，極言簡陋。杜甫羌村三首其三：「驅鷄上樹木，始聞扣柴荆。」

〔二〕「客至」句：杜甫三絶其三：「會須上番看成竹，客至從嗔不出迎。」

〔三〕「紫桐花」句：白居易寒食江畔：「忽見紫桐花悵望，下邽明日是清明。」按清陳元龍格致鏡原卷六五桐引宋陳翥桐譜曰：「紫花者名紫桐花，如百合，實堪糖煮嚼。白花者名白桐，類穀花而不實。白者葉圓大尖長，花先葉而開；紫者理細性緊拔，生不及白花者之易。」

松塢雲窗睡足時，溪藤閑展試毛錐〔一〕。薄才豈敢追能事，寒食江村合有詩〔二〕。

〔一〕「溪藤」句：溪藤，溪指剡溪，在今浙江嵊縣，即曹娥江上游。藤乃製紙原料，此代指剡紙，泛指紙張。詳見本書卷一楊道孚墨竹歌注。毛錐，筆也。黄庭堅將次施州先寄張十九使君三首其二：「囊中尚有毛錐子，花底樽前作戰場。」見本書卷四遣懷三首其一注。

〔二〕「薄才」二句：謂才少不敢語大道，然寒食節應當有詩。能事，指演易。周易繫辭上：「天數二十有五，地數三十，凡天地之數五十有五。此所以成變化而行鬼神也。乾之策二百一十有六，坤之策百四十有四，凡三百有六十。當期之日，二篇之策，萬有一千五百二十，當萬物之數也。是故四營而成易，十有八變而成卦，八卦而小成。引而伸之，觸類而長之，天下之能事畢矣。顯道神德行，是故可與酬酢，可與祐神矣。」

宿嵩前〔一〕

火雲如鵬騫〔二〕，簸翻赴山谷。獨含片雨歸，故故喧澗竹〔三〕。野亭桂空起，入夜鳥争宿。我行亦已殆，况此弛擔僕〔四〕。倒床不復呼，爛熳聽自足〔五〕。人生浪游世，世網未易觸。好學還山雲，終焉宿幽獨〔六〕。

〔一〕嵩前，謂嵩山之前。嵩山，在今河南登封，爲「五嶽」之中嶽。按：詩人遊嵩山約在宣和三年（一一二一），同遊者有蘇過、韓國華等共六人，詳參本書卷一〇將遊嵩少題石悰詩注。

〔二〕「火雲」句：杜甫三川觀水漲二十韵：「火雲無時出，飛電常在目。」趙彦材注：「夏雲謂之火雲。出隋盧思道納凉賦云『陽風洟其長扇，火雲赫而四舉』。」鵬騫，以鵬喻雲。騫，飛也。莊子逍遥遊：「北冥有魚，其名爲鯤，鯤之大，不知其幾千里也。化而爲鳥，其名爲鵬，鵬之背，不知其幾千里也。怒而飛，其翼若垂天之雲。」

〔三〕「故故」句：杜甫月三首其三：「萬里瞿唐峽，春來六上弦。時時開暗室，故故滿青天。」仇兆鰲注：「故故，猶云屢屢。」

〔四〕「況此」句：弛，放鬆，歇息。弛擔僕，歇肩之擔夫。

〔五〕「爛熳」句：爛熳，連綿字。杜甫彭衙行：「衆雛爛熳睡，唤起霑盤餐。」趙彦材注：「爛熳，言睡之熟也。」

〔六〕「人生」四句：謂人生若浪游世間，便很難融入社會，最終歸宿，猶如還山之雲，孤寂地消逝在山中。韋應物與友生野飲效陶體：「聊舒遠世蹤，坐望還山雲。」

客説嵩頂松實甚佳〔一〕

飄飄山中女，緑毛以爲衣〔二〕。但食青松子，不死亦不飢〔三〕。晝想此仙人，夜或夢見之。客云嵩高頂〔四〕，長松亂紛披。拔地起霜榦，盤空缺虬枝〔五〕。惜無長臂人，挽此鬚與髻〔六〕。但聞雲間子〔七〕，時被天風吹。愧我一食身〔八〕，何由揖仙姿。欲學飡松法〔九〕，人間了無師。

〔一〕嵩頂，嵩山之巔。是詩寫作背景及作年，與上宿嵩前同。

〔二〕「飄飄」二句：皮日休以毛公泉一缾獻上諫議因寄：「劉根昔成道，兹塢四百年。毵毵被其體，號爲緑毛仙。」舊題劉向撰列仙傳卷下毛女：「毛女者，字玉姜，在華陰山中，獵師世世見之。形體生毛，自言秦始皇宮人也，秦壞，流亡入山避難，遇道士谷春教食松葉，遂不饑寒，身輕如飛。百七十餘年，所止巖中有鼓琴聲云。」

〔三〕「但食」二句：列仙傳卷上偓佺：「偓佺者，槐山采藥父也。好食松實，形體生毛，長數寸。兩目更方，能飛行，逐走馬。以松子遺堯，堯不暇服也。松者，簡松也，時人受服者，皆至二三百歲焉。」又太平廣記卷二九姚泓引逸史：泓笑曰：「我自逃竄山野，肆意遊行，福地静廬，無不探討。既絶火食，遠陟此峰，樂道逍遥，唯餐松柏之葉，年深代久，遍身生此緑毛，已得長生不死之道矣。」

〔四〕「客云」句：嵩高，即嵩山。爾雅釋山：「嵩高爲中嶽。」

〔五〕「盤空」句：缺，疑原稿標示缺一字，刊板時誤將其刻入正文，兹依舊，然文意不暢。虬枝，謂松枝盤曲如虬龍，言其老也。虬，傳説爲龍之一種。楚辭屈原離騷：「駕玉虬以乘鷖兮。」王逸注：「有角曰龍，無角曰虬。」虬、虯同。

〔六〕「惜無」二句：山海經海外南經：長臂國「捕魚水中，兩手各操一魚。一曰在焦僥東，捕魚海中」。郭璞注引舊説云：「其人手下垂至地。魏黄初中，玄菟太守王頎討高句麗，王宮窮追之，過沃沮國，其東界臨大海，近日之所出。問其耆老海東復有人否？云：『常在海中得一布褶，身如中人，衣兩袖，長三尺，即此長臂人衣也。』」鬐，泛指頸上長毛。此以長松擬人。

〔七〕「但聞」句：雲間子，能飛昇之仙人。或指王子喬。列仙傳卷上王子喬：「王子喬者，周靈王太子晉也。好吹笙作鳳凰鳴，遊伊洛之間，道士浮丘公接以上嵩高山。三十餘年後求之於山上，見柏良，曰：『告我家，七月七日待我於緱氏山巔。』至時果乘白鶴駐山頭，望之不得到，舉手謝時人，數日而去。亦立祠於緱氏山下，及嵩高首焉。」

〔八〕「愧我」句：一食身，謂乃凡胎肉身，所食五穀，無緣成仙。

〔九〕「欲學」句：飡松法，即服松葉成仙之法。明朱橚撰普濟方卷二六四服餌門神仙服松葉法：「神仙服松葉令人不老，身生緑毛，益氣輕身，還年變白。久服絶穀，不飢渴，可致神仙。右取松葉不拘多少，細切如粟，更研令細，每日食前以酒調下二錢，亦可粥汁服之。四時皆服，然初服稍難，久即自便矣。」原注：「出十便良方。」十便良方，醫書名，今存普濟方、本草綱目等書有徵引。按：此乃神仙家妄言，後人附會乃爾。

送蘇龍圖知明州〔一〕

知君鄉味憶吴酸〔二〕，便逐輕鷗下急湍〔三〕。要使煙雲有佳思，莫驅鼓吹傍湖山〔四〕。

〔一〕蘇龍圖，乾道明州圖經卷一二：「直龍圖閣蘇攜，建炎元年（一一二七）。」羅濬寶慶四明志卷一郡守名録國朝同。則蘇龍圖當即蘇攜，其知明州始於建炎元年，詩亦當作於此時。同時晁説之有送蘇季升出守明州詩，可參讀。考汪藻故徽猷閣待制致仕蘇公墓誌銘，蘇攜乃丞相蘇頌季子，字季升，祖籍泉州同安（今福建厦門），移居潤州丹陽（今屬江蘇鎮江）。累仕至通判廬州。以薦爲御史臺主簿，遷光禄寺丞，改大宗正丞，擢衛尉少卿。靖康初金兵至京師，晝夜乘城，欽宗知其名，進直龍圖閣、知明州。其後避地閩中，來往閩、浙間。詔權尚書刑部侍郎。請老，除徽猷閣待制致仕，紹興十年（一一四〇）正月卒，年七十六。

〔二〕「知君」句：吴酸，吴地飲食口味偏酸。楚辭大招：「吴酸蒿蔞，不沾薄兮。」王逸注：「言吴人工調鹹酸，爚蒿蔞以爲齏，其味不濃不薄，適甘美也。」蘇攜爲吴人，故云。

〔三〕「便逐」句：杜甫覆舟二首其一：「篙工幸不溺，俄傾逐輕鷗。」又小寒食舟中作：「片片輕鷗下急湍。」輕鷗，喻船行輕快如鷗鳥。

〔四〕「莫驅」句：南齊書孔稚珪傳：「不樂世務，居宅盛營山水，憑几獨酌，傍無雜事。門庭之内，草萊不剪，中有蛙鳴，或問之曰：『欲爲陳蕃乎？』稚珪笑曰：『我以此當兩部鼓吹，何必期效仲舉？』」此所謂「鼓吹」，謂蛙鳴也。

宇宙之間得幾人，平生季子最相親〔一〕。一麾出守三千里〔二〕，去覓風流賀季真〔三〕。

〔一〕「平生」句：季子，即蘇攜。據上引汪藻蘇公墓誌銘，攜乃蘇頌季子，字季升，故稱。墓誌銘述蘇頌「相哲宗，元祐間守觀文殿大學士、太子太保致仕，與翰林（指其父蘇紳）皆贈太師、魏國公」，經歷與吕本中曾祖吕公著略同。又蘇攜之兄曾入元祐黨籍，其政治態度不言而喻，故吕本中稱二人「最相親」。

〔二〕「一麾」句：宋書顔延之傳：「出爲永嘉太守。延之甚怨憤，乃作五君詠……詠阮咸曰：『屢薦不入官，一麾乃出守。』」後以此語指得官不如意。杜甫故秘書少監武功蘇公源明：「足踏宿昔趼，一麾出守遠。」此言出守「三千里」，是時蘇攜尚在京師，至明州甚遠，故云。

〔三〕「去覓」句：賀季真，即賀知章。舊唐書本傳：賀知章（按新唐書本傳：字季真），會稽永興（今浙江蕭山）人。以文詞知名，舉進士。初授國子四門博士，又遷太常博士。授工部侍郎兼秘書監同正員，依舊充集賢院學士。俄遷太子賓客、銀青光禄大夫兼正授秘書監。知章性放曠，善談笑，當時賢達皆傾慕之。晚年尤加縱誕，無復規檢，自號「四明狂客」。李白對酒憶賀監二首其一：「四明有狂客，風流賀季真。長安一相見，呼我謫仙人。」

塵外亭〔一〕

寧飲山中泉，勿食城中米。塵埃苦着人，何翅虱與蟻〔二〕。爬搔十指禿，敗褐未易洗〔三〕。緬懷佳公子，珠璧不受涴〔四〕。藏身着幽處，闔户謝紈綺〔五〕。君看羅曲旃〔六〕，何似容燕几〔七〕。不幸文字眼，未負鐘鼎耳〔八〕。長安游俠窟〔九〕，未晚看參觜〔一〇〕。紛紛萬馬蹄，門外自千里〔一一〕。

〔一〕塵外亭，方輿勝覽卷二〇贛州：「襲公崖頂有塵外亭，今在州治東，形勢最高絶，凡四境之山川，可以枚閲。」又引蘇軾塵外亭詩，曰：「楚山淡無塵，贛水清可厲。散策塵外遊，麾手謝斯世。山高惜人力，十步輒一憩。却立浮雲端，俯視萬井麗。幽人宴坐處，龍虎爲斬薙。馬駒獨何疑，豈墮山鬼計。夜垣非助我，謬敬欲其逝。戲留一轉語，千載起攘袂。」「豈墮」三句，趙次公注：「馬祖始居此山，山鬼爲築垣，自謂修行不至，爲鬼所識，乃捨去。」按錦綉萬花谷前集卷五贛州：「孔周翰守虔，以八境圖寄東坡求詩，坡爲賦八首：鬱孤臺、章貢臺、白鶴樓、皂蓋亭、塵外亭……」塵外亭修建人及時間不詳。又輿地紀勝卷四三高郵軍景物下：「塵外亭，在郡圃。」此亭蓋僅與贛州亭同名。是詩末云：「紛紛萬馬蹄，門外自千里。」，顯指金兵圍攻開封城，無關高郵。詩中所謂「佳公子」，疑指宋仲安。考本書卷一二有送宋仲安往虔州、與仲安别後奉寄二詩，乃吕本中建炎二年（一一二八）冬初避地南昌時作，而宋氏前往之虔州治贛縣，即今江西贛州。

〔二〕「塵埃」二句：謂城市之米有塵埃，比虱子、蟻蟲更可惡。翅，副詞，通「啻」，止也。

〔三〕「爬搔」二句：謂塵埃不能用手爬擇，又如破敗衣服，難以洗净。按：自「寧飲」句至此，言塵世生活極污濁，實指昔日之開封也。

〔四〕「緬懷」二句：佳公子，疑指宋仲安。仲安乃當時知名詩人。此言其品德貴如珠璧，不受塵世玷污。參見上引送宋仲安往虔州詩注。

〔五〕「藏身」二句：幽處，指塵外亭。闔户，閉門。紈綺，漢書叙傳：「數年，金華之業絶，出與王許子弟爲群，在於綺襦紈絝之間，非其好也。」顔師古注：「紈，素也。綺，今細綾也。並貴戚子弟之服。」此即代指貴戚子弟，謝，謂不與之交往。

〔六〕「君看」句：漢書田蚡傳：「前堂羅鐘鼓，立曲旃。」注引蘇林曰：「禮，大夫建旃，曲，柄上曲也。」顔師古注引許慎云：「旃，旗；曲，柄也。所以旃表士衆也。」

〔七〕「何似」句：容，放置。燕几，靠着身子休息之几案。儀禮士喪禮：「綴足用燕几。」孔穎達疏：「言燕几者，燕，安也，當在燕寢之内，常憑之以安體也。」以上兩句，謂與其建旃揚名，不如置几實惠。

〔八〕「不幸」二句：謂眼有書可讀，耳有音樂可賞，方不辜負眼、耳之用。鐘鼎，此偏指鐘，泛指樂器。

〔九〕「長安」句：長安，此代指北宋都城開封。遊俠窟，遊俠聚集地。文選郭璞遊仙詩七首其一：「京華游俠窟，山林隱遯棲。」李善注引西京賦曰：「都邑遊俠，張趙之倫。」

〔一〇〕参、觜，二星名，主殺伐。「未晚」句：史記天官書：「叶洽歲：歲陰在未，星居申。以六月與觜觿、參星出，曰長列。昭昭有光。利行兵。」此句謂大難將至，昔日繁華之地，不到天黑人們便忙着觀察星宿，預測兵象。

〔一一〕「紛紛」二句：謂千里外之馬軍終於到來，災難亦隨之降臨。所謂「萬馬蹄」，指金人騎兵。按：以上四句，以京師遊俠窟遭浩劫與塵外亭之幽静安然形成對照。

題晁以道新居〔一〕

小阮東來語太誇〔二〕，爲傳新構甲千家。氣衝雪野群山過，光轉雲空一水斜〔三〕。聞道洗心求静觀〔四〕，不防合掌讀楞伽〔五〕。箇中富貴還君子〔六〕，莫愛群奴日兩衙〔七〕。

〔一〕晁以道，即晁説之（一〇五九—一一二九），字以道，一字伯以，自號景迂生，濟州鉅野（今山東鉅野）人。神宗元豐五年（一〇八二）進士。曾入黨籍。宣和時知成州，未幾致仕。欽宗即位，以著作郎召，除秘書少監、中書舍人，復以議論不合落職。高宗立，召爲侍讀，卒。著有景迂生集，今傳。今按：據説之文集及其它文獻，似未見其人大興土木，而建豪華新居者乃晁補之（字無咎），見其所作歸來子名緡城所居記（鷄肋集卷三八）等文。陳鵠耆舊續聞卷三晁無咎監泗州稅蔡儋州夢應條嘗記其事，曰：「晁無咎閑居濟州金鄉，葺東皋歸去來園，樓觀堂亭，位置極蕭灑。盡用陶語名之，自畫爲大圖，書記其上，書尤妙。」則謂其「新構甲千家」，似不爲過。此以其事屬説之，不詳其故，疑原無詩題，題乃編者誤擬。

〔二〕「小阮」句：小阮，即阮咸，阮籍侄子。參見本書卷一戲呈七十七叔詩注。後代指侄子。此當爲晁説之（補之）侄，名未詳。

〔三〕「氣衝」二句：蓋隱括晁説之（補之）侄詩説之（補之）新建房舍語意，謂新居有山有水，環境極美。

〔四〕「聞道」句：靜觀，乃佛教修心法門之一。法苑珠林卷二〇致敬篇會通部：「今據内教，以禮敬爲初，大略爲二，即身、心也。佛法以心爲其本，身爲其末，故須菩提靜觀室内，如來歎爲禮見於法身；蓮華色尼初至寶階，如來毁爲拜於佛。故知靜處思微，念念趣道，觀形鑒貌，新新在俗，能所未免。能所未免，相見齊生。」

〔五〕「不防」句：合掌，佛教儀式，兩掌相合以表敬意。楞伽，佛經名，即楞伽阿跋多羅寶經，爲大乘佛法中綜合虛妄唯識、真常唯心二系之重要經典，乃禪宗初祖達摩祖師傳燈印心之無上寶典。由於楞伽經是一部性相圓融、各宗共尊之聖典，故歷來爲禪者修習如來禪、明心見性之主要依據。傳世有四卷本、十卷本、七卷本，以四卷本影響最大。

〔六〕「箇中」句：謂既已富貴，則應當爲君子。孟子滕文公下：「富貴不能淫，貧賤不能移，威武不能屈，此之謂大丈夫。」又賈誼新書卷九大政上：「位不足以爲尊，而號不足以爲榮矣。故君子之貴也，士民貴之，故謂之貴也；故君子之富也，士民樂之，故謂之富也。故君子之貴也，與民以福，故士民貴之；故君子之富也，與民以財，故士民樂之，故君子富貴也。」

〔七〕「莫愛」句：群奴，指官寺吏卒。日兩衙，白居易郡齋旬假命宴呈座客示郡寮：「公門日兩衙，公假月三旬。」宋程大昌演繁露卷一四衙：「凡官寺吏卒，率以晨、晡兩時致禮，俗呼衙府。」此句言晁説之（補之）既富貴又爲君子，遠勝做官。

星月枕屏歌〔一〕

雪涵疏星月既望，老檜長松倚千丈〔二〕。田夫漁父不愛惜，落向公家枕屏上〔三〕。枕屏映研連春冰，主人中夜卷寒藤〔四〕。詩成不寫坐歎息，長松老檜無顏色。海陵掾曹來作歌〔五〕，却憶洞庭秋水多〔六〕。洞庭水多秋亦晚，如此枕屏星月何〔七〕。

〔一〕星月枕屏，有星月圖案之枕屏。枕屏，枕後屏風，上有字畫，宋代頗流行。蘇軾畫枕屏：「繩床竹簟曲屏風，野水遥山霧雨濛。長有灘頭釣魚叟，伴人閑卧寂寥中。」

〔二〕「雪涵」二句：述星月枕屏圖，由雪、星、月及老檜、長松構成。月爲既望，即爲農曆每月十六日之月，亦即滿月。

〔三〕「田夫」二句：不愛惜，謂上述美景本是農夫漁父所有，但爾等不知愛惜，故被人畫到枕屏上。公家，「公」，亦即下句所稱「主人」，實乃吕本中自指。

〔四〕「枕屏」二句：研，又作硯。春冰，指墨水。謂枕屏中之水映入硯池中墨水。寒藤，指紙，藤乃造紙原料，故云。黄庭堅蕭子雲宅：「風流掃地無尋處，只有寒藤學草書。」兩句言中夜起身作詩。

〔五〕「海陵」句：海陵掾曹，亦吕本中自指，其在徽宗政和八年（一一一八）八月到泰州任海陵獄掾。

〔六〕「却憶」句：洞庭，湖名，在今湖南北部、長江荆江河段以南。句言以秋水爲星月枕屏背景。

〔七〕「如此」句：謂洞庭湖水域雖大，但若較之星月枕屏圖景之浩瀚，又算什麽？

即事

夭夭桃李花〔一〕，春到已成蹊〔二〕。主人不好事，居然作藩籬〔三〕。容華坐消歇，芳心端爲誰。風雨日衰謝，覆水難再期〔四〕。物有幸不幸，難用一理推。不見浣溪女，嫁與隴頭兒〔五〕。

〔一〕「夭夭」句：詩經周南桃夭：「桃之夭夭，灼灼其華。」毛傳：「興也。桃有華之盛者，夭夭其少壯也。灼灼，華之盛也。」鄭玄箋：「興者，喻時婦人皆得以年盛時行也。」夭夭、灼灼，皆形容色美。

〔二〕「春到」句：史記李將軍列傳：「諺曰：桃李不言，下自成蹊。」索隱引姚氏云：「桃李本不能言，但以華實感物，故人不期而往，其下自成蹊徑也。」

〔三〕「居然」句：藩籬，竹木編成之籬笆。此言桃李之生長發育，受到藩籬的嚴重限制。

〔四〕「覆水」句：唐太宗徐賢妃長門怨：「頹恩誠已矣，覆水難重薦。」

〔五〕「不見」二句：浣溪，即浣花溪。方輿勝覽卷五一成都府浣花溪：「在城西五里，一名百花潭。按吴中復冀國夫人任氏碑記云：『夫人微時，以四月十九日見一僧墜污渠，爲濯其衣，百花滿潭，因名曰百花潭。』」浣溪女，指唐末詩人、名妓薛濤。濤嘗作罰赴邊有懷上韋令公二首，其一曰：「聞道邊城苦，今來到始知。羞將門下曲，唱與隴頭兒。」唐杜佑通典卷一七四天水郡：「郡有大坂，名曰隴坻，亦曰隴山。」注引三秦記曰：「其坂九廻，上者七日乃越。」此所謂隴頭兒，指在天水郡一帶從軍之軍人。按：詩題「即事」，疑對某女子之不幸遭遇有感而發，具體何事不詳。

次韻堯明如皋道中五首〔一〕

萬頃曾經一葦航〔二〕，舊纓如可濯滄浪〔三〕。簿書窘束塵埃裏〔四〕，猶見當時玉樹郎〔五〕。

〔一〕堯明，即王堯明，名俊乂，宣和元年（一一一九）三月以上舍第一名釋褐，見本書卷九病中夜聞雪作時堯明有廣陵之行未歸思爲數語奉寄詩注。如皋，泰州屬縣名，王俊乂鄉里。宋史地理志四：「泰州，上，海陵郡。本團練，乾德五年（九六七）降爲軍事。」領海陵、如皋二縣。據組詩第四首「醉别江南久未還」句，五詩當作於離别海陵多年之後。

〔二〕「萬頃」句：詩經國風衛風：「誰謂河廣，一葦杭之。」毛傳：「杭，渡也。」鄭玄箋：「誰謂河水廣與，一葦加之，則可以渡之，喻狹也。」此「萬頃」疑指洞庭湖。據宋史王覿傳附王俊義傳，俊義（即俊乂）釋褐後歷國子博士、太學博士，以直秘閣出知岳州，洞庭湖正在該州，故云。是時王俊乂蓋已秩滿回到故鄉。

〔三〕「舊纓」句：孟子離婁上：「有孺子歌曰：『滄浪之水清兮，可以濯我纓。滄浪之水濁兮，可以濯我足。』孔子曰：『小子聽之，清斯濯纓，濁斯濯足矣，自取之也。』」句蓋激勵王俊乂仕途勇進。

〔四〕「簿書」句：簿書，官署文書。窘束，猶言官事纏身。塵埃裏，謂因公奔走道途。詩人見王俊乂時適任海陵掾，故云。

〔五〕「猶見」句：玉樹郎，世説新語言語：「謝太傅（安）問諸子侄：『子弟亦何預人事，而正欲使其佳？』諸人莫有言者，車騎（謝玄）答曰：『譬如芝蘭玉樹，欲使其生於階庭耳。』」按：「玉樹」乃謝家事，用於王俊乂似嫌不切。

王李風華舊得名〔一〕，頗容偏左去求盟〔二〕。從來量比江河大，不取人間盆盎清〔三〕。

〔一〕「王李」句：李，指李叔友。按：李迥，字叔友，事迹詳本書卷九次韵李叔友賀堯明登第叔友丹陽人也本中得其人之詳於王堯明恨未之識也堯明擢第叔友作詩賀之詩注。

〔二〕「頗容」句：偏左，偏鋒左道，指風格不正之詩人；求盟，謂讓其轉習王、李詩，故言能「容」。

〔三〕「從來」二句：江河，喻王、李二人肚量極大。盆盎，喻氣度狹小。

不嫌衆裏衣冠古，自覺人前禮法疏〔一〕。已似羲之棄官後，近逢安石赴京初。〔二〕。

〔一〕「不嫌」二句：謂并不排斥他人遵循古禮，而自己却傾向於不拘禮法，任性而爲。

〔二〕「已似」二句：「羲之棄官後」、「安石赴京初」，皆指志在山水，不樂仕進。晋書王羲之傳：「羲之雅好服食養性，不樂在京師。初渡浙江，便有終焉之志。會稽有佳山水，名士多居之，謝安未仕時亦居焉。孫綽、李充、許詢、支遁等皆以文義冠世，並築室東土，與羲之同好。」又曰：「羲之既去官，與東土人士盡山水之游，弋釣爲娱。又與道士許邁共修服食采藥石，不遠千里，徧游東中諸郡，窮諸名山，泛滄海，歎曰：『我卒當以樂死。』謝安嘗謂羲之曰：『中年以來，傷於哀樂，與親友別，輒作數日惡。』羲之曰：『年在桑榆，自然至此，須正賴絲竹陶寫，恒恐兒輩覺損其懽樂之趣。』朝廷以其誓苦，亦不復徵之。」又晋書謝安傳：「謝安，字安石。」赴京初，亦即未仕時，其時放情丘壑，高卧東山，無仕進意。兩句謂頗認同王羲之、謝安無官時的人生態度。

醉别江南久未還，至今猶夢雨餘山〔一〕。少留白髮三千丈〔二〕，勝取黄金十二環〔三〕。

〔一〕「至今」句：雨餘山，雨後之山，言其秀麗。孟郊張徐州席送岑秀才：「雨餘山川净，麥熟草木凉。」

〔二〕「少留」句：李白秋浦歌：「白髮三千丈，緣愁似箇長。不知明鏡裏，何處得秋霜。」

〔三〕「勝取」句：阮閱詩話總龜前集卷一一雅什門引王直方詩話，稱李方叔出示李真人詩，李真人即李太白，詩有「噉服十二環，奄有仙人房」句。噉服，指道士服食黄金以成仙。環，也作「鐶」，乃錢之計量名，玉篇：「鐶，六兩。」此蓋用其事。以上兩句，謂與其服食黄金，不如留住白髮。

侯喜學詩新有聲，坐中忽遇老彌明〔一〕。故知麥飯與藜藿〔二〕，不識虞卿醒酒鯖〔三〕。

〔一〕「侯喜」二句：韓愈石鼎聯句詩序：「元和七年（八一二）十二月四日，衡山道士軒轅彌明自衡山來，舊與劉師服進士衡湘中相識，將過太白。知師服在京，夜抵其居宿。有校書郎侯喜，新有能詩聲，夜與劉説詩，彌明在其側，貌極醜，白鬚黑面，長頸而高結，喉中又作楚語，喜視之若無人。彌明忽軒衣張眉，指爐中石鼎謂喜曰：『子云能詩，與我共賦此乎？』劉往見衡、湘間人説云年九十餘矣，解捕逐鬼物，拘囚蛟螭虎豹，不知實能否也。見其老，頗貌敬之，不知其有文也。聞此説大喜，即援筆題其首兩句，次傳於喜，喜踊躍即綴其下云云。……夜盡三更，二子思竭不能續，因起謝曰：『尊師非世人也，某伏矣，願爲弟子，不敢更論詩。』」此以軒轅彌明喻王俊乂，以侯喜自指，言王俊乂詩高妙，自愧不如。

〔二〕「故知」句：麥飯、藜藿，爲最普通、平凡之食物。以此謙稱所作次韵詩乃大路貨，人人皆能之。

〔三〕「不識」句：虞卿，指虞悰。南齊書虞悰傳：「虞悰，字景豫，會稽餘姚人也。」轉侍中，遷祠部尚書。「世祖幸芳林園，就悰求扁米粣，悰獻粣及雜肴數十轝，太官鼎味不及也。上就悰求諸飲食方，悰秘不肯出。上醉後體不快，悰乃獻醒酒鯖鮓一方而已。」此以醒酒鯖鮓喻王俊乂之原唱，謂其爲絶品。

别才仲〔一〕

憶子丱角時〔二〕，單衣小襦袴〔三〕。見我不能拜，笑語多自誤。初看讀孝經，旋即絶文字〔四〕。先姑謂我言，爾曹頗相似〔五〕。悠悠二十年，歷歷眼中事。江河坐乖隔，清□謾佳句。堂堂曾定州，許爾天下士〔六〕。自爾憂患多，頗復慰漂寓。故人薄□陽，子猶披情愫〔七〕。胸次磈礧盡〔八〕，皆是濟世具〔九〕。從來人中英〔一〇〕，俗子眼中刺。子行少邅迴，無與此曹遇〔一一〕。

〔一〕才仲，即趙枘，字才仲，詩人外弟，前已屢見。

〔二〕「憶子」句：丱角，幼小。詩經齊風甫田：「總角丱兮。」毛傳：「總角，聚兩髦也。丱，幼穉也。」

〔三〕「單衣」句：單衣，亦作禪衣，盛裝。資治通鑑卷一〇三：「著平幘，單衣。」胡三省注：「江左諸人所以見尊者之服。」襦袴，短外褲。

〔四〕「旋即」句：絶文字，謂孝經文字皆能認識。

〔五〕「先姑」二句：先姑，已故之姑母，指吕本中伯姑華陽君，趙才仲之母。爾曹，猶言你們。頗相似，蓋指倆兄弟皆聰慧好學，性格倔强。

〔六〕「堂堂」二句：曾定州，指曾肇。本書卷三外弟趙才仲數以書來論詩因作此答之詩，吕本中自注曰：「才仲，佳士也。年十七八時，隨其父演在定州，子開及晁四諸人，比其文柳子厚。」又師友雜志：「明年（崇寧元年，一一〇二），外弟趙枏才仲從伯姑華陽君來歸寧，才仲時以文詞成就，曾肇子開稱於滎陽公，以爲能爲古人之文。予見之，因大激發，相與友善。」天下士，才德高於天下之士。史記魯仲連列傳：「於是新垣衍起，再拜，謝曰：『始以先生爲庸人，吾乃今日知先生爲天下之士也。』」

〔七〕「子猶」句：披情愫，袒露真情實意。司馬光又贈獻：「青眼披情愫，猶如相見初。」

〔八〕「胸次」句：磈礧，連綿字，同「塊壘」，不平貌。磈礧盡，謂已心平氣和。

〔九〕「皆是」句：濟世具，濟助天下之人才。論語雍也：「子貢曰：『如有博施於民，而能濟衆，何如，可謂仁乎？』子曰：『何事於仁，必也聖乎！堯舜其猶病諸。』」何晏集解引孔（安國）曰：「君能廣施恩惠，濟民於患難，堯舜至聖，猶病其難。」釋惠洪己卯歲除夜大醉：「又聞魯仲連，舌有濟世具。」

〔一〇〕「從來」句：人中英，人中之英豪。李之儀莊居值雨偶得十詩示秦處度其四：「平生三四友，一一人中英。」

〔一一〕「子行」二句：漢王逸九歎離世：「寧浮沅而馳騁兮，下江湘以邅迴。」自注：「邅迴，運轉也。言己不能隨俗，寧浮身於沅水馳騁而去，遂下湘江運轉而行也。」按：邅迴，連綿字，謂虚與周旋。此曹，指蔡京黨人。

再用前韻寄璧公〔一〕

〔一〕是詩首句爲「直言曾許老盲聾」，已見本書卷二二(外集卷二)，此重收，删詩存目。

吕本中詩集箋注補佚、斷句

一、補佚

試院中作〔一〕

衣敝蝨可拾〔二〕，髮垢櫛不下〔三〕。披衣坐牆角，尚有微火跨。平生足拘窘，今日幸閒暇。新文加點竄〔四〕，欲歇不能罷。雖微塵事妨，頗畏俗子罵。出門見諸老，此語君可畫〔五〕。

〔一〕是詩由本書卷七詩題中輯出。原題曰：「去冬試院中嘗作詩云（略，即上詩）。今年復入試院，職事多窘迫者，簿書滿前，如赴蹈湯火也。再次前韵。」所謂「再次前韵」，「再次」即卷七所收詩，「前韵」即題中所引去冬詩。兩相比較，二詩句數、用韵全同，知所引「前韵」詩完整無缺，唯無原題，兹據詩意擬。其時詩人爲濟陰縣主簿，蓋抽調到曹州試院爲閱卷官。據宋代三級科舉考試中發解試、省試、殿試時間之規定，冬季並無考試，此蓋學校升貢試之類。

〔二〕「衣虱」句：虱，人體寄生蟲名，多藏於衣縫中。可拾，言其多。唐釋貫休山居詩二十四首其十：「童子念經深竹裏，獮猴拾虱夕陽中。」

〔三〕「髮垢」句：櫛，梳、篦之總稱。櫛不下，謂污垢與頭髮已粘連在一起，難以梳理。按：以上兩句，因宋代考試官須鎖宿院中，無處洗浴，致個人衛生差。

〔四〕「新文」句：新文，應試者所作文卷。點竄，批閱。

〔五〕「此語」句：畫，謀劃，拿主意。指如何對付俗子之罵。

臞庵〔一〕

伊洛富山水〔二〕，家有五畝園〔三〕。花竹繞瀍澗〔四〕，不讓桃花源。清時足真賞〔五〕，户門開層軒。一朝胡塵暗，故家希復存。莽蒼走萬里〔六〕，始及吴市門〔七〕。庵廬據形勝，冰壺貯乾坤〔八〕。亭榭着仍穩，不見斧鑿痕〔九〕。主人更超邁，雲夢八九吞〔一〇〕。植杖邀我坐，笑語清而温。坐令車馬客，稍識山林尊。〔一一〕十年老朝市，漸見兩目昏。求田與問舍，姑置不復論〔一二〕。但願從我公，不使世諦渾〔一三〕。

〔一〕見宋理宗紹定二年（一二二九）刊本范成大吴郡志卷一四園亭。吴郡志述曰：「臞庵，在松江之濱，邑人王份有超俗趣，營此以居。圍江湖以入圃，故多柳塘花嶼，景物秀野，名聞四方，一時名勝喜遊之，皆爲題詩圃中。有與閑、平遠、種德及山堂四堂，煙雨觀、横秋閣、凌風臺、鬱峩城，釣雪灘、琉璃沼、臞翁澗，竹廳、龜巢、雲關、纈林、楓林等處，而浮天閣爲第一，總謂之臞庵。份字文孺，以特恩補官，嘗爲大冶令，歸休老焉。題詩甚多，不可悉録，録其尤著於此，俾其家世保焉。」其下所録第三人，即吕本中此詩。是詩又見宋鄭虎臣編吴都文粹卷四。按：詩中言及「胡塵」，必作於靖康之難以後，而靖康後詩人唯一一次到蘇州，即紹興六年（一一三六）赴平江府晋見宋高宗，詩蓋作於是時，具體時間不詳，姑繫於此。參見本書附録年譜。

〔二〕「伊洛」句：伊洛，即伊水、洛水，代指洛陽。

〔三〕「家有」句：蘇軾異鵲：「昔我先君子，仁孝行於家。家有五畝園，么鳳集桐花。」

〔四〕「花竹」句：瀍澗，瀍，水名，源出洛陽西北，向南流經洛陽城東，入洛水。此乃憶洛陽故居。五份蓋洛陽人，靖康之難後僑居蘇州，故云。

〔五〕「清時」句：清時，天下太平時。真賞，行家裏手觀賞。梁書王筠傳：「（沈）約製郊居賦，構思積時，猶未都畢，乃要筠示其草，筠讀至『雌霓（原注：五激反）連蜷』，約撫掌欣抃曰：『僕嘗恐人呼爲霓（原注：五鷄反）。』次至『墜石磓星』，及『冰懸埳而帶坻』，筠皆擊節稱贊。約曰：『知音者希，真賞殆絶，所以相要，政在此數句耳。』」

〔六〕「莽蒼」句：莊子逍遥遊：「適莽蒼者三飡而反，腹猶果然。」成玄英疏：「莽蒼，郊野之色也。」釋文引司馬彪注：「莽蒼，近郊之色也。」按：「莽蒼」乃連綿字，近人朱起鳳辭通稱釋「近郊之色」、「草野之色」皆非是，而釋爲「卵色天」，似亦未安。此可釋爲倉皇，驚恐貌。

〔七〕「始及」句：吴市門，指蘇州。宋史徽宗紀三：政和三年（一一一三）五月丙申，「升蘇州爲平江府」。

〔八〕「庵廬」二句：謂庵廬選址極佳，其地雖小，却藏有天地精華。蘇軾贈潘谷：「布衫漆黑手如龜，未害冰壺貯秋月。」

〔九〕「亭榭」二句：謂臞庵之亭榭堂閣仿佛天然生成，不見人工痕迹。

〔一〇〕「雲夢」句：雲夢，即雲夢澤，爲今湖北江漢平原古代湖泊群之總稱。司馬相如子虚賦：「吞若雲夢者八九於其胸中，曾不蒂芥。」

〔一一〕「坐令」二句：坐，因。令，使。車馬客，此指達官顯宦，謂出門有車馬伺候。而今方知真正活得有尊嚴的，乃在野之人如王份。蘇軾弔徐德占詩亦言此意：「美人種松柏，欲使低映門。栽培雖易長，流惡病其根。哀哉歲寒姿，骯髒誰與倫。竟爲明所誤，不免刀斧痕。一遭兒女污，始覺山林尊。」

〔一三〕「求田」二句：求田問舍，見本書卷一宿州初暑詩注引三國志魏陳登傳。兩句詩人自謂購置田産房舍，暫不在考慮之中。

〔三〕「不使」句：梁蕭統令旨解二諦義并問答：「二諦理實深玄，自非虛懷，無以通其弘遠明道之方。其由非一，舉要論之，不出境、智，或時以境明義，或時以智顯行。至於二諦，即是就境明義。若迷其方，三有不絶；若達其致，萬累斯遣。所言二諦者，一是真諦，二名俗諦。真諦，亦名第一義諦；俗諦，亦名世諦。……涅槃經言：『出世人所知，名第一義諦；世人所知，名爲世諦。』」世諦渾，渾，同「混」，謂真諦與世諦不分。句言從真諦而去俗諦，即追求佛法中的第一義諦，亦即大乘教的最高真理。

南　山〔一〕

盤飧已作江湖味〔二〕，衣袂猶餘京洛塵〔三〕。洗眼南山得佳處，春風淮水一時新〔四〕。

〔一〕見王象之輿地紀勝卷四四盱眙軍。原無題，據詩意擬。按：南山，在盱眙縣城東，有「第一山」之稱。見本書卷一游南山歸簡張嘉父博士詩注引方輿勝覽卷四七招信軍。盱眙，縣名，今屬江蘇淮安。是詩當與上揭游南山詩爲同時之作，時間待考。

〔二〕「盤飧」句：左傳僖公二十三年：「（僖負羈）乃饋（晋公子重耳）盤飧，寘璧焉。公子受飧反璧。」杜預注：「臣無竟外之交，故用盤藏璧飧中，不欲令人見。」此以盤飧泛指飲食。此句謂飲食已習慣江湖口味，蓋指魚蝦之類。

〔三〕「衣袂」句：衣袂，衣服。陸機爲顧彦先贈婦二首其一：「辭家遠行遊，悠悠三千里。京洛多風塵，素衣化爲緇。」

〔四〕「洗眼」二句：謂兩眼經南山風光洗滌，再看春風吹拂的淮水一帶，似乎格外美麗。

谷隱堂〔一〕

汝州城南二十里，栖畝山前足山水〔二〕。老人中開谷隱堂〔三〕，草屋疏窗對山起。南横秀嶺右官道，想像此堂容此老。堂前茂林浮春煙，堂後池塘多白蓮。前池紅蓮開更早，正與茂林相對好。開軒看蓮看不足，遠望少室如碧玉〔四〕。碧玉如屏掩此堂，老人與世已相忘〔五〕。胡馬揚塵不容駐，萬里奔波失歸路。客舟不顧生事窘，所至有堂名谷隱。大榜灰飛小榜存，至今長在對衡門〔六〕。澗上丈人骨已冷〔七〕，中原舊事空銷魂。老人本是山中客，四海爲家無住宅。家人清坐已忘貧，何曾更問堂寬窄〔八〕。

〔一〕見影印明永樂大典卷七二三九「陽」字韻。大典本注引上饒志曰：「故尚書郎東萊吕丕問季升所居也。丕問在中原時，其居名谷隱，後以榜自隨。及居玉山縣之西，亦以是名其堂。其猶子居仁舍人嘗爲賦詩云。」丕問爲呂希純子。按：今存李處權題呂季升谷隱堂兼寄居仁詩，稱其居「插架萬籤書，擁簷千挺竹」。參見雍正江西通志卷四〇引名勝志。又，據建炎要録卷九二，紹興五年（一一三五）八月，「右朝請大夫、樞密院計議官呂丕問行工部員外郎」。同上卷一〇五：紹興六年九月，「右朝請大夫、知處州呂丕問直秘閣」。其居玉山縣，當在直秘閣之後。

〔二〕「汝州」二句：汝州，今河南縣級市，北靠嵩山，西臨洛陽。栖畝山，未詳，當爲汝州山名，蓋呂丕問靖康前居於此。

〔三〕「老人」句：老人，指呂本中叔呂丕問。下同。

〔四〕「遠望」句：少室，山名。山海經中山經：「（洛水）東五十里曰少室之山。」山在今河南登封市西十餘里，周圍方百里，上有三十六峰。韓愈送桂州嚴大夫：「江作青蘿帶，山如碧玉篸。」

〔五〕「老人」句：莊子大宗師：「泉涸，魚相與處於陸。相呴以濕，相濡以沫，不如相忘於江湖。」郭象注：「與其不足而相愛，豈若有餘而相忘。」

〔六〕「至今」句：衡門，詩經陳風衡門：「衡門之下，可以棲遲。」毛傳：「衡門，横木爲門，言淺陋也。」

〔七〕「澗上丈人」句：自注：「陳恬，字叔易，號澗上丈人，谷隱大榜小榜，皆陳所書。」榜，匾額。骨，原作「肯」，當是「骨」之形訛。考陳恬卒於紹興元年（一一三一），與「骨已冷」合。據文意徑改。

〔八〕「何曾」句：白居易小宅：「何勞問寬窄，寬窄在心中。」

次韵錢遜叔泛舟虹橋〔一〕

半篙春漲緑平溪，二月江城草色齊〔二〕。舟比蜉蝣千頃外〔三〕，身同斥鷃一枝棲〔四〕。野橋柳綫斜風軟，曲檻花光夕照低。却訝探驪人不至〔五〕，清尊畫舫倩人題〔六〕。

〔一〕見四庫本兩宋名賢小集卷一〇三吕本中紫微集三。錢遜叔，即錢伯言，字遜叔，吴越王錢氏之後。事迹見本書卷九次韵遜叔直閣見寄兼請堯明同和詩注。虹橋，宋代以「虹」名橋者甚多，此言「江城」，又稱其爲「野橋」，不詳所在。

〔二〕「二月」句：草色齊，是處皆草緑色。蘇舜欽獨步遊滄浪亭：「花枝低攲草色齊。」又洪朋早發新吴：「行路柳枝弱，池塘草色齊。」

〔三〕「舟比」句：詩經曹風蜉蝣：「蜉蝣之羽，衣裳楚楚。」毛傳：「興也。蜉蝣，渠略也，朝生夕死。」吴陸璣毛詩草木鳥獸蟲魚疏卷下蜉蝣之羽：「蜉蝣，方土語也，通謂之渠略。似甲蟲，有角，大如指，長三四寸。甲下有翅，能飛。夏月陰雨時地中出，今人燒炙噉之，美如蟬也。樊光曰：『是糞中蠋蟲，隨雨而出，朝生而夕死。』」句言在千頃水面上，小舟猶如一隻小飛蟲。

〔四〕「身同」句，斥鷃，小鳥名，見本書卷一四贈王周士諸公詩引莊子逍遥遊。逍遥遊又曰：「鷦鷯巢於深林，不過一枝；偃鼠飲河，不過滿腹。」言所求甚少。左思詠史八首其八：「巢林棲一枝，可爲達士模。」

〔五〕「却訝」句：訝，驚奇。探驪人，莊子列禦寇：「夫千金之珠，必在九重之淵，而驪龍頷下。子能得珠者，必遭其睡也，使驪龍而寤，子尚奚微之有哉！」成玄英疏：「驪，黑龍也。」則所謂探驪人，此當指追求詩文最高水平者，指錢伯言。

〔六〕「清尊」句：倩人題，倩，請。謂等待錢伯言來吟詩。

二、斷句

昔者同升夫子堂，如今俱是鬢蒼浪。

呂本中紫微詩話：「顏夷仲岐，舊嘗從滎陽公（呂希哲）問學。予爲濟主簿，夷仲適在曹南，嘗贈予詩：『念昔從學日，同升夫子堂。』夫子，蓋謂滎陽公也。予罷官歸，作詩留別夷仲，云：『昔者同升夫子堂，如今俱是鬢蒼浪。』蓋用其語也。」按：呂本中濟陰主簿任滿罷歸，在政和七年（一一一七）七月，參見本書附録年譜。

爲公頻上海山樓。

呂本中師友雜志：「政和中，本中自揚州隨侍先君子（指其父好問）沿檄至靜海，途經海陵，日陪馬丈巨濟游……有『與公頻上海山樓』之語。」

畫角聲中一歲除，平明更飲屠蘇酒。

向子諲浣溪沙（爆竹聲中一歲除）小序：「荆公除日詩云（略），東坡詩云（略），古今絶唱也。呂居仁詩有（略，即上兩句）之句，政用以爲故事耳。薌林（向子諲號）退居之十年，戲集兩公詩，輒以鄙意足成浣溪沙，自書以遺靈照。」

小艇原從天上來，白雲自向杯中落。

林之奇拙齋文集卷一紀聞上：「吕紫微未二十歲時，有滕王閣詩，其兩句云（略，即上兩句），前輩作者已服其精當矣。」

逢人即有求，所以百事非。

朱子語類卷一三一：「吕舍人詩云（即上兩句，略）。」

莫言衲子籃無底，盛得山南骨董歸。

吴曾能改齋漫録卷七無底籃：「吕居仁贈僧詩云（略，即上兩句）。廣燈録：『契魂禪師上堂，僧問：「古言『路逢死蛇莫打殺，無底籃子盛將歸。』」』蓋取此也。」

山中露冷草木瘦，江上月寒蒲柳秋。

錦繡萬花谷前集卷三秋。

黄流過盡見清川。

王象之輿地紀勝卷四四盱眙軍。

亂峰寒木更孤舟。

釋紹嵩亞寓江浙紀行集句詩卷五曲江野眺。

十二峰前且繫船。

同上卷七舟中戲書其二。

不用君王羯鼓催。

李龏梅花衲。

吕本中詩集箋注附録

附録一　傳記、序跋與著録

（一）傳記

宋史吕本中傳

（元）脱脱等

吕本中字居仁，元祐宰相公著之曾孫，好問之子。幼而敏悟，公著奇愛之。公著薨，宣仁太后及哲宗臨奠，諸童稺立庭下，宣仁獨進本中，摩其頭曰：「孝於親，忠於君，兒勉焉。」以祖希哲師程頤，本中聞見習熟。少長，從楊時、游酢、尹焞游，三家或有疑異，未嘗苟同。以公著遺表恩，授承務郎。紹聖間，黨事起，公著追貶，本中坐焉。

元符中，主濟陰簿、秦州士曹掾。（中華書局校點本宋史此處有校語曰：「按李幼武四朝名臣言行録别集下〔當爲上〕卷七吕本中條作：『元符中復官，政和五年調興仁濟陰簿，繼爲泰州士曹。』疑此處有脱誤。」其説是。）

辟大名府帥司幹官。宣和六年，除樞密院編修官。靖康改元，遷職方員外郎，以父嫌奉祠。丁父憂，服除，召爲祠部員外郎，以疾告去。再直秘閣，主管崇道觀。

紹興六年，召赴行在，特賜進士出身，擢起居舍人兼權中書舍人。内侍李琮失料曆，上以潛邸舊人，不用保任特給之。本中言：「若以異恩别給，非所謂『宫中府中當爲一體』者。」上見繳還，甚悦，令宰臣諭之曰：「自今有所見，第言之。」

監階州草場苗亘以贓敗，有詔從黥，本中奏：「近歲官吏犯贓，多至黥籍，然四方之遠，或有枉濫，何由盡知？異時察其非辜，雖欲扙拭，其可得乎？若祖宗以來此刑嘗用，則紹聖權臣當國之時，士大夫無遺類久矣。願酌處常罰，毋令姦臣得以藉口於後世。」從之。

七年，上幸建康，本中奏曰：「當今之計，必先爲恢復事業，求人才，䘏民隱，講明法度，詳審刑政，開直言之路，俾人人得以盡情。然後練兵謀帥，增師上流，固守淮甸，使江南先有不可動之勢，伺彼有釁，一舉可克。若徒有恢復之志，而無其策，邦本未强，恐生他患。今江南、兩浙科須日繁，閭里告病，倘有水旱乏絶，姦宄竊發，未審朝廷何以待之？近者臣庶勸興師問罪者，不可勝數，觀其辭固甚順，考其實不可行。大抵獻言之人，與朝廷利害絶不相侔，言不酬，事不濟，則脱身而去。朝廷施設失當，誰任其咎？鷙鳥將擊，必匿其形，今朝廷於進取未有秋毫之實，所下詔命，已傳賊境，使之得以爲備，非策也。」又奏：「江左形勢如九江、鄂渚，荆南諸路，當宿重兵，臨以重臣。吴時謂西陵、建平，國之藩表，願精擇守帥，以待緩急，則江南自守之計備矣。」

内侍鄭諶落致仕，得兵官。本中言：「陛下進臨江滸，將以有爲，今賢士大夫未能顯用，巖穴幽隱未能招致，乃起諶以統兵之任，何邪？」命遂寢。引疾乞祠，直龍圖閣、知台州，不就，主管太平觀。召爲太常少卿。

八年二月，遷中書舍人。三月，兼侍講。六月，兼權直學士院。金使通和，有司議行人之供，本中言：「使人之來，正當示以儉約，客館芻粟若務充悦，適啓戎心。且成敗大計，初不在此，在吾治政得失，兵財强弱，願詔有司令無乏可也。」

初，本中與秦檜同爲郎，相得甚歡。檜既相，私有引用，本中封還除目，檜勉其書行，卒不從。趙鼎素主元祐之學，謂本中公著後，又范沖所薦，故深相知。會哲宗實録成，鼎遷僕射，本中草制，有曰：「合晋、楚之成，不若尊王而賤霸；散牛、李之黨，未如明是以去非。」檜大怒，言於上曰：「本中受鼎風旨，伺和議不成，爲脱身之計。」風御史蕭振劾罷之。提舉太平觀，卒。學者稱爲東萊先生，賜謚文清。

有詩二十卷，得黄庭堅、陳師道句法，春秋解一十卷、童蒙訓三卷、師友淵源録五卷，行於世。（宋史卷三七六吕本中傳）

宋名臣言行録吕本中小傳

（宋）李幼武

吕本中，初名大中，字居仁。其先東萊人，自文靖公始家京師，以正獻公恩補假承務郎。紹聖問黨事追貶正獻，亦奪官。元符中復官。政和五年調興仁濟陰簿，繼爲泰州士曹。丁母憂，吉，除大名路撫幹。宣和六年，除〔樞〕密院編修。靖康初，遷職方員外郎，引嫌除直祕閣，主管明道宫。紹興初，召直言，爲祠部員外郎。尋丐閒，除直祕閣、主管崇道觀。六年，召賜進士出身，擢起居舍人，屢辭不允。兼權中書舍人。七年四月，直龍圖閣、知台州，尋改崇道觀。冬，除常少。八年，拜中〔書〕舍人，旋兼侍講，權直學士院、史館修撰。後忤秦檜，言罷，提舉太平觀。紹興十五年六月卒。遷上饒，年六十二。隆興二年追復敷文待制。（宋名臣言行録别集上卷七）

武林梵志吕本中傳

（明）吴之鯨

吕本中，字居仁，宣和中爲樞密院編修官。兼侍講，卒，謚文清。居仁性清約，以耽禪而病癯，癯不勝衣。作江西傳衣詩派圖，推山谷爲詩祖，列陳無己等二十五人爲法嗣。嘗致書問大慧禪要，慧答書曰：「千疑萬疑，只是一疑。話頭上疑破，則千疑萬疑一時破。若一向問人佛語如何，祖語又如何，諸方老宿語又如何，永劫無語時也。」居仁自是有省。每以「前路資糧」爲念，嘗有詩云：「病知前路資糧少，老覺平生事業非。」紹〔聖〕〔興〕丙寅夏六月，趺坐而逝。考其修蘊，定知稇載而去矣。又嘗曰：「予病不能疏食，懼有五味爽口之責。」作詩自戒：「君不如屈大夫，夕餐但秋菊。又不如顔平原，米盡且食粥。雖知舌本欠滋味，頗覺和氣充其腹。癡人涴腥羶，杯盤眩紅緑。四方采珍異，亦未極所欲。何如野僧飯，菜羹下脱粟。竹間新筍大如椽，樹頭老耳肥如肉。亦不見蟹躁擾，亦不見牛觳觫。石郎愛惜韭蓱虀，晋侯睥睨熊蹯熟。以此爲重輕，與君未爲福。」與（李）漢老俱徑山弟子。（武林梵志卷八吕本中傳）

江西詩社宗派圖録吕本中小傳

（清）張泰來

本中，字居仁，壽春人，遷寓洛陽，復徙婺州。申公之孫，舜徒少監之子，成公之祖也。宣和中爲樞密院編脩。紹興初特賜進士，累官侍講。中書省號紫薇省，故稱紫薇舍人。家學淵源，有中原文獻之目。性清約，唯以著述爲己任，生平因詩以窮，耽禪而病。清癯若不勝衣，一室蕭然，凝塵滿榻，裕如也。嘗序詩社宗派圖，謂：「詩有活法，若靈均自得，忽然有入，然後惟意所出，萬變不窮。」楊誠齋又從而序之，亦以學者屬文，當優遊厭飫，以悟活法。孫（王）穀祥野老遺聞云：「作詩文若不得其道，則千詩一詩，千句一句，自少壯至老熟，猶旦暮也。居仁之於詩，每一見一變，至於今，駸駸乎其未已。此豈偶然哉！」以是知詩有活法，不知研求，徒講究奪胎换骨者，末矣。九經堂詩，蓋公與昭德尊老諸公師友講習漸漬所得。陸放翁稱其「雄筆大論，凜乎其可敬畏」。周益公跋曰：「吕十一丈在政和初，春秋鼎盛，且方崇尚王氏學，以蘇黄爲異端，而手書立身爲學作文之法乃如此。其師友淵源，固有所自，而特立獨行之操，誰能及之。近世謂以詩名家，是殆見其善者幾耳。」曾元嗣(續)贈公詩:「吕家三相盛天朝,流澤於今有鳳毛。世業中微誰料理?却收才具入風騷。」洵定論哉。靖康之役,太學生汪若海作麟書一卷,恢詭譎怪,不減長卿大人賦。居仁謂其意實有在,漢武帝蓋未之知也。東叟之爲麟書,蓋得法於此,予固知之矣。老臣憂國之言,遂使東叟圍城上書,忠義激發之氣,千載如見。公所作宋論四十篇,審時度勢,洞若觀火。官箴三十二則,綱鑒云成公。皆身體力行之言,服官者宜各書一通於座右。他如春秋解、童蒙訓、軒渠録等書,皆傳佈於世。乾道元年,平江守沈公雅刻紫微集二十卷。(清詩話本江西詩社宗派圖録)

宋元學案吕本中小傳

(清)全祖望

吕本中,初名大中,字居仁。其先東萊人,自文靖公始家京師。父好問,資政殿學士,封東萊郡侯。先生以正獻公恩補承務郎。紹聖間黨事起,正獻追貶,先生亦坐黜。元符中復官。政和五年,調興仁濟陰簿,繼爲泰州士曹。丁母憂,吉,除大名路撫幹。宣和六年,除樞密院編修官。靖康初,遷職方員外郎,以不答梁師成大著名。

紹興六年,自直秘閣、主管崇道觀召赴行在,特賜進士出身,擢起居舍人兼權中書舍人。七年,上幸建康,先生奏曰:「當今之計,必爲恢復事業,求人才,卹民隱,審政刑,開言路,然後練兵謀帥,增師上流,固守淮甸。伺彼有釁,一舉可克。若邦本未强,恐生它患。」引疾乞祠。直龍圖閣、知台州,不就，主管太平觀。召爲太常少卿。八年，遷中書舍人，又兼權直學士院。初，先生與秦檜同爲郎，意歡甚，秦又先生父所薦御史也。趙忠簡鼎耳熟先生名，亦大欽嚮之。先生之真拜西掖也，趙、秦適爲左右揆，論議多不諧。檜有專擅之意，欲排不附己者，先生爲陳「同人於野，亨」之義。檜不然之。又力勸檜不可汲用親黨，除目下，先生即奏還之，檜勉其書行，卒不從。會哲宗實録成，忠簡除特進，先生草制有曰：「會晉、楚之成，不若尊王而賤伯；散牛、李之黨，未如明是以去非。」檜大怒，言于上曰：「本中受鼎風旨，伺和議不成，爲脱身之計。」風御史蕭振劾罷，與祠。卒於上饒，年六十二，學者稱爲東萊先生，賜謚文清。所著有春秋解、童蒙訓、師友淵源録，行於世。

先生少從游定夫、楊龜山、尹和靖遊，而於和靖尤久。和靖之致仕也，先生問曰：「伊川歸田，納其告敕曰：『臣本布衣，得還初服爲榮。』今先生受四品服致仕，與伊川異，何也？」和靖曰：「居仁責我則是。但焞荷聖恩，四章不允，復賜雜物。今解孟子以進，當俟書成，隨納章服耳。先後之間，非有異也。」從孫祖謙、祖儉。（宋元學案卷三六紫微學案）

（二）序跋

東萊先生詩集跋

（宋）曾幾

文集莫盛於唐，亦莫盛於本朝。唐則韓退之、柳子厚，本朝則歐陽文忠公，實爲之冠。是數公固出類拔萃，巍巍乎不可尚已。編次而行於世，退之則李漢，子厚則夢得，文忠公則東坡先生。或其門人，或其故舊，又皆與數公深相知。蓋知之不深，則歲月先後、是非去取，往往顛倒錯亂，不可以傳。近世張文潛、秦少游之流，其遺文例遭此患，知與不知之異也。

東萊吕公居仁，以詩名一世，使山谷老人在，其推稱宜不在陳無己下。然即世多歷年所，而編次者竟無人焉，墨客詞人，相視太息，曰：「公所謂知吾者希，則我者貴歟。」儀真沈公宗師，名卿之子，少卓犖有奇志，方黨禁未解時，不顧流俗，專與元祐故家厚，公尤知之，往來酬唱最多。沈公之子公雅，以通家子弟從公游，居仁稱之甚。乾道初元，幾就養吴郡，時公雅自尚書郎擢守是邦，暇日裒集公詩，略無遺者，次第歲月，爲二十通，鋟板置之郡齋。蓋公之知沈氏父子也深，故公雅編次之也備。幾亦受知於公者也，公雅用是屬幾題其後。

竊自伏念與公皆生於元豐甲子，又相與有連，雅相好也。紹興辛亥，幾避地柳州，公在桂林，是時年皆未五十，公之詩固已獨步海内。幾亦妄意學作詩。公一日寄近詩來，幾次其韻，因作書請問句律。公察我至誠，教我甚至，且曰「和章固佳，本中猶竊以爲少新意」。又曰：「詩卷熟讀，治擇工夫已勝，而波瀾尚未闊。欲波瀾之闊，須令規模宏放，以涵養吾氣而後可。規模既大，波瀾自闊，少加治擇，功已倍於古矣。」幾受而書諸紳。今三十有六年，顧視少作，多可愧悔。既老且病，無復新功，而公之墓木拱矣，觀遺文爲之絶歎。因記公教我之言於篇末，使後生知前輩相與情實如此，且以見幾於公之言，雖老不忘也。

乾道二年四月六日，贛川曾幾題。（四部叢刊續編影印宋本東萊先生詩集卷首）

呂居仁集序〔一〕

（宋）陸　游

天下大川莫如河、江，其源皆來自蠻夷荒忽遼絶之域，累數萬里而後至中國，以注於海。今禹之遺書所謂「岷積石」者，特記禹治水之迹耳，非其源果止於是也。故爾雅謂河出昆侖虚，而傳記又謂河上通天漢。游至蜀，窮江源，則自蜀岷山以西皆岷山也。地斷壤絶，不復可窮，河、江之源，豈易知哉！

古之學者蓋亦若是。惟其上探虙羲、唐虞以來，有源有委，不以遠絶，不以難止，故能卓然布之天下後世而無媿。凡古之言者，皆莫不然。自漢以下，雖不能如三代盛時，亦庶幾焉。宋興，諸儒相望，有出漢唐之上者。迨建炎、紹興間，承喪亂之餘，學術文辭，猶不愧前輩。如故紫薇舍人東萊吕公者，又其傑出者也。公自少時既承家學，心體而身履之幾三十年。仕愈躓，學愈進，因以其暇，盡交天下名士。其講習探討，磨礱浸灌，不極其源不止。故其詩文汪洋閎肆，兼備衆體，間出新意，愈奇而愈渾厚，震耀耳目，而不失高古，一時學士宗焉。晚節稍用於時。在西掖，嘗兼直内廷，草趙丞相鼎制，力排和戎之議，忤秦丞相檜。丞相自草日曆，載公制辭以爲罪，而天下益推公之正。

公平生所爲詩既已孤行於世，嗣孫祖平又盡裒他文，凡若干首，爲若干卷，而屬游爲序。游自童子時讀公詩文，願學焉。稍長，未能遠游，而公捐館舍。晚見曾文清公，文清謂某「君之詩，淵源殆自呂紫薇，恨不一識面」。游於是尤以爲恨。則今得托名公集之首，豈非幸歟！慶元二年九月既望，中大夫、提舉建寧府武夷山冲佑觀山陰陸游謹序。（渭南文集卷一四）

〔一〕此序原題東萊詩集序，然詳其内容，實爲呂本中文集而作，文集散佚，遂附益於詩集，後又誤以爲詩集序。爲不再以訛傳訛，今據渭南文集本收録。

江西詩派呂紫微詩序

（宋）劉克莊

紫微公作夏均父集序云：「學詩當識活法。所謂活法者，規矩備具而能出於規矩之外，變化不測而亦不背於規矩也。是道也，蓋有定法而無定法，無定法而有定法。知是者則可以與語活法矣。謝玄暉有言：『好詩流轉圓美如彈丸。』此真活法也。近世惟豫章黄公首變前作之弊，而後學者知所趨向，畢（按：原作「必」，據四庫全書本後村集卷二四所載改）精盡知，左規右矩，庶幾至於變化不測。然予區區淺末之論，皆漢魏以來有意於文者之法，而非無意於文者之法也。子曰：『興於詩。』又曰（按：兩字原無，據四庫本補）：『詩可以興，可以觀，可以群，可以怨。邇之事父，遠之事君，多識於鳥獸草木之名。』今之爲詩者，讀之果可使人興起其爲善之心乎？果可使人興、觀、群、怨乎？果可使人知事父、事君而能識鳥獸草木之名之理乎？爲之而不能使人如是，則如勿作。吾友夏均父賢而有文章，其於詩蓋得所謂規矩備具而出於規矩之外、變化不測者。後更（按：原作「果」，據四庫本改）多從先生長者游，聞人之所以言詩者而得其要妙，所謂無意於文之文，而非有意於文之文也。」余嘗以爲此序，天下之至言也；然（按：「然」字原無，據四庫本補）均父所作似未能然，往往紫微公自道耳。所引謝宣城「好詩流轉圜美如彈丸」之語，余以宣城詩考（按：原作「巧」，據四庫本改）之，如錦工機錦，玉人琢玉，極天下之巧妙。窮極巧妙，然後能流轉圜美。

近時學詩者，往往誤認彈丸之論而趨於易，故放翁詩云「彈丸之論方誤人」。又朱文公云：「紫微論詩字欲響，其晚年詩多啞了。」然則欲知紫微詩者，以均父集序觀之，則知「彈丸」之語非主於易；又以文公之語驗之，則所謂字字響者，果不可以追隨（按：追隨，原作「退道」，據四庫本改）矣。（江西詩派吕紫微，四部叢刊初編影印賜硯堂鈔本後村先生大全集卷九五）

東萊先生詩集序

（清）吕儁孫

東萊先生詩集，宋太常少卿兼侍講、權直學士院先文清公所著也。文清至儁孫，凡二十四傳。儁孫學孤陋，向未得是集而敬讀之。此本不知爲何人手録，咸豐己未攝守馮翊，涇陽許編修子中掌教是郡，偶於坊肆購得，以贈儁孫，初不知儁孫即東萊裔孫也。

文清於宏簡録有傳，附考右丞公傳後。嘗以草趙鼎遷僕射制諷和議，忤相檜，檜嗾御史蕭振劾罷。又稱有詩二十卷，得黄庭堅、陳師道句法。

國朝四庫全書内收是集，亦稱其詩得法於山谷，曾作江西宗派圖，列陳師道等二十五人，而己居其末。其紫微詩話及童蒙訓論詩，尤多精語。故吐言天拔，卓爾成家。敖陶孫詩評譬以「散聖安禪，自然奇逸」。至所著文集及外集，則久佚焉。是集也既登中秘，遂少行世，而儁孫偶權是郡，斯集之鈔本輾轉得之，謂非先世之遺業，俟子孫而重光與。亟於公暇校刊，以備家集之一。詩次二十卷，字四萬有奇。原序二首缺佚，仍其舊。以九月開梓，十二月工竣，板藏郡署，敬述其緣起如此。

二十四世孫儁孫謹識。（咸豐九年刻本東萊先生詩集卷首）

四部叢刊續編影印東萊詩集跋

（民國）張元濟

宋吕本中東萊詩集二十卷，乾道初元沈公雅守吴郡日裒集鋟板，曾幾爲之序。是集宋本久佚，近代藏目皆舊鈔本，攙入慶元二年陸游文集序，蓋後來傳鈔所附益，非原刊所舊有也。戊辰秋，偕中華學藝社社友鄭君心南同渡東瀛，得見此本於内閣文庫，前有曾幾序及總目，無陸序。既從求借攝影歸，檢涵芬樓舊藏陳仲魚鈔本互校，陳本無總目，卷十全卷其詩皆與宋本不合。卷六闕東園七絶一首，卷七寄江端本（「本」陳鈔誤「太」。）子之晁沖之叔用一首脱二十字（「相望有道術，那得厭塵寰。聖治先三輔，皇威極百蠻。」）卷八首闕問晁伯宇疾二首、商河村决一首、新霜行題一行、詩二韻，（「新霜下幽關，昔在顧盼間。過時理當爾，敢復致一言。」）凡十九行。又將赴海陵出京一首，末闕注文三十五字。陳氏爲清代知名藏家，所傳之本略一檢校，謬誤已若是之甚，他之傳本（邵位西四庫標注附録載有陽湖吕氏刻本，未見，度亦出於傳鈔本。）可知矣。傅沅叔語余，近得宋刻東萊外集三卷，此之卷十即爲其三卷之一，不知何以淆亂致此？非見宋刻，非見外集，何由知其誤處？書之必貴宋刻，豈好事哉！

東萊於江西詩派中自居殿軍，得此真本傳世，詎非學者之幸，而亦鄰邦七百年藏弆之貽也。校印既竣，爰舉宋刻勝處志之於册末云。

民國紀元十有九年五月，海鹽張元濟。（四部叢刊續編本東萊先生詩集卷末）

宋刊東萊先生詩集三卷外集三卷書後

（民國）傅增湘

吕居仁詩集，近代藏書家目録皆係舊鈔，四庫全書著録，所據者亦馬裕泰所進鈔本，蓋宋刊絶少流傳，元明以後亦無覆刻。邵氏批注簡明目，言有明刊，余之未見，其言羌無故實，恐係誤記也。近時崇尚江西詩派，於東萊詩尤以不得見宋本爲憾。

日本内閣文庫藏有乾道刊本二十卷，余庚午歲東游，曾獲拜觀。時方陳書中庭，以新法攝影，詢之掌庫知方允張君菊生之請，將以副本寄涵芬樓，俾傳播於中土者也。近者此本已由四部叢刊續編中印行，海内學者咸拭目驚歎，欣出意表，謂此驚人祕籍，何圖於海外獲之。不知吕詩宋刊，吾國固未嘗斷種，且十數年前已爲鄂人所收，儲之雙鑑樓中。其詩集雖已畸殘，而外集三卷，自直齋著録以後，數百年來已亡佚，不可復覩。似此孤行天壤之祕本，蕘翁所稱爲「奇中之奇、寶之寶」者，殆足當之。論其珍異，宜與東瀛官庫本齊趨並駕，或且駸駸欲度驊騮前矣。茲牿述梗概於左，以告當世。

東萊先生詩集，宋慶元刊本，存第十八、十九、二十，凡三卷，又外集三卷。半葉十行，每行二十字，白口，左右雙闌。版心上方記字數若干，下方記刊工姓名，可辨者有黄鼎、吴仲、余章、弓定、曾茂、高仲諸人名，及傑、遂、興、汝、升、明、延、壽、昌、升、郁、孜、贊、敬、京、卞、霞諸名各一字。詩集於上魚尾下標「東萊集十八」等字，外集標「東萊外一」等字。每卷首行書名下空四格，題「江西詩派」四字。詩集後有乾道二年四月六日贛川曾幾題二葉，題前下注「增刊」二字。外集前有目録四葉，目後題「慶元己未校官黄汝嘉增刊」一行。刻工精整，字仿顔平原體，結構方嚴，而氣息渾厚，似是江西所刻。收藏有「寶勑堂印」、「蘇衛指揮使印」、「葛閬中印」、「東望」諸印記，其人皆不可考矣。

按内閣文庫藏本，據曾幾題跋，知爲乾道二年沈公雅刻於吴門郡齋者，故於「慎」字下注「御名」。余本爲慶元己未黄汝嘉刻，後於沈本三十四年，避諱已至「敦」字，而「慎」字亦僅缺末筆矣。舉殘存三卷與沈本對勘，詩題次第相同，篇中小注亦合，文字絶少差異，知黄氏即依沈本重梓，未嘗以意變更也。再與咸豐己未吕儁孫新刻相校，差訛之處甚夥，小注咸删落無存，三卷之中，補正至一百六十餘字。其尤足詫怪者，則第十全卷與沈本無一首相符，而檢余本核之，正爲外集之首卷。且新刻於此卷缺字空行，彌望盈幅，取校宋刻，幸皆綴完，凡所補正，殆近二百言。羼雜淩亂，至斯而極，殊不可解。余以私意測之，此集年代曠遠，展轉移寫，此卷適亡，幸其時外集尚存，無知市估遂移取首卷以彌其闕，不知其作詩歲月與前後卷迥不相接，識者一展卷而疑其罅漏，然非親睹宋刊，又焉能破其作僞之迹耶！考陳氏直齋書録解題載東萊詩集二十卷、外集二卷，今目録宛然具存，知「二」字實爲「三」字之訛。然自陳氏誤録於先，馬氏經籍考遂承訛於後，世人竟莫知其非者。至宋史藝文志，則祇存詩集二十卷，而不著外集，蓋其時已久湮逸矣。夫以五六百年不傳之書，一旦復出於世，已足謚爲曠代之珍；况既可以糾正舊目一字之差訛，復可以證明傳本全卷之臆造，其寶貴之值，又不徒以版刻之古、傳世之稀矣。

余之獲此書也，在戊午之秋。始聞内城帶經堂書坊有東萊詩殘帙，意謂成公遺集，未之奇也。時朋好中如授經、印臣諸人咸得經眼，余以部務冗迫，未暇追尋。嗣屬徐君森玉爲我踪迹，買羊得王，發函驚抃。同來者尚有金刻長春真人磻溪集三册，亦號異書。千金脱手，雙璧投懷，喜可知矣。庚申春，南游申浦，携示沈君乙盦，歡喜贊歎，謂余摭逸搜殘，有此奇遇，留觀几案者匝月，爲考訂源流，題古詩十二韵於簡末，兹録於别幅。

緬懷前輩勝賞風流，今日已渺不可追，而余幸獲妙翰雅吟，更爲古書增重，又私自喜矣。

又，此集每卷咸題「江西詩派」四字，知即江西詩派之刻本也。考居仁曾作江西詩派圖，列後山以次二十五人，而己居其末。意黄氏於諸家皆有刻本。余生平所見，尚有倚松老人集殘本二卷，行格字體與此集同，即前題「詩派」四字及「慶元黄汝嘉」一行，亦無不同。乙盦詩中所謂「宋刻倚松孑無伍」，正指饒集而言。何意吕集復見，正可與之作配乎！此匪特版刻之舊聞，抑亦詩林之故實也。乙盦詩又深憾世無完書，無以證其割補之實。今沈本既出，糅竄之蹟大明，所謂「預構圓成」者，殆非鑿空，九原有知，得毋欣然於豫言之奇驗耶？歲在丙子六月下澣，藏園老人識於香山雨香館中。（藏園羣書題記卷一四。以下沈增植題詩及外集目録，此略。）

（二）著録（限集部）

郡齋讀書志

（宋）晁公武

吕居仁集十卷。右皇朝吕本中字居仁，好問右丞之長子。靖康初，權尚書郎。紹興中，賜進士第，除右史，遷中書舍人，已而落職奉祠。少學山谷爲詩，嘗作江西宗派圖，行於世。（郡齋讀書志（衢本）卷一九）

遂初堂書目

（宋）尤袤

吕居仁集。（遂初堂書目別集類）

直齋書録解題

（宋）陳振孫

東萊集二十卷、外集二〔三〕卷，中書舍人吕本中居仁撰。希哲之孫，好問之子，而祖謙之伯祖也。撰江西詩派者，後人亦以其詩入派中。（直齋書録解題卷二〇）

宋史

（元）脱脱等

吕本中詩二十卷。（宋史卷二〇八藝文志七）

文淵閣書目

（明）楊士奇

吕東萊詩集，一部六册，闕。（文淵閣書目卷九）

四庫全書總目

（清）紀昀

東萊詩集二十卷，兩淮馬裕家藏本，宋吕本中撰。……其詩法出於黄庭堅。嘗作江西詩派圖，列陳師道以下二十五人，而以己殿其末。其紫微詩話及童蒙訓論詩之語，皆具有精詣。（案今本童蒙訓不載論詩諸條，其文散見各書中，説見本條之下。）敖陶孫詩評稱其詩「如散聖安禪，自能奇逸」，頗爲近似。苕溪胡仔漁隱叢話稱其「樹移午影重簾静，閉門春風十日閒」，「往事高低半枕夢，故人南北數行書」，「殘雨入簾收薄暑，破窗留月鏤微明」諸句，殊不盡其所長。朱子語録乃稱本中論詩欲字字響，而暮年詩多啞。然朱子以詩爲餘事，而本中以詩爲專門，吟詠一道，所造自有淺深，未必遂爲定論也。此集有慶元二年陸游序，乾道二年曾幾後序，文獻通考别載有集外詩二卷，此本無之，蓋已散佚。又陸游稱嗣孫祖平悉裒集他文爲若干卷，今此本有詩無文，惟其草趙鼎遷右僕射制詞所云「合晋楚之成，不若尊王而賤伯；散牛李之黨，未如明是而去非」之語，以秦檜惡之，載於日曆，尚爲世所傳誦，其他文則泯没久矣。（四庫全書總目卷一五八集部别集類一一）

紫微詩話一卷，江蘇巡撫采進本。宋吕本中撰。……本中歷官中書舍人，權直學士院，故詩家稱曰吕紫微。……其學出於黄庭堅，嘗作江西宗派圖，以庭堅爲祖，而以陳師道等二十四人序列於下。宋詩之分門别户，實自是始。然本中雖得法於豫章……實不專於一家。又極稱李商隱重過聖女祠詩「一春夢雨常飄瓦，盡日靈風不滿旗」一聯，及嫦娥詩「嫦娥應悔偷靈藥，碧海青天夜夜心」二句，亦不主於一格。蓋詩體始變之時，雖自出新意，未嘗不兼采衆長。自方回等「一祖三宗」之説興，而西崑、江西二派，乃判如冰炭，不可復合。元好問題中州集末因有「北人不拾江西唾，未要曾郎借齒牙」句，實末流相詬，有以激之。觀於是書，知其初之不盡然也。（同上卷一九五集部詩文評類一）

皕宋樓藏書志

（清）陸心源

東萊先生詩集二十卷，精鈔本。宋吕本中居仁撰。（皕宋樓藏書志卷八二）

東萊先生詩集二十卷，東洋影寫宋刊本。宋吕本中居仁撰。（同上）

善本書室藏書志

（清）丁　丙

東萊先生詩集二十卷，舊鈔本，馬衎齋藏書。吕本中居仁。（善本書室藏書志卷三〇）

藏園群書經眼録

（清）傅增湘

東萊詩集二十卷，宋吕本中撰。宋刊本，版匡高六寸二分，寬四寸九分，半葉十一行，每行二十字，白口，左右雙闌。前有乾道二年曾幾序。按：此本結體方嚴，當爲杭州刊本。余藏有宋刊江西詩派本，殘存卷十八至二十，外集卷一至三，凡六卷。以四庫本校之，則外集之第一卷爲四庫本之第十卷，是四庫本之編次不足據也。……（日本内閣文庫藏書，己巳十一月十九日觀。）（《藏園群書經眼録》卷一四）

東萊先生詩集二十卷、外集三卷，宋吕本中撰。存卷十八至二十，外集三卷，計六卷。宋慶元五年黄汝嘉刻江西詩派本，半葉十行，行二十字，白口，左右雙闌，版心上記字數，下記刊工姓名。……外集目後有「慶元己未黄汝嘉增刊」一行，標題下有「江西詩派」四字。（同上）

東萊先生詩集二十卷，題紫微集，宋呂本中撰。明寫本，九行十八字，口上題「紫微集」。後有乾道二年曾幾跋，卷末有「慶元己未校官黄汝嘉重修」一行。鈐有「清森閣書畫印」、「石研齋秦氏藏」諸印，明何良俊、清秦恩復舊藏。（同上）

東萊先生詩集二十卷，宋呂本中撰。舊寫本，十行十九字。六卷後有「慶元己未校官黄汝嘉重脩」。鈐有知聖道齋藏印。

附録二　諸家評論

東萊呂紫微師友雜志

（宋）呂本中

政和初，（謝）無逸至京師省試，嘗寄予書，極相推重，以爲當今之世主海内文盟者，惟吾弟一人而已。又語外弟趙才仲云：「以居仁詩似老杜、山谷，非也。杜詩自是杜詩，黄詩自是黄詩，居仁詩自是居仁詩也。」（東萊呂紫微師友雜志）

茶山集

（宋）曾　幾

學詩如參禪，慎勿參死句。縱横無不可，乃在歡喜處。又（原作「人」，據永樂大典卷九〇三改）如學仙子，辛苦終不遇。忽然毛骨换，政用口訣故。居仁説活法，大意欲人悟。常言古作者，一一從此路。豈惟如是説，實亦造佳處。其圓如金彈，所向若脱兔。風吹春空雲，頃刻多態度。鏘然奏琴筑，間以八珍具。人誰無口耳，寧不起欣慕。一編落吾手，貪讀不能去。嘗疑君胸中，食飲但風露。經年闕親近，方寸滿塵務（滿塵務，永樂大典作「薄塵霧」）。足音何時來，招唤亦云屢。賤

子當爲君，移家七閩住。（兩宋名賢小集卷一九〇茶山集讀呂居仁舊詩有懷其人作詩寄之）

東窗集

（宋）張　擴

説詩如説禪，妙處要懸解。無人具眼目，胸臆空壘塊。吾友呂居仁，句法入三昧。向者五言城，精密逼前輩。教我深耕鋤，歲晚識稊稗。三年苦未領，慚愧朋友戒。（東窗集卷一括蒼官舍夏日雜書五首其五）

日涉園集

（宋）李　彭

西風鏖暑功夫深，老火由來欺稚金。鑾花缺月午夢短，伐翳正爾開遥岑。忽看僧珍五字句，妙想寔與神明聚。清如明月東澗泉，壯如玄豹南山霧。抑揚頓挫百態隨，鷙鳥欲舉風迫之。莫言持此黄初詩，直恐竟亦不能奇。老懷凜凜受霜氣，想見此郎冰雪姿。鄙夫好詩如好色，嫣然一笑可傾國。擊節歌之侑歡伯，杯中安得着此客。此客不肯紲塵羈，況復世網如蛛絲。秋空横河鵰鶚上，不許蜂蝶同所歸。漢家太尉死宗社，大鳥泣墳天所借。謝傅未吐活國謀，賫恨懷奇赴泉下。僧珍向來期此人，頹波砥柱妙入神。要當疊些湘水濱，唤起猶足張吾軍。（日涉園集卷五觀呂居仁詩）

竹友集

（宋）謝邁

吾宗宣城守，詩壓顏鮑輩。其間警拔句，江練與霞綺。居仁相家子，斂退若寒士。學道期日損，哦詩亦能事。自言得活法，尚恐宣城未。今晨開草堂，書帙亂無次。探囊得君詩，疾讀過三四。淺詩如蜜甜，中邊本無二。好詩初無奇，把玩久彌麗。有如庵摩勒，苦盡得甘味。徐侯南州傑，論文極根柢。讀君詩卷終，曰此有見地。期君高無上，二謝以平視。要當掣鯨魚，豈但看翡翠。（竹友集卷一讀吕居仁詩）

華陽集

（宋）張綱

朕方舉羣策，以收中興之功。顧天下士有一善可取，猶將簡拔任用，而况已試之材，爲朕所知者乎。以爾富於藝文，能嗣家世，考其事業，譽在郎曹，今典祠缺員，肆以命爾。夫冰廳素號無事，固有餘力，足以講論古今。往其勉之，以待上用。（華陽集卷六吕本中除祠部郎官制）

陵陽集

（宋）韓駒

曉謁吕公子，解帶浮屠宫。留我具朝飡，唤奴求晚菘。洗箸點鹽豉，鳴刀芼薑葱。俄頃香馥坐，雨聲傳鼎中。方觀翠浪涌，忽變黄雲濃。争貪歙鉢暖，不覺定盌空。憶登金山頂，僧飯與此同。還家不能學，永費烹調功。硬恐動牙頰，冷愁傷肺胸。君獨得其妙，堪持餉衰翁。異時聞豪氣，愛客行庖豐。殷勤故煮菜，知我林下風。人生各有道，旨蓄用禦冬。今我無所營，枵腹何由充。豈惟臺無餽，菜把尚不蒙。念當勤致此，亦足慰途窮。（陵陽集卷一食煮菜簡吕居仁）

筠溪集

（宋）李彌遜

禮樂政化之所自出，後世文勝道隱，寖失聖人之旨。朕欲息邪距詖而反之正，思得好古博雅之士以辨明之。爾操履之正，克世其家；問學之醇，不悖於道。發爲詞章，炳然其華。頃由柱史，遽起丘園之興，真祠均逸，亦既踰年。今予命爾以秩宗之事。昔魯不棄禮而齊親之，治亂一軌，百世可循，益尊所聞，追還邃古之風，以成予治。朕之所以望爾，顧豈鐘鼓玉帛云乎哉！（筠溪集卷四吕本中太常少卿制）

朕寤寐中興，焦勞庶事。惟中書之地，一日萬幾，而内史之職，於命令之將行，皆得以可否而獻替之，苟非其人，則安能杜漸防微，救過於未然哉！具官某襲芳名胄，濟以多聞，粲然泉湧之文，粹矣玉温之質。侍嚴香案，議禮曲臺，人物之優，允符僉論。其輟九卿之列，來聯四户之班。夫事固有一言之非，而駟馬弗及；一日之失，而終身爲憂。於號令出納之微，係社稷安危之重，其體兹訓，知無不言，毋使政事之行，人得以議，而朝廷有涣汗之譏，所以望於爾者。（同上

屏山集

（宋）劉子翬

瞑目荒山裏，攜家萬里來。旅塋猶借地，兒哭不勝哀。裂甑妖難測，藏舟事可猜。大賢應有後，天道信悠哉。（屏山集卷一七哭吕居仁）

詩人零落嘆才難，二妙風流壓建安。已見詞鋒推晋楚，定應臭味等芝蘭。鴻軒意氣慚交吕，鳳躍聲華敢望韓。咫尺煙塵不相見，他時惆悵隔金鑾。（同上卷一八讀韓子蒼吕居仁近詩）

粹美元功昪，風流相國傳。有光文聖道，無物累心淵。侃侃當春氣，堂堂忽逝川。東萊一點秀，冥漠楚山邊。

皓首猶貪學，謙虛德益豐。潛神無朕際，悟物不言中。雖處持荷貴，常安捽茹窮。笑談驚委蛻，儒事有英雄。

江左欣初見，傾輸便豁然。挽留嘗一粥，契闊已三年。老去無新得，書來每自鞭。幽明雖永絕，凛若在君前。（同上卷二〇吕居仁挽詞三首）

苕溪漁隱叢話

（宋）胡　仔

苕溪漁隱曰：「吕居仁近時以詩得名，自言傳衣江西，嘗作宗派圖，自豫章以降，列陳師道、潘大臨、謝逸、洪芻、饒節、僧祖可、徐俯、洪朋、林敏修、洪炎、汪革、李錞、韓駒、李彭、晁冲之、江端本、楊符、謝薖、夏（傀）〔倪〕、林敏功、潘大觀、何覬、王直方、僧善權、高荷，合二十五人以爲法嗣，謂其源流皆出豫章也。其宗派圖序數百言，大略云：「唐自李杜之出，焜燿一世，後之言詩者皆莫能及。至韓、柳、孟郊、張籍諸人，激昂奮厲，終不能與前作者並。元和以後至國朝，歌詩之作或傳者，多依效舊文，未盡所趣。惟豫章始大出而力振之，抑揚反覆，盡兼衆體，而後學者同作並和，雖體制或異，要皆所傳者一，予故録其名字，以遺來者。」余竊謂豫章自出機杼，別成一家，清新奇巧，是其所長，若言「抑揚反覆，盡兼衆體」，則非也。元和至今，騷翁墨客，代不乏人，觀其英詞傑句，真能發明古人不到處，卓然成立者甚衆，若言「多依效舊文，未盡所趣」，又非也。所列二十五人，其間知名之士，有詩句傳於世，爲時所稱道者，止數人而已，其餘無聞焉，亦濫登其列。居仁此圖之作，選擇弗精，議論不公，余是以辨之。（苕溪漁隱叢話前集卷四八山谷中）

苕溪漁隱曰：吕居仁詩清駃可愛。如：「樹移午影重簾静，門閉春風十日閑。」「往事高低半枕夢，故人南北數行書。」「殘雨入簾收薄暑，破窗留月縷微明。」……居仁有絶句云：「胡虜安知鼎重輕，指蹤元自漢公卿。襄陽耆舊惟龐老，受禪碑中無姓名。」此詩有謂而作，可以意逆也。（同上卷五三陳去非吕居仁）

東坡九日詩云：「相逢不用忙歸去，明日黄花蝶也愁。」又詞云：「萬事到頭終是夢，休休，明日黄花蝶也愁。」吕居仁詩云：「尚惜故人輕作別，亂山深處過重陽。」又詞云：「短籬殘菊一

枝黄，已是亂山深處過重陽。」皆兩用之。詩意脈絡貫穿，並優於詞。但居仁以殘菊於重陽言之，此一字爲病。（同上後集卷六）

文定集

（宋）汪應辰

連蹇成遺老，纔聞直禁林。是非終不屈，進退了無心。萬事邯鄲夢，千秋正始音。心知公不朽，霣涕自難禁。

接物初無間，微言獨得聞。相期深造道，不爲細論文。自有高山仰，誰知半路分。新阡疑可望，目斷只愁雲。（文定集卷二四挽吕舍人二首）

横浦先生文集

（宋）張九成

精識高標不世才，泉臺一掩悵難回。詞源斷是詩書力，句法端從踐履來。西掖北門聊爾耳，春風秋月亦悠哉。問君身後遺何物，只有窗間水一盃。（横浦文集卷四悼吕居仁舍人）

嗚呼！聖學不傳，何啻千載。吟哦風月，組織文字。轉相祖述，謂此極致。正心修身，不復掛齒。孰如我公，師友淵源。文以宣之，詩以詠之。天下之士，誦公之文、服公之詩者多矣，而得公之意者蓋未見其一二也。若乃勸講露門，直筆太史，代言西掖，視草北門，即公之忠正恭儉，躬行履歷，至死不亂者，粲之於英華，而注之於筆削爾。我之識公最晚，而公之知我最深。同處於朝，而不相往來；同好此學，而未嘗談論。神交默契，不欺不愧，其亦庶幾焉。嗚呼！萬事已矣，夫復何言。觴酒豆肉，千里寓哀，惟英靈其享之！（同上卷二〇祭居仁舍人）

嘗見呂居仁論詩，每句中須有一兩字響，響字乃妙指，如「身輕一鳥過」、「飛燕受風斜」，「過」字、「受」字，皆一句中響字也。某平生不能作詩，每讀樂天詩，便自意明，但不費力處便佳耳。嘗舉以告居仁，居仁云：「不費力極難，用意到者自知。」（横浦心傳録卷上，横浦先生文集附録）

忠正德文集

（宋）趙　鼎

（紹興七年）十一月初四日，進呈呂本中乞宫觀。上（宋高宗）曰：「本中詩極佳，不減徐俯少時所作。俯晚年學李白，稍放肆矣。」（忠正德文集卷八丁巳筆録）

艇齋詩話

（宋）曾季貍

後山論詩説换骨，東湖論詩説中的，東萊論詩説活法，子蒼論詩説飽參。入處雖不同，然其實皆一關捩，要知非悟入不可。（艇齋詩話）

東萊論詩，嘗引孫子「始如處女，終如脱兔」之論，亦甚有意味，學詩者不可不知此理。（同上）

東萊作江西宗派圖，本無詮次，後人妄以爲有高下，非也。予嘗見東萊，自言少時率意而作，不知流傳人間，甚悔其作也。然予觀其序論古今詩文，其説至矣盡矣，不可以有加矣。其圖則真非有詮次，若有詮次，則不應如此紊亂。兼亦有漏落，如四洪兄弟，皆得山谷句法，而龜父不預，何邪？（同上）

拙齋文集

（宋）林之奇

吕紫微云：作詩以三百篇爲首。詩人之作，其美刺箴規詠歌，舉合乎道，學者學詩須本諸此，乃爲佳作。（拙齋文集卷二記聞下）

周文忠公集

（宋）周必大

紫薇舍人吕十一丈在政和初，春秋鼎盛，且方崇尚王氏學，以蘇、黄爲異端，而手書立身爲學作文之法乃如此，其師友淵源固有所自，而特立獨行之操，誰能及之？近世謂以詩名家，是殆見其善者機耶。（周文忠公集卷一八跋吕居仁帖）

晁氏一姓，文獻相續，殆無它楊，號本朝盛族。仲石諱公慶，紹興初與范顧言、曾裘父同學詩於吕紫薇，故得是詩。乾道元年，平江守沈公雅刻紫薇集二十卷，以歲月爲先後，此篇在末卷中，蓋暮年所作也（按：指東萊先生詩集卷二〇所載送晁公慶西歸詩）。仲石之子子毅以示周某，敬書其後。慶元丁巳十月丁丑。（同上卷四七題吕紫薇與晁仲石詩）

崇寧、大觀而後，有司取士專用王氏學，甚至欲禁讀史、作詩，然執牛耳者未嘗無人。凡紹興初以詩名家，皆當日人才也。今讀韓子蒼與錢遜叔、曾公衮等臨川唱酬，略可覩矣。或疑所以然，予曰：舉子在場屋爲學不專，爲文不力，既仕則棄其舊習，難乎新功。有志之士其操心也專，其學古也力，譬之追風籋雲之驥，要非繩墨所能馭。故子蒼諸賢往往不由科舉而進，一時如程致道、吕居仁、曾吉甫、朱希真，皆是也。其又奚疑？慶元戊午正月戊午。（同上卷四八跋韓子蒼與曾公衮錢遜叔諸人倡和詩）

國家數路取人，科舉之外多英才，自徽廟迄於中興，如程致道、吕居仁、曾吉甫、朱希真，詩名籍籍，朝廷賜第顯用之。今觀曾公衮、錢遜叔、韓子蒼諸賢，又皆翰墨雄師，非有司尺度所能得也。紹興初，星聚臨川，唱酬妍麗，一時傾慕。郡之名勝游氏襲藏此卷有年數矣。慶元紀號之四年，歲在戊午上巳日，周某子充敬題其末。（同上又跋）

太倉稊米集

（宋）周紫芝

建炎間，西洛吕公（按：吕好問）以尚書右丞作鎮宛陵，門下客數輩，皆一時名流。又訪鄉里之士，得四人，而僕預焉，今亡其二人矣。公飲食教誨之無倦色，間數日一見，未嘗不以人物爲念，問之諄諄不離口。自是而公且閒矣，某亦陸沈於世，無所可用。其後二十餘年，公之子舍人遺余書，且云先君子平生無所嗜好，獨於當世賢士大夫見之唯恐不及，雖在嶺表，倉皇避寇，亦未嘗不以宣城諸賢爲言也。吁！亦異矣哉。以公之盛德至善，雖蒙陋如鄙人，猶不忍棄，况於士君子之賢者乎。使公一日立朝，其進退天下士，當必有可觀者矣。（太倉稊米集卷六七書吕舍人帖後）

東萊吕太史文集

（宋）吕祖謙

吾家紫微翁，獨守固窮節。金鑾罷直歸，朝飯尚薇蕨。峩峩李杜壇，總角便高躡。暮年自誓齋，銘几深刻責。名章與俊語，掃去秋一葉。冷淡静工夫，槁乾迂事業。有來媚學子，隨叩無不竭。辭受去就間，告戒意尤切。典刑自耆老，護持何敢闕。嗟予生苦晚，名在諸孫列。拊頭雖逮事，提耳未親接。徐侯南州秀，少也嘗鼓篋。示我百篇詩，照坐光玉雪。因之理前話，講繹霏談屑。兩都弟子員，家法嚴城堞。取善則未周，守舊猶有説。閉門風雨散，孤學絲桐絶。懷哉五馬橋，寒逕尋遺屧。（東萊吕太史文集卷一酬上饒徐季益學正）

臨川耆舊汪、謝、饒，皆出滎陽公之門。德操既遁世不耀，無逸亦以布衣死，志節稍見於世者，獨青溪先生而已。紫微伯祖與青溪忘年交，序引所述備矣。後一詩勉戒其子篤至嚴正，真前輩文人行語也。（同上卷七書伯祖紫微翁贈青溪先生子詩後）

朱文公文集

（宋）朱熹

向見正獻公家傳，語及蘇氏，直以「浮薄談」目之。而舍人丈所著童蒙訓，則極論詩文必以蘇、黄爲法。嘗竊歎息，以爲若正獻、滎陽，可謂能惠人者，而獨恨於舍人丈之微旨有所未喻也。然則老兄今日之論，未論其它，至於家學，亦可謂蔽於近而違於遠矣。更願思之，以求至當之歸，不可自誤而復誤人也。（朱文公文集卷三三答吕伯恭書）

朱子語類

（宋）朱熹

呂居仁學術雖未純粹，然切切以禮義廉耻爲事，所以亦有助於風俗。今則全無此意。（朱子語類卷一三二）

呂家之學，大率在於儒、禪之間，習典故。居仁遂去學作詩，亦不説於趙丞相。後於秦檜所爲，亦有輔之者。籍溪云：「嘗代一表云『仰日月於九天之上』，下一句甚卑，可憐之詞，居仁爲之也。後虜中此文亦有人傳之。」（同上）

呂居仁作舍人時，繳奏文字好處多。一章論袁焕章乞作教官，「教官人之師表，豈可乞？」此論不聞數十年矣。今皆是陳乞，然不陳乞，朝廷又不爲檢舉。朝廷爲檢舉方是，亦可以養士大夫廉耻。今皆不然，都要陳乞。舊除從官，便不磨勘，今亦不然。如磨勘，大約用三載考績之法，一年一切了。今年年日日理會官員磨勘。（同上）

吕居仁不甚惡贓汙，深惡多才刻薄者。此自回避黨人，故有此論出來。然大害名教，豈不使得子孫取受！如論固窮守節處，甚佳。（同上）

「吕舍人好言忍耻之類，此意不佳。」（包）揚因及劉道原不受温公惠。曰：「如此做得人，也靈利。」（同上）

因説吕居仁作汪民表墓誌不好，曰：「作龜山底尤不好，故文定全不用，盡做過了。」（同上）

「吕居仁家往往自擡舉，他人家便是聖賢。其家法固好，然專恃此，以爲道理只如此，却不是。如某人纔見長上，便須尊敬以求教，見年齒纔小，便要教他，多是如此。」（萬）人傑因曰：「此乃取其家法而欲施之於他人也。」（同上）

杜子美晚年詩都不可曉。吕居仁嘗言：「詩字字要響。」其晚年詩都啞了，不知是如何以爲好否。（同上卷一四〇）

螢雪叢説

（宋）俞　成

文章一技，要自有活法。若膠古人之陳迹，而不能點化其句語，此乃謂之死法。死法專相蹈襲，則不能生於吾言之外；活法奪胎换骨，則不能斃於吾言之内。斃吾言者，故爲死法；生吾言也，故爲活法。……吕居仁嘗序江西宗派詩，若言靈均自得之，忽然有入，然後惟意所出，萬變不窮，是名活法。楊萬里又從而序之，若曰學者屬文，當悟活法，所謂活法者，要當優游厭飫。是皆有得於活法也如此。（螢雪叢説卷一文章活法）

雲麓漫鈔

（宋）趙彦衛

吕居仁作江西詩社宗派圖，其略云：古文衰於漢末，先秦古書存者，爲學士大夫剽竊之資。五言之妙，與三百篇、離騷争烈可也。自李杜之出，後莫能及。韓、柳、孟郊、張籍諸人自出機杼，别成一家。元和之末無足論者。衰至唐末極矣，然樂府長短句有一唱三歎之音。國朝文物大備，穆伯長、尹師魯始爲古文，成於歐陽氏，歌詩至於豫章，始大出而力振之。後學者同作並和，盡發千古之祕，亡餘藴矣。録其名字曰江西宗派，其源流皆出豫章也。宗派之祖曰山谷，其次陳師道（無己）、潘大臨（邠老）、謝逸（無逸）、洪朋（龜父）、洪芻（駒父）、饒節（德操，乃如璧也）、祖可（正平）、徐俯（師川）、林修（子仁）、洪炎（玉父）、汪革（信民）、李錞（希聲）、韓駒（子蒼）、李彭（商老）、晁沖之（叔用）、江端本（子之）、楊符（信祖）、謝薖（幼槃）、夏倪（均父）、林敏功、潘大觀、王直方（立之）、善權（巽中）、高荷（子勉），凡二十五人，居仁其一也。議者以謂陳無己爲詩高古，使其不死，未必甘爲宗派。若徐師川，則固嘗不平，曰：「吾乃居行間乎？」韓子蒼云：「我自學古人。」均父又以在下爲耻。不知居仁當時果以優劣銓次而姑記姓名，而紛紛如此。以是知執太史之筆者，戛戛乎難哉！又不知諸公之詩，其後人品藻與居仁所見又如何也。（雲麓漫鈔卷一四）

南澗甲乙稿

（宋）韓元吉

並江而東，行當閩浙之交，是爲上饒郡。靈山連延，秀拔森聳，與懷玉諸峰巉然相映帶。其物産豐美，土壤平衍，故北來之渡江者愛而多寓焉。

廣教僧舍，在城西北三里而近，尤爲幽清，小溪回環，松竹茂密，有茶叢生數畝，父老相傳唐陸鴻漸所種也，因號茶山。泉發砌下，甚乳而甘，亦以陸子名。紹興中，故中書舍人吕公居仁嘗寓於寺。公以文章名於世，而直道勁節，不容於當路者，屏居避謗，賫志以没。上饒士子稍宗其學問，雖田夫野老，能記其曳杖行吟風流韵度也。後數年，故禮部侍郎文清曾公吉甫復來居之。二公平生交，俱以詩鳴江右，適相繼寓此，而曾公爲最久。杜門醉詩書以教子弟，或經時不入州府，不問世故，好事者間從公遊，談風月爾。公亦自號茶山居士，若將終身焉。

會朝廷更庶政，一時端人正士始得進用，而吕公前已下世，莫不惜而哀之。公起爲部刺史，遂以道德文學入侍天子，蓋退而老於稽山之下，而上饒之人稱一時衣冠師友之盛，及二公姓字，則拳拳不忍忘。寺之僮奴指其庭之竹，則曰「此文清公所植」也。山有隙地，舊以爲圃，指其花卉，則曰「此文清公所藝」也。一亭一軒，愛而不敢動，曰「此公所建立，或命名」也。主僧敦仁者，言少年走諸方，侍其師清於草堂，清每與其徒誦二公詩語，且道其禪學之妙，敦仁竊聞之，以謂非今世之人也，不意遊上饒，及見二公於此寺。今既叨灑埽之職矣，俯仰逾三十載，思再見而不可得也，將虛其室，繪二公之像，事以香火，而祭其諱日焉。於是榜以兩賢堂，而求爲之記。……淳熙六年七月，具位韓某記。（南澗甲乙集卷一五兩賢堂記）

野老記聞

（宋）王□□

余嘗論作詩文若不得其道，則千詩一詩，千句一句，自少壯至老熟，猶旦暮也。居仁之於詩，每一見一變，至於今，駸駸乎其未已。此豈偶然哉？（王□□〔王楙之父〕野老記聞，野客叢書附録）

江湖長翁集

（宋）陳　造

東萊吕居仁詩言從字順，而其格律邁遠嚴密，學者師法也。始余貧甚，僅得建本熟讀，心終不愜。丙午，主吳門教印，得此本，尋舊書闕三之一，以是知貧而學，政自不易，力能得書，不應遽忘云。（江湖長翁集卷三一題吕居仁詩）

庚溪詩話

（宋）陳巖肖

吕居仁作江西詩社宗派圖，以山谷爲祖，宜其規行矩步，必踵其跡。今觀東萊詩，多渾厚平夷，時出雄偉，不見斧鑿痕。社中如謝無逸之徒亦然。正如魯國男子，善學柳下惠者也。（庚溪詩話卷下）

建炎以來繫年要録

（宋）李心傳

詔右朝奉郎、直秘閣、主管台州崇道觀吕本中等並召赴行在所，用史館修撰范沖薦也。沖奏：「本中文章典雅，長於史學，習學有淵源，敏於爲政。恬退之節，人所難能，以其不求聞達，故世罕有知者。」（建炎以來繫年要録卷一〇〇）

乾道稿　淳熙稿　章泉稿

（宋）趙蕃

少陵衣鉢在涪翁，傳述東萊得正宗。聞道曾經親授記，不求印可誰更從。（乾道稿卷二〇寄劉凝遠巒四首其三）

東萊老先生，曾作江西派。平生論活法，到底無窒礙。微言雖可想，恨不床下拜。欲收一日功，要出文字外。（淳熙稿卷四論詩寄碩父五首其四）

曾呂兼晁鄭，吾州夙所尊。流風嗟日遠，耆舊賴公存。見必詢詩卷，聞仍置酒樽。從今入州府，寂寞向誰門。（同上卷一一挽南澗先生三首其二）

請到江西得正宗，後來曾呂出羣雄。大陽遺履歸何處，端欲從公一破聾。（同上卷一七投曾秀州逢四首其四）

詩名舊仰方豐國，句法親傳呂紫微。聞道有兒能世業，師門更向晦庵歸。（同上卷一九題方士繇伯謨五丈所居三首其一）

兩賢堂下竹參天，雨後涓涓陸子泉。耆舊難忘是曾呂，逸遺更取孟郊篇。（同上卷二〇奉寄斯遠兼屬文鼎處州子永提屬五首其三）

詩家初祖杜少陵，涪翁再續江西燈。陳潘徐洪不可作，閫奧晚許東萊登。遺書散落亦已久，是編頗得十八九。景公千駟何足云，伯夷垂名端不朽。（章泉稿卷一書紫微集後）

滿城風雨重陽近，此句豈惟時節詠。古今凡歷幾詩人，獨覺柯山有餘韵。臨川之謝東萊呂，往往懷潘用茲語。我嘗評此七字句，政似江邊烏臼樹。去年此節雖凄涼，和詩有沈與歐陽。今年愁絶不可道，三人各在天一方。（同上連日風雨有懷沈仲良歐陽全真）

正學堂堂呂紫微，有孫端的爲傳衣。祇今一派金華是，戴路年來汝所依。（同上卷四逸再爲婺女之行既別出郭矣夜不能寐成六絶句追送其一）

澗泉日記

（宋）韓淲

呂本中字居仁，正獻之後，原明侍講之孫。評論詩文，必歸醇雅。葬信州德源山，號東萊先生。嘗作經筵、詞掖，誥命尤有典則。（澗泉日記卷中）

渡江南來，晁詹事以道、呂舍人居仁，議論文章，字字皆是中原諸老一二百年醞釀相傳而得者，不可不諷味。（同上卷下）

澗泉集

（宋）韓淲

當年二三老，曾醉溪山堂。至今月露底，草木有餘香。興言我良友，六月此追凉。還同章泉叟，訪之以相羊。夜久清輝寒，水際如雪光。誰知幽絶處，懷賢正難忘。（澗泉集卷二溪山堂曾宏甫作徐師川呂居仁曾吉甫王元渤鄭顧道晁恭道王起巖吴傳朋徐明叔遊咏之地）

班坐横碧軒，便足了吾事。水南凍雨中，歲晚欲何爲。人生衰榮爾，翻覆當有自。使君真不凡，賓從隨聽視。偶然理窗楹，豈曰登臨地。呂曾骨已朽，方來重增喟。蕭閑著我老，婆娑恐容易。惜乎一盃酒，未敢駐千騎。梅花山翠寒，孤香發清吹。（同上卷四教授同太守過横碧因留教授一飲）

我記乳泉路，古橋歸德源。寺何知雅俗，僧僅可寒温。砌斷蘚痕澀，崖枯塵迹昏。紫微青

嶂合，秋樹葉初翻。（同上卷九德源訪乳泉問吕紫微墓）

幽人何許不懷賢，忍把清詩與世傳。可惜吕曾祠宇地，獨留香火寺僧緣。入林去踏山頭月，裹茗來烹井底泉。病著偶辜城北約，尚吟餘意得同焉。（同上卷一四昌甫約諸人茶山病不能往次韵其所賦）

僧舍頹簷屋一間，吕曾南渡此看山。風光流轉人雖遠，詩句磨鎸景自閒。好事肯同携酒至，青春又見隔年還。坐中野老醺然醉，指點梅花亦可攀。（同上飲横碧軒）

人言君方君但方，吕詩尤足照僧房。只今尹記疇能問，我輩懷賢未可忘。（原注：吕居仁舍人爲尹諫議（穡）作方齋詩，尹自爲記。）（同上卷一七和昌甫其二）

漸老方知欠往還，等閒蕭寺得同盤。吕曾舊事今如夢，且上南山横碧看。（同上贈吴子似其二）

生晚常嗟南北分，故家文獻少知聞。襄陽耆舊無龐老，獨對高墳看白雲。（同上卷一九拜吕舍人墓）

寶真齋法書贊

（宋）岳珂

中原文獻之傳，如吕氏一門，道德文章，世載厥媺，固難乎析薪之責也。公在南渡後，巋然靈光，尊王賤霸之一語，著於王言，天下凛然，始知有大義。其正人心、扶世教，功不淺矣。所謂負荷，復何議哉！……贊曰：吕氏一門，我朝韋平。衣冠既南，孰爲典刑。猗歟北扉，翰墨騰英。難進之風，藹於心聲。其進維何，風雷隱砰。賤霸尊王，萬古作程。（寶真齋法書贊卷二五吕居仁瞻仰收召二帖跋）

敖器之詩評

（宋）敖陶孫

呂居仁如散聖安禪，自能奇逸。（江湖小集卷四五敖陶孫臞翁詩集）

元遺山集

（金）元好問

古雅難將子美親，精純全失義山真。論詩寧下涪翁拜，未作江西社裏人。（元遺山集卷一一論詩三十首其二十八）

陶謝風流到百家，半山老眼净無花。北人不拾江西唾，未要曾郎借齒牙。（同上卷一三自題中州集後五首其二）

瀛奎律髓

（元）方回

予平生持所見，以老杜爲祖，老杜同時諸人皆可伯仲。宋以後山谷一也，後山二也，簡齋爲三，呂居仁爲四，曾茶山（幾）爲五，其他與茶山伯仲亦有之，此詩之正派也。餘皆傍支別流，得斯文之一體者也。（瀛奎律髓卷一六陳與義道中寒食二首詩評）

自山谷續老杜之脈，凡江西派皆得爲此奇調。汪彦章與呂居仁同輩行，茶山差後，皆得傳

授。茶山之嗣有陸放翁，同時尤、楊、范皆能之。乃後始盛行晚唐，而高致絶焉。（同上卷二五呂本中張褘秀才乞詩詩評）

嗚呼！古今詩人當以老杜、山谷、後山、簡齋四家爲一祖三宗，餘可預配饗者有數焉。（同上卷二六陳與義清明詩評）

桐江續集

（元）方　回

詩自離騷降爲蘇李，而建安四子，晉宋間參以律體，其極致莫如杜少陵，若陳子昂、李太白、韋、柳皆其尤。宋則歐、梅、黄、陳，過江則吕居仁、陳去非，至乾淳猶有數人。（桐江續集卷三〇贈邵山甫學説）

蘇長公踵歐陽公而起，王半山備衆體，精絶句，古五言或三謝。獨黄雙井專尚少陵，秦、晁莫窺其藩。張文潛自然，有唐風，别成一宗。惟吕居仁克肖。陳後山棄所學學雙井，黄致廣大，陳極精微，天下詩人北面矣。立爲江西派之説者，銓取或不盡然，胡致堂詆之。乃後陳簡齋、曾文清爲渡江之巨擘。（同上卷三二送羅壽可詩序）

清容居士集

（元）袁　桷

元祐之學鳴紹興，豫章太史詩行于天下。方是時，紛立角進，漫不知統緒，謹愞者循音節，宕跌者擇險固，獨東萊吕舍人憫而憂之，定其派系，限截數百輩無以議，而宗豫章爲江西焉。豫章之詩，夫豈惟江西哉！（清容居士集卷四八書黄彦章詩編後）

詩藪

（明）胡應麟

吕居仁以詩得名，自言傳衣江西，嘗作宗派圖，自豫章以降……合二十五人，以爲法嗣，本其源流，皆出豫章也。……右吕氏所列，皆江西涪老派也。陳師道足配享外，潘、徐、韓、謝、洪、高、晁、李、江、饒、權、何，差見詩話，餘罕稱者，然當時率有集。（詩藪雜編卷五）

載酒園詩話

（清）賀裳

吕居仁詩亦清致，惜多輕率。如柳州開元寺夏雨詩：「風雨翛翛似晚秋，鴉歸門掩伴僧幽。雲深不見千巖秀，水漲初聞萬壑流。鐘唤夢回空悵望，人傳書至竟沉浮。虎頭燕頷非吾相，莫羡班超拜列侯。」西歸舟中懷通泰諸君曰：「一雙一隻路旁堠，乍有乍無天際星。亂葉入船侵敗衲，疾風吹水擁枯萍。山林何謝誰方駕，詩語曹劉可乞靈。酒盌茶甌俱不厭，爲公醉倒爲公醒。」不無秀句，卒付頽然，韵度雖饒，終有緩骨孱筋之恨，亦大似其國事也。此種皆韓子蒼流弊。（載酒園詩話宋吕本中）

西陂類稿

（清）宋犖

詩有統有派。統猶水行於地，匯於歸墟，而總爲天一之所生，非支流别汊所得偏據以爲名。至於四瀆百川之既分，分而溢，溢而溯其所由出，然後稱派以别之。派者，蓋一流之餘也。居仁之名山谷，殆以一流小之，非尊之也；而自附於一流，抑又自小之甚矣。學者誠即扶長此録，以洞然於西江詩派所自出，知其學之有本，不同汙瀆，更引申於山蔚之論，而有得於風雅之大源，則幾矣。（西陂類稿卷二四西江詩社宗派圖録序）

曝書亭集

（清）朱彝尊

宋自汴京南渡，學詩者多以黄魯直爲師。吕居仁集二十五人之作，目曰江西詩派，考其官閥門世，不盡學詩魯直之門，亦不盡江西人也。楊廷秀於詩推尤蕭范陸，豫章居其一焉。繼蕭東夫起者，姜堯章其尤也，餘子多見録於江湖集。蓋終宋之世，詩集流傳於今，惟江西最盛。（曝書亭集卷三七重鋟裘司直詩集序）

樹經堂詩集

（清）謝啓昆

參來妙聖本安禪，活法靈均任自然。試問西方與兜率，西江衣鉢向誰傳。（樹經堂詩集初集卷一一讀全宋詩仿元遺山論詩絶句二百首吕居仁）

附録三　呂本中年譜

呂本中年譜

曾幾序宋乾道初沈度編刻本呂本中東萊先生詩集（以下簡稱詩集），稱該本「次第歲月，爲二十通」。由於詩集中作者自注及詩中有準確「歲月」的信息極少，加之時代久遠，後世讀者連集中逐年起訖也很難辨識，遂致開卷如墜五里雲霧。這也難怪，待沈度本編刻時，呂本中逝世已二十餘年，雖生前沈度及其父沈宗師與詩人關係較密切，但畢竟呂、沈兩家多不在一地，許多繫年綫索已隨詩人生命終結而永遠丟失，欲「次第」談何容易。況慶元間又有黄汝嘉輯刊之東萊先生外集三卷，連「次第歲月」的願景也無。有鑒於此，筆者遂重拾古法，貫通正、外兩集，細加梳理，利用自注、題注及作品中一切可利用於編年的時、空元素，再稽考各詩寫作背景，發掘史料文獻記載之詩本事，並適當參酌原編次第，力求建構起一個以文獻爲基礎，以時間爲經、可繫年或大致可繫年之作品爲緯的框架，即所謂「年譜」來，以供讀者參考。

富弼吕文穆公蒙正神道碑（杜大珪名臣碑傳琬琰之集上卷一五）曰：「吕氏其先，出於炎帝，姜姓。虞夏之際，始封於吕，其後遂以所封爲氏。周初，太公望以功國於齊，穆王時有吕侯，爲周司寇，王命作吕刑以訓。至西漢，其裔孫有居東平者，即吕侯之後也。本大支茂，歷世有人，以文武勳德顯名於當時者，偉然相望。唐末，徙籍太原。國初，遷居洛，今遂爲洛陽人。」據所述，吕氏乃齊人，以封得氏，周穆王時吕侯曾作吕刑（按：見僞古文尚書）。要之，齊乃吕氏發祥地，唐末曾徙籍太原，宋初遷居洛陽。然此類信息多爲後人追憶，文獻闕如，已難稱信史，但吉光片羽，亦彌足珍貴。

吕氏家族譜系可考者，乃唐末五代之後。吕祖謙東萊公（好問）家傳（東萊吕太史文集卷一四。以下簡稱家傳）曰：「五代之際，始號其族爲三院。言河南（今河南洛陽）者，本後唐户部侍郎（吕）夢奇；言幽州（今北京）者，本（後）晋兵部侍郎琦；言汲郡（今河南衛輝西南）者，本（後）周户部侍郎咸休。其昭穆疏戚，世遠軼其譜，而河南者祖爲最盛。」以上河南、幽州、汲郡三院，河南以吕夢奇爲初祖，幽州以吕奇爲初祖，汲郡以吕咸休爲初祖。但宋代聲名顯赫者唯河南院，另兩院亦不乏人才，如汲郡吕大防及其兄大忠，弟大鈞、大臨，宋史皆有傳，大防亦官至宰相（尚書左僕射兼門下侍郎），蓋因較少文化名人，盛況稍遜，故以下所述，唯河南院後人耳。

張方平吕公（夷簡）神道碑銘并序（樂全集卷三六）：「（河南院）大王父夢奇，唐兵部侍郎、北京副留守。以文穆（吕蒙正）貴，追贈太師。王父龜祥，以殿省丞守壽春，有善政，没，因家焉。

考蒙亨，嘗舉進士，禮部奏名處高等。方從兄（蒙正）執政，嫌不就廷試。後選集吏部銓，得引對，太皇（宋太宗）顧判銓王旦曰：『此其文學政事有過人者。』」按：此蓋爲長者諱，事情並非如此，當以洪邁容齋四筆卷一三宰執子第廷試條所述爲實，其曰：「國史許仲宣傳云：仲宣子待問，雍熙二年（九八五）舉進士，與李宗諤、吕蒙亨、王扶並預廷試。宗諤即宰相昉之子，蒙亨參知政事蒙正之弟，扶鹽鐵使明之子。上曰：『斯並勢家與孤寒競進，縱以藝升，人亦謂朕有私也。』皆下第。」

又據家傳，「河南之吕入國朝（宋朝）有爲起居郎、知泗州者曰龜圖，生蒙正，相太宗、真宗，謚文穆。起居（吕龜圖）之弟曰龜祥，嘗爲殿中丞、知壽州（按此可補充兩事。據萬姓統譜卷七五等，龜祥於太平興國二年（九七七）進士及第。又續資治通鑑長編卷一六：太祖平江南，開寶八年（九七五）十二月「令太子洗馬河東吕龜祥詣金陵，籍李煜所藏圖書送闕下」）。壽州（龜祥）生蒙亨，終大理寺丞。寺丞（蒙亨）生夷簡」。按宋史吕夷簡傳：「吕夷簡，字坦夫，先世萊州人。祖龜祥知壽州，子孫遂爲壽州人。」萊州，即漢初劉邦所建東萊郡，爲古萊子國之地，今山東萊州，屬煙臺市。又家傳：夷簡「三相仁宗，與文穆仍以公開號於許，册拜太尉。就第，薨，謚文靖，配享仁宗廟廷。文靖公有子五，而二至相輔：公弼，事英宗、神宗，爲樞密使，謚惠穆；公著，事神宗、哲宗，歷樞密副使、門下侍郎、尚書左僕射、司空、平章軍國事、申國公，謚正獻。蓋自正獻公而上，勳德行治，皆在太史氏」。

提煉上引基本文獻，知宋代頗有名望的吕氏家族，發迹歷史並不久遠，蓋始於唐末吕夢奇，至五代、宋初時，其子吕龜圖、龜祥兄弟稍大之。由吕龜圖子蒙正起家，官至宰相；繼之者爲吕龜祥子蒙亨，蒙亨生夷簡，夷簡子公著，二人亦官至宰相。吕氏祖先最早居東平（今山東泰安），後經遷徙，落足於萊州，故稱先世爲東萊人。後因龜祥官壽州，因居焉，遂爲壽州人。吕夷簡由壽州徙開封，遂爲開封人。與其他宋代著名家族相同，吕氏亦主要依靠科舉考試進入官場，從而獲得豐厚的政治資源，使吕氏家族在神宗、哲宗時達到興旺的頂點。

吕公著身後，遭元祐黨禍打擊，家族中衰；再經靖康之難，至曾孫輩多爲小官以維持生計。家傳曰：「正獻公（公著）三子：伯曰希哲，以經入侍哲宗崇政殿，封滎陽子。是實生公（吕好問），用公貴贈太子太保。公諱好問，字舜徒，滎陽公之冢子也。」吕好問五子，長爲吕本中，即本譜譜主。

南渡後，吕氏以中原文獻之傳，影響仍不小，但主要在文學、學術等文化方面，代表人物爲吕本中及吕本中侄孫吕祖謙（人稱大、小東萊）。其後家族更其式微，幾至默默無聞。若以吕夢奇爲第一代，吕龜圖、龜祥爲第二代，第三代吕蒙正，第四代吕夷簡，第五代吕公著，第六代吕希哲，第七代吕好問，本譜譜主則爲第八代，即詩人吕本中。

宋神宗元豐七年甲子（一〇八四）

吕本中生。

呂本中，初名大中，字居仁，見李幼武宋名臣言行録别集上卷七呂本中（以下簡稱言行録）。後改名本中，字居仁，别無異説。自號密庵居士，見東萊先生詩集（以下簡稱詩集）卷二次韵張生，又因多病，故自稱「病夫」（詩集中屢見）。排行第十一，見周必大跋呂居仁帖、范季隨陵陽室中語。因嘗官中書舍人，故又稱呂紫微。學者以呂氏郡望稱東萊先生。

曾祖呂公著。

呂公著（一〇一八—一〇八九），字晦叔，慶曆二年（一〇四二）進士。神宗時累官同知樞密院事。元祐元年（一〇八六）拜尚書右僕射兼中書侍郎，與司馬光共爲宰相；三年，加司空、同平章軍國事。卒，贈申國公。

祖呂希哲，祖母張氏。

呂希哲（一〇三九—一一一六），字元明，呂公著長子。少學於焦千之、胡瑗等，與張載、二程等游，爲北宋末理學家。以薦爲崇政殿説書，擢右司諫，封滎陽公。坐元祐黨籍。起知單州、曹州，奪職知相州、邢州。宋史有傳。其生卒年未見載籍，但可考。按范祖禹范太史集卷二六薦講讀官劄子曰：「呂希哲是司空公著之子，公著嘗言此子不欺闇室。其人經術履行，識者皆謂可備勸講，今已五十四歲。但希哲是臣婦兄，故臣久不敢稱薦，今將去朝廷，竊謂言之可以無嫌。」據續資治通鑑長編卷四七二，范祖禹上此奏章在元祐七年（一〇九二）四月。以元祐七年五十四歲上推之，希哲當生於仁宗寶元二年（一〇三九）。又據東都事略卷八八吕希哲傳：「（希哲）卒，年七十八。」以寶元二年生、享年七十八下推，則當卒於徽宗政和六年（一一一六）。祖母張氏，見吕本中師友雜志。

父吕好問，母王氏。

吕好問（一〇六四—一一三一），字舜徒，以蔭補官。崇寧初以元祐黨子弟坐廢。欽宗即位，爲御史中丞，彈劾蔡京黨。靖康二年（一一二七）二月，金人立張邦昌爲帝，受僞職攝門下侍郎，暗通康王趙構。康王即位（宋高宗），守尚書右丞，封東萊郡侯。紹興初卒於桂州（今廣西桂林）。宋無名氏撰氏族大全卷一四：「吕希哲子好問娶王僖女，乃沂公（王曾）曾孫女也。少有淑質，事舅姑盡禮。」

有弟四人，妹一人。

宋史吕好問傳：「子本中、揆中、弸中、用中、忱中。」吕祖謙家傳：「（吕好問）女一人，適右朝奉郎蔡興宗。」

宋哲宗元祐元年丙寅（一〇八六）

閏二月庚寅，以司馬光爲尚書左僕射、門下侍郎。壬辰，以吕公著爲門下侍郎。三月辛未，置訴理所，許熙寧以來得罪者（按：指舊黨）自言。夏四月癸巳，王安石卒（一〇二一—一〇八六）。壬寅，以吕公著爲尚書右僕射兼中書侍郎，文彦博平章軍國重事。廢王安石新法。九月丙辰，司馬光卒（一〇一九—一〇八六）。丁卯，試中書舍人蘇軾爲翰林學士、知制誥。

呂本中三歲。

宋哲宗元祐四年己巳(一〇八九)

呂本中六歲。

曾祖呂公著卒,以遺表恩授承務郎。

宋史呂本中傳:「公著薨,宣仁太后及哲宗臨奠,諸童稚立庭下,宣仁獨進本中,摩其頭曰:『孝於親,忠於君,兒勉焉。』……以公著遺表恩,授承務郎。紹聖間,黨事起,公著追貶,本中坐焉。」

宋哲宗紹聖元年甲戌(一〇九四)

是年哲宗親政。蘇軾坐前掌制命語涉譏訕,落職知英州。以資政殿學士章惇爲尚書左僕射兼門下侍郎。李清臣、鄧潤甫等倡「紹述」,新黨漸得勢。宰輔編年録卷一〇:五月,詔:「司馬光、呂公著各追所贈官并謚告,追所賜神道碑,仍下陜府、鄂州,各差官許會本縣於逐官墳所拆去碑樓,及倒碑磨毁奉敕所撰碑文。」宋史哲宗紀二:秋七月戊午,詔:「大臣朋黨,司馬光以下各輕重議罰,布告天下。餘悉不問,議者亦勿復言。」

呂本中十一歲。

宋哲宗紹聖四年丁丑(一〇九七)

呂本中十四歲。

是年二月，因治元祐黨事，追貶呂公著。

宋史哲宗紀二：「（紹聖四年）二月己未，以三省言，追貶呂公著爲建武軍節度副使。」同時貶呂希哲、希純、希績三兄弟「分司居住」，希哲「可授朝奉郎、尚書虞部員外郎分司南京，和州居住」（宋大詔令集卷二〇八）。

奪所贈呂本中承務郎。

言行録：「紹聖間黨事起，追貶正獻，亦奪官。」又宋史呂本中傳：「紹聖間，黨事起，公著追貶，本中坐焉。」

宋哲宗元符元年戊寅（一〇九八）

呂本中十五歲，侍祖父居歷陽（和州）貶所。

范祖禹卒（一〇四一—一〇九八）。

呂本中紫微詩話：「楊念三丈道孚克一，呂氏重甥，張公文潛之甥也。少有才思，爲舅所知。年十五時，在鄂渚，作詩云：『洞庭無風時，上下皆明月。微波不敢興，甚静蛟蜃穴。』元符初，滎陽公謫居歷陽，道孚爲州法曹椽，嘗從公出遊，以職事遽歸，遺公詩云：『雨緑霜紅郭外田，山濃水淡欲寒天。參軍抱病陪清賞，一櫓呼歸亦可憐。』公甚稱之。」又陳振孫直齋書録解題卷六著録歲時雜記二卷，解題道：「侍講東萊呂希哲……在歷陽時，與子孫講誦，遇節日則休。學者雜記風俗之舊，然後團坐飲酒以爲樂。久而成編，承平舊事猶有考焉。」所謂「與子孫講誦」，孫輩則本中在焉。

宋哲宗元符二年己卯（一〇九九）

呂本中十六歲，在和州。

作暮步至江上詩。

曾季貍艇齋詩話曰：「呂東萊詩『風聲入樹翻歸鳥，月影浮江倒客帆』，此篇年十六時作。作此詩嘗嘔血，自此遂得羸疾終其身，其始作詩如是之苦也。」考呂本中十六歲即此年，然所引詩句却出於晚步至江上，并非此詩，而晚步至江上題下有注曰：「大觀二年（一一〇八），真州。」大觀二年詩人已二十五歲。又，宋乾道刻本呂本中東萊先生詩集乃編年體例，暮步至江上詩編於卷一之首，晚步至江上雖也在卷一，却要靠後得多。顯然，如果曾季貍所言確實，則十六歲時所作只能是暮步至江上即此詩，而非晚步至江上。疑二詩因題目相近，曾氏混誤。又，林之奇拙齋文集卷一紀聞上：「呂紫微未二十歲時，有滕王閣詩，其兩句云：『小艇原從天上來，白雲自向杯中落。』前輩作者已服其精當矣。」詩作於「未二十歲時」，不詳確年，今一併於此述之，以見呂本中少時即富詩才。

宋徽宗元符三年庚辰（一一〇〇）

正月己卯，哲宗崩，徽宗即位，未改元。名臣碑傳琬琰之集下卷二〇曾肇傳：「徽宗即位，復爲中書舍人，上疏曰：『治道在廣言路。以言賞人，猶或畏縮不進；以言罪人，人將鉗口去矣。』會日食，四月朔，故事當降詔求直言，上命肇草詔，能具述意。詔下，投匭者日千百人，元祐士大夫皆以赦恩甄叙，或復舊職典方面。」曾肇所草詔爲元符日食求言詔，略曰：「朕以眇身，始承天序。任大責重，罔知攸濟。永惟四海之遠，萬幾之煩，豈予一人所能偏察，必賴百辟卿士，下及庶民敷奏，以言輔予不逮。矧太史前告天將動威，日有食之，期在正月，變異甚鉅，殆不虛生。夙夜以思，未燭厥理。將以彌綸初政，消弭天災。……應中外臣寮，以至民庶，各許實封言事。在京於合屬處投進，在外許於所在州軍附遞以聞。布告遐邇，咸知朕意。」（皇朝文鑑卷三二）元符三年三月辛卯，詔書頒布。此即後來嚴加追究之所謂「元符末上書人」案。十二月，詔明年改元。　秦觀卒（一〇四九—一一〇〇）。

吕本中十七歲。

吕希哲起知單州。

　師友雜志：「元符三年，榮陽公謫居和州，起知單州。」又紫微詩話：「榮陽公元符末起知單州。」吕本中隨侍。

復所奪吕本中承務郎。

　言行録：「元符中復官。」宋史本傳：「元符中，主濟陰簿、秦州士曹掾，辟大名府帥司幹官。」其中「秦州」之「秦」字，蓋「泰」之形訛。士曹掾，宋代獨開封府置有此官（見宋高承事物紀原卷六），據詩集當爲獄掾。按：三職皆吕本中所歷，然皆不在元符中，詳後。

宋徽宗建中靖國元年辛巳（一一〇一）

范純仁卒（一〇二七—一一〇一）。　蘇軾卒（一〇三七—一一〇一）。

呂本中十八歲。

隨祖父回京師，始聚學讀書。

師友雜志：「予年十八，從滎陽公至京師。始與從叔知止（呂欽問）聚學，相期甚遠。」

是年冬，呂希哲出知曹州，本中及叔呂欽問隨侍。

師友雜志：「建中靖國元年冬，滎陽公出守曹南。」氏族大全卷一四德器夙成：「徽宗即位，召（呂希哲）爲光禄少卿，封滎陽公。」宋史呂希哲傳：「徽宗初，召爲秘書少監，或以爲太峻，改光禄少卿。希哲力請外，以直秘閣知曹州。」按：呂欽問，字知止，叔祖希績子。曹南，即曹州，唐人稱曹州爲曹南，地在今山東菏澤。

宋徽宗崇寧元年壬午（一一〇二）

三月，籍黨人，凡五十餘人，「並令三省籍記，不得與在京差遣」（皇朝編年綱目備要卷二六）。七月，蔡京進爲右僕射兼中書侍郎。九月，「詔中書籍元符三年臣僚章疏姓名，爲正上、正中、正下三等，邪上、邪中、下三等」。以元符末上書人「范柔中以下五百餘人爲邪等，降責有差」（宋史徽宗紀一）。各等名單，見宋會要輯稿職官六八之一至之三。　陳師道卒（一〇五三—一一〇二）。

吕本中十九歲。

吕希哲奪職移相州，徙邢州，本中隨侍。

宋史吕希哲傳：「遭崇寧黨禍，奪職知相州，徙邢州，罷爲宫觀。」

到洛陽迎伯姑華陽君歸寧。

師友雜志：「明年（崇寧元年）至河朔，外弟趙㭊才仲從伯姑華陽君來歸寧。才仲時已文詞成就，曾肇子開稱於滎陽公，以爲能爲古人之文。予見之，因大激發，相與友善。」按：所謂「至河朔」，指洛陽。尚書泰誓中：「惟庚午，王次於河朔。」僞孔傳：「次，止也。戊午渡河而誓，既誓，而止於河之北。」泛指黄河以北地區，後世亦以河朔代指洛陽，如庾信聘齊秋晚館中飲酒詩：「欣兹河朔飲，對此洛陽才。」本中伯姑適趙演（字仲長），疑演爲洛陽人（按宋元學案卷二三稱「汝漢人」，蓋指郡望，待考），或爲真宗朝參知政事趙安仁之後，安仁及其子良規、孫君錫，宋史皆有傳。君錫爲吕公著同僚，嘗入黨籍。所謂「歸寧」，當是到邢州省父。邢州，今河北邢臺。

九月，祖父吕希哲入元祐黨籍，廢居宿州，子好問及本中隨侍。

家傳：「崇寧初，權臣修元祐之怨，治黨錮甚急。群譖輩黜，廷中爲空。於是滎陽公廢居宿州，公（好問）亦以元祐子弟例不得至京師。兩監東嶽廟，客於宿者七年。自正獻公（吕公著）時，悉廩賜以振宗族，無留貲，其後再更黨禍，家愈窶，或日旰竈薪不屬。」

宋徽宗崇寧二年癸未(一一〇三)

徐自明宰輔編年録卷一一:「正月丁亥,蔡京左僕射。」又宋史卷一九徽宗紀一:「二月丁未,以蔡京爲尚書左僕射兼門下侍郎」。續資治通鑑長編拾遺卷二一:三月,詔:「應元祐及元符之末,黨人親子弟不論有官無官,並令在外居住,不得擅到闕下。」四月丁巳,「詔焚毁蘇軾東坡集并後集印板。」乙亥,「詔三蘇集及蘇門學士黄庭堅、張耒、晁補之、秦觀及馬涓文集、范祖禹唐鑒、范鎮東齋紀事、劉攽詩話、僧文瑩湘山野録等印板,悉行焚毁」。戊寅,臣僚上言:「謹按通直郎致仕程頤學術頗僻,素行譎怪,專以詭異聾瞽愚俗。頃在元祐中,因姦黨薦引,朝廷遂命以官,勸講經筵,則進迂闊不經之論,有輕視人主之意;議法太學,則專用私見以變亂神考成憲爲事。詔程頤追毁出身以來文字,除名。其入山所著書,令本路監司常切察覺。」九月壬午,「詔宗室不得與元祐姦黨人子孫及有服親爲婚姻」。辛丑,臣僚上言:「欲乞特降睿旨,具列姦黨,以御書刻石端禮門姓名下。外路州軍於監司長吏廳立石刊記,以示萬世。」從之。其名單中,吕氏家族有吕公著、吕希哲、吕希純三人。

吕本中二十歲,居宿州。

按:宿州,治所在今安徽宿州埇橋。

與汪革、饒節、黎確等會課。

師友雜志:「崇寧初,予家宿州,汪信民爲州教授,黎確介然初登科,依妻家孫氏居。饒德操亦客孫氏，每從予家游。三人者與予及亡弟揆中由義會課，每旬作雜文一篇，四六表啓一篇，古律詩一篇。旬中會課，不如期者罰錢二百。」按：吕希哲入黨籍居宿州在崇寧元年九月，此所謂「崇寧初」，當在崇寧二年，是年爲貢舉年，故云黎確「初登科」。所述汪革，字信民，臨川（今江西撫州）人，紹聖四年（一〇九七）進士，三爲州學教授，卒，年四十。饒節，字德操，亦臨川人，與曾布政見不合，遂落髮爲僧，法名如璧，自號倚松道人。黎確，字介然，邵武（今屬福建）人，紹興初官至吏部侍郎。

作符離諸賢詩盛贊饒節等三人之賢

詩集卷一。詩略曰：「德操青雲器，議論輩前哲。外貌發英華，中心瑩冰雪。介然特立士，勁氣剛於鐵。攘臂辯是非，孰能逃區别。信民粹而和，名利誠難悦。汩没稠人中，獨抱雲松節。偉哉二三子，實乃邦家傑。」據師友雜志，是詩亦作於崇寧初（見下引），具體時間不詳，姑係於是年。其中汪、饒後爲吕本中重要詩友，並名入所作江西宗派圖。唯黎確晚節不保，曾受張邦昌僞命，死後被追奪職名（建炎要録卷一二二）。

作詩深得徐俯稱賞。

師友雜志：「徐師川（俯），少豪逸出衆，江西諸人皆從服焉。崇寧初，見予所作詩，大相稱賞，以爲盡出江西諸人右也。其樂善過實如此。」按：徐俯，黄庭堅外甥。與謝逸定交。

師友雜志：「謝無逸因汪信民獻書滎陽公，致師事之禮，且與予父子交。」按：謝逸（一〇六八——一一一二），字無逸，臨川人。兩舉進士不第，遂絶意仕進，以布衣終其身。謝逸與弟謝薖，後爲吕本中重要詩友，併名入江西宗派圖。

宋徽宗崇寧三年甲申（一一〇四）

宰輔編年録卷一一：（崇寧）三年：六月，「詔：『元符黨人通入元祐姦黨。』文臣曾任宰相、執政官司馬光而下，已故者二十人，見存者曾布、蘇轍、李清臣、劉奉世、范純禮、安燾、張商英七人，爲臣不忠。曾任宰相已故者王珪，見存者章惇。上於是親書刻石於文德殿之東壁，又下詔暴白之。又命右僕射蔡京書之，仍頒下諸路監司及州軍長吏廳，立石第其首惡與其附麗者，得三百九十人（《宋史·徽宗紀》一無「十」字）。」

吕本中二十一歲，居宿州。

暮春，仲弟吕揆中病卒。

詩集卷二三（外集卷三）讀亡弟由義舊詩有感：「平昔烏衣游，盛事寄青史。後生見角頭，唯子與夫子。奈何阻中涂，去我適蒿里。三年暮春日，西郊漫桃李。才難聖所歎，反是俗眼眯。坐看玉壺冰，終汚青蠅矢。銜憤已成疾，傷讒空忍死。……」按：是詩作年不詳。由義，揆中字。「三年」句，三年當爲紀年，而非年數，否則該句文義不通。據詩意，應指崇寧三年（一一〇四）春。考師友雜志，崇寧初吕希哲一家貶居宿州，汪革、黎確、饒節三人曾與吕本中及弟揆中一起會課。所謂「崇寧初」，當指崇寧二年（見上），其後本中著作及其他文獻再未見揆中蹤跡，當即死於該年春末。詩言「銜憤已成疾，傷讒空忍死」，崇寧三年乃徽宗與蔡京黨打擊元祐黨人最酷烈之時，其弟殆遭人（青蠅）污陷，遂以「銜憤」、「傷讒」成疾而死。

宋徽宗崇寧四年乙酉（一一〇五）

宰輔編年録卷一一：（崇寧）四年八月，詔「黨人羈管、編管安置居住者，各與量移」。九月，籍記黨人子弟，令吏部告示應責降人子弟參選及射闕日，並於家狀内供父親、兄弟係與不係籍記之人。應上書邪等人，知縣已上資序並與宫觀岳廟，選人不得改官及不得注縣令。又頒降御書黨人姓名下監司長吏廳刻石：宰臣文彦博、吕公著、司馬光、吕大防、劉摯、范純仁、韓忠彦、王珪八人，執政梁燾、王巖叟、王存、鄭雍、傅堯俞、趙瞻、韓維、孫固、范百禄、胡宗愈、李清臣、蘇轍、劉奉世、范純仁、安燾、陸佃一十六人，待制以上蘇軾、范祖禹等三十五人，餘官秦觀以下三十九人。十月，「黨人領祠並罷」。又詔「黨人子弟不許以功賞還改」。又詔「不許黨人擅到闕下」。又詔「與黨人子弟外路宫觀差遣」。十二月，詔「上書編管、羈管人放還鄉里，其詆謗最重除范柔中、鄧考甫不放外，餘並放」。

黄庭堅（一〇四五—一一〇五）卒。庭堅字魯直，號山谷道人，洪州分寧（今江西修水）人。「蘇門四學士」之一。官至起居舍人。紹聖後遭新黨打擊，一再貶官。詩宗杜甫，與蘇軾齊名。呂本中對黃庭堅極爲尊敬，列爲所作江西宗派圖之首，方回譽爲江西詩派「三宗」之首。

呂本中二十二歲，居宿州。

宋徽宗崇寧五年丙戌（一一〇六）

宰輔編年録卷一一：崇寧五年正月，詔毁黨碑，仍一再下戒諭之詔。詔曰：「符、祐邪臣，乘間擅權，變亂政事。朕竄斥累年，不忍終棄，是用差以叙復，畀之禄秩。」又曰：「朕以星文譴告，是用敷澤寬宥，已降指揮，除毁元祐姦黨石刻，及與係籍人叙復注擬差遣。」又詔：「除上書邪等尤甚外，罷上書邪等三指揮。」又令「劉摯而下叙復有差。曾任宰執官重第一等劉摯、李清臣、王巖叟，輕第二等韓忠彦、曾布、范純仁、安燾，並提舉宫觀。劉奉世、章惇及輕第三等黃履，並叙復管勾宫觀。其餘罪戾之人，並次第與出籍」。朝廷政策之大轉變，宋史徽宗紀二述其背景道：崇寧五年春正月戊戌，「彗出西方，其長竟天。……乙巳，以星變避殿損膳，詔求直言闕政。毁元祐黨人碑。復謫者仕籍，自今言者勿復彈糾。丁未太白晝見，赦天下，除黨人一切之禁。……庚戌，詔：崇寧以來左降者，各以存歿稍復其官，盡還諸徙者。……（二月）丙寅，蔡京罷爲開府儀同三司、中太一宫使」。

呂本中二十三歲，居宿州。

作題張君墨竹。

詩集卷一。詩題下注曰：「崇寧五年，宿州。」按：張君，當指詩人、畫家張舜民。舜民入元祐黨籍，因詩句被人論奏，貶監郴州酒税，著郴行録以紀行。今本畫墁集卷七郴行録記其在符離嘗遊劉氏園。

作喜雨詩。

詩集卷一。詩曰：「五年謬作江湖客，幾對鱸魚憶故鄉。」自崇寧元年侍父、祖貶居宿州，至是凡五年。

又作贈信民。

詩集卷二。詩曰：「五年客符離，端坐受貧病。」

又作符離行。

詩集卷二。詩稱「符離之民難與居，五年坐此如囚拘」。

又作知止嘯傲軒。

詩集卷二。詩曰：「五年却走各南北，千里懷想空煩紆。」按：知止，吕本中從祖希績子，名欽問。

又作寄張益中。

詩集卷二。詩曰：「五年望張子，兀坐四壁空。」張子，張裕也，字益中，以元符末上書得罪，并入黨籍。

宋徽宗大觀元年丁亥（一一〇七）

宋史徽宗紀二：「春正月戊子朔，赦天下。甲午，以蔡京爲尚書左僕射兼門下侍郎。」癸卯，「詔自今凡總一路及監司之任勿以元祐學術及異意人充選」。

呂本中二十四歲，居宿州。

作游劉氏園。

詩集卷一。題下注曰：「大觀元年，宿州。」

作上元詩。

詩集卷一。按：上元，節日名，在正月十五日。

二月，以家藏秦觀投卷謁張耒，耒作題後。

紫微詩話：「余舊藏秦少游上正獻公投卷，張丈文潛題其後云：『……此卷是投正獻公者，今藏居仁處，出以示余，覽之令人愴恨。時大觀改元二月也。』」清邵祖壽編張文潛先生年譜「大觀元年丁亥」條引張耒鄱邠老文集序曰：「崇寧中，罪謫黄州，與邠老爲鄰。後蒙恩去黄，居淮陰。」原編者按曰：「先生於（崇寧）五年去黄，是年當在淮陰。」

作寄汪信民詩。

詩集卷一。自注：「時信民在京，有宗子博士之除。」師友雜志：「大觀初，趙丈仲長

（演）、晁丈以道（説之），與夏侯節夫（旄）、夏均父（倪）、汪信民（革）同在京師，每出入多聯騎同往。趙丈最長，先行，信民時最幼，後行。信民調官歸，過符離，自以得預京師諸賢出入爲榮。」所謂「調官」，指宿州教授秩滿改官，蔡京欲其附己，授宗子博士，革辭，改楚州教授。

立夏，作夏日書事詩。

詩集卷一。按：夏日即立夏，節令名，在五月初五或初六。

宋徽宗大觀二年戊子（一一〇八）

部份元祐黨人出籍。續資治通鑑長編拾遺卷二八：大觀二年三月戊辰，門下、中書後省、左右司言：「檢會今年正月一日赦書……或情輕法重，例被放棄；或非身自犯，因人得罪，止緣貪冒，附會朋比；或志非謗誣，言有近似；或緣辨理，語涉譏訕；或只因職事，偶涉更改：凡此之類，可據原貶責罪犯，審量其情分輕重等第，取情理輕者與落籍，特予甄敘差遣」。出籍者共四十五人，其中有本中祖吕希哲、叔祖吕希績及張耒等。尋又看詳到葉祖洽等六人出籍。六月戊戌，再看詳到九十五人出籍，其中有本中叔祖吕希純。戊申，追復吕公著右銀青光禄大夫。

吕本中二十五歲，徙居真州。

立春，作春日即事詩。

詩集卷一。按：春日，即立春，節令名，在頭年臘月末或次年正月初（玆係於今年）。

春，父呂好問調真州春料船場，呂本中隨侍。

家傳：「（呂好問）客於宿者七年。……調真州春料船場。」

二月，作雪盡詩。

詩集卷一。題下注：「大觀二年，宿州。」詩有「雪盡寒仍在，園荒春欲歸」句。

與父好問回宿州迎侍祖父到真州就養，與汪革、洪炎等會飲，有詩。

詩集卷二，題爲山陽寶應道中與汪信民兄弟洪玉父杜子師張益中日夕過從自過高郵不復有此樂也因作此詩寄懷。其中杜子師爲杜輿。張益中名裕，因元符上書邪上得罪，並入黨籍。師友雜志：「大觀間，東萊公（呂好問）迎侍（其父希哲）赴真州船場，過楚州，洪玉父（炎）迎其祖母文城君赴官潁州。信民、玉父與予會飲舟中，甚樂。」又紫微詩話：「崇寧末，東萊公迎侍滎陽公，居真州船場。」作「崇寧末」不妥，蓋呂本中誤記或後人傳刻致誤，應以「大觀間」爲是。前引雪盡詩作於抵宿州後，注曰：「大觀二年，宿州。」可證。

作三月一日泊舟宿州城外因縱步至城北遂過天慶觀道士留飲乃歸詩。

詩集卷一。

作符離阻雨詩。

詩集卷四。按詩有「七年此端居，畏病如畏虎」句。

回到真州，作晚步至江上詩。

詩集卷一。題下注曰：「大觀二年，真州。」詩有「浦口生春緑未酣，南山初見碧嶄巖」句。

按：真州，治今江蘇儀徵真州。

作寄璧公道友等七首。

詩集卷一。璧公，即吕本中詩友釋如璧（俗名饒節）。瀛奎律髓卷四七收吕本中是詩，乃首唱，同時收如璧次韵詩二首。方回評曰：「江西詩，晚唐家甚惡之，然粗則有之，無一點俗也。晚唐家吟不著，卑而又俗，淺而又陋，無江西之骨之律。」方回又曰：「居仁和此韵凡六首。」按：所稱六首皆見於本書卷一，題曰：用前韵寄商老、又寄無逸信民、奉答璧公兼簡諸友、得李去言詩次韵答之、督山伯蕭遠和詩并示舍弟、用寄璧上人韵寄范元實趙才仲及從叔知止兼率山伯同賦。六詩酬和之作惟見李彭（商老）戲次居仁見寄韵（日涉園集卷八），其餘蓋已佚。諸詩自身無係年信息，然本卷（卷一）前有雪盡、晚步至江上二詩，皆注「大觀二年」，當可從，故係於此。

秋，吕本中回京師開封，作游北李園三絶、游北李園等詩。

詩集卷二。考北李園在開封，見歐陽文忠公集卷一四八書簡五、朱弁曲洧舊聞卷四等。詩稱「秋後」，參詩集編次，數詩當作於大觀二年秋。據大觀改元赦書，吕本中已允許返回京師，而其家在開封有舊居，是時回故宅探視亦合情理，北李園之遊蓋以此。

在京師，與晁沖之兄弟游。

師友雜志：「晁沖之字叔用，文元（晁迥）之後。少穎悟絶人，其爲詩文，悉有法度。大觀後，予至京師，始與游，相與如兄弟也。叔用從兄弟貫之季一，謂之季此，皆能文博學，皆與友善。若説之以道，則予尊事焉。以道弟詠之之道，叔用之兄載之伯禹，予皆與之游。大觀、政和間，予客京師，叔用日來相招，如不能往，即再遣人聞訊。時劉羲仲壯輿在京師守官，亦日相問訊。」

宋徽宗大觀三年己丑（一一〇九）

吕本中二十六歲，在真州。

作元日贈沈宗師四首。

詩集卷二。按：元日，即正月初一。沈宗師，宗師蓋其字，名未詳。其先世事迹，見王安禮沈公墓誌銘，知祖上本湖州武康（今屬浙江）人，再世家於杭州錢塘，皇祖真州卒於官，遂家焉，爲真州揚子（舊縣名，今屬揚州）人。其子沈公雅，名度，孝宗乾道初編吕本中詩爲東萊先生詩集二十卷，並刊行，今猶傳世。正月間，吕本中猶有正月十二日夜作、正月十三日河堤上作、上元夜招沈宗師不至聞已赴郡會作二絶戲之、正月末雪中小酌及苦陰（有「破臘冬仍在，逢正陰更頻」句）等詩。

三月，作廣陵道中寒食日二絶。

詩集卷二。蓋寒食節期間有揚州之行。

八月十五日，作中秋日沈宗師約遊城西泥雨不果因成四十字兼寄趙才仲詩。

詩集卷三。

作九日晨起詩。

詩集卷三。按：九日，即九月初九，爲重陽節。

作有懷宿州城北因作詩寄才仲。

詩集卷四。詩曰：「二年不復見此樂，清江萬頃正愁予。」按：自大觀二年春移居真州，至此爲二年。

冬，作謝無逸秦處度諸人皆許省試後見訪冬夜有懷作此詩寄之詩。

詩集卷一。詩曰：「八年去東都，觸事無一好。」自崇寧元年至是年，凡八年。宋制，省試在貢舉年正月舉行。考大觀三年正爲貢舉年。詩題作「冬夜有懷」，詩中有「悠悠歲欲盡」句，皆合。

作外弟趙才仲數以書來論詩因作此答之，首論詩歌「活法」。

詩集卷三。詩略曰：「前時少年累，如燭今見跋。胸中塵埃去，漸喜詩語活。孰知一杯水，已見千里豁。初如彈丸轉，忽若秋兔脱。旁觀不知妙，可愛不可奪。」後來本中屢以「彈丸轉」喻活法，在南宋詩壇影響很大。具體作時不詳，約在是年。

宋徽宗大觀四年庚寅（一一一〇）

宋史徽宗紀二：十一月丁卯，「祀昊天上帝於圜丘，赦天下，改明年元」。汪革卒（一〇七一—一一一〇）。

呂本中二十七歲，在真州。

元日，預真州郡會，作庚寅年正日郡中客次作詩。

詩集卷四。其赴郡會，疑陪侍乃祖乃父希哲、好問。

續潘大臨詩句成二絶。

詩集卷四。詩題爲潘邠老嘗得詩云滿城風雨近重陽文章之妙至此極矣後托謝無逸綴成無逸詩云病思王子同傾酒愁憶潘郎共賦詩蓋爲此語也王子立之也作此詩未數年而立之邠老墓木已拱無逸窮困江南未有定止感歎之餘輒成二絶。按：據呂本中詩題，其作此二絶時潘大臨、王立之二人「墓木已拱」，唯謝逸尚在。潘於大觀元年（一一〇七）卒，王於大觀三年（一一〇九）卒，而謝亦於政和二年（一一一二）初辭世，故呂本中之二絶，只能作於大觀四年至政和元年間。沈度爲呂本中編詩集時，二絶在第四卷，前有庚寅年正旦郡中客次作詩，庚寅年即大觀四年，符合呂詩可能作年之時間區間。换言之，將二絶作年係於大觀四年可以成立，也可見江西派詩人同作並和之盛。

到南昌參加詩社活動。

張元幹蘆川歸來集卷九蘇養直詩帖跋尾六篇其一曰：「往在豫章，問句法於東湖先生徐師川。是時，洪芻駒父、弟炎玉父，蘇堅伯固、子養直，潘淳子真，呂本中居仁，汪藻彦章、向子諲伯恭，爲同社詩酒之樂。予既冠矣，亦獲攘臂其間。大觀庚寅、辛卯歲也。」所述諸詩人，不見於本中詩集者共四人：洪芻，字駒父，南昌人，黄庭堅甥。蘇堅，字伯固，子蘇庠，字養直，丹陽（今屬江蘇）人。潘淳，字子真，生平不詳，著有潘子真詩話。南昌同社詩會事，張元幹跋所言乃後來回憶，故時間究竟在大觀庚寅抑或政和辛卯（元年），元幹已記不準確，姑係於庚寅。

是年夏，由真州移居揚州。

詩集卷五初去白沙再望路中江南諸山慨然有懷：「夏木與藩屏，不畏炎日曬。三年白沙游，藉爾寬眼界。脱身塵垢中，一笑終不壞。」按詩集卷一晚步至江上詩題下注曰：「大觀二年（一一〇八），真州。」白沙乃真州治所。大觀二年到真州，住白沙三年，則詩當作於是年。據家傳，呂好問「調真州春料船場」後，改「司揚州儀曹事」，不詳歲月。呂本中之所以「去白沙（即真州）」，必是隨其父移官揚州，移官時當在本年春夏。

十一月，作八詩寄趙才仲并示京洛間親舊。

詩集卷三。詩題爲十一月五日與才仲弟相別於白沙東門之外悵然久之不能自釋乃知謝安石作惡之語不爲過也因成八詩奉寄可見別後氣味亦可并示京洛間親舊也。按：組詩第七首有「往者汪信民，愛我不自勝。……若士不復有，斯言當服膺」句，知作是時汪革已卒，而革卒於是年秋，正合。

宋徽宗政和元年己丑（一一一一）

吕本中二十八歲，在揚州。

二月，作寄謝無逸并汪叔野兄弟詩。

詩集卷三。詩有自注：「汪信民没方數月。」按：汪叔野，即汪莘，字叔野，汪革弟。汪革已於大觀四年（一一一〇）秋卒於楚州，寄靈柩於佛寺，是年二月由友人謝逸等籌資還鄉安葬。是詩當作於汪革臨葬前後，以示哀悼。

隨祖、父見陳瓘。

師友雜志：「政和間，陳瑩中（瓘）自通徙江州，過揚州，見滎陽公及東萊公（即好問），甚款。」知陳瓘到揚州見吕希哲、好問父子已在「政和間」。據元陳宣子陳了翁年譜，政和元年九月，陳瓘因上所著尊堯録，何執中請治詆誣之罪，於是「勒停，台州監管」。十一月初十到台州，至政和六年仍在台州，而政和六年吕希哲卒（卒年前已考）。故所稱「政和間」，只能在政和元年九月之前。

宋徽宗政和二年壬辰（一一一二）

政和二年三月，徽宗親試舉人。御史李彦章上章請禁史學，見九朝編年備要卷二八。又請禁詩賦。葉夢得避暑録話卷下：「政和間，大臣有不能爲詩者，因建言詩爲元祐學術，不可行。李彦章爲御史，承風旨，遂上章論陶淵明、李、杜而下皆貶之，因詆黄魯直、張文潛、晁無咎、秦少游，請爲科禁。故事，進士聞喜燕例賜詩以爲寵，自何丞相文縝（㮚，政和五年進士第一）榜後，遂不復賜，易詔書以示訓戒。何丞相伯通（執中）適修敕令，因爲科云：『諸士庶傳習詩賦，杖一百。』是歲冬初雪，太上皇（徽宗）意喜，吴門下居厚首作詩三篇以獻，謂之口號，上和賜之。自是聖作時出，訖不能禁，詩遂盛行於宣和之末。伯通無恙時，或問初設刑名將何所施？伯通無以對，曰：『非謂此詩，恐作律賦、省題詩，害經術爾。』而當時實未有習之者。」按：北宋英宗治平三年（一〇六六）以後，進士科考試每三年舉行一次，禁詩賦之執行要待政和五年後，其議論蓋始於政和二年。或因太不得人心，故雖嘗立法，實則從未施行。蘇轍卒（一〇三九—一一一二）。謝逸卒（一〇六八—一一一二）。

吕本中二十九歲。

約四月，有濟陰之行。

詩集卷五赴濟陰留别一公：「别君廣陵城，妙語摧霹靂。」一公，即釋法一。吕本中何時赴濟陰，無文獻可徵。據留别一公及以後相關諸詩，知由揚州出發後，在北神鎮過端午，到濟陰後歷「新歲」（見得揚州書），回程到泗上（即泗州，今江蘇盱眙境内）已是癸巳年（政和三年）「梅已黄」時（見癸巳自南京過泗上），到高郵則遇炎暑大熱天。故吕本中此次赴濟陰，啓程約在政和二年四月。至於何故到濟陰首尾長達一年多，其詩歌及相關文獻未透露任何信息，疑因家事，無考。

作贈唐充之兼簡益中。

詩集卷五。詩曰：「爾來老謝（指謝逸）又繼往，但覺眼界常塵埃。」唐充之，名廣仁，字充之，坐元符末上書，廢，居寶應。益中，名裕，字益中，亦因元符末上書獲罪，與唐廣仁同住寶應（縣名，今屬江蘇揚州所轄）。是詩當是赴濟陰經寶應時作。

端午日，到北神鎮，與關滄等游。

詩集卷五。詩題爲五月五日泊舟北神與關聖功唐充之李元輔作別意殊惘然端午日行次洪澤把酒北望已如異世事矣因念屈大夫之死正是此日慨然有感於心輒成長韵奉寄李民師翁士時來可求和也。北神，鎮名；洪澤，湖名，俱在今江蘇淮安。

曾續作十友詩，或在是時。

紫微詩話：「曾元嗣續，政和間嘗作十友詩，蓋謂顔平仲歧、關止叔沼、饒德操節、高秀實茂華、韓子蒼駒及余諸人，凡十人也。其稱予詩曰：『吕家三相盛天朝，流澤於今有鳳毛。世業中微誰料理，卻收才具入風騷。』」所謂「政和間」不詳何年，姑係於此。

到濟陰，作詩戒殺。

詩集卷五。詩題爲往歲在白沙見江上往來祀神者殺猪羊鵝鴨日夕相屬也有感於心後至濟陰因成長韵當托白沙故人投之廟前庶幾神少知自戒乎。又濟陰野次、濟陰寄故人、六月初三日雨後步至城東等詩，作時蓋大略相近，作地皆在濟陰。

宋徽宗政和三年癸巳（一一一三）

呂本中三十歲。

作得楊州書詩。又作歸計未成作詩寄懷。

詩集卷五。詩曰：「但得老親常健好，不辭新歲且窮忙。……趁得殘春北歸否，近箕臨潁是吾鄉。」「新歲」，當指政和三年。春，乃得信時間。北歸、近箕臨潁，當指陽翟，其祖父希哲蓋是時居此。

作癸巳自南京過泗上詩。

詩集卷五。癸巳，即是年。南京應天府，北宋四京之一，今河南商丘。詩曰：「昔我往矣天俗霜，今我來思梅已黃。」昔我往矣，指上年赴濟陰到達南京，已是秋季；梅已黄，謂由濟陰歸來再經南京時，已是今年四五月份。

作泗上贈楊吉老二首。

詩集卷五。楊吉老，名介，字吉老，以醫術聞四方。

四月，到寶應，告外第趙承國論爲學之道。

耆舊續聞卷二：「外弟趙承國……政和三年四月相遇於楚州寶應，求余論爲學之道甚勤，因録予之所聞於先生長者本末以告之。」

夏，由濟陰回揚州抵高郵，作高郵道中荷花極目平生所未見、高郵遇大熱作等詩。

詩集卷五。後詩有「農夫責催租，日夕困大杖」句。

侍父經海陵，與馬涓游。過静海，見任伯雨。

師友雜志：「政和中，本中自揚州隨侍先君子沿檄至静海（按：即通州，今江蘇南通），塗經海陵，日陪馬丈巨濟游，凡累日。乃過静海，任丈德翁，日得請見。任丈志剛氣直，都不少屈，真王佐才也。馬丈論事有體，紆餘委曲，不與物競，世亦罕能及者。」按：馬涓，字巨濟，閬州南部（今四川南部）人，元祐六年（一〇九一）狀元，入黨籍，其時貶官海陵。任丈德翁，即任伯雨，字德翁，眉州眉山（今四川眉山）人，嘗因黨籍編管通州。此所謂「政和中」，具體何年不詳，姑係於本年。

作冬日訪朱深明博士二首。

詩集卷五。詩有「敗屋數間書百篋，無人知是老龜蒙」句。按：朱袞，字深明，武進（今江蘇常州）人。元祐進士，嘗官博士，政和末爲郎官。政和中，嘗校刊唐陸龜蒙笠澤叢書。其訪朱深明時間不詳，約在是年前後。

宋徽宗政和四年甲午（一一一四）

張耒卒（一〇五四—一一一四）。

呂本中三十一歲，在揚州。

春，作甲午送甯子儀歸洛詩。

詩集卷六。甲午即是年。詩言：「春風廣陵城，笑語有未款。嵩陽有歸路，河水漸清緩。」則甯鳳（字子儀）歸洛，時在春天。

秋初，赴濟陰主簿任。

言行録：「政和五年，調興仁（府）濟陰簿。」濟陰，縣名，宋代爲曹州（崇寧元年升爲興仁府）治所，今屬山東菏澤。呂本中始任濟陰簿時間，文獻記載唯見上引言行録，然而所記並不準確。疑點主要有三。其一，稽考正、外兩集詩，呂本中約政和七年七月任滿離濟陰，其後在開封與晁氏兄弟遊，一年後即政和八年八月方到海陵獄掾任（考據詳後）。若政和四年調濟陰簿，則其在任僅二年，而宋代官制爲三年滿任，則本中並未滿任；然本中自言「三年于曹，惟罪之恐」（詩集卷八精衛詩），離任時有詩稱「淮海三年別」（見後引），表明他是任滿離職，此可確認。於是只有一種可能，即言行録記載有誤，本中調濟陰簿當在政和四年，而非五年。其二，呂本中詩集現存賀王俊乂釋褐及相關詩多首，王俊乂爲如皋人（屬泰州，治海陵），於宣和元年三月以上舍第一名釋褐，説明呂本中至遲宣和元年三月已在海陵，而實到時間應在政和八年，故上述本中政和八年八月到海陵無誤。因此，若依言行録政和五年到濟陰，滿任後休息一年方到海陵，仍然不可能離濟陰是滿任。以上無論從上往下推抑或從後往前推，皆説明言行録誤。其三，吕本中到濟陰時在秋初（詩集卷七汴上作謂「且留殘暑震餘威」，又初抵曹南四首其二「秋到客仍疏」等句可證），其在濟陰期間所作詩所反映之季節變化，凡兩换年輪，連首尾正三年，亦足證政和五年説失實。其四，詩集卷一〇有頃與知止相别於曹州西門外蓋今十四年矣聞嘗自澶淵過此感歎詩，知止即吕本中從叔欽問字。宋史吕希哲傳：「徽宗初，召爲秘書少監，或以爲太峻，改光禄少卿。希哲力請外，以直秘閣知曹州。」希哲知曹州時，欽問、本中叔侄曾同行隨侍。由「徽宗初」即建中靖國元年（一一〇一）下推十四年，正爲政和四年，説明本中該年已在濟陰，可謂確證。要之，言行録所載「五年」之「五」字，當是「四」之誤。

作初抵曹南四首。

詩集卷七。曹南，即曹州。曹州治所在濟陰。詩曰：「未辨歸山計，今年學作官。」

作曹南試院懷向子諲兄弟兼呈張擴等詩。

詩集卷七。又同卷有試院中作二首、試院夜坐，以及外集卷二試院中呈諸同官、試院鎖宿數日未出等。按：試院，又名貢院，即科舉考試之考場，但宋代州郡除科考發解試外，猶有徽宗時期之學校升貢試等，有時亦在試院舉行。科舉考試自宋初已實行鎖宿制（即考官必須在試院集中住宿，不得與外聯系，以免作弊），試官閒暇時作詩唱和早已成爲傳統。吕本中作試官皆在曹州，其任期内僅有政和四年（一一一四）秋各州郡所舉行之發解試爲科舉考試（下一次在政和七年秋，詩人已任滿離職），但他多次參加冬季或春季考試，疑爲學校升貢試之類。是詩其一有「疏籬擁殘月，老木犯新霜」等句，當爲政和四年秋舉行之曹州發解試，次年（政和五年）爲貢舉年。

又作試院中呈工曹惠子澤教授張彦實詩。

詩集卷七。有句曰：「十日虚房罷送迎，不知新雁已南征。」知在秋季，當亦作於政和四年曹州發解試試院。蓋是時閲卷已畢，故可在試院中接待同僚和朋友。

宋徽宗政和五年乙未（一一一五）

吕本中三十二歲，在濟陰。

作正月十五日試院中烹茶因閲漢碑。

詩集卷七。按：此次到試院乃與朋友閲漢碑度元宵，與閲卷無關。

春，作寄知止詩。

詩集卷七，有「近有書來欲見尋，扁舟南下已春深」句。

作曹南過五丈河堤入城訪顔岐夷仲清談久之乃歸詩。

詩集卷七。有句曰：「春色不自惜，落花如許愁。」

作言志詩。

詩集卷七。詩略曰：「一來曹南郡，優游聊自娱。春風吹我衣，春草生庭除。小便胞胳轉，晚髮手自梳。……長鋏莫漫彈，何必憶吾廬。」言雖官事繁忙，但感覺尚佳。

作首夏二首。

詩集卷七。初學記卷三夏：「孟夏，亦曰維夏、首夏。」有句曰：「妻子見驅迫，低頭言作官。」皆表白做官非本意，赴濟陰主簿實乃家計所迫，不得已也。

宋徽宗政和六年丙申（一一一六）

呂本中三十三歲。在濟陰。

正月初三，作大雪不出詩。

詩集卷七。曰：「新春第三日，堅坐若爲情。」

正月初四，作雪夜詩。

詩集卷七。題下注：「政和六年。」按黃汝嘉東萊先生外集（以下簡稱外集）卷二重出，題作丙申正月四日大雪簡府中諸公。丙申亦即是年。詩曰：「新正已過今幾日，歲事懶復從人説。」新正，新年元日。

祖呂希哲卒，年七十八。

呂希哲卒年，考已見前，然月日不詳，約在正月間。

作自曹南至陽翟追懷江上舊游呈叔弟等詩。

詩集卷七。據諸詩，知呂本中春節後不久即回陽翟，蓋祭奠亡祖父，並存問父母。本中雖長孫，但因有父在，按當時喪禮規定，不能解官居喪，此行當是告假省親。同卷猶有大雪不出寄陽翟寧陵詩，即寄詩其父母及叔父，略曰：「平生汗漫游，已負麋鹿性。微官不能歸，但見日月競。老人去已遠，我行復未定。訓言實在耳，無因問温清。歸心止陽翟，悲夢識新鄭。」此當作於濟陰。老人，指其祖希哲；去已遠，婉言過世已有些時日。新鄭，乃吕氏家族墓地所在，其祖父當亦葬於此。隨後又作自陽翟至寧陵與虛己叔諸弟别還曹未久知止復來偶成二十八字，則已回到曹州濟陰任所。各詩作時不可細考，但很接近，相差或數日，最多一月左右。

春，有試院中作等詩。

詩集卷七。有句曰：「樹移午影重簾静，門閉春風十日閑。」此乃春試。

夏末，濟陰簿任滿漸近，作將去曹南連得江晁書因歎存没諸友遂成長韵。

詩集卷七。詩略曰：「西風脱殘暑，我病不自聊。吏舍少還往，亦復長蓬蒿。欣然脱帽去，念此非一朝。陽翟未遽往，寧陵虛見招。初無食息地，未免柴水勞。故人數遺書，尚有江與晁。窮途感節義，俗耳受風騷。向來相知人，昔盛今寂寥。」

秋，作次韵去冬試院詩。

詩集卷七。詩題爲詩集去冬試院中嘗作詩云衣敝蝨可捨髮垢櫛不下披衣坐牆角尚有微火跨平生足拘窘今日幸閒暇新文加點竄欲歇不能罷雖微塵事妨頗畏俗子駡出門見諸老此語君可畫今年復入試院職事多窘迫者簿書滿前如赴蹈湯火也再次前韵。詩有「田疇望家遠，日月已秋罷」句，知此次考試已過秋季，詩題與「去冬」試院類比，則當是冬試，蓋爲升貢試之類，「去冬」爲政和五年，「今日」爲是年（政和六年）。

冬，作十一月一日步河堤上詩。

詩集卷八。詩言作主簿之勞苦，略曰：「簿書糾纏人，欲出不自許。老叟環我前，更作附耳語。脱身上河堤，頗似畫伏鼠。」

宋徽宗政和七年丁酉（一一一七）

謝薖卒（一〇七四—一一一七）。

呂本中三十四歲。

作將去濟陰寄泗上寧陵詩。

外集卷二。有「淮海三年別，家山十日程」句，是時呂本中家當仍在揚州，故稱「淮海」云云。

七月，濟陰簿任滿，解官回到揚州。

呂本中於宣和二年七、八月間作雜詩三首（詩集卷九），其一述及離濟陰及赴海陵任之時間。詩曰：「烹葵去王畿，剥棗在海角。歲序忽已周，月亦頻告朔。」前兩句用詩經豳風七月：「七月亨葵及菽，八月剥棗。」此以「烹葵」代指七月，「剥棗」代指八月。王畿，以周代王城爲中心，周圍千里之地曰王畿，見周禮春官職方氏。此所謂「去王畿」，指離曹州，因北宋時曹州曾爲輔郡（見元豐九域志卷一京西路曹州），故稱。到海陵任時間爲「剥棗」，即八月。是處絶不可忽略或誤解其下「歲序忽已周」句：歲月「已周」，當指從濟陰歸來已經一年，而非七月離舊任、八月又到新任，到新任時已隔一年。這從詩集卷八將赴海陵出京沿汴覓舟候送客不至遂行自注「四月二十日出城」云云足以爲證。即是説，詩人政和七年七月離濟陰後，有一年時間並未作官，待第二年即政和八年八月方赴海陵作獄掾。

作精衛詩。

詩集卷八。有「三年于曹，惟罪之恐」句。

作次韵答曹州同官兼簡范信中。

詩集卷八。同官，指曹州州學教授張擴等。范寥，字信中，范鎮族子。按：是詩當是曹州同官張擴等先有詩送行，呂本中作次韵詩爲謝，張擴再次韵爲答，本中亦再次韵作此詩。張擴原作今存，題得海陵掾呂居仁書（載東窗集卷四），詩曰：「故人温飽竟何如，忽寄郵筒滿紙書。頗愧中年猶吏隱，相望千里未情疏。官曹清簡庭無訟，淮海豐穰食有魚。見説参禪新了了，幾時爲我痛爬梳。」據詩意，呂本中離濟陰後，得授海陵掾。海陵，今江蘇泰州，是時尚未赴任。

宋徽宗政和八年（重和元年）戊戌（一一一八）

據宋史徽宗紀三，政和八年十一月己酉朔，改元重和。次年二月庚辰，改元宣和。

呂本中三十五歲，由開封赴海陵獄掾任。

四月，作將赴海陵出京沿汴覓舟候送客不至遂行詩。

詩集卷八。詩有自注曰：「四月二十二日出城至子我（江端友）家，候子之（江端本）、民師（李畯）不至，因簡商丈、壯輿（劉仲羲）、夷行（疑爲秦夷行）、伯野、季一（晁貫之）、由中諸公。」其中商丈、伯野二人不詳，由中似爲本中族兄弟。

又作京師新鄭與諸晁兄弟往還前後數詩。

詩集卷八。按：詩凡五首，非一時之作。其第一首曰：「夜雨不嫌久，凜然天欲秋。」從前詩知呂本中四月下旬即覓船欲往海陵赴任，然至「天欲秋」（接近七月）尚未出發。第五首曰：「苦語相留極，虛床會宿頻。」延宕數月，蓋因朋友「苦語相留」之故。

又作本中將爲海陵之行念當復與子之作別意殊憒憒偶得兩詩上呈並告送壯輿叔用也詩。

詩集卷八。按：子之、壯輿、叔用，即江端本、劉羲仲、晁沖之。是詩當作於即將赴海陵前不久。

八月，作赴海陵行次寶應。

詩集卷八。

抵海陵任獄掾。

詩人有雜詩三首（詩集卷九），其一述及到海陵上任時間爲「剥棗在海角」，出詩經豳風七月「八月剥棗」，故「剥棗」代指八月，時間爲政和八年八月，考詳前政和七年條。獄掾，主管監獄之官，即監獄長。

作閏月九日詩。

詩集卷一〇，原注：「政和戊戌。」戊戌即本年，是年閏九月。十一月，改元重和。

作己亥上元數同晁季一叔用清坐不出詩。

詩集卷六。己亥上元，爲重和元年正月十五日。

宋徽宗重和二年（宣和）元年己亥（一一一九）

據宋史徽宗紀三，政和八年十一月己酉朔，改元重和，爲重和元年；次年二月庚辰，改元宣和，爲宣和元年（重和實止三個月）。

呂本中三十六歲。在海陵。

三月，王俊乂擢上舍第一，作詩爲賀。

詩集卷九。詩題爲次韵季叔友賀堯明登第叔友丹陽人也本中得其人之詳於王堯明恨未之識也堯明擢第叔友作詩賀之堯明令繼作既喜叔友能不妄許可又嘉堯明進退取捨皆中乎道也三首。同卷又有次韵堯明見和因及李蕭遠五詩，蓋同時之作。按：王俊乂，「乂」一作

「義」，王覿從子，字堯明，泰州如皋（今屬江蘇）人，宣和元年三月太學釋褐，徽宗親擢爲上舍第一。拜國子博士。李叔友，名迥；李蕭遠，名祁，皆王俊乂友人。

作秋日三首詩。

詩集卷九。按：詩有「諸卿談笑賞先登，我欲從之病不能」句，則所謂「秋日」，當指九月九日重陽節，是日古有登高之俗。

作次韵遜叔直閣見寄兼請堯明同和詩。

詩集卷九。按宋會要輯稿選舉九之一六：「宣和元年九月二十九日，賜中散大夫、知襲慶府（兖州）錢伯言進士出身，直秘閣。」詩題稱「直閣」，又有「忽送長江八月濤」句，則是詩當爲錢氏赴官兖州送行次韵之作。

作細雨詩，懷念亡弟吕揆中。

詩集卷九。詩曰：「細雨不成雪，北風來解紛。冥冥小江樹，漠漠暮空雲。誰惜江東弟，令修地下文。西齊千萬里，遺恨不堪聞。」按：江東弟，即指仲弟揆中。吕氏乃壽州（今安徽壽縣）人，爲古代江東之地；又揆中當卒於宿州，亦在江東大範圍内，故稱。修地下文，謂爲地下修文郎。太平御覽卷八八三引王隱晋書蘇韶傳，稱「顔淵、卜商今見在爲修文郎」云云。西齊，指泰山，張華博物志卷一謂泰山「主召人魂魄」。是詩約作於政和末宣和初。揆中當卒於崇寧三年（一一〇四）暮春，説已見前。

宋徽宗宣和二年庚子(一一二〇)

宋史徽宗紀四：宣和二年十月，建德軍清溪妖賊方臘反，命譚稹討之。十二月，以童貫爲江、淮、荆、浙宣撫使，討方臘。方臘陷建德，又陷歙州，東南將郭師中戰死；陷杭州，知州趙霆遁，廉訪使者趙約詬賊死。宣和三年春正月，方臘陷婺州，又陷衢州，守臣彭汝方死之。二月庚午，趙霆坐棄杭州，貶吉陽軍。甲戌，降詔招撫方臘。是月，方臘陷處州。夏四月甲戌，清溪令陳光以盜發縣内棄城，伏誅。庚寅，忠州防禦使辛興宗擒方臘於清溪。方臘史實，詳參宋王彌大編青溪弄兵録。

吕本中三十七歲。

作寄馬巨濟察院時監泰州酒得宫祠歸南京詩。

詩集卷九。詩略曰：「新春款南園，積雨寒不歇。……聞公得安還，未放車軌折。」當作於新年後不久。按：馬巨濟，即馬涓，字巨濟，入元祐黨籍，貶官監泰州酒税，事迹已見前。

丁母憂。

按：吕本中丁母憂，文獻未記年份。據言行録，本中爲泰州士曹掾(當爲「獄掾」之誤)，接着「丁母憂」。其母王氏，乃王倚女，沂公(王曾)曾孫女，已見前。詩集卷一〇載吕本中聞南寇已平歡快之甚作詩五十韵詩，稱宣和二年冬十二月方臘軍攻破杭州、向吴地進軍時，「予方在衰杖」。在衰杖，指居喪守制。結合後來到大名撫幹任正值「殘暑」(詩集卷九題大名官舍），由知其母約卒於宣和二年夏秋。

宋徽宗宣和三年辛丑（一一二一）

呂本中三十八歲，居喪。住韓城（今河南禹州）。

春節後不久，作歸自成園詩。

詩集卷一〇。曰：「新春今幾時，忽有簷外朵。」

作宿潁昌范氏水閣詩。

詩集卷一〇。潁昌，今河南許昌。范氏，疑爲范純禮子范正國（見詩集卷二〇送范子儀將漕湖北五首）。是詩蘇過有次韻和作，見今本斜川集卷二，題和呂居仁宿盤溪，有「一醉盤溪堂，自取君詩讀」句，知所謂水閣，即范氏盤溪住宅。

夏，與蘇過等同遊嵩山，作將遊嵩少題石淙、登太室絶頂等詩。

詩集卷一〇。又外集卷三宿嵩前、客説嵩頂松實甚佳二首，當爲同時之作。呂本中等遊嵩山，當與宿范氏水閣爲同一遊程，蓋一行共六人先到潁昌，然後再前往嵩山。今本蘇過斜川集卷二和呂居仁宿盤溪下，緊接遊嵩山所作五首，當仍宋本編排次第，表明爲同一組詩。此遊時間，詩集編次在本年，蓋呂本中即將除服入官，借此閒暇遊山，可從。又呂本中宿嵩前詩有「火雲如鵬騫」句，考杜甫三川觀水漲二十韵曰：「火雲無時出，飛電常在目。」趙彦材注：「夏雲謂之火雲。」則此遊當在是年夏。

作聞南寇已平歡快之甚作詩五十韵。

按詩言「今日祅氛滌，新秋暑氣蘇。如聞舊巢覆，盡伏逆臣誅」、「桀惡先函首，渠魁已獻俘」，考宋史徽宗紀四曰：宣和三年秋七月戊子，「童貫等俘方臘以獻」。八月丙辰，「方臘伏誅」。詩當作於是時。

除夕日，作除日詩。

詩集卷一〇。詩略曰：「我食已併日，子來能隔年。……相陪得清坐，不敢嘆無氈。」言其生活極窮困。

宋徽宗宣和四年壬寅（一一二二）

呂本中三十九歲，在大名。

夏秋之際，授大名府帥司幹官，作題大名官舍詩。

詩集卷九。有句曰：「宿昔尚殘暑，晚風吹欲無。」按言行録：「丁母憂，吉，除大名路撫幹。」知其官大名在丁母憂除服之後。按宋人居喪，二十五月而除（宋史禮志二十八凶禮四服紀）。其母約卒於宣和二年夏秋，則除服當在宣和四年（一一二二）秋。大名，即大名府，仁宗慶曆二年（一〇四二）升北京，地在今河北大名。宋史呂本中傳：元符中，爲「泰州士曹掾，辟大名府帥司幹官」。「士曹掾」、「元符中」，皆誤。撫幹、帥司幹官，同，即宣撫司幹辦公事。

宋徽宗宣和五年癸卯（一一二三）

呂本中四十歲。

六月二日，爲蘆川老隱尊祖事實作跋。

文見張元幹蘆川歸來集卷一〇，末題「宣和五年六月二日，呂本中書」。

與張元幹等十四人在東京資聖閣分韵賦詩。

張元幹跋蘇詔君楚語後：「頃在東都，一日，陳去非（與義）、呂居仁諸公同予避暑資聖閣，以『二儀清濁還高下，三伏炎蒸定有無』分韵賦詩，會者適十四人。（蘇）從周詩頗佳，爲諸公印可。……蘆川老人書於檇李弭棹亭中，丁丑仲夏望日。」此蓋紹興二十七年（丁丑，一一五七）追記。清周城宋東京考卷一一：「資聖閣在府治東北相國寺内，唐天開，都人夏四月於此納凉，所謂資聖熏風是也。」諸人於東京資聖閣避暑，當在呂本中跋尊祖事實時。

按：呂本中是時在大名府供職，何以在東京活動，原因不詳，或有公事。

作復往大名三首。

詩集卷一一。復往大名，指由東京再回到大名任所。據詩中「塵埃走劇暑，風雨占新秋」句，當在是年夏、秋間，與東京行迹相接。

宋徽宗宣和六年甲辰（一一二四）

呂本中四十一歲。

離大名府撫幹任。

吕本中在大名府事迹多不詳，何時離任不見於文獻，惟徐度却掃編卷下所載，可略睹一斑，其曰：「王保和革爲開封尹，專尚威猛，凡盜一錢皆杖脊配流。一日杖於市，稠人中有擲書一册其旁者，亟取視之，則其卧中物也。因大驚，捕逐竟不得。宣和末，河北盜起，以選出守大名，慘酷彌甚，得盜輒殺之，然盜愈熾。革自以殺人既衆，且懲開封之事，常懼人圖己，所居輒以甲士環繞，然每對客必焚香。吕本中舍人時從辟爲帥屬，私語曰：『此正所謂「兵衛森畫戟，宴寢凝清香」者也。』」按北宋經撫年表卷二，王格任大名府路安撫使兼知大名府，在宣和六年（一一二四）。疑二人關係不協，本中離大名，很可能亦在宣和六年，與除樞密院編修官相接，蓋爲特例，並未滿任。

除樞密院編修官。

宋史本傳：「宣和六年，除樞密院編修官。」言行録同。

宋徽宗宣和七年乙巳（一一二五）

夏四月，蔡京致仕。六月，封童貫廣陽郡王。十月，金兵開始攻宋。十二月，金斡離不（完顔宗望）、粘罕（完顔宗翰）分兩路入寇。斡離不陷檀州、薊州，童貫逃歸。斡離不又陷燕山府，郭藥師叛降之。粘罕陷朔、武、代、忻等州，圍太原府。徽宗傳位太子趙桓，是爲欽宗，尊徽宗爲太上皇帝。

呂本中四十二歲，在京師，任樞密院編修官。

四、五月間，作送一書記杲公作天寧化士詩。

詩集卷一一。一書記，即釋法一。杲公，釋宗杲。宗杲爲宣州寧國（今屬安徽）人，俗姓奚，臨濟宗楊岐派高僧。據釋祖詠編大慧普覺禪師年譜，宗杲於宣和七年四月抵汴京天寧寺掛搭，師事圓悟克勤。「五月十三日悟道。自四月初一日至五月十三，乃四十二日。悟道後，持鉢化緣畢，入書記寮明矣。」化士，佛寺中掌盂外出化緣之僧。

宋欽宗靖康元年丙午（一一二六）

正月，金兵第一次包圍京師開封。宋史欽宗紀：靖康元年正月壬申，「金人犯京師」。至二月丙午圍解，金人退師。靖康要録卷二：二月六日，欽宗爲崇寧以來設「元祐黨籍」、禁「元祐學術」平反，手詔道：「朕以不德，獲奉宗廟，即位累日，大金擁兵，遂抵京城，於四方賢才，未暇遠有號召也。永惟國家大政事，已詔三省、樞密院盡遵復祖宗法，而近世名臣未有褒録，何以示朕意？司馬光、范仲淹可贈太師，張商英可贈太保，應元祐党籍、元祐學術指揮并不施行。布告天下，咸使聞知。」閏十一月二十五日，金兵第二次圍城，直到次年春北宋滅亡。

晁沖之卒（？—一一二六）。

呂本中四十三歲，在京師圍城中。

父呂好問爲左司諫、諫議大夫，擢御史中丞。

家傳：「靖康元年正月，敵騎薄都城，乞盟而歸。天子（欽宗）鋭欲更置天下事，寤寐畯良，近臣交口薦公。欽宗雅聞公名，趣召公，驛書道相及，未至，除左司諫、諫議大夫，賜進士出身。間兩月，擢御史中丞。」按：據所述，授吕好問官在金「乞盟而歸」之後，當在是年二月，擢御史中丞在四月。

吕本中遷職方員外郎，以父嫌奉祠。

宋史本傳：「靖康改元，遷職方員外郎，以父嫌奉祠。」按前引言行録，稱「靖康間，公（吕本中）與秦檜同爲郎，意懽甚」。所謂「同爲郎」，指同爲職方員外郎，蓋本中請祠不許。

圍城中作京師圍閉之初天氣晴和軍士乘城不以爲難也因四韵等詩。

詩集卷一一。第一首略曰：「賊馬侵城急，官軍報捷頻。民心皆欲鬬，天意已如春。」同時猶作有守城士、聞軍士求戰甚力作詩勉之等。守城士曰：「豈不知愛身，傾心報明主。報主此其時，一死吾亦宜。未敢望爵賞，且令無事歸。」

四月，吕本中爲祖宗舊法詳議司檢討官。

靖康要録卷四：靖康元年四月九日，「少宰吴敏奏：『……伏望明詔宰執置司辟屬，遵上皇詔旨，取祖宗舊法悉加討論，復其宜於今者，以幸天下。』奉聖旨依奏，置司討論。既而詔少宰吴敏、太宰徐處仁各薦屬官十員，仍差宰臣充詳議提舉官。徐處仁踏逐到吕本中、范宗尹爲吏房，趙柟、李亘爲户房，劉寧止、張元幹爲兵房，安元、方若爲禮房，莫儔爲刑房，劉彦適爲工房。吴敏踏逐到梅執禮、晁説之爲吏房，張慤、向子諲爲户房，折彦質爲兵房，孫傅爲禮房，胡安國、李樸爲刑房，李彌大、江端友爲工房，於尚書省令廳置司，以侍從官爲參議，餘官爲檢討，分六房，使各討論，限半年結局。奉聖旨依奏。提舉官差李綱、吴敏、徐處仁。」續資治通鑑長編拾補卷五四引十朝綱要：「五月十日，罷詳議司。」

閏十一月，吕好問除兵部尚書。

靖康要録卷一〇：靖康元年閏十一月一日，「吕好問除兵部尚書」。

吕氏陽翟舊居被毁，有詩追懷。

外集卷三兵亂後自嬉雜詩二十九首其十五：「一紀幽棲地，宛然高樹林。」同上其十六：「一廛江上宅，毁撤自群凶。」其二十六：「重到江頭宅，荒殘足歎嗟。……相親爲部曲，弓劍作生涯。」皆哀舊宅被毁事。一紀，約十二年。幽棲，蟄居、隱居。兩句謂昔日房舍已毁，只剩框架，猶如樹林矗立。吕祖謙家傳：「（好問）遭内外艱，終制，無復仕進意，客於潁昌之陽翟者又十二年。」好問在陽翟居十二年左右，蓋因其父希哲病重侍疾並去世（政和六年）居喪，到靖康元年（一一二六），約爲「一紀」。

宋欽宗靖康二年（宋高宗建炎元年）丁未（一一二七）

是年二月六日，金人廢徽、欽二帝，另立異姓（張邦昌）爲帝（三朝北盟會編卷七八）。北宋至此滅亡。三月丁巳，「金人脅上皇（徽宗）北行」。夏四月庚申朔，「金人以帝（欽宗）及皇后、皇太子北歸」（宋史欽宗紀）。靖康二年五月，康王（趙構）即位於南京（今河南商丘），是爲宋高宗。宋史高宗紀一：「（靖康）二年五月庚寅朔，帝（高宗）登壇受命，禮畢慟哭，遥謝二帝，即位於府治。改元建炎。大赦，常赦所不原者咸赦除之。張邦昌及應干供奉金國之人，一切不問。……應死節及歿於王事者並推恩。」夏倪卒（？—一一二七）。

吕本中四十四歲。

二月，作丁未二月上旬四首。

詩集卷一一。「丁未」即是年。所謂「二月上旬」，重心在二月初六，是日徽、欽二帝被金人廢黜，北宋正式滅亡，故此組詩相當於北宋王朝的挽歌。其一略曰：「報主悲無術，傷時祇自鄰。遥知漢社稷，別有中興年。」詩人鮮明地提出「中興」口號。

作兵亂寓小巷中作、城中紀事等詩多首。

詩集卷一一。第二次圍城後，吕本中躲入民間小巷，籌劃逃離開封，作兵亂寓小巷中作、圍城中故人多避寇在鄰巷者雪晴往訪問之坐語既久意亦暫適也、城中紀事等。城中紀事有「我病未即死，爾來春既分」句，「春既分」即春分，二十四節氣名，在舊曆二月十五日前後。又外集卷三兵亂後自嬉雜詩中大部分篇什，亦作於此時。

五月初四，吕好問持元祐太后手書至商丘，擁立高宗，除尚書右丞。

家傳：「建炎元年五月庚寅朔，大元帥康王即皇帝位於南京，大赦，改元（建炎）。太后降手書，以是日撤簾，命公（好問）奉手書詣行在所慶登寶位。癸巳（初四），次南都；乙未（初六），賜對。上勞公，曰：『宗廟獲全，皆卿之力也。』除尚書右丞，兼散秩中大夫，封掖縣男。」

建炎元年七月，吕好問出知宣州。

在圍城中時，吕好問曾受張邦昌僞命，遭輿論譴責，七八次上章辨解。「太上皇（宋高宗）雖重惜公去，而知公歸志確不可奪，除資政殿學士、知宣州，時七月己酉也。八月辛未，公入辭，賜茶便殿，敦諭温渥。公下車之十日，劇賊張遇聚徒數萬陷繁昌，勢張甚，聲摇江東。公治城壁，聯保甲，遠斥候，扼險隘，賊望風震讋，犬牙不入宣境。」（家傳）

秋，吕本中逃離開封，經三月跋涉，約初冬抵宣州，途中有懷京師等詩。

詩集卷一一。除懷京師外，讀易、讀司馬公集解太玄、黄池西阻風等，皆旅途之作。懷京師曰：「北風作霜秋已寒，長江浪生船去難。」讀司馬温公集解太玄：「京師半年圍，道路三月病。輕舟過江來，所向復未定。」又黄池西阻風：「我行去家秋復冬，故園回思春夢中。」則過長江後已值深秋，在路途奔波三個月。黄池鎮，在今安徽當塗，距宣州很近。從此，詩人以避地流寓終其一生，再未回到他日思夜想的故鄉。

作無題詩，或在是時。

詩集卷一一。詩曰：「胡虜安知鼎重輕，禍胎元是漢公卿。襄陽耆舊唯龐老，受禪碑中無姓名。」時人解讀，詩乃爲其父呂好問涉立僞開脱。此事後果嚴重，常被人用作攻擊呂氏父子之靶的。李心傳建炎以來繫年要録（以下簡稱建炎要録）卷一二二：紹興八年（一一三八）九月辛巳，「中書舍人兼史館修撰、兼直學士院呂本中罷。侍御史蕭振言：『本中外示樸野，中藏險巇。父好問受張邦昌僞命，本中有詩云：「受禪碑中無姓名。」其意蓋欲證父自明爾。』」呂本中罷官後，其弟用中特上狀爲父辯誣（狀文見三朝北盟會編卷一〇九）。後來呂祖謙又作東萊公家傳爲曾祖父洗冤，但皆以呂好問曾暗通康王（宋高宗）並擁立高宗爲言。然亦有堅稱其叛者。鄧肅上劄子十九章，第六章作於建炎元年，稱七月六日曾上章論叛臣：「……諸侍從而爲僞執政者，王時雍、徐秉哲、吴幵、莫儔、呂好問、李回是也。時雍等今已賜罪，獨好問平日端謹，不墜家聲，一旦與王時雍處事僞楚朝，臣爲好問痛惜之。然當時士人或謂好問有反正之志，所以維持王室者不無力焉。臣考於名教，觀其蹤跡，有大不然者。始爲奉册使，俄爲門下侍郎，雖三尺之童，已皆知其叛矣。今陛下擢於僞命之中，置之二府，是以叛臣而爲股肱之任也。」（栟櫚集卷一二）因接受僞命、暗通高宗皆確有其事，兩説很難達成一致。平心而論，呂好問立僞當出於被迫，但不無兩面下注之嫌，故此事高宗亦頗尷尬，蓋傾向於不治罪，仍予任用。呂本中無題詩，疑爲回應鄧肅奏劄而作，具體作時不可考，姑係於此。

作送蘇龍圖知明州詩。

外集卷三。乾道明州圖經卷一二:「直龍圖閣蘇攜,建炎元年(一一二七)。」又羅濬寶慶四明志卷一郡守名録國朝同。則蘇龍圖即蘇攜,蘇頌子,其知明州在建炎元年,月份不詳。

宋高宗建炎二年戊申(一一二八)

吕本中四十五歲。在宣城。

正月十日,作昭亭廣教寺詩。

詩集卷一一。遊山月日,據追記昔年正月十日宣城出城至廣教詩(詩集卷一七)。昭亭,即敬亭,山名,晉初避司馬昭諱改。廣教寺,唐裴休建,在昭亭山南。

作寒食五首。

外集卷三。寒食,節令名,在夏曆冬至後一百零五日,清明節前一二日。是日祭奠亡故親友。詩有「三年羈旅逢寒食」句。由靖康初汴京城破至此,已三個年頭。

夏,作景德北窗等詩。

詩集卷一一。又昨日之熱一首贈趙彦强、又贈等,作時接近。

父吕好問請祠。

家傳:「明年(建炎二年),三拜疏請祠,詔提舉臨安府洞霄宫。」

作宣州新學序。

嘉慶寧國府志卷二一。略曰:「宣州之學廢久不治,前所居者湫隘庳下,在州治之南。

兵火搶攘之際，而學者講誦不輟，固已勤矣，則又求其故學之基而改治之。至建炎三年某月某日學始成，其勤若此。前滄州州學教授、宣人李宏也，敘學者之意而求記於東萊呂本中。」按：建炎三年呂本中一行早已在南行途中，蓋離宣州時新學雖云「始成」，但並未竣工，疑此句預留空闕，「三年」二字乃鐫碑時所補，文實作於建炎二年也。

侍父攜家避地南行。

呂好問請祠獲準時間不詳。本中是否與父同行，文獻未載，理當然耳（至少啓程一段如此）。一行由宣城出發，經涇縣、休寧、黟縣、浮梁、祁門等地，到達洪州，一路有詩，載詩集卷一一、卷一二。其題涇縣水西詩稱時值「窮秋」；又水西與李彦恢詩謂「亂山深處過重陽」，知離開宣城當在八月間。家傳曰：「虜騎比歲大入，江湖間群盜蠭起。公（呂好問）避地，轉徙於筠、於連、於郴、於全、於桂，靡有定止。」

抵洪州，作離洪州渡西江至翠巖寺紫清宫等詩。

詩集卷一二。洪州，今江西南昌。其宿翠巖寺有「風聲欲送（原校：一作送晚）秋」句，知到南昌時，已是九月末。

初冬，作送宋仲安往虔州等詩。

詩集卷一二。按：宋仲安，詩人，生平不詳。詩曰：「唯有野外籬邊之黄菊，年年歲歲見花開。君如此菊不我厭，處處相逢同酒杯。三年喪亂那可説，君頭已白我齒缺。」呂本中於建炎元年秋逃至宣城，至是爲三年。詩言及菊花，當作於是年秋冬。又與仲安別後奉寄詩（見下）回憶送別時道：「冬初風浪息，蛟龍深蟄雷。」

宋高宗　建炎三年己酉（一一二九）

晁説之卒（一〇五九—一一二九）。饒節（如璧）卒（一〇六五—一一二九）。

呂本中四十六歲，南行途中。

春，作與仲安別後奉寄詩。

詩集卷一二。按：詩有「新春好天色，指望妖氛開」句。

抵筠州，作題筠州僧房詩。

詩集卷一二。題筠州僧房曰：「山路雨餘新筍出，江城春晚雜花香。」知一行在洪州逗留甚久，故到筠州已是春天景象。筠州，今江西高安。

盛夏，作李文若季敵訪余高安留連累日臨行贈之。

詩集卷一〇。李文若，字季弓，李彤，字季敵，皆李彭弟。詩言「未歇中原胡馬塵」，當作於紹興初避地高安時，而詩集原編於靖康以前，誤。詩又稱「盛夏苦雨成淫霖」，則詩人一行在筠州已滯留數月。

秋，作離筠州詩。

詩集卷一二。詩有「淮甸初經夏，江西復度秋」句。淮甸，即淮河一帶。謂是年秋逃離開封，經淮河一帶輾轉抵達宣城，在宣城度過第一個夏季。復度秋，謂到江西，則是逃難以來第二個秋季。

作高安道中有懷故人李彤詩。

外集卷一。是詩懷念李彤兄弟來高安相訪之情，作於本中離開高安去南嶽途中。據詩中「寒起」、「霜林」等語，時已在是年秋，與上離筠州合。

冬十月，作己酉冬江上警報詩。

外集卷一。己酉，即本年。宋史高宗紀二，建炎三年冬十月，「金人自黄州濟江，劉光世引軍遁，知江州韓梠棄城去。金人自大冶縣趨洪州」。

作題圓悟與惇兄法語。

詩集卷一二。詩曰：「杲公昔踏胡馬塵，城中草木凍不春。胡兒却立不敢問，其誰從之惇上人。袖手歸來兩無語，如今且向江南住。雲居老人費精神，送向高安灘頭去。」圓悟，即圓悟克勤，臨濟宗高僧。惇兄，圓悟門人惇上人。法語，闡説佛教基本教義之語。大慧普覺禪師年譜：靖康元年（一一二六），「時女真之肆驕，取禪師十數，師爲首選。圓悟遣惇上人侍行，有西□密三藏，俱館金明池上，日與論義，密深敬服。虜酋壯，師不少屈，由是一衆獲免其行。師於是年八月出京。按吕居仁送惇上人之雲居省師詩曰（即此詩，略）」。宋史高宗紀一：建炎元年冬十月癸未，高宗在揚州，克勤入對，賜號圓悟禪師，改住雲居寺

（今江西星子）。是詩乃呂本中送惇上人由高安前往雲居省師，當作於本年，月份不詳。

到南嶽（衡山）訪演公、善公二僧，作將至南嶽先寄演公禪師善公華嚴詩。

詩集卷一二。詩曰：「江西跰足過湖南，本赴郴陽故人約。中途群盜又蜂起，所至往往爲囊橐。遲回改路心自笑，隱忍畏事人所薄。不因此去渡湘水，更欲何時到南嶽。山中況有二老人，萬里同來且安樂。遥瞻見我應大笑，白鬚黑面都如昨。」知一行原本應約到郴州，但因遇「群盜」，只好借機去南嶽看望爲避地「萬里同來」的二位老人。按：衡山，在今湖南衡陽。二僧蓋皆北人，事迹不詳。

父呂好問進封東萊郡侯。

家傳：「建炎三年冬祀，進封東萊郡侯。」

抵衡州，作飯花光店是日立春詩。

外集卷三。詩有「東西水畔凍全坼，南北枝頭春已回」句。明一統志卷六四衡州府山川：「花光山，在府城西南十五里。上有花光寺，宋時花光僧居此，善畫梅，黄庭堅有詩。」按：據呂本中行蹤，當在南嶽、岳陽一帶逗留良久，故此所謂「立春」，應在建炎三年末或四年初。

作衡州逢解子中別後奉寄。

詩集卷一三。詩略曰：「我來筠水陽，君亦發章貢。相逢瀟湘門，及此兵未動。……衡州逼南嶽，湘水寒不凍。」解子中，其人不詳，疑爲解潛子孫或族人。

宋高宗建炎四年庚戌（一一三〇）

吕本中四十七歲，南行途中。

元日，抵宜章。

外集卷一（本書卷二一）宜章元日詩曰：「東風初解凍，桃李已經春。避地逢鷄日，傷時感雁臣。」按：宜章，郴州屬縣，今屬湖南。鷄日，即元日，亦即農曆正月初一。

正月，作郴州謁義帝廟等詩。

外集卷一郴州謁義帝廟曰：「淅淅寒聲未落霜，滿庭殘葉不勝黄。」乃早春氣象。同上桂陽鹿頭山寺次壁間韵、同諸人再登鹿頭山再次前韵，卷二郴州牛脾山謁景星觀觀下有白鹿洞乃蘇耽飛昇之地、題九江王插劍泉諸詩，當皆在郴州時作，作時大致接近。按：桂陽，郴州屬縣。

又作香山觀壁間詩因次其韵。

外集卷一。按：香山，當即郴州香山寺。阮閲宣和中知郴州，嘗著詩集郴江百詠，其中有香山寺詩，曰：「十里城南古道場，一泓寒水翠微傍。幽人衲子時來汲，疑是山中草木香。」吕詩有「去國將六年」句，去國，此指離開朝廷。是詩亦當作於建炎四年（一一三〇）遊郴州時，此前靖康凡兩年，建炎至此已四年，故言「將六年」，將，近也。

二月，抵連州，作連州陽山歸路三絶等詩。

詩集卷一二。三絶其三曰：「嶺外從來不識春，青梅年後已嘗新。深山忽有殘花在，知與清明待北人。」同上陽山道中遇大風雨暴寒有感：「嶺南二月春已盡，百花委棄隨風吹。山前山後緑陰滿，已過中原初夏時。」又外集卷一游陽山廣慶寺、自陽山還連州及卷二陽山大雹、謁韓文公廟等，蓋作時相近。按：連州，今廣東清遠市。陽山，連州屬縣。

端午日，離連州行至斛嶺，作端午日北還至斛嶺寄連州諸公詩。

詩集卷一二。詩曰：「嶺上逢端午，隨家更北征。」按：斛嶺，在連州之北。

作贈歐陽處士詩。

詩集卷一二。詩稱其人居連州斛嶺下，疑是歐陽玨。乾隆廣東通志卷三九：「大觀初，詔諸路舉人，後詞章而先躬行，置八行科，路三人爲率。詔下嶺南有司，無以應舉者。范處厚在州，察舉譚焕、歐陽玨、許孜，號爲得人。」詩又稱其「高卧不起」，與嶺下之人合。

過斛嶺後，詩人一行到江華縣寺居度夏，作寺居素飯、寺居夜起、寺居即事三首等。

詩集卷一二。過嶺前，吕本中有過嶺將至江華先寄朱成伯二首（同上卷），詩曰：「自怪匆匆來往忙，又攜兒女過湖湘。敢言此地能安穩，且道新年離瘴鄉。」「此地」，指江華。詩人蓋不適應嶺南之夏的炎暑，故打算到江華度夏。江華，縣名，南宋屬道州，隸荆湖南路，故稱「湖湘」。今爲湖南江華瑶族自治縣。寺居夜起詩稱其地「山深」，乃「荒城」。寺居即事三首其一曰：「汴水他年别，郴江此日流。」郴江，發源於宜章縣之騎田嶺，北流匯於湖南耒水，此代指五嶺。其二曰：「因循過嶺表，忽復到湖南。……一夏無書讀，經時畏賊來。」知詩人整個夏季，皆寓居於江華某寺。

宋高宗紹興元年辛亥（一一三一）

吕本中四十八歲。

去年冬及本年初，在賀州。

吕本中何時離開江華不詳，至遲去年冬已在賀州。本年初，作賀州聞席大光陳去非諸公將至作詩迎之。詩略曰：「五年避地走窮荒，嶺海江湖半是鄉。歡喜聞君俱趣召，衰頽如我合深藏。」（詩集卷一二）吕本中於建炎元年秋離京師開封，此詩蓋作於本年初，已五個年頭，與詩所言合。按：賀州，南宋屬廣南東路，治所在今廣西賀州賀街。席大光，名益，建炎四年五月以徽猷閣待制試中書舍人（建炎要録卷三三），蓋是時尚未到行在所。陳與義，字去非，號簡齋，洛陽人。張嵲陳公（與義）資政誌銘曰：「避地襄漢，轉徙湖湘間，逾嶺嶠。久之，召爲兵部員外郎。以紹興元年夏至行在所。」則其被召，在紹興元年前。又據元胡穉編簡齋先生年譜，建炎四年，「至秋被召，以病辭，不允。自紫陽入邵州……度桂嶺，登秦巖，至賀州，冬杪矣。」詩題稱席、陳二公「將至」，則吕本中在賀州時，蓋兩人尚在赴賀州途中。

抵全州，作全州與解子中向伯恭相會詩。

詩集卷一三。詩曰：「五年流落判西東，尚喜交游一再逢。」當作於是年。解子中，不詳。向伯恭，即向子諲，字伯恭，號薌林居士，向敏中玄孫。官至徽猷閣待制、户部侍郎，忤秦檜，致仕。

抵桂林，作初至桂林二首等詩。

詩集卷一三。又桂林解后拜見仲古龍圖吉父學士别後得兩詩書懷奉寄詩、桂林水西、次韵折仲古見贈、再用前韵奉和等，蓋作時相近。按：仲古，即折彦質（？—一一六〇），字仲古，號葆真居士，可適子。靖康初爲河東制置使，坐喪師責海州團練副使、永州安置。見建炎要録卷五五。

又作次韵吉父見寄新句。

詩集卷一三。吉父，曾幾字。曾幾東萊詩集序曰：「紹興辛亥（元年），幾避地柳州，公在桂林。是時年皆未五十，公之詩固已獨步海内，幾亦妄意學作詩。公一日寄近詩來，幾次其韵，因作書請問句律。」

作斷橋詩。

詩集卷一三。題下注：「（紹興元年）三月中作。」

七月丁酉，父吕好問卒。本中居喪。

建炎要録卷四五：紹興元年七月丁酉：「資政殿學士、提舉臨安府洞霄宫呂好問薨於桂州。訃聞，例外賜帛五百，録其弟朝散郎言問通判桂州，官給葬事。」又家傳：「紹興元年七月丁酉，以疾薨於桂州，享年六十有八。訃聞，詔贈五官，卹禮視常典有加。八月壬申，藁葬於桂州城南之龍泉。……後二十四年，乃克改葬公於婺州武義縣（今屬浙江）之明招山，實紹興二十四年（一一五四）閏十二月己酉也。」

宋高宗紹興二年壬子（一一三二）

宋史高宗紀四：紹興二年春正月癸巳朔，「丙午，帝至臨安府」。於是臨安府遂爲南宋朝廷所在地，仍稱行在所。

呂本中四十九歲，在桂林居喪。

閏四月，作聞岳侯破賀州賊次韓端卿韵。

外集卷一。岳侯，即岳飛，抗金英雄，後被秦檜以「莫須有」罪名殺害。破賀州，宋史高宗紀四：紹興二年（一一三二）夏四月甲子：「曹成陷賀州。」閏四月丙申，「岳飛擊破曹成於賀州，置都督府隨軍轉運司」。丙午，「岳飛敗曹成於桂嶺縣，成走連州，遣統制張憲追擊，破之」。

冬十二月，作呈折仲古四首。

詩集卷一三。詩有「龍圖老翁流落久，如今辛苦去朝天」、「謝安肯爲蒼生起，早與吾君了中興」等句。按建炎要録卷六一：紹興二年十二月，「時龍圖閣直學士折彦質在廣西，即以彦質爲湖南安撫使、兼知潭州」。組詩當作於折氏復官赴行在之時。

宋高宗紹興三年癸丑（一一三三）

呂本中五十歲。

二月一日，作夏均父詩序。

吴曾能改齋漫録卷一〇江西宗派：「蘄州人夏均父，名倪，能詩，與呂居仁相善。既没六年，當紹興癸丑二月一日，其子見居仁嶺南，出均父所爲詩，屬居仁序之，言其本末尤詳。」該序全文已佚，今存節本，乃論作詩活法，見王正德餘師録卷三呂居仁、劉克莊後村先生大全集卷九五江西詩派呂紫微等。

離桂林，作桂林別珂首坐二首。

詩集卷一一。有句曰：「灕水東邊兩年住，往還才有一珂公。」珂首坐，事迹不詳。兩年住，指丁父憂居喪時，在灕水（即灕江）東岸暫住達兩年之久。

五月，已除服，到永州，作浯溪詩等。

詩集卷一三。詩略曰：「五月行人汗如雨，意緒昏昏雜塵土。浯溪一見中興碑，便有清風濯煩暑。」浯溪，在永州祁陽縣（今屬湖南永州）。中興碑，即元結所作大唐中興碑，顔真卿大書深刻於摩崖。又作永州西亭（有「天暑畏道路」句）、永州法華寺西亭（外集卷一）等，蓋作時相近。

夏，到柳州，作柳州開元寺夏雨詩。

外集卷一。

八月，作送常子正赴召二首。

詩集卷一三。常同，字子正，邛州臨邛（今四川邛州）人。建炎四年（一一三〇）召至行在，爲大宗丞。紹興元年乞郡，得柳州。三年，召對，首論朋黨之禍，見宋史本傳。據建炎要録卷六七，常同由柳州召還，在是年八月癸巳。

秋，寓居臨川。

能改齋漫録卷一〇江西宗派：「居仁已而出自嶺外，寄居臨川，乃紹興癸丑之夏。」按：謂寄居臨川在是年夏，稍誤，當在秋，見下引本中所作謝幼槃（薖）文集跋。

九月，作謝幼槃（薖）文集跋。

跋文曰：「紹興三年秋，自嶺外北還，過臨川，去幼槃之没十八年矣，始盡得幼槃書於其子長訥所。……雖然，幼槃與其兄無逸修身厲行，在崇寧、大觀間不爲世俗毫髮汙染，固後進之師也，其文字之好蓋餘事爾。後之學者尊其行并學其文可也，學其文不究其行，則非二子立言之本志。九月二十日，吕本中書。」

作贈一上人、送一上人詩。

詩集卷一三。一上人，即釋法一。據孫覿長蘆長老一公塔銘，靖康之難後，法一投疏山草堂清公道場。疏山草堂，即疏山寺，在今江西金溪滸灣附近。

又作贈珪公杲公四首。

珪公，即釋士珪（一〇八三—一一四六），成都史氏子，事迹詳新續高僧傳四集卷一一温州龍翔寺沙門釋士珪傳。杲公，即釋宗杲，俗姓奚，宣州寧國（今屬安徽）人，已見前。大慧禪師年譜：紹興三年（一一三三），「臨川太守曾公紆以廣壽虛席請師，莫之得，遂托待制韓公子蒼（駒）及舍人吕公居仁以書勸諭，庶幾肯就，而師堅志莫屈。……九月，同圭禪師之臨川，訪子蒼、居仁，謁草堂和尚於疏山，因館子蒼之西齋」。

又作戲呈東林雲門二老、佛日縱步相尋索歸甚苦戲成絶句。

東林、雲門，即珪、杲二禪師。佛日，宗杲法號。大慧普覺禪師年譜：靖康元年（一一二六），「於時士大夫争與之（宗杲）游。雅爲右丞相吕公舜徒（好問）所重，奏賜紫衣，師號佛日大師。」按：因二禪師不肯住臨川廣壽寺，執意回福建雪峰寺，故詩有「索歸」之語。以上諸詩，皆作於紹興三年秋。

與錢伯言、韓駒唱和。

詩集卷一四答錢遜叔：「病夫袖手無所爲，一坐臨川已三月。忽蒙妙句起衰憊，頓覺和氣生毛髮。」本卷有次韵錢氏唱和詩多首。是時韓駒亦居臨川，其陵陽集中亦有次韵唱和詩多首，皆同時之作（按：據建炎要録卷九一，韓駒罷中書舍人後寓居撫州，於紹興五年秋七月卒）。

收聚子弟在臨川共學。

呂祖謙題伯祖紫微翁與曾信道手簡後：「先君子（指其父大器）嘗誨某曰：……『紹興初，寇賊稍定，舍人（其伯祖本中）與諸父相攜出桂嶺，憩臨川，訪舊友，多生死，慨然太息，乃收聚故人子曾益父、裘父輩，與吾兄弟共學，親指畫，孳孳不怠。既又作詩勉之，今集中寄臨川聚學諸生數詩是也。』」所謂「紹興初」，當在是年；所謂「數詩」，殆指贈夏庭列兄弟（詩集卷一二）、贈大倫與三曾二范聚學並寄夏三十一四首（同上卷一五）等。

宋高宗紹興四年甲寅（一一三四）

建炎要録卷七四：紹興四年三月戊午，「端明殿學士、江南西路制置大使趙鼎參知政事。高宗命鼎薦舉人才，鼎即以王居正、呂祉、董弅、林季仲、陳橐、朱震、范同、呂本中上之。乃詔三省公共隨器任使」。三月甲戌，「直秘閣、主管台州崇道觀呂本中爲祠部員外郎」。同上書卷七五：紹興四年四月丙午：「尚書祠部員外郎呂本中依舊直秘閣、主管台州崇道觀，以本中引疾有請也。」按：呂本中除祠部員外郎制詞，乃中書舍人張綱行，見張綱華陽集卷六。

呂本中五十一歲。

春，作東林珪雲門杲將如雪峰因成長韵奉送詩。

詩集卷一四。詩略曰：「東風被澤國，君有千里行。送君不能遠，宿昔春水生。」又自稱「七年在奔走，一飽費經營」。七年，當由建炎二年（一一二八）秋離宣州南行算起，「七年」爲紹興四年（一一三四）。

作和范仲熊舜元游橘園見梅詩。

詩集卷一四。按：范仲熊，字舜元，祖禹孫，范沖子，本中表弟。靖康初爲河内丞，陷金得歸。附苗傅、劉正彦，二人伏誅，除名勒停，編管臨江軍，又謫嶺外。後釋之。建炎要録卷八一：紹興四年冬，「除名勒停人范仲熊敘右承事郎」。

作送王循友往柳州詩。

外集卷一。按：王循友，大名清平（今屬山東臨清市）人，仁宗朝狀元王巖叟孫。紹興四年爲樞密院幹辦公事。十年，以右承事郎爲太府寺丞。歷倉部員外郎、樞密院檢詳諸房文字、守尚書右司員外郎、權吏部侍郎。紹興二十三年正月，由知鎮江府移知建康府。二十四年六月，以前知建康時罪秦檜族黨，特貸死安置藤州，次年三月量移邵州。事見建炎要録卷八一、卷一三四、卷一四九、卷一五四、卷一五五、卷一六四等。其何事往柳州不詳，當在紹興四年冬十月任樞密院幹辦公事時，見建炎要録卷八一。

在臨川，作江西宗派圖并序。

見上引能改齋漫録卷一〇江西宗派，略。漫録又曰：「居仁已而出自嶺外，寄居臨川，乃紹興癸丑之夏，因取近世以詩知名者二十五人，謂皆本於山谷，圖爲江西宗派，均父其一也。」所作圖、序，原本早佚，苕溪漁隱叢話前集卷四八山谷中有摘録，而以趙彦衛雲麓漫鈔卷一四所鈔較完整，然稱「其略云」，知仍非完本。據趙氏所鈔，該序概論先秦、漢唐以來詩歌源流及主要作家，宋代則論及歐陽氏之古文，歌詩則歸結於黄庭堅及江西宗派。曰：「歌詩至於豫章，始大出而力振之，後學者同作並和，盡發千古之秘，亡餘藴矣。録其名字，曰江西宗派，其原流皆出豫章也。」其下爲宗派成員二十五人名單。宗派圖及序之編製、寫作時間，宋人或云「少時戲作」（見范季隨陵陽先生室中語），或云紹興三年作（見上引）；當今學者或以爲作於崇寧初，或云大觀末、政和初，莫衷一是，迄無定論。惟紹興三年説有細節，且有年月載諸文獻，但學界仍不能定讞，姑係於是以俟考。

歲晚，作送楊蒙秀才往樂平詩。

詩集卷一四，略曰：「我有閩粤役，君成江浙行。窮途一回首，歲晚倍傷情。」據此，知吕本中是年末前往閩粤。閩粤，此偏指閩，即福建。楊蒙，蓋福建青年學子；樂平，今江西景德鎮下屬縣級市名。

宋高宗紹興五年乙卯（一一三五）

宋史高宗紀五：是年二月丙戌，「以趙鼎爲左僕射，張浚右僕射，並同中書門下平章事兼知樞密院事」。鼎與右相張浚論事不合，十二月壬寅，「趙鼎罷」。　韓駒卒（一〇八〇—一一三五）。

呂本中五十二歲，寓福州。

春，在福州，作和秦楚材直閣韵。

詩集卷一四。詩曰：「一年春事妖氛退，萬國歡聲佳氣浮。」按：秦楚材，名梓，秦檜兄。據建炎要録卷七三，秦梓於紹興四年二月以直秘閣提點福建刑獄公事，已先入閩。則是年春，呂本中已由臨川到達福州。本卷後鼓山、游鳳池（鼓山、鳳池俱在閩縣）等詩，當皆作於是時。

約四五月間，作寄計議弟張彦實錢元成夏庭列詩。

詩集卷一四。計議弟，指呂用中，本中四弟。宋史高宗紀五：紹興五年三月丙子，「遣樞密計議官呂用中等分使兩浙、江東西路檢察經、總制司財用」。張彦實，名擴，字彦實，已見前。錢元成，不詳。夏庭列，夏倪子。

冬，作送林之奇少穎秀才往行朝詩。

詩集卷一四。按：林之奇（一一一二—一一七六），字少穎，號拙齋，侯官（今福建閩侯）人。呂本中在閩時門人。姚同拙齋林先生行實（拙齋文集附録）曰：「紹興丙辰，以賢書將試南宮，西垣公（呂本中）餞以詩（即此詩，略）。」知林之奇此行乃到杭州參加下年初之省試（又稱南宮試），是詩乃餞行之作，時當在紹興五年冬。

宋高宗紹興六年丙辰（一一三六）

宋史高宗紀五：紹興六年九月丙寅，「帝（高宗）發臨安。……癸酉，帝次平江」。又建炎要録卷一〇五：紹興六年九月癸酉，「上（高宗）次平江府。以水門隘不通御舟，乃就輦于城外，百官朝服乘馬扈從至行宫」。平江府，今江蘇蘇州。

呂本中五十三歲，寓福州，秋，赴平江府行在所晋見高宗。

作寄晁恭道鄭德成二漕詩。

詩集卷一五。詩人以詩向二人索茶，略曰：「二年住閩中，不識建溪茶。……故人持節來，憐我病有加。會當餉絶品，不但分新芽。」據建炎要録卷八六，紹興五年閏二月，福建路轉運判官鄭士彦言「坑冶盡廢」云云，與呂本中居閩時間大體相合，本中向二人寄詩索茶，約在是年春。又考乾隆福建通志卷二一職官二，宋紹興間任福建轉司判官爲鄭士彦、晁謙之。晁謙之字恭道。鄭德成疑即鄭士彦，蓋「德成」乃其表字。詩言「二年住閩中」，據前述，本中於紹興四年底自稱「有閩粤役」，入閩蓋稍後，約紹興五年春到福州，至是爲「二年」。

夏四月，欲赴行在所，作將發福唐詩。

詩集卷一五。詩略曰：「盡此一囊粟，我行當有期。涼風吹天涯，增我别後思。結束向行在，問子還何時。」建炎要録卷一〇〇：紹興六年夏四月壬寅：詔：「左朝請大夫、主管台州崇道觀陳公輔，右朝奉郎、直秘閣、主管台州崇道觀吕本中，左從政郎、監福州嶺口鹽倉梁習，左宣教郎黄鍰，並召赴行在所。用史館修撰范沖薦也。」福唐，今福建福清。按：吕本中召赴行在，因病一再延宕，作是詩時似決心動身，但仍未成行。岳珂寶真齋法書贊卷二五載吕居仁瞻仰收召二帖，其瞻養帖曰：「本中再拜：比稍不聞動静，瞻仰之至，即日伏惟尊候萬福。本中久留閩中，比已治北去計，復被召命。顧自春多病，日頗增劇，須俟旬日稍閒乃行。衰羸如此，亦復何用。前路當懇求宫祠再任，期必得請。或見諸公，敢乞先致一言張本，至幸。尚阻侍見，倍乞爲時護重，不備。本中再拜徽猷侍講姑夫（按：范沖）、淑人四十七姑座前。四月二十八日。」

六月，作晉康逢師厚詩。

後集卷三。晉康，縣名，紹興初升爲德慶府，地在今廣東德慶東，屬肇慶。師厚，即范直方，字師厚，范純仁孫。按詩稱范師厚被「屢詔」，新年（紹興六年）後決定去「脩門」（代指杭州），舟行至三水（今廣東佛山市）不幸翻船，由其弟師尹（名直清）救援得脱。考建炎要録卷九九：紹興六年三月辛未：「左承議郎范直清提舉廣西買馬。」據此，是詩當作於紹興六年春三月後不久。

夏，作謝宇文漳州送茶詩。

詩集卷一五，有「暑氣侵人病逾劇」、「漳州太守送茶來」句。太守，當指宇文師瑗。建炎要録卷八七：紹興五年三月，「右朝散大夫宇文師瑗知漳州」。按：師瑗，宇文虛中子，成都廣都（今成都雙流）人。

七月，授守起居舍人，賜進士出身。

建炎要録卷一〇三：紹興六年秋七月癸酉，「右朝奉郎、直秘閣、主管台州崇道觀吕本中守起居舍人。本中以范沖薦召還，未入見，詔曰：『本中學術淵源，本乎前哲；文采聲譽，絶於搢紳。更歷險夷，遂爲耆舊。可特賜進士出身。』遂有是命」。

八月，授起居舍人兼權中書舍人。

建炎要録卷一〇四：紹興六年八月丙戌，「起居舍人吕本中兼權中書舍人」。

作將去福州詩。

詩集卷一五。是詩前爲温泉詩，有「海上秋來早晚凉」句，後爲初秋詩，則離開福州當在秋季。

九月，赴行在抵嚴州，作嚴州九日坐上贈胡明仲常子正詩。

詩集卷一五。按：胡寅，字明仲，崇安（今屬福建）人。常子正，名同，字子正，臨邛（今屬四川）人。二人宋史有傳。

吕本中何時抵達平江府，是否得到高宗單獨召見，文獻失載，尚待考，但以重陽後由嚴州直抵平江府行朝，履八月所授起居舍人、權中書舍人職任之可能性最大。在平江期間，曾爲王份作臞庵詩（見本書東萊先生詩集補佚），中有「一朝胡塵暗，故家希復存」句，必作於靖康之後，而靖康後吕本中除此行外未曾再到蘇州，姑繫於此。臞庵，王份所建園林名，在松江之濱。

十一月，吕本中再請奉祠，不許。

建炎要録卷一〇六：紹興六年冬十一月戊辰，「起居舍人吕本中引疾再請奉祠，不許。本中言自古中興必有根本之地，以制四方之地；必有根本之兵，以制四方之兵。今都邑未定，禁衛單弱，望諭大臣，先求二者之要而力行之」。按：歷代名臣奏議卷二三三所録奏疏文本，較此爲詳。

十二月，作送楊晨當時赴夔漕詩。

詩集卷一六。按：楊晨，字當時，永睦（今四川達州）人。宣和初試禮部第一。建炎要録卷一〇七：紹興六年十二月，「尚書禮部員外郎、都督府主管機宜文字楊晨爲夔州路轉運判官」。所謂「夔漕」指此。

宋高宗紹興七年丁巳（一一三七）

宋史高宗紀五：「（紹興）七年春正月癸亥朔，帝在平江，下詔移蹕建康（今江蘇南京）。」三月辛未，「帝至建康」。九月丙子，趙鼎再相，拜尚書左僕射、同中書門下平章事兼樞密使。

吕本中五十四歲。

正月，作送徐林稚山赴江西漕詩。

詩集卷一六。建炎要録卷一〇八：紹興七年春正月，「尚書右司員外郎徐林直顯謨閣、充江南西路轉運副使」。所謂赴「江西漕」指此。

二月，作送范師厚宣諭四川詩。

詩集卷一五。建炎要録卷一〇七：紹興六年十二月，「命右司員外郎范直方宣諭川陝諸州，及撫問吴玠一行將士。三省言：『頃遣宣諭五使，川陝獨不及，故命直方往勞軍，且察官吏能否。』上召見，賜御寶、手曆而遣之」。同上卷一〇九：紹興七年二月甲辰，「右司員外郎、川陝宣諭范直方乞金字牌旂榜二副，所過緩急招收盜賊。許之。因命直方與都轉運使李迨措置市馬赴行在。尋賜直方三品服遣行」。按：范直方，字師厚，范純仁孫，已見上年所作晋康逢師厚詩注。

四月，授吕本中直龍圖閣、知台州。引疾求去，得祠禄。

建炎要録卷一一〇：紹興七年夏四月，「起居舍人吕本中直龍圖閣、知台州。本中引疾求去，疏再上，乃命出守。本中辭，乃以本中主管江州太平觀」。忽授外官原因不詳，疑與内部鬬争有關。在平江、建康期間，吕本中曾多次上奏章發表政見，見宋史本傳。

離建康，作將發金陵奉懷張彦實、初離建康詩。

詩集卷一六。前詩有「文章晚未用，歲月事多違」、「不應蘧伯玉，獨悟昔年非」句。

離建康後，寓居會稽，作寓會稽禹迹寺等詩。

詩集卷一六。會稽初秋四首、錢遜叔侍郎奉京師舊墳改葬天柱謹成挽詩一首等，蓋皆作於禹迹寺，時間相去不遠。按：禹迹寺，在今浙江紹興城内，與沈園相鄰，始建於晉代。

作重陽日西興臨安親舊詩。

詩集卷一六。按：西興，鎮名，原屬蕭山縣，今爲杭州濱江區。此重陽，當在紹興七年。

冬十月，作送胡明仲知永州詩。

詩集卷一六。建炎要録卷一一五：紹興七年冬十月甲寅，「徽猷閣待制、知嚴州胡寅移知永州」。

閏十月，授吕本中試太常少卿。

建炎要録卷一一六：紹興七年閏十月，「直龍圖閣、主管台州崇道觀吕本中試太常少卿」。按：本年四月，本中辭知台州，乃「以本中主管江州太平觀」，此言崇道觀，蓋奉祠宫觀有變動。除試太常少卿制詞，乃試中書舍人李彌遜行，見所著筠溪集卷四。於是，吕本中由祠禄官再次入朝爲官。

宋高宗紹興八年戊午（一一三八）

宋史高宗紀六：是年二月戊寅，「帝（高宗）至臨安」。三月壬辰，「復以秦檜爲尚書右僕射、同中書門下平章事兼樞密使」。趙鼎薦胡寅、吕本中等，力辟和議，爲秦檜所傾。冬十月甲戌（二十日），「趙鼎罷」。趙鼎第二次罷相，標志着朝廷中戰、和兩派的長期較量，以主戰派失敗告終。戊寅，「樞密副使王庶乞免簽書和議文字，累疏求去，不許」。十一月辛丑，詔：「金國遣使入境，欲朕屈己就和，命侍從、臺諫詳思條奏。」從官張燾、晏敦復、魏矼、曾開、李彌遜、尹焞、梁汝嘉、樓炤、蘇符、薛徽言、御史方廷實皆言不可。甲辰，「王庶罷」。辛亥，以樞密院編修官胡銓上書直諫，斥和議，乞斬秦檜、孫近、王倫，除名，昭州編管（據三朝北盟會編卷一八六）。癸酉，「館職胡珵、朱松、張擴、凌景夏、常明、范如圭上書，極論不可和」。丁丑，詔：「金國使來，盡割河南、陝西故地，通好於我，許還梓宮及母兄親族，餘無需索。令尚書省榜諭。」是歲，「始定都於杭」。陳與義卒（一〇九〇—一一三八）。

吕本中五十五歲。

二月庚申，吕本中試中書舍人。

建炎要録卷一一八：紹興八年二月庚申，「太常少卿吕本中試中書舍人」。其試中書舍人制詞，見李彌遜筠溪集卷五。

作題宫使趙樞密獨往亭。

外集卷一。按：趙樞密，即趙鼎（一〇八五—一一四七），字元鎮，解州聞喜（今山西聞喜）人。紹興七年九月再召入朝，拜尚書左僕射、同中書門下平章事兼樞密使。力主抗金，爲秦檜所傾，累貶官至潮州，絶食而死。獨往亭，乾隆浙江通志卷四八古蹟十衢州府引名勝志：「在常山縣（按：今屬浙江衢州）容車山。宋趙鼎建。」詩有「出佐明天子，意欲無强胡」，「小人病無能，誤入承明廬」等句，知建亭在趙鼎再入相之前，題詩作於趙鼎再相、本中爲中書舍人（中書舍人乃中書後省長官，故以承明廬爲喻）之後。再相在去年九月，爲中書舍人在今年二月，故詩當作於此後不久，具體時間不詳，故繫於此。

三月甲午，兼侍講、直寶文閣。

建炎要録卷一一八：紹興八年三月甲午，「中書舍人吕本中兼侍講、直寶文閣」。

六月壬午，兼權直學士院。

建炎要録卷一二〇：紹興八年六月壬午，「中書舍人吕本中兼權直學士院。時將遣金使，禮部侍郎、兼直學士院曾開當草國書，乃言遲暮廢學，志力俱衰，凡有撰述，動繫國體，乞免兼權直職事。上欲用勾龍如淵，趙鼎力薦本中，乃有是命」。

七月庚子，高宗表達對吕本中不滿。

建炎要録卷一二一：紹興八年秋七月庚子，「中書舍人勾龍如淵入對，上曰：『朕本用卿直學士院，而趙鼎薦吕本中，他日本中罷，則用卿矣。』上又曰：『卿與樓炤皆朕親擢，中書事有當論，即奏來。如張致遠、吕本中，皆作附麗計者。人誰不由宰相進，致遠亦太甚。』上久之曰：『李授之進易解，朝廷議與一職名，本中毅然欲繳。既而知授之乃趙鼎爲諸生時教授也，遂已，殊可怪。』」

秋七月，呂本中與秦檜交惡。

建炎要録卷一二一：紹興八年秋七月丁未，「左金紫光禄大夫、尚書左僕射、同中書門下平章事、監修國史趙鼎遷特進，以哲宗實録成書也。中書舍人兼直學士院呂本中草制，有曰：『謂合晉楚之成，不若尊王而賤霸；謂散牛李之黨，未如明是而去非。惟爾一心，與予同德。』右僕射秦檜深恨之」。又言行録：「靖康間，公（呂本中）與秦檜同爲郎，意懽甚。秦又公父（指呂好問）所薦御史也，趙鼎耳熟公名，亦大欽鄉之。公之真拜西掖也，趙秦適爲左右揆，論議多不諧。秦有專擅之意，欲排不附己者，公爲陳『同人於野，亨』之意，當以大同至公，圖濟艱難，秦不然之。又力勸其不可汲用親黨。亡幾何，除目果下，公即奏還之。秦諭且令書行，卒不聽，秦始怨公矣。哲宗實録成，趙除特進，公行其制曰：『謂合晉楚之成，不若尊王而賤伯。』秦見此語，指爲破和議，不樂也。公繳還制勅甚衆，抑僥倖，明是非，未嘗苟合。趙能容多聽從，秦皆以爲罪，遂誣公阿附首臺。趙鼎去，言者希合，論公爲朋比，罷之。公去，秦之勢張矣。」

八月甲戌，呂本中兼史館修撰。

建炎要録卷一二一：紹興八年八月甲戌，「中書舍人兼直學士院呂本中兼史館修撰。……本中奏曾祖公著、祖希哲皆係元祐黨籍，若記録當時舊事，實有妨嫌，且使後來生事之人得以藉口。不從」。

九月二十一日行劉一止除秘書少監制。見劉一止苕溪集卷五五。

十月甲戌，趙鼎罷相。

宋史高宗紀六。又宋史本傳：「（鼎）以忠武節度使出知紹興府，尋加檢校少傅，改奉國軍節度使。檜率執政往餞其行，鼎不爲禮，一揖而去，檜益憾之。」

十月乙亥，勾龍如淵讒誣吕本中。

靖康要録卷一二一：紹興八年十月乙亥，「上召中書舍人兼直學士院勾龍如淵草趙鼎免制，如淵奏：『陛下既罷鼎相，則用人材，振紀綱，必令有以聳動四方。如君子當速召，小人當顯黜。』上曰：『君子謂誰？』曰：『孫近、李光。』上曰：『近必召，如光，則趙鼎、劉大中之去，皆薦之，朕若召，則是用此兩人之薦，須朕他日自用之。』如淵曰：『此鼎、大中姦計也。兩人在位時，何不薦光？及罷去而後薦之，意謂陛下采公言必用光，故以示恩耳。』上又曰：『小人謂誰？』曰：『吕本中。』上頷之。如淵因奏：『臣向聞陛下言：「本中與張致遠蓋專爲附離計者，今觀本中真小人也。」致遠似不然。如近日喻樗除著作佐郎，臣親見其與宰相辨久之。樗，鼎腹心士也，臣恐陛下過聽，以致遠與本中同科，則實不然，願陛下察之。』」

十月辛巳，吕本中爲侍御史蕭振論罷。

靖康要録卷一二一：紹興八年十月辛巳：「中書舍人兼史館修撰、兼直學士院吕本中罷。侍御史蕭振言：『本中外示樸野，中藏險巇。父好問受張邦昌僞命，本中有詩云『受禪碑中無姓名』，其意蓋欲證父自明爾。趙鼎以解易薦李授之，除秘閣，本中初不知授之鼎所薦，遂怒形於色，欲繳還詞頭。已而知出於鼎，乃更爲授之命美詞，其朋比大臣、無所守如此。望罷本中，以清朝列。』詔：本中提舉江州太平觀。」

十一月，吕用中上奏狀爲父辯誣。

因蕭振劾吕本中牽涉其父吕好問受僞命事，本中弟用中於是上狀，爲父辯誣。建炎要録卷一二三：紹興八年十一月戊子，「兵部員外郎吕用中上疏辯父好問受僞命之謗，且言金人僞立邦昌，好問陰募遣使臣李進冒重圍、齎帛書往河北，求今上所在。若使事少敗露，則必閤家盡遭屠戮，與夫自經溝瀆，身享美名，子孫獲厚禄校量，利害孰重孰輕？乞録送史館。從之」。按：用中所上奏狀文本，見三朝北盟會編卷一〇九。

作舟行至桐廬詩。

詩集卷一六。桐廬，嚴州屬縣之一，今隸浙江杭州。乾隆浙江通志卷四九古蹟嚴州府上吕本中宅引萬曆嚴州府志：「本中寓居桐廬縣蘆茨源。」蓋吕本中罷中書舍人後，隨即離開杭州，寓居桐廬，次年春到嚴州。

作離行在即事三首。

外集卷一。詩有「轉喉常觸諱，對面卻論心」等句，可見與政敵結怨極深，是時心情尚未平静。詩又稱「飄泊留旁郡」，知組詩並不作於離行在時，乃後來抒發感慨之作，所謂旁郡，蓋指桐廬縣。

作次秀亭韵二首。

詩集卷一六。秀亭，董棻（一作弅）淳熙嚴州圖經卷一館驛：「秀亭在（嚴州）子城東東山上，前臨闤闠，一覽盡得溪山之勝，前賢賦詩多矣。亭廢，後人作小屋其上，名高勝。紹興八年，知州董棻命撤去，即故基建亭，榜以舊名。」是詩當作於董棻重建新亭落成時，詩中所言「公」、「使君」，即知嚴州事董棻；稱「次韵」，蓋次董棻詩韵，原唱已佚。按：董棻，字令升，東平（今屬山東泰安）人。乃趙鼎所薦人才之一，見前紹興四年條引建炎要録卷七四。歷官起居舍人、試中書舍人兼權禮部尚書，因反對議和，被論罷。宋史翼有傳。又嚴州圖經卷一知州題名：「董棻，紹興七年十一月初三，以左朝奉大夫充徽猷閣待制知。紹興九年八月初五日罷任。」則是詩當作於紹興八年十一月稍後。

作甘棠樓詩。

詩集卷一六。詩經召南甘棠小序曰：「甘棠，美召伯也。召伯之教，明於南國。」後代爲官有遺愛，遂以甘棠稱之，此甘棠樓即取其義。宋董弅編嚴陵集卷四題思范軒二首其一：「詩石欲留千古永，棠陰還對一樓繁。」原注：「西湖有甘棠樓，亦旌德政。」又淳熙嚴州圖經卷一館驛：「甘棠樓，舊在善利門北城角，俯臨西湖，因方臘之亂不存。紹興八年，知州董棻既辟善利門，即門上跨城隅建樓，榜以舊名。」作時蓋與上次秀亭韵相先後。

歲末，作送曾吉父詩。

詩集卷一七。曾幾，字吉父（一作甫）。陸游曾文清公墓誌銘：「故太師秦檜用事，與虜和，士大夫議其不可者輒斥。公兄（曾開）爲禮部侍郎，争尤力，首斥，而公亦罷。時秦氏專國柄未久，猶憚天下議，復除公廣南西路轉運副使，以慰士心。」考三朝北盟會編卷一八八：紹興八年十二月一日，「先是，曾開奏論和議利害，不省。開與秦檜論和議事不協，開乞罷禮部侍郎，遂以寶文閣待制宫觀」。授曾幾廣西運副，即在是時。此所謂「送」，即送曾幾赴任。曾幾有和詩呂居仁力疾作詩送行次其韵，今存，見茶山集卷五。

又作次曾吉父蘭溪三絶。

詩集卷一七。此與送曾吉父當爲同時之作。

作窮臘有懷詩。

詩集卷一七。

宋高宗紹興九年己未（一一三九）

呂本中五十六歲。

元日，作贈人詩。

詩集卷一七。詩有「新正所願長窮健，剩作歌詩準備公」句。新正，即元日。

作追憶昔年正月十日宣城出城至廣教詩。

詩集卷一七。又同卷病中上元、正月十七日、正月十九日暴熱等，皆作於是年正月間。

抵嚴州，作嚴州春曉二首。

詩集卷一六。詩言「春已老」、「暮春」，當在是年三月。熊克中興小紀卷二五曰：本中罷官後，「既而給事中張致遠以徽猷閣待制出知廣州，中書舍人呂本中奉祠而去，二人皆趙鼎所厚者」。原注：「二人之去，皆在（紹興八年）十一月，今聯書之。」又陳騤等南宋館閣録卷八史館修撰載：呂本中紹興「八年八月以中書舍人兼，十一月提舉太平觀」。則本中十月罷官，十一月離朝，曾在桐廬暫住，移居嚴州（治今浙江建德），時已暮春矣。

七月，作處暑詩。

詩集卷一八。按：處暑，節氣名，在七月中。

作予將爲三衢之行下塔僧惠道求詩留題因成絶句遺之詩。

詩集卷一六。詩有「半年夢作嚴州住」句，其赴衢州，當在是年七八月間。同卷將適三衢而七弟欲往臨安臨行作詩奉送、建安熊述之爲令建德不言而民治將適三衢留詩美之二首、衢州路中等詩，作時當相去不遠。

作贈京口使君、再贈詩。

詩集卷一八。京口，即鎮江府。京口使君，指孟忠厚。宋史外戚傳下：孟忠厚字仁仲，隆祐太后兄、追封咸寧郡王彦弼子。紹興九年判鎮江府，改判明州兼安撫使，改判婺州。建炎要録卷一三一：紹興九年八月戊午，「鎮潼軍節度使、開府儀同三司、信安郡王孟忠厚判鎮江府，從所請也」。詩當作於是年八月稍後。又同上卷一三五：紹興十年夏四月丁卯，「鎮潼軍節度使、開府儀同三司、知鎮江府信安郡王孟忠厚知明州，兼管内安撫使」。其改判婺州時間不詳。再贈詩稱「婺女勝京口，公來歲已秋」，則其人已在某年秋到婺州矣。再贈詩較晚，作年不詳，姑附載於此。

作己未重陽詩。

詩集卷一六。己未，即是年。同卷無題四首，言其子「重陽共采東籬菊，卻似乃翁年少時」，蓋同時之作。

十一月，作送廣東漕范子儀詩。

詩集卷一七。范正國，字子儀，范純仁子。按四庫本建炎要録卷一三三：紹興九年十一月戊子，「初，命侍從、兩史官各舉所知二人」，至是，權吏部尚書吴表臣等舉三十二人，其中有左朝散郎、新知臨江軍范正國。遂以「正國爲廣西路轉運判官」。同書卷一四七（中華書局一九八八年鉛印本）：紹興十三年（一一四三）四月，「廣轉運判官范正國代還」。「廣」後脱一字。據詩題、詩中「我爲三衢居，君作番禺行」句，作「廣東」是，「廣西」誤。宋代官員以實任三年滿，由任滿代還上推，紹興九年十一月受命、十年初赴任、十三年四月任滿返回，正合。

冬日，作次潘都尉富季申冬日探梅韵二首。

詩集卷一八。按探梅詩其二曰：「開府新從日下歸，却尋山水對烟霏。」宋史公主列傳：「秦國康懿長公主，帝（哲宗）第三女也。始封康懿，進嘉國、慶國，政和二年（一一一二）改韓國公主，出降潘正夫，改淑慎帝姬。……建炎初復公主號，改封吴國。」潘都尉，即吴國公主之夫潘正夫，封駙馬都尉。建炎要録卷一三三：紹興九年十一月癸巳，「檢校少保、昭化軍節度使、充醴泉觀使、駙馬都尉潘正夫開府儀同三司」。「新從日下歸」，謂到杭州晋見皇帝，新授「開府」之官，詩當作於是時。富直柔，字季申，前宰相富弼之孫。

宋高宗紹興十年庚申（一一四〇）

吕本中五十七歲，由婺州移居信州。

正月，作李丞相挽詞三首。

詩集卷一八。李丞相，即李綱，紹興十年正月十五日卒，年五十八。李綱卒於福州，故挽詞作時應稍後。

抵信州，作二月七日與群從游陳氏園詩。

詩集卷一八。同時人王洋作有己巳三月十二日陪凌季文游水南陳氏園次壁間徐明叔韵詩（東牟集卷四），「己巳」爲紹興十九年（一一四九），而王洋紹興十七已寓居信州，由此推得吕本中所游陳氏園亦在信州，詳見本書該詩注。按：信州，南宋時屬江南東路，見宋史地理志四。今爲江西上饒。其由衢州到婺州、由婺州到信州準確時間無考。信州乃吕本中最後寓居地，直至逝世。

六月，作李尚書挽詞。

詩集卷一八。李尚書，即李彌大，字似矩，蘇州吴縣人，官至刑部尚書。靖康要録卷一三六：紹興十年六月庚戌，「徽猷閣待制、提舉江州太平觀李彌大復顯謨閣直學士致仕。時彌大已卒矣」。

初秋，作野寺詩。

詩集卷一八。所謂「野寺」，當指信州茶山廣教寺。韓元吉兩賢堂記：「廣教僧舍，在（信州）城西北三里而近，尤爲幽清，小溪回環，松竹茂密，有茶叢生數畝，父老相傳唐陸鴻漸所種也，因號茶山。……紹興中，故中書舍人吕公居仁嘗寓於寺。」詩稱「所幸秋已至」，當作於是年初秋。

十二月戊子，吕本中復秘閣修撰，再被論罷。

建炎要録卷一三八：紹興十年十二月戊子，「吕本中復秘閣修撰，並仍舊提舉江州太平觀」。復官制乃中書舍人張嵲行，見所著紫微集卷一七。辛卯，言者奏：「本中阿附趙鼎，無異陪臣。」於是復官之命遂罷。

作懷許子禮詩。

詩集卷一八。許子禮，名忻，字子禮，紹興九年（一一三九）守吏部員外郎。次年春正月因上疏反對議和，忤秦檜，出爲荆湖南路轉運判官，謫居撫州。詩當作於是年，月份不詳。

宋高宗紹興十一年辛酉（一一四一）

宋史高宗紀六：「八月甲戌，罷岳飛。」十一月辛亥，「（金）兀术遣審議使蕭毅、邢其瞻與魏良臣等偕來。……壬子，蕭毅等入見，始定議和盟誓。乙卯，以何鑄簽書樞密院事，充金國報謝進誓表使。庚申，命宰執及議誓撰文官告祭天地、宗廟、社稷。……是月，與金國和議成，立盟書，約以淮水中流畫疆，割唐、鄧二州畀之，歲奉銀二十五萬兩、絹二十五萬匹，休兵息民，各守境土」。十二月癸巳，「賜岳飛死於大理寺，斬其子雲及張憲於市，家屬徙廣南，官屬于鵬等論罪有差」。徐俯卒（一〇七五——一一四一）。

吕本中五十八歲。居信州。

作辛酉立春詩。

詩集卷一八。辛酉，即本年。

作謝方倅送炭詩。

詩集卷一八，有「寒壓新春雪不融」句。同卷雪夜詩，蓋作時相近。

又作即事四絶。

詩集卷一八。即事四絶其二曰：「匆匆和夢别星樓，擾擾隨緣住信州。」星樓，指星君樓，亦即八詠樓。乾隆浙江通志卷四七古蹟金華府引萬曆金華府志：「八詠樓，在府學西。舊名元陽，太守沈約建，有八詠詩。宋至道間，知州馮伉易名『八詠』。景祐三年（一〇三六），知州林泆重建後，改爲星君樓之玉皇閣，移其扁於八詠門城樓上。」此以星樓代指婺州（今浙江金華）。呂本中赴信州，由婺州出發。詩乃回憶當日離婺州時情況。四絶其三有「問柳尋花懶不知」句，知在春天。

七月，作徐師川挽詩三首。

詩集卷一九。建炎要録卷一三五：紹興十年夏四月，「端明殿學士徐俯守信州」。同上卷一四一：紹興十一年七月，「端明殿學士、提舉臨安洞霄宫徐俯薨於饒州」。

八月，作寄人三首。

詩集卷一七。按：是詩爲呂希哲門人、本中早年友人顔岐之死而作。靖康之後，顔氏主和，政治表現甚差，本中與之絶無唱和。官至知樞密院事，建炎中因牽連苗劉之亂，罷官，寓居福州。建炎要録卷一四一：紹興十一年八月壬申，「資政殿學士顔岐薨於福州」。

約九月，作次韵曾宏甫木犀詩。

詩集卷一八，有「風吹旱暑未成秋」句。按：曾宏甫，名惇，避宋光宗諱，以字行，曾紆子，曾鞏侄孫。

重陽前後，作重陽前一日作、次曾宏父九日韻，九日贈曾宏父二絶詩。

詩集卷一九。

作辛酉之冬周提宫塈惠竹隔。

詩集卷一八。辛酉，即是年。周提宫，即周塈，字固仲，嘗爲荆湖南路轉運判官，徙居上饒。提宫，即提舉某宫觀之省，言其爲祠禄官。竹隔，即竹簾。同上卷猶有周仲固尚論齋詩，蓋作時相近。

宋高宗紹興十二年壬戌（一一四二）

吕本中五十九歲。居信州。

夏，作畜犬雪童黠甚勝人壬戌夏暴死作詩傷之。

詩集卷一九。壬戌，即是年。

秋，作次葉守喜雨詩。

詩集卷一九。莊綽鷄肋編卷下：「葉三省景參，嚴州人，嘗任起居舍人。」建炎要録卷一四八：紹興十三年三月，「直龍圖閣葉三省知信州代還」。以三年任滿計，則葉氏知信州當在紹興十年，是詩或作於紹興十二年。

作送曾宏父知黄州四絶。

詩集卷一九。能改齋漫録卷一一曾郎中獻秦益公十絶句：「紹興壬戌，朝廷既罷三大將息兵議和，曾郎中惇時守黄州，獻書事十絶句於秦益公（檜），秦繳進於上。上喜，與陞擢差遣。」詩有「正是一年秋好處」句，知詩作於是年秋。

宋高宗紹興十三年癸亥（一一四三）

吕本中六十歲。居信州。

正月，作癸亥歲正月二首。

詩集卷一九。癸亥歲，即是年。詩曰：「今年忽六十，稍覺日有暇。孔子固大聖，未害六十化。」

作謝范子儀見寄因次其韵。

詩集卷二〇。范子儀，名正國，范純仁孫。建炎要録卷一四七：紹興十三年四月，「廣東轉運判官范正國代還」。詩當作於代還之後。

閏四月，作曾吉父横碧軒詩。

詩集卷二〇。曾吉父，吕本中友人曾幾字。横碧軒，曾幾居信州時所寓軒名，見所作次程伯宇尚書見寄韵原注。按：詩中有「開軒有餘地，草木當夏閏」句。閏，紹興十三年閏四月，故云。

宋高宗紹興十四年甲子（一一四四）

吕本中六十一歲。居信州。

春，作郡會分韵得鑾字。

詩集卷二〇。詩曰：「柳外高樓四面山，使君攜客共躋攀。」是時信州使君（知州）乃程瑀。建炎要録卷一五〇：紹興十有三年九月戊辰，「兵部尚書兼侍讀、資善堂翊善程瑀充龍圖閣學士知信州。瑀稱疾乞奉祠，乃命出守」。詩有「桃李無言春自閑」句，知當作於程瑀到任之次年春。按：程瑀，字伯禹，饒州浮梁（今江西景德鎮）人。少有聲太學，政和六年（一一一六）上舍釋褐第一。歷知撫州、嚴州，徙宣州。官至兵部尚書。

寒食，作郡會賞牡丹分韵得裳字詩。

詩集卷二〇。詩有「牡丹花在逢寒食」句。

初冬，作謝滕尉送梅詩。

詩集卷一八，有「喜聞春信出初冬」句。滕尉，疑爲滕甫裔孫。

冬十二月，作謝曾台州送梅詩。

詩集卷二〇。建炎要録卷一五一：紹興十四年六月：「曾惇知台州。惇嘗獻秦檜詩，稱爲『聖相』，故以郡守處之。」按：台州，今爲浙江市名。詩中稱「臘前」，「臘」爲古代祭典名，則送梅當在是年臘八節（臘月初八日）前。

作焦復州惟正寄鼎復兩州喜雨詩來以近體詩一首寄之詩。

詩集卷一九。焦惟正，字適道，南渡後曾在衢州巧遇其兄，隨後又與靖康間失散之家人團聚，詩集卷一八有本中題焦寺丞詩册三絶，可參閲。鼎復，即鼎州、復州。建炎要録卷一五二：紹興十四年冬十月甲辰，「左奉議郎焦惟正知復州，代還」。詩當作於代還稍前。

作吴傳朋遊絲書詩。

詩集卷二〇。吴傳朋，即吴説，字傳朋，王令外孫。范成大吴郡志卷六：「頒春、宣詔二亭，紹興十四年（一一四四）郡守王喚建，知信州吴説書額。」同上卷七：姑蘇館，紹興十四年郡守王喚建，「館額皆吴説書」。知吴説知信州在本年，月份不詳。詩當作於是年。

宋高宗紹興十五年乙丑（一一四五）

呂本中六十二歲。卒於信州寓所。

建炎要録卷一五四：紹興十五年秋七月「甲寅，左朝奉郎、提舉江州太平觀呂本中卒」。言行録謂「六月卒」。不詳孰是。宋史本傳：卒，「學者稱爲東萊先生，賜謚文清」。

妻某，姓氏不詳。

詩集卷四有示内詩一首，但有關呂本中夫人史料極罕，幾不可考。按詩集卷二〇晁留臺劉夫人挽詩三首其二有「故家劉與魏，我亦忝姻親」二句，自注曰：「夫人劉姓，魏出也。」晁留臺即晁損之，字進道，嘗管勾北京御史臺，故稱。晁損之第三任夫人姓劉氏，乃劉敞、劉攽侄女。呂本中稱「我亦忝姻親」，但未言是何姻親關係，是否呂夫人亦劉姓、魏出，與晁損之劉夫人身世略同？雖有可能，尚待文獻佐證。

子大猷、大同；孫祖平、祖仁。

宋無名氏氏族大全卷一四江西詩派：「吕本中，字居仁，紹興初賜進士第，除中書舍人。平生因詩以窮，耽禪而病，清癯如不勝衣，有孟浩然跨驢之象。一室蕭然，凝塵滿席，裕如也。作江西詩派圖。子大猷、大同；孫祖平、祖仁。」又宋章定名賢氏族言行類稿卷三六：「本中生大猷、大同，大同生祖平，今爲桂陽太守；大猷生祖仁。」

三女，適人情況不詳。

詩集卷七大雪不出寄陽翟寧陵：「大女癡無比，有語多未聽。小女索乳啼，不與窮屋稱。想喚添丁來，與汝相和應。」同卷與寧陵叔弟别後有懷兼寄趙才仲二首其一：「長物新添女，生涯舊有詩。」按岳珂寶真齋法書贊卷二五收召帖有「曾婿到行朝請見，尚乞垂意」句，所謂「曾婿」，當是其女婿之一，姓曾氏，名不詳。

葬信州城北十里德源山。

汪應辰慰魏邦傑（文定集卷一四）：「吕舍人丈遽棄斯世，豈勝『云亡』之痛。想左右雖在哀疚中，其悲悼之情，亦有不能已者。已就信州城北十里卜葬，諸孤謀往婺州依其二叔父，不知曾通問否？先丈埋銘，乃其絶筆矣，儻已刻成，因便願求一本，且恕干聒也。匆遽具疏，不盡萬一。」又韓淲（一一五九—一二二四）澗泉日記卷中：「吕本中字居仁，正獻（吕公著）之後，原明（吕希哲）侍講之孫。評論詩文，必歸醇雅。葬信州德源山，號東萊先生。嘗作經筵，詞掖誥命，尤爲典則。」按：據上引汪應辰文，當時呂本中諸子似曾有將亡父靈柩運往婺州安葬之議。考韓淲德源訪乳泉問呂紫微墓（澗泉集卷九）詩曰：「我記乳泉路，古橋歸德源。寺何知雅俗，僧僅可寒温。砌斷蘚痕澀，崖枯塵迹昏。紫微青嶂合，秋樹葉初翻。」則諸孤之議蓋並未實行。

友人張九成等有挽詩、祭文。

張九成作悼呂居仁舍人詩（横浦文集卷四），又作祭居仁舍人文（同上卷二〇）。劉子翬作呂居仁挽詞三首（屏山集卷二〇）。汪應辰作輓呂舍人二首（文定集卷二四）。釋宗杲亦有祭文，僅存零句（宋王蘋王著作集卷八記善録載：「宗杲祭中書舍人呂公文曰：『深期造道，遊戲大千。』」）

平生著述甚豐。

呂本中著有春秋集解三十卷，官箴一卷，紫微雜説一卷，師友雜志一卷（宋史本傳稱師友淵源録，當即此書，然爲五卷），童蒙訓三卷，（按：郭紹虞以爲傳世之童蒙訓乃節本，非原本。因呂本中論詩文取法蘇黄，而南宋間朱熹理學盛行，原本童蒙訓中論詩文部分被人删除，然有專録其被刊除部分爲童蒙詩訓者，明楊士奇文淵閣書目有著録。今童蒙詩訓已不可見，故别加輯録，編入宋詩話輯佚中。其説是，詳見宋詩話考中卷之下童蒙詩訓。）東萊先生詩集二十卷、外集三卷，紫微詩話一卷，皆傳世。近人趙萬里輯紫微詞一卷，唐圭璋全宋詞據以入編，稍有增補，凡二十七首。有文集若干卷，陸游爲作呂居仁集序，略曰：「公平生所爲詩既已孤行於世，嗣孫祖平又盡裒他文，凡若干首，爲若干卷，而屬游爲序。」未言付梓事，亦不見著録。（按錦繡萬花谷前集卷二一引本中夏均父集序，末署「呂居仁集」，則似曾經刊行，久佚。）全宋文輯其遺文爲二卷。尤袤遂初堂書目著録呂居仁奏議，未録卷數，亦久佚。宋史卷二〇九藝文志八著録呂本中江西宗派詩集一百十五卷，疑爲各家詩輯目。另有軒渠録及東萊呂紫微雜説一卷（趙希弁讀書附志著録），兩書説郛有輯本，各僅數條而已，非原本。此外猶有痛定録，三朝北盟會編卷七四曾徵引，署呂本中。其時徐偉嘗著痛定録，見樓鑰攻媿集卷七一書董資政（耘）元帥府事迹。考建炎要録卷一建炎元年春正月甲辰條記金人括金事，李心傳原注曰：「此據孫覿奏狀、呂本中痛定録參修。」又按孫覿鴻慶居士集卷八辭免再除中書舍人狀，揭露呂本中所著痛定録有「文奸言以佑其父」的內容。則本中當亦著有此書，與徐氏書名相同，李氏撰要録時曾經使用。遂初堂書目本朝雜史類、陳振孫直齋書録解題卷五著録痛定録一卷，不著名氏，所録不詳誰氏作。

宋孝宗隆興二年（一一六四），追復呂本中敷文閣待制。

見言行録。

忠雅堂集校箋	[清]蔣士銓著　邵海清校 李夢生箋
甌北集	[清]趙翼著　李學穎、曹光甫校點
惜抱軒詩文集	[清]姚鼐著　劉季高標校
兩當軒集	[清]黄景仁著　李國章校點
惲敬集	[清]惲敬著　萬陸、謝珊珊、林振岳標校　林振岳集評
茗柯文編	[清]張惠言著　黄立新校點
瓶水齋詩集	[清]舒位著　曹光甫點校
龔自珍全集	[清]龔自珍著　王佩諍校點
龔自珍詩集編年校注	[清]龔自珍著　劉逸生、周錫韄校注
水雲樓詩詞箋注	[清]蔣春霖著　劉勇剛箋注
人境廬詩草箋注	[清]黄遵憲著　錢仲聯箋注
嶺雲海日樓詩鈔	[清]丘逢甲著　丘鑄昌標點
石門文字禪校注	[宋]釋惠洪撰　周裕鍇校注

牧齋雜著	[清]錢謙益著　[清]錢曾箋注 錢仲聯標校
牧齋初學集詩注彙校	[清]錢謙益著　[清]錢曾箋注 卿朝暉輯校
李玉戲曲集	[清]李玉著 陳古虞、陳多、馬聖貴點校
吴梅村全集	[清]吴偉業著　李學穎集評標校
歸莊集	[清]歸莊著
顧亭林詩集彙注	[清]顧炎武著　王蘧常輯注 吴丕績標校
安雅堂全集	[清]宋琬著　馬祖熙標校
吴嘉紀詩箋校	[清]吴嘉紀著　楊積慶箋校
陳維崧集	[清]陳維崧著　陳振鵬標點 李學穎校補
屈大均詩詞編年校箋	[清]屈大均著　陳永正等校箋
秋笳集	[清]吴兆騫撰　麻守中校點
漁洋精華録集釋	[清]王士禛著 李毓芙、牟通、李茂肅整理
聊齋志異會校會注會評本	[清]蒲松齡著　張友鶴輯校
敬業堂詩集	[清]查慎行著　周劭標點
納蘭詞箋注	[清]納蘭性德著　張草紉箋注
方苞集	[清]方苞著　劉季高校點
樊榭山房集	[清]厲鶚著　[清]董兆熊注 陳九思標校
劉大櫆集	[清]劉大櫆著　吴孟復標點
儒林外史彙校彙評	[清]吴敬梓著　李漢秋輯校
小倉山房詩文集	[清]袁枚著　周本淳標校

雁門集	[元]薩都拉著　殷孟倫、朱廣祁校點
揭傒斯全集	[元]揭傒斯著　李夢生標校
高青丘集	[明]高啓著　[清]金檀注　徐澄宇、沈北宗校點
唐寅集	[明]唐寅著　周道振、張月尊輯校
文徵明集(增訂本)	[明]文徵明著　周道振輯校
震川先生集	[明]歸有光著　周本淳校點
海浮山堂詞稿	[明]馮惟敏著　凌景埏、謝伯陽標校
滄溟先生集	[明]李攀龍著　包敬第標校
梁辰魚集	[明]梁辰魚著　吴書蔭編集校點
沈璟集	[明]沈璟著　徐朔方輯校
湯顯祖詩文集	[明]湯顯祖著　徐朔方箋校
湯顯祖戲曲集	[明]湯顯祖著　錢南揚校點
白蘇齋類集	[明]袁宗道著　錢伯城校點
袁宏道集箋校	[明]袁宏道著　錢伯城箋校
珂雪齋集	[明]袁中道著　錢伯城點校
隱秀軒集	[明]鍾惺著　李先耕、崔重慶標校
譚元春集	[明]譚元春著　陳杏珍標校
張岱詩文集(增訂本)	[明]張岱著　夏咸淳輯校
陳子龍詩集	[明]陳子龍著　施蟄存、馬祖熙標校
夏完淳集箋校(修訂本)	[明]夏完淳著　白堅箋校
牧齋初學集	[清]錢謙益著　[清]錢曾箋注　錢仲聯標校
牧齋有學集	[清]錢謙益著　[清]錢曾箋注　錢仲聯標校

東坡樂府箋	[宋]蘇軾著　[清]朱孝臧編年 龍榆生校箋
東坡詞傅幹注校證	[宋]蘇軾著　[宋]傅幹注 劉尚榮校證
欒城集	[宋]蘇轍著　曾棗莊、馬德富校點
山谷詩集注	[宋]黄庭堅著　[宋]任淵、史容、 史季温注　黄寶華點校
山谷詩注續補	[宋]黄庭堅著　陳永正、何澤棠注
山谷詞校注	[宋]黄庭堅著　馬興榮、祝振玉校注
淮海集箋注	[宋]秦觀撰　徐培均箋注
淮海居士長短句箋注	[宋]秦觀著　徐培均箋注
清真集箋注	[宋]周邦彦著　羅忼烈箋注
石林詞箋注	[宋]葉夢得著　蔣哲倫箋注
樵歌校注	[宋]朱敦儒著　鄧子勉校注
李清照集箋注(修訂本)	[宋]李清照著　徐培均箋注
陳與義集校箋	[宋]陳與義著　白敦仁校箋
蘆川詞箋注	[宋]張元幹著　曹濟平箋注
劍南詩稿校注	[宋]陸游著　錢仲聯校注
放翁詞編年箋注(增訂本)	[宋]陸游著　夏承燾、吴熊和箋注 陶然訂補
范石湖集	[宋]范成大撰　富壽蓀標校
于湖居士文集	[宋]張孝祥著　徐鵬校點
稼軒詞編年箋注(定本)	[宋]辛棄疾撰　鄧廣銘箋注
辛棄疾詞校箋	[宋]辛棄疾著　吴企明校箋
姜白石詞編年箋校	[宋]姜夔著　夏承燾箋校
後村詞箋注	[宋]劉克莊著　錢仲聯箋注
瀛奎律髓彙評	[元]方回選評　李慶甲集評校點

長江集新校	[唐]賈島著　李嘉言新校
張祜詩集校注	[唐]張祜著　尹占華校注
三家評注李長吉歌詩	[唐]李賀著　[清]王琦等評注
樊川文集	[唐]杜牧著　陳允吉校點
樊川詩集注	[唐]杜牧著　[清]馮集梧注
温飛卿詩集箋注	[唐]温庭筠著　[清]曾益等箋注
玉谿生詩集箋注	[唐]李商隱著　[清]馮浩箋注 蔣凡校點
樊南文集	[唐]李商隱著　[清]馮浩詳注 錢振倫、錢振常箋注
皮子文藪	[唐]皮日休著　蕭滌非、鄭慶篤整理
鄭谷詩集箋注	[唐]鄭谷著 嚴壽澂、黄明、趙昌平箋注
韋莊集箋注	[五代]韋莊著　聶安福箋注
李璟李煜詞校注	[南唐]李璟、李煜著　詹安泰校注
張先集編年校注	[宋]張先著　吴熊和、沈松勤校注
二晏詞箋注	[宋]晏殊、晏幾道著　張草紉箋注
乐章集校箋	[宋]柳永著　陶然、姚逸超校箋
梅堯臣集編年校注	[宋]梅堯臣著　朱東潤編年校注
歐陽修詩文集校箋	[宋]歐陽修著　洪本健校箋
歐陽修詞校注	[宋]歐陽修著　胡可先、徐邁校注
蘇舜欽集	[宋]蘇舜欽著　沈文倬校點
嘉祐集箋注	[宋]蘇洵著　曾棗莊、金成禮箋注
王荆文公詩箋注	[宋]王安石著　[宋]李壁箋注 高克勤點校
王令集	[宋]王令著　沈文倬校點
蘇軾詩集合注	[宋]蘇軾著　[清]馮應榴注 黄任軻、朱懷春校點

玉臺新咏彙校	吴冠文、談蓓芳、章培恒彙校
王梵志詩校注(增訂本)	[唐]王梵志著　項楚校注
盧照鄰集箋注	[唐]盧照鄰著　祝尚書箋注
駱臨海集箋注	[唐]駱賓王著　[清]陳熙晉箋注
王子安集注	[唐]王勃著　[清]蔣清翊注
陳子昂集(修訂本)	[唐]陳子昂撰　徐鵬校點
孟浩然詩集箋注(增訂本)	[唐]孟浩然著　佟培基箋注
王右丞集箋注	[唐]王維著　[清]趙殿成箋注
李白集校注	[唐]李白著　瞿蜕園、朱金城校注
高適集校注(修訂本)	[唐]高適著　孫欽善校注
杜詩趙次公先後解輯校	[唐]杜甫著　[宋]趙次公注 林繼中輯校
杜詩鏡銓	[唐]杜甫著　[清]楊倫箋注
錢注杜詩	[唐]杜甫著　[清]錢謙益箋注
杜甫集校注	[唐]杜甫著　謝思煒校注
岑參集校注	[唐]岑參著　陳鐵民、侯忠義校注
戴叔倫詩集校注	[唐]戴叔倫著　蔣寅校注
韋應物集校注(增訂本)	[唐]韋應物著　陶敏、王友勝校注
權德輿詩文集	[唐]權德輿撰　郭廣偉校點
王建詩集校注	[唐]王建著　尹占華校注
韓昌黎詩繫年集釋	[唐]韓愈著　錢仲聯集釋
韓昌黎文集校注	[唐]韓愈著　馬其昶校注 馬茂元整理
劉禹錫集箋證	[唐]劉禹錫著　瞿蜕園箋證
白居易集箋校	[唐]白居易著　朱金城箋校
柳宗元詩箋釋	[唐]柳宗元著　王國安箋釋
柳河東集	[唐]柳宗元著　[宋]廖瑩中輯注
元稹集校注	[唐]元稹著　周相録校注

《中國古典文學叢書》已出書目

詩經今注	高亨注
楚辭今注	湯炳正、李大明、李誠、熊良智注
司馬相如集校注	[漢]司馬相如著　金國永校注
揚雄集校注	[漢]揚雄著　張震澤校注
張衡詩文集校注	[漢]張衡著　張震澤校注
阮籍集	[魏]阮籍著　李志鈞等校點
陸機集校箋	[晉]陸機著　楊明校箋
陶淵明集校箋(修訂本)	[晉]陶潛著　龔斌校箋
世説新語箋疏(修訂本)	[南朝宋]劉義慶撰　余嘉錫箋疏　周祖謨等整理
世説新語校釋(增訂本)	[南朝宋]劉義慶撰　[南朝梁]劉孝標注　龔斌校釋
鮑參軍集注	[南朝宋]鮑照著　錢仲聯增補集説校
謝宣城集校注	[南朝齊]謝朓著　曹融南校注集説
江文通集校注	[南朝梁]江淹著　丁福林、楊勝朋校注
文心雕龍義證	[南朝梁]劉勰著　詹鍈義證
詩品集注(增訂本)	[梁]鍾嶸著　曹旭集注
文選	[梁]蕭統編　[唐]李善注
蕭繹集校注	[南朝梁]蕭繹著　陳志平、熊清元校注